KB219039

문예신서
156

中國文藝心理學史

劉偉林

沈揆昊 옮김

東文選

한국어판 서문

졸저 《중국문예심리학사》 중문판 후기에 쓴 것처럼, 이 책을 저술하기 전부터 과연 중국문예심리학사가 집필 가능한 제목인가라는 문제로 마음이 놓이지 않았다. 그러나 쓰지 않으면 그 가능성 여부 또한 알 수 없는 것이다.

결과적으로 1989년 이 책이 나온 뒤 의외로 국내 저명한 학자들, 특히 중산대학교 陸一帆 교수, 복단대학교 蔣孔陽 교수·吳中杰 교수, 화동사범대학교 徐中玉 교수, 북경대학교 葉朗 교수, 중국사회과학원 杜書瀛 교수, 화남사범대학교 管林 교수 등의 열정적인 찬사를 받게 되었다. 또한 중국의 비교적 권위 있는 《문예보》·《문예이론연구》·《학술월간》·《학술연구》·《철학동태》·《백과지식》 등의 학술지나 잡지, 그리고 화남사범대학교 학보를 비롯한 각 대학의 학보, 《당대문단보》·《홍콩대공보》 등에 서평이나 탐방기사를 통해 소개되기에 이르렀다. 그리하여 마침내 중국 전국 제2차 우수교육도서상·中南六省 우수교육도서상·광동성 우수사회과학성과상·화남사범대학교 우수과학연구성과상 등을 수상하게 되었다. 이러한 여러분들의 관심과 지지는 단지 이 책이 잘 씌어졌다는 것 때문이 아니라, 문예심리학사가 여러 사람들의 개간을 기다리는 처녀지로서 중국 문예에 있어 새로운 영역이기 때문일 것이다. 이는 중국의 문예사 연구뿐만 아니라, 세계 각국의 문예사 연구의 경우에도 마찬가지일 것이라고 생각한다. 브란데스의 말대로 문학사란 가장 심각한 뜻에서 볼 때 일종의 심리학이자 인간의 영혼을 연구하는 영혼의 역사이다. 따라서 문예창작은 심령(마음)의 창조와 심령의 표현을 벗어날 수 없으며, 문학예술사 역시 이러한 심령 창조와 표현에 대한 역사적 설명, 즉 문예심리학사를 통한 설명이 없을 수 없다. 이 점에 있어서는 이미 많은 전문학자들이 공통된 인식을 가지고 있다고 여겨진다. 나는 이 점을 대단히 기쁘게 생각한다.

아마도 이러한 이유 때문인지, 한국의 심규호 선생이 금년 춘절 기간에 나에게 편지를 보내와 "우연히 서점에서 이 책을 발견하여 일독하니 내용이 충실하고 많은 이들이 읽으면 좋을 듯하여 한국어로 번역하고 싶다"고 했다. 나는 당연히 그의 생각에 동의했다. 이 책을 쓰게 된 전후 이유나 결과에 대해서는 이미 중문판 서문이나 후기에서 모두 말했기 때문에 더 이상 할 말이 없다. 다만 한국에서 출판할 기회가 마련되니, 이에 중문판이 출간된 이후 정황에 대해 몇 자 적었을 뿐이다. 졸저가 어떤 것이 괜찮고 어떤 것이 부족한지는 독자 여러분들이 판단하실 일이다.

1992년 3월 30일 중국 광주 화남사범대학교에서 劉偉林

序

陸 一 帆

최근 몇 년 동안 많은 미학과 문예학 연구자들이 문예학의 연구가 시대적 발전에 상응하지 못함을 절감하고, 이를 타개할 새로운 방법을 모색하였다. 필자는 이를 위해 무엇보다 이전에 존재했던 문제들을 잘 이해하는 것이 급선무라고 생각한다. 과거 문예학 연구는 큰 성과를 거두었으며, 괄목할 만한 높은 수준의 저서도 많이 나왔다. 그러나 이러한 성과에도 불구하고 부족한 점 또한 적지않았다. 예를 들면 문예의 외부적인 규율만을 중시하고 내부적인 규율은 무시했다든지, 외부적인 규율을 연구하면서 오로지 사회학적인 측면만을 강조하고 이에 안주했다는 점, 그리고 문예의 심층구조에 대한 파악이 부족했다는 점 등을 들 수 있을 것이다.

그렇다면 이러한 문제들을 어떻게 해결해야 할 것인가? 이전에 젊고 유능한 신진 연구가들이 '3론'(系統論·控制論·信息論)을 핵심이론으로 내걸고, 이것만이 문예학을 개척하는 가장 좋은 방법이라고 주장한 적이 있었다. 그것은 한때 붐을 이루었다. 물론 이러한 '3론' 방법을 통한 문예연구가 잘못된 것은 아니었으며 취할 점 역시 적지않았다. 그러나 '3론' 만을 지나치게 고집한 나머지 다른 것을 무시하는 어리석음을 범하고 말았다. 특히 문예연구의 방법론으로서 '3론' 은 분명한 허점을 지니고 있으니, 그것은 바로 '인간' 이라는 중요한 요인을 소홀히 했다는 점이다.

문예학은 人學에 속하는 학문이다. 따라서 창작에서 감상에 이르기까지 인간을 벗어나서는 전혀 생각할 수 없는 것이 바로 이 분야이다. 인간은 일반적인 자연물질이 아니다. 인간은 수많은 사회적·문화적 요인을 가지고 있을 뿐만 아니라, 개인적인 심리요인도 각기 다르다. 따라서 '3론' 만으로 문예 분야를 연구하는 데 당연히 한계가 있을 수밖에 없다. 이렇게 생각해 본다면 일단의 청년학자들이 말하는 것처럼 '3론' 이 문예학을 연구하는 가장 좋은 방법이라고 말할 수는 없을 것이다.

문예학을 연구하기 위해서는 단 한 가지 방법에 국한되어서는 안 되며, 여러 가지 방법을 함께 운용해야만 좋은 효과를 얻을 수 있다. 문예를 연구하는 여러 가지 방법 가운데 심리학적인 측면에서 문예를 연구하는 것이 가장 중요하며, 그럼으로써 문예의 내적 규율에 관한 문제들을 보다 정확하게 해결할 수 있으며, 문예의 외적 규율 문제의 심층까지 파고들 수 있는 것이다. 이는 방법론의 문제뿐만 아니라, 연구의 영역에서도 마찬가지이다. 심리학적인 측면에서 문예를 연구한다는 것은 문예의 심리과정에 대한 연구에 중점을 둔다는 말이다.

그렇다면 문예의 심리과정이란 무엇인가? 바로 문예가의 창작심리 과정과 일반 독자와 관중들의 감상심리 과정이다. 이는 모두 심리학의 범주에 속하는데, 특히 보통의 일반 심리학의 범주가 아닌 문예심리학의 범주에 속하는 것이다. 보통 심리학은 인간의 일반적인 심리규율을 연구하고, 문예심리학은 문예창작과 감상의 특수한 심리규율을 연구한다. 따라서 양자는 일반과 특수라는 관계를 지닌다. 과거 우리들이 문예학 연구에서 소홀히 하였던 문예의 내부 규율 문제는 후자, 즉 작가의 체험심리·형상사유·전형화·영감·문예심리 기능·감상심리의 활동과정·심미심리 구조 등에 속하는 것들이다.

앞서 문예의 외부 규율의 문제에 있어서도 역시 심리학의 측면에서 연구해야만 그 심층구조에 대한 접근이 용이하고 연구성과 또한 탁월하다고 했는데, 이는 다음과 같은 이유에서이다. 이른바 문예의 외부 규율이란 주로 문예와 경제·문예와 정치·문예와 인간 등의 관계와 연관된 법칙들을 뜻한다. 기존의 이에 대한 연구는 나름대로 훌륭한 연구성과를 내놓은 바 있다. 그러나 다른 한편에서 볼 때, 기존의 연구성과 역시 표피적인 측면만을 강조하여 결과적으로 문예의 변화와 발전법칙에 대한 연구에 있어서 심도가 부족했음을 말하지 않을 수 없다. 문제는 이러한 관계의 중간고리에 대한 연구와 이해가 부족했다는 점이다. 이 중간고리가 바로 사회심미심리이다.

사회심미심리란 어떤 것인가? 이것은 새로운 문제로 사회심리의 한 부분인데, 사회심리 또한 새로운 영역으로 과거에 이를 연구한 사람이 거의 없었다고 해도 과언이 아니다. 이전에 우리는 사적 유물론에 대해 언급하면서 단지 경제적 토대와 상부구조의 문제만을 다루었을 뿐, 이 양자간의 중간고리가 되는 사회심리에 대해서는 전혀 언급한 바 없었다. 마르크스와 엥겔스 역시 이를 소홀히 하였다. 엥겔스는 말년에 이르러서야 이러한 맹점을 인식하고 이후의 마르크스주의자들이 이 문제를 적극적으로 연구하기를 희망했었다.

1893년 엥겔스는 프란츠 메링에게 보내는 답신에서 그의 《사적 유물론을 논함》이라는 저서의 문제점에 대해 다음과 같이 지적하였다. "……소홀히 했던 점이 또 하나 있다. 그 점에 대해서는 마르크스와 나의 저서에서도 충분히 강조하지 않아 우리 두 사람 역시 똑같은 착오를 범한 셈이다. 그 문제는 바로 토대가 되는 경제 사실에서 출발하여 정치관념·法權관념, 그밖의 여러 가지 사상관념 및 이러한 관념들에 의해 제약되는 행동만을 탐색하는 데 중점을 두었다는 점이다. 물론 당시에는 그렇게 하는 것이 당연했다. 다만 우리는 내용을 강조한 나머지 그 형식적인 측면, 즉 이러한 관념이 어떤 방식과 방법으로 발생했는가를 소홀히 할 수밖에 없었다."[1] 엥겔스는 여기에서 사적 유물론의 새로운 연구 방향과 영역에 대해 언급하고 있다. 이는 경제 발전 역시 결국에는 사상관념 체계의 발전을 결정한다는 것을 설명하는 것일 뿐만 아니라, 그러한 경제 토대가 어떤 형식이나 방법을 통해서 상부구조에 영향을 끼치며, 그것이 생겨나고 또한 일정한 방향으로 발전해 나가는가를 더욱 상세하게 설명하는 것이다. 엥겔스는 다음과 같이 말하고 있다. "반드시 새롭게 역사 전체를 연구해야 하며, 여러 가지 사회형태의 존재조건을 상세하게 연구한 뒤에 그 방법을 강구하여 이러한 조건에서 서로 대응하는 정치·사법·미학·철학·종교 등의 관점을 찾아내야 한다. ……이러한 영역은 무한히 넓어 누구든지 열심히 연구하면 훌륭한 성과를 많이 거둘 수 있을 것이다."[2]

엥겔스의 이러한 의견은 매우 올바른 것이다. 사회심리와 사회심미심리에 대한 깊이 있는 연구는 문예의 변화·발전에 대한 수수께끼를 푸는 하나의 열쇠가 될 수 있으며, 문예와 경제·문예와 정치·문예와 인간 등의 관계를 깊이 이해하고 그 변화법칙을 파악하는 데 필수적이다. 결국 문예의 여러 가지 문제를 심리학의 각도에서 연구하는 것을 중시하고, 심리적 법칙을 탐구하는 데 주의해야만 문예학이 더욱 발전할 수 있을 것이다.

문예심리학의 영역은 앞으로도 더욱 성실하게 개간해야 할 옥토에 비유할 수 있다. 7,8년 전부터 나는 이 분야에 관심을 가지고 최초로 그 땅을 일구기 시작했다. 비록 수확이 없었던 것은 아니지만 개인의 역량에는 한계가 있는 것이어서 수 년간의 세월 동안 그저 조금의 결실만을 맺었을 뿐이다. 그래서 나는 뜻을 함께 하는 이들과 더불어 본격적으로 매달리기 시작했다. 그래서 나온 것이 바로 《문예심리학총서》이다. 전부 10여 권이나 되는 이 총서는 번역서도 있기는 하지만 대부분이 저서이다. 이 총서는 크게 네 부분으로 나눌 수 있다. 일반적인 창작과 감상심리, 각 부문의 예술심리·사회심미심리·문예심리학사 등이 바로 그것이다. 나는 이 총서가 문예심리학이라는 새로운 학문영역에 커다란 영향을 미칠 것임을 믿어 의심치 않는다.

저자 서문

중국에는 지금까지 문예심리학사가 없었다. 이는 다음과 같은 이유에서 기인한다. 먼저 중국의 예술사는 수천 년의 세월 속에서 셀 수도 없이 많은 저작으로 꾸며졌고, 그 이론 역시 분분하기 그지없어 예술은 뭇별들이 밤하늘에 반짝이는 것처럼 양적인 면이나 질적인 면에서 두루 엄청나다. 그래서 문학사·음악사·무용사·회화사·건축사·서법사·미학사 등 個別史를 통해서도 이를 전부 수용하기란 대단히 어려운 일이 아닐 수 없다. 그러니 인간과 예술의 심층구조를 탐색하는 문예심리학사를 쓴다는 것은, 아예 불가능한 일이라 할 수 있다. 다음으로 건국 이래 특히 1950년대의 중반 이후로 심리학은 때로 唯心論의 첨병으로 오해를 받아, 인간의 영혼과 정감을 표현하는 예술에 대해 심리학적인 측면에서 연구한다는 것은 감히 엄두도 내지 못하는 상황이 지속되었다.

이외에도 중요한 이유가 있었다. 그것은 심리학이란 학문의 발전사에 대한 사람들의 인식에 관련된 것이다. 국내외 학술계에서는 심리학의 탄생이 이제 겨우 1백여 년밖에 안 되었기 때문에, 심리학사를 쓴다는 것 자체를 부정하는 사람이 적지않았다. 예를 들어 미국의 유명한 심리학자 카텔(1860-1944)은, 미국의 경우 1880년대 이전에는 심리학이나 심리학자들이 없었다고 생각하고 있다. 보링 같은 이는 카텔의 견해에 동의하여 자신의 《실험심리학사》에서 하나의 과학으로서의 심리학은 1860년경에 탄생했다고 하면서, 페히너(1801-87)의 《정신물리학 강요》가 1860년에 간행되었고, 분트(1832-1920)의 《감관지각론에 대한 공헌》이란 책이 1862년에 간행되었는데, 이것이 심리학의 출발이라고 말한 바 있다. 1879년 분트는 라이프치히에 심리실험실을 만든 후, 처음으로 하나의 학문영역으로서 심리학의 독립을 선언했다. 이상은 심리학자들의 공통된 견해이다. 그리고 이들은 심리학이 생긴 지 겨우 1백여 년의 역사가 고작인 근대의 산물로서 고대에 심리학이 있었다는 것은 어불성설이며, 또한 그 이전에 무슨 문예심리학이 존재할 수 있었겠는가라고 이의를 제기하고 있다. 이는 중국의 경우도 마찬가지여서 심리학자들의 저서나 논문을 보면 모두 기존 심리학자들의 견해를 그대로 따르고 있다.

그러나 심리과학의 측면에서 본다면, '학문'과 '사상'을 확연하게 구분짓는 일은 그다지 필요치 않다. 간단한 예를 들면 다음과 같다. 미학은 하나의 독립된 학문이다. 그것은 1750년 바움가르텐의 《미학》이라는 책이 세상에 나왔을 때를 지표로 삼는다. 그렇다면 그 이전에는 미학이 존재하지 않았다고 말할 수 있을까? 사실 그 이전에도 미학에 관한 저서는 적지않게 나와 있었다. 물론 중국의 경우에도 지금까지 몇 권의 중국미학사가 나와 있는 것을 보면, 이미 그 이전에 미학과 관련된 저서가 존재했다는 증거가 될 수 있을 것이다. 학문의 한 영역으로 독립되는 것과 객관적으로 이러한 과학이론이 존재하는 것은 각기 별개의 일이다. 사실 하나의 학문은 그 형태에 있어서 결코 미라처럼 이미 죽어 고형화된 것이 아니다. 그것은 오히려 유동적인 것이다. 분트가 심리실험실을 개설하고 심리학 저작을 쓰기 이전인 1590년에 이미 루돌프 카오컬의 《심리학》이란 책이 존재하고 있었다.

유명한 문학사가 브란데스(1842-1927)는 《19세기 문학주류·서언》에서 다음과 같이 말하고 있다. "문학사란 가장 심각한 뜻에서 볼 때 일종의 심리학이라고 말할 수 있다. 그것은 인간의 영혼을 연구하는 영혼의 역사이다. 한 나라의 문학작품은 그것이 소설이든 희곡이든 역사작품이든간에 모두 수많은 인물에 대해 묘사하는 것이자, 그 인물들의 여러 가지 감정과 사상을 표현하는 것이다. 정감이 고상하면 할수록 사상이 숭고·명확하고, 광활하면 할수록 인물들은 더욱 걸출하고 대표성이 풍부해진다. 또한 이러한 책의 사적 가치 역시 더욱 커지며, 그 책을 읽는 독자들에게 그 특정한 나라의 특정한 시기에 살고 있는 인간의 내면에 있는 진실한 정황에 대해 보다 분명하게 드러내 준다." 플레하노프 역시 《주소 없는 편지》에서 "어떤 한 민족의 예술은 모두 그들의 심리에 의해 결정된다. 그 심리는 그 생산력 상황과 생산관계에 의하여 제약을 받는다"라고 말한 바 있다.

또한 중국의 경우, 한대의 양웅은 "말은 마음의 소리이고, 글은 마음의 그림이다 言, 心聲也, 書, 心畵也"(〈問神〉)라고 하였고, 근대 학자 유희재는 "문은 마음의 학문이다 文, 心學也"(《游藝約言》)·"서 역시 마음의 학문이다 書也者, 心學也"(〈書概〉)라고 하였다. 이러한 모든 말들에서 예술이란 人學으로 심리와 영혼을 주요 표현 대상으로 삼는다는 것을 알 수 있다.

예술사는 인간의 심리사이자 인간의 영혼사이다. 그리고 인간의 심리와 영혼은 일정한 시대의 사회와 정치, 그리고 생산력의 상황에 제약을 받는 것이다.

문예심리학사는 바로 이러한 명제에 근거해야 한다. 이는 중국 문예심리학사의 경우에도 마찬가지이다. 본서에서는 이처럼 신기하고 오묘한 비밀로 가득 차 있으며, 다채롭고 풍부하기 그지없는 문예심리의 영역을 두루 섭렵하고 탐구하고자 한다. 그래서 중국에 관한 오래 되고 다양한 문예심리학의 역정 가운데, 그 기묘한 착상과 뛰어난 사상이 가득한 심미세계를 통찰하는 안내자의 역할을 자임하고자 한다.

목 차

제1장
선진先秦의 문예심리학

중국 역사에서 선진시대라 일컬어지는 춘추전국시대는 중국 역사가 시작되는 때이자, 또한 중국 미학사·예술사·문예심리학사의 시작을 알리는 때이기도 하다. 수천 년의 역사를 가지고 있는 중국 문예심리학사 역시 선진시대의 문예심리학에서 그 발단을 찾아볼 수 있다.

하夏·은殷의 초기 노예제시대와 그 이전의 역사단계가 중국의 상고시대이다. 이 시기는 중국의 문예심리학이 아직 일정한 형태를 갖추지 못했던 때로 뛰어난 대가나 이론서 역시 찾아볼 수 없던 시기였다. 그러나 청동기 등의 예술과 궁정 예인들의 언론에서 문예심리학과 연관된 초보적인 사상적 편린을 엿볼 수 있다.

선진시대는 중국이 초기 노예제에서 후기 노예제로, 그리고 다시 봉건제로 나아가는 과도기적인 시기였다. 당시 정치·경제의 급변으로 인하여 사상계 역시 더없이 활발하여 유가·도가·법가·묵가 등 백가쟁명의 형세가 나타났다. 이러한 각 학파들은 각기 자신들의 철학 저서와 철학관으로 나름의 사상적 특색을 형성시켰다. 그러나 중국 고대, 특히 선진시대 각 파의 저서 속에는 종종 철학·윤리학·문예학·미학·심리학이 서로 혼용되어 잡다하게 담겨 있었다.

중국의 철학과 미학은 내심의 체험과 심령의 표현을 중요하게 여겨왔다. 따라서 선진의 모든 유파는 그들의 철학관과 미학관·예술관에 모두 한 가지의 특징을 가지고 있었다. 그것은 바로 심리학, 특히 인간의 심리적 욕구를 이론 형성의 토대로 삼아 때로 철학과 심리학을 결합시키기도 하고, 혹은 윤리학과 심리학을 결합시키기도 했다는 점이다. 그것들은 모두 풍부한 문예심리학 사상을 가지고 있었으며, 이는 중국 문예심리학사 발전의 토대가 되었다. 선진 이후의 문예심리학은 유가와 도가의 문예심리학을 개인, 또는 유파 문예심리학 사상의 발판으로 삼아 더욱 발전시켰다는 점에서 특색을 지닌다.

이 책에서는 선진시대에 나타난 제자백가의 사상 이외에 《주역》·《관자》·《악기》·《여씨춘추》 등의 문예심리학에 대해서도 논의하는데, 이는 이러한 저서 속에도 문예심리학 사상이 잘 나타나 있기 때문이다.

제1절 상고 시기의 문예심리학

중국의 상고 시기는 구석기의 수렵단계에서 신석기의 농경기로 이어져, 모계사회에서 부계사회의 가부장제도가 확립된 하·은 초기 노예제 시기를 말하는 것으로 이른바 선사시대라고 할 수 있다. 이 시기의 문화·예술에서 전형적인 문예심리학 사상을 엿볼 수 있는 것은 아니다. 그러나 상고의 청동기 예술, 일부 공문서와 궁정의 전속 무당이나 악사들의 관련 논술에서 어렴풋이나마 당시 군왕들의 사회심미심리를 살펴볼 수 있다. 이 시기는 바로 중국 문예심리학사의 맹아기라 할 수 있다.

1. 은·주 청동기 예술의 사회심미심리

중국의 선사시대 문화는 그 시기가 약 8천 년 전으로 거슬러 올라가는데, 조형예술은 그때부터 서광이 보이기 시작했다. 구석기시대 남방의 원모인元謀人에서 북방의 남전인藍田人·북경인·산정동인山頂洞人에 이르기까지 이들은 각기 나름의 석기 장식품을 지니고 있었으며, 일정한 토템활동·무술의식·'인간의 머리에 뱀의 몸'을 가진 내용의 신화·전설을 가지고 있었다. 그리고 이른바 '방패와 도끼, 꿩 깃털로 만든 기旗와 우모의 털로 만든 지휘기〔干戚羽旄〕' 등으로, '세차게 흔들며 분기하고 발을 구르며〔發揚蹈厲〕' 원시 토템 가무를 즐겼다. 이외에도 그들이 사용했던 도기의 조형과 문양 등은 모두 상고시대 인류의 정신활동의 산물로, '동물 형상의 사실적인 모습에서 점차 추상화되고 부호화되어 가는' 일면을 보여 주고 있다. 재현(모방)에서 표현(추상화), 사실에서 부호로 나아가는 것, 이것이 바로 내용에서 형식으로 이르는 과정인 동시에 미美를 '의미 있는 형식'으로 만드는 원시적 형성과정이다.[1] 이 가운데 원시인들의 강한 심미정감이 농축되어 담겨지며, 아울러 그들의 사회심미심리가 반영되는 것이다.

청동 예술의 기원과 발전에 관해 곽말약은 1930년대에 4기론을 내놓았다. 제1기는 '남상기濫觴期'로서 이는 청동기가 비로소 만들어지던 시기이므로, 조잡스럽고 문양이 간단하여 미적인 감상이 힘들다고 볼 수 있다. 제2기는 '발고기

勃古期'〔성숙기, 은상 후기에서 주대의 成·康·昭·穆에 이르는 시기〕로 청동기 예술의 성숙기라 할 수 있으니, 돌출이 심하고 소박하며 웅장하여 신비함을 간직한 삼족정三足鼎이 이 시기를 대표한다. 제3기는 '개방기'이다. 이 시기는 청동기의 해체기라고 할 수 있다. 기물 형상이 간편하고 조각면이 점차 얇아지면서, 신화·전설의 속박이나 원시적인 비이성적 두려움의 신비감으로부터 벗어나고 있다. 제4기는 '신식기新式期'이다. 곽말약은 신식기의 기물을 들어 "그 형식은 타락식墮落式과 정진식精進式 두 가지로 나눌 수 있다. 타락식은 이전 시기의 것을 답습하면서 점차 빈약해져 무늬가 없는 것이 많다"·"정진식은 심오함이 줄어들고 구조가 기이한 것이 많으며, 그 문양 조각은 더욱 세밀해진다"(《靑銅時代·彝器形象學試探》)라고 말하고 있다. 이 시기는 이미 전국시대에 해당된다.

다음으로 곽말약의 시기 구분을 따라 청동기 예술에 표현되어 있는 사회·예술심미심리에 대해 그 윤곽을 살펴보기로 한다.

플레하노프는 "일정한 시기의 예술작품과 문학 취미에는 그 사회의 심리가 표현되어 있다"[2]고 하였다. 은·주시대의 청동기 예술 역시 이러한 점을 보여주고 있다. 은·주 노예제시대는 제련·파종·천문·측량기술의 발전에 따라 아름다운 건축·조각·청동기 예술이 창조되었다. 이러한 청동기 예술은 동물 모양을 그 주된 문양으로 하고 있는데, 이는 고대의 신화·전설과도 밀접한 관계가 있는 것으로 그 중 적지않은 내용이 신화·전설 속의 신·동물로부터 변화된 것이다. 이는 각기 다른 예술형태로 나름대로 당시 사람들의 사회심리와 심미심리를 표현하고 있다.

곽말약이 말한 대로 청동기 예술의 '남상기'에는 "처음으로 창조된 것들이라 물품이 조잡하며 문양이 간단하고 거칠었다." 이에 대해서는 남아 있는 자료가 많지 않아 더 이상 설명하지 않기로 한다. 그러나 '삼족정'을 대표로 하는 청동기 예술의 성숙기인 '발고기'에는 이미 당시에 "모든 사물이 마련되어 있었으며" "신령한 것과 사악한 것을 알 수 있을 정도 知神姦"가 되었다고 하였다. 당시 사회심미심리는 무엇보다 청동기 예술에 중점적으로 반영되고 있다. 당시 '구정九鼎'이란 것이 있었는데, 동주가 멸망하면서 유실되었다. 《좌전》과 《묵자》의 기록에 따르면, 동주의 왕손만王孫滿이 초자楚子(초나라 莊王)의 질문에 "옛날 하나라가 덕이 후하고 강성했을 때에 먼 각지의 기이한 경물을 그리게 되었습니다. 구주의 장관들이 구리를 공납하여 큰 정鼎을 주조하고, 그 위에 여러 가지 경물들을 그렸습니다. 온갖 사물들이 구비되어 백성들은 어떤 사물이 신령한 것이고, 어떤 사물이 간악한 것인지를 알 수 있도록 만들었습니다. 그래서 백성들이 하천이나 산림에 들어가더라도 불길한 사물을 만나지 않았습니다. 산수山水의 요괴인 이매魑魅나 목석木石의 요괴인 망량罔兩과도 만나지 않았으며, 이로 인하여 아래위로 도움을 받아 하늘의 복록을 이어받을 수 있었습니다 昔夏之方有德也, 遠方圖物, 貢金九牧, 鑄鼎像物, 百物而爲之備, 使民知神姦. 故民入川澤山林, 不逢不若. 魑魅罔兩, 莫能逢之, 用能協於上下以承天休"(《左傳·宣公 三年》)라고 답하였다고 전한다. 온갖 사물들의 '그림'을 그린 목적은 '신령하고 간악한 것을 알도록 하기 위한' 것으로, 사람들이 그릇에 새겨진 각종 도형을 보고서 어떤 것이 '신령'하고, 또한 어떤 것이 '간악'한 것인지 알 수 있도록 하기 위함이었음을 알 수 있다. 이로써 수렵시대에 신령한 사물에 대한 숭배와 동물에 대한 숭배 사상에 이미 계급사회의 '아래위로 도움을 받아 하늘의 복록을 이어받을 수 있도록' 신권 낙인이 찍혔음을 알 수 있다. 통치계급의 심리는 사람들의 심리에 영향을 주며, 이에 따라 이러한 심리가 당시의 보편적인 사회심리를 형성한다. 물론 이것은 도기의 기하학적 형상과 문양에도 계승되어 더욱 성숙한 모습으로 중국 상고시대의 사회심미심리에 나타나는 것이다.

곽말약은 제2기 성숙기의 기물에 대해 "당시의 기물로는 정이 많았다. ……형체는 소박하고 중후했으며, 무늬가 있는 것이 많았다. 쇠에 무늬를 새긴 것은 거칠며 깊고 묵직하였고, 전체적으로 벼락 무늬 도철 문양을 새긴 것이 많았고, 기룡이나 기봉, 또는 코끼리 문양을 새겨넣은 것이 그 다음으로 많았다. 대개 벼락 무늬나 도철 문양이 모든 문양의 으뜸이었다. ……도철·기룡·기봉은 모두 상상 속의 기이한 동물들이었다. ……코끼리 문양은 소박하고 간략하게 그려 환상적으로 보이게 만든 것으로, 사실 그대로 묘사한 것이 아니었다 其器多鼎, ……形制率厚重, 其有紋績者, 刻鏤率深沈, 多於全身雷紋之中, 施以饕餮紋, 夔鳳夔龍象紋等沉之, 大抵以雷紋饕餮爲紋績之領導. ……饕餮·夔龍·夔鳳·均想象中之奇異動物. ……象紋率經幻想化而非寫實"라고 하였다. '도철'이란 은殷나라 사람들이 숭배하던 신의 정면 형상으로, 주로 각 씨족이 지닌 동물 형상의 신 그림에서 변화되어 나온 문양이다. 이는 씨족의 지속적인 융합에 따라 토템 역시 각종 동물의 특징이 결합되었기 때문이다. '도철'은 소수 파충류의 신체·꼬리를 가지고 있는 전신 형체 외에 대부분이 정면 형상으로, 그 머리 부분의 형상은 모두 각 씨족집단의 토템, 즉 소나 호랑이 또는 용과 유사한 곳이 있으며, 시종 정면의 뚜렷한 자리에 위치하고 있어 사람들로 하여금 근엄하고 결코 넘겨다볼 수 없는 신비감을 주는데 이를 소위 '영려지미獰厲之美'(흉악하고 무서운 모습에서 드러나는 아름다움)라 한다. 이러한 예술창작상의 특징은 당시 통치지위의 절대적인 위엄의 사회심미심리를 드러내는 것으로, 이러한 사회심미심리에 의해 씨족의 군중심리를 도야하고 이들에게 영향을 준 것이다.

은대의 청동기에는 식인동물의 형상이 많이 보인다. 예로 '용호 문양의 술그릇(龍虎尊)'과 '사무무 큰 정(司毋戊大鼎),' '조수 문양의 시굉(鳥獸紋兕觥)' 등의 동기銅器 등을 들 수 있다. 이러한 것들은 대개 동물이 사람의 머리나 벌거벗은 사람을 잡아먹는 그림이나, 사람의 몸을 발로 낚아채고 있는 그림들이 도철 중간에 그려져 있다. 이외에도 용·뱀·봉황·새·물고기·규룡·코끼리·사슴·토끼 등의 동물 모양이 도안된 것도 적지않다. 이러한 예술적 배치의 목적은 대부분 사람들에게 공포감을 조성하여 신령에게 애원하는 쪽으로 시선을 끌기 위함이자, 아울러 도철신의 위엄에 감복하도록 만들고자 함이다. 이는 중국 노예제가 고도로 발전된 상태의 산물이며, 노예제 왕권과 신권의 사회심리가 가일층 결합·발전된 것의 표현으로 보아야 한다.

청동기 예술의 발전이 '개방기'에 이르면, 곽말약이 말한 바와 같이 "개방기의 기물은…… 형상과 구조가 대체적으로 이전 시기보다 단순화되는 경향이 있다. 문양이 있기는 하지만 이전보다 새김이 얕아지고, 특히 조잡한 꽃 문양이 많이 보인다. 그리고 전기에 흥성했던 벼락 무늬는 더 이상 보이지 않는다. 도철은 그 권위를 잃어 축소되는 경우가 흔하며, 부속적인 지위로 전락하여 위치도 낮아진다. (예를 들면 鼎簋의 다리 부분에 새겨진 것 등이 그것이다.) 기룡이나 기봉 등도 본래의 형상에서 많이 달라진다. ……대개 이 시기의 기물은 이미 신화나 전설의 속박에서 벗어나고 있었던 것이다."(《青銅時代·彝器形象學試探》)

은나라가 주나라에 의해 멸망되자 은대에 지고했던 신들은 부차적인 지위로 강등되었으며, '도철'과 같이 신적인 형상 역시 추악하기 이를 데 없는 형상으로 변화하였다. 이러한 현상은 서주 노예제 사회의 청동기 예술이 지니고 있는 특징으로, 주대 초기의 정치와 종교·사상의 변화된 양태를 반영하는 것이다. 주나라가 은나라를 멸망시켰을 때, 주나라 집권자는 천명을 선양하여 은나라 주왕이 천제의 뜻에 어긋났기 때문에 자신이 천제의 명을 받들어 은을 멸망시킨 것이라고 단언했다. 이에 "더없이 크나큰 문왕, 하늘의 대명을 받들고 丕顯文王, 受天有大命"(《大盂鼎》), "하늘이 문왕에게 대명을 내리시어 융과 은을 멸망시키고자 하셨으니, 이에 그 명을 받들어 그 나라와 그 백성을 떨어뜨렸다 天乃大命文王, 殪戎殷, 誕受厥命·越(與)厥邦厥民"(《周書·康誥》)고 한 것이다.

따라서 은이 멸망한 후 은나라 조상들이 모시던 신의 지위에도 변화가 생기게 되어, 청동기 예술에 나타나는 도철의 면모도 크게 수정되기에 이르렀던 것이다. 앞서 말한 대로 도철이 이전에는 신령스러운 신물神物이었지만, 이미 추악하고 간교한 동물의 형상으로 변화하고 말았다. "주나라 정에는 도철을 각인했는데, 머리는 있으나 몸뚱이가 없었으며 사람을 잡아 채 삼키기도 전에 해害가 그 자신에게까지 미친 형상이었다. 周鼎鑄饕餮, 有首無身, 食人未咽, 害及其身"(《呂氏春秋·先識覽》) 당시 주나라 사람들은 정치적인 필요에 의해 천명과 덕치를 결합하여, 은대의 '도철' 대신에 봉황을 격상시켜 그 지위를 대체시켰다. 봉황은 신화에 나오는 신령한 새로 《시경》에 "하늘이 현조에게 명하시니 내려가 상을 낳았다 天命玄鳥, 降而生商"라고 한 것을 보면 이를 확인할 수 있다. 그리고 용은 하夏나라 종족의 토템으로 주대 사람들이 하나라를 숭배했기 때문에 용을 숭배하는 토템사상을 갖게 된 것이다.

이처럼 주대 노예제 시기의 청동기에는 은대에 비해 신비적 색채가 그다지 짙지 않다. 또한 신성불가침의 분위기도 거의 찾아볼 수 없었다. "주나라 사람들은 예를 존중하고 남을 높여 숭상하였으며, 귀鬼를 섬기고 신을 공경하여 (종묘를) 멀리 두었다. 周人尊禮尙施, 事鬼敬神而遠之"(《禮記·表記》) "은나라 사람은 신을 존중하여 백성들을 이끌고 신을 섬겼다. 殷人尊神, 率民以事神" 이처럼 주나라와 은나라는 각기 종교관이나 정치관이 달랐다. 따라서 "기물을 주조하는 것이 나날이 간단해지고 조악해졌으며, 명을 금석에 새기는 것도 나날이 간단하고 조악해졌다. 鑄器日益簡陋, 勒銘亦日趨簡陋" 이는 사회가 발전하고 문명이 개화되기 시작했기 때문이다. 이택후는 이에 대해 다음과 같이 말하고 있다. "사회의 해체와 관념의 해방은 서로 연결된다. 춘추 시기에는 이미 회의론·무신론의 사조가 만연하여 은·주 이래의 상고시대 무술을 중심으로 한 종교관이나 전통이 급속도로 퇴색되기에 이르렀으며, 결국 그 신성한 자리와 문양의 위치를 잃어버리고 말았다. 이렇게 해서 더 이상 원시적이고 비이성적이며 공포 분위기를 조성할 수 있는 신비감으로 사람들을 위협하고 통치할 수는 없었던 것이다. 따라서 시대정신의 예술적인 부호가 되었던 청동기시대의 도철 역시 '권위와 위엄을 상실한 채 축소되어 부차적인 지위'로 물러서기에 이르렀던 것이다."[3]

청동기 예술의 '신식기'는 서주 말년에서 춘추시대 후기까지 해당된다. 이때는 이미 종교적 속박이 더욱더 느슨해져 청동으로 만든 기물이나 문양, 그리고 형상의 풍격에도 변화가 생겼다. 이러한 상황에서 내용은 더욱 풍부해지고, 형식 또한 다채롭게 변화·발전하여 실물을 묘사하는 것으로 기존 신화의 영향에 의한 상징이나 허구적인 도형이 대체되기 시작했다. "기물의 형태가 둔중한 것에서 가볍고 정교해졌으며, 조형도 엄정한 것에서 기이하고 공교로운 쪽으로 발전하였고, 새기는 것도 깊게 새기는 데에서 얕게 부조하는 쪽으로 나아갔다. 그리고 문식紋式도 간단하고 일정한 틀이 있었으며, 또한 신비한 데서 복잡하고 다양하며 이성화하는 쪽으로 변화했다. 器形由厚重而輕靈, 造型由嚴正而奇巧, 刻鏤由深沈而浮淺, 紋式由簡體, 定式, 神秘而繁雜, 多變, 理性化"

그리하여 전국시대로 들어서면, 인물을 위주로 현실생활을 묘사하는 청동기 예술이 나타나기 시작한다. 예를 들면 '연락동호宴樂銅壺'나 '수륙공전문감水陸攻戰紋鑒' 등이 그것인데, 그 속에는 여러 유형의 인간들이 보여 주는 생동감 있는 삶의 모습이 담겨져 있다. 병의 상단 부분에는 연회·뽕을 따는 모습·활과 창 쏘는 모습·수렵 등의 장면이, 하단에는 병사들의 몸싸움·성을 공격하는 장면 등이 새겨져 있다. 이러한 묘사는 모두 춘추전국시대에 나타난 "무릇 백성이 신의 주인이다 夫民, 神之主也"라는 관념과, 신권을 어느 정도 부정하기에 이르러 "인간이 마땅히 하늘을 이긴다 人定勝天"는 관념이 예술에 반영된 것이라고 할 수 있다. 이러한 경향은 은·주 시기 청동기 예술을 감상하는 것과는 전혀 다른 심미심리와 심미취미를 반영하는 것이기도 하다. 당시에 유행했던 청동기에 얕게 부조하는 경향은 이후 한대의 화상석畵象石 예술에 직접적으로 영향을 끼쳤다.

2. 춘추시대 음양오행학파의 '중화中和' 심미심리 사상

중국의 춘추전국시대는 노나라의 사관이 편집한 편년 사서 《춘추》로 인해 이름을 얻은 것인데, 현재 여기에서 말하는 춘추시대는 기원전 770년부터 기원전

476년까지 약 3백여 년간의 시기를 말한다.

춘추시대 음양오행학파의 '중화'에 관한 심미심리 사상은 시각예술과 청각예술의 가장 중요한 법칙을 개괄하고 있다. 이로부터 '중화'의 음音, '중화'의 미美는 중국의 역대 미학자·문학가·문예심리학자 들에 의해 계승·발전되어 중화민족의 미학이론과 예술창작·비평의 전통이자 특색으로 형성되기에 이른다. 그러므로 '중화'는 중화민족의 예술심미심리와 예술표현 정신의 집중적인 체현體現이라고 할 수 있다.

음양오행학설은 주로 자연현상으로부터 개괄된 것이다. 이른바 음양이라는 것은 팔괘[乾·坤·震·離·巽·兌·坎·艮 등 8개의 모형으로 구성되어진 것]를 지칭하는데, 음양의 평형을 유지할 수 있으면 자연과 사회는 정상적이고 안정된 질서를 통해 평화와 안락을 누릴 수 있다고 한다. 이러한 오행사상의 기원은 오방설五方說과 오재설五才說에 근거한다. 오방은 은·주의 갑골문에서도 이미 보이고 있다. 은나라 사람들은 생산과 사회활동 속에서 이미 동·서·남·북·중앙 다섯 가지 방위의 의미를 깨닫고 있었다. 오재설은 오방설 이후에 나온 이론으로, 금·목·수·화·토의 다섯 가지 물질 원소가 만물을 구성하고 자라게 하는 근원이라고 여겨졌기 때문에 생겨난 것이다.

이러한 학설들은 모두가 자연현상과 사회현상이 화합·통일을 이루어 원만하고 적절하게 조화되기를 주장한 것이다. 또한 이는 중국 선진 시기의 정치이상과 이성정신에 걸맞는 학설이며, 예술창작의 대립과 통일의 법칙 및 인간의 생리·심리구조와 예술창작심리·감상심리에 부합되는 것이기도 하다. 특히 정鄭나라의 사백史伯, 진晉나라의 각결郤缺과 사광師曠, 오吳나라의 계찰季札, 초나라의 오거伍擧, 제나라의 안영晏嬰, 정鄭나라의 자산子産, 주周나라의 단목공單穆公과 악공 주구州鳩, 노나라의 공자 등이 이러한 '중화'의 문예심리학 이론에 대해 각기 언급한 바 있다.

음양오행학파가 주장하는 '중화'의 주요 내용은, 첫째 '중화미中和美'의 생리적·심리적 토대에 중점을 두었다는 점, 둘째 음악의 음·색·미가 적절하게 배치되어야 함을 강조했다는 점, 셋째 각기 다른 소리를 교차시키면서 인간의 생리나 심리적 특징에 부합하도록 하여 쾌감과 미감을 불러일으킬 수 있어야 한다고 주장한 점들로 요약할 수 있다.

춘추시대 초기에는 아직 미에 대해 완전한 틀이 만들어진 상태가 아니었다.

단지 인체의 아름다움이란 측면에서 그 아름다움의 의미를 나름으로 표출한 것에 불과하다. 기존의 문헌를 살펴보면, 기원전 620년에 "겨울, 서나라가 거莒 땅을 정벌하려 하자 거莒 땅 사람들이 노나라로 와서 동맹을 청했다. 목백이 거 땅에 가서 그 자리에서 맹세를 하고, 양중襄仲을 위해 거 땅 여자를 맞이하였다. 언릉에 이르러 성에 올라 그녀를 보자 아름다워 자신이 그녀를 첩으로 삼았다 冬, 徐伐莒, 莒人請盟, 穆伯如莒莅盟, 且爲仲逆. 及鄢陵[지금의 산동성 臨沭縣 경계], 登城見之, 美, 自爲娶之"(《春秋左傳註》 第二册)라는 기록이 보인다. 이처럼 아름다움을 이용하여 인간의 생리형태를 표현하는 수법은, 심리학적인 각도에서 미학을 연구한 최초의 시도라고 할 수 있을 것이다. 음양오행론자들은 이미 예술창작에서 생리·심리적 요소를 중요하게 여겼으며, 생리와 심리의 필연적인 연관관계를 간파하고 있었다. 단목공은 "귀와 눈은 마음의 지도리[돌쩌귀·문장부 따위를 두루 이르는 말]이다 夫耳目, 心之樞機也"라고 하여, 귀와 눈의 느낌이 사람의 심리와 정신상태에 영향을 준다고 보았다. 그리고 "음악은 귀에 들리면 그만이고, 아름다움은 눈에 보이면 그만이다. 만약에 음악을 듣고 떨리거나, 아름다운 것을 보고 눈이 어지러우면 우환이 이보다 더 심한 것이 없다 夫樂不過以聽耳, 而美不過以觀目. 若聽樂而震, 觀美而眩, 患莫甚焉"(《國語·周語下》)라고 하여, 지나치게 인간의 감각기관을 자극하면 생리적으로 불쾌감을 일으켜 참다운 아름다움을 느낄 수 없다고 주장했다. 이처럼 단목공은 생리·심리를 미감의 문제와 서로 연관시켜, 지나친 생리적 자극은 오히려 인간이 사물에 대해 심미감을 느끼는 데 좋지 않은 영향을 준다고 보았다. 이는 예술심미 가운데 특히 '중화' 이론의 심리학적 토대가 되었다고 할 수 있다.

두번째로 음악의 소리와 색, 그리고 미는 적절해야 한다는 견해는 단목공과 악공 주구의 다음과 같은 말이 가장 대표적이라 할 수 있다.

> 주나라 경왕景王 23년(B.C. 522), 왕이 그 음높이가 무역無射[12율 가운데 하나]에 이르는 종을 주조하면서 이에 대림大林[12율 가운데 하나]의 음을 더하고자 하였다. 단목공이 말하기를, "불가합니다. ……귀로 조화를 살피는 것은 맑고 탁함의 사이에 있으니, 맑고 탁함을 살피는 것은 단지 한 사람이면 능히 맡아 할 수 있는 것입니다. 그래서 선왕께옵서는 종을 만드시는 데 크다 해도 질그릇을 벗어날 수 없고, 무겁다고 해도 돌의 무게를 벗어날 수 없도록 하셨던 것입니다.

율을 헤아리는 단위가 여기서 나오고 크고 작은 그릇의 쓰임이 여기에서 나오게 되니, 그런 까닭에 성인께서는 이를 신중히 하신 것입니다. 지금 왕께서 종을 만드시는데 귀로 들어도 들리지 않고, 음을 견주어 보아도 헤아릴 수가 없습니다. 그리하여 종소리로는 조화로움을 알 길이 없고, 척도로 삼고자 하여도 절주를 드러낼 수가 없습니다. 음악에 무익하고 백성들에게도 도움이 되지 않는데 어찌 그것을 사용하려고 하십니까? 무릇 음악은 귀에 들리면 그뿐이고, 아름다운 것은 눈에 보이면 그뿐입니다. 만약 음악을 듣고 떨리거나, 아름다운 것을 보고 어지럽다면 우환이 이보다 더 심한 것이 없을 것입니다."

(周景王)二十三年(公元前 522年), 王將鑄無射, 而爲之大林. 單穆公曰, "不可. ……耳之察和也, 在淸濁之間, 其察淸濁也, 不過一人之所勝. 是故先王之制鐘也, 大不出鈞, 重不過石. 律度量衡於是乎出, 故聖人愼之. 今王作鐘也, 聽之弗及, 比之不度, 鐘聲不可以知和, 制度不可以出節. 無益於樂, 而鮮民財, 將焉用之! 夫樂不過以聽耳, 而美不過以觀目. 若聽樂而震, 觀美而眩, 患莫甚焉." (《國語 · 周語下》)

악공 주구가 말하였다. "……무릇 음악은 천자의 직분입니다. 무릇 소리는 음악을 싣는 수레의 역할을 합니다. 그러나 종은 소리의 기물일 뿐입니다. 천자는 풍속을 살펴 음악을 만드는데, 악기로 여러 가지 음악 소리를 구비하고 음악은 반드시 소리를 싣는 데 사용되는 것입니다. 그러니 작은 것도 가늘어서는 안 되고, 큰 것일지라도 가로로 퍼져서는 안 됩니다. 그래야만 만물과 조화를 이루고, 만물이 조화를 이루면 아름다움이 이루어집니다. 그런 까닭에 조화로운 소리는 귀에 들어와 마음속에 간직되고 마음이 편안하여 즐거움을 느끼는 것입니다. 소리가 가늘면 느낌이 오지 않고, 가로로 퍼지면 귀로 받아들일 수 없습니다. 그렇게 되면 마음은 이것으로 불안하게 되고, 불안하면 병이 생기게 됩니다. 지금 종은 소리가 조잡하게 크기만 할 뿐이어서 왕께서 심적으로 감당할 수 없으니 오래 사실 수 있겠습니까?"

伶州鳩曰, "……夫樂, 天子之職也. 夫音, 樂之輿也. 而鐘, 音之器也. 天子省風以作樂, 器以鐘之, 輿與行之, 小者不窕, 大者不槬, 則和於物, 物和則嘉成. 故和聲入於耳而藏於心, 心億則樂. 窕則不咸, 槬則不容, 心是以感, 感實生疾. 今鐘槬矣, 王心弗堪, 其能久乎?" (《左傳 · 昭公 二十一年》)

전자는 주나라 경왕이 무역無射의 음률을 내는 큰 종을 주조하는데 그 종 위에 다른 것을 붙여 '대림大林'까지 낼 수 있도록 하자, 단목공이 이에 반대하는 논설을 적은 것이다. 여기서 단목공은 인간의 청각과 시각 능력은 일정한 한계가 있기 때문에, 외계의 소리와 빛이 그 한계를 넘어서면 시각이나 청각적으로 불편함을 느끼게 된다고 설명하고 있다. 이는 청각과 시각예술을 문예심리학적 각도에서 논의한 것이라고 할 수 있다. 분명 진정한 음악, 즉 예술적 음악을 만드려면 무엇보다 사람들로 하여금 쉽게 느끼게 해야 될 뿐만 아니라 청각을 자극하여 심리적으로 기쁨을 줄 수 있어야만 할 것이다. 따라서 그의 논의는 합당하다고 할 수 있겠다.

다음 후자는 악공 주구의 논설인데, 그는 '중화'의 적절한 음악만이 사람들로 하여금 진정한 즐거움을 느낄 수 있도록 한다고 주장하고 있다. 그는 만약 그렇지 못할 경우, 사람들의 욕구를 만족시킬 수 없을 뿐만 아니라〔窕則不咸〕, 사람들 또한 이를 받아들일 수 없게 되며〔槬則不容〕, 마침내 마음이 불안하여 질병이 생기는 지경에 이른다〔感實生疾〕고 말하고 있다. 이상 양자는 모두 초보적인 단계이기는 하지만, 생리학과 심리학적 차원에서 음악예술을 분석하고 있다고 할 수 있겠다.

단목공은 또한 인간의 생리 요소와 심리적·정신적 요소가 서로 연관되어 있다고 생각했다. 그래서 그는 "조화로운 것을 듣고 올바른 것을 보아야 합니다. 조화로운 음악을 들으면 귀가 밝아지고, 올바른 것을 보면 눈이 밝아집니다. 귀가 밝아지면 말이 들리고, 눈이 밝아지면 덕이 빛납니다. 말을 듣고 덕을 빛내니 생각이 순수하게 될 수 있습니다 聽和而視正. 聽和則聰, 視正則明. 聰則言聽, 明則德昭. 聽言昭德, 則能思慮純固"(《國語·周語下》)라고 하였던 것이다. 그의 말은 소박하나, 음악의 '조화〔和〕'가 불러일으키는 생리적인 쾌감이 다시 정신에 작용하여 정신적인 즐거움과 일종의 도야陶冶 효과를 줄 수 있음을 분명하게 인식하고 있는 것이다. 악공 주구 역시 "평화로운 소리는 자연의 절주와 부합된다 平和之聲符合自然節律"고 하여 음악이 중요한 사회적 기능을 지니고 있음을 간파하고, '음악'의 '조화'는 "사물이 그 항상됨을 얻는 것 物得其常"이자, 자연의 화합을 표현한 것이라고 생각했다. 그리고 바로 이러한 이유로 음악의 조화는 "신과 인간을 합일시키니 신은 이것으로 평안하며, 백성은 이것으로 (하늘의 명과 임금의 명을) 순종하여 듣는다 合神人, 神是以寧, 民是以聽"(《國語·周語下》)

고 하여 나라와 천하의 평안을 이와 연관시켰다.

단목공과 주구의 언론 이외에도 자산子産이나 의사 화和 등의 '오행'과 오미·오색·오성의 관계에 대한 논술 역시 문예심리학적 특색을 지니고 있다. 의사 화는 "하늘에는 여섯 가지 기가 있으니, 그것이 내려와 다섯 가지 색이 생겨나고 다섯 가지 색으로 표현되며 다섯 가지 소리로 징험되는데 (오미·오색·오성이) 지나치면 여섯 가지 질병이 생기게 된다 天有六氣, 絳生五味, 發爲五色, 徵爲五聲, 淫生六疾"고 하였으며, "번다한 수법을 쓰고 지나친 소리를 내어 마음을 음란케 하고 귀가 막히게 만듭니다. 이에 평온하고 조화로운 소리를 잊게 되어 군자는 듣지 않는 것입니다 於是有煩手淫聲, 慆堙心耳, 乃忘平和, 君子不聽也" (《左傳·昭公 元年》)라고 했다. 이는 음악을 들을 때는 반드시 리듬을 파악하고, 내심의 생리·심리적인 평형을 유지해야만 즐거움을 얻을 수 있다는 뜻이다.

또한 자산 역시 "기는 다섯 가지 맛이 되며, 다섯 가지 색으로 표현되고, 다섯 가지 소리로 징험된다. 이것들이 지나치면 혼미하고 어지럽게 되며, 백성들이 본성을 잃게 된다 氣爲五味, 發爲五色, 徵爲五聲. 淫則昏亂, 民失其性"고 하여, 인류의 호好·오惡·희喜·노怒·애哀·락樂의 감정을 각각 자연의 '육기'와 연결시켜 '육정六情'을 '육기'의 특징과 표현이라고 주장하였고, 가무는 쾌락을 표현해야지 애원을 표현해서는 안 된다고 생각하여 지나친 감정을 방지하도록 하였다. 그는 또한 "그 법칙을 살펴 비슷한 것끼리 나누어 여섯 가지 지志(호오·희로·애락)를 절제해야 한다. 슬프면 곡을 하면서 눈물을 흘리고 즐거우면 노래를 부르고 춤을 추며, 기쁘면 베풀어 주고 성이 나면 전쟁을 하며 다툰다. 기쁜 것은 좋아하는 것에서 생기고, 성냄은 싫어함에서 생긴다 審則宜類, 以制六志. 哀有哭泣, 樂有歌舞, 喜有施舍, 怒有戰鬪. 喜生於好, 怒生於惡"라고 하였다. 특히 그 가운데 "법칙을 살펴 비슷한 것끼리 나눈다"는 견해는 비유와 연상, 그리고 상상의 문제와 연관된 것이라 할 수 있다.

'중화'의 미에 관한 세번째 내용에 대해서는 사백과 안자의 문장을 통해 논의하고자 한다.

사백: 정나라 환공桓公이 사백에게 "주나라는 망할까?"라고 물었다. 이에 사백이 대답하였다. "아마도 틀림없이 망할 것입니다. ……지금 왕께서는 고명하고 밝은 신하는 두루 버려두고, ……화를 버리고 동을 취하신 것입니다. 무릇 조화는

만물을 낳지만 같으면 계속 이어질 수 없습니다. 다른 것으로 다른 것을 고르게 하는 것을 일러 조화(和)라고 합니다. 조화로우면 풍성하게 성장하고, 만물은 그것으로 모이게 되는 것입니다. 만약 같은 것에 같은 것을 더한다면, 결국 모든 것이 버려지게 될 것입니다. ……소리가 한결같으면 들리지 않고, 사물이 한결같으면 무늬가 없으며, 맛이 한결 같으면 달콤한 맛이 없고, 사물이 한결같으면 강구할 필요가 없습니다. 왕께서는 이러한 화를 버리고 오로지 같은 것만 고집하시겠습니까? 하늘이 밝음을 빼앗으려 하니 망하지 않으려 한들 그것이 가능한 일이겠습니까?"

史伯: 公曰, "周其弊乎?" (史伯)對曰, "殆於必弊者也. ……今王棄高明昭顯, ……去和而取同. 夫和實生物, 同則不繼. 以他平他謂之和, 故能豊長而物歸之. 若以同裨同, 盡乃棄矣 ……聲一無聽, 物一無文, 味一無果, 物一不講. 王將棄是類也而與剸同. 天奪之明, 欲無弊, 得乎?" (《國語 · 鄭語》)

안자: 제나라 경공景公이 말했다. "화와 동은 서로 다른가?" 안자가 대답하였다. "아닙니다. 조화(和)란 국과 같습니다. 물 · 불 · 식초 · 장 · 소금 · 매실을 이용하여 물고기나 육고기를 삶고, 땔나무로 그것을 끓입니다. 요리사는 그것을 잘 조화시켜 구미에 맞게 하는데, 입맛이 싱거우면 양념을 더 넣고, 입맛이 너무 짜거나 매워 지나치면 물을 더 넣습니다. ……선왕께옵서는 다섯 가지 맛을 잘 맞추고 다섯 가지 소리를 잘 조화시켜 이로써 마음을 평안히 하였고, 정치를 이루셨습니다. 소리 역시 맛과 같아서 기 · 이체(文武) · 삼류(풍 · 아 · 송) · 사물(金 · 石 · 絲 · 竹) · 오성(궁 · 상 · 각 · 치 · 우) · 육률(황종 · 대주 · 고선 · 유빈 · 이칙 · 무역) · 칠음(오성에 변궁 · 변치를 포함한 여섯 가지 음) · 팔풍(팔방의 바람) · 구가(수 · 화 · 목 · 금 · 토 · 谷 · 正德 · 利用 · 厚生 등 아홉 가지 덕의 노래) 등이 서로 조화를 이루어야 합니다. 또한 맑고 탁함, 크고 작음, 길고 짧음, 급하고 완만함, 슬프고 즐거움, 강하고 부드러움, 빠르고 느림, 높고 낮음, 나가고 들어옴, 빽빽하고 성김 등이 서로 잘 어우러져야 합니다. ……동일해서는 안 되는 까닭이 바로 이와 같습니다."

晏子: 公曰, "和與同異乎?" (晏子)對曰, "異. 和如羹焉. 水火醯醢鹽梅以烹魚肉, 燀之以薪. 宰夫和之, 齊之以味, 濟其不及, 以泄其過. ……先王之濟五味, 和五聲也, 以平其心, 成其政也. 聲亦如味, 一氣 · 二體 · 三類 · 四物 · 五聲 · 六律 · 七音 · 八風·九歌, 以相成也. 淸濁, 小大, 短長, 疾除, 哀樂, 剛柔, 遲速, 高下, 出入, 周疏, 以相濟也. ……同之不可也."(《左傳·昭公 二十年》)

본문에서 볼 때, 사백과 안자는 모두 '같은 것(同)'에 반대하고 '조화(和)'(다수의 대립적 통일)를 주장하고 있다. 이는 오늘날의 변증법적 사상의 편린을 드러내고 있는 것일 뿐더러 그 속에는 문예심리학 사상도 포함되어 있다고 할 수 있다. 그들은 이외에도 생리적인 '맛(味)'의 감각으로부터 예술에서의 '조화' 효과를 말하고 있다. 예를 들어 사백이 위 문장에서 "그러므로 다섯 가지 맛을 조화시켜 입맛에 맞게 한다 是以和五味以調口"는 말과, "여섯 가지 음률을 조화시켜 귀를 밝게 한다 和六律以聰耳"는 말을 병립하여 자신의 견해를 설명한 것을 보면 이를 확인할 수 있다.

이는 안자의 경우도 마찬가지이다. 그는 '소리 또한 맛과 같다(聲亦如味)'고 하여, 그것이 '서로 조화를 이루고(相成)' '서로 잘 어우러져야 한다(相濟)'고 주장했다. 이는 모두 예술을 감상하는 인간의 생리·심리적 특징과 부합하는 것이다. 인체의 생리·심리 유기체는 대립적 통일구조로 이루어져 있다. 그것은 마치 맛이 시고, 달고, 쓰고, 매운 것이 있는 것과 마찬가지로 슬픔과 즐거움, 긴장과 완화 등의 대립과 통일을 이루어 인체 내부의 생리적 또는 심리적 필요를 나름대로 중화시켜야만 한다. 맛이나 소리 역시 마찬가지이다. 일단 극으로 치닫게 되면 사람들은 불편함을 느끼게 되고, 예술작품의 경우에는 그 내재된 의미를 체험할 수 없는 지경에 이르게 된다. 이와는 반대로 예술작품, 특히 음악의 경우 여러 가지 소리들이 서로 조화를 이루면서 '중화'의 미를 지니게 되면 사람들의 생리·심리적 특징과 부합하여 쾌감과 미감을 불러일으킨다.

'중화'의 미는 선진시대 음양오행학파들이 처음으로 제기한 관점으로 문예심리학적 요소가 강하게 배어 있다. 이 이론은 이후 공자를 비롯하여 《악기》·《여씨춘추》 등을 통하여 계승되며, 그 속에서 더욱 체계적이고 풍부한 논의가 이루어진다. 이상으로 볼 때, 예술에 있어서 중화이론은 중국의 전통적인 예술이론의 하나로서 음양오행학파가 바로 이 이론의 발원지라고 할 수 있을 것이다.

앞으로 더 논의가 되겠지만, 음양오행학파의 '중화'를 중심으로 한 문예심리학 사상은 생리적 감각기관의 조화에서 출발하여 심리적·정신적인 조화의 문제로 이어지며, 다시 자연과 사회의 조화 문제로 나아간다. 그리하여 마침내 공자에 이르러 전면적인 '중화미' 개념이 생성될 수 있었던 것이다. 《악기》에 나오는 "큰 음악은 천지와 조화를 함께 한다 大樂與天地同和"라든지, "음악은 천지의 조화이다 樂者, 天地之和也"라는 말, 그리고 《여씨춘추》의 '중화' 이론 등은 바로 선진시대의 '중화'를 중심으로 한 미학·문예심리학적 틀을 세우는 과정으로서 거기에서도 역시 생리·심리적인 요소를 입론의 토대로 삼았다.

3. 《고공기》의 문예심리학

《고공기考工記》는 춘추 말기 제나라 사람이 쓴 관서官書로서 내용은 '백공의 일(百工之事)'에 관한 것이며, 그 속에 기재된 일의 종류는 대략 30여 가지나 된다. 그러나 《고공기》가 오로지 '백공'의 작업만을 연구한 것은 아니었다. 인류 생활의 각종 사물에 대한 연구를 중심으로 한 이 책에서도 일부 문예학·미학·문예심리학과 관련된 견해를 찾아볼 수 있다.

《고공기》는 선진시대의 음양오행과 전승관계에 놓여 있다. 그것은 '오색五色'(청·적·백·흑·황, 그리고 여기에 하늘의 색을 더하여 '六彩'라 한다)과 춘추 시기에 유행하던 '오행'(금·목·수·화·토)을 서로 연관시키고 있다는 점에서 알 수 있다. 당시 음양오행학파의 관점에 따르면, 하늘에는 음陰·양陽·풍風·우雨·회晦·명明 등 '육기六氣'가 있고, 땅에는 '오행'이 있다고 했다. 그들에게 있어서 오행은 대천세계大千世界를 구성하고 있는 다섯 가지 기본 원소였다.

그래서 사백은 "선왕께서 토·금·목·수·화를 서로 섞으니 만물이 생성되었다 先王以土與金, 木, 水, 火雜, 以成萬物"(《國語·周語》)라고 하였으며, 전금展禽은 "땅에 오행이 있어 만물이 생성되고 길러진다 地之五行, 所以生植也"(《國語·魯語》)라고 하였다. 또한 금·목·수·화·토라는 다섯 가지 물질이 무형인 하늘의 '육기' 작용으로 '오미五味'·'오색五色'·'오성五聲'이 생겨났다고 하여, "하늘에는 여섯 가지 기가 있는데 하강하여 다섯 가지 맛이 생기고, 다섯 가지 색으로 드러나며, 다섯 가지 소리로 징험된다 天有六氣, 降生五味, 發爲五色, 徵爲五聲"(《左傳·昭公 元年》)고 하였으며, "하늘의 밝음을 법칙으로 삼고 땅의 본성으로 인하여 여섯 가지 기가 나오니, 오행을 이용하여 기가 다섯 가지 맛이 되고 다섯 가지 색으로 발하며 다섯 가지 소리로 나타난다 則天之明, 因地之性, 出其六氣, 用其五行. 氣爲五味, 發爲五色, 章爲五聲"(《左傳·昭公 二十五年》)고 하였던 것이다. 이렇게 볼 때, 《고공기》에 나오는 '오색'은 '오행'이 표현해 낸 일종의 객관적 속성임을 알 수 있다. 《고공기》가 이처럼 음양오행설과 연관됨으로써 일부 예술창작의 변증법적 요소와 예술창작심리학 사상에 토대가 마련될 수 있었던 것이다.

《고공기》에는 옛사람들의 복식·생산도구·청동기 등의 그림이 추상화·규범화되어 있을 뿐만 아니라, 과장되고 변형된 형태로 기재되어 있다. 이를 볼 때, 이미 선인들은 나름대로 형식미에 대한 감상 능력과 표현 능력을 갖추고 있었음을 알 수 있으며, 또한 예술적 상상력과 추상화 능력 또한 지니고 있었음을 알 수 있다.

《고공기》에는 장식이나 무늬에 대해서도 논술하고 있는데, 특히 예복 문양의 내원이나 수레의 깃발과 천상天象을 대응시키고 있을 뿐만 아니라, 장식예술이 어떻게 인간의 생리·심리적 의지를 움직여서 심미적인 연상을 유발시키는가 하는 문제까지도 언급하고 있다. 이는 주로 '재인이 순과 거를 만든다(梓人爲筍虡)'는 장에서 살펴볼 수 있다. 순筍과 거虡는 중국 고대의 종경鐘磬, 특히 편종·편경을 걸어 놓는 나무받침대이다. 가로막대를 순이라 하며, 세로기둥을 거라고 한다. 《고공기》에서는 물고기·뱀·새우·두꺼비·귀뚜라미 등의 경우 순이나 거의 장식 문양이 될 수 없다고 기록하고 있다. 왜냐하면 앞서 인용한 것들의 경우 무거운 종을 받치기가 어려워 사람들에게 종과 경을 잘 지탱하고 있다는 인상을 줄 수 없기 때문이었다. 따라서 큰 동물이 쓰여져야 했고, 그 중 나자裸者(호랑이나 표범)·우자羽者(새 종류)·인자鱗者(용 종류) 등 세 가지가 가장 적합하다고 보았다.

또한 일반적으로 용 문양은 순을 만드는 데, 그리고 호랑이나 표범의 문양, 새 문양은 거를 조각할 때 쓰여졌다. (전자는 鐘虡라 하고, 후자는 磬虡라 한다.) 이러한 구분은 동물화의 형상이 불러일으킬 수 있는 심미적 연상과 그 악기가 내는 음악이 감상자의 심미심리 구조와 대응할 수 있는냐에 따른 것이다. 《고공기》에서는 "그 걸려 있는 것을 치니 거에서 울음소리가 나온다 擊其所懸而由其虡鳴"라고 말하고 있는데, 이는 사람이 종소리를 들으면 마치 거에 새겨 놓은 새나 짐승의 울음소리를 들은 듯함을 뜻한다. 이렇게 볼 때, 당시 장인들은 이미 예술감상에 있어서 예술적 상상력이나 심미심리가 존재함을 인식하고 있었다 할 수 있으니 게슈탈트심리학의 '이질동구異質同構' 설을 새삼 느끼게 된다.

《고공기》에서는 용처럼 비늘이 있는 것(鱗者)은 마땅히 순簨의 문양이 될 수 있으나, 기름지고 비계가 있는 것(膏者, 脂者)은 그 문양으로 쓸 수 없다고 기록되어 있는데, 이 역시 문예심리학적인 의미가 내재되어 있다. 비늘이 있는 동물은 잡아먹고자 할 때, "발톱을 깊이 하고 눈이 튀어나오며 비늘을 곧추세운다. 深其爪, 出其目, 作其鱗之而" 그러니 사람들이 쉽게 그것의 울부짖음을 연상할 수 있다. 이에 반해 살진 돼지나 양은 "발톱도 깊지 않고 눈도 튀어나오지 않으며 비늘도 생겨나지 않는다. 爪不深, 目不出, 鱗之而不作" 그래서 그저 노곤하고 무기력한 느낌을 주어 죽음을 앞두고도 슬피 우는 듯한 연상을 일으키지 않는다. 이러한 점을 볼 때, 《고공기》에서는 이미 문양예술의 심리적 작용에 주의를 기울이고 있었다 할 수 있을 것이다.

중국 상고 시기의 예술품이나 일부 기록으로부터 우리는 다음과 같은 대체적인 법칙을 구할 수 있을 것이다. 우선 예술창작과 인간의 사회심미심리는 대립과 통일의 상호 촉진관계에 놓여 있다는 점이다. 이는 다시 다음과 같이 정의할 수 있다. "일정한 시기의 예술작품과 문학 취미에는 사회의 심리가 표현되어 있으며, 모든 민족예술은 그 민족의 심리에 의해 결정된다." 분명 일정한 시기의 예술창작(예를 들어 은·주의 청동기 예술)은 일정한 계급(특히 통치계급)이나 계층, 그리고 일정한 사회집단의 사회심미심리를 표현하고 있다. 그리고 일정한 시기의 사회심미심리가 변화하게 되면, 또다시 새로운 예술가나 뛰어난 장인들에 의해 새로운 시대의 사회심미심리에 따른 예술작품의 창작이 이어진다. 또한 그 예술품들은 당대의 광범위한 독자나 관중들의 기호에 부합하면서 예술작품으로서의 심리적 효능을 발휘하는 것이다. 이렇게 본다면 중국 상고 시기를 포함한 선진시대, 아니 중국 전체의 예술론과 미학론은 어느 정도까지 문예심리학을 그 토대로 삼고 있다 할 수 있을 것이다.

제2절 노장老莊의 문예심리학

노자와 장자는 중국 고대의 저명한 철학자이자 미학가이다. 그들의 문예심리학 이론 역시 매우 풍부하다. 섭랑葉朗은 노자와 《노자》 서書는 공자보다 이전의 것으로, 역사적·논리적인 측면으로 보아 노자의 미학을 중국 미학사의 기점으로 삼아야 한다고 말했다.[4] 여기에서도 이러한 견해에 따라 노자의 문예심리학 사상을 공자 이전에 두기로 한다. 장자(B.C. 369-286)의 경우 출생 연대가 조금 늦기는 하지만, 노자의 철학·미학·문예심리학 사상과 한 체계에 속하므로 노자와 더불어 논의하고자 한다. 노장의 문예심리학 사상은 중국 문예심리학사의 기점으로 연구할 만한 가치가 있는 것들이다. 다음에서 노장의 문예심리학에 관한 기본적인 문제에 대해 논하고자 한다.

1. 노장 문예심리학의 철학·미학적 토대

문예심리학이란 문예학과 심리학이 연결된 주변과학이기는 하나 철학·미학과도 밀접한 관계를 가지고 있다. 노자와 장자는 고대의 위대한 철학가이다. 헤겔은 일찍이 노자의 철학·미학사상을 높이 평가하여, 그를 고대 동방정신의 대표격으로 여기고 있었다. 따라서 노장의 문예심리학을 연구하는 데 있어 먼저 그의 철학과 미학적 토대를 살펴보지 않을 수 없다.

노장철학의 주된 범주는 분명히 '도'라고 할 수 있다. 먼저 노장은 '도'를 비물질적이며 형이상학적인, 지고지상의 절대정신으로 우주의 본체라고 생각했다. 노자는 다음과 같이 말하였다. "혼돈되어 이루어진 물이 있으니, 하늘과 땅보다 먼저 생겼다. 적막하고 텅비어 없는 듯하니 홀로 서서 바뀜이 없으며, 두루 다니되 위태롭지 않으니 가히 천하의 어미로 삼을 만하다. 내 그 이름을 알지 못하여 억지로 글자로 나타내 도라 하고, 억지로 이름지어 크다라고 한다. 有物混成, 先天地生. 寂兮寥兮, 獨立而不改, 周行而不殆, 可以爲天下母. 吾不知其名, 强字之曰道, 强爲之名曰大"(《老子》第二十五章) 장자는 또한 "도란 만물이 말미암은 바이다. ……그래서 도의 존재에 대해 성인들도 존중하는 것이다 道者, 萬物之所由也 ……故道之所在, 聖人尊之"(《莊子·漁父》)·"정신은 도에서 생겨나고 육체는 정기에서 생겨나는 것이나, 만물은 형체로써 형체를 서로 만들어 낸다 精神生於道, 形本生於精, 而萬物以形相生"(《莊子·知北游》)고 하였다. 이로써 볼 때 '도'라는 것은 천지 이전에, 물론 천제天帝가 존재하기 이전에 존재하였던 것임을 알 수 있으며, 또한 '도'라는 것은 천지의 본체로 천지만물은 '도'에서 파생된 것임을 알 수 있다.

다음으로 노자와 장자는 '도'는 어떤 의지도 목적도 가지고 있지 않다고 생각했다. 노자는 "도는 스스로 그러함을 법으로 삼는다 道法自然"(《老子》 第四十二章) · "도는 항상 인위적으로 하는 것이 없으되 이루지 못하는 것도 없다 道常無爲而無不爲"(《老子》 第三十七章)고 하였으며, 장자는 "명성을 좇는 사람이 되지 말라. 계책을 꾸미는 중심 인물이 되지 말라. 일의 책임자가 되지 말라. 꾀를 내는 주도 인물이 되지 말라…… 지인의 마음씀은 거울과 같아서 외물이 가더라도 가는 대로 놓아두고, 오면 오는 대로 놓아두어 자연스럽게 응하여 숨겨두는 경우가 없다. 그래서 능히 외물을 이기고도 상처받지 않는다 無爲名尸, 無爲謀府, 無爲事任, 無爲知主. ……至人用心若鏡, 不將不迎, 應而不藏, 故能勝物而不傷"(《莊子 · 應帝王》)라고 말했던 것이다. 이처럼 '도'라는 것은 자연을 따르는 것으로 의식적으로 또는 일정한 목적을 가지고 만물을 주재하지 않는다.

이밖에 노자와 장자의 '도'는 '허무虛無'이자, '무無'와 '유有'의 통일이라 볼 수 있다. 노자는 "하늘과 땅 사이 모든 만물은 유에서 생겨났는데, 유는 무에서 생겨났다 天下萬物, 生於有, 有生於無"(《老子》 第四十章)고 하였으며, 장자는 "무릇 도에는 진실이 있고 효능이 있지만 작위도 없고 형체도 없다. 그것은 마음으로 전할 수는 있으되 물건처럼 받을 수는 없으며, 체득할 수는 있지만 볼 수는 없다 夫道, 有情有信, 無爲無形, 可傳而不可受, 可得而不可見"(《莊子 · 大宗師》)고 하였다. 따라서 '허무'의 경계가 최고의 경계이다. 그러나 '도'가 절대적으로 허무한 것은 아니다. 노자는 "도의 도됨은 황홀하기 이를 데 없다. 황홀하기 그지없나니, 그 속에 모습이 있고 황홀한 가운데 실물이 있다. 그윽하고 어두우나 그 속에 정수가 있나니, 그 정수는 진실로 참됨이라 그 속에 믿음이 있다 道之爲物, 惟恍惟惚. 惚兮恍兮, 其中有象. 恍兮惚兮, 其中有物. 窈兮冥兮, 其中有精, 其精甚眞, 其中有信"(《老子》 第二十一章)고 하였으며, 장자 역시 "하늘을 본뜨고 참됨을 귀히 여긴다 法天貴眞"고 하였다. 여기서 말하고 있는 '상象' · '물物' · '정精'은 모두 진실한 존재를 뜻한다.

섭랑은 바로 이러한 이유로 노자가 '도'를 중심으로 하는 철학체계를 세웠다고 말한 바 있다. 비록 '도'의 성질(물질인지, 아니면 정신인지)은 명확하지 않지만, 그것이 의지를 지닌 '상제'나 '천명'에 대한 부정에서 출발하고 있다는 것은 분명한 사실이다. 따라서 이러한 측면에서 볼 때, 노자의 철학은 장자의 경우와 마찬가지로 전체적으로 유물론적인 경향을 띠고 있다고 볼 수 있다.[5]

노자와 장자의 철학체계를 따를 때, 그들의 미학은 다음 두 가지 특징을 아우르고 있다고 볼 수 있다. 그 하나는 허무이며, 다른 하나는 변증법적이라는 것이다. '허무'라는 것은 우주 본체가 되는 '도'가 최고이자 절대적인 아름다움이며, 텅빔·자연·무위를 아름다움으로 간주하고 있음을 뜻한다. 노자는 "큰 소리는 소리가 들리지 않고, 큰 형상은 형태가 보이지 않는다 大音希聲, 大象無形"(《老子》第四十一章)고 하였으며, 이를 아름다움으로 간주하였다. 그리고 "담박澹泊함을 으뜸으로 삼고, 싸움에 이기는 것을 아름다움으로 여기지 않는다 恬澹爲上, 勝而不美"(《老子》第三十一章)라고 하였다. 또한 장자는 "천하에는 큰 아름다움이 있으나 말하지 않는다 天地有大美而不言"(《莊子·知北游》)고 하였으며, "텅 비어 고요하고 담담하며 적막한 가운데 인위적이지 않는 것 虛靜恬淡, 寂寞無爲"(《莊子·天道》)을 아름다움이라고 여겼다. 그리고 "인위적으로 하지 않으면서도 존경받고, 통나무처럼 질박하나 천하에 능히 아름다움을 다툴 만한 것이 없다 無爲也而尊, 素朴而天下莫能與之爭美"(《莊子·天道》)고 하였다. 이상은 모두 허무·자연·무위로 체현되는 '도'의 본성으로 말미암아 아름다울 수 있음을 말한 것이다.

소위 변증법적이라 함은 미의 상대성을 간파하고 있는 것이다. 노자는 "천하 사람들은 모두 아름다움의 아름다움됨을 알고 있으나 그것은 추악한 것이다 天下皆知美之爲美, 斯惡已"(《老子》第二章), "아름다움과 추악함은 서로 얼마나 떨어져 있는가? 美之與惡, 相去若何"(《老子》第二十章)라고 말한 바 있다. 장자 역시 미와 추는 상대적인 것이라 보았다. 그는 〈제물론〉에서 사람들이 아름답다고 생각하는 것을 보고 동물들은 오히려 달아난다고 비유했으며, 〈산목山木〉편에서는 "그 중 잘생긴 여자는 스스로 자신이 아름답다고 여기고 있어 나는 그녀가 아름다운 줄 모르게 되었고, 못생긴 여자는 스스로 아름답지 않다고 생각하고 있어서 나는 그 여자가 추한지를 모르고 있었다 其美者自美, 吾不知其美也, 其惡者自惡, 吾不知其惡也"라고 비유적으로 말했다.

이러한 예에서 볼 때, 노자나 장자 모두 아름다움이란 그 대립물인 '추함'으로 인해 상대적으로 존재하는 것이며, '미'와 '추'는 서로 바뀔 수 있는 것으로 여겼다고 보여진다. 요컨대 노자와 장자는 '허무'를 미의 최고의 경지라고 생각했다. 무릇 시각과 청각이 달라 각기 느낄 수 있는 소리와 색의 아름다움이란 것은 단지 현상일 뿐으로 미의 본질이 아니다. 허무의 '도'만이 미의 본체일 뿐이다. 그러나 그것은 인간의 감각을 통해 느낄 수 있는 실체가 아니다. 그렇기 때문에 '진실되고 효능이 있지만(有情有信),' 또한 '작위적이지도 않으며 형체가 있는 것도 아닌(無爲無形)' 것이다. 중국 미학 발전사를 살펴보면, 허무 자연과 미추의 상대성에 근거하여 미를 파악하고자 했던 노장의 미론美論이 이후 수많은 미학자들에게 영향을 주었음을 알 수 있다. 이러한 미론은 물론 노장 문예심리학 이론의 핵심을 이루고 있다.

2. '유무상생有無相生'—심리특징설

예술을 창작하고 감상할 때, 인간의 몸에는 예술과 서로 상응하는 심미심리적인 메커니즘이 존재하게 되는데 이를 일컬어 '심미심리審美心理 구조'라 한다. 흄(1711-76)은 일찍이 '마음의 특수구조'라는 개념을 사용한 바 있는데, 아마도 이것이 '심리구조'의 시초가 될 것이다. 그러나 최초로 '심리구조'라는 개념을 사용한 사람은 심리학자인 아브라함과 프로이트이다. 중국 문예심리학사상 누가 최초로 '심미심리 구조'의 문제를 언급하였는가에 대해서는 아직 고증된 바가 없다. 그러나 노장의 문예심리학 이론을 살펴보면 이미 이 문제에 대해 심도 있는 논의가 있었음을 쉽게 알 수 있다. 예컨대 장자는 무위의 미(無爲之美)에 대해 언급하면서 인간의 내적인 수양과 그 정신상태에 대해 설명한 바 있다.

〈지북유〉에 보면 다음과 같은 말이 있다. "설결이 포의에게 도에 대해 물으니 포의가 말했다. '당신의 형체를 바르게 하고 당신의 시각을 하나로 하면 하늘의 조화가 장차 이를 것이며, 당신의 지식을 버리고 당신의 사념을 하나로 하면 신명이 장차 와 머물게 될 것이다. 덕은 당신을 아름답게 할 것이고 도가 더불어 당신과 함께 할 것이니, 당신은 갓태어난 어린 송아지처럼 아직 아무것도 모르는 상태에서 사물의 까닭을 애써 구하지 않을 것이오.' 齧缺問道乎被衣, 被衣曰, '若正汝形, 一汝視, 天和將至, 攝汝知, 一汝度, 神將來舍. 德將爲汝美, 道將爲汝居, 汝瞳焉如新生之犢而無求其故'" 이는 인간과 미적 대상의 관계에 있어서, 반드시 특정한 심리상태를 가져야만 미를 느낄 수 있다는 뜻으로 사실상 심미심리의 특징에 대해 언급하고 있는 것이다. 따라서 노자와 장자야말로 중국 최초로 '심미심리 특징'설을 제출한 사람이라고 볼 수 있다.

그렇다면 무엇을 가리켜 '심미심리 특징'이라 하는가? 노장은 그들의 철학·미학사상에 근거하여 '유무상생有無相生'(《老子》 第二章) 이론을 내놓았다. 그들은 문예창작과 감상이 모두 실實에서 허虛, 유有에서 무無의 과정을 거쳐야 한다고 생각했으며, '유성有聲'·'유색有色'의 예술을 통하여 '무성無聲'·'무색無色'의 예술이라는 보다 높은 경지로 들어가야 한다고 주장했다. 노장이 말한 이러한 과정은 심미활동 중에서 보편적으로 존재하는 것인데, 이러한 경지에 도달하기 위해서는 인간에 내재하는 정신의 활동, 즉 상상이나 연상 등의 심미심리 구조의 도움을 받아야 한다. 노자는 "큰 음악은 소리가 들리지 않으며, 큰 형상은 형태가 보이지 않는다 大音希聲, 大象無形"고 하였다. 이른바 진정한 '대음'이란 '무성의 음'이란 뜻이다. 왕필은 이에 "천지에 들리지 않는 것을 이름하여 희라 한다 天地不聞名曰希"라고 주석한 바 있다.

장자의 경우 이보다 한 걸음 더 나아가 '천뢰天籟'·'천악天樂'에 대해 말하고 있는데, 이러한 음악의 특징은 "들어도 아무런 소리가 없고…… 아무런 소리가 없는 가운데 홀로 조화의 소리를 듣는다 聽乎無聲, ……無聲之中, 獨聞和焉"(《莊子·天地》)는 것으로, 일종의 "무성이 유성을 능가하는 無聲勝有聲" 심미경지 추구에 다름아닌 것이다. 이 역시 심미심리 특징에 부합하는 이론이다. 노장에 의하면, 인간은 음악적인 심미체험을 할 경우 음악적 의경意境이 인간에게 주는 심미적인 느낌의 연속성으로 인하여 소리 있는 음악의 의경으로부터 소리 없는, 그리하여 더욱 수준 높은 의경으로 빠져들게 된다는 것이다. 또한 이러한 것으로 말미암아 사람들은 상상·연상 등을 통해 음악예술에 대한 정감 축적이 가능해지고, 또한 유한한 예술작품으로부터 무한한 예술적 감동의 효과를 얻어낼 수 있게 되며, 이후의 회상이나 깨달음 등에 심리적인 근거를 제공한다는 것이다. 심미심리적인 측면에서 본다면, 이러한 느낌은 일종의 총체적 느낌〔整體感受〕이라고 할 수 있는데, 장자가 말한 "아무런 소리가 없는 가운데 홀로 조화의 소리를 듣는 無聲之中, 獨聞和焉" 것이라 할 수 있다.

장자는 〈천운天運〉편에서 황제의 입을 빌려 음악이론에 대해 언급하고 있는데, 여기서 이른바 총체적 느낌에 대해 상세하게 분석하고 있다. "황제께서 동정의 들판에서 함지의 음악을 연주하셨는데, 처음에 듣고는 두려움을 느꼈고 다시 들었을 때는 따분함을 느꼈으며, 마지막으로 들었을 때는 의혹을 느껴 평이한 가운데 아무런 말도 할 수 없는 지경에 이르러 스스로 어찌할 수가 없었습니다. 帝張咸池之樂於洞庭之野, 始聞之懼, 復聞之怠, 卒聞之而惑. 蕩蕩默默, 乃不自得" 곽상은 이에 대해 "스스로 어찌할 수 없다는 것은 앉아서 잊는다는 좌망의 뜻을 이름이다 不自得, 坐忘之謂也"라고 주석한 바 있다.

분명 위 인용문의 내용은 음악예술 감상의 심리과정과 유사하다고 할 수 있을 것이다. 처음에 음악을 들었을 때는, 아직 음향의 표층에 머물러 있기 때문에 인간의 음향에 대한 인식 역시 표상의 단계에 머물러 있으므로 심미심층 구조는 아무런 느낌을 받을 수 없다. 따라서 장자의 말을 빌리자면 "어느것 하나도 예측할 수 없어 당신은 두려워했던 것 而一不可待, 故汝懼也"이라 할 수 있다. 다음 두번째 들었을 때는 "자신의 형체가 텅비어 공허한 것으로 확충되고, 이에 마음이 순응의 지경에 이르렀기 形充空虛, 乃至委蛇" 때문에 '두려움'의 정서는 사라지고, 상상이나 연상 등의 작용을 통해 정화되고 심미경계에 진입하기 시작했음을 뜻한다. 마지막으로 들었을 때 의혹이 생긴 것은 이미 좌망하여 득도의 경지에 들어서서 아무런 소리도, 그 소리의 그침도 들리지 않는 상태에 돌입하여 자신도 외물도 잊는 지경에 이르러 "아무런 말도 하지 않지만 마음에 희열을 느끼는 無言心悅" 심미경지에 도달하였기 때문이다. 그렇기 때문에 '혹惑'이라고 하였던 것이다. 장자의 이러한 논의는 음악예술의 심미경험이 유성에서 무성으로, 실경實境에서 허경虛境으로 정화되어 가는 과정을 총결한 것으로 인간의 심리 특징과 예술심미 규율을 제시한 것이라고 할 수 있다.

이외에도 장자는 이러한 '지락무락至樂無樂'의 경지에 관해 적지않게 언급하고 있는데, 〈추수秋水〉편에서 장자와 혜자가 호량濠梁에서 물가에 노니는 물고기의 즐거움에 대해 논변한 것이나, 〈제물론〉에 나오는 장주의 꿈 이야기, 즉 호접몽胡蝶夢에 관한 우언 역시 이와 관련 있는 생동적인 예라고 할 수 있다.

노자의 '대상무형大象無形'은 '대음희성大音希聲'과 기본적으로 그 뜻이 같다. 다만 시각적인 형상에 대해 말한 것이 다를 뿐이다. 노자의 생각에 따르면 이른바 상象(사물의 형상)은 반드시 '도'를 체현해야 하며, "모습이 없는 모습, 실물이 없는 형상 無狀之狀, 無物之象"(《老子》 第十四章)을 이루어야 한다. 이는 시각적인 감지로부터 의식적인 깨달음으로 나아가야 함을 뜻하는 것으로, 장자가 말한 "진실되고 효능이 있으며 有情有信" "가히 미칠 수 있으되 볼 수는 없고 可及而不可見" "마음으로 전할 수는 있으되 물건처럼 받을 수는 없는 것 可傳而不可受"과 같은 것이다. 이처럼 노장은 예술감상이란 유형의 작품을 통해 무형의 경지에 들어가는 것, 즉 유에서 무로, 실에서 허로 나아가는 과정이라고 보았다.

노장은 또한 '무언지미無言之美'라는 문예심미심리의 특수한 효능에 대해 설명하였다. 노자는 "아는 이는 말하지 않고, 말하는 이는 알지 못한다 知者不言, 言者不知"(《老子》 第五十六章)고 하였으며, 장자는 "천지는 큰 아름다움을 지니고 있으나 말하지 않는다 天地有大美而不言"(《莊子 · 知北游》)고 하였다. 이것은 예술의 물질적 재료를 초월하는 함축미 · 의경미를 지적하는 것이다. 장자는 "물고기를 잡으면 통발을 잊고 得魚而忘筌" "토끼를 잡으면 올가미를 잊으며 得免而忘蹄" "뜻을 얻으면 말을 잊는다 得意而忘言"(《莊子 · 外物》)고 하였는데, 여기서 '언'과 '의'는 실경이며 '언의지외言意之外'는 허경, 즉 무언무의無言無意의 경지이다. 또한 그가 말한 "말로 논할 수 없고, 뜻으로 살펴 인지할 수 없는 言之所不能論, 意之所不能察致"(《莊子 · 秋水》) 경지이기도 하다. 곽상은 이를 일컬어 "말과 뜻의 밖에서 그것을 구하고, 말도 뜻도 없는 경계로 들어간다 求之於言意之表, 而入乎無言無意之域"고 말한 바 있다.

이러한 '무언지미無言之美,' "무언 가운데 마음으로 희열을 느끼는 無言心悅" 지경은 당연히 예술의 심미심리 과정에서 존재한다. 이러한 느낌은 사람들이 쾌감을 느끼거나, 또는 쾌감을 초월할 때 발생하는 일종의 정신적인 미감으로 '유有'에서 '무無'로, '실實'에서 '허虛'로 가는 심미심리 과정이라 할 수 있을 것이다. 이렇게 볼 때, 중국 문예심리학사에 있어서 노자와 장자가 최초로 이러한 '무언지미'의 심리학적 의의를 제시하였다고 할 수 있을 것이다.

'유무상생有無相生' · '지락무락至樂無樂'설과 아울러 장자는 예술의 직각直覺활동과 비슷한 '의치意致'설을 내놓았다. "가히 말로 논할 수 있는 것은 물체로 볼 때 큰 것이고, 뜻으로 인지할 수 있는 것은 물체로 미세한 것이다. 말로 논할 수 없고, 뜻으로 살펴 알 수 없는 것은 미세하거나 크다는 것을 결정할 수 있는 것이 아니다. 可以言論者, 物之粗也, 可以意致者, 物之精也. 言之所不能論, 意之所不能察致者, 不期精粗焉"(《莊子 · 秋水》) "글은 말에 지나지 않으니 말이 중요한 것이 된다. 말에서 중요한 것은 뜻이다. 뜻이란 따르는 바가 있는 것이다. 그러나 뜻이 따르고자 하는 바는 말로 전달할 수 없다. 書不過語, 語有貴也. 語之所貴者, 意也. 意有所隨. 意之所隨者, 不可以言傳也"(《莊子 · 天道》) 이러한 '의치'설은 특정한 심미심리 체험과 상상을 통해 곽상이 주석한 대로 "아무런 말도 뜻도 없는 경계 無言無意之域"를 창출하는 것, 즉 "마음과 정신이 융합하여 心融神化" 사물을 초월하는 신사神思와 의상意象에 다름없다. 이는 노자의 '유무상생' 이라는 심미심리 특징설의 토대하에서 한 걸음 더 나아가 인간의 심미심리 구조에 내재된 심리 특징, 특히 예술창작이나 감상을 할 때 지니게 되는 우연성과 직각성의 문제를 심도 있게 논의한 것이라고 할 수 있다.

노장의 '유무상생有無相生' 이나 '무언지미無言之美,' 그리고 '의치意致' 등의 심미심리 이론은 중국 문예심리학의 발전에 커다란 영향을 주었다. 상상·미상味象·응감應感·묘오妙悟·신리神理·의경意境 등의 제설諸說은, 노자와 장자의 문예심리학에 그 시원을 두고 있다고 해도 과언이 아니다.

3. '솔정이왕率情而往' — 심미정감설

생리학적인 각도에서 볼 때, 이른바 정서와 정감은 느낌으로 인하여 일어나는 비교적 강렬한 심리 반영으로, "현실적인 대상과 현상이 사람들의 수요와 사회의 요구에 부합하는지의 여부에 따라 생겨나는 체험"[6]이다. 노자는 '대음희성大音希聲, 대상무형大象無形' 과 같은 논점을 통해 미美·묘妙·미味에 대해 논했는데, 그 안에는 예술의 정감적 요소와 심미주체의 심미심리 구조 내에 있는 정감 요소가 포함되어 있다. 그러나 장자와 비교해 볼 때, 노자는 비교적 "사사로움과 욕망에 대한 논의가 적고 少私寡欲"[7] 오히려 "장자가 더욱 정감의 문제에 치중하고 있다. 莊子最是深情"[8] 문예심리학 측면에서 본다면, 장자는 사람들의 삶과 심령의 심층에 대한 연구를 중시하였을 뿐만 아니라 정감이라는 인간의 심미심리 구조의 핵심 문제에 대해 심도 있게 논하였다. 《장자》라는 책은 말로 다 개괄하기 힘들 정도로 예술정감에 대한 논술이 많다. 그래서 성현영成玄英은 이에 대해 "꾸미지 않고 천연 그대로 놔두고 정감에 따라 나아갔다 直致任眞, 率情而往"[9]고 형용했던 것이다.

장자는 우선 심미정감은 자연적으로 유출된다고 보았다. 〈덕충부德充符〉에는 장자와 혜자가 정감에 관해 논한 글이 실려 있다.

혜자가 장자에게 말했다. "사람은 본래 정이 없을까요?" 이에 장자가 "그렇습니다"라고 하였다. 그러자 혜자가 다시 묻기를 "사람에게 정이 없으면 어찌 그를 사람이라 하겠습니까?"라고 물었다. 그러자 장자가 다음과 같이 말했다. "도가 그에게 용모를 부여하고, 하늘이 그에게 형체를 부여했는데 어찌 사람이라 말하지 않을 수 있겠습니까?" 이에 혜자가 "사람이라고 말한 바에야 어찌 정이 없겠습니까?"라고 하자, 장자가 "그것은 내가 말하는 정이 아닙니다. 내가 정이 없다고 말한 것은 사람들이 지나치게 좋아하고 싫어함으로써, 안으로는 자신의 몸을 상하게 하지 않고 항상 스스로 그러함에 따라 애써 자신의 삶을 이롭게 하지 않으려 함을 말하는 것입니다."

惠子謂莊子曰, "人故無情乎?" 莊子曰, "然." 惠者曰, "人而無情, 何以謂之人?" 莊子曰, "道與之貌, 天與之形, 惡得不謂之人?" 惠子曰, "旣謂之人, 惡得無情?" 莊子曰, "是非吾所謂情也. 吾所謂無情者, 言人之不以好惡內傷其身, 常因自然而不益生也."

여기에서 혜자는 심미정감론의 측면에서 '정情이란 글자를 오인한'[10] 미혹된 인간으로 묘사되고 있다. 사실 장자는 정감을 부정한 것이 아니라 "좋아하고 싫어함으로 안으로 자신의 몸을 상하게 하는" 생리적인 정욕을 부정하였으며, 대신에 "스스로 그러함에 따라 자신의 삶을 애써 이롭게 하지 않는다 因自然而不益生"고 하여 진정한 의미의 자연 그대로의 정감을 주장한 것이다. 그는 자연스럽게 유출되는 심미정감을 종종 '유游' 자를 사용하여 묘사하고 있다. "더러운 먼지 밖에 유한다 游乎塵垢之外"(〈齊物論〉)·"어떤 것도 없는 무하유의 궁에 노닌다 游乎無何有之宮"(〈知北游〉)·"무궁에 노닌다 游無窮"(〈逍遙游〉)는 것부터, 심지어 〈전자방田子方〉에서는 노자의 입을 빌려 "사물의 시초에서 마음이 노닌다 游心於物之初"·"지극한 아름다움을 얻고 지극한 즐거움 속에서 노닌다 得至美而游乎至樂"고 말하고 있다. 이는 모두 예술창작과 감상에서 인간의 예술심미 정감이 내심으로부터 자연적으로 발생하는 것을 이르는 말이다. 진서록陳書錄은 한 논문에서 이러한 심미정감론의 기본적인 특징을 논술한 바 있는데,[11] 이를 참고로 하여 다음 몇 가지를 개괄해 보고자 한다.

첫째, 심미정감을 지닌 심미주체는 순수미를 가지고 있다. 심미주체는 세속과 동떨어져 있기 때문에 "능히 순수한 아름다움을 체득할 수 있다. 能體純素" 그래서 장자는 "소박하다는 것은 정수를 지녀 잡되지 않은 것이고, 순수하다는 것은 정신이 어그러지지 않았음을 말한다 素也者, 謂其無所與雜也, 純也者, 謂其不汚其神也"(《莊子·刻意》)라고 하였던 것이다. 이와 같이 심미주체와 그로부터 배양된 심미정감은 "세속의 득실을 깨끗이 씻어 一洗其流俗之得失"[12] 순수한 미를 얻은 것이다. 이러한 순수미는 노자와 장자의 '무위이무불위無爲而無不爲'의 철학관 및 '자연허정'의 미학관과 일치한다.

둘째, 심미정감이 온양되어 있는 심미적인 마음속에는 미가 풍부하게 자리잡고 있다. 세속과 동떨어져 세속을 초월하고 있기 때문에 심미주체의 마음은 넓기만 한 것이다. 이는 바로 '풍굉馮閎'(《莊子·知北游》)·'천부天府'(《莊子·齊物論》)와 다름없다. 심미적인 마음이 넓기 때문에 심미정감 역시 "만물을 널리 사랑하고, 천지와 하나가 되는 汎愛萬物, 天地一體" 무한히 넓은 미를 가지게 된다. 이는 노장의 '유'에서 '무'로, '실'에서 '허'로 나아가는 미학관이나 '거대함〔大〕'을 아름다움으로 삼는 심미관과 상응하는 것이다.

셋째, 심미정감이 용해되어 있는 심미의상審美意象은 완전한 미를 갖추고 있다. 장자는 "외물에 의해 자신의 뜻이 꺾이지 않는 것을 완전하다고 말한다 不以物挫志之謂完"(《莊子·天地》)고 하였는데, 이는 인간의 심미정감·심미심리 구조가 본래 완전성을 갖추고 있다는 뜻이라 할 수 있다. 그는 세속적인 더러움으로 아름다운 마음이나 뜻이 완전히 손상되거나 심미정감의 완전성이 파괴될 수는 없다고 생각했다. 심미정감의 완정미完整美에 대한 이러한 표현은 유심주의적 요소가 다분하지만, 인간의 심미정감의 심리규율을 반영하고 있음은 분명하다. 현대 심리학의 각 학파들은 모두 인류의 심리활동의 정체성을 인정하고 있다. 현대 두뇌과학의 연구성과에서도 역시 신경계통의 생리구조를 통해 이러한 점을 입증한 바 있다. 러시아의 심리학자인 루리아(1902-97)는 수많은 임상연구를 통하여 신경생리학이라는 학문을 창립하고, 고급 심리기능의 계통동력정위系統動力定位의 이론을 제기하였다. 여기서 그는 인간의 모든 심리활동은 인간 두뇌의 각 부분이 유기적으로 연계되어 움직인 결과라고 말하고 있다. 물론 2천 년 전에 살았던 장자가 이 점을 정확하게 파악하고 있었다고 말할 수는 없다. 그러나 분명 그는 심미정감의 정체성을 파악하고 있었을 뿐만 아니라, '완정完整'을 하나의 심미 범주로 파악하고 있었다고 볼 수 있다.

심미정감의 수양에 대해 장자는 "가슴속의 정성을 닦아 하늘과 땅의 본질에 순응하고 어지러워지지 말아야 한다 修胸中之誠, 以應天地之情而不攖"(《莊子·徐無鬼》)고 하여, 천지자연과 인간의 자연적 정서의 토대는 바로 '진실된 정성〔眞誠〕'이라고 말하고 있다. 따라서 장자의 '수성修誠'설은 심리학의 경우 인성人性 수양의 토대이며, 문예심리학에 있어서는 심미정감을 만들어 내는 토대가 된다고 할 수 있겠다. 장자는 "속마음이 순수하고 진실하여 정성으로 되돌아가는 것이 즐거움이다 中純實而反乎情, 樂也"(《莊子·繕性》)라고 하였다. 이는 '선성繕性'에서 배양된 '순실純實'이나, 또는 진실된 정성을 토대로 하면 자연적인 성정은 인간의 심리활동 유기체에서 심미심리 영역으로 옮겨와 심미심리 정감으로 전환된다는 것이다. ('즐거움〔樂也〕'이라고 한 것은 바로 이 뜻이다.)

이러한 전환을 실현하기 위한 방법으로 장자는 두 가지 길을 제시하였다. 1) 점진적인 깨달음으로, '심재心齋'식의 정감 집적이다. 장자는 이를 통해 "외물과 자아를 동시에 잊어버리는 物我兼忘" 경지에 이를 수 있다고 하였는데, 이는 문예심리학적인 측면에서 볼 때 자연적인 성정이 점차 인간의 심미정감으로 전환하는 것이라 할 수 있다. 2) '일시一視'식의 심미관조. '수성修誠'을 하는 중에 자연의 도에 몰입하고, 아울러 '심재'식의 집적과 내심의 정감 요소를 하나로 융합시킴으로써 심미심리 정감을 만들어 내는 것이다.

현대 문예심리학의 관점에서 볼 때, 예술가의 심미정감 구조와 체험에는 다음 두 가지가 포함되어 있다. 하나는 심미주체의 내적 정감에 대한 체험이며, 또 다른 하나는 심미객체의 객관적인 정감에 대한 체험이다. 전자의 경우, 톨스토이(1883-1945)는 이를 일컬어 '내심시력內心視力'이라고 하였는데, 이는 심리학에서 말하는 '내성력內省力'을 뜻하는 것으로 인간의 감각·지각·욕망·정서·정감에 대한 안으로의 성찰을 지적하는 것이다. 후자는 심미주체의 체험과 심미객체의 심리 능력으로, 플로베르(1821-80)는 이를 '심입설深入說'로 개괄한 바 있다. 그리고 김성탄은 '친동심親動心'이라고 하였다. 이는 심미주체가 예술적 상상을 통해 심미객체의 독특한 정감적 생활을 깊이 체험하는 심미적인 능력을 말한다. 결국 장자가 말하는 심미정감을 만들어 내는 두 가지 방법 가운데 하나는 심미주체의 정감활동('심재의 집적')에 치중하고 있으며, 다른 하나는 심미객체('自然之道'의 정감생활과 '일시' 관조)에 치중하고 있다고 할 수 있을 것이다. 물론 이러한 이론은 현대 문예심리학설의 경우처럼 명확한 것은 아니다. 장자는 주체의 정감 집적이나 객체의 심미적 관조, 이 두 가지 측면에서 공히 주체의 심미심리 구조에 부합되는 심미정감으로 전환되어야 함을 분명히 지적하고 있다는 점에서 심도 있는 고찰이라 하지 않을 수 없다. 장자는 이처럼 심미정감을 심리학의 영역으로 끌어들였을 뿐만 아니라, 그것이 생활정감이나 도덕정감과 다른 까닭을 분명히 밝히고 있다. 바로 이러한 점에서 장자는 중국 문예심리학사상 심미정감론을 최초로 정립했다고 할 수 있겠다.

4. '척제현감滌除玄鑒' — 심미주의설

미국의 심리학자인 크러치는 "주의注意라는 것은 정경 중에서 어떤 부분이나 측면을 선택적으로 집중하는 것을 뜻한다." "대개 주의하여 초점을 두고 있는 물건은 언제나 주의 영역에서 가장 분명하고 가장 분화된 지각현상이나 내용이 된다"[13]고 말하였다. 일반적으로 심리학에서 주의는 대뇌가 가장 심한 흥분상태를 이루는 데 핵심적인 역할을 한다고 여기고 있다. 심미적인 측면에서 볼 때 심미주의審美注意는 심미주체가 감상하고자 하는 예술적 대상을 더욱 정확하게 감지·이해·인식하도록 유도함으로써, 심미주체로 하여금 더욱 강렬한 심미적 쾌감을 느끼도록 하는 것을 뜻한다고 할 수 있다.

노자의 '척제현감滌除玄鑒' 설은 노자와 장자의 심미주의설의 원천이라고 볼 수 있다. 노자는 "잡념을 씻어 없애고 깊이 관조하면 능히 흠을 없앨 수 있겠는가 滌除玄鑒, 能無疵乎"(《老子》 第十章), "텅빔에 이르는 '치허致虛'를 지극하게 하고, 고요함을 지키는 '수정守靜'을 돈독하게 하면 만물이 더불어 자라는데, 나는 그것의 왕복순환의 도리를 볼 뿐이다 致虛極, 守靜篤. 萬物并作, 吾以觀復" (《老子》 第十六章)라고 하였다. 첫번째 것은 '도'에 대한 관조이다. 여러 가지 주관적인 욕망이나 잡념을 제거해야만 본질을 정확하게 인식할 수 있다는 뜻이다. 두번째 것은 첫번째 말을 보충하는 것으로 주관적인 욕망을 세척해야 할 뿐만 아니라, 마음에 있어서 허정이라는 가장 아름다운 심경을 유지해야만 사물의 본원을 인식할 수 있다는 뜻이다. 물론 노자의 말이 직접적으로 심미주의를 지적하는 것은 아니다. 그러나 그의 언급은 특히 심미주의와 관련하여 장자와 이후 문예심리학자들에게 커다란 영향을 끼쳤다.

특히 장자는 노자의 이러한 설을 계승하여 '심재'·'좌망'의 이론으로 발전시켰다. 장자는 〈인간세〉에서 다음과 같이 말하였다.

> 너는 뜻을 하나로 하여 귀로 듣지 말고 마음으로 들으며, 마음으로 듣지 말고 기氣로 듣도록 하라. 귀란 듣는 것에 그치며, 마음은 현상에 부합하는 데 그칠 따름이다. 기를 통해야만 텅빈 채로 만물을 기다릴 수 있는 것이다. 도는 오로지 텅빈 곳에 모인다. 그래서 텅비게 함은 마음을 재계하는 것이라 한다.

若一志, 無聽之以耳而聽之以心, 無聽之以心而聽之以氣. 耳止於聽, 心止於符. 氣也者, 虛而待物者也. 唯道集虛. 虛者, 心齋也.

'심재'라는 것은 공허한 심경을 말한다. 사람이 사물을 인식하기 위해서는 우선 감각기관(徇耳目內通)을 빌리고, 다음 '마음'의 논리적인 사고를 통해야 한다. 그러나 '귀란 듣는 것에 그치고,' '마음은 현상에 부합하는 것'일 따름이기 때문에 '기로써 듣고' '텅빈 채로 만물을 기다려야만 한다.' 이는 곧 일체의 시비득실是非得失을 버려야 한다는 말이다. 이처럼 잡념을 모두 버리고 마음과 뜻이 순수하게 하나가 된다면, 공허한 심정으로 사물을 직관함으로써 사물('도')의 최고 본질을 파악할 수 있게 된다는 것이 바로 장자의 생각이다.

또한 장자는 〈대종사大宗師〉에서 다음과 같이 말하고 있다.

자신의 신체에서 벗어나고 눈과 귀의 밝음을 애써 따지지 않아 자신의 형체와 지식을 배제하여 큰 통합에 동화하는 것, 이것이 좌망이다.

墮肢體, 黜聰明, 離形去知, 同於大通, 此謂坐忘.

'좌망'이란 개념은 '심재'보다 한 걸음 더 나아간 것이다. '자신의 신체에서 벗어난다'고 한 것은 '형체에서 벗어나' '자신을 잊어버림'을 뜻하는 것이고, '눈과 귀의 밝음을 애써 따지지 말라'는 것은 '지식을 배제함'을 뜻한다. 이렇게 '형체와 지식을 배제(離形去知)'하면 '큰 통합에 동화'하여 "지극히 아름답고 지극히 즐거운 至美至樂"(《莊子·田子方》) 경지에 이를 수 있게 된다. 이는 다시 말해 '도,' 즉 자연무위의 상태에 이르면 또한 직접적인 감지에 의거하여 지속적으로 상상력을 발휘할 수 있기에 일종의 정신적인 희열을 얻을 수 있다는 뜻으로 풀이된다. 여기에서 장자가 말하는 주된 내용은 '도'에 대한 감지와 인식과정인데, 초공리적인 관점이나 비이성적인 요소를 지니고 있다는 점에서 부정적으로 간주될 수도 있다. 그러나 또 다른 측면에서 본다면, 이 내용은 심미감지의 과정을 설명하고 있다고 할 수 있다. 즉 심미주체가 심미과정에서 적극적으로 외물의 간섭을 배제하지 못하면, 심미주의의 초점이 주의의 영역 밖으로 분산됨으로써 심미객체의 미학적인 의미를 파악할 수 없게 될 뿐더러 이에 따라 심미적인 쾌감도 얻을 수 없음을 말하고 있는 것이다.

이 점에 있어서 장자는 〈달생達生〉편에서 보다 구체적이고 분명하게 언급하고 있다.

공자가 초나라로 가는 길에 숲속을 지나다가 등이 굽은 노인이 매미 잡는 것을 보게 되었는데, 마치 손으로 물건을 줍는 것 같았다. 공자가 말했다. "그대는 교묘하구려. 무슨 도가 있나요?" 이에 노인이 "나에게도 도가 있지요. 오뉴월에 매미채 위에 알 두 개를 포개 놓고 떨어뜨리지 않으면 실패하는 경우가 거의 없지요. 세 개를 포개 놓고 떨어뜨리지 않으면 실패하는 경우가 열에 하나 정도이고, 다섯 개를 포개 놓고 떨어뜨리지 않으면 거의 매미를 줍는 것처럼 잡을 수 있습니다. 매미를 잡을 때 내 몸은 마치 고목의 뿌리 같고, 나의 팔은 나뭇가지처럼 움직이지 않습니다. 비록 하늘과 땅이 커다랗고 만물이 많다고는 하지만, 나는 오로지 매미 날개만을 알 뿐입니다. 나는 몸을 전혀 움직이지 않고 온갖 외물에도 매미 날개에 대한 생각을 빼앗기지 않습니다. 그러니 어찌 매미를 못 잡을 수 있겠습니까?" 공자가 제자들을 돌아보며 말했다. "심지를 분산시키지 않고 하나로 모으면 정신이 응집될 수 있다고 하였는데, 이는 저 등 굽은 노인네를 두고 한 말이로구나."

仲尼適楚, 出於林中, 見痀僂者承蜩, 猶掇之也. 仲尼曰, "子巧乎, 有道邪." 曰, "我有道也, 五六月累丸二而不墜, 則失者錙銖, 累三而不墜, 則失者十一, 累五而不墜, 猶掇之也. 吾處身也, 若厥株拘, 吾執臂也, 若摘木之枝. 雖天地之大, 萬物之多, 而唯蜩翼之知. 吾不反不側, 不以萬物易蜩之翼, 何爲而不得." 孔子顧謂弟子曰, "用志不分, 乃凝於神. 其痀僂丈人之謂乎?"

등이 굽은 꼽추노인이 어떻게 그리 쉽게 매미를 잡을 수 있었는가? 물론 그것은 오랫동안 나름의 수련을 했기 때문에 가능한 것이었다. 그러나 이외에도 더욱 중요한 이유가 있으니, 그것은 장자의 말 그대로 하늘과 땅이 크고 만물이 수없이 많지만 "오로지 매미 날개만을 알 뿐이고, 몸을 전혀 움직이지 않으며, 온갖 외물에도 매미 날개에 대한 생각을 빼앗기지 않았기" 때문이었다. 이는 공자의 말을 빌려 개괄하고 있는 '주의'에 관한 심리규율, 즉 "심지를 분산시키지 않고 하나로 모으면 정신이 응집될 수 있다 用志不分, 乃凝於神"는 말과 상응하는 것이다. 따라서 이 역시 심미주의의 심리적인 특징에 관한 내용을 담고 있다고 할 수 있다. 예술창조나 감상에서 어떻게 해야만 영감을 포착하여 예술품의 진가를 깨달을 수 있는가? 또는 어떻게 해야만 구상된 예술 이미지를 정확하게 표현할 수 있는가? 이러한 문제에서 가장 중요한 것은 위 인용문에 나오는 꼽추노인이 "오로지 매미 날개만을 알고 있었던 것"처럼, 심미 대상을 주위환경을 이루고 있는 만물에서 격리시켜 오로지 그 심미 대상에 온 정신을 쏟아부어야만 한다는 점이다. '용지불분用志不分, 내응어신乃凝於神,' 즉 심미주의는 예술창조와 예술감상의 중요한 심리적 특징에 대한 언급에 다름아니다.

'척제현감滌除玄鑑' 외에도 '무기無己'·'무공無功'·'무명無名'(《莊子·逍遙游》)·'조철朝徹'·'견독見獨'·'외천하外天下'·'외물外物'·'외생外生,' 그리고 '심재心齋'와 '좌망坐忘' 등의 이론은 공히 심미주의설과 밀접한 연관을 지닌 개념들이다. 이렇게 볼 때 노자와 장자는 문예심리학에서 특히 심미주의설에 이미 상당히 완성된 이론을 제시하고 있으며, 중국 문예심리학사상에 있어서 이와 관련된 학설의 창시자라고 할 수 있겠다.

5. '신여물화身與物化' — 심미이정설

이정移情이란 일종의 사유현상으로 예술창작과 감상에서 은유·의인·상징 등의 예술방법에 심리학적인 토대가 된다. 또한 이정이라 함은 심미주체(사람)가 심미과정에서 자신의 정감을 심미 대상으로 옮겨 그것에 정감과 생명을 부여하는 심리활동이기도 하며, 일종의 '감각적 인상의 중첩' 또는 '정감의 외사外射'라고 말할 수도 있다. 이정은 일반적으로 심미주체와 객체가 객관적으로 유사해야만 가능하다. 그래서 립스는 사람들이 '유사한 사물을 동일한 관점에서 이해하는' '자연적인 경향'[14]이 바로 이정의 생리학적 토대가 된다고 말한 것이다.

중국 문예심리학의 심미이정설은 노장학파에서 그 발단을 찾을 수 있다. 노자와 장자는 '천인합일'의 철학관·미학관을 통해 자연에 대한 인간들의 지배 능력을 특히 강조하였다. 그들은 "물을 물되게 하되 물에 의해 물이 되어서는 안된다 物物而不物於物"고 하였으며, "만물과 진실한 형태로 돌아가야 한다 萬物復情"(《莊子·天地》)고 주장하였다. 또한 인간들은 "만물과 더불어 추이推移하여 與物爲春"(《莊子·德充符》) 물아일체의 경지에 도달해야 한다고 하였다. 이렇듯 장자가 내걸고 있는 "하늘과 땅이 나와 더불어 함께 태어나고, 만물이 나와 더불어 하나가 된다 天地與我幷生, 萬物與我爲一"(《莊子 · 齊物論》)는 경지는 철학적, 그리고 미학적 최고의 경지라 할 수 있다.

장자는 또한 '천화天和' · '인화人和' 설을 내놓았다. 그는 "하늘과 더불어 조화를 이루는 것을 일러 천락이라 한다 與天和者, 謂之天樂"(《莊子 · 天道》)고 하였으며, 인간과 자연의 통일을 '천화' 라고 불렀다. 그리고 인간과 사회의 통일을 '인화' 라고 하였는데, "인간과 더불어 조화를 이루는 것을 인락이라 한다 與人和者, 謂之人樂"(《莊子 · 天道》)고 하였다. 이러한 '천인합일' 설이 바로 노장의 심미이정설의 철학적 · 미학적 근거를 이루고 있다.

〈제물론〉에서 장자는 '장주의 호접몽蝴蝶夢' (莊周夢爲胡蝶)을 예로 들어 '물화' 설을 내놓았다.

> 옛날에 장주가 꿈에 나비가 되어 훨훨 날아다녔다. 스스로는 만족하여 즐겁게 날아다녔지만 자신이 장주인 줄은 몰랐다. 문득 꿈에서 깨어나니 엄연히 자신은 장주였다. 그렇다면 장주가 꿈에서 나비가 되었던 것인가, 아니면 나비가 꿈에서 장주가 되었던 것일까? 알 수 없었다. 장주와 나비간에는 분명 구분이 있을 것이다. 이러한 것을 바로 물화라고 한다.
>
> 昔者莊周夢爲胡蝶, 栩栩然胡蝶也. 自喩適志與, 不知周也. 俄然覺, 則蘧蘧然周也. 不知周之夢爲胡蝶與, 胡蝶之夢爲周與. 周與胡蝶則必有分矣. 此之謂物化.

장주는 꿈에 나비가 되었는데, 너무 생생하고 득의만만하여 자신이 장주임을 잊었다. 그러나 꿈에서 깨어난 후 자신이 장주임을 깨닫고서 신기하고도 의아스러웠다. 이처럼 인간이 사물화하여 물아일체의 경계에 드는 것은 분명 심미이정의 한 경계라고 할 수 있다.

장자는 〈추수〉편에서도 이정의 다른 경지를 다음과 같이 묘사하고 있다.

> 장자와 혜자가 호량濠梁 위를 거닐고 있을 때, 장자가 "피라미가 나와 유유히 노닐고 있으니, 이것이 물고기의 즐거움일 테지" 하였다. 이에 혜자가 "자네는 물고기도 아니면서 어찌 물고기의 즐거움을 알 수 있겠나?" 하였다. 그러자 장자가 이렇게 대답하였다. "자네는 내가 아닌데 어찌 내가 물고기의 즐거움을 모른다는

것을 아는가?" …….

莊子與惠子游於濠梁之上. 莊子曰, "鯈魚出游從容, 是魚之樂也." 惠子曰, "子非魚, 安知魚之樂?" 莊子曰, "子非我, 安知我不知魚之樂?" …….

이에 대해 선영宣穎은 "내가 호량 위를 노닐어 즐거웠기에, 물고기 또한 호수濠水에서 즐거워함을 알았던 것이다 我游濠上而樂, 則知魚游濠上亦樂也"라고 주석하고 있다. 다시 말해 물고기에 대해 심미관찰을 할 때, 장자 자신의 유쾌한 감정이 물고기에게 '이입'된 것이며, 물고기가 노니는 모습이 반대로 장자의 주관적인 감정을 심화시켜 주었다고 할 수 있을 것이다. 마음의 즐거움과 노니는 물고기가 합쳐져 하나가 되니 일종의 새로운 심미의경, 즉 '물고기의 즐거움〔魚之樂〕'이 생겨날 수 있었던 것이다. 이러한 심미현상이 바로 이정인 것이다.

립스는 유쾌함을 느끼고 있는 자아는 자신이 느끼고 있는 대상 역시 유쾌하다고 느끼게 된다고 하면서, 이 두 가지는 결코 다른 것이 아니며 모두 동일한 자아, 즉 직접 경험에 의한 자아라고 볼 수 있다고 말했다.[15] 《장자》에서 말하고 있는 '장자의 호접몽'과 "호수 위에서 노니는 물고기의 즐거움 游濠梁魚之樂"은 이러한 '물아일체'의 이정현상이다. 그러나 자세히 들여다보면 장자의 내용은 서로 다른 각도에서 이정에 대해 언급한 것임을 알 수 있다. 그 하나는 심미심리 활동에서 심미주체가 심미객체로 전환되는 이정('장자의 호접몽')인데, 장자는 이를 일컬어 '물화'라 하였다. 다른 하나는 심미심리 활동에서 심미객체가 심미주체로 환화幻化되는 이정('魚之樂')인데, 물론 이에 대해 장자가 구체적인 개념으로 개괄하고 있지는 않지만 나름대로 이름을 붙이자면 '화물化物'이라 할 수 있을 것이다.

노장의 '신여물화身與物化'라는 심미이정설은 인간의 예술에 대한 심미심리 구조규율에 부합한다. 장자의 '물화'는 사실 마르크스가 말한 '인화적人化的 자연'(또는 '인간의 대상화')이며, '화물'은 '자연의 인화人化'[16]라고 할 수 있다. 서구 미학사나 문예심리학사에서 이에 대해 최초로 체계적인 이론을 제기한 사람은 바로 헤겔이다. 그는 자신의 저서 《미학》에서 한 사내아이가 호수에 돌을 던져 자신이 활동한 결과, 즉 파문을 감상하는 예를 들어 인간은 "외재의 사물에서 자아를 창조한다(혹은 자신의 창조)"[17]는 것과, "인간은 그의 환경을 인화한다"[18]는 사실을 설명한 바 있다. 장자의 '물화'설은 헤겔의 '환경의 인화'설보다

2천 년이 앞서 제시된 것으로, 세계 문예심리학사에 있어서의 그 가치는 두말할 나위가 없는 것이다.

6. '이천합천以天合天' — 심리거리설

"심지를 분산시키지 않고 하나로 모으면 정신이 응집될 수 있다 用志不分, 乃凝於神"는 설과 관련하여, 장자는 심미적 심리거리설과 유관한 이론을 제시했다. 전세계 문예심리학사에서 이른바 '거리설距離說'을 최초로 제시한 이는 스위스의 미학자이자 심리학자인 블로흐(1880-1934)이다. 1907년 그는 《예술적인 요소와 심미 원칙을 이루는 '심리거리설'》[19]이라는 글에서, '거리'를 인간의 심미경험의 특징으로 간주하였다. 예술창작과 감상에서 주체와 객체는 모두 일정한 정감심리의 거리를 유지하여 일정한 비공리성을 지닐 수 있어야 비로소 좋은 작품을 만들 수 있으며, 그 작품 역시 진정한 예술적 매력을 느끼게 할 수 있다는 것이 그의 논지이다.

장자의 심미적 심리거리에 관한 내용은 〈달생〉편의 "재경이라는 목수의 종틀 만들기 梓慶削木爲鐻" 이야기에 비교적 상세히 드러나고 있다.

> 재경이라는 목수가 나무를 깎아 종틀을 만들었다. 종틀이 만들어지자 보고 있던 이들이 귀신 같은 솜씨라며 놀랐다. 노나라 제후가 그를 만나 물었다. "그대는 무슨 도술로 이를 만들었는가?" 이에 목수가 "저는 목수인데 무슨 도술이 있겠습니까마는 한 가지 원리가 있기는 합니다. 제가 종틀을 만들고자 할 때면, 감히 기운을 소모하는 일 없이 반드시 재계齋戒하여 마음을 고요히 합니다. 3일 동안 재계하면 감히 이익이나 상·벼슬이나 봉록을 생각하지 않게 되고, 5일 동안 재계하면 감히 비난과 명예·교묘함과 서투름에 대해 생각하지 않게 되며, 7일간 재계하면 내 자신의 사지와 신체를 문득 잊게 됩니다. 이때가 되면 나라의 조정도 안중에 없게 되고, 오로지 기교를 다하기만 하여 외부의 사념은 사라지고 맙니다. 그런 다음에 숲속에 들어가 재목의 천성을 살펴 형태가 완전한 것을 찾습니다. 그런 다음 마음속으로 종틀을 생각해 보고, 다음으로 나무에 손을 댑니다. 그렇지 않을 경우에는 그만둡니다. 이것이 바로 내 자신의 본성과 나무의 천성을 합치시키는 것입니다. 제가 만드는 종틀이 신묘한 까닭은 바로 여기에 있습니다."

梓慶削木爲鐻, 鐻成, 見者驚猶鬼神, 魯侯見而問焉, 曰, "子何術以爲焉." 對曰, "臣工人, 何術之有! 雖然, 有一焉, 臣將爲鐻, 未嘗敢以耗氣也, 必齊以靜心. 齊三日, 而不敢懷慶賞爵祿, 齊五日, 不敢懷非譽巧拙, 齊七日, 輒然忘吾有四枝形體也. 當是時也, 無公朝, 其巧專而外骨消, 然後入山林, 觀天性, 形軀至矣, 然後成見鐻, 然後加手焉. 不然則已. 則以天合天, 器之所以疑神者, 其是與!"

여기에서 말하는 '이천합천以天合天'은 재목의 천성을 살핌〔觀〕→마음속에 종틀을 생각함〔成見鐻〕→손을 댐〔加手〕, 즉 관찰→구상→소조라는 창작과정을 말한다. 따라서 '이천합천'은 장자의 예술창작에 관한 법칙이라고 할 수 있는데, 그 중에서 '심미적 심리거리'설이 중요한 위치를 차지하고 있다. 이른바 '이천합천'은 주관의 자연스러움과 객관 대상의 자연스러움이 서로 결합하는 것이기도 하다. 전체적으로 볼 때, 이 이야기의 주된 논점은 이러한 '합'의 과정이라고 할 수 있는데, 특히 일정한 심미거리를 유지하여 비공리적인 관점을 유지해야 한다는 것을 시종일관 강조하고 있다. 재경이라는 목수가 만든 거鐻는 그 도안이 매우 섬세하고 아름다웠다. 장자는 그가 이러한 신적 경지에 도달할 수 있었던 근본 이유를 '제이정심齊以靜心,' 즉 재계하여 마음을 고요하게 만들어 거울과 같이 맑은 마음('심재')으로 창조할 대상을 대했기 때문이라고 말하고 있다.

그리고 그러한 마음가짐에 대해, 첫째 '불감회경상작록不敢懷慶賞爵祿'이라 하여 개인의 득실이나 이해에서 벗어나야 함을 언급하고 있고, 둘째로 '불감회비예교졸不敢懷非譽巧拙'이라 하여 창작에 앞서 자신의 작품에 대한 평가를 전혀 고려치 않아야 함을 제시하고 있다. 그리고 세번째로 '망오유사지형체忘吾有四枝形體'라 하여 자신을 잊는 상태로 들어가, 이를 통해 "나라의 조정도 안중에 없게 되고 오로지 기교를 다하여 외부의 사념이 사라지는 無公朝, 其巧專而外骨消" 상태에 이르러야 한다고 하여, 공무公務는 물론이거니와 일체의 외부 간섭을 배제해야 함을 들고 있다. 장자는 이렇게 한 다음, 다시 "숲속에 들어가 재목의 천성을 살펴 형태가 완전한 것을 찾으면" 자연히 '흉중성거胸中成鐻'하여 천하 으뜸의 예술작품을 만들 수 있을 것이라고 하였다. 결국 예술창작과 감상에서 이해득실에 따른 온갖 잡념을 배제하여, 주체와 객체로 하여금 일정한 심리거리를 유지토록 하는 것이 가장 중요한 일임을 강조한 것이라 할 수 있다.

그러나 이와 반대로 창작과 감상을 할 때 자아의 심리를 통제하지 못하여 공명이나 이해득실에 정신을 빼앗기거나 대상에 대한 감정이 지나치게 강렬하게 된다면, 좋은 작품을 만들어 낼 수 없을 뿐만 아니라 작품의 예술미를 감상하는 것 또한 어려워질 것이다. 일찍이 노신魯迅은 정감이 지나칠 때는 시를 쓰지 않는 것이 최선이라고 말한 적이 있었다. 정감이 지나칠 경우 심리적인 평형을 잃게 되고 이성적인 조절도 할 수 없기 때문에, 객체에 대해 냉정한 분석을 하거나 영감을 받아 자신의 예술적 감각을 대상과 상호 결합하는 것이 어렵기 때문이었다.

장자는 이외에도 예술창작에서 심미적 심리거리의 문제와 유관한 여러 가지 이야기를 하고 있다. 회화의 경우, 한 예를 들면 다음과 같은 것이 있다. "송나라 원군이 지도를 그리려고 하자, 많은 화공들이 몰려와 명을 받고는 배례를 하고 서 있었다. 그들은 모두 붓을 빨고 먹을 갈고 있었는데, 반수 넘는 이들이 여전히 밖에서 대기하고 있었다. 어떤 화공이 나중에 와서는 느긋하게 종종걸음을 걷지도 아니하고, 명을 받고도 배례를 하지 않고 서는 일도 없이 곧장 화실로 들어갔다. 원군이 사람을 시켜 그에게 가보도록 하니, 그는 이미 옷을 다 벗고 나체로 두 발을 쭉 뻗고 앉아 있었다. 원군이 말했다. '됐다, 그야말로 진정한 화공이로다.' 宋元君將畵圖, 衆史皆至, 受揖而立, 舐筆和墨, 在外者半. 有一史後者, 儃儃然不趨, 受揖不立, 因之舍. 公使人視之, 則解衣般礴裸. 君曰, '可矣, 是眞畵者也'"(《莊子·田子方》) 여기에서 장자는 임금을 위해 그림을 그리려는 대다수 공명심 가득한 화가들과는 달리, 모든 이해관념의 속박에서 벗어나 자신의 욕망(慶賞爵祿)을 버리고, 아울러 지식(非譽巧拙)을 버리며, 형체를 버려야만(解衣般礴) '진정한 화가(眞畵者)'가 될 수 있음을 말하고 있다.

또한 그는 내기 경기를 예로 들어 "질그릇을 내기로 걸고 활을 쏘면 교묘한 솜씨로 잘 쏠 수 있지만, 갈고리를 내기로 걸고 쏘면 마음에 걸리는 것이 있게 되고, 황금을 걸고 내기를 하면 정신이 혼미하게 된다. 교묘한 기술은 언제나 같지만 마음속에 꺼리는 것이 있기 때문에 외물을 중시하게 되고, 외물을 중시함으로써 내심이 졸렬해지는 것이다 以瓦注者巧, 以鉤注者憚, 以黃金注者. 其巧一也, 而有所矜, 則重外也. 凡外重者內拙"(《莊子·達生》)라고 하여, 마음속으로 다른 생각을 하게 되면 긴장되고 생각이 혼란해져 좋은 성과를 기대할 수 없다고 말하고 있다.

또한 배의 조종을 예로 들면서, "사공이 노 젓는 솜씨가 귀신 같았다. ……깊은 못을 언덕과 같이 보고, 배가 뒤집히는 것을 마치 수레가 뒤로 물러나는 것처럼 보기 때문이다. 그렇기 때문에 배가 뒤집혀 온갖 사태가 자신의 눈앞에서 일어나도 그의 마음속까지 개입할 수 없는 것이다 津人操舟若神……視淵若陵, 視舟之覆, 猶其車却也. 覆却萬方陳乎前而不得入其舍"(《莊子·達生》)라고 하였는데, 깊은 못을 구릉처럼 여기고 배가 뒤집히는 것을 수레가 언덕에서 뒤로 물러나는 것처럼 볼 수 있었던 것은 온갖 좌절이나 위험을 자신의 마음에 두지 않고, 일정한 심리거리를 유지할 수 있었기 때문이라는 것이다. 에드워드 블로흐는 대양을 항해할 때 안전에 대한 생각을 초월해야만 비로소 대해大海의 아름다움을 감상할 수 있다고 말한 바 있는데, 이 역시 장자의 생각과 일맥상통하는 것이다.

장자의 심미적 심리거리설은 그의 철학과 미학의 초공리적 관점에 뿌리를 두고 있다. 장자는 생활에서 이해득실을 초월해야만 절대적인 자유의 경지이자 무위의 경지에서 진정한 의미의 심미적인 쾌감을 얻을 수 있다고 생각했다. 그래서 그는 "죽음과 삶, 존속과 사라짐, 곤궁과 영달, 빈곤과 부유함 死生存亡, 窮達貧富"(〈德充符〉) 등 내심의 안정을 해치는 것들에 얽매이지 말 것이며, 사물을 대함에 있어서 "사물과 더불어 즐기고 與之爲悅"(〈則陽〉), "외물을 초월함으로써 마음을 노닐게 乘物以游心"(〈人間世〉) 해야만 비로소 인생의 진정한 즐거움을 맛볼 수 있으며, 이것이 바로 진정한 심미적 태도라고 말했던 것이다.

이외에도 〈양생〉편에 나오는 "포정의 칼솜씨 이야기 庖丁解牛"나 〈달생〉편에 나오는 "꼽추의 매미 잡는 이야기 痀僂者承蜩"·"사공의 귀신 같은 솜씨 이야기 津人操舟若神"·"여량의 헤엄 잘 치는 사내 이야기 呂梁丈夫蹈水"·"요임금 시절에 유명한 공인인 공수의 솜씨 이야기 工倕旋而蓋規矩"·"재경의 목공 솜씨 이야기 梓慶木爲鐻," 그리고 〈전자방〉에 나오는 "열어구의 활쏘기 이야기 列御寇爲伯昏無人射"나 〈지북유〉에 나오는 "초나라 대사마 집안의 공인 솜씨 이야기 大馬之捶鉤者" 등은 모두 세속의 이해관계를 초월해야 한다는 장자의 철학적 주장을 뒷받침하는 우언들이다. 그것은 다른 한편으로 진정한 아름다움은 물질을 초월하는 초공리적인 것으로, 심미주체와 객체 사이에 일정한 심리적 거리를 유지함으로써 드러나는 결과임을 설명하는 이야기라고 할 수 있다. 인간과 사물간의 심미적 관계에는 일정한 공리관계가 존재한다. 그렇기 때문에 완벽하게 공리를 초월한다는 것은 불가능하며, 따라서 장자의 초공리 주장은 당연히 유심론적

한계를 지닌다고 할 수 있다. 그렇지만 장자가 여기서 말하고 있는 내용 가운데, 심미는 일종의 자유로운 창작활동이고 심미적 즐거움(미감)은 자유로운 창조의 즐거움을 뜻하여, 예술의 창작과 심미감상의 심리규율을 어느 정도 반영하고 있다는 점에서 나름의 의미가 있다고 할 수 있다.

이상을 개괄할 때, 노장의 문예심리학 이론은 총체적이고 계통적이며, 또한 대단히 다양하게 전개된다고 할 수 있다. 그 이론은 철학과 미학, 그리고 심리학이 상호 결합하는 특징을 지닌 문예심리학 체계라 할 수 있는데, 이러한 체계는 사변적이면서도 또한 형상적인 것으로 이후 중국 미학과 예술에 커다란 영향을 끼쳤다.[20] 중국 문예심리학사에 있어서 많은 미학자들이나 예술가들의 미론・예술론・음악론・회화론・서법론・공원건축론 및 각종 예술창작이, 대부분의 경우 노자나 장자의 문예심리학에 그 근원을 두고 있다 해도 결코 과언이 아닐 것이다.

제3절 선진 유가의 문예심리학

공자孔子(B.C. 551-479)・맹자孟子(B.C. 약 390-289)・순황荀況(B.C. 약 313-238)은 모두 선진 유가학파를 대표하는 인물이다. 정치적으로 그들은 '경세치용'・'극기복례'를 주장함으로써 '인'을 핵심으로 하는 철학을 체계화시켰다. 이러한 철학사상과 상응하여 미학에 있어서도 문文과 질質의 통일과 중화미中和美를 강조하였으며, 사람들이 '인'이라는 정신적 경지에 도달하는 데 있어 예술창조와 심미의 역할을 중시하였다. 이러한 전제하에 그들은 인간의 심리적 유기체와 내심의 정욕을 연구하였고 특히 예술창조와 심미중의 생리・심리적인 조절작용에 주의를 기울였다. 그들의 문예심리학 사상은 바로 여기에서 비롯된다. 노장의 문예심리학이 철학과 심리학의 결합을 특색으로 한다면, 공자・맹자・순자의 문예심리학은 윤리학과 심리학의 결합을 특색으로 한다고 할 수 있다. 이처럼 윤리학과 심리학이 서로 결합된 문예심리학은 중국 문예심리학사에 있어서 나름대로 독특함을 지니고 있으며, 이후 커다란 영향력을 발휘하였다.

1. 공자의 문예심리학

공자는 특히 교육에 실천적으로 헌신하였기 때문에, 그의 심리학 사상 역시 교육의 측면에서 주로 표현되고 있다. 《논어》나 그밖의 《경經》·《사史》·《자子》 등에 기록된 공자의 언론에는 교육심리학 사상이 많이 담겨 있다. 그 속에는 교육심리학 사상의 기본 관점 이외에도 학습심리 사상·덕육德育에 관한 심리 사상·차이差異심리 사상·교사敎師심리 사상 등이 포함되어 있다. 그렇기 때문에 공자는 세계 최초의 교육심리학 사상가라고 불릴 만하다.

《논어》에는 공자의 문예심리학 사상을 반영하고 있는 문예와 심미 문제에 대한 언론이 많이 실려 있다. 그는 "자신의 사사로운 욕망을 극복하고 예로 돌아감이 인을 행하는 것이다 克己復禮爲仁"(《論語·顔淵》)라고 하였다. 즉 '인'의 경지에 도달하기 위해서는, 당시 노예제도 체제 내의 등급제도를 바탕으로 한 '예'를 준수해야 한다는 것이다. 이는 일종의 도덕적인 수양을 의미한다. 이외에도 공자는 '인'에 도달하기 위해서는 사상의식이 수양되어야 한다고 생각했다. "내가 인을 행하고자 한다면, 그 인이 곧 이르는 것이다. 我欲仁, 斯仁至矣"(《論語·述而》) 이를 위해 그는 심미와 예술의 역할을 강조하였다. "도를 아는 자는 이를 좋아하는 자만 못하고, 좋아하는 자는 즐거워하는 자만 못하다. 知之者不如好之者, 好之者不如樂之者"(《論語·雍也》) 이처럼 '인'에 도달하기 위해서는 단순히 앎이나 좋아함 정도에 그쳐서는 안 되며, 이에 대해 희열을 느껴야 한다. 당연히 이러한 경지는 지식보다 높은 경계인 것이다. 이처럼 공자의 문예심리학 사상은 그의 교육심리학 사상과 문예심리학 사상의 토대 위에서 형성된 것이며, 또한 '인'을 실천하는 교화를 목적으로 삼고 있음을 알 수 있다. 그의 문예심리학은 다음 몇 가지로 나누어 볼 수 있다.

첫째는 '흥興·관觀·군群·원怨' 설이다.

《논어》에는 다음과 같은 기록이 있다.

공자께서 말씀하셨다. "너희들은 어찌하여 시를 배우지 않느냐? 시는 일으킬 수 있고 살필 수 있으며, 무리를 지을 수 있고 원망할 수 있으며, 가까이는 어버이를 섬길 수 있고 멀리는 임금을 섬길 수 있으며, 새와 짐승·풀과 나무의 이름을 많이 알게 한다."

子曰, "小子何莫學夫詩. 詩, 可以興, 可以觀, 可以群, 可以怨, 邇之事父, 遠之事君, 多識於鳥獸草木之名." (《論語 · 陽貨》)

문학적인 측면에서 볼 때 위 인용문은 시(문학)의 사회적 역할을 이야기하고 있는 것이라고 할 수 있다. '흥'은 번역하면 "뜻을 감발하는 것 感發志意"[21]이자 "외물에 기탁하여 말을 일으키는 것 托物興辭"[22] · "비유를 끌어들여 비슷한 것을 잇달아 놓는 것 引譬聯類"[23]으로 풀이되었는데, 대체적으로 시가의 계발啓發 효능을 강조한다고 볼 수 있다. 다음 '관'은 "풍속의 성쇠를 살핀다 觀風俗之盛衰"[24] · "득실을 고찰하여 본다 考見得失"[25]라고 해석되어 왔는데, 시가의 인식작용을 뜻한다. '군'이란 "무리지어 서로 학문과 덕행에 힘쓴다 群居相切磋"[26] · "조화를 이루되 무리짓지 않는다 和而不流"[27]고 풀이되어 왔으며, 시가의 교육적인 역할을 강조한 것이다. 마지막으로 '원'은 "윗사람의 정치를 원망하고 풍자한다 怨刺上政"[28]고 해석되고 있는데, 시가의 비판적 역할을 강조한 것이라 할 수 있다. 물론 이러한 해석들은 각기 나름대로 타당하다. 그러나 흥 · 관 · 군 · 원 속에 문예심리학적인 요소가 담겨져 있음에도 불구하고, 위에서 인용한 해석들에는 이에 대한 논의가 전혀 이루어지지 않고 있다. 따라서 흥 · 관 · 군 · 원 속에 내재된 예술감상에 대한 미감심리의 특징 등을 정밀하게 분석해야 제대로 된 해석이 가능할 것이다.

이른바 '흥'의 '감발지의感發志意'나 '인비연류引譬聯類'는 표상 · 상상 · 연상 등을 통해 이루어진다. 이러한 것들은 이성보다는 심리나 정서에 호소하는 것으로 당연히 정감적인 요소가 풍부하며, 궁극적으로는 정감과 이지의 통일을 추구하고 있다.

'흥'에 대해서는 이미 국내외적으로 많은 연구자들에 의해 다양한 해석이 이루어졌다. 한대 학자 모형毛亨은 '흥'이란 《시경》의 표현수법 가운데 하나라고 하였으며, 정현鄭玄은 일종의 비유라고 말했다. 이외에도 다음 몇 가지 대표적인 견해가 있다. 첫째, 흥이란 정을 일으키는 것이자 시작을 여는 것이다라는 견해이다. 프랑스 학자 홀즈만은, 공자가 시에서 흥한다고 말한 것은 시에서 발단發端됨을 말하는 것이라 하였다.[29] 둘째, 흥은 시교詩敎의 방법이라는 견해이다. 이는 공영달孔穎達이 대표적 인물이다. 셋째, 흥이란 물에 감응하여 정을 일으키는 것으로 경景에서 정情에 이르는 것을 뜻한다는 해석이다. 프랑스 학자 웨일은 "'흥' 이란 인간의 정감을 격발시키는 것이다"[30]고 하였으며, 역시 프랑스 학자 리아거는 "'흥' 이란 인간의 의지를 일으키는 것"[31]이라고 하였다. 넷째, '흥' 이란 은유적인 형상이란 해석도 있다. 대표적인 인물은 유협劉勰으로, 그는 "비는 분명한 비유를 하는 것임에 반해 흥은 은미하여 어려운 것이다 比顯而興隱"(《文心雕龍·比興》)라고 하였다. 다섯째, '흥' 이란 중국 미학의 '이정移情' 설이라는 견해도 있다.[32] 이러한 모든 이론은 서로 다른 측면에서 '흥' 의 본래 의미를 찾고자 노력한 결과라 할 수 있다. 그러나 대부분의 경우 공자가 말한 흥과, 이후 전국 시기에 나온 부賦·비比·흥興의 '흥' 을 동일한 개념으로 간주하고 있다는 점에서 공통점을 지니고 있다.

앞에서 말한 바와 같이 공자의 '흥' 은 예술감상에서 표상·상상·연상 등과 같은 예술심리 활동(형상사유)을 개괄한 것이다. 이는 다음 몇 가지로 나누어 볼 수 있다. 첫째, '흥' 이 물物을 만나 정을 일으킨다는 뜻을 지닌다. 이는 시가에서 읊고 있는 외물과 심미주체의 미감심리가 서로 결합하여 정감이 생겨남을 뜻한다. 유협이 말한 "외물을 보면 정감이 발흥한다. 사람의 정감은 사물에 의해 발흥하며 ……외물이 작가의 정감을 통해 체현된다 覩物興情. 情以物興, ……物以情觀"는 것은 바로 이 뜻이다. 둘째, 심미정감으로 인해 상상과 연상, 심지어 영감이 발생한다는 뜻으로 풀이될 수도 있다. 셋째, 이러한 과정에서 다시 표상의 단계를 거쳐야 한다. 여기서 말하는 표상사유는 직각성을 지닌 정감사유를 뜻한다. 그래서 일본의 어떤 미학자는 공자의 '흥' 은 일종의 정감의 날뛺, 즉 흥등興騰이라고 하여, 일종의 '정신적인 각성' 과 현실에 대한 "정신이 노니는 식의 초월 神游式的超越"[33]이라고 하였다. 이는 '흥' 의 발흥과 체험을 중시하는 특성을 말한 것이다. 지금까지 우리는 공자의 '흥' 설을 체현하고 있는 시가나 기타 양식의 예술창작 실천에 대해 전혀 관심이 없었다. 그러나 그는 시를 논할 때면 종종 '탁물흥사托物興辭' · '인비연류引譬聯類' 의 방법을 채용했었다. 예를 들어 〈팔일八佾〉편에서 자하가 "예쁜 웃음에 보조개가 어여쁘며, 아름다운 눈에 눈동자의 선명함이여! 흰 비단으로 채색을 한다 巧笑倩兮, 美目盼兮. 素以爲絢兮"는 것이 무엇을 말하는 것이냐고 묻자, 이에 대해 정면으로 대답하지 않고 "그림 그리는 일은 흰 비단을 마련하는 것보다 뒤에 하는 것이다 繪事後素"라고 말하고, 연이어 자하가 "예가 (忠信보다) 뒤겠군요"라고 하자, "나를 흥기시키는 자는 자하로구나. 비로소 함께 시를 말할 만하다 起予者, 商也. 始可以言《詩》已矣!"고 한 것과 같다. 이는 미인의 외모에서 "그림을 그리는 일은 반드시 바탕을 칠하는 것이 우선이다 繪事必以粉素爲先"는 것을 생각해 내고, 다시 예를 전제로 해야 한다는 도리를 말하는 것이다. 이것이 바로 감상 속에서 연상이나 상상과 같은 심리적 내용을 운용한 것이라 하겠다. 공자는 도덕·윤리와 같은 이성적 교육을 매우 중시하였지만, 말년에 이르러 점차 예술의 정감적 특징을 인식하는 경향이 두드러지고 있다. 《예기》에 보면 공자가 "무릇 음악이란 상이 이루어진 것이다 夫樂者, 象成者也"라고 말하고, 주대周代의 대향례大饗禮에서 이루어지는 악무에 대해 언급하면서 "문에 들어갈 때 종과 경磬으로 음악을 연주하는 것은 정의情誼를 드러내 보이는 것이고, 당堂에 올라 청묘의 시를 노래하는 것은 덕을 숭상한다는 것을 보이는 것이며, (악공이) 당 아래로 내려가서 관악기로 상무象武의 곡을 부르는 것은 섬김을 보이기 위한 것이다 入門而今作, 示情也, 昇歌(淸廟), 示德也, 下而管象, 示事也"(〈仲尼燕居〉)라고 말하고 있다. 여기서 '상성象成'이나 '시정示情'이라고 한 것을 보면 감성과 이성의 통일, 특히 예술적 형상과 정감의 특질을 중시하였음을 알 수 있다.

'흥興·관觀·군群·원怨'설에서 특히 문예심리학적 요소가 짙게 배어 있는 것은 '흥'이다. 그러나 이외에 관·군·원설에도 정도의 차이는 있으나 예술감상의 미감심리에 관한 특징이 담겨 있다. 이른바 '관'은 주로 사회생활에 대한 예술의 인식작용을 가리키는 것이지만 이를 확대해 보면 예술감상이 일종의 인식활동이며, 이러한 인식활동에는 이성적인 요소뿐만 아니라 정감적인 요소나 심리적인 내용이 포함되어 있음을 설명하고 있다고 할 수 있다. 공자는 "《시》3백은 생각에 사악함이 없다 思無邪"(〈爲政〉)고 칭찬하면서, 〈관저關雎〉편은 "즐거우면서 지나치지 않고 슬프되 지나쳐 조화를 잃지 않았다 樂而不淫, 哀而不傷"(〈八佾〉)고 하였으며, "정나라 음악은 음란하다 鄭聲淫"(〈衛靈公〉)라고 말한 바 있다. 이는 예술을 통해 풍속의 성쇠를 볼 때, 종종 강렬한 정감심리 상태가 된다는 뜻과 상응한다. 다음 '군'은 예술을 통해 사람들끼리 사상과 정감을 교환함으로써 서로를 계발할 수 있는 교육적 작용이 가능하다는 것을 뜻한다. 그래서 《논어》에서는 "공자께서 남과 함께 노래를 불러 상대방이 노래를 잘하면, 반드시 다시 부르게 하시고 그 뒤에 따라 부르셨다 子與人歌而善, 必使反之, 而後和之"(〈述而〉)고 한 것이다. 이는 예술적 특징에 따라 먼저 정감을 교류하고 교육을 해야만 사상의 교류와 교육이 가능하다는 뜻으로 풀이될 수도 있다. '원'은 시정의 잘못을 지적하여 윗사람의 정치를 원망하거나 풍자할 때에도, 반드시 더욱 강렬한 정감적 요소와 심리적인 내용이 있어야 한다는 뜻이다. 물론 시를 짓는 자나 감상하는 자 모두가 마찬가지이다.

요컨대 공자가 말한 '흥·관·군·원'설은 시가(예술)감상에 대한 미감심리의 특징과 활동과정을 총체적으로 드러내고 있으며, 또한 심미주체의 정감심리 요소를 이용하여 이 네 가지를 관철시킴으로써 예술감상을 중시하는 정감 특징을 보여 주고 있다고 할 수 있다. 이러한 토대하에서 공자는 특히 '흥'을 가장 중시하면서, 관·군·원에서 '감발지의'·'탁물기정'·'인비연류'하는 '흥'의 통솔적 역할을 강조하였다. 왕부지는 《강재시화薑齋詩話》에서 흥·관·군·원에 관해 분석하면서, 공자가 말한 '흥·관·군·원'이란 심미적 범주의 의미를 매우 긍정적으로 서술하고 있다. 그리고 예술의 형상성과 정감이 서로 교차한다는 점을 중시하여 이것들간의 관계를 변증법적으로 논의하고 있다. 그의 논의는 공자의 '흥·관·군·원'설의 주된 의미와 상응하고 있다. 또한 섭랑葉朗은 공자가 '흥'을 흥·관·군·원에서 가장 윗자리에 둔 것은 그가 예술감상을 일종의 미감활동으로 간주하고, 그것의 가장 중요한 심리 내용과 심리 특징은 바로 예술작품이 인간의 정신에 대해 감흥·격동·정화·승화 등의 작용을 일으킨다는 것을 정확하게 파악하고 있음을 증거하는 것이라고 말하고 있다.[34] 이 역시 타당한 발언이라 하겠다.

둘째, '정리조화情理調和'설이다.

미학적 측면에서 볼 때 공자는 예술과 심미에 대해 미美와 선善의 통일, 문文과 질質의 통일을 주장하고 있다고 할 수 있다. 그리고 이러한 관점을 토대로 하여, 예술에 있어서 '중화中和'라는 심미 표준을 내놓고 있다. 공자는 다음과 같이 말하였다. "〈관저〉편은 즐거우면서 지나치지 않고, 슬프되 지나쳐 조화를 잃지 않았다. 關雎, 樂而不淫, 哀而不傷"(《論語·八佾》) "정나라 음악을 추방해야 하며, 말재주 있는 사람을 멀리해야 한다. 정나라 음악은 음란하고 말 잘하는 사람은 위태롭다. 放鄭聲, 遠佞人, 鄭聲淫, 佞人殆"(《論語·衛靈公》) 이른바 '불음不淫'이니 '불상不傷'이니 하는 것들은 모두 절제와 제한이 있어야 함을 일컫는 것으로, 인과 예의 요구에 부합되어야 함을 뜻한다. 따라서 정나라의 음악이 표현하는 예술적 정감이 지나치게 강렬하여 인과 예의 규범을 넘어서고 있기 때문에, 좋은 예술이 아니라는 뜻으로 풀이할 수 있다. 이것이 바로 예술의 좋고 나쁨을 구분하는 공자 나름의 '중화'라는 심미 표준이다.

앞에서 언급한 바와 같이 '중화'의 원칙은 공자의 독창적인 것이 아니다. 그 이전에 사백史伯·안영晏嬰·계찰季札·단목공單穆公·악공 주구州鳩 등이 '화和'에 관한 문제를 제기한 바 있다. 그러나 그들이 말한 것은 음악의 음조와, 그것이 가지고 있는 정감의 '화'에 대한 것이다. 이에 반해 공자는 예술의 윤리교육적인 역할에서 출발하고 있으며, 특히 '정리情理적인 조화'를 강조하고 있다는 점에서 구별된다. 공자는 "음악은 알 수 있는 것이다. 처음 시작할 때에는 오음을 합하고, 풀어 놓을 때에는 조화를 이루며, 분명하고 연속되어 한 장을 끝마쳐야 한다 樂其可知也. 始作, 翕如也, 從之, 純如也, 皦如也, 繹如也, 以成"(《論語·八佾》)고 하였다. 이는 음악의 선율이나 리듬을 통해 인간의 심미세계를 조정할 수 있음을 말한 것이다. 공자는 이러한 '중화'의 음을 통해 성정을 도야하고 사회를 인식할 수 있을 뿐더러, 내심의 정감을 조절하여 정情과 이理의 통일을 이루어 낼 수 있다고 생각했다. 공자의 이러한 '정리조화'설은 그 이전 사람들이 주장한 음악의 '화'보다 훨씬 체계적인 이론이라 할 수 있다. 중국은 전통적으로 예술의 창작과 감상에 '화'를 심미 표준으로 삼아 왔는데, 이는 공자의 중화설이 그 토대가 되었다고 할 수 있다.

셋째, 자연심미의 '비덕比德'설이다.

공자는 정치관이나 도덕윤리관을 서로 연계시켜 때로는 인간의 윤리도덕적인 측면에서 자연현상을 관찰함으로써, 자연현상을 인간이 지닌 정신상태의 표현이나 상징으로 비유하고 있음을 알 수 있다. 물론 공자가 자연미에 관한 심미적 감상 문제를 전문적으로 다루고 있는 것은 아니지만, 이와 관련된 문장을 보면 그 역시 자연미를 감상할 때 사람들의 심미심리의 특징을 정확히 파악하고 있음을 알 수 있다.

> 지혜로운 이는 물을 좋아하고 어진 이는 산을 좋아하며, 지혜로운 이는 동적이고 어진 이는 정적이며, 지혜로운 이는 낙천적이고 어진 이는 장수한다.
>
> 知者樂水, 仁者樂山, 知者動, 仁者靜, 知者樂, 仁者壽. (《論語·雍也》)

이 문장은 원래 지자知者와 인자仁者의 자연 경물에 대한 서로 다른 감상과 흥미를 설명하기 위한 것이다. 그러나 다른 한편 감상자는 자신과 서로 비슷한 성격이나 미학적 풍격을 가진 자연물을 감상하기 좋아함을 설명하는 것이기도 하다. 다시 말하면, 어떤 자연물을 감상하는 것으로부터 그 감상자의 성격과 성향의 기본적인 특징을 살펴볼 수 있다는 것이다. 지혜로운 이가 물을 좋아하는 것은, 물의 유동적인 특징으로부터 "지혜로운 이는 의혹되지 않음 知者不惑"(《論語・子罕》)과 물의 '동'적인 특징을 알 수 있기 때문이며, 어진 이가 산을 좋아하는 까닭은 산의 풍요롭고 안정된 모습 속에서 "어진 이는 근심하지 않음 人者不憂"(〈子罕〉)을 볼 수 있으며, 아울러 '정靜'적인 특징을 파악할 수 있기 때문이다. 심리학적인 각도에서 볼 때, 이는 인간과 자연 속에 상응하는 구조가 있어 서로 감응하고 교감할 수 있는 심미심리적 특징이 존재함을 최초로 언급한 것이라고 할 수 있다. 이를 '흥'설과 관련시켜 보면, 심미이정적인 심미심리적 요소를 갖추고 있다고 풀이할 수 있으니, 곧 '지자'와 물, '인자'와 산을 비유한 것은 네 속에 내가 있고 내 속에 네가 존재하여 둘이 하나가 된다는 뜻을 내포하고 있는 것이라 할 수 있다.

공자는 《논어》에서 이러한 원리를 사용하여 인간과 자연의 관계를 묘사하고, 다시 이와 상관된 도덕윤리관을 설명하고 있다. 예를 들면 다음과 같다. "정사를 덕으로 행하는 것은, 비유컨대 북극성이 제자리에 머물러 있으면 뭇별들이 그를 에워싸고 있는 것과 같다. 爲政以德, 譬如北辰, 居其所而衆星拱之"(《論語・爲政》) "공자가 시냇가에 머물면서 말하기를, 가는 것이 물과 같구나. 밤낮을 그치지 않는구나. 子在川上曰, 逝者如斯夫, 不舍晝夜"(《論語・子罕》) "공자가 말씀하셨다. 날씨가 추워진 후에야 소나무와 잣나무가 나중에 시듦을 알 수 있다. 子曰, 歲寒然後, 知松柏之後彫也"(〈子罕〉) 이러한 예에서 볼 수 있듯이, 공자는 자연물을 통해 자신의 사상을 비유하는 경우가 적지않았다. 그래서 유향劉向(B.C. 약 77-6)은 《설원說苑・잡언雜言》에서 공자가 산과 물을 비덕比德의 재료로 삼고 있다고 말하고, 또한 "군자의 덕을 물로 비유한 君子以水比德" 11가지 예를 들고, 지혜로운 이가 물을 좋아하는 이유와 어진 이가 산을 좋아하는 이유를 생동적이고 구체적으로 들고 있는 것이다.

공자의 '지자요수, 인자요산'설과 '비덕'이론은 장자보다 앞서 심미이정설에 대해 언급한 것이라 할 수 있다. 헤겔은 "자연미는 심정을 일으키고 이를 결합시킴으로써 하나의 특징을 지니게 된다"[35]고 하였으며, 체르니셰프스키 역시

"자연계를 구성하고 있는 미는 우리들로 하여금 인간(또는 인격)을 생각토록 만든다. 자연계의 미적 사물은 인간에게 일종의 암시가 되어야만 비로소 미적 의의를 지니게 된다"[36]고 하였다. 이들의 관점은 공자의 그것과 일치한다.

공자의 '지자요수, 인자요산' 설은, 이후 《관자管子 · 수지편水地篇》·《맹자》·《순자》에 의해 계승 · 발전되어 선진의 특색 있는 자연심미적 '비덕' 론을 형성하였다. 공자 및 선진의 '비덕' 심미이론은 봉건사회의 공리적 색채가 짙게 배어 있고, 또한 자연미와 심미이정의 문제를 사회실천적인 측면에서 해석할 수 없었기 때문에 일정한 한계를 지닌다. 그러나 고대 중국인들의 자연에 대한 사랑과 좋은 품덕을 추구하는 심미이상과 심미심리 정취를 반영하고 있는 점과, 중국 고대 문예창작과 심미감상에 커다란 영향을 주었다는 점에서 적지않은 의의가 있다.

2. 맹자의 문예심리학

맹자의 문예심리학 사상의 주요 특색과 내용은 인간을 완전한 심미주체로 파악하여 연구했다는 점이다. 맹자 이전에 음양오행학파 · 노자 · 공자 역시 인간을 심미주체로 간주하여 창작심리와 감상심리의 문제에 대해 언급한 바 있지만 그들의 연구는 완전하지 않다. 어떤 이들(음양오행학파)은 다만 예술창작과 감상에 있어서 인간의 생리적 감각의 역할만을 주로 언급하였을 뿐이다. 그러나 맹자는 비교적 자각적으로 인격을 지닌 개체로서의 인간으로부터 출발하여 심미주체의 심리적인 특징을 연구하였다.

먼저 맹자는 인격정신미에 대해 연구하였다. 그는 인격정신미를 심미적 즐거움과 연관지어 인격정신미로 얻어지는 심미적 즐거움을, 입 · 귀 · 눈 등에 의해 얻은 심미적인 즐거움과 연결지었다. 그는 다음과 같이 말하였다.

> 마음에 이르러 홀로 그러한 것이 없겠는가? 마음이 한 가지로 그러한 것은 무엇인가? 이른바 이치와 의이다. 성인은 가장 먼저 자신의 마음에 그러한 것을 얻을 수 있었으니, 그런 까닭에 이치와 의가 내 마음을 기쁘게 하는 것이, 마치 풀이나 곡식을 먹는 동물이 나의 입을 기쁘게 하는 것과 같은 것이다.
>
> 至於心, 獨無所同然乎. 心之所同然者何也. 謂理也, 義也. 聖人先得我心之所同然

耳. 故理義之悅我心, 猶芻豢之悅我口. (《孟子 · 告子上》)

어짊의 실제는 어버이를 섬기는 것이고, 의의 실제는 형을 따르는 것이다. 지의 실제는 이 두 가지를 알고 버리지 않는 것이다. 예의 실제는 이 두 가지를 행함에 절제하고 형식적 아름다움이 동반되는 것이다. 악의 실제는 이 두 가지를 즐겨 하는 것이니, 즐거워하면 생기나니, 생기는데 어찌 그칠 수 있겠으며, 그칠 수 없으면 자신도 모르는 사이에 발로 뛰며 손으로 춤을 추게 되는 것이다.

仁之實, 事親是也. 義之實, 從兄是也. 智之實, 知斯二者弗去是也. 禮之實, 節文斯二者是也. 樂之實, 樂斯二者, 樂則生矣. 生則惡可已也, 惡可已, 則不知足之蹈之手之舞之. (《孟子 · 離婁上》)

"이치와 의가 내 마음을 기쁘게 하는 것이, 마치 풀이나 곡식을 먹는 동물이 나의 입을 기쁘게 하는 것과 같은 것이다 理義之悅我心, 猶芻豢之悅我口"라고 하여, 인의를 행함에 즐거워하여 "자신도 모르는 사이에 발로 뛰며 손으로 춤을 추게 되는 不知足之蹈之手之舞之" 경지에 도달할 수 있다고 함으로써, 인격미의 연구와 그로 인해 나타나는 생리 · 심리적인 즐거움을 함께 연결시키고 있다.

맹자는 이러한 '이의理義'가 심리적인 쾌감과 미감을 일으킬 수 있다고 여겼는데, 이는 인간의 본성에 대한 그의 견해를 바탕으로 하고 있다. 그는 인간의 본성은 선한 마음을 가지고 있다고 생각했다. "측은하게 여기는 마음은 어짊의 실마리요, 부끄러워하고 미워하는 마음은 의의 실마리이다. 사양하는 마음은 예의 실마리이고, 옳고 그름을 아는 것은 지의 실마리이다. 사람에게 네 가지 실마리가 있는 것은 사람에게 사지四肢가 있는 것과 같다. 惻隱之心, 仁之端也. 羞惡之心, 義之端也. 辭讓之心, 禮之端也. 是非之心, 智之端也. 人之有是四端也, 猶其有四體也"(《孟子 · 公孫丑上》) 이는 유심론적인 인성론이지만, 다른 한편으로 인격의 본성과 사회심리적인 특징으로부터 인격미의 생리심리 구조를 파악한 것이다. 맹자는 선이란 인성이 본래 지니고 있는 것이라고 생각했지만, 선을 이루기 위해서는 완전한 도덕을 갖추고 도덕적인 수양을 닦아 인의의 도를 실행해야 하며, 이는 금수의 육욕 충동과는 다른 것이라고 생각했다. 만약 그렇지 않다면 "짐승을 이끌어 사람을 먹게 하고, 장차 사람들끼리 서로를 먹을 것이다 率獸食人, 人將相食"(《孟子 · 滕文公下》)라고 하였다. 이는 인격정신의 심미적인 즐거움에 윤리도덕의 내용을 부여한 것으로, 생리적인 욕망만을 만족시키고자 하는 순수한 동물적인 쾌감과는 구분된다. 따라서 예술심미심리학적인 의의가 있다고 할 수 있다.

맹자가 공자보다 깊이가 있는 부분은, 그가 인격미를 연구한 토대 위에 미감의 문제에 대해 더욱 깊이 있는 연구를 하고, 또한 인간의 감각기관과 인간 본성의 문제까지 파고들었다는 점이다. 그는 다음과 같이 생각하였다.

> 사람의 입에 맛이 좋은 것은 사람들마다 같은데, 역아易牙가 우리들의 입이 즐겨 하는 것을 가장 먼저 안 사람이다. 만약 맛 좋은 것에 있어서, 그 성질이 일반 사람과 다르다면 개나 말이 우리들과 같은 부류가 아닌 것과 같다. 그런즉 천하에 어떤 기호가 모두 역아의 입맛에 따르겠는가? 맛에 있어서는 천하가 역아에게 기대하는 바가 있으니, 천하의 입맛이 서로 비슷하기 때문이다. 귀 또한 그러하다. 소리에 있어서 천하가 사광에게 기대하는 바가 있으니, 이는 천하 사람들의 귀가 서로 비슷하기 때문이다. 눈 또한 그러하다. 자도라고 하면 천하에 그 아름다움을 모르는 이가 없다. 자도의 아름다움을 모르는 이가 있다면, 그는 눈이 없는 자이다. 그렇기 때문에 입은 맛에 대해 똑같이 즐기는 것이 있고, 귀는 소리를 듣는 것에 똑같이 들음이 있으며, 눈은 빛깔에 있어서 똑같이 아름답다고 여기는 바가 있는 것이다.
>
> 口之於味, 有同耆也, 易牙先得我口之耆者也. 如使口之於味也, 其性與人殊, 若犬馬之與我不同類也, 則天下何耆皆從易牙之于味也? 至於味, 天下期於易牙, 是天下之口相似也. 惟耳亦然. 至於聲, 天下期于師曠, 是天下之耳相似也. 惟目亦然. 至於子都, 天下莫不知其姣也. 不知子都之姣者, 無目者也. 故曰, 口之於味也, 有同耆焉. 耳之於聲也, 有同聽焉. 目之於色也, 有同美焉. (《孟子·告子上》)

앞에서 "이치와 의가 내 마음을 기쁘게 하는 것이, 마치 풀이나 곡식을 먹는 동물이 나의 입을 기쁘게 하는 것과 같은 것이다"라고 한 것은, 사실 인격정신미 역시 감각기관과 마찬가지로 심미적인 즐거움을 얻을 수 있음을 설명하고 있을 뿐만 아니라, 미적 윤리도덕과 '미味'를 연결지어 미적 윤리도덕에는 정신적인 즐거움뿐만 아니라 감성적인 즐거움도 들어 있어 인간의 생리·심리적인 욕구와 분리시킬 수 없음을 설명한 것이다. 위 인용문에서 맹자는 중국 문예심리학사상 처음으로 '공통미'·'공통미감'의 문제를 제기하고 있다. 또한 '공통미'·'공통미감'이 나타나는 원인에 대해서 인본학적인 각도에서 비교적 세밀한 생리·심리학적인 분석을 하고 있다. 먼저 미와 미감의 공통성이 존재하는 것은 인간의 감각기관이 같기 때문이라고 설명하고 있다. 예를 들어 인간은 공통의 미감, 공통의 성감聲感, 공통의 색채감 등을 가지고 있다는 것이다. 사물에 대한 감각기관의 공통된 감각이 있기 때문에 진晉나라의 악사樂師인 사광師曠은 사람들이 모두 좋아하는 음악가가 되었으며, 자도子都는 사람들이 모두 인정하는 미남자라고 할 수 있었던 것이다. 그렇다면 생리기관의 감각 공통성은 어디로부터 오는 것인가? 맹자는 인간이 공통의 본성을 가지고 있기 때문이라고 말하고 있다. 맹자는 "무릇 종류가 같은 것은 다 서로 비슷한 것이니, 어찌 홀로 사람에 있어서만 그것을 의심하랴. 성인도 나와 동일한 부류의 사람이다 凡同類者, 擧相似也, 何獨至於人而疑之. 聖人與我同類者"(〈告子上〉)라고 하였다. 제齊나라 선왕宣王은 사람을 보내 맹자가 다른 사람과 어떤 점이 다른 지를 살펴보게 하였다. 후에 이를 안 맹자가 말하기를 "어찌 사람이 다르겠는가? 요임금이나 순임금도 다른 사람과 동일한 사람이다 何以異於人哉? 堯舜與人同耳"(〈離婁下〉)라고 하였다. 미감이 공통성을 가지고 있는 것은 인간이 인간으로서 가지고 있는 생리와 심리 감각기관의 공통성 때문이다. 이러한 감각기관의 공통성은 또한 개·말과 같은 동물이 가지고 있는 생물적인 공통성과는 다른 것으로 중국 문예심리학사상 비교적 일찍 출현하였으며, 비교적 전형적인 문예심리학의 방법인 것이다.

맹자는 그의 제자인 함립몽咸立蒙과 "군군君君·신신臣臣·부부父父·자자子子"라는 유가의 도에 대해 토론하면서, 시를 읽는 방법에 대해 '이의역지以意逆志'라는 다음과 같은 예술감상론을 내놓았다. 그는 이렇게 말하였다.

> 시를 말하는 이가 글로써 말을 해치지 않고 말로써 뜻을 해치지 않으며, 자신의 뜻으로 지은이의 뜻을 받아들일 수 있으면 이로써 시를 안다고 할 수 있을 것이다.
>
> 說詩者, 不以文害辭, 不以辭害志, 以意逆志, 是爲得之. (《孟子·萬章上》)

과거 이 글은 일반적으로 비평론의 각도에서 정확하게 작품을 이해하고 평가하는 방법에 대해 말한 것이라고 생각되었다. 이 역시 합리적인 일면을 가지고 있다. 그러나 만약 맹자가 강조하고 중시했던 심미주체인 인간에 대한 연구라는 점에서 본다면, 이를 예술감상론의 측면에서 이해하는 편이 더욱 합리적이고 예술적인 의의를 지닌다. 이른바 '의意'가 가리키는 것은 "배우는 이가 가진 마음속의 뜻 心意" 즉 심미주체의 주관적인 느낌이며, '지志'라는 것은 시인이 예술작품이라는 심미객체를 통해 표현하는 사상적 의의이다. '이의역지以意逆志'는 곧 "자신의 뜻으로 시의 뜻을 미루어 헤아리는 것 以己意己志推作詩之志"[37]으로 독자(심미주체)가 작품에 대한 자신의 주관적인 느낌에 근거하여, 작품이 표현하고자 하는 주제의 의의와 사상·감정을 파악하는 것이다. '의意'는 "배우는 이가 가진 마음속의 뜻"이기 때문에, 반드시 예술작품을 감상할 때는 체험·상상·이해 등의 심리활동이 이루어져야 한다. 또한 예술작품은 주관과 객관의 통일이기 때문에, 항상 창작자의 주관적인 감정과 심리적인 체험을 담고 있으므로 감상자 역시 주관적인 감정과 심리적인 체험을 가지고 작품을 이해하고 감상해야만 창작자와의 교통이 이루어져 예술작품의 심층적인 의미를 깨달을 수 있다. 이처럼 맹자는 작품을 이해하고 평가하는 방법을 말하고 있을 뿐만 아니라, 그가 심미주체에 대한 연구를 중시하여 감상주체의 상상력·정감체험 등 심리적인 요인이 예술감상에 있어서 중요한 역할을 한다는 것을 간파하고 있음을 분명히 드러내고 있다. 만약 이러한 의의에서 그의 '지인논세知人論世'설("옛사람의 시를 읽고 옛사람의 책을 읽으면서 그 사람을 모른다는 것이 가능할까? 그래서 다음으로는 이를 통해 그 세상을 논하는 것이니, 이를 옛날로 올라가 옛사람을 벗하는 것이라 한다. 頌其詩, 讀其書, 不知其人, 可乎? 是以論其世, 是尙友也")(〈萬章下〉)을 연결지어 본다면, 특히 미학적 측면에서 맹자가 예술작품에 대한 심미의식과 창작자에 대한 사회학적 고찰을 중시했다는 점과, 심령을 통해 작품을 만드는 창작주체에 대한 고찰을 중요하게 생각했다는 점을 알 수 있다. 물론 그의 논의에는 문예심리학적인 의의가 다분하다고 할 수 있다.

맹자는 개체 인격미의 연구에 있어서 또한 '호연지기浩然之氣'의 문제를 제기하고, '양기養氣'설을 제창하였다.《맹자·공손추상》에는 다음과 같이 실려 있다.

(공손추가 말하기를) "감히 여쭙건대 선생님께서는 무엇을 잘하십니까?" 이에 맹자가 "나는 다른 사람의 언사를 잘 분별하고, 내 스스로 호연지기를 기른다"고

하였다. 다시 공손추가 물었다. "그렇다면 무엇을 호연지기라고 합니까?" 이에 맹자가 이렇게 답하였다. "한 마디로 말하기는 어렵다. 즉 그 기는 지극히 크고 강하니, 정의로 그것을 배양하고 추호도 해되는 것이 없으면 곧 하늘과 땅 사이에 가득 차게 되는 것이다. 호연지기는 의와 도가 조화를 이루어야만 하는데 그것이 없으면 역량을 잃게 된다. 따라서 정의가 쌓여 생겨나는 것이지 우연히 정의로운 행위를 했다고 해서 얻어지는 것이 아니다. 한 가지라도 마음에 꺼리는 바가 생기면, 그 기는 사그라지고 만다."

敢問"夫子惡乎長." 曰, "我知言, 我善養吾浩然之氣." 敢問"何謂浩然之氣." 曰, "難言也. 其爲氣也, 至大至剛, 以直養而無害, 則塞于天地之間. 其爲氣也, 配義與道. 無是, 餒也. 是集義所生者, 非義襲而取之也. 行有不慊於心, 則餒也." (《孟子·公孫丑上》)

여기서 맹자가 말하고자 하는 것은 선한 인격을 기르기 위해 실행해야 하는 도덕수양에 관한 문제이다. 그러나 다른 한편으로 인간의 주관적인 정신상태와 심리상태에 대한 언급이라고도 볼 수 있다. 그렇다면 이는 맹자의 윤리학이 미학과 심리학으로 전화되는 관건이 되는 것이자, 개체인격미의 중요한 내용이 된다고도 할 수 있다.

맹자의 '호연지기'는 일종의 두려울 것이 없는 분발된 정신상태를 가리킨다. 이는 확실히 정신적인 역량이자 주관적인 심리상태이다. 이러한 정신상태를 길러야만〔養〕 얻을 수 있는 것이다. 따라서 '호연지기'의 형성과정은 주체의 심리수양 과정임을 알 수 있다. 이러한 '양기'설의 의의는 다음과 같다. 첫째, '지언知言'과 '양기'를 함께 들어 양자의 상호연관 속에서 심미주체, 혹은 창작주체의 주관적인 정신수양의 중요성을 긍정했다. 소위 '호연지기'·'배의여도配義與道'·'집의소생集義所生'이란 모두 개체의 주관적인 정신 요소가 충만한 것이다. 둘째, '지대지강至大至剛'한 호연지기를 바르게 키울 것을 주장한 것은 심미주체, 또는 창작주체의 주관적인 능동성과 개인의 감정적인 색채를 강조한 것으로, 원래 윤리적인 것에 속하는 도덕수양에 대해 미학과 문예심리학적인 의의를 부여한 것이다. 맹자가 볼 때 호연지기는 개체가 수양하는 과정중에 얻는 자유로운 정신상태이며, 또한 윤리적이고 이성적인 내용뿐만 아니라 개체의 심미적인 요구와 내재적인 감정색채가 충만하여 심미학과 문예심리학의 특징을 지니게 되는 것이다.

중국 과학사에 있어서 '기'는 최초의 물질 개념이다. 《역易·계사상系辭上》을 보면 "정기가 물이 된다 精氣爲物"고 하였으며, 노자는 사물은 '음양이기陰陽二氣'로 구성되며 '도'의 정기로 번영한다고 보았다. 전국시대 중기의 송연宋鈃·윤문尹文학파는 '정기'가 만물의 본원이라고 주장했다. 또한 "정이란 기의 정수이다. 사람의 삶은 하늘이 정기를 내고 하늘이 형체를 내어 그것이 합쳐져 사람이 되는 것이다 精也者, 氣之精者也, 人之生也, 天出其精, 地出其形, 合此以爲人"(《管子·內業》)라고 하였다. 그들은 이처럼 정精·기氣·인人이 상호 연계되면서 인류의 사유와 정신활동이 기와 도, 즉 정기로부터 파생되어 나오는 것이라고 주장하였다. 이는 노자의 '음양이기陰陽二氣'설을 발전시킨 것으로 역시 기란 물질 개념이란 뜻이다. 물론 주관적인 정신의 측면에서 최초로 '기'라는 개념을 사용한 이는 맹자가 아니다. 〈조귀논전曺劌論戰〉을 보면 "무릇 전쟁이란 용기이다. 북을 한 번 울려 기를 살리고 두 번 울려 쇠퇴케 하며 세 번 울려 완전히 힘을 빼놓으니, 저쪽은 기가 완전히 빠지고 이쪽은 가득 차면 결국 이기는 것이다 夫戰, 勇氣也. 一鼓作氣, 再而衰, 三而竭, 彼竭我盈, 故克之"라고 하였고, 《손자병법》에는 "이런 까닭에 삼군은 기를 빼앗을 수 있고 장군은 마음을 빼앗을 수 있다. 그래서 아침의 기운은 예리하고, 낮의 기운은 나태하며, 저녁의 기운은 회귀하는 것이다 是故三軍可奪氣, 將軍可奪心. 是故朝氣銳, 晝氣惰, 暮氣歸"라고 하였다. 여기에 나오는 '기'는 모두 주관적인 정신상태와 심리상태의 뜻을 지니고 있다. 그러나 맹자는 '양기'설을 제창하여 '양기'를 개체의 인격미 수양의 과정으로 파악하였으며, 또한 '양기'의 표준('호연지기'·'지대지강'·'배의여도'·'집의소생')을 내걸고, 이로써 《관자》 4편의 물질적인 '기'의 개념을 대체시켰다. 그의 논의는 비교적 체계적으로 이루어짐으로써 이전의 것을 계승·발전시켜 이후 '기'론의 밑바탕이 되었다.

역사적으로 조비의 '문기文氣'설('文以氣爲主'), 한유의 '기성언의氣盛言宜'("기가 성하게 되면 말의 장단이나 소리의 높고 낮음이 모두 합당케 된다. 氣盛則言之長短與聲之高下者皆宜"), 섭섭葉燮의 이理·사事·정情, 삼자의 '자기이행藉氣而行'설("이·사·정, 이 세 가지는 기에 의지하여 행해진다. 이 세 가지를 얻고 기가 그 사이로 나아가면 원기가 왕성하고 충만하여, 저절로 이르는 바에 따르면 그것이 곧 법이 된다. 三者藉氣而行者也, 得是三者, 而氣鼓行于其間, 絪縕磅礴, 隨其自然所至卽爲法"), 동성파桐城派 문론文論의 '문기文氣' 등은 모두 맹자의 '양기'설의 영향을 받았다.

총괄하건대 철학적 인식론에서 볼 때 맹자의, 인간 본성은 공통적이라는 인격 공통 본성이론과 양기설 모두 유심론적 경향을 띠고 있다. 그러나 그는 자각적으로 개체 인격을 연구하여 인격미·공통미·'이의역지以意逆志'·'지인논세知人論世'·'양기' 등의 이론을 제기하였다. 특히 그의 계통적인 심미주체론과 심미심리학 이론은 중국 미학사와 문예심리학사상 중요한 위치를 차지한다. "맹자의 미학은 개체 인격의 자유와 역량을 지극히 강조하여, 어떤 외재적인 강대한 세력에도 후퇴하거나 굴복하지 않는 경향을 대표하고 있다. 유가의 미학 가운데 맹자의 미학은 비판성·진취성·창조성이 풍부할 뿐만 아니라 선명한 고대 민주정신을 가지고 있다."[38] 선진先秦 제자 가운데 후세 중국 문학 발전에 대한 영향에 있어서 맹자의 문장은 장자 다음으로 높이 평가되고 있다. 이는 그가 심미주체·창작주체·인간의 주관적인 정신적 측면과 생리·심리적인 측면의 연구를 중시한 것과 밀접한 관계가 있다.

3. 순자의 문예심리학

순자의 미학사상은 도가와 공자·맹자 등 유가 미학사상을 분석·비판한 토대 위에서 장단점을 가려 종합한 것이다. 그의 문예심리학 사상 역시 마찬가지이다. 따라서 공자·맹자의 문예심리학 사상과 비교해 볼 때 훨씬 체계적이고 다양하면서 풍부하다고 할 수 있다. 어떤 철학사가나 문학사가들은 순자를 단지 유가사상의 집대성자로만 여기고 있는데, 이러한 견해는 역사적인 사실과 부합하지 않는다. 특히 미학과 문예심리학적인 면에 있어서는 더욱 그러하다.

순자의 "하늘과 인간의 구분에 밝아야 한다 明於天人之分"는 유물론적 철학사상과, "무릇 아는 주체는 인간의 본성이고, 가히 알 수 있는 객체는 사물의 이치이다 凡以知, 人之性也. 可以知, 物之理也"에서 볼 수 있는 것처럼, 순자의 문예심리학 사상에도 적지않은 유물론적인 요소가 내재되어 있음을 알 수 있다. 그렇기 때문에 공자·맹자와 비교해 볼 때 더욱 새로운 요소가 강화되었다고 할 수 있다.

순자는 "하늘의 운행은 일정함이 있어 성군이라는 요임금을 위해 있거나, 걸임금 때문에 없어지는 것이 아니다 天行有常, 不爲堯存, 不爲桀亡"라고 생각하였으며, "하늘의 많은 별들은 따라서 선회하고 해와 달은 교대로 비치며, 사시가 교대로 순회하고 음양의 기氣가 크게 만물을 화육하며, 바람과 비가 넓게 베풀어 만물은 각각 그 조화를 얻어 생겨나고 각각 그 양분을 얻어 성장한다. 列星隨旋, 日月遞炤, 四時代御, 陰陽大化, 風雨博施, 萬物各得其和以生, 各得其養以成"(《荀子 · 天論》) 자연계는 스스로 그 발전의 객관적인 규율을 가지고 있으며, 인간의 주관적인 의지로 변화되지 않는다. 그렇다고 인간들이 자연의 법칙 앞에서 무력함을 드러낼 필요는 없는 것이다. 오히려 주관적 능동성을 최대한으로 발휘하여 자연을 이용하고 개조해야만 한다.

> 하늘을 위대하다고 여겨 그 하늘을 사모하는 것과, 물을 축적하여 그것을 통제하는 것 가운데 어느것이 더 훌륭한가? 하늘을 좇아 하늘을 찬송하는 것과, 천명을 제어하여 그것을 활용하는 것 중 어떤 것이 좋은 것인가? 사시의 순조로움만을 기다리는 것과, 사시의 흐름에 적응하여 그것을 이용하는 것 가운데 어느것이 낫겠는가? 사물이 저절로 많아지는 것을 보고 그 많음을 찬미하는 것과 사람의 지능을 끌어들여 그것을 변화시키는 것 중 어느것이 낫겠는가? 사물을 생각하여 그것이 사물이라고 여기는 것과, 사물을 다스려 그것을 잃지 않도록 하는 것 중에 어떤 것이 훌륭한가?
>
> 大天而思之, 孰與物畜而制之? 從天而頌之, 孰與制天命而用之? 望時而待之, 孰與應時使之? 因物而多之, 孰與聘能而化之? 思物而物之, 孰與理物而勿失之也? (《荀子 · 天論》)

이러한 사상 속에서 우리는 소박한 변증법적 요소를 발견할 수 있다. 순자는 이러한 철학적 인식론을 미학과 예술심리 분석에 운용하여, 특히 심미주체와 객체의 문제를 비롯하여 객관적 현실과 주체 심리간의 관계에 관한 문제들을 변증법적으로 다룰 수 있었기 때문에, 이전의 공자나 맹자보다 훨씬 진보적이고 발전적인 이론을 구가할 수 있었다.

우선 순자는 감지感知와 사유의 관계를 중시하여 사물을 인식하는 감각의 중요성에 대해 논술하였다. 그는 "무릇 같은 유類나 같은 정형情形에 대해서는 천관(耳目口鼻心體)이 그것을 감지하는 방식은 같다 凡同類同情者, 其天官之意物也同"(《荀子 · 正名》)고 생각하였다. 여기서 천관天官이란 곧 인간이 나면서부터 지니게 되는 오관을 뜻하는 것으로, 심리학에서 말하는 감각기관을 지칭하는 말이다. 인간은 먼저 감각기관을 통해서 사물을 감지한다. 그리고 각각의 감각기관은 또한 자신의 특수한 반영기능을 가지고 있다. 즉 시각·청각·미각·촉각 등의 오관은, "각기 맡은 작용을 지니고 있어 서로 동요되지 않는다 能各有接而不相能"는 것이다. 순자는 한 걸음 더 나아가 오관과 마음과의 관계에 대해 논증하고 있다.

마음에는 징지가 있어 외물을 명확하게 인식할 수 있다. 마음이 외물을 명확하게 인식하는, 즉 귀로 인해 소리를 알면 되고, 눈으로 형체를 알면 된다. 그러나 외물을 명확하게 인식하기 위해서는 반드시 천관이 전에 알고 있던 유類와 서로 대조해야만 비로소 가능한 것이다.

心有徵知. 徵知, 則緣耳而知聲可也, 緣目而知形可也. 然而徵知必將待天官之當薄其類然後可也. (《荀子·正名》)

마음(心)은 일종의 사유기관으로, 순자는 이를 '천군天君'("마음은 몸 속에 있으면서 오관을 통제하니, 이를 일러 천군이라 한다. 心居中虛以治五官, 夫是之謂天君")이라 하였다. "마음에 징지가 있다 心有徵知"란 마음이 외물을 대하여 이를 식별하고 감지하는 사유 능력이 있다는 뜻으로, 이러한 사유 능력은 오관을 통한 감지感知의 토대를 이루고 있다. 그러나 마음의 '징지徵知'는 또한 감각재료에 의거해야 한다. 그래서 순자는 "반드시 천관이 전에 알고 있던 유類와 서로 대조해야만 한다"라고 말한 것이다. 이렇게 감지를 중요하게 생각하고 감지와 사유의 변증적인 관계를 파악하는 것은, 심미심리학 중의 예술감각 문제를 연구하는 데 큰 도움이 된다. 인간의 감각은 매우 많은 의미를 가진 하나의 철학적인 범주로 미학과 심리학의 극히 중요한 범주이기도 한다. 레닌은 "세계는 감각의 객체이며, 또한 사유의 객체이기도 하다. 인류의 모든 왕래는 인간의 감각이 동일하다는 전제 위에 이루어지는 것이다"[39]라고 하였다. 심리학자들은 "감각기관의 발전을 통해서 인간은 미학의 가치를 이해하게 되고, 개인의 잠재적인 미학 수요를 발전시킨다"[40]라고 한 바 있다. 주체자에 있어서 미학의 가치는 감각기관이 고도로 발전해야만 가능하며, 감각기관을 떠나 미학의 가치를 운운하는 것은 있을 수 없는 일이다. 그래서 마르크스는 "감각은 자신의 실천을 통해서 직접 이론가로 변화한다"[41]고 말했던 것이다. 순자가 말하고 있는 것은 물론 심미적인 감각이 아니다. 생리적인 심리감각부터 심미감각까지 발전하는 데는 오랜 역사과정이 필요하다. 그러나 이 말이 생리심리학의 의미에서 감각을 말하는 것과 미학적인 의미에서 감각을 말하는 데, 양자 사이에 전혀 넘어설 수 없는 한계가 존재한다는 것을 뜻하지는 않는다. 그러므로 순자가 이미 2천여 년 전에 감각과 사유의 관계에 대한 연구를 중시했다는 점과 그의 문예와 미학 문제에 대한 논술을 연결시켜 본다면 이미 심미감각론적인 의의를 내포하고 있는 것이라고 할 수 있다.

순자는 감지에 대해 논의하면서 착각의 문제를 제기하고 있다.

> 무릇 사물을 관찰하는 데 의혹이 있어 마음속으로 확정할 수 없으면 외물을 분명하게 인식할 수 없다. 자신의 생각이 분명치 않으면 그것이 옳은지 그른지를 결정할 수 없다. ……눈을 눌러 사물을 보면 하나가 둘로 보일 수 있으며, 귀를 가리고 들으면 아무런 소리가 들리지 않는데도 오히려 시끄러운 것처럼 느끼는 경우가 있다. 이는 모종의 정세情勢가 감관을 어지럽히기 때문이다.
>
> 凡觀物有疑, 中心不定, 則外物不淸. 吾慮不淸, 則未可定然否也. ……厭目而視者, 視一以爲兩. 掩耳而聽者, 聽漠漠而以爲哅哅, 勢亂其官也. (《荀子 · 解蔽》)

여기에서 순자는 착각이 일어나는 원인에 대해 분석하고 있다. 그는 "눈을 눌러 사물을 바라보면 하나가 둘로 보일 수 있다 厭目而視, 視一爲兩"라고 하였는데, 이는 심리실험의 의미를 지니는 것이기도 하다. 심리학사에서는 이를 '순씨착각荀氏錯覺'이라고 말한다.

일반 심리학의 의미에서 볼 때, 사람의 대뇌가 객관적인 사물을 반영하거나 인식할 때 언제나 착각이 존재할 수 있다. 이에 엥겔스는 "모든 관념은 경험으로부터 오는데, 모두가 현실의 반영, 즉 정확하거나 또는 왜곡된 반영이다"[42]라고 말한 적이 있다. 이는 심미과정으로서 인간의 인식은 때로 정확할 때도 있지만, 그 반대로 틀린 경우도 적지않음을 말하고 있는 것이다. 만약 이러한 것이 감지의 단계에서 나타나면 우리는 이를 착각이라고 부른다.

이른바 착각이란 객관사물의 실제 상황과 어긋나는 잘못된 지각을 뜻한다. 착각은 심미심리 가운데도 존재한다. 심미과정에서 심미주체의 주관적인 요인이나 심미객체의 객관적인 요인에 모종의 특수성이 존재함으로써 심미주체가 심미객체의 실제 상황과 어긋나는 그릇된 지각, 즉 변태적인 심미 이미지를 낳을 수 있다. 문예심리학에서는 이를 심미생리적 착각이라고 부른다. 심미의 과정 속에서 심미착각으로 인해 심미객체가 사실대로 반영되지 않아 때로 거짓이 진짜처럼 만들어지거나 색다른 양태를 낳는 경우가 있는데, 이것이 오히려 새로운 심미 이미지를 창조하여 심미자로 하여금 의외의 쾌감과 만족을 얻도록 하는 경우도 적지않다. 예를 들어 "들판은 광달하여 하늘이 나무보다 낮고 강은 맑아 달이 사람보다 가깝고나 野曠天低樹, 江清月近人"(孟浩然, 〈건덕강에 묵으며 宿建德江〉), "산에 걸린 달은 창가 가까이 다가오고 미리내는 방안 낮게 들어왔네 山月臨窓近, 天河入戶低"(沈佺期, 〈밤에 칠반령에 묵으면서 夜宿七盤嶺〉), "깎아지른 산은 얼굴 앞에 솟구쳤고 구름가로 말머리가 삐쭉 나왔네 山從人面起, 雲傍馬斗生"(李白, 〈촉땅에 가는 친구를 보내며 送友人入蜀〉), "난간 밖으로 진령이 낮게 보이고 창 속에 위천은 작기만하구나 檻外低秦嶺, 窓中小渭川"(岑參, 〈총지각에 올라 登總持閣〉) 등과 같은 것이 그것이다. 이러한 것들은 시인이 심미적인 착각(투시법 착각)으로 만들어 낸 변형된 심미 이미지를 운용하여, 실제보다 더욱 깊이 있고 함축적인 것으로 만들어 시적인 맛을 증가시키고 있는 예라 할 수 있다. 이로 볼 때, 착각에 대한 순자의 견해는 예술감상과 예술창작의 측면에서 중요한 의미를 지닌다고 할 수 있겠다. 실제로 순자 역시 심미심리의 착각에 대한 문제를 언급한 바 있었는데, "물이 움직여 물에 비친 경물이 요동을 하게 되면, 사람은 그것의 아름다움이나 추함을 결정할 수 없다. 이는 물의 정세가 사람의 눈을 어지럽히기 때문이다 水動而景搖, 人不以定美惡, 水勢玄也"(《荀子 · 解蔽》)라고 하였다. 이러한 발언은 심리학의 감지착각의 문제뿐만 아니라, 심미심리학 중의 심미심리 착각의 문제와도 직접적으로 연관된다고 할 수 있다.

다음으로 순자는 '허일이정虛壹而靜'이라는 인식론 명제를 제기하였는데, "사람은 무엇으로 도를 알 수 있는가? 마음이다. 마음이 어떻게 도를 알 수 있는가? 말하건대 텅비어 하나가 되고 고요해야만 한다 人何以知道. 曰, 心. 心何以知? 曰, 虛壹而靜"(《荀子 · 解蔽》)라고 하였다. 순자에 따르면, 이른바 '허虛'란 "자신의 마음으로 알아 이미 속에 지니고 있는 것으로 장차 받아들일 것을 방해하지 않는 것 不以所已臧害所將受"이다. 다시 말하자면, 이미 있는 지식으로 장차 받아들이려는 새로운 지식에 방해가 되지 않는다는 뜻이다. '일壹'은 "저 하나로 이 하나를 해하지 않는 것 不以夫一害此一"이니, 여러 가지 사물을 두루 알고 있어 한 사물에 온 마음을 기울여 연구하는 것에 방해가 되어서는 안 된다는 뜻으로, 전일專一의 의미이다. 그리고 '정靜'은 "몽환 속에서 번잡하게 지식을 어지럽히지 않는 것 不以夢劇亂知"으로 헛된 생각으로 정상적인 사유활동을 방해해서는 안 된다는 것이다. 이렇듯이 순자는 기억 중의 장臧과 허虛, 인식 중의 양兩과 일一, 사고 중의 동과 정의 변증적인 관계를 정확히 파악하였다.

여기에서 출발하여 순자는 주의注意의 문제에 대해서도 언급하고 있는데, "눈은 두 가지를 다 보면서 밝을 수 없고, 귀는 두 가지를 다 들으면서 밝을 수 없다 目不能兩視而明, 耳不能兩聽而聰"(《荀子·勸學》)는 주의의 선택성을 말하는 것이며, "마음을 부리지 않으면 흑백이 눈앞에 있어도 눈으로 볼 수 없고, 우레나 북소리가 귓가에서 울려도 귀로 들을 수 없다 心不使焉, 則白黑在前而目不見, 雷鼓在側而耳不聞"(《荀子·解蔽》)는 주의의 집중, "마음이 분기分岐되면 아는 바가 없게 되고, 마음에 따로 선입견이 서면 정밀할 수 없게 되며, 마음을 둘로 나누어 쓰면 의혹이 생기게 된다 心枝則無知, 傾則不精, 貳則疑惑"(《荀子·解蔽》)는 주의가 분산되면 의문이 생길 수 있음을 말하는 것이다.

주지하다시피 노자와 장자 역시 '허정虛精'과 '주의'에 대해 말한 바 있다. 이들 주장은 '척제현감滌除玄鑒,' "텅빔에 도달하기를 지극히 하고 고요함을 지키기를 돈독히 하라 致虛極, 守靜篤"는 것과, '심재心齋'·'좌망坐忘,' "뜻을 분열시키지 말고 정신을 모으라 用志不分, 乃凝於神"는 것 등을 주장하였다. 노자와 장자의 이러한 견해는 순자의 '허정'설과 비교해 볼 때 더욱 많은 심미적 의의를 가지고 있다. 그러나 인식론의 각도에서 본다면, 순자가 노자·장자에 비해 더욱 전면적이며 더욱 많은 심리학적 가치를 가지고 있다고 할 수 있다. '허일이정虛壹而靜'은 송宋·윤尹학파가 내놓은 인식론의 명제이다. 그러나 이 학파는 허·일·정을 지智와 욕欲을 제거함으로써 정기를 함양하는 길〔道〕로 파악하여, "뜻을 전일하게 하고 마음을 일관되게 한다 專於意, 一於心"고 주장함으로써 심정心靜만을 강조했을 따름이다. 순자는 송·윤학파의 이러한 명제를 계승하여, 이를 인식론과 심리학적인 의의가 큰 이론으로 만들었다.

셋째, '허일이정'과 관련지어 순자는 창작의 심경에 대해 말하고 있다. 이른바 심경, 혹은 심미심경審美心境이란 사람이 창작이나 감상을 할 때의 심리상태를 말하는 것이다. 심리학에서는 인간의 정서와 정감은 내심의 체험인 동시에 외부적인 표현이라고 생각한다. 내심의 체험은 또한 정서와 정감의 외부적인 표현을 결정한다. 이에 대해 순자는 다음과 같은 견해를 제기하고 있다.

마음에 근심이나 두려움이 있으면 입에 쇠고기나 돼지고기 같은 맛있는 음식을 물고 있어도 그 맛을 알 수 없으며, 귀로 훌륭한 종소리나 북소리를 듣고 있어도 그 소리의 훌륭함을 알 수 없다. 눈으로 예복에 놓은 수繡를 보아도 그 아름다운 모양을 알지 못하고, 가볍고 따뜻한 옷을 입고 편안한 자리에 앉아도 그 편안함을 느낄 수 없다. 그러므로 만물의 아름다움을 향수하고 있어도 만족할 수 없다.

心憂恐, 則口銜芻豢而不知其味, 耳聽鐘鼓而不知其聲, 目視黼黻而不知其狀, 輕暖平簟而體不知其安. 故享萬物之美而不能嗛也. (《荀子 · 正名》)

이상에서 말한 것과는 반대로 "마음이 평화롭고 기쁘면 心平愉" "만물의 아름다움을 향수함이 없이도 즐거움을 기를 수 있다 無萬物之美而可以養樂"(《荀子 · 正名》)고 하였다. "마음에 근심이나 두려움이 있는 心憂恐" 경우와 "마음이 평화롭고 기쁜 心平愉" 경우는 두 가지의 서로 다른 심경으로, 이는 심미 대상에 대한 사람의 인식과 감상에 직접적인 영향을 줄 수 있다. 또한 "마음에 근심이 있고 두려움이 있으면" "만물의 아름다움 萬物之美"을 대해도 심미의 즐거움을 느낄 수 없다. "마음이 평화롭고 기쁘면" "만물의 아름다움이 없다 無萬物之美"고 할지라도 마음이 즐거울 수 있다. 이로부터 우리는 순자가 문예심리학의 예술창작과 감상에 있어서 정서와 정감형식의 심리적인 역할을 매우 중요하게 생각했음을 알 수 있다.

마지막으로 순자는 그 유명한 '정합감응精合感應' 설을 내놓았다.

생리적인 성은 본질적으로 조화를 얻고 정기精氣가 외적인 자극과 합치되면 감응을 일으킨다. 작위적으로 아무런 일도 하지 않고 저절로 되는 것을 일러 성이라 한다. 성의 천부적인 호 · 오 · 희 · 노 · 애 · 락을 일러 정이라 한다.

性(生)之和所生, 精合感應. 不事而自然, 謂之性. 性之好, 惡, 喜, 怒, 哀, 樂, 謂之情. (《荀子 · 正名》)

여기에서는 심心과 물物, 심리와 객관적인 현실과의 관계에 대해 말하고 있다. 마음을 포함한 감각기관과 외계의 자연물이 접촉하면, 인간의 마음이 자연의 사물과 감응하여 정감이 우러나게 된다는 것이다. 여기서 우리는 순자가 마음과 사물의 관계에 대해 진일보한 인식을 지니고 있음을 알 수 있다. '정합감응精合感應'은 분명 인간과 자연, 즉 마음과 사물의 관계의 측면에서 제기된 논의라고 할 수 있다. 예술창작과 심미활동 역시 작가의 주관적인 정신활동과 객관적인 사물이 상호작용으로 하나가 된 결과이다. 순자가 여기에서 말하고 있는 것은 '반영'이 아니라 '감응'으로 심과 물의 교감작용을 포괄하고 있다. 이외에도 순자는 "이목의 변별은 나면서부터 지니고 있던 것이고, 성색을 좋아하는 것은 사람마다 똑같이 지니고 있는 욕망이다 耳目之辨, 生而有之, 聲色之好, 人所同欲"라고 하였으며, '심은공心憂恐'·'심평유心平愉'의 '심경心境'설을 제기하였는데, 이 역시 사실상 '정합감흥'의 측면에서 감지·정서·정감·미감 등의 범주를 분석한 것이라 할 수 있다. 순자의 '정합감응'설은 '악기'에서 더한층 발전되고 있다.

제4절 선진시대 전적典籍의 문예심리학

위에서 우리는 선진시대 중요 유파나 철학가·미학가들의 문예심리학 사상에 대해 논술하였다. 이외에도 선진의 철학·미학관계 중요 전적에서도 문예심리학의 문제와 관련된 내용을 적지않게 볼 수 있다. 물론 이러한 내용 역시 결코 소홀하게 대할 수 없다. 문예심리학의 측면에서 본다면, 이러한 내용 가운데 어떤 것은 선진 제자의 사상을 종합·계승·발전시킨 것에 불과한 경우도 있고, 또 어떤 것은 전대에 제시하지 못한 신선한 견해를 제기하고 있는 것도 있다. 여기서는 《주역》·《관자》·《악기》·《여씨춘추》의 문예심리학 사상을 중점적으로 논술하고자 한다.

1. 《주역》의 문예심리학

《주역》은 중국 철학사나 미학사에서 대단히 중요한 저작물이다. 이 책은 〈역경易經〉과 〈역전易傳〉 두 부분으로 나누어져 있다. 〈역경〉은 점술에 관한 내용을 담고 있는데 대략 서주 초기에 씌어졌으며, 〈역전〉은 〈역경〉에 대한 해설로 전국이나 진말秦末 한초漢初간에 씌어진 작품이다.

《주역》에서는 '천인합일天人合一'의 사상이 선명하게 도출되어 있는데, 이는 심미심리 '이정移情'설과 '비덕比德'설에 철학적 토대가 되었다. 《주역》에서는 하늘과 사람이 서로 통하며, '신도神道'와 '인도人道'가 일치한다고 하여 "천지가 만물을 기른다 天地養萬物"(〈頤卦彖辭〉), "천지가 감응하여 만물이 생긴다 天地感而萬物生"(〈咸卦彖辭〉), "하늘에서 상을 이루고 땅에서 형을 이루어 변화가 드러난다 在天成象, 在地成形, 變化見矣"(〈系辭上〉)라고 하였으며, "신도로써 가르침을 세운다 以神道設敎"(〈觀卦彖辭〉)라고 하여 인간의 활동을 자연의 규칙에 따르는 것으로 보고, 이로써 천하를 가르쳐야 한다고 주장했다.

〈건괘〉에서도 '천인합일' 사상이 명확히 제기되고 있다.

> 무릇 대인은 천지와 더불어 그 덕이 합치되고, 일월과 더불어 그 밝음이 합치되며, 사시와 더불어 그 질서가 합치되고, 귀신과 더불어 그 길흉이 합치된다. 그래서 하늘보다 앞서면서도 하늘에 어긋나지 않고 하늘보다 뒤에 있으면서도 천시를 받든다. 하늘도 어기지 않으니 하물며 사람에게 있어서랴? 하물며 귀신에게 있어서랴?
>
> 夫大人者, 與天地合其德, 與日月合其明, 與四時合其序, 與鬼神合其吉凶, 先天而天弗違, 後天而奉天時. 天且弗違, 而況於人乎? 況於鬼神乎?

여기서는 인간의 모든 활동은 곧 인간의 주체적인 활동일 뿐더러, 동시에 자연과 합치되어 자연과 완전히 일치되는 활동이라고 말하고 있다. 이 내용 속에는 대단히 심오한 사상이 내재되어 있다.

먼저 이를 미학적 관점에서 분석한다면 다음과 같다. 우선 이 말은 인간이 자연의 주재라는 사실과, 자연에 대한 심미에 있어서 인간이 주도적인 작용을 한다는 뜻을 지니고 있다. 예를 들어 《주역》에서는 자연미에 대해 언급하면서 때로 인간의 생활측면에서 논의를 시작하고 있다. "구름이 하늘을 지나고 비가 대지에 내리니, 만물이 널리 지상에 퍼진다. 雲行雨施, 品物流形" 이처럼 자연미는 만물이 하늘에 의지하여 "취하여 쓰기 시작하도록 만드는 것 資始"과 관계가 있다. 따라서 자연물이 아름다운 까닭은, 그것이 인간의 생활에 밑바탕이 되기 때문이자 사람들의 안락한 생활과 연관되기 때문이다. 이는 다시 말해 "먼저 만물이 나오니 온 나라가 모두 평안하다 首出庶物, 萬國咸寧"라는 말과 상통하며, 하늘은 "아름다움으로써 천하를 이롭게 하되 이롭게 함에 대해 말하지 않으니 위대하도다 始能以美利天下, 不言所利, 大矣哉"라는 말 역시 이와 일맥상통한다. '상象'에서 '이離'의 아름다움에 대해 언급하면서도, 일월이 밝은 것이나 초목이 무성한 것 역시 방목放牧에 유리하기 때문이라고 말하고 있다.

보다 의미를 확대하여 본다면, 인간의 윤리도덕의 각도에서 자연현상을 봄으로써 자연현상을 인간이 지니고 있는 모종의 정신적 품격에 대한 표현이나 상징으로 간주하고 있다고 할 수 있을 것이다. 이는 자연미의 '비덕比德'과 '이정移情'의 심미의식을 암시하는 것이기도 하다. 예를 들어 《주역》〈혁革·구오九五·상象〉에 보면 "대인의 모습이 호랑이에 비유되니 그 무늬가 밝게 빛난다 大人虎變, 其文炳也"라고 하였고, 〈혁革·상육上六·상象〉에 보면 "군자의 모습은 털갈이한 표범에 비유되니 그 무늬가 아름답다 君子豹變, 其文蔚也"라고 하였다. 여기서 털갈이한 호랑이나 털갈이한 표범은 모두 호랑이나 표범의 용맹이나 모피의 아름다운 무늬를 통해 군자의 변혁사업을 비유하고 찬미한 것이다. 이를 보면 《주역》에서 '비덕'이나 '이정'이 이루어지고 있음을 확인할 수 있다.

앞서 언급한 바와 같이 장자의 '이정'설이나 공자의 '비덕'설은 모두 심미이정 이론에 속하는 것들이다. 물론 양자의 견해는 그 함의나 내용이 서로 다르다. 장자는 '신여물화身與物化'의 이정移情을 주장하여 외물에 정감을 옮길 것을 강조하였다. 그의 주장은 인간의 주체성을 발휘할 것과 인간의 자유를 긍정한 것이라 하겠다. 또한 공자의 경우에는 "지혜로운 이는 산을 좋아하고 어진 이는 물을 좋아한다 知者樂山, 仁者樂水"라고 하여 나름의 '비덕'설을 제시했는데, 이는 자연을 빌려 인간의 주체적 도덕·윤리정신을 상징한 것이다. 중국 문예심리학사에 있어서 양자의 논의는 각기 다른 함축된 의미를 지닌 상태에서 각기 다른 풍격의 심미이정 이론을 형성해 왔다. 주지하다시피 《주역》의 천인합일설은 대체적으로 공자(유가)의 '비덕'설과 훨씬 밀접한 관계를 맺고 있다. 그렇지만 공자의 '비덕'설에 비해 더욱 이론화·철리화된 것이라고 할 수 있을 것이다.

다음 《주역》에서는 대립적인 것의 화해와 통일을 추구하고 있다. 이러한 사상적 경향으로 《주역》은 중국 미학과 문예심리학에 있어서 '조화〔和〕'의 명제에 대한 철학적 논증을 가능케 한 이론적 토대가 될 수 있었다. 팔괘의 조합과 음양의 변화로 볼 때 모든 것은 평형과 통일을 이루어 간다. 《주역》에서는 음양의 상호 조합과 상호 작용을 사물의 생성·변화의 토대라고 생각하고 있다. 서로 대립하는 쌍방이 연결되고 평형을 이루며 끝내 통일을 이루는 상황하에서, 사물은 비로소 순조롭게 발전할 수 있다는 것이 《주역》의 일관된 관점이다. 《주역》에서는 다음과 같이 말하고 있다.

> 강과 유는 서로 밀어 변화를 일으킨다.
> 剛柔相推而起變化. (〈系辭上〉)

> 건은 강하고 곤은 부드럽다. 비괘比卦는 즐겁고 사괘師卦는 근심스럽다.
> 乾剛坤柔, 比樂師憂. (〈雜卦〉)

> 그러므로 물과 불이 서로 건져 주고, 우레와 바람이 서로 거슬리지 않으며, 산과 못이 기운을 통한 연후에야 능히 변화할 수 있어 만물을 다 이루어 놓는다.
> 故水火相逮, 雷風不相悖, 山澤通氣, 然後能變化, 旣成萬物也. (〈說卦〉)

> 천하는 지극히 활동적이지만 어지럽혀질 수는 없다.
> 天下之至動而不可亂. (〈系辭上〉)

사물은 음과 양이 서로 밀고 당기면서 변화·발전하는 것이다. 건은 강이 되고 곤은 유가 되는데, 양자는 친밀하여 즐거움을 주기도 하지만 서로 대항하여 우환을 가져다 주기도 한다. 물과 불, 우레와 바람, 산과 못 등은 서로 연계되고 어울리면서 사물의 생성과 변화·발전을 촉진시킨다. 사물은 끊임없이 운동하며 변화한다. 그러나 지극한 움직임 속에서도 어지럽혀질 수 없다. 왜냐하면 변화·운동하는 중에서도 본래의 화해·통일을 유지하고 있기 때문이다. 이 모든 것들이 바로 《주역》에서 언급하고 있는 대립·통일의 조화라는 철학적 관념의 바탕이 되고 있다. 이러한 철학관념은 당시 선진미학·문예심리학뿐만 아니라, 이후의 전체 중국 미학과 문예심리학에서 중시되어 온 '중화中和'의 화해미에 이론적 토대로 자리를 굳혔다.

지금까지 살펴본 대로 중국 상고시대 음양오행학파의 '중화'를 핵심으로 하는 심미심리 사상과, 공자가 주장한 '정리조화情理調和' 설은 모두 사물의 '중화미'를 강조한 것이었다. 그러나 음양오행학파의 경우에는 문예심리학의 각도에서 생리적 감관의 외계 사물에 대한 감각적 화해和諧에 치중했으며, 선진 유가 특히 공자는 이에서 한 걸음 더 나아가 개인과 사회·도덕·윤리관념상의 화해를 강조하였다. 이처럼 양자는 약간의 차이가 있는데, 《주역》의 경우에는 특히 사회의 도덕·윤리관념상의 화해에 비교적 근접하고 있다. 그래서 《주역》의 논의는 유가의 '중화'를 핵심으로 하는 미학·문예심리학 사상에 대한 철학적 천명闡明이라고 할 수 있는 것이다. 물론 《주역》이 유가의 영향만을 받고, 도가 계열의 미학이나 문예심리학의 영향과 무관하다고 말할 수 없다. 특히 《주역》에서 사물은 음과 양이란 상호 대립적 역량이 끊임없이 운동·변화하면서 더욱 새로운 형태로 발전한다고 간주하는 점과 아울러, 이러한 변증법적 사물 발전관이 노장을 위주로 한 도가 계열의 미학과 문예심리학의 철학적 논의체계의 한 부분이라는 점을 상기해 보면, 도가의 영향 역시 무시할 수 없음을 쉽게 이해할 수 있을 것이다. 특히 이러한 관점은 이후 중국 예술에 있어서 기세나 역량, 운동이나 운율의 미 등을 특히 중시하는 현상에 적지않은 영향을 끼쳤으며, 또한 그 이론적 토대가 되었다고 할 수 있을 것이다.

《주역》에서는 "상象을 세워 뜻을 다한다 立象以盡意"고 하여 일련의 '의상'론 범주를 제기하고, 아울러 예술창작과 감상의 형상적 특징과 심미심리 특징에 관한 논의를 진행하고 있다. 《주역》에 보면 다음과 같은 말이 나온다.

> '역'은 상象이고, 상象은 상像이다.
> 易者象也, 象也者像也. (〈系辭傳〉)

《주역》에서 말하는 '상象'은 원래 괘상을 뜻하는 것으로 예술형상을 지칭하는 것이 아니다. 〈계사전〉에서는 《역경》을 모든 것이 상과 팔괘, 그리고 64괘로 이루어져 만물의 형상을 묘사하고 괘사와 효사로 천지 음양이나 만물의 상을 취한다고 말하고 있다. 그리고 "사물의 징조를 현현顯現하여 이를 일러 상象이라 불렀다 見乃謂之象"(〈系辭上〉)고 하였는데, 이는 '상象'이 사물을 구체화·

상징화한 것임을 뜻한다. 그리고 "그 형상에 따라 사물을 모방하였고, 그 사물의 본뜸이 적합하였기에 이를 일러 상象이라 했다 擬諸其形容, 象其物宜, 是故謂之象"(〈系辭上〉)고 한 것은, '상'이 실제 사물에 대한 일종의 모사이자 반영임을 분명히 드러내고 있는 것이다. 이렇게 사물의 형상에 대한 모사나 반영이라는 점에서 볼 때, '역'의 상과 예술형상의 반영방식은 서로 통한다. 그래서 공영달은 "무릇《주역》은 상이니, 만물로써 사람의 일을 밝히는 것이 마치《시경》의 비유와 같다 凡易者, 象也, 以萬物而明人事, 若詩之比喩也"[43]라고 하였던 것이다. 이는《주역》의 '상'과 예술심미의 '상'이 상통한다는 것에 대한 훌륭한 해석이라 하겠다.《주역》의 '상'은 이처럼 심미 형상과 공통된 특징을 지니고 있기 때문에,《주역》에서 '상' 개념을 제기하고 나름으로 규정한 것은 중국 예술사에서 가장 초보적인 형상이론의 시작이라고 할 수 있다.

이러한 것을 토대로《주역》에서는 앞에서 말한 '입상이진의立象以盡意'라는 명제를 제시할 수 있었던 것이다.

> 공자께서 말씀하시길, "글은 하고자 하는 말을 다 할 수 없고, 말은 지니고 있는 뜻을 다할 수 없다"라고 하였다. 그렇다면 성인의 뜻은 드러나 알 수 없는 것인가? 공자께서 말씀하시길 "성인은 상을 세워 뜻을 다하고 64괘를 만들어 참과 거짓을 다 드러내었으며, 괘卦와 효爻로 설명하여 하고자 하는 말을 다하고, 괘와 효를 변화시키고 그것에 통달하여 세상만물의 이로움을 다했으며, 백성들로 하여금 북을 두드리고 춤추게 하여 신명을 다하였다"라고 하였다.
>
> 子曰, "書不盡言, 言不盡意." 然則聖人之意, 其不可見乎? 子曰, "聖人立象以盡意, 設卦以盡情僞, 系辭焉以盡其言, 變而通之以盡利, 鼓之舞之以盡神." (〈系辭上〉)

여기서 괘상을 세운 것은 곧 뜻을 다하기 위함이라고 하였는데, 이는 사물의 객관적 진실에 대한 묘사에 국한되지 말고 "말 너머에 있는 뜻 意在言外"을 추구해야 한다는 뜻으로 받아들일 수 있다. 이는 실질적으로 '상象'은 다했으나 '뜻(意)'은 무궁하다는 예술적 경계를 추구하는 것에 다름아니다. 이렇게 본다면 이러한 관점은 노장이 표방한 '유무상생有無相生'의 예술의경과 심미심리 특징과 상통한다고 할 수 있다. 이 점에 대해서는 이미 적지않은 이들이 언급한 바 있다. 앞서 말한 공영달의 "시경의 비유와 같다"고 한 말 이외에도, 송대 진규陳騤는 "《주역》에는 상이 있어 그 뜻을 다하니, 《시경》에 비比가 있어 작가의 정감을 전달하는 것과 같다. 그러니 문장을 창작하는 데 비유가 없을 수 있는가? 易之有象, 以盡其意, 詩之有比, 以達其情. 文之作也, 可無喩乎"[44]라고 하였으며, 명대 장울연張蔚然은 "《주역》의 상은 그윽하고 은미하여 그 법도가 비흥에 견줄 만하다 易象幽微, 法隣比興"[45]라고 하였고, 청대 장학성章學誠은 "《주역》의 상은 《시경》의 비흥과 통한다 易象通於詩之比興"[46]고 하였다.

사실 《주역》에는 비유적인 묘사가 적지않다. 예를 들자면 〈귀매歸妹·상육上六〉에서 "신부가 광주리를 들었으나 비었고, 신랑이 양을 잡았으나 피가 없네 女承筐, 無實, 士刲羊, 無血"라고 한 것이나, 〈정井·구이九二〉에서 "우물에서 활로 붕어를 쏘았으나, 맞히지 못하고 항아리에 맞아 물이 새네 井谷射鮒, 瓮敝漏"라고 한 것, 그리고 〈점漸〉괘에서 "기러기 뭍으로 날아간다 鴻漸於陸"고 한 것 등이 그것이다. 만약에 이를 《시경》의 '비흥' 수법이나 공자가 말한 '흥興·관觀·군群·원怨'의 설과 연계시켜 본다면, 《주역》 역시 형상적 감지와 내심의 체험을 중시하는 문예심리학의 내용을 함유하고 있다고 할 수 있을 것이다.

중국 고전미학과 문예심리학에서 '의상意象' 이론은 대단히 중요한 위치에 있다. 이 '의상' 이란 말이 처음 나온 문헌이 바로 《주역》이다. 앞서 말한 '입상이진의'는, 물론 '상'을 중시하면서도 또한 '상'에 얽매이지 말고 뜻〔意〕을 표현하는 데 중점을 두어야 한다는 말이다. 물론 이 말은 미학적 함의를 지닌 '의상' 론이라고 할 수 없다. 그러나 《주역》의 의상 개념은 이후 새롭게 해석되면서 점차 예술적인 측면이 강화되기 시작했다. 예를 들어 위진의 철학가 왕필은 노장의 도로 《주역》을 해석하면서, "말이란 단지 상象을 밝히는 것일 뿐이니, 상象을 얻으면 말은 잊혀진다. 상象이란 뜻을 담고 있는 것이니 뜻을 얻으면 상象은 잊혀진다 言者所以明象, 得象而忘言, 象者所以存意, 得意而忘象"[47]라고 하였다. 왕필은 이처럼 언言·상象·의意, 세 가지 관계에 대해 논하면서 언과 상도 필요하지만 결코 그것에 얽매여서는 안 되며, 유한한 그것에서 벗어나 무한한 의意를 얻을 수 있어야 한다고 주장한 것이다. 이는 《주역》의 '의상' 론에 대한 주석이자 진일보한 해석이라고 할 수 있다. 이후 고개지는 "전신사조는 바로 눈동자에 있는 것이다 傳神寫照, 正在阿堵中"라고 하였고, 종병은 '징회미상澄懷味象'의 개념을 창출했다. 그리고 제량齊梁 연간에 유협은 "명장名匠으로 하여금 독창적으로 의상을 헤아려 움직이게 한다 獨照之匠, 窺意象以運斤"[48]라고 하여 의상개념을 예술형상·예술상상·예술정감 등과 연계시켜 비로소 미학적 측면에서 예술심미 '의상' 이론을 마련할 수 있었다. 이렇게 본다면 《주역》의 '의상' 론은 비록 처음에는 철학적 개념으로 활용되었지만, 이후 논자들에 의해 지속적으로 부연설명되면서 마침내 예술적 개념으로서의 '의상' 론으로 발전해 나갔음을 알 수 있다.

그렇다면 '의상' 이란 무엇인가? 이에 대해서는 이미 수많은 논쟁이 있어 왔다. 그러나 대체적으로 "뜻 안에 있는 상 意中之象"이라고 풀이하는 것이 합당하다. '의상' 은 심미주체의 생리나 심리적 인지과정과 불가분의 관계에 놓여 있다. 심미주체가 구체적인 사물을 감지하면 일정한 표상表象이 생긴다. 다시 이것이 형상사유라는 일련의 가공을 거치게 되면 이로부터 심미주체의 뇌 속에 심미형상이 형성되는데, 이것이 바로 '의상' 이다. 이처럼 '의상' 은 예술적 물상에서 예술형상이 만들어지는 데 매개체 역할을 한다. 따라서 감각하고 지각하는 과정에서 생겨나는 심리적 표상과 떨어질 수 없는 관계에 놓여 있다.[49] 이상과 같은 연유로 '의상' 론은 문예심리학의 중요 명제로 자리잡은 것이다. 《주역》의 '의상' 론 역시 이러한 측면에서 이해한다면 더욱 의의가 있을 것이다.

《주역》에서는 "상을 세워 뜻을 다한다 立象以盡意"고 하였는데, 이를 실현하기 위해 "세상만물을 살펴 상을 얻는다 觀物取象"는 방법을 제시하고 있다. "옛날에 포희씨가 임금으로 천하를 다스릴 때, 위로 우러러 하늘을 관찰하고 아래로 굽어보아 땅의 법칙을 살폈으며, 새와 짐승의 생김새와 땅의 마땅함을 살폈고, 가깝게는 자신의 몸에서 취하고 멀게는 천지만물에서 취하여, 이에 처음으로 팔괘를 만들어 신명의 덕에 통달하고 만물의 정을 유추하였다. 古者包犧氏之王天下也, 仰則觀象於天, 俯則觀法於地, 觀鳥獸之文與地之宜, 近取諸身, 遠取諸物, 於是始作八卦, 以通神明之德, 以類萬物之情"(〈繫辭傳〉) 여기서는 《주역》에 나오는 '상象의 내원來源' 에 대해 설명하고 있다. 사물을 관찰하고 모방해야 하지만 또한 이에 구속되어서는 안 되며, 오히려 사물의 내재적인 특징과 의미를 드러낼 수 있어야 한다. 이것이 바로 "신명의 덕을 통달하고 만물의 정을 유추하였다 通神明之德, 類萬物之情"의 본래 뜻이다. 그리고 이러한 목적을 달성하기 위해서는 관찰과 모방의 토대하에서 창조해야 하는 것이다. 이는 곧 객관 사물을 직접 관찰하고 감지하여 다시 개괄하고 새롭게 창조하는 과정으로, 실實에서 허虛로 이르는 예술사유 과정을 뜻하는 것이기도 하다. 이렇게 본다면 《주역》의

'상' 론은 이미 예술창조와 감상에 있어서 허와 실, 감각과 신사神思 형상과 관념의 상호 결합을 보여 주고 있음을 알 수 있다. 앞서 말한 것처럼 《주역》은 예술창조와 감상심리에 대해 직접적으로 언급하고 있지는 않다. 그러나 이상에서 살펴본 대로 이미 예술심리 문제를 깊이 다루고 있는 것이다.

2. 《관자》의 문예심리학

《관자管子》는 서한의 유향劉向(B.C. 77-6)이 편찬한 것으로 전국시대 제나라 법가들이 추존한 관중管仲의 저작이다. 특히 〈심술心術〉편 상하와 〈백심白心〉·〈내업內業〉 등 네 편은, '양기養氣' 설과 '허일이정虛壹而靜' 의 명제를 통하여 중국 철학에 있어서 '양기' 이론을 최초로 제기한 바 있다. 이는 특히 노자의 '척제현감滌除玄鑒' 의 사상을 발전시킨 것이다. 이러한 이론은 중국 철학사뿐만 아니라 중국 미학사나 문예심리학사에도 커다란 영향을 끼쳤다.

《관자》에서는 '기氣' 를 우주만물의 근원으로 보고 있다. "뭇사물의 정精이 이에 생명이 되니, 아래로는 오곡을 낳고 위로는 뭇별을 이룬다. 凡物之精, 此則爲生, 下生五谷, 上爲列星"(〈內業〉) "정이란 기의 정이다. 精也者, 氣之精者也"(〈內業〉) 이렇듯 정精은 곧 기氣라고 하여 우주만물은 기에 의해 생겨난다고 보았다. 여기서 '기' 란 물질 개념으로 유물론적 요소가 들어 있다.

물론 《관자》에서도 인간의 정신은 '기' 에 의해 생겨난다고 보았다. 〈내업〉편에서 "사람의 삶은 하늘이 정기를 내고 하늘이 형체를 내어, 그것이 합쳐져 사람이 되는 것이다. 조화를 이루면 생겨나게 되고 조화를 이루지 못하면 생겨나지 않는다. 기는 도에서 생겨나고 생겨나면 사유하게 되며, 사유하면 알게 되고 알게 되면 그치는 것이다 人人之生也, 天出其精, 地出其形, 合此以爲人. 和乃生, 不和不生. 氣道(通)乃生, 生乃思, 思乃知, 知乃止矣"라고 한 것이나, 〈심술〉 하편에서 "기란 몸에 충만한 것이다. 아름답지 못한 것으로 가득 차면 마음에 얻을 수 없다 氣者, 身之充也, 充不美, 則心不得"라고 한 것은 모두 이러한 예증이다. 한 개인이 정기를 지니면 지닐수록 정력이 충만해지고, 더욱더 총명하고 지혜로워진다는 것이 《관자》의 주장이다. "세상 사람들이 알고 있는 것은 정이다. 욕망을 제거하면 과욕寡慾하게 되고, 과욕하면 고요해질 수 있다. 고요하면 전일專一하게 되는데, 전일하게 되면 홀로 설 수 있다. 홀로 서면 밝아지고 밝아지면 신묘해진다. 世人之所職者, 精也. 去欲則寡, 寡則靜矣. 靜到精, 精則獨立矣. 獨則明, 明則神矣" 이러한 논술을 통해 우리는 《관자》에서 말하고 있는 '기'가 물질적 개념에서 점차 정신적 개념으로 변화·발전해 가고 있음을 알 수 있다. '정기精氣'는 비록 철학 범주에 속하는 개념이지만, 후인들이 이를 계승·발전시킴으로써 점차 일종의 심미 범주화하였던 것이다.

《관자》의 '정기'설은 이후 문론가文論家들이나 미학가들에게 적지않은 영향을 끼쳤으니, 특히 기가 있어야만 작가의 영감과 상상이 발동된다는 관념은 모두 여기서 출발하는 것이다. 맹자의 '양기'설은 이미 앞서 말한 바와 같이 정신적인 측면에서 《관자》의 '정기'설을 계승·발전시킨 것이다. 이후 여러 사람들의 논술에서도 《관자》 '정기'설의 영향을 받은 흔적을 살필 수 있으니, 이러한 것들은 《관자》의 심미심리학에 관한 훌륭한 주석 역할을 하기도 한다. 예를 들자면 유협의 《문심조룡》 〈양기〉편은 문론가의 입장에서 최초로 〈양기〉설을 제시한 바 있다. 유협은 "그래서 문학창작을 하는 데는 적당한 조절이 필요한 것이어서 심정을 맑고 화평하게 하고, 그 기를 순조롭고 화창和暢하게 만들어야 한다. ……사람의 정신을 보배처럼 아끼고 항상된 정기를 보양해야 한다…… 是以吐納文藝, 務在節宣, 淸和其心, 調暢其氣. ……言神宜寶, 素氣宜養……"라고 하여, 좋은 작품을 창작하기 위해서는 평상시에도 정신을 조절해야 한다고 하였으며, 당대 이덕유李德裕는 〈문장론文章論〉에서 "문장의 물됨은 저절로 그러한 영기이니, 황홀한 가운데 와서 생각지 못하는 사이에 도달한다 文之爲物, 自然靈氣, 惚恍而來, 不思而至"라고 하여, 창작할 때의 상상이나 영감의 특징에 대하여 묘술한 바 있다. 또한 송대 소철蘇轍은 문론가의 입장에서 쓴 양기에 관한 가장 유명한 문장 〈상추밀한태위서上樞密韓太尉書〉에서, "문장이란 기로 형성되는 것이라 생각했습니다. ……그들의 기가 마음속에 충만하여 얼굴에 넘쳐흐르고 말에서 움직여 마침내 글로 드러나게 되니, 스스로 의도한 것이 아닙니다 以爲文字, 氣之所形. ……其氣充乎其中, 而溢乎其貌, 動乎其言, 而見乎其文, 而不自知也"라고 하였다. 이는 '기'라는 범주를 이용하여 예술창작에 있어서 영감靈感의 문제를 설명한 것이다. 또한 왕부지는 《석당영일제론내편夕堂永日諸論內編》에서 "가와 행에서 온 것(칠언절구)은 한 기氣 속에 아득하게 넓어 영기가 통하니, 시구 가운데 여운이 있어 사람의 정감을 감동케 한다 自歌行來者, 就一氣中駘宕靈通, 句中有餘韻, 以感人情"라고 하였는데, 여기에 나오는 '기' 역시 영감의 문제와 유관하다. 송렴宋濂은 《문원文原》에서 "글을 쓰는 데 반드시 양기가 있어야 한다. ……사람이 기를 기를 수 있으면 정감이 깊어지고 문장이 밝아지며, 기가 흥성하면 변화가 신묘해져 천지와 더불어 공을 함께 할 수 있을 정도가 된다 爲文必在養氣. ……人能養氣, 則情深而文明, 氣盛而化神, 當與天地同功也"고 하였다. 그리고 사진謝榛은 《사명시화四溟詩話》에서 "시에서 기를 기름에 각기 주된 것이 있다 詩之養氣, 各有主焉"라고 하여, 예술창작의 풍격이나 경계가 다르면 "이는 제가諸家가 기른 바가 다르기 때문이다 此諸家所養之不同也"라고 하였다. 이러한 것들은 모두 작가의 심리적 소질이 각기 다른 예술창작 풍격의 형성에 깊은 연관을 맺고 있음을 말해 주고 있는 예로, 《관자》의 정기설에 의해 계발되고 입론된 것들이라 할 수 있다. 다시 말해서 《관자》의 정기설이 미학이나 문예심리학적 의의를 지니고 있다는 뜻이기도 하다.

'정기'설과 연관시켜 《관자》에서는 '허일이정'의 명제를 제시하고 있다. 전국시대 송나라 철학가였던 송연과 윤문 역시 "뜻을 전일하게 하고, 마음을 한 가지로 해야 한다 專於意, 一於心"는 논지를 통해 "정욕을 적고 옅게 하는 것으로 안을 삼고, 만물을 접함에 있어 구별됨을 처음으로 삼을 것 以情欲寡淺爲內, 接萬物以別宥爲始"을 주장하여, 이른바 '허일이정'의 명제를 제기한 바 있다. 《관자》가 송연과 윤문의 저작인지 아닌지는 아직 확정된 것은 아니지만, 분명 《관자》와 송연·윤문의 견해에는 일치되는 부분이 있다.

《관자》 네 편 가운데 '허일이정'이란 명제는 인식론의 입장에서 제기된 것이다. 〈심술상〉에 보면 다음과 같이 실려 있다.

> 인간은 모두 알고자 한다. 그러나 알 수 있는 까닭을 찾지는 않는다. 알고자 하는 바는 저고, 아는 까닭은 나인 것이다. 나를 수양치 않으면 어찌 저를 알 수 있을 것인가? 나를 수양함은 능히 텅비어 없게 하는 것이니, 텅빔이란 감춤이 없는 것이다.
>
> 人皆欲知, 而莫索其所以知. 其所知, 彼也; 其所以知, 此也. 不修之此, 焉能知彼? 修之此, 莫能虛矣, 虛者無藏也.

여기서 작가는 인식주체('彼'·'所知')와 인식객체('此'·'所以知')를 분명하게 구별하여, 객체를 인식하고자 한다면 주체 자체를 인식하는 수양이 강화되어야 함을 강조하였다. 그렇다면 어떻게 해야만 강화시킬 수 있는 것인가? 그것은 "능히 텅비어 없게 하는 것이니, 텅빔이란 감춤이 없는 것이다 莫能虛矣, 虛者無藏也"라는 말로 설명되고 있다. 이는 곧 "궁(마음)을 깨끗이 하고, 문〔耳目〕을 여는 것 潔其宮, 開其門"으로 주관적인 선입관이나 욕된 생각을 버리고, 이목耳目 등의 인식기관의 문을 열어 놓는 것이라 할 수 있다. 이러한 토대하에서 '허일이정'의 명제가 제기되어 '일의전심一意專心'·'무기無己'·'무장無藏'의 상태를 요구하고, 그렇게 해야만 비로소 "좋음과 싫음이 저절로 드러나는 것이다. 美惡乃自見"

문예심리학의 각도에서 본다면, '허일이정'은 일종의 심미주의審美注意라고 할 수 있다. 《관자》 네 편에 보이는 '허일이정'설은 노자의 '척조현감'·'치허수정致虛守靜'설에서 기원한 것이자 이를 더욱 발전시킨 것이다. 우선 '허정'을 강조하고, 다시 "생각하고 생각하고 또 거듭 생각할 것 思之思之, 又重思之"(〈內業〉)을 요구한 것은 '허일이정'에서 이성적 사유의 작용을 중시한 것으로, 노자의 경우 허무적 자아 해탈을 중시한 것과 구별된다. 다음으로 "자신을 버리고 사물을 법으로 삼는다. 느낀 이후에 응하니 인위적으로 갖출 것이 아니며, 이치에 따라 움직이니 애써 취하고자 할 바가 아닌 것이다 舍己而以物爲法也. 感而後應, 非所設也, 緣理而動, 非所取也"(〈心術上〉)라는 말은, 외물에 감동한 연후에 응하고 사물의 이치에 따라 움직이라는 주장으로, 역시 노자의 '허일이정'설을 발전시킨 것이라 하겠다. 이후 이 설은 순자에 의해 계승되었는데, 그는 《관자》의 작자에 대해 분명하게 밝히지는 않았다.

중국 문예심리학사에서 '허일이정'의 '허정'설의 영향력은 대단히 크다. 중국 예술에서 표현·공령空靈·신사神似를 강조하는 예술정신은 바로 여기서 출발한다. 심미 '허정'설은 일종의 고상한 심미인격을 조성하는 데에 있어서 긍정적 의의를 지닌다. 왜냐하면 종백화宗白華가 말한 대로 허정의 심미심경이 바로 '예술적 인격의 심금心襟'이며, '허정'의 심미이론은 동시에 일종의 '심미인격학'이기 때문이다.[50] 《관자》의 '허일이정' 이론은 아직 심미 범주에 속하는 것이라 할 수 없다. 그러나 그것은 심미 '허정'설의 한 근원〔노자와 장자의 '허정'설은 《관자》와는 다른 풍격과 특성을 지닌 또 다른 근원이다〕으로, 이후 심미 '허정'설의 발전에 커다란 영향을 끼쳤을 뿐만 아니라 나름의 규범으로 존재한다. 순자의 '허일이정'의 명제가 《관자》의 그것을 직접적으로 계승했다는 점 이외에도,

위진魏晉 이후 육기陸機 · 종병宗炳 · 유협劉勰 · 교연皎然 · 사공도司空圖 · 소식蘇軾 · 왕국유王國維 등의 '허정' 심미이론과 결코 무관하다고 볼 수 없을 정도로 《관자》의 영향력의 흔적은 여기저기에서 엿볼 수 있다. 이러한 이유로 《관자》에서 제기된 '양기' 설이나 '허일이정' 의 명제를 중국 문예심리학사의 한 부분으로 삼아 논술하는 것은 결코 과분하다고 볼 수 없다.

3. 《악기》의 문예심리학

《악기樂記》는 중국 고대의 음악미학에 관해 비교적 체계적으로 언급한 중요 작품이다. 저자와 저술연대가 정확하지 않아 이설異說이 분분하지만, 《사기정의史記正義》의 기록과 곽말약의 고증에 따르면 공자의 제자에게 배운 공손니자公孫尼子의 작품이며, 일부분이 한대 유가들에 의해 증보되어 공손니자의 사상뿐만 아니라 전국시대 이후 순자를 포함한 유가들의 악교樂敎에 관한 이론을 포괄하고 있다고 한다. 여하튼 저자가 누구이든간에 《악기》의 중요 내용은 주로 공자 이후(대부분의 경우 전국 이전까지)의 음악미학에 관한 사상을 총결짓고 있다고 보여진다. 그렇기 때문에 기본적으로 선진미학의 범위에 속한다고 볼 수 있다.

《악기》는 음악미학과 관련 있는 저작이자 문예심리학의 저작이기도 하다. 중국 고대에는 악의 범주가 광범위하여 음악과 시가, 그리고 무용이 삼위일체로 포함되어 있었을 뿐만 아니라 회화 · 조각 · 건축 등의 조형예술 역시 악의 범주에 포함되었다. 따라서 인간의 감관을 통해 쾌락을 향유케 하는 모든 예술형식이 고대에는 악樂으로 일컬어졌다고 보면 된다. 이러한 까닭에 《악기》는 음악미학의 전문저작일 뿐만 아니라 문예심리학의 사상이 풍부하게 내재된 작품이라고 할 수 있다.

우선 《악기》에서 말하고 있는 음악예술의 본질에 관한 논의 가운데 음악의 생성과 인간의 심리관계에 대한 논술을 살펴보고자 한다.

> 무릇 노래는 사람의 마음에서 비롯되어 생기는 것이다. 사람의 마음이 동함은 사물이 시켜 그러한 것이다. 외적 사물에 대해 느끼게 되면 움직이고, 그런 까닭에 소리로 형태지어지며, 소리가 서로 응하는 까닭에 변화가 생겨나고 변화에 일

정한 형태가 이루어지니 이를 음이라고 한다. 이러한 음을 배열하고 그것을 연주하며, 붉은 방패와 옥도끼인 간척과 꿩의 깃과 소꼬리인 우모를 들고 춤을 출 정도에 이르면 이를 악(음악)이라고 한다.

凡音之起, 由人心生也. 人心之動, 物使之然也. 感於物而動, 故形於聲, 聲相應, 故生變, 變成方, 謂之音. 比音而樂之, 及干戚羽旄, 謂之樂.

이처럼 《악기》에서는 음악예술이란 인간 내심의 정감과 심리활동의 표현이라는 점과, 인간의 내심에 있는 정감과 심리활동은 객관 사물과의 만남에 의해 촉발되고 야기된다는 것을 분명히 지적하고 있다. 물론 《악기》의 저자가 인간의 심리활동이 인간의 두뇌의 기능에 의해 이루어진다는 것을 분명히 밝힌 것은 아니지만, 예술이 정감과 심리의 표현이란 점을 지적한 것은 진일보한 인식을 드러내는 것으로 나름의 의의가 있다고 할 수 있다. 사실 이는 '심물감응心物感應'의 예술창조론이라고 할 수 있을 것이니, 예술창작은 마음과 외물이 서로 작용함으로써 이루어지는 것이라는 뜻이다. 《악기》에서 "음악이란 노래로 말미암아 생긴 것이다. 그 근본은 마음이 외물에 감동하는 데 있다 樂者, 音之所由生也. 其本在人心之感於物也"라고 한 것을 보면 이를 확인할 수 있다.

《악기》에서는 음악·무용예술이 사람들의 희로애락을 포함한 여러 가지 심미정감의 도야에 커다란 역할을 한다고 주장하고 있다. "무릇 음악이란 즐거움이니 사람의 정감에서 빠질 수 없는 것이다. 음악은 반드시 소리에서 발하게 되며, 손발의 움직임이나 얼굴의 모습에서 나타나니 이는 사람의 천성이다. 夫樂者樂也, 人情之所不能免也. 樂必發於聲音, 形於動靜, 人之道也" "사람이 태어날 때부터 고요한 것은 천성적인 것이고 외물에 느낌을 받아 움직이는 것은 본성의 욕망〔人欲〕이다. 之生而靜, 天之性也, 感於物而動, 性之欲也" "무릇 사람에게는 혈기와 지각의 성질은 있으나 희로애락의 항상됨은 없다. 외물에 감응하여 움직인 연후에 심술이 나타나는 것이다. 夫民有血氣[51]心知之性, 而無哀樂喜怒之常, 應感起物而動, 然後心術形焉" 여기서 볼 때, 《악기》의 저자는 객관적 사물이 예술창작과 심미감상에 끼치는 작용을 강조하고 있기는 하지만, 또한 인간이 심미적 본능을 지니고 있다는 것과 예술창작과 감상은 작가와 독자의 생리·심리조건을 토대로 하고 있음을 분명히 밝혔다. 이러한 논점은 중국 문예심리학사에 있어 비교적 이른 시기에, 이미 예술창작은 주관과 객관의 통일에 의해 이루어진다고 생각했음을 증거하는 것이라 하겠다.

다음으로 《악기》에서는 음악과 정감의 관계를 논의하면서, 주체와 작품이 "외부로부터 상응하고 由外相應" "동류끼리 서로 같아지는 同類相同" 관계를 밝히고 있다. "무릇 간사한 소리가 사람을 감동시키면 거슬린 기운이 발동하여 그것을 따른다. 凡奸聲感人, 而逆氣應之" "올바른 소리가 사람을 감동시키면 화순한 기운이 그것을 따른다. 正聲感人, 而順氣應之" 이는 바로 "부르면 화답하여 응답이 있고, 각기 같은 종류로 서로 작용한다 倡和有應, 以類相動"는 뜻으로, 주체의 정감심리가 음악의 변화에 영향을 끼치는 '이류상동以類相動'의 정황을 나타낸 것이라 하겠다.

《악기》에서는 주체가 지니고 있는 애哀·락樂·희喜·노怒·경敬·애愛 등 여섯 가지 정감에 따라 소리 또한 상응하여 변화한다고 주장하고 있다. 예를 들어 "타는 듯 힘이 없다 噍以殺"·"완만해지고 여유가 있다 嘽以緩"·"뛰는 듯 높이 흩어진다 發以散"·"거칠고 날카롭다 粗以厲"·"곧고 겸손하다 直以廉"·"온화하고 부드럽다 和以柔" 등은, 바로 주체의 감정 변화에 상응하는 소리의 변화이다. 이는 역으로 서로 다른 소리가 심미주체와 상응하여 각기 다른 정감을 불러일으킨다고 풀이할 수도 있다. 그래서 《악기》에서는 "음악을 제어하여 인간의 욕망을 조절한다 制樂以節人欲"는 사상을 제기할 수 있었던 것이다. "무릇 외물이 사람을 감동시키는 것이 끝이 없어, 사람들의 좋고 싫은 감정에 절제가 없게 되면 사람은 외물에 의해 지배받게 된다. 사람이 외물로 말미암아 변화하게 되면(사물의 지배를 받으면), 천리는 사라지고 인욕이 끝없이 일어나게 된다. 夫物之感人無窮, 而人之好惡無節, 則是物至而人化物也. 人化物也者, 滅天理而窮人欲者也" 여기서 제기되고 있는 봉건윤리나 도덕이 없다면, 인간의 욕망은 결코 사라지지 않는다는 관점은 타당한 것이 아니다. 그러나 문예심리학의 각도에서 볼 때, 음악 등의 예술형식이 인간의 사상이나 정감에 제약을 가할 수 있다는 논리는 당연히 취할 만한 것이라 하겠다. 이처럼 《악기》 내용에는 심리학의 각도에서 소리와 주체의 감정 변화간의 변증적 관계에 대한 논술도 적지않아, 중국 고대에 이미 이에 대한 심도 있는 논의가 있었음을 짐작할 수 있다.

또한 《악기》에서는 음악과 의지·성격의 관계에 대해 논술하고 있다. 심리학에 있어서 의지는 행동을 고무하는 데 수반되는 심리과정이자, 인간이 자각적으로 행동을 조절하여 곤란을 극복하고 그럼으로써 자신이 목적한 바를 실현시키는 심리과정이다. 심미활동이란 것은 일종의 고급화된 심리활동으로, 일정한 심미객체의 심미감수를 통해 일정한 목적을 지니고 나름의 인격도야나 향수를 얻고자 하는 심리과정이라 할 수 있을 것이다. 따라서 심미활동에는 필연적으로 의지적 행동이 수반되는 것이다. 《악기》에서도 역시 음악이 인간의 의지에 영향을 끼칠 수 있음을 지적하고 있다. 예를 들자면 "정나라 음악은 지나치게 참월하여 사람의 마음을 음란케 하고, 송나라 음악은 나긋나긋하게 나약하여 사람의 마음을 탐닉케 하고, 위나라 음악은 속도가 지나치게 빨라 사람의 마음을 조급하게 만들며, 제나라 음악은 거만하고 편벽되어 사람을 오만하게 만든다. 이 네 나라의 음악은 사람들을 현혹시켜 여색에 빠지게 만들고 덕행에 해가 된다. 이러한 까닭에 제사지낼 때에는 사용하지 않는 것이다 鄭音好濫淫志, 宋音燕女溺志, 衛音趨數煩志, 齊音敖辟喬志, 此四者, 智淫於色而害於德, 是以祭祀弗用也"라고 하여, 네 가지 음악을 번잡함·나약함·촉박함·편벽됨 등의 정서나 풍격으로 구분짓고, 이러한 소리는 인간의 의지에 해가 될 뿐이기 때문에 결코 제창할 수 없음을 밝히고 있다. 이는 《악기》의 작자가 음악예술이 인간의 의지에 커다란 영향을 끼친다는 것을 중시했음을 증거하는 것이자, 윤리·도덕교육을 중시한 유가들의 문예심리학 사상을 드러내는 것이라 하겠다. 독일의 미학가 쇼펜하우어는 "음악을 가장 고상한 예술로 인식하였는데, 이는 그밖의 예술이 단지 표상의 세계만을 표현할 수 있는 데 반하여 음악은 인간의 의지를 투사할 수 있기 때문이었다. 그림이 묘사할 수 없고 언어로 전달할 수 없는 것을 때로 음악이 곡진하게 드러낼 수 있는 경우가 적지않으니, 바로 이러한 이유로 말미암는다"[52]고 생각했다. 쇼펜하우어보다 1천여 년 앞선 《악기》에서 우리는 이러한 음악사상의 일단을 보고 있는 것이다.

성격은 개인이 현실생활에서 드러내는 선명하고 견고하며, 또한 습관적인 심리 특질이다. 인간의 성격에는 개체 개개인의 비교적 고정적이고 독특한 특질이 존재한다. 그러나 성격은 또한 절대불변의 것이 아니다. 현실적 환경에 영향을 받기도 하며, 예술창작에 의해 변화하기도 한다. 《악기》에서는 한 개인의 성격이 그의 음악에 대한 선택과 노래부르기를 결정한다고 보았다. 그래서 자공과 사을師乙의 대화를 통해 나름의 견해를 밝히고 있다. 사을이 말하고 있는 여섯 가지 성격 특징은, 곧 "내[子貢]가 듣기로 노래를 부를 때는 각자의 성정에 맞는 것을 부르는 것이 합당하다고 했다. 그렇다면 우리들에게는 어떤 노래가 마땅한가? 賜聞聲歌各有宜也, 如賜者, 宜何歌也"라는 질문에 대한 답변의 형식을 띠고 있는데, 성격심리가 다르면 예술의 감상과 창작 역시 달라질 수 있음을 설명하고 있다. 그리고 이외에도 음악 역시 성격에 영향을 끼친다고 말하고 있다. "상나라의 노래는 다섯 황제가 남긴 소리로, 상나라 사람들이 이를 전했기 때문에 상의 노래라고 말합니다. 제나라의 노래는 하·은·주 삼대가 남긴 것으로, 제나라 사람들이 이를 전했기 때문에 제의 노래라고 말합니다. 상나라의 음악을 환히 알고 있는 사람들은 일에 임해서 결단력이 강하고, 제나라의 음악에 밝은 사람들은 이익을 보면 양보할 줄 압니다. 일에 임해서 결단력이 강한 것은 용기이며, 이익을 보고도 양보하는 것은 의로움입니다. 용기나 의로움이 있어도 노래를 통해 수양하지 않으면 누가 이를 지속적으로 지닐 수 있겠습니까? 故商者, 五帝之遺聲也, 商人識之, 故謂之商, 齊者, 三代之遺聲也, 齊人識之, 故謂之齊. 明乎商之音者, 臨事而屢斷. 明乎齊之音者, 見利而讓. 臨事而屢斷, 勇也, 見利而讓, 義也. 有勇有義, 非歌, 孰能保此?" 여기서는 상과 제나라는 두 가지 각기 다른 근원과 내용, 그리고 서로 다른 풍격을 지닌 노래로 당연히 사람들의 성격에 각기 다른 영향을 끼친다는 것을 말하고 있다. 이러한 관점은 문예심리학의 각도에서 볼 때, 각기 다른 심미객체(예술)는 서로 다른 심미주체(인간)의 심리에 서로 다른 영향을 끼친다는 것과 각기 다른 심미주체는 성격과 기질 등의 심리적 특징이 다르기 때문에, 예술의 창작이나 감상에 있어서 서로 다른 내용이나 풍격을 지닐 수밖에 없다는 것을 뜻한다고 할 수 있다.

이러한 토대하에서 《악기》에서는 주체의 창작심리 문제에 대해 탐구하고, 다음 세 가지의 요구 사항을 제시하고 있다. 첫번째는 "정감이 깊어야 감동적인 음악〔文〕이 분명하게 드러난다 情深而文明"는 것으로 깊고 진지한 정감을 지녀야 한다는 것이고, 두번째는 "작가의 기분이 흥성해야 감동시키는 힘〔化〕이 신묘하다 氣盛而化神"는 것으로 창작에 열정과 충동이 존재해야 한다는 것이다. 그리고 마지막으로 세번째는 "조화롭고 온순한 정서가 마음에 축적되어야 외적으로 아름다운 곡조가 드러난다 和順積中而榮華發外"는 것으로 고상한 도덕적 정서를 지녀야 한다는 주장이다. 그러나 역시 근본은 "오직 음악만은 거짓으로 만들 수 없는 것이다 唯樂不可以爲僞"라는 말로 진지하고 성실하게 문예창작에 임해야 한다는 주장이다.

이러한 작가의 창작심리에 대한 발언은 오늘날의 입장에서 볼 때에도 여전히 유효하다. 선진시대에 《악기》의 작자는 작가가 지녀야 할 문예창작 심리에 대해 깊이 천착하여 나름의 성과를 얻었다. 이는 물론 대단히 값어치 있는 것이다.

4. 《여씨춘추》의 문예심리학

일명 《여람呂覽》이라고도 하는 《여씨춘추呂氏春秋》는, 전국 말년에 진秦나라의 여불위呂不韋가 문객들이 엮은 것들을 모아 만든 것으로 《사기史記》에서 말한 대로 "천하만물의 일을 두루 적은 備天地萬物之事"(《史記 · 呂不韋傳》) 저작이자 일종의 문헌사라고 할 수 있다. 그러나 이 책은 또한 미학과 문예심리학에 관련된 귀한 저작이기도 하다. 여기에서는 미의 기원과 미감의 특징에 대해 훌륭한 견해를 피력하고 있으며, 생리 · 심리학적 측면에 중점을 두고 분석하였다. 이러한 점으로 볼 때 이 책은 《주역》·《관자》·《악기》에 결코 뒤떨어지지 않는다. 《여씨춘추》는 한 권의 생리미학에 관한 저작이라 할 수 있다. 더구나 이 책은 유가사상을 지침으로 하면서 또한 묵가와 도가의 설을 흡수하여 선진미학과 문예심리학을 종합하고, 이에 최종적인 결론을 내림으로써 한대 미학과 문예심리학의 선도 · 교량 역할을 하고 있다.

예술(음악)의 기원과 본질의 문제에 대해 《여씨춘추》에서는 다음과 같이 쓰고 있다.

음악이 유래하는 바는 아주 오래 되었으니, 그것은 도량〔음률을 정하기 위해 종의 크기나 무게 등을 수치로 환산한 것〕에서 나왔고, 태일(도)에 근본을 두고 있다. 태일은 양의를 낳고, 양의는 음양을 낳는다. 음양은 변화하는데, 하나는 위로 하나는 아래로 움직이며, 한데 모여 형체를 이룬다. ……만물이 나오는 것은 태일에 의해 이루어지는 것이며, 음양에 의해 변화하는 것이다. 식물이 싹트고 동물이 움직여 소생하는 것은, 음양이 그 안에서 응결되어 형체를 이룬 것이다. 형체에는 구멍이 있는데, 그 구멍마다 소리가 없는 곳이 없다. 소리는 조화에서 나오고, 조화는 마땅함에서 나온다. 선왕들이 음악을 제정할 때 이 조화와 마땅함〔일정한 표준에 적합함〕에 의거해서 만들었다.

音樂之所由來者遠矣, 生於度量, 本於太一. 太一出兩儀, 兩儀出陰陽. 陰陽變化, 一上一下, 合而成章. ……萬物所出, 造於太一, 化於陰陽. 萌芽始震, 凝寒以形. 形體有

處, 莫不有聲. 聲出於和, 和出於適. 和, 適, 先王定樂, 由此而生. (〈大樂〉)

위 인용문은 예술(음악)의 발생과정에 대한 개괄적 문장이다. 음악은 일정한 도량에서 생겨나며, 그 근본은 '태일'에 있다. '태일'은 천지를 낳고 천지는 음양을 낳았으며, 음양의 변화를 통해 소리가 생겨나게 되었다. 또한 소리는 '조화(和)'에서 나오고, '화'는 다시 '적適'에서 나온다. 이러한 말은 예술의 기원과 본질의 문제에서 언급한 일련의 생리·심리적 규율과 연관된다. 우선 예술의 생성은 세계만물과 연계되며, 다시금 예술의 창조는 자연사물의 법칙과 인간의 예술에 대한 생리·심리적 느낌과 깊이 관련된다. 〈대악〉에서 말하고 있는 "음양은 변화하는데, 하나는 위로 하나는 아래로 움직이며 한데 모여 형체를 이룬다 陰陽變化, 一上一下, 合而成章"는 것이 바로 이 뜻이다. 이 점은 〈고악古樂〉에서도 영윤伶倫은 "봉황의 울음을 십이율로 구별하였고 鳳凰之鳴, 以別十二律", 제요帝堯는 "질에게 명령하여 음악을 만들게 하였는데, 질은 산림과 계곡의 소리를 본떠서 노래를 지었다 命質爲樂, 質乃效山林溪谷之音以歌"고 명시되어 있다. 물론 여기서 말하고 있는 것은, 음악의 박자와 자연의 박자가 조화를 이루고 있다는 것이다. 그러나 음악감 역시 인간의 생리나 심리적 박자에 적합하게 느껴야만 아름다운 음악이 되고, 또한 이에 따른 미감이 생긴다는 사실을 고려한다면, 《여씨춘추》에서 음악의 생성이 자연의 박자와 서로 상응한다는 말은, 곧 인간의 생리적·심리적 박자와도 상응해야 한다는 말과 같음을 알 수 있다. 위 예문에서 '화'나 '적'의 문제를 제기한 것은 바로 이 때문이다.

다음으로 《여씨춘추》는 유가와 도가의 '천인합일' 사상을 계승하여 사회의 화해는 자연과 인간의 화해와 불가분의 관계임을 주목하고 있다. 그래서 〈정욕情欲〉편에서는 "인간은 천지와 동일하다. 만물의 형체가 비록 각기 다르나 그 정은 동체인 것이다. 그런 까닭에 옛적에 몸과 천하를 다스림에 있어서 반드시 천지를 법으로 삼았던 것이다 人之與天地也同, 萬物之形雖異, 其情一體也. 故古之治身與天下者, 必法天地也"라고 한 것이다. 바로 이러한 점에서 출발했기 때문에 자연과 사물이 화해를 이루지 못하면 자연히 사회나 인간의 화해도 이루어질 수 없으며, 미감을 일으키는 음악예술 역시 존재할 수 없다고 본 것이다. 다음에 나오는 〈명리明理〉편을 보면 이를 확인할 수 있다. "음양이 차례를 잃고 네 계절은 절기가 바뀌며, 백성들은 잉태한 것이 견고하지 않아 떨어지고, 새나 짐승들이 새끼를 밴 것도 떨어져 번식을 하지 못하고, 초목도 자라지 못해 무성하지 않고, 오곡이 시들고 썩어 수확을 할 수 없는데, 임금이 이를 즐거움으로 여긴다면 어떻겠는가? 그런 까닭에 극히 혼란한 교화는 군신이 서로 해치고, 연장자나 나이 어린 이가 서로 죽이며, 부자가 서로 불의한 짓을 행하고, 형제가 서로를 무고하며, 친구끼리 서로 넘어뜨리고, 부부가 서로 모함하며 날이 갈수록 서로를 위태롭게 만들고 사람이 지켜야 할 기강을 잃게 되니, 사람들의 마음이 새나 짐승들 같고 사악한 마음을 키우며 구차하게 눈앞의 이익만을 도모하여 정의와 도리를 모르게 된다. 陰陽失次, 四時易節, 人民淫爍不固, 禽獸胎消不殖, 草木庳小不滋, 五谷萎敗不成, 其以爲樂也, 若之何哉. 故至亂之化, 君臣相賊, 長少相殺, 父子相忍, 弟兄相誣, 知交相倒, 夫妻相冒, 日以相危. 失人之紀, 心若禽獸, 長邪苟利, 不知義理"(〈明理〉) 노자와 공자 역시 '천인합일'의 명제를 제시하였다. 그러나 이에 대한 그들의 설명은 지극히 추상적이고 광범위하다. 노자는 '무위'의 도에 입각하였고, 공자는 자신의 '비덕'설을 확충하면서 이에 대해 언급한 것이었다. 그러나 《여씨춘추》는 사회의 정치와 도덕·윤리 등 제 방면에 연계시켜 일련의 논의를 도출하고 있다는 점에서 주목할 만하다.

《여씨춘추》는 인간의 생리적 본능에 대한 연구를 중시하였다. 그리고 인간의 예술(음악)에 대한 수요 역시 인간 본능의 생리적 욕망과 불가분의 관계에 있다고 보았다.

처음에 사람을 낳은 것은 하늘이니 사람이 여기에서 한 일이란 없다. 하늘이 사람에게 욕망을 지니게 하였으니, 사람이 추구하지 않을 수 없었다. 하늘이 사람에게 악을 지니게 하였으니 사람이 능히 피할 수 없었다. 욕망과 죄악은 하늘로부터 받은 바이니, 사람이 능히 어찌 수 없으며 변할 수도 없고 바꿀 수도 없다. 세상에 배운 이들 가운데 비악을 주장하는 이들이 있는데 음악이 어느곳에서 생겨났겠는가?

始生人者, 天也, 人無事焉. 天使人有欲, 人弗得不求. 天使人有惡, 人不得不辟. 欲與惡, 所受於天也, 人不得與焉, 不可變, 不可易. 世之學者有非樂者矣, 安由出哉? (〈大樂〉)

여기서 인간의 '욕'이나 '악'을 '하늘로부터 받은 것'으로 간주하는 것은 잘못된 판단이긴 하지만, 인간의 '욕'으로 말미암아 '악'이 생기게 된다는 견해는 참고할 만하다. 이 점은 다음의 예문에서 보다 명확하게 드러난다.

하늘은 사람을 낳고서 그로 하여금 탐욕을 지니도록 하였다. 탐하는 마음에는 욕정이 있고 욕정에는 절제하는 마음이 있으니, 성인은 절제하는 마음을 잘 닦아 욕망을 제어했으므로 자신의 욕정을 지나치게 행함이 없었다. 이러한 까닭에 귀로 다섯 가지의 조화로운 소리를 듣고 싶어하고, 눈으로 다섯 가지 색깔을 보고 싶어하며, 입으로 다섯 가지 맛을 보고 싶어하는 것은 사람의 정情이라 할 수 있다. 이 세 가지는 귀하든지 천하든지, 혹은 어리석든지 지혜롭든지, 그리고 현명하든지 불초하든지간에 모든 이들이 그러한 욕망을 지닌다는 점에서는 일치한다. 비록 신농이나 황제라 할지라도 욕망의 각도에서 본다면 걸이나 주와 마찬가지이다. 성인이 그들과 다른 것은 그것을 절제할 수 있는 정을 얻었기 때문이다.

天生人而使有貪有欲. 欲有情, 情有節. 聖人修節以止欲, 故不過行其情也. 故耳之欲五聲, 目之欲五色, 口之欲五味, 情也. 此三者, 貴賤愚智賢不肖, 欲之若一, 雖神農皇帝, 其與桀紂同. 聖人之所以異者, 得其情也. (〈情欲〉)

분명 '탐욕(有貪有欲)'은 인간의 생리적 본능이자 일종의 심미적 감지 능력이라 할 수 있다. 그렇기 때문에 귀에는 다섯 가지 소리에 대한 욕망이 존재하고 눈에는 다섯 가지 색에 대한 욕망이, 입에는 다섯 가지 맛에 대한 욕망이 존재한다고 한 것이다. 이러한 욕망은 모두 인간이 지닌 생리적 본능이라 할 수 있다. 그렇기 때문에 "귀하든지 천하든지, 혹은 어리석든지 지혜롭든지, 그리고 현명하든지 불초하든지간에 모든 이들이 욕망을 지닌다는 점에서는 일치한다. 비록 신농이나 황제라 할지라도 욕망의 각도에서 본다면 걸이나 주와 마찬가지이다"라고 말했던 것이다. 그러나 또한 "욕망에는 정이 존재하며, 정에는 나름의 절제가 있다"고 주장하여 오관의 감각을 정욕의 감각으로 귀결시켰다. 이는 생리적 감각이나 지각을 심리적 정감과 연계시킨 것이라고 할 수 있다.

이와 관련하여 《여씨춘추》에서는 "소리는 조화에서 나오고, 조화는 적합함에서 나온다 聲出於和, 和出於適"는 관점을 제기하였다. 이미 논의한 바처럼 《여씨춘추》는 특히 예술심미에 있어서 음양오행학파의 '중화中和' 관점을 이어받고 있다. 그러나 음양오행학파처럼 인간의 생리적 감각만으로 '화和'의 효과를 평가하지 않고, 인간의 생리·심리적 리듬과 자연사물의 법칙이 서로 조화를 이룩하는 견지에서 '화'를 보고 있다. 이는 '화'에 자연적·시대적, 그리고 사회적 내용을 첨가한 것이라 할 수 있다. 더욱 중요한 것은 《여씨춘추》에서 '적適'의 관점을 제기하여 "조화는 적합함에서 나온다"는 것을 강조하고, '적'을 대단히 중요한 위치로 격상시켜 '적'의 생리·심리적 메커니즘을 세밀하게 묘사했다는 점이다.

우선 음악예술이 미감을 제공하기 위해서는 '음악'에 적합함이 존재해야 한다고 주장하고 있다. "무릇 음에도 적합한 표준이 있다. ……무엇을 적합함이라 하는가? 음이 표준보다 가볍거나 무겁지 않은 것이다. 무엇을 가볍지도 무겁지도 않다고 하는가? 종의 음률의 높이가 30근〔鈞〕을 초과하지 않고, 종의 무게가 1백20근〔石〕을 넘지 않는 소리로 작지도 않고 크지도 않으며, 가볍지도 무겁지도 않은 음을 말한다. 황종의 궁음은 음의 기본으로 높지도 낮지도 않다. 높지도 낮지도 않은 것이 바로 적합함이다. 이 적합한 마음으로 적합한 음을 들으면 마음이 평화롭다 夫音亦有適, ……何謂適. 衷音之適也. 何謂衷. 大不出鈞, 重部過石, 大小輕重之衷也. 黃鐘之宮, 宮之本也, 淸濁之衷也. 衷也者適也. 以適聽適則和矣"(〈適音〉)라고 하였다. 이처럼 '화'는 '적'에서 나옴을 분명히 적시하고 있다. 이른바 '적'은 크고 작음이나 가볍고 무거움이 적합해야만 한다는 것을 뜻한다. 큰 종은 30근이 넘어서는 안 되며, 아무리 크다 하여도 1백20근이 넘어서는 안 된다. 음률 역시 '황종궁'을 표준으로 해야 한다. 〈적음〉편에서는 또한 음량이나 음률이 "태거太鉅·태소太小·태청太淸·태탁太濁"에 의해 야기되는 갖가지 상황에 대해 나름대로 분석하고 있다. 이와 상응하여 《여씨춘추》는 〈치락侈樂〉편에서 당시 통치자들이 음악창작에 있어서 "서로 앞서기만을 힘써 척도를 사용치 않음 務以相過, 不用度量"으로써, "음악을 사치스럽게 하고 侈樂" 결국 음악의 예술적 감상 효과를 얻지 못함을 비판하고 있다.

다음으로 음악이 적합해야 함과 동시에 '마음' 역시 '적'해야 함을 주장하고 있다. 〈적음〉편에서는 "욕심을 내는 것은 귀·눈·코·입이다. 이를 즐기거나 즐기지 않는 것은 마음이다. 마음이 평화로운 연후에야 비로소 즐거울 수 있다. 마음이 반드시 즐거워야 비로소 귀·눈·코·입이 욕구할 수 있는 것이다. 그러므로 애써 즐거워하는 것은 마음을 평화롭게 하기 위함이고, 마음을 평화롭게 하는 것은 적합함을 행함에 있는 것이다 欲之者, 耳目鼻口也. 樂之弗樂者, 心也. 心必和平然後樂. 心必樂, 然後耳目鼻口有以欲之. 故樂之務在於和心, 和心在於行

適"(〈適音〉)라고 하였고, 또한 "무릇 즐거움에는 적합함이 있으며 마음에도 역시 적합함이 존재한다. 사람의 정은 오래 살기를 바라며 일찍 죽는 것을 싫어하고, 편안한 것을 바라고 위태로운 것을 싫어하며, 영예롭기 바라고 욕됨을 싫어하고, 안일한 것을 바라고 수고로움을 싫어한다. 이 네 가지 바라는 것을 얻고, 싫어하는 네 가지를 제거할 수 있다면 마음에 적합하게 될 것이다 夫樂有適, 心亦有適. 人之情欲壽而惡夭, 欲安而惡危, 欲榮而惡辱, 欲逸而惡勞. 四欲得, 四惡除, 則心適矣"라고 하였다. 음악이 적합해야 한다는 것은 심미객체의 측면에서 말한 것이고, 마음이 적합해야 한다는 것은 심미주체의 측면에서 언급한 것이다. 예술감상에 있어서는 심미객체가 적합하여 미감을 일으키는 객관적 조건이 존재해야 하며, 심미주체의 마음 역시 적합하여 심미감상에 적합한 심정이나 정신상태를 유지해야만 비로소 주체와 객체가 하나로 결합되어 심미적 유쾌함을 맛볼 수 있다. 이목구비耳目口鼻는 단지 생리적 감관에 불과하다. 따라서 심미적 생리 욕망만으로 마음속에서 즐거움을 느끼게 할 수는 없다. 그러나 이와는 반대로 '심락心樂,' 즉 마음이 즐거우면 생리감관 역시 심미적 생리 욕망을 지니게 되는 것이다. 이렇게 볼 때, 《여씨춘추》는 심미의 주체와 객체의 관계에 대해 논술했을 뿐만 아니라 생리감관의 욕망과 심리정감의 상호 관계에 대해서도 논증함으로써, 비교적 깊이 있는 문예심리학 사상을 제시하고 있다고 할 수 있다.

심미주체는 '심적心適'의 상태에 도달하기 위해 '음적音適'에 적응해야만 한다. 《여씨춘추》에서는 이에 대해 '절욕節欲'과 '승리勝理'의 관점을 제시하고 있다. 〈중기重己〉편에 보면 "그래서 성인은 정욕을 적절하게 조절하는 것을 먼저 하였다. ……성색이나 음악을 즐길 때면 본성을 편안히 하고 스스로 즐기기만 하면 될 뿐이었다. 이 다섯 가지는 성왕들이 본성을 기르는 방법으로 검소한 것을 좋아하고 낭비하는 것을 싫어해서 그런 것이 아니고, 본성을 적절하게 조절하기 위한 것이다 故聖人必先適欲. ……其爲聲色音樂也, 足以安性自娛而已矣. 五者, 聖王之所以養性也, 非好儉而惡費也, 節乎性也"라고 하였으며, 〈대악大樂〉편에서는 "음악을 형성함에 갖추어야 할 것이 있으니, 반드시 좋아하는 것이나 욕망하는 것을 조절하는 일이다. 좋아하는 것이나 욕망이 한쪽으로 치우치지 않으면 음악에 힘쓸 수 있을 것이다 成樂有具, 必節嗜欲. 嗜欲不辟, 樂乃可務"라고 하였다. 여기서 제기되고 있는 '적욕適欲'은 인간의 욕망을 과도하게 만들어서는 안 되며, 생명의 요구에 맞추어 일정한 한도를 두어야만 한다는 뜻이다. 아울러 이것이 바로 '성악成樂'의 조건으로 간주되고 있다. 《여씨춘추》 〈적악適樂〉편에서는 이에 한 걸음 더 나아가 일종의 심미심경의 측면에서 이를 다루고 있다. 〈적악〉편에서 말하고 있는 "마음이 화평한 연후에야 비로소 즐거울 수 있다"는 말은, 일체의 사심이나 잡념을 버리고 내심의 평정을 얻은 연후에야 비로소 심미적 쾌감을 얻을 수 있다는 뜻이다. 그리고 이러한 '적심'이나 '화평'에 도달하는 방법이 바로 '승리勝理'이다. '승리'는 '양생養生'의 도를 통해 절욕하고, 예술과 자연규율의 요구에 적응하는 것을 뜻한다. 《여씨춘추》는 이처럼 도가의 '귀생貴生'·'양생' 등의 사상을 계승하고 있다. 그러나 도가처럼 무위과욕無爲寡慾을 주장하지는 않았으며, 오히려 '절욕'을 통해 욕망에 대한 일정한 조절이 필요함을 주장했다. 심미감상의 측면에서 본다면 《여씨춘추》는 심미주체의 내적 수양이나 체험에 대한 묘사에 주의를 기울이고, 이를 심미감상의 중요한 조건의 하나로 간주하고 있음을 쉽게 알 수 있다.

총괄해 보면, 《여씨춘추》에서는 예술의 기원과 미감의 생리·심리적 문제에 대해 분석을 하였으며, 예술의 '중화미'에 대한 분석과 심미심경에 대한 묘사에 특히 중점을 두었다고 할 수 있다. 이러한 분석이나 논의는 분명 음양오행학파나 유가, 그리고 도가의 관점을 계승하고 있다. 그러나 기존 학파의 논의를 종합적으로 분석하고 더욱 심화시킴으로써 유가나 도가의 그것과는 구별되는 또 다른 특색을 지니고 있음을 부정할 수 없다. 바로 이러한 점에서 우리는 《여씨춘추》가 선진 문예심리학의 종합이자 총결이라고 할 수 있는 것이다. 《여씨춘추》에서의 문예심리학적 내용과 방법은 이후 한대나 위진남북조, 그리고 그 이후의 문예심리학 사상에 직접·간접적으로 적지않은 영향을 미쳤음은 두말할 나위가 없다.

제2장
양한兩漢의 문예심리학

기원전 221년 진秦왕조가 중국을 통일한 이후, 서기 220년 한漢왕조의 멸망까지 406년간을 통칭하여 진한秦漢 시기라고 한다. 당시는 2백여 년을 지속해온 7개 국간의 세력 다툼이 끝나고, 막강한 군주전제의 중앙집권 봉건제도가 형성되어 나날이 공고화되던 시기였다. 이로부터 중국의 역사는 새로운 사회형태로 진입하여 역사적으로 커다란 진보를 이룩하였다. 진왕조는 단명하였다. 이후 한왕조가 건립되어 "도덕으로 지탱하고 인의로써 보조케 한다 持以道德, 輔以仁義"(《淮南子·覽冥訓》)고 하여, 자연의 규율에 순응하여 정치에 임하는 이른바 무위無爲정치를 실현코자 하였다. 또한 생산력의 발전은 자연과학(예컨대 三家天體說, 역법·수학·의학 등)의 발전을 가속화시켰다.

동중서董仲舒를 대표로 하는 논자들은 "백가를 물리치고 유학만을 홀로 존중한다 罷黜百家, 獨尊儒術"는 입장을 취하였고, 왕충을 대표로 한 논자들은 선진시대의 이성주의를 계승·발전시키고자 하였는데, 그들의 사상은 당시 철학사상계의 주된 사상투쟁의 노선이었다. 생산력의 발전, 자연과학의 번영, 그리고 가열찬 사상논쟁은 자연스럽게 심리학 사상의 연구와 문학예술의 창작을 고무시켰다.

양한의 심리학 사상 연구는 천인관계와 형신形神관계라는 두 가지 커다란 과제를 중심으로 전개되었다. 남방의 초나라 문화는 북방에 있는 나라로 전입되어 북방 문화에 초나라 문화의 열정과 상상력, 그리고 낭만적인 예술정신을 주입시켰다. 한대의 부賦와 사마천의 《사기》는 인물과 사건을 묘사함에 있어서 웅장한 스케일을 보여 주었으며, 서사성과 스토리 전개에 있어서도 탁월한 성과를 이룩하여 선진 이래 중국 문예창작의 심미적 특성 발전에 커다란 영향을 미쳤다. 이 시기의 철학사상에 있어서 사람들은 우주세계에서의 자신의 독립, 자주적인 주체성에 대한 인식을 심화시켰다. 문예창작의 측면에서도 역시 인간의 주체적 지위에 대한 이해와 문예심미 특성에 대한 묘사를 강조하였다. 이러한 현상은 모두 이 시기의 심리학과 문예심리학 사상의 수립 발전에 현실적인 토대가 되었다.

철학사와 미학사·문예심리학사의 각도에서 볼 때, 한대의 철학과 미학·문예심리학은 선진에서 위진남북조에 이르는 과도기적 특징을 가지고 있다. 한대 사상가의 가장 중요한 저작인 《회남자》와 《논형》은 철학·미학에 관한 저서이자 문예심리학에 관한 저서이기도 하다. 《회남자》는 "그 주된 뜻이 노자에 가깝고 旨近老子"(高誘, 〈敍目〉), 왕충의 천도 자연사상은 "유가의 논설과는 어긋나나 황로의 뜻을 담고 있다. 雖違儒家之說, 含黃老之義也"(《論衡·自然》) 따라서 모두 노자를 추종하고 '자연'을 숭상하여 한대의 관방官方 종교신학체계를 비판하고 있다고 볼 수 있으니, 위진남북조 미학과 문예심리학이 공자를 부정하고 노자와 장자로 돌아선 것은 《회남자》와 《논형》의 과도기적 전적을 통해 실현된 것이라 할 수 있을 것이다. 이렇듯 선진철학의 많은 범주('기'·'형신形神'과 같은 것)들은 대부분 양한의 철학·미학·문예심리학을 중개로 하여, 이로부터 비교적 완전한 미학과 문예심리학의 범주를 형성하게 되었다.

이에 양한 문예심리학을 다룸에 있어 주로 《회남자》와 동중서, 그리고 왕충의 문예심리학을 중요 대상으로 하여 살펴보기로 한다.

제1절 《회남자》의 문예심리학

일명 《회남홍렬淮南鴻烈》이라고도 불리는 《회남자》는, 한나라 초의 회남왕 유안劉安의 주지 아래 그들의 문객이 편집하여 펴낸 저서이다. 《한서·회남형산제북왕전淮南衡山濟北王傳》에 의하면, 당시 유안의 주도 아래 그의 문객들이 펴낸 것이 《내서內書》·《외서外書》·《중편中篇》 등 모두 10편 수십만 자에 이르렀다 한다. 그러나 《외서》와 《중편》은 이미 소실되었고 《내서》 21편만이 전하는데, 이것이 바로 현존하는 《회남자》이다.

앞서 말한 바와 같이 《회남자》는 "그 주된 뜻이 노자에 가깝다. 旨近老子" 그러나 그 기본 사상이 도가에 근거하고 있는 것은 사실이나 도가와 동일시할 수는 없다. 《회남자》는 원시 도가사상을 수용하는 한편, 이를 나름으로 개조하였을 뿐더러 유가·묵가·명가·법가의 장점을 모두 취하고 있다. 그리고 당시의 자연과학의 성과물을 흡수하였다. 따라서 잡다한 사상이 혼재되어 있음을 엿볼 수 있다. 그러나 "도덕으로 지탱하고 인의로 보조케 한다 持以道德, 輔以仁義"는 말이 회남자의 주된 취지라는 이유 때문에, 《회남자》는 마땅히 신도가新道家의 작품에 넣어야 한다고 생각하는 이들도 있다.[1]

《회남자》에는 심리학 사상이 풍부하게 들어 있다. 예를 들어 인간과 인간의 심리에 대해 인간은 만물과 마찬가지로 정신과 형체의 음양이기陰陽二氣의 결합으로 형성된 것이라는 유물론적인 해석을 하고 있다. 또한 인간의 생명활동 가운데 형形 · 기氣 · 신神 세 가지의 역할에 대해서는 "형이란 생명의 집이고, 기란 생명에 충만한 것이며, 신이란 생명을 제어하는 것이다 形者, 生之舍也. 氣者, 生之充也. 神者, 生之制也"(《淮南子 · 原道訓》)라고 설명하였다. 형 · 신의 관계에 대해서는 먼저 형체가 있은 후에 정신이 있으며, 정신은 형체에 종속되는 것이라고 주장하였다. 그러나 다른 한편으로 정신의 능동적인 역할을 강조하여 정신은 "보고자 해도 볼 수 없으며, 듣고자 해도 들을 수 없고, 인위적으로 만들고자 해도 이룰 수 없다 視無不見, 聽無不聞, 爲無不成"고 설명하였다. 그에 따르면 인간의 의지와 정신은 '각기 나름의 존재하는 바가 있으며〔各有所在〕,' 또한 각기 '매여 있는 바가 있어〔有所系〕' 지향하는 바가 다르며 심리적인 효과 역시 다르다고 한다. 어떤 사물에 대해 인간의 정신은 '가득 차지 않는 바가 없고〔無所不充〕,' '존재치 않는 바가 없다〔無所不在〕.' 그런 까닭에 심리반응의 효과도 좋아질 수 있는 것이다. 이는 오늘날의 심리학에서도 중요하게 여기는 원리의 하나이다.

인식심리에 대해 《회남자》에서는 각종의 감각과 지각은 모두 일정한 감각기관과 연결되어 있으며, 인간은 자신의 감각기관과 외물의 접촉을 통해 객관사물을 인식하기 시작한다고 말하고 있다. "사람이 나면서부터 고요한 것은 하늘이 준 본성이니, 느낀 후에 움직이는 것은 그 본성을 받아들이는 것이다. 사물이 이르러 정신이 이에 응하는 것은 지각의 움직임이다. 人生而靜, 天之性也. 感而後動, 性之害(容)也. 物至而神應, 知之動也"(〈原道訓〉) "보고 그 모양을 아는 데 눈보다 밝은 것이 없고, 듣고 그 자세함을 아는 데 귀보다 밝은 것이 없다. 視而形之, 莫明於目, 聽而精之, 莫聰於耳"(〈繆稱訓〉) 이상이 그 예증이다. 그는 이러한 토대 위에서 또한 사물의 본질을 인식하는 사유의 중요성을 강조하여, 사유를 통해서 "아름다운 것과 추한 것이 서로 섞여 있고, 실질은 다르면서도 명목이 같은 美醜相雜, 同名異實"(〈說山訓〉) 여러 가지 사물의 실질을 이해하고, 아울러 '그 속에서 근본의 주인이 되어' 그 본질을 파악할 수 있어야 한다고 주장했다.

다음 인성과 정욕의 심리사상에 대해서, 《회남자》는 선진 도가사상을 계승하여 "대개 사람의 본성은 마음이 편안함을 즐기고 근심을 미워하며, 안일한 것을 즐기고 애써 수고로운 것을 싫어한다 凡人性樂恬而憎憫, 樂佚而憎勞"(〈詮言訓〉)

고 하였으니, 이는 곧 '무사무욕無私無欲'·'자연무위自然無爲'를 주장한 것으로 인간의 '천성'이 곧 자연의 본성이라는 뜻이다. 이외에도 인성에는 사회성, 즉 '인위적인 성〔人爲之性〕'이 있는데, 이러한 사회성은 "사람은 많은데 재물은 적고, 힘들여 수고하여도 몸을 보양하기 부족한 人衆財寡, 事力勞而養不足" 쇠세衰世, 즉 쇠퇴한 세상의 경제 상황이나 "아첨이나 정도를 걷는 일이 달라 서로 붕당을 이루고, 속임수나 거짓말이 횡행하는 比周朋黨, 設詐諝"(〈本經訓〉) 사회관계에서 조성되는 것이라고 하였다.

《회남자》에서는 정욕이라는 심리 요소를 매우 중시했다. '욕欲'은 희·노에서 나오는 것으로 정서적인 색채가 농후하다고 하면서, "눈은 예쁜 색을 좋아하고, 귀는 좋은 소리를 좋아하며, 입은 훌륭한 맛을 선호한다 目好色, 耳好聲, 口好味"·"감칠맛나는 음식을 중히 여기고, 성색에 빠진다. 重於滋味, 淫於聲色"(〈詮言訓〉) 등으로 표현하였다. 인간의 희·노·애·락의 감정은 "모두 마음속에 쌓였다가 밖으로 드러나는 것이다 皆憤於中而形而外"(〈齊俗訓〉)라고 하였을 뿐만 아니라, 이 모든 것들이 '심心'이라는 한 기관器官을 통해 느껴지는 것이라고 하였다. 이러한 심리학 사상은 《회남자》의 문예심리학 사상의 가장 일반적인 심리학적 토대라 할 수 있다.

《회남자》에는 대단히 풍부한 문예심리학 사상이 들어 있다.

우선 이 책에서는 인간의 오관이 지니고 있는 심미적인 특성에 대해 설명하고 있다. 이 책에서는 물질세계를 형形이 있는 하나의 미적인 세계로 간주하고, 이러한 물질세계는 오로지 귀·눈·혀 등의 감각기관을 통한 성·색·미 등의 감각기관 나름의 느낌이 있어야만 비로소 인간들에게 인식되고 파악될 수 있다고 주장하고 있다.

〈원도훈〉에 보면 이에 대해 다음과 같이 말하고 있다.

> 무릇 형체가 없음, 즉 무형은 사물의 근원이며 최고의 소리가 없음, 즉 무음은 모든 소리의 가장 근본이다. 그 아들을 빛으로 삼고 그 손자를 물로 삼으니, ······ 무형에서 유형이 생겨나고, 무성에서 오음이 울리며, 무미에서 오미가 형성된다. 그리고 무색에서 오색이 형성되는 것이다. ······소리의 숫자는 다섯에 불과하지만 오음의 변화무쌍함은 가히 다 감상할 수 없으며, 맛의 숫자는 다섯에 불과하지만 맛의 변화는 가히 다 맛볼 수 없을 것이며, 색의 숫자는 다섯에 불과하지만 오색

의 변화무쌍함은 가히 다 볼 수 없는 것이다.

夫無形者, 物之大祖也. 無音者, 聲之大宗也. 其子爲光, 其孫爲水……. 無形而有形生焉, 無聲而五音鳴焉, 無味而五味形(和)焉, 無色而五色成焉. ……音之數不過五, 而五音之變不可勝聽也, 味之和不過五, 而五味之化不可勝嘗也, 色之數不過五, 而五色之變不可勝觀也.

〈태족훈泰族訓〉에서는 이에 한 걸음 더 나아가 인간은 의衣·식食이 있어야 생존할 수 있지만, 단지 의·식만 있고 눈과 귀로 보는 바가 없으면 심미적인 쾌감도 얻을 수 없고, 미감 또한 얻을 수 없다고 설명하고 있다.

무릇 사람이 살 수 있는 까닭은 옷과 음식이 있기 때문이다. 그러나 사람을 어두운 방에 가두면 비록 좋은 음식을 먹이고, 비단 옷을 입혀도 즐거울 수가 없다. 눈으로 볼 수 없고 귀로 들을 수 없기 때문이다. 이때 천장에 구멍이 뚫어져 비가 오거나 안개가 낀 것을 본다면 곧 즐거워 감탄할 것이니, 하물며 문을 열고 창문을 열어 어둠 속에서 밝은 곳을 보게 함에 있어서랴. 어둠 속에서 밝은 곳을 보게만 하여도 오히려 기꺼이 즐거워하리니, 하물며 그 어두운 방을 나와 마루에 앉아 햇빛과 달빛을 보게 함에 있어서랴. 햇빛과 달빛을 보고도 환하게 즐거워하는데, 다시 태산에 오르며 돌층계를 밟고 사방천지를 조망하며 천도가 뚜껑과 같고 강하가 띠를 두른 것 같음을 보게 됨에 있어서랴. 또한 만물이 그 사이에 있음을 봄에 있어서는 그 즐거움이 어찌 크지 않으리!

凡人之所以生者, 衣與食也. 今囚之冥室之中, 雖養之以芻豢, 衣之以綺繡, 不能樂也. 以目之無見, 耳之無聞. 穿隙穴, 見雨霧, 則快然而嘆之, 況開戶發牖, 從冥冥見炤炤乎. 從冥冥見炤炤, 猶尙肆然而喜, 又況出室坐堂, 見日月光乎. 見日月光, 曠然而樂, 又況登泰山, 履石封, 以望八荒, 視天都若蓋, 江河若帶, 又況萬物在其間者乎. 其爲樂豈不大哉.

《회남자》의 이와 같은 내용은 인간의 오관은 생리적인 감각기관일 뿐만 아니라 심리적인 감각기관으로서, 인간의 생리 욕구가 만족된다고 미감이 생기는 것은 아니며, 미감은 오관이 사물에서 얻은 지각과 표상을 그 근원으로 하는 것으로, 오관의 감각을 통해 생리적인 욕구를 초월하여 객관적인 사물에서 얻어지는 미적 인식이라는 뜻을 담고 있다. 또한 이러한 점에서 '눈'과 '귀'만을 심미의 감각기관으로 간주하고 있는데, 이는 그것들만이 인간에게 '색'과 '소리'의 미를 줄 수 있고, '눈'과 '귀'를 통해야만 이 자연미와 예술미를 감지할 수 있기 때문이다.

"이러한 까닭에 마음으로 얻지 못하고 천하의 기를 다스린다는 것은 귀가 없는데도 종이나 북을 조율한다거나, 눈이 없는데도 문장으로 기쁨을 느끼고자 하는 것처럼 분명 그 소임을 다할 수 없는 것이다. 是故不得於心而有經天下之氣, 是猶無耳而欲調鐘鼓, 無目而欲喜文章也, 必不勝其任矣"(〈主術篇〉) 물론 이러한 '눈'과 '귀'의 자연미와 예술미에 대한 심미적 감지는, 인간의 '마음(心)'·'의지(志)'·'정신(神)'·'기氣' 등의 모든 심리활동 체계와 연결되는 것이다. 그래서 〈숙진훈俶眞訓〉에서는 "인간의 정감에 있어 귀와 눈은 감동에 응하고, 마음과 뜻은 슬픔과 즐거움을 알며, 손과 발은 가려운 데를 긁고 추위와 더위를 피하니 이는 외물과 접하기 때문이다 且人之情, 耳目應感動, 心志知憂樂, 手足之攢疾痒, 避寒暑, 所以接物也"라고 하였으며, 〈원도훈〉에서는 "지금 사람이 분명하게 볼 수 있고 어둠 속에서도 들을 수 있으며, 신체가 대항할 수 있고 온갖 관절을 굽혔다 펼 수 있으며, 살펴 흑백을 구분하고 아름다움과 추함을 볼 수 있고, 앎으로 같고 다름을 구별하고 시비를 밝힐 수 있는 것은 무엇 때문인가? 기가 충만되고 신이 이를 위해 사용되기 때문이다 今人之所以眭然能視, 營然能聽, 形體能抗, 而百節可屈伸, 察能分白黑, 視丑美, 而知能別同異, 明是非者, 何也? 氣爲之充, 而神爲之使也"라고 하였다.

이상에서 볼 때 《회남자》는 생리감각기관·심미감각기관과 인간의 모든 심미활동 체계의 관계에 대해 폭넓게 인식하고 있음을 알 수 있다.

《회남자》에서는 또한 심리감각기관을 통해 발생하는 미감의 공통성과 차이점에 대해 논술하고 있다. 〈설림훈說林訓〉에서는 다음과 같이 말하고 있다. "가인은 몸이 다르고, 미인은 얼굴 생김이 다르지만 모두 눈을 기쁘게 한다. 佳人不同體, 美人不同面, 而皆悅於目" "서시와 모장은 몸태나 생김새가 다르지만 세상 사람들이 아름답다고 칭송하는 것은 같다. 西施毛嬙, 狀貌不可同, 世稱其好美均也" 여기에서는 심미객체가 가지고 있는 공통의 미와 인간의 심미감각기관이 가지고 있는 공통의 심미감각으로 미감의 공통성을 말하고 있는데, 이는 맹자의 미감의 공통성에 대한 논술과 비슷하다.

이외에도 《회남자》에서는 미감의 차이에 대해서 지적하고 있다. 〈전언훈〉에서는 "마음에 슬픔이 있으면, ……거문고를 타고 우를 불어도 즐거울 수가 없다 心有憂者, ……琴瑟鳴竽弗能樂也"고 하였으며, 〈인간훈人間訓〉에서는 "채릉을 부르고 양아를 불러도 촌사람이 들으면 연로나 양국만도 못하다고 한다. 이는 노래를 부르는 이가 서툴러서가 아니라 듣는 이가 다르기 때문이다 夫歌采菱, 發陽阿, 鄙人聽之, 不若此延路·陽局. 非歌者拙也, 聽者異也"고 하였다. 여기에서 말하는 미감의 차이성은, 주로 심미주체의 서로 다른 정서와 심경이 만들어 내는 것이자 미의 다양성으로 인하여 만들어지는 것이다. 〈태족훈〉에서는 다음과 같이 말하고 있다. "무릇 육예의 넓고 숭고함을 보고 도덕의 깊음을 궁구하고, 위로 끝없는 곳에 달하고 아래로 무궁함에 이르러 끝없는 무극에서 움직이고 아무런 형체도 존재치 않는 무형으로 날아가, 사해보다 넓고 태산보다 높으며 강하보다 풍부하여 넓게 통달하고 환연히 밝아져 하늘과 땅 사이에 얽매임이 없다면 살펴 관찰함이 어찌 크다 하지 않으리! 夫觀六藝之廣崇, 窮道德之淵深, 達乎無上, 至乎無下, 運乎無極, 翔乎無形, 廣於四海, 崇於太山, 富於江河, 曠然而通, 昭然而明, 天地之間, 無所系戾, 其所以監觀豈不大哉!" 여기에서는 앞의 설명과 같이 명확하게 지적하고 있지는 않지만, 세계의 다양성과 미의 다양성 때문에 인간이 관조하는 객관세계의 미적 다양성과 차이성을 추론해 낼 수 있음을 지적하고 있다. 이 역시 매우 합리적인 관점이다.

다음으로 《회남자》에서는 정감의 심리적인 역할과 예술정감에 대한 심리분석을 중시하고 있다. 특히 인간은 유년기에 이미 정서활동을 하며, 다른 이의 정서적 영향을 받아들일 수 있다고 보고 있다. 〈무칭훈〉에서는 다음과 같이 말하고 있다. "3개월 된 어린아이는 이해를 아직 모른다. 그리하여 자애로운 어머니의 사랑에서 깨닫게 되는 것은 정이다. 그런 까닭에 말의 쓰임은 분명히 드러나나 작은 것이요, 무언의 쓰임은 넓고도 넓으니, 크도다! 三月嬰兒未知利害也, 而慈母之愛諭焉者, 情也. 故言之用者昭昭乎, 小哉. 不言之用者曠曠乎, 大哉!"라고 하였다. 또한 한 사람을 이해하는 데 있어 종종 그의 언어표현보다 그의 정감활동을 통해 이해하는데, 이는 정감이 "외부로부터 들어오는 것이 아니라 내부에서 나오는 것이므로 사람의 마음으로 깨닫게 되는 것 非從外入, 自中出者, 諭乎人心"(〈繆稱訓〉)인 까닭이다. 더욱이 정감은 인간의 생리와 심리에 중요한 영향을 미치기 때문에 "마음에 근심이 있는 자는 좋은 침상이나 요에서 자도 편안할 수 없으며, 수초를 섞은 맛 있는 밥이나 쇠고기를 먹어도 달다고 여길 수 없고, 거문고나 피리 소리에도 능히 즐거워할 수 없다. 우환을 풀고 근심을 제거한 연후에야 밥이 달고 잠이 편하며, 거처가 안정되어 노닐어도 즐거운 것이다. 心有憂者, 筐床衽席弗能安也. 菰飯犓牛弗能甘也. 琴瑟鳴竽弗能樂也. 患解憂除, 然後食甘寢寧, 居安游樂"(〈詮言訓〉) 또한 "(사람이) 지나치게 화를 내면 음을 파괴하고 지나치게 기뻐하면 양을 깨뜨리게 되며, 지나치게 근심하면 속이 무너지고 지나치게 두려워하면 광증이 생기게 된다. 大怒破陰, 大喜墜陽, 大憂內崩, 大怖生狂"(〈精神訓〉) 이처럼 인간의 정서와 정감에 관한 생리・심리학 이론을 문예창작 중의 심리분석에 운용한 것은 대단히 고무적이라 할 수 있다.

미국 학자인 이자드는 정서이론을 내놓은 바 있다. 그는 인류진화사에 있어 정서와 정감의 발생은 사상(이성)의 발생보다 훨씬 이르다고 하면서, 초기 인류의 경우 아직 사상을 갖추기 이전에 이미 정서와 정감의 표현이 가능했다고 주장하였다. 수잔 랭거 역시 정서는 "다른 것에 비하여 훨씬 원시적인 생명활동"이라고 말한 바 있다. 이러한 현대의 정서・정감심리학 이론과 《회남자》의 이에 관한 언급을 대조하여 보면 본질적인 면에서 크게 차이가 없음을 알 수 있으니, 이미 1천 년 전에 《회남자》에는 이러한 이론의 단서가 존재하고 있었던 것이다.

이러한 정서・정감심리학을 문예창작에 운용하면 바로 이것이 문예심리학의 예술정감론이 되는 것이다. 《회남자》는 이러한 측면에서도 비교적 풍부한 설명을 하고 있다. 그 한 예로 〈본경훈本經訓〉에서는 "글을 쓰는 까닭은 외물과 접하기 때문이다. 정감은 마음 안에 매여 있고, 욕망은 밖에서 발한다 文者, 所以接物也, 情系於中而欲發外者也"고 하였다. 이는 문장을 쓰는 것(문예창작)은 작자가 객관사물을 접촉하고 정감을 일으켜, 이를 일정한 형식을 통하여 표현한 결과임을 설명한 것이다. 〈본경훈〉에서는 이러한 문예창작의 정감활동 과정에 대해 더욱 구체적으로 묘사하고 있다.

대개 사람의 본성은 마음이 평화롭고 하고자 하는 것을 얻으면 즐겁고, 즐거우면 움직이고 움직이면 밟게 되며, 밟으면 뛰고 뛰면 요동하게 되고, 요동하면 노래 부르게 되고 노래 부르면 춤을 추게 되는데, 노래하고 춤추는 것에 절도가 있으니 짐승이 뛰는 것과 같다. 사람의 본성은 마음에 우환이 있으면 슬프고, 슬프면 애달프고 애달프면 분하게 여기고, 분하게 여기다 보면 성이 나며, 성이 나면 움직이고 움직이면 손과 발이 가만히 있지를 못한다. 사람의 본성은 타인이 자신을 짓밟으면 성을 내는데, 성을 내면 피가 솟고 피가 솟으면 기가 격동하며, 기가 격동하면 노여워하고 노여워하면 원망을 품게 된다. 그런 까닭에 종이나 북, 피리나 퉁소, 방패나 도끼, 기에 꽂는 물건은 즐거움을 장식하는 것이고, 상복과 머리에 쓰는 수질首絰, 허리에 매는 요질腰絰, 상중喪中에 쓰는 큰 지팡이, 발을 구르며 곡을 하는 데 절도가 있는 것은 애달픔을 장식하는 것이다. 무기와 갑주甲胄, 이우犛牛의 꼬리로 장식한 깃발, 징과 북, 작고 큰 도끼 등은 성냄을 장식하는 것이다. 반드시 그 실질이 있은 연후에 문식을 하는 것이다.

凡人之性, 心和欲得則樂, 樂斯動, 動斯蹈, 蹈斯蕩, 蕩斯歌, 歌斯舞, 歌舞節則禽獸跳矣. 人之性, 心有憂喪則悲, 悲則哀, 哀斯憤, 憤斯怒, 怒斯動, 動則手足不靜. 人之性, 有侵犯則怒, 怒則血充, 血充則氣激, 氣激則發怒, 發怒則有所釋憾矣. 故鐘鼓管簫, 干鉞羽旄, 所以飾喜也. 衰絰苴杖, 哭踊有節, 所以飾哀也. 兵革羽旄, 金鼓斧鉞, 所以飾怒也. 必有其質, 乃爲之文.

위 인용문에서는 무릇 사람은 모두가 희로애락 등의 내재된 감정이 있으며, 또한 이를 발설하고자 하는 심리적인 욕망이 있음을 보여 주고 있다. 노래와 춤 등의 예술형식은 이러한 내재된 감정의 반영인 것이다. 다른 한편으로 '종고관소鐘鼓管簫' · '최질저장衰絰苴杖' · '병혁우모兵革羽旄' 등은 다만 각기 '즐거움을 장식하거나〔飾喜〕,' '애달픔을 장식하고〔飾衰〕,' '성냄을 장식하는〔飾怒〕' 예술형식일 뿐이며, 마음이라는 '인간의 본성,' 즉 인간의 내심의 감정만이 바로 예술창작의 본질이며 각종 예술형식을 탄생하게 하는 근본적인 요소인 것이다. 그 가운데 "마음이 평화롭고 하고자 하는 것을 얻으면 즐겁고, 즐거우면 움직이고 움직이면 밟게 되며, 밟으면 뛰고 뛰면 요동하게 되며, 요동하면 노래 부르게 되고 노래 부르면 춤을 추게 되는데 노래하고 춤추는 것에 절도가 있으니 짐승이 뛰는 것과 같다"고 하여, 아주 상세하게 인간이 외물과 접했기 때문에 나타나는 '즐거운 정감〔樂感〕'과 이로 인하여 야기되는 행동과 가무歌舞로 형성되는 예술의 발생과정을 묘사하고 있다.

선진시대의 《악기》에서도 음악(예술)의 발생과 인간 내심의 정감과의 관계를 설명하는 글이 있다. "음악이란 소리가 생겨남으로 말미암은 바이다. 그 근본은 사람의 마음이 외물에서 느낌을 받았기 때문이다. 외물에 느낌을 받아 움직이니, 그런 까닭에 소리로 형태지어지고 소리가 서로 응하는 까닭에 변화에 일정함이 생기어 이를 음이라 한다. 樂者, 音之所由生也. 其本在人心之感於物也, 感於物而動, 故形於聲, 聲相應, 故生變, 變成方, 謂之音" 이렇게 볼 때, 이 문제에 관한 한 《회남자》는 《악기》를 계승하고 있다고 보여진다. 그러나 《회남자》에서 문예창작 과정중에 나타나는 정감의 변화 및 내재된 정감으로 인해 형성되는 여러 가지 동작, 그리고 예술형식이 이루어지는 과정 등에 대해 묘사한 것은 《악기》의 그것보다 더욱 구체적이며 세밀하다고 할 수 있을 것이다.

《회남자》에서는 문예창작과 정감의 관계에 대해서도 많은 지면을 할애하고 있다. 〈태족훈〉에서는 《시경》의 아雅와 송頌의 음악을 예로 들어 "가사에서 나타나고 정감에 근본을 둔다 發於詞, 本於情"고 하였다. 또한 고대 음악의 발생에 대해서는 "무릇 사람들이 서로 즐거워하면서도 기뻐하는 마음을 드러낼 수 있는 방법이 없었다. 그래서 성인이 사람들을 위해 음악을 만들고 이로써 조화롭게 조절하고자 했다 夫人相樂, 無所發貺, 故聖人爲人作樂以和節之"(〈本經訓〉) 고 하여 나름의 발생 원인에 대해 언급하고 있다. 또한 〈무칭훈〉에서는 다음과 같이 말하고 있다.

> 영척이 쇠뿔을 두드리며 노래를 부르니, 환공은 그를 등용하여 정치를 맡겼다. 옹문자가 곡을 하면서 맹상군을 알현하니 맹상군이 눈물을 흘려 갓끈을 적셨다. 노래와 곡은 누구나 할 수 있는 것이다. 한 번 소리를 내어 다른 사람의 귀에 들어가고, 사람의 마음에 느낌을 줄 수 있는 것이 정情의 지극함이다.
>
> 甯戚擊牛角而歌, 桓公擧以大政. 雍門子以哭見, 孟嘗君涕流沾纓. 歌哭, 衆人之所能也, 一發聲, 入人耳, 感人心, 情之至者也.

위 인용문에서는 노래와 곡哭이 "한 번 소리를 내어 다른 사람의 귀에 들어가고, 사람의 마음에 느낌을 줄 수 있는" 이유에 대해 "인간이 지닌 정감의 지극함" 때문이라고 설명하고 있다. 이는 문예창작이란 "반드시 그 실질이 있은 연후에 문식을 하는 것이다 必有其質, 乃爲之文"라는 앞서 언급한 내용과 일맥상통하는 것으로, 인간의 내면에 깊이 자리하고 있는 심리정감과 밀접하게 연계됨을 설명하는 것이다. 《회남자》의 이러한 정감이론은 노장老莊과 《악기》의 정감이론을 계승하여 더욱 발전시킨 것이라고 할 수 있다. 노장과 《악기》에서도 예술적 정감의 문제에 관해 많은 언급을 하고 있는 것은 사실이지만, 《회남자》에서 '정의 지극함(情之至),' 즉 '정지情至'라는 집약적인 두 글자로 표현한 것에 비하면 차이가 있다고 할 수 있다. 《회남자》의 예술적 정감에 대한 논의는 이후의 《문심조룡》처럼 전반적이고 구체적인 것은 아니었다. 그러나 이러한 문제에 대한 초보적 논의가 있었기 때문에 위진시대의 육기나 유협에 의해 정감의 역할을 중시하는 '중정重情'설이 나름의 지위를 얻을 수 있었던 것이다. 이러한 점에서 볼 때 한대 《회남자》는 역시 과도기적 성격을 지니고 있다고 할 수 있다.

문학과 정감의 관계에 있어서 《회남자》는 '성상成象'설을 제기하고 있다.

> 옛날에 금석이나 관현으로 음악을 행함은 즐거움을 펴기 위함이며, ……이는 모두 마음속에 정감이 충만해져 밖으로 형상을 드러내는 것이다.
>
> 古之爲金石管弦者, 所以宣樂也, ……此皆有充於內而成像於外. (〈主術訓〉)

본문에서는 인간의 '마음에 충만한(充於內)' 정감은 물화物化된 표현을 통해 반드시 밖으로 '형상을 드러낸다'는 것을 설명하고 있다. 이는 앞에서 말한 "정감은 마음에서 발하고, 소리는 밖에서 응한다 情發於中而聲應於外"·"정감은 마음 안에 매여 있고, 욕망은 밖에서 발한다 情系於中而欲發外者也"와 상응하는 말이다. 본문의 내용이 직접적으로 예술형상의 문제를 지적하고 있는 것은 아니다. 그러나 여기서 말하고 있는 '즐거움을 편다(宣樂)'는 일종의 문예창작 활동을 지칭하며, '형상을 드러낸다(成像)'는 말 속에는 예술형상의 뜻이 함유되어 있기 때문에 당연히 예술형상의 문제와 상통한다고 할 수 있을 것이다.

중국에서 최초로 '상象'의 문제에 대해 언급한 것은 《주역》이다. "역은 상인데, 상은 곧 형상이다. 易者象也, 象也者像也"(〈系辭傳〉) 이와 관련하여 분석해 보면, 《주역》의 상象 역시 예술형상의 반영방식과 서로 상통하는 것으로 이해할 수 있다. (선진 부분의 《주역》에 관한 절을 참고하기 바람.) 그러나 《주역》에서 말하는 '상象'은 예술형상을 뜻하는 것이 아니라 괘상을 의미한다. 그러나 《회남자》에서 말하는 '성상'은 문예창작과 연관되는 말로서, 여기에 나오는 '상'은 예술형상을 뜻하는 것이라고 해도 틀린 말이 아니다. 따라서 《회남자》에서 말하는 '성상'설은 중국 최초의 예술형상 이론이라고 할 수 있다.

셋째, 《회남자》에서는 "무릇 사람의 뜻은 각기 존재하는 바가 있고 정신은 연계된 바가 있다 凡人之志, 各有所在, 而神有所系"라는, 인간의 의식이 지니고 있는 능동적인 역할을 강조하는 심리학 사상과 관련시켜, 예술심리학 측면에서 '마음속에 본래 주인이 있다[中有本主]'는 문예창작의 정감주체 원칙과 창작 심미 '심경心境'의 문제를 제기하고 있다. 〈범론훈氾論訓〉을 살펴보면 다음과 같다.

> 비유컨대 음을 모르는 자가 노래를 할 때, 소리를 탁하게 하면 꽉 막혀 순통하게 나오지 않고 맑게 하면 괴로움에 마음이 타는 듯하여 노래를 부를 수 없다. 한아나 진청·장담이 노래를 읊조리거나 후동·만성 등이 노래를 부르면 의지에 분이 서리고 마음속에 쌓인 것이 가득 차, 소리를 내면 음율에 맞지 않음이 없고 다른 이들의 마음에 화합하게 된다. 이는 무엇 때문인가? 마음속에 본래 주인이 있어 청탁을 정하고, 외부로부터 영향을 받지 않고 스스로 법도를 이루었기 때문이다.
>
> 譬猶不知音者之歌也, 濁之則鬱而無轉, 淸之則憔而不謳. 及至韓娥, 秦靑, 蔣談之謳, 侯同, 曼聲之歌, 憤於志, 積於內, 盈而發音, 則莫不條於律, 而和於人心. 何則? 中有本主, 以定淸濁, 不受於外, 而自爲儀表也.

〈전언훈〉에서는 또한 다음과 같이 말하고 있다.

> 그래서 어쩔 수 없이 노래를 부르는 이는 다른 이를 슬프게 할 수 없고, 어쩔 수 없이 춤을 추는 이는 아름답게 추는 것을 자랑하지 않는다. 노래하고 춤을 추는 데 슬프게 하거나 아름답게 할 수 없는 것은 모두 마음에 뿌리가 되는 것이 없기 때문이다.
>
> 故不得而歌者, 不事爲悲. 不得已而舞者, 不矜爲麗. 歌舞而不事爲悲麗者, 皆無有根心者也.

이상과 같이 문예창작 과정에서 창작주체의 주관적인 감정이 지니고 있는 주도적인 역할에 대한 인식과 논술은 자못 깊이가 있다. 《회남자》에 의하면, 문예창작은 반드시 "스스로 법도를 지니고 있어야 한다 自爲儀表"라고 하였다. 이는 다시 말해 개인의 개성과 풍격이 있어야 한다는 뜻이다. 이러한 경지에 달하기 위해서는 반드시 '마음속에 본주本主가 있고,' '마음에 뿌리가 있어야 한다[有

根心).' 이는 창작주체가 주체적으로 감정을 주도해야 한다는 뜻이며, 이러한 감정의 주체성은 외부에서 겉도는 것이 아니라 의지에 분이 서리고 마음속에 쌓인 것이 존재함으로써 얻어지는 것이라는 의미이다. 만약 이렇게 하지 않고 즐겁지도 않은데 노래를 부르고, 비애의 정이 없음에도 슬퍼하고자 한다면 "감정적으로 동감하지 않으면서 어찔 수 없이 어떤 일을 행하는 것 情無所檢, 行所不得已之事"(〈詮言訓〉)과 같아 감정의 주체성과 독창성을 잃게 된다. 이렇게 되면 당연히 "스스로 법도를 지닌" 예술을 창작할 수 없을 뿐만 아니라 진정한 문예작품을 창작할 수 없게 된다. 심미와 창작주체의 심리적 감정세계에 대한《회남자》의 이러한 인식은 선진심리학의 정감이론인 유가의 '절정節情'설, 도가의 '거정去情'설과 비교해 볼 때 한층 깊이 있는 이론이라 할 수 있다.

'마음속에 본주가 있어야 하기' 때문에 문예창작을 하거나 예술을 감상할 때 창작주체 또는 감상의 주체가 지녀야 할 심리정서 상태, 즉 '창작심경'이 지극히 중요하다.《회남자》에서는 이러한 심리현상을 분석하고 있다. 〈제속훈齊俗訓〉에서는 다음과 같이 말하고 있다.

> 슬픔을 지닌 자는 노랫소리를 들어도 울고, 즐거움을 지닌 자는 울고 있는 이를 보아도 웃을 수 있다. 즐거워해야 할 것에 슬퍼하고, 슬퍼해야 할 것에 웃는 것은 마음속에 지닌 정감이 그렇게 시키는 것이다.
>
> 夫載哀者聞歌聲而泣, 載樂者見哭者而笑. 哀可樂者, 笑可哀者, 載使然也.

여기에서 말하는 '재載'란 감상자의 '심경'의 문제를 가리키는 것이다. 같은 작품에 대해서도 서로 다른 '심경'을 지니면, 서로 다른 심미적 반응을 나타낼 수 있다.《회남자》는 바로 이에 대해 언급하고 있는 것이다. 슬픈 자는 노래를 듣고도 울먹이고 즐거운 자는 우는 자를 보고도 웃게 되니, "즐거워할 것에 슬퍼하고 슬퍼할 것에 즐거워한다 哀可樂, 笑可哀"는 전혀 상반된 심미적인 반응이 나타난다. 위 인용문에서는 이를 "마음속에 지닌 정감이 그렇게 시키는 것이다 載使然也" 하여, 서로 다른 '심경'에서 빚어지는 일임을 밝히고 있다.

이외에도《회남자》에는 이와 관련된 적지않은 내용이 실려 있다. 예를 들면 다음과 같다. "마음이 슬프면 기쁜 노래를 불러도 즐겁지 않고, 마음이 즐거우면 슬픈 노래를 불러도 슬프지 않다. 心哀而歌不樂, 心樂而歌不哀" "마음에 우울함이 깃들면…… 거문고나 피리 소리에도 즐거울 수 없다. 心有憂者, ……琴瑟鳴竿弗能樂也" "우환이 없어져야 患憂解除" "편안함에 거하고 즐겁게 거닐 수 있다. 居安游樂"(〈繆稱訓〉) "영계기가 한번 비파를 타자 공자가 3일 동안 즐거워한 것은 그 속에서 조화를 느꼈기 때문이다. 추기가 한 번 거문고를 타자 왕이 종일토록 슬퍼한 것은 우울함을 느꼈기 때문이다. 夫榮啓期一彈, 而孔子三日樂, 感於和. 鄒忌一徽, 而王終日悲, 感於憂"(〈主術訓〉) 물론 창작과 감상에 있어서 심경 문제는 이미 선진시대 순자와 《여씨춘추》 등에서도 논의된 바 있다. 그러나 《회남자》에서는 이를 "정신은 연계된 바가 있다 神有所系" "마음속에 본주가 있다 中有本主"는 등으로 주체의 정신과 의식을 강조하여, 그것의 적극적이고 능동적인 역할과 연결하여 창작과 감상의 심리상태의 차이를 세밀하게 묘사했을 뿐만 아니라, 심리학과 문예심리학의 이성인식에까지 파고 들어감으로써 나름대로 일정한 이론적 체계를 이루고 있다는 점에서 특이할 만하다.

넷째, 《회남자》에서는 일종의 심미주의라 할 수 있는 '허정虛靜' 설에 대해서도 언급하고 있다. 이른바 '허정' 이란 문예창작과 심미에 있어 시종일관 주의를 집중하여 세속의 공리를 초월한 일종의 청렴한 심리상태를 뜻한다. 선진의 노장老莊과 《관자》에서도 '허정' 의 문제에 대해 언급한 바 있다. 《회남자》에서 정신은 사물에 대해 "충만하지 않은 바가 없고 無所不充" "존재하지 않는 바가 없는 無所不在" 상태에 있어야 한다는 심리학에서의 '주의注意' 원리를 토대로 삼아 예술창작과 감상의 '허정' 설을 제기하고 있다. 위에서 인용한 〈제속훈〉에 보면 "즐거워할 것에 슬퍼하고 슬퍼해야 할 것에 웃는 것은 마음속에 지닌 정감이 그렇게 시키는 것이다 哀可樂者, 笑可哀者, 載使然也"라는 문장에 연이어, "그런 까닭에 텅빔을 귀하게 여긴다 是故貴虛"고 말하고 있다. 소위 텅빔을 귀히 여긴다는 뜻의 '귀허貴虛' 에 대해, 고유高誘는 "텅빔이란 마음에 슬픔이나 즐거움 등의 정감을 싣지 않는 것이다 虛者, 心無所載於哀樂也"라고 한 바 있다. 다시 말해 심경이 슬픔과 즐거움을 초월해야만 예술창작과 감상에 있어서 최고 경지에 도달한다는 뜻이다. 《회남자》에서는 '귀허' 하기 위해서는 '거재去載,' 즉 이목구비를 통한 갖가지 욕망을 버려야 한다고 주장하고 있다. 〈정신훈〉을 보면 다음과 같이 실려 있다.

오색은 눈을 어지럽혀 밝게 보지 못하도록 만들고, 오성은 귀를 시끄럽게 하여 잘 듣지 못하게 만들며, 오미는 입을 어지럽혀 제 맛을 모르게 만들고, 진퇴進退는 마음을 어지럽혀 마음을 뜨게 만든다. 이 네 가지는 천하에서 생명을 길러내는 것이나, 또한 사람에게 누가 되는 것이기도 하다. 그런 까닭에 욕망은 사람으로 하여금 기를 상실케 하고, 애증은 사람으로 하여금 수고롭게 한다고 말한다.

五色亂目使目不明, 五聲譁耳使耳不聰, 五味亂口使口爽傷, 趣舍滑心使心飛揚, 此四者天下之所養性也, 然皆人累也. 故曰嗜欲者使人之氣越, 而好憎者使人之心勞.

과분한 물질에 대한 공리적인 욕망은 마음을 비우지 못하게 함으로써 심미의 심경에 영향을 준다. 그래서 "욕망을 버리는 것이 허의 지극함이다 嗜欲不載, 虛之至也"(〈原道訓〉)라고 한 것이다. 이는 곧 욕망을 버리고 '귀허'해야만 심미의 주의력을 집중시켜 좋은 작품을 창조할 수 있다는 뜻이기도 하다.

《회남자》의 심미 '허정'설은 노장의 심미 '허정'설의 영향을 받았다. 예를 들어 〈제속훈〉을 살펴보면 이를 확인할 수 있다.

새김칼이나 톱이 진열되어 있어도 훌륭한 장인이 아니면 나무를 다스릴 수 없고, 용광로나 풀무, 단단한 토형土型이 설치되어 있어도 능숙한 대장장이가 아니면 쇠를 다스릴 수 없다. 백정 토(제나라의 유명한 백정)가 하루 아침에 아홉 마리의 소를 잡아도 그 칼로 털을 자를 수가 있었고, 포정이 칼을 19년이나 사용하였음에도 그 칼날이 새로 숫돌에 간 것 같았다. 왜 그런 것인가? 이는 모든 빔 사이에서 (칼이) 노닐었기 때문이다. ……장인이 이어 있는 낫을 움직여 어둠 속에서 어지럽게 새겨 어둡고 아득한 머나먼 세계로 들어가고, 신묘한 조화가 극에 달하여 마음과 손이 모든 빈 곳 사이에서 노닐게 되어 외물과 간격이 없게 되는 것은 아버지라도 아들에게 능히 가르칠 수 있는 것이 아니다.

故剞劂銷鋸陳, 非良工不能以制木, 爐橐埵坊設, 非巧冶不能以治金. 屠牛吐一朝解九牛, 而刀可以剃毛, 庖丁用刀十九年, 而刀如新剖硎, 何則, 游乎衆虛之間. ……若夫工匠之爲, 連鈲運開, 陰閉眩錯, 入於冥冥之眇, 神調之極, 游乎心手衆虛之間, 而莫與物爲際者, 父不能以敎子.

장자가 말한 '포정해우庖丁解牛'나 '대장운근大匠運斤'에는 반복하여 단련하는 가운데 사물의 내재된 규율을 파악함으로써 그야말로 천공天工이라 할 수 있는 경지에 도달할 수 있다는 의미가 내재되어 있다. 그러나 무엇보다 중요한 것은 그 속에 '허정'과 심미주의의 의미가 함유되어 있다는 점이다. 왜냐하면 포정이 소를 자를 때에 "정신으로 만나고 눈으로 보지 않으며, 모든 감관이 멈춰진 상태에서 정신이 행하는 以神遇而不以目視, 官知止而神欲行"[2] 상태에 도달하기 때문이다. 이외에도 역시 《장자》에 나오는 꼽추가 매미를 주울 때 "뜻을 분산시키지 않고 내적으로 정신을 모으는 것 用志不分, 乃凝於神"[3]이나, 목수 경慶이 나무를 재단할 때 "재계하여 마음을 깨끗이 하는 것 齊以靜心"[4] 등도 이와 상응하는 내용으로 모두 "마음을 텅비게 만들어 외물을 기다림 虛而待物"[5] 즉 일체의 시비득실을 버리고 텅빈 마음으로 대상을 직관해야만 예술창조의 특수한 규율을 파악할 수 있고, 뛰어난 문예작품을 창조해 낼 수 있음을 설명하는 것이다. 이러한 의미에서 보면, 《회남자》에서 말하는 "모든 텅빔 사이에 노닌다 游乎衆虛之間"는 말과 장자가 말한 '허정'설은 일치한다고 할 수 있다. 결국 《회남자》에서 장자의 설을 인용한 것은, '허정'과 심미주의의 의의로 볼 때 장자의 논점을 계승·발전시키고 있음을 드러내는 것이라 할 수 있다.

제2절 동중서의 문예심리학

동중서董仲舒(B.C. 약 179-104)는 광주廣州〔지금의 하북 棗强縣 廣州鎭〕 사람이다. 그는 서한 초기 유학의 대가로 저명한 사상가이자 한대 유가 미학을 대표하는 학자이다. 동중서의 주요 저술에는 《거현량대책擧賢良對策》·《춘추번로春秋繁露》 등이 있다. 이러한 저작에는 그의 '천인합일' 사상이 집중적으로 표현되어 있다. 그의 철학적 체계는 유심론적 성향이 강하다. 그러나 그 이면에는 합리적인 측면 또한 적지않으며, 그의 미학과 문예심리학에는 변증법적인 요소가 다분하다.

동중서의 저작에는 비교적 풍부한 심리학 사상이 들어 있다. 그는 '천인감응' 이론에 대해 언급하면서, '천天'은 의지적인 것으로 만물을 창조하고 주재할 수 있기 때문에 '인복천수人福天數'해야 한다고 하였다. 그리고 이러한 토대하에서 '천도무이天道無二'·'인도귀일人道貴一'(《春秋繁露·天道無二》, 이하 인용문에서는 편명만을 달기로 한다)을 주장하였다.

그래서 항상 하나로 불멸하는 것이 하늘의 도이다. 일에 크고 작음이 없고, 외물에 어렵고 쉬움이 없음은 하늘의 도에 어긋나 이루어질 수 없는 것이다. 그래서 눈으로 두 가지를 한꺼번에 볼 수 없고, 귀로 두 소리를 함께 들을 수 없으며, 손으로 두 가지 일을 할 수 없는 것이다. 한 손으로 네모를 그리면서 그 손으로 원을 그린다는 것은 이루어질 수 없는 일이다.

故常一而不滅, 天之道. 事無大小, 物無難易, 反天之道無成者. 是以目不能二視, 耳不能二聽, 手不能二事. 一手畵方, 一手畵圓, 莫能成. (〈天道無二〉)

여기서 "눈으로 두 가지를 한꺼번에 볼 수 없고, 귀로 두 소리를 함께 들을 수 없으며, 손으로 두 가지 일을 할 수 없는 것이다"라고 한 것은, 사람이 관찰이나 사유를 행할 때 정신을 집중하여 주의하는 것의 중요성에 대한 언급이다. 그리고 "한 손으로 네모를 그리면서 그 손으로 원을 그린다는 것은 이루어질 수 없는 일이다"고 한 것은, 만약 주의력이 분산되면 기대했던 효과를 얻을 수 없음에 대한 설명이다. 동중서는 비록 '천'의 주재主宰작용을 강조하기는 했지만, 그렇다고 인간의 작용을 무시한 것은 결코 아니었다. 그는 중국 고대의 "오로지 하늘과 땅만이 만물의 부모이며, 오로지 인간만이 만물의 영장이다 惟天地, 萬物父母. 惟人, 萬物之靈"[6]라고 하는 심리학 사상의 전통을 이어받아 "사람이 귀하다 人貴"는 사상을 제기하였고, "인간은 초연히 만물의 으뜸에 있으며 천하에서 가장 귀하다 超然萬物之上而最爲天下貴"(〈天地陰陽〉)는 것을 강조하였다. 아울러 다음과 같이 말하고 있다.

그래서 기보다 순수한 것은 없으며, 땅보다 풍부한 것은 없고, 하늘보다 신묘한 것은 없다. 하늘과 땅의 순수한 정기精氣는 사물을 낳는 근원이기에 사람보다 귀한 것이 없다. 사람은 하늘과 땅에서 명을 받는 까닭에 초연하여 외물보다 높은 것이다.

故莫精於氣, 莫富於地, 莫神於天. 天地之精所以生物者, 莫貴於人. 人受命於天地, 故超然有以高物. (〈人副天數〉)

과거 동중서에 대한 평가는, 대부분이 '천天'을 근본으로 하는 신학적인 목적론에 치중하여 '인귀人貴'라는 인본사상의 일면은 소홀히 했었다. 하지만 후자의 경우는 미학과 문예심리학적인 측면에서 주목할 만하다.

동중서의 문예심리학 사상은 그의 '천인합일' 및 '동류상동同類相同' 이론에 집중적으로 표현되어 있다. 그는 다음과 같이 생각하였다.

> 하늘에도 또한 즐거움이나 노여움의 기운이 있으며, 슬픔이나 기쁨의 마음이 있어 사람과 더불어 부합하고 동류로 합치되니, 하늘과 사람은 하나인 것이다.
>
> 天亦有喜怒之氣, 哀樂之心, 與人相副, 以類合之, 天人一也. (〈陰陽義〉)

이러한 '천인합일'론은 중국의 경우 이미 매우 오래 된 근원을 지니고 있다. 《국어國語 · 주어하周語下》에 이미 "(중용의 덕을 베풀고 조화에 맞는 음악을 읊어) 덕과 음악의 허물이 없게 되면, 신과 인간이 합일되는 상태에 이르러 신은 이로써 평안할 것이고 백성들도 이로써 순종할 것이다 德音不愆, 以合神人, 神是以寧, 民是以廳"라고 하였으며, 《상서尙書 · 순전舜典》에서는 "팔음이 조화를 이룰 수 있고 서로 윤리를 벗어나지 않아서 신과 인간이 서로 조화를 이룬다 八音克諧, 無相奪倫, 神以人和"라고 하였다. 그리고 유가의 공자나 맹자 역시 "만물이 모두 나에게 갖추어져 있다. 萬物皆備於我" 군자는 능히 "위아래로 천지와 더불어 흐른다 上下與天地同流"고 하였으며, "자연물에 덕을 비유하는 自然比德" 일이 적지않았다. 또한 《역경》에서는 "대인은 천지와 더불어 그 덕이 합치되는 자이다 大人者與天地合其德"라고 하였으며, 도가의 노자와 장자는 "천지와 내가 함께 생겨나고, 만물이 나와 더불어 하나가 된다 天地與我幷生, 萬物與我爲一"는 것을 자신들의 학설의 요지로 삼았다. 그리고 《회남자 · 요략要略》에서는 "정신이라 함은 본래 인간이 생겨나는 바의 근본인 까닭이다. 그리하여 사람의 형해와 아홉 구멍을 깨어나게 하고, 인간의 형상을 취함에 하늘과 짝하는 것이다 精神者, 所以原本人之所有生, 而曉寤其形骸九竅, 取象與天"라고 하였다. 이 모든 것들은 천인합일과 관련된 말들이다. 동중서는 자신의 '천인합일'설을 통해 기존의 사상에 대하여 더욱 내재적 함의가 풍부하고 구체적인 해석을 가하였다.

미학적 이상理想에 대해서 동중서는 인仁과 화和를 미美로 인식하고 있다. "어짊의 아름다움은 하늘에 있다. 하늘은 어질다. 仁之美者在天. 天, 仁也"(〈王道通三〉) "천지가 행하는 것은 아름다움이다. 天地之行美也"(〈循天之道〉) "사시는 기가 서로 다른데, 기마다 각기 마땅한 바가 있다. 마땅한 것이 있으니 만물마다 아름다움이 갈마드는 것이다. 번갈아 교체되는 아름다움을 보면서 교대로 그것을 기른다. 이와 동시에 아름다움〔美〕이라는 것은 잡되게 섞여 있는 것이기도 한데, 이 또한 마땅한 바가 있다. ……봄과 가을에는 사물이 잡다하게 섞여 있으면서도 조화를 이루고, 겨울과 여름에는 서로 갈마들어 그 마땅함을 좇으니 당연히 천지의 아름다움을 얻고 사시도 조화를 이루게 되는 것이다. 四時不同氣, 氣各有所宜, 宜之所在, 其物代美. 視代美而代養之, 同時美者雜食之, 是皆其所宜也. ……春秋雜物其和, 而冬夏代服其宜, 則當得天地之美, 四時和矣"(〈循天之道〉) 여기서 말하고 있는 '어짊의 아름다움〔仁之美〕'이란 유가사상의 규범에 부합되는 도덕·윤리적인 요소가 포함되어 있으며, 인간의 생명 발전에 부합하는 생리·심리적인 요소도 포함되어 있다. 또한 동중서는 미는 화和에 있다고 주장하고 있다. "천지의 아름다움과 추함은 두 가지가 조화를 이루는 곳에 있어, 두 가지가 균등하게 돌아가는 곳에서 마침내 이루어지는 것이다. ……중中이란 천하가 시작되고 끝나는 바이다. 그리고 화和란 천지가 생성되는 바이다. 무릇 덕은 조화보다 큰 것이 없으니, 도는 중보다 바른 것이 없다. 중이란 천지의 아름다움을 전달하는 이치이고, 성인이 지키는 것이다. ……화란 천지의 바름이고 음양의 공평함이니, 그 기가 최상의 조화를 이루어 만물이 생성되는 것이다. 진실로 그 조화를 택하게 되면 크다고 여겨져 천지가 받드는 것이다. ……중은 하늘의 쓰임이고, 화는 하늘의 공이니, 천지의 도를 들어 조화되어 아름다움을 이루는 것이다. 天地之美惡, 在兩和之處, 二中之所來歸而遂其爲也. ……中者天下之所始終也. 而和者, 天地之所生成也. 夫德莫大於和, 而道莫正於中. 中者, 天地之美達理也, 聖人之所保守也. ……和者, 天(地)之正也, 陰陽之平也, 其氣最良, 物之所生也. 誠擇其和者, 以爲大得天地之奉也. ……中者天之用也, 和者天之功也, 擧天地之道而美於和"(〈循天之道〉) 여기에서 '화'를 미라고 여긴 것은, 인간 생명의 생리 심리에 부합되는 규율과 자연규율에 합치하는 화해·발전을 미라고 생각하였기 때문이다.

이상에서 볼 때, 동중서가 주장하는 '천인합일'은 단순히 순수한 유심론적 신학목적론만은 아니라는 것을 알 수 있다. 오히려 그의 이론은 인간의 생리·심리 발전의 규율을 중시하며, 인간의 사회적인 지위와 인간과 사회, 자연규율과의 필연적인 관계를 강조하고 있다. 그럼으로써 유가와 도가 및 음양오행가를 포함한 '천인합일' · '신인이화神人以和'의 미학과 문예심리학의 전통을 계승하여, 그의 미학과 문예심리학 사상에 인본주의적인 색채를 풍부히 하고 있다고 할 수 있다.

동중서는 '천인합일'을 바탕으로 하여 인간의 정감과 자연현상의 대응관계에 대해 구체적으로 언급하고 있다. "사람의 삶에는 희로애락의 응답이 있으니 자연의 춘하추동과 같은 부류인 것이다. ……하늘은 인간에게서 부합되니 사람의 성정은 하늘에서 말미암은 것이다. 人生有喜怒哀樂之答, 春秋冬夏之類也. ……天之副在乎人, 人之性情有由天者也"(〈爲人者天〉) "무릇 희로애락이 드러나는 것은 날씨가 맑거나 따뜻하고, 춥거나 더운 것과 본질적으로 통한다. ……사람은 하늘에서 태어나고, 하늘에서 변화를 취한다. 夫喜怒哀樂之發, 與淸暖寒暑, 其實一貫也. ……人生於天, 而取化於天"(〈陰陽尊卑〉) 인간의 희로애락의 감정과 자연계의 춘하추동의 현상을 대응하고 있는 것은 중국 유가의 전통적인 '자연비덕' 이론, 또는 서구의 게슈탈트심리학의 '동형동구同型同構' 이론과 유사하다. 이에 대해 동중서는 자세하게 논술하고 있다.

> 온갖 사물들은 다른 것끼리는 떨어지고 같은 것끼리는 좇아간다. 그래서 기가 같으면 만나고 소리가 견주어지면 응답하니, 그 증험이 뚜렷하다. 시험삼아 비파와 거문고를 조율하여 놓은 상태에서 한 악기에 궁음을 치면 다른 악기에서도 역시 궁음으로 응하며, 상음을 쳐도 역시 상음으로 응하게 된다. 오궁이 서로 좇아 스스로 울리는 것은 신이 있어 그런 것이 아니고, 당연한 이치이기 때문에 그러한 것이다. 아름다운 일은 아름다운 부류를 부르고 악한 일은 악한 부류를 부르니, 같은 부류가 서로 응하여 일어나는 것이다. 이는 마치 말 한 마리가 울면 다른 말이 이에 응하고, 소 한 마리가 울면 다른 소가 이에 응하는 것과 같다.
>
> 百物其去所與異, 而從其所與同. 故氣同則會, 聲比則應, 其驗皦然也. 試調琴瑟而錯之, 鼓其宮則他宮應之, 鼓其商而他商應之. 五宮相比而自鳴, 非有神, 其數然也. 美事召美類, 惡事召惡類, 類之相應而起也. 如馬鳴則馬應之, 牛鳴則牛應之. (〈同類相動〉)

"기가 같으면 만나고, 소리가 견주어지면 응답한다 氣同則會, 聲比則應" · "아름다운 일은 아름다운 부류를 부르고, 악한 일은 악한 부류를 부른다 美事召美

類, 惡事召惡類"는 말이나, '동류상동同類相動' · '유지상응類之相應'의 관점 등은 모두가 선진의 '천인합일'설을 계승·발전시킨 것으로, 이후 '문심조룡'과 곽희郭熙의 '산수훈山水訓' 등 문론과 화론에 커다란 영향을 끼쳤다. 총괄하건대, 어떤 의미에서 보면 동중서의 미학과 문예심리학 사상은 이후 위진남북조의 인간의 주체성을 강조하는 인본주의 미학과 문예심리학의 선성先聲이 되어, 그 생성과 발전을 위해 일정한 여론輿論을 성숙시키는 역할을 하였다.

제3절 왕충의 문예심리학

왕충王充(B.C. 27-100 전후)은 회계會稽 상우上虞[지금의 절강성 상우현] 사람이다. 동한東漢의 저명한 유물론적 사상가이자 미학가이며 무신론자이기도 하다. 주요 저서로 《논형論衡》 30권이 있는데, 모두 85편이었지만 오늘날에는 84편만 전한다.

왕충의 철학과 미학사상은 유물론적인 색채로 가득하다. 이러한 사상적 경향은 동한시대의 신학과 참위 미신에 대한 비판으로 말미암은 것으로, 이로 인해 현실적이고 투쟁적인 정신이 강하게 드러나고 있다. 그러나 다른 한편으로는 지나치게 현실에 밀착해 있었기 때문에 협소한 경험론의 색채를 띠고 있으며, 미학의 특수한 법칙과 문예의 특징에 대한 인식이 부족하다는 단점을 지니고 있다. 이러한 특징은 왕충의 '미美'와 '진眞' · '문文'과 '질質,' 그리고 '문文'과 '실實,' 예술에 있어서의 '고古'와 '금今'의 관계에 대한 논술에서 찾아볼 수 있다.[7]

《논형》에서는 심리학 사상에 대한 논술을 많이 찾아볼 수 있다. 이러한 논술은 문예심리학과 통하는 것으로 왕충의 미학사상보다 더욱 많은 예술심리적인 미학적 의의를 내포하고 있다.

먼저 왕충은 원기자연론에 대해 말하고 있다. 그는 만물은 '원기'라는 물질 원소로 구성되어 있다고 생각하였다. "하늘과 땅은 기가 합쳐져 스스로 그러한 것이다. 天地, 合氣之自然也"(〈談天篇〉) "하늘과 땅의 기가 합쳐지니 만물이 자생한다. 天地合氣, 萬物自生"(〈自然篇〉) 또한 사람 역시 기로 인해 생겨나며, 사람의 천성은 '정기精氣'를 받아 지혜를 지니게 된다고 하였다. "사람은 하늘과 땅에서 생겨난 것이다. ……기로 인해 생겨나서 여러 갈래들이 서로 낳는 것이다. 人生於天地也, ……因氣而生, 種類相産"(〈物勢篇〉) "사람도 물인데, 만물 가운데 지혜를 지닌 자이다. 人, 物也, 萬物之中有智慧者也"(〈辨崇篇〉) "사람이 출생하게 되는 까닭은 정기를 받았기 때문이다. 人之所以生者精氣也"(〈論死篇〉) 왕충은 또한 "받은 기에는 짙고 두터운 것이 있어 본성에 선과 악이 있다 稟氣有濃厚, 故性有善惡也"·"기에는 많고 적음이 있어 본성에 현명함과 우매함이 있다 氣有少多, 故性有賢愚"(〈率性篇〉)라고 하였다. 이상에서 볼 때, 《논형》에서 말하고 있는 '원기' 개념은 본래 철학적 개념이었으나 이후 인간의 정신과 연관된 생리·심리적인 개념으로 발전하였음을 알 수 있다. 이는 《관자》의 경우도 마찬가지여서 한편으로 '기'를 만물의 근원으로 파악하여 하나의 물질적 개념으로 간주하며, 다른 한편으로 인간의 정신 역시 '기'로 생성되는 것이라고 주장하고 있다. 바로 이러한 점에서 왕충의 '기'론은 《관자》의 '기'론과 상통한다. 그렇다면 《논형》과 《관자》에서 말하고 있는 '기'는 모두 애초에 물질적인 개념으로 활용되다가, 이후 정신적인 개념으로 활용됨으로써 일종의 과도기적 개념이라 할 수 있다.

요컨대 중국의 '기'에 관한 학설은 노자에서 처음 발설된 후 거듭 후인들에 의해 반복 설명되면서, 철학적인 범주로부터 점차 미학적·문예심리학적인 범주로 발전했다고 할 수 있을 것이다. 그 가운데 노자·《관자》·맹자·왕충·조비·유협·이덕유·소철·왕부지·송염·사진 등을 대표적인 인물, 또는 저작으로 볼 수 있다. 이들은 역사 발전의 연장선상에서 나름대로 '기'에 관한 이론을 피력하였다. 이에 관해서는 《관자》편에서 이미 설명한 바 있다.

다음으로 왕충은 형形과 신神의 관계에 대해 말하고 있다.

> 사람이 출생하게 되는 까닭은 정기를 받았기 때문이다. 사람이 죽으면 정기도 소멸된다. 정기를 이루는 것은 혈맥이다. 사람이 죽으면 혈맥이 마른다. 혈맥이 마르면 정기 또한 소멸되며, 정기가 소멸되면 육신도 썩고, 육신이 썩으면 티끌로 돌아간다. 그러니 무엇으로 귀신이 생겨나겠는가?
>
> 人之所以生者, 精氣也. 死而精氣滅. 能爲精氣者, 血脈也. 人死血脈竭, 竭而精氣滅, 滅而形體朽, 朽而成灰土, 何用爲鬼? (〈論死篇〉)

위 인용문에서 왕충은 심리활동의 생리적인 유기체로부터 형과 신의 관계를 설명하면서, "형체가 썩으면 정신도 없어진다 形朽神亡"는 유명한 논제를 피력하고 있다. 즉 인간의 정기는 혈맥으로 생성되는 것으로 인간이 죽어 혈맥이 말라 버리면 정기 역시 소멸하게 된다는 것이다. 이는 일종의 유심론적 형신관形神觀으로 농후한 심리학적 의의가 담겨 있다고 할 수 있을 것이다.

왕충은 또한 정신이라는 심리활동은 반드시 형체라는 생리적인 유기체에 의지해야만 지적인 작용을 일으킬 수 있으며, 이로 인해 총명한 지혜를 소유할 수 있다고 생각했다.

> 사람이 총명하고 지혜로운 까닭은 오상의 기를 함유하고 있기 때문이다. 오상의 기가 사람의 인체에 보존될 수 있는 까닭은 오장이 인체에 있기 때문이다. 오장이 상함이 없으면 사람이 지혜롭고, 오장이 상하면 정신이 분명치 않게 되며, 정신이 분명치 않으면 우매하고 멍청하게 된다. 사람이 죽으면 오장도 부패하니, 오장이 부패하면 오상의 기도 기탁할 곳이 없어진다. 이는 지혜를 담아둘 기관이 이미 썩어 버리고, 지혜를 생산하는 오상의 기가 이미 인체를 떠났기 때문이다. 형체는 기에 의존해야 생성되고, 기는 형체에 의존해야 지각을 만들어 낼 수 있다. 천하에 물체 없이 저절로 연소되는 불은 없으니, 세간에 어찌 형체를 벗어나 독자적으로 지각을 만드는 정기가 있겠는가?
>
> 人之所以聰明智慧者, 以含五常之氣也. 五常之氣所以在人者, 以五藏在形中也. 五藏不傷, 則人慧智, 五藏有傷, 則人荒忽, 荒忽則愚痴矣. 人死五藏腐朽, 腐朽則五常無所托矣. 所用藏智者已敗矣, 所用爲智者已去矣. 形須氣而成, 氣須形而知. 天下無獨燃之火, 世間安得有無體獨知之精? (〈論死篇〉)

총명한 지혜는 오상五常(인·의·예·지·신 등 다섯 가지 도덕규범)의 기가 합쳐진 데 있고, 오상의 기는 또한 인체의 생리조직인 오장의 활동에 근거한다고 말하고 있다. 이는 물론 유물론적 심리사상이다.

왕충은 또한 정신과 심리의 형체에 대한 반작용에 대해 말하고 있다. "(나라를 다스리는 것이) 쉬우면 걱정이 적고, 걱정이 적으면 근심치 않으며, 근심이 없으면 몸이 수척해지지 않는다. 易則少憂, 少憂則不愁, 不愁則身體不" "(성인은) 세상을 근심하고 백성을 걱정하기에 몸이 쇠약해지고 건강하지 않게 되며,

몸이 살찌고 윤택해질 수 없다. 憂世念人, 身體羸惡, 不能身體肥澤"(〈語增篇〉) 이러한 형신관은 그의 진미眞美 사상보다 더욱 변증법적인 요소가 강하다.

셋째, 인식심리의 측면에 있어서 왕충은 감지와 감정의 역할을 매우 중요하게 생각했다. 그는 감지란 인식의 기초라고 생각하고 있다. "실제로 성현도 선천적으로 모든 것을 알 수 있는 것이 아니며, 반드시 눈으로 보고 귀로 들어 어떤 사정의 진상을 확정하는 것이다. 그들도 눈과 귀를 이용해서 알 수 있는 것은 생각을 통해 이해할 수 있었으며, 눈과 귀를 통해 알 수 없는 것은 다른 사람에게 가르침을 받은 후에야 비로소 이해할 수 있었던 것이다. 實者, 聖賢不能性知, 須任耳目以定情實. 其任耳目也, 可知之事, 思之輒決. 不可知之事, 待問乃解" "눈으로 보고 입으로 묻지 않으면 전부를 알 수 없다. 不目見口問, 不能盡知"(〈實知篇〉) 이는 다시 말해 사람이 눈과 귀, 그리고 입을 통하지 않으면 사물을 감지할 수 없을 뿐만 아니라 어떤 지식도 얻을 수 없다는 뜻이다. 그는 또한 감지의 규율에 대해 세밀하게 분석하고 있다. 그 예를 들면 다음과 같다. "물체는 가까운 데 있는 것을 보면 커 보이고, 먼 데 있는 것을 보면 작아 보인다. 察物近則大, 遠則小"(〈說日篇〉) "(배를 타고 가다가) 배가 해안에 가까워지면 이를 바라보는 이들은 배가 빠르게 항해하고 있다고 느끼고, 해안에서 멀어지면 바라보는 이들은 배가 느리게 항해하고 있다고 느낀다. 近岸則行疾, 遠岸則行遲"(〈說日篇〉) "사물은 큰 것은 보기가 쉽고 작은 것은 살피기가 어렵다. 物大者易察, 小者難審"(〈書虛篇〉) "낮에 불을 보면 빛이 작게 보이고, 밤에 불을 보면 빛이 크게 보인다. 日察火光小, 夜察者火光大也"(〈說日篇〉) 이러한 모든 것들은 거리와 속도, 외물의 크기, 광선의 정도 등 여러 가지 측면에서 감지의 법칙을 개괄한 것이라고 할 수 있다. 왕충은 이러한 일반적인 경험적 관찰법칙을 통해 착각과 환각의 문제를 언급했으며, 아울러 사물을 감지할 때 반드시 주의력을 집중해야 한다고 주장했다. "네모와 원은 동시에 그릴 수 없고 눈을 좌우로 돌려 동시에 양쪽을 다 볼 수 없으니, 사람도 두 가지 일을 한꺼번에 하고자 한다면 하나도 달성할 수 없다. 方員畵不俱成, 左右視不并見, 人材有兩爲, 不能成一"(〈書解篇〉)

왕충은 이외에도 인식과정에서 감정의 중요한 작용에 대해서 언급하고 있는데, "사람이 물난리나 불난리를 만나면 당혹감과 공포를 느끼게 되는데, 물건을 들어 나르느라 정력을 집중하게 되면 평소에는 돌 한 덩이를 들 수 있던 것이 힘이 배가되어 두 덩이를 들 수 있게 된다 有水火之難, 惶惑恐懼, 擧徒器物, 精

誠至矣, 素擧一石者倍擧二石"(〈儒增篇〉)라고 하여, 인간의 정서가 고조에 달했을 때 감정의 요소는 이에 따라 증가하며, 심리·생리적인 기능 역시 이에 따라 증가한다고 했다. 물론 왕충 역시 감지와 감정은 인간의 객관적인 사물에 대한 직접적인 느낌에서 비롯된다고 하여, "들은 것이 없으면 형용되는 바도 없다 如無所聞, 則無所狀"고 하였다. 이 또한 그의 유물론적 철학사상에 근거한 것이다.

이상에서 살펴본 대로 왕충의 심리학과 문예심리학 사상은, 그의 미학사상보다 예술의 특수한 법칙 등에 대해 더욱 구체적으로 설명하고 있다. 그렇기 때문에 이를 문예연구와 문예창작에 운용한다면 실질적인 도움을 얻을 수 있을 것이다.

제4절 한대의 서법심리학

중국 문자의 서사예술書寫藝術, 즉 서법書法은 긴 역사적 배경을 가지고 있다. 상고시대의 갑골문자, 은주의 청동기 명문銘文, 주대 육예의 서학書學 교육, 진대의 문자 통일, 각석刻石에 의한 문자 기록, 한초의 건축 편액서사扁額書寫 등 모든 것이 서법예술의 형성과 발전에 토대가 되었다. 그러나 서법이 하나의 독립된 예술로 간주되기 시작한 것은 동한東漢 무렵이다. 물론 당시에도 서법예술에 있어서 계통적인 미학이론이나 문예심리학 이론이 자생적으로 형성된 것은 아니지만, 무도舞蹈·회화·건축 등의 예술 분야와 비교해 보면 서법이론이 훨씬 풍부하고 체계적이었다는 점에서 당시를 서법예술의 초기단계로 간주할 수 있다. 또한 중국에서는 '서예와 그림은 근원이 같다(書畵同源)'라는 예술관념이 전통적으로 자리잡고 있었기 때문에, 이후 서화 예술심리학은 한대를 원류로 삼게 되었던 것이다.

동한의 서법 방면의 예술심리학 사상을 대표하는 이로는 최원崔瑗과 채옹蔡邕을 들 수 있다.

최원崔瑗의 자는 문옥文玉으로 탁군涿郡 안평安平(지금의 하북 深縣) 사람이다. 생몰연대는 미상이다. 그의 《초서세草書勢》는 현존하는 중국 최초의 서법예술에 관한 저서이다. 전편이 전하는 것은 아니나, 《진서》 권36에 수록된 〈위항전衛恒傳〉에서 《초서세》를 인용하고 있는데, 분명하게 최원의 저작임을 명시하고 있다. 《초서세》의 저자가 최원임은 사실이나, 위항이 인용하고 있는 《초서세》는 아마도 최원이 기록한 원본이 아니라 위항이 고쳐 쓴 것인 듯하다. 그러나 그 기본적인 구조와 사상은 최원의 것임에 틀림없다. 지금 남아 있는 문장은 다음과 같다.

글자의 세가 흥한 것은 창힐부터 비롯되는데, 저 새의 발자국을 본떠 문장의 기틀을 정했다. 이에 주나라 말엽에 이르자 전적이 더욱 복잡해졌다. 사람들은 훨씬 간교해졌으며, 정치는 권세를 휘두르는 일이 많아졌다. 관청의 일은 거칠어지고 가쁘게 묵질을 하여 보고하거나 명을 내려야만 했다. 그래서 오로지 이를 돕기 위한 예서를 만들고 낡은 글자형은 버렸다. 초서의 법은 대개 간략함을 우선으로 하여, 시기에 맞추어 자신의 뜻을 아래에 전하는 데 편리하며 바삐 행하는 데 이보다 좋은 것이 없다. 이렇듯 직무나 일반적인 쓰임에 공히 사용되니 시간을 아끼고 기력을 덜 수 있다. 오로지 검약할 수 있게 변할 수 있다면 어찌 옛 법도를 고집하겠는가? 그 준칙이 되는 형상을 살펴보면, 고개를 숙여 보거나 올려 보거나 나름의 마땅함이 있어 방형인 듯싶으나 곱자에 딱 맞는 것은 아니고, 원형인 듯싶어도 그림쇠에 정확하게 맞는 것은 아니다. 왼쪽이 들어가면 오른쪽이 올라가서 바라보면 한쪽으로 기운 듯하다. 발돋움하는 새가 잠시 멈칫하여 다른 곳으로 날아가려는 듯하고, 교활한 짐승이 돌연 놀라 금세라도 달릴 듯한 형세이다. 혹 주(초서에서 찍는 점)나 점 등을 찍으면 그 형세가 구슬을 꿴 듯하여 끊겨 있기는 하지만 완전히 이탈된 것은 아니다. 축적된 분노에 울적한 듯하고 방일하여 기이한 것이 생겨난다. 때로 전율하여 떨며 겁을 먹은 것이 고목에 기대어 위험한 곳에 임한 듯하고, 방점을 비스듬히 붙인 것은 사마귀가 나뭇가지를 껴안고 있는 듯하다. 붓놀림을 그치고 필세를 거두어들일 때 기세는 여전히 남아 다하지 않으니 마치 산벌이 침을 쏘려고 틈을 엿보고, 나는 듯 구멍으로 들어가려는 뱀이 머리를 쳐박고 꼬리를 끌고 있는 듯하다. 이러한 까닭에 멀리서 바라보면 물이 들어 무너질 듯한 낭떠러지 같고, 가까이서 살펴보면 한 획도 옮길 수 없다. 섬세하고 오묘하니 일에 임해 마땅함을 좇아 그 대강을 약술하니 비슷한 것이 이와 같을 것이다.

書契之興, 始自頡皇, 寫彼鳥迹, 以定文章. 爰暨末葉, 典籍彌繁. 人之多僻, 政之多權. 官事荒蕪, 剿其墨翰, 唯作佐隸, 舊字是删. 草書之法, 蓋先簡略, 應時諭旨, 周於

> 率迫, 兼功并用, 愛日省力, 純儉之變, 豈必古式. 觀其法象, 俯仰有儀, 方中不矩, 圓不副規, 抑左揚右, 望之若欹. 竦企鳥躊, 志在飛移, 狡獸暴駭, 將奔未馳, 或黜點染, 狀似連珠, 絶而不離, 畜怒怫鬱, 放逸生奇. 或凌遽而惴慄, 若據槁而臨危. 傍點邪附, 似螳螂而抱枝. 絶筆收勢, 余綖虯結, 若山蜂施毒, 看隙緣巇, 騰蛇赴穴, 頭沒尾垂. 是故遠而望之, 漼焉若注岸崩涯. 就而察之 卽一畫不可移. 纖微要妙, 臨事從宜, 略擧大較, 彷佛若斯. (《全後漢文》 卷四十五)

이 글에서는 한대에 초서가 흥기하던 상황과 서법의 기원 문제에 대해서도 논하고 있다. 물론 이 속에도 예술심리학 사상이 포함되어 있다. 서법은 표현예술에 속한다. 그것은 종이 위에 펼쳐지는 춤과 같다. 그것은 점과 획의 구도를 통해 객관적인 생활의 모습과 작자의 주관적인 감정을 표현한다.《초서세》의 초서에 대한 논술에는 서법예술의 이러한 공통적인 특징이 잘 묘사되어 있다. 먼저 《초서세》에서는 "그 준칙이 되는 형상을 살펴본다 觀其法象"고 하여 서법이 추상적인 표현예술이지만, 그 구도와 배열은 모두 현실생활과 일정한 연관이 있으며, 이러한 예술 효과는 또한 감상자의 연상·상상 등의 심리사유 작용을 통해 얻어지는 것임을 밝히고 있다. 예를 들자면 "발돋움하는 새가 잠시 멈칫하여 다른 곳으로 날아가려는 듯하고, 교활한 짐승이 돌연 놀라 금세라도 달릴 듯한 형세이다. 竦企鳥躊, 志在飛移, 狡獸暴駭, 將奔未馳" "방점을 비스듬히 붙인 것은 사마귀가 나뭇가지를 껴안고 있는 듯하다. 붓놀림을 그치고 필세를 거두어들일 때 기세는 여전히 남아 다하지 않으니 마치 산벌이 침을 쏘려고 틈을 엿보고, 나는 듯 구멍으로 들어가려는 뱀이 머리를 처박고 꼬리를 끌고 있는 듯하다. 傍點邪附, 似螳螂而抱枝. 絶筆收勢, 余綖虯結, 若山蜂施毒, 看隙緣峨, 騰蛇赴穴, 頭沒尾垂" "이러한 까닭에 멀리서 바라보면 물이 들어 무너질 듯한 낭떠러지 같고, 가까이서 살펴보면 한 획도 옮길 수 없다 是故遠而望之, 漼焉若注岸奔涯"고 한 것 등은 한대의 초서에 대해 많은 것을 상상할 수 있게 만든다. 초서의 형상에서 동물계·자연계의 다양하고 무수한 자태를 연상할 수 있는 것, 이것은 예술심리의 상상적 효능의 측면에서 서법예술의 특징을 말한 것이라 할 수 있다.

다음으로 《초서세》에서는 자유롭게 인간의 사상감정을 표현할 수 있는 서법예술(특히 초서)의 특징에 대해 말하고 있다. 예를 들자면 서법은 "(새가) 다른 곳으로 날아가려는 듯 志在飛移"한 형태로, 사람들로 하여금 "그 형세가 구슬을 꿴 듯하여 끊겨 있기는 하지만 완전히 이탈된 것은 아니다. 축적된 분노에 울적한 듯하고, 방일하여 기이한 것이 생겨난다. 때로 전율하여 떨며 겁을 먹은 것이 고목에 기대어 위험한 곳에 임한 듯하다 狀似連珠, 絶而不離, 蓄怒怫鬱, 放逸生奇, 或凌遽而惴栗, 若據槁而臨危"는 감성적 느낌을 지닐 수 있도록 만든다. 사실 이는 창작주체의 감정상태에 따라 느껴지는 것이며, 또한 심미주체가 서법예술에서 얻게 되는 정감체험이기도 하다.

이외에도 《초서세》에서는 초서가 "방형인 듯싶으나 곱자에 딱 맞는 것은 아니고, 원형인 듯싶어도 그림쇠에 정확하게 맞는 것은 아니다. 왼쪽이 들어가면 오른쪽이 올라가서 바라보면 한쪽으로 기운 듯하다 方不中矩, 圓不副規, 抑左揚右, 望之若欹"고 말하고 있는데, 이는 초서의 서법이 대단히 자유롭다는 것을 강조하고 있는 것이다. 또한 "발돋움하는 새가 잠시 멈칫하여 다른 곳으로 날아가려는 듯하다 竦企鳥跱"·"교활한 짐승이 돌연 놀라 금세라도 달릴 듯한 형세이다 狡獸暴駭"·"여전히 남아 다하지 않음 余綖虯結"·"나는 듯 구멍으로 들어가려는 뱀 騰蛇赴穴"·"물이 들어 무너질 듯한 낭떠러지 注岸崩涯" 등 역시 초서의 강렬한 움직임을 잘 표현한 것들이다. 《초서세》에 나오는 이러한 문장들이 예술심리학의 각도에서 서법예술의 현상을 논리적으로 분석한 것은 물론 아니다. 그러나 서법예술이 지니고 있는 자유로운 움직임을 생동감 있게 표현하고 있다는 점에서 나름의 예술심리학적 의의가 있다고 할 수 있다. 서구의 게슈탈트심리학에서도 종종 운동과 힘의 측면에서 예술창작의 원리를 해석·설명하고 있는데, 실제로 최원의 《초서세》는 이후 중국의 서법창작과 이론에 큰 영향을 주었다고 할 수 있다.

채옹蔡邕(132-192)의 자는 백개伯喈이며, 진류어陳留圉[지금의 하남성 杞縣 남쪽] 사람으로서 동한 말년의 유명한 학자·문학가·서법가·음악가이다. 특히 예서에 능했다. 《후한서》에 의하면 서법이론에 대한 《전세篆勢》를 저술했는데, 원작은 소실되었으나 위항의 《사체서세四體書勢》의 기록인 《전세》에 의하면 채옹의 작이라고 한다. 이외에도 '필부筆賦'라는 것이 있으며, 송진사宋陳思가 편한 《서원청화書苑菁華》라는 책에 그의 '필론筆論'과 '구세九勢'가 수록되어 있다. '필부'는 전체가 채옹의 작이며, 그외 《전세》는 아마도 채옹의 작이긴 하나 후에 위항에 의해 개작된 것으로 보인다. '필론'과 '구세' 역시 채옹의 것일지라도 후인에 의해 덧붙여졌거나, 채옹의 서법이론에 관한 다른 이들의 논의가 중요 내용이 되었을 가능성이 짙다. 물론 이렇게 단정지을 수 있는 확증은 없다.

채옹의 '필부'는 주로 서법예술에 대한 찬사의 글로 문체가 화려하고 기백이 웅대하다. 문장 가운데 "천지의 음양에 대해 쓰고 삼황의 커다란 공적을 기린다書乾坤之陰陽, 贊三皇之洪勛"는 글이 나오는데, 이는 서법예술이 지니고 있는 서사書寫 내용과 사회적 의의에 대해 말한 것이다. 물론 내용이 중요하기는 하지만 문예심리학과 직접적인 연관이 없기 때문에 더 이상 언급하지 않는다.

그러나 《전세》는 예술감상의 주관적 느낌의 각도에서 서법을 논하고 있기 때문에 예술심리학적인 내용이 풍부하며, 그 내용은 다음과 같다.

> 글자가 그려지기 시작한 것은 새의 발자국에서 비롯된다. 창힐이 성인을 좇아 규칙을 만들고 문자를 지었다. 서체에는 여섯 가지가 있는데, 그 요체가 교묘하여 신기할 지경에 이르렀다. 어떤 것은 귀갑龜甲의 무늬를 본떴고 어떤 것은 용의 비늘에 견주었는데, 구부러진 몸체에 꼬리는 뻗친 듯하고 긴 날개에 짧은 몸을 지닌 것 같기도 하다. 쇠퇴한 듯 기울어진 것은 기장 이삭이 패여 고개를 숙인 것과 같고, 한데 모인 것은 벌레나 뱀이 어지럽게 모여 있는 것과 같다. 파도가 일어 크게 격동하여 떨치는 듯하고, 매가 머뭇거리고 새가 놀라는 듯 목을 길게 내밀고 날개를 으쓱거리는데 그 기세가 구름을 뚫을 듯하다. 혹은 붓을 가볍게 들어 안으로 내던져 붓의 근본을 경미하게 하고 붓의 끝을 짙게 하여 끊어진 듯하면서도 이어지게 만들어, 마치 이슬이 실에 매달려 방울져 아래쪽으로 떨어지는 듯하다. 세로획은 걸려 있는 듯하고, 가로획은 실로 땋은 듯하다. 끝을 겹쳐 비스듬히 나간 붓놀림새는 둥글지도 모나지도 않으며, 걷는 듯 나는 듯하고 벌레가 기는 듯 풀쩍 나는 듯하다. 멀리서 바라보면 큰 기러기가 무리져 나는 듯 끊이지 않고 잇닿아 있는 것 같고, 가까이서 보면 소용돌이치는 물처럼 능히 보이질 않고 손으로 가리켜도 그 근원을 알 수 없다. 계연計研이나 상공양桑公羊일지라도 그 굴곡을 헤아릴 수 없고, 이루離婁라 할지라도 필획의 간격을 볼 수 없을 것이다. 공륜반公輸般이나 공수工倕라 하더라도 읍양하고 자신의 교묘한 기술을 사양할 것이고, 사주史籒나 저송沮誦이라 할지라도 양손을 끼고 붓을 감추어야 할 것이다. 서적의 첫머리에 놓여 그 모양이 선명하고 조화로워 가히 볼 만하다. 흰 비단에 화려하고 아름답게 표현하니 학예의 모범이 된다. 문덕이 크게 모임을 경하하고, 작가들이 널리 새기는 것을 아름답게 생각한다. 글자체의 모습[숙임과

올림)을 생각하며 대략을 논한 것이다.

字畫之始, 因於鳥迹. 蒼頡循聖, 作則制文. 體有六篆, 要妙入神. 或象龜文, 或比龍鱗, 紆體放尾, 長翅短身. 頹若黍稷之垂穎, 蘊若蟲蛇之棼緼. 揚波振激, 鷹跱鳥震, 延頸脅翼, 勢似凌雲. 或輕擧內投, 微本濃末, 若絶若連, 似露緣絲, 凝垂下端. 從者如懸, 衡者如編, 杳杪斜趣, 不方不圓, 若行若飛, 蚑蚑翾翾. 遠而望之, 若鴻鵠群游, 絡繹遷延. 迫而視之, 湍漈不可得見, 指撝不可勝原. 研桑不能數其詰屈, 離婁不能睹其隙間, 般倕揖讓而辭巧, 籀誦拱手而韜翰, 處篇籍之首目, 粲粲彬彬其可觀. 摛華艶於紈素, 爲學藝之範閑. 嘉文往之弘蘊, 懿作者之莫刊. 思字體之俯仰, 擧大略而論旃. (《全後漢文》 卷八十)

《전세》에서는 먼저 서법이 귀문龜文 · 용린龍鱗 · 서직黍稷 · 충사蟲蛇 · 응조鷹鳥 · 양파揚波 · 능운凌雲 등의 자연형태와 공통점이 있다는 것을 지적하고 있다. 그러나 서법의 미는 자연형태의 단순한 모방이 아니라, '신사神似'의 특징을 지니고 있다는 점을 분명하게 지적하고 있다. "서체에는 여섯 가지가 있는데, 그 요체가 교묘하여 신기할 지경에 이르렀다 體有六篆, 要妙入神"고 한 것은 바로 이를 예증한다. 그리고 "끝을 겹쳐 비스듬히 나간 붓놀림새는 둥글지도 모나지도 않으며, 걷는 듯 나는 듯하고 벌레가 기는 듯 풀쩍 나는 듯하다 杳杪斜趣, 不方不圓, 若行若飛" · "그 굴곡을 헤아릴 수 없고, 필획의 간격을 볼 수 없다 不能數其詰屈, 不能睹其隙間"고 한 것 역시 그 예라 하겠다. 서법미술의 이러한 예술적인 느낌에는 또한 감상자의 주관적인 감정적 체험 요소가 내재되어 있으며, 주체와 객체의 예술정감이 통일을 이룬 것이라고 할 수 있다. 《전세》에서는 "멀리서 바라보면 큰 기러기가 무리져 나는 듯 끊이지 않고 잇닿아 있는 것 같고, 가까이서 보면 소용돌이치는 물가처럼 능히 보이지 않고 손으로 가리켜도 그 근원을 알 수 없다 遠而望之, 若鴻鵠群游, 絡繹遷延. 迫而視之, 湍漈不可得見, 指撝不可勝原"고 하였는데, 이는 서법이 표현하고 있는 추상예술이 "자기인 듯하면서도 자기가 아니고 가까운 듯하면서도 떨어져 있는 듯한 似我非我, 若卽若離" 정감심리적 특징을 지니고 있음을 말하는 것이다.

이외에 그는 〈필론〉에서 다음과 같이 말하고 있다. "서란 푸는 것이다. 글씨를 쓰고자 하면 먼저 회포를 풀고, 정성情性을 편안하게 방임해 둔 연후에 써야 한다. 書者, 散也. 欲先寫散懷抱, 任情恣性, 然後書之" 또한 그는 "종횡으로 형상을 만들 수 있어야 한다 縱橫有可象者"고 말하고 있는데, 이는 서법예술의 창작과 감상과정에서 드러나는 예술적 정감의 특질과 상상의 특징을 설명한 것이라고 할 수 있다. 그리고 〈구세九勢〉에서는 "무릇 서법은 자연에서 비롯된다. …… 음양이 생기면 형세가 나타난다 夫書肇於自然, …… 形勢出矣"·"장두법이나 호미법은 모두 힘이 자획 속에 들어 있어야 하고, 붓을 두는 데 힘을 다해야 활력 있는 피부처럼 아름다울 수 있다. 그래서 말하기를 세勢가 오면 막을 수 없고, 세가 가면 잡을 수 없다고 한 것이다. 오로지 붓은 유연해야만 기괴한 힘이 저절로 생기게 되는 것이다 藏頭護尾, 力在字中, 下筆用力, 肌膚之麗. 故曰, 勢來不可止, 勢去不可遏, 惟筆軟則奇怪生焉"라고 말하고 있다. 물론 이 말이 예술이 인간의 자아창조와 생명운동에 대해 자아확인을 해준다는 뜻에서 서법예술의 '힘〔力〕'과 '세勢'의 문제를 논한 것이라고 말할 수는 없다. 그러나 '힘'을 아름다운 것으로 간주하는 서법예술의 미감적 특징에 대한 추구는 예술심리학의 의미에 부합하는 것이라 할 수 있다. '세'나 '힘'을 아름다움으로 간주하는 이러한 이론은, 이후 중국 서법이나 회화·무용 등을 비롯한 예술 부분의 창작과 이론연구에 커다란 영향을 끼쳤다.

제3장
위진남북조의 문예심리학

위진남북조는 중국 역사상 대단히 중요한 변혁기이자 중국 문예심리학사에 있어서도 가장 큰 전환기였다. 만약 한대의 철학·미학·문예심리학에 선진에서 위진남북조에 이르는 과도기적 특성이 존재한다고 말한다면, 위진남북조의 철학·미학·문예심리학에는 변화와 성숙이라는 특성이 갖추어져 있다고 할 수 있다.

이러한 특질은 당시 정치·경제·역사·문화 등 여러 가지 요인에 의하여 결정된 것이다. 한말漢末의 엄청난 변란과 이로 인한 한제국의 붕괴는, 세습되어 온 귀족들로 하여금 혈연을 토대로 한 종족간의 유대를 바탕으로 문벌세족화하도록 만들었으며, 경제적으로 장원경제에 의지하도록 하였다. 정처 없이 유랑하던 농민들이 결국 그들의 휘하에 모이게 되고, 자연히 생산력의 발전이 가속화되었다. 생산력의 발전은 곧 귀족들에게 경제적 풍요로움을 가져다 주었으며, 아울러 예술을 감상할 수 있는 시간과 여유를 제공하여 정신적인 면에서 희열을 제공하였다. 한제국의 멸망은 또한 유가사상에 대한 일반인들의 신앙을 동요시켰으며, 아울러 사람들로 하여금 인간의 생명에 대한 의미를 추구하는 쪽으로 관심을 돌리게 만들었다.

이러한 분위기는 위진 현학玄學의 발생을 촉진시켰다. 위진 현학은 도가를 숭상하면서 '무無'를 우주의 최고 본체로 상정했으며, 개체 인격에 대한 탐구를 중시하고, 개체 인격의 자유를 가장 중요한 목적으로 간주하였다. 이러한 사상은 인간의 사회심리적인 구조에 있어서, 이전의 유가들이 군체를 중시하는 구조와는 다르게 개체를 중시하는 구조로 변화하게 만들었다. 위진 현학의 영향하에서 위진시대의 철학·미학·문예심리학 역시 인간의 본질이나 인성人性, 그리고 인간 개개인의 기질에 대한 탐구를 중시하였으며, 이러한 학문적 분위기는 예술인격학이나 문예심리학의 발전에 커다란 영향을 끼쳤다.

그래서 선진시대를 중국 미학사나 문예심리학사에 있어서 첫번째 황금기라고 말한다면, 한대의 과도기를 지나 새롭게 전개된 위진남북조시대는 그 두번째 황금기라고 할 수 있을 것이다. 이 시대에는 한대 유가사상이 붕괴함과 동시에 도가와 현학사상이 크게 성하였으며, 인간을 대상으로 하는 철학과 개성을 중시하는 사상이 해방기를 맞이하였다. 그래서 이 시대를 '인간의 각성기'·'문학의 자각기'라고 말하는 것이다. 당시의 예술적 특징에 대해서 노신魯迅과 종백화宗白華는 다음과 같이 개괄하고 있다.

> 조비의 시대는 문학의 자각시대라고 할 수 있을 것이다. 근대적인 의미로 말하자면, 예술을 위한 예술의 한 파였던 것이다. (魯迅, 《而已集·魏晉風度及藥與酒的關係》)

> 한말 위진남북조는 중국 정치사에서 가장 혼란스러웠으며, 사회적으로도 가장 고통스러웠던 시대이다. 그러나 정신사적인 측면에서는 가장 자유롭게 해방되었으며, 가장 지혜가 풍부했고 정열이 농후했던 시대이다. 그렇기 때문에 또한 예술정신이 가장 풍부한 시대였다고 할 수 있을 것이다. 왕희지 부자의 글씨, 고개지와 육탐미의 그림, 대규와 대옹의 조각, 혜강의 광릉산廣陵散(琴曲의 이름), 조식·완적·도잠·사령운·포조·사조의 시, 역도원·양현지의 경물을 묘사한 글, 운강·용문의 장엄한 불상, 낙양과 남조의 웅대하고 아름다운 사원 등 그야말로 눈부시게 찬란하지 않은 것이 없으니 참으로 전대미문의 것으로 후세 문학예술의 토대와 추세를 결정지은 것이라 하겠다. (宗白華, 《美學散步·論'世說新語'和晉人的美》)

위진남북조의 문예심리학은 선진이나 양한과 비교할 때, 그 발전의 실마리가 훨씬 복잡하고 다양하다. 그 속에는 조비의 《전론·논문》, 완적의 〈악론〉, 혜강의 〈성무애악론〉, 육기의 〈문부〉, 고개지의 〈논화〉, 종병의 〈화산수서〉, 왕미의 〈서화〉, 사혁의 〈고화품록〉, 유협의 《문심조룡》, 종영의 《시품》 등 문예학과 미학에 관계되는 여러 저작들이 있는데, 그 속에는 특히 문예심리학에 관계되는 것이 많다. 또한 '풍골'·'신사'와 같은 문예심리학의 범주에 속하는 것들뿐만 아니라 '뜻을 얻으면 대상을 잊는다〔得意忘象〕'·'전신사조傳神寫照'·'마음을 깨끗이 하고 대상을 음미한다〔澄懷味象〕'·'기운생동氣韻生動' 등과 같은 문예심리학의 명제들도 포함되어 있다. 사상의 발전이라는 측면에서 본다면, 당시를 건안建安·정시正始 전후에서 위나라 말기, 서진 시기, 동진 시기, 유씨 송나라〔劉宋〕 시기, 제량齊梁 시기 등으로 나눌 수 있다. 여기서 필자는 이를 세 부분으로 묶어 각각의 문예심리학 사상을 정리하고자 한다.

제1절 조비의 '문기文氣' 론과 문예심리학

조비曹丕(187-226)의 자字는 자환子桓으로 패국초沛國譙(지금의 안휘성 亳縣) 사람이다. 조조의 둘째아들로 조조가 죽은 후 한漢을 이어 칭제稱帝하여 문제文帝라 하였고, 국호를 위魏로 정했다. 그의 《전론典論》은 태자 때 저작의 모음집인데, '논문論文' 은 그 가운데 한 편으로 건안建安 문학이론을 총결하는 문장이다. 《전론 · 논문》은 문학의 가치, 작가의 개성과 풍격 및 문학비평의 태도 등에 대해 논하고 있다. 그 가운데 "문장은 기를 위주로 한다 文以氣爲主"는, 이른바 '문기설' 은 미학과 문예심리학적 의의를 지닌다. 조비는 다음과 같이 말하였다.

> 문장은 기를 위주로 한다. 기에는 청탁의 분별이 있어 억지로 애를 쓴다고 해서 다다를 수 있는 것이 아니다. 이는 음악에 비유할 수 있는데, 곡조와 박자가 비록 균일하고 절주하는 법도가 같다고 할지라도 기를 끌어들임에 있어서 능숙함과 서투름에 타고난 바가 있기 때문에, 부형父兄일지라도 자제子弟에게 옮겨 줄 수 없는 것이다.
>
> 文以氣爲主, 氣之淸濁有體, 不可力强而致. 譬諸音樂, 曲度雖均, 節奏同檢, 至於引氣不齊, 巧拙有素, 雖在父兄, 不能以遺子弟.

중국에는 조비 이전에도 '기氣' 에 관한 이론이 적지않았다. 예를 들어 《관자》에서는 '기' 를 우주만물의 근원으로 인식하여, "모든 만물의 정기는 이것이 있어 생겨나는 것이다 凡物之精, 此則爲生" · "정이란 기의 정기이다 精也者, 氣之精者也"(〈內業〉)라고 하였다. 맹자는 윤리 · 도덕적인 감정을 함양시키는 측면에서 "나는 즐겨 나의 호연지기를 기른다 我善養吾浩然之氣"(《孟子 · 公孫丑上》)고 하였다. 《악기》에서는 비교적 일찍 '기' 를 예술창조와 연관시켜, 이른바 '악기樂氣' 의 개념을 제기한 바 있다. 《악기》에서는 "시는 그 뜻을 말하는 것이고, 노래는 그 소리를 읊는 것이며, 춤은 그 모습을 움직이는 것이다. 세 가지의 근본이 마음에 있은 후에 그곳으로부터 악의 기가 나온다 詩, 言其志也. 歌, 咏其聲也. 舞, 動其容也. 三者本于心, 然後樂氣從之"고 하였다. 또한 《회남자》에서는 사람 역시 만물의 경우와 마찬가지로 정신과 형체의 음양 이기二氣가 서로 결합하여 형성된다고 하였다. 그래서 "기는 생명이 충만한 것이다 氣者, 生之充也"(《淮南子 · 原道訓》)라고 하였다. 이어서 왕충은 원기자연론元氣自然論을 주장하여 사람뿐만 아니라 천지만물 역시 '원기'라는 물질적 원소로부터 생성된다고 인식하여, "천지는 기가 합쳐져 저절로 그러한 것이다 天地, 合氣之自然也"(〈談天篇〉), "천지가 기를 합하니 만물이 저절로 생성한다 天地合氣, 萬物自生"(〈自然篇〉)고 말하고 있다. 이렇듯 《관자》·《회남자》·《논형》 등에서 말하고 있는 '기론'은, 물질적 개념에서 정신적인 개념으로 변화 · 발전하고 있음을 알 수 있다. 이에 비해 《맹자》와 '악기'에서 말하고 있는 '기'는, 도덕이나 윤리적 정감의 문제나 문예창작의 문제와 밀접하게 연관되어 있다. 그러나 총괄적으로 볼 때, 당시 '기론'에서 말하고 있는 '기'의 개념은 대부분의 경우 물질적인 개념으로 철학적 범주에 속한다고 할 수 있다. 앞서 언급한 대로 이러한 '기'관념은 미학이나 문예창작 활동과 간접적으로 연관되고 있다. 그러나 분명하게 문예창작 활동과 연관지어 '기'의 개념을 사용함으로써 미학이나 문예심리학의 한 개념으로 포함된 것은, 역시 조비의 《전론 · 논문》에서 비롯된다고 보아야 할 것이다.

"문장은 기를 위주로 한다 文以氣爲主"라는 조비의 유명한 논제는 분명하게 미학, 또는 문예심리학적인 의의를 지닌다. 앞서 인용한 내용에서 추론해 볼 때, 이 논제는 창작주체 심리학에 속한다고 할 수 있다. 여기서 논의되고 있는 것은 주로 창작주체(작가)의 창작심리에 관한 것이다. 따라서 여기서 말하고 있는 '기'의 개념은 기존의 철학적인 범주로 물질적 원소를 뜻하는 것이 아니며, 보편적 윤리로서의 도덕정감의 함의를 지닌 것도 아니다. 오히려 그것은 창작주체, 즉 작가 개인이 갖추고 있는 기질이나 개성을 지적한 것이다. 이처럼 '기'로 체현되는 작가의 기질과 개성은 생리적인 측면뿐만 아니라 심리적인 측면도 동시에 지닌다. 선진시대 이후 지속적으로 발전해 온 '원기'론의 '기' 개념에는 사람의 육신과 정신 두 가지 측면이 공히 포함되어 있다. 사람의 육신은 원기로 만들어졌다고 생각했기 때문에 "기가 모여 사람이 된다 氣凝爲人"[1]고 하였으며, 인간의 정신 역시 '기'가 모인 것이어서 "정신은 본래 기혈을 위주로 하고, 혈기는 언제나 형체에 의지한다 精神本以氣血爲主, 血氣常附形體"[2]고 한 것이다. 따라서 "문장은 기를 위주로 한다"는 말은 작가의 사상이나 풍격, 또는 작가의 개성에 대한 요구일 뿐더러 작가의 창작심리 효능과 생리적 효능에 대한 요구라고 할 수 있다.

조비는 "기에는 청탁의 분별이 있어 억지로 애를 쓴다고 해서 다다를 수 있는 것이 아니다 氣之淸濁有體, 不可力强而致"고 하였는데, 이는 창작주체의 각기 다른 개성심리에 의해 형성된 서로 다른 기질과 개성에 대한 분석이라 할 수 있다. 이미 일찍부터 청淸·탁濁으로 사람의 품성을 논하는 풍조가 있었다. 예를 들자면 다음과 같다.

사람의 선함과 악함은 공히 하나의 원기이다. 기에는 많고 적음이 있어 본성에 현명함과 우매함이 있게 되는 것이다.
人之善惡, 共一元氣. 氣有多少, 故性有賢愚. (《論衡·率性》)

사람의 본성에 선함과 악함이 있음은 사람의 재능에 높고 낮음이 있는 것과 같다.
人性有善有惡, 猶人才有高有下也. (《論衡·本性》)

귀천이나 빈부는 운명이며, 행실에 청탁이 있음은 본성이다.
貴賤貧富命也, 操行淸濁, 性也. (《論衡·骨相》)

뿐만 아니라 청·탁의 기氣로 문예를 논하는 것 역시 예전부터 있어 왔다. 예를 들어 《회남자·범론훈》에 보면, "소리를 탁하게 하면 꽉 막혀 순통하게 나오지 않고 濁之則憔而無轉"·"맑게 하면 괴로움이 타는 듯하여 노래를 부를 수 없다 淸之則憔而不謳"고 하였다. 왕충이 청탁에 대해 논한 것은 주로 인간의 윤리·도덕의 관점에서 말한 것이고, 《회남자》의 경우는 예술〔聲樂〕작품의 각기 다른 풍격에 대해 언급한 것이다. 그러나 조비가 청탁을 논한 것은 물론 사람의 도덕적 평가나 문예작품의 풍격에 대한 평가가 포함된 것은 사실이지만, 주된 것은 작가의 기질이나 개성에 관한 것이다. 그렇기 때문에 양자와 구분된다고 할 수 있다. 청탁의 '청'은 작가의 뛰어나고 아름다운 기질·개성을 뜻하는 것이고, '탁'은 작가의 저속하고 평범한 기질·개성을 뜻한다. 조비는 이러한 '기'의 청탁으로 왕찬王粲·서간徐幹·유정劉楨·진림陳琳·완우阮瑀·응창應瑒·공융孔融 등 이른바 '건안칠자建安七子'의 기질과 개성을 평했으며, 나아가 그들 작품의 우열·득실, 그리고 각기 다른 풍격에 대해 논했다. 이처럼 창작주체(작가)가 지닌 생리·심리적 효능에 따른 각기 다른 품성으로 작가에 대해 평론하고, 작가의 작품이 지니고 있는 풍격에 대해 논한 것은 문예창작의 규율에 합당한 것으로 중국 미학·문예심리학에서 조비가 최초였다.

조비의 "기에는 청탁의 분별이 있어 억지로 애를 쓴다고 해서 다다를 수 있는 것이 아니다 氣之淸濁有體, 不可力强而致"라는 주장은 문학창작에 관한 논의이기도 하다. 그는 이를 음악에 비유하면서, "곡조와 박자가 비록 균일하고 절주하는 법도가 같다고 할지라도, 기를 끌어들임에 있어서 능숙함과 서투름에 타고난 바가 있기 때문에, 부형父兄일지라도 자제에게 옮겨 줄 수 없는 것이다 曲度雖均, 節奏同檢, 至於引氣不齊, 巧拙有素, 雖在父兄, 不能以遺子弟"라고 하였다. 이는 작가의 기질이나 개성의 본래적 소질을 강조한 것이자 예술의 천부성을 중시한 것이다. 뿐만 아니라 창작주체의 생리·심리적 소질이 문예창작에 얼마나 중요한가를 지적한 것이기도 하다. 유물사관의 측면에서 볼 때, 인간의 생리·심리적 소질이나 인간의 기질·개성은 사회적 실천에 따라 형성되며, 사회 실천의 제약을 받는다. 그러나 사람들마다 예술가가 될 수 있는 것은 아니며, 예술가가 되기 위해서는 반드시 특수한 기질이나 개성, 또는 천부적 능력이 필요하다. 이렇듯 특정한 생리적·심리적 요인은 전수될 수 있는 것이 아니다. 위대한 문호 노신의 자녀가 문학가가 아닌 것을 보아도 이를 알 수 있다. 조비는 이처럼 예술가가 지니고 있는 '기'의 특수한 내함內涵을 간파하고, 예술가들이 지니고 있는 기질과 개성의 특수성을 지적한 것이다. 이는 작가의 개성이나 심리구조, 그리고 예술창작이 일반적인 기예의 실습과는 다른 특수한 규율을 지니고 있음을 밝힌 것이기도 하다.

심리학에 있어서 개성과 기질의 문제는 대단히 복잡하고 어려운 문제이다. 문예심리학에서는 더욱 그러하다. 개성이란 말의 어원은 라틴어의 Persona인데, 영어로는 Personality라고 한다. 오스트리아 정신분석가 알프레드 아들러(1870-1937)가 개성심리학파를 창시한 이래로 저명한 개성심리학자 올포트(1897-1969) 등에 의해 다양한 연구가 진행되었다. 그는 개성에 대해 "개성이란 개체 내부에 존재하는 개인의 독특한 행위나 사상을 규정하는 심신心身계통의 동태적 구조를 말한다"[3]고 정의하고 있다. 그의 정의는 개성의 여러 측면에 대해 개괄한 것이라 할 수 있다. 이외에도 개성이나 개성의 심리적 구조에 관한 정의는 거의 10여 종에 이른다. 이는 다시 말해 개성 문제에 관한 이론연구가 아직까지 확정된 것이 없음을 뜻한다.

기질은 일반적으로 "인간이 지닌 고도의 신경활동의 유형적 특질이 행위방식상에 표현된 것으로, 개인이 지니고 있는 심리활동의 동력적 특징이자 인간 개성의 객관적 자연 토대이다"[4]라고 인식되고 있다. 서구에서 기질의 유형에 관한 구분은 이미 오래 전부터 있어 왔다. 엠페도클레스(B.C. 약 495-435)와 히포크라테스(B.C. 약 460-377) 등의 체액설, 파블로프의 사유유형설, 프로이트(1856-1939)의 성욕설, 융(1875-1961)의 심리유형설 등이 그 대표적인 예이다. 기질이나 개성에 관한 중국 고대의 이론에 대해서는 아직 총괄적인 연구가 없었다. 그러나 분명한 것은 중국의 여러 가지 이론들 역시 서구 고대 문화나 현대 심리학의 각기 다른 이해와 궤를 같이한다는 점이다. 예를 들어 《내경》의 개념계통이나 철학사상에서 본다면, 기氣는 인간을 형성하고 생명을 유지하는 물질적 원소일 뿐만 아니라 인간의 정신적 · 심리적 활동을 체현하는 개념이다. 이렇게 볼 때, 조비가 문예창작과 창작주체의 생리 · 심리적 범주에 기를 활용한 것은 개성에 관한 연구나 예술창작에 있어서 창작주체의 기질 · 개성 · 개성심리 구조에 대한 연구에 획기적인 틀을 마련한 것이라고 할 수 있다. 실제로 조비 이후로 많은 작가들이 '기'와 '청탁'의 개념을 통해 작가의 기질이나 품성, 작품의 창작 풍격 등을 평가하였다.

제2절 《세설신어》의 문예심리학

《세설신어世說新語》는 남조 송대 유의경劉義慶(403-444)이 그의 문객들과 함께 편찬한 책이다. 비록 송대에 이루어지긴 하였지만, 그 책에 기재된 내용들은 주로 위진시대 사족士族들의 생활상이나 그밖의 면모들에 관한 것이다. 《세설신어》는 순수한 미학, 또는 문예심리학 관계 저작은 아니다. 그러나 특히 당시 인물들의 품평에 대하여 생생하고 구체적인 묘사를 하고 있을 뿐만 아니라 위진시대, 특히 한말에서 동진까지의 사족계층들의 심미의식이나 풍습 등을 자세하게 기록하고 있기 때문에 이러한 의식이나 풍습 속에서 우리는 위진시대의 사회심리 구조와 사람들의 심미의식의 변화를 엿볼 수 있다. 그래서 중국 문예심리학사에 있어서 《세설신어》 역시 나름의 위치를 지닌다고 할 수 있는 것이다.

무엇보다 《세설신어》의 인물 품평은, 정치를 중심으로 모든 것을 생각하던 의식 풍조가 점차 심미의식을 중시하는 쪽으로 변화하고 있음을 보여 주고 있다. 선진시대에 공자나 맹자 역시 인격미를 중시하는 평론을 한 적이 있긴 하지만, 그들이 중시했던 인격은 윤리도덕적 '선善'이나 정치사상 의식상의 정신미에 관한 것이었다. 또한 동한 시기의 인물 품평 역시 선진 유가들의 정치나 덕성을 표준으로 삼는 데에서 크게 벗어나지 않았다. 그러나 위진시대에 들어와서는 이러한 기풍이 일변하여 재정才情이나 풍채를 중시하는 쪽으로 판단 기준이 변하였다. 예컨대 《세설신어·품조品藻》에 보면 이를 확인할 수 있다.

손작과 허순은 둘 다 한 시대를 풍미한 명사였다. 혹자는 허순의 고아한 정감을 중시하고 손작의 비속한 행동을 천하다 여겼으며, 혹자는 손작의 재조를 아끼고 허순에게서는 취할 것이 없다고 하였다.

孫興公, 許玄度皆一時名流. 或重許高情, 則鄙孫穢行, 或愛孫才藻, 而無取於許.

이른바 '고정高情'이란 주로 내심에서 저절로 흘러나오는 정감을 뜻하는 것이다. 그리고 '재조才藻'라는 것은 개인의 지혜나 재능을 뜻하는 것이다. 위진시대에는 위의 손작孫綽이나 허순許珣처럼 정감이 풍부하고 지혜나 재능이 탁월한 사람들에 대한 칭송의 언론이 적지않다. 다른 예를 들어 보자.

환자야(桓伊)는 매번 청가를 듣고는 문득 "어찌할꼬"라고 부르짖곤 하였다. 사현謝玄이 이를 듣고 말하기를 "환자야는 가히 외곬로 깊은 정감을 지녔다고 할 수 있겠다"라고 하였다.

桓子野每聞淸歌, 輒喚奈何. 謝公聞之曰, 子野可謂一往有深情. (〈任誕〉)

강가의 상선 위에서 시를 읊는 소리를 들었는데, 그 정취가 대단했다.

聞江渚間估客船上有詠詩聲, 甚有才情. (〈文學〉)

왕동정이 〈왕공이 주막을 지나며 부를 짓다〉라는 부 한 편을 썼는데, 재주와 정감이 풍부했다.

王東亭作經王公酒壚下賦, 甚有才情. (〈文學〉)

이로 보건대 위진시대에는 이미 인물의 재능이나 지혜・예술작품에 대한 평론 등이 대단히 중시되었음을 알 수 있다. 이는 다시 말해 위진시대가 인물의 정감이나 예술적 정감을 중시했던 시대였음을 증거하는 것이라 하겠다.

위진시대에는 또한 인물의 풍채에 대한 묘사를 대단히 중시했다.

세상 사람들이 이원례(李膺)를 보고 굳센 소나무 아래 부는 바람처럼 뛰어나다고 하였다.

世目李元禮, 謖謖如勁松下風. (〈賞譽〉)

세상 사람들이 왕우군을 보고는 표표히 떠도는 구름이 되고, 놀란 용처럼 날래다고 하였다.

時人目王右軍, 飄爲游雲, 矯若驚龍. (〈容止〉)

혜강은 신장이 7척 8촌에 풍채가 특히 빼어나서 보는 이들마다 감탄하며, "조용하고 정숙하며 상쾌하고 행동거지가 맑았다"라고 하였다. 어떤 이는 "엄정한 것이 마치 소나무 아래 부는 바람같이 높은 데서 천천히 불어오는 듯하다"고 하였다. 또한 산도는 "혜강의 사람됨은 높기가 마치 외로운 소나무 하나 우뚝 솟은 듯하고, 문득 술이 취하면 옥산이 장차 무너질 듯하다"라고 말했다.

嵇康身長七尺八寸, 風姿特秀. 見者歎曰, "蕭蕭肅肅, 爽朗淸擧." 或云, "肅肅如松下風, 高而徐引." 山公曰, "嵇叔夜之爲人也, 巖巖若孤松之獨立. 其醉也, 傀俄若玉山之將崩." (〈容止〉)

이러한 인물 묘사와 평가는 분명 윤리・도덕적 관점에 의한 것이 아니라, 외재적인 풍채나 기풍에 따르는 것으로 일종의 심미 평가라 할 수 있다. 이러한 평가가 기존의 인물 평가에 비해 새로운 의의를 지니는 것은, 그것이 인물의 평가에 있어서 심미학의 범주까지 진입하여, 당시 사람들로 하여금 인물의 품평에 있어서 직관적・정감적, 그리고 심미적인 판단을 하게 함으로써 인간의 심미의식의 발전과 문예창작의 발전에 일정한 공헌을 하였기 때문이다.

다음으로 《세설신어》의 인물 품평은, 자연미에 대한 감상에 있어서 과거의 도덕교화 중심으로부터 자연적 품성을 중시하는 쪽으로 변화하였다.

선진시대에 공자의 '비덕比德' 설은 '지자요수知者樂水, 인자요산仁者樂山' 이라든지 청송青松·백수白水 등을 찬양하는 쪽으로 기울었다. 이러한 자연미에 대한 감상의 목적은 인간의 사상·윤리·도덕의 아름다움을 칭송하기 위한 것이었다. 이를 이른바 '비덕' 을 통한 이정移情이라고 말하는데, 이는 사람의 윤리·도덕감정을 자연사물에 이입移入시켜 자연사물에 대한 감상으로부터 인간의 윤리·도덕의 아름다움을 보고자 함이었던 것이다. 그러나 위진시대에 들어와서는 자연사물에 대한 감상의 태도가 크게 달라졌다. 사람들은 때로 자신의 윤리·도덕관념을 자연사물에 비기는 대신 직접적으로 자연사물 자체의 아름다움을 감상·노래하였으며, 자연사물의 미적美的 품성 속에서 미감을 찾으려고 애썼다. 《세설신어·언어言語》에서 이러한 예를 볼 수 있다.

고장강이 회계에서 돌아오자, 사람들이 그곳 산천의 아름다움에 대해 물었다. 그가 말하기를 "온갖 바위들이 빼어남을 다투고 골짜기마다 물이 다투어 흐르는데, 초목이 그 위를 덮고 있는 것이 마치 구름이 피어오르고 노을이 자욱한 듯했다"고 설명하였다.

顧長康從會稽還. 人問山川之美, 顧云, "千岩競秀, 萬壑爭流, 草木蒙籠其上, 若雲興霞蔚"

왕자경이 말했다. "산음에서 위로 걸어가 보면, 산천이 저절로 광채를 발하여 사람들로 하여금 눈을 돌릴 겨를을 주지 않는다. 가을이나 겨울이 된다면 더욱 회포를 풀기 어려울 것이다."

王子敬云, "從山陰道上行, 山川自相映發, 使人應接不暇, 若秋冬之際, 尤難爲懷."

간문제가 화림원에 놀러 들어가서 좌우 신하들을 살피며 말했다. "마음이 자연과 더불어 모일 수 있는 곳을 애써 멀리서 찾을 필요 없습니다. 그윽한 수풀과 물은 저절로 장자에 나오는 호량濠梁 위나 물가에서의 마음 자세를 느끼게 만들고, 날짐승이나 들짐승·물고기들도 저절로 사람과 가까워짐을 느낄 수 있습니다."

簡文入華林園, 顧謂左右曰, "會心處不必在遠. 翳然林水, 便自有濠濮間想也, 覺鳥獸禽魚, 自來親人."

이러한 감상은 완전히 자연사물의 아름다움 그 자체에 대한 것이다. 미감의 획득 역시 순전히 자연사물 자체가 지니고 있는 아름다운 품성과 규율에 관한 것이며, 결코 인간의 윤리·도덕의 아름다움에 비유하고 있는 것이 아니다.

이러한 자연적 품성의 심미를 중시하는 시대적 풍조는 대단히 중요한 의의를 지니고 있다. 인간의 생명에 대한 심미로부터 자연의 생명에 대한 심미로의 전향은 더욱더 예술적 심미규율에 다가서는 것이자, 예술형식의 기본적 단계로 보다 깊이 들어가는 것이기에 더욱 그러하다. 헤겔은 일찍이 아름다움과 자연 생명간의 관계를 중시하고, 예술미 역시 자연의 생명현상의 감성적 드러냄이라는 견해를 밝힌 바 있다. 미국의 현대 미학가 랭거 역시 미와 자연 생명간의 리듬 관계를 중시하였는데, 그녀는 희극을 연구하면서 희극은 순수한 생명감과 생명의 리듬의 표현이라는 주장을 하였다. 여기에서 그녀가 말한 생명감에는 물론 인간의 생명감도 포함되지만 자연의 생명감 역시 포함된다. 또한 게슈탈트심리학에서도 자연·물리의 구조와 인간의 생명구조의 관계를 대단히 중시하고 있다. 이것으로 보건대 자연의 품성에 대한 심미를 중시하는 것은 곧 예술에 대한, 또는 인간에 대한 심미에 자연이라는 물질적 토대를 제공하는 것이라고 할 수 있다.

세번째로 《세설신어》의 인물 품평은, 인간에 대한 심미에 있어서 과거의 객체적 의의를 중시하는 쪽에서 주체적 지위를 중시하는 쪽으로 변화하였음을 보여주고 있다.

선진에서 동한에 이르기까지 인간에 대한 심미는, 주로 인간의 윤리·도덕의 아름다움이 창조하는 객관적이고 사회적인 의의를 중시하는 쪽으로 흘렀다. 그러나 위진시대에 들어와서는 인간의 주체적 지위, 즉 개성과 자주성을 중시하는 경향이 짙어졌다.

왕태위는 유자숭과 사귀기를 꺼렸지만, 유자숭은 허물없이 그를 경이라고 불렀다. 왕태위가 "군은 더 이상 그러지 마십시오"라고 하자, 유자숭은 "당신이 나를 군이라 불렀으니, 나는 당연히 당신을 경이라 불러야 되지 않겠습니까? 나는 내 방법대로 할 터이니, 당신은 당신 방법대로 하십시오"라고 하였다.

王大蔚不與庾子嵩交, 庾卿之不置. 王曰, "君子不得爲爾." 庾曰, "卿自君我, 我自卿卿. 我自用我法, 卿自用卿法." (〈方正〉)

환공은 어려서부터 은후와 함께 이름을 날렸는데 항상 경쟁심을 지니고 있었다. 그래서 한 번은 환공이 은후에게 물었다. "경은 나와 비교하여 어떻다고 생각하시오." 이에 은후가 대답하기를 "나와 그대는 오랫동안 서로 사귀었네만, 나는 내 나름으로 살아왔다네" 하였다.

桓公少與殷侯齊名, 常有競心. 桓問殷, "卿何如我?" 殷云, "我與我周旋久, 寧作我." (〈品藻〉)

위 예문에서 말하는 내용은 물론 인간의 심미에 관한 것은 아니지만, 인간에 대한 또는 인간의 개성에 대한 강조라는 점에서 의심할 여지가 없다. 이는 다른 문장에서 인간의 사물에 대한 심미를 이야기하면서, 무엇보다 심미주체가 일정한 정도의 사물을 감상할 수 있는 심미심경을 지니고 있어야 한다고 요구하고 있음을 볼 때 더욱 그러하다.

세상 사람들이 고좌(서역인으로 스님이다)에 대해 평하고자 하였으나 능히 할 수가 없었다. 이에 환정울이 주후에게 물었더니, 주후가 답하기를 "가히 탁월하게 밝다고 할 수 있다"고 하였다. 그러자 환공은 "정신이 심오하다"라고 말하였다.

時人欲題目高坐而未能. 桓廷尉以問周侯. 周侯曰, "可謂卓朗." 桓公曰, "精神淵著." (〈賞譽〉)

《세설신어 · 용지》에서도 "현명함과 허무함으로 산수를 대한다 以玄對山水"고 말하여, 심미주체로 하여금 허정虛靜한 심경을 지닐 것을 말하고 있다. 이렇게 해야만 비로소 일체의 잡념을 끊어 버리고 산수자연의 자연스러운 아름다움을 느낄 수 있다는 것이다. 예술창작 역시 이와 마찬가지이다.

만약 "신명이 지나치게 속되거나 神明太俗" · "세속적인 정감이 남아 있어 世情未盡"(《世說新語 · 容止》) 심경이 맑지 않으면 좋은 작품이 나올 수 없는 것이다.

이상의 논의를 총괄한다면 다음과 같이 말할 수 있다. 위진시대의 인물 품평의 변화는 미학 · 문예심리학적으로 대단히 가치가 있는 것인 바, 그것은 사람들의 심미의식과 심미애호를 그대로 드러내는 것이다. 또한 《세설신어》의 인물 품평에 관한 변화된 면모는, 위진시대가 문文의 자각과 인간의 각성시대임을 여지없이 드러내는 것이기도 하다. 그것은 또한 사람들의 인물이나 자연사물에 대한 심미를 불러일으켰고, 정치화되거나 윤리화된 표준보다는 예술화되고 심미화된 방향으로 변화·발전하였다고 할 수 있을 것이다.

제3절 위진 현학玄學과 문예심리학

미학사가들은 위진 현학을 위진남북조 미학의 영혼이라고 부르는데, 이는 물론 정확한 말이다. 문예심리학사의 관점에서 보더라도 위진 현학은 각별한 의의를 지니고 있다. 왜냐하면 위진남북조의 예술과 미학이 '인간의 각성'과 '문文의 자각'으로 향하고 있다는 일종의 표지 역할을 하였으며, 또한 중국 문예심리학사의 발전에 영향을 주었을 뿐만 아니라 그것의 규범화에 있어서도 커다란 영향을 끼쳤기 때문이다. 그렇기에 중국의 문예심리학사를 연구함에 있어 위진 현학은 반드시 연구해야만 할 과제라 할 수 있다.

위진 현학은 정시正始(A.D. 240년부터 시작된다) 연간에 생겨났는데, 이 시기에는 동한 왕조의 몰락과 봉건적인 문벌세족 중심의 지주계급이 성장함에 따라 기존의 유학에 대한 믿음이 붕괴되기 시작하였다. 문벌세족 출신의 사대부들은 인생 의의에 대한 탐구나 인격 이상에 대한 사고에 치중하였는데, 특히 그들은 상대적으로 독립된 장원경제를 바탕으로 안정적 경제 토대하에서 음풍농월을 즐길 수 있었기에 문예창작이나 감상활동을 전개하는 데 여러 가지로 유리하였다. 그래서 한말漢末의 유학을 숭상하는 분위기에서 '삼현三玄'(《老子》·《莊子》·《周易》)을 숭상하는 쪽으로 나아가 유한有限을 초월한 무한경계를 추구하고, 한말漢末 위초魏初 이래로 정치성이 강해지기 시작한 인물 품평에서 더욱 발전하여 인생의 의의와 인격적 이상에 대한 사고를 강화하기 시작했다. 이러한 것들은 당시의 독특한 문화적 분위기 속에서 위진 현학의 중요한 주제들로 성숙·발전하였다. 그리고 이러한 두 가지는 공교롭게도 미학과 문예심리학의 문제와 상통하는 것이기도 하다.

《세설신어》에 보면, 위진 현학의 사상에 대해 비교적 집중적·생동적으로 표현한 부분이 적지않다. 특히 인물에 있어서 하안何晏 · 왕필王弼 · 완적阮籍 · 혜강嵇康 등을 위시하여, 위진시대 현학의 대표적인 인물들에 대해 논술하고 있기도 하다. 그러나 여기에서는 문예심리학과 밀접한 관계에 있는 현학의 몇 가지 기본적인 관점들을 중심으로 논의를 전개하고자 한다.

우선 현학에 있어서 대단히 중요한 범주에 속하는 '의상意象' 론에 대해 알아보고자 한다. 우리는 노老 · 장莊의 문예심리학을 살펴보면서 이미 노 · 장의 '의상' 론에 대해 언급한 바 있다.

> 통발은 고기를 잡는 기구이지만, 고기를 잡고 나면 통발을 잊게 된다. 올가미는 토끼를 잡는 기구이지만, 토끼를 잡고 나면 올가미를 잊게 된다. 말은 뜻을 표현하는 수단이지만, 뜻을 표현하고 나면 말을 잊게 된다.
>
> 筌者所以在魚, 得魚而忘筌. 蹄者所以在兎, 得兎而忘蹄. 言者所以在意, 得意而忘言. (《莊子 · 外物》)

예문에서 '언言' 과 '의意' 는 실경實境이고 '언의지외言意之外' 는 허경虛境, 즉 언어도 뜻도 없는 경지이다. 여기서 언급하고 있는 것은 노자가 말한 "아는 자는 말하지 않고, 말하는 자는 알지 못한다 知者不言, 言者不知"(《老子》 第五十六章)는 것과 같은 뜻이다. 장자 스스로도 "천지자연에 큰 아름다움이 있으나 이를 말하지 않는다 天地有大美而不言"(〈知北游〉)고 하였는 바, 이 역시 유한有限을 초월한 무한의 경계를 추구함을 뜻하는 것이다. 이러한 추구는 인간의 심미심리 구조와 부합하는 것이다. 이는 예술의 심미적 감상의 과정이 상상과 연상 등을 통한 심미심리, 다시 말해 '실實' 에서 '허虛' 로 '유' 에서 '무' 로, 즉 쾌감을 통해 예술적 미감에 도달하는 심리과정이기 때문이다.

우리는 《주역》의 문예심리학 사상을 논술하면서 《주역》의 '의상意象' 론에 대해 언급한 바 있다.

> 역은 상象이며, 상象은 상像이다.
>
> 易者象也, 象也者像也. (〈系辭傳〉)

공자는 "글은 하고자 하는 말을 다할 수 없고, 말은 지니고 있는 뜻을 다할 수 없다"라고 하였다. 그렇다면 성인의 뜻은 드러나 알 수 없는 것인가? 공자가 말씀하시길 "성인은 상을 세워 뜻을 다하고 64괘를 만들어 참과 거짓을 다 드러내었으며, 괘卦와 효爻로 설명하여 하고자 하는 말을 다하고, 괘와 효를 변화시키고 그것에 통달하여 세상만물의 이로움을 다했으며, 백성들로 하여금 북을 두드리고 춤추게 하여 신명을 다하였다"라고 하셨다.

子曰, "書不盡言, 言不盡意." 然則聖人之意, 其不可見乎? 子曰, "聖人立象以盡意, 設卦可盡情僞, 系辭焉以盡其言, 變而通之以盡利, 鼓之舞之以盡神." (〈系辭上〉)

여기서 말하는 '상象'은 원래 괘상卦象을 의미하는 것으로 예술형상의 뜻은 아니다. 그러나 그것은 예술형상을 심미하는 것과 통한다. 이른바 '글은 말을 다하지 못하고, 말은 뜻을 다하지 못한다'고 하여 '상을 세운 것〔立象〕'은 '뜻을 다하기〔盡意〕' 위한 것이었으며, 또한 '언'과 '상'을 초월하여 무한한 심미적 예술경계를 추구하기 위한 것이었다. 이 또한 노장의 '의상'론과 상통하는 것이다.

위진 현학의 대표적인 인물 가운데 한 사람인 왕필은, 장자와 《주역》의 이러한 '의상'론에 대해 주석을 하면서 더 한층 논의를 발전시켰다. 그는 '의상'론에 관해 다음과 같은 유명한 말을 하였다.

무릇 상象이란 뜻〔意〕을 드러내는 것이고, 말〔言〕은 뜻을 드러내는 상을 밝히는 것이다. 뜻을 다하는 데는 상만한 것이 없고, 상을 다하는 데는 말만한 것이 없다. 말은 상에서 나온 것이니 말을 잘 살펴보면 상을 볼 수 있으며, 상은 뜻에서 나온 것이니 상을 자세히 탐구하면 뜻을 알 수 있다. 뜻은 상으로써 다하고, 상은 말로써 드러나는 것이다. 그래서 말이란 단지 상을 밝히는 것일 뿐이니, 상을 얻으면 말은 잊혀진다. 상이란 뜻을 담고 있는 것이니, 뜻을 얻으면 상은 잊혀진다. 이는 마치 올가미는 토끼를 잡는 도구인데 토끼를 잡으면 올가미를 잊는 것과 같고, 또한 통발은 고기를 잡기 위한 도구인데, 고기를 잡으면 통발의 존재는 잊고 마는 것과 같다. 그런즉 말이란 상의 올가미 같은 것이고, 상이란 뜻의 통발과 같은 것이라고 할 수 있다. 그런 까닭에 말에 집착하면 상을 알 수 없고, 상에 집착하면 뜻을 얻을 수 없다. 상이 뜻에서 나왔음에도 상에 집착하면, 집착하고 있는 그것〔象〕 자체도 이미 본래의 상이 아니다. 말이 상에서 나왔음에도 말에 집착하면, 집착하고 있는 그것〔言〕 자체도 이미 본래의 말이 아닌 것이다.

그러므로 상에 집착하지 말고 잊어야 비로소 뜻을 얻을 수 있으며, 말에 집착하지 말고 잊어야 상을 얻을 수 있는 것이다. 뜻을 얻었다면 상을 잊은 것이고, 상을 얻었다면 말을 잊은 것이다. 따라서 상은 뜻을 다하기 위해 세운 것이니 상을 잊고 집착하지 말아야 하며, 그림은 거듭하여 작가의 진정한 정을 다한 것이니 그림은 잊어도 된다.

夫象者, 出意者也. 言者, 明象者也. 盡意莫若象, 盡象莫若言. 言生於象, 故可尋言以現象, 象生於意, 故可尋象以觀意. 意以象盡, 象以言著. 故言者所以明象, 得象而忘言, 象者所以存意, 得意忘象. 猶蹄者所以存兎, 得兎而忘蹄, 筌者所以在魚, 得魚而忘筌也. 然則, 言者象之蹄也, 象者言之筌也. 是故存言者, 非得象者也. 存象者, 非得意也. 象生於意而存象焉, 則所存者乃非其象也. 言生於象而存言象焉, 則所存者乃非其言也. 然則忘象者乃得意者也, 忘言者乃得象者也. 得意在忘象, 得象在忘言. 故立象以盡意, 而象可忘也. 重畵以盡情, 而畵可忘也.[5] (《周易略例 · 明象》)

물론 본문은 《주역》에 대한 해석이다. 여기서 말하는 '상'은 괘상 · 효상을 말하고, '언' 역시 괘상이나 효상을 해석하는 데 사용하는 괘사卦辭를 뜻한다. 본문의 내용은 그다지 이해하기 어려운 것이 아니다. 본문은 대략 두 부분으로 나누어 볼 수 있다. 첫째는, 상을 밝혀 뜻을 드러내고 말은 상을 밝히는 것인 까닭에 뜻은 상으로써 다하고, 상은 말로써 현저해진다는 것으로 상象과 언言이 뜻을 전달하는 관계를 긍정한 것이다. 둘째는, 상은 뜻에서 생기지만 상이 있음은 진상眞象이 아니며, 말은 상에서 생겨나지만 그 말을 한다고 해서 그것이 참된 말은 아니니, 오로지 상을 잊어야 비로소 뜻을 얻을 수 있고 말을 잊어야만 비로소 상을 얻을 수 있다는 것이다. 이는 곧 "뜻을 얻었다면 상을 잊는 것이고, 상을 얻었다면 말을 잊는 것이다 得意在忘象, 得象在忘言"라는 뜻이다. 왕필의 '의상'론의 핵심은 후자에 있다. 그래서 이를 '득의망상得意忘象,' 혹은 '언부진의言不盡意'론이라고 칭하는 것이다.

《주역》에서 이미 언급한 바 있는 이 '의상'론은 자못 심리학적인 특성을 지니고 있다. 만약 '의상'을 뜻 속의 '상象'으로 이해하거나, 혹은 예술가의 뇌리 속에 잔존해 있는 '형상'으로 간주한다면, 분명 문예심리학의 명제가 될 수 있을 것이다. 왜냐하면 예술가의 뇌리에 떠오른 '뜻 속의 상〔意中之象〕'은 묘사하고자 하는 객관적인 물상物象에 대한 예술가의 감각 · 지각 · 표상 · 연상, 그리고 이를 통해 점차 이루어지는 형상이기 때문이다. 또한 그렇기 때문에 이를 아직 물화物化되지 않은 예술형상을 위한 심리과정이라고 할 수 있을 것이다. 장자가 《주역》에서 말하고 있는 '의상'은, 비록 예술의 심미와 상통하는 것이긴 하지만 그보다는 철리성이나 사변성이 더욱 강하다. 그러나 위진 현학의 '의상'론은 기존의 철학적 의상론에서 한 걸음 더 나아가 심미 범주로서 보다 성숙되고 완정된 틀을 지니고 있다.

위진 현학이 표방하고 있는 '득의망상'·'언부진의'에서 강조하고 있는 '망상'과 '망언'에서 중시되는 것은, 오히려 상象을 드러내고 뜻을 다하는 것이다. 이를 예술창작과 감상의 측면에서 말하자면, 유한한 형상이나 언어에 대한 초월, 그리고 예술표현 대상에 대한 내재적 정서의 표현과 감상자의 예술형상에 대한 내심의 체험을 중시하는 것이라고 할 수 있을 것이다. 이 역시 예술의 창작과 감상의 특수한 규율에 부합하는 것이다.

다음은 현학의 '형신形神'론이다.

'형'과 '신'의 관계에 대해서는 이미 선진시대와 특히 한대의 문예심리학을 살피면서 언급한 바 있다. 예컨대 《회남자》에서 제기된 "형체를 지배하는 것 君形者"의 개념이나, "형이란 삶의 집이다 形者, 生之舍也"·"신이란 삶을 제어하는 것이다 神者, 生之制也" 등의 형·신의 관계에 관한 언급, 그리고 "신은 형보다 귀하다 神貴於形"·"신으로 형을 제어한다 以神制形"·"사물이 다다르면 정신이 이에 응한다 物之而神應" 등의 논술, 또한 왕충이 〈논사편論死篇〉에서 제기한 "형체가 썩으면 정신도 없어진다 形朽神亡"라는 논점 등이다.

이러한 것들은 모두 심리활동의 생리적 메커니즘으로부터 형신의 관계를 설명한 것들이다. 이러한 '형신'론은 이후 위진 현학에서 제기된 '형신'관에 커다란 영향을 끼쳤다. 그러나 위진 현학의 '형신'론은 그것과 크게 다르다. 위진시대 이전의 형·신의 관계는 주로 육체나 감각기관과 정신과의 관계를 가리키는 것인데, 여기서 말하는 정신은 단지 육체나 감각기관에 상응하는 것일 따름이었다. 그러나 위진 현학의 형신론은 인간의 개성·성격 등 인간의 내재적인 품성과 외재적 형체와의 관계를 문제삼고 있다. 이러한 탐구는 위진 현학이 인간의 본체와 인격 이상에 대해 탐색하는 것과 일맥상통하는 것이다. 이러한 관계로 위진시대의 형신론은 전대에 비해 훨씬 문예심리학적 특질을 풍부하게 지니게 되었던 것이다.

위진 현학의 형신론은 조위曹魏시대의 유소劉劭(자는 孔才, 邯鄲 사람으로 한대 靈帝 熹平 5년, 서기 182년에 태어나 魏 正始 6년, 245년에 죽었다)에서 비롯된다. 그의 《인물지人物志》는 인간의 문제를 본격적으로 연구하고 있기 때문에 중국 최초의 인간론에 관한 책이라고 할 수 있다. 그는 음양오행설을 운용하여 인간의 '형질形質'에 대해 연구하였고, 이를 통해 "형용으로 밝혀지고 성색으로 드러나며 감정에서 발하여 각기 그 형상을 이룬다 著乎形容, 見乎聲色, 發乎情味, 各爲其象"는 견해를 제기했다. 그리고 의儀·용容·성聲·색色·신神을 분석하였으며, 이에서 더 나아가 신神·정精·근筋·골骨·기氣·색色·의儀·용容·언言 등을 포함하는 이른바 '구징九徵'을 제기하였다. 또한 이러한 토대하에서 그는 《체별제이體別第二》에서 인간의 열두 가지 개성을 고찰하고, 인물의 외형을 통해 인물의 내재정신을 연구하는 방법을 제출하여 다음과 같이 논술하였다. "무릇 색은 모습에서 드러나는데, 이를 징신徵神이라고 한다. 징신의 징후를 알면 그 모습이 드러나는즉, 사람의 감정은 눈에서 발하는 것이다. 夫色見於貌, 所謂徵神. 徵神見貌, 則情發於目" "사물이 생겨나면 형체가 있기 마련이며, 형체에는 신과 정이 있다. 능히 그 신과 정을 알 수 있다면, 곧 이치와 본성을 다 알 수 있는 것이다. 物生有形, 形有神情, 能知神情, 則窮理盡性"[6] 분명 이러한 견해는 인격심리학의 의의가 다분한 것이라 할 수 있겠다.

위진 현학을 대표하는 이는 하안何晏과 왕필王弼인데, 그들 역시 형과 신의 문제에 있어서 나름의 견해를 제기하였다. 《삼국지·위서·조상전曹爽傳》에는 《위씨춘추魏氏春秋》에서 인용한 글로, 하안이 몇몇 사람들에 대해 논평하는 구절이 나온다. 이를 보면 그는 하후진초夏侯秦初를 '깊다(深)'고 칭하고, 사마자원司馬子元을 '위태롭다(幾)'고 하였으며, 스스로를 비유하여 '신묘하다(神)'고 칭하였다. 그는 계속해서 '신神'은 '심深'이나 '기幾'보다 높다고 하였는데, 그것은 이러한 개념들을 인격적 이상理想의 범주에서 말했기 때문이었다. 이로 보건대, 하안 역시 신神의 개념으로 인간을 평가·판단할 수 있다는 점에 동의하였다고 할 수 있을 것이다. 왕필은 《역전》을 해석하면서 〈계사상〉에 나오는 "신은 무방(일정한 규칙이 없다)이고 역은 무체(고정된 형식이 없다)이다 神無方而易無體"와, "한 번은 음이 되고 한 번은 양이 되는 것을 일러 도라 한다 一陰一陽之謂道"는 내용을 도가의 '도道'와 결합시켜 "신령한즉 음양의 작용은 헤아릴 수 없으며, 역은 오로지 마땅한 바로 변화하여 한쪽으로 치우칠 수 없으니 일체가 밝은 것이다 神則陰陽不測, 易則唯變所適, 不可以一方, 一體明"[7]라고 하였다. 또한 《노자주》 제29장에서는 "신은 형체도 일정한 규칙도 없다 神, 無形無方也"[8]라고 하여, '천하신기天下神器'의 말뜻을 해석하고 있기도 하다. 이로 보건대, 하안이나 왕필이 이해한 '신'은 유한함을 가지고 있으면서도 또한 유한함을 초월하는 무한적인 어떤 것을 의미하는 것이라 하겠다. 만약 이를 인체심리학의 각도에서 본다면, '신'은 '형질'을 초월한 인간의 내재적 개성·정신·지혜·품질을 의미하는 것이라고 볼 수 있을 것이다.

위진 현학의 또 다른 대표 주자인 혜강은 양생술의 각도에서 형신의 문제를 이해하였다. 그는 《양생론》에서 이에 관한 대표적인 논술을 하고 있다.

> 군자는 형체가 정신에 의지하여 세워지고 정신은 형체를 기다려 존재하게 된다는 것을 알고 있으며, 생활하는 도리는 잃기 쉬움을 깨닫고 한 번의 허물로 생을 해칠 수 있음을 알고 있다. 그런 까닭에 자신의 본성을 닦아 정신을 보존하고 마음을 안심시켜 몸을 온전케 한다. 애증은 정감에 깃들어 있는 것이 아니며 근심과 기쁨은 의지에 머무는 것이 아니니, 담박하게 사사로운 느낌을 없애고 몸의 기운을 화평하게 만들어야 한다. 또한 토고납신吐故納新의 호흡법을 행하고 복식으로 양생하여 형체와 정신을 서로 친화토록 하여, 안과 밖이 두루 도울 수 있도록 해야 한다.
>
> 君子知形恃神以立, 神須形以存, 悟生理之易失, 知一過之害生. 故修性以保神, 安心以全身. 愛憎不棲於情, 憂喜不留於意, 泊然無感而體氣和平. 又呼吸吐納, 服食養生, 使形神相親, 表裏俱濟也.

여기서 혜강은 형신의 관계에 대해 대단히 변증법적인 분석을 가하고 있다. 예컨대 "형체는 정신에 의지하여 세워진다 形恃神以立"라거나 "정신은 형체를 기다려 존재하게 된다 神須形以存"고 하면서, "형체와 정신은 서로 친화토록 하고 形神相親" "안과 밖이 두루 도울 수 있도록 해야 한다 表裏俱濟"고 요구한 것 등은 모두 형신의 관계에 있어서 통일성을 추구하고 있음을 드러내는 것이라 하겠다. 그러나 혜강은 특히 '보신保神'을 중시하여, "형체는 정신에 의지하여 세워진다"고 주장하였기 때문에 "자신의 본성을 닦아 정신을 보존할 것"을 요구하였다. 그렇다면 어떻게 해야만 '보신'을 할 수 있는가? 혜강은 "애증은 정감에 깃들어 있는 것이 아니며, 근심과 기쁨은 의지에 머무는 것이 아니니, 담박하게 사사로운 느낌을 없애고 체기를 화평하게 만들어야 한다"고 요구하였고, 또한 "토고납신의 호흡법을 행하고 복식으로 양생하는 것 呼吸吐納, 服食養生"이 필요하다고 주장하였다. 이는 생리적인 측면에서 복식服食 등을 통한 조리調理가 필요할 뿐더러 정신적인 면에서도 세속적인 것들을 초탈한 '허정虛靜'한 심경이 필요하다는 뜻이다. 이로 보건대 혜강의 '형신' 문제에 관한 이해는 형과 신의 통일을 전제한 상태에서 '신'의 통어작용을 더욱 중시하는 면이 강함을 알 수 있다. 다시 말해 '신'은 일단 일정한 육체 내지는 형질에 의부依附하고 있지만, 또한 육체나 형질에서 벗어나 자유로운 무한의 경지에 도달하고자 한다는 뜻이다. 이렇듯 혜강의 형신론은 전대의 것에 비해 더욱 미학이나 심리학의 범주에 가깝다. 그의 관점은 물론 하안이나 왕필의 형신론과 마찬가지로 위진 현학의 계통에 서 있기는 하지만, 하안이나 왕필의 것에 비해 훨씬 변증법적이고 상세하며 구체적이다.

세번째는, 현학의 '미味'론이다.

'미味'의 개념은 노자가 처음으로 제기하였다.

오색은 사람의 눈을 멀게 하고, 오음은 사람의 귀를 멀게 하며, 오미는 사람의 입을 상하게 만든다. 말을 타고 달리며 수렵을 하는 것은 사람의 마음을 발광케 하고, 얻기 어려운 재화는 사람의 행동에 장애가 된다.

五色令人目盲, 五音令人耳聾, 五味令人口爽, 馳騁畋獵令人心發狂, 難得之貨令人行妨. (《老子》 第十二章)

도를 말로 하면 옅어져 무미하니, 보고자 해도 능히 볼 수 없고 듣고자 해도 능히 들을 수 없으며, 쓰고자 해도 능히 쓸 수 없다.

道之出口, 淡乎其無味, 視之不足見, 聽之不足聞, 用之不足旣. (《老子》 第三十五章)

처음 인용문에서 말하고 있는 '오미'는 생리적 감각으로서의 '맛(味)'이며, 다음 인용문에서 말하고 있는 '미味'는 생리적인 감각상의 맛과는 달리 미학적인 범주에 속하는 '미味'이다. 노자는 "옅어져 무미하다 淡乎其無味"는 심미 표준을 제시하고 있는데, 여기서 말하는 맛의 비존재, 즉 '무미' 역시 일종의 '미

味'이다. 이는 노자가 말한 바 "무위로 행하고 무사로써 일하며, 무미를 맛으로 삼는다 爲無爲, 事無事, 味無味"(《老子》 第六十三章)는 범주에 들어가는 것이다.

유소는 《인물지》에서 인재人才의 문제를 제기하면서 '미味'의 표준에 대해 언급한 바 있다. 그는 다음과 같이 말하고 있다.

> 무릇 사람의 바탕과 도량에서 중화가 가장 귀한 것이다. 중화의 바탕은 반드시 평이하고 담박하며 무미하다. 그래서 능히 오재를 조절하여 이룰 수 있고, 변화하면서도 절도에 응할 수 있다.
>
> 凡人質量, 中和最貴矣. 中和之質, 必平淡無味. 故能調成五材, 變化應節. (《人物志·九徵第一》)

> 무릇 중용의 덕은 그 바탕이 무명이다. 그래서 짜지만 소금기가 배어나오는 것이 아니며, 담백하지만 전혀 맛이 없는 것이 아니고, 질박하지만 전혀 장식이 없는 것이 아니며, 문채가 있다고 하나 지나치게 채색된 것이 아니다. 능히 행하고 편안할 수 있으며, 능히 변별하고 받아들일 수 있으니, 변화가 무궁무진하면서도 그 통달함을 신표로 삼는다.
>
> 夫中庸之德, 其質無名. 故鹹而不鹻, 淡而不醴, 質而不縵, 文而不繪, 能爲能懷, 能辨能納, 變化無方, 以達爲節. (《人物志·體別第二》)

> 치우친 재주를 지닌 사람은 대개가 일미의 아름다움을 지니고 있다. 그래서 작은 관청을 다스리는 데는 족하지만 한 나라를 다스리는 데는 부족하다. 왜 그러한가? 무릇 한 관청의 소임은 일미로 오미를 좇는 것인데, 한 나라의 정치라는 것은 무미로써 오미를 조화시키는 일이기 때문이다.
>
> 偏才之人, 皆一味之美. 故長於辦一官而短於爲一國. 何者? 夫一官之任, 以一味協五味. 一國之政, 以無味和五味. (《人物志·才能第五》)

위 인용문에서는 '중화의 기질'과 '중용의 덕'을 지닌 인재는, 그저 '한 가지의 아름다움'이나 '치우친 재주만을 지닌 사람'과는 달리 '평담'·'무미'·'무명'의 특질을 지니고 있음을 지적하고 있다. 그렇다면 무엇이 '평담'·'무미'·'무명'인가? 유소는 이에 대해 더 이상의 해석을 하지 않고 있다. 그러나 당시 이러한 개념들은 그다지 낯선 것이 아니었다. 도가의 개념들인 '평담'·'무미'·'무명'으로 유가의 '중용지덕'을 해석하는 것은, 당시 위진시대의 유도儒道간의 상보적 특질로 보아 크게 이상한 것이 아니었기 때문이다.

유소의 인격이론에 관해서는 특히 하안이 도가철학의 방면에서 계승·발전시켰다. 그는 "명성에는 진정한 명성이 없고 명예에는 진정한 명예가 없다 名無名, 譽無譽"는 '귀무貴無'론을 제기하여, 도가철학의 "도는 본래 이름이 없다 道本無名"는 논의를 더욱 발전시켰다. 또한 왕필은 노자의 '미味'에 대해 주석하면서 직접적으로 노자의 '미'에 관한 개념을 부연설명하였다. 왕필은 다음과 같이 말했다.

> 도를 말로 하면 옅어져 무미하니, 보고자 해도 능히 볼 수 없고 듣고자 해도 능히 들을 수 없는 것이다. 그런 까닭에 무미하여 능히 들을 수 없는 말이 저절로 그러한 지극한 언어인 것이다.
>
> 道之出言, 淡兮其無味也, 視之不足見, 聽之不足聞. 然則無味不足聽之言, 乃自然之至言也.[9] (《王弼集校釋·上》)

> 음악과 맛 좋은 음식은 능히 길 가는 사람의 발길을 멈추게 할 수 있다. 그러나 도를 말로 하면 옅어져 무미하니, 보고자 해도 능히 볼 수 없어 눈을 즐겁게 할 수 없고, 듣고자 해도 능히 들을 수 없어 귀를 기쁘게 할 수도 없다. 그 속에 아무것도 없는 듯하여 가히 그 쓰임이 다할 수 없는 것이다.
>
> 樂與餌則能令過客止, 而道之出言淡言無味. 視之不足見, 則不足以悅其目, 聽之不足聞, 則不足以娛其耳. 若無所中然, 乃用之不可窮極也.[10] (《王弼集校釋·上》)

> 인위적인 일을 없애고, 말하지 않는 것을 가르침으로 삼으며, 담박한 것으로 맛을 삼는 것, 이것이 다스림의 극치이다.
>
> 以無爲爲居, 以不言爲教, 以恬淡爲味, 治之極也.[11] (《王弼集校釋·上》)

본문에서 왕필은 노자가 말한 '미'를 "담박한 것을 맛으로 삼는다 以恬淡爲味"라고 주석하고 있는데, 이는 노자철학의 핵심을 정확하게 간파한 것이라고 할 수 있을 것이다. 노자 역시 "담박한 것을 위주로 하니, 이는 지나치면 아름답지 않다 恬淡爲主, 勝而不美"(《老子》 第三十章)고 말한 적이 있다. 왕필은 이에서 착안하여 도가의 '미' 개념을 현학적으로 풀이하여 "담박한 것으로 맛을 삼는다"고 주석하여 본래의 의미를 한층 발전시켰던 것이다. 그리고 이를 다시 시각〔'悅目'〕·청각〔'娛耳'〕과 연계시킴으로써 기존의 '미'적 표준을 미학과 문예심리학의 규칙에 더욱 접근시켰다. 이러한 '미'론은 왕필과 동시대 사람인 완적이나 종영 등에 의해 수용되어 더욱 발전되었고, 이후 사공도나 소식 등도 이를 받아들여 나름의 이론으로 전개시켰다.

이상으로 위진 현학에서 볼 수 있는 문예심리학적 의의를 지닌 의상론·형신론·미론에 대해 개괄하였다. 그러나 이러한 간단한 귀납만으로는 그것이 중국 문예심리학사에 있어서 어떠한 위치에 서 있고, 또한 후세에 얼마나 많은 영향을 끼쳤는가를 정확하게 파악할 수 없다. 그렇기 때문에 다음 제4절에서는 위진 남북조시대의 몇몇 전형적인 현학가들의 문예심리학 사상을 논구論究하면서 보다 상세하게 살펴보도록 하겠다.

제4절 완적·혜강의 악론樂論과 문예심리학

위진 현학 가운데 완적·혜강만이 유일하게 현학과 예술 두 가지를 겸비한 인물이었다. 또한 그들 두 사람만이 전문적인 미학과 유관한 저작을 남기고 있다. 그들의 저작 속에는 문예심리학 사상과 관련된 내용들이 비교적 집중적으로 논술되어 있다. 그렇기 때문에 본절에서는 그들의 사상 내용에 관한 논술에 대해 전문적으로 논하고자 한다.

완적阮籍(210-63)은 자가 사종嗣宗이며, 진류위씨陳留尉氏〔지금의 하남 위씨현〕 사람이다. 그의 저명한 작품으로 〈영회시詠懷詩〉·〈대인선생전大人先生傳〉 등이 있으나, 미학이나 문예심리학의 각도에서 본다면 그의 〈악론〉과 〈청사부淸思賦〉가 더욱 중요하다.

완적은 장학莊學을 숭상하여 "세속의 일에 관여치 않았고, 마침내 음주를 일상으로 삼았으며 不與世事, 遂酣飮爲常" "지기가 웅장하고 방일하여 고고하게 홀로 자득하고 본성대로 살며, 얽매이는 데가 없었다. 志氣宏放, 傲然獨得, 任性不羈" 또한 시문이나 음악 등 다방면에 예술적인 조예가 있었다. 이러한 독특한 품성은 그의 미학이나 문예심리학 사상에 커다란 영향을 미쳤다.

우선 완적은 '자연일체'·'만물일체'(《阮籍集》)의 자연본체론의 철학에서 출발하여 '무욕'·'무미'적인 예술심미심리 추구를 논증하였다. 그는 자연의 물질세계는 화해와 통일을 기반으로 하고 있다고 주장하고, 사람의 오관은 비록 서로 다른 기능을 지니고 있기는 하지만 이 역시 화해·통일이 밑바탕이 되고 있다고 했다. 이러한 사상은 인류사회의 제문제로 부연되는데, 그는 "선악은 구분될 수 없으며, 시비 역시 다툴 것이 아니다 善惡莫之分, 是非無所爭"(《阮籍集》)라는, 공리를 초탈한 화해상태를 추구하고자 하였다. 또한 이러한 견해는 예술에까지 이어져 음악(예술) 역시 '항상된 곳〔常處〕'·'항상된 수〔常數〕'를 지닌 화해의 아름다움이 있어야 한다고 했다.

완적은 그의 〈악론〉에서 '무욕'·'무미'의 심미관념을 제기하고 있다.

> 건곤은 간이한 까닭에 아악이 번다하지 않고, 도덕은 평담하기 때문에 소리도 맛도 없다. 번다하지 않기에 음양이 저절로 통하고, 무미하기에 만물은 저절로 즐거우며, 나날이 선으로 나아가 변화를 이루면서도 절로 알지 못하고, 풍속이 변화하여 이러한 음악에 동화한다. 이는 저절로 그러한 자연의 도이자 음악이 시작되는 바이다.
>
> 乾坤易簡, 故雅樂不煩. 道德平淡, 故無聲無味. 不煩則陰陽自通, 無味則萬物自樂, 日遷善成化而不自知, 風俗移易而同於是樂. 此自然之道, 樂之所始也.

> 그래서 공자는 제나라에서 '소' 음악을 듣고 3개월 동안 고기맛을 알지 못했다. 이는 지극한 음악이 사람으로 하여금 무욕케 만들고, 심기를 편안하고 안정되게 함으로써 고기맛의 자미를 모르게 했음을 말하고 있는 것이다. 이로 보건대 성인의 음악은 조화라는 것을 알 수 있겠다.
>
> 故孔子在齊聞韶, 三月不知肉美. 言至樂使人無欲, 心平氣定, 不以肉爲滋美也. 以此觀之, 知聖人之樂, 和而已矣. (《阮籍集》)

본문에서 제기된 "도덕이 평담平淡한 까닭에 소리와 맛이 없다"·"지극한 음악은 사람으로 하여금 무욕케 한다"는 등의 예술사상은 당시 대단히 탁월한 견해였다. 그의 견해는 하안이나 왕필이 제창한 '미'론보다 예술본체론에 훨씬 가깝다. 이는 하안이나 왕필이 철학적인 입장에서 문제를 제기한 것과는 달리, 완적의 경우 '아악'이라는 구체적인 예술에 관해 언급한 것이기 때문이다. 특히 공자가 '소韶'라는 음악을 듣고 3일 동안 고기맛을 몰랐다는 이야기를 들어 논제를 부연설명한 것은, 예술감상 활동을 하나의 예로 든 것이다. 또한 "고기맛으로 자미를 느끼지 않는다"고 한 것은, 예술정신의 만족이 생리적 감관의 만족보다 훨씬 높은 경지에 있음을 말하는 것이며, '도덕평담'이나 "맛이 없으니 만물이 모두 스스로 즐긴다"고 한 것은 세속 윤리와 정치적 공리를 초월한 경지를 드러내는 것이라 하겠다.

이러한 무욕·무미의 심미심리 관념은 〈청사부〉에서 더욱 집중적으로 표현되고 있다. 〈청사부〉는 본래 완적의 서정적 문학작품 가운데 하나이다. 그러나 그 속에는 독특한 환상과 철리哲理적 내용이 들어 있다. 이른바 '청사淸思'라는 것은 고요한 밤중에 전개되는 기이한 환상·상상 속에서 얻게 되는 심미적 감수를 의미한다. 물론 그 속에는 문예심리학적 요소가 다분히 들어 있다. 이러한 의미로 본다면, 〈청사부〉는 미학·문예심리학의 저작이라고 보아도 큰 무리가 없을 것이다.

〈청사부〉에서는 심미의 심태心態에 대해 집중적으로 묘술하고 있다.

> 무릇 맑고 텅비어 끝없이 넓으니 곧 정신과 사물이 모여들고, 바람이 나부끼듯 황홀하니 곧 깊고 그윽하여 어둠을 꿰뚫는다. 얼음처럼 깨끗하고 옥처럼 맑으니 곧 맑고 깨끗하여 생각이 떠오르며, 담박하게 아무런 욕심도 지니지 않으니 뜻이 커지고 정감에 어울릴 수 있게 된다.
>
> 夫淸虛寥廓, 則神物來集, 飄颻恍惚, 則洞幽貫冥, 氷心玉質, 則激潔思存, 恬淡無欲, 則泰志適情. (《阮籍集》)

위 인용문은 풍부한 심미심리학적 의의가 담겨 있다. 우선 미를 감상하고자 할 때, 일종의 '담박하고 무욕하는' 마음 자세를 요구하고 있다. 또한 '맑고 텅비어 막막한 경지'나 '얼음처럼 깨끗하고 옥처럼 맑은 마음'을 지닐 것을 요구하는 것 역시 같은 맥락이다. 이는 심미주체의 경우 무사무욕無事無欲의 마음 자세를 지녀야만 비로소 아름다움을 발현할 수 있고, 미감의 효용이 생긴다는 뜻이다. 또한 〈청사부〉에서 말하고 있는 "미묘하여 형체가 없고 적막하여 소리가 들리지 않은 연후에야 비로소 깊고 그윽한 것을 볼 수 있으며, 맑고 깨끗하게 된다 微妙無形, 寂寞無聽, 然後乃可以覩窈窕而淑清"는 것 역시 〈악론〉에서 말한 바 "도덕은 평담하기에 소리도 맛도 없다 道德平淡, 故無聲無味" · "맛이 없기에 만물이 스스로 즐길 수 있다 無味則百物自樂"는 뜻과 일치한다.

다음으로 본문에서는 생리적인 감관형식을 초월하는 정신미를 추구하고 있다. 완적은 "형체가 드러난다면 색의 아름다움이 아니며, 소리가 들린다면 소리의 올바름이 아니다 形之可見, 非色之美, 聲之可聞, 非聲之善"라고 생각하고, "미묘하여 형체가 없고 적막하여 소리가 들리지 않아야만" 비로소 미의 경계에 들 수 있다고 보았다. 또한 본문에서는 '무욕' · '무미'의 예술세계, 다시 말해 상상과 정감이 가득 찬 예술세계에 대해 언급하고 있다. 그 가운데 '정신과 사물이 모여들고,' '깊고 그윽하여 어둠을 꿰뚫고,' '맑고 깨끗하여 생각이 떠오른다'고 한 것은 바로 상상과 정감이 풍부한 예술적 경지를 의미하는 것이다. 또한 이러한 경지는 '맑고 텅비어 끝없이 넓으며,' '바람이 나부끼듯 황홀하며,' '얼음처럼 깨끗하고 옥처럼 맑은' 허정 · 무욕의 심경과 밀접한 관계를 맺고 있다. 이로 보건대 완적은 이미 현학의 '무욕' · '무미'의 철학관념을 예술의 심미심태와 연관시켜 고찰 · 묘사하고 있으며, 현학의 사변적인 내용을 예술의 심미 · 창작과 연계시키고 있는 것이다. 바로 이 점에서 완적의 〈악론〉, 특히 〈청사부〉는 중국 문예심리학사에 있어서 결코 소홀히 할 수 없는 가치를 지니고 있는 것이다.

다음으로 완적은 당시에 유행하던 "슬픔을 음악으로 삼고 以悲爲樂" "애절함을 음악으로 삼는 以哀爲樂" 풍조에 대해 사회심리와 심미심리적 측면에서 분석을 하고 있다. 완적이 살았던 위진시대는 슬픔 · 애절함이 가득했던 때이며, 또한 슬픔을 음악으로 삼고, 애절함을 음악으로 삼는 심미관념이 보편적으로 존재했던 시대였기도 하다. 예컨대 번흠繁欽의 〈여위문제전與魏文帝箋〉(《全上古三代秦漢六朝文》에는 〈與魏太子書〉라는 제목으로 실려 있다)에 보면, "나이는 열네 살인데 능히 목구멍으로 소리를 내면 호적의 소리와 같은 음이 나옵니다. …… 기를 잠복시켜 안으로 돌게 하고, 슬픈 소리를 밖으로 격동케 합니다. ……처연한 심사를 간장과 비장까지 이르게 하고, 슬픔이 완미한 아름다움까지 이르게 됩니다. ……함께 앉으면 우러러 탄식하고, 보는 이들은 몸을 숙여 경청하는데 눈물을 줄줄 흘리지 않는 이가 없었으며, 슬픔 속에서 강개함에 빠지지 않는 이가 없었습니다 年始十四, 能喉轉引聲, 與笳同音. ……潛氣內轉, 哀音外激. ……悽

入肝脾, 哀入頑艷. ……同坐仰嘆, 觀者俯聽, 莫不泫泣隕涕, 悲懷慷慨"라는 문장이 나오고, 혜강의 〈금부琴賦〉에서도 "팔음의 악기, 가무의 모습에 대해 역대 많은 재사들이 부를 지어 찬양하였다. ……그 재간은 위태로울 정도로 고통스러운 것이 가장 높은 것이고, 그 성음에 대해 평가를 매긴다면 비애 위주가 된다. 그 감화에 있어서 가장 아름다운 것은 거듭 눈물을 흘리게 하는 것이 귀한 것이다八音之器, 歌舞之象, 歷世才士, 幷爲賦頌. ……稱其材干, 則以危苦爲上, 賦其聲音, 則以悲哀爲主, 美其感化, 則以重涕爲貴"라고 하였다.

완적은 〈악론〉에서 집중적으로 이러한 정황에 대해 묘사하면서 아울러 자신의 의견을 선명하게 드러내고 있다.

> 하후시대 말엽에는 만인들이 흥하였는데, 자수로 무늬 넣은 옷을 지어입고 양곡과 고기로 밥을 먹었으며 시끄럽게 새벽까지 노래를 불렀으니, 듣는 이들이 우울하고 슬퍼했다. 모든 사람들이 당시의 재앙에 고통스러워했고, 백성들은 그 해독에 상처입었다. 은나라 마지막 임금 역시 이러한 음악을 좋아하여, 밤낮을 주지육림에 빠져 있었다. 그리하여 탄식하는 소리가 끊이지 않았으니, 적국에서 이미 연주하는 악기를 빼앗았음에도 궁실 가득 모여 술을 마시고 악기를 연주하면 눈물을 흘렸으니, 이는 슬퍼서 그런 것이 아니라 그 음악이 즐겁지 않았기 때문이다. 임금과 신하가 더불어 있을 때, 묘에서 새로운 음악을 연주하도록 하여 듣는 이들이 슬퍼 모두 오열한 경우도 있다. 한나라 환제는 초나라 거문고 소리를 듣고 슬퍼하고 한탄하며 마음을 상하여, 방의 병풍에 기대어 비통에 빠지고 비분에 겨워 길게 탄식하며 말하기를, "훌륭하도다, 거문고 연주함이 이와 같으니 하나만 있어도 족할 것이다!"라고 하였다. 순제가 공릉에 행차할 때 번구를 지나게 되었는데, 새 울음 소리를 듣고 슬퍼 눈물을 흘리며 말하기를, "훌륭하도다, 새의 울음 소리!"라고 하였다. 그리고 좌우에 있던 신하들로 하여금 이에 대해 읊도록 하고는 말하기를, "현악기의 소리가 이와 같다면 어찌 기뻐하지 않으리"라고 하였다. 무릇 이는 비애를 음악으로 생각한 것이다. 진실로 슬픔을 음악으로 간주하니, 천하에 음악만한 즐거움이 있겠는가? 천하에 음악이 없는데, 음양을 조화롭게 하고 재앙이 생겨나지 않도록 하는 것은 진실로 어려운 일이다. 음악이란 사람의 정신을 평화롭게 만들고 쇠약한 기운이 들어오지 못하도록 하며, 하늘과 땅이 서로 태평하여 먼 데 있는 온갖 사물들이 와서 모이도록 한다. 그래서 이를 일러

즐거움, 즉 낙樂이라고 한 것이다. 그러나 오늘날 사람들은 눈물을 흘리며 감동하고 한탄하여 기를 상하며, 추위와 더위에 적응하지 못하여 모든 사물들이 제대로 성장하지 못하므로 비록 악기에서 음악이 연주되어도 그저 비애라고 말할 수밖에 없다. 그러니 어찌하여 굽어보고 우러러보아 탄식하면서도 이를 일러 악이라 하는가? 옛날에 계류자는 바람을 향해 거문고를 연주하였는데 듣는 이가 눈물을 흘려 소매를 적셨다. 제자가 "거문고 연주가 훌륭하십니다. 이미 묘한 경지를 넘으셨습니다"라고 하였다. 이에 계류자가 말하기를 "즐거움은 좋은 것이라 할 수 있고, 비애는 마음을 상하게 하는 것이라 할 수 있다. 내가 곡을 연주한 것은 애상愛傷을 위한 것이지 좋은 음악을 위해서 한 것이 아니다." 이로써 말하건대 악기(음악)라고 해서 반드시 즐거움을 위한 것이 아니며, 노래를 부른다고 해서 반드시 좋은 것만을 위함은 아니다. 그래서 묵자는 비악을 주장한 것이니, 슬프다! 비애를 음악으로 여기는 것이. 이는 비유컨대 호해가 애상에 빠져 변하지 않음으로써 백성이 되기를 원한 것이나, 이사가 비애를 좇아 돌아오지 않음으로써 고민 끝에 교활한 토끼 신세가 된 것과 같다. 오호라! 군자라면 가히 본보기가 되지 않겠는가?

當夏后之末, 興女萬人, 衣以文繡, 食以糧肉, 端噪晨歌, 聞之者憂戚, 天下苦其殃, 百姓傷其毒. 殷之季君, 亦奏斯樂. 酒池肉林, 夜以繼日. 然咨嗟之音未絶, 而敵國已收其琴瑟矣. 滿堂而飮酒, 樂奏而涕流, 此非皆有憂者也, 則此樂非樂也. 當君臣之時, 奏新樂於廟中, 聞之者皆爲之悲咽. 漢桓帝聞楚琴, 悽愴傷心, 倚扆而悲, 慷慨長息, 曰, "善哉乎, 爲琴若此, 一而已足矣." 順帝上恭陵, 過樊衢, 聞鳴鳥而悲, 泣下橫流, 曰, "善哉鳥聲!" 使左右吟之, 曰, "使聲若是, 豈不樂哉!" 夫是謂以悲爲樂者也. 誠以悲爲樂, 則天下何樂之有? 天下無樂, 而欲陰陽調和, 災害不生, 亦已難矣. 樂者, 使人精神平和, 衰氣不入, 天地交泰, 遠物來集, 故謂之樂也. 今則流涕感動, 噓唏傷氣, 寒暑不適, 庶物不遂, 雖出絲竹, 適宜謂之哀. 奈何俛仰歎息, 以此稱樂乎? 昔季流子向風而鼓琴, 聽之者泣下霑襟. 弟子曰, "善哉鼓琴, 亦已妙矣." 季流者曰, "樂謂之善, 哀謂之傷. 吾爲哀傷, 非爲善樂也." 以此言之, 絲竹不必爲樂, 歌咏不必爲善也. 故墨子之非樂也, 悲夫以哀爲樂也. 比胡亥(疵)耽哀不變, 故願爲黔首, 李斯隨哀不返, 故思逐狡兎. 嗚呼, 君子可不鑒之哉! (《阮籍集》)

완적은 여기에서 호해〔胡亥耽哀不變〕나 이사〔李斯隨哀不返〕와 같은 상황이 당시에도 존재했음을 설명하고 있다. 당시 사람들은 사회나 인간의 삶, 그리고 나라의 환란 등에 대해 커다란 슬픔을 느끼고 있었다. 그래서 "비통함을 음악으로 여기는 것 以悲爲樂"·"비애를 음악으로 여기는 것 以哀爲樂" 등은 당시 사람들이 보편적으로 지니고 있던 사회적 심리였다. 또한 이를 인간 개개인의 심미심리의 측면에서 본다면, 다음 두 가지 정황으로 나누어 볼 수 있다. 그 한 가지는 한나라 환제나 순제의 경우, "이는 슬픔이 있어서 그런 것이 아니다 此非皆有憂者也"라고 말한 것처럼, 주체의 심미심리에 우울이나 애상의 느낌이 존재하지 않는 상태에서 다만 '슬픔을 음악으로 간주하는 것'이고, 다른 한 가지는 계류자가 "즐거움은 좋은 것이라 할 수 있고 비애는 마음을 상하는 것이라 할 수 있다. 내가 곡을 연주한 것은 애상을 위한 것이지 좋은 음악을 위한 것이 아니다"라고 말한 것처럼, 개체의 심미심리에 애상의 느낌이 존재하는 가운데 "슬픔을 음악으로 간주하는 것"이라 하겠다.

완적은 "슬픔이나 애절함을 음악으로 간주하는 것"에 대해 부정적인 입장을 지니고 있었다. 왜냐하면 사회적인 측면에서 볼 때, 이러한 풍조는 망국을 초래하는 것으로, 그의 말대로 "진실로 비애를 음악으로 간주하니, 천하에 어떤 즐거움이 있겠는가? 천하에 음악이 없는데 음양을 조화롭게 하고, 재앙이 생겨나지 않도록 하는 것은 진정으로 어려운 일이다"라고 할 수 있기 때문이다. 그리고 개인적인 측면에서는 "눈물을 흘리며 감동하고, 한탄하여 기를 상하며, 추위와 더위에 적응치 못하여 모든 사물들이 제대로 성장하지 못하게" 만들어 결국 고요하고 평온한 심정을 지닐 수 없도록 만들기 때문이었다.

완적의 이러한 관점은 다음과 같이 구체적인 분석을 가할 수 있을 것이다. 완적은 "비애를 음악의 근원으로 보는 以悲爲樂, 以哀爲樂" 관점에 대해 부정적인 견해를 지니고 있다. 이는 그의 '악'에 대한 본질적 인식에서 근원한다. 그는 '악'의 본질은 '즐거움'이지 결코 '슬픔'이 아니라고 보았다. '악'에 관한 이러한 인식은 그의 주장, 즉 인간사회는 마땅히 '자연일체'·'만물일체'의 경계, 다시 말해 "사해가 그 관점을 함께 하고 구주가 그 절주를 하나로 하는 四海同其觀, 九州一其節" 경계에 도달해야 한다는 주장에 근원한다고 할 수 있다. 그래서 이러한 경계에서 "선왕이 음악을 만든 것은 장차 만물의 실상을 결정하고 천하의 뜻을 하나로 하고자 함이니, 그런 까닭에 그 소리를 공평케 하고 그 모양을 조화롭게 하며, 아랫사람은 윗사람의 소리를 도모치 않고 임금은 신하의 색을 욕심내지 않아, 상하가 다투지 않고 충의가 이루어지는 것이다 先王之爲樂也, 將以定萬物之情, 一天下之意也, 故使其聲平, 其容和, 下不思上之聲, 君不欲臣之色, 上下不爭而忠義成"라고 했던 것이다.

완적의 이러한 '악'의 본질론 및 우주본체론은 적지않은 결점을 지니고 있다. 우선 그는 사회의 객관적 현실이 사회심리를 결정한다는 것과 사회심리 역시 개체의 심미심태審美心態를 제약한다는 것을 알지 못했다. 또한 당시 위진시대가 보여 준 슬픔과 상심의 현실에 직면하여 '애상'이라는 사회심리와 개체심리가 자연스럽게 생겨날 수밖에 없었음을 인식하지 못했다. 이외에도 그는 '비悲' 역시 하나의 심미 범주이며, 아울러 이를 통해 '숭고崇高'의 아름다움이 생겨날 수 있다는 점, 그리고 적절하게 이를 운용할 경우 현실을 변혁할 수 있는 역량으로 변화할 수 있다는 점을 보지 못했다. 이러한 것들은 모두 완적이 간과한 점들이다. 그러나 다른 한편으로 그는 비애를 음악의 중요한 요소로 간주하고 있는 기존의 관점('以悲爲樂' · '以哀爲樂')을 부정함으로써 나름으로 특수한 사회적 의의 및 예술적 의의를 지닐 수 있었다.

총체적으로 볼 때, 완적은 비애와 원망의 현실 속에서 적극적이고 진취적이며 낙관적 태도를 견지하고 이를 통해 비관주의를 배제하고자 했다고 할 수 있다. 완적은 "음악이란 사람의 정신을 평화롭게 만들고 쇠약한 기운이 들어오지 못하도록 하며, 하늘과 땅이 서로 태평하여 먼 데 있는 온갖 사물들이 와서 모이도록 한다. 그래서 이를 일러 즐거움, 즉 낙樂이라고 한 것이다 樂者, 使人精神平和, 衰氣不入, 天地交泰, 遠物來集, 故爲之樂也"라고 하였다. 사회심리적인 측면에서 본다면, 음악은 사회의 현실에 제약을 받기는 하지만 또한 그것을 개조할 수도 있다. 개체 심미심리의 측면에서 완적은 일종의 '악감樂感(즐거운 느낌)' 정신을 제창했는데, 이처럼 인생에 긍정적 태도를 취할 것을 주장한 것은 의심할 바 없이 현실을 변혁하는 데 유리하다. 예술심미심리와 창작심리의 측면에서 본다면, 그가 악감의 마음상태를 제기한 것은 인간의 생리심리의 메커니즘은 평형과 조화를 필요로 한다는 법칙에 부합된다고 할 수 있을 것이다. 또한 이른바 '악감'의 마음상태는 희극喜劇심리학의 과제이기도 하다. 만약에 중국의 희극미학 전통을 총결하고자 한다면 완적이 가장 중요한 인물이 될 것이다.

혜강嵇康(223-262)의 자는 숙야叔夜이며, 원적은 회계會稽[지금의 절강성 소흥]이고 이후에 초군질譙郡銍[지금의 안휘성 宿縣 서쪽]로 옮기고 성을 혜嵇로 바꾸었다. 《혜중산집嵇中散集》이 있다. 혜강은 죽림칠현 가운데 한 사람으로 삼국시대 위나라의 저명한 사상가이자 문학가이며 또한 음악가이기도 하다. 그의 《성무애악론聲無哀樂論》은 음악미학에 관한 유명한 논문으로 그의 문예심리 사상을 살펴보는 데 좋은 참고가 된다.

혜강은 양생의 각도에서 나름의 형신론을 논의한 바 있는데, 이 점에 대해서는 앞서 언급한 바 있다. 여기서는 주로 《성무애악론》을 중심으로 논의하고자 한다. 기존의 문학사가나 미학사가들은 혜강의 《성무애악론》에서 제기되고 있는 '성무애악'의 논제에 대해 완곡하기는 하지만 비판적 입장을 견지하고 있을 뿐만 아니라, 이를 유심론이라는 틀에 넣어 오히려 왜곡하고 있는 실정이다. 그러나 문예심리학의 각도에서 보다 철저하게 고찰해 보면, 그의 논의 속에 문예심미심리학의 법칙에 부합되는 합리적 요소가 적지않음을 쉽게 알 수 있으며, 당시 문학가나 미학가들에 비해 훨씬 뛰어난 장점을 지니고 있음을 알 수 있다.

혜강의 '성무애악'론을 이해하기 위해서는 우선 혜강의 철학관과 미학관에 대해 살펴보아야 한다. 그의 철학사상부터 살펴보면 다음과 같다. 혜강은 "원기를 도야하니 뭇생이 품부된다 元氣陶鑠, 衆生稟焉"(《明膽論》), "무릇 천지가 덕을 합하니 만물이 이로 말미암아 생성되고, 추위와 더위가 번갈아 오가며 오행이 이로써 이루어진다. 그래서 오색의 무늬가 나타나고, 오음이 드러난다. …… 옳고 그름은 있으되, 비록 혼탁하고 어지러운 것을 만날지라도 악기 자체가 지니고 있는 소리는 그대로이며 절대로 변화하지 않는다 夫天地合德, 萬物資生, 寒暑代往, 五行以成. 故章爲五色, 發爲五音. ……其善與不善, 雖遭遇濁亂, 其體自若, 而不變也"(《聲無哀樂論》)고 하였다. 이는 세상만물이 모두 음양 이기二氣의 모순운동의 결과라는 말로서, 이른바 유물론적 '원기' 일원론이라 할 수 있다. 혜강은 사물에 대한 인식에 있어서 반드시 "자연의 천리를 구해야 한다 求自然之天理"는 것을 중시하였다. 그래서 "무릇 부류를 유추하고 사물을 변별함에 있어서 마땅히 먼저 자연의 도리를 궁구해야만 한다 類推辨物, 當先求自然之理"고 하였으며, "무릇 성인은 사물의 도리를 궁구하여 저절로 찾을 수 있으니 미세한 것까지 환히 알지 못함이 없다 夫聖人窮理, 謂自然可尋, 無微不照"(《聲無哀樂論》)고 하였던 것이다. 이는 분명 유물론적 인식론이라 할 수 있다. 미학관에 있어서 혜강은 '자연'과 '조화(和)'를 아름다움으로 간주하고 있다. 그는 "명교에서 벗어나 마음에 맡기고 越名任心"·"명교에서 벗어나 자연에 맡길 것 越名教

而任自然"(《釋和論》)과 "큰 조화를 지극한 즐거움으로 간주할 것 以大和爲至樂"(《答向子期難養生論》)을 주장하였다. 그리고 《금부琴賦》에서는 "팔음이 능히 화해를 이루니 신과 사람이 이로써 조화롭게 된다 八音克諧, 神人以和"·"음성은 평화를 근본으로 삼는다 音聲以平和爲本"·"음성에는 자연의 조화가 담겨 있다 音聲有自然之和"고 하였으며, 《양생론養生論》에서는 "마음을 텅비어 맑게 하고 고요하고 너그럽게 하며, 사욕을 적게 한다 淸虛靜泰, 少私寡欲"·"조화로써 보양한다 養之以和"라고 하였다. 이러한 미학사상 속에서 우리는 혜강이 도가를 신봉하였지만, 유가의 미학사상을 완전히 탈피하지는 않았음을 알 수 있다.

《성무애악론》에서 혜강은 '성무애악'의 관점을 다음과 같이 제시하고 있다.

> 음성이 만들어지는 것은 천지간에 기미氣味가 있는 것과 같다. 그 옳고 그름은 있으되, 비록 혼탁하고 어지러운 것을 만날지라도 악기 자체가 지니고 있는 소리는 그대로이며 절대로 변화하지 않는다. 그러니 어찌 애증으로 곡조를 바꿀 수 있을 것이며, 애락으로 그 율도律度를 고칠 것인가?
>
> 音聲之作, 其猶臭味在於天地之間. 其善與不善, 雖遭遇殊亂, 其體自若, 而不變也. 豈以愛憎易操, 哀樂改制哉?

> 성음은 스스로 마땅히 선악을 위주로 하며 애락과는 무관하다.
>
> 聲音自當以善惡爲主, 則無關乎哀樂.

이른바 '성무애악'이란, 음악은 단지 감동을 주는 것인지 아닌지의 구별이 있을 뿐, 슬픔이나 기쁨 같은 정감을 불러일으킬 수는 없다는 말이다. 혜강의 《성무애악론》은 다음 몇 가지 측면으로 나누어 볼 수 있다.

첫째, "음성은 평화를 근본으로 삼는다. 音聲以平和爲本" 사람의 '성기性氣'·'정지情志'는 정신상의 조화이다. 음악은 "신기를 끌어당겨 기르고, 정지를 조화롭게 한다. 導養神氣, 宣和情志" 다시 말해 '신기神氣'나 '정지情志'로 하여금 '조화'로 돌아가게 만든다. 따라서 음악은 애락을 표현하는 데 있지 않고 애락과는 무관한 것이다.

둘째, "성음은 항상 같지 않다. 聲音之無常" "조화로운 소리는 일정한 형상이 없으며, 비애의 마음은 주체가 있다. 和聲無象, 而哀心有主" 혜강은 이에 대해 다음과 같이 말하고 있다. "무엇으로 이를 증명하는가? 무릇 각기 다른 나라에서는 습속이 다르니 노래나 울음도 같지 않다. 그래서 이를 잘못 섞어 사용하게 되면 때로 곡소리를 들어도 즐거울 수 있고, 때로 노랫소리를 들어도 슬플 수 있다. 그러나 애락의 정은 똑같다. 이제 똑같은 정감으로 1만 가지 다른 소리를 낸다면 어찌 성음이 항상 똑같다고 하겠는가? 何以明之? 夫殊方易俗, 歌哭不同. 使錯而用之, 或聞哭而歡, 或聽歌而感. 然而哀樂之情均也. 今用均同之情, 而發萬殊之聲, 斯非聲音之無常哉?" 이는 다시 말해 성음은 일정한 정감표현이 없기 때문에 "때로 곡소리를 들어도 즐거울 수 있고, 때로 노랫소리를 들어도 슬플 수 있지만 或聞哭而歡, 或聽歌而戚" 사람의 마음에는 일정한 비애의 감정이 존재하고 있기 때문에 이러한 감정이 성음의 애락을 결정한다는 뜻이다.

셋째, "마음과 소리는 각기 다른 궤도를 지니고 있어 서로 날실과 씨실처럼 교직交織될 수 없다. 心之與聲, 殊途異軌, 不相經緯" "마음과 소리는 분명 다른 것이다. 두 가지 다른 것이 진실로 그러하니 정감을 구하려면 형체를 본다고 되는 것이 아니며, 마음을 헤아리고자 한다면 성음에서 소리를 빌려서는 안 된다. 心之與聲, 明爲二物. 二物之誠然, 則求情者不留觀於形貌, 揆心者不借聽於聲音也" 이는 다시 말해 애락은 심미주체의 감정적 느낌이기에 성음과는 무관하다는 뜻이다.

넷째, "애락은 애초에 정감과 연관되어 드러나는 것이어서 성음과는 연관이 없다. 선악의 명名과 정감의 실實이 구분되어 있으니 가히 남김없이 보아 알 수 있는 것이다. 哀樂自當以情感, 則無系於聲音. 名實俱去, 則盡然可見矣"

다섯째, "마음과 자연의 이치를 서로 따르게 하고, 기와 소리를 서로 응하게 해야 한다. 그래서 회통하게 되면 그 아름다움을 성취할 수 있다. 使心與理相順, 氣與聲相應. 合乎會通, 以濟其美" 이는 심미주체의 심리나 정감이 자연의 도리와 서로 일치해야만 비로소 아름다운 음악을 창출해 낼 수 있다는 말이다.

혜강의 '성무애악'의 명제는 예술미와 사회 현실생활을 연계시키는 것에 반대함으로써 예술미의 객관적 토대 자체를 부정하고 있으며, 예술미의 정감적 본질과 예술미의 심미주체에 대한 정감작용 역시 부인하고 있다. 이는 결코 옳은 판단이라고 할 수 없다. 왕부지는 《시광전詩廣傳》에서 혜강의 논점에 대해 다음과 같이 비판하고 있다. "잔치에 참석하고 탄식을 한다면 탄식하는 이 또한 기쁘기 때문이라고 말할 수 없다. 초상을 치르는 데 노래를 부른다면 노래 부르는 이 또한 슬프기 때문이라고 말할 수 없다. 當饗而歎, 非謂歎者之亦歡也. 臨喪而歌, 非謂歌者之亦戚也" "어떤 일과 사물이 서로 견줄 수 없거나, 사물과 정감이 서로 균등할 수 없는 경우가 많다. 이는 어찌할 수 있는 것이 아니며, 서로 손상되는 것도 아니다. 事與物不相稱, 物與情不相準者多矣, 未能如之何, 而彼固不爲之損" "그런 까닭에 회수의 음악은 그 음이 애초에 즐거운 것인데도 그 소리를 듣는 이가 슬퍼하니, 음악과 정감은 서로 더불어 함께 할 수 있는 것이 아니어서 음악이 그 효과를 드러낸다고 할 수 없는 것이다. 음악이 어찌 듣는 이의 마음속의 우울을 방해할 것이며, 우울이 어찌 그 음악의 조화를 해칠 것인가? 然則, 淮水之樂, 其音自樂, 聽其聲者自悲, 兩無相與, 而樂不見功. 樂奚害於其心之憂, 憂奚害於其樂之和哉?"[12]

그러나 심미심리학의 관점에서 본다면, 혜강의 《성무애악론》에는 인간의 심미심리와 예술적 미감심리의 특징이 포함되어 있을 뿐더러 심미주체와 심미객체간의 관계에 대한 비교적 심도 있고 변증법적인 인식이 담겨 있음을 확인할 수 있다. 예를 들어 혜강은 음악의 본체를 '화和'와 연계시켜 악의 본체는 애락을 초월하는 '조화(和)'라고 인식하였으며, 사람들에게 "마음을 텅비어 맑게 하고 고요하고 너그럽게 하며 사욕을 적게 하라 淸虛靜泰, 少私寡欲"는 것과 "조화로써 보양하라 養之以和"고 요구하고 있다. 이러한 것들은 예술의 감상을 절대자유와 무한하게 초월할 수 있는 인격 본체에 연계시킨 것으로 위진 현학이 미학과 문예심리학적 특질과 서로 통하는 점이기도 하다.

혜강은 "조화로운 소리는 일정한 형상이 없으며, 비애의 마음은 주체가 있다 和聲無象, 而哀心有主"·"마음과 소리는 분명 다른 것이다 心之與聲, 明爲二物"라고 하여 애락이란 사람의 감정적 느낌으로서 성음과는 무관하며, 마음속에 비애의 심경을 지닌 사람이 '화음和音'에서 듣는 것이 바로 비애의 음이라고 생각했다. 여기서 혜강은 심미주체의 심리와 심미객체가 구별된다는 것을 간파하고, 심미주체의 심리가 지니고 있는 상대적 독립성과 자주성을 강조한 것이라고 할 수 있다. 이러한 심미심리는 분명 존재하며, 그의 논의는 합리적이다. 《회남자·제속훈》에서도 "슬픔을 지니고 있는 이는 노래를 들어도 울고, 즐거운 마음을 지니고 있는 이는 울고 있는 이를 보아도 웃을 수 있다 載哀者聞歌而泣, 載樂者見哭者而笑"고 하여 혜강의 논의와 유사한 심미정경에 대해 말한 바 있고, 당태종 이세민李世民 역시 혜강의 "무릇 각기 다른 나라에서는 습속이 다르니 노래나 울음도 같지 않다 夫殊方異俗, 歌哭不同"는 관점에 찬동하면서, "무릇 성음이 어찌 사람을 감동시킬 수 있을 것인가? 기쁜 사람이 음악을 들으면 기쁠 것이고 슬픈 사람이 음악을 들으면 슬플 것이니, 슬픔이나 기쁨은 사람의 마음속에 있는 것이지 음악으로 말미암는 것이 아니다 夫聲音豈能感人? 歡者聞之則悅, 哀者聞之則悲. 悲悅在於人心, 非由樂也"[13]라고 하였다. 이처럼 심미주체의 감정적 체험이 여러 가지 미감 효과의 성질을 결정한다는 관점은 타당한 것이라 할 수 있다.

"성음은 항상 같지 않다 聲音無常"·"조화로운 소리는 일정한 형상이 없다 和聲無象"는 관점에서 한 걸음 더 나아가, 혜강은 동일한 정감일지라도 다양한 소리로 표현될 수 있음에 대해 논의하고 있다. 이는 성음(음악·예술)이 정감을 표현하는 데 있어서 다양성과 불확정성을 지닌다는 말이기도 하다.

무릇 손님들이 모여 당에 가득하고 술과 안주가 진설되고 거문고가 울리는데, 혹자는 흔연히 기뻐하고 혹자는 참담하게 슬퍼한다. 이는 그 속에 슬픔을 집어넣거나 즐거움을 이끌어 냈기 때문이 아니다. 음악은 옛날과 변함이 없으나, 기쁨과 슬픔이 어우러진 것은 악기를 부는 것이 전혀 다르기 때문이 아닌가? 무릇 기쁨이나 성냄, 슬픔이나 즐거움에 주체가 없으니 그런 까닭에 기쁨이나 슬픔이 모두 드러나는 것이다. 만약 각기 다른 음악을 사용하여 하나의 조화로운 소리를 머금게 하면, 거기서 드러나 밝아지는 것들은 각기 그 나름의 본분에 합당한 것이니, 어찌 다양한 이치를 총괄할 수 있을 것이며 각양각색의 정감을 모두 드러낼 것인가? 이로써 말하건대 성음은 평화를 근간으로 하며 사물에 대한 느낌에는 일정함이 존재하지 않는다. 마음속 뜻은 기다리는 바를 위주로 하니 이로써 감응한 다음에 드러나게 되는 것이다.

夫會賓盈堂, 酒酣奏琴, 或忻然而歡, 或慘爾而泣. 非進哀於彼, 導樂於此也. 其音無變於昔, 而歡戚幷用, 斯非吹萬不同耶? 夫唯無主於喜怒, 無主於哀樂, 故歡戚俱見. 若資偏固之音, 含一致之聲, 其所發明, 各當其分, 則焉能兼御群理, 總發衆情耶? 由是言之, 聲音以平和爲體, 而感物無常, 心志以所俟爲主, 應感而發. (《聲無哀樂論》)

그 체세를 논하고, 그 소리에 대해 상세하게 말하자면 다음과 같다. 악기가 조화로우면 음향이 뛰어나고, 급박하게 당기면 소리가 맑다. 중간을 누르면 음이 낮고, 길게 매듭을 지으면 희미하게 울린다. 본성이 깨끗하고 고요하여 단아하고 도리에 맞으며 지극한 덕을 머금고 있어 화해로우니, 진실로 심지를 감동시킬 수 있고 그윽한 정감을 발설시킬 수 있는 것이다. 이러한 까닭에 슬픔을 머금고 있는 이가 그 음악을 들으면 비통하여 몹시 슬퍼하고 수심에 싸여 마음을 상하지 않을 수 없으며, 한탄 속에서 억지로 웃고자 해도 슬픔을 금할 수 없는 것이다. 편안하고 즐거운 이가 음악을 들으면 웃으며 기뻐하고 즐거워하며, 손뼉을 치고 춤을 추고 발을 구르며, 멈추기도 하고 계속하기도 하면서 물결이 흩어지는 듯 이리저리 왔다갔다 하기도 하면서 하루 종일 웃음을 그치지 못하고 배를 잡고 웃는다. 또한 만약 마음이 평화로운 이가 음악을 들으면 온화한 가운데 기쁨을 머금고 맑고 화목한 가운데 지극히 참되며, 담담하게 마음을 텅비우고 옛것을 즐기며 세속의 일들을 잊고 자신을 버릴 수 있게 된다. 이렇기 때문에 백이는 거문고로 청렴결백할 수 있었고, 안회는 어질 수 있었으며, 미생은 말에 믿음이 있을 수 있었고, 혜시는 변론에 능할 수 있었으며, 만석은 언행을 삼갈 수 있었다. 그 외에도 나머지 것들은 이로써 유추하건대 각기 받아들이는 것이 하나가 아니어서 귀결점은 같지만, 그 길은 달라 혹은 화려하고 혹은 질박하다. 언제나 중화를 통해 만물을 통어하니, 그것이 사람을 감동시키고 만물을 움직이는 것이 또한 이처럼 큰 것이다.

若論其體勢, 詳其風聲, 器和故嚮逸, 張急故聲淸, 間運故音庳, 結長故微鳴, 性潔靜以端理, 含至往德以和平, 誠可以感盪心志, 而發泄幽情矣! 是故懷戚者聞之, 則莫不憯懍慘悽, 愀愴傷心, 含哀懊咿, 不能自禁. 其康樂者聞之, 則欨愉懽釋, 抃舞踊溢, 留連瀾漫, 嗢噱終日. 若和平者聽之, 則怡養悅愉, 淑穆玄眞, 恬虛樂古, 棄事遺身. 是以伯夷以之廉, 顔回以之仁, 比干以之忠, 尾生以之信, 惠施以之辨給, 萬石以之納愼, 其餘觸類而長, 所致非一. 同歸殊途, 或文或質, 總中和以統物, 咸日用而不失. 其感人動物, 蓋亦弘矣! (〈琴賦〉)

예술감상에 있어서 불확정성은 객관적으로 존재한다. 이는 예술 본체의 내용과 형식의 다양성, 심미주체의 정감체험의 다양성에 의해 결정된다. 이는 이미 심미학에서 다양한 형태로 논의된 바 있다. 서구의 경우 "1천 명의 관중에 1천 명의 햄릿이 존재한다"는 말이 이를 반영한다. 노신은 《홍루몽》을 읽고 난 후, "경학가들은 이 책을 《역》으로 간주하고, 도학가들은 음란하다고 말하며, 재자

才子들은 흥미진진하여 벗어날 수 없다고 말하고, 혁명가들은 불만을 터뜨리며, 유언비어를 좋아하는 이들은 궁정비사라고 생각한다"[14]라고 말한 적이 있다. 물론 노신이 혜강을 염두에 두고 말한 것은 아니다. 그러나 동공이곡同工異曲이라고 곡은 달라도 뛰어난 솜씨, 즉 관점은 똑같은 것이다.

이외에도 혜강은 주관적인 감정의 판단이 심미감상에 얼마나 중요한가를 수차 강조하였다. "애락은 정감에서 담당하는 것이어서 소리와는 관계가 없다. 哀樂自當以情感, 則無系於聲音" "심지(마음속 뜻)는 기다리는 것(인간의 정감이 느끼기를 기다림)을 위주로 하니 감응한 다음에 드러나는 것이다. 心志以所俟爲主, 應感而發" "무릇 슬픈 심사는 고통스러운 마음 안에 숨어 있는데, 조화로운 소리를 만나면 드러나게 된다. 夫哀心藏於苦心內, 遇和聲而後發" "애락은 스스로 어떤 일 때문에 생기게 되는데, 먼저 마음에서 부딪치게 되나 조화로운 소리로 말미암아 만나고 저절로 분명하게 드러나는 것이다. 至夫哀樂自以事會, 先遘於心, 但因和聲, 以自顯發" "마음이 생기게 되는 까닭은 모두 그 이유가 있다. 其所以會之, 皆有所由" 이상과 같은 견해를 토대로 하여 혜강은 "마음과 자연의 이치를 서로 따르게 하고, 기와 소리를 서로 응하게 해야 한다. 그래서 회통會通하게 되면 그 아름다움을 성취할 수 있다 使心與理相順, 氣與聲相應. 合乎會通, 以濟其美"라고 하여, 심미주체의 정감심리의 판단과 자연의 이치를 결합시켜야만 비로소 아름다운 음악이 생겨날 수 있으며, 정확한 미감의 효과를 볼 수 있다고 생각한 것이다.

이상에서 볼 때 혜강의 《성무애악론》이 지니고 있는 일부 편파적인 부분을 제외한다면, 그의 음악이론은 상당히 전면적이고 변증법적이라고 할 수 있을 것이다. 그것은 주로 그의 예술심미 주체와 객체간의 관계 및 구별에 대한 심도 있는 이해에서 비롯된 것이며, 주체가 지니고 있는 심미심리의 상대적 독립성과 능동성에 대한 강조에서 확연하게 드러난다고 할 수 있다. 그의 《성무애악론》은 중국 문예심리학사에 있어서 보기 드물게 음악심리학과 관련이 있는 것이다. 혜강의 《성무애악론》과 그의 《양생론》, 그리고 《형신론》 등은 현학을 통해 미학과 심미심리학을 해석한 것이라고 할 수 있다. 이는 위진시대 미학가나 예술이론가들이 전대에 비해 미학과 예술을 보다 깊이 있게 이해하고 있었다는 것과, 그들의 논의 수준이 결코 낮은 것이 아니었음을 확인시켜 주는 좋은 예라 하겠다.

제5절 육기 《문부》의 문예심리학

육기陸機(261-303)의 자는 사형士衡이며, 오군吳郡 화정華亭〔지금의 상해 松江〕 사람이다. 육기는 서진西晉시대의 저명한 문학가이자 문예이론가이다. 그의 문집으로는 《육사논형》(일명 《육평원집》)이 있다. 그의 대표작이라고 할 수 있는 《문부》는, 중국 미학사에 있어서 최초로 구체적이고 상세하게 문학의 창작과정을 논술한 저작이라고 할 수 있다.

《문부》 이전에도 물론 문예의 문제를 논구하고 있는 많은 문장이나 논저가 있었지만, 그 대부분은 주로 철학이나 윤리학의 관점에서 논술한 것들이며, 설령 그렇지 않다 하더라도 문예창작의 내적 규율의 문제에 대해 논의한 것은 전무하다고 할 수 있다. 조비曹丕의 《전론典論 · 논문論文》이 문학의 원론에 대해 언급한 바 있긴 하지만, 역시 문학창작의 근본 성질에 관한 논의와는 거리가 있다. 육기의 《문부》에 와서야 비로소 의도적으로 문예창작 전과정의 내적 규율에 대한 연구가 시작되었으니, 이는 이후 문예연구에 커다란 영향력을 발휘하게 되었다.

《문부》 역시 풍부한 문예심리학 사상을 지니고 있다. 그것은 주로 상상론 · 영감론 · 연정론 · 희열론 등으로 구분될 수 있다.

1. 상상론

육기는 《문부》에서 예술적 상상 문제에 관해 집중적으로 논술하고 있다.

처음에는 보는 것이나 듣는 것을 모두 거두어들이고 깊은 생각에 잠겨 두루 살펴봄으로써 정신은 천지사방으로 달리고, 마음은 만길 깊은 곳을 노닌다. (문사가 성숙하여) 일정한 정도에 이르면, 감정은 몽롱한 상태에서 점차 선명해지고, 묘사하려는 외물의 표상이 분명해지며 서로 앞으로 나온다. 그러면 많은 말의 방울방울을 기울여 토해 내고, 육예의 향기와 윤택함을 씻어내며, 하늘의 연못에 떠올라 편안하게 흘러 보기도 하고, 지하의 샘에 잠겨 마음을 씻어 보기도 한다. 이에 깊이 잠겨 있어 쉽게 떠오르지 않던 말들이 마치 노니는 고기가 낚싯바늘을 물고 깊은 연못에서 끌려 나오는 것과 같이 떠오르고, 잇대어 끊이지 않는 화려한 표현이 마치 새가 주살을 맞아 층층 구름 낀 하늘에서 떨어지듯 내려온다. 역대의 빠뜨린 글을 모으고, 오랜 세월 동안 버려진 시가를 채집한다. 그래서 이미 피어 버린 아침 꽃을 버리고 아직 피지 않은 저녁 꽃을 피우니, 이렇게 함으로써 찰나에 고금을 살피고 일순간에 세상을 어루만질 수 있게 되는 것이다.

其始也, 皆收視反聽, 耽思傍訊, 精騖八極, 心游萬仞. 其致也, 情曈曨而彌鮮, 物昭晳而互進, 傾群言之瀝液, 漱六藝之芳潤, 浮天淵以安流, 濯下泉而潛浸. 於是沈辭怫悅, 若游魚銜鉤, 而出重淵之深, 浮藻聯翩, 若翰鳥纓繳, 而墮曾雲之峻. 收百世之闕文, 採千載之遺韻, 謝朝華於已披, 啓夕秀於未振, 觀古今於須臾, 撫四海於一瞬.

본문에서 육기는 예술가들이 예술창작 활동을 할 때 상상이란 사유행위를 어떻게 진행하며, 그 감정적 심리상태는 어떠한가에 대해 구체적이고 생동감 있게 묘사하고 있다. "처음에는 보는 것이나 듣는 것을 모두 거두어들이고, 깊은 생각에 잠겨 두루 살펴봄으로써 정신은 천지사방으로 달리고, 마음은 만길 깊은 곳을 노닌다." 이는 예술적 상상의 최초 상태를 묘사한 것인데, 육기는 온 정신을 한곳에 집중하여 광범위한 사색과 연상작업을 행할 것을 요구하고 있다. "(문사가 성숙하여) 일정한 정도에 이르면" 다음으로 상상 속의 의상이 점차 분명해지고, 다시 적합한 심리언어를 찾아 표현하는 발전상태에 이르게 된다. 이는 고통스러운 연상과 비약적인 사고가 결합하는 단계이다. 다음으로 "찰나에 고금을 살피고, 일순간에 세상을 어루만질 수 있게 되는 것이다"라는 말은, 역시 적합한 형상과 언어를 찾은 후에 예술가의 상상을 한 단계 승화시켰음을 의미한다.

예술상상의 문제는 본래 문예심리학의 범주에 속하는 것이기 때문에, 육기의 《문부》에서 제기된 예술적 상상의 문제 역시 문예심리학의 각도에서 분석할 수 있다. "보는 것이나 듣는 것을 모두 거두어들이고 깊은 생각에 잠겨 두루 살펴봄으로써 정신은 천지사방으로 달리고, 마음은 만길 깊은 곳을 노닌다"는 말에서 알 수 있듯이, 육기는 예술적 상상을 진행하면서 예술가는 허정虛靜의 상태를 지녀 연상의 극대화를 이루고, 마음을 오로지 하나로 할 수 있는 심리경계에 도달해야 함을 주장했다. 전종서는 자신의 《관추편》에서 "심리학자들은 예술가들이 자신의 앎을 극대화시켜 예술을 이룩하는 데 반드시 방사旁思(별개의 사고)를 이해해야만 한다고 말하고 있다"[15]고 하였는데, 바로 이 뜻이다. 예술적 언어를 찾아 예술형상을 확정짓는 것은 분명 예술가의 심리적 메커니즘과 연관이 있다. 칸트는 "언어 역시 일종의 문자일 뿐더러 정신(영혼)과 긴밀하게 연계되어 있는 것이다"[16]라고 하였으며, 톨스토이도 "나는 결국 예술적인 문구를 만드는 비밀을 이해할 수 있었다. 이러한 예술적인 문구의 형식은 이야기를 하는 사람의 내면 심리상태에 의해 결정되는 것이다"[17]라고 하였다. 육기가 "찰나에 고금을 살피고 일순간에 세상을 어루만질 수 있게 되는 것이다"라고 한 것은, 바로 구상이 성숙한 단계에 올랐을 때 인간의 심리적 기능인 상상력이 더욱더 확충되고 발휘될 수 있다는 것을 의미한다. 또한 《문부》에서 "(작가는) 잠긴 마음을 다하여 생각을 모으고, 세밀한 사색을 한 다음에 붓을 들어 문장을 쓴다. 작가의 마음속에 하늘과 땅의 모든 것들을 개괄하고, 만물을 붓 끝에 복종시킨다 澄心以凝思, 衆慮而爲言, 籠天地於形內, 挫萬物於筆端"고 한 것은, 이러한 예술상상의 심리과정을 집중적으로 개괄한 것이다.

중국에서 상상이란 말이 나온 것은 선진先秦시대였다. 《장자》·《순자》에 보면 이미 사유활동에 있어서의 상상에 관한 논의가 등장한다. 굴원은 직접적으로 '상상想像'이란 말을 사용하여, "옛 생각에 그 모습이 떠올라 크게 탄식하며 눈물을 훔치네 思舊故而想像兮, 長太息以掩涕"(《楚辭·遠游》)라고 하였다. 조식曹植 역시 "남긴 정에 연연하여 그녀의 아름다움을 생각하고, 고개 돌려 바라보며 골똘히 먼 곳의 그녀를 생각하네 遺情想像, 顧望懷愁"(〈洛神賦〉)라고 하여 상상이란 단어를 쓰고 있다. 그러나 이러한 것들은 모두 개별적인 정경情景에 대한 서술일 뿐, 예술창조에 있어서의 상상활동에 관한 것은 아니다. 이로 보건대 중국 미학사나 문예심리학사에 있어서 상상의 문제를 예술창작의 심미분석에 활용한 것은 육기의 《문부》가 처음이었고, 육기에 들어와서야 비로소 상상이란 예술심리 활동과정이 전면적으로 논의되기 시작했음을 알 수 있다. 이러한 논술은 이후 고개지顧愷之나 유협을 비롯한 여러 문학가·예술가들의 상상이론에 계도적인 작용을 했다고 할 수 있다.

2. 영감론

육기는《문부》에서 문예창작에 있어서 대단히 중요한 영감의 문제에 대해 논의하고 있다.

감응이 와서 (영감이) 통하고 막히는 실마리에 대해 말하자면, 오면 막을 수 없고 떠나도 멈추게 할 수 없다고 할 수 있다. 빛이 사라지듯 숨어 있다가도 메아리가 일어나듯 나타나기도 한다. 바야흐로 천기가 순식간에 생겨 나오니 어찌 어지러운지 법칙이 없는 것 같다. 문사文思는 바람이 일어나듯 마음속에서 일어나고, 맑은 샘물이 솟아나듯 입 속에서 흘러 나온다. 그 아름답고 위의威儀가 있는 정조가 활발해지면, 그저 붓과 종이에 써내려가면 된다. 그렇게 씌어진 문장은 아름답고 빛나 눈에 가득 차고, 음운은 맑아서 귀에 가득 들어온다. 그러나 여섯 가지 정이 막히고 마음속의 뜻이 가버린 상태에서 정신도 머물러 움직이지 않으면, 그것은 마치 죽은 고목 같고, 사라져 없어짐이 마른 물줄기 같다. 영혼을 살펴 문리를 탐구하고, 정신을 맑게 하여 스스로 (문장의 오묘한 이치를) 구하려 한다. 그러나 문리는 가리워져 더욱 깊이 숨고, 문사는 억지로 끌어당기는 것처럼 삐걱거리며 잘 통하지 않게 된다. 이런 까닭에 자신의 감정을 다하여 심혈을 기울여도 작품에 대해 후회할 것이 많게 되고, 때로는 작가 자신의 뜻 가는 대로 쓴다 해도 오히려 허물이 적을 수도 있는 것이다. 따라서 이러한 글짓는 행위가 내게 있다 하더라도 내 힘으로 억지로 이를 수 있는 것은 아니다. 그래서 때로 텅빈 마음을 위로하며 스스로 한탄하기도 하지만, 나는 여전히 문사가 열리고 닫히는 까닭을 알지 못하겠다.

若夫應感之會, 通塞之紀, 來不可遏, 去不可止. 藏若景滅, 行猶響起. 方天機之駿利, 夫何紛而不理. 思風發於胸臆, 言泉流於唇齒. 紛葳蕤以馺遝, 唯毫素之所擬. 方徽徽以溢目, 音泠泠而盈耳. 及其六情底滯, 志往神留, 兀若枯木, 豁若涸流. 攬營魂以探賾, 頓精爽於自求. 理翳翳而愈伏, 思軋軋其若抽. 是以或竭情耳多悔, 或率意而寡尤. 雖玆物之在我, 非余力之所勠. 故時撫空懷而自惋, 吾未識夫開塞之所由.

본문에서 말한 "감응이 와서 (영감이) 통하고 막히는 실마리"는 문예창작에 있어서 영감의 현상을 말하는 것이다. '응감應感'은 감응을 의미하는 것으로 마음과 사물이 교류할 때 생기는 일종의 심리상태이다. 예술가가 예술구상을 할 때 분명 '통하거나 막히는' 현상이 일어난다. 이른바 영감이란 예술가가 사물에 대해 일정한 감정적 체험을 행함으로써 생각의 실마리를 불러오고, 그럼으로써 뭐라고 말하기 힘든 정감상태에 도달함을 뜻한다. 이것이 바로 창작 충동이라고 할 수 있다. 육기는 이러한 창작 충동, 즉 영감의 심리적 특징에 대해 다음 몇 가지로 설명하고 있다.

첫째, "오면 막을 수 없고 떠나도 멈추게 할 수 없다." 이는 영감의 돌발성에 대한 언급이다. 둘째, "문사는 바람이 일어나듯 마음속에서 일어나고, 맑은 샘물이 솟아나듯 입 속에서 흘러 나온다." 이는 영감의 민첩성을 말한 것이다. 셋째, "그렇게 씌어진 문장은 아름답고 빛나 눈에 가득 차고, 음운은 맑아서 귀에 가득 들어온다." 이는 영감이 폭발하는 과정이자 형상사유의 과정을 형상적으로 묘술한 것이다. 넷째, "그래서 때로 텅빈 마음을 위로하며 스스로 한탄하기도 하지만, 나는 여전히 문사가 열리고 닫히는 까닭을 알지 못하겠다." 이는 영감의 직각성과 무의식성을 말한 것이다.

특히 육기는 "문사가 열리고 닫히는 까닭을 알지 못하겠다"고 하였는데, 육기가 영감의 문제에 대해 불가지론不可知論의 입장을 취하고 있다고 말할 수는 없다. 오히려 그가 자신의 창작경험을 총결하면서 문사의 소통, 즉 영감이 직각성과 무의식성을 지니고 있음을 간파한 결과라고 말하는 것이 타당하다. 현대 심리학자들 역시 직각성 또는 무의식성이 존재함을 분명히 하고 있다. 이를 문예창작에 대입하여 말하자면, 창작에 임하는 것은 먼저 의식적으로 예술가가 심미객체에 대해 표현하고 반영하는 것을 의미한다. 그러나 예술구상과 창작과정 중에 창작 영감이 떠오르는 것은 "바야흐로 천기가 순식간에 생겨 나오니 어찌나 어지러운지 법칙이 없는 것과 같다"고 한 바대로 일정한 직각성과 무의식성을 지니는 것이다. 바로 이러한 이유로 육기가 "문사가 열리고 닫히는 까닭을 알지 못하겠다"고 한 것은 그가 문예창작의 특징을 진실하게 반영한 것이며, 그의 솔직한 견해의 표명이라 하겠다.

영감의 문제는 육기 이전에도 단편적인 언급이 있었다. 특히 순자는 '정합감응精合感應'설을 제기하였다. 그는 "성性(生)은 본질적으로 조화를 얻고 있으며, 외래적인 자극에 주관적인 반응을 일으킨다. 이는 배우지 않아도 저절로 그렇게 되는 것이다. 그렇기 때문에 생이라 하는 것이다 性(生)之和所生, 精合感應, 不事而自然, 謂之生"(〈正名〉)라고 하였다. 이는 인간의 감관이 외계 사물과 접촉하면 감응하게 되고, 이로부터 정감이 생긴다는 뜻이다. 물론 직접적으로 영감에 대해 말한 것은 아니지만 그의 말 속에는 영감의 함의가 포함되어 있다.《관자》의 경우는 보다 구체적이다. "뜻을 전념하고 마음을 하나로 하면 이목이 단정해지고 먼 곳의 증험을 알게 된다. 능히 전념하고 하나가 되면 점〔卜筮〕을 사용하지 않아도 능히 길흉을 예견할 수 있고, 능히 모든 상념을 그칠 수 있으면 다른 사람에게 묻지 않아도 스스로 자신에게 얻어 무엇이든지 깨달을 수 있다. 그런 까닭에 매일 깊이 생각하고 또 생각하면 곧 얻을 수 있으니, 이를 귀신이 알려주는 것으로 생각하나 이는 귀신의 힘이 아니라 정기의 지극함이다. 專於意, 一於心, 耳目端, 知遠之徵. 能專乎, 能一乎, 能勿卜筮而知吉凶乎. 能止乎, 能勿問於人, 能自得之於己乎. 故日思之, 思之卽得, 鬼神敎之, 非鬼神之力也. 其精氣之極也"(《管子》卷十三短語十一) 여기서 "깊이 생각하면 곧 얻을 수 있다 思之卽得"고 한 것은, 그것이 인간의 내심에 존재하는 정기精氣에 의해 이루어지는 현상이라는 뜻이다. 물론 이 문장이 직접적으로 영감에 대해 논하고 있는 것이라고 말할 수는 없다. 그렇지만 그 가운데 영감의 현상에 대한 설명이 들어 있음은 부정할 수 없을 것이다.

이상의 논의는 모두 철학과 심리학의 각도에서 언급한 것으로 예술적 영감의 문제와는 거리가 있다. 그렇기 때문에《문부》에서 말한 영감설은 중국에서 최초로 제기된 것으로, 이후 미학과 문예심리학의 영감론에 커다란 영향을 끼친 중요한 것이라 할 수 있다.

3. 연정론

《문부》에서 육기는 각종 문학(문장을 포괄한) 체재의 미학적 특징을 논하면서 '연정緣情'의 관점을 제시하고 있다.

시는 감정에 따라서 생겨나므로 문사가 아름다워야 한다. 부賦는 사물을 펼쳐 묘사하므로 언어가 청신하고 명쾌해야 한다. 비문碑文은 문사를 펼쳐 뜻에 부합되도록 도와야 하고, 뢰誄는 끈끈한 정情으로 얽혀 죽은 이에 대한 슬픔이 감돌아야 하고, 명銘은 대상이 광범위하면서도 내용은 간결하고 문사는 온화하면서 윤기가 있어야 한다. 잠箴은 말에 억양이 있고 청신하며 강건해야 한다. 송頌은 뜻이 전아하면서도 문사文辭는 맑고 아름다워야 하며, 논論은 언어가 세밀하면서도 문사가 유창해야 한다. 주奏는 내용에 담긴 뜻이 평이하고 통달하면서도 문사는 우아하고 고전적이어야 한다. 설說은 언어가 휘황찬란하되 내용이 기괴하여 충동적이어야 한다. 비록 구분은 이렇게 하였지만 또한 지나치게 부염浮艶한 것을 금해야 하고, 언어가 방만한 것을 제약하여 정련되게 만들어야 한다. 문사는 두루 미쳐 문장의 주된 내용을 드러낼 수 있어야만 하고 산만함을 취해서는 안 된다.

詩緣情而綺靡, 賦體物而瀏亮, 碑披文以相質, 誄纏綿而悽愴, 銘博約而溫潤, 箴頓挫而淸壯, 頌優游以彬蔚, 論精微而朗暢, 奏平徹以閑雅, 說煒曄而譎誑. 雖區分之在玆, 亦禁邪而制放. 要辭達而理擧, 故無取乎冗長. (《文賦》)

본문에서 육기는 유가의 '시언지詩言志'와 서로 대치되는 '시연정詩緣情'의 논점을 제시하고 있다. 중국 미학사와 문예심리학사에서 창작에 있어서 정감의 중요성을 맨 처음 지목하고, 중국 예술에서 '연정緣情'파의 선두가 된 이가 다름아닌 육기이다.

이른바 '시연정'이란 시가예술은 정감에서 생겨나며, 정감의 표현이란 뜻이다. 이 명제는 '시언지'에 비해 문예창작의 규율을 더욱 선명하게 반영하고 있다. 선진 유가의 '시언지'설을 설명하면서 어떤 이들은 '지志'에 정감의 요소가 내재되어 있다고 주장하고 있다. 그러나 도덕윤리와 교화를 중시한 유가의 예술관에서 본다면 '지'는 주로 사상을 의미한다고 할 수 있다. '시언지'는 과도하게 예술작품의 정교政敎작용을 강조하고 예술의 특수성을 소홀히 하였기 때문에 오히려 교화를 하려는 처음의 목적을 이루지 못하는 폐해를 낳았고, 심지어는 예술의 본래 면모가 상실케 된 주요인이 되었다. 그러나 '시연정詩緣情'은 인식규율과 예술규율에 부합한다. "생각은 감정에 의해 생겨나고, 감정은 생각에 의해 일어난다. 想緣情生, 情緣想起" 양무제梁武帝는 "생각은 감정에 따라 생기고 감정은 생각에 따라 일어난다 思因情生, 情因想起"(〈孝思賦〉)고 하였고, 선진 도가 역시 창작에 있어서 정감의 문제에 주목하였다(장자의 경우). 그러나 그들은 여전히 철학의 본체론의 입장에서 문제를 제기했을 뿐 개념 범주로 개괄한 것은 아니었다. 그렇기 때문에 비교적 계통적인 예술정감 이론은 육기에 의해서 비로소 가능해졌다고 할 수 있다.

《문부文賦》 이후로 '연정' 이론은 더욱 발전했는데, 유협은 《문심조룡》에서 이 연정이론을 더욱 체계적으로 논의했다. "인간의 정감은 자연물에 따라 변천하고, 글은 감정에 의해 촉발된다 情以物遷, 辭以情發"·"문학의 정화를 표달함에 있어서 정성이 아닌 것이 없다 吐納英華, 莫非情性"·"무릇 감정이 움직이면 언어로 형태지어지고, 나타내고자 하는 도리가 표달되면 문장으로 체현된다 夫情動而言形, 理發而文見"라는 말들은 모두 육기의 '연정緣情' 론에서 발원하여 더욱 발전시킨 것이다.

육기는 문예창작이 '감정에 따라(緣情)' 이루어진다고 지적했을 뿐만 아니라 '아름다워야 함(綺靡)' 을 요구했다. '감정에 따른다' 는 말은 문예창작의 원천과 동력, 그리고 예술의 내용적 요인에 관한 것이고, '아름다워야 한다' 는 말은 문예작품의 형식미에 관한 요구로서 작품의 문채가 화려하고 풍격이 청신해야 함을 뜻한다. 이 양자는 상호 연계되어 있으며 서로 촉진작용을 하고 있다. 이는 예술작품은 정감이 풍부해야 비로소 형식적 아름다움이 생긴다는 뜻과 상통한다. 물론 완미한 예술형식 역시 예술정감의 표현에 의존하고 있다는 뜻도 된다. 그래서 "시는 감정에 따라서 생겨나므로 문사가 아름다워야 한다 詩緣情而綺靡"는 말은, 응당 문예작품의 예술적 내용과 예술형식미 두 가지 측면의 기본적인 요구이자 양자간의 밀접한 상호 연계를 중시한 것이라 할 수 있다. 유협은 《문심조룡》에서 "실질적인 미는 그 정성에 바탕을 두고 있다 辯麗本於情性"·"뜻을 충실하게 표현하고자 한다면 언어에 문채가 있어야 한다 情信而辭巧"라고 하였는데, 이 역시 이러한 관계를 드러낸 말이다.

4. 희열론

육기의 《문부》는 예술구상·창작·심미·효능 등 문예창작의 전과정에 대해 구체적으로 묘술하고 있다. 그 중에서 가장 먼저 예술창작과 문장 작성, 그리고 예술심미로 생겨나는 희열에 대해 논하고 있다. 예술심리학에서 이는 큰 의미가 있다.

문장을 짓는 일은 즐거운 일이다. 본래 성현聖賢이 이에 매진한 것도 이로 말미암는다. (문장을 짓는 일은) 텅비어 없는 듯한 추상적인 것을 살펴 구체적인 것〔文辭〕을 탐구하는 것이며, 아무 소리도 없는 듯한 적막을 두드려 소리〔文義〕를 구하는 일이다. 한 자의 비단 속에 요원한 일이나 사물들을 담고, 한 치의 마음속에서 만물의 성대함을 토로해 내는 것이다. 언어란 쓰면 쓸수록 더욱 광대해지고, 생각이란 하면 할수록 더욱 깊어지는 것이다. 그리하여 (문장창작은 마치) 휘영청 늘어진 아름다운 꽃의 향내를 퍼뜨리고, 푸른 가지를 무성하게 뻗게 하는 것과 같은 것이다. 그리하여 그 찬란함은 바람이 휘몰아 질풍처럼 솟구쳐 문학의 숲 속에서 짙은 구름이 피어오르는 것과 같은 것이다.

伊滋事之可樂, 因聖賢之所欽. 課虛無以責有, 叩寂寞而求音. 函綿邈於尺素, 吐滂沛乎寸心. 言恢之而彌廣, 思按之而愈深. 播芳蕤之馥馥, 發青條之森森. 粲風飛而猋竪, 鬱雲起乎翰林.

본문은 창작과 심미를 통해 나타나는 희열에 대해 서술하고 있는데, 이를 다시 몇 가지 부분으로 나누어 분석하겠다. 우선 "텅비어 없는 듯한 추상적인 것을 살펴 구체적인 것〔文辭〕을 탐구하는 것이며, 아무 소리도 없는 듯한 적막을 두드려 소리〔文義〕를 구하는 일이다"라는 문장에서 문예창작은 무형에서 유형을 표현하고, 무음無音에서 유음有音을 표현하는 것인즉 문예작품으로 표현되는, 시공을 초월하는 커다란 아름다움으로부터 얻어지는 희열을 설명하는 것이다. 다음 "한 자의 비단 속에 요원한 일이나 사물들을 담고, 한 치의 마음속에서 만물의 성대함을 토로하는 것이다"는 말은, 유한한 심리공간에 무한한 용량을 지닌 예술내용을 함축하는 데서 생기는 희열을 설명한 것이다. 또한 "언어란 쓰면 쓸수록 더욱 광대해지고, 생각이란 하면 할수록 더욱 깊어지는 것이다"에서는, 예술작품의 연상과 상상에서 나오는 희열을 말한다. 마지막으로 "그 찬란함은 바람이 휘몰아 질풍처럼 솟구쳐 문학의 숲 속에서 짙은 구름이 피어오르는 것과 같은 것이다"라는 것은, 예술형상에서 나오는 직접적인 느낌에서 얻어지는 희열을 말하는 것이다. 물론 육기가 지금 우리가 분석한 것처럼 보다 이성적인 차원에서 구체적으로 구분하여 논의한 것은 아니다. 그러나 문예창작과 심미에서 생겨나는 이러한 유쾌한 느낌은 분명 존재한다.

이상으로 《문부》에 표현된 문예심리학 사상을 종합적으로 살펴보았다. 이 책에서 논술한 상상·영감·연정·희열 네 가지 측면은 문예심리학의 각도에서 볼 때, 예술구상·예술사유·예술본질·예술전달·예술심미 등 제 방면에 대한 논의라고 할 수 있을 것이다. 문예심리학의 각도에서 볼 때, 육기의 《문부》는 예술적 상상을 예술창작의 심미분석에 활용한 최초의 문건일 뿐더러, 예술영감이 생겨나고 발전하는 과정에 대해 비교적 전면적으로 논술한 최초의 문장이다. 또한 예술적 정감이 창작에서 중요한 위치를 차지하고 있으며, 문예창작과 심미에 의해 희열을 느낄 수 있음을 처음으로 지적하기도 했다. 이러한 관점에서 볼 때, 육기의 《문부》는 문예심리학사상 대단히 중요한 문건이라 아니할 수 없다. 그러나 이러한 문제들을 처음으로 제시하였기 때문에 문제 역시 적지않다. 우선 《문부》는 중요한 문제에 대한 육기 자신의 이해를 서술하는 데는 묘술성이 지나치게 강하고, 또한 중요 명제에 대해 너무 감성적으로 접근하고 있다. 그리고 본질적인 이해보다는 현상에 대한 논의가 주를 이루고 있기 때문에 이론적으로 체계화하여 사변적으로 분석하지는 못했다. 바로 이러한 이유로 유협의 《문심조룡》과 비교해 볼 때 부족한 점이 적지않다. 그럼에도 불구하고 육기의 《문부》는 그 이전 사람들이 미와 문예의 문제를 주로 철학이나 윤리학의 관점에서 논구論究하던 것을 예술심미 규율에 따른 사고방식으로 전환시켰다는 점에서, 또한 기존의 미와 문예 문제에 대한 공통적인 본질을 추구하는 경향에서 구체적인 예술분류와 예술의 특수한 규율에 대한 탐구로 방향을 전환시켰다는 점에서 중국 미학사와 문예심리학사에 있어서 커다란 공헌을 하였다.

제6절 《문심조룡》의 문예심리학

중국 제齊·양梁시대 사람인 유협劉勰(약 465-520, 또는 521)의 저작 《문심조룡文心雕龍》[18]은 중국 미학사상 대단히 중요한 관건이 되는 저술이다. 이 책의 체계적인 구성과 완벽에 가까운 이론 전개 및 그 이론의 깊이는 독일 고전미학의 대가인 헤겔의 《미학》과 견줄 만하다. 이미 많은 연구자들에 의해 문장학·문학·예술학 또는 미학적 측면에서 심도 있게 연구되었으나, 아직까지 문예심리학의 각도에서 행해진 연구는 거의 없었다. 기실 《문심조룡》에는 체계적인 문예심리학 사상이 풍부하게 담겨져 있으며, 중국 미학사와 문예심리학사에 있어

종횡으로 시종을 함께 할 뿐 아니라 전후 승계에 있어서도 매우 큰 작용을 하고 있기 때문에 당연히 심도 있는 연구를 할 만한 가치가 충분하다.

1. 《문심조룡》 문예심리학의 철학·미학적 토대

노신은 일찍이 위진시대를 일컬어 문학에 대한 자각의 시기라고 말한 바 있다. 이러한 시대적 특징은 《문심조룡》의 문예심리학 사상이 탄생하는 데 큰 도움이 되었음이 분명하다. 종백화는 "한말 위진남북조는 중국에서 정치적으로 가장 혼란하고 사회적으로 가장 고통스러운 시기였지만, 정신은 극도의 자유와 해방의 시대를 맞이하여 가장 풍부한 지혜와 열정이 넘쳤으며, 이에 따라 예술정신도 가장 풍부했던 시대였다"[19]고 말했다. 이러한 정신의 자유와 해방은 '인간에 대한 각성'을 촉구하여, 과거의 사상가들이 윤리관이나 우주관에 대해 골몰하던 것에서 일탈하여 본체론이나 이상적 인격의 본질에 대한 연구로 관심을 돌리게 만들었다. 그래서 이택후가 말한 바대로 "인간의 외재적 행위보다는 내재적 정신성(이는 잠재적인 무한한 가능성으로도 볼 수 있다)을 최고의 준칙이자 원칙으로 삼았던 것이다."[20] 이러한 '인간에 대한 각성'은 '철학의 해방'과 아울러 '문文에 대한 자각'을 가져왔고, 이로부터 문학에 인간의 감성과 심미심리를 반영·연구하는 방향으로 관심을 집중하게 되었다. 이러한 시대적 변화는 당연히 유협의 철학과 미학에 커다란 영향을 주었고, 그의 문예심리학에 있어서 시대적 토대가 되었던 것이다.

유협은 사상적인 면에서 결코 단순하다고 말할 수 없다. 그는 기본적으로는 유가(선진 유가의 각파 가운데 특히 순자 일파에 가깝다)에 속해 있으면서도 음양오행가·도가뿐만 아니라 위진 현학과 불학에 영향받은 바 크다. 그러나 그 나름대로 일이관지一以貫之하고 있는 사상이 있으니, 그것이 바로 '자연지도自然之道'이다. 유협은 〈원도〉에서 "무릇 하늘의 검은빛과 땅의 누른빛이 각기 달리 혼합되어 있고, 땅은 모나고 하늘은 둥글어 서로 다른 형체로 구분되어 있으며, 해와 달은 둥근 옥이 연이어 있는 것처럼 아름다운 하늘의 모습을 드리우고 있다. 산과 내는 비단처럼 조리 있는 땅의 형체를 펼치고 있다. 이것이 대체로 도의 문체인 것이다 夫玄黃色雜, 方圓體分, 日月疊壁, 以垂麗天之象. 山川煥綺, 以鋪理地之形, 此蓋道之文也"라고 하였는데, 여기서 유협은 천지·일월·산천의 감성적 존재형식을 '문'으로 칭하면서 이를 '도'의 표현으로 간주하고, '문'과 '도'를 연계시켜 '도의 문〔道之文〕'이라 말하고 있다.

유협의 '도'론은 물론 유가에 속한 것이긴 하지만, 도가 사상에도 깊이 관련되어 있다. 그래서 그에게 있어서 《역전》에서 말하고 있는 음양 변화의 도는 도가가 제창한 자연의 도이기도 한 것이다. 유협은 "인문의 으뜸은 태극에서 비롯된다 人文之元, 肇自太極"라고 하였는데, 여기서 말하는 '태극'은 《주역》에서 '양의'를 낳는, 천지의 '태극'을 의미하는 것으로 음양 이기二氣를 포함하는 내적 물질로서의 원기를 뜻하는 것이다. 유협은 〈여사麗辭〉에서 "대자연이 만물에 형체를 부여한다 造化賦形"라고 하여 장자의 '조화부형造化賦形'설을 인용하고 있는데, 이는 만물의 생성이 자연스럽게 저절로 이루어졌음을 설명하기 위함이었다. 이러한 예들은 모두가 유물론적인 경향을 띤 것들이라 하겠다.

유협은 '도'가 음양이라는 물질적 원기의 교감작용에서 야기되는 운동·변화속에 존재하고 있다고 믿었기 때문에, 이를 천지만물의 생성과 변화의 근본이 되는 법칙으로 간주하였다. 그리고 이러한 '자연의 도'를 문학의 창작에 운용함으로써, 객관적인 자연미의 미학적 의의와 예술의 감성적 형식미를 중시하게 되었다.

〈원도〉의 주된 내용은 문의 본질이 '도'를 체현하는 데 있다는 것을 밝히는 데 있다. 그래서 그 첫구절을 "문의 덕됨이 크나니, 천지와 더불어 생겨남은 왜인가? 文之爲德也大矣, 與天地幷生者何哉?"라고 시작한 것이다. 청대 사람 기윤紀昀은 이에 대해 "문장으로 도를 실어 그 당연함을 밝히고, 문장은 도에 근원을 두니 그 본연을 밝히는 것이다. 그 본질을 알게 되면 그 끝은 좇을 필요가 없는 것이다 文以載道, 明其當然, 文原於道, 明其本然. 識其本, 乃不逐其末"라고 하였는데, 이는 유협의 원뜻과 부합하는 것이다.

이러한 토대하에서 유협은 문학의 창작이 자연에서 나온다고 논술하고 있다. 〈명시明詩〉에서 "사람은 일곱 가지 정을 타고나 외물과 접하면 필연적으로 느낌이 있게 되며, 느낌이 생기면 자신의 뜻을 읊조리게 되니 이는 저절로 그렇게 되는 것이다 人稟七情, 應物斯感, 感物吟志, 莫非自然"라고 한 것이나, 〈은수隱秀〉에서 "(작가의) 생각이 외계 사물과 결합하여 저절로 이루어진다 思合而自逢"·"자연스럽게 문학이 이루어진다 自然會妙"라고 한 것 등은 모두 이러한 예이다.

또한 자연에 대한 칭송은 아울러 인간이라는 창작주체에 대한 칭송으로서, 인간에 대해서도 '천지의 마음〔天地之心〕'·'마음을 지닌 그릇〔有心之器〕'(〈原道〉)이라고 비유하였고, "문장은 진실로 마음을 담을 수 있나니 나의 심사 역시 기탁하는 것이다 文果載心, 余心有寄"(〈序志〉)라고 말했던 것이다. 여기서 '천지의 마음'은 원래 《예기禮記·예운禮運》에 "사람은 천지의 마음이다"라고 한 데서 비롯된 것인데, 왕숙王肅은 그의 《주注》에서 "천지간에 사람의 위치는 오장 가운데 마음의 역할과 같다. 사람은 살아 있는 것 가운데 가장 신령한 것이고, 그 마음은 오장 가운데 가장 성스러운 것이다 人於天地間如五臟之有心矣, 人乃生之最靈, 其心五臟之最聖也"라고 하였다. 여기서 '성'이란 가장 높은 지혜의 뜻이며, '심'이란 '사유기관'을 뜻하는 것이다.

이러한 토대하에서 유협은 '문'은 인간의 감관에 호소하는 아름다움〔美〕이라고 생각하여 "일월은 벽옥璧玉처럼 중첩하여 이어지고 日月疊壁" "산천은 금수錦繡 같으며 山川煥綺" "용이나 봉황처럼 찬란하게 채색되고 龍鳳藻繪" "호랑이나 표범처럼 화려한 무늬를 지니고 있다 虎豹炳蔚"고 말한 것이니, 이는 모두 '문'이 사람의 감관형태에 호소하는 미美라는 점을 설명한 것이다. 따라서 '문'에는 또한 나름의 심리 속성이 존재하게 되는데, 유협이 "마음이 생기면 말이 세워지고, 말이 세워지면 문장이 밝아진다. 이것은 자연의 도이다 心生而言立, 言立而文明, 自然之道也"(〈原道〉), "무릇 작가의 정취는 다종다양하여 작품의 변화는 각기 부동한 방식을 지니고 있다. 그러나 창작을 할 때는 구체적인 내용에 따라 체재를 확정하고, 체재에 근거하여 일정한 체세體勢를 형성한다 夫情致異區, 文變殊術, 莫不因情立體, 卽體成勢也"(〈定勢〉), "무릇 사람의 마음에서 문사가 이루어지는데, 작가가 여러 가지 생각들을 안배·처리하여 전후상하가 서로 마땅하게 처리되면 자연스럽게 대對를 이룰 수 있는 것이다 夫心生文辭, 運裁百慮, 高下相須, 自然成對"(〈麗辭〉)라고 한 것은 모두 '문'이 마음의 산물로서 자체적으로 나름의 심리적 속성을 지닌 것이며, 따라서 사람의 마음과 사물이 교류한 결과라는 뜻이다.

앞서 언급한 대로 유협의 철학관은 비록 유가 일파를 토대로 삼고 있기는 하지만, 도가·음양오행·현학·불학 각파의 영향 역시 무시할 수 없다. 당연히 이러한 여러 가지 사상의 영향은 《문심조룡》의 문예심리학 사상의 형성에 있어서도 깊은 연관을 맺고 있다.

유가의 주요 경전인 《역전》은 천인합일과 심물교감心物交感을, 순학荀學은 예술의 감성적 형식미에 대한 중시와 아울러 허정설을, 그리고 음양오행가들은 '조룡雕龍'과 '담천談天'에서 드러나는 풍부하고 심대한 상상력의 영향을 받았으며, 정감과 상상이 풍부한 장학莊學 역시 커다란 영향을 발휘하였다. 또한 '청준淸峻'·'요심遙深'(〈明詩〉) 등의 개념이나, "(혜강은) 마음을 스승으로 삼아 (독창적으로) 의론을 풀어냈다 師心以遣論"·"(완적은) 기세를 부려 시를 지었다 使氣以命詩"(〈才略〉)라는 내용에서 볼 수 있듯이 "명교를 초월하여 자연에 맡긴다 越名敎而任自然"[21]는 현학의 영향 역시 무시할 수 없으며, 특히 정신적 고양을 중시하고, 외물의 속박에서 벗어나 소요를 즐기고 정신의 감응을 추구하는 불학의 정신 역시 《문심조룡》의 문예심리학과 깊은 내연의 관계를 맺고 직접적인 영향을 끼쳤다.

유협의 미학관은 '자연의 도'를 중시하는 철학관과 밀접한 관계를 지니고 있다. 그래서 그가 아름다움은 자연의 도에 존재한다고 주장한 것은 바로 '자연' 그 자체를 아름다움으로 간주한 것이다. 이를 보다 구체적으로 살펴보면 다음과 같다.

첫째, 유협은 아름다움 그 자체를 대단히 중시하였다. 그가 심미의 관점에서 문학예술을 대한 것은 바로 이러한 연유에서이다. 그는 〈정채〉에서 "성현의 경전을 모두 문장이라고 부르는데, 문채가 없다면 어찌 그렇게 불렀겠는가? 聖賢書辭, 總稱文章, 非彩如何?"라고 하였다. 그리고 계속해서 "노자는 허위를 싫어하여 아름다운 말은 믿을 수 없다고 하였다. 그러나 그의 오천언, 즉 《도덕경》 역시 문채의 아름다움을 버린 것은 아니다 老子疾僞, 故稱美言不信, 而五千精妙, 則非棄美矣"라고 하여, 성현의 문장이나 노자의 《도덕경》이 후세에 전해지고 영향을 미치게 된 근본적인 이유 가운데 하나가 바로 작품 속에 미적인 요소가 존재하고 있기 때문이라고 생각하였다. 그가 자신의 저작을 《문심조룡》이라고 한 것만 보아도, 그가 예술가가 창조한 예술의 아름다움을 얼마나 중시하였는가를 알 수 있다.[22]

둘째, 유협은 자연미와 예술미에 대해 깊이 연구하였다. 그는 천문·지문(자연미)이 자연의 규율에 의해 이루어진다고 생각하였다. 그래서 "문의 덕德됨이 크도다. 하늘과 땅과 더불어 생겨났다고 하는 것은 어째서인가? 무릇 하늘과 땅은 푸른빛과 누른빛이 다르고, 방형과 원형의 구별이 있다. 일월은 벽옥璧玉처럼 중첩되어 하늘에 달린 형상을 드러내고, 산천은 금수錦繡 같아 땅 위에 분포

된 형상을 펼쳐 보이니, 이것이 모두 도의 문채文采인 것이다. 山川煥綺文之爲德也大矣, 與天地幷生者何哉? 夫玄黃色雜, 方圓體分, 日月疊壁, 以垂麗天之象. 山川煥綺, 以鋪理地之形, 此蓋道之文也" "어찌 외부적으로 장식한 것이겠는가? 대개 자연스럽게 형성된 것일 따름이다 夫豈外飾, 蓋自然矣"(〈原道〉)라고 하였다. 또한 그는 인문人文 역시 자연의 법칙을 반영하고 법으로 삼는다고 생각하여 "자연의 도리는 성인에 의해 문장으로 드러나고, 성인은 문장으로 자연의 도리를 설명한다 道沿聖以垂文, 聖因文以明道"고 하였다. 여기서 도는 자연의 법칙·도리를 의미하는 것인데, 도는 성인들에 의해 본받는 대상이 되고 그들에 의해 문장으로 표출되며, 성인은 문장을 통해 그 법칙을 천명할 수 있다는 것이다. 이는 다시 말해 창조된 예술미로 자연미를 표현할 수 있다는 의미라 하겠다.

셋째, 유협은 자연을 아름다움으로 삼았기 때문에 필연적으로 창작의 정감을 중시하여 정감의 자연적인 유로流露를 주장하였다. '정이 깊을 것〔情深〕'을 강조하고, "온갖 정취가 모여 문장을 구성하는데 이는 표현과 정감을 벗어날 수 없다 萬趣會文, 不離辭情"(〈熔裁〉)라고 주장한 것이나, 〈정채〉에서 "서정을 위해 문장을 창작할 것 爲情而造文"을 요구한 것은 모두 이러한 연유에서 기인한 것이다. 넷째, 유협은 아름다움을 논하면서 질質과 문文의 일치와 정情과 이理의 통일을 주장하였다. 〈정채〉에서 "무릇 물은 성질이 빈 듯 부드러워 물결이 생기고, 나무는 그 체질이 충실하여 꽃을 피울 수 있음을 보면, 문채는 반드시 재질에 의존함을 알 수 있다 夫水性虛而淪漪結, 木體實而花萼振, 文附質也"라고 하였는데, 여기서 '질'은 자연이 부여한 것을 뜻한다. 그는 계속해서 "호랑이나 표범이 만약 화려한 무늬가 없다면 그 가죽은 개나 양과 다를 바가 없고, 무소의 가죽은 유용하지만 붉은 칠을 해야만 비로소 아름다울 수 있는 것은 모두 바탕 역시 아름다운 문채가 필요함을 보여 주는 증거이다 虎豹無文, 則鞹同犬羊, 犀兕有皮, 而色資丹漆, 質待文也"라고 하여 미의 형상은 각기 다른 질質에 따라 달라지고, 각기 다른 질 역시 각기 다른 미의 형상에 의해 드러난다고 하였다. 〈사류事類〉에서는 "나무의 아름다움은 도끼질하는 데 달려 있고, 좋은 전고의 일은 붓의 움직임에 의해 결정되는 것이다 木美而定於斧斤, 事美而制於刀筆"라고 하여, 미는 질과 문의 통일이라는 점을 밝히고 있다.

이상은 자연미에 대해 언급한 것인데, 예술미에 대해서도 역시 정情과 문文의 일치, 내용과 형식의 통일을 주장하고 있다. "문학의 정화를 표달함에 있어 정성이 아닌 것이 없다. 吐納英華, 莫非情性"(〈體性〉) "회화는 색칠하는 것을 강구하고 문사는 정감을 다 표현해야 한다. 繪事圖色, 文辭盡情"(〈定勢〉) "작품의 내용에 일정한 위치가 설정되면, 그 토대하에서 문채의 문제를 다루게 된다. 情理設位而文彩行乎其中"(〈熔裁〉)

이러한 관점하에서 유협은 내용이나 형식, 또는 양자간의 통일을 막론하고 모두 자연에 순응하여 자연미를 체현해야 한다고 강조하고 있다. 우선 내용에 있어 자연의 정을 표현할 것을 강조하여 "진실됨을 묘사할 것 寫眞"(〈情彩〉)을 주장했고, 아울러 "외물에 느껴 자신의 뜻을 읊는 데 자연만한 것이 없다 感物咏志, 莫非自然"고 하여, 작가는 사물에 감흥하여 일어나는 흥취를 자연스럽게 드러내야 함을 주장하였다. 그리고 형식에 있어서도 자연의 아름다움을 표현할 것을 요구하였으니, 〈정채〉에서 "무릇 분이나 대묵黛墨(눈썹을 그리는 먹)은 얼굴을 장식하는 것이나 참된 미모는 타고난 자질에 달려 있는 것이며, 비록 수사로써 말을 꾸민다고 하나 실질적인 아름다움은 그 정성에 바탕을 두고 있다 夫鉛黛所以飾容, 而盼倩生於淑姿, 文彩所以飾言, 而辯麗本於情性"라고 한 것은 그 좋은 예이다. 또한 언어 기교의 운용에 있어서도 '자연회묘自然會妙'와 '자연성대自然成對'를 주장하였으니, 이러한 모든 것들은 내용과 형식이 모두 자연에 통일되어 자연의 아름다움을 표현해야 한다는 그의 문질관을 드러내는 것이라고 할 수 있다.

총괄컨대 유협의 《문심조룡》을 관통하고 있는 '자연지도自然之道'의 철학관과 "자연을 아름다움으로 삼는 以自然爲美" 미학관은, 위진시대 개인의 자유를 존중하고 정신과 지혜를 중시했던 시대정신의 특색을 체현하는 것이자, 그의 저작이 선진시대 제자백가나 동시대 여러 사람들의 예술정신이나 풍격과 다름을 여실히 드러내는 지표가 된다. 이로써 자연의 영지英旨를 중시하고 개인의 욕망과 감성의 형식을 존중하며, 정情과 이理의 상통을 중시하는 등의 풍부한 내적 함의와 그 풍격은 《문심조룡》의 철학과 예술학·미학사상에 심리학적 의의를 더하고 있는 것이다.

2. '신사神思' — 예술상상론

예술의 상상은 감각·지각·표상을 통하여 현실에 바탕을 두면서도 또한 현실을 초월하는 사유심리 활동이라고 할 수 있다. 상상은 예술창작에 있어서 대단히 중요한 특징 가운데 하나로서 예술창작과 그 주체의 상상적 사유는 불가분의 관계에 있다. 그렇기 때문에 만약 상상이 결핍된다면 그 어떤 작품이라 할지라도 단지 생활에 대한 복제나 실록에 지나지 않을 것이며, 결코 예술로 승화될 수 없을 것이다. 유협은 《문심조룡》에서 예술상상의 문제에 대해 대단히 풍부하고 전면적인 논술을 펼치고 있다. 그의 예술상상론은 중국 문예심리학사상 가장 계통적이라고 할 수 있을 뿐만 아니라, 중국 예술의 상상이론 속에 내재된 심리학적 특색을 가장 집중적으로 표현하고 있다고 할 수 있다.

《문심조룡》의 예술상상론은 주로 〈신사〉편에서 집중적으로 논술되고 있다. 〈신사〉편의 첫머리는 다음과 같이 시작된다.

옛사람이 말하기를 "몸은 강이나 바다, 즉 초야에 묻혀 있으되 마음은 위나라 궁궐〔朝廷〕에 가 있다"고 하였는데, 이를 일러 신사라고 한다. 문장을 창작할 때 떠오르는 생각은 그 신묘함이 참으로 크다. 그런 까닭에 고요함 속에서 생각을 모으면 생각이 1천 년의 세월을 이을 수도 있고, 조용한 가운데 얼굴에 변화의 기운이 일면 1만 리 너머의 일들을 관통할 수 있다. 작가가 글을 읊는 사이에 주옥 같은 소리를 들을 수도 있고, 눈앞에서 바람과 구름이 변화하는 모습을 볼 수 있으니, 이는 신묘한 구사構思의 이치에 도달하였기 때문이다.

古人云, "形在江海之上, 心存魏闕之下." 神思之謂也. 文之思也, 其神遠矣. 故寂然凝慮, 思接千載, 悄焉動容, 視通萬里, 吟咏之間, 吐納珠玉之聲, 眉睫之前, 卷舒風雲之色, 其思理之致乎?

유협은 이상과 같이 예술사상의 특질과 성질에 대해 생동감 있게 표현하고 있다. '신사'의 '사'는 사유의 의미이지만, 또한 목전에 있지 않은 사물이나 경치 등을 생각한다는 뜻도 지니고 있다. '신사'는 '심사心思'의 뜻이니, 현대 심리학에서 말하는 상상의 뜻을 함유하고 있다. 유협이 이해한 바에 따르면, 예술적 상상이란 "몸은 강이나 바다, 즉 초야에 묻혔지만 마음은 위나라 궁궐에 가 있다"는 말에서 드러나 있듯이 몸은 여기에 있으나 생각은 저기에 있는, 다시 말해 시간과 공간의 한계를 초월할 수 있는 연상의 기능을 의미하는 것이다. 또한 이러한 사유과정은 "생각이 1천 년의 세월을 이을 수 있고" "1만 리 너머의 일들을 관통할 수 있다"고 하였으니, 감각적 경험의 한계를 벗어날 수 있는 효능을 지님과 동시에 육체적인(특히 오관의 감지작용) 한계에 구속되지 않는 심리적 현상이기도 하다. 이는 예술적 상상활동이라는 일련의 사유과정의 심리적 특성을 비교적 정확하게 파악하고 있는 것이다.

그러나 《문심조룡》에서는 예술에 있어서의 상상활동이 인간의 감각을 통한 경험과 객관적 시공을 무조건 초월하는 것은 아님을 분명하게 명시하고, 그것은 인간의 마음이 외물과 접하면서 이에서 유출되는 결과임을 지적하고 있다. 예컨대 "그러므로 창작사유의 오묘함은 작가의 정신과 외물이 서로 융합·관통하는데 있음을 알 수 있다. 정신은 가슴속에 있는데, 지기志氣가 그 열고 닫힘을 통괄한다. 사물은 눈과 귀를 통해 들어오는데 언어표현이 그 중요한 지도리와 기틀을 관장한다 思理爲妙, 神與物游. 神居胸臆, 而志氣統其關鍵, 物沿耳目, 而辭令管其樞機"(〈神思〉), "천지의 정신을 묘사하고 만물의 모습을 표현함에 있어서는 외적 사물에 따라 완곡하게 한다. 문채를 엮고 성률을 안배하는 것은 마음과 더불어 함께 움직일 수 있어야 한다 寫氣圖貌, 隨物而宛轉, 屬彩附聲, 亦與心而徘徊"·"눈으로 반복해서 관찰하면 마음으로 느낌이 있어 토해 내기 마련이다 目旣往還, 心亦吐納"·"감정을 지니고 경물을 보는 것이 물건을 주는 것 같다면, 경물로 인해 감흥이 일어나는 것은 화답을 받는 것과 같다 情往似贈, 興來如答"(〈物色〉)라고 하였다. 이상에서 말하고 있는 것들은 모두 예술의 중요한 요소 가운데 하나인 상상은 객관적인 것을 토대로 삼고 있으며, 또한 인간의 감각활동을 인식을 기점으로 삼고 있다는 점을 명시하고, 이에서 한 걸음 더 나아가 마음과 사물이 서로 교류함으로써 예술에 있어서의 상상활동이 전개된다는 것을 밝히고 있는 것이다. 여기서 '신여물유神與物游'란 신과 물, 즉 '마음'과 연계된 '지기志氣'와 '사물'과 연계된 사령辭令이 서로 결합함을 말하는 것이다. 그리고 '수물이완전隨物而宛轉'은 원래 《장자·천하》의 "망치로 치고 깎고 자르는 듯이 물건을 따라 자연스럽게 변화한다 椎拍輐斷, 與物宛轉"는 말에서 인용한 것으로, 장자학파가 신도愼到의 학설에 대해 설명하면서 언급한 내용 가운데 하나이다. 그 뜻은 마땅히 사물의 추이에 따라야 하고, 주관적인 헛된 생각으로 자연을 멋대로 고쳐서는 안 된다는 뜻이다. 유협은 이 말을 인용하여, 작가가 창작을 함에 있어서 주관적인 임의성을 극복하고 객체와 완연하게 융화가 되어야 함을 설명하고 있다. 또한 '정왕사증情往似贈, 흥래여답興來如答'은 마음과 객관 사물의 감흥에 대해 언급한 것으로, 이미 이정移情작용과 자연의 인화人化사상까지 다루고 있는 것이라 하겠다.

〈신사〉에서는 또한 "예를 들어 베의 원단인 마麻는 베보다 좋지 않지만, 가공하여 제작하면 환연히 광채가 나고 귀한 것이 된다 視布於麻, 雖云未貴, 杼軸獻功, 煥然乃珍"고 하였는데, 다시 말해서 베는 삼을 재료로 해서 만들어지는 것이지만 방직이라는 가공을 하면 비로소 훌륭한 물건이 될 수 있다는 뜻으로, 심리현상인 예술적 상상과 객관적 현실이 밀접한 관계를 맺어야 한다는 것을 설명하기 위한 문장이다. 이로 보건대 유협은 마음과 사물, 즉 주관과 객관의 통일을 주장하였음을 알 수 있다. 이처럼 예술상상의 성질과 특질에 대한 그의 분석은 상당히 깊이가 있고 변증법적임을 알 수 있다.

'마음과 물의 감응〔心物感應〕'에 대한 이론은 《문심조룡》 이전에도 이미 여러 사람들에 의해 언급된 바 있었다. 예컨대 육기는 《문부》에서 "사계절의 변화에 따라 세상이 흘러감을 한탄하고, 만물을 바라보니 생각이 어지럽다 遵四時以嘆逝, 瞻萬物而思紛"고 하였고, 소강은 〈답장찬사문집서答張纘謝文集書〉에서 "눈으로 살펴 마음을 묘사하고 일에 기인하여 창작한다 寓目寫心, 因事而作"라고 말한 바 있다. 비교적 초기 문헌인 《예기·악기》에서도 이에 대한 언급이 보인다. "무릇 사람에게는 혈기와 지각의 성질은 있으나 희로애락의 항상성은 없다. 외물에 감응하여 움직인 연후에 심술心術이 나타나는 것이다 夫民有血氣心知之性, 而無哀樂喜怒之常, 應感起物而動, 然後心術形焉"라고 하였다. 또한 《설문》에서도 '술術'을 해석하면서 "읍 가운데 있는 길이다. 행은 의부이고, 술은 성부이다 邑中道也, 從行術聲"라고 하였다. 이처럼 심술은 심리과정에 의하여 나타나는 상상의 과정을 포괄하고 있는 것이라 하겠다. 이상과 같은 '심물감응'의 예술상상 이론은 이미 살펴본 바와 같이 《문심조룡》에 와서 비교적 완전하게 계승·발전되고 있다.

《문심조룡》에서는 예술상상의 성질과 특질을 설명하면서, 그 토대하에서 예술상상의 생리적인 조건과 심리적인 조건에 대해서도 논구하고 있다. 유협은 예술상상과 예술적 구상과정을 진행함에 있어 '허정'의 작용을 중시하였다.

그렇기 때문에 문장창작에 필요한 구상構想을 연마하기 위해서는 고요한 경지인 허정이 필요한 것이다. (고요한 경지에 들어서 사고를 전일하게 하기 위해서는)

내심을 소통시키고 정신을 깨끗이 정화해야 한다.

是以陶鈞文思, 貴在虛靜, 疏瀹五藏, 澡雪精神. (〈神思〉)

그래서 사계절은 비록 변화가 분분하지만 흥취를 얻어 창작을 할 때에는 심적인 여유가 귀한 것이다.

是以四序紛回, 而入興貴閑. (〈物色〉)

여기서 유협은 "문장창작에 필요한 구상構想을 연마하기 위해서는 고요한 경지인 허정이 필요하다 陶鈞文思, 貴在虛靜"는 견해를 제시하고 있다. 이른바 '허정'이란 예술상상에 있어서 일종의 심미적 느낌과 연상 속에서의 심리상태를 말하는 것이다. 그것은 창작주체와 심미객체간에 공리를 초월하는 일종의 심미적 심리거리를 요구하는 것이자, 창작주체가 대상을 감지하고 주의함에 있어서 심리적·감정적 평정을 유지하여 다른 생각은 하지 말 것을 요구하는 것이기도 하다. 이러한 심리적 조건이 마련되어야만 비로소 예술적 상상과 구상을 할 수 있게 된다.

"흥취를 얻어 창작을 할 때에는 심적인 여유가 귀한 것이다 入興貴閑"는 말은, 무심한 상태에서 조금도 조급함이 없는 안정된 심미심경을 지녀야만 제대로 창작을 행할 수 있음을 뜻한다. 이처럼 '허정'을 지니고 무심한 심경 속에 있어야만 비로소 "마음의 여유를 지니고 자신의 정감에 따르며 넉넉하게 마음에 흡족할 수 있다 從容率情, 優柔適會"고 하여 마음과 사물이 합일될 수 있으며, 아울러 예술적 상상력을 최대한으로 발휘할 수 있는 것이다.

유협은 또한 '허정'에 도달할 수 있는 방법에 대해서도 논술하고 있는 바, "내심을 소통시키고 정신을 깨끗이 정화해야 한다 疏瀹五臟, 澡雪精神"는 것이 바로 그것이다. 이는 다시 말해 창작에 임할 때는 생리적인 장애를 말끔히 없애고, 정신을 집중하여 일체의 잡념을 제거한 다음, 청결하고 건강한 심리상태를 지니고 있어야만 비로소 예술적 구상와 예술적 상상력을 발휘할 수 있는 최상의 생리·심리조건이 구비된다는 것이다.

중국 문예심리학사에 있어서 심미 '허정'설은 두 가지 기원을 지니고 있다. 하나는 노장의 '허정'설이고, 다른 하나는 순자의 '허정'설이다. 《문심조룡》의 심미 '허정'설은 양가에게 공히 영향받은 바가 크다. 예컨대 노자는 "잡념을 씻어 없애고 깊이 관조하면 능히 흠을 없앨 수 있겠는가 滌除玄鑒, 能無疵乎"(《老子》 第十章), "텅빔에 이르는 '치허致虛'를 지극하게 하고 고요함을 지키는 '수정守靜'을 돈독하게 하면 만물이 더불어 자라는데, 나는 그것의 왕복순환의 도리를 볼 뿐이다 致虛極, 守靜篤. 萬物幷作, 吾以觀復"(《老子》 第十六章)라고 하였고, 장자는 "노자가 말하기를, 당신은 재계하여 당신의 마음을 깨끗이 하고, 정신을 깨끗이 정화해야 합니다 老聃曰, 汝齋戒疏瀹而(汝)心, 澡雪而精神"(〈知北游〉)라고 하였다고 한다. 유협은 바로 이러한 노장의 문장을 그대로 인용하여 "내심을 소통시키고 정신을 깨끗이 정화해야 한다 疏瀹五臟, 澡雪精神"라고 쓰고 있다.

다음으로 순자는 "마음이 어떻게 도를 알 수 있는가? 말하건대 텅비어 하나가 되고 고요해야만 한다 心何以知? 曰, 虛壹而靜"(〈解蔽〉)라고 하여 '허일이정'의 명제를 제기한 바 있다. 유협이 순학을 대단히 중시하였음을 상기할 때, 당연히 순자의 '허정' 이론 역시 그에게 적지않은 영향을 주었을 것이라고 간주할 수 있을 것이다.

아무튼 유협의 '허정' 설은 양자의 영향을 받은 것이 사실이다. 그러나 그 범주에 있어서 노장과 순자의 '허정' 설은 문예이론과는 거리가 있는 철학적 인식론일 따름이다. 게다가 노장의 경우에는 "형체에서 벗어나고 지혜를 제거하라 離形去智"는 것을 지나치게 강조하여 상상想像에 있어서 이성적 사고의 작용을 완전히 무시했으며, 순자의 경우에는 적극적인 입세入世사상을 강조하여 쉽게 기계론적 공리론에 빠지고 마는 결함을 지니고 있다. 그렇기 때문에 엄격한 의미에서 '허정' 이론을 예술심미와 예술상상의 범주에 집어넣어 논의한 것은 유협의 《문심조룡》이 처음이라고 할 수 있다. 유협은 유가의 입세적 입장에 서서 도가의 '허정' 이론의 긍정적인 요소를 흡수하였으며, 노장과 순자 양자의 이론에 섞여 있는 결함들을 보완하였다. 이로써 그의 '허정' 이론은 더욱더 예술심미적 의의와 문예심리학적 의의를 지닐 수 있었으며, 아울러 중국 미학사와 문예심리학사에 커다란 영향을 끼칠 수 있었던 것이다.

유협은 《문심조룡》에서 예술적 상상에 있어서 창작주체가 지녀야 할 생리적·심리적 보양의 문제에 대해 깊이 있는 논의를 전개하고 있다. 이는 '양기養氣' 설로 대표된다.

마음의 뜻을 조화롭게 하고 자연스럽게 하면 사리思理가 융화하고 심정이 마음껏 펼쳐지지만, 만약 지나치게 연마하면 정신이 피로해지고 기가 쇠미해질 것이다.

率志委和, 則理融而情暢, 鉆礪過分, 則神疲而氣衰. (〈養氣〉)

대체로 사고에는 더디고 빠른 구별이 있고, 때에는 통하고 막히는 길이 다르다. ……그래서 문학창작을 하는 데는 적당한 조절이 필요한 것이어서 심정을 맑고 화평케 하고, 그 기를 순조롭고 화창하게 만들어야 한다.

且夫思有利鈍, 時有通塞, ……是以吐納文藝, 務在節宣, 淸和其心, 調暢其氣. (〈養氣〉)

그래서 자신의 심령을 잘 다루고 창작의 방법을 단련하여 애써 노심초사하지 말 것이며, 창작의 법칙을 장악하여 쓸데없이 마음을 피곤하게 하지 말아야 한다.

是以秉心養術, 無務苦慮, 含章司契, 不必勞情也. (〈神思〉)

'양기,' 즉 기를 보양한다는 것은 예술적 상상에 있어서 창작주체가 자신의 심리적·생리적 메커니즘을 어떻게 조절할 것인가 하는 문제인데, 이 문제에 대해서는 보다 상세하게 언급하고자 한다. 유협은 '기氣'를 개체의 재기·성격·감정·인격 등으로 해석하고 있는데, 이는 '자연적인 항질恒質'을 지니고 있는 개체의 생리적 메커니즘일 뿐만 아니라 인격 수양 및 인생 경계의 문제와도 연관되어 있다. 유협은 작가가 문예창작에 임함에 있어 반드시 "자신의 심령을 잘 다스리고 창작의 방법을 단련하여 애써 노심초사하지 말 것이다 秉心養術, 無務苦慮"·"적당히 조절해야 한다 務在節宣"·"지나치게 연마하면 鉆礪過分"·"정신이 피로해지고 기가 쇠미해지니 神疲氣衰" 이를 조심하면서 "심정을 맑고 화평하게 하고, 그 기를 순조롭고 화창하도록 淸和其心, 調暢其氣" 해야만 비로소 자신의 창작 영감을 격발, 예술적 상상력을 최대한 발휘하고, 아무런 거리낌 없이 "등산을 생각하면 산에 대한 느낌이 뇌리에 가득 차고, 바다를 바라보는 생각을 하면 바다의 풍경 속에 자신이 드러내고자 하는 뜻이 가득 차 登山則情滿於山, 觀海則意溢於海" 하늘 위 땅 아래 어디든지 다다를 수 있고, 이로써 우수한 예술작품이 창작될 수 있다고 생각했다. 이로 보건대, '양기'는 또한 심미적 상상에 도달할 수 있는 '허정'한 경계에 필수불가결한 조건이자 수단이라고 할 수 있다. 이에 기윤紀昀은 다음과 같이 말하고 있다. "양기란 문기를 함양하는 것이니 〈신사〉편에 나오는 허정설을 참고할 수 있다. 자신이 피곤하고 조급하면 어찌 맑은 생각이 떠오를 수 있겠는가! 非惟養氣, 實亦涵養文機, '神思' 虛靜之說可以參觀. 彼疲困躁憂之餘, 烏有淸思逸至哉!"[23]

'양기' 설은 맹자에서 비롯된다. 그는 개체 인격의 아름다움에 대해 논구하면서 "나의 넓고 큰 기를 기른다 養吾浩然之氣"고 하였다. 이 문제는 인간의 주관적인 정신상태와 심리상태까지 언급하고 있는 것이기 때문에, 맹자의 윤리학이 미학과 심리학으로 전화될 수 있는 관건이 된다. 그러나 어쨌든 그가 말하고자 했던 것은 선善에 도달하기 위해 반드시 행해야만 하는 도덕수양의 문제였기 때문에 당연히 인식론과 윤리학의 범주에서 크게 벗어나는 것이 아니다. 이런 점에서 유협은 물론 다르다. 《문심조룡》에서 '양기'는 예술창작 주체가 예술적 창작을 위해 자신의 상상력을 발휘함에 있어서, 반드시 필요한 생리적·심리적 조절 메커니즘의 필요성 때문에 제기된 것이다. 그렇기 때문에 이는 순수 문예심리학의 범주에 속하는 것이며, 이러한 이유로 그의 '양기' 설은 중국 미학사와 문예심리학사에 있어서 더욱 보편적 의의를 지니게 된 것이다.

《문심조룡》에는 예술적 상상의 과정에 대해서도 논의되고 있다. 이러한 과정은 바로 형상사유의 과정이자 예술의 전달과정이기도 하다. "감정은 자연물에 따라 변하고, 글은 감정에 의해 촉발된다 情以物遷, 辭以情發"(〈體性〉), "시인이 외물에서 느낌을 받으면 연상이 끊임없이 계속된다 詩人感物, 聯類不窮"(〈物色〉)라고 하였는데, 이는 형상사유의 초급단계로서 창작주체가 예술적 관찰을 통해 감지에서 정감으로 나아가, 이로써 연상이 일어남을 지적한 것이다. 그런 다음 다시 한 단계 높여 "눈으로 반복해서 관찰하면 마음에 느낌이 있어 토해 내기 마련이다 目旣往還, 心亦吐納"라고 하여, 사유를 다듬어 더욱 집중시킴을 뜻하는 것이다. 마지막으로 "감정을 지니고 경물을 보는 것이 물건을 주는 것 같다면 경물로 인해 감흥이 일어나는 것은 화답을 받는 것과 같다 情往似贈, 興來如答"(〈物色〉), "물상은 형체로 작가의 마음을 구하고 작가는 마음속에서 우러나온 정리情理로 조응한다 物以貌求, 心以理應"(〈神思〉)에서처럼 정감의 흥취라는 각도에서 사유과정을 설명하는 것으로 주관적인 감정이나 사유를 객관적인 물상에 기탁하고, 이로써 마음과 외물이 일치되는 상태를 말하는 것이다. 이는 형상사유의 마지막 단계인데, 이때 작가는 자신의 예술적 상상을 충분히 발휘하여 "감정이 움직이면 언어로 형태가 만들어지고, 나타내고자 하는 도리가 표달되면 문장으로 체현된다 情動而言形, 理發而文見"(〈體性〉)라고 하였으니, 구체적인 언어예술의 형식으로 물화하여 예술작품을 만들어 냄을 뜻하는 것이다.

《문심조룡》에서는 예술구상 및 예술상상의 과정 역시 예술의 전달과정의 일부라는 관점을 보이고 있다. 예술상상의 상태에 대해 분석을 가한 후, 다시 "이렇게 하고 난 후 현묘한 도리를 깊이 통찰하고 있는 마음을 통하여 성률에 따라 문사를 안배하니, 독특한 견해를 지니고 있는 이름난 공장工匠이 의상意象에 따라 창작을 행하는 것과 같다 然後使玄海之宰, 尋聲律而定墨, 獨照之匠, 窺意象而運斤"(〈神思〉)라고 하였는데, 여기서 "성률을 따라 문사를 안배한다 尋聲律而定墨"는 말은 예술표현에 있어서 물질적 매개(예컨대 성률이나 언어 등)의 형식규율을 파악해야만 한다는 뜻으로, 예술심리 사유의 법칙 가운데 감지와 표상의 단계에 속하는 것이다. 또한 "의상을 헤아려 창작을 행한다 窺意象而運斤"고 한 것은, 예술표현 형식의 법칙을 감지하고 파악한 상태에서 그것을 토대로 의상意象이 형성된다는 것을 지적한 것이다. 이미 《주역》장에서 언급한 바와 같이 중국 철학사와 미학사・문예심리학사에 있어서 '의상'과 유관한 범주는 《주역》에서 가장 먼저 제기되었다. 《주역》에 나오는 '상象'은 원래 괘상을 의미하는 것이지 예술형상을 의미하는 것은 아니다. 그러나 "상을 세워 뜻을 다한다 立象以盡意"는 예술형상론과 예술심리심미 '의상'론의 토대가 되었다. 이른바 '의상,' 즉 '뜻 속의 상〔意中之象〕'은 심미주체가 구체적인 사물을 감지하고 일정한 '표상表象'을 형성하며, 다시 형상사유라는 일련의 가공을 통하여 이로부터 심미주체의 두뇌에서 형성된 심미형상을 의미하는 것이다. '의상'은 심미물상이 예술형상이 되는 중개적 역할을 하는 것이다. 상술한 내용으로 보건대, 문예심리학적인 의미에서 '의상'이란 범주의 구성과정은 유협의 《문심조룡》에서 비로소 완비된다고 할 수 있을 것이다. 뿐만 아니라 유협은 '의상'론을 작가의 예술구상 및 예술상상을 위해 진행되는 형상사유 과정에 있어서 대단히 중요한 고리로 삼았고, 아울러 '의상'이 물화하면 그것이 바로 예술형상의 창조라는 것을 밝혔다. 이러한 견해는 《주역》 이래로 왕필이나 고개지・종병과 같은 이들의 논의를 훨씬 뛰어넘는 것이다. '의상'론의 함의에 있어서 진정으로 완전한 예술심미심리의 '의상'론은 확실히 《문심조룡》에서 비롯되는 것이라 하겠다.

다음으로 《문심조룡》에서는 예술적 상상력을 발휘함에 있어 몇 가지 방식을 제시하고 있다. 첫째, 공간적인 연계나 시간적인 순서를 종합적으로 융화시켜 마음과 외물이 일치하도록 하고 이로부터 상상력을 발휘한다. 예컨대 "근본 원리에 근거하여 여러 가지 기교를 총괄하고, 요점을 파악하여 번다한 문제들을 다스려야 한다 乘一總萬, 擧要治繁"(〈總術〉)고 한 것은 공간적인 연계에서 말한 것이고, "처음부터 끝까지 잎이나 가지를 각기 합당하게 배치한다 沿始要終, 疏條布葉"고 한 것은 시간적인 순서에서 언급한 것이다. 둘째, '연류법聯類法.' "시인이 외물에서 느낌을 받으면 연상이 끊임없이 계속된다. 詩人感物, 聯類不窮"(〈物色〉) 이는 작가가 구체적인 물상에서 감흥을 느낌으로써 일련의 유사한 연상을 일으킬 수 있다는 것이다. 셋째, '취류법取類法'과 유관한 '비흥법比興法.' 유협은 비흥을 대단히 중시하여 이를 '신사'의 특징으로 간주하였으며, '신사'를 '맹아비흥萌芽比興'이라고 하였다.

유협은 대비법에 대해 다음과 같이 논술하고 있다. "내용을 헤아려 관련된 제재를 취해야 한다. 酌事以取類" (이는 본래 〈熔裁〉편에 나오는 구절로 대비법과는 그다지 상관이 없는 듯하다.) "관련된 일로써 의의를 표명하는 것. 據事以類義" (〈事類〉) "비란 가까이한다는 뜻이다. 比者附也" "사물의 이치에 접근하기 위해서는 쌍방의 서로 같은 부분을 지적하여 사물을 설명한다. 附理者切類以指事", "사물의 이치에 가까이 갈 수 있도록 비를 통한 수법이 사용된다 附理故比例以生" "비는 비록 번다하게 여러 가지 종류가 있지만 적절하게 비유하는 것을 귀하게 여긴다. 比類雖繁, 以切至爲貴"(〈比興〉) 대비법은 예술상상에 있어서 매우 중요한 것이다. 윌 라이트는 이를 '비유적 상상'이라고 하면서, "비유의 상상 속에는 두 가지 또는 그 이상의 형상이 구체적으로 결합되어 있는데, 이러한 형상은 여러 가지 감정이나 이지와 연계될 수 있다. ……이는 일종의 다른 것을 동일한 것으로 변화시키는 방법인데, 소재를 조합하는 과정에서 소재 상호간에 존재하는 근본적인 차이가 소실되고 결과적으로 하나의 통일된 개념이 얻어지게 된다"[24]고 말하고 있다. 예컨대 유협은 〈비흥〉편에서 《시경詩經·권아卷阿》의 "귀한 옥기玉器를 어진 신하에 비유한 것 珪璋以喩秀民"을 인용하여 자신의 견해를 밝히고 있는데, 이는 규장은 사물이고 수민은 사람으로 서로 차이가 나지만 '비유의 상상'을 통해 그 동일함을 느낄 수 있음을 보여 주기 위한 것이다. 여기서 덕이 있는 사람을 가꾸고 기르면 어진 신하가 될 수 있다는 것은, 비유컨대 옥을 갈고 닦으면 규장이 되는 것과 같다. 유협은 또한 '비유의 상상'을 통하면 "사물이 비록 마치 북방의 호인과 남방의 월인처럼 서로 멀리 떨어져 있어도 (비흥의 방법을 통해) 결합시키면 간과 쓸개처럼 친할 수 있다 物雖胡越, 合則肝膽"(〈比興〉)고 하였고, 이와 상반될 경우에는 "문장의 구성을 잘못하면 원래 조화로운 음조도 호와 월처럼 소원해진다 拙會者同音如胡越"고 하였다.

흥법興法에 대해 유협은 〈비흥〉편에서 다음과 같이 말하고 있다. "흥의 방법에 기탁하여 풍유하면 완곡하게 문장을 이루어 표현이 잘되니, 표면적으로는 작은 일이나 비유한 뜻은 오히려 큰 것이다. 觀夫興之托喩, 婉而成章, 稱名也小, 取類也大" 이 가운데 "표면적으로는 작은 일이나 비유한 뜻은 오히려 큰 것이다" 라는 것은 유추방법 중에서 흥의 기본적인 특징인데, 그 중심되는 뜻은 다음 두 가지이다. 첫째, "사물의 은미한 부분에 따라서 자신이 말하고자 하는 뜻을 기탁해야만 한다. 依微以擬議"(〈比興〉) 다시 말해 극히 미세한 사물을 통해 표현하고자 하는 큰 것을 유추하는 것이다. 둘째, 이것으로 저것을 흥기하는 것으로 감지하거나, 묘사한 사물로 다른 일이나 사물 또는 뜻을 흥기시키는 것이다. 이로 보건대 이것 역시 예술상상 이론인 것이다.

유협의 비·흥에는 공통된 특징이 있다. 이는 양자 모두 감정으로부터 벗어날 수 없다고 주장한다는 점이다. "흥은 (정감을) 일으킨다는 뜻이다. 興者, 起也" "비의 수법을 이용하면 작가는 내심의 축적된 울분을 손가락질하듯 분명하게 할 수 있다. 比則蓄憤以斥言" 황간黃侃은 "나중에 정현이 비는 당시의 실책을 보고 감히 직접 가리켜 말하는 것이 아니라, 유비되는 것을 취해 말하는 것이다라고 말했다 后鄭玄曰, 比, 見今之失, 不敢斥言, 取類比以言之"고 하였는데, 이는 비흥을 현실과 대면하여 자신이 느낀 것을 비유적으로 드러낸다는 뜻으로 본 것이다. 예술상상 가운데 비흥의 방법이 지닌 정감적 특성을 강조함으로써 예술에 있어서의 비흥과 그와는 다른 사회과학, 예컨대 윤리학·논리학 등에서 나오는 유비를 구별하여 비흥법의 예술적 의미를 더욱 부각시키게 되었다.

상상론은 문예심리학에 있어서 대단히 중요한 범주이다. 마르크스는 예술창작에서 상상의 작용을 중시하여 상상은 예술사유의 중요한 요소라고 하였다. 예술의 생산에 대해 말하자면, 상상력은 필수불가결한 요소이다. 상상은 이론사유의 전면에 나서서, 인류가 아직 과학적으로 세계를 해석할 수 없었을 때에도 이미 신화라는 상상의 나래를 통해 세계를 장악할 수 있었다. 마르크스는 "상상이 인류의 발전에 이처럼 커다란 효능을 발휘하자 신화·전기·전설 등 기록되지 않는 문학이 생산되기 시작하였으며, 인류에게 커다란 영향을 가져다 주었다"[25]

라고 하였다. 서구 미학사·심리학사에 있어 적지않은 논자들이 상상의 문제를 언급하였다. 그러나 대부분의 사람들이 상상활동이 일종의 이성적 인식이라는 점을 부인하고, 이를 개념이 필요 없는 감성적 활동에 불과하다고 단정지었다. 아리스토텔레스는 '상상은 위축된 감각'[26]이라고 하였으며, 마치니(1548-1598)는 상상의 효능은 '절대로 이지적일 수 없다'[27]고 하였다. 비코(1668-1744) 역시 상상과 이지理智는 물과 불처럼 영원히 화합할 수 없는 것이라고 하면서, "추동력이 약해질수록 상상력은 더욱더 강렬해진다"[28]고 하였다. 이러한 관점은 헤겔에 넘어와서야 비로소 바뀌었다. 그는 비교적 변증적인 관점하에서 상상활동을 감성적인 면뿐만 아니라 이성적인 면도 아울러 지니고 있는 인식활동으로 간주하여, '상상은 창조적인 것'[29]임을 정확하게 지적하였다.

중국에서도 상상론은 오랜 역사를 지니고 있다. 《사기·맹자순경열전》에는 음양오행가 추연騶衍이 〈담천談天〉에서 보여 준 무한한 상상력이 여실히 표현되고 있다. 그의 우주에 대한 관찰은, 공간적으로 "미루어 확대되니 끝이 없는 지경에 이르고 推而大之, 至於無垠" 시간적으로 "미루어 멀어지니 천지가 아직 생겨나기 전에 이르러 아득하고 막막하여 가히 살필 수 없는 지경에 근원한다 推而遠之, 至天地未生, 窈冥不可考而原也"고 표현되고 있다. 이는 추연이 눈앞에 펼쳐진 사물을 보면서 이에서 한 걸음 더 나아가 '사람이 능히 볼 수 없는 것'까지 유추하여 살폈다는 뜻이다. 장자의 우언에도 사람이나 사물을 포함한 여러 가지 것들에 대한 상상력 풍부한 내용이 가득 담겨 있다.

전국 중기에 씌어진 《한비자韓非子·해노解老》에서도 마찬가지이다. 한비자는 노자의 "(도는) 모습을 드러내지 않는 모습이고, 구체적인 물상이 없는 형상이다 無狀之狀, 無象之象"는 말을 해석하면서 비교적 명확하게 '의상'의 개념을 제기하고 있다. "사람들은 활동하는 상을 거의 보지 못하고 움직이지 않는 물체, 곧 죽은 형상의 골격만을 얻을 뿐이며, 그 도형에 의거하여 그 살아 있는 형상을 추측한다. 그래서 일반 사람들이 억측해 낸 것을 모두 상이라 부른다 人希見生象也, 而得死象之骨, 案其圖以想其生也. 故諸人之所以意想者皆謂之象也"고 하였다. 여기에 나오는 의상의 개념에는 '상상'의 함의가 들어 있다. 처음으로 '상상'이란 말이 나온 것은 굴원의 《초사》이다. 〈원유〉에 보면, "옛날 생각에 그 모습이 떠올라 크게 탄식하면서 눈물을 훔치네 思舊故以想象兮, 長太息而掩涕"라 하여 상상이란 말을 쓰고 있다. 이후 육기의 《문부》 등에 오면 상상과 연관된 말들이 쉽게 발견된다. 그러나 유협 이전에는 상상에 관한 논의가 구체적으로 진행된 적이 없으며, 단지 묘술적인 측면에서만 언급되었을 따름이다. 물론 '상상'에 관한 미학적 혹은 문예심리학적 범주에서의 접근 역시 기대할 수 있는 것이 아니었다. 그러나 앞서 언급한 바와 같이 유협에 들어와서는 전대의 논의가 종합되면서 문예와 연관된 개념으로 정착되고, 보다 구체적인 논의가 시작되었다. 특히 예술상상의 개념이나 내포·특질에 관한 논의에 있어서는 유협이 이미 헤겔을 훨씬 넘어서고 있음을 알 수 있다.

중국 고대 문론에서, 특히 유협의 《문심조룡·신사》에 관한 연구에 있어서 많은 중국 학자들은 종종 상상과 영감을 동일한 함의로 파악, 자신들의 논의를 진행하고 있는데, 이는 대단히 불합리한 것이다. 왜냐하면 상상(Phantasie)은 바로 형상사유[30]로서, 기본적으로 모든 예술사유나 창작과정의 처음부터 끝까지 일관되게 적용되는 것인 데 반해 영감(Inspiratio; 원래의 뜻은 영기의 흡입이다. Spirit; 정신·영혼의 뜻으로 역시 영기의 뜻을 포함한다)은 "다른 것이 아니라 완전히 주제 안에 침잠하여, 그것을 완전한 예술적 형상으로 표현하지 못하면 결코 그만둘 수 없는 일종의 상황을 의미하기"[31] 때문이다.

엥겔스는 영감에 대해 다음과 같이 정밀한 분석을 하고 있다. "그(창작주체)의 몸에는 그러한 이성을 제외하고 이처럼 강렬한 격정이 있는데, 이러한 격정이 그의 작품에서 영감으로 표현된다. 또한 그의 상상력이 일종의 흥분상태라고 할 수 있는 지경에 들어가야만 비로소 정신적인 창작에 임할 수 있는 것이다."[32] 이로 보건대 이른바 영감이란 바로 창작 충동이라고 할 수 있다. 그것은 돌발적인 것이며, 오랫동안 지속되는 것이 아니라 어느 새 사라질 수도 있는 일시적인 것이다. 그렇기 때문에 그것은 상상을 토대로 삼고 있지만 상상의 예술창작 심리활동과는 구별된다고 할 수 있다. 이러한 관점에서 볼 때, 〈신사〉편은 물론 영감론이 포함되어 있긴 하지만 그렇다고 해서 간단하게 영감론이라고 단정지을 수는 없다. 바로 이러한 이유로 〈신사〉편을 예술형상 사유의 전과정에 존재하는 상상론으로 귀결시켜 논의를 전개하는 것이 타당한 연구방식이라 하겠다. 또한 이러한 접근을 통해야만 《문심조룡》 전편에서 이와 관련된 문제들을 보다 합리적으로 연계할 수 있을 것이다.

3. '정채情彩' — 예술정감론

정감은 예술에 있어서 매우 중요한 요소이다. 혹자는 예술의 본질을 정감이라고 단정짓기도 한다. 물론 이는 올바른 논의는 아니다. 그러나 그만큼 정감은 예술에 있어서 중요한 요소인 것이다. 예술창작은 정감과 결코 분리될 수 없다. 예술이란 주·객체의 통일이다. 이렇듯 창작주체는 자신의 사물에 대한 인식과 체험을 물화시켜 예술형상으로 만들기 때문에 결코 심미정감에서 벗어날 수 없다. 정감이 없으면 당연히 예술은 존재할 수 없다. 중국 문예심리학사에서 정감론의 토대가 된 것은 노장의 심미정감설이다. 그리고 육기에 넘어와 '연정緣情' 설로 발전하였다. 유협은 《문심조룡》에서 예술에 있어서 심미정감의 문제에 대해 여러 가지로 논술하고 있다. 그의 논의는 기본적으로 노장과 육기 등의 예술정감이론을 계승·발전시킨 것이라고 할 수 있다.

유협은 예술정감의 문제를 대단히 중시하였다. 《문심조룡·신서통검新書通檢》에 보면, 《문심조룡》 전체 내용 가운데 '정' 자가 들어 있는 문장이 1백여 군데나 된다고 한다.[33] '정'에 관해서는 주로 〈정채〉·〈물색〉편에서 집중적으로 논의하고 있는데, 무엇보다도 〈종경〉에서 언급하고 있는 '육의六義' 가운데 첫번째가 바로 '정심情深'이며, 〈용재〉에서도 "온갖 정취나 생각이 모여 문장을 이루는 데 있어서 문사와 정감을 바탕으로 한 내용에서 결코 벗어날 수 없다 萬趣會文, 不離辭情"라고 하여 정감의 중요성을 강조하고 있다. 유협은 정감을 예술창작에서 가장 중요한 요인으로 간주하였을 뿐만 아니라 예술 자체를 정감의 표현으로 간주하였다. 〈명시明詩〉에서 그는 다음과 같이 말하고 있다.

> 사람은 일곱 가지 정감을 품부받아 지니고 있는데, 외물의 자극을 받으면 이에 따른 감응이 일어난다. 마음에 느낌이 생기면 읊조리게 되니 이는 저절로 그러하지 않음이 없다.
>
> 人稟七情, 應物斯感, 感物吟志, 莫非自然.

이처럼 그는 사람에게는 희喜·노怒·애哀·구懼·애愛·악惡·욕欲과 같은 칠정七情이 있는데, 외물의 자극에 의해 각기 다른 정감으로 반응하게 되니, 외계 사물에 감응하여 자신의 느낌을 읊조리는 것은 자연적인 유로流露이다라고 하였다. 그는 계속해서 "시란 지님이니, 사람이 정성을 지님을 뜻하는 것이다 詩者, 持也, 持人情性"라고 하였다. 이는 유가의 '시교詩敎' 설을 연용한 것으로서 정감으로 시교를 행해야 함을 의미하는 것이다.

사람의 정감이란 주관적이다. 그러나 그것은 객관적인 것과 완전히 분리될 수 없으며, 근본적으로 객관에 뿌리를 두고 객관적인 것을 반영한다. 유협 역시 예술정감은 마음과 외물의 조화 속에서 표현된다고 주장하여 이 점에 대해 동의하고 있다. "감정은 자연물에 따라 변천하고, 글은 감정에 의해 촉발된다. 情以物遷, 辭以情發" "그래서 시인은 외물에서 느낌을 받으면 연상이 끝없이 계속된다. 삼라만상 사이를 두루 누비며, 눈으로 보고 귀로 듣는 것을 모두 곰곰이 생각한다. 천지의 정신을 묘사하고 만물의 모습을 표현함에는 외적 사물에 따라 완곡하게 한다. 문체를 엮고 성률을 안배하는 것 또한 마음과 더불어 함께 움직일 수 있어야 한다. 是以詩人感物, 聯類不窮. 流連萬象之際, 沉吟視聽之區. 寫氣圖貌, 旣隨物以宛轉, 屬彩附聲, 亦與心而徘徊"(〈物色〉) 이는 정감이 객관적인 사물에 의해 촉발됨을 느끼고, 이에서 예술적인 표현을 통해 마음과 외물의 통일을 달성한다는 뜻이다.

위진 이래의 화론畵論·문론文論 중에서 '물物'은 대부분의 경우 자연사물을 가리킨다. 선진시대에 교화에 치중된, 자연을 사람의 덕에 비유하는 이른바 '비덕比德' 설은 위진에 넘어와 개인의 정감을 묘사하고자 했던 '징회澄懷' 설로 발전된다. 여기서 자연은 사람의 정감을 표현할 수 있는 심미적 객체로서 인간의 감정심리의 물화가 이루어져야만 한다는 논의가 심화되었다.

유협은 "그래서 1년 사계절의 경색이 비록 변화무쌍하나, 창작의 흥취 속으로 들어가면 일정한 법칙이 있어야 한다. 사물은 비록 번잡하지만 그것들을 묘사하는 문사는 응당 간결하게 정련되는 것이 좋다. 그래서 작품의 맛이 은은하면서도 쉽게 흘러 나올 수 있어야 하며, 정감이 흥성하면서도 더욱 새로울 수 있어야 한다 是以四序紛回, 而入興貴閑. 物色號繁, 而析辭尙簡. 使味飄飄而輕擧, 情曄曄而更新"·"물색은 다했으나 정감은 남아 있다 物色盡而情有餘"(〈物色〉)라고 하여 자연미 속에서 정감을 표현해야 함을 주장함과 동시에 청신·간결하고 세련되어야 하며, 문장미가 무궁해야 한다고 단언했다. 이는 노장에서 육기로 이어지는 주정론主情論의 새로운 발전이다. 뿐만 아니라 위진 이전의 '정情'의 함축된 의미는 일반적으로 사리事理를 포괄하는 것으로 문장의 내용에 대한 범칭이었다. 그러나 《문심조룡》에서 언급되고 있는 '정,' 예컨대 "감정은 자연물에 따라 변천하고, 글은 감정에 의해 촉발된다 情以物遷, 辭以情發"(〈物色〉), "작가의 정신활동은 만물의 형상과 서로 통하고, 작품의 여러 가지 내용을 낳는다 神用象通, 情變所孕"(〈神思〉), "감정으로 사물에 접하는 것은 주는 것과 같고, 경물로 흥이 있는 것은 회답을 받는 것과 같다 情往似贈, 興來如答"(〈物色〉), "작가의 정감과 기질은 서로 배합되며 문사와 풍격 역시 통일적이다 情與氣偕, 辭共體并"(〈風骨〉), "사물의 이로운 세勢에 따라 창작한다면, 내용과 형식이 절로 합치될 것이다 因利騁節, 情彩自凝"(〈定勢〉) 등은 모두 지志·이理·물物·상象과 대치되는 것으로, 창작주체가 외적 대상인 사리事理와 물상物象 속에서 느낀 강렬한 심리적 반영이다. 그래서 유협이 《문심조룡》에서 말하고 있는 정은 오로지 사람이 지니고 있는 정감의 개성적인 활동을 의미하는 것이며, 바로 이러한 까닭에 이전 사람들의 견해에 비해 더욱 풍부한 문예심리학적 의미를 내포하고 있다고 할 수 있다.

유협은 창작과정에 있어서 정감의 작용을 대단히 중시하였다. 인간이 지니고 있는 정감의 심리적 법칙에서 볼 때, "정감과 정서는 인간의 인식활동 밖에 존재하는 것이 아니라 활동하는 과정에서 생겨나며, 또한 인식활동의 진행에도 영향을 준다."[34] 예술창작에 있어서는 더욱 그러하다. 그것은 작가의 생활체험과 창작사유에 지속적으로 간여할 뿐만 아니라 예술표현 과정에서도 시종을 같이한다. 유협 역시 이 점을 정확하게 인식하고 있다. 그는 예술창작은 모두 정감의 산물이며, 정감이 없으면 창작이 불가능함을 명시하였다.

여러 가지 색이 한데 섞여 고대 예복의 문양인 보불처럼 아름다운 무늬가 생기고, 여러 가지 음악이 서로 조화를 이루어 순임금이나 우임금 시기의 음악인 소나 하처럼 듣기 좋은 음악이 이루어진다. 온갖 성정이 표달되어 그것이 문사를 이루니, 이는 자연의 이치에서 결정되는 것이다.

五色雜而成黼黻, 五音比而成韶夏, 五情發而爲辭章, 神理之數也. (〈情彩〉)

문장의 아름다움은 정성, 즉 감정과 사상에 근본을 두고 있다.

辨麗本於情性. (〈情彩〉)

풀이나 나무처럼 미미한 것조차도 정에 의지해야 과실을 맺거늘, 하물며 사람이 쓰는 문장에 있어서 정지情志를 근본으로 삼아야지, 오히려 말과 작가의 뜻이 어긋나서야 이러한 문장에 어찌 징험이 있겠는가?

夫以草木之微, 依情待實, 況乎文章, 述志爲本, 言與志反, 文豈是徵. (〈情彩〉)

이는 일체의 자연사물이 모두 작가에 의해 정감을 부여받았기 때문에 비로소 예술창작의 표현 대상이 될 수 있었음을 말하는 것이다. "문학의 정화를 표현함에 있어 정성이 아닌 것이 없다. 吐納英華, 莫非情性"(〈體性〉) "작가의 정신활동은 만물의 형상과 서로 통하고, 작품의 여러 가지 내용을 낳는다. 神用象通, 情變所孕"(〈神思〉) 여기서 볼 수 있듯이 유협은 예술적 구상은 그것이 사유과정이든 상상과정이든간에 모두 정감의 격정적인 작용에서 벗어날 수 없다고 생각하고 있었다. 이는 현대 문예심리학의 관점과 예술창작 규율에 부합하는 것이다.

유협은 사상감정과 언어의 관계에 대해서도 논술하고 있다. "정신은 가슴속에 있는데 작가의 지기志氣가 그 관건을 통제한다. 외적 사물은 눈과 귀를 통해 들어오는데 언어표현이 그 지도리를 관장한다. 神居胸臆, 而志氣統其關鍵, 物沿耳目, 而辭令管其樞機"(〈神思〉) 이는 사상감정이 창작과정에서 주도적인 작용을 하고 있으나, '사령辭令' 즉 언어 역시 중요하다는 입장을 제시한 것이다. 또한 "무릇 감정이 움직이면 언어로 형태지어지고, 나타내고자 하는 도리가 표현되면 문장으로 체현된다. 대개 마음속에 감추어진 은밀한 것에 따라 정情과 이理가 분명히 드러나니, 내면적인 것에 근거하여 밖으로 부합하여 표리가 일치한다 夫情動而言形, 理發而文見. 蓋沿隱以至顯, 因內而符外者也"(〈體性〉)에서 볼 수 있듯이 작가의 사상과 정감은 언어·문자에 의해 표현되어야만 비로소 물화, 즉 형태화된 예술작품이 될 수 있다고 보았다. 그래서 그는 "정감은 믿을 수 있어야 하고, 문사는 공교로워야 한다"(〈徵聖〉)고 하였던 것이다.

물론 그 역시 정감과 언어의 관계는 서로 보응하는 것임을 알고 있었다. 그래서 "충실한 뜻, 문채 있는 언어, 진실된 정감, 아름다운 문사 이것이 바로 문장창작의 금과옥조金科玉條이다 志足而言文, 情信而辭巧, 乃含章之玉牒, 秉文之金科矣"(〈徵聖〉)라고 한 것이다. 만약 사상과 정감이 풍부하고 충실해지면 언어표현 역시 더욱더 우아하고 아름다워진다는 것이 그의 생각이었다. 그는 또한 "바야흐로 붓을 잡고 문장을 쓰려 할 때, 그 의기는 참으로 장하다. 그러나 문장을 이루고 보면 마음먹은 것의 절반밖에 표현이 안 된다. 왜냐하면 뜻은 하늘을 뒤집는 훌륭한 구상으로 기이하다고 하더라도 말이 실질적인 내용을 이루어 교묘하게 되기가 어렵기 때문이다 方其搦翰, 氣倍辭前, 暨乎篇成, 半折心始. 何則? 意翻空而易奇, 言徵實而難巧"(〈神思〉)라고 하였는데, 사상·정감·언어표현의 문제에 대한 그의 분석 역시 문예창작의 실제와 부합하는 것이다.

대략적으로 여기에서 유협의 문예창작에 있어서의 정감의 작용에 대한 논술을 마감할 수 있을 것 같다. 그리고 여기에서 유협은 모든 예술구상과 창작과정에 작가의 사물에 대한 정감체험이 충만해 있음을 밝히고 있다는 것을 덧붙이고자 한다.

> 작가가 등산을 생각하면 뇌리 속에는 온통 산에 대한 느낌이 가득 차고, 바다를 바라보는 생각을 하면 바다 풍경 속에 자신이 드러내고자 하는 뜻이 가득 찬다. 작가의 재주가 많고 적음을 불문하고, 그의 창작사유는 바람이나 구름처럼 자기 멋대로 치닫는 것이다.
>
> 登山則情滿於山, 觀海則意溢於海, 我才知多少, 將與風雲而幷驅矣.

이처럼 유협은 외물을 초월한 듯한 정감 내용뿐만 아니라 생활체험 과정에서도 작가의 정감체험이 충만되어 있으며, 이렇게 해야만 비로소 작가 자신과 대상간에 조화로운 통일이 이루어질 수 있을 것이라고 생각했다. 톨스토이 역시 이러한 견해를 밝힌 바 있다. 그는 "만약 현실이나 상상 속에서 고통의 두려움이나 향락의 즐거움을 경험하였을 때, 그 감정을 화폭이나 대리석에 옮겨 표현함으로써 그외의 사람들이 그와 같은 감정을 느끼게 되면 이 역시 예술이라 할 수 있다. 만약 한 개인이 체험하거나 상상한 쾌락이나 환락·우울·실망·상쾌함·낙심 등의 정감 및 이러한 감정이 서로 엇갈릴 때, 그가 소리를 통해 이러한 감정을 표현하여 청중들이 마찬가지로 똑같은 감정을 느끼면 이것 역시 예술이라 할 수 있다."[35] 톨스토이의 이러한 창작이론은 일반적으로 정감체험론이라고 부르는데, 이 점에 대해서는 이미 서구 표현론 미학과 문예심리학에서 심도 있는 논의가 있었다.

예컨대 펄은 "일체의 심미방식의 기점은 반드시 어떤 특수한 감정에 대한 직접적인 감수에서 비롯된다. 이러한 감정을 불러일으키는 것을 우리는 일컬어 예술품이라 한다."[36] 랭거 역시 "한 작품이 예술이냐 아니냐를 확정짓는 것은 그 작품의 창조자가 그것을 일종의 표현으로 구성하는 데 있어서, 그가 인식한 정감 개념이나 전체적인 정감관계의 형식에 뜻을 두었느냐 아니냐에 달렸다"[37]고 하였다. 이러한 것은 물론 단순히 정감만을 강조한 단순정감론이 아니다.

아무튼 유협이 논의한 것은 기본적으로 그들과 상통한다. 특히 예술의 정감은 고립적인 것이 아니며, 물아物我가 상통하고 동일한 것이라는 점에서 그러하다. 만약 작가의 정감체험이 없거나, 표현하고자 하는 정감이 작가의 정취와 서로 결합될 수 없다면 그것은 예술이 될 수 없다. 바로 이러한 점에서 유협은 작가들에게 "(시경의 시인들은) 내심에 울분이 가득 차니 이에 자신의 정성을 읊조렸다 志思蓄憤, 而吟咏情性"고 하면서, "자신의 정감을 표현하기 위해 문장을 지을 것 爲情而造文"을 요구하였다. 그리고 이에 반하는 "무조건 지나친 수식으로 내달리고 내용이 잡다하여 공허한 상태로 苟馳誇飾, 鬻聲釣世" 문장을 짓기 위해 억지로 감정을 자아내는 것 爲文而造情"(〈情彩〉)은 결코 있을 수 없다고 역설하였던 것이다.

유협은 예술정감을 대단히 중시하였기 때문에 '문文'〔藝〕의 기본 형태를 구분할 때 〈정문情文〉이라는 독창적인 개념을 만들었다. 아울러 '문'의 형태를 구분하면서 인간의 심미감지 능력을 충분히 고려하였다. 유협은 《문심조룡·정채》에서 '문'을 세 가지 형태로 나누었다. 이른바 '형문形文'은 시각의 형체와 색채에 호소하는 아름다움이고, '성문聲文'은 청각에 호소하는 아름다움이다. 그리고 '정문'은 인간의 내재적 정감에 호소하는 인간적 아름다움을 의미하는 것이다. 물론 이러한 아름다움의 형태에 대한 구분을 정확한 것이라고 단정지을 수는 없다. 그러나 유협이 창신해 낸 '정문'이라는 개념은, 인간의 정감을 표현하는 예술을 아름다움의 한 형태로 간주한다는 점에서 큰 의미를 지닌다고 할 수 있다.

4. '체성體性'—창작주체론

유협이 논한 철학에서의 '자연의 도〔自然之道〕'와 미학에서의 '자연을 아름다움으로 삼는다〔以自然爲道〕'는 관점은 모두 '자연'을 숭상한다는 점에서 공통적인데, 여기서 '자연'이라는 개념은 두 가지의 함축된 의미를 지니고 있다. 첫째는 객체적 자연으로서 객관적 자연사물을 의미하는 것이다. 둘째는 주체적 자연으로서 인간의 자연적인 감성 욕망을 의미한다. '문학의 자각시대'에 살았던 유협은 시대정신의 영향으로 사람에 대한 연구에 몰입할 수 있었다. 그리고 그것은 그의 문학연구에도 영향을 주어 창작주체에 대한 연구에 많은 시간을 할애하도록 하였다. 《문심조룡》에서 창작주체에 대한 연구는 상당히 전면적이며, 문예심리학적 특색이 짙게 내재되어 있다. 유협의 철학과 예술이론을 총괄해 보면, 그는 창작객체(사회나 작품)에 대해서도 주의 깊게 연구하였지만 창작주체에 관한 탐구 역시 대단히 세밀하였다.

유협은 우선 창작주체의 '기'에 관해 심도 있는 연구를 하였다. 그는 〈체성〉에서 다음과 같이 말하고 있다.

> 이러한 여덟 가지 풍격은 항상 변화해 왔으며, 그것의 성공은 배움에 의해 이루어지는 것이다. 사람들의 속에 지니고 있는 재능의 힘은 선천적인 혈기에서 비롯되고, 그 기로써 정지를 충실케 하고, 정지로써 언어・문사를 확정하게 된다. 이렇게 해서 드러나는 문장의 정수는 사람의 정성에서 비롯되지 않는 것이 없다.
>
> 若夫八體屢遷, 功以學成, 才力居中, 肇自血氣, 氣以實志, 志以定言, 吐納英華, 莫非情性.

문예심리학의 관점에서 볼 때, '기'에는 창작주체의 재능・기질・성격・정감 등의 소질素質이 모두 포함된다. 또한 작가의 공적과 재력 역시 '기'와 유관하다. "기로써 정지를 충실케 한다 氣以實志, 志以定言"고 한 것은 이를 말해 주고 있다. 예술정감은 '기'와 융합되어야만 비로소 좋은 작품이 나오게 된다. 그래서 유협은 《문심조룡》에서 "성정에 기대어 전통적인 법식을 계승하고, 기질에 의거하여 혁신에 적응한다 憑情以會通, 負氣以適度"(〈通變〉), "정감은 기와 더불어 조화를 이룬다 情與氣偕"(〈風骨〉)라고 반복해서 강조하였다. 또한 공융孔融을 평하여 "기가 융성하여 문장으로 드러났다 氣盛於爲筆"(〈才略〉)고 하고, 완적을 평하여 "기에 맡겨 시를 지었다 使氣以命詩"(〈才略〉)고 칭찬한 것 또한 이와 유관하다. 뿐만 아니라 그가 건안문학에 대해 후한 평가를 한 것 역시 "경개하고 기가 많았다 梗概而多氣"(〈時序〉)고 보았기 때문이었다. 이러한 연유에서 유협은 〈풍골〉편에서 조비가 《전론・논문》에서 '기'로써 작가의 창작을 평가한 것을 타당하다고 여겨, 이는 "기의 뜻을 중시한 것이다 重氣之旨"라고 하였다.

이러한 논술에서 볼 때, 유협은 이미 '기氣'·'정情'·'지志'·'언言'의 관계에 대해 심도 있는 이해를 하고 있었음을 알 수 있다. 그가 논술하고 있는 것은 예술정감이 작가의 기질·재능을 포함하는 '혈기'와 융합해야만 비로소 창작충동이 생겨나고, 언어적 표현을 통해 '정과 기가 조화를 이루는' 예술작품이 된다는 말이다. 당연히 이처럼 '기'와 서로 연관된 예술정감론은 일반적인 정감론에서 한 걸음 나아간 것이라고 할 수 있다.

문예창작에 있어서 예술정감을 혈기와 서로 융합시켜야 할 뿐만 아니라, 창작주체의 재능·기질·성격 등을 내용으로 하는 '혈기' 역시 문예창작의 요구에 상응해야만 비로소 '정과 기가 조화를 이루게 된다.' 이러한 문제에 있어서 유협은 생리적·심리적 각도에서 '양기'라는 개념을 제시하고 있다.

> 무릇 이목구비는 살아가는 데 필요한 역할을 담당하고, 생각하는 것이나 언사는 정신적인 측면에서 사용되는 것이다. 마음의 뜻을 조화롭고 자연스럽게 하면 사리思理가 융화하고 심정이 마음껏 펼쳐지지만, 지나치게 연마하면 정신이 피로해지고 기가 쇠미해질 것이다. 이는 성정의 일반적인 원리이다.
>
> 夫耳目鼻口, 生之役也. 心慮言辭, 神之用也. 率志委和, 則理融而情暢, 鉆礪過分, 則神疲而氣衰. 此性情之數也. (〈養氣〉)

유협의 양기설은 생리기능의 각도에서 논의가 시작된다. 그는 〈양기〉편에서 사람이 지니고 있는 두뇌의 힘을 비롯한 생리적인 기능에는 한도가 있음을 지적하고, 만약 이러한 한계를 고려치 않아 "(왕충이나 조포 등처럼) 1년 내내 생각하고 고민하며, 매일매일 고통스럽게 생각을 거듭하고 旣暄之以歲序, 又煎之以日時" "혹은 자신의 재주가 오리발처럼 짧은 것을 부끄러워하고, 학다리처럼 길기를 희구하며, 애써 표현을 짜내고 지혜를 기울이면 或慚鳧企鶴, 瀝辭鐫思" 곧 "정기가 내적으로 소멸되니 마치 바닷물이 끊임없이 밖으로 누설되는 것과 같고, 신사神思가 외적으로 손상되니 제나라 땅 동남산인 우산의 나무처럼 전부 벌목된 것과 같게 된다 精氣內銷, 有似尾閭之波, 神志外傷, 同乎牛山之木"고 하였다. 그래서 기를 기를 것을 주장하여 "심정을 맑고 화평하게 하고, 기를 순조롭고 화창하게 만들어야 한다 淸和其心, 調暢其氣"고 말하고, 아울러 대뇌를 비롯한 생리기능을 "항상 새로 간 칼날처럼 예리한 필봉으로 포정庖丁이 소를 잡는 듯 거리낌이 없도록 刃發如常, 湊理無滯" 할 것을 주장하였던 것이다. 다음은 이에 대한 정밀한 분석의 글이다.

> 문학창작은 마음속에 쌓인 정회를 발산하는 것이다. 그렇기 때문에 마땅히 조용히 정감에 따르면서 여유롭게 시기에 맞출 수 있어야 한다. 만약 정신을 소모시키고 조화로운 기를 핍박하면서, 종이를 들고 자신의 목숨을 몰아치고 붓을 잡고서 자신의 생명을 깎아먹는다면 이것이 어찌 성현의 본뜻이겠으며 창작의 바른 이치라 하겠는가? 또한 대체로 사고에는 더디고 빠른 구별이 있고, 때에는 통하고 막히는 일이 다르다. 사람이 머리를 감을 때에는 심장의 위치에 변동이 생겨, 이때 어떤 문제를 생각하게 되면 정상적인 이치에서 벗어날 수도 있다고 한다. 정신이 흐릴 때에는 생각하면 생각할수록 혼란을 일으킨다. 그래서 문학창작을 하는 데는 적당한 조절이 필요한 것이어서 심정을 맑고 화평하게 하고, 그 기氣를 순조롭고 화창和暢하게 만들어야 한다. 마음이 산란하면 곧 생각을 중지하여 사고의 길〔思路〕이 막히지 않게 하고, 착상이 떠오르면 곧 붓을 잡는다. 사고의 길이 막혔을 때에는 붓을 놓고 마음을 쉬는 것이 좋다. 밖을 거니는 것은 피로를 푸는 방법이요, 담소하는 것은 근심을 없애는 약이 된다. 항상 예리한 재능을 한가한 곳에 놀게 하고 문필의 활력에 여유를 갖게 하여, 새로 간 칼날처럼 예리한 필봉으로 포정庖丁이 소를 잡는 듯 거리낌이 없어야 하느니, 이렇게 하면 비록 양생을 위한 태식胎息의 방술이 모든 것에 잘 듣는 것 같지는 않겠지만 이 역시 양기養氣의 한 방법이라 하겠다.
>
> 志於文也, 則申寫鬱滯, 故宜從容率情, 優柔適會. 若銷鑠精膽, 蹙迫和氣, 秉牘以驅齡, 洒翰以伐性, 豈聖賢之素心, 會文之直理哉! 且夫思有利鈍, 時有通塞, 沐則心覆, 且或反常, 神之方昏, 再三愈黷. 是以吐納文藝, 務在節宣, 淸和其心, 調暢其氣, 頌而卽舍, 勿使壅滯, 意得則舒懷以命筆, 理伏則投筆以卷懷, 逍遙以針勞, 談笑以藥倦, 常弄閑於才鋒, 賈餘於文勇, 使刃發如新, 湊理無滯, 雖非胎息之邁術, 斯亦衛氣之一方也. (〈養氣〉)

'기'에 관한 논술은 선진 이래로 대단히 많았다. 장자는 "큰 땅덩어리에서 뿜어 나오는 기 大塊噫氣"(〈齊物論〉)에 대해 언급한 바 있고, 순자 역시 "대개 신을 말함에 있어 기보다 가까운 것은 없다 凡言神者, 莫近於氣"(〈申鑒〉)고 하였다.

이외에도 왕찬王粲은 "도는 마음의 뜻을 기르고 기를 채우는 데 있다 道在養志實氣"(〈七釋〉)고 하였다. 양한시대에는 '원기론'이 성행하였는데, 왕충은 "사람의 선악은 모두 하나의 원기이다 人之善惡, 共一元氣"(〈率性〉), "사람은 하늘과 땅의 성을 부여받고, 오상의 기운을 품고 있다 人稟天地之性, 懷五常之氣"(〈本性〉)고 하였다.

그러나 문학에 있어서 '양기'설은 맹자가 제기한 "나의 커다란 기운을 기른다 養吾浩然之氣"를 기점으로 삼고 있다. 후에 조비 역시 "문장은 기를 위주로 한다 文以氣爲主"고 하여 맹자의 '양기'설을 충실히 따랐다. 물론 이러한 '기'설은 유협의 '기'론과 비교해 볼 때, 크게 뒤지는 것이라 아니할 수 없다. 유협 이전의 '기'설은 대개 철학적인 의미에서 기를 인식하고, 이를 바탕으로 자신의 논의를 진행시킨 것이다. 맹자의 '양기'설 역시 '지극히 크고 지극히 강한〔至大至剛〕' 인격을 양성해야 된다는 뜻으로 완전히 철학적인 함의에서 논의된 것이다. 비교적 문학적인 함의에 맞는 것은 조비의 '기'인데, 이 역시 작품(특히 시)의 풍격이라는 한정적인 측면에서 '기'를 조명했을 뿐이다.

유협의 '양기'설은 이와 크게 다르다. 그는 첫째 작가의 창작에 있어서의 '양기'에 관해 말하고 있으며, 둘째 창작주체의 생리·심리적 기능 방면에서 '양기'의 중요성·방법, 그리고 기를 기르지 않았을 때의 해로움에 대해 역설하고 있다. 그러므로 중국 문예심리학사에 있어서 유협의 '양기'설은 비교적 전면적이고 심도 있는 논의라 할 수 있는 것이다.

'양기'와 연계하여 유협은 재능과 기질의 문제를 제기하고 있다. 재능은 인간이 모종의 활동을 완성하고자 할 때, 반드시 필요한 심리적 특질이다. 예술창작에는 더욱 이러한 재능이 필요하다. 유협은 "감정이 움직이면 언어로 형태지어지고, 나타내고자 하는 도리가 표현되면 문장으로 체현된다 情動而言形, 理發而文見"(〈體性〉)고 하여, 예술창작이란 창작주체가 내심의 정감을 나름의 구상을 통해 필묵으로 그려내는 과정이라고 생각하였다. 그래서 그는 작가의 창작 재능과 기질을 중시했다. "작가의 재주에는 천부적인 자질이 있다 才有天資"(〈體性〉), "작가의 재능은 내부에서 드러난다 才由內發"(〈事類〉) 등에서 알 수 있듯이, 그는 창작 재능을 작가의 '천부적 자질〔天資〕'이라 하여 선천적으로 품부받은 심리적 특질로 간주하였다. 그래서 "재능에는 평범함과 뛰어남이 있고, 기에는 강함과 약함이 있다 才有庸俊, 氣有剛柔"라고 하여, 예술창작에 있어서 '천부적 자질'은 사람에 따라 다르다고 생각했다. 유협은 또한 "작가의 재능과 성격은 구별된다 才性異區"(〈體性〉), "인재는 얻기 어렵다고 했는데 확실히 그러하며, 성품은 각기 품부받은 바가 다르다 才難然乎, 性各異稟"(〈才略〉)고 하였다. 이는 각기 재능이 있는 작가라 할지라도 품성이 다르기 때문에, 그들이 지닌 재기의 우열은 정확히 나눌 수 없다는 것이다. 또한 이는 다양한 작가적 개성과 작품의 풍격風格을 제창할 수 있는 이론적 토대가 되었다.

유협은 또한 창작 재능과 연관된 작가의 기질 문제를 제기하였다. 〈체성〉에서 그는 "재능에는 평범함과 뛰어남이 있고, 기에는 강함과 약함이 있다"·"재력은 마음속에 있고 혈기로부터 비롯된다 才力居中, 肇自血氣"고 하였는데, 여기서 '재'·'재력'은 모두 창작 재능을 말하는 것이며, '기'·'혈기'는 기질을 의미하는 것이다. 이는 작가의 창작 재능은 기질과 관련이 있으며, 재능의 내원이 바로 기질임을 지적·설명한 것이다. 재능이 왜 기질에서 기원하며, 상호간에 어떤 밀접한 관계가 있는가는 대단히 중요한 심리학적 문제이다. 물론 유협은 이에 대해 분명하게 말하고 있지는 않다. 그러나 그는 작가의 창작 재능에 생리적 토대가 있다는 것만은 분명하게 인식하고 있었다. 후한대後漢代에 들어와 어떤 이들은 이를 서법을 해석하는 데 이용하였는데, 예컨대 조일趙壹은 "무릇 사람들은 각기 혈기가 다르며, 근골 역시 다르다. 생각하는 것도 성김과 정밀함의 차이가 있고, 손재주에도 잘하고 못함이 있으며, 글을 쓰는 데도 좋고 나쁨이 있으니 생각과 손재주를 가히 강제로 만들 수 있겠는가? 만약 사람에게 아름답고 미움이 있다면 어찌 배워 서로 같게 만들 수가 있겠는가! 凡人各殊氣血, 異筋骨, 心有疏密, 手有巧拙, 書之好醜, 在心與手, 可强爲哉! 若人類有美惡, 豈可學而相若耶!"[38]라고 하였다. 서구에서도 기질에 관한 논의는 오랜 역사를 지니고 있다. 이미 기원전 5세기 무렵에 그리스의 의사 히포크라테스는 기질과 혈액이 관련이 있음을 밝혀내고, 인간의 기질을 다혈질·담즙질·억울질·점액질 등으로 구분한 바 있다. 유협은 작가의 재능과 기질에 모두 강유剛柔의 각기 다른 풍격이 있다고 보고, 각기 다른 기질이 작가의 재능과 작품의 풍격에 전혀 다른 영향을 미친다고 말하였다.

유협은 《문심조룡》에서 작가의 각기 다른 성격이 작품의 풍격에 나름의 영향을 끼친다는 것을 언급하고 있는데, 여기서 성격이란 어떤 한 사람의 비교적 안정된 행위방식이자 심리 특징이라고 할 수 있다.

가의賈誼는 성격이 호방하여 문사가 간결하고 풍격이 청신했으며, 사마상여司馬相如는 성격이 오만하고 제멋대로여서 작품의 내용이 분방하고 문사에 과장이 많았다. 양웅揚雄은 성격이 침착하고 조용하여 작품의 내용이 함축적이고 의미가 깊었다. 유향劉向은 성격이 솔직담백하여 문장에 정취가 그대로 드러나고 박학다식함이 그대로 드러났다. 반고班固는 성격이 아정하고 온화하여 논의가 주도면밀하고 문사文思가 세밀하였다. ……이에서 추론해 본다면, 내재적인 성격과 외적으로 문장에 표현된 풍격은 서로 일치한다고 할 수 있다. 그러니 어찌 이것이 작가가 품부받은 자질과 작품에 체현된 재기才氣의 일반적인 정황이 아니겠는가?

是以賈生俊發, 故文潔而體淸, 長卿傲誕, 故理侈而辭溢, 子雲沉寂, 故志隱而味深, 子政簡易, 故趣昭而事博, 孟堅雅懿, 故裁密而思靡. ……觸類以推, 表里必符. 豈非自然之恒資, 才氣之大略哉! (〈體性〉)

'호방한 성격〔俊發〕'과 '문사의 간결함, 풍격의 청신함〔文潔體淸〕,' '오만하고 제멋대로인 성격〔傲誕〕'과 '작품 내용의 분방함과 문사의 과장됨〔理侈辭溢〕,' '침착하고 조용한 성격〔沈寂〕'과 '작품 내용의 함축성, 의미의 심오함〔志隱味深〕.' 이처럼 유협은 각기 작가의 성격과 작품의 풍격을 대비하면서 "내재적인 성격과 외적으로 문장에 표현된 풍격은 서로 일치한다 表里必符"고 말하고 있다. 단적으로 말해, 그가 여기서 말하고자 하는 것은 성격의 차이에 따라 풍격 역시 달라진다는 것이다. 그의 분석은 다양한 문학가들을 예로 들면서 상당히 세밀하게 이루어지고 있다.

총괄컨대 재능·성격·기질 등은 모두 '양기'의 내용이라 할 수 있다. 유협은 바로 이러한 측면에서 작가로 하여금 "그 마음을 맑고 조화롭게 하며 그 기를 다스려 소통케 할 것"과, 이를 통해 훌륭한 작품을 창작하기 위한 창작주체의 양호한 생리적·심리적 기능을 준비할 것을 요구하였다. 그는 '양기'에 대해 단지 추상적인 설명만 한 것은 아니다. 그는 "그리고 학문을 쌓아서 자신의 지식을 축적하고 사리를 판별하여 자신의 재화才華를 풍요롭게 만들고, 자신의 생활경험을 참고하여 사물에 대한 철저한 이해를 도모해야 하며, 언어 운용을 끊임없이 연습하여 문사가 실타래처럼 풀려 나오듯 만들어야만 한다 積學以儲寶, 酌理以富才, 研閱以窮照, 馴致以繹辭"(〈神思〉)고 하여 학문의 중요성을 강조하였다. 학문의 중요성에 대한 언급은 이외에도 적지않은데, 그 예를 들면 다음과 같다. "작가는 자신의 성격에 따라 자신의 재주를 연습해야 한다. 因性練才"(〈體性〉) "재력을 사용하여 학문을 강구해야 한다. 役才課學" "공功은 학문으로 이루어진다. 功以學成"(〈體性〉)

물론 유협의 이러한 이론들 중에는 부족하거나 불합리한 면이 있는 것도 사실이다. 예컨대 재능·기질·성격 등 심리 범주에 대해 논술하면서 엄격한 개념 적용을 하지 않았다는 점이나, '학'이나 '열閱' 역시 오늘날 우리가 생각하는 사회적 실천과는 거리가 있다는 점 등은 그의 논의가 완벽한 것이 아님을 증거한다. 그러나 그럼에도 불구하고 그의 논의는 합리적일 뿐만 아니라 긍정적인 측면이 많음을 부정할 수 없다.

작가가 기를 기름〔養氣〕에 있어서 "그 마음을 맑고 조화롭게 하며, 그 기를 다스려 소통케 해야만 한다." 그렇다면 본격적인 예술창조에 들어가서는 재능과 기질·성격을 토대로 한 '기'를 어떻게 운용해야만 할 것인가? 이 점에 대해서 유협은 정지情志의 주도적인 작용과 형상을 구상하는 능력을 훈련해야 함을 강조하고 있다. "성정에 기대어 전통적인 법식을 계승하고, 기질에 의거하여 혁신에 적응한다. 憑情以會通, 負氣以適度"(〈通變〉) "자신의 정감을 표현하기 위해 문장을 짓는다. 爲情造文"(〈情彩〉) "정지를 서술하는 것을 근본으로 삼는다. 序志爲本"(〈通變〉) "반드시 사상이 내재된 정지를 정신으로 삼는다. 必以情志爲神明"(〈附會〉) 이러한 것들은 주관적인 정지가 전체를 통솔함을 지적한 것이다.

고대 그리스에도 '정지'라는 유사한 용어가 있어 이로써 창작중의 사상감정을 풀이하고 있다. 특히 헤겔은 이 개념을 '합리적인 정서 역량'으로 풀이하고 있다. 이러한 정서는 일시적인 충동이나 개인적인 기호에 따라 형성되는 것이 아니라 '신중한 판단과 고려를 통해' 나오는 것으로, '기본적으로 전체 심정을 관통하는 이성적 내용'을 의미한다. 다시 말해 '정지'란 바로 정감과 이지의 결합인 것이다. 따라서 '정지'로 창작을 통솔한다는 것은, 유협이 말한 바 "사물을 묘사하여 뜻을 체현하는 것 體物序志"(〈詮賦〉)과 같은 뜻으로 마음과 외물이 일치하여 주·객체가 통일됨을 뜻하는 것이다.

또한 유협은 "사물의 외모를 본뜨는 데는 그 실질적인 내용을 담아야 한다 擬容取心"(〈比興〉)고 말하고 있다. 이는 곧 예술가가 형상을 구상하는 능력에 대한 설명으로서, 풍부한 체험과 학식을 갖추고 기를 기른 다음 구체적인 창작에 들어간 작가에 대한 요구이며, 다양한 표현력을 운용해야 함을 지적한 것이기도 하다. 작가는 예술형상을 만듦에 있어 실제적인 현상을 묘사해야 될 뿐만 아니라, 정지情志의 주도적인 작용하에서 자신의 재정才情으로 현실에 내재하고 있는 심층적 의의를 수용해야만 한다. 이렇게 해야 개별과 특수, 일반과 보편의 통일을 이룰 수 있는 것이다. 이는 헤겔이 말한 바 "형상 표현방식은 바로 예술가의 감수와 지각의 방식이다"·"예술가의 이러한 형상화 능력은 일종의 인식상의 상상력·환상력·감각력일 뿐만 아니라 실천적 감각력, 즉 실제로 작품을 완성하는 능력이다. 진정한 예술가에게는 이러한 두 가지가 공히 결합되어 있다"[39]는 논술과 일치하는 것이다. 이처럼 작가는 현실에 대한 감지·체험·연상·상상을 통해 형상을 창조하게 되는데, 이렇게 함으로써 예술형상의 창작이 비로소 완성된다. 이상에서 본 것과 같이 유협의 예술창작 주체이론은 비교적 전면적이고 심도 있는 논의라 할 수 있다.

5. '지음知音'——예술감상론

예술감상은 독자(관중)가 예술작품에 대해 느끼고 체험·평가하며, 또한 미적 감수를 하는 일종의 심미의 심리과정을 의미한다. 그것은 정감적 체험을 토대로 하여 독자의 작품에 대한 감상·인식을 포함하며, 이를 통해 재창조·재평가 작업이 이루어진다. 수용미학의 관점에서 본다면, 예술창조는 예술감상을 포괄한다. 창작주체가 문예작품을 창조하여 독자에게 드러내야만 비로소 예술작품으로서의 가치가 생기며, 예술창작이 완성된다는 것이 그들의 주장이다.

유협은 예술감상을 대단히 중시하였다. 그의 《문심조룡》은 물론 문예학을 그 내용으로 하고 있는 것이긴 하지만, 예술비평학 또는 예술감상학이라고 불러도 손색이 없다. 특히 예술감상의 여러 가지 문제에 대해 유협은 대단히 참신한 견해를 발표하고 있을 뿐만 아니라 문예심리학의 특질이 그대로 반영되고 있다.

우선 유협은 예술감상의 특질과 작용에 대해 비교적 총체적인 인식을 하고 있다. 그는 예술감상에 사회를 인식하는 작용이 있음을 간파하고 있다. 〈악부〉에서 그는 "사광은 남방의 민가를 듣고 북방이 성하고 남방이 쇠함을 느꼈고, 계찰은 가요에서 국가의 흥망을 감별하였다 師曠覘風於盛衰, 季札鑒微於興廢"·"계찰은 주악奏樂을 살핌에 단지 음악 소리만을 들은 것이 아니었다 季札觀樂, 不直聽聲而已"라고 하였다. 이는 감상자가 예술감상을 통해 사회의 흥망성쇠를 관찰·인식할 수 있으며, 따라서 인식할 만한 가치가 있어야만 비로소 예술감상 역시 미감작용을 지니게 된다는 뜻이다. 이는 그것이 인간의 정감을 표현하기 때문이다. 계속해서 유협은 "무릇 음악은 성정에 근거하여 만들어진 것이다. 그래서 그 소리는 사람의 피부와 골수까지 미치기 때문에 옛날 성왕께옵서는 음악을 짓는 데 신중하셨으며, 음악이 음란한 쪽으로 빠지지 않도록 힘쓰셨다. 귀족들의 자제를 교육하는 데도 반드시 다양한 공덕가功德歌를 부르게 하셨다. 그래서 능히 천지와 사시四時, 그리고 사람의 마음을 감동시킬 수 있었으며 사방팔방에 교화를 미칠 수 있었다 夫樂本心術, 故響浹肌髓, 先王愼焉, 務塞淫濫. 敷訓冑子, 必歌九德, 故能情感七始, 化動八風"(《樂府》)라고 하여 형식미의 심리적 기질을 중시하였다. 또한 형식미의 심리 미감작용을 강조하여 "작가의 사상이나 감정을 서술하고 사물의 형상을 묘사함에 있어서, 마음에 조각하듯 문자를 택하기 위해 노심초사하고, 종이 위에 베를 짜듯 고심한 흔적이 역력한 문장을 지으니 찬란하고 아름답게 된다. 이것이 바로 문채가 번성한 까닭이다 若乃綜述性靈, 敷寫器象, 鏤心鳥迹之中, 織辭魚網之上, 其爲彪炳, 縟彩名矣"(〈情彩〉)라고 하였다. 이렇듯 내용미의 중요성을 지적함과 아울러 그는 형식미 또한 불가결함을 지적하였으며, 아울러 형식미의 아름다움은 능히 심리적 미감작용을 조절할 수 있다고 보았던 것이다. 그러나 "문채가 지나치고 문사가 괴이하면 작품의 사상적 내용이 더욱 모호해진다 彩濫辭詭, 則心理愈翳"고 하여, 문채를 지나치게 강조하면 오히려 작품의 내용에 영향을 준다고 하였다. 이는 이러한 작품을 감상하면 좋은 결과를 얻을 수 없다는 뜻과도 일치한다. 이로 보건대 유협의 문예작품 감상작용에 대한 인식은 대단히 전면적임을 알 수 있다.

유협은 예술감상의 확정성과 비확정성의 통일이라는 특질을 간파하고 있었다. 그는 〈지음〉에서 지음의 어려움을 지적하여 "지음(평론)은 실로 어려운 일이다. 음(문예)은 확실히 이해하기 힘든데, 제대로 음에 대해 아는 이를 만나는 것 또한 실로 어려운 일이다. 따라서 음에 대해 아는 이를 만나는 것은 1천 년에 한 번이나 있는 드문 일이다 知音其難哉! 音實難知, 知實難逢, 逢其知音, 天載其一乎"라고 말한 바 있다. 이는 예술감상의 불확정성, 즉 "어진 자만이 어짊을 보고 지혜로운 자만이 지혜를 볼 수 있는 것 仁者見仁, 智者見智"과 같으며, "1천 명의 관중에 1천 명의 햄릿이 존재한다(햄릿 공연을 보고 느낀 점은 모든 사람이 같지 않다) 一千個人, 一千個哈姆雷特"는 말과 같은 뜻이다. 유협은 또한 이러한 불확정성이 생기게 된 원인에 대해 다음과 같이 말하고 있다.

무릇 문학작품은 내용과 형식이 교차되어 대단히 복잡하고 다양하며, 사람들의 평가·평론도 각기 편애하는 경우가 많고, 인식 능력도 두루 꿰고 있는 경우란 거의 없다. 예를 들어 성정이 강개한 사람은 격양된 소리를 들으면 박수를 치고, 함축적인 것을 좋아하는 사람은 심도 있는 작품을 보면 따르고, 허영에 들뜬 사람은 화려한 문장을 보면 마음이 약동하고, 기이한 것을 좋아하는 사람이 괴이한 것을 보면 경탄해 마지않는다. 자신의 비위에 맞는 작품이면 칭찬하지만, 자신과 다르면 버려두고 돌아보지 않는다. 사람들은 각기 한쪽에 치우친 이해를 가지고만 갈래 다양하게 변화하는 문학을 재려고 한다. 이것은 이른바 "동쪽만 바라보아 서쪽에 담이 있는 것을 보지 못한다"는 것과 같은 것이다.

夫篇章雜沓, 質文交加, 知多偏好, 人莫圓該. 慷慨者逆聲而擊節, 醞籍者見密而高蹈, 浮慧者觀綺而躍心, 愛奇者聞詭而驚聽, 會已則嗟諷, 異我則沮棄. 各執一隅之解, 欲擬萬端之變, 所謂"東向而望, 不見西墻"也. (〈知音〉)

위 인용문에서는 사람들마다 감상에 차이가 있다는 문제와, 이와 연관된 감상의 불확정성 문제에 대해 논의하고 있다. 그는 그 까닭에 대해 "문학작품이 대단히 복잡하고 내용과 형식이 교차되어 다양하며"라고 하여 작품의 내용과 형식이 복잡하고 다양하기 때문임을 들고 있고, 다시 감상자 역시 각기 편애하는 경우가 많기 때문이라고 말하고 있다. 아울러서 감상자의 성격이나 개성심리가 각기 다르기 때문에 작품에 대한 애호나 평가 역시 다를 수밖에 없다고 말하고 있다. 그가 이처럼 정확하게 설명할 수 있었던 것은 각기 다른 개성심리가 예술감상에 미치는 영향에 대해 정확히 인식하고 있었기 때문이라 할 수 있다.

그러나 유협이 예술감상은 무조건 불확정성만을 지니고 있다고 단정짓고 있는 것은 아니다. "무릇 산수山水에 뜻을 두고 있으면 거문고를 타며 그 심정을 드러낸다. 하물며 붓끝에 사람의 심정을 표현하니 그 도리를 어찌 숨길 수 있겠는가? 夫志在山水, 琴表其情, 況形之筆端, 理將焉匿" 이처럼 유협은 예술작품은 객관적 사물과 작가의 사상·감정을 반영하여 언어로 표현하는 것임을 분명히 하면서, 예술감상 역시 확정성의 일면을 지니고 있음을 분명히 밝히고 있다. 이렇게 볼 때, 예술감상의 특질과 작용에 대한 유협의 관점은 비교적 전면적이고 변증법적이라 할 수 있다.

두번째로 유협은 예술감상의 표준에 대해 논의하고 있다. 그는 〈지음〉에서 작품을 관찰하는 여섯 가지 표준을 제시하고 있다. "그래서 문장 속에 담긴 작가의 정감을 살피려면, 우선 여섯 가지 관찰 기준을 정해야 한다. 첫째, 주제의 안배를 본다. 둘째, 문사의 구도를 본다. 셋째, 계승과 변화를 살핀다. 넷째, 표현기법의 기奇와 정正을 본다. 다섯째, 작품에 인용하고 있는 전고나 사건·인용문 등을 살핀다. 여섯째, 음률을 살핀다. 이러한 방법이 분명하게 이루어지면 작품의 우열이 드러날 것이다. 是以將閱文章, 先標六觀, 一觀位體, 二觀置辭, 三觀通變, 四觀奇正, 五觀事義, 六觀淸宮, 斯術旣形, 則優劣見矣" 유협은 이렇듯 주제·수사·유변流變·풍격·제재·운율 등 여러 방면에서 관찰하고 감상할 것을 제시하고 있다.

유협은 예술감상에 있어서 특히 정감 표준을 대단히 중시했다. 이는 예술감상에 있어서 정감의 중요성을 강조한 것이다. 또한 예술창작에 있어 정감을 중요하게 여긴 것과 같다. 예를 들어 그는 "온갖 발상이 모여 문장을 이루는데 문사와 정감을 벗어날 수는 없다 萬趣會文, 不離辭情"(〈熔裁〉)고 하여, 예술창작과 정감은 결코 떼어 놓을 수 없다고 생각했다. 또한 그는 《시경》에 대해 "대체로 풍아가 일어나니 내심에 울분이 가득 차 이에 자신의 정성을 읊조려 통치자들을 풍간하였다. 이는 자신의 정감을 표현하기 위해 문장을 지은 것이다 蓋風雅之興, 志思蓄憤, 而吟咏情性, 以諷其上, 此爲情而造文也"(〈情彩〉)라고 하였으며, 《초사》의 경우는 "명랑하고 아름다움 중에서 비통한 뜻을 드러냈고 朗麗以哀志"(〈辨騷〉), "(九歌와 九辯은) 기려하고 화려한 가운데 애상의 정감을 읊었으며 綺麗以傷情"(〈辨騷〉), "초나라 삼려대부 굴원의 〈귤송〉은 정감과 문채가 모두 아름다웠다 三閭橘頌, 情彩芬芳"(〈頌贊〉)고 하였다. 이는 모두 예술작품에 내재된 예술적 정감의 아름다움에 대해 언급한 것이다.

이외에도 유협은 예술감상에 대해 논하면서 특히 예술의 감성형식미를 중시하여, "문장의 감정과 문채를 분석한다 剖情析彩"는 심미 표준을 제시하였다. 《문심조룡》 50편 가운데 30편, 다시 그 가운데 1백여 구 정도가 문채에 관한 논의라고 해도 과언이 아니다. "작가의 사상이나 감정을 서술하고 사물의 형상을 묘사함에 있어서 마음에 조각하듯 문자를 택하기 위해 노심초사하고, 종이 위에 베를 짜듯 고심한 흔적이 드러나는 문장을 지어야 찬란하고 아름답게 된다. 이것이 바로 문채가 번성한 까닭이다. 若乃綜述性靈, 敷寫氣象, 鏤心鳥迹之中, 織辭魚網之上, 其爲彪炳, 縟彩名矣" "무릇 분이나 대묵黛墨은 얼굴을 장식하는 것이나, 참된 미모는 타고난 자질에 달려 있는 것이며, 비록 수사로써 말을 분식한다고 하나 실질적인 미는 그 정성에 바탕을 두고 있다. 夫鉛黛所以飾容, 而盼倩生於淑姿, 文彩所以飾言, 而辨麗本於情性"(〈情彩〉) 여기서 '참된 미모〔盼倩〕'나 '실질적 아름다움〔辨麗〕'은 내용미가 담겨 있는 형식미, 또는 내용이 형식미에 축적되어 드러난 아름다움을 지칭한다. 이렇듯 형식은 단순히 형식만으로 아름다움을 이룰 수는 없으며, 그 형식성을 초월하여 벨(1881-1964)이 말한 대로 '의미를 지닌 형식'이 되어야 한다는 뜻이다.

유협은 또한 예술감상의 '운미韻味'설을 제기하였다. 감관을 통한 느낌은 특히 생리·심리적 반응의 측면에서 예술감상을 이해하는 실질적 내용이라 하겠다. 그래서 유협은 문예작품은 반드시 감관상으로 쾌감이나 미감을 줄 수 있어야 하며, 이를 통해 품미品味가 가능해야 한다고 생각했다. 예를 들면 다음과 같다. "환락을 이야기하면 글자마다 기쁜 웃음이 배어나고, 슬픔을 말하면 소리마다 울음이 묻어난다. 談歡則字與笑幷, 論戚則聲共泣偕"(〈夸飾〉) "깊이가 있는 문장은 함축적이고 다채로워 언외言外의 남은 맛이 완곡하게 포함되어 있다. 深文隱蔚, 餘味曲包"(〈隱秀〉) 그러나 "문채가 번다하기만 하고 정감이 적은 繁彩寡情" 작품은 "사람들로 하여금 맛보면 반드시 염증을 느끼게 味之必厭"(〈情彩〉) 만들며, 반대로 '맛〔味〕'이 있는 작품은 "문채를 보면 비단에 그림을 그린 듯하고, 음절을 들으면 관현악기가 합주하는 듯하며, 문사를 맛보면 달고 기름진 듯하고, 작품에서 드러나는 정지情志를 체득해 보면 고운 내음이 난다. 視之則錦繪, 聽之則絲簧, 味之則甘腴, 佩之則芬芳"(〈總術〉) 이처럼 유협은 작품의 감상과 감관상의 쾌감·미감을 서로 연계시켜 논의하고 있다.

특히 유협은 작품에 대한 품평에 있어서 때로 '맛'의 문제부터 거론하는 경우가 적지않았다. 예를 들어 장형의 〈원시怨詩〉를 평하면서 "장형의 〈원시〉는 맑고 전아하여 맛볼 만하다 張衡怨篇, 淸典可味"(〈明詩〉)라고 한 것이나 반고의 《한서》에 나오는 〈십지十志〉에 대해 평하면서 "반고의 〈십지〉는 모든 것이 갖추어져 풍부한데, 찬과 서는 규모가 크고 아름다우며 내용이 아정하고 문질이 조화를 이루었으니, 진실로 언외言外의 남은 맛이 있다 其十志該富, 贊序弘麗, 儒雅彬彬, 信有遺味"(〈史傳〉)라고 한 것을 들 수 있다. '맛'으로 시를 평하는 것은 종영이 '자미' 설을 제기한 이래로 중국 문예비평사에 있어서 커다란 특징이 되었다. 유협은 분명 기존의 '자미' 설을 계승하여 발전시킨 것이라 하겠다.

세번째로 유협은 예술감상의 방법에 대해서 논술하고 있다. 그는 〈지음〉에서 다음과 같이 말하고 있다.

> 문학창작은 작가의 내심이 움직여 문사로 드러나는 것이며, 문학평론이나 감상은 작품의 문사를 본 다음 다시 작가의 내심에 깊이 들어가는 것이다. 하류의 물을 따라 근원으로 소급해 올라가 보면 은밀한 것도 반드시 확연히 드러나게 된다. ……무릇 산수山水에 뜻을 두고 있으면 거문고를 타며 그 심정을 드러낸다. 하물며 붓끝에 사람의 심정을 표현하니 그 도리를 어찌 숨길 수 있겠는가? 그런 까닭에 독자가 내심으로 작품의 도리를 이해하는 것은 마치 눈으로 사물의 외형을 분명하게 볼 수 있는 것과 같다. 그러니 눈이 또렷하면 어떤 형체도 변별치 못할 것이 없으며, 마음이 예민하면 어떤 도리도 분명히 이해하지 않을 수 없는 것이다. ……오직 식견이 깊어 작품의 심오한 곳을 비추어 볼 수 있는 사람만이 반드시 뛰어난 작품을 감상하면서 내심의 기쁨을 얻을 수 있을 것이다. 비유하면 이는 마치 봄날의 누대에서 바라보는 경치가 사람들의 심사를 펼쳐지게 하고, 좋은 음악이나 음식이 지나가는 나그네의 갈 길을 멈추게 하는 것과 같다. 듣건대 난초는 나라에서 가장 향기로운 꽃이라고 하는데, 그 꽃의 향은 사람이 좋아하여 몸에 가져가야만 더욱 향기를 풍길 수 있다. 문학책 역시 국가의 정화이나, 세밀하게 그 맛을 완상玩賞해야만 비로소 그 아름다움을 알 수 있는 것이다.
>
> 夫綴文者情動而辭發, 觀文者披文以入情, 沿波討源, 雖幽必顯. ……夫志在山水, 琴表其情, 況形之筆端, 理將焉匿. 故心之照理, 譬目之照形, 目瞭則形無不分, 心敏則理無不達. ……夫唯深識鑒奧, 必歡然內懌, 譬春臺之照衆人, 樂餌之止過客. 蓋聞蘭爲國香, 服媚彌芬, 書亦國華, 玩澤方美. (〈知音〉)

유협은 여기서 예술감상은 다음 네 가지를 중시해야 한다고 주장하고 있다. 첫째, "작가의 내심에 깊이 들어가는 것. 披文以入情" 이는 정감의 문제에서 시작하여 심미주체의 정감으로 심미객체의 정감을 체득해야 한다는 뜻이다. 둘째, "독자가 내심으로 작품의 도리를 이해하는 것. 心之照理" 이는 감성에서 이성으로 나아가야 한다는 뜻이다. 셋째, "식견이 깊어 작품의 심오한 곳을 비추어 볼 수 있을 것. 深識鑒奧" 이는 작품에 대해 이성적으로 이해의 심도를 깊이 해야 하며, 예술상으로 반복해서 맛을 볼 수 있어야 한다는 뜻이다. 넷째, "눈이 또렷하고 目瞭" "마음이 예민해야 함. 心敏" 이는 작품을 감상하고 그 맛을 체득함에 있어서 명확성과 민첩성을 지녀야 한다는 뜻이다.

이상 여러 가지와 연계시켜 유협은 예술감상에 있어서 사회적 실천과 예술적 실천(직접적인 예술활동)을 강조하고 있다. "무릇 1천 가지 곡조를 다룬 뒤에야 음악을 알게 되며, 1천 자루의 칼을 감식해 보아야 보검을 식별할 수 있다. 그런 까닭에 문학작품을 전면적으로 관찰하기 위해서는 두루 살피는 것을 우선적으로 힘써야 할 일이다. 높은 산을 본 적이 있으면 구릉의 작음을 잘 알 수 있고, 큰바다 물결을 본 적이 있으면 작은 냇가의 흐름을 더욱 잘 알 수 있다. 凡操千曲而後曉聲, 觀千劍而後識器, 故圓照之象, 務先博觀. 閱喬岳以形培塿, 酌滄波以喩畎澮"(〈知音〉) 유협은 이처럼 실제로 창작을 해보고 사회적 체험을 풍부하게 쌓아야만 비로소 예술작품의 함의와 그 풍격을 더욱 잘 깨달을 수 있다고 보았던 것이다. 유협이 주장한 이러한 방법은 모두 예술감상의 예술심리 규율과 사회적 실천규율에 합치된다.

유협의 《문심조룡》에 담겨 있는 문예심리학 사상을 총괄해 보면, 그것이 대단히 전면적이고 체계적일 뿐 아니라 상당한 깊이를 지니고 있음을 쉽게 알 수 있다. 전체적으로 볼 때, 《문심조룡》은 '자연'과 '사람'을 중심으로 예술이론과 예술창작론의 전영역에 걸쳐, 예컨대 창작주체·작품 그리고 작품주체의 여러 가지 창작과정에 있어서의 문예심리학적 문제 등에 대해 포괄적이면서도 심도 있게 논술하고 있다. 뿐만 아니라 그밖의 여러 가지 문제들에 대해서도 전인들이 감히 언급할 수 없었던 문제들까지 조목조목 논의하고 있다. 그러나 《문심조룡》의 미학과 문예심리학에 유·도·불·현玄·제가諸家의 사상이 혼유되어 있으며, 아울러 유가의 미학이나 문예심리학과 일면 동일하면서도 모순을 일으키는 부분이 있다는 이유 때문에, 오랜 세월 동안 유가를 정통으로 삼아 온 중국의 봉건사회에서 응분의 대우를 받지 못하고 천시되어 왔음을 부정할 수 없다. 그러나 원류로부터 볼 때, 《문심조룡》은 전인들의 미학·문예심리학을 계승·발전시켰다. 그리고 그 이후 여러 사람들에 의해 계승되고 발전된 전인들의 미학이나 문예심리학 사상 역시 《문심조룡》을 통해 더욱 원숙해졌음을 부정할 수 없다.

《문심조룡》은 제가諸家의 합리적인 성분(물론 불합리한 면도 포함되어 있다)을 흡수하였다는 바로 그 점 때문에 미학·문예심리학적 내용이 더욱 풍부하고 다채로울 수 있었으며, 그 예술정신 역시 더욱 총체적이고 변증법적으로 발전시켜 나갈 수 있었다. 중국의 미학·문예심리학사에 있어서 《문심조룡》의 영향이 겉으로 확연히 드러나 보일 정도는 아니다. 그러나 앞서 언급한 대로 깊이 잠재되어 줄기차게 명맥을 이어왔다.

5·4 이래로 신문화운동이 전개되고 외래문화와의 교류가 더욱 심화됨에 따라, 《문심조룡》 역시 국내외 학자들에게 관심의 표적이 되었다. 특히 노신은 《문심조룡》에 대해 대단히 높은 평가를 하였는데, 그는 1908년에 쓴 《마라시력설摩羅詩力說》에서 《문심조룡》에 관해 언급하였으며, 1932년 청년작가들에게 보내는 문학론에서도 《문심조룡》과 아리스토텔레스의 《시학》을 비교하면서 《문심조룡》에 대해, "해석이 신묘하고 실질적이며 크고 세밀한 것을 남김없이 두루 취하여 근원부터 파헤쳐 나아가니 세상에 본보기가 되었다 解析神質, 包擧洪纖, 開源發流, 爲世楷式"[40]라고 칭찬하였다. 그러나 현재에 이르기까지 《문심조룡》의 문예심리학 사상에 대한 연구는 여전히 미비하기 그지없다. 전체 중국문화사 속에서 《문심조룡》의 문예심리학 사상의 원류와 그 영향관계를 고찰하고 총결짓기 위해서는 더욱 많은 연구와 노력이 필요하다.

제7절 종영 《시품》의 문예심리학

종영鍾嶸(대략 468-518)의 자는 중위仲偉이며, 영천穎川 장사長社(지금의 하남성 長葛縣) 사람이다. 그의 《시품》은 한위漢魏에서 제량齊梁까지 1백여 명에 달하는 오언시 작가의 작품에 대한 품평이다.

종영의 《시품》은 중국 최초의 시가평론서로 위진魏晉에서 제량齊梁까지의 문예이론에 커다란 영향을 끼쳤다. 《시품》 이전에도 예술 일반에 관한 논저는 있었지만 시가에 관한 전문 평론서는 없었다. 그렇기 때문에 《시품》은 중국 문학사에 있어서 최초의 전문 평론서로 간주될 수 있는 것이다. 《시품》은 중국 시가 미학 이론의 최고봉으로 오언시를 중심으로 개개 시인의 풍격과 재능 및 작품의 풍격·기교 등에 대한 평론과 아울러, 일정한 품격을 부여하고 중요한 미학

사상을 많이 소개함으로써 중국 미학사상 중요한 의의를 지닌다. 《시품》은 주로 작가의 창작사상과 작품의 사상·내용에 대한 평론보다는 작가의 개성과 작품의 예술미에 중점을 두고 있어 '음영정성吟咏情性'으로 시가의 심미적인 특성을 드러내고, '자미滋味'라는 심미 표준과 '탁시이원托詩以怨'의 심미 풍격을 제창하는 등 풍부한 문예심리학 사상을 보여 주고 있다.

1. '음영정성吟咏情性'

종영은 《시품》에서 시의 특성과 심미 특성에 관해 '음영정성'을 말하고 있다.

기氣는 만물을 움직이고, 물은 사람을 감동시켜 사람의 성정을 움직이고, 그것이 춤과 노래로 나타난다. (시는) 하늘·땅·사람을 밝게 비추고 만물을 화려하게 빛나게 하며, 하늘과 땅의 신들에게 그것으로 흠행을 올리고, 보이지 않는 유명幽明의 세계에도 이를 빌려 아뢸 수 있는 것이다. 그러니 하늘과 땅을 움직이고, 귀신도 감동시킬 수 있는 것으로 시만큼 적절한 것은 없다.

氣之動物, 物之感人, 故搖蕩性情, 形諸舞咏. 照燭三才, 暉麗萬有, 靈祇待之以致饗, 幽微借之以昭告, 動天地, 感鬼神, 莫近於詩.

문장을 짓거나 과거의 일을 쓰는 것은 지금까지 문인들이 늘상 하는 일이었다. 나라를 다스리기 위해 필요한 문건은 마땅히 넓게 과거의 사례를 자료로 삼아야 하며, 덕행에 대해 쓰거나 윗사람에게 아뢰는 글은 당연히 지난 사람들의 글을 궁구하는 것이 좋다. 그러나 사람의 성정을 노래하는 시가에 있어서는 어찌 전고를 사용하는 것이 귀하다 할 수 있겠는가?

夫屬詞比事, 乃爲通談. 若乃經國文符, 應資博古, 撰德駁奏, 宜窮往烈. 至乎吟咏情性, 亦何貴於用事?

《시품》 이전의 시의 본질에 관한 인식은 두 가지 명제로 압축될 수 있다. 하나는 유가를 대표로 하는 '시는 뜻을 말한다(詩言志)'는 설이고, 또 다른 하나는 육기를 대표로 하는 '시는 감정을 나타낸다(詩言情)'는 설이다. '시언지'설은 시가예술은 인생을 반영한다는 점에 주안점을 두고 "지아비와 지어미의 관계를 다스리고 효도를 교육하고, 인륜을 두텁게 하고 교화를 미쁘게 하며, 풍속을 올바른 방향으로 이끌어야 한다 經夫婦, 成孝敬, 厚人倫, 美教化, 移風情"[41]는 것을 중시했다. 이는 예술의 공리성을 중시한 것이라고 할 수 있다. 이에 반해 '시언정' 설은 '아름다움〔綺靡〕' 을 추구하면서 시가예술은 정감의 표현이라는 점을 중시, 정감과 예술형식의 문제를 비중 있게 다루고자 하였다. 그러나 종영은 이 두 가지 설에 얽매이지 않고, '정성을 읊조려야 한다〔吟咏情性〕' 는 설을 주장하여 나름의 관점을 제시했다.

'음영정성' 이란 명제는 물론 종영이 처음 말한 것은 아니다. 《모시서》에 보면 "왕실의 사관은 득실을 따져 밝히고 인륜이 폐해짐에 상심하며, 형정의 가혹함을 슬퍼하고 마음속에 품은 느낌을 읊어 왕에게 풍간한다 國史明乎得失之迹, 傷人倫之廢, 哀刑政之苛, 吟咏情性以諷其上"고 하였는데, 이로 보건대 《모시서》에서는 이미 시가가 사람의 감정을 드러내고, 마음속의 뜻을 말함으로써 정치를 반영할 수 있다는 것을 간파함과 동시에, 초보적이긴 하지만 시가예술의 정감적 특징을 파악하고 있었다는 것을 알 수 있다. 그러나 여기서 말하고 있는 '음영정성' 은 여전히 앞서 말한 바 "지아비와 지어미의 관계를 다스리고 효도를 교육하고, 인륜을 두텁게 하고 교화를 미쁘게 하며, 풍속을 올바른 방향으로 이끌어야 한다"는 사회정치적 공리를 목적으로 하는 것이다. 그렇기 때문에 주자청朱自淸은 "'시언지詩言志' 라는 말은 비록 사대부의 궁통窮通한 출처를 인신하고 있기는 하지만, 그렇다고 모든 시를 포괄하여 말할 수는 없다. 《모시서》에서도 '음영정성' 을 말하고 있기는 하지만, 이 또한 '왕실의 사관은 득실을 따져 밝히고…… 이로써 왕에게 풍간한다' 는 조건을 달고 있으니, 단장취의하여 그것이 '연정緣情' 의 작품을 지적한다고 할 수는 없다"[42]라고 하여, 시가예술의 심미적 본질을 진정으로 인식한 것이라고 말할 수는 없다고 하였다. 유협 역시 《모시서》의 관점을 수용하여, "풍아가 흥기됨은 마음속에 품은 뜻과 생각이 울분으로 쌓여 그 감정을 읊어 그것으로 윗사람들을 풍간하기 위함이니, 이것이 바로 감정을 표현하기 위해 문장을 꾸민 것이다 風雅之興, 志思蓄憤, 而吟咏情性, 以諷其上, 此爲情而造文也"[43]라고 하였으니, 역시 유가의 '시언지설' 의 영향에서 벗어나지 못한 것이라 하겠다. 종영은 이러한 이론적 배경하에서 '음영정성' 설을 제기하여 나름의 독창성을 보여 주고 있다.

먼저 그는 시란 마음과 사물이 교감한 결과로서 사상·감정의 예술적 표현이라고 생각했다. 그래서 "기氣는 만물을 움직이고, 물物은 사람을 감동시켜 사람의 성정을 움직이며, 그것이 춤과 노래로 나타난다"고 한 것이다. 이는 시가예술이란 사람의 마음이 만물의 '기氣'와 감응하여 이루어진 것임을 나타내는 말이다. 사물과 접촉하여 정감이 생기고, 아울러 창작 욕망이 일어서 이로부터 가무예술이 생겨난다는 그의 관점은 유물주의적인 '심물감응心物感應' 예술론이라 할 수 있다.

어떤 이들은 종영의 '음영정성'을 이지적인 정신을 내함으로 하고, 정감을 그 표현형태로 하여 개성적인 특성이 풍부한 성정의 드러냄이라고 해석하여, '정성' 속에 이성과 감성 두 가지 측면이 포함되어 있다고 말한다. 그러나 이는 정확한 견해라 할 수 없다. 종영이 말한 '성정을 움직인다'는 말은, 주로 예술정감이 생겨나는 것과 표현됨을 지적한 것이다. 앞서 살핀 바와 같이 《시품》에서 종영은 "나라를 다스리기 위해 필요한 문건 經國文符"이나, "덕행에 대해 쓰거나 윗사람에게 아뢰는 글 撰德駁奏" 등 각종 문서는 모두 경전에서 인용하거나 근거한 것으로 '전고(用事)'를 중시한다. 그러나 예술작품은 이와는 달리 주로 '음영정성'에 주안점을 두고 있으며, 전고를 중시하지 않는다는 점을 분명히 하고 있다. 이로 보건대 정성은 정감을 뜻하는 것으로 '용사用事'와 상대되는 개념이라 할 수 있다. 시가예술은 객관사물이 '심령을 감동시키고' '성정을 움직여' 이루어지는 것이기 때문에, 이로 말미암아 '성령을 도야하고 그윽한 심사를 드러낼 수 있으며,' 심지어는 '하늘과 땅을 움직이고 귀신을 감동시킬 수 있다'고 할 수 있는 것이다. 이러한 작용 속에는 물론 사상적 도야도 포함된다. 그리고 이는 예술적 정감의 훈도를 통해 진행되고 목적을 달성하는 것이다. 이러한 예술의 사회적 작용에 대한 이해는 기존의 '언지설'이나 '연정설'보다 광범위한 것이라 할 수 있다.

두번째로 '정성'은 인간의 생리·심리적 정욕을 가리키는 것이 아니라, 창작주체인 시인의 기질·소양·개성 등을 포함하는 개념으로 이른바 '인덕人德'의 정감적 체현이라고 할 수 있다. 종영은 도연명陶淵明을 평하면서 "돈독한 뜻이 진실되고 고아하며 완곡한 문사로 흥탁하여 뜻이 상쾌하다. 매번 그의 작품을 보면서 그의 덕을 보고자 했다 篤意眞古, 辭興婉愜. 每觀其文, 想見人德"고 하였고, 이릉李陵의 시를 평하면서 "문장은 처량함이 많고 원망을 표현하는 문학의 지류이다. 이릉은 명문가의 자제로 특별한 재주를 지니고 있었지만, 타고난 운명이 순조롭지 못해 명성은 무너져 내리고 몸은 망치게 되었다. 가령 이릉이 이러한 고통을 겪지 않았더라면 그의 시가 어찌 이러한 경지에 오를 수가 있었겠는가? 文多凄愴, 怨者之流. 陵, 名家子, 有殊才, 生命不諧, 聲頹身喪. 使陵不遭辛苦, 其文亦何能至此"라고 하였다. 이는 시인의 신세가 때로는 그들 자신의 개성이나 기질을 결정하고, 개성이나 기질은 개개 시인들의 시가작품의 풍격을 결정한다는 뜻이다. 물론 시인들의 작품에서 그 시인들의 개성과 기질, 즉 '인덕'을 살필 수 있다는 뜻이기도 하다. 여기서 볼 때, '인덕'이란 감성과 개성의 결합물로 '정성'의 내재함이라 할 수 있다. 따라서 그것은 사상·이성·지성과는 다른 것으로 감정의 표현이란 특징을 지니고 있는 것이다.

세번째로 '음영정성'은 광범위한 사회적 내용을 포함하고 있다. 이는 '심물감응'설과 유관하다. '심물감응'설은 이미 많은 사람들이 언급한 바 있었다. 예컨대 《악기》에서 "외적 사물에 감응하여 움직인다 感於物而動"라고 한 것이나, 육기가 《문부》에서 "사계절의 변화에 따라 세상이 흘러감을 한탄하고, 만물을 바라보면서 생각이 어지럽다. 깊은 가을날 떨어지는 낙엽을 보며 슬퍼하고, 따사로운 봄날 여린 나뭇가지를 보며 기뻐한다. 어떤 때에는 마음속으로 서리를 안은 양 외경심에 떨고, 어떤 때에는 뜻이 높고 막막한 하늘 저편에 이를 정도로 고취된다 遵四時以歎逝, 瞻萬物而思紛. 悲落葉於勁秋, 喜柔條於芳春. 心懍懍以懷霜, 志眇眇而臨雲"라고 하였으며, 유협은 《문심조룡·물색》에서 "사계절이 바뀌어 옮겨가니, 추운 날과 따뜻한 날마다 느낌이 달라 침울하기도 하고 명랑해지기도 한다 春秋代序, 陰陽舒慘, 物色之動, 心亦搖焉"고 하였다. 문예창작이 '심물감응心物感應' 활동의 일종이라는 견지에서 본다면 종영이 《시품》에서 서술하고 있는 내용 역시 이와 다를 바 없이, 예술이란 객관사물이 심령을 감동시키고 성정을 움직여 생겨나는 것이라는 관점인 것이다. 그러나 종영 이외의 사람들이 말하는 객관사물이란 대개가 자연현상을 의미하는 것으로 사회현상과는 관계가 없다. 그러나 종영은 이와 다르다. 그가 《시품》에서 말하고 있는 '심물교감心物交感'의 물物은 자연현상뿐만 아니라 사회현상도 포함하고 있다.

초나라 충신인 굴원이 나라를 떠나고 한나라 궁녀인 왕소군王昭君이 흉노에게 시집을 가게 되어 궁궐을 하직하게 되었을 때, 혹은 해골이 삭막한 변방의 들판에 나뒹굴고 그 혼백이 어지러운 쑥대마냥 흐트러져 날 때, 혹은 창을 메고 싸우러 나가니 살기가 변방에 가득할 때, 홑옷 입은 나그네가 추위에 떨고 청상과부가 외로움에 눈물이 다 말라 버렸을 때, 혹은 관리가 관직을 버리고 조정을 떠나 한 번 가서는 되돌아오지 않을 때, 한 여자가 있어 어여쁜 눈썹을 치뜨는 것만으로 임금의 총애를 받고 다시 눈을 깜빡거려 나라가 망할 지경일 때. 이러한 여러 가지가 시인의 심령을 움직이니 시를 읊지 않고서야 무엇으로 자신의 뜻을 펼칠 것이며, 긴 노래가 아니면 무엇으로 자신의 정감을 펼쳐낼 수 있겠는가?

至於楚臣去境, 漢妾辭宮, 或骨橫朔野, 魂逐飛蓬, 或負戈外戍, 殺氣雄邊, 塞客衣單, 孀閨泪盡, 或士有解佩出朝, 一去忘返, 女有揚蛾入寵, 再盼傾國. 凡斯種種, 感蕩心靈, 非陳詩何以展其義, 非長歌何以騁其情?

이로써 보건대 종영은 자연사물뿐만 아니라 광범위한 사회생활 역시 예술미의 창조 대상이자 정감을 펼칠 수 있는 대상이라고 인식하고 있음을 알 수 있다. 이러한 견해는 당연히 커다란 의의가 있는 것이다. 중국에서 처음으로 사회생활을 문예의 묘사 대상으로 간주한 사람이 누군가를 정확하게 고증해 보지는 않았지만, 종영의 《시품》에 이러한 견해가 담겨 있음은 분명한 사실이다. 서구의 경우에는 19세기에 이르러서야 비로소 예술작품을 생산하는 사회적 환경에 대한 고찰이 시작되어, 종족 · 환경 · 시대를 결합하여 예술을 연구하는 노력이 강화되기 시작했다. 이를 보건대 종영의 이러한 견해는 매우 탁월한 것이라 하겠다.

2. "시에 원망함을 기탁하다 托詩以怨"

종영의 '음영정성'은 원정怨情을 드러내는 것을 위주로 하고 있다. 그리고 그는 그러한 정감을 드러낸 시를 아름답다고 하였다.

즐거운 모임에서는 시에 기대어 가까이 지내고, 무리에서 벗어나 있을 때에는 시에 기탁하여 슬퍼한다.

嘉會寄詩以親, 離群托詩以怨.

그런즉 말하기를 "시는 무리와 함께 할 수도 있고, 자신의 원망을 펼칠 수도 있다." 궁핍한 사람에게 편안함을 주고, 울적한 마음으로 묻혀 사는 사람에게 근심을 없애 주는 데 시보다 나은 것이 없다.

故曰, "詩可以群, 可以怨." 使窮賤易安, 幽居靡悶, 莫尚於詩矣.

종영은 '원怨'으로 시를 평하는 것을 중시했다. 이릉의 시를 평하면서 "문장은 처량함이 많고, 원망을 표현하는 것이 지류이다 文多凄愴, 怨者之流"라고 한 것이나, 조식의 시를 평하면서 "정감이 전아와 원망을 겸하고 있으며, 작품마다 내용과 형식이 조화롭게 이루어져 있다 情兼雅怨, 體被文質"고 한 것, 그리고 좌사의 시를 평하여 "문장이 전아하면서도 원망이 깃들어 있다 文典以怨"고 하고, 반희班姬의 시를 평하여 "원망함이 심하고 글이 아름답다 怨深文綺" 하였으며, 곽태기郭泰機의 시를 평하여 "신세가 외롭고 원망이 많아 글에 한恨이 담겨 있다 孤怨宜恨" 하였고, 심약沈約의 시를 평하여 "청신하고 감상적인 데 능했다 長於淸怨"라고 한 것 등은 모두 그 예증이라 하겠다.

종영이 '원怨'으로 시를 평가한 것과 원망을 담은 내용의 시를 긍정한 것은 당시 사회심리와 개인의 심리가 토대가 되었다. 한대 이래로 종영이 처한 제량齊梁시대는 끊임없는 전란으로 사회가 불안정했고, 사람들의 생활이 여의치 않았다. 그렇기 때문에 사회 전체 분위기가 '원怨'의 감정으로 팽배해 있었으며, 이러한 시대적 분위기는 사회심리를 비원悲怨 쪽으로 몰고 갔다. 앞에서 인용한 "초나라 충신인 굴원이 나라를 떠나고 한나라 궁녀인 왕소군王昭君이 흉노에게 시집을 가게 되어 궁궐을 하직하게 되었을 때, 혹은 해골이 삭막한 변방의 들판에 나뒹굴고 그 혼백이 어지러운 쑥대마냥 흐트러져 날 때, 혹은 창을 메고 싸우러 나가니 살기가 변방에 가득할 때, 홑옷 입은 나그네가 추위에 떨고 청상과부가 외로움에 눈물이 다 말라 버렸을 때, 혹은 관리가 관직을 버리고 조정을 떠나 한 번 가서는 되돌아오지 않을 때. 한 여자가 있어 어여쁜 눈썹을 치뜨는 것만으로 임금의 총애를 받고 다시 눈을 깜빡거려 나라가 망할 지경일 때" 이는 바로 "시에 원망함을 기탁하는" 사회적 현실을 반영하는 것이다. 개체심리의 측면에서 본다면 사회적 동란과 불안, 그리고 개인의 삶이 겪어야만 하는 불행 등은 당연히 원망하는 심리를 낳게 되고, 이에서 한 걸음 더 나아가 그 원망하는 마음을 시로 표현하게 된다. 그리고 평론에 있어서도 원망을 중심으로 시를 평가하게 된다. 이는 자연스러운 흐름이라 할 수 있다. 공자는 일찍이 "시로써 원망하는 마음을 담을 수 있다 詩可以怨"고 하였다. 종영은 원망하는 마음이 담겨 있는 시를 찬양했고, 스스로 원망의 개념을 이용하여 시를 평가했다. 이는 당시 사회와 개인의 심리상태를 정확히 드러낸 것이라 하겠다. 그리고 이는 '음영정성'의 정감 내용을 충실히 반영하는 것이기도 하다.

공자가 말한 '가이원可以怨'에 대해 유보남劉寶楠은 "원망으로 윗사람의 정치를 풍자하는 것 怨刺上政"[44]이라 하였는데, 이렇게 현실의 시폐時弊를 비판하게 될 때에는 필연적으로 강렬한 정감적 요소와 심리적 내용이 따라오게 마련이다. 그리고 역으로 원망이 담긴 시에서는 정교政敎의 득실을 엿볼 수 있다. 종영의 《시품》에 나오는 '탁시이원'은 공자에서 기원한다. 그렇기 때문에 "시는 무리와 함께 할 수 있고, 자신의 원망을 펼칠 수 있다"는 공자의 말을 그대로 인용하고 있는 것이다. 그러나 그의 관점은 공자의 그것과 차이가 있다. 먼저 그는 '원怨'을 '음영정성,' 즉 정감을 표출하는 것의 중심적 내용으로 간주하고 있다. 한대 이래로 슬프고 원망이 쌓이는 현실은 시가 창작에 있어서 반드시 처연하고 원망이 깃든 정감을 표현하도록 요구했다. 또한 그는 '원怨'을 시가예술의 심미 평가 기준으로 삼았고, 아울러 심미 풍격론으로 간주했다. 종영은 《시품》에 원망이 깃든 시를 처원悽怨 · 애원哀怨 · 고원孤怨 · 청원淸怨 · 아원雅怨 · 처창悽愴 · 초창愀愴 · 처려悽戾 등 여러 가지 풍격으로 구분하였다. 이는 심미풍격의 측면에서 대단히 중요한 의의를 지닌 것이다.

창조심리학과 심미심리학의 측면에서 본다면, 이른바 '원怨'은 인간 개인의 생리적 자극과 심리정감의 발설이자 일종의 배설과정이라고 할 수 있다. 종영이 《시품》에서 묘사하고 있는 '원'은 사회 현실에 대한 불만과 원망, 그리고 개인이 겪어야 하는 어쩔 수 없는 상황의 자극하에서 생겨난 것이다. "이러한 여러 가지가 시인의 심령을 움직이니 시를 읊지 않고서야 무엇으로 자신의 뜻을 펼칠 것이며, 긴 노래가 아니면 무엇으로 자신의 정감을 펼쳐낼 수 있겠는가?" 외적인 것들에 의해 마음에 원망의 감정이 생기고, 이를 표출해 내는 것, 이는 결코 막을 수 없는 정감의 발로이자 흐름이다. 종영은 바로 이 점을 정확하게 보았다. 그래서 다음과 같이 말한 것이다.

> 궁핍한 사람에게 편안함을 주고, 울적한 마음으로 묻혀 사는 사람에게 근심을 없애 주는 데 시보다 나은 것이 없다.

使窮賤易安, 幽居靡悶, 莫尙於詩矣.

이는 시가창작이 시인 자신의 감정 발설일 뿐만 아니라 시가 감상자에게도 역시 감정의 배설작용을 할 수 있다는 말이기도 하다. 이는 다시 말해, 감상자가 인생의 감개感慨를 드러내고 있는 시가예술을 통해 자신의 억눌린 심리상태를 배설하여 심리적 평형을 얻을 수 있다는 뜻이다. 종영의 이 말은 시가의 교화 효과를 발전적으로 해석한 것이라고 볼 수 있는데, 아무튼 심미 효능이나 인간의 심미심리의 측면에서 볼 때 예술의 이런 배설작용은 분명히 존재한다.

서구의 경우, 고대 그리스시대에 이미 이러한 관점이 제시된 바 있다. 플라톤이나 아리스토텔레스 등 당시의 철학자들은 비극과 희극의 감정배설 작용에 대해 나름의 견해를 밝히고 있다. 중국의 경우에도 일찍이 《관자》는 "노여움을 그치는 데 시만한 것이 없다 止怒莫於詩"[45]고 하였으며, 종영 이후로 두보는 "근심이 지극하여 시에 기대어 흥을 푸노라 愁極本憑詩遣興"[46] · "마음을 푸느라 술을 마주하나, 흥을 푸는 데 시만한 것이 없구나 寬以應是酒, 遣興莫過詩"[47]라고 하였으며, 원매는 "노여움을 그치는 데 시만한 것이 없으니 노래는 정감을 즐겁게 한다 止怒莫若詩, 歌之可怡情"[48]고 하였다. 종영의 《시품》은 바로 이러한 시가예술의 '이정怡情' 작용을 중시하여 "시는 기예이기 때문에 비교적 쉽게 우열을 가릴 수 있다. 이를 비유컨대 장기를 두어 우열을 가리는 것만큼 쉽다 詩之爲技, 較爾可知. 以類推之, 殆均博奕"라고 말한 것이다. 또한 흥 · 비 · 부에 대해 논하면서 흥 · 비 · 부를 운용하면 "음미하는 자로 하여금 여운이 끝없게 하고, 듣는 자로 하여금 마음을 움직이게 하는 것, 이것이 시의 극치이다 使味之者無極, 聞之者動心, 是詩之至也"라고 하여, 시가 정감을 드러냄으로써 얻을 수 있는 심미적 예술 효과를 '시의 지극함'이라고 간주한 것이다. 이로 보건대 종영의 시가예술의 심미 본질과 효능에 대한 견해는 문예창작과 심미규율에 대한 인식에 있어서 전대의 사람들보다 훨씬 앞서 있음을 알 수 있다.

3. '자미滋味' 설

종영은 《시품》에서, 문장은 끝이 났는데 그 속에 담긴 뜻은 남아 있는 것, 그것이 흥이다.

文已盡而意有余, 興也.

음미하는 자로 하여금 여운이 끝없게 하고, 듣는 자로 하여금 마음을 움직이게 하는 것, 이것이 시의 극치이다.
使味之者無極, 聞之者動心, 是詩之至也.

오언시는 문사의 요체이니 대저 오언으로 된 여러 작품들은 우러나오는 맛이 있으며, 이 때문에 세속의 기호에 합치되는 바가 있다.
五言居文詞之要, 是衆作之有滋味也, 故云會於流俗.

사람에게 그 맛을 보게 하면 오랫동안 싫증을 느끼지 않는다.
使人味之, 亹亹不倦.

영가 연간에는 황로사상이 중시되어 자못 현허한 청담이 숭상되었다. 그래서 시가에 있어서도 철학적인 내용이 문사의 표현에 지나쳐 시가의 맛이 엷어지게 되었다.
永嘉時, 貴黃老, 尙虛談, 於是篇什, 理過其辭, 淡乎寡味.

이상은 종영의 《시품》에서 '자미滋味' 설을 미감론으로 제기한 부분이다. '미감味感'을 미감美感 판단의 표준으로 삼고 있는 몇 가지 중요한 내용들로서, '미味'로 시를 논하는 것은 이미 오래 전부터 있어 왔다. 《좌전》·《국어》에 이미 '미味'와 미美의 관계에 대한 언급이 보이며, 공자·맹자·순자 역시 예술을 감상할 때 얻는 느낌이 '미味'의 쾌감과 일치한다는 것을 언급한 바 있다. 《악기》에서도 '음악樂'의 감상에 대해 "남은 맛이 있다 有遺味者矣"고 말한 적이 있다. 유가 이외에도 도가 역시 '도'와 '미'를 연계시켜 미味와 무미無味의 심미경계를 추구했으며, 한대 사마천이나 왕충 또한 '미'로 문장의 아름다움을 형용한 적이 있다. 위진 현학가들은 도가철학과 미학의 영향하에서 '무미無味'를 아름다움으로 간주하였다. 예컨대 왕필은 "담담하여 초연함으로 맛을 삼으니 다스림의 극치이다 以恬淡爲味, 治之極也"고 했으며, 완적과 혜강은 '미'를 음악과 연관시켜 "도덕은 평담하여 소리도 없고 맛도 없다 道德平淡, 故無聲無味"·"무릇 곡조의 쓰임은 매번 다르고 정감은 느끼는 데에 따라 변화하니, 마치 맛있는 음식의 아름다움과 같아 입으로 맛을 보아야만 맛을 알게 되는 것이다. 다섯 가지 맛은 크게 다르지만, 그것이 아름답다는 점은 대체적으로 비슷하다 夫曲用每殊, 而情之處變, 猶滋味之美, 而口輒識之也. 五味萬殊, 而大同於美"고 하였다. 육기 역시 '미'의 개념을 이용하여 "대갱〔제사에 쓰던 순고깃국. 소·돼지·양고기 등을 삶아서 얻는데, 소금이나 양념을 전혀 섞지 않았다〕의 남아도는 맛을 없앤 것 闕大羹之遺美"의 비유를 통해, "우아하나 아름답지 못한 雅而不艶" 시가에 '남은 맛'이 없음을 비평하였다. 유협 역시 《문심조룡》에서 '미'의 개념을 많이 활용하고 있다. "(경서의) 남겨진 뜻은 나날이 새로워질 것이다 餘味日新"(〈宗經〉), "언외言外의 남은 맛이 완곡하게 포함되어 있다 餘味曲苞"(〈隱秀〉), "장형의 〈원怨〉시는 청려하고 전아하여 맛깔스럽다 張衡怨篇, 淸典可味"(〈明詩〉), "양웅은 성정이 침착하고 조용하여 그의 사부辭賦는 뜻이 은미하고 맛이 깊다 子云沈寂, 故志隱而味深"(〈體性〉) 등은 모두 그 예이다.

이상에서 보건대 중국에서 '미'론의 전통은 대단히 깊고 오래 되었음을 알 수 있다. 그러나 종영 이전에는 육기와 유협을 포함하여 그 누구도 그것을 완전한 심미 범주로 간주한 사람은 없었다. 그저 철학적 인식론으로 생각하거나 이에서 한 걸음 더 나아가 예술감상에서 느낄 수 있는 쾌감과 비교했을 뿐이었다. 설령 예술심미 표준의 문제와 연관시켰다 할지라도, 그것은 여전히 작가의 작품을 평가할 때 우연히 제기된 것이었다.

그러나 종영은 이와 다르다. 그는 '자미'설을 하나의 심미 범주로 삼고, 미감론과 심미적 판단의 기준으로 삼아 이에 대해 논의를 진행시키고 있다. 종영의 '자미'설은 창작과 감상 두 가지 측면에서 예술의 심미적 특징을 규정짓고 있다. 먼저 창작의 측면에서 종영은 "음미하는 자로 하여금 여운이 끝없게 하고 듣는 자로 하여금 마음을 움직이게 해야 한다 味之者無極, 聞之者動心"고 주장하고, "평전하여 도덕론과 비슷하고 平典似道德論" "철학적인 내용이 문사의 표현을 지나쳐 시가의 맛이 엷어지게 된 것 理過其辭, 淡乎寡味"을 경계했다. 이는 곧 완미한 예술형식을 통해 심미화된 내용을 표현하고, 이를 본 사람들로 하여금 다함이 없는 심미체험을 얻을 수 있도록 만들어야 한다는 뜻이다. 다음으로 감상의 측면에서 그는 감상자가 자신의 체험과 연상을 통해 작품의 '자미'를 진정으로 느낄 수 있게 되기를 요구했다. 창작과 감상, 두 가지의 공통된 표준은

"문장은 끝이 났는데 그 속에 담긴 뜻은 남아 있는 것 文已盡而意有餘"이다. 이로 보건대 종영의 '자미'설은 상당히 계통적인 논의임을 알 수 있다. '자미'설은 중국의 창작심리학과 감상심리학의 독특한 미학 범주의 하나로 순수한 생리적 쾌감의 감수에서 점차 심리감수와 심미쾌감, 즉 미감의 범주로 발전하는 과정에서 중요한 분계선 역할을 하고 있다. 이후 그의 자미설은 확고한 심미 범주로 자리잡아 사공도·소식 등 문예미학가들에 의해 더욱 풍부하게 발전하였다.

제8절 위진남북조의 서법·회화심리학

중국의 서화書畵예술은 양한을 거쳐 위진남북조에 이르면서 큰 발전을 이룩하였다. 먼저 서법예술 측면에서 본다면, 이미 당시에 이름 있는 인재들이 많이 배출되어 적지않은 저술을 남기고 있다. 예를 들어 송대 진사陳思의 《서원청화書苑菁華》를 보면, 종요鐘繇의 "붓을 사용하는 것은 하늘이고 아름다움을 흐르게 하는 것은 땅이다 用筆者天也, 流美者地也"는 말이 기록되어 있는데, 이는 천연적인 서법미는 자연만물의 미와 동일하다는 뜻으로 서법예술을 미의 문제와 연계시켜 다룬 글이라 하겠다.

당대當代의 서법예술과 서법이론에 관한 논저는, 위진남북조의 '인간에 대한 각성'·'문에 대한 자각'이라는 시대적 특징에 의해 훈도되어 더욱 미학적 의의가 짙게 배어 있다. 당시 중요한 서법저서로는 종요鐘繇의 《예서세隷書勢》, 성공수成公綏의 《예서체隷書體》, 삭정索靖의 《초서장草書狀》, 위삭衛鑠의 《필진도筆陣圖》, 왕희지王羲之의 《제위부인필진도후題衛夫人筆陣圖後》·《왕우군서설王右軍書說》·《왕우군서론王右軍書論》·《진왕우군자론서晉王右軍自論書》, 왕승건王僧虔의 《서부書賦》·《논서論書》·《필의찬筆意贊》, 원앙袁昻의 《고금서평古今書評》, 소연蕭衍의 《관종요서법십이의觀鐘繇書法十二意》·《초서장草書狀》·《답도은거론서答陶隱居論書》, 유견오庾肩吾의 《서품書品》 등이 남아 있다.

위진남북조시대에는 회화창작뿐만 아니라 회화이론 연구도 크게 발전하여 적지않은 전업화가들이 양성되었다. 감계鑒戒의 목적으로 인물화가 발전하였으며, 불교 인물화가 덩달아 급속도로 증가하였다. 또한 현학의 발전에 따라 산수화 발전이 촉진되었다. 이러한 회화의 발전에 따라서 회화이론서도 적지않게 저술되었다. 고개지顧愷之의 《논화論畵》·《위진승류화찬魏晉勝流畵贊》·《위진명신화찬魏晉名臣畵贊》·《화운태산기畵雲台山記》, 종병宗炳의 《화산수서畵山水序》, 왕미王微의 《서화敍畵》, 사혁謝赫의 《화품畵品》과 요최姚最의 《속화품續畵品》 등이 당시에 나온 주요 저작들이다. 이제 보다 구체적으로 위진남북조시대의 서법과 회화이론에 드러나고 있는 문예심리학의 주요 문제에 대해 살펴보고자 한다.

1. 위진남북조의 서법심리학

위진남북조는 많은 서예가들이 활동하던 시기로 자연히 서법에 관한 저서가 다량으로 쏟아져 나왔기 때문에, 그 질적인 면이나 양적인 면에서 다양하고 풍부하다. 여기에서는 중요 명제를 위주로 하여 대표적인 서예가와 그 저술의 대략을 서술해 보기로 한다.

이 시기의 서론으로 문예심리학과 관련이 있는 것은 주로 '골骨'과 '육肉,' '의意'와 '필筆,' '형形'과 '신神'에 관한 논술에서 다루어지고 있다.

1) '골骨'과 '육肉'

서법의 '골'과 '육'의 문제에 대해서는 특히 위부인衛夫人의 논의가 대표적이다. 위부인(272-349)의 이름은 삭鑠이고, 자는 무의茂漪이며, 하동河東 안읍安邑〔지금의 산서성 夏縣〕 사람이다. 그녀는 《필진도筆陣圖》라는 저서에서 '골'과 '육'의 관계를 다음과 같이 말하고 있다.

> 필력이 좋은 사람은 골이 많고 필력이 좋지 않은 사람은 육이 많은데, 골이 많고 육이 적은 것을 일러 근서라 하고, 육이 많고 골이 적은 것은 묵저라 한다. 힘이 많고 힘줄이 풍부하여 근골이 풍성한 것은 상품이고, 힘이 없고 힘줄도 없는 것은 병든 것으로 하품이라 한다. 그러니 각기 그 가운데 가득 차고 빔에 따라 운용해야만 한다.
>
> 善筆力者多骨, 不善筆力者多肉, 多骨微肉者謂之筋書. 多肉微骨者謂之墨猪. 多力豊筋者聖, 無力無筋者病, 一二從其消息而用之.

본문에서는 '다골多骨'과 '필력'을 연결시키고 있다. 곧 '필력'은 완전히 '골이 많은 것'에 존재한다고 하여 "골이 많고 육이 적은 것을 일러 근서라 한다"고 하였으며, "힘이 많고 힘줄이 풍부하여 근골이 풍성한 것은 상품이다" 하였다. 그리고 이와 반대로 필력이 좋지 않은 사람은 육이 많다"고 하였다. 여기서 '육이 많다〔多肉〕'고 한 것은 돼지〔猪〕처럼 살만 찌고 골이 적어 약동하는 생명의 힘이 부족함을 뜻한다. 이렇게 볼 때 위부인은 '다골미육多骨微肉'을 통해 일종의 단단하고 마른, 즉 강건한 서법 풍격을 제창하고 있음을 알 수 있다.

위부인 이외에도 많은 저서에서 '골력骨力'에 관한 문제가 다루어지고 있다.

그 골력이 굳세고 강하여 주춧돌의 큰 기반 같다.

其骨梗强壯, 如柱礎之丕基. (楊泉,《草書賦》)

최원과 두도 이후에 장지와 위탄은 성인의 반열에 올랐다고 칭해졌으며, 위권은 그 힘줄을 얻었고 거산은 그 골력을 얻었다고 칭해졌다.

崔, 杜(卽崔瑗, 杜度)之後, 共推張芝, 仲將(卽韋誕)謂之聖, 伯玉(卽衛瓘)得其筋, 巨山得其骨. (王僧虔,《又論書》)

위권은 약관의 나이에 위나라의 관리가 되어 상서랑에 봉해졌으며, 진대에 들어서는 상서령을 역임했다. 여러 가지 글씨체를 잘 써서 색정을 불러들여 상서랑으로 삼았으니, 세상에서 일대 이묘라고 불렀다. 당시 사람들이 말하기를, 붓을 대면 흐름이 숙달되어 삭정을 뛰어넘었으나 법도는 그만 못했다고 하였다. 그래서 늘 말하기를 나는 장지의 힘줄을 얻었고, 위항은 그 뼈를 얻었으며, 삭정은 그 육을 얻었다고 하였다. 백옥은 장지의 법도를 잡고 아비의 책을 취해 참조하여 마침내 신묘의 경지에 이르렀다.

瓘(卽衛瓘)弱冠仕魏, 爲尙書郞, 入晉爲尙書令. 善諸書, 引索靖爲尙書郞, 號一台二妙. 時議放手流便過索, 而法則不如之. 常云, 我得伯英(卽張芝)之筋, 恒得其骨, 靖得其肉. 伯玉采張芝法, 取父書參之, 遂至神妙. (張懷瓘,《書斷》)

위진의 서예가들은 '골'과 '근'으로 글씨를 논하였는데, 이는 시대적 요구에 부응한 것으로 한편으로 맑고 마른 듯하면서도 강건한 서법의 예술 풍격을 제창한 것이라 할 수 있다. 이러한 풍격 제창은 동한 시기 최원이나 채옹이 상

象·세勢로써 글씨를 논한 것과 다르다. 그러나 '골'과 '근'으로 글씨를 논한 것도 역시 문예심리학의 범주에 속한다.

서법은 선을 매개체로 하여 정감을 표현하는 예술이다. 서법에서 선의 이용과 풍격은 직접적으로 서예가의 근육활동 및 그 모든 생리·심리적 동작습관, 정감표현과 관련이 있다. 서법에서 선의 표현 역시 서예가의 근육활동과 정감의 심리 특징을 추상화한 것이다. 이러한 면에서 볼 때 '골'과 '근'으로 글씨를 논한 것 역시 인체생리·심리학을 이용하여 예술평론을 하고 있는 것이다. '다골多骨'·'풍근豊筋'을 주장하는 것은 힘의 미를 강조한 것이며, 서법예술은 곧 인간의 생명력을 표현하는 것임을 강조한 것이다. 당연히 여기에는 예술심리학적인 의미가 풍부하게 들어 있다고 볼 수 있다. 인간의 본체적인 역량을 강조한 위진시대의 특징과 '인간에 대한 각성'과 '문에 대한 자각'을 제창한 당시의 시대적 특징을 결합시켜 보면, 그 의미를 보다 정확히 인식할 수 있을 것이다. 이렇게 '골'과 '역'을 서법이론의 범주에 포함시킴으로써 위진남북조의 서법이론은 이후 서법과 기타 분야의 예술이론 발전에 커다란 영향력을 끼치게 되었다.

2) '의意'와 '필筆'

'의'로써 글씨를 논하고, '필'에 대한 '의'의 결정적 작용을 강조한 이론은 왕희지가 대표적이다. 그는 《진왕우군자론서》에서 다음과 같이 말하였다.

> 글자의 점과 획 사이마다 뜻이 있으니 말로는 다할 수 없는 것이 있다. 그 묘함을 얻는 것은 모든 일이 다 그러하다.
> 點畵之間皆有意, 自有言所不盡. 得其妙者, 事事皆然.

또한 《왕우군서설》에는 다음과 같은 내용이 있다.

> 한 글자마다 반드시 모든 체가 다 들어가야 하고, 종이에 씌어지는 글자마다 뜻이 달라야 한다.
> 一字須數體俱入, 一紙須字字意殊.

이는 서법에서 점과 획을 그리면서 작가의 뜻(意)을 표현해야 함을 강조한 것이다. 왕희지는 《제위부인필진도후》에서 다음과 같이 말하였다.

무릇 글을 쓰고자 하는 사람은 묵을 갈면서 정신을 모으고 사념을 끊어 고요한 지경에 들어 글자형태의 크고 작음, 글자의 눕고 일어섬, 평편함과 곧음을 예상해야 하며, 흔들림이 근육과 맥박의 진동과 서로 어울리도록 해야 한다. 그리고 붓을 대기에 앞서 뜻을 세운 후에 글자를 쓴다. 만약 평편함과 곧음이 서로 비슷하여 모양이 주판과 같이 아래위가 방정하고 앞뒤가 고루 평편할 뿐이라면, 그것은 글씨가 아니라, 오로지 점과 획을 얻은 것일 따름이다.

夫欲書者, 先乾研墨, 凝神靜思, 預想字形大小, 偃仰平直, 振動令筋脈相連, 意在筆前, 然後作字. 若平直相似, 狀如算子, 上下方整, 前後齊平, 此不是書, 但得其點畫耳.

여기에서는 '의'와 '필'의 관계를 아주 정확하게 언급하고 있다. 그는 글씨를 쓰는 데 있어서 반드시 '붓을 대기에 앞서 뜻을 세운 후에 글자를 쓰라'고 주장하고 있는데, 이는 서법예술 창작에서 글자체를 초월하여 '말로는 다할 수 없는' 뜻을 추구해야 함을 지적한 것이다.

'뜻(意)'으로 글씨를 논한 것은 위진 시기 서법미학의 큰 특색 가운데 하나이다. 왕희지 이외에도 많은 서예가들이 이에 대해 언급한 바 있다. 위부인은 《필진도》에서 "붓을 잡는 데는 일곱 가지 종류가 있는데, 마음은 급하지만 붓을 천천히 잡는 것과 마음이 이완되어 있으면서 붓을 급히 잡는 것으로 대변할 수 있다. 만약 쉽게 붓을 잡아 긴장할 수 없으면, 마음과 손이 일치하지 못하고 구상도 하지 않고 붓을 잡는 것이니 실패하게 된다. 만약 어렵게 붓을 잡고 긴장하여, 먼저 뜻을 세워 구상을 한 연후에 붓을 대면 성공하게 된다 執筆有七種, 有心急而執筆緩者, 有心緩而執筆急者, 若執筆近而不能緊, 心手不齊, 意後筆前者敗, 若執筆遠而緊, 意前筆後者勝"라고 하였다. 이는 "붓을 어렵게 잡고 긴장하며, 뜻이 붓보다 앞에 있어야만 한다"는 주장으로, 붓을 잡기 전에 먼저 뜻을 세워 상상과 정감을 충분히 발휘함으로써 "영감이 통하여 외물을 느끼고 通靈感物" "정감을 좇아 일정한 길을 버려야 한다 緣情棄道"는 말이니, 왕희지의 "붓을 대기에 앞서 뜻을 세워야 한다"는 말과 상통하는 것이다.

이외에도 성공수成公綏는 "공교로움은 전하기 어려워 이를 잘하는 이가 적다. 마음에 은밀하게 응하니 반드시 뜻으로 말미암아 깨달아야 한다 工巧難傳, 善之

者少, 應心隱乎, 必由意曉"(《隸書體》)고 하였으며, 삭정索靖은 "올챙이 같은 과두문자나 새발자국 같은 조전은 사물의 형상을 본뜬 것으로, 재주와 슬기로 변화 속에서 통하도록 하였으니 뜻의 교묘함이 무성하게 생겨난다 科斗鳥篆, 類物象形, 睿哲變通, 意巧滋生"고 하였고, 위항衛恒은 "물상을 바라보며 생각을 다하니 언어로 다 펼칠 수 있는 것이 아니다 睹物象以致思, 非言辭之所宣"(《四體書勢》)라고 하였다. 이러한 말들은 모두 서법창작에 있어서 그 근거는 '물상'이지만, 반드시 '물상'을 초월하여 말 밖의 뜻〔言外之意〕을 표현할 수 있어야 한다는 뜻이다. 이는 왕희지의 "붓을 대기에 앞서 뜻을 세워야 한다"는 말과 일맥상통하는 것인데, 역시 왕희지의 설이 훨씬 분명하다고 할 수 있겠다.

왕희지는 "붓을 대기에 앞서 뜻을 세워야 한다"고 주장하였으며, 또한 "정신을 모으고 사념을 끊어 고요한 지경에 들어야 한다 應神靜思"고 하면서 동시에 "사람의 의기를 드러내야 한다 發人意氣"고 하였다. 그리고 "글자의 점과 획 사이마다 뜻이 깃들어" "말로는 다할 수 없는 것"이 존재해야 한다고 주장하였다. 이러한 주장은 중국 서법미학사에 있어서 '서'와 '의'의 관계를 정확하게 확정지은 것이라 하겠다. 왕희지 등이 주장한 "말로는 다할 수 없는 것이 있어야 한다"는 논의는, 위진 현학의 '언부진의言不盡意'론의 영향을 받은 것으로 서법을 일종의 미의 형태로 간주한 것이라 할 수 있다. 아울러 그 논의는 그 시대의 현묘하고 초월적인 '의'를 표현할 것과 인간의 내재적인 생명력, 주체성에 대한 추구를 표현할 것을 주장한 것으로서 이후의 서론(예를 들자면 당대 孫過庭의 《書譜》와 같은 서론)의 발전에 커다란 영향을 끼쳤다.

3) '형形'과 '신神'

이 이론은 남제南齊의 서법가인 왕승건王僧虔을 대표로 한다.

왕승건(426-85)의 자는 간목簡穆이며, 낭사琅邪 임기臨沂〔지금의 산동성〕 사람이다. 《필의찬筆意贊》에서 그는 서법예술의 '신채神彩'와 '형질形質'의 관계에 대해 다음과 같이 논하고 있다.

> 붓글씨의 묘한 도는 신채神彩를 으뜸으로 삼고, 형질을 그 다음으로 삼는다. 이 두 가지를 겸하면 가히 고인을 계승하고 있다고 할 수 있다. 이를 말로 한다면 어찌 쉽게 얻을 수 있겠는가?

書之妙道, 神彩爲上, 形質次之, 兼之者方可紹於古人. 以斯言之, 豈易多得.

위의 글은 '형질'과 '신채'의 관계를 변증법적으로 설명하고 있다. 소위 '신채'라는 것은 서법이 표현하는 신운神韻으로서 정감을 가리키고, '형질'이란 서법의 구조와 형체를 가리킨다. 왕승건이 "신채를 으뜸으로 삼고 형질을 그 다음으로 삼는다"라고 한 것은, 서법의 표현은 신운과 정감을 위주로 해야 함과 동시에 형질을 소홀히 해서도 안 된다는 뜻으로 양자의 상호 결합을 주장한 것이다. 시와 그림의 형신론形神論에 대해서는 이미 많은 이들이 언급한 바 있는데, 이러한 형신이론을 서법창작의 범주에서 논의한 것은 왕승건이 최초의 인물이다.

형신론과 관련하여 왕승건은 또한 무無·유有·역力·미媚·심心·수手의 문제에 대해 말하고 있다. 《서부書賦》에 다음과 같이 실려 있다.

정감은 텅빈 마음에 의지하여 존재하는 것[有]을 헤아리고, 생각은 상상을 따라 공허한 것들을 도모하네. 마음은 자연의 이치로 날줄을 삼고 눈은 사물의 형용을 본뜨며, 손은 마음으로 움직이고 붓은 손을 좇는데, 바람이 빼어난 기운을 흔들어 화미하게 공이 깊어가누나.

情憑虛而測有, 思沿想而圖空. 心經於則, 目像其容, 手以心麾, 毫以手從, 風搖挺氣, 姸孊深功.

위 인용문에서는 서법예술이란 정감과 상상을 통하여 볼 수 없는 물건을 볼 수 있는 것으로 변화시키는 것임을 말하고 있다. 이러한 과정에서 "마음은 자연의 이치로 날줄을 삼고 눈은 사물의 형용을 본떠" 형과 신, 감성과 이성이 통일을 이루어야 한다는 것이다.

그는 또한 《논서論書》에서 다음과 같이 말하고 있다.

송 문제의 붓글씨는 스스로 말하기를, 왕자경에 비할 만하다고 했다. 세상 사람들이 말하기를, 천연스러운 것은 양흔을 뛰어넘으나 공부는 양흔에 못 미친다고 하였다.

宋文帝書, 自云可比王子敬. 時議者云, 天然勝羊欣, 功夫不及欣.

여기에서는 '천연'(선천적인 능력)과 '노력'의 문제에 대해 언급하고 있다. 왕승건은 몇몇 서예가를 평가했는데, 공림孔琳에 대해서는 "선천적으로 뛰어나 대단한 필력을 지녔다 天然絶逸, 極有筆力"고 하였고, 치초郗超의 경우에는 "팽팽한 아름다움은 그 아비를 뛰어넘으나 필력은 못 미친다 緊媚過其父, 筆力不及也"고 하였으며, 사종謝綜은 "서법에 힘이 있으나 아름다움이 적어 한스럽다 書法有力, 恨少媚好"고 말한 적이 있다. 이러한 것들은 모두 '천연'과 '노력,' '미취媚趣'와 '필력'을 결합하여 자연적인 아름다움이나 흥취 이외에도 힘찬 필력을 가미하여 양자간의 유기적인 통일을 이루어야 한다는 자신의 주장에 기반을 둔 평가라고 할 수 있다.

또한 왕승건은 《필의찬筆意贊》에서 다음과 같이 말하였다.

> 반드시 마음은 붓을 잊고 손은 글씨를 잊도록 하고, 마음과 손이 정감과 통달토록 하고, 글씨는 상상을 잊어서는 안 된다. 이를 이르자면 구하려고 애쓰면 얻을 수 없을 것이나, 생각해 보면 분명히 드러날 것이라고 할 수 있다.
>
> 必使心忘於筆, 手忘於書, 心手達情, 書不忘想, 是謂求之不得, 考之卽彭彰.

여기에서는 《서부書賦》에서 "마음과 손이 서로 응해야 한다 心手相應"고 한 것 이외에도, 특히 "마음과 손이 정감에 통달하고 글씨는 상상을 잊어서는 안 된다"는 것을 지적하여 서법창작과 감상에 있어서 정감과 상상의 관계가 중요하다는 것을 강조하고 있으며, 이를 통해 형과 신의 통일을 주장하고 있다. 이 역시 '신'을 위주로 한 그의 '형신'관과 일치하는 것이다. 왕승건은 또한 기氣로써 글씨를 논하여 "바람이 빼어난 기운을 흔들어 화미하게 공이 깊어간다"고 하고, 또한 "형체가 끝없이 이어져 다양한 모습을 드러내고, 기가 다투어 나가 까끄라기처럼 날카롭다 形緜靡而多態, 氣凌厲其如芒"고 하였다. 이 역시 예술심미심리와 창작심리의 특징에 부합하는 것이다.

이외에 소연蕭衍, 즉 양무제梁武帝(464-549) 역시 서법이론가로 《답도은거론서答陶隱居論書》에서 '골'과 '육'의 문제에 대해 언급하였다. 그는 "순전히 골만 있고 아름다움이 없는 것, 순전히 육만 있고 힘이 없는 것 純骨無媚, 純肉無力"에 대해 비판하면서 골과 육, 필력과 아름다움을 결합시킬 것을 주장하였다. 또한 서법예술은 "살이 찐 것과 마른 것이 서로 조화를 이루고 골과 육이 서로 대칭되어야 하며, 아름답고 따사로워 자꾸 보고 싶고, 위풍이 있어 항시 생기가 있으며, 눈에 들고 마음에 합치되어야만 장원壯元에 상응한다고 할 수 있다 肥瘦相和, 骨肉相稱, 婉婉暖暖, 視之不足, 棱棱凜凜, 常有生氣, 適眼合心, 便爲甲科" 라고 하여, 서법은 생명운동의 역량을 표현해야 할 뿐만 아니라 감상을 할 때에 시각적인 즐거움과 마음의 유쾌함을 느낄 수 있도록 해야 한다고 주장하였다. 이러한 견해는 서법창작과 감상을 인체의 생리기능, 육체적 감각, 정신적인 향수와 연계시킨 것으로 문예심리학적인 의미가 크다고 할 수 있다.

2. 고개지의 '전신사조傳神寫照'와 '천상묘득遷想妙得'

고개지는 그의 회화이론에 관한 저술에서 '전신사조'와 '천상묘득'이라는 명제를 내놓고 있는데, 이는 중국 문예심리학사에서 커다란 의의를 지닌 것이다.

고개지顧愷之(약 345-408)의 자는 장강長康이며, 젊었을 때의 자는 호두虎頭로 진릉晉陵 무석無錫[지금의 江蘇省 무석] 사람이다. 인물초상화와 산수·금수禽獸에 능했다. 그의 화론저작인 《논화論畵》는 고화古畵 모사를 위주로 한 모사방법에 대해 서술하고 있으며, 《위진명신화찬魏晉名臣畵贊》과 《위진승류화찬魏晉勝流畵贊》은 위진시대의 인물화와 명화에 대한 품평이고, 《화운태산기畵雲台山記》는 산수화의 구도 구상에 대해 조목별로 기술한 것이다.

《세설신어·교예巧藝》에는 고개지의 말을 다음과 같이 기록하고 있다.

> 장강 고개지가 인물을 그릴 때 간혹 수 년 동안 눈동자를 그리지 않았다. 사람들이 그 까닭을 묻자, 고개지는 "몸체의 아름다움과 추함은 근본적으로 그림의 핵심인 묘처와 무관하다. 전신사조는 바로 눈동자에 있는 것이다"라고 말하였다.
>
> 顧長康畵人, 或數年不點目精. 人問其故? 顧曰, "四體姸蚩, 本無關於妙處, 傳神寫照, 正在阿堵中."

여기에서 고개지는 회화에 있어서 전신傳神의 문제에 대해서 언급하고 있다. 이미 선진 이래의 철학과 미학이론에서도 '사형寫形'과 '전신傳神'의 관계에 대해서 언급한 바 있었다. 예를 들면 순자·회남자·왕충 등이 그들이다. 그러나 진정으로 형신이론에 미학과 예술심리학적 의의를 부여한 것은 위진시대에 이르러서이다. 이는 위진 이래의 인물 품평, 현학 및 불학에서 모두 형신이론을 중시하였기 때문으로 유소劉邵는 《인물지人物志》에서 징신徵神 문제를 언급한 바 있으며, 하안何晏·왕필王弼은 성인의 신명神明 문제에 대해 토론을 나누었다. 또한 위진시대 현학의 대표적 인물인 완적阮籍과 혜강嵇康 역시 그들 스스로 시인과 예술가의 입장에서 형신이론을 예술창작과 이론에 응용하였다. 이후 육기陸機 역시 "사물을 응대하는 데는 정신으로 하고 형체로 하지 않으며, 사물을 창조하는 데도 정신으로 대하고 단순한 기물로 대하지 않는다 應事以精不以形, 造物以神不以器"·"정은 사물에서 드러나는데 아무리 멀어도 성기고, 신은 형체에 숨어 있는데 비록 가까워도 촘촘하다 情見於物, 雖遠猶疏, 神藏於形, 雖近則密"(《演連珠》·《全晉文》卷九十九)라고 분명하게 지적하고 있다. 이러한 것들이 모두 고개지에게 영향을 주었음이 확실하다. 고개지는 이러한 '형신'의 문제를 회화예술에 응용하여 '전신사조'라는 명제를 내놓음으로써 중국 회화이론 발전사와 문예심리학사에 커다란 발자취를 남기게 된 것이다.

고개지는 위 인용문에서 회화에 있어서 형과 신의 관계를 분명하게 언급하고 있다. "몸체의 아름다움과 추함은 근본적으로 그림의 핵심인 묘처와 무관하다"라는 말은, 회화창작에서 형에 대한 묘사는 차선적인 문제로 '묘처'가 자리하고 있는 곳이 아니며, 오히려 '전신사조'가 중요하다는 뜻이다. 이른바 '전신'이란 것은 예술표현 대상(인물, 혹은 사물·사건)을 전달하려는 정신이나 운미韻味·심리적 욕망을 뜻하며, '사조'는 일종의 회화표현 능력과 수단을 뜻한다. 서구의 미학이론에 관조觀照라는 말이 있는데, 이는 예술작품에서의 형상적 표현력을 말하는 것으로, 고개지가 회화를 논하면서 '사조' 개념을 사용한 것과 매개수단이 다를 뿐 그 의의는 유사하다.

고개지는 여기서 한 걸음 더 나아가 '전신사조'는 "바로 눈동자에 있다 正在阿堵中"고 하여, '전신'에 대한 눈의 역할을 강조하였다. 이에 대해서는 다음과 같은 기록이 남아 있다.

고개지는 사람의 모습을 묘사하기 좋아하여 은중감을 그리고 싶어했다. 은중감이 말하기를, "나는 생긴 것이 못났으니 괜히 번거롭게 하지 말아 주시오"라고 하였다. 그러자 고개지가 말했다. "명부〔태수·현령에 대한 존칭〕께서 바로 눈 때문에 그러시는데, 단지 눈동자에 점을 찍을 때 비백〔마른 붓으로 필획의 중간에

빈 흔적이 남도록 하여 날아가는 듯한 분위기를 내는 기법)의 방법으로 그 위를 쓸 듯 지나가면 됩니다. 이는 마치 가벼운 구름이 해를 가리운 듯한 형상을 만드는 것입니다."

顧長康好寫起人形, 欲圖殷荊州. 殷曰, "我形惡, 不煩耳." 顧曰, "明府正爲眼耳! 但明點童子, 飛白拂其上, 使如輕雲之蔽日."[49]

고개지가 부채에 인물 그림을 그려넣는데, 혜강과 완적을 그리면서 모두 눈동자를 그리지 않았다. 이윽고 부채의 주인에게 부채를 보내면서, "눈동자를 찍으면 곧 말을 하고자 할 것이다"라고 하였다.

顧虎頭爲人畵扇, 作嵇, 阮, 而都不點睛, 便送扇主, 曰, "點眼睛便欲語."[50]

고개지가 그림에 대해 말하면서 "손으로 오현금을 타는 것을 묘사하기는 쉬우나, 고향 찾아 돌아가는 큰 기러기를 보내는 눈을 묘사하기는 어렵다"고 하였다.

顧長康道畵, "手揮五弦易, 目送歸鴻難."[51]

'전신'에 있어서 눈의 작용을 강조한 것은 맹자로부터 시작된다. 《맹자·이루離樓》에 보면, "사람에게 있는 것으로 눈동자보다 착한 것이 없다 存乎人者, 莫良於眸子"고 하였는데, 이는 눈동자가 사람의 마음을 보는 창문이란 뜻이다. 유소 역시 《인물태人物態·구징九徵》에서 "정신을 징험하고 형체를 드러내니 정감은 눈에서 나온다 徵神見貌, 則情發於目"라고 하였다. 동진시대의 현학관계 저작에서도 이러한 논의를 쉽게 살필 수 있다. 《세설신어·현원賢媛》에 보면 "백발이 되고 치아가 빠지는 것은 형해에 속하는 일이고, 눈과 귀는 신명과 관계되는 것이다 發白齒落, 屬乎形骸, 至於眼耳, 關於神明" 하였고, 《세설신어·배조排調》에서는 "입술과 치아는 서로 필요로 하는 것이니 한쪽이 없어져서는 안 된다. 그러나 수염이 나는 것이 어찌 신명과 연관이 있겠는가? 脣齒相須, 不可以偏亡. 須發何關於神明"라고 하였다. 이렇듯 맹자에서 유소와 동진의 현학에 이르기까지 모든 것이 눈을 통한 '전신' 작용, 즉 사람의 마음을 관찰하여 개성을 파악하고 심령을 살피는 인식의 심화과정을 반영하는 것이라고 볼 수 있다. 이렇게 본다면, 고개지의 '전신사조'에 관한 논의 역시 당시 현학의 연장선상에서 파악해야 할 것이다.

고개지는 "손으로 오현금을 타는 것을 묘사하기는 쉬우나, 고향을 찾아 돌아가는 큰 기러기를 보내는 눈을 묘사하기는 어렵다 手揮五弦易, 目送歸鴻難"고 하였는데, 눈을 그려 '전신'을 하는 것이 얼마나 어려운가를 비유적으로 언급한 것이라 하겠다. 그러나 고개지는 단순히 이것의 어려움만을 지적한 것이 아니라, '전신'의 방법에 대해서도 구체적으로 논의한 바 있다.

그 하나는 그리고자 하는 인물의 가장 특징적인 부분을 파악하여 표현하는 것이다. 《세설신어·교예巧藝》에 다음과 같이 실려 있다. "고개지가 배해裴楷를 그리는데, 빰에 수염 세 가닥을 덧붙였다. 사람들이 그 까닭을 묻자 고개지가 대답했다. '배해는 뛰어나고 밝으며 특징이 있는 사람이니, 바로 이것이 그 특징을 나타낸다.' 그림을 보는 이가 살펴보니 과연 수염 세 가닥을 덧붙여 마치 신명이 있는 듯하고 그것을 그리기 전보다 훨씬 뛰어남을 느낄 수 있었다. 顧長康畵裴叔則, 頰上益三毛. 人問其故? 顧曰裴楷携朗有識具, 正此是其識具, 看畵者尋之, 定覺益三毛如有神明, 殊勝未安時" 이렇듯 고개지는 배해가 총명하고 식견이 뛰어난 사람이었기 때문에, 그의 빰에 수염 세 가닥을 덧붙이는(益三毛) 방법을 통해 그 정신적 풍모를 전달하고자 했다는 것이다.

다음 두번째 방법은 특징이 풍부한 환경에 의탁하는 것이다. 《세설신어·교예》에 보면 다음과 같은 이야기가 실려 있다. 고개지가 사유여謝幼輿(謝鯤)를 그리는데, 바위를 배경으로 하여 그 사이에 그를 위치하도록 구도를 잡았다. 그러자 어떤 이가 그 까닭을 물었다. 이에 고개지가 대답하였다. "사유여가 말하기를 '구릉이나 골짜기에 은거하여 담담하게 세상을 사는 것은 내가 그(庾亮)보다 낫다고 할 수 있습니다'라고 하였다. 그러니 그를 마땅히 구릉이나 골짜기를 배경으로 그려야 할 것이다. 謝云, 一丘一壑, 自謂過之. 此子宜置丘壑中" 이는 사곤이 '죽림칠현'을 흠모하였고, 또한 구릉이나 골짜기에 은거하고자 하였기에 이에 고개지가 암석을 사곤이 활동하던 환경으로 삼았는데, 이 역시 그 신을 전하기 위함이라는 말이다.

세번째 방법은 "대상을 깨달아 정신이 통하는 것 悟對通神"이다. 눈을 그리는 것에 관한 언급으로 중요한 문장이기 때문에 그 전문을 싣는다.

> 사람은 키가 크고 작은 차이가 있으니, 이미 원근을 정해 놓고 앞에 있는 상대를 응시하도록 하면 멀고 가까운 것을 바꿀 수 없고 위치의 높고 낮은 것을 바

꿀 수 없다. 무릇 살아 있는 사람이 (읍양하여) 두 손을 마주 잡고, 눈은 앞을 응시하면서도 앞에 마주 대하고 있는 이가 없게 만들 수는 없다. 형체로 정신을 그리면서 그 실제로 마주 대하고 있는 대상을 텅비게 만들면, 그 생생함을 포착하는 통발의 쓰임을 어그러지게 만드는 것이자 정신을 전하는 의취도 잃게 된다. 그 실제로 마주 대하고 있는 대상을 텅비게 만드는 것은 크게 잃는 것이고, 마주 대하되 제대로 바르게 하지 못하는 것은 적게 잃는 것이니 살피지 않을 수 없다. 그리고자 하는 대상의 눈을 밝게 그리거나 어둡게 그리는 것은 대상을 깨달아 정신이 통하는 것만 못하다.

人有長短, 今旣定遠近以矚其對, 則不可改易闊促, 錯置高下也. 凡生人無有手揖眼視而前亡所對者, 以形寫神而空其實對, 荃生之用乖, 傳神之趨失矣. 空其實對則大失, 對而不正則小失, 不可不察也. 一像之明昧, 不若悟對之通神也.[53]

위 인용문은 사람들끼리 예를 행하면서 읍양할 때 상대방의 시선이 서로 닿아야만 하는 것을 예로 들어 회화의 전신 문제를 논의한 것이다. 고개지는 이를 통해 그림을 그릴 때에는 반드시 표현하고자 하는 대상(즉 '실대')을 바르게 대해야만 비로소 그 정신을 전할 수 있다고 주장하고 있다. 만약 "형체로 정신을 그리면서 실제로 마주 대하고 있는 대상을 텅비게 만들면" 이는 사람이 서로 읍양하면서 상대방에게 시선을 보내지 않는 것과 같아서 진정으로 예를 표하는 것이 아닌, 즉 그림에 있어서 대상의 진실된 특징을 표현할 수 없을 뿐더러 '전신'도 불가능하게 된다는 것이다. 그렇기 때문에 고개지는 "무릇 살아 있는 사람으로 (읍양하여) 두 손을 마주 잡고 눈은 앞을 응시하면서도 앞에 마주 대하고 있는 이가 없게 만들 수는 없다. 형체로 정신을 그리면서 그 실제로 마주 대하고 있는 대상을 텅비게 만들면, 그 생생함을 포착하는 통발의 쓰임을 어그러지게 만드는 것이자 정신을 전하는 의취도 잃게 된다"고 말했던 것이다.

고개지는 여기서 한 걸음 더 나아가 "그리고자 하는 대상의 눈을 밝게 그리거나 어둡게 그리는 것은 대상을 깨달아 정신이 통하는 것만 못하다"라고 하였는데, 이는 눈의 시선이 향하는 데에 있어서 대상을 정확히 할 필요가 있을 뿐 아니라 그 대상에 대한 깨달음이 있어야 한다는 뜻이다. 그는 이렇게 해야만 능히 사람이나 사물의 신명(혹은 정신적 실체)을 전달할 수 있다고 생각했던 것이다. 고개지의 이러한 이론은 '이형사신'을 제기하면서, 다른 한편으로 '실대實

對'를 '오대悟對'와 서로 대치시킨 것이라고 생각할 수 있다. 사실 '실대'와 '오대'는 모두 대상을 똑바로 바라본다는 의미로 그 함의가 같다고 볼 수 있다. 그러나 고개지의 경우, '실대'에 대對하는 '오대'를 제기함으로써 한층 더 높은 단계를 요구하고 있다. 이처럼 '이형사신'을 고개지의 '전신사조'라는 명제의 정신적 실체의 측면에서 본다면, 중요한 것은 역시 '전신'에 대한 요구이며 '사형寫形'은 그리 중요한 것이 아니라고 할 수 있다.

물론 고개지가 '사형寫形'을 완전히 부정한 것은 아니며, 단지 형식미를 부정하였을 따름이다. 그렇기 때문에 《위진승류화찬魏晉勝流畵贊》에서 《소열녀小列女》라는 그림을 평가하면서 "여자를 그리는 데 옷이나 쪽진 머리를 더욱 아름답게 그려 붓을 내리긋고 올려긋는 가운데, 점 하나 획 하나가 모두 서로 어울려 그 아름다운 자태를 이루게 한다 作女子尤麗衣髻, 俯仰中一點一畫皆相與成其艷姿"고 한 것이나, 《북풍시北風詩》라는 그림을 평가하면서 "아름다운 형체, 촌척의 구별, 음양의 수, 섬세하고 교묘한 흔적은 세상 사람들이 아울러 귀하게 여기는 바이다 美麗之形, 尺寸之別, 陰陽之數, 纖妙之迹, 世所幷貴"라고 한 것은 다른 각도의 문제들이라 할 수 있다. 여기서 고개지는 《소열녀》라는 그림이 열녀의 아름다운 자태, 즉 형식미를 잘 표현하고 있다고 긍정하였다. 그러나 이와 동시에 그 그림이 "깎고 새기듯 모습을 표현하고 있지만 생동하는 기운을 다 드러내지는 못했다 刻削爲容儀, 不盡生氣"고 하여 결점을 지적하고 있으니, 고개지는 형식미보다는 '전신사조'를 더욱 중요시했음을 알 수 있다.

고개지가 '전신'을 중요하게 여기고, 또한 눈을 그리는 것이 '전신'에 중요한 작용을 한다고 주장한 것은, 미학이나 문예창작의 법칙에 합당한 것이다. 예술이란 유한한 것을 통해 무한한 것을 표현한다. 그렇기 때문에 단지 대상의 형체만을 그리고자 한다면 현실에 얽매여 전형적인 보편성이 결여되기 쉽다. 따라서 대상의 정신을 전해야 진정한 의미에서 예술적 전형의 의의를 드러낼 수 있는 것이다. 이는 곧 "말은 이미 다하였으나 뜻은 무궁하다 言已盡而意無窮"는 뜻으로서, 하나로 열을 나타내야 한다는 뜻이기도 하다.

눈은 마음의 창이며 시각의 중추이다. 눈을 잘 그려내어 전신傳神이 가능토록 하는 것은 곧 예술창조의 요령을 정확히 파악한 것이라고 할 수 있다. 헤겔은 "모든 영혼은 도대체 어떤 특수기관에 의해 영혼으로 현현되는 것일까? 우리들은 이에 대해 눈이라고 대답할 수 있다. 영혼은 눈에 집중되기 때문으로 영혼은 눈을 통하여 사물을 파악할 뿐만 아니라 눈을 통해야만 사람들에 의해 보여지기 때문이다"[53]라고 한 적이 있다. 노신 역시 "최대한으로 간결하게 한 개인의 특징을 그림으로 표현하고자 한다면 그의 눈을 그리는 것이 가장 좋은 일이다. 나는 이 말이 아주 정확한 말이라고 생각한다. 만약 두 발을 전부 그려 설령 실제 모습과 똑같이 그린다고 해도 별다른 의미가 있을 수 없다"[54]고 한 바 있다. 이미 1천 년 전에 살았던 고개지는 근대 저명한 예술가들이 언급한 바로 그 이치를 이미 간파하고 있었던 것이다. 고개지는 이렇듯 《화론》이란 중국 최초의 회화평론서를 저술하여 '전신'의 개념을 제기하고, 다시 이를 미학의 범주에 끌어올렸으며, 이를 통해 자신의 회화이론을 전개했다. 그가 최초로 제기한 "눈을 그려야 한다 畵眼睛"는 회화 명제는, 이후 회화의 발전과 문예심리학사에 있어서 커다란 공헌을 했다고 할 수 있을 것이다.

고개지는 '전신사조'와 유관하여 '천상묘득遷想妙得'이라는 명제를 내놓았다. 그는 《위진승류화찬》에서 다음과 같이 말하였다.

> 무릇 그림을 그리는 데 사람이 가장 어렵고, 다음이 산수이며, 그 다음이 개와 말이다. 망루나 누각은 일정한 기물일 따름으로 그리기는 어렵지만 보고 좋아하기는 쉬운데 천상묘득이 필요없기 때문이다. 그래서 기교만으로 그림의 품격을 가릴 수 없는 것이다.
>
> 凡畵, 人最難, 次山水, 次狗馬, 台榭, 一定器耳, 難成而易好, 不待遷想妙得也. 此以巧歷不能差其品也.

이른바 '천상遷想'을 직역하면 생각을 옮긴다는 말인데, 예술적 상상을 이용하고 발휘하는 것을 뜻한다. 그리고 '묘득妙得'이란 말 그대로 묘를 얻음이라고 풀이할 수 있으니, 작품의 아름다움을 얻어내는 것이라 할 수 있다. 이렇게 본다면 '천상묘득'은 예술적인 상상을 발휘하여 작품 속에서 묘한 아름다움을 얻어내야 한다는 뜻이라 하겠다. 고개지는 또 다른 문장에서도 이와 비슷한 관점을 보이고 있다. 예를 들어 《관도부觀濤賦》에서는 "형체는 항상됨이 없으며, 항상됨은 가지런하지 않다 形無常而參常"고 하였으며, 《빙부氷賦》에서는 "형체에 기탁하면서 그 형상을 초월하는 것은 훌륭한 현주에 비견할 수 있다 托形超象, 比朗玄珠"고 하였다. '천상묘득'이란 '전신사조'와 서로 관련이 있다. 고개지는 인물이나 산수화를 그릴 때는 그 정신(神)을 전해야 한다 하였고, "형체에 기탁하면서 그 형상을 초월할 것 托形超象"과 형상 너머에 있는 묘妙를 드러낼 수 있어야 한다고 주장했다. 이렇게 하기 위해서는 당연히 예술적 상상력을 최대한 발휘해야만 한다. 이와 반대로 정신을 전한다고 하면서 오로지 사실적인 모습을 묘사하는 데 애써 눈앞의 물상에 얽매이게 되면, 결국 자연주의에 빠지고 마는 것이다. 중국의 경우 시론이나 문론에서는 이미 위진 이전부터 상상에 관한 논의가 이루어졌었다. 그러나 회화이론의 경우에는 고개지에 의해 처음 제기되었다. 고개지는 '전신사조'는 바로 "눈동자에 있는 것이다 正在阿堵"라고 주장하고, 아울러 이와 유관하여 '천상묘득'이라는 명제를 제시하였다. 그럼으로써 고개지는 새로운 회화창작과 이론체계를 구성할 수 있었다. 그의 이론체계는 현대 미학의 창작·감상의 심리법칙과도 부합하는 것이다.

3. 종병의 '징회미상澄懷味象'

종병은 그의 《화산수서畵山水序》에서 '징회미상'이란 명제를 내놓고 있는데, 이 역시 예술심리학적인 의의가 깊은 명제이다.

종병宗炳(375-443)의 자는 소문少文이며, 남양南陽 열양涅陽(지금의 하남성 眞平) 사람으로 남조 송나라의 산수화가이다. 저서로는 《화산수서畵山水序》가 있다. 이외에도 그는 불교에 박식하여 《명불론明佛論》이라는 불가 관련 저서를 썼으며, 현학에도 상당히 조예가 있었다. 불교를 중심으로 유가와 도가의 도리를 수용해야 한다는 종병의 사상적 경향은 그의 《화산수서》 저술에도 직접적인 영향을 주었다.

종병은 《화산수서》에서 '징회미상' 등의 유명한 명제를 제시하면서, 산수화의 예술적 본질론·창작론·감상론·미감론 등의 전체적 심리과정에 대해 다루었다. 이를 보다 구체적으로 나누어 살펴보면 다음과 같다.

1) '산수질유이취영山水質有而趣靈'·'산수이형미도山水以形媚道'

《화산수서》[55]에서는 다음과 말하고 있다.

성인은 도를 머금어 외물에 응대하고, 현자는 마음을 맑게 하여 만상을 음미한다. 산수의 경우에는 실질을 갖추고 있으면서 영험한 세상으로 나아간다. 이런 까닭에 헌원황제나 요임금·공자·광성자·대외와 허유·백이와 숙제 등은 필연적으로 공동산·구자산·막고야산·기산·수양산·대몽산에서 노닐었다. 그리고 또한 산수를 일러 어진 이나 지혜로운 이가 즐기는 것이라 하였던 것이다. 무릇 성인은 신묘함으로 도를 법으로 삼고, 현자는 이를 세상에 통하도록 만든다. 산수는 형상으로 도를 아름답게 만들고 어진 이가 이를 즐기니, 또한 이상적인 경지에 가깝지 않은가?

聖人含道應物, 賢者澄懷味象. 至於山水, 質有而趣靈. 是以軒轅·堯·孔·廣成·大隗·許由·孤竹之流, 必有崆峒·具茨·藐姑·箕首·大蒙之游焉. 又稱仁智之樂焉. 夫聖人以神法道而賢者通, 山水以形媚道而仁者樂, 不亦幾乎?

여기에서 종병은 산수화의 본질이 "실질을 갖추고 있으면서 영험한 세상으로 나아가는 것 質有而趣靈"·"형상으로 도를 아름답게 만드는 것 以形媚道"이라고 하였다. 이른바 '질유이취영質有而趣靈'이란 산수가 사람의 눈에 보이는 구체적인 형체로, 아름다운 도〔媚道〕를 체현하여 사람들에게 심적 흥취와 심미적 감흥을 준다는 뜻이다. 또한 '이형미도以形媚道' 역시 동일한 함의를 지닌 것으로 산수는 미적 형상을 통해 '도'를 현현하며, 이를 통해 아름다움을 드러낸다는 뜻이다.

종병이 말하고 있는 '도'는 유가·도가·현학을 총괄하는 불가의 도로서, 유한한 것을 초월하는 무한한 어떤 것으로서 자유로운 해탈을 뜻한다. 종병은 산수예술이 실질, 즉 구체적인 형상을 지닌 형상적 심미 성질을 지닌다는 것을 긍정하면서, 이를 예술화시키기 위해서는 무엇보다도 '형形'이 사람의 감성적 측면을 통해 지각되는 것이 중요하다고 하였다. 따라서 이는 "성인이 신묘함으로 도를 법으로 삼는 것 聖人以神法道"과는 다른 것이다.

다른 한편 종병은 "산수의 모습을 형체 그대로 그리고, 본래의 색 그대로 채색한다 以形寫形, 以色貌色"고 하여 산수가 그림으로 그려질 수 있음을 긍정했으나, 한 걸음 더 나아가 단순히 모사를 통한 산수의 재현이 아니라 '도'를 체현하여 그 '아름다움〔媚〕'과 '영험한 정취〔靈趣〕'를 드러내야 한다고 주장했다. 이는 결국 산수예술의 본질은 유한한 감성, 직관적인 형식미로 감성을 초월하는 초월적인 감성, 무한한 정신을 체현시켜야 한다고 주장한 것이라 할 수 있다. 그리고 이는 고개지의 '전신사조,' 헤겔의 '이념적 감성의 현현'과 일맥상통하는 것으로 예술의 형식적 초형식성이라 할 수 있을 것이다. 예술심리학에서 볼 때, 예술은 인간의 감성적 직관에 호소하는 것임과 동시에 연상력과 상상력을 통하여 끝없이 풍부한 정신적 체험에 도달하도록 하는 것이다. 이런 선상에서 볼 때 종병의 '질유이취영質有而趣靈'과 '이형미도以形媚道'는 바로 이에 대한 논의라 하겠다.

2) '징회미상澄懷味象'·'응목회심應目會心'·'응회감신應會感神, 신초이득神超理得'

《화산수서》에 다음과 같이 실려 있다.

> 성인은 도를 머금어 외물에 응대하고, 현자는 마음을 맑게 하여 만상을 음미한다.
>
> 聖人含道應物, 賢者澄懷味象.

> 무릇 눈으로 보고 마음으로 통하는 것을 이理라고 하는데, 사실적으로 교묘하게 그려진 산수화의 경우라면 곧 눈으로 보아도 감응하게 되고 마음 역시 회통할 수 있는 것이다. 눈으로 보고 마음으로 통하여 산수가 가지고 있는 신과 감응하니, 작가의 정신이 더욱 나아가 이理를 터득하게 된다. 그래서 비록 진짜 산수를 다시 찾는다 해도 그림보다 나을 것이 무엇이겠는가? 또 신神이란 본래가 실마리 없는 것이니 유형의 사물에 깃들고, 또 비슷한 사물에도 감응하기 마련이니, 이理는 그림자 같은 자취, 즉 산수화폭에도 담기게 되는 것이다. 그렇기 때문에 진실로 산수화를 묘하게 그릴 수 있다면 그것으로 다한 것이다
>
> 夫以應目會心爲理者, 類之成巧, 則目亦同應, 心亦俱會. 應會感神, 神超理得, 雖復虛求幽岩, 何以加焉? 又神本亡端, 栖形感類, 理入影迹, 誠能妙寫, 亦誠盡矣.

"성인은 도를 머금어 외물에 응대하고, 현자는 마음을 맑게 하여 만상을 음미한다. 聖人含道應物, 賢者澄懷味象" 여기서는 '도'의 체험에 대한 두 가지 방식을 보여 주고 있다. 하나는 '성인'의 경우로 불학의 함의를 지닌 '도'로 만물을 받아들이고 만사를 처리하는 것이다. 그러나 '현자'의 경우는 허정虛靜한 직각

체험을 통하여 대상을 음미하고 불도를 깨닫는 것이다. 인용문의 '징회澄懷'는 바로 심경을 깨끗하게 만든다는 뜻으로, 노자가 말한 '척제滌除,' 장자의 '심재心齋,' 즉 허정한 마음의 경지를 말하는 것이다. 그리고 '미상味象'은 구체적인 온갖 형상을 음미한다는 뜻이자 '관도觀道'를 의미한다.

《송서宋書·은일전隱逸傳》에 보면 다음과 같은 일화가 전한다. 종병이 병에 걸려 형산에서 강릉으로 돌아와 탄식하며 말하기를, "늙음과 병이 한꺼번에 이르니 명산을 두루 유람하기 어려울 듯하구나. 그저 마음을 맑게 하고 도를 관조하면서 드러누워 명산에서 노니리라. 그리고 내가 유랑했던 모든 명산을 방 안에 그려 놓겠다 老病俱至, 名山恐難遍睹, 惟當澄懷觀道, 臥以游之 凡所游履, 皆圖之於室" 고 하였다. 그런 후 사람들에게 말하기를, "거문고를 어루만지며 곡조를 타니 뭇 산들이 메아리로 돌아오는 듯합니다 撫琴動操, 欲令衆山皆響!"라고 했다고 한다. 여기서 볼 때, '미상味象'과 '관도觀道'는 일치하는 것임을 알 수 있다.

종병이 의식을 했든지 안했든지간에 우리는 이 두 구절의 말이 '도'(사물)를 파악하는 두 가지 방법이라고 이해할 수 있다. 하나는 "도를 머금어 외물에 응대하고 含道應物" "신묘함으로 도를 법으로 삼는 以神法道" 방식이며, 또 다른 하나는 "마음을 맑게 하여 만상을 음미하고 澄懷味象" "형상으로 도를 아름답게 하는 以形媚道" 방식이다. 전자는 불학에서 '도'로 사물을 처리하는 방식으로 철학적 혹은 종교적인 인식방법이라 할 수 있으며, 후자는 직감·형상으로 사물을 음미하는 형상적·심미적인 방식이라 할 수 있다. 철학적인 방식은 "현자가 이를 세상에 통하게 만들고 賢者通" 심미적인 방식은 "어진 이가 즐기는 것이다. 仁者樂" 객관적인 사물에 대한 이러한 서로 다른 인식방법은 실제로 존재하는 것이다. 예를 들어 마르크스는 《1857-1858년 경제학수고》에서 '세계를 파악하는 방식'이란 유명한 논의에 대해 언급하면서, "정체整體, 그것은 머릿속에서 사유되는 정체로 출현할 때 사유하고 있는 두뇌의 산물이며, 그 두뇌는 오로지 그것만의 방식으로 세계를 파악하는 데 이러한 방식은 세계에 대한 예술적·종교적·실천 — 정신적 파악과는 다른 것이다"[56]라고 하였다.

종병의 철학관점은 불교의 유심론에 바탕을 두고 있다. 그가 《화산수서》에서 말한 것들은 불교의 유심론적 사변에 불과할 수도 있다. 그러나 마르크스가 말한 바와 같이 종교는 어쨌든 여전히 '세계를 파악하는 방식'의 일종으로, 다른 것과 마찬가지로 세계를 반영하고 인식할 수 있다. 이렇게 볼 때 종병의 회화이론에서 특히 유심론적인 부분을 뺀다면, 그가 심미 본질을 강조하고 예술창작과 감상에 있어서 직감성·형상성, 그리고 돈오성을 강조한 것은 예술의 특수한 법칙을 반영하는 것으로 나름의 이론적 가치가 있다고 할 수 있을 것이다.

심미감상에 대해 종병은 "눈으로 보고 마음으로 통하는 것을 이理라고 한다 應目會心爲理"·"눈으로 보고 마음으로 통하여 산수가 가지고 있는 신과 감응하니, 작가의 정신이 더욱 나아가 이理를 터득하게 된다 應會感神, 神超理得"고 말하였다. 이는 예술을 감상할 때는 눈으로 이치를 감지해야 할 뿐만 아니라 마음으로 보아야 한다는 것이다. 이렇게 함으로써 마음과 물상이 서로 교감하여〔應會感神〕그 '이치'를 얻게 된다는 것이다.

종병은 "신神이란 본래 실마리가 없는 것이니 유형의 사물에 깃들고, 또 비슷한 사물에도 감응하기 마련이다 神本亡端, 栖形感類"라고 하여, 신은 본래 무형의 것이어서 볼 수는 없으나 형상을 갖춘 사물에 깃들고, 여러 가지의 사물에도 감응한다고 생각했다. 그는 《명불론》에서 "무릇 종도 같은 것들끼리 감응하여 마음이 고요함 속에 모이는데, 하물며 신령한 성인은 이로써 신과 같은 부류를 삼지 않겠는가? 夫鐘類感應, 尤心玄會, 況夫靈聖, 以神理爲類乎?"라고 한 적이 있다. 산수 역시 "신과 이로써 같은 부류를 삼는 以神理爲類" 대상에 속한다. 그렇기 때문에 화가는 '교묘한 묘사妙寫'를 통해야만 그 신리神理를 다할 수 있는 것이다. 여기서 관건은 종병이 심미감상에서 감상자는 감각기관을 통해 감지하고 마음으로 깨달아, 즉 '응회감신'하여 그 이치를 논할 수 있다고 한 것에 있다. 이러한 과정에서 "사실적으로 교묘하게 그려진 산수화의 경우라면 곧 눈으로 보아도 감응하게 되고, 마음 역시 회통할 수 있는 것이다 類之成巧, 目亦同應, 心亦俱會"라고 하였으니, '응목회심' 즉 연상과 사상을 통해 공명·공감의 작용이 일어난다고 이해할 수 있다. 다시 말해서 예술작품의 '이理'를 파악하는 것은 추상적인 개념 판단에 의한 것이 아니라, 형상에 대한 느낌을 통해서 깨닫는 것이라 할 수 있다. 이는 심미감상에 있어서의 심리과정의 특징을 묘사한 것이다.

3) '창신이이暢神而已'

《화산수서》에는 다음과 같이 실려 있다.

이에 한가롭게 거하면서 기를 다스리고, 잔을 기울이며 거문고를 울리고, 산수화폭을 펼쳐 그윽하게 마주하면 앉은 상태에서도 천지사방을 궁구할 수 있고, 재앙으로 가득 찬 속세간을 벗어나지 않고도 홀로 무위자연의 들판에 있음을 느낄 수 있는 것이다. 봉우리가 높이 솟고 구름 낀 숲은 아득하다. 성현이 체득한 자연의 도가 먼 후세인 지금에 와서 비치니 온갖 풍취를 띤 만물이 정신의 교묘한 생각 속에서 융합된다. 내 다시 무엇을 작위하리오. 정신을 펼칠 따름인저, 정신이 자유롭게 펼쳐지니 그 어느것이 더 중요할 것인가!

於是閑居理氣, 拂觴鳴琴, 披圖幽對, 坐究四荒. 不違天勵之藂暎, 獨應無人之野. 峰岫嶢嶷, 雲林森眇, 聖賢暎於絶代, 萬趣融其神思. 余復何爲哉? 暢神而已. 神之所暢, 孰有先焉!

심미적 느낌에 대해 종병은 '창신'의 미감론을 제시하고 있다. 이른바 '창신'이란 '잔을 기울이며 거문고를 울리고,' 산수화를 감상하면서 얻어지는 정신적인 기쁨을 뜻한다. 물론 종병이 말하는 '창신'에는 그 스스로 말한 바 "재앙으로 가득 찬 속세간을 벗어나지 않고도 홀로 무위자연의 들판에 있음을 느낄 수 있는 것 不違天勵之叢暎, 獨應無人之野"으로 불도를 어기지 않고, 위엄이 있으면서도 홀로 소요할 수 있는 무위적 경계와 밀접하게 연관되어 불가의 유심론적 색채가 강하게 배어 있음을 알 수 있다. 그러나 단순히 심미적 감상심리의 측면에서 본다면, '창신'의 미감론은 예술적 심미가 사람들에게 정신적인 쾌락과 해탈을 가져다 줄 수 있음을 설명하는 것이라고 할 수 있다. 또한 '따름이다(而已)'라고 말하여 이를 유일무이한 것으로 단정지은 것을 보면, 종병이 심미를 통해 느낄 수 있는 쾌감을 얼마나 중시했는가를 단적으로 느낄 수 있다.

4) '수획삼촌竪劃三寸, 당천인지고當千仞之高'

《화산수서》에는 다음과 같은 문장이 실려 있다.

저 곤륜산은 장대하고 눈동자는 작기에, 눈을 한 치의 거리로 가깝게 두면 그 곤륜산의 형체를 볼 수 없고, 멀리 몇 리 떨어져 보면 작은 눈동자 안에 모두 담을 수 있다. 진실로 대상에서 멀리 떨어지면 그 보이는 대상은 점점 작아진다. 이제 흰 화폭을 펼치고 먼 데를 그리면, 곤륜산의 모습을 사방 한 치의 화폭 안에 담을 수 있다. 세 치의 세로획은 1천 길의 높이에 해당되고, 먹을 가로로 몇 자 그으면 1백 리나 되는 거리를 그려낼 수 있다. 그래서 그림을 보는 이는 단지 그림이 기교적이지 못함을 탓할 뿐 크기가 작아 사실적으로 그리지 못했음을 탓하지 않는다. 이는 자연의 형세인 까닭이다. 그래서 숭산이나 화산의 수려함이나 깊은 계곡의 신령함 역시 모두 한 폭의 그림으로 담을 수 있는 것이다.

且夫昆侖山之大, 瞳子之小, 迫目以寸, 則其形莫睹, 迥以數里, 則可圍於寸眸. 誠由去之稍闊, 則其見彌小. 今張綃素以遠暎, 則昆閬之形可圍於方尺之內. 豎劃三寸, 當千仞之高, 橫墨數尺, 體百里之迥. 是以觀畵圖者, 徒患類之不巧, 不以制小而累其似, 此自然之勢. 如是, 則嵩, 華之秀, 玄牝之靈, 皆可得之於一圖矣.

여기에서는 작은 것으로 큰 것을 보고, 먼 데 있는 것은 작고 가까운 데 있는 것보다 크다는 원리를 통해 “세 치의 세로획은 1천 길의 높이에 해당되고, 먹을 가로로 몇 자 그으면 1백 리나 되는 거리를 그려낼 수 있다 豎劃三寸, 當千仞之高, 橫墨數尺, 體百里之”는 것을 밝히고 있다. 이는 오늘날의 용어로 말하자면 투시법의 원리라고 할 수 있다. 사실 중국의 경우에도 이런 종류의 투시법 원리가 일찍이 존재했으며, 실제로 창작에 운용되기도 했다. 예를 들면 “산에 걸린 달은 창 가까이 다가오고, 미리내는 방안 낮게 들어왔네 山月臨窓近, 天河入戶低”(沈佺期), “난간 밖으로 진령이 낮게 보이고, 창 속에 비친 위천은 작기만 하구나 檻外低秦嶺, 窓中小渭川”(岑參), “황하의 물, 하늘에서 내려오누나 黃河之水天上來”・“하늘에 흐르는 장강만 보이네 唯見長江天際流”(李伯), “창은 서쪽 산봉우리 만년설을 머금고, 문 밖에도 동오의 많은 배 정박해 있네 窓含西嶺千秋雪, 門泊東吳萬里船”(杜甫) 등인데, 이 모두가 투시법을 이용해 시를 지은 것이다. 투시법 역시 심리학의 문제라 할 수 있으니, 이는 사람의 시각적인 시선이나 시점視點의 변화를 이용해 물체의 형상과 거리상의 착각을 일으켜 특이한 심미적 효과를 노리는 것이다. 종병은 바로 이러한 투시법을 회화에 응용한 것이라 할 수 있다.

이상으로 앞서 언급한 내용을 종합해 보면 다음과 같다.

종병이 《화산수서》에서 제시한 명제 가운데 이미 그 전에 언급된 것이 적지않다. 예를 들어 ‘징회미상’은 노자의 ‘척제현감滌除玄鑒’설과 장자의 ‘심재心齋’・‘좌망坐忘’설, 그리고 순자와 《관자》의 ‘허일이정虛壹而靜’설 등을 계승한 것이다.

다음 '응목회심'·'응회감신應會感神, 신초이득神超理得'의 경우에는 고개지의 '천상묘득'설이 앞서 있었고, '창신이이'의 경우에는 혜강의 '양생養生'론과 《여산제도인유석문시서廬山諸道人游石門詩序》에 나오는 '신이지창神以之暢'설과 유관하다. 이렇게 본다면 종병의 이론은 전대 사람들의 이론을 발전시킨 것일 뿐 새롭게 창조한 견해는 아니라고 할 수 있을 것이다. 물론 이 말은 사실이지만 종병의 《화산수서》가 지니고 있는 특색과 공헌은 그것의 창조성 여부에 있는 것이 아니다. 그 특색과 공헌은 오히려 그의 주요 견해들인 '산수질유이취영山水質有而趣靈'·'응회감신應會感神, 신초이득神超理得'·'창신이이暢神而已' 등을 통해 예술의 심미본질론이나 창작감상론, 그리고 미감론 부분에 있어서 상당한 정도의 이론적 체계를 달성했다는 점이다. 게다가 이러한 문제들을 시종일관 인간의 심리적 메커니즘과 연관시켜 논리를 전개하면서, '이형미도以形媚道'의 본질론에서 '징회미상'·'응목회심'의 창작감상론, 그리고 '창신이이'의 미감론에 이르기까지 비교적 완전하게 창작주체와 심미주체의 심리과정을 묘사하고 있다는 점에서 특히 그의 논의의 중요성을 새삼 확인할 수 있다. 이러한 종병 나름의 이론적 특색은 기존의 학자들이 쓴 문론이나 시론, 특히 화론에서 그다지 볼 수 없었던 것들로 나름의 이론적 가치가 충분하다고 할 수 있다.

4. 사혁의 '기운생동氣韻生動'

사혁謝赫(생졸미상)은 남제南齊시대 궁정의 인물화가였다. 그의 저서인 《화품畫品》(송대부터 《古畫品錄》이라 명명됨)은 중국 최초의 가장 계통적인 회화이론서라 할 수 있다. 사혁이 《화품》에서 언급한 회화의 '여섯 가지 법(六法)'과 특히 '기운생동氣韻生動'이라는 명제는 중국 고전미학이나 회화이론에 있어서 커다란 영향력을 발휘하였다. 뿐만 아니라 '기운생동'이란 명제는 문예심리학사에서도 적지않은 의의를 지니고 있다.

《화품》에 다음과 같이 실려 있다.

> 무릇 화품이란 여러 가지 그림의 우열을 나타내는 것이다. 그림은 선한 것은 권하고 악한 것을 경계하며 성쇠를 분명히 드러내지 않음이 없으니, 1천 년의 세월에 걸쳐 적막한 가운데 방치되었다 할지라도 그 그림을 펴보면 감별할 수 있

다. 비록 그림에는 여섯 가지 법이 있지만, 이 여섯 가지를 능히 다 갖추고 있는 이는 드물다. 옛부터 오늘에 이르기까지 각기 한 가지만을 잘했을 따름이다. 여섯 가지 법이란 무엇인가? 첫째는 기운생동이 바로 그것이고, 둘째는 골법용필이 그것이다. 셋째는 응물상형이 그것이고, 넷째는 수류부채가 그것이다. 다섯째는 경영위치가 그것이고, 여섯째는 전이모사가 그것이다.

夫畵品者, 蓋衆畵之優劣也. 圖繪者, 莫不明勸戒, 著升沈, 千載寂寥, 披圖可鑒. 雖畵有六法, 罕能盡該, 而自古及今, 各善一節. 六法者何? 一氣韻生動是也, 二骨法用筆是也, 三應物象形是也, 四隨類賦彩是也, 五經營位置是也, 六傳移模寫是也.

위에서 인용하고 있는 '육법'의 구독句讀방법은 당대唐代 장언원張彦遠의 《역대명화기》의 독법에 따른 것이다. 그러나 근대의 엄가균嚴可均이나 전종서錢鍾書 등은 이러한 독법讀法에 동의하지 않고 있다. 그들 두 사람의 독법은 대체로 비슷한데, 예를 들어 전종서의 '육법' 독법을 살펴보면 다음과 같다.

여섯 가지 법이란 무엇인가? 첫째는 기운과 생동이고, 둘째는 골법과 용필이다. 셋째는 응물과 상형이고, 넷째는 수류와 부채다. 다섯째는 경영과 위치이며, 여섯째는 전이와 모사이다.

六法者何? 一, 氣韻, 生動是也, 二, 骨法, 用筆是也, 三, 應物, 象形是也, 四, 隨類, 賦彩是也, 五, 經營, 位置是也, 六, 傳移, 模寫是也.

양자를 비교해 보면 장언원의 독법이 비교적 정확하다고 생각된다. 그 이유는 이러한 뛰어읽기식으로 해석을 하면 그 의미가 분명치 않기 때문이다. 예를 들어 '기운생동'의 경우, 물론 '기운'과 '생동'이 상호 연관되기는 하지만, 또한 다른 점도 지니고 있다. 예를 들면 '생동'이 곧 '기운'이라고 해석하면 말이 안 된다. 마찬가지로 '위치'를 '경영'으로 해석하거나 '모사'를 '전이'로 해석하는 것 역시 말이 안 된다. (이외에도 기운이란 고유한 개념과 생동이란 일반 개념을 동일하게 처리하는 것은 무리라는 이유나, 수류·응물 등은 독립적으로 사용할 수 있는 개념이 아니라는 이유도 포함된다.) 이러한 까닭에 본문에서는 기존의 장언원의 독법에 따라 해석하고자 한다.

사혁의 '육법' 가운데 관건이 되는 것은 바로 '기운생동'이다. '기운'을 이해하기 위해서는 먼저 '기'에 대한 해석부터 시작해야 한다. '기'의 문제에 관해서는 이미 앞에서 적지않게 언급한 바 있다. 특히 조비의 "문은 기를 위주로 한다 文以氣爲主"는 관점을 언급하면서 설명한 바 있다.

사혁 이전의 중국 철학과 문론에 나오는 기와 연관된 논의는 크게 두 단계로 구분할 수 있다.

하나는 노자·맹자·장자·순자·관자·회남자·왕충 등으로 이어지는 기에 관한 논술이다. 이것들은 근본적으로 철학적 입장으로 특히 원기자연론에 속하는 것들이지만, 그 가운데는 문학과 문예심리학적인 요소가 내재되어 있음을 간과해서는 안 된다. 위진남북조로 넘어와 적지않은 이들이 기존의 원기자연론을 계승하여 논의를 지속했다. 특히 완적과 혜강은 "자연은 일체여서 만물이 그 신묘함을 상도常道로 삼는다. 그래서 (그 신묘함이) 숨어들어 보이지 않으면 그윽하다고 말하고 드러나면 찬란하게 나타난다고 말한다. 한 기가 성하고 쇠하니 그 변화가 무궁하나 상함이 없다 自然一體, 則萬物經其神, 入謂之幽, 出謂之章, 一氣盛衰, 變化而不傷"(阮籍, 《達莊論》), "무릇 원기가 만물을 도야하여 소산시키니 뭇존재들이 이를 품부받는다 夫元氣陶鑠, 衆生稟焉"(嵇康, 《明膽論》)라고 하여, 이전의 원기자연론을 계승하고 있음을 분명히 드러내고 있다.

또 다른 하나는 조비·유협·종영의 '기'에 관한 이론이다. 물론 이들의 이론에 기존의 철학적 원기자연론의 요소가 들어 있음을 완전히 배제할 수는 없지만, 기본적으로 그들의 논의는 미학적 원기론의 범주에 속하는 것이다. 예를 들어 조비는 "문은 기를 위주로 한다"[57]고 하였으며, 유협은 "작가의 기질을 묘사하고 만물의 모습을 표현한다 寫氣圖貌"[58]고 하였고, 종영은 "기는 만물을 움직이고, 물은 사람을 감동시켜 사람의 성정을 움직이고, 그것이 춤과 노래로 나타난다 氣之動物, 物之感人, 故搖蕩性情, 形諸舞咏"[59]고 하였다. 조비의 '기'는 주로 창작주체의 창작심리적 소질, 즉 창작주체의 특이한 개성심리로 인해 형성되는 기질이나 개성을 뜻하며, 유협의 '기'는 조비의 것과 기본적으로 그 뜻이 동일하니, '사기寫氣'는 곧 작가의 '기'를 써야 한다는 뜻으로 해석된다. (이 점에 이의가 있을 수 있다. 앞서 인용한 "작가의 기질을 묘사하고 만물의 모습을 표현한다 寫氣圖貌"에 나오는 기氣는 작가의 기질이 아니라 천지의 기질로 해석되기도 한다. 그러나 본래 유협의 기 개념은 함의가 다종다양하기 때문에, 유협의 기 개념이 저자가 말하고 있는 미학적 원기론에 속하지 않는다고 말할 수는 없다.) 그리고 종영의 '기'는 《악기》의 기에 관한 이론을 계승한 것으로 기본적으로는 객체의 원기 범주에 속하는 것이다. 그러나 그의 '기' 개념은 기존의 철학적 원기론에서 미학적 원기론으로 넘어가는 과도기에 속하는 것으로 단순히 철학적 원기 개념으로 간주해서는 안 되며, 오히려 미학적 원기론에 속한다고 보아야 한다.

사혁의 '기' 개념은 앞서 언급한 두 가지의 기론氣論 중에서 특히 위진남북조 이후의 미학적 원기론을 계승·발전시킨 것이다. 그의 《화품》에 보면 여러 곳에서 '기'에 관해 언급하고 있음을 알 수 있다. 예를 들면 위협衛協을 평가하면서 "비록 형사의 오묘함을 제대로 갖추지는 못했으나 자못 굳센 기를 얻었다 雖不諧備形妙, 頗得壯氣"고 하였고, 고준지顧駿之를 평가하여 "신운과 기력이 전대 현인에 못미친다 神韻氣力, 不逮前賢"고 하였으며, 하침夏瞻을 일러 "비록 기력은 부족하나 정채는 남음이 있다 雖氣力不足, 而精彩有余"고 하였고, 정광丁光은 "정밀하고 근엄하지 않음이 없으나 생기가 결핍되어 있다 非不精謹, 乏於生氣"라고 하였다. 여기서 본다면, 사혁이 말하는 '기' 개념에는 창작주체와 객체(작품)가 모두 포함되어 있어, 주체의 정신적 기질과 작품(특히 인물화)의 생기를 지적하고 있음을 알 수 있다.

사혁이 말하는 '운韻'의 원류는 위진의 인물 평가에서 사용한 운의 개념까지 거슬러 올라간다. 풍운風韻·천운天韻·성운性韻·'아정지운雅正之韻'·'발속지운撥俗之韻' 등은 모두 인물의 내재적인 정조情調와 개성을 뜻하는 것들이다. 사혁은 이렇게 회화이론에서 '운'을 응용하여 인물의 정취와 품격을 설명하고 있다. 이는 청대 왕사정王士禎이 "운은 풍신을 말한다 韻謂風神"[60]고 한 것이나, 방동수方東樹가 "운이란 풍운, 태도이다 韻者風韻態度也"[61]라고 해석한 것과 유사하다. 사혁의 '운'은 '기'의 경우와 마찬가지로 창작주체와 객체를 모두 포괄하고 있으며, 회화의 형식미뿐만 아니라 회화의 내용미와 인물형상의 정신미를 지칭하는 것이기도 하다.

'기운'이란 어휘를 이해하게 되면 '생동'의 개념을 훨씬 잘 이해할 수 있을 것이다. '기운'은 그 자체가 곧 동적인 개념으로 예술의 정신적 면모와 정취에 생명감이 충만되어 있음을 뜻한다. 사혁은 여기다가 다시 '생동'이란 말을 부가시켜 이를 강조하였으니, 그가 예술창작에 있어서 생명감과 동태성을 얼마나 중시했는지를 엿볼 수 있다.

그렇다면 '기운생동'이란 무엇인가? 사혁은 《화품》에서 이에 대해 구체적으로 해석하고 있지 않다. 그래서 이에 대한 해석이 구구하다. 정춘鄭椿은 "세상 사람들은 사람에게 정신이 있음을 알 뿐 물에도 신이 있음을 모르고 있다 世徒知人有神, 而不知物之有神"[62]고 하였으며, 심종건沈宗騫은 "천하만물은 본래 기운으로 짜여 이루어진 것이다. 예를 들어 산수의 경우에, 숱한 구릉이나 연이은 산봉우리에서 나무 하나 돌 하나에 이르기까지 모두 생기가 있어 그 사이를 관통하지 않음이 없는 것이다 天下之物, 本氣韻所織成. 卽如山水, 自重岡復嶺以至一木一石, 皆有生氣, 而其間無不貫"[63]라고 하였다.

또한 곽약허郭若虛는 "육법의 정밀한 논의는 만고의 불변이다. 그러나 골법과 용필 이하 다섯 가지는 가히 배울 수 있으되, 그 기운은 반드시 선천적으로 타고나는 것이어서 진실로 교묘한 재주로도 얻을 수 없고 또한 세월이 흐른다고 해도 이를 수 없으니, 아무런 말도 없는 가운데 마음으로 깨달아 자신도 모르는 사이에 그렇게 되는 것이다. 일찍이 시험삼아 이를 논한 적이 있었는데, 내가 옛부터 내려오는 기이한 흔적을 살펴보니 대개가 고관대작이나 재사·현인들, 그리고 전원에 은거한 은사들이 인에 의거하고, 예에 노닐면서 깊은 이치를 탐구하고 숨은 이치를 캐내어 높고 우아한 정취를 그림에 부친 것들이다. 인품이 높으면 기운도 높지 않을 수 없고 기운이 높으면 생동이 이르지 않을 수 없는 것이다 六法精論, 萬古不移, 然而骨法用筆以下五者可學, 如其氣韻, 必在生知, 固不可以巧密得, 復不可以歲月到, 默契神會, 不知然而然也. 嘗試論之, 竊觀自古奇迹, 多是軒冕才賢, 巖穴之士, 依仁游藝, 探賾鈎深, 高雅之情, 一寄於畵. 人品旣已高矣, 氣韻不得不高, 氣韻旣已高矣, 生動不得不至"·"무릇 그림에서 기운은 노니는 마음에 근본을 두며 신묘한 채색은 붓의 쓰임, 즉 용필에서 생겨나는 것이다 凡畵, 氣韻本乎游心, 神彩生於用筆"[64]라고 한 바 있다.

물론 이러한 여러 가지 해석들은 각기 나름의 특색이 있으나 한 가지 공통점을 지니고 있다. 그것은 바로 "기운은 노니는 마음에 근본을 두고 있다 氣韻本乎游心"고 말한 데서 알 수 있듯이 '기운'의 심리적인 특징을 강조하였다는 점이다. 이는 인간을 본체로 하는 심리학이라고 할 수 있는데, 인간이든 아니면 사물이든간에 '기운'은 바로 '인품'에 의해 이루어진다는 뜻이다. 이상의 관점을 종합해 볼 때, '기운생동'은 창작주체의 정신적인 면모나 정취·풍격 등을 그림에 집어넣어 그림 속의 인물형상이나 자연정경 역시 생동적인 정신적 풍모와 정취·풍격을 지니도록 해야 한다는 뜻임을 알 수 있다. 이러한 해석에 따르면 사혁의 '기운생동'은 창작주체와 창작객체를 모두 포함하여 논의한 것으로, 위진 이래 조비·유협·종영의 기론氣論보다 더욱 발전된 것이라 할 수 있다. 특히 '운'의 개념은 사혁이 최초로 제기한 것으로 미학적 의의가 더욱 풍부하다고 할 수 있다.

이상은 사혁의 '기운생동'에 대한 일반적인 해석이었다. 이에 한 걸음 더 나아가 보다 깊이 살펴본다면 예술절주藝術節奏의 문제를 언급하지 않을 수 없다. 절주는 박자나 리듬으로 번역할 수 있는데, 사물의 운동과 유관한 일종의 형식, 즉 운동의 법칙성이라고 할 수 있다. 곽말약은 다음과 같이 말한 적이 있다. "우주 내의 사물들은 똑같은 모양으로 사라지지 않는다. 왜냐하면 모든 사물의 내면에 일종의 절주(이는 생명이라 말할 수도 있다)가 흐르고 있기 때문이다."[65] 그의 말은 세상의 모든 사물은 생명감 넘치는 유동하는 절주를 지니고 있다는 뜻이다. 예술은 동적인 느낌으로 가득한 미의 형식을 통해 인간과 사물의 생명감을 표현한다. 이는 곧 절주가 충만함을 뜻한다. 따라서 이를 예술절주라고 말해도 무리가 없을 것이다.

선진시대의《악기》에 이미 예술적 절주에 관한 언급이 보인다. 〈악상편樂象篇〉을 보면 다음과 같이 실려 있다.

> 음악이란 마음이 움직이는 것이고, 소리란 음악의 형상이며, 문채와 절주는 소리에 대한 문식이다.
>
> 樂者心之動也, 聲者樂之象也, 文采節奏聲之飾也.

또한 〈악화편樂化篇〉에 다음과 같이 실려 있다.

> 그래서 음악은 하나를 살펴 조화를 정하고 사물을 비유하여 절주를 장식하며, 절주가 모여 문식을 이루는 것이다.
>
> 故樂者審一以定和, 比物以飾節, 節奏合以成文.

이는 모두 음악이란 절주의 표현이며, 음악예술의 절주는 사회생활과 자연계의 절주에서 말미암은 것임을 설명한 것이다. 이외에도 조비는《전론典論·논문論文》에서 "절주하는 법도가 같다 節奏同檢"고 하였으며, 청대의 서대춘徐大椿

역시 절주에 대해 여러 번 언급하여 "그 곡조는 갑자기 꺾어지는 박자에 뛰어났다 其曲以頓挫節奏勝"[66]·"갑자기 꺾어진다는 것은 곡조 중에서 박자가 올라가다 떨어지는 것을 뜻한다 頓挫者, 曲中之起倒節奏"[67]라고 하였다. 그리고 축봉개祝鳳喈는 "그러나 신묘한 변화의 지경에 들어가는 것은 또한 절주로 말미암아 이르지 않는 경우가 없다 然致入神化, 亦莫不由於節奏而致矣"[68]고 하였다.

이 모든 것은 음악과 희곡예술의 절주에 대한 언급으로 대부분 예술의 형식적인 측면에서 착안한 것이다. 서구의 경우도 마찬가지여서 플라톤·랑지누스·아리스토텔레스를 비롯하여 헤겔, 그리고 구소련의 희곡가 스타니슬라프스키(1863-1938) 등에 이르기까지 모든 이들이 형식적인 측면에서의 예술의 절주에 대해 언급한 바 있다. 특히 플라톤은 "절주는 곧 운동의 질서이다"[69]라고 한 바 있다.

사혁은 '기운생동'에 대해 언급하면서 직접적으로 '절주'에 대해 말한 적은 없다. 그러나 '기운'의 개념에는 이미 절주의 감각(리듬감)이 들어 있다. 기는 '몸에 충만한 것이고 體之充' "정신을 부리는 것이다. 神之使"[70] 그렇기 때문에 인체와 모든 사물은 그 안에 원기를 지니고 있으며, 그 원기의 운동에 절주는 필연적인 것이다. 또한 운의 경우도 마찬가지이다. 운은 본래 음운·운율을 뜻하는 것이었다. 《설문해자》에서는 "운은 화이다 韻者, 和也"라고 하였으며, 유협은 《문심조룡》에서는 "서로 다른 글자의 성조를 적당하게 배합하는 것을 화和라고 부르고, 같은 운의 글자가 서로 호응하는 것을 운韻이라 한다 異音相從謂之和, 同聲相應謂之韻"[71]고 하여 운이 일종의 화해를 뜻하는 것임을 분명히 하고 있다. 이렇게 볼 때, '기운생동'에는 절주감이 넘쳐흐르고 있음을 쉽게 알 수 있다.

이렇듯 '기운생동'은 생동적이고 화해로운 절주로 예술 대상의 정신적인 품성과 생명력을 표현하고 있음을 뜻한다고 할 수 있을 것이다. 어떤 이는 이를 통해 만약 '골법용필骨法用筆'이 선의 리듬감을 강조하는 것이라면, '수류부채隨類賦彩'는 색칠의 리듬감을 강조하는 것이며, '응물상형應物象形'은 조형예술의 리듬감을 강조하는 것이고, '경영위치經營位置'는 총체적인 구조와 구성상의 리듬감을 강조하는 것이며, 그리고 '전이모사傳移模寫'는 총괄적으로 창조방법의 기본적인 특징을 설명하는 것이라고 말한 바 있다.[72]

더욱 의의가 있는 것은 사혁의 '기운생동'이 예술의 형식적인 측면에 중점을 둔 것이 아니라, 창작주체로서 예술가와 창작객체의 주요 대상인 인물형상의 정신적 풍모와 기질·정서에 중점을 두고 있다는 것이다. 이러한 까닭에 그의 '기운생동'의 예술절주론은 더욱 생명감이 풍부하고, 아울러 예술심리학적 의의가 짙게 배어 있다고 할 수 있다.

미국의 미학자 수잔 랭거는 생명과학과 절주심리 이론을 미학연구에 도입하여 예술이란 '생명의 형식'이며, 절주는 일종의 생명력으로 생명의 규율이자 상징이라고 말한 바 있다. 그녀는 예술창작에서 중요한 의의를 지니는 것은 인물과 환경에 대한 훌륭한 묘사뿐만 아니라, 작가가 창조해 낸 인물과 환경에 생명력이 풍부한 리듬을 불어넣는 데에 있다고 주장했다. 또한 그녀는 희곡작가의 경우를 예로 들면서, 희곡의 행위 리듬이 있어야만 희곡이 '한 편의 시'가 될 수 있으며, 이를 통해 그저 현실적인 생활을 모방하거나 현실생활을 수식하는 데에 그치지 않도록 할 수 있다고 주장했다. 그리고 이러한 희곡의 절주는 어떤 특수한 감각기관에 의해 이루어지는 것이 아니라, 우리들의 감각과 체험행위를 통한 상상력을 통해 이루어진다고 했다. 이러한 주장은 희곡작품이 단순히 현실생활이나 인물형상을 복사하는 것이 아니라, 비범한 상상력으로 인물과 환경에 생명의 율동을 부여하여 시화詩化된 예술을 표현해야 한다는 뜻이기도 하다.

그녀는 예술창작의 임무는 "일종의 '생명감'의 부호를 만들어 내고 세밀하게 묘사하는 데 있으며, 이러한 부호 속에서 일종의 리듬감이 능동적 형식을 제어한다"[73]고 말하였다. 물론 사혁의 《화품》에 수잔 랭거처럼 예술절주에 대한 구체적인 논의나 분석이 있었던 것은 아니다. 그러나 그녀의 이러한 이론을 참고하면서 사혁의 '기운생동'을 다시 분석해 본다면, 그의 이론을 더욱 포괄적이고 심도 있게 이해할 수 있을 것이며, 아울러 양자간의 공통점을 쉽게 발견할 수 있을 것이다.

예술절주, 즉 예술의 리듬 문제에서 본다면, 사혁의 '기운생동' 역시 예술가는 생명력이 풍부한 내재적 정신의 절주로 생명감을 표현해야 한다는 의미가 들어 있다고 할 수 있다. 이는 다시 말해서 '기운생동'이란 곧 내재적인 생명리듬(절주)을 강조함으로써 작품에서 주체와 객체의 통일이 이루어질 수 있도록 만들어야 한다는 뜻이다. 이러한 논의는 고개지의 '전신사조'와 '천상묘득,' 그리고 종병의 '징회미상'의 참된 의미를 충실히 이행하고 발전시킨 것이자, 미학이나 문예심리학적 의의를 더욱 풍부하게 만들었다고 할 수 있다.

제4장
당·송의 문예심리학

당대唐代는 중국 봉건사회의 전성기였다. 뿐만 아니라 문예창작과 이론의 연구에 있어서도 이전의 선진 및 위진남북조 이래로 가일층 발전을 이룩한 시기라 할 수 있다.

문예심리학의 기초 원리에서 볼 때, 한 사회의 심미심리는 그 특정한 시대의 생산력 발전과 그 생산관계의 특징으로 결정된다. 그리고 예술가의 창작심리와 문예심리학가의 창작 실천의 토대 위에서 이루어지는 문예심리학 역시 시대적·사회적 심미심리와 밀접한 연관을 맺고 있다. 당대는 수백 년 동안의 분열과 내전이 수습되고 국가가 통일되어 전에 없던 안정을 구가하고 있었으며, 정치와 재정 그리고 군사면에 있어서 강력한 힘을 갖출 수 있었던 시기였다. 문벌사족門閥士族이 아닌 세속 지주계급의 세력도 지속적으로 확대되었고, 이런 상황에서 지주계급과 지식인들의 진취적인 갈망이 충만될 수 있었다.

"치세의 음악은 안온하고 즐겁다. 治世之音安以樂" 이런 시대적 특징은 사람들의 사회심미심리를 결정지었다. 그래서 이택후는 "두려워하거나 기피하는 것 없이 모든 것들을 끌어들이고 흡수하였으며, 속박되거나 머뭇거림 없이 창조하고 혁신하여 낡은 관례를 타파하고 전통을 파기시켰다. 이것이 바로 문예에 있어 성당의 소리를 낼 수 있었던 사회적 분위기의 사상적 토대였던 것이다"[1]라고 할 수 있었던 것이다. 이러한 사회적 분위기와 사상적 토대를 통해 문예가들의 창작에는 시대에 대한 긍정적 느낌과 미래에 대한 동경과 상상이 가득 찰 수 있었다. 또한 이러한 창작심리는 당대 예술에 환락과 활력, 그리고 열정과 상상(초·중·만당에 따라 정도의 차이는 있었지만)이 넘치게 하였다. 이러한 심리는 당대 예술의 전형이자 대표라 할 수 있는 서법과 당시唐詩에 집중적으로 표현되고 있다.

문예창작과 상응하여 당대의 문예심리학 사상은 다음 세 가지 특징을 지닌다. 첫째는 그 내용이 주로 시가 창작심리와 서법, 회화심리를 위주로 하고 있다는 점이다. 둘째는 한위漢魏 육조시대의 문예심리학의 토대하에서 일련의 문예심리학 범주('文氣'·'氣韻'·'意象'과 같은 것)에 관하여 더욱 깊이 있는 사고가 행해졌다는 점이다. 셋째는 문예창작과 이론연구에 있어 창작의 성과가 이론의 발전을 능가했다는 점이다. 특히 당대의 이론적인 성과는 한위육조, 송대의 것과 비교할 때 다소 뒤떨어진다는 느낌을 주는데, 그 이유는 다음과 같다. 태평성세에는 예술가들이 예술작품을 통해 당대當代를 표현하고 미래를 동경하는 데 치중한다. 그러나 이를 해석하고 이론화 작업을 해야 하는 이론가들은 수없이 쏟아져 나오는 당대의 수많은 예술작품에 대해 미처 깊이 있는 이론적인 사고를 행할 수 없다. 이는 예술이론이라는 것이 예술실천의 토대하에서 이루어지기 때문인데, 바로 이러한 이유로 말미암아 당대唐代는 이론보다 창작이 우세했다고 할 수 있는 것이다.

이상에서 언급한 당대의 여러 가지 특징들은 구체적인 이론의 형태로 드러나고 있다. 이를 대략 살펴보면, 교연皎然의 《시식詩式》에 표현되고 있는 시가심리학, 한유 · 유종원의 '서설舒泄' 설, 사공도의 《시품》 중에서 볼 수 있는 시가詩歌창작 · 감상심리학, 그리고 손과정孫過庭의 《서보書譜》, 장회관張懷瓘의 《서단書斷》·《서의書議》·《문자론文字論》에 나타나 있는 서법심리학, 장언원張彥遠의 《역대명화기歷代名畵記》, 형호荊浩의 《필법기筆法記》에서 볼 수 있는 회화심리학 등을 예로 들 수 있을 것이다. 앞서 예를 든 저서를 통해 우리는 당대의 풍부한 문예심리학 사상을 엿볼 수 있다.

중국의 봉건사회는 중당을 기점으로 전기에서 후기로 옮겨지는데, 송대는 중국 봉건사회가 후기로 접어들던 때로 후기의 진입단계에 해당된다. 이러한 사회의 변화에 상응하여 통치계급으로서 지주 사대부계급의 심리 역시 적지않이 변화하게 된다. 송대 사람들에게는 더 이상 성당 시기의 웅대한 기백과 적극적이며 진취적인 정신을 발견할 수 없다. 오히려 그들은 당대와는 전혀 다른 깊은 사색과 사고를 즐겼으며 쉽게 이에 빠져들고자 했다. 또한 예술형식에 있어서도 당대의 웅장하고 아름다운 서법과 개방적이며 활달한 당대의 시가 풍격은 사라지고 담백한 정서를 표현하는 데 적합한 산수화와 섬세한 정감을 중시하는 사詞로 대체되었다.

이처럼 적극적인 행동의 시대에서 깊은 사유의 시대로 전환함에 따라 당시 사람들의 정신적인 면모 역시 이에 상응하여 변모하였다. 그 변모의 모습은 그윽하고 깊이 있는 것을 추구하는 것이었다. 특히 평담한 자연을 제일의 아름다움으로 제창한 것은 당시의 공통적인 사회심미심리라 할 수 있을 것이다. 북송 전기의 매요신梅堯臣은 "시를 짓는 데 고금이 있을 수 없으니 오로지 평담한 시를 짓는 것이 가장 어렵다 作詩無古今, 唯造平淡難"라고 하였으며, 소식 역시 "간이하고 고답스러운 데에서 섬세한 아름다움을 드러내고, 담백한 데서 지극한 맛을 느낀다 發纖穠於簡古, 寄至味於淡泊"라고 주장하였다. 또한 남송의 주희朱熹는 시를 지을 때는 "평담해야 하며 힘을 없애서는 안 된다 平淡, 不廢力"고 여겼으며, 육구연陸九淵은 "의미와 풍운 意味風韻"을 강조하고, "시를 짓는 이는 넓고 여유로움과 담박함을 최고로 삼아야 한다 詩家者流以汪洋淡泊爲高"고 주장하였다. 결국 이러한 것들은 모두 '이理'·'법法'·'내재된 의미〔內在意味〕' 등을 제창한 것으로, 형식보다는 전신傳神을 중시하여 맑고 깊으며 청아한 경계를 추구하였으며, 이것이야말로 송대 예술의 특징이라 할 수 있다. 물론 송대에는 주희나 소옹邵雍 등과 같은 이학가들이 "도를 문장으로 삼거나 以道爲文" "성리학의 이치를 시로 쓸 것 以理爲詩" 등을 제창하거나, 육구연 등의 이학가들이 "마음이 곧 도리이다 心卽理也"라든지 "스스로 주제가 되어야 한다 自作主宰"는 것을 강조한 바 있다. 이러한 것들은 유심론에 치우쳐 시가의 본질에서 벗어난 것들이다. 그러나 이 역시 사물에 대한 내심의 체험을 강조한 것으로 심리학적 특색을 지닌 것이라 할 수 있다.

총괄하건대 송대는 봉건사회가 전기에서 후기로 넘어가던 시대였다. 당시의 쇠락하던 시대적 특징과 사회적 심리는 이 시대의 문예창작과 이론연구에 그대로 반영되었다. 그 가운데 비교적 대표적이라 할 수 있는 것은 장재張載·왕안석王安石·정호程顥·정이程頤·소식蘇軾·주희朱熹·엄우嚴羽·관윤자關尹子 등의 문예심리학 사상과, 적지않은 시화詩畵이론에서 볼 수 있는 문예심리학 내용 등이라고 할 수 있다. 이제 이에 대하여 보다 구체적으로 살펴보고자 한다.

제1절 교연의 의경심리학

교연(생졸연대 미상)의 본명은 사청주謝淸晝, 또는 주晝라고도 부른다. 호주湖州 장성長城〔지금의 절강성 吳興〕 사람이다. 교연은 주로 대력大歷, 정원貞元 연간에 활동했다. 선禪과 문文을 병행한 시승詩僧으로 시문집인 《서산집杼山集》과 시론인 《시식詩式》·《시의詩議》·《시평詩評》 등을 저술하였다.

교연은 시인이자 시가미학자이다. 은번殷璠을 계승하고, 사공도에게 영향을 준 그는 시가미학과 문예심리학에 탁월한 공헌을 하였다. 교연시학의 중심은 의

경론意境論이다. 그가 논하고 있는 시가의 의경 문제에는 문예심리학 사상이 풍부하게 들어 있어, 그의 논의를 의경심리학이라고 칭할 수 있을 것이다.

의경론의 경우 당대의 은번이 그 중개 역할을 하고 있다. 은번은 선진 이후 위진남북조에 이르는 '의상意象'에 관한 이론을 발전시켰다. 이전의 '의상' 설은 '뜻 속의 상(意中之象)'을 말하는 것이다. 은번은 '흥상興象'(《河嶽英靈集》에서 도연명의 시를 평할 때 "흥상이 다분하고 게다가 풍골까지 겸비하였다 旣多興象, 復備風骨"고 하였으며, 맹호연의 시를 평하면서 "흥상은 물론이고 고실을 겸하였다 無論興象, 兼復故實"고 하였다) 개념을 제시하여, '흥'의 방식을 '의상'의 구조에 운용하였다. 이는 다시 말해 예술형상의 형성은 감성의 직각을 통해 이루어지며, 외물이 마음에 닿아 이루어지는 결과라는 뜻이다. '의상'에 대한 이러한 설명은 기존의 설명에 비해 심리학적 내용이 풍부하다고 할 수 있다. 그러나 '흥상' 역시 결국은 '상象'이며, 구체적인 물의 상으로 역시 한계성을 지닐 수밖에 없다. 이에 따라서 당대 사람들은 '경境'을 제시하여 기존의 '상象'론을 더욱 발전시킨 것이다.

'경'은 원래 경계를 나타내는 말이다. 중국에서는 일찍부터 '경'의 개념이 존재했다. 《상군서商君書·간령墾令》에 보면 "이상에서 언급한 다섯 종류의 사람들(좋지 않은 사람들)이 경내에 살지 않으니 황무지가 반드시 개간될 것이다 五民者不生於境內, 則草必墾矣"라고 하였으며, 《순자·부국富國》에서는 "그 나라의 경내에 들어가 밭이 황폐하고 도읍이 쇠퇴해 있으면, 그 나라의 군주는 탐욕스러운 군주이다 入其境, 其田疇歲, 都邑露, 是貪主矣"라고 하였다. 근인 전종서錢鍾書는 "나는 《시경》에는 물색만 있고 경색은 없다고 말한 적이 있다. 이는 붓이 닿는 곳이 그저 초목이나 수목에 대한 묘사에 그쳐, 물론 형용이나 묘사는 극진하지만 초사의 《구장·귤송》에 나오는 '녹색의 잎과 흰 꽃의 짙은 향내가 사람들을 기쁘게 하고, 중첩된 가지 예리한 가시 둥글게 잘 자란 과일이라. 푸르고 누른빛의 과실이 섞여 있나니 빛깔도 찬란하여 시선을 빼앗네'와 같은 것은 없다는 말이다. 초사에서 비로소 여러 가지 사물을 일정한 구성에 따라 배치하였으니, 화가들이 말하는 결구나 위치 같은 것이다. 그리고 그 위로 더 나아가 외물을 본뜨는 데서 경물을 그리는 쪽으로 나아갔던 것이다 竊謂《三百篇》有物色而無景色, 涉筆所及, 止乎一草, 一木, 一水, 一石, 卽侔色揣稱, 亦無以過《九章·橘頌》之'綠葉素榮(紛其可喜兮). 曾枝剡棘, 圓果摶兮, 靑黃雜糅(文章爛兮).'

《楚辭》始解以數物合布局面, 類畵家所謂結构, 位置者, 更上一關, 由狀物進而寫景"[2]고 말한 적이 있다. 이는 곧 《삼백편》은 여전히 '상'에서 머물고 있으며, 《초사》에 와서 처음으로 '경'을 그렸다고 말하고 있는 것이다. 《상군서商君書》나 《순자》에서 말하고 있는 것은 실제의 경계, 즉 실경實境이다. 위진남북조의 종병宗炳은 《명불론明佛論》에서 "불경에서 말하기를, 일체의 제법은 뜻을 좇아 형체를 낳는다고 하였으며, 또 말하기를 마음은 법의 근본이니 마음이 천당과 지옥을 만든다는 뜻은 바로 이것으로 말미암은 것이다. 이 때문에 맑은 마음과 깨끗한 정을 지니면 분명 뛰어나게 아름다운 경지에서 살 것이고, 정을 탁하게 만들고 행위가 더러우면 삼도〔지옥도·아귀도·축생도〕에서 영원히 어그러질 것이다…… 佛經云, 一切諸法, 從意生形. 又云, 心爲法本, 心作天堂, 心作地獄, 義由此也. 是以淸心潔情, 必妙生於英麗之境, 濁情滓行, 永悖於三塗之域"라고 하였다. 이 가운데 "뜻을 좇아 형체를 낳는다"·"마음은 법의 근본이다"·"맑은 마음과 깨끗한 정을 지니면 분명 뛰어나게 아름다운 경지에서 살 것이다" 등에 이미 '의경'설의 단초가 들어 있다고 할 수 있다. 그러나 미학과 문예심리학의 범주에서 진정한 의미의 '의경'설은 왕창령王昌齡의 《시격詩格》에서 출발한다고 보아야 할 것이다. 그는 "마음을 편안히 하고 신묘한 사유를 구사하면, 마음이 우연히 경계를 비추어 문득 구상이 생기게 된다 放安神思, 心偶照境, 率然而生"·"물상에서 찾고 마음이 그 경계에 들어가면 정신이 외물과 만나 마음에서 얻어진다 搜求於象, 心入於境, 神會於物, 因心而得"라고 하였는데, 여기에 나오는 '경'이 바로 의경이다. 그는 바로 이러한 의경의 개념을 사용하면서 다음과 같이 말하고 있다.

(사람들은) 문장을 짓는 데 단지 뜻을 세우는 것에만 주력한다. 이쪽저쪽으로 구멍을 파듯 애써 구상하니 마음이 고달프고 아는 것은 고갈된다. 반드시 자신을 잊고 구속되지 말아야 한다. 만약 생각이 나지 않으면 모름지기 자신의 정감을 편안하게 놓아두고 관대하게 풀어두어 경계가 생기도록 해야 한다. 그런 다음에 그 경계로 조망하면 영감이 떠오를 것이니 떠오르면 그 즉시 문장을 지으면 된다. 만약에 그러한 경계나 생각이 떠오르지 않으면 창작을 할 수 없는 것이다.

夫作文章, 但多立意. 令左穿右穴, 苦心竭智, 必須忘身, 不可拘束. 思若不來, 卽須放情却寬之, 令境生. 然後以境照之, 思則便來, 來卽作文. 如其境思不來, 不可作也.

시에는 세 가지 경계가 있는데, 그 첫째는 물경이라 할 수 있다. 산수시를 지으려 할 때 샘·돌·구름·봉우리의 경지를 펼쳐냄에 있어 극히 아름답고 빼어난 것은 마음에 그것을 통하게 하고 몸을 그러한 경지에 두어야 하며, 마음에서 그러한 경지를 보게 되면 분명하게 손 안에 들어온다. 그런 다음 상상력을 발동하면 경물의 형상이 확연해지니 능히 형사形似가 이루어진다. 둘째는 정경이다. 재미·즐거움·근심·원망 등은 모두 생각에서 펼쳐져 몸에 처하게 한 다음 상상력을 발휘하면 그 정을 깊이 체득할 수 있다. 셋째는 의경이다. 이 또한 생각에서 펼치고 마음에서 생각하면 그 진체를 얻을 수 있을 것이다.

詩有三境, 一曰物境, 欲爲山水詩, 則張泉石雲峰之境, 極麗極秀者, 神之於心, 處身於境, 視境於心, 瑩然掌中, 然後用思, 了然境象, 故得形似. 二曰情境. 娛樂愁怨, 皆張於意而處於身, 然後用思, 深得其情, 三曰意境, 亦張之於意而思之於心, 則得其眞矣.

왕창령이 여기에서 말하는 '경'은 이미 '상'과는 다른 것으로 내심의 의식 경계를 가리키는 것이며, "마음에 그것을 통하게 하고 神之於心"·"생각에서 펼치며 張之於意"·"마음에서 생각하는 思之於心" 것으로 생리·심리적인 내용을 가지고 있다. 그러나 바로 이러한 연유로 왕창령이 말하는 '의경' 역시 내심에 있는 의식의 경계로, 여전히 작가의 주관적인 세계에 국한되어 있기 때문에 물화된 '경'을 이르는 말은 아니다.

교연은 위와 같은 논술의 토대하에서 의경론을 발전시켜 사공도·소식·왕국유 등의 의경이론에 발판을 마련해 주었다.

먼저 교연은 '경'이란 '상외의 상〔象外之象〕'이라고 인식하였다.

또 말하기를, 애써 고민해서는 안 된다. 애써 고민하면 천부적인 본질을 잃게 된다고 하였다. 그러나 이 또한 옳은 말이 아니다. 무릇 호랑이 굴에 들어가지 않고 어찌 호랑이를 잡을 수 있겠는가? 경을 취할 때 모름지기 지극히 어렵고 지극히 험난해야 비로소 기이한 구절이 드러나는 것이다.

又云, 不要苦思, 苦思則喪自然之質. 此亦不然. 夫不入虎穴, 焉得虎子. 取境之時, 須至難至險, 始見奇句. (《詩格》)

혹자가 말하기를, "시를 짓는 데 애써 고민해서는 안 된다. 인위적인 고민은 천진스러움을 해치기 때문이다"라고 하였는데, 이는 대단히 옳지 않은 말이다. 진실로 어려움 속에서 생각을 엮어내고 외물의 형상 밖에서 기이함을 선택하며, 날아 움직이는 풍취를 묘사하고 참되고 깊은 생각을 그려내야 하는 것이다. 무릇 세상에 드문 진귀함은 반드시 검은 용의 턱 아래에서 나온다고 하였는데, 하물며 귀신의 세계까지 통하고 변화의 묘를 밝혀내는 문장에 있어서랴!

或曰, 詩不要苦思, 苦思則喪於天眞. 此甚不然. 固當繹慮於險中, 採奇於象外, 狀飛動之趣, 寫眞奧之思. 夫希世之珍, 必出驪龍之頷, 況通幽名變之文哉! (《詩評》)

이른바 "외물의 형상 밖에서 기이함을 선택한다 採奇於象外"는 것은 '경'이 '형상 밖〔象外〕'에서 생겨난다는 뜻이다. 이와 유사하게 유우석劉禹錫은 "경은 형상 밖에서 생겨난다 境生於象外"(《董氏武陵集記》)고 하였고, 남조의 사혁謝赫 역시 "형상 밖에서 그것을 취한다 取之象外"(《古畵品書》)고 한 바 있다. 이들의 문장에서 말하고 있는 함축된 의미는 모두 같다. '경'은 곧 '상'이지만, 그러나 '상'에만 국한되는 것은 아니다. '상외지상象外之象,' 즉 시경詩境의 유한함 속에 무한이 포함되어 있고 현실 속에 이상이 포함되어 있으며, 주관과 객관이 통일을 이루고 있다. 그래서 시가의 객관적 정경과 시인의 주관적 관념이 통일을 이루고 있는 것이다. 이는 은번殷璠의 '흥상'론보다 진보된 논의로 '의경' 범주의 심리적인 내용이 추가되어 있다고 할 수 있다.

두번째로 교연은 '경'과 '정'을 연결하여 다음과 같이 말하고 있다.

> 경을 좇아 다함이 없는 것을 정이라 한다.
> 緣境不盡曰情. (《詩式》)

> 시적 정감은 경을 좇아 드러난다.
> 詩情緣境發. (《秋日遙和盧使君游何山寺宿敭上人房論涅槃經義》)

이는 시적 정감이 '경'으로 인해 생겨난다는 것을 뜻하며, '경' 중의 '정'은 시인의 기질과 성격·의향 등 개성적 특징인 정감적 요인으로 형성된다는 말이다. 이는 의경이 객관적인 사물과 창조자의 주관적인 정감의 통일이라는 것을 명확하게 지적한 것이다. 우리는 《주역》의 '의상'론을 논의하면서 "괘상을 세워 뜻을 다한다 立象以盡意"는 말을 인용하여, 《주역》의 '상'은 감성이 구체화된 것으로 현실적인 사물에 대한 모사이자 반영의 일종임을 논의한 바 있다. 그리고 '입상立象'은 '뜻을 다하기(盡意)' 위한 것으로 객관적 사물의 진실된 묘사에 국한되는 것이 아니며, '상'이 다해도 '의'는 무궁하다는 예술적 경계를 추구하는 것이었다. 이후 위진시대의 왕필王弼과 고개지顧愷之·종병宗炳, 제량齊梁시대의 유협 등은 모두 《주역》의 '의상'론을 계승·발전시키고 있다. 또한 우리는 홍의연洪毅然의 견해를 인용하여 문예심리학의 각도에서 '의상'은 예술의 물상에서 예술형상으로 향하는 매개 역할을 하며, 그것의 근원과 토대는 감각에서 지각에 이르러 생기는 심리표상을 끝내 벗어나지 않는다는 것을 살펴본 바 있다. '의상'에서 '의경'에 이르는 발전과정은 어떻고, '의상'과 '의경'의 심리형태는 어떻게 다른가에 관한 문제는 계속해서 연구해야 될 과제이지만, 여하튼 교연의 '정연경情緣境'설과 전통적인 '의상'론을 비교연구해 보면, 양자간의 심리형식이 구분되는 가장 큰 이유 중 하나는 바로 '정情'에 있음을 알 수 있다. 즉 '의상'은 심미주체와 창작주체의 정을 내재하고 있기는 하지만, 여전히 표상의 단계, 즉 '의중지상意中之象'에 머물러 있다고 할 수 있다. 그것은 아직까지 물화되어 예술형상화를 이루지 못한 단계이며, 아직 의경화도 이루지 못한 상태이다. 그러나 심미주체와 창작주체의 뇌리 속에 이미 의상이 존재하고, 아울러 정감 역시 끊임없이 충만되어 있을 때에는 곧 연상과 상상력이 발동되어 이로부터 의상이 물화되어 예술형상화하거나 의경, 즉 상외지상象外之象을 만들어 예술창작과 예술감상의 심리과정이 완성되는 것이다. 교연의 '경연정境緣情'설을 이처럼 이해한다면 더욱 의미가 배가될 것이다.

세번째로 교연은 '의경'의 상상想像적 특징에 대해 다음과 같이 말하고 있다.

무릇 경과 상은 일정치 않아서 (시가의) 허상과 실상은 밝히기 어렵다. 가히 볼 수는 있으되 취할 수 없는 것이 빛(경)이고, 들리기는 하지만 볼 수 없는 것이 바람이다. 비록 내 몸에 있는 것이지만 그 쓰임이 묘하고 구체적인 실체가 없는 것이 마음이고, 뜻을 여러 가지 물상에 관통시키면서도 일정한 바탕이 없는 것이 색이다. 대개 이러한 것들은 허상으로 볼 수도 있고, 또한 실상으로 볼 수도 있을 것이다.

夫境象非一, 虛實難明. 有可睹而不可取, 景也, 可聞而不可見, 風也, 雖系乎我形, 而

妙用無體, 心也, 義貫衆象, 而無定質, 色也. 凡此等, 可以偶虛, 亦可以偶實. (《詩議》)

교연의 이러한 의론은 상상심리학의 각도에서 미술·음악·시가 등 예술형식의 특징, 즉 '경상境象'의 특징을 비교·분석한 것으로 매우 정확한 견해이다. 그에게 있어서 '시경詩境'은 "허와 실을 밝히기 어려운 것 虛實難明"이며, 미술처럼 시각적이거나 촉각적인 것, 또는 음악처럼 청각적인 것이 아니다. 그것은 "비록 내 몸에 있는 것이지만, 그 쓰임이 묘하고 구체적인 실체가 없는 것이 마음이다 雖系乎我形, 而妙用無體, 心也"라고 한 것처럼 언어를 매개로 하여 심령을 드러내는 것이다. 그래서 자연스럽게 상상想像이 뒤를 따르게 마련이다. 이러한 논의는 그의 '상외지상象外之象'이나 "시적 정감은 경을 좇아 드러난다 詩情緣境發"는 주장과 일치한다. 교연은 '시경詩境'의 심령표현의 본질과 상상적 본질을 매우 중시했다. 그래서 그는 다음과 같이 말한 것이다. "비록 그것을 취함이 내 뜻(마음)에서 말미암은 것일지라도 얻는 것은 마치 신神이 주는 것처럼 신묘하다. ……내심에서 묵계적으로 뜻은 알 수 있으나 말로 형상짓기는 어렵다. 雖取由我意(衷), 而得若神授(表). ……可以言冥, 難以言狀"(《詩式序》) "단지 정성만 드러날 뿐 문자는 볼 수 없는 것이 시의 도가 지닌 지극함이다. 但見情性, 不睹文字, 蓋詩道之極也"(《詩式》) "신묘하게 만날 수 있으나 말로 얻을 수는 없으니 이를 일러 시가의 도라 한다. 可以神會, 不可言得, 此所謂詩家之中道也" (《文鏡秘府論》 南券 《論文意》에 실려 있다.) 이외에도 그는 《봉응안상서진경관현진자치주장악무파진화동정삼산가奉應顔尙書眞卿觀玄眞子置酒張樂舞破陳畵洞庭三山歌》에서 "어찌하여 만상이 마음에서 나오는데 마음은 담담하게 경영하는 바가 없는가 如何萬象自心出, 而心淡然無所營"라고 하였다. 이처럼 조경造境이 마음과 내심의 허정한 상태를 유지해야만 가능하다는 주장은, 상상성想像性을 지니고 있는 '의경'을 창조하거나 감상자로 하여금 "신묘하게 만날 수는 있으나 可以神會" "말로 형상짓기는 어렵다 難以言狀"는 경지의 예술적 감동을 줄 수 있는 토대가 되었다.

네번째로 교연은 조경造境에서 특히 중요한 '취세取勢'의 문제에 대해 말하고 있다. 그는 《시식》에서 다음과 같이 말하였다.

뛰어난 시인이 시를 창작하는 것은, 마치 형산이나 무산에 올라 상수湘水가 발원하여 하류로 내려가면서 뇌수耒水・소수瀟水・증수蒸水와 합류하는 것이나, 예전 초나라 마을 언이나 영의 산천 경계를 직접 눈으로 살피면서 광대한 이곳이 수없이 많은 변화를 연출하는 것을 보는 것과 같다(문체가 열고 닫히는 작용의 세). 때로 하늘에 이를 정도로 높이 솟고 험준하여 무리지을 수 없으며, 기세가 등하여 날아갈 듯하고 중첩하면서 서로 이어지기도 한다(기이한 세를 공교롭게 함). 때로 장강이 선명하게 드러나 1만 리에 이르기까지 물결조차 일지 않는데, 홀연히 높음과 깊음이 거듭되며 형상이 드러난다(기이한 세가 드러남). 고금을 막론하고 뛰어난 격조의 작품은 모두 이처럼 지극함을 만들어 낸다.

高手述作, 如登衡巫, 覿三湘, 鄢, 郢山川之盛, 縈回盤礴, 千變萬態, 或極天高峙, 崒焉不群, 氣騰勢飛, 合沓相屬, 或修江耿耿, 萬里無波, 欻出高深重複之狀, 古今逸格, 皆造其極妙矣.

'세勢'란 원래 중국 고대 전쟁에 관해 논할 때 사용했던 개념이다. 《손자병법・계편計篇》을 보면 "세라는 것은 이로움으로 말미암아 권력을 장악하는 것이다 勢者, 因利而制權也"라고 하였으며, 〈병세편兵勢篇〉에서는 "전쟁을 잘하기 위해서는 세에서 승리를 구해야 한다 善戰者, 求之於勢"고 하였다. 유협은 이 개념을 이용하여 문文을 논하였다. 그는 《문심조룡・정세定勢》에서 다음과 같이 말하였다.

무릇 작가의 정취는 다종다양하여 작품의 변화는 각기 부동한 방식을 지니고 있다. 그러나 창작을 할 때는 구체적인 내용에 따라 체재를 확정하고, 체재에 근거하여 일정한 체세體勢를 형성한다. 이른바 세란 사물의 편리에 근거하여 형성되는 것이다. 예를 들자면 쇠뇌에서 쏜 화살은 필연적으로 곧게 마련이고, 굽은 산골의 물은 급류가 되어 굽이치기 마련이다. 이는 자연적인 추세이다. 둥근 물체는 둥글기 때문에 능히 구를 수 있고, 모난 것은 모났기 때문에 능히 평편한 데 안정되게 둘 수 있다. 문장의 체세 역시 이와 같을 따름이다.

夫情致異區, 文變殊術, 莫不因情立體, 卽體成勢也. 勢者, 乘利而爲制也. 如機發矢直, 河曲湍回, 自然之趣也. 圓者規體, 其勢也自轉, 方勢矩形, 其勢也自安, 文章體勢, 如斯而已.

이상에서 볼 때, 문예창작에서 '세'란 일정한 예술형식상의 창작규율임을 알 수 있다. 유협은 또한 '임세任勢'에 대해 언급하고 있는데, "문장은 자연적인 세勢에 맡겨야 하는데, 세에는 반드시 강한 것이 있는가 하면 부드러운 것도 있다. 그러니 반드시 강개·격앙해서 하는 말만이 세가 되는 것은 아니다 文之任勢, 勢有剛柔, 不必壯言慷慨, 乃稱勢也"라고 하였다. 이는 예술형식이 다르면 정감 역시 강하거나 약한 정도의 차이를 가지고 적절하게 표현되어야 하기 때문에, 창작가는 이러한 창작규칙을 정확히 알아야 한다는 뜻이다. 유협은 또한 "무릇 작가의 정취는 다종다양하여 작품의 변화는 각기 부동한 방식을 지니고 있다. 그러나 창작을 행할 때는 구체적인 내용에 따라 체재를 확정하고, 체재에 근거하여 일정한 체세體勢를 형성한다 夫情致異區, 文變殊術, 莫不因情立體, 卽體成勢"고 하였다. 이는 하나의 예술형식이 지니고 있는 일정한 '세'는 모두 창작자의 각기 다른 주관적 정취에 의해 결정된다는 뜻이다. 이처럼 '문세文勢'와 유관한 문제는 상당히 중요하다. 기존의 연구자들은 때로 이를 소홀히 다룸으로써 '세'를 단순히 체재·구법·장법章法 등 표현형식의 문제만으로 간주하는 경향이 있었다. 그러나 앞서 언급한 것처럼 이는 결코 그렇게 단순한 문제가 아니다.

교연은 '취세取勢'에 대해 논하면서 아울러 표현형식의 문제에 대해서도 언급하고 있다. 《문경비부론文鏡祕府論》에 '논체세論體勢'에 관한 문장이 있다. 그 속에는 왕창령의 《시격》에 나오는 십칠세十七勢가 실려 있으며, 또한 "교연의 《시의》에서 새로 만든 15가지 예 皎公《詩議》新立十五例"가 수록되어 있다. 그러나 여기에 인용하지는 않겠다. 교연은 "문학의 창조적 사유과정에 있어서 뜻을 드러내는 것이 모름지기 험난해야 한다 其作用也, 放意須險"고 말한 바 있는데, 여기에 나오는 '의意'와 '정情'은 동일한 개념이다. 따라서 "말을 넓게 세운 것을 일러 뜻이라 한다 立言盤泊曰意"고 하였을 때, '뜻'은 곧 넓고 큰 세를 지닌 정의情意를 뜻한다. 교연은 또한 "세는 정을 좇아 일으킨다 勢逐情起"고 말한 바 있는데, 이 역시 아주 중요한 견해로 작품의 '세'는 창작자의 '정'으로 인하여 유발되고 결정된다는 뜻이다. 이것은 유협의 "구체적인 내용에 따라 체재를 확정하고, 체재에 근거하여 일정한 체세體勢를 형성한다 因情立體, 卽體成勢"는 견해와 일치하는 것이다. 따라서 교연이 말하는 '세'는 마땅히 '정세情勢'로 해석해야 한다. 그리고 이러한 '정세'는 인간의 심리적 메커니즘의 정감적 역량을 뜻하는 것으로, 창작자에게 내재된 정감 역량이 유발되어야만 작품의 각기 다른 정감 내용과 풍격 내용이 만들어질 수 있음을 말하는 것이기도 하다. (근대에 들어 왕국유는 '세력의 드러남〔勢力之發表〕' 이라는 훌륭한 견해를 내놓았는데, 이는 왕국유편에서 다시 언급하고자 한다.) 그렇기 때문에 "문세文勢의 약동하는 변화는 문장의 체세가 깊기 때문이고, 작품의 뜻이 넓은 것은 문학의 창작과정이 깊기 때문이다 氣象氤氳, 由深於體勢, 意度盤礴, 由深於作用"라고 말한 것은, 곧 '취세取勢' 의 문제로 정감의 구조와 예술구상의 문제라고 할 수 있겠다. 이처럼 "세는 정을 좇아 일으킨다 勢逐情起" · "무릇 시인의 창조적 사유과정에서 세에는 통하고 막힘이 있고, 뜻은 넓고 커야 한다 夫詩人作用, 勢有通塞, 意有盤礴"는 말은, 다시 말해 서로 다른 '세' 는 서로 다른 '정취' 와 서로 다른 '작용' (구상)으로 결정된다는 뜻이라 할 수 있다.

교연의 이러한 '세' 론은 문예심리학적 의의가 대단히 풍부하다. 청대의 왕부지는 《강재시화薑齋詩話》에서 시의 '정경' 에 대해 논할 때 시의 '세' 에 대해서도 다음과 같이 말한 적이 있다. "문장은 뜻을 위주로 하고, 세는 그 다음이다. 세란 뜻 속의 신묘한 이치〔神理〕이다. ……굽이치고 돌고 구부리고 폄으로써 그 뜻을 한껏 드러내어 그 뜻이 이미 다 드러나 남아 있는 말이 없어도, 꿈틀대는 연기와 구름이 뭉게뭉게 감돌아 피어오르는 듯하니 진짜 용이 되고 그림의 용이 되지 않는다. 文以意爲主, 勢次之. 勢者, 意中之神理也. ……宛轉屈伸, 以求盡意. 意已盡則止, 殆無剩語. 夭矯連蜷, 煙雲繚繞, 乃眞龍, 非畵龍也" "세란 뜻 속의 신묘한 이치, 즉 신리神理이다. 勢者, 意中之神理" 이상 왕부지의 논의는 매우 정확한 것으로 담고 있는 의미가 풍부하여 교연 시가의 '세' 에 대한 논술을 보충하였다고 할 수 있다.

서구 예술심리학이나 미학의 제파들이 제시하고 있는 예술론은, 특히 예술적 정감을 구성하는 '격格' 을 찾는 데 중점을 두고 있다. 예를 들어 프로이트 정신분석학에서는 '리비도' 의 '격' 을, 원형비평가들은 '집단무의식' 의 '격' 을, 베르트하이머 등의 게슈탈트심리학에서는 '이질동구異質同構' 의 '격' 을, 그리고 랭거의 기호미학에서는 '정감부호' 의 '격' 을 인정하고 있다. 이렇게 볼 때 교연의 이상과 같은 견해는 물론 이론의 체계가 계통화된 것은 아니지만, 유협 이후의 '취세取勢' 론을 더욱 발전시켜 이후 문학이론가들에게 계발의 역할을 했다고 할 수 있다.

제2절 한유·유종원의 '서설舒泄' 설

한유韓愈(768-824)의 자는 퇴지退之이며, 하남 하양河陽〔지금의 하남성 孟縣〕 사람으로 선조들이 창려昌黎〔지금의 요녕성 義縣〕에 살았기 때문에 한창려韓昌黎라고도 칭한다. 당대 고문운동을 주도한 그는 저명한 문학가이자 문론가이다. 그의 저작은 《한창려집韓昌黎集》으로 엮어졌는데, 그 중 '원성原性'·'사설師說'·'진학해進學解'·'송고한상인서送高閑上人序' 등에는 심리학 사상과 문예심리학 사상에 대해서 다루고 있는 부분이 많다.

한유는 심리학에 있어 인간의 정감 문제에 대해 적지않은 연구를 하였다. 그는 "정이란 외물에 접촉하여 생겨나는 것이다 情也者, 接物而生"라고 하였으며, 또한 "정을 정이게 하는 것에는 일곱 가지가 있는데 희·노·애·구·애·오·욕이 그것이다 其所以爲情者七, 曰喜, 曰怒, 曰哀, 曰懼, 曰愛, 曰惡, 曰欲"고 하여 칠정설七情說을 내놓았다. 또한 '정'에 대해 상·중·하의 삼품三品으로 나누어 다음과 같이 분석하고 있다.

> 상품에 속하는 사람은 이 일곱 가지에 의해 움직이나 중용에 처하고, 중품에 속하는 사람은 이 일곱 가지에 심하게 영향을 받거나 아예 빠져 버리는 경우가 있으나 그 중용에 합치되고자 한다. 하품에 속하는 사람은 이 일곱 가지에 탐닉하거나 강하게 영향받아 감정대로 행동한다.
>
> 上焉者之於七也, 動而處其中, 中焉者之於七也, 有所甚有所亡, 然而求合其中者也, 下焉者之於七也, 亡與甚直情而行者也. (《原性》)

한유의 이러한 견해는 불가와 노장이 주장하는 '정성소멸론情性消滅論,' 다시 말해 '멸정滅情' 론을 비판하기 위해 마련된 것이다. 여하튼 그가 정성을 강조하고, 이에 대해 초보적인 분석을 가한 것은 적지않은 의의가 있다.

한유의 문예심리학 사상은 통칭하여 '발설發泄' 설이라 할 수 있다. 인간 개체는 자신의 내심에 격렬한 정감이 충만해질 때, 인체의 생리기능에 일종의 감정을 발설하고자 하는 생리적·심리적 욕망이 생기게 된다. 그리고 이를 통해 내심의 정감과 생리·심리는 평형을 얻게 된다. 한유는 바로 이러한 점을 간파하고, 자신의 논의를 펼쳐 나갔다. 그래서 그의 문예심리학 사상을 '발설' 또는 '선설渲泄'이라 칭한 것이다.

먼저 이와 관련된 논의로 '기성언의氣盛言宜'설을 살펴보면 다음과 같다.

한유는 예술창작중의 심리과정을 매우 중시하여, 〈송고한상인서送高閑上人序〉에서 지智와 교巧·의意 등 창작주체의 심리활동이 창작과정중에 어떻게 작용하는가에 대해 논술하였다. 그리고 창작에는 "마음에서 실마리가 감응되는 機應於心" 영민한 지혜와 "기에 있어 좌절되지 않는 不挫於氣" 의지, "마음속의 타오르는 정감 情炎於中"처럼 강렬한 정감, 그리고 "비록 외물에 느낌이 와도 마음에 얽매임이 없는 雖外物至, 不膠於心" 고도의 주의력 등 일정한 심리적 조건이 필요하다고 주장하고 있다.

그렇다면 이러한 창작을 위한 심리조건을 어떻게 만들 수 있는가? 이에 대해 한유는 '양기養氣'를 주장하여 작가의 내재적인 수양을 강조하였다.

> 무릇 이른바 문이란 것은, 반드시 그 마음에 있는 것이다. 이러한 까닭에 군자는 그 내용을 신중히 해야 한다. 내용의 좋고 나쁨은 문장이 이루어지면 숨길 수 없다. 근본이 되는 뿌리가 깊으면 말단의 가지도 무성하고, 형체가 크면 소리도 웅장하며, 행동이 빼어나면 말이 예리하고, 마음이 두터우면 기가 조화롭게 된다. 밝게 빛나 사리가 분명하면 의심할 여지가 없는 것이며, 느긋하게 한가로우면 여운이 있게 마련이다.
>
> 夫所謂文者, 必有諸其中, 是故君子愼其實. 實之美惡, 其發也不弇. 本深而末茂, 形大而聲宏. 行峻而言厲, 心醇而氣和, 昭晳者無疑, 優游者有余. (〈答尉遲生〉)

> 장차 옛날의 입언立言을 이룬 분들의 경지에 도달하고자 한다면, 빨리 이루기만을 바라서도 안 되고, 권세나 이익에 유혹되어도 안 된다. (문장은 나무 열매와 같아서) 그 뿌리를 잘 기른 다음에 열매를 기다려야 하고, (문장은 등불과 같아서) 기름을 잘 붓고 난 후 그것이 빛나기를 기다려야 한다. 뿌리가 무성한 것은 그 열매도 따라서 잘 열리고, 기름이 넉넉한 것은 그 빛이 환하다. 이처럼 (수양을 잘하여) 인의를 갖춘 이는 그 말이 저절로 온화하게 되는 것이다.
>
> 將蘄至古之立言者, 則無望其速成, 無誘於勢利, 養其根而竢其實, 加其膏而希其光.

根之茂者其實遂, 膏之沃者其光曄. 仁義之人, 其言藹如也. (〈答李翊書〉)

'문이재도文以載道'에서 출발하여 한유가 강조하고 있는 내재적 수양은 물론 유가의 도를 수양하는 것이다. "인의의 길을 따라 행동하고, 《시경》이나 《서경》의 근원에서 노닐며, 그 길을 잃지 않고 그 원천을 끊기지 않게 하며 내 삶을 다할 것이다. 行之乎仁義之途, 游之乎詩書之源. 無迷其途, 無絶其源, 終吾身而已矣"(〈答李翊書〉) 그러나 그는 예술적인 수양 역시 중시하였다. "위로는 순임금이나 우임금의 글이 담긴 《서경》의 〈요전堯典〉이나 〈순전舜典〉 등의 소박하고 함축적이어서 담긴 뜻이 끝없는 문장이나, 주나라 고시문告示文인 〈대고大誥〉나 〈강고康誥〉, 은나라의 까다롭고 이해하기 어려운 〈반경盤庚〉 등과 《춘추》의 근엄함, 《좌씨춘추》의 과장됨, 《역경》의 기이하면서도 법도에 맞음, 《시경》의 치우침이 없으면서도 꽃잎처럼 아름다움 등을 본받았다. 아래로는 《장자》·《이소》, 그리고 태사공 사마천이 기록한 문장이나 양웅·사마상여 등의 부賦 등처럼 문장의 취지는 달라도 그 공교로움은 동일한 여러 가지 시문에 이르렀다. 선생은 문장에 있어서 진실로 내용과 사상을 크게 넓혔고, 그 문장의 표현도 자유롭게 구사했다고 할 수 있을 것이다. 上規姚姒, 渾渾無涯. 周誥殷盤, 佶屈聱牙. 《春秋》謹嚴, 左氏浮誇. 《易》奇而法, 《詩》正而葩. 下逮庄, 《騷》, 太史所錄, 子云, 相如, 同工異曲. 先生之於文, 可謂閎其中而肆於其外矣."(〈進學解〉) 이렇듯 한유는 내용과 사상〔中〕을 강조하였을 뿐만 아니라 문장의 표현〔外〕 역시 충실해야 함을 강조하고 있다. 이는 곧 예술창작에 있어서 창작주체의 내재적 수양의 중요성에 대해 주목하였음을 뜻한다.

수양에 관한 문제에 있어서 한유는 맹자 이래의 '양기'설을 계승·발전시키고 있다.

기는 물이며, 말은 그 위에 뜬 물체이다. 물이 많으면 물체가 뜨는데, 큰 것이나 작은 것이나 모두 뜬다. 기와 말의 관계도 이와 같다. 기가 성하기만 하면 말의 장단과 소리의 고저가 모두 합당하게 된다.

氣, 水也, 言, 浮物也. 水大而物之浮者, 大小畢浮. 氣之與言猶是也, 氣盛則言之短長與聲之高下者相宜. (《答李翊書》)

여기에서 한유는 "기가 성하면 말도 합당해진다 氣盛言宜"는 설을 내놓아 기와 말의 관계와 양기의 중요성을 정확하게 지적하고 있다. 그에게 있어서 기는 말의 토대가 된다. 그렇기 때문에 창작주체는 반드시 왕성한 기를 지녀야만 하고, 기가 성한 상태에 있어야만 말의 장단이나 소리의 높낮이를 자유자재로 행할 수 있게 된다는 것이다. 물론 그의 논의가 '양기'의 문제에 구체적인 방법을 제시하고 있는 것은 아니지만, 창작과 연관시켜 이 문제를 논술한 것은 큰 의의가 있다고 볼 수 있다. 그가 말한 '기성언의氣盛言宜' 설은 맹자의 '호연지기浩然之氣' 설과 상통할 뿐만 아니라, 맹자의 '양기' 설보다 훨씬 예술적 함의가 짙다고 할 수 있다.

다음으로는 "평평하지 않으면 운다 不平則鳴"는 설이다.

한유는 창작과정에서의 창작주체의 두드러진 심리현상을 제시하고 있으니, 그것이 바로 '불평즉명'이다. 그는 '송맹동야서送孟東野書'에서 다음과 같이 말하고 있다.

> 무릇 만물은 평평함을 얻지 못하면 운다. 풀이나 나무는 본래 소리를 내지 못하는데 바람이 불어 그것을 흔들면 운다. 물은 본래 소리가 없는데 바람이 불어 그것을 움직이면 운다. 물이 튀어 오르는 것은 어떤 것이 그것을 치기 때문이며, 물이 세차게 치닫는 것은 어떤 것이 그것을 막고 있기 때문이고, 물이 끓는 것은 어떤 것이 그것에 열을 가하고 있기 때문이다. 쇠나 돌은 본래 소리를 내지 못하는데 어떤 것이 그것을 치면 운다. 사람의 말도 역시 그러하니, 부득이한 것이 있은 연후에야 말하게 된다. 사람이 노래하는 것은 생각이 끓어오르기 때문이며, 우는 것은 가슴에 맺힌 것이 있기 때문이다. 무릇 입에서 나와 소리가 되는 것은 모두 평평함을 잃었기 때문이다.
>
> 大凡物不得其平則鳴. 草木之無聲, 風撓之鳴. 水之無聲, 風蕩之鳴. 其躍也或激之, 其趨也或梗之, 其沸也或炙之. 金石之無聲, 或擊之鳴. 人之於言也亦然. 有不得已者而後言, 其歌也有思, 其哭也有懷. 凡出於口而爲聲者, 其皆有弗平者乎!

여기서는 풀과 나무, 물과 돌 등의 자연사물에 빗대어 그것들이 소리를 내는 것은 외부의 힘이 작용하여 나타난 결과라고 설명하면서, 문학창작 역시 이와 마찬가지로 "부득이한 것이 있은 연후에야 말하게 된다 有不得已者而後言"라고 하였다. 한유의 이러한 '불평즉명' 설은 사마천의 "시 3백 편도 대개 성현이 울분을 발하여 지은 것이다. 이분들은 모두 마음의 뜻이 맺힌 것이 있으되 능히 말할 곳이 없었다《詩》三百篇, 大抵賢聖發憤之所爲作也, 此人皆意有所鬱結, 不得通其道也"라는 말대로, 이른바 '발분저서發憤著書' 설을 발전시킨 것이라 할 수 있다.

'불평즉명' 과 관련하여 한유는 "곤궁과 고통이 가득한 말은 쉽게 훌륭해진다窮苦之言易好"는 말을 하고 있다.

> 무릇 온화하고 평온한 소리는 담박하나, 근심과 사념에 잠긴 소리는 오묘하다. 기쁨과 즐거움이 가득한 말은 공교롭기 어려우나 곤궁과 고통이 가득한 말은 쉽게 훌륭해진다. 이러한 까닭으로 문장의 창작은 항상 폄적된 사람이나 초야에 묻힌 문인의 가슴에서 나온다. 왕공이나 귀족들의 경우에는 기운이 넘치고 뜻을 얻었기 때문에 문학창작을 좋아하는 성품이 아니라면 그것을 할 여가가 없을 것이다.
>
> 夫和平之音淡薄, 而愁思之聲要妙, 歡愉之辭難工, 而窮苦之言易好也. 是故文章之作, 恒發於羈旅草野. 至若王公貴人, 氣滿志得, 非性能而好之, 則不暇以爲. (〈荊潭唱和集序〉)

위 문장의 내용 역시 '불평즉명' 설과 일치한다. 한유에게 있어서 온화하고 평온한 소리나 기쁨과 즐거움에 가득한 말은 불평不平의 기氣가 결핍되어 강렬한 감정을 분출할 수 없다. 그러나 "폄적된 사람이나 초야에 묻힌 문인 羈旅草野"의 경우에는 마음속에 고통과 근심이 가득한 상태에서 마침내 그것이 발하여 문장화되니, 강렬한 정감이 그대로 드러나 마침내 읽는 이들의 마음을 감동시키는 것이다.

한유는 승僧 고한高閑과 장욱張旭의 서예를 비교하면서 심리적 메커니즘의 측면에서 이 문제를 설명하고 있다. 장욱은 "기쁘거나 성나거나 고통스러울 때, 근심이나 슬픔에 잠기거나 기쁘고 편안할 때, 원망과 한이 맺히거나 사념에 잠기고 사모하는 마음이 들 때, 달콤한 술에 취하거나 무료할 때, 마음에 불평이 깊어지면 반드시 초서에 그것을 드러냈다. 喜怒窘窮, 憂悲愉佚, 怨恨思慕, 酣醉無聊, 不平有沖於心, 必於草書焉發之" 그리고 그는 "이해가 반드시 분명했고 利害必明" "마음속에 감정이 불탔다. 情炎於中" 한유는 이러한 심리적 상태, 즉 '장욱과 같은(爲旭)' 상태에 돌입해야만 진정한 의미의 서예가 가능할 것이라고 생각했다. 그러나 장욱과 달리 고한의 경우에는 "죽음과 삶을 하나로 여기고 외적 집착을 없애 버렸으니, 그의 마음은 반드시 조용하고 욕심이 없어 요동쳐 일어나는 것이 없게 되었을 것이며, 세상에 임해서도 반드시 집착함이 없이 담담하여 좋아하는 것도 없을 것이다. 조용하게 욕심이 없는 마음과 집착함이 없는 마음이 서로 만나게 되었으니, 마음이 메마르고 쇠퇴하여 그 무너짐을 수습할 수 없을 지경에 이르렀다. 그런즉 초서를 씀에 있어서도 이러한 상황이 될 것이다 一死生, 解外膠, 是其爲心, 必泊然無所起, 其於世, 必淡然無嗜. 泊與淡相遭, 頹墮委靡, 潰敗不可收拾, 則其於書, 得無象之然乎!"('送高閑上人書')라고 생각하고 있었다. 이렇듯 장욱과 고한은 신세가 다르고, 심경 역시 같지 않기 때문에 서법예술에 있어서도 같은 풍격을 지닐 수 없었다. 결국 출가하여 속세를 떠난 고한이 처지가 곤궁하고 원한이 쌓인 장욱의 서법예술을 배우려 해도 불가능할 수밖에 없었으며, 그 까닭은 고한에게 장욱과 같이 생활환경으로 인해 생긴 정감체험이 없기 때문이라고 한유는 생각했던 것이다.

셋째는 "문장으로 재미를 삼는다 以文爲戲"는 설이다.

한유는 "글을 써서 그 도를 밝힌다 修其辭以明其道"고 주장하였는데, 그가 밝히고자 했던 도는 물론 유가의 도였다. 그렇기 때문에 한유의 문예관점은 항상 선명한 정치적 색채를 띠고 있다. 그러나 한유는 결코 순수한 정치적 공리주의자는 아니었으며, 그 역시 문예창작의 특성을 분석하는 데 주의하였다. 특히 "문장으로 재미를 삼는다"는 주장은 이를 뒷받침하는 좋은 예가 될 것이다. 그는 〈답장적서答張籍書〉에서 다음과 같이 말하고 있다.

> 내가 재미를 삼는 까닭일 따름이니, 이를 주색과 비교해도 큰 차이가 없지 않은가? 그대들이 이를 비난하나, 이는 함께 목욕하면서 벌거벗은 것을 비난하는 것과 같은 것이다.
>
> 此吾所以爲戲爾, 比之酒色, 不有間乎? 吾子譏之, 似同浴而譏裸裎也.

〈중답장적서重答張籍書〉에서는 또한 다음과 같이 말하고 있다.

> 옛적 공자도 즐긴 바가 있었다. 《시경》에서 말하지 않았는가? "해학질을 잘하나

니 해롭게 하는 것은 아니네." 《예기·잡기하雜記下》에서도 말하기를 "민심을 긴장만 시키고 느슨하게 즐거움을 주지 않으면 문왕·무왕이라 할지라도 다스릴 수 없을 것이다"라고 하였으니, 어찌 도에 해가 될 것인가? 그대는 이를 아직 생각해 보지 않았는가?

昔者夫子猶有所戲. 《詩》不云乎, "善戲謔兮, 不爲虐兮." 《記》曰, "張而不弛, 文武不能也." 惡害於道哉? 吾子其未思之乎?

장적은 한유의 "문장으로 재미를 삼는다 以文爲戲"는 생각이 도리道理에 어긋나, "미덕美德에 누가 된다 累於令德"고 주장하였다. 그래서 한유는 자신의 주장이 결코 유가의 도리에 어긋나는 것이 아님을 증명하고 장적의 의론을 반박하기 위해 이 문장을 쓴 것이다. 이 문장은 "문장으로 재미를 삼는다"는 자신의 주장을 뒷받침하는 나름의 이유와 예술의 작용에 대한 해석을 중요 내용으로 하는 데 변증법적인 요소가 다분하다. 그는 경전의 내용을 인용하면서 해학을 즐기는 것이 해가 되는 일이 아님을 설명했고, 또한 긴장상태에서 생활하는 것만이 능사가 아님을 《예기》의 인용문을 통해 설명하고 있다.

그에게 있어서는 예술창작 역시 이와 마찬가지였다. 그래서 예술적 절주에 있어서도 긴장이 있으면 이완되는 경우도 있어야 하며, '문이재도文以載道' 만을 주장하며 무조건 긴장상태만 지속하는 것이 옳은 것은 아니라고 생각했다. 그렇기 때문에 그는 《모영전毛穎傳》과 같은 전기소설 양식의 작품 또한 나름의 특색을 지닌 것으로 간주하였으며, 이러한 소설에 "저작하는 것마다 육경의 종지를 요약하여 문장을 지어야만 한다 所著皆約六經之旨而成文"는 경전 위주의 절대성을 주장할 필요는 없다고 보았다. 이러한 것 역시 '이문위희以文爲戲' 설의 이론적 근거와 그 존재가치를 말해 주는 것이다. 예술창작의 '유희설游戲說' 은 엄격히 말해서 독일의 미학자인 실러가 내놓은 것이다. 실러의 말에 의하면, 예술창작의 기원 또는 예술 충동은 유희에 있다는 것이다. 한유의 '이문위희' 설은 예술창작의 기원에 관한 문제와는 별개의 것으로서 실러의 유희설과는 다르다. 오히려 그의 주장은 오로지 예술창작의 유희성(오락성)의 문제로만 귀결된다. 그럼에도 불구하고 그의 '이문위희' 설은 실러보다 한 세기 앞서 예술창작의 유희성을 하나의 예술적 기능으로 인식한 것으로, 중국 미학사나 문예심리학사에서 중요하게 다루어져야 할 내용이라 할 수 있다. 특히 이 주장이 '문이재도' 를 주장한 한유에 의해 나온 것이기 때문에 실로 연구할 만한 가치가 있는 것이다. 이는 모든 문론가나 미학자의 예술관이 언제나 획일적일 수는 없으며, 그 중에는 반드시 우리가 발굴하여 연구할 만한 합리적인 것들이 있음을 시사해 준다.

이상의 세 가지 설과 대응하여 예술창작의 '천공天工'과 '인공人工'의 힘을 비교한다면 한유의 경우 인공, 즉 창작주체와 심미주체의 주관적인 요건을 더욱 강조하였다고 할 수 있다. 그것은 마음속에 기가 축적되어야 한다거나, 평평하지 않으면 울게 된다는 말이 모두 주관적인 생리·심리적 요소로 인해 격발되는 창작력에 대한 긍정이기 때문이다. 한유가 맹교孟郊의 시에 대해 평하면서, "그의 시는 사람들의 이목과 마음을 자극하고 논리정연하며 구절마다 기이하고 난해하니, 자신의 속에 있는 것들을 모두 드러내어 쓴 것이다. 마치 귀신이 조화를 부린 듯 조예가 높고 깊으니 기묘한 구절이 끊임없이 나온다 及其爲詩, 劌目鉥心, 刃迎縷解, 鉤章棘句, 掐擢胃腎, 神施鬼沒, 間見層出"(〈貞曜先生墓地銘〉)라고 칭찬한 것은, 맹교의 시가 '인공'의 힘을 발휘하여 '천공'을 뛰어넘을 수 있었다고 생각했기 때문이다.

'불평즉명'과 '인공'의 중요한 작용을 강조했기 때문에 한유는 내심의 수양을 강조하는 한편, '허정虛情'을 위주로 하지 않고 창작과정에서의 격정의 작용을 오히려 강조하였다. 그는 초서에 능한 장욱을 예로 들면서 다음과 같이 말하고 있다. "외적 사물을 관찰함에 있어서 산수나 계곡·벼랑, 새나 짐승, 벌레나 물고기, 초목의 꽃이나 열매, 해와 달, 그리고 뭇별들, 바람과 비, 물과 불, 요란하기 이를 데 없는 벼락과 천둥, 노래와 춤, 전쟁 등 천지사물의 변화를 두루 살펴 마음에 즐거울 수 있거나 놀랄 만한 것들을 초서에 담았다. 觀於物, 見山水崖谷, 鳥獸蟲魚, 草木之花實, 日月列星, 風雨水火, 雷霆霹靂, 歌舞戰鬪, 天地事物之變, 可喜可愕, 一寓於書"(〈送高閑上人序〉) 한유는 이처럼 외물의 접촉으로 인하여 생기는 감정의 격동이 있어야만 창작 충동이 일어나게 되며, "이러한 까닭에 장욱의 초서는 귀신처럼 변화무쌍하여 그 시작과 끝을 구별할 수 없었으니, 이렇게 자신의 한평생을 마치고 후세에 이름을 남기게 되었다 故旭之書, 變動猶鬼神, 不可端倪, 以此終其身, 而名後世"고 보았다. 이와 반대로 고한의 경우에는 이미 출가하여 속세를 떠난 상태였기 때문에 장욱의 초서를 배우고자 하였으나, 장욱과 같은 격정이 일어날 수 없었기 때문에 "어쩔 수 없이 그 마음을 얻지 못하고, 그 흔적만을 좇을 수밖에 없었으며 不得其心而逐其迹" 끝내 장욱 같은 서법예술을 창조할 수 없었던 것이다.

기실 '허정'설 역시 창작에 격정이 필요함을 부인한 것은 아니다. 다만 예술구상을 할 때 외물과 일정한 심리적 거리를 두고, 사물의 효용에 의해 좌우되어서는 안 된다는 것을 말하였을 따름이다. 따라서 한유가 예술창작에 있어서 "기가 성해야 한다 氣盛"고 주장하는 한편, 외물과 접촉하면서 마음에 격분이 일어야만 한다는 뜻으로 '불평즉명'을 주장한 것은 결코 이율배반적인 것이 아니며, 오히려 창작규율에 부합하는 것이라 하겠다. 한유의 이러한 문예심리학 관점은 후세에 적지않은 영향을 끼쳤는데, 특히 유종원에 의해 많은 부분이 계승되고 있다.

유종원柳宗元(773-819)의 자는 자후子厚이며, 하동河東〔지금의 산서성 永濟縣〕사람이다. 그래서 유하동柳河東이라고도 부른다. 그의 작품은 현재 새로 교본校本이 나온 《유종원집》에 수록되어 있다. 유종원은 물질적인 '원기元氣'가 세상의 기원이라고 생각했으며, '생인지의生人之意'를 사회 발전의 원동력으로 파악하였다. 정치사상면에서 볼 때, 한유보다 진보적이었다고 볼 수 있다.

유종원은 한유의 '불평즉명'설을 더욱 구체적으로 심리분석하여 발전시켰다. 그래서 그의 논의에는 심리학적 의의가 풍부하게 내포되어 있다. 그의 논의는 '감격분비感激憤悱'설로 개괄할 수 있을 것이다.

> 군자가 세상을 다스릴 기회를 만나게 되면, 큰 소리를 내며 자유롭게 활동하면서 세상에서 지식을 구하게 되고 은둔의 뜻은 사그라들게 마련이다. 그래서 마음속에 울분이 격동쳐 차마 말로 하지 못하다가 자신의 큰 포부를 떨쳐 세상 사람들이 본받기를 생각하나니, 이런 까닭에 문장으로 형상화시키고 노래로 읊조리게 되는 것이다. 이러한 연고로 세상을 제도할 수 있는 재능을 지니고도 아직 그 도를 행하지 못하는 이가 문장을 짓는 것이다.
>
> 君子遭世之理, 則呻吟踊躍以求知於世, 而遁隱之志息焉. 於是感激憤悱思奮其志略以效於當世, 故形於文章, 伸於歌咏, 是有其具而未得行其道者之爲之也. (〈婁二十四秀才花下對酒唱和詩序〉)

유종원은 "스스로 자신의 불행을 운다 自鳴不幸"는 주장을 펼침으로써, 시가 창작은 발분의 심리 효능과 밀접한 관계를 맺고 있다는 종영의 주장을 이어받고 있다. 그리고 "저 유종원은 다른 능력은 없이 홀로 문장짓는 것을 좋아했을 따름입니다. ……이제 죄와 허물을 두려워하며 후회함에 몸을 숨기고 두려워 떨면서도, 이것만은 아직도 떨쳐 버리지 못하고 때때로 고개를 들고 슬픈 노래를 길게 읊조리며 마음에 쌓인 억울한 심사를 펼쳐 보이는 것입니다 宗元無異能, 獨好爲文章 ……今者畏罪悔咎, 伏匿惴慄, 獨未能去之, 時時擧首長吟哀歌, 舒泄幽郁鬱"(〈上李中丞獻所著文啓〉)라고 말하면서 자신의 논의를 보충하고 있다. 그러나 그의 '감격분비' 설은 오로지 "슬픈 노래를 길게 읊조리며 마음에 쌓인 억울한 심사를 펼쳐 보이는 것 長吟哀歌, 舒泄幽鬱"만의 문제가 아니다. 오히려 군자는 적극적으로 세상에 나아가 "자신의 마음속에 울분이 격동쳐 차마 말로 하지 못하다가 자신의 큰 포부를 떨칠 생각을 함으로써 感激憤悱, 思奮其志略" "문장으로 형상화시키고 노래로 읊조리게 된다 形於文章, 伸於歌咏"고 하였으니, 이렇게 해서 씌어진 문장이나 예술작품은 원망과 슬픔의 소리가 아니라 격정이 충만하여 자신의 정감과 의지를 드러내는 것이라 하겠다. 이렇게 볼 때, 유종원의 견해는 한유의 '불평즉명' 설보다 훨씬 긍정적이고 발전적인 논의라 하겠다.

이외에 유종원은 한유가 "내용과 사상을 크게 넓혔고, 그 문장의 표현도 자유롭게 구사한 것 閎其中而肆其外"과 상응하여 "내적으로 가득 차고 외적으로도 수식을 가해야 한다 有乎內而飾乎外"는 견해를 제시하고 있다. 그는 〈송두려응수재남유서送豆盧膺秀才南游序〉에서 다음과 같이 말하였다. "군자는 내적으로 빈곤하면서 외향만 화려한 것이나, 안으로 가득 차 있으면서도 밖으로 수식하지 않는 것을 병으로 생각한다. 내적으로 아무것도 없으면서 겉으로만 치장한다면 빈 배가 쉽게 뒤집히는 것처럼 함정에 빠지기 쉬우니 재앙이 이보다 큰 것이 있겠는가! 내적으로 충만하되 외적으로 수식치 않는다면, 가래나무 같은 좋은 재목을 땔감으로 사용하고 옥덩어리를 깨뜨리는 것과 같으니, 어느것이 이보다 부끄럽겠는가! 君子病無乎內而飾乎外, 有乎內而不飾乎外者. 無乎內而飾乎外, 則是設覆爲阱也, 禍孰大焉! 有乎內而不飾乎外, 則是焚梓毁璞也, 詬孰甚焉!" 물론 이 문장은 문장의 내용과 형식의 문제에 치중하여 논의를 전개하고 있다. 그러나 그 속에는 작가는 내심의 수양이 있어야만 비로소 문장을 제대로 드러낼 수 있다는 견해가 들어 있다.

총괄컨대 한유·유종원의 문예심리학 사상은 중국 고전미학 사상 가운데 '발분저서' 설의 연장선상에 있는 것이라 할 수 있다. 이러한 견해는 이미 굴원屈原(B.C. 340-227)의 《초사》까지 소급된다. 그는 "슬퍼 노래하다 근심이 일어나니, 울분을 발하여 정감을 토로한다 惜誦以致愍兮, 發憤以抒情"(《九章·惜誦》)고 하였다. 그러나 심리학의 범주에서 본다면, 그보다 더 오래 전인 공자까지 거슬러 올라가게 된다. "마음으로 통달하려고 하되 되지 않아 애태우지 않으면 그 뜻을 열어 주지 않고, 말로 하지 못하고 애태우지 않으면 그 말문을 열어 주지 않는다. 不憤不啓, 不排不發" "그 사람됨이 발분하면 밥을 먹는 것도 잊어버리고, 이치를 깨달으면 즐거워 근심을 잊고 장차 늙음이 다가오는 것도 모른다. 其爲人也, 發憤忘食, 樂以忘憂, 不知老之將至也" 공자는 이처럼 발분의 심리학적 효용에 대해 인지하고 있었던 것이다. 이후 《회남자淮南子·본경훈本經訓》에서는 발분의 심리적 변화과정에 대해 다음과 같이 말한 바 있다. "사람의 본성은 마음에 우환이 있으면 슬프고, 슬프면 애달프고 애달프면 분하게 여기고 분하게 여기다 보면 성이 나며, 성이 나면 움직이고 움직이면 손과 발이 가만히 있지를 못한다. 人之性, 心有憂喪則悲, 悲則哀, 哀事憤, 憤斯怒, 怒則動, 動則手足不靜" 이렇게 볼 때, 한유의 '불평즉명'은 확실히 이러한 논의의 연장선상에 있음을 알 수 있다.

그러나 무엇보다 가치 있는 것은, 역시 한유와 유종원이 이미 예술창작에서 창작주체가 가지게 되는 일종의 배설의 심리과정을 파악하여 '선설渲泄' 설을 내놓았다는 것이다. 이미 언급한 바 있는 '울중설외鬱中泄外'·'기성언의氣盛言宜'·'불평즉명不平則鳴'·'이문위희以文爲戲'·'감격분비感激憤悱'·'유내식외有內飾外'·'서설유육舒泄幽鬱' 등 모든 것이 '선설'의 심리과정에 속한다.

'설泄'의 개념은 이미 오래 전부터 쓰여졌다. 예를 들어 《좌전·소공昭公 20년》의 기록에 의거하면, 상고시대 사백史伯과 안자晏子가 대화할 때 '설泄'의 개념을 사용한 바 있다. "……요리사가 그 맛을 조리하여 시고 짠것을 조제하여 맛을 내는 데, 시거나 짠맛이 부족하면 더 집어넣고 지나치게 시거나 짜면 물을 넣어 덜 시거나 덜 짜게 만든다. ……宰夫和之, 齊之以味, 濟其不及, 以泄其過" 여기서 '설'은 감減의 뜻이며, 전체 문장은 주로 미각의 '조화〔和〕'에 대해 말한 것이다. 이외에도 《좌전》에서는 음악을 예로 들면서 어떻게 하면 '상성相成'하고, 어떻게 하면 '상제相濟'한다는 것에 대해서도 언급하고 있다. 그러나 이 역시 예술창작은 창작주체가 지니고 있는 내심의 정감이 흘러 나오는 것이라는 한유나 유종원의 논설과 직접적인 연관이 있는 것은 아니다.

한유와 유종원이 '서설舒泄'이라고 이름지은, 예술창작과 예술감상 과정에서 볼 수 있는 일종의 배설작용에 대한 연구는 중국의 경우 그리 활발치 않았다. 그렇기 때문에 그들의 '서설'설은 우리들에게 시사하는 바가 더욱 큰 것이다. 예술의 오락적인 기능의 측면에서 본다면, 감정의 '발설發泄'은 인간의 생리적인 면은 물론이거니와 심리적인 면에서도 두루 좋은 효과를 가져다 준다. 그래서 한 서구 학자는 다음과 같이 말한 적이 있다. "오락이나 기분풀이와 같은 목적 없이 행하는 일들은 일상생활에 필수불가결한 한 부분으로 심리학과 생리학의 관점에서 볼 때, 왕성한 정력을 유지하고 생성케 하며 활동적인 기능을 자극하고 강화하는 데 필요한 것이다."[3] 과연 한유와 유종원의 '서설'설은 이러한 면에서 인식을 같이한다고 할 수 있을 것이다.

제3절 사공도의 감상심리학

사공도司空圖(837-908)의 자는 표성表聖이며, 하중河中 우향虞鄉(지금의 산서성 永濟縣) 사람이다. 그는 만당 시기의 시인이자 시평론가이다. 저서에는 《시품詩品》과 《사공표성문집司空表聖文集》·《사공표성시집司空表聖詩集》이 있다. 사공도의 시론은 그의 시작詩作보다 영향력이 더 크다고 할 수 있는데, 그의 시론과 미학사상은 그의 《시품》에 잘 나타나 있으며, 이외에 〈여이생론시서與李生論詩書〉·〈여왕가평시서與王駕評詩書〉·〈여극포서與極浦書〉·〈제유유주집후서題柳柳州集後書〉·〈시부찬詩賦贊〉 등의 서신과 문장에서도 엿볼 수 있다.

기존의 논자들은 시학과 미학의 측면에서 사공도의 저작을 연구해 왔는데 그의 《시품》, 그 중에서도 특히 시가의 품격론에 중점을 두었다. 물론 이는 합리적인 연구방식이라 할 수 있다. 그러나 사공도는 시가예술의 심리에 대해서도 심도 있는 논의를 하였으며, 당연히 그의 《시품》이나 그외의 문장에는 심리학 사상이 짙게 배어 있다고 할 수 있다. 근년에 사공도의 문예심리학 사상을 중점적으로 연구한 창광원暢廣元의 저서가 출간되어 사공도 연구의 영역을 넓혀 주었다.[4] 그는 사공도의 《시품》을 시가창작심리학이라고 칭하고 있는데, 필자의 경우는 이보다 오히려 시가감상심리학이라 부르는 것이 더 적절하리라고 생각한다. 왜냐하면 사공도의 저작에 시가창작심리적인 요소가 담겨 있는 것은 사실이지만, 이보다 시가 감상에 관한 심리 내용이 더욱 많이 실려 있기 때문이다.

시가창작심리에 있어서 사공도는 《시품》에서 시가 본체론과 〈사여경해思與境諧〉설을 제기하고, 시가감상심리에 있어서는 《시품》에 나오는 '삼외三外' 설을 제기하고 있다.

먼저 시가 자체의 문제, 즉 시가 본체론에 대해 살펴보겠다. 사공도는 시(예술)의 본질은 '도'를 표현하는 데 있다는 전제하에 주관과 객관의 통일을 중시하였다. 《시품》 24칙은 모두 이 문제에 대해 언급하고 있다. 예를 들면 다음과 같다. "도와 더불어 나아가니 손만 대면 봄을 이룬다. 俱道適往, 著手成春"(〈自然〉) "도를 좇아 호연지기로 돌아가니 처함에 거리낌이 없는 것이다. 由道返氣, 處得以狂"(〈豪放〉), "도는 스스로 일정한 그릇이 되지 않으며, 만물에 따라 둥글기도 하고 모나기도 한다. 道不自器, 與之圓方"(〈委曲〉) "모든 것이 큰 도와 흡사하여 교묘하게 세속과 맞아떨어진다. 俱似大道, 妙契同塵"(〈形容〉) 사공도는 노장老莊의 도가를 숭상했으니, 그가 말하는 '도'는 기본적으로 도가의 도, 현학의 도이다. 그러나 사공도는 특히 도를 표현하는 데 있어서 '진眞'·'물物'과 연계시킬 것을 강조하고 있다. 예를 들면 다음과 같다. "소박함을 체득하고 깨끗함을 쌓아 달을 타고 참됨으로 돌아간다. 體素儲潔, 乘月返眞"(〈洗煉〉) "그곳에는 진정한 주재자가 있어 그와 더불어 가라앉고 떠오른다. 是有眞宰, 以之沉浮"(〈含蓄〉) "그것에는 참된 자취 있으나 알 수 없는 것과 같다. 是有眞迹, 如不可知"(〈縝密〉) 이러한 토대하에서 사공도는 시가의 창작은 반드시 물상을 묘사해야 한다고 하였으니, 허인방許印芳이 말한 대로 《시품》 24칙의 기본 특징은 바로 "외물에 견주어 형상을 취하고 도의 존재를 목격한다 比物取象, 目擊道存"[5]는 것으로 개괄될 수 있을 것이다.

《시품》에서도 역시 창작과 심미과정에서 주관의 능동적인 역할을 중시하고 있다. 〈소야疏野〉에 보면 이를 확인할 수 있다.

> 본성적으로 편안하게 생각되는 바를 따라, 천성대로 취하고 얽매이지 않는다. 물건을 제어하여 많지 않아도 스스로 부유하다 여기고 진솔함을 기다린다. 소나무 아래 집을 짓고, 두건(幅巾) 벗고 시를 본다. 그저 아침이나 저녁을 알 뿐 어느 때인지를 애써 가리지는 않는다. 어쩌다 기분이 흡족할 때도 있으나, 어찌 반

드시 그렇게 되고자 할 필요가 있겠는가. 천성적으로 내버려두어야 하니 이래야만 진솔함을 얻을 수 있게 되리.

惟性所宅, 眞取弗羈. 控物自富, 與率爲期. 築室松下, 脫幅看詩. 但知旦暮, 不辨何時. 倘然適意, 豈必有爲. 若其天放, 如是得之.

〈소야〉에 대해 손연규孫聯奎는 "진솔 두 글자가 아닌 것이 없다 無非率眞二字"고 하면서, "오로지 참된 본성만 있는 까닭에 진정한 정감이 존재하고, 진정한 정감이 있으니 진정한 시가 있을 수 있다 惟有眞性, 故有眞情, 有眞情, 故有眞詩"[6]고 해석한 바 있다. 전편을 살펴보면 과연 사공도가 시인의 진실된 정감의 자연스러운 표현을 강조하고 있으며, 창작과 심미에 대한 진실한 정감을 긍정하고 있음을 쉽게 알 수 있을 것이다. 다음 〈실경實境〉에서는 다음과 같이 말하고 있다.

말을 취함이 심히 곧고, 구상이 평이하고 깊지 않다. 홀연 은자를 만나니 큰 도의 마음을 만난 듯싶다. 맑은 골짝의 물굽이며 푸른 소나무의 그늘. 한 객은 나무를 지고 있고, 한 객은 거문고 소리를 듣고 있다. 정성이 도달한 것이지 묘함을 인위적으로 찾을 수는 없다. 하늘에서 천연적으로 와서 만난 것이니 맑고 조화로운, 얻기 어려운 소리라.

取語甚直, 計思匪深. 忽逢幽人, 如見道心. 淸澗之曲, 碧松之陰. 一客荷樵, 一客聽琴. 情性所至, 妙不可尋. 遇之自天, 冷然希音.

이는 예술창작이란 객관의 물상과 주관의 성정이 천연의 합일을 이룬 것으로 주관과 객관의 통일임을 설명하고 있는 것이다. 철학관이나 예술관에 있어서 분명 사공도는 객관적 유심론자이다. 그러나 시의 본질에 대한 그의 견해는 매우 전반적이며, 변증적인 요소가 강하다.

다음으로 의경意境의 심리적 구조에 관해 사공도는 〈사여경해思與境諧〉설을 제시하고 있다.

황하와 분하의 쌓인 기〔객관 사물에서 표출되는 무형의 강한 기운〕는 마땅히 사람에게 계승되나니. 지금 왕생이 그 사이에 우거하여 침잠한 지 더욱 오래라. 오언시에서 얻은 바 있어 사와 경이 조화를 이루는 장점을 지녔으니, 이에 시인들이 숭상하는 바가 되었다.

河汾蟠鬱之氣, 宜繼有人. 今王生者寓居其間, 沉積益久, 五言所得, 長於思與境偕, 乃詩家之所尙者. (〈與王駕評詩書〉)

위 인용문에 나오는 '사思'의 개념에 대해 어떤 이는 사상·감정으로, 또 어떤 이는 유협의 '신사神思' 개념으로 해석하고 있다. 그러나 이러한 해석은 모두 정확한 것이 아니다. '사'는 주관적 심정과 의사意思를 뜻하며, '경境'은 객관적 자연과 사회의 물상物象이나 현상을 뜻한다고 보는 것이 타당하다. 그렇다면 사공도가 말한 '사여경해'는 예술의경의 본질을 설명한 것으로, 의경은 주관적인 것이자 또한 객관적인 것이며, 심리적인 것이자 동시에 자연적인 것으로서, '심'과 '경'의 합일이며 '심'과 '물'의 통일체라는 뜻이다. 다시 말해 예술의상은 시인의 주관과 자연의 객관이 통일을 이룬 것으로, 결국 '심'과 '물'이 융화된 결과라는 뜻이라 할 수 있다.

사공도가 말하고 있는 '사여경해'에는 세 가지 정황이 있을 수 있다. 그 하나는 '사思'가 '경境'으로 나온다는 것으로 '경景'을 접하여 '정情'이 나오는 경우이다. "흐르는 물에서 (조아기를) 따고 또 따는 생기발랄한 멀리 펴진 봄 采采流水, 蓬蓬遠春"과 같이 아름다운 경관으로 인해 시정詩情이 일어나고, "큰 도는 날로 멀어지니 누가 웅대한 재주를 지닌 자인가? 大道日往, 若爲雄才"와 같이 난세의 비통한 느낌을 표현하였다. 둘째는 '정情'으로 '경景'을 모으고, '뜻〔意〕'으로 인하여 '상象'을 취하는 경우이다. 예컨대 〈광달曠達〉에서 묘사하고 있는 연몽煙夢·묘첨茆檐·소우疎雨·남산南山 등은 모두 어느것에도 구애받지 않는 주관적인 심리색채로 채색되어 있다. 셋째는 '사思'와 '경境'의 합일로 물物과 아我 양자를 모두 잊어버린 경우이다. "묘하게 자연에 이르렀으니 누가 함께 하겠는가. 妙造自然, 伊誰與裁"(〈精神〉) "정성이 이르는 것이지 교묘함을 스스로 찾지는 않는다. 情性所至, 妙不自尋"(〈實境〉) "떨어지는 꽃은 말이 없고 사람은 담담하기가 국화와 같네. 落花無言, 人澹如菊"(〈典雅〉) 이상의 것들은 모두 '사'와 '경'이 자연스럽게 결합한 예라 할 수 있다.[7]

사공도의 '사여경해'설은 왕창령의 의경론에서 발전되어 나온 것이다. 왕창령은 《시격》에서 다음과 같이 말하였다. "시에는 세 가지 격이 있다. 첫째는 생사격이다. 오래도록 정밀한 사유를 해보아도 의상이 맺혀지지 않고 힘이 빠지고 지혜가 고갈되니, 정신과 심사를 편안하게 놓아두면 시심詩心이 우연히 경계와 어울려 문득 구상이 생기게 된다. 둘째는 감사격이다. 전대의 언사를 음미하고 옛 작품들을 읊조리다 보면 느낌이 와서 생각이 일게 된다. 셋째는 취사격이다. 물상에서 찾아보고, 마음이 그 경지에 들어가 정신과 외물이 어울리면 마음으로부터 얻게 된다. 詩有三格, 一曰生思. 久用精思, 未契意象, 力疲智竭, 放安神思, 心偶照境, 率然而生. 二曰感思. 尋味前言, 吟諷古制, 感而生思. 三曰取思. 搜求於象, 心入於境, 神會於物, 因心而得" 여기서 말하고 있는 이른바 '삼격三格'이란 의경을 만들어 내는 세 가지 정황을 말하는 것이다.

먼저 '생사生思'는 마음의 생각이 우연히 '경'에 의해 촉발되는 것이며, '감사感思'는 '경'에 의해 느낌을 받음으로써 마음의 생각이 일어나는 것이다. '취사取思'는 '경'으로부터 마음의 생각을 얻는 것이다. 사공도가 열거한 세 가지 정황은 모두 왕창령의 '삼격'을 답습한 것이다. 이는 모두 '심입어경'·'사여경해'를 강조한 것으로, 이에 따라 마음과 물이 서로 감응하여 동일하게 된다는 뜻이다. '심경계합心境契合'과 '사여경해思與境偕'는 당대 의경설 가운데 하나의 큰 특징이다. 중국의 의경설은 이들을 통해 이론적 전환기를 맞이하였고, 더욱 완숙되기에 이르렀다. 아울러 이후 의경에 관한 논의는 대부분의 경우 이를 토대로 하여 발전한 것이라 할 수 있다. 예를 들어 명대 왕세정王世貞의 '신여경해神與境偕'·'흥여경해興與境偕'는 모두 사공도의 '사여경해'를 모방한 것이다. 이렇듯 '사여경해'는 중국 의경심리학의 가장 큰 특징이라고 할 수 있다.

셋째, 시의 감상심리 문제에 있어서 사공도는 '삼외三外'설, 즉 '상외지상象外之象'·'운외지치韻外之致'·'미외지지味外之旨'를 내놓고 있다.

먼저 '상외지상'에 대해 살펴보면, 사공도는 〈여극포서與極浦書〉에서 다음과 같이 말하고 있다.

대용주(이름은 叔倫, 중당 때의 시인이다)는 "시가에서 말하는 경은 예를 들어 남전산에 햇살이 따사롭고, 좋은 옥에 상서로운 기운이 깃드는 것 같아 가히 볼 수는 있으되 눈앞에 가져다 놓을 수는 없는 것이다"라고 하였다. 모습 밖의 모습, 경치 밖의 경치를 어찌 쉽게 이야기할 수 있겠는가!

戴容州云, "詩家之景, 如藍田日暖, 良玉生煙, 可望而不可置於眉睫之前也." 象外之象, 景外之景, 豈容易可談哉!

사공도는 여기에서 '상외지상, 경외지경'의 문제를 거론하고 있는데, 이 해석에 대해서는 학자들의 의견이 분분하다. 어떤 이는 전자의 '상'과 '경'은 객관적으로 존재하는 자연계와 사회생활에서의 구체적인 사물이며, 후자의 '상'과 '경'이 바로 '예술형상'이라고 한다. 또한 어떤 이는 전자의 '상'은 구상具象이며, 후자의 '상'은 의상意象이라고 해석하기도 한다. 사실 이러한 해석들은 사공도의 이 설에 대한 미학적인 의의를 축소시키는 것이다. 필자의 이해에 따르면 '상외지상, 경외지경'은 예술감상 과정에 있어서의 상상심리학의 내용을 포함하고 있다. 전자의 '상'은 예술형상이어야 하며, 전자의 '경'은 예술의 경이어야 한다. 단 사공도는 예술감상 과정에서 심미주체는 전자의 '상,' 전자의 '경'에 만족해서는 안 되며 예술형상과 예술의 정황을 이해하는 토대하에서 자신의 상상이란 심리활동을 통해 예술작품 속에서 예술형상에 토대를 두고 있으면서도, 또한 예술형상을 뛰어넘는 아름다움을 깨달아야 한다는 것이다. 이것이 바로 대용주戴容州가 말한 바 "시가에서 말하는 경은 예를 들어 남전산에 햇살이 따사롭고, 좋은 옥에 상서로운 기운이 깃드는 것 같아 가히 볼 수는 있으되 눈앞에 가져다 놓을 수는 없는 것이다 詩家之景, 如藍田玉暖, 良玉生煙, 可望而不可置於眉睫之前也"라고 한 것이다.

이것과 같은 의미로 사공도는 "형상 밖으로 초월하여 그 묘리를 얻는다 超以象外, 得其環中"(〈雄渾〉)고 말한 바 있다. 여기서 '환중環中'은 《장자 · 제물론》에 나오는 말이다. "중추中樞가 되어야만 비로소 둥근 고리의 중심을 얻어 무궁한 변화에 응하게 된다. 樞始得其環中, 以應無窮" 이처럼 환環은 문미와 문지방을 잇는 지도리의 텅빈 부분으로, 지도리를 끼워야만 문이 매끄럽게 돌아갈 수 있듯이 환의 효용은 허虛에 있다고 할 수 있다. 결국 "형상 밖으로 초월하여 그 묘리를 얻는다"는 말은, 예술을 감상할 때 예술형상의 구체적인 의미를 초월하여 자유로이 예술적인 상상을 펼쳐야만 유한의 경지로부터 무한의 경지로 나아갈 수 있음을 뜻하는 것이다.

사공도는 이외에도 '상'을 여러 곳에서 언급하고 있다. 예를 들면 "형상을 드리워 문장을 드러낸다 垂象著文"(〈注愍征賦〉), "원태〔천지가 있기 전의 혼돈상태〕에 형상이 응결된다 元胎凝象"(〈成均諷〉), "형상을 읊어 정감을 좇는다 賦象緣

情"·"가슴속에 1만 가지 형상을 지닌다 胸襟萬象"(〈擢英集述〉) 등을 들 수 있다.

이상에서 살펴볼 때, 사공도는 예술창작에 있어서 예술의상과 예술형상의 문제를 중시했음을 알 수 있다. 그러나 다른 한편으로 "모습 밖의 모습 象外之象"이나, "형상 밖으로 초월할 것 超以象外"을 주장한 것을 보면, 사공도의 논의가 기존의 의상론意象論과 완전히 일치한다고 말할 수는 없다.

다음으로 '운외지치'에 대해 살펴보기로 한다. 사공도는 《여이생론시서與李生論詩書》에서 다음과 같이 말하였다.

> 시는 여섯 가지 뜻, 육의로 관통되니 곧 풍유·억양·정축[물이 고여 있듯 모여 있다는 뜻으로 함축의 의미이다]·온아가 모두 그 사이에 있는 것이다. 그러나 얻은 바를 곧이곧대로 내놓고, 풍격으로 절로 기묘할 수 있어야 한다. 전대에 여러 시인들의 시집을 보면 이 점에 있어서 두루 공교롭지는 않았는데, 하물며 그 아래에 속하는 이들에 있어서랴! 왕유와 위응물은 맑고 조용하며 정교하고 치밀하여 풍격이 그 마음속에 들어 있으니, 어찌 굳세고 강함에 방해를 받겠는가? 가도賈島의 시는 실로 경구는 있으나, 그 전편을 읽어보면 시가의 내용이 공허하고 대개가 어렵고 난삽한 데 의지하여 자신의 재주를 보이고 있으니, 이는 체재가 마련되지 않은 것이다. 하물며 그 아래에 속하는 이들의 시에 있어서랴! 아하! 가까운 듯하면서도 부화하지 않고 시적 경계가 심원하면서도 뜻이 다하지 않은 연후에야 가히 운을 넘어선 별취를 할 수 있는 것이다.
>
> 詩貫六義, 則諷諭, 抑揚, 渟(停)蓄, 溫雅, 皆在其間矣. 然直至所得, 以格自奇. 前輩諸集亦不專工於此, 矧其下者耶! 王右丞, 韋蘇州澄澹精致, 格在其中, 豈妨於遒擧哉! 賈浪仙誠有警句, 視其全篇, 意思殊餒, 大抵附於蹇澁, 方可致才, 亦爲體之不備也, 矧其下者哉! 噫! 近而不浮, 遠而不盡, 然後可以言韻外之致耳!

본문에서 말하고 있는 '운외지치'는 주로 예술작품에 표현되는 창작주체의 인격미의 문제에 해당된다. 어떤 이는 '운외지치'와 '언외지의言外之意'를 같은 것으로 취급하여 '운韻'은 시의 언어를, '치致'는 정취를 가리키는 것으로 생각하고 있는데 이는 적절치 못한 생각이다.

중국 문예심리학사에서 '운'의 유래에 대해 살펴보면, 운이란 것이 하나의 문예심리학 개념임을 쉽게 알 수 있다. '운'은 본래 화해의 소리를 뜻한다. "동일한 소리가 서로 응하는 것을 일러 운이라 한다. 同聲相應謂之韻" 그러나 위진시대에 들어오면, '운'을 이용하여 인물의 정신풍모를 품평하게 되었으니, 《세설신어·임탄任誕》에서 "완혼이 장성하여 풍기나 운도가 아비를 닮았다 阮渾長成, 風氣韻度似父"고 한 것이나, 《문선》에 실린 왕중보王仲寶의 《저연비문褚淵碑文》에서 "운우가 넓고 깊어 기쁨이나 성냄이 보이질 않았다 韻宇宏深, 喜慍莫見其際"라고 한 것 등을 예로 들 수 있다. 여기에 나오는 '운도韻度'나 '운우韻宇'는 한 개인의 정신적 품격을 가리키는 것이다. 남제南齊 때 사혁謝赫에 이르면 '운'의 개념이 화론에 차용되기 시작한다. 특히 기와 연계시켜 이른바 '기운생동氣韻生動' 설이 나오게 되었다. 사혁은 이를 통해 회화에 창작주체의 정신적인 면모와 심리적 리듬이 표현되어야 함을 주장했는데, 이에 대해서는 이미 앞에서 여러 차례 언급한 바 있다.

한편 소자현蕭子顯과 유협劉勰·배자야裵子野 등은 이를 문학평론에 도입하였다. 소자현은 "문장이란 정성의 풍취 있는 표지이며, 신명스런 음악이다. 생각을 온양하고 붓을 머금고 마음을 노닐어 안에서 움직이고, 말을 놓아 종이에 쓰면 기운이 저절로 이루어진다 文章者, 情性之風標, 神明之律呂也. 蘊思含毫, 游心內運, 放言落紙, 氣韻天成"[8]고 하였고, 배자야는 "높은 재주와 뛰어난 운 高才逸韻"[9]이라 하였다. 이는 모두 '운'의 개념을 통해 예술작품에서 표현되는 인간의 기질을 평가한 것들이다. 그리고 이러한 기질은 '마음을 노닐어 안에서 움직이는(游心內運)' 심리과정으로 형성되는 것이었다.

사공도가 말한 '운' 역시 이것과 기본적으로 뜻을 같이한다. 이는 사공도가 '운'을 '격格'과 연계시켜 말하고 있는 것에서 확인할 수 있다. "얻은 바를 곧이곧대로 내놓고 풍격으로 절로 기묘할 수 있어야 한다. 直致所得, 以格自奇" "빙점 아래 고요한 물을 흔들면 얼게 되는데, 그것은 옥돌처럼 맑지는 않습니다. 기가 맑으면 그윽하여 만상이 한 거울 같습니다. 생기 있고 기쁜 듯 뜬 구름을 업신여겨 바라보나니, 그대의 품격을 우러르고 그대의 시문을 칭찬하나이다. 水渾而氷, 其中莫瑩, 氣澄而幽, 萬象一鏡. 躍然栩然, 傲睨浮雲. 仰公之格, 稱公之文"(〈李翰林寫眞贊〉) "쇠가 좋은 것인지 나쁜 것인지는 그 소리를 들어 보면 가히 판별할 수 있으니, 어찌 경쇠 소리보다 맑고 종소리보다 클 것인가? 그러나 작가가 글을 짓고 시를 지으면 그 사람의 격조가 가히 드러나는 것이다. 金之精粗, 考其聲可辨也, 豈淸於磬而渾於鐘哉. 然則作者爲文爲詩, 格亦可見"(〈題柳柳州

集後〉) 이러한 예문을 보면, 사공도가 '운'과 '기'·'격'을 연계시켜 입론하였음을 명백하게 알 수 있다.

이는 위진과 당대에 '기운氣韻'을 예술작품을 품평하는 척도로 삼은 것과 일맥상통한다. (예를 들어 만당의 장언원은 《歷代名畵記》에서 "옛날의 그림은 때로 형사를 버리고 작품의 골기를 숭상하여, 형사 밖에서 그 그림을 추구하였다. ……오늘날의 그림은 설령 형사를 얻는다 해도 기운이 생동하지 않는다. 기운에서 그 그림을 추구하면 형사는 저절로 그 사이에 있게 마련인 것이다 古之畵, 或能移其形似, 而尙其骨氣, 以形似之外求其畵, ……今之畵, 縱得形似而氣韻不生, 以氣韻求其畵, 則形似在其間矣"고 한 적이 있다.) 다만 서로 다른 점은 사공도의 경우, '운'에 그치지 않고 '운외지치韻外之致'를 내놓아 예술작품 자체가 표현하고 있는 '기운'을 초월한 또 다른 경계를 추구하였다는 점일 것이다. 이는 기존의 '운'론과 동시대 사람들의 '운'론에 비해 훨씬 발전된 것이다.

다음으로 '미외지지味外之旨'에 대해 살펴보기로 한다. 사공도는 〈여이생론시서與李生論詩書〉에서 다음과 같이 말하였다.

> 문장에 대해 말하는 것은 어렵습니다. 그러나 시에 대해 말하는 것은 더욱 어렵습니다. 고금에 걸쳐 시에 대해 비유한 것이 많습니다. 그러나 저는 맛을 변별할 수 있게 된 연후에야 가히 시를 할 수 있다고 생각합니다. 양자강과 오령五嶺의 남쪽에서는 무릇 입에 맞는 데 취해 쓰는 것으로 초 같은 것은 시지 않으면 안 된다고 생각해 그저 시기만 할 따름입니다. 또한 짠 소금 같은 것은 짜지 않으면 안 되는 것이어서 오로지 짜기만 하면 그뿐입니다. 중화 사람들이 굶주림을 채워 갑자기 남방 음식을 먹던 것을 멈춘다면 짜고 신것 이외에 진정 맛있는 것이 결핍되었음을 알게 될 것입니다.
>
> 文之難, 而詩之尤難. 古今之喩多矣, 而愚以爲辨於味, 而後可以言詩也. 江嶺之南, 凡是資於適口者, 若醯非不酸也, 止於酸而已. 若鹺非不鹹也, 止於鹹而已. 中華之人以充飢而遽輟者, 知其鹹酸之外, 醇美者有所乏耳. ……今足下之詩, 時輩固有難色, 倘復以全美爲工, 卽知味外之旨矣.

본문에서 사공도는 맛으로써 시를 논하고 있는데 문예심리학적 특색이 두드러진다. 중국의 경우, 심미적 '자미滋味'설이 나온 것은 이미 오래 된 일이다.

《좌전》·《국어》에서 미味와 미美의 관계가 논의된 후, 종영의 '자미'설에 이르면 이미 미味 개념이 심미심리 범주에 들어가게 된다. 미味에 대한 논의는 이미 종영의 문예심리학 사상을 다루면서 논의한 바 있기 때문에 더 이상 논하지 않는다. 사공도의 미味 개념을 통한 심미심리에 대한 묘사는 종영을 비롯한 기존의 문예가들이 논의한 것과 다른 특색을 지니고 있다.

첫째, 사공도는 '맛을 변별하는 것〔辨於味〕'에 대해 아주 세밀한 미감심리적 분석을 가했다는 점이다. 맛〔味〕은 원래가 생리반응에 관한 개념으로 인간이 모종의 물질에 대한 미각적 자극을 받아 생기게 되는 일종의 생리적 반응이다. 따라서 여러 맛 가운데에서 짠맛이나 신맛은 당연히 변별〔辨〕을 거쳐야만 구별되어진다. 그러나 사공도가 말하고 있는 '변辨'은 단순히 생리적 미각을 통한 변별만을 지적하는 것이 아니라, 심미심리의 범주에서 언급한 것이다. 그렇기 때문에 그는 "맛을 변별할 수 있은 연후에야 가히 시를 할 수 있다 辨於味而後可以言詩"고 하여, 이렇게 해야 어떤 예술양식이 '순미醇美'의 정도에 도달하였는지의 여부를 알 수 있다고 말한 것이다.

둘째, 심미주체가 판별해야 할 것은 일반적인 맛뿐만 아니라 '맛 이외의 맛〔味外之旨〕,' 즉 맛을 넘어선 맛이라는 점이다. 그는 이렇게 해야만 예술작품의 진정한 '순미醇美'와 '전미全美'를 이룰 수 있다고 보았다. 앞에서도 말한 바와 같이 사공도 이전에도 "말은 이미 다하였으나 뜻은 끝이 없다 言已盡而意無窮"라든지, "언어를 넘어선 뜻 言外之意"과 같이 유사한 견해가 적지않았다. 물론 사공도의 '미외지지味外之旨' 역시 이러한 견해와 일맥상통하는 것이다. 다만 그는 '미味'로 '언言'과 '의意'를 대체하고, 이에서 더 나아가 "자미가 있어야 한다 有滋味"고 주장하였을 뿐만 아니라 '맛을 넘어선 맛〔味外之味〕'을 추구하였던 것이다. 그렇기 때문에 그의 논의는 기존의 것보다 문예심리학적 의미가 더욱 강하다고 할 수 있다. 논자 가운데 어떤 이는 사공도가 미味를 심미적 표준으로 삼은 것이 아니며, '미외味外'의 '지旨'는 미味가 아니라 격格이라고 말한 적이 있다. 그러나 이는 편협된 견해라고 생각한다.

셋째, 사공도는 〈여이생론시서〉에서 '운외지치韻外之致'와 '미외지지味外之旨'를 동시에 거론하여, 예술작품에는 '운韻'이 있어야 하는 동시에 '미味'가 있어야 한다고 주장하였다. 이는 심미의 과정에서 심미주체의 운율감각(리듬감각)과 생리적 미감을 발전시켜 심리적 '순미醇美'감으로 통일시킨 것이라 할 수 있다. 이를 통해 사공도는 중국 문예심리학사상 처음으로 '운미韻味'설의 토대를 닦아, 이후 예술감상 심리에 대한 연구에 깊이를 더하였다.

이상에서 언급한 대로 특히 창작심리학과 감상심리학의 측면에서 볼 때, 《시품》을 위주로 한 사공도의 시론은 육기의 《문부文賦》에서 엄우의 《창랑시화滄浪詩話》로 이어지는 중요한 교량 역할을 하였다.

제4절 당대의 서법·회화심리학

당대唐代는 중국의 전성시대였다. 당시의 정치적 안정과 경제적 번영은 당대 사람들의 사회심리와 심미심리에 결정적인 영향을 끼쳤다. 이는 문예창작가와 비평가의 경우에도 마찬가지였다. 특히 창작에 종사하는 사람들은 이러한 전성시대의 생활과 인물을 표현하는 데 주력하였고, 그들의 예술작품 속에는 당대 현실을 반영하는 웅대한 기백과 미래에 대한 동경이 잘 표현되었다. 반면 심리적인 묘사는 드물어서 이론가들 역시 당대 예술품에 대해 보다 깊이 있는 이해와 사고를 지니지는 못했다. 이러한 예술현상은 서법과 회화에서도 마찬가지였다. 물론 웅대하고 수려한 서법 풍격과, 온화하고 화려하며 또한 동경과 이상이 가득 찬 회화가 주종을 이루어 작품면에서 성황을 이룬 것은 사실이지만, 당대의 서화예술심리학은 '문에 대한 자각〔文的自覺〕'과 '인간에 대한 각성〔人的覺醒〕'을 중시했던 위진시대와 성당盛唐 이후, 기존의 것들에 대한 반성에서 출발한 일련의 이론적 성과나 이를 토대로 한 송대의 성과에 비해 열세를 면치 못한다. 물론 그렇다고 당대에 가치 있는 서법예술심리학 이론이 없었던 것은 아니며, 당시의 이론 역시 주목할 만한 것이 적지않다. 예를 들자면 다음과 같다.

일찍이 손과정孫過庭은 서법예술의 서정성에 관해 논의한 적이 있었다. 손과정의 생졸연대는 미상이며 자는 건례虔禮, 진류陳留〔지금의 하남성에 속한다〕 사람으로 저서에 《서보書譜》가 있다.

서법은 사상과 정감의 표현을 특성으로 하는 표정예술로 붓의 움직임과 구도를 통해 작가의 사상과 정감을 표현한다. 손과정은 자신의 논의를 이렇게 개괄하였는데, 《서보》에서 서법예술의 이러한 표현적 특성에 대해 논술하고 있다. 그는 서법은 당연히 "작가의 정성을 전달하고 애락을 드러내야 한다 達其情性,

形其哀樂"·"작가의 본성과 욕망에 따라서 그것으로 서예의 자태를 삼아야 한다 隨其性欲, 便以爲姿"고 하였다. 이는 서법이 창작주체인 서법가의 본성과 욕망·애락으로 드러나는 정감에 순응하여 표현되어야 한다는 것을 뜻한다. 또한 그는 서법은 반드시 시가와 병행하며, 자연미를 추구해야 한다고 하였다. "감정이 움직여 언어로 드러남에 《시경》과 《이소》의 뜻을 취하고, 음양이 조화를 이루며 천지의 마음에 근본을 두어야 한다. 情動形言, 取會風騷之意, 陽舒陰慘, 本乎天地之心" 그는 그렇게 생각했기 때문에 서법 역시 "자연의 묘함을 더불어 지닐 수 있어야 한다 同自然之妙有"고 주장했다. 이는 서법예술이 지니고 있는 서정적 특징을 설명한 것이라 하겠다. 이렇게 볼 때 손과정은 중국 서법예술사와 문예심리학사에서 비교적 일찍 서법예술의 문예심리학적 특성, 즉 서법예술 역시 정을 표현하고 뜻을 드러내는 것임을 파악한 사람이라고 할 수 있다.

다음으로 장회관張懷瓘의 서법 '언묘言妙' 설을 들 수 있다.

장회관의 생몰연대는 미상이며 해릉海陵(지금의 강소성에 속한다) 사람으로 저서에 《서단書斷》·《서의書議》·《문자론文字論》·《화품畵品》 등이 있는데, 《화품》은 전하지 않는다.

장회관은 '묘妙'로써 서書를 논하여 이같이 말하고 있다. "글에 현묘를 더할 수 있어야만 加之以玄妙" 비로소 "서예의 도 翰墨之道"[10]를 이루었다고 할 수 있다. "신묘한 채색의 지극함은 희미하고 묘한 그 어떤 것에 가깝다. 神彩之至, 幾於玄微" "현묘한 뜻은 사물의 밖에서 나온다. 玄妙之意, 出於物類之表" "자연의 효험과 함께 한다. 同自然之功" "조화의 이치를 얻는다. 得造化之理"[11] 이상과 같은 언급은 모두 '묘'의 개념에 포함된다. 장회관이 여기서 말하고 있는 '묘'는 교묘하다는 뜻의 일반 형용사가 아니라 일종의 심미심리의 범주에 속하는 개념으로, 심미주체가 상상력을 통해 나름의 심리작용을 일으킴으로써 얻어지는 언어 이외의(서법예술에서는 형체 이외의(形外)) '묘'를 뜻하는 것이다. 따라서 이러한 '묘'는 '교묘한 깨달음(妙悟)'으로 얻어지는 것으로, 창작주체에 근거를 두고 심미주체와 교융·합일된 정감·의취·심정·운미韻味가 모두 포함되어 있다고 할 수 있다.

장회관의 견해와 유사하게 당대 초기의 서법가인 우세남虞世南 역시 '묘'에 대해 언급한 적이 있었다. "서도의 현묘함은 분명 마음을 깨끗이 하고 사념을 멀리하여, 지극히 미세하고 지극히 교묘한 사이에 정신으로 응하고 생각이 투철한 지경에서 존재하는 것이다. 書道玄妙, 必在澄心遠思, 至微至妙之間, 神應思徹"[12] "마음이 마음 아님을 깨달아야 묘함에 합치될 수 있다. 心悟非心, 合於妙也"[13] 이처럼 우세남은 '마음을 깨끗이 하고 사념을 멀리하며,' '정신으로 응하고 생각을 투철하게 하며(神應思徹),' '마음이 마음 아님을 깨달아야(心悟非心)' 비로소 묘를 얻을 수 있다고 하였으니, 그가 말하고 있는 '묘'의 개념 역시 완전히 심미심리 범주에 속하는 것임을 알 수 있다.

장회관의 《화품》은 애석하게도 전하지 않고 있다. 그러나 당의 주경현朱景玄이 쓴 《당조명화록唐朝名畵錄》의 서문에 《화품》의 일부 중요한 내용이 실려 있다. 그는 이렇게 말하고 있다. "장회관의 《화품》에서는 신·묘·능 3품으로 단정지어 그 품격을 나누고 있다. 그리고 다시 상·중·하 세 부분으로 나누었다. 이외에 품격 밖에서 상법에 구애되지 않는 것으로 일품逸品을 설정하여 그 우열을 드러냈다. 張懷瓘《畵品》, 斷神妙能三品, 定其品格. 上中下又分爲三. 其格外有不拘常法, 又有逸品, 以表其優劣也" 이제 주경현의 서문을 살펴보면 다음과 같다.

나는 옛사람들이 "그림이란 성스러운 것이다"라고 말했다고 들었다. 대개 (그림이) 천지자연이 이르지 못한 곳을 궁구하고, 일월이 빛을 비추지 못한 곳을 밝혀내기 때문일 것이다. 가느다란 붓을 휘두르면 만물이 모두 마음에서 나오고, 마음속의 재능을 발휘하면 천리가 손 안에 있게 된다. 정신을 옮겨 놓고 바탕을 정함에 이르러서는 붓의 운용을 가볍게 하고 흰 바탕에 펼쳐내면, 형상이 있는 것은 이에 따라 바로 서게 되고 형체가 없는 것도 이에 따라 생겨날 수 있게 된다. 그 아름다움은 서시라도 그 고운 모습을 감출 수 없고, 그 바름은 모모(황제의 네 번째 부인이라는 전설상의 추녀)라도 그 추함을 바꿀 수 없다. 이러한 까닭에 돈대나 누각에 공신을 그려 그 아름다운 공덕을 드러내고, 궁전에는 정절한 이들을 그려 그 이름을 기리는 것이다. 그 오묘함은 입신의 경지에 들어가며, 영험함은 곧 성스러운 것과 통하게 되는 것이다. ……이것이 화록을 지은 이유이다.

伏聞古人云, 畵者聖也. 蓋以窮天地之不至, 顯日月之不照. 揮纖毫之筆, 則萬類由心, 展方寸之能, 而千里在掌. 至於移神定質, 輕墨落素, 有象因之以立, 無形因之以生. 其麗也西子不能掩其妍, 其正也嫫母不能易其醜. 故臺閣標功臣之烈, 宮殿彰貞節之名. 妙將入神, 靈則通聖. ……此畵錄之所以作也.

위 인용문에서는 회화예술의 창조성과 상상성을 강조하고 있으며, "가느다란 붓을 휘두르면 만물이 모두 마음에서 나오고 揮纖毫之筆, 則萬類由心" "그 오묘함은 입신의 경지에 들어가며, 영험함은 곧 성스러운 것과 통한다 妙將入神, 靈則通聖"고 하여, 회화예술의 심리적인 토대와 더불어 '묘'의 무한한 의의를 집중적으로 개괄하고 있다. 이처럼 회화예술의 '묘'와 서법예술의 '묘'는 그 예술심리학적인 의미에서 볼 때 서로 상통한다고 할 수 있다.

세번째로 장언원張彦遠의 '묘오자연妙悟自然'설을 들 수 있다. 장언원(813-875)의 자는 애빈愛賓이며, 하동〔지금의 산서성 永濟縣〕 사람이다. 저서로는 《역대명화기歷代名畵記》 10권이 있다.

장언원은 회화를 논함에 있어서 신사神似와 묘오妙悟를 중시하고 있다.

> 무릇 사물을 그리는 데 특히 형체와 채색에 신경을 써서 곧이곧대로 갖추고자 하고, 지나치게 조심스럽고 섬세하게 그려 밖으로 교묘하고 세밀한 흔적이 드러나는 것을 꺼린다. 그러니 닮지 않음을 걱정할 것이 아니라 닮게 하고자 애쓰는 것을 걱정해야 한다. 이미 그 닮은 것을 알고 있는데, 또한 어찌 닮은 것이 필요할 것인가? 이는 닮지 않은 것이 아닌 것이다. 그러나 만약에 그 닮음을 알지 못한다면 이것이 진정으로 닮지 않음인 것이다.
>
> 夫畵物特忌形貌彩章, 歷歷具足, 甚謹甚細, 而外露巧密. 所以不患不了, 而患於了. 旣知其了, 亦何必了. 此非不了也. 若不識其了, 是眞不了也.[14]

이는 회화(예술)의 형신形神관계에 대해 묘사한 훌륭한 문장이다. 이른바 '료了'는 '형사形似'를 가리키는 말로, 그림을 그리는 데 있어서 "특히 형체와 채색에 신경을 써서 곧이곧대로 갖추고자 하고 지나치게 조심스럽고 섬세하게 그림 特忌形貌采章, 歷歷具足, 甚謹甚細" 즉 '형사形似'에 구속됨을 뜻한다. 본문에서는 계속해서 "닮지 않음을 걱정할 것이 아니라 닮게 하고자 애쓰는 것을 걱정해야 한다. 이미 그 닮은 것을 알고 있는데, 또한 어찌 닮은 것이 또 필요할 것인가? 不患不了, 而患於了. 旣知其了, 亦何必了"라고 하여 변증법적으로 논의를 풀어가고 있다. 이렇게 볼 때, 장언원은 예술창작 중에서 신神으로 형形을 통솔하는 것을 중시했음을 알 수 있다. 그렇다고 장언원이 형상을 부정한 것은 아니다. 오히려 "그러나 만약에 그 닮음을 알지 못한다면 이것이 진정으로 닮지 않음인 것이다 若不識其了, 是眞不了也"라고 하였으니, 이는 '전신傳神'의 전제하에 형신의 융합과 통일을 이루어야 함을 주장한 것이라 하겠다.

신사神似를 강조하면서 장언원은 또한 다음과 같이 말하고 있다.

> 두루 많은 그림을 관찰해 보니 고개지만이 옛 현인들을 그리면서 그 묘리를 체득했다. 그 그림을 대하고 있으면 사람들로 하여금 종일토록 싫증나지 않게 만든다. 정신을 집중하여 생각을 먼 데까지 하여 자연의 묘리를 깨닫고 있으니, 외물이나 자신을 모두 잊고 형체를 벗어나며 온갖 지혜를 떨쳐 버린다. 몸은 진실로 고목과 같이할 수 있으며, 마음은 진실로 꺼진 재처럼 할 수 있으니 또한 묘리에 이르지 않을 수 있겠는가. 이것이 이른바 그림의 도인 것이다.
>
> 遍觀衆畵, 唯顧生畵古賢, 得其妙理. 對之令人終日不倦. 凝神遐想, 妙悟自然, 物我兩忘, 離形去智. 身固可使如槁木, 心固可使如死灰, 不亦臻於妙理哉. 所謂畵之道也.[15]

중국 문예심리학사에서 본문은 매우 유명한 예술감상심리학의 한 명제이다. 장언원은 고개지顧愷之의 인물화에 대한 감상을 통해 회화를 감상하는 심미주체의 심리적인 특징을 설명하고 있다. 특히 "정신을 집중하여 생각을 먼 데까지 하여 자연의 묘리를 깨닫고 있으니, 외물이나 자신을 모두 잊고 형체를 벗어나며 온갖 지혜를 떨쳐 버린다 凝神遐想, 妙悟自然. 物我兩忘, 離形去智"는 말은 이 글의 핵심이라 하겠다. '응신하상凝神遐想'은 심미적인 주의를 집중하여 자유로운 상상을 펼치는 것이다. '묘오자연妙悟自然'은 자연에 대한 깊은 깨달음으로 형체를 이룸과 동시에, 형체를 초월함으로써 이르게 되는 심미 대상에 대한 정신적 만남의 경계를 말하는 것이다. 이러한 경계에서는 자연히 '물'과 '아,' '심'과 '경,' 주체와 객체가 저절로 융합의 지경에 이르게 되며, 작품의 '유한'으로부터 정신의 '무한'에 이르러 "형체를 벗어나며 온갖 지혜를 떨쳐 버리는 離形去智" 경지에 다다르는 것이다. 이것이 바로 예술감상의 최고 경지로, 심미주체의 생리·심리가 가장 만족스러운 상태에 이르게 된다.

이러한 예술감상 심리과정은 감성과 직각의 방식을 통해 예술작품의 정신성을 이해하는 것으로 깊은 깨달음의 과정이기도 하다. '묘오妙悟'는 중국만이 가지고 있는 특색 있는 심미심리의 범주로 장언원은 이를 간략한 몇 문장으로 개괄한 것이다. 이 개념은 이후 엄우·왕부지·왕국유 등에 의해 문예심리학 이론의 주요 범주로 응용되면서 이론적인 면에서 더욱 발전하게 된다.

장언원은 이외에도 회화예술에서의 '의意'에 대해 말하고 있다. "무릇 음양의 기가 움직이니 만물이 펼쳐진다. 현묘한 변화는 말없이 이루어지고 정신의 공교로움만이 홀로 움직인다. 초목은 꽃과 열매를 내면서도 붉고 푸른 채색이 필요한 것이 아니며, 구름이나 눈은 바람에 나부끼면서도 분을 칠해 희게 할 필요가 없다. 산은 허허로운 청색이 필요없어도 푸르기만 하고, 봉황은 오색을 더하지 않아도 찬란하다. 이러한 까닭에 묵만 잘 운용해도 오색이 모두 갖추어지는 것을 일러 득의라 한다. 오색(채색)에다 마음을 두면 물상은 어그러지고 마는 것이다. 夫陽陰陶烝, 萬物錯布. 玄化無言, 神工獨運. 草木敷榮, 不待丹綠之采. 雲雪飄颺, 不待鉛粉而白. 山不待空青而翠, 鳳不待五色而綷. 是故運墨而五色具, 謂之得意. 意在五色, 則物象乖矣"(《歷代名畵記》卷二《論畵體工用拓寫》) 이렇듯 장언원은 오색의 색, 즉 채색을 하는 것을 '현玄'이라고 하면서 수묵의 색은 "현묘한 (채색의) 변화〔玄化〕"의 모색母色에 가깝다고 간주하였으며, 이러한 까닭에 "묵만 잘 운용해도 오색이 모두 갖추어진다 運墨而五色具"고 하여 이른바 '득의得意' 지경에 들어야 함을 강조하고 있다.

계속해서 장언원은 다음과 같이 말하고 있다. "고개지의 필적은 굳세면서도 필이 이어져 있고, 순환되면서도 멀어서 아득한 듯하다. 격조는 빼어나서 바람이 몰아치고 번개가 번쩍이듯 빠르다. 뜻이 붓보다 앞서 있으니 그림이 완성된 후에도 작가의 의도한 뜻이 남아 있다. 이는 신기를 온전하게 다 해냈기 때문이다. 顧愷之之迹, 緊勁聯綿, 循環超忽. 調格逸易, 風趨電疾, 意存筆先, 畵盡意在, 所以全神氣也"(《歷代名畵記》卷二《論顧陸張吳用筆》) 여기서도 '의意'의 문제에 대해 언급하고 있다. 이른바 '의'는 회화작품에서 표현되는 작가의 초월적 생각이나 정서를 뜻한다. 그것은 심미주체의 정서가 개입됨으로써 주체와 객체가 통일되어 이루어 낸 것이라 할 수 있다.

당대 방간方干의 시 〈관항신수필觀項信水筆〉에 보면 "정신은 모두 의 속에서 생긴다 精神皆自意中生"고 하였으며, 동기창董其昌의 《화지畵旨》에서도 "불타가 말한 바대로 온갖 뜻에서 몸이 생겨나니, 내가 말한 것도 모두 마음에서 이루어진 것이다 佛所云, 種種意生身, 我說皆心造"라고 하였다. 이로 보건대 장언원이 감상한 것은 "뜻〔意〕이 붓보다 앞서 있어 그림이 완성된 후에도 그 의도한 뜻이 남아 있는 意存筆先, 畵盡意在" 고개지 작품의 '신기가 온전하게 다한〔全神氣〕'

경지임을 알 수 있다. 이러한 경지는 앞서 말한 바대로 심미주체가 "정신을 집중하여 생각을 먼 데까지 하여 자연의 묘리를 깨닫고 있으니, 외물이나 자신을 모두 잊고 형체를 벗어나며 온갖 지혜를 떨쳐 버린다 凝神遐想, 妙悟自然. 物我兩忘, 離形去智"의 지경에 들도록 최대한의 심리적 효능을 발휘함으로써 그 토대를 다진 것이라 하겠다. 이상에서 본다면, '신神'·'묘妙'·'의意'가 바로 장언원이 말한 예술감상심리학의 기본 내용임을 알 수 있다.

형호의 '응상물형凝想物形'설

형호荊浩(생몰연대 미상)의 자는 호연浩然이며, 하남의 심수沁水〔지금의 하남 濟源〕 사람이다. 저서에는 《필법기筆法記》가 있다. 형호는 먼저 '화華'와 '진眞'·'기氣'의 관계에 대해 말하고 있다. "그림은 마음속의 생각을 펼쳐내는 것이니, 물상을 헤아려 그 참됨을 취한다는 뜻이다. 사물의 외적 형식에서는 그 형식의 아름다움을 취하고, 사물의 실질적 내용에서는 그 열매를 취한다. 그러니 외적 형식만을 취하여 실질적인 내용으로 삼을 수는 없다. 畵者畵也, 度物象而取其眞. 物之華, 取其華. 物之實, 取其實. 不可執華爲實" 여기서는 '화'와 '실'의 관계에 대해 논하고 있다. 그에게 있어서 '화'는 곧 아름다움〔美〕이다. 그러나 작품을 아름답게 하는 것은 '실,' 즉 사물의 정신이자 성정이다. 그렇기 때문에 그는 "외적 형식만을 취하여 실질적 내용으로 삼을 수는 없다 執華爲實"고 한 것이다.

형호는 이어서 '비슷한 것〔似〕'과 '참된 것〔眞〕'도 분명하게 구분짓고 있다. "비슷한 그림은 그 형체만을 얻고 기를 잃은 것이고, 참된 그림은 기와 질 모두를 충분히 드러낸 것이다. 似者得其形, 遺其氣. 眞者氣質俱盛" 여기서 '비슷한 것'은 다만 객관적으로 사물의 외형을 묘사한 것이며, '참된 것'은 사물의 기운의 느낌〔氣韻感〕과 생명감을 표현한 것이다. 그래서 참된 그림은 "기와 질이 모두 충분히 드러나고 있다 氣質俱盛"고 말한 것이다. 그가 이처럼 '진眞'을 중시한 것은 사실이지만, 그렇다고 '사似'를 완전히 무시한 것은 아니다. 따라서 그는 회화창작은 '사'와 '진'이 통일되어, 형체와 정신을 두루 드러낼 수 있어야 한다고 주장하였다. 그는 '진'과 '사'의 관계에 가장 중요한 것은 사물의 기氣를 표현하는 데 있다고 하였다. 여기서 말하고 있는 '기'는 심미객체의 입장에서 볼 때 사물의 본체이자 생명감이며, 심미주체의 입장에서 본다면 심미창조의 자유감, 즉 "마음을 따라 붓을 움직여 상을 취함에 미혹됨이 없는 心隨筆運, 取象不

惑" 확고한 신념이자 자유로움이라 할 수 있다.

이외에도 형호는 '진眞'과 '실實'에 대하여 언급한 바가 있다. 그가 말하는 '진'과 '실'은 단순히 생활의 진실을 의미하는 것이 아니다. 오히려 주체와 객체의 정신과 원기, 그리고 생명감이 충만한 상태에서 주체와 객체가 상호 융합된 예술의 진실을 뜻한다고 할 수 있다.

또한 형호는 《필법기》에서 심미주체의 내적 수양 문제에 대해 언급한 바 있다. "즐기려는 욕망은 삶에 있어서 도적과 같다. 저명한 현인들이 마음대로 거문고나 그림·책 등을 즐긴 것은 이러한 취미를 대신하여 잡된 욕망을 제거하기 위함이다. 그대가 이미 그림에 매우 친해져 있으니, 오로지 시종일관 배워야 할 것으로 기약하고 중도에서 그쳐서는 안 된다. 嗜欲者生之賊也. 名賢縱樂琴書圖畵, 代去雜欲. 子既親善, 但期終始所學, 勿爲進退" 이는 욕망을 버려야 정신을 도야할 수 있으며, 주의를 집중해야 일의 시작과 끝을 잘 매듭지을 수 있다는 뜻이자, 이렇게 해야 마음의 텅빈 상태, 즉 허정虛靜의 경지를 유지하여 마음과 물상이 서로 관통할 수 있게 되고, 아울러 "기와 질이 모두 충분히 드러나 있는 氣質俱盛" 회화작품을 창작할 수 있다는 뜻이기도 하다.

《필법기》에서는 또한 '기氣·운韻·사思·경景·필筆·묵墨'의 '육요六要'를 제시하여 사혁의 '육법六法'을 대신하고 있다. 그 가운데 특히 '사'는 상상력에 관한 것이라 할 수 있다. "사思라는 것은 깎고 덜고 크게 요약하여, 생각을 응축시켜 사물을 형태짓는 것이다. 思者, 刪撥大要, 凝想物形"[16] 이처럼 형요는 '사思'를 통해 예술창작의 수련과정 중에서 상상력을 발휘할 것을 특히 강조하고 있다. 이상에서 간단하게 형호의 화론에 대해 살펴보았다. 그의 화론은 주로 산수화론으로, 물상의 정성과 정신 그리고 생명감을 창조하는 것을 강조했으며, 아울러 창작주체의 문제로 내심의 수양과 예술적 상상력의 발휘를 특히 중시했다고 할 수 있겠다.

장조의 '중득심원中得心源' 설

장조張璪는 자가 문통文通이며, 강소성 오군吳郡 사람이다. 그는 당대 화풍에 적지않은 영향을 끼친 사람으로 중국 회화심리학에 있어서도 중요한 인물이다. 장조의 저서로 《회경繪境》이 있다고 하나 애석하게도 전하지 않는다. 그러나 《역대명화기》에 그에 대해 비교적 상세한 설명이 있어 그 대강을 알 수 있다.

예를 들면 장조는 "스스로 《화경》 한 편을 찬술하여 그림의 요결을 말했고, 글은 많이 싣지 않았다 自撰《畵境》一篇, 言畵之要訣, 詞不多載"는 기록이 전한다. 특히 《역대명화기》에 장조의 "밖으로 조화를 배우고, 안으로 마음의 근원을 얻는다 外師造化, 中得心源"라는 중요한 명제가 실려 있는데, 이를 통해 장조는 중국 회화사와 미학사, 그리고 예술심리학사에서 확고부동한 나름의 위치를 차지할 수 있었다.

"밖으로 조화를 배우고, 안으로 마음의 근원을 얻는다"는 말은, 일면 예술창작심리학의 명제라 할 수 있다. 만약 이 두 구절만 전해 온다면 너무 추상적이기 때문에 정확한 이해가 힘들 것이다. 다행히도 부재符載가 쓴 《강릉육사어택연집江陵陸侍御宅燕集》의 〈관장원외화송석서觀張員外(張璪)畵松石序〉가 있어 장조가 송석松石을 그린 과정이 기록되어 있다. 그래서 이를 읽어보면 장조의 '외사조화外師造化, 중득심원中得心源'을 이해하는 데 많은 도움이 될 것이다.

상서사부랑 장조는 자가 문통이다. 단청을 그리는 것에 있어서는 세상에 둘도 없는 교묘한 재주를 지녔다. 천지의 빼어난 재주가 장공의 붓끝에 모인 것일까? 처음부터 장공은 이름을 날려 세상에 크게 빛났으니, 장안에 있을 적에는 호사가들인 경상대신들이 장공에게 정성을 다하였다. 장공은 정확한 그림 솜씨를 타고났기에 귀한 이들의 집에 머물렀으며, 그런 까닭에 다른 이들이 함부로 만날 수가 없었다. 머무른 지 얼마 안 되어 무릉군 사마로 폄적貶謫되었는데, 관청의 일이 한가롭자 조용히 관사에서 머물게 되었다. 그래서 선비들이나 군자들은 이에 종종 귀한 보물을 얻을 수 있게 되었다. ……가을철 9월에 육심원이 집에서 잔치를 베풀었는데 벼슬아치들이 몰려들고 술상이 깨끗하게 차려졌다. 정원에는 대나무가 비 개인 뒤라 성기고 상큼하여 가히 어여삐 여길 만했다. 장공은 갑자기 영감이 떠올라 그리고자 하였다. 그래서 급하게 흰 비단을 청하면서 기이한 필적을 휘두르고 싶다고 하였다. 주인도 기뻐하면서 벌떡 일어나며 화답하였다. 이때 앉아 있던 손님들 가운데 유명한 인사가 24명이었다. 이들이 장공 좌우로 서서 시선을 모아 그를 쳐다보았다. 장공이 그들 가운데에서 다리를 뻗고 앉아 기氣를 고무시키니 신묘한 기운이 비로소 발하였다. 그것이 사람들을 놀라게 하여 마치 번쩍이는 번개가 허공을 떨치고, 놀라운 태풍이 하늘을 어그러뜨리는 듯하였다. 붓을 움직임에 있어 붓을 꺾어 돌리듯 재빨리 휘두르니 언뜻 붓이 펼쳐졌다. 붓은 휘날리고 먹물이 분출하는데 손바닥이 찢어질 듯 문질렀다. 문득 필묵이 떨어지고 합치는 듯한데 홀연 괴이한 형상이 생겨났다. 그림이 완성되니 소나무는 촘촘하게 들어섰고 돌은 울퉁불퉁하며, 물은 가득 괴어 있고 구름은 아득하게 멀리 떠 있다. 붓을 던지고 사방을 돌아보니 마치 뇌우가 막 그치고 난 뒤, 만물의 성정이 드러나는 듯하였다. 장공의 기예를 보니 그림의 경지가 아니라 진정한 도의 경지였다. 그림을 그릴 때에는 기교를 버릴 줄 알아야 뜻이 그윽해지고 현묘하게 변화하게 된다. 그래야만 사물은 마음(영부)에 있고, 눈이나 귀에 있지 않게 된다. 이렇게 해서 마음에 얻어 손으로 응하니 독창적인 자태와 절묘한 모습이 붓이 닿는 대로 드러나는 것이다. 또한 기가 텅비어 아득한 곳을 오가며 정신과 더불어 동류가 될 수 있다. 만약 좁은 법도에 얽매여 길고 짧은 것이나 헤아리고, 비루한 안목으로 예쁜 것만 생각하면서 그저 붓끝만 바라보고 먹물만 핥으며 마냥 우물쭈물한다면, 사물의 군더더기만 그리게 될 뿐이다. 그러니 어찌 입에 담아 논의나 할 수 있겠는가? ……그런즉 무릇 도와 예가 정밀하고 지극하기 위해서는 심오한 깨달음 속에서만이 가능하고, 찌꺼기에서는 얻을 수 없음을 알 수 있다.

尙書祠部郎張璪字文通. 丹靑之下, 抱不世絶儔之妙. 則天地之秀, 鐘聚於張公之一端者耶? 初公成名赫然, 居長安中, 好事者卿相大臣, 旣迫精誠, 乃持權衡尺度之迹, 輸在貴室, 他人不得誣妄而睹者也. 居無何, 謫爲武陵郡司馬, 官閑無事, 從容大府, 士君子由是往往獲其寶焉. ……秋九月, 深源(陸)陳讌宇下, 華軒沉沉, 罇俎靜嘉. 庭篁霽景, 疏爽可愛. 公天縱之思, 歘有所指. 暴請霜素, 願撝奇踪. 主人奮裾鳴呼相和. 是時座客聲聞士凡二十四人, 在其左右, 岑皆立注視而觀之. 員外居中, 箕坐鼓氣, 神機始發. 其駭人也. 若流電激空, 驚飆戾天. 摧挫斡掣, 撝霍瞥列. 毫揮墨噴, 捽掌如裂. 離合惝恍, 忽生怪狀. 及其終也. 則松鱗皴, 石巉巖, 水湛湛, 雲窈渺. 投筆而起, 爲之四顧, 若雷雨之澄霽, 見萬物之情性. 觀張公之藝, 非畵也, 眞道也. 當其有事, 已知夫遺去機巧, 意冥玄化, 而物在靈府, 不在耳目. 故得於心, 應於手, 孤姿絶狀, 觸毫而出. 氣交沖漠, 與神爲徒. 若忖短長於隘度, 算姸媸於陋目, 凝觚舐墨, 依違良久, 乃繪物之贅疣也, 寧置於齒牙之間哉! ……則知夫道精藝極, 當得之於玄悟, 不得之於糟粕.[17)]

부재가 쓴 위 인용문을 참조하면서, 장조의 "밖으로 조화를 배우고, 안으로 마음의 근원을 얻는다 外師造化, 中得心源"는 명제를 다시 한 번 숙고해 보면, 예술창작의 전체과정에 대한 절묘한 설명을 들을 수 있을 것이다. 먼저 "밖으로 조화를 배운다 外師造化"는 명제에 대해 말한다면 다음과 같다. 예술심리가 본격적으로 이루어지기 위해서는, 다시 말해 예술창작의 전제가 되는 것은 객관적 자연에 대한 인식과 이에 대한 체험이다. 이것이 바로 '외사조화外師造化'의 뜻이다. 그러나 그것은 가장 초보적인 제1단계에 불과하다. 다음으로 작가는 "안으로 마음의 근원을 얻어야 한다. 中得心源" 그렇다면 안으로 마음의 근원을 얻어야 한다는 것은 무슨 뜻인가? 위 인용문에 따르면, 장조의 '중득심원中得心源'에는 다음과 같은 몇 가지 의미가 내포되어 있다.

첫째, '중득심원'이란 "사물은 마음속에 두는 것이고, 눈과 귀에 두지 않는 것이다. 物在靈府, 不在耳目" 이는 남조의 요최姚最가 말한 "만상을 가슴에 세워둔다 立萬象於胸懷"[18]는 말과 일맥상통하는데, 객관적인 자연은 반드시 주관의 '영부靈府'(마음)에 들어간 다음에야 비로소 창작 대상이 될 수 있다는 뜻이라 할 수 있다.

둘째, 만상의 조화물이 일단 '영부'에 들어가면 다음과 같은 과정을 거쳐야 한다. 객관적인 자연은 반드시 '영부'에서 허정한 상태에서 외물을 받아들이고〔虛靜容物〕, 외물의 정신을 얻는〔得物之神〕 과정을 거쳐 일종의 심령의 산물로 변화하게 된다. 여기서 심령의 산물이 된다는 것은 곧 예술 대상이 된다는 뜻이다. 만약 작가 자신이 허정한 상태에 이르지 못할 경우에는 장조가 말한 바대로 "만약에 좁다란 법도에 얽매어 길고 짧은 것이나 헤아리고, 비루한 안목으로 예쁜 것만 생각하면서 그저 붓끝만 바라보고 먹물만 핥으며 마냥 우물쭈물한다면 사물의 군더더기만 그리게 될 뿐이다. 若忖短長於隘度, 算妍媸於陋目, 凝觚舐墨, 依違良久, 乃繪物之贅疣也" 결국 예술 대상에 대한 허정한 심정을 지녀야만 사물의 신神을 얻을 수 있으며, 만약에 그렇지 않을 경우에는 그저 사물의 찌꺼기만을 얻을 뿐이라는 뜻이다.

셋째, 영부에서 사물을 통해 예술창조를 할 때에는 반드시 예술적 상상력을 최대한 발휘해야 한다. 장조는 이를 "번쩍이는 번개가 허공을 떨치고, 놀라운 태풍이 하늘을 어그러뜨리는 듯하였다 流電激空, 驚飆戾天"고 했다. 그 다음은 "문득 필묵이 떨어지고 합치는 듯한데 홀연 괴이한 형상이 생겨났다 離合惝恍, 忽生怪狀"고 한 대로, 이른바 '제일자연第一自然'이 '제이자연第二自然'으로 변모하게 되는 것이다.

넷째, 이러한 심리과정과 예술창조 과정을 거쳐 창조되는 예술작품은 "마음에서 얻고 得於心" "손에 응하며 應於手" "기교를 버려 뜻이 그윽해지고 현묘하게 변화하며 遺去機巧, 意冥玄化" 이에 따라서 "(도와 예를) 심오한 깨달음 속에서 얻은 得之於玄悟" 작품이 되는 것이다. 이는 조화造化와 심원心源, 즉 주체와 객체가 결합함을 뜻하는 것이기도 하다.

이로써 "밖으로 조화를 배운다 外師造化"는 데에서 "안으로 마음의 근원을 얻는다 中得心源"는 것에 이르기까지 온갖 과정에 대한 설명이 끝났다. 이를 다시 정리하면, 마음속에 만물의 형상이 생기고 객관적 자연에 작가 자신의 허정한 마음상태가 가미되면서 심령의 도야와 예술적 상상력의 발휘가 이루어진다. 그리고 그 속에서 깊은 깨달음을 통해 작가 자신의 마음과 외물이 합일된 상태에서 예술품이 창조되기에 이른다. 이는 예술창작에 있어서 창작주체의 심리과정에 대한 묘사로서 대단히 세밀하고 풍부하기 이를 데 없다.

또한 '외사조화外師造化, 중득심원中得心源' 설은 변증법적 요소가 다분한 이론이라 할 수 있다. 예술창작 과정의 순서를 보면, 우선 자연이 먼저이고, 그 다음이 예술작품이다. 따라서 하나는 '사師'가 되고, 또 다른 하나는 '득得'이 된다. 그러나 예술창작의 심리적 메커니즘에서 보면, '조화造化'는 '밖(外)'이며 '심원心源'은 '안(中)'이다. '제일자연'은 반드시 '심원心源'의 가공을 거쳐야만 비로소 '제이자연'으로 변화하여, 마침내 주관과 객관이 통일된 예술작품이 태어나게 되는 것이다. 이렇게 본다면 장조에게 있어서 '조화造化'는 이미 심원화心源化, 즉 주관화가 된 것이며, '심원'은 또한 조화화造化化, 즉 객관화가 된 것이다.

'외사조화, 중득심원'의 주석으로는 위에서 인용한 부재의 것 이외에도 백거이의 《기화記畵》[19]가 있다. 그 글에 나오는 "참된 것을 스승으로 삼는다 以眞爲師"는 장조의 "밖으로 조화를 배운다 外師造化"는 뜻이며, "심술에서 얻는다 自心術得"라든지 "하늘의 조화로부터 온다 由天和來"는 말은 장조의 "안으로 마음의 근원을 얻는다 中得心源"는 뜻이자, 부재가 말한 "사물은 마음(영부)에 있고 物在靈府" "정신과 더불어 동류가 될 수 있다 與神爲徒"는 뜻이라 할 수 있다. 이처럼 장조와 부재의 서, 그리고 백거이의 이론이 서로 일치하는 이유는 단지 그들의 논의가 예술창작의 심리법칙과 부합되기 때문일 뿐 다른 까닭은 없다.

제5절 장재의 철학심리학

장재張載(1020-77)의 자는 자후子厚이며, 봉상鳳翔 미현郿縣[지금의 섬서성 眉縣] 사람이다. 저서로는 《정몽正蒙》·《역설易說》·《경학이굴經學理窟》과 《어록語錄》 등이 있는데, 후대에 와서 《장자전서張子全書》로 엮어졌다. 1978년 중화서국에서 다시 《장재집張載集》으로 재편집하여 출간했다.

장재는 문예심리학자가 아니다. 그의 심리학은 오히려 철학적 심리학이라 할 수 있다. 그럼에도 불구하고 문예심리학사에서 그의 심리학 사상을 소개하는 이유는 철학심리학과 문예심리학이 서로 상통하고, 게다가 장재의 심리학 사상이 정호程顥와 정이程頤에 의해 발양되어 직접적으로 당시 서화심리학과 시가심리학에 영향을 끼쳤을 뿐만 아니라, 이후 명·청대의 왕부지 등에게 커다란 영향을 주었다고 생각하기 때문이다.

장재의 심리관은 유물론적 기氣 일원론이라고 할 수 있다. 그는 우주만물이 모두 기의 각기 다른 존재형식이라고 여겼다. 그는 혼魂과 백魄의 관계에 대해 논술한 적이 있는데, 그 가운데에서 그의 심신관을 엿볼 수 있다. 고대 중국에서 혼은 일반적으로 심리·정신의 범주에 속하는 것이며, 백은 생리·형체의 범주에 속하는 것이라고 여겨졌다. 장재 역시 이에서 크게 벗어나지는 않지만 이를 기의 문제와 연관시키고 있다. "사람에게 있어서 기는 나면서부터 존재하여 벗어나는 일이 없으나 죽으면 흩어져 떠돌게 된다. 이것을 일러 혼이라고 한다. 기가 모여 있는 것이 형질인데, 비록 사람이 죽더라도 흩어지지 않으니 이를 일러 백이라 한다. 氣於人, 生而不離, 死而游散者謂魂. 聚是形質, 雖死而不散者謂魄"[20] 이 말은 다음과 같은 뜻이다. 즉 혼백(심신)은 모두 기氣에 그 근원을 두고 있을 뿐만 아니라 모이든지 흩어지든지간에 모두 기와 연관이 된다. 따라서 원기가 모이면 유형의 사물(예를 들어 魄과 같은 것)이 되고, 원기가 흩어지면 무형의 것(魂과 같은 것)이 된다. 결국 허공 역시 기이다. 장재의 이러한 원기론은 당시의 시론 가운데 특히 '일품逸品'·'기상氣象'에서 볼 수 있듯이, 시가예술이 무형의 생동적인 경지를 표현한다는 탁월한 관점을 형성하는 데 많은 영향을 끼쳤다.

마음과 물의 관계에 대해서도 장재의 관점은 유물론적이다. 그는 다음과 같이 생각했다. "사람은 본래 마음이 없다. 외물에 의해 마음이 생겨날 뿐이다. 人本無心, 因物爲心"(《語錄下》) "느낌 역시 모름지기 외물의 존재에 의존한다. 외물이 있어야 느낌이 생기니 외물이 없는데 무엇을 느끼랴! 感亦須待有物, 有物則有感, 無物則何所感!"(《語錄上》) 이 모든 발언은 인간의 심리나 의식이 객관적인 사물에 의해 생겨나며, 사물이 있고 난 연후에야 비로소 감각이 존재한다는 것을 정확하게 지적한 것이다.

인간마다 심리에 차이가 있다는 것을 파악한 것 역시 장재의 중요한 논점 가운데 하나이다.

> 인간과 동물은 부류가 크게 달라 동등하게 볼 수 없다. 부류가 같은 경우에도 또한 극히 다른 것이 있다. 일찍이 천하의 사물은 서로 같은 것이 하나도 없다고 말한 적이 있는데, 비록 한 가지 사물이라도 음양·좌우가 있는 것이다. 인간의 팔도 한 몸에 두 개가 달려 있어, 서로 비슷한 것 같지만 좌우의 구별이 있으며 한 손에 다섯 손가락이 있지만 역시 길고 짧은 차이가 있다. 모발의 종류에 있어서도 역시 하나도 닮은 것이 없다. 같은 부모에게 태어난 형제일지라도 그 마음이 서로 같을 수 없고, 음성이나 모습 또한 동일할 수 없는 것이니, 이로 보건대 세상에 동일한 것이란 아무것도 존재하지 않는 것이다.
>
> 人與動物之類已是大分不齊, 於其類中又極有不齊. 其嘗謂天下之物無兩個有相似者, 雖則一件物亦有陰陽左右. 臂之人一身中兩手爲相似, 然而有左右, 一手之中五指而復有長短, 直至於毛髮之類亦無有一相似. 至如同父母之兄弟, 不惟其心之不相似, 以至聲音形狀亦莫有同者, 從此見直無一同者. (《語錄中》)

위의 문장에서 장재는 우선 사물의 차이점에 대해 언급하고 있다. "천하의 사물은 서로 같은 것이 하나도 없다. 天下之物無兩個有相似者" 그리고 모든 사물은 모든 면에서 서로 다르다고 말하였다. 이어서 그는 인간에게도 차이가 있다고 하여, '부모가 같은 형제라 할지라도' 역시 생리감각기관('음성과 모습')이나 심리감각이 서로 다르다고 말했다. "천하의 사물은 서로 같은 것이 하나도 없다 天下之物無兩個有相似者"는 말은, 다시 말해 "세상에 동일한 것이란 아무것도 존재하지 않는다 直無一同者"는 말과 같다. 그는 이에서 한 걸음 더 나아가 "마음은 만 가지가 각기 다르기 때문에 외물에 대한 느낌 역시 하나일 수 없다 心所以萬殊者, 感外物爲不一也"(《正蒙·太和篇》)고 하여 인간의 마음, 즉 심리 역시 동일할 수 없으며, 이러한 심리적 차이는 객관적 사물이 각기 다른 데서 연유한다고 말하였다. 이러한 언급 역시 마음과 외물의 관계에 대한 유물론적 명제로 회귀하는 셈이다.

장재는 이러한 심리의 차이를 심도 있고 세밀하게 분석하고 있다. 서구의 심리학은 18세기에 이르러서야 비로소 인간이 지니고 있는 심리의 차이점에 대해 주의를 기울이기 시작했다. 그리고 19세기말에 이르러서야 심리의 차이에 대한 개별적인 연구작업이 시작되었다. 당연히 장재의 이러한 인식과 논의는 서구 심리학보다 6,7세기 정도 앞선 내용이라 하겠다.

장재는 감각심리에 대해서도 비교적 상세히 논의한 바 있다. "사람들이 자기는 알고 있다고 말할 때, 이는 귀나 눈의 감각기관을 통해 느낀 것을 말한다. 사람들이 느낌을 지닌다는 것은 안과 밖이 합치됨으로써 말미암은 것이다. 그러나 앎이 귀나 눈과 같은 감각기관 이외의 곳에서 안과 밖이 합치되어 나온 것이라면, 그 앎은 다른 사람의 앎보다 뛰어난 것이다. 人謂己有知, 由耳目有受也, 人之有受, 由內外之合也. 知合內外於耳目之外, 則其知也過人遠矣"(《正蒙·大心篇》) 장재는 이렇듯 인간의 감각을 '견문을 통한 앎(見聞之知)'과 '덕성을 통한 앎(德性之知)'으로 구분하고 있다. 그는 '견문을 통한 앎'을 외물에 대한 눈과 귀의 직접적인 느낌의 결과라고 생각했으며, 또한 인간의 감각과 지각을 형形(시각)·성聲(청각)·취臭(후각)·미味(미각)·온량溫凉(온도감각), 그리고 동動과 정靜의 감각으로 나누어 인간이 지니고 있는 오관五官의 감각기관에 대한 인식을 넓히는 역할을 했다.

이외에 장재는 표상表象의 문제에 대해서도 언급하고 있다. "만약 견문으로 마음이 생긴다면 자신이 듣고 본 것에서 느낌이 그칠 것이다. 또한 자신이 듣거나 보지 못한 것이 저절로 조용한 가운데 느껴진다면 이 또한 예전에 듣거나 본 것에서 연유하는 것이니, (전혀 듣거나 본 적이 있었던) 사물이 아니라면 느낌도 텅비게 된다. 若以聞見爲心, 則止是感得所聞見. 亦有不聞不見自然靜生感者, 亦緣自昔聞見, 無有物事空感者"(《語錄上》) 이 말은 인간이 사물을 직접적으로 감지하는 것 이외에, 과거에 감지했던 사물 역시 중시됨을 뜻하는 것으로 이것이 바로 기억표상記憶表象이다. 또한 "자신이 듣거나 보지 못한 것이 저절로 조용한 가운데 느껴진다 不聞不見自然靜生感者"고 한 것은 상상의 표상을 말한다. 이러한 표상은 직접적으로 감지하는 것이 아니라, 다른 경로(예를 들어 간접적인 소재)를 통하여 얻어질 수도 있기 때문에 특별히 상상력이 필요한 것이다. '덕성을 통한 앎〔德性之知〕'에 있어서는 비록 경험을 그 토대로 삼고 있지는 않지만, 적극적으로 사유할 필요가 있음을 강조하고 있는데 "모름지기 사려가 깊어야 하고 須使思慮" "항상 의와 이 속에서 마음이 노닐 수 있도록 만들어야 한다 使常游心於義理之間"(《經學理窟·義理》), "의리에 의문이 생기면 곧 낡은 관념을 닦아 버리고 새로운 뜻을 열도록 해야 한다 義理有疑, 則濯去舊見以開新意"(《經學理窟·義理》)고 한 것은 바로 이러한 뜻이다.

이상에서 볼 때, 장재가 말했던 내용이 직접적으로 문예심리학 사상을 주요 대상으로 하는 것은 아니지만, 원기元氣에 관한 그의 논술, 특히 허공虛空에도 기氣가 존재한다는 견해, 마음과 물상의 관계, 인간심리의 차이에 관한 견해, 인간의 생리감각과 심리감각, 표상에 관한 논술 등은 송대의 공령空靈과 초일超逸을 중시했던 서법심리학이나 기상氣象·묘오妙悟를 강조했던 시가심리학과 일정한 연관이 있음을 알 수 있다. 물론 그들 상호간의 계승관계를 정확히 드러내기는 쉽지 않지만, 다음에 언급하게 될 서화나 시가심리학을 소개하는 가운데 그 유기적 관계를 어렵지 않게 살펴볼 수 있을 것이다.

제6절 구양수의 '감격발분感激發憤' 설

구양수歐陽修(1007-1072)의 자는 영숙永叔이며, 호는 취옹醉翁이다. 육일거사六一居士로 여릉廬陵〔지금의 강서성 吉安〕 사람이다. 문충文忠이라는 시호를 받았다. 저서로는 《구양문충공문집歐陽文忠公文集》이 있다.

구양수는 북송 전기 시문에 관한 혁신적인 이론을 집대성하였다. 그는 기본적으로 전통적인 유학자의 한 사람으로, 사회 현실에 대해 깊은 관심을 가지고 적극적으로 정치개혁에 투신하였다. 그는 왕우칭王禹偁·매요신梅堯臣과 함께 도道와 이理를 중시하고, 문文과 사辭를 경시한 유개柳開·석개石介 등의 문학관을 바로잡았으며, 또한 왕우칭과 매요신의 시문이론을 발전시켰다. 구양수는 어렸을 적부터 한유의 문집을 읽고 많은 영향을 받았는데, 이러한 모든 것들이 그의 문예심리학 사상의 사회적·정치적 토대와 문론의 토대를 형성하였다.

구양수의 문예심리학에 대한 견해는 '감격발분' 설이 그 주를 이룬다.

> 내가 듣기로 세상 사람들은 말하기를 시인은 영달한 이가 적고 곤궁한 이가 많다고 말한다. 왜 그러한가? 대개 세상에 전해지는 시가는 대부분 옛날의 곤궁한 이들에게서 나온 글이다. 무릇 선비가 뜻을 지니고 있으면서도 세상에 펴보지 못하게 되면, 스스로 산천에 방랑하기를 즐기게 되어 겉으로는 벌레나 고기·초목·바람이나 구름·새나 짐승의 모습을 그린 시가를 짓나니, 때로 그 기괴한 시가 내용을 살펴보면, 내면적으로 우울하고 감개한 심정이 가득 쌓여서 원망하고 풍자하는 데에서 발흥하여, 이로써 귀향간 신하나 과부의 한탄 등을 말하고, 사람의 심정으로 말하기 힘든 것을 쓰게 된다. 그러니 대부분의 경우 궁벽할수록 시는 더욱 공교해지는 것이다. 따라서 시가 사람을 궁벽하게 만들 수 있는 것이 아니라, 생활이 궁벽하면 그런 후에 시가 공교해지는 것이다.
>
> 子聞世謂詩人少達而多窮. 夫豈然哉! 蓋世所傳詩者, 多出於古窮人之辭也. 凡士之蘊其所有而不得施於世者, 多喜自放於山巔水涯, 外見蟲魚草木, 風雲鳥獸之狀類, 往往探其奇怪, 內有憂思感憤之鬱積, 其興於怨刺, 以道羈臣寡婦之所嘆, 而寫人情之難言, 蓋愈窮則愈工. 然則非詩之能窮人, 殆窮者而後工也.[21]

이 글은 그 연원에 있어서 확실히 한유의 "곤궁과 고통 속에서 나온 언어는 쉽게 훌륭해진다 窮苦之言易好"라는 관점과 깊은 관련이 있다. 구양수가 어려서부터 한유의 글을 읽었기 때문에 그 논점도 대체적으로 비슷하다고 할 수 있을 것이다. 그러나 구양수의 논점이 좀더 세밀하다. 그는 우선 "세상에 전해지는 시가는 대부분 옛날의 곤궁한 이들에게서 나온 글이다 世所傳詩者, 多出於古窮人之辭"라고 하여, 기존의 예술현상에 대해 언급한 다음 '공교로운 시가〔工詩〕'가 생길 수 있는 원인은 작자의 "내면적으로 우울하고 감개한 심정이 가득 쌓이고 內有憂思感憤之鬱積" "원망하고 풍자하는 데에서 발흥하여 興於怨刺" "사람의 심정으로 말하기 힘든 것을 쓰게 된다 寫人情之難言"고 말하고 있다. 또한 이런 "우울하고 감개한 심정 憂思感憤"은 "겉으로는 벌레나 고기·초목·바람이나 구름·새나 짐승의 모습을 그린 시가를 짓는다 外見蟲魚, 風雲鳥獸之狀類"에서 볼 수 있듯이, 시인이 나름의 제재를 통해 표현해야만 정확히 드러날 수 있음을 강조하고 있다. 구양수의 이러한 논의는 시가창작의 심리과정을 비교적 완벽하게 서술한 것이라 할 수 있다. 그의 논의를 다시 개괄하면 다음과 같다. 먼저 창작주체의 내심에 울분과 걱정이 쌓여 이러한 정감이 다시 사유기관의 자극을 통해 발흥되고 체험되며, 끝으로 이렇게 발흥되고 체험된 정감은 자연물상에 기탁되어 구체적인 예술형상으로 물화되어 나타난다. 이러한 심리과정은 마음과 외물이 서로 교융하여 정경이 드러나게 되는 과정으로, 일찍이 매요신이 말한 "사물에 의해 격발되는 것이 생기고 외물에 의해 감흥하여 서로 통하게 된다 因事有所激, 因物興以通"는 말과 상응하는 것으로, 다시 말해 창작의 심리과정과 같은 것이다. 구양수는 〈설간숙공문집서薛簡肅公文集序〉에서 "뜻을 잃은 사람이 곤궁 속에 칩거하면서 심경이 고통스러운 상태에서 불안한 생각에 잠겨 마음속에 격한 느낌이 들고 발분하기에 이르면, 외적인 일로 감흥되는 것이 없어도 마음속 모든 울분이 문사에 전일하게 표현될 수 있다 至於失志之人, 窮居隱約, 苦心危慮, 而極於精思, 與其有所感激發憤, 惟無所施於事者, 皆一寓於文辭"고 말한 바 있다. 이는 〈매성유시집서梅聖兪詩集序〉에서 표출된 관점과 동일한 것으로, 이른바 '감격발분感激發憤'이란 말을 통해 시인의 창작심리과정을 개괄한 것이다. 그래서 그의 논의를 '감격발분'설이라고 칭한 것이다.

구양수는 문예창작에 있어서 근본적인 심리 특징이라 할 수 있는 것에서 출발하여 '감격발분'의 심리적 토대를 논술하고 있다. 〈서매성유고후書梅聖兪稿後〉에서 그는 시와 악을 연계시켜 다음과 같이 자신의 관점을 제기하고 있다. "혈맥이 동탕거리고 정신이 자유롭게 유통되면 사람은 즐겁거나 슬픈 정을 드러낼 수 있으니, 혹 노래를 부르거나 슬퍼 울면서도 손발을 움직여 악기를 치고 춤을 추는 까닭을 모른다. 그 까닭을 물어 그것을 느끼게 되면 비록 더 공교로울 수는 있으나 저절로 그렇게 만든 것만은 못하다. 이는 말로 할 수 있는 것이 아니다. 至於動蕩血脈, 流通精神, 使人可以喜, 可以悲, 或歌或泣, 不知手足鼓舞之所然, 問其何以感之者, 則雖有善工, 猶不如其所以然焉. 蓋不可得而言也" "악의 도됨이 깊도다! 그런 까닭에 기교가 뛰어난 이는 반드시 마음에서 느낌을 얻고 손으로 응하는 것일 뿐 말로 펼쳐낼 수는 없는 것이다. 듣기를 잘하는 이 역시 마음에서 느낌을 얻고 내심의 뜻으로 합치되는 것이니, 말로 할 수 있는 것이 아니다. 樂之道深矣! 故工之善者必得於心應於手而不可述之言也, 聽之善, 亦必得於心而會以意, 不可得而言也" 그는 시가창작의 경우도 마찬가지라고 생각하고 있었다.

내가 일찍이 매성유에게 시에 대해 물어본 적이 있는데, 성률의 높고 낮음이나 글에 쓰이는 언어의 결점에 대해서는 손으로 지적하며 나에게 말해 주었다. 그러나 마음으로 체득한 것에 대해서는 말로 이야기하지 못했다. 나 역시 마음으로 얻고 뜻으로 체득한 것을 말로 할 수 없었다.

余嘗問詩於聖兪, 其聲律之高下, 文語之疵病, 可以指而告余也, 至其心之得者, 不可以言而告也. 余亦將以心得意會而未能至之者也.

여기에서 구양수는 '언의言意'의 관계에 착안하여 자신의 논의를 펼치고 있다. 그는 문학작품이란 '말〔言〕'로 '뜻〔意〕'을 드러내는 것이지만, 그 근본 목적은 '말'에 있는 것이 아니라 '뜻'에 있다고 주장하였다. 그 이유는 예술작품과 그 밖의 사회의식 형태가 다르기 때문이다. 즉 후자는 인식이 주가 되는 데 비해, 예술은 심미적인 것으로 정과 의를 전달하는 수단을 운용하여 사람들에게 무한할 정도로 풍부한 심미감을 줄 수 있기 때문이다. 이는 매요신이 말한 바 "묘사하기 어려운 정경을 눈앞에 있는 듯 형용하고, 다할 수 없는 뜻을 머금어 언어 밖에서 드러낸다 狀難寫之景如在目前, 含不盡之意見於言外"고 한 것과 동일선상에 놓여 있는 것이다. 이외에도 구양수는 "마음으로 느끼고 뜻으로 체득한다 心得意會"·"마음에서 느낌을 얻고 손으로 대응한다 得於心應於手"·"마음에서 느낌을 얻고 뜻으로 체회한다 得於心而會以意"고 하여 예술창작이란 창작 주체가 마음으로 사물을 이해하고 체험하며, 또한 마음의 표현을 통해서 사물을 이해하고 체험하는 것이라고 말하고 있다. 그는 〈무위군 이도사에게 주는 시 두 수 贈無爲軍李道士二首〉에서 다음과 같이 말하고 있다. "음악을 연주하는 것은 손이지만 소리는 마음의 뜻에 있으니, 귀로 듣는 것이 아니라 마음으로 들어야 하네. 마음의 뜻을 얻으면 형해는 잊혀지는 것. 알지 못하는 사이에도 천지간엔 한낮에도 우수를 느끼게 하는 구름이 그늘진다네. 彈雖在指聲在意, 聽不以耳而以心. 心意旣得形骸忘, 不覺天地白日愁雲陰" 이것 역시 '마음'과 '뜻'을 연관시킨 것이다. 예술이 마음의 뜻을 표현하는 것이라면 "내면적으로 우울하고 감개한 심정이 가득 쌓이고 憂思感憤之鬱積" "격함을 느껴 발분하는 것 感激發憤"이 더욱 강렬해질수록 감정의 표현도 이에 따라 깊어지고, 더욱 많은 시의詩意를 지니게 되는 것이다.

앞에서 이미 말한 바와 같이 한유의 "평정을 잃으면 소리가 나게 된다 不平則

鳴"·"곤궁과 고통 속에서 나온 언어는 쉽게 훌륭해진다 窮苦之言易好"와, 유종원의 "격함을 느껴 비분을 차마 말하지 못한다 感激憤悱"·"마음에 쌓인 울적함을 펼쳐 발설한다 舒泄幽鬱," 유우석의 "비분하면 반드시 발설된다 憤必有泄," 그리고 여기에서 서술한 구양수의 "우울하고 감개한 심정을 느낀다 憂思感憤"·"격함을 느껴 발분한다 感激發憤" 등은 모두 문예창작에 있어서 일종의 '발설發泄' 설이라고 부를 수 있다. 이러한 면에서 구양수의 이론은 한유의 관점을 계승·발전시키고, 동시대 사람인 매요신 등과 일치하고 있음을 알 수 있으며, 당송의 문예심리학에 있어 일종의 교량 역할을 한다고 볼 수 있다. 이후 왕안석(1021-1086)이 "시경은 불우함 속에서 자신의 울분을 표출한 것이 심히 많다 詩三百, 發憤於不遇者甚衆"(〈書李文公集後〉)고 하여, 응당 천하의 걱정을 품어 "자신의 근심을 써내야 한다 以寫我憂"(〈石門亭記〉)고 주장한 것이나, 남송의 육유陸游(1125-1210)가 "대개 사람의 정이란 마음속에 비분을 축적하여 차마 말로 하지 못하다 비로소 터져 나와 시가 되는 것이니, 그렇지 않다면 시라 할 수 없는 것이다 蓋人之情, 悲憤積於中而無言, 始發爲詩, 不然, 無詩矣"(〈澹齋居士詩序〉)라고 한 것, 그리고 남송 후기 황철黃徹의 시론(〈䂬溪詩話〉), 신파사인辛派詞人인 유진옹劉辰翁(1232-1297)의 사론詞論(〈辛稼軒詞序〉에 보임)에서 말하고 있는 것 등은 모두 일맥상통하는 것이다.

제7절 정호·정이의 '심학心學'

정호程顥(1032-1085)의 자는 백순伯淳이며, 명도선생明道先生이라고도 칭한다. 하남 낙양 사람이다. 정이程頤(1038-1107)의 자는 정숙正叔이고, 이천선생伊川先生이라고도 하며 정호의 동생이다. 그래서 이들 두 사람을 '이정二程'이라 부른다. 이정은 북송 이학의 토대를 마련한 이들로 정치적으로는 왕안석의 신법新法에 반대하는 입장이었다. 이후 주희가 이정의 학설을 계승하여 세칭 '정주학파程朱學派'라 한다.

이정의 학문은 심리학 사상이 풍부하다. 어떤 이는 그들의 학문을 '심성지학心性之學'이라 한다. 철학체계에 대해 살펴보면, 이정의 사상은 객관적 유심론에 속하지만 합리적인 요소도 적지않다. 이정의 심리학은 적지않은 부분이 문예심리학과 밀접한 연관을 맺고 있기 때문에 중국 문예심리학사에 있어서도 나름대로 중요한 위치에 있다고 할 수 있을 것이다. 이정의 저서로는 《이정집二程集》이 있다.

이정의 철학 범주에서 가장 핵심이 되는 것은 '이理'이며, 심리학의 중심 범주는 '심心'이다. 그들은 "마음이 곧 이이며, 이가 곧 마음이다 心是理, 理是心"[22] · "이와 마음은 하나이다 理與心一"(《遺書》)라고 생각했다. '심'은 인간의 육체를 주재하는 것으로 "몸의 주인이 마음이다 主於身爲心"(《遺書》)라고 하였으며, 또한 먼저 "마음이 있은 有是心" 연후에 비로소 "형체가 이루어진다 具是形"(《遺書》)고 하였다. 여기에서 언급하고 있는 것은 몸과 마음의 관계인데, 이정은 주체와 객체를 뒤집어 생각함으로써 유심론의 함정에 빠지고 말았다. 그러나 그들이 마음의 역할을 중시한 것은 결코 잘못된 것이라 할 수 없다.

이러한 점에서 출발하여 이정은 마음과 물의 관계에 대해 다음과 같이 말하고 있다. "만물은 모두 나에게 갖추어져 있다. 마음이 외적 사물과 만나게 되면 내면에서 중히 여겨야 할 바가 번갈아 가며 드러난다 萬物皆備於我. 心與事遇, 則內之所重者更互而見"(《粹言》), "마음은 밝은 거울과 같아서 만물을 모조리 비춘다. 이것이 거울의 항상됨이니 마음에 비추이지 않기는 어렵다. 사람의 마음은 만물과 교감하지 않을 수 없나니, 또한 마음이 생각하지 않도록 하는 것도 어렵다. 만약에 이러한 것을 면하고자 한다 해도 마음에는 주인이 있는 것이다 如明鑒在此, 萬物畢照, 是鑒之常, 難爲使之不照. 人心不能不交感萬物, 亦難爲使之不思慮. 若欲免此, 唯是心有主"(《遺書》), "만물이 모두 나에게 갖추어져 있다 萬物皆備於我"고 한 것은, 물론 주객의 종속관계가 전도된 것이지만 객관적인 사물이 모두 사람의 마음에 있는 거울에 반영된다고 한 것은 나름의 의미가 있다. 오늘날에도 많은 이들이 예술은 마음의 표현이며 마음은 또한 만물을 반영한다고 말하고 있는데, 이정의 언급 역시 이와 상통하는 것이다.

이정은 인간의 정욕에 대해 연구하였는데, 정이는 〈안자소호하학론顔子所好何學論〉에서 다음과 같이 말하고 있다.

> 형체가 생기면 외물이 그 형체와 접촉하여 마음속에 움직임이 있게 된다. 마음이 움직이면 일곱 가지 감정이 나오게 되는데, 이를 희 · 노 · 애 · 락 · 애 · 오 · 욕이라 칭한다. 감정이 불처럼 타올라 더욱더 동탕하면 그 감정이 더욱 뚜렷해진다.

그래서 그것을 알고 있는 이는 감정을 단속하여 마음속에 품고 있으며, 그 마음을 바르게 하고 성정을 기른다. 그래서 감정을 성에 의해 제어해야 한다고 말하는 것이다. 어리석은 이는 감정을 제어할 줄을 몰라 감정에 따라 결국 사악하고 편벽됨에 이르고 어지럽게 소리를 내며 마침내 자신의 본성을 망각하게 되나니, 이러한 까닭에 이를 일러 본성이 감정에 지배받는다고 하는 것이다. 무릇 학문의 길은 마음을 바르게 하고 자신의 본성을 기르는 것일 따름이다.

形旣生矣, 外物觸其形而動於中矣. 其中動七情出焉, 曰喜怒哀樂愛惡欲. 情旣熾而益蕩, 其情鑿矣. 是故覺者約其情使合於中, 正其心, 養其性, 故曰性其情. 愚者則不知制之, 縱其情而至於邪辟, 梏其聲而忘之, 故曰情其性. 凡學之道, 正其心, 養其性而已. (《文集》)

정욕에 대한 이정의 논술은 그들의 심心과 이理에 대한 것과 달리 유물론적인 요소가 적지않다. 먼저 그들은 인간의 정욕이 발생하는 근원에 대해 이것은 "외물이 그 형체와 접촉하여 마음속에 움직임이 있게 된 外物觸其形而動於中" 결과라고 하였다. 이는 정욕이라는 것이 객관적인 사물에 대한 반영임을 말하는 것이다. 이정은 이외에도 《유서》에서 정情이란 "외물의 느낌을 받아 마음에서 발하는 것 感於外而發於中"이라고 하였으며, "본성에 기쁨이나 노여움이 있으니 이는 물에 파도가 있는 것과 같다 性之有喜怒, 猶水之有波"·"물이 깊고 고요하여 거울처럼 평정을 이루는 것이 물의 본성이다. 그러나 모래나 돌을 만나거나 지세地勢가 고르지 못한 곳을 만나게 되면 수세水勢가 세차게 변하여 물이 빨리 흐르게 되고, 물 위로 바람이 불게 되면 파도가 용솟음치게 된다 湛然平靜如鏡者, 水之性也. 及遇沙石, 或地勢不平, 便有湍激, 或風行其上, 便爲波濤洶湧"고 하였다. 이는 정감을 물의 흐름에 비유하여 일종의 심미파동으로 간주한 것으로 묘사가 생동적이고 형상적이다.

다음으로 정이는 "감정을 성에 의해 제어하고 性其情" "마음을 바르게 하며 자신의 본성을 길러야 한다 正其心, 養其性"고 주장하고 있다. 이른바 '마음을 바르게 하며〔正心〕' '본성을 길러야 한다〔養性〕'는 것은, '이理'에 맞는 정욕을 지니고 '이'에 맞지 않는 정욕은 버려야 한다는 뜻이다. 그가 다른 문장에서 말한 "공자가 말씀하시길 '덕이 있는 이는 반드시 이에 합당한 말이 있다'고 하셨는데, 무슨 뜻인가? 마음속에 조화와 순리를 쌓으면 외적으로 아름다운 심정이 드러난다는 말이다 孔子曰, 有德者必有言, 何也? 和順積於中, 英華發於外也, 故言則成文, 動則成章"(《遺書》 卷二十五)고 한 것 역시 이와 일맥상통하는 것으로, 언어와 문장을 통해 의리義理에 부합하는 내용을 표현해야 한다는 뜻이다.

'정심正心'과 '양성養性'을 달성하기 위한 방법으로 이정은 '정관靜觀'을 제시하고 있다. "만물을 고요하게 살피면 자득할 수 있으니 사시의 아름다운 흥취에 사람도 마찬가지가 되나니. 萬物靜觀皆自得, 四時佳興與人同"(《文集》 卷三明道文三, 〈가을 날 우연히 쓴 두 수 秋日偶成二首〉) "성인의 마음은 정지한 물과 같다. 聖人心如止水"(《遺書》 卷八十) "혈기가 동탕하면 노여움이 반드시 움직이게 된다. 거울에 사물을 비추면 아름다움은 저쪽에 보이니 외물에 따라 조응하는 것이다. 노여움이 이곳에 있지 않으면 어찌 옮겨갈 것인가? 動乎血氣者, 其怒必遷. 若鑒之照物, 姸媸在彼, 隨物以應之, 怒不在此, 何遷之有?"(《遺書》 卷十一) 이렇듯 외물에 얽매이지 않고 초월하여 마음을 정지하고 있는 물처럼 만들어야만 비로소 정관의 경지에 도달할 수 있으며, 이러한 경지에 도달하여 쓴 작품이라야만 내용상 '도'의 요구에 부합하고 예술적으로도 "이로부터 온화하고 함축적이며 기상이 담겨 있는 自是有溫潤含蓄氣象"(《遺書》 卷十八伊川語四) 글의 풍격을 유지할 수 있다는 것이다.

이정은 또한 예술에 있어서 언의言意와 영감의 문제에 대해서도 언급하였다. "뜻을 얻으면 언어는 잊을 수 있다. 그러나 아무런 말도 하지 않으면 그 뜻을 드러낼 수 없는 것이다. 得意則可以忘言, 然無言又不見其意"(《外書》) 이렇듯 말과 뜻의 관계에 있어서 내용을 이해하면 그 형식은 잊어버릴 수 있지만, 만약 언어라는 형식이 없다면 그 의미 또한 표현할 방법이 없게 된다고 하였다. 그래서 이정은 다음과 같이 요구하고 있다. "대저 언어는 모름지기 함축적이고 남은 뜻이 있어야 한다. 이는 이른바 글은 말을 다하지 못하고, 말은 뜻을 다하지 못한다는 뜻이다. 大率言語須是含蓄而有余意, 所謂書不盡言, 言不盡意也"(《遺書》 卷十八) "'시에서 감흥을 일으킨다'는 것은, 성정을 읊조려 도덕이 충만한 마음을 수양하고 발전시켜 그것을 움직이게 만들어서 증석曾晳과 같은 기상(《논어·선진》에 보면, 공자가 여러 제자들에게 남이 자신을 알아 주면 어떻게 할 것인지에 대해 묻는 대목이 나온다. 이때 증석이 답하기를 "늦봄에 옷이 지어지면 어른 오륙 명과 동자 예닐곱 명과 더불어 기수에서 목욕하고 무우에서 바람 쐬고 돌아오겠습니다 莫春者, 春服旣成, 冠者五六人, 童子六七人, 浴乎沂, 風乎舞雩, 詠而歸"라고 하였다. 이에 공자가 "나는 너와 더불겠다(너를 허여한다) 吾與點"라고 하여 점(증석)의 기상을 칭찬한 바 있다]을 지니게 한다는 뜻이다. 興於詩者, 吟詠性情, 涵暢道德之中而歆動之, 有吾與點之氣象"(《外書》 卷三) "무릇 말을 세우려면 자신의 의사를 함축적으로 운용하여, 덕 있는 이는 싫증내지 않고 덕이 없는 이는 미혹되지 않도록 해야 한다. 凡立言欲涵蓄意思, 不使知德者厭, 無德者惑"(《遺書》 卷二) 이렇듯 이정은 일종의 함축적인 예술 풍격을 추구했음을 알 수 있다.

영감의 문제에 있어서 정이는 다음과 같이 말하고 있다.

> 묻건대 "장욱이 초서를 배울 때 짐꾼과 공주가 길을 다투고, 당나라의 유명한 예인인 공손대랑이 검무 추는 것을 보고 난 연후에 필법을 깨달았다고 하는데, 이는 이에 대해 항상 마음속으로 생각하고 있던 것들이 일정한 사건을 통하여 발화된 것이 아니겠습니까?" 대답하기를, "그렇다. 모름지기 생각에 문득 느껴 깨닫는 것이 있게 되면, 애써 생각하지 않아도 어느 결엔가 이처럼 얻음이 생기게 되는 것이다. 그러나 애석하나니, 장욱이 서법에 마음을 두었던 것처럼 도에 마음을 옮겨두었다면 어느 경지인들 도달하지 않았겠는가."
>
> 問, 張旭學草書, 見擔夫與公主爭道, 及公孫大娘舞劍, 而後悟筆法, 莫是心常思念至此而感發否? 曰, 然. 須是思方有感悟處, 若不思, 作生得如此. 然可惜張旭留心於書, 若移此心於道, 何所不至. (《遺書》 卷十八伊川語四)

본문에서는 비교적 전반적으로 예술 영감의 발생과정에 대해 개괄하고 있다. 먼저 영감은 객관적 사물에 대한 체험에서 이루어진다. 장욱의 초서는 우선 "짐꾼과 공주가 도에 대해 쟁론한 것 擔夫與公主爭道"과 "공손대랑이 검무 추는 것 公孫大娘舞劍"을 관찰·체험하고, "항상 마음속으로 생각함이 일정한 지경에 이르러 느낌이 드러난 것 心常思念至此而感發"이거나 "오랫동안 사려 깊게 생각한 후에 밝게 드러나게 되는 思慮久後, 睿然而生"(《遺書》), 이른바 적극적인 사유를 하고 마지막으로 '느껴 깨닫는 것이 있게 되는[感悟]' 단계를 거쳐 이루어진 것이다. 느낀 다음에 생각하고 다시 느낌을 드러내고 깨닫게 되는 것, 이는 예술 영감이 생겨나 온양되고 마침내 폭발하는 전과정을 말하고 있는 것이다. 이러한 과정은 영감사유의 심리규율과 심리적 특징에 잘 부합된다. 이정은 '감오感悟'라는 개념을 통해 예술 영감을 설명하고 있는데, 이는 대단히 적절한 것이다.

이상에서 볼 때, 도학자로서 정호·정이는 "시를 배우는 것은 일에 장애가 되며, 문장을 짓는 일은 도에 해가 된다 學詩妨事, 作文害道"고 하여 예술창작을 부인하는 입장을 취한 일면이 있기는 하지만, 또한 완전히 "천리를 보존하고 인욕을 없애라 存天理, 滅人欲"는 것만을 주장한 것은 아니었음을 알 수 있다. 그들 역시 인간의 정감과 욕망에 대한 연구에 치중했으며, 예술창작의 심리적인 특징에 대해 분석한 바 있다. 따라서 그들의 논의에 유심론적 요소가 다분한 것은 사실이나, 그들의 예술창작이나 예술에 대한 분석에서도 나름의 유익한 부분을 섭취할 수 있을 것이다. 뿐만 아니라 긍정적이든 부정적이든간에 이정의 심리학 사상은 송대의 주희와 명·청시대 제가諸家들에게 모두 깊은 영향을 주었다는 점 역시 분명한 사실이다.

제8절 주희의 문예심리학

주희朱熹(1130-1200)의 자는 원회元晦이고, 호는 회암晦庵이며, 휘주徽州 무원婺源[지금의 강서성에 속한다] 사람이다. 주희는 송대 이학을 집대성한 학자이다. 그는 주돈이周敦頤와 이정二程의 학설을 토대로 하고 역대 유가의 학설을 흡수했으며, 또한 불가와 노장의 학설을 융합하여 중국 역사상 가장 체계적이고 객관적인 유물론적 사상체계를 달성했다.

주희는 학식이 풍부했으며 저서 역시 많이 남겼다. 주요 저서로는 《주자문집朱子文集》·《주자어류朱子語類》, 그리고 《사서집주四書集注》가 있다.

주희는 이론적인 면뿐만 아니라 철학과 심리학에 대해서도 조예가 깊었으며 문학적인 소양이 뛰어났다. 그는 《시경》·《초사》 이외에도 많은 고문古文을 연구하여 《시집전詩集傳》과 《초사집주楚辭集注》를 찬하였으며, 한유의 문집을 교감했다. 물론 그 자신도 시와 문에 능했다. 《시경》·《초사》에 관한 그의 주석은 역대 연구자들에 의해 보편적으로 인용되어 왔다. 이처럼 그는 자신의 학술활동과 이론적인 소양을 통해, 특히 철학과 심리학 등을 운용하여 문학예술을 보다 심도 있게 연구하였다. 그의 문예심리학 역시 이러한 연구성과에 밀접하게 연관되어 상당히 풍부하고 심도 있다.

주희의 예술 본질에 대한 견해는 '문도합일文道合一'로 개괄할 수 있다. 그는 "문은 모두 도에서 유출되는 것이다 文皆是從道中流出"(《朱子語類》 一百三十九)라고 말했다. 이 말은 하나의 명언으로 유전되어 왔다. 여기에서 주희가 말하는 '도'는 객관적으로 세계에 존재하는 '천리天理'를 말한다. 주희는 한유의 '문이재도文以載道,' 유개柳開와 구양수의 '문이명도文以明道,' 도학자인 주돈이와 정호의 '문심재도文心載道'·'작문해도作文害道' 등이 모두 편협된 견해에 불과하다고 생각하고 있었다. 그래서 그는 "그러나 저들은 정사와 예악이 하나(천리)에서 나오지 않을 수 없음을 알고는 있으나, 도덕 문장의 흠이 이 두 가지에서 나오도록 해서는 안 된다는 것은 모르고 있다 然彼知政事禮樂之不可不出於一, 而未知道德文章之尤不可使出於二也"(《朱文公文集·讀唐志》)고 말했던 것이다.

이러한 토대하에서 주희는 '도道'와 '문文'의 함축적인 의미를 분석하고 있다. 그는 소위 '문도합일文道合一'의 도는 일반적인 '도'가 아니라, 심미적인 속성을 지닌 것으로 심미적인 쾌감의 '도'를 이끌어 낼 수 있다고 생각했다. 그는 정이의 말을 인용하여 "의리가 나의 마음을 기쁘게 하는 것은 육고기가 나의 입을 즐겁게 하는 것과 같다고 했는데, 이 말은 적절하고 자미가 있다 理義之悅我心, 猶芻豢之悅我口, 此語親切有味"(《孟子·告子上注》)고 하였다. 또한 그는 "아름다움이란 소리나 모습이 성대한 것이고, 착함이란 아름다움의 내실이다 美者, 聲容之盛. 善者, 美之實也"(《論語·八佾注》), "싫지 않다거나 문채가 있다. 또한 다스린다고 하는 것은 (홑옷 안에 비단을 껴입어) 그 아름다움이 안에 있기 때문이다 不厭而文且理焉, 錦之美在中也"(《中庸章句》)라고 하였다. 이렇게 볼 때, 그는 문장이 표현해 내는 '도(理)'를 추상적인 '도'가 아니라 미적인 '도,' 즉 심미적인 속성을 지니고 있으며 심미적인 쾌감을 불러일으킬 수 있는 '도'로 간주하고 있음을 알 수 있다.

주희는 또한 '문文'의 함의에 대해서도 나름대로의 방식으로 분석하고 있다. 그는 "하·은·주 삼대 성현의 문장은 모두 이러한 마음에서 쏟아져 나온 것이니, 문이 곧 도인 것이다 三代聖賢文章, 皆從此心寫出, 文便是道"(《朱子語類》 一百三十九)라고 하였다. 이 역시 하나의 명언처럼 유전되었는데, 성현들은 도를 마음으로 간주하였기 때문에 문은 바로 이러한 도심道心의 반영이라는 것이다. 그의 이러한 관점은 맹자의 "마음이 관할하는 것이 곧 사유이다 心之官則思"라는 견해를 계승하여 마음을 사유기관으로 간주한 것이다. 이외에도 그는 다음과 같이 말하였다. "마음이란 사람의 신명이다. 그래서 뭇도리를 갖추고 만사에 대응하는 것이다. 心者, 人之神明, 所以具衆理而應萬事者也"(《孟子集注》 卷十三) "텅비고 영험한 것, 눈은 마음의 본체이다. 내가 능히 텅비게 할 수 있는 것이 아니다. 虛靈, 目是心之本體, 非我所能虛也"(《朱子語類》 卷五) "마음의 감관은 지극히 영험하여 지난 일을 기억하고 올 일을 예지한다. 心官至靈, 藏往知來"(《孟子集注》 卷十三) 이렇듯 '마음〔心〕'을 '신명神明'이나 '허령虛靈,' 그리고 '지령至靈'의 사유작용을 갖추고 있는 것으로 간주한 것은 인간의 심령세계에 대한 인식을 넓혀 준 것이라 하겠다. 그는 또한 "나는 시란 뜻이 가는 바로 마음에 있으면 뜻이 되고, 언어로 드러나면 시가 된다고 들었다 熹聞詩者志之所之, 在心爲志, 發言爲詩"(《文集》 卷三十九)라고 하였는데, 이는 시가는 심령의 표현이며 심령은 다시 도와 이理로 체현된다는 말이다. 이로 볼 때 주희가 '마음'을 '본체'로 간주한 것은 옳은 것이라 할 수 없지만 심령, 즉 인간의 주체성이 창작과정에서 어떻게 작용하는가를 간파하고, 예술창작에서 문文과 도道, 시詩와 이理, 미와 선의 통일을 강조하였다는 점은 긍정적으로 계승해야 될 관점이라고 할 수 있을 것이다. 그는 시에 대해 다음과 같이 정의내리고 있다. "시란 사람의 마음이 외물에서 느낌을 받아 언어로 형상화한 것이다. 사람의 마음에서 느낀 것에는 사악한 것과 옳은 것이 있을 수 있는 까닭에 언어로 형상화된 것 역시 옳고 그름이 존재한다. 詩者, 人心之感物而形於言之余也. 心之所感有邪正, 故言之所形有是非"(《朱子文集·詩集傳序》)

주희는 이학자이다. 그러나 그는 정감에 대해 연구를 게을리하지 않았다. 그는 성정은 모두 마음에서 나오는 것으로 "마음이 성정을 총괄한다 心統性情"(《朱子語類》 卷五)고 생각하였으며, 정감이란 사물을 감촉하여 느낌이 와서 움직이게 된 것이라고 간주했다. 그래서 "본체는 성이고, 움직이는 것은 정이다 本體是性, 動是情"(《朱子語類》 卷一百一), "본체인 성은 편안히 움직이지 않으며, 정은 사물에 따라 느낌이 유동한다 性安然不動, 情則因物而感"(《朱子語類》 卷九十八)고 하였던 것이다. 결국 이 말은 감정이란 물과 마찬가지로 유동적인 특징을 가지고 있다는 뜻이다. 주희는 정감이 외적으로 어떻게 형태지어지는가에 대해 나름으로 분석하고 있다. 그래서 '희로애락喜怒哀樂'과 '측은惻隱·수오羞惡·공경恭敬·시비是非'는 모두가 '느낌에 따라 조응하는 것〔隨感而應〕'이라고 하였다. 또한 '기쁨〔悅〕'은 '마음에 있는 것〔在心〕'이고 '즐거움〔樂〕'은 '외적으로 발산된 것〔發散在外〕'이라고 하여, 정감과 정감의 표현〔表情〕의 관계에 대해 분명하게 구분지어 말하고 있다.

이외에도 그는 정감에는 선과 불선不善의 구분이 있는데, 정의 본성은 선한 것이지만 그것이 드러나 그릇된 것에 오염되면 불선하게 된다고 말했다. (《北溪先生字義》 卷上 〈情〉에 보인다.) 그리고 욕망에도 생리적인 것과 정신적인 것 두 가지가 있으며, 정情·의意·지志 역시 서로 다르다고 주장하고 있다. 그는 "정은 성의 드러남 情是性之發"이며, 의意는 "마음이 주되게 지향하는 것 心有主向"이고, 지志는 "마음이 드러난 바이다 心之所發"(《朱子語類》 卷五)라고 하여 이 모두가 마음으로부터 나오는 심리활동이기는 하지만, 의는 일종의 의견과 주장으로 일정한 목적을 지향하는 것이고, 지는 사물에 대한 심리적 지향으로 움직이지 않는 상태라는 점에서 구별된다고 하였다. 이처럼 비교적 세밀한 정욕심리에 대한 분석은 문예심리의 경우와도 상통하는 것으로 문예창작에 있어서도 적지않은 계발적 의의가 있다고 할 수 있다.

주희는 그의 심리학 사상과 상응시켜 문예심리학의 영역에서도 중화평담中和平淡의 미와 허정虛靜에 대해 언급하고 있다. 그는 문文과 도道, 시와 이理가 균형과 화해를 이루어야 한다고 말하고 있다. "조화로우면 모든 일이 조화를 이루어야만 한다. 이쪽도 꼭 맞아 적절해야 하며, 이곳도 치우치지 않아 조화로우면서 저곳도 치우치지 않고 조화를 이루어야 한다. 만약에 한 곳이라도 조화를 이루지 못하면 그것은 조화라 할 수 없다. 和便事事都要和, 這裡也恰好, 這處也中節, 那處也中節. 若一處不和, 便不是和矣"(《朱子語類》 卷二十二) 그렇다면 '조화〔和〕'롭기 위해서는 어떻게 해야 하는가? 이에 대해 그는 '선천적으로 지닌 말투〔天生成腔子〕'처럼 평담하고 자연스러운 아름다움을 지녀야 한다고 주장하였다. 그래서 "자연에 순응하는 것이 곧 조화이다 順於自然, 便是和"·"드러나 보이는 것 가운데 자연이 아닌 것이 없다 發見出來, 無非自然"(《朱子語類》 卷二十二)고 하였던 것이다. 시에 있어서도 당연히 "평담함을 몸소 길러 平淡自攝", "참된 맛을 넘쳐 흐르게 함으로써 眞味發溢" "마음에 적합하게 適懷"(〈청수각에서 시를 논하며 淸邃閣論詩〉) 만들어야 한다고 주장하였다. 여기서 '평담자섭平淡自攝'이란 사람의 마음을 도심道心에 가깝도록 하라는 것이며, '진미발일眞味發溢'이란 도심道心이 자연스럽게 흘러나올 수 있도록 만들라는 뜻이다. 이를 위해 그는 '마음속을 세척하고〔洗滌腸胃〕' '마음을 함양할 것〔涵養其心〕' 등을 주장했다. 이러한 주장은 다음 예문에서 보다 분명하게 드러난다. "《시경》에서 "큰 저 은하수여, 하늘에 문장이 되었도다. 주왕이 천수를 누리시니 어찌 사람을 고무시키지 않으시리오"라고 하였다. 〔《詩經》 大雅篇 〈棫樸〉에 보면 "倬彼雲漢, 爲章于天, 周王壽考遐不作人乎"이란 구절이 나오는데, 본문은 여기에서 따온 것이다.〕 이러한 시구들은 혈맥이 유통하는 곳에서 나온 말들로 오랫동안 그 속에 함양되어 저절로 나뭇가지가 사방으로 펼쳐지듯 두루 드러나는 것이니, 애써 밖에서 도리를 담은 말을 끌어들여 시인의 살아 있는 뜻을 막히고 걸리게 해서는 안 된다. 倬彼雲漢則爲章於天矣, 周王壽考則何不作人乎. 此等語言自有個血脈流通處, 但涵泳久之, 自然見得條暢浹洽, 不必多引外來道理言語, 却壅滯却詩人活底意思也"(《文集》 卷四十 〈하숙경에게 답하다 答何叔京〉) "주신 편지에서 '향내와 윤이 나는 육예六藝에 몸을 씻어 진정으로 깨끗한 마음을 구한다'고 하셨는데 진실로 지극한 말씀입니다. 그러나 또한 먼저 고금의 체제와 아속의 향배鄕背를 먼저 잘 알아야 할 것이고, 또한 여전히 위胃와 장腸 사이에 예전부터 있어 온 비린내나 기름기를 깨끗하게 세척해야 할 것이라고 생각합니다. 그런 후에야 말씀하신 내용이 행해질 수 있을 것입니다. 만약 그렇게 하지 못했다면 제가 생각건대 더럽고 탁한 것이 주인 행세를 하여 향긋한 내음과 윤기가 아예 들어갈 수 없을 듯싶습니다. 來喩所云漱六藝之芳潤, 以求眞澹, 此誠極致之論. 然恐亦須先識得古今體制, 雅俗鄕背, 仍更洗滌得盡腸胃間夙生葷血脂膏, 然後此語方有所措, 如其未然, 竊恐穢濁爲主, 芳潤入不得也"(《文集》 卷六十四 〈공중지에게 답하다 答鞏仲至〉) 이상에서 인용한 내용들은 주로 창작과정에서 반드시 필요한 심리수양에 관한 논의들로 문예심리학적 색채가 다분한 것들이라 할 수 있다.

다음으로 그는 예술창조과정에서 특히 중요한 창작주체의 심리상태에 대해 논하고 있는데, 특히 '허정'의 이론을 제창하고 있다는 점에서 주목할 만하다.

> 요즘 사람들이 일마다 제대로 하지 못하는 것은 알지 못하는 까닭에서 기인한다. 시를 예로 들자면, 온 세상 사람들이 목숨을 걸고 분방하게 시를 짓고자 하나 제대로 시를 짓는 이는 한 사람도 없다. 이는 그들이 모르고 있기 때문이다. 좋은 것은 좋지 않은 것으로 여기고, 또한 좋지 않은 것을 좋은 것으로 여긴다. 이는 오로지 마음이 시끄러워 텅비고 고요하지 못한 까닭 때문이다. 마음을 텅비게 하고 고요한 상태에서 머물지 못하니 밝아질 수 없고, 밝지 않으니 알 수 없게 된

다. 만약 마음을 텅비게 하고 고요케 하면 분명히 밝아지고 사물을 잘 알게 될 것이다. 비록 기예가 뛰어나다고 하더라도 일을 정교하게 하는 것은 그의 마음이 텅비어 도리가 분명하기 때문이니 이로써 정교하게 일을 할 수 있는 것이다. 마음이 시끄러운데 어찌 알 수 있겠는가?

今人所以事事作得不好者, 緣不識之故. 只如個詩, 擧世之人盡命去奔做, 只是無一個人做得成詩, 他是不識, 好底將做不好底, 不好底將做好底, 這個只是心里鬧不虛靜之故. 不虛不靜, 故不明, 不明, 故不識, 若虛靜而明, 便識好物事. 雖百工技藝, 做得精者, 也是他心虛理明, 所以做得來精. 心里鬧如何見得.[23]

주희는 여기서 많은 시인들이 시를 쓴다고 애쓰지만 훌륭한 시가가 보이지 않는 이유에 대해 "마음이 텅비고 고요하지 못하고 시끄러운 까닭 心里鬧不虛靜"이라고 말하고 있다. 이는 허정한 마음의 상태를 유지할 수 없기 때문에 예술적인 안목으로 심미객체의 내부에 자리하는 규율을 파악할 수 없고, 당연히 좋은 시가 창작될 수 없다는 뜻이다. 그러나 만약 "마음을 텅비게 하고 고요케 한다면 분명히 밝아지고 사물을 잘 알게 될 것이다 虛靜而明, 便識好物事"라고 하여, 심미객체를 자세하게 관찰할 수 있다면 자연히 심미적인 표현이 가능해질 것이라고 주장하면서, 시를 짓는 자는 반드시 "마음을 텅비게 하여 도리가 분명해지도록 心虛理明" 해야 할 것이라고 요구하고 있다.

또한 주희는 심미창조 과정에서의 허정론에 대해 다음과 같이 예를 들어 설명하고 있다.

장경부가 일찍이 말하기를 "평소에 왕형공의 서법책을 주로 보았는데, 대개가 바쁜 와중에 씌어진 것들 같았으니, 공이 어찌 이리 바쁜 일이 있었을까 알 수 없었다"라고 하였다. 물론 이 말은 우스갯소리이지만 실로 그 병폐를 꼭 집은 말이라 하겠다. 이제껏 그 책을 보다가 평일에 시간을 내어 한공의 서법책을 보게 되었다. 비록 친척으로 항렬이 낮기는 하였지만 또한 모든 것이 단정하고 근엄하였으며, 대체적으로 (서체의 풍격이) 이와 같아 아직 한 획도 초서체로 쓴 것을 본 적이 없다. 대개 (그는) 마음이 안온하고 고요하며 치밀한데다 온화한 용모에 조화로움과 기쁨이 가득하였다. 그런 까닭에 잠시라도 조급하게 마음을 바삐 지닌 적이 없었으며, 티끌만큼도 성급하게 뜻을 지닌 적이 없었다. 왕형공의 조급하고 급박한 것과는 정반대였다. 서예의 세세한 일들이 인간의 덕성과 서로 관계됨이 이와 같은 것이다. 내가 이로써 마음속으로 경계를 삼나니, 이로 말미암아 그 말을 책상 왼편에 적어두고 있는 것이다.

張敬夫嘗言, "平生所見王荊公書, 皆如大忙中寫, 不知公安得有如許忙事." 此雖戲言, 然實切中其病. 今觀此卷, 因省平日得見韓公書迹, 雖與親戚卑幼, 亦皆端嚴謹重, 略與此同, 未嘗一筆作行草勢. 蓋其胸中安靜詳密, 雍容和豫, 故無頃刻忙時, 亦無纖芥忙意, 與荊公之躁擾急迫正相反也. 書禮細事, 而於人之德性其相關有如此者. 熹於是竊有警焉, 因識其語於左.[24]

그는 왕형공의 서법을 '매우 바쁜 와중에 씌어진 것(大忙中寫)'이어서 내심으로 '조급하고 급박하여(躁擾急迫)' 허정한 심리상태가 결여될 수밖에 없었으며, 이에 반해 한위공韓魏公의 서법은 "마음이 안온하고 고요하며 치밀한데다 온화한 용모에 조화로움과 기쁨이 가득하여 잠시라도 조급하게 마음을 바삐 지닌 적이 없었으며, 티끌만큼도 성급하게 뜻을 지닌 적이 없었다 其胸中安靜詳密, 雍容和豫, 故無頃刻忙時, 亦無纖芥忙意"고 한 것처럼 허정의 마음이 갖추어져 있는 상태에서 이루어진 것이라고 하였다. 주희는 이렇듯 왕형공을 낮게 평가하고 한위공을 높이 평가하고 있는데, 이는 자신의 창작과 심미적 경험을 토대로 하여 허정한 심리상태를 지니는 것이 예술창조에 절대적 관건이 된다는 것을 주장한 것이라 할 수 있다.

창작과 심미에 있어서 주희가 주장한 '허정'설은 중국 문예심리학사에서 이미 전통적인 맥락을 지닌 것이었다. 그 전통은 선진의 노자와 장자로부터 발원하여 이후 많은 문론가들이나 미학가들에 의해 보충되고 발전되어 온 것이었다. 이 점에 대해서는 이미 상론하였기에 더 이상 언급하지 않겠다. 그러나 특기할 만한 것은 주희가 특히 사유심리학 방면에서 심미 '허정'설에 대한 이론적인 근거를 제공했다는 점이다. 주희는 사유과정에서 '사려思慮'의 문제에 대해 언급하였는데, 그에게 있어서 '사려'는 감지의 토대 위에서 진행되는 것으로 사유과정의 고급단계라고 할 수 있다. 그는 '사려'에는 반드시 '정定'·'정靜' 등의 조건이 갖추어져야 한다고 생각했는데, 이에 관해 다음과 같이 말하고 있다.

길을 가는 것과 마찬가지로 앎을 얻는다는 것은 그저 한 길을 좇는 것이니, 곧 마음에서 정해져 일점의 의혹도 없어야 한다. 아무런 의혹도 없으니 마음이 평정되고, 마음이 평정되니 땅에 달라붙은 듯 편안하다. 마음이 편안하니 저절로 그 마음이 전일하게 된다. 사람이 사물을 접하게 되면 사려가 저절로 통하여 환히 비치지 않는 경우가 없다. 만약 마음이 고요하고 안온한 상태에 이르지 못하면 사유나 생각이 어지럽혀지나니, 어찌 능히 깊은 생각(思慮)을 할 수 있을 것인가?

如行路一般, 若知得是從那一路去, 則心中自是定, 更無疑惑, 旣無疑惑則心便靜, 心旣靜, 便貼貼地便是安, 旣安則自然此心專一. 事至物來, 思慮自無不通透. 若心未能靜安, 則總是胡思亂想, 如何是能慮.[25]

본문에서 생각할 때 반드시 안정과 냉정으로 마음상태를 일관시켜야 한다고 주장하고 있다. 물론 이러한 것들이 예술사유와 직접적인 연관하에서 논의된 것은 아니지만, 이전의 '척제현감滌除玄鑒'·'심재心齋'·'좌망坐忘' 등의 논의와 동일선상에 놓여 있는 것으로 예술사유의 '허정'설과 상통한다고 할 수 있을 것이다. 더욱 주목할 만한 것은 주희 이전에 비록 '허정'에 관한 논의가 있기는 하였지만 이를 심리학의 각도에서 서술한 것은 아니었으며, 주희에 의해 비로소 심리학의 측면에서 '허정'설을 논의할 수 있었다는 점이다. 다시 말하자면 주희는 예술창작심리학의 측면뿐만 아니라, 특히 사유심리학의 측면에서 논의를 하였다는 것이다. 이렇게 함으로써 기존의 예술심미적 '허정'설에 사유심리학적인 토대를 다지게 된 것이다.

제9절 소식의 미감계통론美感系統論

소식蘇軾(1037-1101)의 자는 자첨子瞻이고, 호는 동파東坡로 미산眉山(지금의 사천성) 사람이다. 저서가 매우 많아 후인들이 이를 《동파칠집東坡七集》으로 편집하였으며, 서법書法으로 《적벽부赤壁賦》·《황주한식시첩黃州寒食詩帖》 등이 세상에 전한다.

소식은 북송의 저명한 문학가로 구양수와 함께 시문혁신운동을 주도함으로써 문예영역에서 개혁자로서의 뛰어난 면모를 보여 주었다. 소식은 문예·회화·서법·음악 등의 예술영역에서 모두 뛰어났다. 그의 시문창작 수준은 북송의 최고봉을 이루었으며, 그의 사詞에서 볼 수 있는 호방한 정조는 스스로 일가를 이루고 있다. 또한 그의 서법은 윤택하면서도 수려하고, 근엄하면서도 자유분방하여 채양蔡襄·황정견黃庭堅·미불米芾 등과 더불어 '송사가宋四家'로 불리운다. 그는 이처럼 다양하고 풍부한 창작경험을 통해 더욱 다채롭고 계통적인 문예사상을 지닐 수 있었다. 그의 문학과 예술 전반에 걸친 진정한 의미의 예술학 이론은 심리학적인 요소가 농후하여, 이미 그의 문예심리학 사상만을 전문으로 연구한 저서가 씌어질 정도이다.[26]

소식의 문예심리학은 중국 문예심리학사에 있어서 예술 전반에 걸친 다양한 내용을 구비하고 있는데다가 유형이 다채롭고, 자신만의 독특한 체계를 갖추고 있다. 그의 논의는 예술적 관찰, 예술구상, 예술적 표현, 심미심리 등에 걸쳐 다양하게 이루어지고 있다. 그렇기 때문에 가히 미감계통론이라고 할 수 있을 것이다. 그의 미감계통론에는 심미미감계통뿐만 아니라 창작심리계통도 포함되는데, 이는 창작 역시 미감이 필요하고 미감을 만들어 내기 때문이다. 이제부터 보다 구체적으로 소식의 미감계통론에 대해 논의하고자 한다.

1. 수물부형隨物賦形, 신여물교神與物交 — 예술관찰론

예술학의 측면에서 볼 때 관찰은 예술창작 과정의 제1단계이다. 창작을 하기 위해서는 먼저 생활 속으로 깊이 빠져들어, 생활을 관찰한 연후에야 예술을 구상하고 구체적인 창작에 들어갈 수 있다. 심리학에서도 관찰은 곧 감지(감각·지각)로서 사유과정의 초기단계이다. 우선 감지한 뒤에야 개념이 형성되고 이에 따라 이성적인 사유를 할 수 있는 것이니, 감성에서 이성에 이르는 사유인식 과정이라 할 수 있다. 예술사유의 심리과정도 대체로 이러하여 먼저 감지하고, 그 후에 다시 표상表象과 상상·연상을 거친 후 마지막으로 예술형상으로의 물화物化가 이루어지는 것이다. 이 역시 형상에서 형상으로 또는 개별에서 일반으로, 그리고 다시 개별로 가는 과정인 것이다. 요컨대 예술적 관찰, 예술적 감각은 예술창작과 예술사유에 있어서 지극히 중요한 것이라 할 수 있다. 과거에는 이 문제에 대해 그다지 중시하지 않았으나, 최근 중국에서는 예술적 감각의 문제에 대해 비교적 계통적인 연구가 시작되고 있다.

예술의 실천가이자 예술이론가로서, 소식은 예술의 관찰 문제에 대해서도 독특한 이해와 인식을 하고 있다. 예술가의 사회생활에 대한 관찰에 있어서 소식은 무엇보다도 "사물을 따라 형체를 이루는 것 隨物賦形"이 먼저 이루어져야 한다고 주장하고 있다. 그는 〈문설文說〉에서 다음과 같이 말하였다.

나의 문장은 1만 곡斛이나 되는 샘의 원천과 같아서, 땅을 가리지 않고 용솟음쳐 나오며 평지에서도 도도하고 세차게 흘러 하루에 1천 리를 가기에 어렵지 않다. 산이나 바위를 만나 어울려 꼬불꼬불 흘러 사물을 따라 형체를 이루니 (그 원리는) 알 수 없다. 알 수 있는 것은 늘 마땅히 가야 할 곳으로 가고 늘 멈추어야 할 곳에서 멈추는 것, 이와 같을 따름이다. 그밖에는 나로서도 알 수 없다.

吾文如萬斛泉源, 不擇地而出, 在平地滔滔汩汩, 雖一日千里無難. 及其與山石曲折, 隨物賦形而不可知也. 所可知者, 常行於所當行, 常止於不可不止, 如是而已矣. 其他雖吾亦不能也.

위 인용문에는 예술적 반영의 문제가 내재되어 있다. 예술창작은 객관의 내재적인 특징과 규율에 따라 반영하는 것이다. 모든 '물物'은 그 자체로 그에 따른 '형形'을 반영하는 것이기 때문에 작가의 주관적인 의사에 따라 다른 형태로 전이될 수 없다. 이외에도 위 문장에는 예술적 관찰의 문제에 대해서도 논의되고 있다. 소식은 예술적 관찰에 있어 "사물에 따라 형체를 이룰 것 隨物賦形"을 주장하고 있다. 이를 위해서는 무엇보다 먼저 "사물에 따라 형체를 살핀다. 隨物觀形" 즉 세심하게 객관적인 사물의 형태를 파악하여 그것의 특징을 파악해야 한다고 주장하고 있다. 또한 "외물을 살피는 데 반드시 상세해야만 한다 觀物要審"고 하여, 예술가는 마땅히 "농사짓는 것은 응당 농부에게 묻고, 베 짜는 일은 응당 베 짜는 여인네에게 묻는다 耕當問奴, 織當問婢"는 정신을 가져야 한다고 했다. 이러한 관점에서 그는 "무슨 일이든 눈으로 보고 귀로 듣지 않고, 그 사실의 있고 없음을 억측하는 것이 옳은 일이겠는가? 事不目見耳聞, 而臆斷其有無, 可乎?"[27]라고 반문할 수 있었던 것이다.

〈서황전화작書黃筌畫雀〉에서 소식은 황전黃筌의 날아가는 새〔飛鳥〕의 그림을 예로 들어 이 문제를 설명하고 있다. 황전이 날아가는 새를 그리는 데 "목과 다리를 모두 곧게 편 상태 頸足具展"로 그렸다. 그러나 이는 새가 날 때의 움직임에 걸맞지 않은 것이었다. 날아가는 새는 '목과 다리를 곧게 편' 상태에서 날지 않기 때문이었다. 결국 황전의 날아가는 새의 그림은 웃음을 자아낼 수밖에 없으니, 이는 그가 나는 새를 세밀하게 관찰하지 않은 데에서 나온 결과였다. 설명이 개략적이기는 하지만, 이 글에서 우리는 소식이 '수물부형隨物賦形'과 '관물요심觀物要審'이 서로 연계되며 당연히 합치되어야만 하는 것으로 파악했음을 알 수 있다. 다시 말해 '수물부형隨物賦形'하기 위해서는 반드시 먼저 '관물요심觀物要審,' 곧 외물을 살피는 데 반드시 상세해야만 한다는 것이다.

'관물요심觀物要審,' 즉 예술적 관찰은 창작에 있어 필수불가결한 요건이다. 그러나 이 역시 일반적인 인식론상의 관찰 문제에 속하는 것이다. 왜냐하면 예술은 단순히 '수불무형'·'관물요심'만으로 끝나는 것이 아니기 때문이다. 다시 말하자면 창작은 단지 객관적인 사물에 대한 복사나 간단한 모방이 아니라, 그 본질과 내재되어 있는 규율성에 대한 표현이기 때문이다. 그렇기 때문에 소식은 단순히 '수불무형'·'관물요심'에만 국한하지 않고, 이에서 한 걸음 더 나아가 '신여물교神與物交'의 관점을 제시하고 있는 것이다. 이는 소식의 탁월한 견해라 할 수 있을 것이다.

> 천기天機가 합치되는 것은 억지로 되는 것이 아니고 저절로 표시되는 것이다. 용면거사龍眠居士가 산에 있을 때 어느 한 사물에도 집착을 하지 않았다. 그런 까닭에 그 정신은 만물과 교합하였으며, 그 지혜는 온갖 장인들의 교묘한 지혜와 통할 수 있었던 것이다.
>
> 天機之所合, 不强而自記也. 居士之在山也, 不留於一物, 故其神與萬物交, 其智與百工通.[28]

이 인용문 바로 앞에서 소식은 이백시李伯時(李龍眠)의 〈산장도山莊圖〉를 예로 들어, 그의 산장도가 핍진하게 묘사된 것에 대해 다음과 같이 말하고 있다. "나중에 산에 들어온 사람이 발 가는 대로 걸어 스스로 길을 찾을 수 있는 것은, 마치 꿈에서 마치 전생에서 깨달은 것 같아 산중의 샘이나 돌·초목을 보면 묻지 않아도 그 이름을 알게 되며, 또 산중의 어부나 나무꾼, 또는 은일자를 만나게 되면 비록 이름은 알 수 없으되 그 사람은 면식이 있게 그렸다. 使後來入山者, 信足而行, 自得道路, 如見所夢, 如悟前世, 見山中泉石草木, 不問而知其名, 遇山中漁樵隱逸, 不名而識其人" 소식이 그의 그림에 대해 이렇게 말한 것은, 결국 이백시의 산장에 대한 관찰이 "그의 정신과 만물이 서로 교융하고 其神與萬物交" 사물의 외적 형체를 떨쳐 버리고, 그 내적 정신을 취한 결과라는 뜻이기도 하다. 당연히 이러한 '정신으로 본다(神視)'는 내적 관찰에 대한 언급은 문예심리학적 의의가 다분한 것이다. 소식은 이외에도 '정신으로 보는' 방법, 즉 신시神視에 대해 여러 가지 측면에서 논술하고 있다.

첫째, "한 가지 외물에 집착하지 않음 不留於一物"이다. 이는 다시 말해 예술 관찰을 행할 때, 하나의 구체적인 사물의 형체적인 특징에만 국한되거나 속박되지 않고, 주의를 집중하여 이로부터 마음에서 진정한 이해를 얻어낸다는 것이다. 소식의 이러한 견해는 인간의 관찰과 사유심리의 규율에 부합되는 것인데, 그 까닭은 인간의 의식적 반영은 일정한 지향성을 지니고 있기에 동시에 주위의 모든 사물을 관찰할 수 없기 때문이다. 오늘날의 심리학자들은 이 문제에 대해 다음과 같이 말하고 있다. "인간은 동일한 순간일 경우, 그에게 작용하는 많은 사물 중에서 오로지 유한한 부분에 대해서만 의식을 할 수 있다. 그 근본 원인은 각 기관이 지닌 자극에 대한 접수 능력에 한계가 있기 때문이며, 또 다른 한편으로는 대뇌피질의 기능이 제약되어 있기 때문이다."[29] 이러한 연유로 사물을 관찰할 때는 반드시 주의를 집중해야만 그것의 신神을 얻을 수 있는 것이다. 소식은 이 점에 대해 정확하게 간파하고 있었다. 그는 〈보회당기寶繪堂記〉에서 "군자는 사물에 뜻을 붙여야지, 사물에 뜻을 머무르게 해서는 안 된다 君子可以寓意於物, 而不可以留意於物"[30]고 하였으며, 〈초연대기超然臺記〉에서는 "사물의 바깥에 노닐어야지 游於物之外"[31] "사물의 안에 머물러서는 留於物之內" 안 된다고 주장하였다. 이는 곧 외물에 뜻을 담을 따름이고 외물의 밖에서 노닐어, 그것에 집착하는 우를 범해서는 안 된다는 뜻이자, 이렇게 해야만 냉정한 상태에서 외물을 관찰하고 외물의 외적 형체를 초월하여 외물의 의취意趣와 그 정신을 얻을 수 있다는 뜻이다. 이것이야말로 예술창작의 가장 중요한 요건 가운데 하나일 것이다.

둘째, '망신忘身'이다. 소식은 다음과 같이 말하고 있다. "(음양이 교합하는 상태인) 함咸이란 것은 정신으로 사귀는 것이다. 무릇 신神을 얻기 위해서는 장차 마음조차 버려야 하는데, 하물며 몸에 있어서랴? 몸을 잊은 후에야 정신이 존재한다. 마음을 버리지 않으면 몸을 잊을 수 없고, 몸을 잊지 못하면 정신을 잊게 된다. 그런 까닭에 정신과 몸은 함께 존재할 수 없는 것이니 반드시 하나는 잊어야 한다. 咸者以神交. 夫神者將遺其心, 而況於身乎? 身忘而後神存. 心有遺則身不忘, 身不忘則神忘, 故神與身非兩存也, 必有一忘"[32] 여기에서 말하고자 하는 것은 예술적 관찰을 할 때 인간의 형체와 사유, 그리고 의식의 관계가 어떤 상태에 있어야 하는가에 관한 것이다. 그는 예술적 관찰을 할 때 '신교神交'의 경지에 들기 위해서는 반드시 시각이나 청각과 같은 인체의 외부적인 감각기관의 영향을 배제해야만 하고, 이로써 마음을 통해 집중적으로 사유할 수 있어야 한다고 주장하고 있다. 그의 논의는 인간의 관찰과 사유의 심리규율에 부합된다. 만약 인간 내부의 감각기관(즉 유기체 감각)이 외적 사물의 자극으로 인해 발생하는 외부 감각기관의 영향을 받으면, 주의를 집중하여 관찰하거나 사고하는 것이 어렵게 된다. 대뇌피질의 활동은 한 방향에 집중할 때 더욱 좋은 상태를 유지할 수 있기 때문이다. 이렇게 볼 때, 소식이 "정신과 몸은 함께 존재할 수 없는 것이니 반드시 하나는 잊어야 한다 神與身非兩存也, 必有一忘"고 한 것은 나름대로 심리학적 근거가 있는 말이라 하겠다.

셋째, '음찰陰察,' 즉 은밀한 관찰이다. 소식은 "정신을 전하는 전신傳神의 방법과 일반적인 모습의 묘사는 동일선상에 있는 것이다. (초상화에서) 그 사람의 자연스러운 진면목을 그려내려면, 마땅히 군중 속에서 그 사람의 행동거지를 은밀히 살펴보아야 한다. 그런데 요즈음 (화가들은) 사람으로 하여금 의관을 갖추고 가만히 앉아서 한 물건을 주시하게 하니, 저처럼 옷깃을 여미고 엄숙하게 있는 모습에서 어찌 자연스러운 진면목을 얻을 수 있겠는가? 傳神與相一道, 欲得其人之天, 法當於衆中陰察之, 今乃使人具衣冠坐, 注視一物, 彼方斂容自持, 豈復見其天乎?"[33] 하였다. 위 인용문에서 말하고자 하는 것은 모든 동물이나 사람들의 활동을 관찰하는 방법에 관한 것이다. 심리학에서 볼 때 동물이나 사람은 객관적인 환경과 사건의 영향을 받아 희·노·애·락의 변화가 드러나며, 그것이 표정화된다. 그러나 인간의 경우에는 자신의 표정을 억제하여 특정한 사회환경과 인간관계의 필요성에 대응할 수 있다. 따라서 일반적인 상황에서는 쉽게 인간의 진실한 감정을 통찰할 수 없다. 그렇기 때문에 소식은 "사람으로 하여금 의관을 갖추고 가만히 앉아서 한 물건을 주시하게 하니, 저처럼 옷깃을 여미고 엄숙하게 있는 모습에서 어찌 자연스러운 진면목을 얻을 수 있겠는가? 使人具衣而坐, 注視一物, 彼方斂容自持"라고 반문하면서 나름으로 예술관찰 방법인 '음찰'을 제시하고 있는 것이다.

2. 성죽재흉成竹在胸, 신여죽화身與竹化 — 예술구상론

예술창작의 심리과정에 있어서 예술관찰과 예술구상은 밀접한 관계가 있으며, 때로 동시에 진행되기도 한다. 그러나 엄격하게 심리과정을 구분한다면 양자는 상대적인 독립성을 유지하고 있다. 당연히 관찰은 시작단계에 속하며, 구상은 그 이후의 단계에 속한다. 예술가들이 자신의 창작을 위해 예술적 구상을 하게 될 때, 무엇보다 기존에 알고 있던 사물에 대한 관찰에 주력하면서 다른 한편으로 새로운 사물을 발견하고자 애를 쓰게 된다. 그러나 관찰이 불가능하거나 깊이 있는 관찰이 이루어지지 않았을 경우에는 예술적 구상이 진행되기 어렵다.

이렇듯 예술적 관찰이나 구상의 과정은 창작에 있어서 대단히 중요한데, 이에 대한 소식의 논술과 분석은 대단히 탁월하고 또한 독특한 일면을 지니고 있다는 점에서 주목할 만하다. 소식은 예술적 구상과정을 예술가가 예술창작을 진행함에 있어서 미감계통이 어떻게 형성되는가에 초점을 맞추어 논의하고 있다. 다시 말하자면, 예술창작의 미감계통 형성과정으로 간주한 것이라 하겠다.

소식은 예술가가 창작활동을 하기 위해서는 먼저 창작에 대한 전체적인 형상에 대한 구상이 있어야 한다고 생각했다. 그는 이를 마음속에 대나무의 완전한 형상을 구체화시켜야 한다는 뜻의 '흉유성죽胸有成竹'으로 개괄하고 있다. 그는 〈문여가화운당곡언죽기文與可畵篔簹谷偃竹記〉라는 글에서 다음과 같이 쓰고 있다.

> 대(竹)가 막 움터 나올 때에는 한 치에 불과한 싹이지만, 그 속에 마디나 잎을 고루 갖추고 있다. 매미의 배나 뱀의 비늘 같은 죽순에서부터 칼을 뽑은 듯 열 길이나 되는 큰 대나무에 이르기까지 모두 자연적으로 생장하면서 지니고 있는 것이다. 그러나 요즈음 대나무를 그리는 화가들은 마디마디를 모두 다 그리고 잎들을 겹겹이 포개 놓은 듯 더하여 그리고 있으니, 어찌 참다운 대나무가 그려질 수 있겠는가? 그러므로 대나무를 그리고자 하는 사람은 먼저 마음속에 대나무의 완전한 형상을 구체화시켜야 하며, 붓을 들고 실물을 응시하여 그리고자 하는 것을 보고서는 급히 손을 놀리며 붓을 휘둘러 곧장 나아가 자기가 본 바를 좇아 묘사해야 한다. 이는 토끼가 뛰어 달아나고, 매가 쏜살같이 내려와 덮치는 것 같

아서 조금이라도 늦추면 사라져 버리기 때문이다. 여가與可가 내게 이렇게 가르쳐 주었으나 나는 그렇게 할 수가 없었다. 그러나 마음속으로는 그렇게 해야 하는 까닭을 이해할 수 있었다. 마음속으로 그렇게 해야 하는 까닭을 이해하면서도 그렇게 할 수 없는 것은, 내외가 일치되고 마음과 손이 서로 응하도록 배우지 않은 소치이다. 그래서 대개 마음속에서 본 바가 있으나 운필이 익숙하지 않은 사람은, 평소에 볼 때에는 명확하던 것이 그 일을 당하여 직접 행할 때에는 갑자기 잊어버리게 되는데, 이러한 것이 어찌 대나무 그리는 것에만 그럴 뿐이겠는가?

竹之始生, 一寸之萌耳, 而節葉具焉. 自蜩腹蛇蚹以至於劍拔十尋者, 生而有之也. 今畫者乃節節而爲之, 葉葉而累之, 豈復有竹乎! 故畫竹必先得成竹於胸中, 執筆熟視, 乃見其所欲畫者, 急起從之, 振筆直遂, 以追其所見, 如兎起鶻落, 少縱則逝矣. 與可之敎予如此, 予不能然也. 而心識其所以然. 夫旣心識其所以然而不能然者, 內外不一, 心手不相應, 不學之過也. 故凡有見於中而操之不熟者, 平居自視了然, 而臨事忽焉喪之, 豈獨竹乎.[34]

'흉유성죽'이란 북송의 화가들이 이미 언급한 말로서, 소식은 그들의 관점을 받아들여 개념 자체를 차용한 것이다. 일반적으로 인식하고 있는 것처럼 이 개념은 소식이 창작한 것이 결코 아니다. 이른바 '흉유성죽'이란 것은, 실제적으로 예술가들이 풍부하면서도 다양한 사물들을 깊이 있게 관찰한 연후에 자신의 머릿속에서 형성해 낸 예술적 표상을 뜻하는 말이다. 마르크스는 다음과 같이 말한 적이 있다. "노동과정이 끝났을 때 얻는 결과는 그 과정이 시작할 때 이미 노동자의 표상에 존재하고 있으니, 이는 곧 관념상에 존재하는 것이다."[35] 이렇듯 예술과정에서 형성되는 예술적 표상 역시 마르크스가 말한 이러한 특징을 지니고 있다.

그러나 또한 그것에는 예술적 표상만의 특수성이 존재한다. 소식의 말에 따르면, 예술적 표상에는 다음과 같은 특징이 있다. 첫째, 예술표상은 완전성을 갖추고 있다. 소식은 당시 일반 화가들의 대나무 그림을 비판하면서 "마디마디를 모두 다 그리고, 잎들을 겹겹이 포개 놓은 듯 더하여 그리고 있다 節節而爲之, 葉葉而累之"고 하였다. 그가 이렇게 비판한 것은, 그들의 그림이 잡다한 단편적인 표상일 따름으로 예술가의 마음속에 전체의 표상화가 덜 되어 있는 상태이기 때문이었다. 둘째, 예술표상은 구체적인 형상이다. '성죽成竹'이란 형상성을 갖춘 것으로 추상적인 개념이 아니다. 셋째, '마음속에 있는 대나무(胸中之竹)'는 작가의 관념 속의 형상으로 아직은 물화한 예술적 형상은 아니다. 따라서 소식이 말한 '흉중지죽胸中之竹'은 예술적 이미지, 즉 작가가 각각의 구체적인 대나무를 많이 관찰하여 작가의 머릿속에 형성시킨 예술적 이미지인 것이다. 그것은 다시 말해 작가의 뜻 속에 이루어진 상象이지 예술적 형상은 아닌 것이다.

소식이 말한 '흉유성죽'이란 논제는 창작심리학적인 의의가 풍부하다. 인간이 지니고 있는 일반적인 인지심리나 또는 예술적 미감심리, 그 어느쪽에서 보더라도 인간의 인식에 있어서 총체적인 인식은 극히 중요하다. 인간의 사유는 사물을 총체적으로 인식해야만 나름의 개념을 형성하고, 이에 따라 진정한 의미의 사유로 표상을 형성할 수 있는 것이다. 문예심리학에서 볼 때 표상이란 미감의 발생과정을 중개하거나, 또는 전환시키는 역할을 담당하는 것이라고 할 수 있다. 작가는 이러한 표상을 통해 감각과 지각으로 상상과 연상을 거쳐, 마지막으로 구체적인 창작과정으로 들어갈 수 있는 것이다. 일부 문론사文論史나 미학사 연구가들은 소식의 '흉유성죽'을 단지 작가의 생활에의 몰입과 실제에 대한 이해의 관점에서만 논의하고 있는데, 그다지 탁월한 해석이라고는 말할 수 없다.

그렇다면 '흉유성죽'이 가능한 연후에, 구체적인 예술작품은 또한 어떠한 과정을 거쳐 이루어지는 것인가? 이른바 예술적 '죽竹'을 달성하기 위해서 작가는 단순한 창작구상에서 한 걸음 더 나아가야만 한다. 이 점에 대해 소식은 중요한 견해를 제시하고 있다. 그는 〈조보지가 소장하고 있는 여가의 대나무 그림에 대해 적다 書晁補之所藏與可畫竹〉라는 시 3수 가운데 제1수에서 다음과 같이 말하고 있다.

> 여가(文同)가 대나무를 그릴 때에는
> 대나무만 보고 사람은 보지 않는구나.
> 어찌 사람만을 아니 볼 뿐이겠는가?
> 멍하니 자신의 존재조차 잊어버린 것을.
> 그 몸이 대나무와 함께 동화되니
> 끝없는 가운데 청신함이 드러난다.
> 이제 장주莊周가 이 세상에 없으니
> 누가 이러한 응신凝神의 경지를 알리오?

與可畫竹時, 見竹不見人.
豈獨不見人, 嗒然遺其身.
其身與竹化, 無窮出清新.
莊周世無有, 誰知此凝神.[36]

여기에서 "몸이 대나무와 함께 동화한다 身與竹化"는 말은 예술창작 과정에서 미감의 물화物化, 즉 창작구상을 할 때 창작주체의 사상·감정이 창작객체로 이입됨에 따라 둘이 합하여 하나가 되는 것을 뜻하는 것으로 이른바 '이정移情'이다.

예술창작에 있어서 '물화' 설은 장자에서 비롯된다. 그는 일찍이 다음과 같이 말한 적이 있다. "공수工倕가 손으로 원을 그리는 데 컴퍼스와 자〔規矩〕로 그리는 것보다 뛰어난 것은 손가락이 물상과 합치되어 마음으로 측량할 필요가 없기 때문이다. 工倕旋而蓋規矩, 指與物化而不以心稽"(《莊子·達生》) 이는 표현 능력이나 기교가 표현하고자 하는 대상과 하나가 되었음을 말하고 있는 것이다. 장자는 또한 〈제물론〉에서 '장주의 나비꿈〔莊周夢蝶〕' 이야기를 하면서 물화物化에 대해 언급한 적이 있다. 분명 소식의 '신여죽화' 는 장자에게서 힌트를 얻은 것이다. 그러나 장자에 비해 소식의 논의는 몇 가지 독특한 점을 지니고 있다. 첫째, 소식이 말하는 '신여죽화' 는 주로 '마음〔心〕' 과 대나무의 일치를 강조한 것으로 '손가락' 〔指, 기교〕과 대상의 합일을 강조한 것이 아니다. 다시 말하자면 그는 대나무를 그리는 데 있어서 화가의 사상·감정이 대나무로 완전히 융합해야 한다고 한 것은, 단지 기교의 문제만을 언급하는 것이 아니라는 뜻이다. 둘째, 장자의 '물화' 에는 두 가지 부류가 있다. 한 가지는 심미주체를 심미객체로 변화시키는 '물화' 인데, 예를 들어 '장주의 나비꿈' 과 같은 것이 그것이다. 다른 한 가지는 심미객체를 심미주체로 변화시킨 것으로 '노니는 물고기의 즐거움〔游魚之樂〕' 과 같은 것이다. 필자는 후자의 경우 물화가 아닌 화물化物이라고 생각한다. 여하튼 소식이 말하고 있는 것은 주로 전자에 해당되는데, 창작주체의 몸과 마음이 객체로 융합되어 들어가는 것을 말한다. 셋째, 이로 말미암아 소식은 창작을 할 때 "대나무만 보고 사람은 보지 않으며 見竹不見人" "멍하니 자신의 존재조차 잊어버리는 것 嗒然遺其身"을 더욱 강조하였다. 그는 이렇듯 예술가가 예술구상과 예술창작을 할 때 자신의 정감과 의지, 심리상태와 창작 대상을 완전히 융합하여 '자신을 잊고〔忘我〕,' '자신의 몸도 잊는〔忘身〕' 경지에 도달함으로써 마음과 외물이 합일되어 자연스럽게 작품을 창작할 수 있어야 한다고 주장한 것이다. 소식은 그림이 이런 것처럼 문장 역시 마찬가지라고 생각했다.

만약 송대를 포함한 역대 서론이나 화론과 연계시켜 분석한다면, 소식의 '흉유성죽'·'신여죽화'의 예술심리학적 의미를 더욱 잘 파악할 수 있다. 예술관찰 문제에 대한 소식의 견해를 연계시켜 본다면, '수물부형隨物賦形'→'흉유성죽,' '신여죽화'→'무궁출청신無窮出淸新'으로 연결될 수 있으니, 이는 이미 창작과정에서의 미감심리계통의 생성과정을 개괄한 것이라 할 수 있다. 이를 오늘날의 입장에서 본다면, 감지→표상→물화라고 할 수 있다.

송대에서 이후 화론, 특히 대나무나 말의 그림에 대한 이론에서도 이러한 심미과정을 엿볼 수 있다. 송대 나대경羅大經은《학림옥로鶴林玉露》에서 이공린李公麟이 말을 그릴 때의 심미과정에 대해 다음과 같이 서술하고 있다.

> 이백시는 말 그림에 뛰어났다. 조보는 수레나 말을 관리하는 직책에 있었는데, 그 직책의 관아에 말을 모는 곳이 있었다. 이백시가 매번 그곳을 지날 때면 반드시 하루 종일 구경하느라 객들과 이야기할 시간조차 없을 지경이었다. 대개 그림을 그리는 이는 반드시 먼저 가슴속에 전체 말의 형상을 지니고 있어야 하는데, 만약 능히 정신을 한 군데로 모아 응집할 수 있다면 신준神駿〔뛰어난 말〕을 느낄 수 있을 것이니, 이를 오랫동안 지속하면 가슴속에 말의 전체 형상이 뚜렷하게 드러날 것이다. 그러면 뜻 가는 대로 붓을 휘저으면 저절로 뛰어나고 교묘하게 될 것이니, 이것이 이른바 마음을 흩어지지 않게 하여 정신을 응집시키는 것이라 한다.
>
> 李伯時工畵馬, 曹輔爲太僕卿, 太僕廨舍, 御馬皆在焉. 伯時每過之, 必終日縱觀, 至不暇與客語. 大概畵馬者, 必先有全馬在胸中, 若能積精聚神, 賞其神駿, 久久則胸中有全馬矣. 信意落筆, 自然超妙, 所謂不分乃凝於神者也.

이백시는 말을 그릴 때 미감의 계통화 과정을 다음 세단계로 구분하여 언급하고 있다. 첫번째 단계는 장기간의 관찰을 통한 감지의 단계이다〔伯時每過之, 必終日縱觀, 至不暇與客語〕. 다음은 표상을 형성하는 단계로, 기억과 상상 등의 심리기능을 조절하면서 예술적 구상을 하는 단계이다〔大概畵馬者, 必先有全馬在胸中, 若能積精聚神, 賞其神駿, 久久則胸中有全馬矣〕. 마지막으로 미감의 물화단계로 표상과 상상, 그리고 이정移情을 통해 형성된 예술 이미지를 물화시켜 예술적 물상화하는 과정이다〔信意落筆, 自然超妙, 所謂不分乃凝於神者也〕. 이는 미감이 생성되는 가장 높은 단계로 미감이 점차 계통의 정형화를 달성하는 단계라 할 수 있을 것이다.

《정판교집鄭板橋集 · 제화죽題畵竹》에 서술되어 있는 정판교의 대나무 그림을 그리는 과정에서도 역시 미감심리가 점차 체계화되는 전과정이 잘 드러나 있다.

> 강나루 여관에 맑은 가을날 아침 일찍 일어나 대나무를 보았는데, 안개며 해그림자나 이슬기 등, 모두가 듬성한 대나무 가지나 밀집한 잎사귀 사이에 떠다니고 있었다. 가슴속에 이러한 정경이 오락가락하더니 마침내 그림을 그리고 싶다는 생각이 들었다. 사실 가슴속에 있는 대나무는 결코 내 눈에 보이는 대나무는 아니다. 그래서 묵을 갈고 종이를 펴 붓을 대면 어느 새인가 변한 모습으로 그려지는 것이니, 손으로 그려지는 대나무 또한 가슴속에 형상화되었던 대나무는 아니었던 것이다.
>
> 江館淸秋, 晨起看竹, 煙光, 日影, 露氣, 皆浮動疎枝密葉間. 胸中勃勃, 遂有畵意. 其實胸中之竹, 幷不是眼中之竹也. 因而磨墨展紙, 落筆倏作變相, 手中之竹又不是胸中之竹也.

'눈에 보이는 대나무〔眼中之竹〕' → '가슴속의 대나무〔胸中之竹〕' → '손으로 그려지는 대나무〔手中之竹〕'는, 확실히 대나무를 그리는 과정에서 연관된 심미심리의 세 단계라 할 수 있을 것이다. 첫번째 단계는 창작을 하기 전에 대나무를 보고 있는 화가의 심미적 느낌의 단계이며〔晨起看竹, 煙光, 日影, 露氣, 皆浮動疎枝密葉間〕, 다음은 대나무에 대한 면밀한 관찰을 토대로 화가의 마음속에 심미적인 표상이 형성되고, 아울러 그림을 그리고자 하는 창작 욕망이 일어나는 단계를 나타낸다〔胸中勃勃, 遂有畵意. 其實胸中之竹, 幷不是眼中之竹也〕. 마지막으로 '흉중지죽,' 즉 심미 표상이나 심미적인 이미지를 물화하여 예술적 물상으로 만드는 과정, 즉 예술적 대나무로 미감을 물화하는 단계인 것이다〔因而磨墨展紙, 落筆倏作變相, 手中之竹又不是胸中之竹也〕. 이로써 정판교 역시 예술창작에 있어서의 미감심리를 어떻게 계통화하는가에 대해 정확하게 이해하고 있었다는 것을 확인할 수 있다.

중국 문예심리학 사상에 산재해 있는 이러한 자료들을 연계시켜 연구해 보면 소식의 미감심리계통론에 대한 이해의 깊이를 더할 수 있을 것이며, 그것이 지니고 있는 심리미학적 의의도 새롭게 드러낼 수 있을 것이다. 대나무 그림에 대한 정판교의 이론이 소식의 '흉유성죽' 설의 영향을 받았는지의 여부는 정확히 알 수 없다. 그러나 분명한 것은 그들의 이론이 동일한 체계선상에 놓여 있다는 것이다. 이렇듯 나대경이 기록하고 있는 이백시의 말 그리는 과정이나 정판교의 대나무를 그리는 과정, 그리고 소식이 기록하고 있는 자신의 문장창작의 과정에 대한 논의나 이백시의 산수화와 여가(문동)의 대나무 그림에 대한 논의는 모두 미감이 계통화되는 세 가지 단계에 대해 동일한 논조를 지니고 있다. 이를 소식의 견해에 따라 다시 한 번 개괄하면 다음과 같다. 첫단계는 '수물부형'·'관물요심' 이며, 두번째 단계는 '흉유성죽'·'신여죽화' 로 심미표상이 형성되면서 상상이나 이정移情활동 등의 심리기능이 전개되는 과정이다. 그리고 세번째는 '무궁출청신無窮出情新' 으로 미감이 물화하여 예술적 형상화하는 단계이다. 이 마지막 단계에 이르면 창작주체의 예술창작은 이미 완성을 이룬 것이라 할 수 있다.

여기에서 특히 주목할 것은, 소식이 말한 "그 몸이 대나무와 함께 동화되니, 끝없는 가운데 청신함이 드러난다 其身與竹化, 無窮出淸新"는 시구로 그 속에는 특별한 의미가 내포되어 있다. 먼저 '기신여죽화' 는 심미표상이 주관적인 형식을 짙게 지니고 있다는 것을 말하는 것이기도 한데, 다시 말해 표상을 형성하는 과정에서 상상과 연상, 특히 이정의 심리기능을 동반한다는 뜻을 내재하고 있다고 할 수 있다. 다음으로 '무궁출청신' 은 창작주체가 유한함을 초월하는 심미자유 속에서 예술적 표상이나 이미지와는 전혀 다른 새로운 질의 형상을 창조할 수 있다는 것을 비유적으로 반영하고 있다고 할 수 있다. 물론 이백시가 그림을 그릴 때 "신준을 느낄 수 있다 賞其神駿"·"저절로 뛰어나고 교묘하게 될 것이다 自然超妙"라고 말한 것이나, 정판교가 "어느 새인가 변한 모습으로 그려진다 倏作變相"는 언급 역시 이미 예술구상과 창작과정에 있어서 상상이나 연상·이정 등의 작용을 염두에 둔 것이라고 할 수 있다. 그러나 그들의 언급보다 소식은 더욱 명확하다고 할 수 있겠다.[37]

3. 묘관일상妙觀逸想, 진필직수振筆直遂, 충구이출沖口而出 —— 예술전달론

예술의 전달은 예술창작의 사유심리 과정 가운데 하나로 대단히 중요한 단계이다. 예술가들은 예술적 관찰의 토대하에서 예술을 구상하며 예술구상이 무르익어 성숙되었을 때 예술전달, 즉 감상자에게 그것을 전달하고자 한다.

예술전달이란, 일정한 물질적 매개와 형태를 이용하여 예술가의 두뇌 속에서 생성된 예술적 이미지를 예술적 물상으로 물화함으로써 심미를 제공할 수 있는 예술형상을 이루어 내는 과정이다. 문학창작에서는 언어라는 매개를 이용하고, 회화창작에서는 선과 색체·구도라는 매개를, 그리고 서예에서는 점과 선을 빌려 예술 이미지를 물화한다. 그러나 예술전달은 단순히 기교적인 문제만을 뜻하는 것은 아니다. 그 속에는 창작주체의 심리 능력과 심리유기체의 문제를 내포하고 있다. 예술구상에서 예술전달에 이르는 과정 속에는 상상·영감·정감 등의 여러 가지 심리 능력이 각기 작용을 일으켜야 한다. 그렇지 않을 경우 예술이미지는 물질적인 매개를 빌려 심미 대상을 전달하는 것이 불가능하다. 바로 이러한 측면에서 소식은 나름의 탁견을 제시하고 있다.

우선 예술전달에서 상상의 능력에 관한 것이다. 예술구상에서 예술전달에 이르는 과정은 예술적 상상의 과정이기도 하다. 중국의 고대 문예심리학에서는 예술적 상상에 관한 이론연구가 매우 중시되었다. 육기陸機의 '정무팔극精騖八極, 심유만인心游萬仞' 설이나 유협의 '신사神思' 설, 고개지의 '천상묘득遷想妙得' 설 등은 모두 뛰어난 예술상상론이다. 소식 역시 이러한 측면에 대한 이해가 깊었다. 그는 〈오전정의 고목가 운자를 따서 지음 次韻吳傳正枯木歌〉에서 다음과 같이 말하고 있다.

> 조물주의 수묵화는 저절로 기이하고 뛰어나
> 가는 대나무와 마른 소나무 사이에 잔월을 그려내었다.
> 꿈에서 깨어나니 대와 소나무의 성긴 그림자가
> 동창에 걸려 있고, 서리맞은 가지 밤새 꽃이 피었구나.
> 생성과 변환이 손가락 한 번 튕기는 사이에 진행되나니.

이에 알겠느니. 조물주는 애당초 자신의 물건이 없음을.
예로부터 화가는 속된 선비가 아니니,
묘한 구상은 실로 시와 같이 나온 것.
용면거사는 본래 시인이라,
용 연못에서 벽력이 날리게 할 수 있었네.
그대는 비록 단청으로 그리는 화가는 아니지만,
시짓는 안목 또한 스스로 뛰어났도다.
용면거사의 가슴속에는 4천 마리의 말이 있어,
겉모습뿐만 아니라 내재해 있는 진수를 그려내도다.
다만 마땅히 두보와 같이 시적인 그림을 그린다면,
혹 스스로 그대와 다 닳은 붓을 잡으리라.
동남쪽의 산수 경치가 나를 부르니,
천하만상이 나의 마니주에 드는구나.
글씨와 그림을 친구들에게 나눠 주고서,
홀로 긴 낫 가지고 돌아가리라.
天公水墨自奇絶, 瘦竹枯松寫殘月.
夢回踈影在東窓, 驚怪霜枝連夜發.
生成變環一彈指, 乃知造物初無物.
古來畵師非俗士, 妙想實與詩同出.
龍眠居士本詩人, 能使龍池飛霹靂.
君雖不作丹靑手, 詩眼亦自工識撥.
龍眠胸中有千駟, 不獨畵肉兼畵骨.
但當與作少陵詩, 或自與君拈禿筆.
東南山水相招呼, 萬象入我摩尼珠.
盡將詩畵散朋友, 獨與長鋏歸來乎!

여기에서 말하고 있는 것은 모두 시화詩畵창작에 있어서의 예술상상의 문제이다. "가는 대나무와 마른 소나무 사이에 잔월을 그려내었다. 瘦竹枯松寫殘月" "서리맞은 가지 밤새 꽃이 피었구나. 驚怪霜枝連夜發" "생성과 변환이 손가락 한 번 퉁기는 사이에 진행되나니. 生成變環一彈指" 이상의 시구는 모두 예술적 기경奇景을 나타내는 것으로 예술가들이 창작을 할 때 예술적 상상력을 발휘하였기 때문에 가능한 결과들이다.

또한 소식은 이공린의 예를 들어 다음과 같이 칭찬의 말을 하고 있다. 그의 시에 대해 "용 연못에서 벽력이 날리게 할 수 있었네 能使龍池飛霹靂"라고 하였고, 그의 말 그림에 대해 "겉모습뿐만 아니라 내재해 있는 진수를 그려내도다 不獨畫肉兼畫骨"라고 하였다. 이는 그의 "가슴속에 4천 마리의 말이 있었기 胸中有千駟" 때문으로, 현실에 근거를 두면서 또한 자신의 상상력을 최대한 발휘함으로써 얻은 결과라는 뜻이다. 이러한 까닭에 소식은 "동남쪽의 산수 경치가 나를 부르니, 천하만상이 나의 마니주에 드는구나 東南山水相招呼, 萬象入我摩尼珠"라고 하여, 예술가들은 예술창작을 할 때 반드시 마음속에 만상을 담은 후에 '묘상妙想'이 움트도록 해야 한다고 말하고 있는 것이다. 여기에 나오는 '마니주'는 불교 용어로 여의주를 뜻하는데, 사람의 마음을 가리키는 것이다.

소식의 시·사는 상상력이 풍부하여 혜홍惠洪은 그의 시문이 모두 "관찰이 묘하고 상상이 뛰어나다 妙觀逸想"(《冷齋飯話》)고 말한 바 있다. 이것은 그가 예술상상을 다만 예술구상 과정에 필요한 하나의 심리 요소만으로 간주한 것이 아니라, 예술구상에서 예술전달에 이르는 전과정에 걸친 심리적 기능으로 파악하고 있었음을 설명해 주는 것이다. 중국 고대 문예심리학사상 예술상상에 대한 이러한 이론은 그리 흔한 것이 아니다.

다음으로 영감의 문제이다. 영감이란 예술상상을 승화시킨 것이며, 예술가의 감흥이 고조에 달한 결과라 할 수 있다. 예술전달 과정 중에서 어떻게 감흥이 고조에 달한 그 찰나를 포착함으로써 천하의 명품을 창작, 예상 밖의 예술형상을 만드는가 하는 것은 예술창작에 있어서 중요한 심리학 과제이다. 소식은 이 점을 정확하게 파악하고 있다. 예를 들면 앞에서 서술한 바 있는 '흉유성죽'설에서 예술구상에 대해 언급하면서 다음과 같이 언급한 바 있다. "대나무를 그리려는 사람은 먼저 마음속에 대나무의 완전한 형상을 구체화시켜야 하며, 붓을 들고 실물을 응시하여 그리려는 것을 보고는 급히 손을 놀려 붓을 휘둘러서 곧장 이루어 자기가 본 바를 좇아 묘사해야 한다. 이는 토끼가 뛰어 달아나고 매가 쏜살같이 내려와 덮치는 것 같아서 조금이라도 늦추면 사라져 버리기 때문이다 畫竹必得成竹於胸中, 執筆熟視, 乃見其所欲畫者, 急起從之, 振筆直遂, 以追其所見, 如兔起鶻落, 少縱則逝矣"라고 하였다.

이는 이미 예술구상에서 영감의 폭발에 이르는 전과정을 개괄하고 있는 것이라 할 수 있다. "마음속에 대나무의 완전한 형상을 구체화시킨다 成竹於胸中"는 것은 작가가 예술관찰을 통하여 자신의 마음에 대나무에 대한 전체적인 예술이미지를 형성한 단계로 예술 영감이 곧 떠오르는 순간이다. "붓을 들고 실물을 응시하여 그리려는 것을 보고 執筆熟視, 乃見其所欲畵者"의 단계는, 대나무의 형상이 뚜렷하게 보이고 예술가가 창작하고 싶은 욕망에 사로잡히게 되었음을 나타내는 것으로, 이미 예술적 영감이 고조에 이르렀음을 말하고 있다. "급히 손을 놀려 붓을 휘둘러서 곧장 이루어 자기가 본 바를 좇아 묘사해야 한다 急起從之, 振筆直遂, 以追其所見"는, 예술가가 고조에 이른 영감을 포착하여 창작에 임하면서 예술적 영감에 따라 대나무의 이미지를 예술형상으로 물화시키는 단계이다. 이는 또한 예술전달의 기술적인 과정이라 할 수 있다. 소식은 또한 영감(또는 '그림을 그리고 싶은(欲畵)' 충동이라고 말하기도 한다)을 비유하여 "이는 토끼가 뛰어 달아나고, 매가 쏜살같이 내려와 덮치는 것 같아서 조금이라도 늦추면 사라져 버리기 때문이다 如兎起鶻落, 少縱則逝矣"라고 말하고 있는데, 이는 예술적 영감의 심리적 특징 중의 하나인 찰나성에 대한 언급이라 하겠다.

소식은 〈서포영생화후書蒲永升畵後〉에서 손지미孫知微가 그림을 그릴 때의 모습에 대해 다음과 같이 말하고 있다.

> 처음에 손지미는 대자사 수녕원의 사방 벽 위에 호수와 여울의 돌과 물을 그리려고 하였다. 1년이나 지나도록 깊이 헤아려 숙고하면서도 끝내 붓을 들려고 하지 않았다. 그러다가 하루는 손지미가 급히 절 안에 들어가 서둘러 붓을 찾아 소매를 떨치어 바람처럼 빨리 그리니 잠깐 사이에 그림이 이루어졌다. 그 그림에서 물의 모습이 콸콸 흘러 치솟고 격탕하는 기세를 이루니, 세차게 용솟음치며 곧장 집더미를 무너뜨릴 기세였다.
>
> 始, 知微欲於大慈寺壽寧院壁作湖灘水石四堵, 營度經歲, 終不肯下筆. 一日, 倉皇入寺, 索筆墨甚急, 奮袂如風, 須臾而成, 作輸瀉跳蹙之勢, 洶洶欲崩屋也.

여기에서 말하고 있는 내용 역시 예술 영감을 포착하여 예술전달을 하는 심리과정에 대한 것이다. 손지미는 "1년이나 지나도록 깊이 헤아려 숙고하면서도 끝내 붓을 들려고 하지 않았다. 營度經歲, 終不肯下筆" 이는 그가 그리고자 하는 대상에 대한 관찰이 부족하고, 심미 대상에 대한 전체적인 예술구상이 이루어지지 않았기 때문이자 무엇보다 영감이 떠오르지 않았기 때문이다. 그렇기 때문에 '어느 하루' 예술 영감이 솟구치자 더 이상 기다릴 것 없이 붓을 휘둘러 작품을 완성할 수 있었던 것이다.

이미 많은 이들이 예술 영감의 문제에 대해 언급한 바 있다. 예를 들어 육기는 "응감이 모여 일어나는 것 應感之會"은 "오면 막을 수 없고 떠나도 멈추게 할 수 없는 것이다. 빛이 사라지듯 숨어 있다가도 메아리가 일어나듯 나타나기도 한다 來不可遏, 去不可止, 藏若景滅, 行猶響起"(《文賦》)라고 말한 적이 있으며, 청대의 원수정袁守定은 영감이란 "찰나에 얻는 것이로되 평일에는 마음속에 그것을 쌓아야 한다 得之在俄傾, 積之在平日"(《占畢叢談》)고 하였다. 물론 이들의 논의보다 소식의 이론은 더욱 총체적이라 할 수 있을 것이다. 특히 그가 탁월한 것은 예술적 영감이 배태되고 집적되며, 또한 고조에 달하여 물화되는 과정을 예술창작의 관찰·구상·전달이라는 전체과정과 연계시켜 논의하였다는 점이다.

다음은 정감의 문제이다. 정감은 예술의 생명이라 할 수 있을 것이다. 예술전달의 과정에도 당연히 또한 필연적으로 정감의 분출이 존재해야만 한다. 소식 역시 이 점에 대해 전적으로 동의하고 있다. 비록 예술정감의 문제만을 전적으로 다루고 있는 문장은 없지만, 그 역시 창작에서 예술정감의 중요성에 대해 절실하게 느끼고 있었다. 그는 〈밀주쉬청제명기密州倅廳題名記〉에서 다음과 같이 말하였다. "나의 성격은 언어를 삼가지 않아서 남과 친하든지 소원하든지간에 언제나 폐부의 마음을 쏟아내 버린다. 그런데 다하지 못하는 경우가 있으면, 마치 음식을 먹고 삼키지 않은 것 같아 반드시 토해 낼 뿐이다. 余性不謹語言, 與人無親疏, 輒輸寫腑臟. 有所不盡如茹物不下, 必吐出而已" 또한 〈강행창화집서江行唱和集序〉에서는 다음과 같이 말하고 있다. "산천의 빼어난 아름다움, 소박한 풍속, 현인군자의 유적 등이 나의 이목耳目을 통해 접해지자 한데 뒤섞여 마음속에 부딪치며 영탄이 절로 나오게 되었다. 而山川之秀美, 風俗之朴陋, 賢人君子之遺迹, 與凡耳目之所接者, 雜然有觸於中而發於咏嘆" 이렇게 볼 때, 소식은 정이程頤 등과 같은 도학자들이 도를 싣고 도리를 밝히는〔載道明理〕 문장이 아니면 쓰지 않는다고 주장한 것과는 달리, 문학은 작가의 생활 속의 체험을 드러내는 것이며 예술적 정감이 자연스럽게 발로하는 것이라고 주장했음을 알 수 있다. 그러나 이러한 예술적 정감이 작가의 의도대로 항상 표출될 수 있는 것은 아니다. 그래서 소식은 외적 사물이 "마음속에 부딪쳐 有觸於中" "드러내지 않을 수 없을 만큼 부득이하여 문장을 짓게 된다 不得已而爲之"고 한 것이다. 이 점에 대해서 소식은 이외에도 적지않은 글을 남기고 있다. "나는 일찍이 다음과 같이 말한 적이 있다. 마음에서 말이 발하여 입에서 불쑥 튀어나오는데, 토해 내면 남에게 거슬리게 되고 삼키면 나 자신을 거슬리게 된다. 그러나 차라리 남을 거슬리게 하겠다. 그래서 끝내 말을 토해 내고 만다. 余嘗有云, 言發於心而衝於口, 吐出則逆人, 茹之則逆予, 以謂寧逆人也. 故卒吐之"(〈도연명의 시를 적으며 錄淵明詩〉) "입에서 튀어나오면 항상된 말을 하고, 법도로 전인의 궤적을 없앤다. 남들은 묘한 곳이 아니라고 하지만, 묘한 곳은 바로 여기에 있는 것이다. 衝口出常言, 法度去前軌. 人言非妙處, 妙處在於是"(〈詩頌〉) "좋은 시는 입에서 불쑥 튀어나오는 것이니 누가 능히 선택할 수 있겠는가? 세속 사람들은 듣는 이가 들은 것을 남기지 못할까 의심한다. 好詩沖口誰能擇, 俗子疑人未遣聞"(〈重寄孫侔〉) "이 수십 장의 종이는 모두 문충공[歐陽修]의 입에서 불쑥 튀어나온 것으로 손 가는 대로 지어져 애당초 인위적인 의도가 개입된 것이 아니었다. 此數十紙皆文忠公沖口而出, 縱手而成, 初不加意者也"(〈跋劉景文歐公帖〉) 이러한 언급은 모두 예술구상에서 예술전달에 이르기까지 예술적 정감이 충만해야 하며, 예술창작은 예술적 정감이 절절하게 드러나 자연스럽게 표출되는 것이라는 말이라 할 수 있다.

4. 귀호고담貴乎枯淡, 소산간원蕭散簡遠 ── 심미심경론

심미심경이란 심미주체의 사회 경력·생활환경·시대적 풍조·예술적 기호 등에 의해 제한되는 비교적 안정적인 심리적 환경이나 심리적 경계를 뜻한다. 심미주체나 예술가가 반드시 같은 형태의 심미심경을 갖추고 있을 필요는 없다. 심미주체가 다르면 심미심경 역시 다르고, 이에 따라 각기 다른 심미풍격이 형성된다.

소식은 사회적으로나 문화적으로 혁신의 시기에 태어나 웅대한 포부와 뜻을 지니고 있었다. 그러나 적지않은 좌절을 겪어야만 했다. 이러한 까닭에 비교적 쉽게 노장사상의 영향을 수용할 수 있었다. 그는 자신의 시문이나 문예이론에서도 이에 관해 언급한 바가 적지않은데, 예를 들어 "맑은 시와 굳센 붓을 어찌 헤아릴 수 있겠는가. 소요와 제물을 외친 장자를 따르리라 清詩健筆何足數, 逍遙齊物追莊周"(〈送文與可出守陵州〉)라고 한 것을 보아도, 그가 특히 문예심리학 측면에 있어서 노장의 심미심경론에 경도되고 있음을 알 수 있다.

소식의 심미심경론은 상담尙淡·상정尙靜·상허尙虛로 개괄할 수 있다. 이제 이에 대해 보다 구체적으로 논의하고자 한다.

1) 평담을 숭상함〔尙淡〕. 소식은 시를 지음에 있어 평담해야 하며 시를 보는 데 있어서도 평담해야 한다고 주장했다. 그는 〈평한유시評韓柳詩〉에서 다음과 같이 말하고 있다. "고담한 것을 귀하게 여기는 것은 그것이 겉쪽은 메마르면서도 안쪽은 기름지고, 담담한 것 같으면서도 실은 아름답기 때문이라고 할 수 있으니, 도연명과 유자후(유종원) 같은 부류가 바로 그러하다. 만약 안과 밖이 모두 고담하기만 하다면 또한 어찌 칭찬할 수 있겠는가? 부처는 "(내 말은) 사람이 꿀을 먹는 것 같아 안과 밖이 모두 달다"고 말한 적이 있는데, 사람들은 다섯 가지 맛을 보고서야 그 달고 쓴 것이 그러함을 알 따름이다. 그러니 안과 밖을 분별할 수 있는 이는 백에 한둘도 없을 것이다. 所貴乎枯淡者, 謂其內枯而中膏, 似淡而實美, 淵明·子厚之流是也. 若中邊皆枯淡, 亦何足道. 佛云如人食蜜, 中邊皆甛. 人食五味, 知其甘若者皆是. 能分別其中邊者, 百無一二也"[38] 여기서 외外는 형식을, 내內는 내용을 가리키는 것이다. "겉쪽은 메마르면서도 안쪽은 기름지다 外枯而中膏"고 한 것은 간략하고 소박한 형식으로 의미심장한 내용을 표현하는 것을 뜻한다. 소식은 바로 이러한 '외고이중고外枯而中膏'야말로 창작에서 추구해야 할 바라고 주장하고 있다.

그는 이에 관해 두 가지 방법을 제시하고 있다. 첫번째는 '맛 이외의 맛〔味外味〕'을 추구하는 것이다. 그는 〈황사자 시집 뒤에 씀 書黃子思詩集後〉에서 다음과 같이 말하고 있다. "나는 일찍이 서예를 논한 적이 있는데 이렇게 말하였다. '종유와 왕희지의 필적은 산뜻하고 매인 데가 없으며, 조신하고 깊은 맛이 있는데 그 묘함은 필획 밖에 있다.' 予嘗論書, 以謂鐘·王之迹, 蕭散簡遠, 妙在筆畫之外" "시에 이르러서도 역시 그러하였다. 至於詩亦然" "유독 위응물과 유종원만은 조신하고 옛스러운 데서 섬세하게 아름다움을 발휘하고, 담담하고 말쑥한 데에 지극한 맛을 붙여 다른 시인들이 따라갈 수 없었다. 獨韋應物·柳宗元發纖穠於簡古, 寄至味於淡泊, 非余子所及也" 소식은 이처럼 생각했기 때문에 특히 사공도의 '미외미味外味'설을 찬양하여, "그는 시를 논하여 말하기를 '매실은 신맛에 그치고, 소금은 짠맛에 그친다. 음식에는 소금처럼 짠맛과 매실처럼 신맛이 없을 수 없지만, 그 좋은 맛은 언제나 짠맛과 신맛의 밖에 있다'고 하였다. 대체로 그 스스로 자신의 시 가운데 문자의 밖에서 얻은 것이 있는 것을 골라 24운을 열거하였는데, 한스럽게도 당시에는 그 묘미를 알지 못하였다. 나는 그의 말을 재삼 되풀이 음미하면서 이를 안타깝게 생각한다 其論詩曰, '梅止於酸, 鹽止於鹹, 飮食不可無鹽梅, 而其美蓋在鹹酸之外.' 蓋自列其詩之有得於文字之表者二十四韻, 恨當時不識其妙, 予三復其言而悲之"라고 할 수 있었던 것이다. 이는 다시 말해, 예술창작은 화려한 언어 수식만을 추구해서는 안 되며 평담한 가운데 언어 밖의 뜻, 맛 이외의 맛을 드러낼 수 있음으로써 끝없는 시적 여운을 낼 수 있어야 한다는 뜻이다.

다음 두번째는 "반복하여 그치지 아니하여 그 기이한 정취를 알아야 한다 反復不已, 乃識其奇趣"(〈書唐氏六家書後〉)는 것이다. 이는 "겉쪽은 메마르면서도 안쪽이 기름진 外枯而中膏" 작품은 반복해서 살펴야만 그 깊은 뜻을 이해할 수 있다는 말이다. 물론 이는 감상자 역시 평담한 심미심경을 지녀야 한다는 뜻이다. 이외에도 소식은 "늙어갈수록 점차 완숙해져 마침내 평담을 이루게 되었다 漸老漸熟, 乃造平淡"[39]고 말한 적이 있는데, 나이가 들면서 독서량도 많아지고 마음도 점차 평온한 지경에 이르렀음을 뜻하는 것이다. 이는 원매袁枚가 말한 바, "사람이 일을 도모한 지 오래 되도록 달성하지 못하면 뜻이나 생각이 평담하게 변한다 人謀事久而不得, 則意思轉淡"[40]는 말과 상응한다.

중국에서는 일찍부터 평담의 추구에 대한 논의가 있어 왔다. 노자老子는 '무미지미無味之味'라는 독특한 개념을 창출했으며, "도를 말로 하면 엷어져 무미하다 道之出口, 淡乎其無味"고 하였다. 장자는 "마음이 평담함 속에서 노닐고 막막함 속에서 기가 합치한다 游心於淡, 合氣於漠"고 하였다. 왕충은 "태갱(고깃국)은 반드시 엷은 맛을 지닌다 大羹必有淡味"고 하였다. 그리고 종영은 "철학적 내용(理)이 문사의 표현을 지나쳐 시가의 맛이 엷어지게 되었다 理過其詞, 淡乎寡味"고 당시 시풍에 대해 비판한 적이 있다. 이상은 주로 철학적인 측면에서 언급한 것이거나 문예에 대한 것일지라도, 단지 시가의 풍격과 의경에 대해 평담을 숭상해야 한다는 심미적 요구를 한 것에 불과하다. 그렇기 때문에 소식과 같이 심미심경에 대한 깊은 이해 속에서 평담을 숭상할 것을 주장한 것만큼 체계적이지 못하다.

2) 고요함을 숭상함〔尙靜〕. 이는 '정관靜觀' 이라고도 할 수 있다. '상정' 은 '상담' 과 상호 보완적인 관계에 있다. 마음이 안정되어야만 '고담' 한 작품의 '맛 이외의 맛' 을 깨달을 수 있기 때문이다. 소식은 이에 대해 적지않게 언급한 바 있다. "무릇 사람의 움직임은 고요함을 위주로 해야 한다. 정신은 고요함을 집으로 삼고 마음은 고요함으로 확충하며, 뜻은 고요함으로 평안하고 생각은 고요함으로 밝게 된다. 그 고요함, 즉 정靜에는 나름의 길이 있으니 그것을 얻으면 고요할 수 있고, 외물을 좇으면 움직이게 되는 것이다. 夫人之動, 以靜爲主. 神以靜舍, 心以靜充, 志以靜寧, 慮以靜明. 其靜有道, 得已則靜, 逐物則動"[41] "내 마음이 조화롭고 평이하면 만물에 대한 사고를 끝까지 다할 수 있다. 吾心和易, 則可以究盡萬物之慮也" "지극히 고요하고 밝은 까닭에 사물의 왕래와 굽히고 폄에 있어서 형체를 숨기지 않는다. 至靜而明, 故物之往來屈信者無遁形也"[42]

또한 〈초연대기超然臺記〉에서는 심리학적인 측면에서 다음과 같이 실려 있다.

> 저것이 사물의 안에서 노닐고, 사물의 밖에서 노닐지 않는 것이다. 사물은 크고 작은 차별이 있는 것이 아니니 모두 그 안에서 보면 높고 크지 않음이 없다. 저것이 높고 큰 것에 의지하여 나에게 임하면 나는 항상 현란하고 어리둥절하여 마치 틈 속으로 싸움을 보는 것 같으니, 또 어찌 승부가 어느곳에 있는지 알겠는가? 이 때문에 좋아하고 미워하는 것이 생기고 근심과 즐거움이 거기서 생기는 것이니, 진실로 크게 슬프지 아니한가?
>
> 彼游於物之內, 而不游於物之外, 物非有大小也, 自其內而觀之, 未有不高且大者也. 彼挾其高大以臨我, 則我常眩亂反復, 如隙中之觀鬪, 又烏知勝負之所在? 是以美惡橫生而憂樂出焉, 可不大哀乎?[43]

사물을 관찰할 때 만약 "사물의 안에서 노닐면 游於物之內" 자신과 사물간의 이해관계를 벗어날 수 없게 되어, "좋아하고 미워하는 것이 생기고 美惡橫生" "현란하고 어리둥절하게 眩亂反復" 되니 냉정하게 진정으로 사물을 인식할 수 없게 된다는 것이 소식의 주장이다. 이러한 '정관靜觀' 법은 인간의 심리감지 규율에 부합하는 것이다.

3) 텅빔을 숭상함〔尙虛〕. 허虛 역시 정靜과 밀접한 관계가 있다. 허虛해야만 반드시 정靜할 수 있으며, 또한 정靜해야만 허虛할 수 있다. 그래서 소식은 "곧으

면 고요할 수 있고 고요하면 안정될 수 있으며, 안정되면 텅빌 수 있고 텅비면 밝아질 수 있다 正則靜, 靜則定, 定則虛, 虛則明"[44]고 주장하였던 것이다. 이러한 바탕하에서 소식은 일반 심리학의 측면에서 '마음을 텅비게 하고(心虛),' '마음을 허허롭게 하라(心空)'고 주장하고 있는데, "마음을 텅비어 깨끗하게 하여 스스로 기뻐한다 虛白以自怡"[45]·"지극한 사람은 한 마디로 깨달으니, 도가 마음으로 모여 텅비었기 때문이다 至人悟一言, 道集由中虛"[46]·"썰렁하게 심경이 텅비니 마치 생황을 불며 학을 탄 신선이 된 듯하다 冷然心境空, 彷佛來笙鶴"[47]·"마음이 텅비니 새로 얻은 것에 배부르고, 경지가 완숙 지경에 이르니 남은 상념을 꿈꾼다 心空飽新得, 境熟夢餘想"[48] 등과 같이 텅비어 맑고 고요한 심리상태를 제창하였다.

그리고 예술창작과 예술심미심리적인 측면에서도 그는 허虛를 주장하였다. 〈송참료사送參寥師〉에서,

스님은 고苦와 공空을 배워,
1백 가지 상념이 이미 재처럼 식어 버렸네.
……………
시어詩語를 묘하게 하려면 텅빔과 고요함을 싫어하지 않아야 하리.
고요하기 때문에 모든 움직임을 멈추게 할 수 있고,
비었기 때문에 1만 가지 경계를 받아들이네.
세상을 보며 인간 세상을 달리고,
자신을 정관하며 구름 봉우리에 눕네.
짠맛 신맛 모든 좋은 것을 섞었으되,
그 가운데는 지극한 맛이 영원한 법.
시와 불법은 서로 방해되지 않으리니,
이 말이 옳은지를 다시 물어보리다.
上人學苦空, 百念已灰冷.
……………
欲令詩語妙, 無厭空且靜.
靜故了群動, 空故納萬境.
閱世走人間, 觀身臥雲嶺.

咸酸雜衆好, 中有至味永.
詩法不相妨, 此語更當請.[49]

고 하였다. '공정空靜'은 원래 불교 용어로, 불자가 수행을 통해 텅비어 맑고 평온하여 속세를 초탈한 경지를 뜻한다. 소식은 이러한 개념을 빌려 시가의 예술적 이미지의 구조를 설명하고 있다. 그는 예술가들이 예술구상을 할 때 객관사물에 대한 모든 관계를 배제해야 함을 요구하고 있다. 그리고 이런 상태에서 초탈적인 마음을 유지해야만 '온갖 경계〔萬境〕'가 작가의 심리세계 속에서 예술적인 표현으로 승화될 수 있다고 주장했다. 이러한 주장은 기존의 '허정虛靜'설과 일맥상통하는 것으로, 노자가 "텅빔에 이르고 고요함을 지키는 공부는 지극하고 돈독한 경지이다 致虛極, 守靜篤"라고 말한 것이나, 장자의 '심재心齋'·'좌망坐忘'설, 그리고 육기가 언급한 "잠긴 마음을 다하여 생각을 모으고, 세밀한 사색을 한 다음 붓을 들어 문장을 쓴다 罄澄心以凝思, 眇衆慮而爲言"는 주장과, 유협이 "문장창작에 필요한 문사文思를 연마하기 위해서는 고요한 경지인 허정虛靜이 필요한 것이다 陶鈞文思, 貴在虛靜"라고 주장한 것과 동일선상에 놓여 있다고 할 수 있다. 이러한 주장은 예술창작과 예술심미 중의 사유심리법칙에 부합하는 것이라 하겠다.

제10절 엄우의 형상사유론

엄우嚴羽의 자는 의경儀卿·단구丹丘이며, 호는 창랑포객滄浪逋客이다. 소무邵武〔지금의 복건 지방에 속한다〕 사람으로, 생몰연대는 미상이다. 저서로는 시집 《창랑집滄浪集》과 《창랑시화滄浪詩話》가 있다.

엄우는 남송시대의 유명한 문예이론가로, 그의 미학 사상과 문예심리학 사상은 그의 시론저작인 《창랑시화》에 집중적으로 논의되고 있다. 《창랑시화》는 중국 문예사에 있어서 육기의 《문부》, 사공도의 《시품》에 이은 또 하나의 이론과 체계를 잘 갖춘 저작으로, 이후 명·청대의 많은 예술사조는 모두 《창랑시화》와 연관되는 바가 크다. 그러나 지금까지 이 저작에 대한 논쟁이 심하여 그 평가가 일정치 않다. 중국이 건립된 이래 다양한 상황 속에서 모두 《창랑시화》를 유심론적인 문학이론으로 간주하여 부정적인 견해를 보여 왔다. 최근 몇 년에 이르러 많은 글들이 이에 대해 비교적 긍정적인 평가를 내리고 있으나, 이에 나타나 있는 주요 관점에 대한 이해와 평가 또한 의론이 분분하다. 여기에서 우리는 문예심리학적인 각도에서 《창랑시화》를 살펴보기로 한다. 당시 사람들이 많은 평론을 가한 글 중 '묘오妙悟' · '흥취興趣' · '불섭이로不涉理路, 불낙언전不落言筌' 과 같은 설은 문예심리학 가운데 형상사유론으로 간주하여 분석할 수 있다.

엄우의 《창랑시화》에서 나오는 이론을 형상사유 이론으로 파악하는 것은 매우 체계적이며 완정성을 띠는 것이다.

먼저 엄우는 '별재別材' · '별취別趣' 설에서 다음과 같이 말하였다.

> 대개 시에는 별도의 제재가 있어 책과는 상관이 없다. 시에는 다른 흥취가 있어 이론적인 것과는 상관이 없다. ……근래 여러 사람들이 이상하고 특별한 뜻으로 해석하여, 마침내 교묘한 문자를 배열하여 시로 삼거나 자신의 재능과 학식으로 시를 짓고 의론으로 시를 삼게 되었다. 이러한 시가 어찌 공교로운 것이 아니라 할 수 있겠는가마는 결코 고인들의 시는 아니다. 그리하여 대개 한 번 읊으면 여러 사람들이 감탄케 되는 시와 비유한다면 불만족스러운 데가 있다고 할 수 있다. 또한 그들의 작품은 거의 모두 전고를 쓰는 데 힘쓰고, 흥취는 안중에도 없다. 그들이 쓰는 글자마다 반드시 내력이 있어야 하고, 압운을 쓰는 데도 반드시 출처가 있어야 한다. 그리하여 그것을 처음부터 끝까지 반복하여 읽어도 도대체 무엇을 읊으려고 하는지 알 수 없다. 이들 가운데 하치들은 더욱 심하여 그저 소리를 지르고 성을 내는 듯하여 후덕한 기풍과는 크게 어긋나며, 거의 욕설로 시를 짓는 것과 다를 바 없다. 시가 이러한 상태에 이르면 가히 일종의 재난이라 할 수 있을 것이다.
>
> 夫詩有別材, 非關書也, 詩有別趣, 非關理也. ……近代諸公乃作奇特解會, 遂以文字爲詩, 以才學爲詩, 以議論爲詩. 夫豈不工, 終非古人之詩也. 蓋一唱三嘆之音, 有所歉焉. 且其作多務使事, 不問興致, 用字必有來歷, 押韻必有出處, 讀之反復終篇, 不知着到何在. 其末流甚者, 叫噪怒張, 殊乖忠厚之風, 殆以罵詈爲詩. 詩而至此, 可爲一厄也. (《滄浪詩話 · 詩辨》)

엄우의 이 말은 역사적인 배경을 지니고 있다. 이는 특히 남송 시단의 창작 경향에 대한 것으로, 소식과 황정견·강서시파의 "교묘한 문자를 배열하여 시로 삼거나 자신의 재능과 학식으로 시를 짓고 의론으로 시를 삼는 以文字爲詩, 以才學爲詩, 以議論爲詩" 창작 악습을 지적한 것이다. 그러나 예술이론적인 측면에서 보면, 이것은 "교묘한 문자를 배열하여 시로 삼거나 자신의 재능과 학식으로 시를 짓고 의론으로 시를 삼는 것"과는 다른 시가예술의 창작방식을 주장하고 있는 것이다. 이른바 "시에는 별도의 제재가 있어 책과는 상관이 없다 詩有別材, 非關書也"는 말은, 예술가는 마땅히 이론가와는 다른 특수한 재능이 있어야 한다는 뜻으로, 다만 책에 나오는 지식에 의지해 예술창작을 해서는 안 된다는 것이다. 그래서 엄우는 이에 근거하여 "맹호연의 학식은 한유보다 훨씬 못한데, 그의 시는 특출나 한유의 윗길이다 孟襄陽學力下韓退之遠甚, 而其詩獨出退之之上者"라고 할 수 있었던 것이다. 또한 "시에는 별도의 제재가 있어 책과는 상관이 없다"라는 시가는, 반드시 추상적인 이론 개념과는 다른 독특하고 심미적인 느낌이 있어야 함을 말하는 것이다. 이렇게 볼 때 "시가에는 별도의 제재와 별도의 흥취가 있다 別材別趣"는 설은, 송시가 '전고를 사용하는 것〔使事〕'이나 '용자用字'·'압운' 등에만 신경을 쓰면서 '이상하고 특별한 뜻으로 해석하면서도〔作奇特解會〕' '흥취를 묻지 않는 것〔不問興致〕'에 나름대로 느낀 바가 있어, 시가예술은 반드시 이와는 다른 창작사유 방식과 심미 특성이 있어야 함을 주장한 것이라고 단언할 수 있을 것이다.

그렇다면 시가예술의 창작사유 방식은 무엇인가? 엄우는 이에 대해 '묘오妙悟' 설을 내놓고 있다.

> 대개 선도禪道는 묘오에 있다고 하는데, 시도 역시 묘오에 있다. 또한 맹호연의 학식은 한유보다 훨씬 못한데, 그의 시는 특출나 한유의 윗길이다. 그 이유는 묘오를 맛볼 수 있기 때문일 따름이다. 오로지 묘오를 통해야만 마땅하게 행할 수 있고, 자신의 본래 색을 낼 수 있는 것이다. 그러나 깨달음〔悟〕에는 얕고 깊음이 있으며 한계가 있다. 그래서 투철한 깨달음과 단지 알기만 할 뿐 반쯤 이해할 수 있는 깨달음이 있다. 한나라나 위나라 시가는 숭상할 만하니 거짓된 깨달음의 시가가 아니다. 사령운에서 성당에 이르는 여러 시인들은 투철한 깨달음을 지니고 있었다. 그외에는 설령 깨달음을 지녔다 하더라도 모두 가장 으뜸이 되는 것,

즉 최고의 의義는 아니다.

大抵禪道惟在妙悟, 詩道亦在妙悟. 且孟襄陽學力下退之遠甚, 而其詩獨出退之之上者. 一味妙悟而已. 惟悟乃爲當行, 乃爲本色. 然悟有淺深, 有分限, 有透徹之悟, 有但得一知半解之悟. 漢, 魏尙矣, 不假悟也. 謝靈運至盛唐諸公, 透徹之悟也, 他雖有悟者. 皆非第一義也. (《滄浪詩話 · 詩辨》)

여기에서 엄우는 '오悟'를 중요한 위치로 끌어올려 시사창작의 '당행當行' · '본색本色'으로 파악하였다. 이는 '묘오'가 바로 시가창작 사유의 본질과 특성이라는 말이다. '묘오'를 창작 영감으로 해석하는 것도 틀린 것은 아니다. 시인은 예술구상 과정에서 돌연 시흥이 일어나는 창작에 임하게 되는데, 이러한 시흥은 돌연히 왔다가 버린다. 그렇기 때문에 '묘오'라 할 수 있을 것이다. 그러나 시가창작은 논리적인 추리에 의거하는 송시와 구별되는 '별재별취別材別趣'가 있어야 한다는 엄우의 주장을 연결시킨다면, '묘오'는 일종의 창작사유 방식이라고 이해하는 것이 더욱 적절하고 이론적인 의의가 있다고 본다. '묘오'라는 것은 심미의 감흥이며, 창작주체의 감지 · 표상 · 상상 · 연상으로부터 영감이 폭발하여 이에 따라 창작 욕망이 일어나는 사유심리 과정이다. 이러한 심리과정은 감성적이며 직각적이고 형상성이 있는 것으로, 현대 문예심리학의 술어를 빌려 표현한다면 형상사유의 과정이라고도 할 수 있다. 여기에서 엄우는 개념 판단, 논리적인 추리를 운용하는 송시와는 다른 작시방법을 찾아내었는데, 이것이 바로 형상사유 방식이다. 《창랑시화》에서 엄우는 '묘오'를 예술창작의 사유방식이라고 규정짓고 있는데, 이는 문예심리학적인 의의가 매우 풍부한 것이다.

다음으로 엄우는 예술창작의 심미 특성에 관해 이른바 '흥취'설을 제시하고 있다.

시란 작가의 정성情性을 읊조리는 것이다. 성당盛唐의 시인들만이 오로지 흥취에 들었으니, 이는 영양이 뿔을 걸어 아무런 흔적도 찾을 수 없는 것과 같다. 그래서 그 묘처는 투철하게 영롱함에 있어 한데 모아둘 수 있는 것이 아니니, 공중에 메아리치는 소리나 사물의 외양에 있는 빛깔, 물에 비친 달이나 거울 속의 형상 등과 같다고 할 수 있다. 그리하여 말은 다했으되 뜻은 무궁하여 끝남이 없는 것이다.

詩者, 吟咏情性也. 盛唐諸人惟在興趣, 羚羊掛角, 無迹可求. 故其妙處透徹玲瓏, 不可湊泊, 如空中之音, 相中之色, 水中之月, 鏡中之象, 言有盡而意無窮. (《滄浪詩話 · 詩辨》)

여기에서 말하고 있는 '흥취'는 앞에서 인용한 바 있는 '흥치'와 그 뜻이 비슷하다. 이는 창작주체가 '묘오'라는 사유과정을 운용하여 얻어내는 일종의 심미적인 느낌이자 심미의 경지를 가리킨다. 이러한 느낌이나 경지는 정과 경이 서로 융합되어 있는 것으로 개념과 이성이 아닌 정감과 상상에 호소하는 것이다. 그렇기 때문에 "영양이 뿔을 걸어 아무런 흔적도 찾을 수 없는 것과 같다" · "말은 다했으되 뜻은 무궁하여 끝남이 없는 것이다"라고 한 것은, 감정이 충만한 상태에서 상상의 나래를 펼쳐 나가는 심리상태를 말하고 있는 것이라고 할 수 있다. 이러한 심리상태는 시가의 본질이 '음영정성'이기 때문에 가능한 것이고, 또한 '묘오'를 통해 시적 감흥이 야기되기 때문에 가능한 것이다. 공자가 "시는 가히 흥할 수 있다 詩可以興"고 했는데, 엄우의 '흥취' · '흥치' 개념 역시 공자의 흥 개념과 깊은 관련을 맺고 있다. 그렇기 때문에 우리는 엄우의 '흥취' · '흥치'를 예술창작에 있어서 '음영정성'이라는 정감적 특징과 '묘오'라는 형상사유 방식으로 조성되는 예술적 의경이자 심미 특성이라고 해석할 수 있는 것이다. 뿐만 아니라 '흥취'와 '흥치'는 예술감상에 있어서 심미주체의 모든 심리상태를 반영하는 것이라고 할 수 있다.

그렇다면 실제 예술창작에 있어서 어떻게 해야만 "오로지 묘오를 맛보고 一味妙悟" "오로지 흥취에 들 수 惟在興趣" 있을 것인가? 엄우는 이에 대해 다음과 같이 말하고 있다.

이른바 이론적인 길을 밟지 아니하고, 말의 통발에 빠지지 않는 것이 가장 으뜸되는 시라 할 수 있다.

所謂不涉理路, 不落言筌者, 上也. (《滄浪詩話 · 詩辨》)

이는 강서시파와 같이 문자나 의론, 또는 재능과 학문을 시로 여기거나 논리적인 추리를 중시하는 것에 반대하고 있는 것이자, 언어로 묘사되는 구체적인 형상에만 만족하여 한 번 보기만 하면 될 뿐 더 이상의 여운이 존재하지 않는 시가에 대해서도 부정하고 있는 것이다. 그리고 이와는 반대로 "말은 다했으되 뜻은 무궁하여 끝남이 없는 것이다 言有盡而意無窮"·"공중에 메아리치는 소리나 사물의 외양에 있는 빛깔, 물에 비친 달이나 거울 속의 형상 空中之音, 相中之色, 水中之月, 鏡中之象" 등과 같이 교묘할 수 있을 뿐더러, 그런 듯하면서도 또한 그렇지 아니한 "구체적인 언어 밖에 시인의 뜻이 존재하는 意在言外" 예술적 흥취와 예술경계를 지닐 수 있는 시가를 지향해야 한다는 뜻이기도 하다.

이상에서 볼 때, 《창랑시화》에서 말하고 있는 엄우의 형상사유론은 비교적 완전한 체계를 이루고 있음을 알 수 있다. 그 중 '묘오'는 예술형상 사유의 과정과 특징을 말한 것이고, '흥취'는 예술형상 사유의 구체화와 결과를 나타내는 것이라고 할 수 있다. 그리고 "이론적인 길을 밟지 아니하고, 말의 통발에 빠지지 않는 것 不涉理路, 不落言筌"은 예술형상 사유의 수단이자 표현방식을 뜻하는 것이라 할 수 있다. 이처럼 묘오妙悟→불섭이로不涉理路, 불낙언전不落言筌→흥취興趣로 이어지는 엄우의 형상사유 이론의 체계는 관물요심觀物要審→흉유성죽胸有成竹, 신여죽화身與竹化→무궁출청신無窮出清新으로 이어지는 소식의 미감심리 체계이론과 비교해 볼 때 논리의 엄정성이나 구체화에 있어서 부족한 것이 사실이지만, 그럼에도 불구하고 그 예술적 심미 본질과 예술사유의 특징에 관한 한 이론상의 함의는 일치하고 있다고 할 수 있겠다.

《창랑시화》의 시론에 대한 평가는 이미 오랜 세월에 걸쳐 수많은 논쟁이 있어 왔다. 그러나 그 가운데 일부 관점은 편파적이어서 실제와 다른 것이 적지않다. 당연히 이러한 것들은 재평가를 통해 교정되어야 할 것이다.

첫째, "시 논하기를 선을 논하는 것과 같이했다 論詩如論禪"는 문제이다. 어떤 논자들은 엄우의 '선으로 시를 비유함〔以禪諭詩〕'을 선학의 유심론과 동일하게 다루어 이를 부정하고 있다. 물론 선종에서도 묘오를 중시한다. 그래서 여오가如吳可는 《장해시화藏海詩話》에서 "무릇 시를 짓는 것은 참선과 같아서 깨달음의 문이 있어야 한다 凡作詩如參禪, 須有悟門"[50]고 하였으며, 공상龔相은 《학시시學詩詩》에서 "시를 배우는 것은 참선을 배우는 것과 흡사하니, 깨달음이 있은 후에야 비로소 세월이 오래 흐름을 알게 된다. 쇠를 다루어 금을 만든다는 것은 망령된 말이니, 높은 뫼 흐르는 물은 스스로 의지하여 그럴 뿐이네 學詩渾似學參禪, 悟了方知歲是年, 點鐵成金猶是妄, 高山流水自依然"[51]라고 하였다. 또한 승僧 조肇는 자신의 《조론肇論》에서 "빛난 도는 묘오에 있으며, 묘오는 바로 참됨에 있다 玄道在於妙悟, 妙悟在於卽眞"[52]고 하여 선도의 묘오가 바로 진여眞如 불성佛性을 깨닫는 것이며, 진여에 대한 파악이자 마음속의 깨달음이고 각성이라고 하였다. "미망迷妄은 누적된 시간을 경과해 오지만, 깨달음은 찰나의 순간에 온다. 迷來經累劫, 悟來刹那間"(《壇經》) 이는 다시 말해 일념의 순간, 찰나의 순간에 성불할 수 있다는 것으로 이것이 바로 돈오이다. 엄우는 선으로 시를 논하였는데, 소위 '묘오'라는 것은 예술에 대한 마음으로부터의 이해·깨달음을 뜻한다. 이는 어느 정도 선학의 영향을 받은 것이며, 당연히 유심론적인 요소도 가지고 있다. 그러나 《창랑시화》를 종합해 보면 그것은 결국 시를 논한 것이지 선을 논한 것이 아니며, 또한 위진과 당송 시인, 시작에 대한 분석, 이외 다수의 논점은 예술창작 규율에 부합한다. 형상·상상·돈오·공령空靈 등 불학의 범주는 또한 예술창작 규율과 상통하는 것으로, 예술창작의 본보기로 삼을 수 있는 것이기 때문이다. 따라서 유심론으로 간단히 부정할 수 있는 것이 아니다. 이러한 점에서 엄우의 공헌은 집중적으로 불학에서 시학과 상통하는 이론을 빌려 시를 논하여 예술의 심미 본질과 사유 특징에 대한 이해를 넓힌 데 있다.

둘째, '별재별취別材別趣'와 '불섭이로不涉理路'의 문제이다. 일부 논자들은 엄우가 "시에는 별도의 제재가 있어 책과는 상관이 없다. 시에는 다른 흥취가 있어 이론적인 것과는 상관이 없다"고 주장한 것이나, "이론적인 길을 밟지 아니하고, 말의 통발에 빠지지 않는다"고 주장한 것이 비이성주의에 대한 선전에 불과하다고 여기고 있다. 그러나 엄우 역시 재학才學이나 이론이 전혀 불필요하다고 말한 것은 아니다. 그는 다음과 같이 명백하게 밝히고 있다. "그러나 책을 많이 읽고 이치를 많이 궁구하지 않으면, 그 지극한 경지에 도달할 수 없다. 然非多讀書, 多窮理, 則不能極其志"(《滄浪詩話·詩辨》) 이처럼 엄우가 예술사유의 특징이 '불섭이로'에 있다고 한 것은 사실이지만 이성을 완전히 배척한 것은 아니었던 것이다. 그는 "시에는 사·이·의·흥이 있다. 남조 시인들은 사를 숭상하였으나 이理가 부족한 것이 흠이고, 본조本朝(송대) 사람들은 이를 숭상하여 의흥이 부족한 것이 약점이다. 당대 시인들은 의흥을 숭상하면서도 그 가운데 사리를 담고 있었으며, 한위시대의 시가는 사·이·의·흥이 자취를 남기지 않아 찾을 수 없다 詩有詞理意興. 南朝人尙詞而病於理, 本朝人尙理而病於意興, 唐人尙意興而理在其中, 漢魏之詩, 詞理意興, 無迹可求"(《滄浪詩話·詩評》)고 주장하였는데, 여기서도 그가 예술창작에 있어서 정情과 이理가 통일될 수 있을 뿐더러 반드시 통일되어야 한다고 여기고 있었음을 알 수 있다.

셋째, 엄우 시론의 총체적인 평가에 관한 문제이다. 엄우의 시론에 대한 기존의 평가는 총체성이 결여되어 있었다. 그래서 중국 미학사와 문예심리학사상에 있어서 그의 시론이 차지하고 있는 위치를 정확하게 파악할 수 없었다. 엄우의 시론은 예술형상 사유이론을 통해 총체적으로 평가해야만 그 요점을 정확하게 드러낼 수 있으며, 아울러 적절한 평가를 할 수 있을 것이다.

엄우의 '묘오'는 심미적인 감흥을 뜻한다. '감흥'설은 물론 엄우가 처음 내놓은 것이 아니다. 문예창작에 있어서의 '감흥' 현상을 최초로 말한 사람은 육기였다. "감응이 모여 일어나 그 통하고 막히는 실마리에 대해 말하자면, 오면 막을 수 없고 떠나도 멈추게 할 수 없는 것이다. 빛이 사라지듯 숨어 있다가도 메아리가 일어나듯 나타나기도 한다. 若夫應感之會, 通塞之紀, 來不可遏, 去不可止, 藏若景滅, 行猶響起" 이외에도 유협은 "정감이 가는 것은 주는 듯하고, 감흥이 오는 것은 화답하는 듯하다 情往似贈, 興來如答"고 하였다. 그리고 소자현蕭子顯의 '정흥情興'과 '흥회興會' 역시 이와 유사한 개념이다. 회화에서는 이사진李嗣眞이 "정신이 조화와 짝할 만하여 정신으로 깨달아 묘물을 얻었다 得妙物於神會"(《續畫品錄》)고 하였고, 장회관張懷瓘은 "우연히 감흥이 모여지게 되니 문득 붓을 들게 된다 偶其興會, 則觸遇造筆"(《書斷》)고 하였다. 또한 송대 구양수의 '심득의회心得意會,' 소옹邵雍의 "감흥이 오니 마치 시문을 오랫동안 구상한 것과 같다 興來如宿構"(《伊川擊壤集》), 갈립방葛立方의 "외물을 보아 느낌이 생기니 이것이 곧 감흥이 있음이다 觀物有感焉, 則有興"(《韻語陽秋》), 그리고 한졸韓拙의 "마음과 정신이 한데 모여 융합된다 心會神融"(《山水純全集》) 등의 언론에서 이러한 심미감흥에 대한 견해를 엿볼 수 있다.

또한 '묘오'라는 말 역시 엄우가 처음이 아니었다. 예를 들어 곽약허郭若虛는 다음과 같이 말한 적이 있다. "신령한 마음의 묘한 깨달음으로 느껴 마침내 통한 것이 아니라면, 누가 능히 이러한 경지에 이를 수 있었겠는가. 自非靈心妙悟, 感而遂通, 孰能與於此哉"(《圖畫見聞志》) 또한 범온范溫은 《유자후의 시를 논함論柳子厚詩》이란 글에서 "문장을 아는 것은 선가에 깨달음의 문이 있는 것과 같다. 무릇 법문은 천차만별이지만 모름지기 한 번 말을 바꾸면 깨달음으로 들어가게 되니, 예를 들어 고인의 문장은 단도직입적으로 한 곳만 먼저 깨닫게 되면 그 나머지 교묘한 곳을 다 통할 수 있게 되는 것과 같다 識文章者, 當如禪家

有悟門, 夫法門百千差別, 要識自一轉語悟入, 如古人文章, 直須先悟得一處, 乃可通其他妙處"[53]라고 하였다. 이렇게 본다면 엄우의 '묘오' 설에 관한 내용만 평가한다면 그 의의가 그다지 크지 않다고 할 수 있다. 이상으로 엄우가 《창랑시화》에서 말하고 있는 '묘오'→'불섭이로, 불락언전'→'흥취' 라는 것이 추상적인 사유와 상대적인 예술창작의 사유규율, 즉 형상사유로서 제시된 것임을 알 수 있다.

마르크스는 《1857-1858년 경제학수고》에서 '세계를 파악하는 방식' 이라는 유명한 논리를 피력한 바 있다. "정체, 그것은 머릿속에서 사유되어진 정체로 출현할 경우 사유하는 두뇌의 산물이 된다. 두뇌는 나름의 방식으로 세계를 파악하는데, 이러한 방식은 세계에 대한 예술적·종교적·실천 —— 정신적 파악 —— 과 다른 것이다."[54] 여기에서 마르크스는 세계를 파악하는 데 두 가지 방식이 있다고 말하고 있다. 하나는 과학, 즉 이론적인 파악의 방식으로 이것이 운용하는 것은 추상적인 사유이며, 또 하나는 과학과는 다른 예술적인 파악방법으로 그것이 운용하고 있는 것은 형상사유라는 것이다. 엄우의 '묘오' 설은 물론 마르크스의 '세계를 파악하는 방식' 이라는 유명한 논리와 같은 것이 아니다. 그러나 그는 사물의 이치와 고증으로 시를 삼는 송시의 폐단을 겨냥하여 예술창작에는 그 나름의 '별재별취' 가 있어야 하니, 이것이 바로 '일미묘오'→'불섭이로, 불락언전'→'유재흥취' 라는 것이다. 이 역시 엄우가 이미 예술창작은 이론적인 창작의 사유방식이나 특징과는 다른 것임을 파악하고 있다는 증거라 할 수 있으니, 이로 말미암아 엄우의 이론은 역사적인 의의를 가지게 되는 것이다.

서방의 경우 형상사유 이론이 나온 것은 그리 오래 된 일이 아니다. 제일 먼저 형상사유라는 개념에 착안한 사람은 비코(1668-1744)이며, 그후 바움가르텐(1714-1762)은 《미학》에서 형상사유를 '저급한 인식론' 이라 불렀다. 이후 헤겔과 베른스키를 거쳐 점차 체계를 이룬 현대적인 형상사유 이론이 형성되었다. 이로 보건대 송대에 엄우가 중국적인 예술 개념으로 예술사유의 형상화 과정을 묘사한 것은 시기적으로 그리 늦은 것이 아님을 알 수 있다.

이러한 점에서 우리는 《창랑시화》에 대해 높은 평가를 내려야 한다. 이택후는 "종영의 《시품》과 《문심조룡》이 문학이론과 혼합된 미학이라고 말한다면, 사공도의 《시품》과 《창랑시화》는 더욱 순수하고 표준적인 미학이라고 해야 할 것이다. 문예이론의 전반적인 분석에 있어서 《문심조룡》이 《창랑시화》보다 뛰어나다고 말한다면, 심미적인 특징의 파악에 있어서는 후자가 전자를 능가한다고 말해야 한다. 《창랑시화》는 《악기》(노예사회의 미학), 《문심조룡》(봉건 전기 미학)과 병렬할 수 있는 중국의 전문 미학서적이다"[55]라고 하였는데, 이러한 평가는 긍정적인 것이다. 특히 문예심리학적인 측면에서 비교해 보면 능히 그렇게 할 수 있다. 엄우의 예술형상 사유론은 여타 이론과는 다른 예술의 사유 특징과 심미 특징에 대해 말하고 있으며 예술사유와 논리사유의 구분, 예술심미적인 정감성과 심리체험의 성질, 이론가와 달리 예술가가 갖추어야 하는 심미적인 소질을 지적하고 있다. 이러한 것은 명·청 양대, 특히 왕부지王夫之·섭섭葉燮에게 큰 영향을 주었다.

제11절 《관윤자》의 심리학과 문예심리학

도교에서 《문시진경文始眞經》이라고 칭하는 《관윤자》는 원래 주대의 윤희尹喜가 저술한 것이다. 《한서·예문지藝文志》에 《관윤자》 9편이 실려 있다. 원문은 전하지 않으나 송대의 탁본으로 접할 수 있기에 송대에서 살펴보기로 한다.

《관윤자》는 도교에 관한 저서이다. 전체 9편, 171장으로 상·하 2권으로 나누어져 있다. 9편에서 서술하고 있는 것은 거의 모두 심리학에 관한 문제이며, 이러한 문제는 또한 문예심리학과 밀접한 관계가 있으므로 중국 문예심리학사상 살펴볼 만한 가치가 있다.

《관윤자》의 심리학 사상은 문예심리학적인 측면에서 다음 몇 가지로 설명할 수 있다.

먼저 마음과 사물의 관계에 대한 인식이다.

《관윤자》는 마음(心)과 외물(物)의 합일을 주장하고 있다. "도는 아득하여 알 수 없는 것인가? 마음은 당당하여 얽매임이 없는 것인가? 사물은 질서 있게 갈마들어 그릇됨이 없는 것인가? 번개가 질주하는 것인가? 모래가 나는 것인가? 성인은 마음이 하나이고 물도 하나이며 도도 하나라는 것을 알고 있으며, 이 세 가지가 또한 하나로 합치된다는 것을 알고 있음으로써 그 한 가지만을 들어 하나로 합치되지 않도록 하지 않고, 하나로 합치되지 않음으로써 세 가지가 합치됨을 해치지 않는 것이다. 道茫茫而無知乎? 心儻儻而無羈乎? 物迭迭而無非乎? 電之逸乎? 沙之飛乎? 聖人以知心一, 物一, 道一, 三者又合爲一, 不以一格不一, 不

以不一害一" (《關尹子 · 二注篇》 이하에서는 편명만 명시하기로 한다.) 여기에서 《관윤자》는 단지 마음과 외물의 관계에 있어 양자의 통일적인 측면만을 언급하고, 그 주체와 객체간의 관계에 대해서는 논의하지 않았다. 그래서 혹자들은 이를 비판하면서 그의 논의를 유심론으로 단정짓고 있다. 그러나 그것은 결코 합리적인 비평이 아니다. 마음과 외물의 통일을 주장하는 것이 반드시 유심론은 아니다. 뿐만 아니라 진현미陳顯微가 "사물을 보면 마음을 볼 수 있으나, 사물이 없으면 마음이 드러나지 않는다. 마음을 보면 곧 도를 볼 수 있으니, 마음이 없으면 도는 드러나지 않는다 見物便見心, 無物心不現, 見心便見道, 無心道不見" 라고 주석하여 "외물이 없으면 마음도 드러나지 않는다 無物心不現"고 한 것을 볼 때, 《관윤자》의 이와 같은 논의를 단순히 유심론으로 치부한다는 것은 부당하다고 하지 않을 수 없다. 이는 예술창작의 문제에 있어서도 마찬가지이다. 심리학의 측면에서 "마음과 외물은 동일하다 心物同一"라고 한 것은 곧 예술은 외물에 대한 반영인 동시에 표현이라는 말과 통한다. 다시 말하자면 예술적 형상은 주체와 객체의 통일로서 마음과 외물의 통일에 다름아닌 것이며, 이 두 가지가 정확하게 혼연일치되어야만 진정으로 성공적인 예술형상을 창조할 수 있는 것이다.

이런 점에서 볼 때, 《관윤자》에서 나오는 "사물과 내가 사귀어 마음이 생겨난다 物我交生心"는 명제는 창작심리학적인 의의를 내포하고 있다고 할 수 있다. 《관윤자 · 오감편五鑒篇》을 살펴보면 다음과 같다.

> 사물과 내가 사귀어 마음이 생겨나고, 두 나무를 마찰해야 불이 일어난다. 그것은 나에게 있다고 말할 수도 없고, 저쪽에 있다고 말할 수도 없는 것이다. 한쪽에 집착하여 저와 나를 구별하면 어리석은 짓이다.
>
> 物我交心生, 兩木摩火生. 不可謂之在我, 不可謂之在彼. 執而彼我之, 則愚.

인간의 심리는 주체와 객체가 상호 교류하는 과정에서 생성되는 것이다. 따라서 심리는 나에게만 존재하는 주관적인 것도 아니며, 또한 다른 것에 있는 객관적인 것도 아니다. 심리는 바로 주관적인 형체가 외물과 상호 작용함으로써 생성되는 것이다. 이 또한 '심물합일' 이론을 예증하는 좋은 근거라 하겠다.

다음으로 심心 · 성性 · 정情의 관계에 대한 인식에 대해 살펴보겠다.

《관윤자》에서는 "정감은 마음에서 생기고, 마음은 본성에서 생긴다 情生於心, 心生於性"(〈五鑒篇〉)고 하여, 정감은 심리에서 나오며 심리는 또한 인간의 본성에서 나오는 것이라고 주장하고 있다. 그리고 성과 정을 구분하여 성을 인간의 근본적인 것으로 간주하고 있다. 중국 심리학사에 있어서 정과 성을 구분하여 고찰한 예는 그다지 흔치 않은 일이다. 《관윤자》에서는 또한 "마음이 외물에 감응하면 마음이 생기는 것이 아니라 정감이 생기고, 외물이 마음과 교류하면 외물이 생기는 것이 아니라 인식이 생긴다 心感物, 不生心生情, 物交心, 不生物生識"(〈五鑒篇〉)라고 하여, 정감과 인식 모두 외물의 영향을 받아 생성된 것이라고 말하였다. 그러나 또한 이 두 가지는 서로 다른 점이 있다고 하였다. 먼저 정감은 마음이 외물에 감응하여 생기는 것이고, 인식은 외물이 마음과 교류하여 생기는 것이다. 그렇다면 정감은 동적인 것이고, 인식은 정적인 것이라고 말할 수도 있을 것이다. 정감과 인식의 발생, 그리고 양자의 차별에 대한 《관윤자》의 언급은 예술창작에 있어서 정감과 인식의 문제를 처리함에 약간의 힌트를 제공한 것이라 할 수 있다. 예를 들어 엄우는 "시란 정성을 읊조리는 것이다 詩者, 吟咏情性也"·"시에는 별도의 제재가 있어 책과는 상관이 없다. 시에는 다른 흥취가 있어 이론적인 것과는 상관이 없다 詩有別材, 非關書也. 詩有別趣, 非關理也"라고 하였는데, 근본적인 면에서 볼 때 《관윤자》의 견해와 크게 다르지 않음을 쉽게 알 수 있을 것이다.

《관윤자》에서는 또한 정情과 심心, 그리고 성性의 특징을 동적으로 묘사하고 있다. "정감은 파도이며, 마음은 흐름이고, 성은 물이다. 情, 波也. 心, 流也. 性, 水也"(〈五鑒篇〉) 이는 다시 말해 인간의 본성, 즉 바탕이 물이라면 심리는 물의 흐름이고 정감은 물이 파도치는 것과 같다는 뜻이다. 이는 다른 한편 인간의 의식과 심리는 유동적이고, 인간의 정감은 파도처럼 기복이 있다는 뜻으로 풀이될 수도 있다. 또한 이러한 설명은 인간의 심리·정감·의식이 동적인 성질을 지니고 있음을 말하는 것이기도 하다. 중국 심리학사에서 이러한 묘사는 대단히 특이한 것으로 문예창작에 새로운 의미를 부여한 것이라 할 수 있다.

다음 《관윤자》에서는 형形과 신神의 관계에 대해서도 논의하고 있는데, 특히 '신을 위주로 하는〔以神爲主〕' 형신관形神觀을 드러내고 있다는 점에서 주목할 만하다. "형체는 나뉠 수도 있고 합쳐질 수도 있으며, 늘릴 수도 있고 숨길 수도 있다. ……하나의 기氣에서 만물이 생기는데, 이는 물건 따위를 버리고 나면 다른 것과 바꿀 수 있는 것과 같으니 이것이 형체가 나뉠 수 있는 까닭이다. 하나의 기로써 만물을 합치시키는데, 이는 물건이 깨지면 때울 수 있는 것과 같으니 이것이 형체를 합치시킬 수 있는 까닭이다. 신으로 말미암아 기가 존재하고 기로 말미암아 형체가 존재하게 되니, 이는 신을 늘릴 수 있기 때문이다. 형체는 신에서 합치되고 신은 무에서 합치되니, 이는 형체를 숨겼기 때문이다. ……도를 배우는 데 세 가지 품계가 있는데, 상품은 신을 위주로 하는 것이고 중품은 기를 위주로 하는 것이며 하품은 형체를 위주로 하는 것이다. 形可分可合, 可延可隱. ……以一氣生萬物, 猶棄發可換, 所以分形. 以一氣合萬物, 猶破昏可補, 所以合形. 以神存氣, 以氣存形, 所以延神. 合形於神, 合神於無, 所以隱形. ……學道有三品, 上品者以神爲主, 中品者以氣爲主, 下品者以形爲主"(〈六匕篇〉) 형과 신의 관계에 있어서 《관윤자》가 '신을 위주로 한다'고 한 것은, 바로 "신으로 말미암아 기가 존재하고 기로 말미암아 형체가 존재한다 以神存氣, 以氣存形"는 것을 의미함을 쉽게 알 수 있다. 《관윤자》의 이와 같은 관점은 유심론적 경향이 짙다고 할 수 있다. 그러나 그것이 꼭 부정적인 것만은 아니다. 오히려 심리학, 특히 문예심리학에 있어서는 '신을 위주로 한다'고 강조한 것은 긍정적 의의를 지닌다. 왜냐하면 문예창작에 임하여 심리적 조절과 정신적 조절에 주의함으로써 입신의 경계에 들어갈 수 있음을 밝히고 있기 때문이다. 이렇게 본다면 《관윤자》의 심리학 사상은 문예창작에 대해 간접적이나마 계발적 작용을 하였다고 할 수 있을 것이다.

제12절 송대의 회화심리학

중국의 조소彫塑예술은 육조시대와 당대에 이미 큰 성과를 이룩하였다. 육조시대에는 회화예술 역시 크게 발달하였으나, 당시에 주종을 이루고 있던 것은 인물화였다. 당대의 수묵화와 담채淡彩산수화 역시 상당한 발전을 이루었으나, 수묵화와 산수화가 최고 절정기를 맞이한 것은 송대라고 볼 수 있다. 그 가운데 곽희와 이공린李公麟 · 문여가文與可 · 미불米芾 등이 당시 산수화의 대가라고 칭할 수 있다.

송대에는 화론 역시 대단히 번성하였다. 비교적 유명한 것으로는 곽희의 《임천고치林泉高致》, 미불米芾의 《화사畵史》, 곽약허郭若虛의 《도화견문지圖畵見聞志》, 한졸韓拙의 《산수순전집山水純全集》, 채경蔡京과 채변蔡卞이 편찬한 《선화화보宣和畵譜》, 남송시대 등춘鄧椿의 《화계畵繼》, 이징수李澄叟의 《화산수결畵山水訣》 등이 있으며, 이외에도 구양수 · 소식 · 소철 · 황정견 · 조보지晁補之 등 문인들의 화론을 꼽을 수 있다.

송대의 회화심리학은 동시대의 시가심리학과 서로 조응하면서 당시 시대심리와 사회심리에 적지않은 영향을 받았다. 그래서 당대唐代의 웅장한 기개와 진취적 정신이 예술적인 측면에서 호방하고 개방적인 기풍으로 드러나고 있는 것과는 달리, 깊은 사색을 중시하여 정신적인 면이 강화되었고 담백하면서도 세밀한 마음을 묘사하는 쪽으로 방향전환을 하였다. 그것은 곧 송대 회화심리학의 특색이 되었으며, 당시 시대와 사회의 심미심리를 그대로 반영한 송대 산수화는 절정의 수준에 오르게 되었던 것이다.

위에서 인용한 화론들은 각기 수준이 달라 일정하지 않다. 어떤 종류는 자료수집을 위주로 한 것이며(《圖畵見聞志》·《宣和畵譜》·《畵繼》), 또 어떤 종류는 기존 작가들의 작품을 답습한 것(이징수의 《畵山水訣》)이다. 회화심리학의 측면에서 논의할 만한 화론으로는 곽희의 《임천고치》와 황휴복의 《익주명화록》을 들 수 있는데, 전자에서는 회화심미심리 구조론을, 그리고 후자에서는 이른바 '일격逸格' 심리 등을 엿볼 수 있다.

1. 곽희 《임천고치》의 회화심미심리 구조론

곽희郭熙의 자는 순부淳夫이며, 하남 온현溫縣 사람이다. 생몰연대는 미상으로 서복관徐復觀의 고증에 의하면 약 1000-1090년 전후로 추정된다. 곽희는 산수화에 능하였는데, 이성李成[918-967, 자는 咸熙. 關仝에게 산수화를 배웠다]을 모방했다고 하여 후인들은 그와 이성을 이곽李郭이라 칭하고 있다. 그의 화론으로는 《임천고치》가 있는데, 《선화화보》에 의하면 원래의 명칭은 《산수화론》이다. 《임천고치》는 아마도 그의 아들인 곽사郭思가 새롭게 편집하면서 정한 명칭으로 보인다.

《임천고치》의 내용체제에 대해 《사고전서총목제요》에서는 이렇게 말하고 있다. "이제 살펴보건대, 이 책은 전부 여섯 편으로 〈산수훈〉·〈화의〉·〈화결〉·〈화제〉·〈화격습유〉·〈화기〉이다. ……〈산수훈〉에서 〈화제〉까지 네 편은 모두 곽희의 글로서 곽사가 주를 달았다. 다만 〈화격습유〉 한 편만은 곽희가 생전에 남긴 진적을 기념하여 쓴 것이고, 〈화기〉 한 편은 곽희가 신종 때 총애를 받았던 일을 서술한 것인즉, 분명 곽사가 논찬하면서 한 편으로 합쳐진 것이다. 今案書凡六篇, 曰山水訓, 曰畵意, 曰畵訣, 曰畵題, 曰畵格拾遺, 曰畵記 ……自山水訓至畵題四篇, 皆熙之詞, 而思爲之注. 惟畵格拾遺一篇, 紀熙生平眞迹, 畵記一篇, 述熙在神宗時寵遇之事, 則當爲思所論撰, 而幷爲一編者也" 이상에서 알 수 있듯이 《임천고치》는 중국 고대의 회화미학에 관한 중요한 저술이자, 또한 회화심리학에 있어서도 대단히 중요한 저술로서 회화 창작심리와 감상심리에 관해 비교적 완전한 체계를 갖추어 논한 저서라고 할 수 있다. 따라서 중국 문예심리학사상 결코 소홀히 다룰 수 없는 가치가 있다고 할 수 있겠다.

1) 곽희는 회화창작과 감상에 있어서 먼저 회화창작의 특수한 규율에 걸맞는 심미심리 구조가 있어야 한다고 말하고 있다.

> 산수 그림을 배우려면 무엇이 이것과 달라야 하는가? 대개 자신의 몸을 산천에 두고 그 속에서 취해야만 하니, 이래야만 산수의 뜻이 드러날 수 있는 것이다.
> 學畵山水者何以異此? 蓋身卽山川而取之, 則山水之意度見矣. (《林泉高致·山水訓》)

"자신의 몸을 산천에 두고 그 속에서 취해야만 한다 身卽山川而取之"는 《임천고치》의 중심 명제이다. 어떤 이는 이를 예술창작에 종사하기 위해서는 생활을 깊이 관찰하고 체험해야 한다는 뜻으로 해석하고 있으나, 이는 적절한 해석이 아니다. "자신의 몸을 산천에 두고 그 속에서 취해야만 한다"는 말은 예술은 주체와 객체의 통일임을 설명하는 것으로, 예술창작을 하기 위해서 예술가는 먼저 자신을 객체인 대상에 '투입'한 연후에 주·객관의 정감상의 융합 속에서 예술작품을 창작해야 한다는 뜻이다. 또한 이렇게 해야만 비로소 '산수의 뜻이 드러날 수 있는 것'이며, 만약 이렇게 하지 않고 오로지 관찰에만 의지한다면 '산수의 뜻〔山水之意度〕'을 볼 수 없다는 뜻이다. 이는 다음의 '체體'에 관한 논술에서 더욱 명확하게 드러난다.

> 산수를 그리는 데는 법칙이 있으니 넓게 펼쳐 웅장한 그림을 그림에 있어서도

쓸데없는 부분이 있어서는 안 되고, 삭제하고 축소하여 작은 정경을 그림에 있어서도 짜임새가 적어서는 안 된다. 산수를 보는 데도 역시 법칙이 있다. 숲이나 샘물과 벗하는 마음, 즉 자연과 일치가 되는 마음으로 산수를 보면 그 가치가 높아질 것이고, 교만하고 사치스러운 자세로 임한다면 그 가치가 낮아질 것이다.

畵山水有體. 鋪舒爲宏圖而無餘, 消縮爲小景而不少. 看山水亦有體. 以林泉之心臨之則價高, 以驕侈之目臨之則價低. (《林泉高致 · 山水訓》)

여기서 "산수를 그리는 데 법칙(體)이 있다"고 하였는데, 그 법칙이란 창작주체(畵山)와 감상주체(看山)가 모두 심미객체와 상응하는 심미심리 구조를 가지고 있어야만 심미객체의 심미적인 가치('價高' · '價低')를 발현할 수 있다는 것이다. 곽희가 말한 '체'의 의미에 대해서는 아래에서 다시 설명하기로 한다. '체'의 개념에도 많은 의미가 있다. 앞에서 이미 말했듯이 심미심리 구조에 관한 이론은 이미 노장의 문예심리학 이론에서도 다룬 적이 있었지만, 이론적인 개념으로 이 범주를 다룬 것은 아니었다. 그렇지만 곽희는 이를 분명하게 찾아 밝혔다.

이외에도 곽희는 산을 그리는 것이나 산을 보는 것 모두 법칙이 있다고 말하고 있는데, 이는 예술창작과 감상은 예술작품과 결코 끊어질 수 없는 관계를 맺고 있으며, 예술작품의 심미가치와 창작주체의 심미이상, 그리고 감상주체의 심미적 느낌은 모두 예술작품에서 표현되고 있는 심령과 인간의 심령간의 상호교류와 융합 속에 존재한다는 것을 설명하는 것이라 하겠다. 물론 이 역시 문예심리학적 의의가 짙게 배어 있다.

2) 곽희는 회화창작과 감상의 '법칙(體)'은 무엇보다 '임천지심林泉之心,' 곧 '허정지심虛靜之心'이라고 주장하고 있다. 곽희는 이에 대해 창작과 감상 두 가지 측면에서 나누어 설명하고 있다. 우선 창작의 측면에서는 다음과 같이 논하고 있다.

세상 사람들은 내가 그저 붓을 들면 쉽게 그림을 그리는 줄만 알고, 그림 그리는 것이 쉽지 않은 일임을 알지 못한다. 장자는 화공이 옷을 다 벗고 편안히 다리를 쭉 뻗고 앉아, 아예 그림을 그리는 것을 잊고 있는 경지에 대해 이것이 진정한 화가의 법을 얻은 것이라고 말했다. 사람은 모름지기 마음속을 넓고 편안하게 하고, 자신의 뜻이나 생각을 즐겁고 여유 있게 길러야만 한다. 이렇게 해야만 이른바 평이하고 바르며 자애하고 진실됨이 그러한 마음으로 말미암아 생기게 되는 것이다. 이러한 마음이 생기면 곧 사람의 울고 웃는 여러 가지 정감상태나 사물의 예리함, 기울어짐, 옆으로 치우침 등 갖가지 형태가 저절로 마음 가운데 펼쳐지며, 자신도 모르는 사이에 화필로 드러나게 된다. ……그렇지 않으면 뜻과 생각이 억눌려지고 응고되어 한쪽으로 치우칠 것이니, 어찌 능히 사물의 정을 그려낼 것이며 사람의 생각을 펼 수 있겠는가?

世人止知吾落筆作畫, 却不知畫非易事. 莊子說畫史解衣盤礴, 此眞得畫家之法. 人須養得胸中寬快, 意思悅適, 如所謂易直子諒, 由然之心生, 則人之啼笑情狀, 物之尖斜偃側, 自然列布於心中, 不覺見之於筆下. ……不然, 則志意已抑鬱沉滯, 局在一曲, 如何得寫貌物情, 攄發人思哉. (《林泉高致 · 畫意》)

위 글에서는 장자에 나오는 진정한 화공의 이야기, 즉 옷을 벗고 발을 뻗은 채로 앉아 그림에 초연한 화공 이야기(畫史解衣盤礴)를 인용하고 있다. 예술창작을 할 때에는 잠시라도 공리를 초탈하는 허정의 마음이 있어야만 "마음속을 넓고 편안하게 하고, 자신의 뜻이나 생각을 즐겁고 여유 있게 胸中寬快, 意思悅適" 하여 "사람의 울고 웃는 여러 가지 정감상태나 사물의 예리함, 기울어짐, 옆으로 치우침 등 갖가지 형태가 저절로 마음 가운데 펼쳐지게 해야 한다. 人之啼笑情狀, 物之尖斜偃側, 自然列布於心中" 이렇게 예술 이미지가 형성됨으로써 저절로 예술적인 영감이 발생하여 "자신도 모르는 사이에 화필로 드러나게 된다. 不覺見之於筆下" 이것이 바로 예술창작의 심리과정인 것이다.

더욱 의의가 있는 것은, 곽희가 말한 "평이하고 바르며 자애하고 진실됨이 그러한 마음으로 말미암아 생기게 되는 것이다 易直子諒, 油然之心生"라는 명제이다. 〈악기樂記〉와 〈제의祭義〉를 살펴보면 모두 "음악을 익히고, 그것으로 마음을 다스리면 평이하고 바르며 순결하고 진실한 마음이 저절로 생겨난다 致樂以治心, 則易直子諒之心, 油然生矣"고 하였으며, 〈정의正義〉에서도 "이는 화이를 말하고, 직은 정직을 말하며, 자는 자애를 말하고, 량은 진실됨을 말한다 易謂和易, 直謂正直, 子謂子愛, 諒謂誠信"라고 하였다. 이로써 역易 · 직直 · 량諒은 모두가 순결한 정신을 뜻하고, 자子는 순결한 정신으로 인해 발생하는 사랑의 뜻임을 알 수 있다.

곽희는 이 말을 "마음속을 넓고 편안하게 하고, 자신의 뜻이나 생각을 즐겁고 여유 있게 길러야 한다 胸中寬快, 意思悅適"고 해석하여 인용하고 있는데, 그 의미는 정신적으로 정화되어 예술정감이 충만한 사랑하는 마음과 활기가 일어나면 자연히 내심 깊은 곳에 창작 영감과 창작 욕망이 생겨난다는 뜻이다. 그리고 만약 그렇지 않을 경우에는 "뜻과 생각이 억눌려지고 응고되어 한쪽으로 치우칠 것이다 志意已抑鬱沈滯, 局在一曲"라고 하였으니, 정신적인 면에서 정화되고 해방되지 않으면, '역·직·자·량'의 심리 요소가 일어나지 않을 뿐만 아니라 결국 예술창작도 불가능하다는 뜻이라 하겠다. 이렇게 본다면 곽희는 위 인용문을 통해 예술창작심리를 세밀하게 분석·묘사하고 있다고 할 수 있다.

내가 한가한 날에 진·당의 고금 시가를 읽어보니, 그 가운데 아름다운 구절들은 사람의 가슴속에 있는 일들을 남김없이 말하고, 눈앞의 모든 경물들을 모두 드러내고 있었다. 그러나 조용한 곳에 편안히 앉아 밝은 창가 아래 깨끗한 책상을 펼쳐 놓고 향로에 향을 피워, 온갖 생각이 사라져 버린 상태가 아니라면 아무리 아름다운 시 구절의 좋은 뜻이라도 보이지 않을 것이며, 그윽하고 아름다운 정취 역시 아무리 생각하고자 하여도 떠오르지 않을 것이다. 그런즉 그림의 주된 정취 또한 어찌 쉽게 이를 수 있겠는가?

余因暇日, 閱晉唐古今詩什, 其中佳句, 有道盡人腹中之事, 有裝出目前之景. 然不因靜居燕坐, 明窗淨几, 一炷爐香, 萬慮消沉, 則佳句好意, 亦看不出. 幽情美趣, 亦想不成. 卽畫主之意, 亦豈易及乎? (《林泉高致·畫意》)

위 인용문에서는 앞서 말한 문제를 더욱 명확히 설명하고 있다. 그는 만약 "온갖 생각이 사라져 버린 상태 萬慮消沉"에서 "자연에 벗하는 마음 林泉之心"이 없다면, 심미객체의 심미적 가치를 발현할 수 없다고 생각했다. 그래서 "자연에 벗하는 마음으로 임하면 가치가 높고, 교만·방자한 눈으로 임하면 가치가 낮아진다 以林泉之心臨之則價高, 以驕侈之目臨之則價低"고 하였으며, "아름다운 구절이나 좋은 뜻 역시 볼 수 없고, 그윽한 정이나 아름다운 정취도 생각할 수 없다 佳句好意, 亦看不出. 幽情美趣, 亦想不成"고 하였던 것이다.

3) '임천지심'과 관련하여, 곽희는 허정·심미주의와 창작 영감의 관계에 대해 언급하였다.

무릇 하나의 경치를 그리는 데는 크고 작거나 많고 적든지간에 반드시 정신을 집중해야 한다. 정신을 집중하지 않으면 신명이 전일할 수 없다. 반드시 신명이 더불어 갖추어진 상태에서 그림을 그려야지, 신명이 갖추어지지 않은 상태에서는 정신이 밝아질 수 없다. 또한 반드시 엄격한 상태에서 스스로 경계하며 임해야 한다. 엄격하지 않으면 생각이 깊어질 수 없다. 그리고 반드시 삼가고 근면함으로써 주도면밀해야 한다. 삼가지 않을 경우에는 경물이 완전할 수 없다.

凡一境之畵, 不以大小多少, 必須注精以一之, 不精, 則神不專. 必神與俱成之, 神不與俱成, 則精不明. 必嚴重以肅之, 不嚴則思不深. 必恪勤以周之, 不恪則景不完. (《林泉高致·山水訓》)

여기서는 회화창작의 전과정을 관통하는 정신 집중상태에 대해 논의하고 있다. 특히 예술구상이나 창작 대상, 그리고 감상비평에 있어서 정신을 집중해야 함을 강조하고 있다. 〈산수훈〉에서 곽사郭思는 곽희가 정신을 집중하여 그림을 그리는 정황에 대해 다음과 같이 묘사하고 있다.

사(곽사: 곽희의 아들)는 예전부터 선친이 한두 장의 그림을 그리는 것을 보았다. 어떤 때에는 그림을 내버려두고 돌아보지도 않은 채로 열흘이고 스무날이고 마냥 지내며 아무런 언급도 없었다. 두세 번이나 이런 일을 겪었는데, 이는 의욕이 일어나지 않았기 때문이다. 의욕이 일지 않은 것을 어찌 이른바 나태한 기운이 아니라 하겠는가? 그러나 또한 매번 흥에 겨워 뜻을 얻어 창작에 임하게 되면 만사를 모두 잊어버렸다. ……무릇 그림을 그리는 날은 창을 밝게 하고 책상을 깨끗하게 치운 다음 좌우로 향을 피우고, 붓을 정갈하게 하고 먹을 교묘하게 갈며, 손을 씻고 벼루를 물로 닦는데 마치 귀한 손님을 모신 듯하였다. 그리고 반드시 정신이 한가롭고 뜻이 정해진 연후에야 비로소 그림을 그리기 시작하였다.

思平昔見先子一二圖, 有一時委下不顧, 動經一二十日不嚮. 再三體之, 是意不欲. 意不欲者, 豈非所謂惰氣者乎. 又每乘興得意而作, 則萬事俱忘. ……凡落筆之日, 必明窓淨幾, 焚香左右, 精筆妙墨, 盥水滌硯, 如見大賓, 必神閑意定, 然後爲之.

위 인용문은 회화에 있어서 영감이 떠올라 정신을 집중함으로써 "만사를 모두 잊어버린 萬事俱忘" 정황에 대해 묘사하고 있다. 특히 영감이 떠오를 경우와 그렇지 않을 경우의 심리상태에 대한 묘사는, 소식이 문여가와 손지미의 회화창작에 대해 묘사한 것과 동일한 것으로 모두 예술창작의 심리법칙에 관한 것들이라 할 수 있다.

4) 곽희는 예술창작이란, "큰 형상을 드러내고 見其大象" "큰 뜻을 드러내는 것 見其大意"이라고 여겼다. 이는 창작주체에 이입된 심미정감이 주관과 객관의 통일을 이루어야 함을 뜻한다. 또한 곽희는 산수화의 제재를 선택함에 있어서 "많은 것을 경험하고 經之衆多" "정수를 취해야 한다 取之精粹"고 주장하고 있다. 이는 제재를 취함에 있어서 '많음〔多〕'과 '정밀〔精〕'함이 통일을 이루어야만 한다는 뜻이자, 그리고자 하는 산수화 속에 예술가의 정신과 정감이 녹아 들어가 있어야만 한다는 뜻이다. 그렇기 때문에 그는 만약 그렇게 하지 않을 경우에는 "그저 개괄적으로 그린다면 지도와 무엇이 다르겠는가? 一概畫之, 版圖何異?"(《山水訓》)라고 말하고 있는 것이다. 이처럼 곽희는 인간과 자연이 서로 조화를 이루는 것이 제재를 선택하고, 이를 새롭게 창조하는 표준이 된다고 여겼다.

이러한 관점에서 그는 다음과 같이 말하고 있다. "지금의 산천경계를 살펴보면, 땅은 비록 수백 리를 점하고 있지만 진정으로 자유롭게 유람하고 싶은 곳은 열 군데 중에 서너 곳도 안 된다. 그렇지만 반드시 살 만하고 유람할 만한 곳을 찾게 되니, 이는 군자가 임천을 목마르게 그리워하여 바로 그러한 곳을 아름다운 곳이라고 여기기 때문이다. 그런 까닭에 화가는 마땅히 이러한 뜻을 지니고 창작에 임해야 하며, 감상하는 이 역시 마땅히 이러한 뜻을 지니고 다 살펴보아야 한다. 이것이 바로 산수의 근본 뜻을 잃지 않은 것이라 할 수 있다. 觀今山川, 地占數百里, 可游可居之處, 十無三四. 而必取可居可游之處, 君子之所以渴慕林泉者, 正謂此佳處故也. 故畫者當以此意造, 而鑑者又當以此意窮之. 此之謂不失其本意"(《山水訓》) 이상은 유람할 수 있거나 거할 수 있는 곳은 사람들에게 정신적인 측면에서 마음을 기탁할 수 있는 여지를 제공하기에, 화가나 감상자 모두 이러한 뜻으로 표현하고 감상해야 한다는 뜻이다.

곽희는 자연경물을 그림에 있어서 자연과 인간이 하나가 되어 자연의 생생한 모습을 있는 그대로 표현할 수 있어야 한다고 생각했다. 그래서 그는 다음과 같이 말하고 있다.

실제 산수의 운기(구름의 기운)는 사계절이 각기 달라, 봄에는 온화하고 여름에는 짙게 깔리며, 가을에는 성기고 얇으며 겨울에는 암담하다. 그래서 이러한 신수의 커다란 형상을 모두 다 드러내고, 그 형체를 끊어서 그리면 안 된다. 그래야만 운기의 모습이 고스란히 살아날 수 있다. 실제 산수의 안개나 남기(嵐) 역시 사계절이 각기 달라, 봄산은 담박하고 아름다워 미소짓는 듯하고, 여름산은 푸르러 흠뻑 젖은 듯하며, 가을산은 맑고 깨끗하여 단장한 듯하고, 겨울산은 어둡침침하여 마치 잠들어 있는 듯하다. 그래서 산수화는 그 큰 뜻을 드러내면서도 그림을 그린 흔적을 남기지 말아야만 안개나 남기의 풍광이 바르게 드러날 수 있는 것이다.

眞山水之雲氣, 四時不同, 春融怡, 夏蓊鬱, 秋疏薄, 冬黯淡. 盡見其大象而不爲斬刻之形, 則雲氣之態度活矣. 眞山水之煙嵐, 四時不同, 春山淡冶而如笑, 夏山蒼翠如而滴, 秋山明淨而如妝, 冬山慘淡而如睡. 畫見其大意, 而不爲刻畫之迹, 則煙嵐之景象正矣. (〈山水訓〉)

이에 대해 이택후는 "이는 직관적으로 형체를 느끼는 것이 아니라 정감을 이입시켜 그것으로 그 큰 뜻을 드러내는, 일종의 형상적 진실을 말하고 있는 것이다. 따라서 서양화처럼 작가가 환각을 통해 나름의 진실감을 감지하는 것이 아니라 보다 많은 자유로운 상상력을 통하는 것으로, 일종의 상상 속에서 이루어지는 환각의 느낌이라고 할 수 있다"[56]고 말한 바 있다. 사실 이는 일종의 이정移情현상에 대한 묘사로 일면 자연산수를 감성화·의인화('如笑'·'如滴'·'如妝'·'如睡')시킨 것이자, 또 다른 일면 창작자나 감상자의 정감을 자연 산수에 몰입시킨 것이라고 할 수 있다. 이러한 감정이입을 통해 '경물 이외의 뜻을 그리는 것(畵之景外意),' 이것이 바로 중국 산수화의 창작과 감상의 가장 큰 특색이라 할 수 있다.

5) 의경意境심리 문제에 있어서 곽희는 '원遠'이라는 개념을 제시하고 있다.

산에는 삼원법이 있다. 산 아래에서 산꼭대기를 올려다보는 것을 일러 고원高遠이라 하고, 산 앞에서 산 뒤쪽을 넘겨다보는 것을 심원深遠이라 하며, 가까운 산에서 먼 산을 바라다보는 것을 일러 평원平遠이라고 한다. 고원의 색은 맑고 밝으며, 심원의 색은 어둡고 흐리며, 평원의 색은 밝은 것도 있고 어두운 것도 있다. 고원의 세는 우뚝 솟아 있고, 심원의 뜻은 중첩되어 있으며, 평원의 뜻은 멀고 아득하여 흐릿하다. 인물을 그리는 데도 삼원법이 있는데 고원에 있는 사람은 명료하게, 심원에 있는 사람은 작고 세심하게, 그리고 평원에 있는 사람은 담백하게 그린다.

山有三遠. 自山下而仰山顚, 謂之高遠, 自山前而窺山後, 謂之深遠. 自近山而望遠山, 謂之平遠. 高遠之色淸明, 深遠之色重晦, 平遠之色, 有明有晦. 高遠之勢突兀, 深遠之勢重疊, 平遠之意沖融而縹縹緲緲. 其人物之在三遠也. 高遠者明瞭, 深遠者細碎, 平遠者沖淡. (〈山水訓〉)

곽희는 여기서 '원遠' 개념으로 산수화의 의경을 표현하고 있다. 그 함의는 오늘날의 단순한 투시법과는 다르다. 오히려 그 개념은 이전의 장학莊學과 현학까지 소추해 볼 수 있다. 장자는 세속을 초탈하고 무위를 숭상할 것을 주장하여, "마음을 태현 속에서 노닐고 游心太玄" "어떤 유위도 없는 마을 無何有之鄕" "넓고 막막한 원초적 들판 廣漠之野"[57]에서 소요해야 한다고 하였다. 이 역시 유위有爲의 속세에서 벗어나고자 했다는 점에서 '원遠'과 상통한다고 할 수 있다.

이는 위진 현학의 경우에도 마찬가지이다. 당시 현학가들은 '원'이란 말을 상용하여 세속을 초탈하고 자유를 추구하는 대범한 마음을 형용하곤 했다. 예를 들어 진대의 왕탄王坦은 "사람을 감동시키는 것은 아울러 잊어버림, 즉 겸망에서 비롯되고, 사물을 응함은 무심에 있다. 공자는 '원'을 체득하지 못한 것이 아니었으니, '원'을 체득함으로써 가까움을 사용할 수 있었다. 안연이 어찌 덕을 갖추지 못했겠는가? 덕을 갖추었기에 가르침을 받을 수 있었던 것이다 動人由於兼忘, 應物在乎無心. 孔子非不體遠, 以體遠故用近. 顔多豈不具德, 以具德故膺教"[58]라고 말한 바 있다. 이외에 《세설신어》에서도 '원'으로 '현玄'의 개념을 대치하여, '현원玄遠'·'청원淸遠'·'심원深遠'·'청담평원淸淡平遠'·'체현식원體玄識遠' 등과 같이 사용하였다. 이렇게 본다면 '원'은 현학에서 도달하고자 하는 정신경계로서, '현玄'에 가까운 개념이라 할 수 있을 것이다. 이처럼 장자의 '도,' 현학의 '현,' 곽희의 '원'은 모두 일맥상통하는 것으로, 세속을 벗어나 개방적이고 광활하며 순박한 심리세계의 추구를 뜻하는 개념이라 할 수 있다.

곽희는 이와 유관된 것으로 시각심리와 상상심리의 측면에서 다음과 같이 말하고 있다. "실제 산수의 바람이나 비는 멀리 보아야 얻을 수 있지, 가까운 것에 눈을 빼앗기면 비바람이 섞여 몰아치며 일어나고 그치는 형세를 살필 수 없다. 실제 산수의 흐리거나 비가 개이는 모습은 멀리서 보아야 다 얻을 수 있지, 가까운 것에 구속되면 능히 그 밝고 어두우며 숨고 드러나는 자취를 얻을 수 없다. 眞山水之風雨, 遠望可得, 而近者玩習, 不能究錯縱起止之勢. 眞山水之陰晴, 遠望可盡, 而近者拘狹, 不能得明晦隱見之迹"(〈山水訓〉) 여기서 '멀리 본다[遠望]' 고 한 것은 산수의 형질에 따라 시각적으로 멀리 본다는 의미 이외에도, 이렇게 멀리 조망함과 동시에 창작자의 상상력을 동원하여 시각과 상상이 통일되면서 눈앞에 있는 산수를 직접 보는 것에서 벗어나 허정한 상태에서 바라봄으로써 유한한 것으로부터 무한한 것으로 이르게 된다는 뜻을 지닌다. 그리고 이렇게 함으로써 저절로 '경물 이외의 뜻을 그리는' 경지에 도달하게 된다는 것이다.

'고원'·'심원'·'평원'이라는 '삼원三遠' 가운데 곽희는 '평원'을 가장 숭상하였다. 서복관의 분석에 따르면, 이는 '고高'와 '심深'은 모두 강인함과 진취적인 의미가 있는데, '평平'은 유연성과 방임성의 의미를 가지고 있기 때문에 '평원'은 산수화의 정신적인 성격과 예술가의 마음의 요구를 표현하는 데 더욱 적합하기 때문이라고 할 수 있다.

중국 회화예술에 있어서 '원'의 개념은 산수화와 밀접한 관계를 유지해 왔다. 장언원의 《역대명화기》 권7에 보면, 양나라 소분蕭賁에 대해 "일찍이 부채 위에 산수화를 잘 그렸는데, 지척으로도 1만 리를 알 수 있었다 曾於扇上畵山水, 咫尺內萬里可知"고 말하고 있으며, 권8에는 수나라 전자건殿子虔에 대해 "산천을 지척에서 1만 리를 그렸다 山川咫尺萬里"고 했다. 또한 권10에서는 주심朱審에 대해 "산수화를 잘 그렸는데…… 평원이 극히 뛰어났다 工畵山水…… 平遠極目"고 하였다. 두보 역시 '원세遠勢'라는 말을 한 적이 있고, 심괄沈括은 '원경遠景'·'원사遠思'라는 개념을 쓴 적이 있다.[59] 이는 모두 산수화의 창작과 감상에 있어서 모든 과정이 '원'의 의경을 추구해야 함을 말하고 있는 것이다.

이처럼 곽희는 산수화에 있어서 '삼원三遠'의 경계를 총결했다는 점에서 대단히 커다란 공헌을 했다고 할 수 있다. 특히 그는 '평원平遠'의 경지를 추구하도록 강력하게 주장하였는데, 그가 제기한 '원' 개념의 범주는 이전 장자나 현학가들의 철학·심리학과 연계되면서 더욱 예술심리학적 함의가 풍부하게 되었다. 아울러 곽희가 말한 '원' 개념은, 그 함의에 있어서 초탈과 평담을 추구했던 송대의 사회적 분위기와 깊은 관련을 맺고 있어, 당시 시대적 색채가 선명하게 드러나고 있다고 볼 수 있다.

6) 곽희는 산수화 각 부분의 구성을 인간의 신체와 같이 유기체적 총체로 파악하여, 자신의 예술정체관과 예술창작의 생명학적 의의를 드러내고 있다. 그는 《임천고치》에서 다음과 같이 말하였다.

산은 물로써 혈맥을 삼고 초목으로 모발을 삼으며, 안개나 구름으로 신채를 삼는다. 그렇기 때문에 산은 물을 얻어 활기롭게 되고 나무를 얻어 화려해지며, 안개와 구름을 얻어 빼어나고 아름답게 되는 것이다. 물은 산으로써 얼굴을 삼고 정자로 눈썹과 눈을 삼으며, 낚시하는 정경으로 정신을 삼는다. 그런 까닭에 물은 산을 얻어 아름답고 정자를 얻어 명쾌하며, 낚시하는 정경을 얻어 기운이 넓게 펴져 시원한 것이다. 이것이 산수를 배치하는 방법이다.

山以水爲血脈, 以草木爲毛髮, 以煙雲爲神彩. 故山得水而活, 得木而華, 得煙雲而秀媚. 水以山爲面, 以亭榭爲眉目, 以漁釣爲精神. 故水得山而媚, 得亭榭而明快, 得漁釣而曠落. 此山水之布置也. (〈山水訓〉)

산에는 높은 산과 낮은 산이 있다. 높은 산은 혈맥이 되는 물줄기가 아래에 있으며, 그 모양이 마치 어깨와 다리를 쫙 벌리고 있는 듯하며, 산기슭은 장중하고 두텁게 펴져 있어 작은 산봉우리들도 꿋꿋한 산세를 드러내고 얕은 언덕은 서로 감싸안은 듯 굽이굽이 끝없이 이어져 있으니, 이것이 바로 높은 산이다. 그러므로 이러한 높은 산을 외롭지 않고 잡스럽지 않은 산이라 일컫는다. 낮은 산은 혈맥인 물줄기가 위에 있는데, 그 꼭대기는 반쯤 허물어져 있고 목덜미쯤 되는 곳은 서로 얽혀 있으며, 밑둥은 크고 흙무더기는 종기처럼 울퉁불퉁하여 곧장 아래로 깊이 박혀 있어 그 얕고 깊음을 측량하기 어려우니, 이것이 바로 낮은 산이다. 그러므로 이처럼 낮은 산은 경박하지 않은 산, (산의 기운이) 새지 않는 산이라고 한다. 높은 산으로 (주위에 작은 산들이 없어) 외로우면 그 몸뚱이(산의 형체)가 잡스럽고, 얕은 산이면서 경박하면 신령스러운 산의 기운이 새어 나가게 된다. 이것이 산수의 체재이다.

山有高下. 高者血脈在下, 其肩股開張, 基脚壯厚, 巒岫剛勢, 培拥相勾連, 映帶不絶, 此高山也. 故如是高山, 謂之不孤, 謂之不什. 下者血脈在上, 其顚半落, 項領相攀, 根基龐大, 堆阜痈腫, 直下深插, 莫測其淺深, 此淺(低)山也. 故如是淺山, 謂之不薄,

謂之不泄. 高山而孤, 體幹有什之理. 淺山而薄, 神氣有泄之理. 此山水之體裁也. (〈山水訓〉)

여기서 곽희가 산수의 각 부분을 안배하고 결합하고 있는 것은 나름의 도리가 있기는 하지만 그다지 심오한 것은 아니다. 다만 그가 산수 각 부분을 인간의 형체와 정신의 결합으로 파악함으로써 인체와 생명의 유기체적 통일로 간주한 것은 중국 회화미학사에 있어서 흔치 않는 관점이다. 그래서 곽희가 산수를 생명력이 가득 찬 인체에 비유한 것은 커다란 의의가 있다고 할 수 있다. 그는 예술창작을 인체와 생명의 유기적 통일체로 파악하였기 때문에 신神·운韻·묘妙·미味·오悟 등의 창작심리학 범주들을 모두 포괄할 수 있었다. 곽희가 말한 바대로 "높은 산이 외롭거나 高山而孤" "낮은 산이 경박하다면 淺山而薄" 이는 통일을 파괴한 것이 된다. 따라서 그렇게 된다면 인체의 경우 심리적 평형이 깨지는 것처럼 "신령스러운 산의 기운이 새어 나가게 된다. 神氣有泄之理" 그리고 사람의 경우 건강을 잃게 되는 것처럼 예술 역시 완전해질 수 없는 것이다. 이러한 연유로 곽희는 산수의 각 부분을 하나의 생명을 지닌 유기체로 간주하여, 관조적 산수를 정신 속에 용해시켜 인체·생명과 같은 유기적 정체整體로 만들고자 했던 것이다. 이렇게 본다면 곽희는 회화창작 심리학의 실질을 제대로 파악하고 있다고 할 수 있을 것이다.

2. 황휴복의 《익주명화록》 중의 '일격逸格' 회화심리

중국 고대의 시론·서론과 화론에서는 모두 시가·서법·회화 등의 예술창작을 품격으로 나누어 서술하고 있다. 예를 들어 시가에는 종영의 《시품》, 사공도의 《시품》 등이 있다. 서법의 경우 남조 양대의 유견오庾肩吾의 《서품》에서는 서법을 9품으로 나누었으며, 당대의 이사진李嗣眞은 《서품후書品後》에서 9품에 일품逸品을 더하고 있고, 장회관張懷瓘의 《서단書斷》에서는 서법을 '신神'·'묘妙'·'능能'의 3품으로 나누고 있다. 이는 회화의 경우도 마찬가지이다. 예를 들어 남조의 사혁謝赫은 《고화품록古畵品錄》에서 27명의 화가를 6품으로 나누었으며, 장회관의 《화단》에서도 '신'·'묘'·'능'의 3품으로 나누고 있다. 주경현朱景玄의 《당조명화록唐朝名畵錄》에서는 여기에 '일품'을 더하고 있다. 그리고 장언원은 《역대명화기》에서 회화를 자연自然·신神·묘妙·정精·근세謹細 등 5품으로 나누었다.

이른바 '격'과 '품'으로 구분한다는 것은, 사실 일종의 예술 풍격론이나 의경론에 대한 언급으로 예술심리에 관한 내용이라 하겠다. 시·서·화와 관련된 신·묘 등의 '품'에 대해서는, 이미 앞에서 언급한 바 있기 때문에 본문에서는 주로 '일격逸格'에 대해 살펴보기로 한다. '일격'에 대해서는 주경현이 이미 언급한 바 있다. 뿐만 아니라 그는 "그 격(신·묘·능의 3품을 가리킨다) 이외에 일정한 법칙에 얽매임이 없어야 일품이라 할 수 있다 其格外有不拘常法, 又有逸品"고 하여 일품에 대해서도 말한 바 있다. 그렇지만 그의 논의는 그다지 구체적이지 않다. 그외에 '일격'에 대해 논한 사람으로 황휴복을 들 수 있다. 그는 북송시대 촉蜀 땅 사람으로 자신의 저서 《익주명화록》(대략 1006년)에서 '일逸'·'신神'·'묘妙'·'능能'의 4격설에 대해 상세히 서술하였다. 그의 논의는 이미 북송시대에 공인을 받았다.

황휴복이 말한 4격은 다음과 같다.

일격逸格

그림의 뛰어난 격, 즉 일격은 그 분류가 가장 어렵다. 네모와 원을 규격에 맞게 그리는 데 서툴고, 채색을 정밀하게 하는 것을 하찮게 여기며, 필은 간단하되 형태를 두루 갖추어 자연스러움을 얻을 수 있어야 하고, 가히 모방할 수 없으며 평범한 뜻 밖에 뜻이 있으니, 이러한 까닭에 이를 보고 말하기를 일격이라고 하는 것이다.

畫之逸格, 最難其儔. 拙規矩於方圓, 鄙精研於彩繪, 筆簡形具, 得之自然, 莫可楷模, 出於意表, 故目之曰逸格爾.

신격神格

무릇 그림이란 기예는 사물에 응하여 형태를 그리는 것인데, 천기가 고매하면 생각이 신과 합일된다. 뜻을 열고 체를 세우는 데 조화의 권능이 묘하게 합치되니, 이를 부엌문을 열고 이미 도망갔다거나 벽에서 빠져 나와 날아갔다는 것으로 말할 수는 없다. 그리하여 이를 신격이라고 한다.

大凡畵藝, 應物象形, 其天機廻高, 想與神合. 創意立體, 妙合化權, 非謂開廚已走, 撥壁而飛, 故目之曰神格爾.

묘격妙格

그림은 사람에 따라서 각기 그 본성을 지니고 있으니 글씨나 그림의 정밀하고 묘함은 그 까닭을 알 수 없다. 다만 칼놀림을 잘하여 소를 잡는 것이나 도끼를 잘 써 코를 다치지 않고 그 위에 묻은 회칠을 없애는 것과 같이, 스스로 마음을 손에 맡겨 현묘하고 미세함을 다할 따름인 것이다. 그런 까닭에 이를 보고 묘격이라고 말한다.

畵之於人, 各有本性, 筆畵精妙, 不知所然. 若投刃於解牛, 類運斤於斫鼻. 自心付手, 曲盡玄微, 故目之曰妙格爾.

능격能格

그림을 그릴 때 자신의 본성을 동물이나 식물에 미치게 하고 체體를 하늘의 재주와 짝할 만큼 만들면, 이에 산을 잇고 내를 융합시키며 물고기를 헤엄치게 하고 새를 날게 하는 데 있어서 형상이 생동적이게 만들 수 있으니, 이를 보고 능격이라 말한다.

畵有性因動植, 體侔天功, 乃至結岳融川, 潛鱗翔羽, 形象生動者, 故目之曰能格爾. (《益州名畵錄》)

황휴복이 뜻하는 바에 따르면 '능격,' 즉 "체를 하늘의 재주와 짝할 만큼 만들고 體侔天功" "형상이 생동적이게 만드는 것 形象生動"은 대상을 정교하게 묘사함으로써 형사形似를 얻어 생동적인 형상을 창조해 내는 것을 뜻한다. '묘격'은 "현묘하고 미세함을 다하면서도 曲盡玄微" "그 까닭을 모르는 것 不知所然"이니, 장자에서 소를 잡는 포정이나 도끼를 잘 쓰는 공장工匠이 오히려 자신의 솜씨가 그러한 까닭을 잘 모르겠다고 말하는 그러한 경지에 도달함을 뜻한다. 다음 '신격'은 "뜻을 열고 체를 세우는 데 조화의 권능이 묘하게 합치된다 創意立體, 妙合化權"고 하였으니, 탁월한 천부적인 재능으로 신화神化된 형상과 의경을 창출해 내는 것을 뜻한다. 마지막으로 '일격'은 "필은 간단하되 형태를 두루 갖추어 자연스러움을 얻을 수 있어야 함 筆簡形具, 得之自然"이니, 간략하면서도 정련된 필법으로 자연의 오묘한 부분을 살려내는 것을 뜻한다. 이상 '신격'·'묘격'·'일격' 등은 모두 장자나 현학과 마찬가지로 자연에서 얻음을 강조하고 있다. 그렇다면 '일격'과 '신격,' 그리고 '묘격'은 구체적으로 어떻게 구별되는가?

보다 자세하게 분석해 보면, 황휴복이 설명하고 있는 '일격'은 나름대로 특별한 함의를 지니고 있다. 앞서 말한 대로 '일격'은 "필이 간단하되 형태를 두루 갖추어 자연스러움을 얻을 수 있어야 한다"는 것 이외에도 "네모와 원을 규격에 맞게 그리는 데 서툴고 拙規矩於方圓"라고 하여, 주경현朱景玄이 말한 "항상된 규칙에 얽매이지 않아야 한다 不拘常法"는 점을 강조하고 있다. 또한 "채색을 함에 있어서 무조건 정밀하게 하는 데 애쓰는 것을 하찮게 여겨야 한다"고 하여 일반적인 채색의 경지를 초월할 것을 강조하였다. 그리고 이에 덧붙여 "가히 모방할 수 없으며, 평범한 뜻 밖에 뜻이 있어야 한다 莫可楷模, 出於意表"고 주장했다. 이렇게 본다면 '일격'은 화가로 하여금 세속을 초월하는 심경으로 일정한 법칙에 얽매임이 없는 나름의 수법으로 회화에서 탈속적인 예술적 의경과 풍격을 드러낼 것을 강조한 것이라 할 수 있을 것이다. 이러한 해석은 아래 인용한 사람들의 견해와도 일치한다.

우선 소철은 일찍이《여주용흥사수오화전기汝州龍興寺修吳畵殿記》에서 "'신'이라 칭할 수 있는 사람은 둘인데 범경과 조공우를 들 수 있다. 그러나 '일'이라 칭할 수 있는 이는 한 사람으로 손우만이 있을 따름이다 稱神者二人, 曰范瓊, 趙公祐, 而稱逸者一人, 孫遇而已"[60]·"손우(일명 孫位)의 자유분방한 필치는 법도의 밖에서 나온 것이다. 법도를 좇는 이의 정밀함에는 미치지 못하나, 마음대로 하면서도 법도를 벗어나지 않는 묘함을 지니고 있었다 孫氏縱橫放肆, 出於法度之外, 循法者不逮其精, 有縱心不逾矩之妙"[61]라고 말한 바 있다. 황휴복 역시 손우에 대해서 다음과 같이 말하고 있다. "성정이 소탈하고 세속에 초연한 마음을 지녔다. 性情疏野, 襟抱超然" "매나 개 등은 모두 서너 번의 붓놀림으로 완성했다. 활시위나 도끼자루 등은 용필이 잘 어우러져 묘사한 것으로 계척(직선을 그릴 때 사용하는 자)을 사용하지 않았음에도 먹줄에 따라 그린 것처럼 정확했다. 鷹犬之類, 皆三五筆而成. 弓弦斧柄之屬, 幷掇筆而描, 不用界尺, 如從繩而正矣" "하늘에서 그 재능을 부여받고 성정이 고상하고 품격이 뛰어난 자가 아니라면 그 누가 이처럼 나타낼 수 있겠는가? 非天縱其能, 情高格逸, 其孰能與於此耶" 소동파 역시 《서포영승화후書蒲永升畵後》에서 손우에 대해 다음과 같이 말한 적이 있다. "처사 손위가 비로소 새로운 기법으로 노도하는 큰 파도와 산 돌멩이의 곡절함을 그렸는데, 대상에 따라서 형체를 부여하여 물의 변화하는 모습을 곡진하게 나타내어 신일神逸이라 칭할 만하였다. 處士孫位, 始出新意, 畵奔湍巨波, 與山石曲折, 隨物賦形, 盡水之變, 號稱神逸"[62]

만약 철학과 윤리학적인 각도에서 '일逸' 개념의 함의를 고찰한다면 황휴복이 말하고 있는 '일격'의 심리학적 특색을 더욱 분명하게 알 수 있을 것이다. '일'은 본래가 윤리학적 개념으로 윤리관이나 모종의 정신적 경지를 뜻한다. 선진시대의 《논어 · 미자微子》에서도 이미 '일민逸民'에 대한 기록이 보인다. 하안何晏은 《논어집해》에서 "일민이란 절행이 뛰어난 것이다 逸民者, 節行超逸也"라고 풀이하고 있다. '일민'이란 자신들의 의지를 굽혀 스스로 욕되게 하지 않고, 은거하면서 순결과 청아함을 지키는 이들이다. 따라서 여기에 말하고 있는 '일'은 그들의 초월적이고 탈속적인 생활태도와 정신세계를 뜻하는 것이라 하겠다. 장자의 경우도 역시 '일逸'과 유관하다. 그는 "천하를 탁하다고 여기고 以天下爲沉濁" 정신적으로 "위로 조물자와 노닐고 아래로 생사를 도외시하고 시종조차 없는 것과 벗하고자 하였다 上與造物者游, 而下與外死生無終始者爲友"라고 하였으며, 이외에도 장자의 철학과 상통하는 위진시대의 현학 역시 '청淸' · '원遠' · '광曠' · '달達'을 지향하여 인생에 있어서 '일逸'적 이상을 추구하였다.

이로써 평원 · 청담을 추구하고, 소산蕭散 · 간원簡遠한 산수화를 예술의 최고봉으로 생각했던 송대의 곽희는 철학과 윤리학의 개념인 '일'을 예술에 적용하여 '일격'이라는 개념에 새로운 의미를 부여했다고 할 수 있을 것이다.

이상에서 볼 때, 그가 '일격'에서 말하고 있는 "자연스러움을 얻는다 得之自然"는 뜻은 일종의 속세를 초월한 심미적인 태도이자 인생의 경지라고 할 수 있다. 또한 "필은 간단하되 형태를 두루 갖추어야 한다 筆簡形具"고 말한 것을 보면, '일격'은 유가에서 주장하는 번잡한 의식과는 정반대의 것으로 세속에서 벗어나 광활한 심리세계를 추구하는 것이라 할 수 있다. 총괄적으로 말하자면, '일격'은 세속을 초월한 생활태도나 정취를 중시한 것이고, '신격'이나 '묘격'은 심미주체의 심리세계와 그것이 회화에 표현되는 것을 중시한 것이라고 할 수 있다. 이러한 점에서 볼 때 황휴복이 말하고 있는 '일격'과 곽희가 숭상했던

'평원'은 문예심리학적인 측면에서 동일한 의미를 지니고 있는 것으로 이들은 당에서 송대로, 즉 미래에 대한 동경에서 과거에 대한 반성의 시대로 이어지는 과정에서 당시의 초탈적인 시대 상황과 보편적 심리세계를 반영하고 있다고 할 수 있다.

제5장
명 · 청의 문예심리학

명·청 시기는 당대와 송대의 봉건제도가 중흥에서부터 몰락의 시기로 나아가고, 상품경제가 지속적으로 발전하여 자본주의적인 요소가 증가하고 있던 시기였다. 특히 명대는 봉건적인 농업경제가 계속 쇠락의 길을 걸으며 점차 상품경제로 대체되면서, "상인들의 수가 증가하여 토지를 더 이상 중시하지 않게 되었으며, 물자를 서로 매매하여 흥하고 망하는 것이 일정치 않았다. 商賈既多, 土田不重. 操貲交接, 起落不常" 그리고 "자본가들은 재물을 모으는 데 가혹할 지경이었고, 생산은 당연히 항상됨이 없었다. 그래서 교역은 어지러워지고, 아울러 가렴주구苛斂誅求가 혹독했다. 資奚有厲, 產自無恒, 貿易紛紜, 誅求刻核" 이외에도 "금권이 하늘을 주관하고, 돈의 위세가 땅에 우뚝 솟았다. 탐욕은 끝이 없어 골육끼리 상잔을 벌일 지경에 이르렀다 金令司天, 錢神卓地. 貪婪罔極, 骨肉相殘"[1]고 하였으니, 이는 모두 상품경제가 신속하게 발전했던 당시 상황을 묘사하는 말이다. 가정嘉靖·만력萬歷 연간에 상품경제는 급속히 발전하여 상공업 도시가 생겨나기에 이르렀다. 소주와 항주 일대의 엄묘嚴墓·둔촌庉村 등이 그 대표적인 도시였다. 상품경제의 발전과 상업 중심의 도시가 출현하게 됨에 따라 점차 시민계층이 형성되기에 이르렀으며, 그들 나름의 역량을 키워 나갈 수 있게 되었다. 그래서 명대 후기에 이르면 이미 시민계층이 독자적인 사회적 역량을 지니게 된다.

사회경제 구조와 계급 역량의 변화는 필연적으로 철학과 심리학·예술창작 및 문예심리학의 내용에 있어 변화를 초래하게 된다. 철학과 심리학의 경우, 이 시대에는 봉건주의적인 요소와 자본주의적인 요소가 혼재되어 있으면서 각 계층 나름의 철학과 심리학 사상이 서로 논쟁을 벌였다. 그래서 유물론과 유심론의 투쟁 역시 극렬할 수밖에 없었다. 당시 왕수인王守仁은 육구연陸九淵의 '심학心學'을 발전시켜 육왕심학陸王心學을 형성하였다. 이러한 심학은 취할 만한 점이 없는 것은 아니지만, 본질적인 측면에서 볼 때 다분히 유심론적이라 할 수 있다. 왕정상王廷相은 정주이학程朱理學과 육왕심학陸王心學에 대한 비판을 통해 자신의 유물론적인 심리학 사상을 발전시켰다. 또한 이지李贄의 철학과 심리학 사상은 유학에 반발하여 그들에 의해 이단 취급을 받았는데, 그의 출현은 기존 유가의 정통사상에 대한 비판과 정주이학에 대한 반대 입장을 분명히 드러내면서, 근대의 민주사상을 갖춤과 동시에 당시 시민계층의 바람을 반영하는 자본주의적인 성질을 지니고 있었다.

미학과 문예심리학의 경우, 사회경제구조와 계급구조의 변화에 따라 사회심미심리나 철학, 그리고 심리관 역시 변화하게 되었고, 아울러 미학이나 문예심리학의 관념 역시 크게 변화할 수 있었다. 이러한 변화는 주로 세 가지 측면으로 나타났다.

그 하나는 시민계층의 흥기와 시민문학의 출현으로 사람들의 심미관이 변했다는 점이다. 명대는 시민계층이 그 계급적 역량을 상승시킬 수 있던 시대였다. 그래서 그들은 믿음을 가지고 자신들의 생활을 건설하는 데 총력을 기울였다. 그들은 대부분 현재를 중요시했으며, 단순히 미래를 동경하거나 앞날로 미루는 일이 없었다. 이와 상응하여 당시 한창 불붙기 시작한 시민문학 예술은 현실적인 인정미가 넘치는 세속의 생활을 묘사하는 데 열중하였다. 따라서 필연적으로 심미관과 창작관의 변화를 가져오게 되었다. 이미 당시의 예술이나 문예심리학은 이전 송대의 적막하고 초탈적이며, 또한 무의미하게 한적한 세계를 묘사하여 봉건사대부의 취미에 부합하고자 한 예술이나 문예심리학과는 큰 차이가 있었다. 오히려 당시 예술은 세속생활의 진실을 묘사하여 광대한 시민계층에게 즐거움을 제공하는 데 주력하였다. 이는 심미심리의 시대적인 풍모에 있어서도 마찬가지였다. 전통적인 시사詩詞나 가부歌賦, 그리고 서화 등이 예술형식의 미감에 대한 감상에 중점을 둔 것과 달리, 당시에는 세속생활에 대한 진실한 묘사에서 미감의 흥취를 찾아내고자 하였다. 당시에는 이미 예술의 진실성에 대한 묘사와, 이에 대한 심미적인 요구에 중점을 두었던 것이다.

그러나 중국뿐만 아니라 다른 나라의 예술사에서도 찾아볼 수 있듯이, 인간의 심리를 묘사하는 예술의 깊이와 문예심리학적인 깊이, 그리고 그 발전의 측면에서 본다면, 생활의 진실을 표현하는 데 중점을 두는 경우 종종 심리적인 측면에 대한 논의를 소홀히 함으로써, 특히 문예심리학 이론의 정립에 그다지 큰 성과를 이루지 못하는 경우가 적지않다. 명대의 경우도 예외는 아니어서 일부 예술형식에 이러한 현상이 존재했다. 특히 서법과 회화이론의 경우, 당시에는 송과 원대의 '운韻'·'원遠'·'일逸'·'취趣' 등과 같은 예술적 심리관념에 대해 반발하면서, 예술이론은 무엇보다도 먼저 현실생활에 대한 깊은 관찰과 객관적인 묘사를 중시해야 한다고 주장하였다. 그래서 결과적으로 예술이론에 있어서 진실성이 강조되었음에 반해, 예술에 대한 심리학적 분석은 소홀히 다루어지지 않을 수 없었다. 예를 들어 산수화가인 왕리王履(1332-?)는 자신의 〈화산도서華山圖序〉에서 "나는 마음을 스승으로 삼고, 마음은 눈을 스승으로 삼으며, 눈은 화산을 스승으로 삼는다 吾師心, 心師目, 目師華山"는 유명한 명제를 제시한 적이 있었다. 물론 그가 예술창작에 있어서 주체와 객체의 관계를 변증적으로 서술하고, 또한 '마음'의 역할을 부인한 것은 아니지만 이러한 명제를 제기한 것은 주로 일부 송대와 원대의 화가들이 '표현'에 치중한 점에 불만을 지니고 있었기 때문이다. 그래서 그는 무엇보다 "마음은 눈을 스승으로 삼는다 心師目"('마음'은 시각적인 경험에 의거해야 한다), "눈은 화산을 스승으로 삼는다 目師華山"(시각적인 경험은 또한 객관의 사물에 의거해야 한다)고 하였던 것이다. 전체적으로 왕리의 화론을 종합해 보아도 예술심리학적 분석이 그다지 없는 것은 바로 이 때문이다. 이 점은 축윤명祝允明(1460-1526) 역시 마찬가지이다. 그는 "몸이 사물과 접하여 경이 생겨나고, 경이 몸과 접하여 정감이 생겨난다 身與事接而境生, 境與身接而情生"[2]라는 명제를 제시하여, 몸과 경境·정情보다 사물이나 일〔事〕을 더욱 강조하고 있다. 물론 그의 말이 틀린 것이라고 할 수는 없다. 그러나 이 명제 역시 송·원대 화가들이 구체적인 형상을 경시하는 경향을 비판하기 위해 제기한 것이기 때문에, 정확한 심리학적 분석이 결여되어 있는 것 또한 사실이다. 이렇게 볼 때, 왕리와 축윤명의 이론은 회화의 현실주의적인 전통을 세워 이후 동기창董其昌·섭섭葉燮·석도石濤·정판교鄭板橋 등에게 커다란 영향을 끼쳤다는 것을 제외하고는 전체 회화심리학의 발전에 커다란 공헌을 했다고 말할 수는 없다. 이처럼 명대의 회화이론이나 회화심리학이 송대나 원대의 회화심리학에 비해 훨씬 퇴보할 수밖에 없었던 것은, 당시 예술창작과 예술이론의 발전에 균형이 이루어지지 않았기 때문이라고 할 수 있겠다.

두번째의 특징은 당시에 비로소 시민계층의 이익과 희망을 대표하는 문학해방 사상이 출현했다는 점이다. 이러한 사조의 특징은 온유돈후를 중시하고, 특히 예의에 제한받아 온 봉건주의 문학의 전통적인 관념의 변혁을 요구하고, 사회 현실에 직접적으로 참여하면서 개인생활에서 느끼는 점들을 표현하는 것을 주요 풍격으로 삼고 있다는 점이다. 당시에 이미 발아된 시민문학의 성애性愛에 관한 제재가 날로 풍부해졌으며, 이에 대한 줄거리가 다양해졌을 뿐만 아니라 세부적인 표현으로 자세하게 묘사하는 데 주력함으로써, 당시 문학예술은 점차 인간 내면의 감정을 토로하는 데 치중하기에 이르렀다. 물론 정감의 표현이 모든 시대 예술양식의 공통적인 특징이기는 하지만, 명대에는 이미 이러한 현상이 당시의 시대적 특성으로 자리잡게 되었던 것이다.

셋째, 희곡과 소설의 형식이 성숙해짐에 따라 심미관념이 바뀌고 이론상의 연구도 새로워졌다. 인간의 심리나 정감을 표현함에 있어서, 기존의 시사詩詞나 가부歌賦 등의 예술양식은 서정적인 수단에 주로 의존했다. 그러나 명대에는 특히 이야기의 줄거리나 인물의 성격 묘사에 의존하는 경향이 짙었다. 그래서 시사의 형식보다 더욱 풍부하고 세밀하며, 또한 더욱 심도 있게 인간의 생리와 심리활동, 그리고 정감의 흐름에 대해 묘사할 수 있게 되었다. 희곡과 소설이라는 예술형식의 발전에 따라 이에 대한 이론적 연구도 병행되었다. 그래서 명대 만력 이후로는 희곡과 소설이론이 전성기를 맞이하게 되었으며, 당시 예술이론 연구의 특색으로 자리잡기에 이르렀다.

이상의 상황에 근거해 볼 때 당시 문예심리학에서 주로 다루어진 것은 유정唯情이론과 희곡심리학, 그리고 소설심리학이라고 할 수 있겠다. 따라서 본장에서는 주로 전후 칠자의 정감심리학과 이지李贄·탕현조湯顯祖·공안파公安派 '삼원三袁'의 유정이론, 그리고 당시의 희곡과 소설심리학을 살펴보고 아울러 청대도 함께 논의하고자 한다.

명·청 시기로부터 아편전쟁 시기까지, 중국 봉건사회의 마지막 2백 년 동안 중국 사회는 물론이고, 그 의식형태 역시 또 다른 전환기를 맞이하고 있었다. 명왕조는 농민봉기에 의해 와해되었고, 이자성의 실패는 만청제국의 수립으로 이어졌다. 소수민족인 만주인들은 자신들의 정권과 귀족 보호를 위해 정치적으로 보수·반동적인 정책을 강압적으로 실시했고, 경제나 문화적인 측면에서도 역시 강압 일변도로 나아갔다. 이에 따라서 명대 중엽에 이미 발전적으로 성장해 온 자본주의적 요소와 시민의 이익을 대표하는 자유해방의 사상적 조류는 다시 억압당하고, 대신 복고적이고 금욕적인 사회 분위기와 이에 따른 시대적 심리 상황이 벌어지게 되었다.

이러한 사회조건하에서 미학과 문예심리학의 영역 역시 예외일 수 없었다. 당시 미학과 문예심리학은 각기 다른 형태로 발전했다. 그 하나는 시대정신을 대표하는 자들에 의한 것이다. 그들은 한漢민족의 위기의식을 느끼고 있었으며, 아울러 청대 사회의 고질적 병폐에 비판적이었다. 그래서 중국의 전통문화, 특히 명대의 예술이론을 총결하는 데서 출발하여 자신들의 학문체계를 세우고자 했다. 그들 가운데 대표적인 인물로 황종희黃宗羲·고염무顧炎武는 '경세치용'의 문학사상을 제창했고, 왕부지는 중국 고대의 정교政教중심론과 심미중심론을 토대로 하여 자신의 심미심리학의 체계를 세우고자 했다. 다른 하나는《도화선桃花扇》·《장생전長生殿》·《요재지이聊齋志異》 등에 해당하는 감상문학의 출현이다. 이는 당시 비감에 젖고 침울한 심리사고의 만연을 반영하고 있는데, 이러한 풍조 속에서 미학이나 문예심리학 역시 감상적인 분위기가 지배적이었다. 예를 들어 왕어양王漁洋은 신운설神韻說을 제기했는데, 그 저변에는 감상적인 의식이 농후하게 깔려 있다. 강희康熙 초년에서 도광道光 초년에 이르기까지 청조는 정치적으로 안정되고 경제적으로도 발전하였다. 그러나 이 시기 이후로 청조는 쇠락의 길로 접어들기 시작했다. 이때 일군의 예술이론가들은 '경세經世'로부터 '피세避世'로 궤를 달리하여, 현실적인 문제보다는 예술의 특수한 법칙 자체에 근거하여 사고하는 경향이 짙어졌다. 왕사정王士禎의 신운설, 심덕잠沈德潛의 격조설格調說, 옹방강翁方綱의 기리설肌理說, 원매袁枚의 성령설性靈說 등은 바로 이러한 시기에 나타난 이론들이었다.

'피세,' 즉 세상에서 도피하는 것은 예술가에 있어서 용서될 수 없는 것이다. 그러나 다른 한편으로 세상에서 도피한 많은 예술가들은 더욱 많은 시간과 정력을 들여 예술에 관한 문제를 연구했고, 예술현상에 대한 세밀하고 심도 있는 분석과 심리적인 분석을 할 수 있었다. 그래서 이를 통해 전대 사람들보다 훨씬 참신한 예술이론을 찾아내고, 또한 발전시킬 수 있었다. 청대 예술이론가들은 바로 이러한 점에서 다른 조대 사람들과 달랐다.

청대에는 당시의 시대적 심리나 사회적 심리와 마찬가지로 회화에 있어서도 사람들의 인격가치를 노래하는 데 주력했는데, 적막한 분위기와 비분강개함, 그리고 애상의 정조가 그대로 드러나 있다. 예를 들어 주탑朱耷〔청대 畵僧 八大山人〕·석도石濤·양주팔괴揚州八怪·정판교鄭板橋 등은 모두 이러한 분위기를 지닌 화가이자 회화이론가들이다. 그러나 그들 역시 약간의 차이점을 가지고 있다. 석도 같은 이는 객관을 주관에 복종시켜야 한다고 주장했으며, 또한 물아일체의 정감을 강조하여 더욱 짙은 애상의 정조를 표현했다. 그리고 양주팔괴 사람들은 시대적인 감상이 퇴색하면서 개성이 더욱 돋보였고, 정판교의 경우는 감상의 분위기가 희미해져 가면서 개성적인 반항과 암흑과 같은 현실사회에 대한 비판의 태도를 분명하게 드러내는 표현에 강했다.

요컨대 명대와 청대는 사회의 모순이 복잡하게 얽혀 있었으며, 의식형태의 투쟁이 격렬했다. 그래서 예술형식 역시 새롭게 발전되면서 각각의 예술 유파가 생겨났으며, 이론가들 역시 나름의 학파를 형성하여 각기 매우 풍부하고 다양한 경향의 문예심리학 이론을 제기하였다.

제1절 전·후칠자의 심미정감론

명대 초기(洪武에서 成化까지 1백여 년간)는 정치·경제·사회의식 형태(이데올로기·관념형태)의 발전이 모두 주춤하던 시기로, 예술창작과 저술이 많지 않아 문예심리학의 이론적 성과 역시 저조한 시기였다. 그러나 명대 중기 이후 사회경제가 발전하고 자본주의적 요소가 점차적으로 생겨남에 따라서 의식형태 역시 활기를 띠기 시작했다. 홍치弘治 연간에 나타난 이몽양李夢陽·왕정상王廷相 등의 '전칠자前七子'(이들 이외에 何景明·王九思·康海·邊貢·徐禎卿이 있다)와 가정嘉靖 연간에 나타난 사진謝榛·왕세정王世貞 등의 '후칠자後七子'는 한문漢文과 당시唐詩를 숭상하여 봉건적 정통 문학을 다시 부흥시켰다. 전·후칠자의 미학사상은 의고주의적인 경향에 치우쳤다. 그러나 또한 그들은 명대 중엽 이후 상품경제의 발전에 따라 발생한 희곡·소설 등 시민문학의 영향을 많이 받았다. 그래서 그들의 시론과 곡론曲論 중에는 유정唯情이론이나 예술심리 분석이 많이 담겨 있다. 명대 중기 이후 이지·탕현조·공안파의 유정이론이 명대 문예심리학 이론의 핵심이라면, 전·후칠자의 심미정감론은 그들을 선도하는 역할을 했다고 보는 것이 타당하다. 기존의 연구자들은 전·후칠자의 문예이론에서 복고주의적 측면만을 고찰함으로써 간단하게 부정하는 우를 범하는 경우가 많았다. 그러나 이는 단편적인 판단에 불과하다. 이제 전후칠자 중에서 특히 이몽양·왕정상·사진·왕세정 등의 심미정감론을 중심으로 논의하고자 한다.

이몽양(1473-1530)의 자는 천사天賜 또는 헌길獻吉이며, 호는 공동자空同子로 감숙甘肅 경양慶陽 사람이다. 저서로는 《공동집空同集》 66권이 있다.

이몽양의 시론은 기본적으로 '격조格調' 설을 답습했다. 그러나 그는 예술정감론을 매우 중시했다. 그의 심미정감론은 '정진情眞' 설이라고 할 수 있는데, 예술정감은 작자의 내심에서 우러나오는 것이어야만 진정한 예술정감이라 할 수 있다는 것이다. 이몽양은 우선 예술정감과 객관사물의 관계에 대해 논술하고 있다. "시란 외물에 느낌을 받아 실마리를 만든 것이다. 詩者, 感物造端者也"(〈秦君餞送詩序〉) 이 말은 객관사물에 대해 작가가 느낌을 받은 결과가 바로 예술정감이란 뜻이다. 그는 또한 다음과 같이 말하고 있다. "정감이란 만남에 의해 움직여진다. ……만나는 것은 외물이고, 움직이는 것은 정감이다. 情者, 動乎遇者也. ……遇者物也. 動者情也" "슬픔이나 즐거움이 잠재되어 있는 가운데 느낌이 닿으면 밖으로 감응케 된다. 憂樂潛之中, 而感能應之外" 이상은 예술가의 창작 충동이나 예술정감의 발생이 모두 객관사물에 의한 것이라는 뜻이다.

이러한 논리하에서 이몽양은 진정眞情을 표현해야 한다고 주장하였다. 《시집자서詩集自序》에서 그는 왕숙무王叔武의 입을 빌려 다음과 같이 말하였다.

> 참됨이란 소리가 발하여 정감의 근원이 되는 것이다.
> 眞者, 音之發而情之原也.

이는 정감이 '참〔眞〕' 되기 때문에 창작의 원동력이 된다는 뜻이다. "시에는 일곱 가지 어려움이 있다. 고아한 격조, 뛰어난 음조, 기의 순통, 천연적인 시구, 원만한 음악성, 충만한 사상, 정감. 이 일곱 가지가 구비된 연후에야 시가 흥성할 수 있는 것이다. 詩有七難, 格古, 調逸, 氣舒, 句渾, 音圓, 思沖, 情以發之. 七者備而後詩昌也"(〈潛蚪山人記〉) 이상에서 격格·조調·기氣·구句·음音·사思는 모두 예술정감으로 표현되는 것이다. 이몽양은 〈금조보서琴操譜序〉에서 이러한 '정감으로 발산하는〔情以發之〕' 창작심리 과정에 대해 말하고 있다.

> 지난번에 내 집안에 상이 있어 친히 그 다름을 목도하니, 마음이 감상에 젖고 놀라 읊조리게 되고 영탄하게 됨에 이에 붓을 끌어당겨 시문을 짓게 되었다. 설령 거칠고 하찮은 소리라 할지라도, 이는 애오라지 마음속의 울분이나 울적함·수치스러움 등을 발설하는 것이다.
> 曩予有內之喪, 親睹厥異. 傷焉, 驚焉, 吟焉, 咏焉, 於是援筆而布辭. 疏鹵荒鄙之音, 聊泄憤憤悶悶汶汶焉.

'감상(傷)'·'놀람(驚)'에서 '읊조림(吟)'·'영탄(咏)'까지는 인간이 내심의 정감에 자극을 받아 표현하고자 하는 욕망이 생겨나게 되며, 마침내 붓을 들어 답답하고 울적한 마음을 토로하게 된다는 것을 뜻한다. 이는 예술창작에 있어서 진실한 정감이 우러나와 창작 충동을 일으키고, 그럼으로써 내심 맺혀 있던 우울함을 발설하게 되는 심리과정을 묘사한 것이라 할 수 있는데, 이를 정감이 원동력이 되는 창작심리학이라고 지칭할 수 있다.

그렇다면 어떻게 해야 예술창작을 통해 진정을 표현할 수 있으며, 진실한 정감은 어떻게 해야 통쾌하게 발설될 수 있는가? 이몽양은 이에 대해 "비흥을 서로 교착시키고, 외물을 빌려 정신이 변화되는 것이다. 그 예측할 수 없는 교묘함은 말하기 힘드니, 감정의 촉발이 돌발적이고 정감과 마음의 생각이 유동적이기 때문이다 比興錯雜, 假物以神變者也. 難言不測之妙, 感觸突發, 流動情思"라고 하였다. 이는 비흥의 수법을 통해 작가의 감정과 마음의 생각, 즉 신사神思를 외물이나 일에 기탁하는 것을 뜻한다. 그는 또한 이러한 과정은 돌발적인 것이어서 갑자기 발생하며, 작가의 예술적 정감이나 생각 역시 의외성(靈感의 의외성)을 지니고 있는데, 이러한 것들은 모두 창작과정 전반에 걸쳐 이루어진다고 말하고 있다. 위 인용문에 나오는 '유동'이라는 말은, 오늘날의 문예 개념인 의식의 흐름을 뜻하는 것은 아니다. 그러나 분명 이몽양은 예술가의 정감이나 생각이 창작과정 전반에 걸쳐 흐르고 있다는 것을 인지하고 있었다. 따라서 이는 오늘날의 의식의 흐름과 상응하는 것이라고 할 수 있다.

사실 모든 예술적인 정서는 심미 대상에 대해 느낌을 받고, 그것이 자신의 대뇌 속에 다시 투영된 심리적 표현이다. 이몽양은 〈결장조보서結腸操譜序〉에서 다음과 같이 말하였다.

천하에는 특별한 이치가 담긴 일은 있지만 정감이 담기지 않은 음악이란 없다. 왜 그런가? 말에 이치가 담기는 것은 당연한 일이다. 그러나 혹 감정이 격하여 어그러지게 되면 허황되게 법도를 그르치게 된다. 그래서 《역경》에서 말하기를, "인체를 떠난 영혼은 여러 가지 변화를 이룰 수 있다"라고 한 것이다. 한편 음악이 되기 위해서는 정감이 발하고, 마음이 생겨야 하는 것이다. 〈악기〉에서 "사람들에게는 혈기와 지각의 본성이 있어 희로애락이 일정치 않다. 그래서 감응하여 외물에 접해 움직이게 되니 그런 연후에 심술이 생기게 된다"고 한 것이 그것이다.

天下有殊理之事, 無非情之音. 何也? 理之言, 常也, 或激之乖, 則幻化弗則, 《易》曰 "游魂爲變"是也. 乃其爲音也, 則發之情而生之心者也. 《記》曰, "民有血氣心知之性, 而無哀樂喜怒之常, 應感起物而動, 然後心術形焉." 是也.

위 인용문에서는 시가창작이란 이론적인 문장과는 달리 반드시 '감응하여 외물에 접해 움직일 수 있어야' 하며, 또한 '정감이 발하고 마음이 생겨야 한다'고 주장하고 있다. 그는 같은 맥락에서 "정감을 상세히 살피고 음조를 탐구하며 생각을 연마하고 기를 관찰하니, 이것으로써 마음을 살핀다면 (시가 속에) 사람을 숨길 수 없을 것이다. 그래서 시란 사람의 거울이라고 말하는 것이다 諦情, 探調, 研思察氣, 以是觀心, 無廋人矣. 故曰詩者, 人之鑒也"(〈林公詩序〉)라고 말하고 있다. 이는 다시 말해 예술창작은 마음의 창으로 인간의 정감을 묘사하고 관찰해야 한다는 뜻이다. 이렇게 본다면 예술은 윤리보다 나을 수가 있다. 이몽양이 〈임공시서林公詩序〉에서 말한 내용은 〈악기〉 이래 '물감物感' 설을 계승·발전시킨 것이라고 할 수 있다. 왜냐하면 한편으로 〈악기〉의 '감물이동感物而動'에 대해 설명하면서, 한 걸음 더 나아가 '사람의 거울〔人之鑒者〕임을 분명히 지적하고 있기 때문이다.

이몽양은 〈매월선생시서梅月先生詩序〉에서 예술창작의 심미심리 활동에 대해 세밀한 분석을 내리고 있다.

정감이란 접촉한 것에 감동되는 것이다. 그윽한 바위와 적막한 물가, 넓은 들판과 깊은 숲속, 온갖 초목이 시들고 다시 곱디고운 새싹들이 돋아나 아리따운 모습을 드러내고 마른 나무들은 연달아 성겨지기만 하고, 비탈져 높고 험하기만 한 산과 맑고 얕기만 한 냇가의 풍광. 어찌 이러한 것들과 만남에 (정감의) 움직임이 없을쏘냐? 그래서 눈이 오면 그 색에 움직여 눈을 묘사하게 되고, 그 향에 감동하여 바람을 그리게 된다. 그래서 만나는 것은 외물이고, 움직이는 것은 정이다. 정감이 움직이니 마음이 모이게 되고, 마음이 모이니 곧 통하게 되고, 신명이 통하니 소리가 나오게 되는 것이다. 이것이 바로 만남에 따라 정감이 발하게 된다는 말이다. 매월이란 달에서 만난 것이다. 달을 만나 그것을 바라보니 눈이 즐겁고, 그것을 들으니 귀가 즐거우며, 그것을 맡으니 코가 편안하다. 입으로는 읊조리게 되고 손으로 써서 시가 된다. 시는 달을 말하고 있지 않지만 달이 그 색조가 되고, 시에서는 매화를 말하지 않지만 매화가 그 시의 향기가 된다. 왜 그러한가? 서로 통하기 때문이니 마음에서 서로 모일 수 있기 때문이다. 모임은 감동에서 말미암고, 감동은 만남에서 비롯되니 정감이 개입되지 않는 경우가 없다. ……몸을 닦아 용렬치 않게 하고 홀로 서서 단정히 나아가니, 그래서 매화를 좋아하게 된 것이다. 한밤에 달이 밝게 빛나니 그 맑은 것이 엄동의 청량함과 같아 이런 까닭에 달을 읊조리게 되는 것이다. 이리하여 천하에 뿌리가 없는 싹이 없고 뿌리가 없는 정감이 없는 것이며, 슬픔이나 즐거움이 잠재되어 있는 가운데 느낌이 닿으면 밖으로 감응케 되는 것이다. 그래서 만남은 정감으로 인하고, 시는 만남에서 형성되는 것이다.

情者, 動乎遇者也. 幽岩寂濱, 曠野深林, 百奔旣菲, 乃有縞焉之英媚枯綴疏, 橫斜嶔崎淸淺之區, 則何遇之不動矣? 是故雪益之色, 動色則雪, 風闌之香, 動香則風, 日助之顏, 動顏則日, 雲增之韻, 動韻則雲, 月之與神, 動神則月. 故遇者, 物也, 動者, 情也. 情動則會, 心會則契, 神契則音, 所謂隨遇而發者也. 梅月者, 遇乎月者也. 遇乎月則見之目怡, 聆之耳悅, 臭之鼻安. 口之爲吟, 手之爲詩. 詩不言月, 月爲之色, 詩不言梅, 梅爲之馨. 何也?契者, 會乎心者也. 會由於動, 動由於遇, 然未有不情者也. ……身修而弗庸, 獨立而端行, 於是有梅之嗜. 耀而當夜, 淸而嚴冬, 於是有月之吟. 故天下無不根之萌, 而子無不根之情, 憂樂潛之中而後感觸應之外. 故遇者因乎情, 詩者形乎遇.

시가창작에서 정과 경景은 종종 일치성을 띠게 된다. "몸을 닦아 용렬치 않게 하고, 홀로 서서 단정히 나아가는 身修而弗庸, 獨立而端行" 분위기는 달빛에 비추어진 매화의 고결함과 일치되며, "한밤에 밝게 빛나니 그 맑은 것이 엄동의 청량함과 같은 耀而當夜, 淸而嚴冬" 쓸쓸하고 적막한 분위기는 달빛 아래서 시를 읊조리는 심사와 또한 일치하는 것이다. 그러므로 창작자가 사물을 접하게 되었을 때 감정이 동하게 되고, 이러한 상황에서 창작자의 마음에 '심회心會'와 '신계神契'가 일어나게 되어 창작 욕망이 생기게 된다. 그러면 자연경물을 이용하여 이러한 정서를 표현하게 되는 것이다. 이러한 표현은 또한 '그 뜻이 말 밖에 있는 것〔意在言外〕'이기에, 이몽양은 "시는 달을 말하고 있지 않지만 달이 그 색조가 되고, 시에서는 매화를 말하지 않지만 매화가 그 시의 향기가 된다 詩不言月, 月爲之色, 詩不言梅, 梅爲之馨"고 말했던 것이다. 그는 그 이유에 대해 "왜 그러한가? 서로 통하기 때문이니 마음에서 서로 모일 수 있기 때문이다 何

也. 契者, 會乎心者也"라고 말하고 있다. 이는 이러한 감동〔動〕과 만남〔遇〕의 결합이 시종일관 '정이 개입하지 않는 경우가 없기 未有不情者' 때문으로, 항시 예술정감이 동반함을 뜻한다고 할 수 있다. 이러한 분석 내용은 현대 예술심리학에 있어서 예술창작 주체와 객체의 통일이나 심미이정과 유관한 것이라고 할 수 있겠다.

이몽양 역시 한계점을 가지고 있다. 그것은 바로 정감론과 격조론이라는 두 극에 있어서 비교적 격조론에 치중했다는 점이다. 그는 다음과 같이 생각하고 있었다. "문장이란 격조가 있어야 한다. 격조를 본받지 않으면 끝내 문장이라 여겨질 수 없는 것이다. 夫文者有格, 不祖其格, 終不足以爲文"(〈答吳瑾書〉) "정감이란 무엇인가? 마음으로 응하여 법에 근본을 두는 것이다. 情者何也, 應諸心而本諸法也"(〈駁何氏論文書〉) 이렇게 해서 격조는 문장을 이루는 중심이 되고 정감 역시 격조설의 테두리 안으로 삽입되어야 하므로, 소위 "격조로 인하여 정감을 세우는 것 因格立情"이 주된 논점이 될 수밖에 없다. 그렇다면 이러한 정감은 당연히 심미 대상에서 출발하여 마음의 뜻을 그대로 서술하는 정감이 될 수 없다. 바로 이러한 이유로 그의 정감론은 필연적인 한계에 봉착할 수밖에 없는 것이다. 그럼에도 불구하고 명대에는 예술창작의 영역에서 정감론이 중시되었고, 또한 비교적 예술정감에 관한 논의가 풍부했으며, 특히 이몽양의 관점은 기존의 것에 비해 한 걸음 더 나아간 것이라고 보아도 크게 무리가 아닐 것이다.

왕정상(1474-1544)의 자는 자형子衡이며 별호는 평平, 또는 준천浚川이라고도 하며 하남 의봉儀封 사람이다. 저서에는 《왕씨가장집王氏家藏集》·《내대집內臺集》 등이 있다. 왕정상은 명대의 뛰어난 유물론 철학가이자 심리학자로 정주이학과 육왕의 심학에 반대하였다. 그는 "우러러 관망하고 굽어 살피면서 어슴푸레한 것을 증험하고 조사하여 분명하게 밝혔으니, 마음에 깨달음이 있었다 仰觀俯察, 驗幽覈明, 有會於心"[3]라고 하여 일반 심리학의 초보적인 체계를 갖추고 있었다. 왕정상의 심리학 사상은 그의 《아술雅述》·《신언愼言》·《횡거이기변橫渠理氣辯》·《답설군채론성서答薛君采論性書》와 《답하백재조화론答何柏齋造化論》 등의 저서에 집중적으로 나타나 있다.

왕정상의 심리학 사상 가운데 미학과 비교적 긴밀하게 연관되어 있는 것은 원기론과 감지론 등이다. 그는 유물론적인 '원기론'을 견지하여, 정주이학의 '이가 기에 앞선다〔理在氣先〕'는 명제에 반대했다. 그는 우주에 가득한 것은 물질의 '원기'이며, 그밖에 인간의 정신을 포함한 모든 것은 원기가 변하여 나온 것이라고 생각했다. 그래서 그는 다음과 같이 말한 것이다. "하늘과 땅이 아직 생겨나지 않았을 때에는 오로지 원기만이 존재했다. 天地未生, 只有元氣"(《雅術》) "온갖 이는 모두 기에서 나온다. 텅빈 허공에 매달려 홀로 서 있는 이란 존재하지 않는다. 萬理皆出於氣, 無縣空獨立之理"(《家藏集·太極辯》) 그는 또한 '기'는 허와 실의 통일이라고 간주했다. "기란 형의 주재인 신이다. 따라서 형이란 기가 변화한 것이다. 한 번 비고 한 번 채워지니 이 모든 것이 기이다. 氣者, 形之神, 而形者, 氣之化, 一虛一實, 皆氣也"(《內臺集·答何柏齋造化論》) 이러한 토대하에서 그는 '신적형기神籍形氣'의 형신론形神論을 주장하였다.

> 신이란 형체와 기의 묘한 쓰임이며, 본성이 어쩔 수 없이 드러나는 것이다. 이 세 가지는 서로 일관된 도이다. 지금 일을 집행하는 데 신을 양으로 삼고 형을 음으로 삼는데, 이는 불교도나 신선교도의 논리에서 나온 것으로 틀린 의론이다. 무릇 신은 반드시 형과 기에 적을 두어야 생기게 되니, 형과 기가 없으면 신은 사라지고 만다.
>
> 神者形氣之妙用, 性之不得已者也. 三者一貫之道也. 今執事以神爲陽, 以形爲陰, 此出自釋氏仙佛之論, 誤矣. 夫神必籍形氣而有者, 無形氣則神滅矣. (《內臺集·答何柏齋造化論》)

여기에서 말하고 있는 것은 인간의 '신,' 즉 인간의 심리활동은 인간의 형체와 분리시킬 수 없으며, 반드시 '형과 기〔形氣〕'라는 생리적 토대 위에 세워져야만 된다는 것이다. 이러한 근거에서 그는 송대 유학의 형신관이 바로 불교나 신선교도의 이론을 본받고 있다고 비판하면서, "신이란 형체와 기의 묘한 쓰임神者形氣之妙用"이라는 점을 적극적으로 긍정하였다. 이러한 형과 신의 관계에 대한 인식은 비교적 정확한 것이라 할 수 있다.

다음으로 감지와 인식심리에 관한 문제에 대해 왕정상은 다음과 같이 말하고 있다. "인간은 생기가 있으므로 성이 존재하고, 생기가 없으면 성도 사멸되고 만다. 이처럼 일관되는 도는 서로 나누어 논할 수 있는 것이 아니다. 예컨대 귀로 들을 수 있고 눈으로 볼 수 있으며 마음으로 생각을 할 수 있는데, 이는 귀·눈·마음이 진실로 모두 존재하기 때문에 가능한 것이다. 만약 귀나 눈이 없고 마음이 존재하지 않는다면 보거나 듣는 것, 그리고 생각하는 것이 어찌 존재할 수 있겠는가? 人有生氣則性存, 無生氣則性滅矣. 一貫之道不可離而論者也. 如耳之能聽, 目之能視, 心之能思, 皆耳, 目, 心之固有者. 無耳目無心, 則視聽與思尙能存乎?"(《雅術 · 上篇》) 이는 다시 말해 귀와 눈은 감지기관, 마음은 사유기관인데, 감지와 사유의 근원인 눈과 귀, 그리고 마음이 존재하지 않는다면 결국 감지할 수도 없고 사유할 수도 없다는 뜻이다. 그는 또한 "마음을 본체라고 말하는 것은 마음이 기능하여 사유할 수 있기 때문이다. 이는 마음이 성정을 통솔한다는 뜻이다 心有以本體言者, 心之官則思, 與夫心統性情是也"(《雅術 · 上篇》)라고 하였는데, 이는 마음이란 인간의 모든 감지와 사유활동을 통솔하는 것으로 인간의 생리심리 활동의 주체라는 뜻이다.

왕정상은 이와 동시에 심리사유 활동 역시 단지 인체 내부에서 자연적으로 발생하는 것이 아니며, 외부세계와의 접촉을 통한 결과라고 하였다. "그런 까닭에 신은 내적인 신령한 것이고, 견문은 외적으로 바탕이 되는 것이다. 사물의 이치가 보이지 않거나 들리지 않으면, 설령 성인이나 철인이라 할지라도 능히 찾아 알지 못할 것이다. 故神者在內之靈, 見聞者在外之資, 物理不見不聞, 雖聖哲不能索而知之" "인간의 마음과 조화의 본체는 모두 그러하다. 외적으로 느낌이 없다면 어찌 움직임이 있을 수 있겠는가? 그런 까닭에 움직임이란 외적인 것에 기인하여 일어나는 것이다. 人心與造化之體皆然. 使無外感, 何有於動? 故動者, 緣外而起者也"(《雅術 · 上篇》) 이와 같은 이치로 왕정상은 인지심리에 있어서 '견문' · '계속적인 학습〔接習〕' · '실질적인 일〔履事〕'과 '실제 경험〔實歷〕' 등을 강조함과 동시에, '내외상수內外相須' 즉 '지'와 '행'의 통일을 강조하였다.

이외에 왕정상은 주의를 집중하는 심리형상에 대해서도 언급하였다. "깨닫고자 마음이 듣는 데 주력하면 제대로 볼 수 없고 보는 데 주력하면 제대로 들을 수 없으며, 말에 치중하면 냄새를 맡을 수 없고 냄새 맡는 데 주력하면 말이 이루어지지 않는다. 정신이 한 군데 치중하면서 두 가지 일을 할 수는 없는 것이다. 解悟者, 心注於聽則視不審, 注於視則聽不詳, 注於言則嗅不的, 注於嗅則言不成, 神一而不可二之也"(《愼言 · 問成性篇》) 또한 그는 꿈의 심리현상에 대해서도 해석을 내린 바 있으니, 꿈이란 "혼백이 안 것을 느끼는 것이자 사념 속에서 느끼는 것이다 有感於魄識者, 有感於思念者"(《雅術 · 下篇》)라고 하여 내외가 교감하여 일어나는 것이라 하였다. 이상으로 볼 때 왕정상의 심리사상이 매우 풍부하다는 것을 알 수 있으나, 아쉬운 것은 그의 이러한 심리학 사상이 문예영역에 풍부하게 운용되지 못했다는 점이다.

그의 문예심리학 사상에서 비교적 뛰어난 이론은 역시 심미정감론이다. 왕정상은 정감에 대해 깊이 연구하였다. "미움과 사랑, 슬픔과 즐거움은 외적인 것에서 느낀 흔적이다. 憎愛哀樂, 外感之迹" "기쁨이나 성냄은 외적인 것을 접촉함에 기인한다. 喜怒者, 由外觸者也"(《雅術·上篇》) 이처럼 그는 정감의 심리과정은 사람들이 외부세계를 접함으로써 이루어진다고 생각하였다. 그러나 또한 왕정상은 정감이란 현실에 대한 인간의 특수한 인식이자 반영형식이라고 보았다.

> 기쁘거나 노하거나 슬프거나 즐거운 것은 그 이치가 외물에 있으며, 기쁘거나 노하거나 슬프거나 즐거운 까닭, 즉 그 정감은 나에게 있다. 그렇기 때문에 안과 밖이 합치되어 그 길이 하나여야 한다. 외물에서 나의 기미를 느끼고, 나에게서 외물의 실질을 조응한다. 외물만을 집착할 수 없고, 자신만을 집착할 수도 없다. 그런 까닭에 안과 밖을 합치시켜 그것을 말하니 바야흐로 도됨이 참되다.
>
> 喜怒哀樂, 其理在物, 所以喜怒哀樂, 其情在我, 合內外而一之道也. 在物者感我之機, 在我者應物之實. 不可執以爲物, 亦不可執以爲我, 故內外合而言之, 方爲道眞. (《雅述·上篇》)

이는 정감의 본질에 대한 언급으로 비교적 정확한 판단하에 씌어진 것이라 하겠다. 그는 인간이 지니고 있는 희로애락의 객관적 이치는 외물에 의해 결정된다고 보았다. 그러나 하나의 구체적 접수 대상인 인간에게 있어서 희로애락의 정감은 각기 인간마다 지니고 있는 서로 다른 체험이나 환경에 따라 달라진다. 따라서 정감 역시 단순히 객관사물의 반영이라고 단정지을 수 없으며, 주관과 객관의 통일, 즉 "안과 밖이 합치되어 그 길이 하나가 된다 合內外而一之道也"고 생각할 수 있어야 한다. 바로 이러한 이유로 물아物我는 서로 정감에 대한 인식을 더욱 촉진시키고 깊이 하는 것이다. 왕정상 역시 이러한 관점에 동의하고 있다. "아하! 마음속에 즐거운 것이 있으면 그러한 이후에 외물에 기탁하여 그것을 즐길 수 있는 것이다. 저 사람은 걱정으로 마음이 슬퍼지고 조급해져 아름다운 바다가 굶주린 도깨비가 사는 곳으로 여겨져 도저히 견딜 수 없을 것이니, 무릇 무엇을 얻어 그것을 즐길 수 있겠는가? 이런 까닭에 종이나 북·현악기・관악기는 그 소리가 일정하지만 즐거운 이가 들으면 자신의 화락함을 펼칠 수 있고, 근심 있는 이가 그 소리를 들으면 더욱 슬퍼지게 되는 것이다. 嗟乎! 內有所樂, 然後可以托於物而樂之, 彼人也方用憂愁而戚促, 將海爲窮荒魑魅之所而不堪矣, 夫焉得取而樂之, 是故鐘鼓管籥之音一也, 樂者聞之則暢其和, 憂者聞之則益其悲"[4]

왕정상의 정감론은 이전 시대의 사람들에 비해 정감이 발생하는 심리과정과 심리 특징을 정확하게 파악하고 있다. 그는 다음과 같이 말하고 있다.

> 인・의・예・지는 유가들이 말하는 본성이다. ……인간의 지각이 움직여 그렇게 만든 후 이루어진다.
>
> 仁義禮智, 儒者之所謂性也. ……皆人之知覺運動爲之而後成也.[5]

> 지각이 움직이는 것은 신묘한 성령이자 본성의 재능이다.
>
> 知覺運動, 靈也, 性之才也.[6]

여기에서 성性과 영靈('성령')이란 모두 지각知覺이 움직여 생겨난 것으로 인간의 사유과정에서 발생하는 것을 모두 포괄한다. 현대 심리학에서는 인간의 감각・지각・표상・상상 등 모든 사유심리 과정을 분석하여, 예술적인 측면에서 정감은 상상력을 발휘하거나, 또는 영감이 떠올라 고조에 달했을 때 모든 예술적 구상과정을 관통하는 것이라고 말하고 있다. 물론 왕정상이 이에 대해 정확한 지식을 지니고 있는 것은 아니었다. 그러나 그가 정감은 지각이 움직임으로써 생겨난다고 주장한 것은 이미 현대 심리학의 유관이론과 일치하는 면이 있다. 이렇게 본다면 그의 예술정감론은 기존의 미학자나 문예심리학자들의 인식보다 더욱더 심리학 영역에 근접해 있다고 할 수 있을 것이다.

왕정상은 이처럼 정감심리에 대해 비교적 확실하게 인식하고 있었기 때문에 전・후칠자가 세운 심미정감론에 있어 중견 역할을 다할 수 있었다. 앞에서 말한 대로 이몽양은 "격조로 인하여 정감을 세운다 因格立情"는 나름의 정감론을 주장하였다. 그러나 그것은 필연적으로 한계를 지닐 수밖에 없었다. 이에 반해 왕정상은 기존의 "격조로 인하여 정감을 세운다"는 견해에서 벗어나 "감정에 기인하여 격조를 세운다 因情立格"고 주장하여 정감론을 더욱 발전시키는 데 큰 공헌을 하였다. 왕정상은 정감이란 '지각의 움직임, 즉 지각운동'의 결과라고 생각하고, "감정에 맡겨 멋대로 길을 가니 작은 도랑에 두둑이 생기네 任情漫道, 畔於尺渠"[7]라고 하여, "감정에 기인하여 격조를 세운다"는 자신의 견해에 지표를 세웠다.

당시 문학이론가들 가운데 그의 견해에 동의하는 이들이 적지않았다. 예를 들어 하경명은 "무릇 시란 사람의 성정이다. 당대 율시는 그 음향과 절주가 비록 옛것과 달랐으나, 성정에 근본을 두고 창작을 했다는 점에서는 동일할 따름이다 夫詩者人之性情也. 唐之律詩, 其音響節奏雖與古異, 然其本於性情而有作, 則一而已"[8]고 하였으며, 서정경徐禎卿은 "시로써 작가의 정감을 말하니 그런 까닭에 명名은 상象에 기인하여 밝아지는 것이다. 이에 부합하여 살핀다면 정감의 체가 갖추어질 것이다. 무릇 정감은 형체에 따라 다르니 문사 역시 그 추세에 기인해야 한다. 이는 비유컨대 사물을 묘사하고 채색을 할 때 각기 그 모양에 따라 아름답게 치장하고, 그림쇠를 따르고 곱자를 좇아 원형과 방형에 나름의 법칙을 얻어야 하는 것과 같다. 이것이 바로 정감에 기인하여 격조를 세워 그것을 지키고 에워싸는 대략이라 하겠다 詩以言其情, 故名因象昭. 合是而觀, 則情之體備矣. 夫情旣異其形, 故辭當因其勢. 譬如寫物繪色, 倩盼各以其狀, 隨規逐矩, 圓方巧獲其則. 此乃因情立格, 持守圜之大略也"고 하였다.[9] 이상은 모두 예술창작은 반드시 정감을 중심으로 해야 한다는 정감론으로서, 예술정감은 각기 다른 표현 대상에 따라 자유롭게 발전된다는 것을 강조하고 있는 문장이다.

이외에도 왕정상은 예술정감의 심층구조에 대해 남다른 인식을 하고 있다.

그는 예술정감은 반드시 "조화 안에서 마음을 노닐게 하고, 만물의 실질에서 외물을 체득해야 한다 游心於造化之內, 體物乎萬物之實"[10]고 생각하였다. 여기서 "마음을 노닐게 한다 游心"고 한 것은 사물과 일정한 심리적인 거리를 유지해야 함을 뜻하며, "외물을 체득해야 한다 體物"고 한 것은 외물을 완전히 벗어나서는 안 되며, 작가 자신의 정감과 외물이 서로 결합되어야 함을 뜻한다. 그는 또한 시가에 있어서 의상意象을 특히 강조했다. "무릇 시는 의상이 투철, 영롱한 것을 귀하게 여기고 사실을 곧이곧대로 갖다붙이는 것은 좋아하지 않는다. 옛 시인들은 물에 비친 달, 거울 속의 형상 등을 말했는데 실제로 이를 구하는 것은 어렵다. ……(시가에 있어서) 언사에 실질을 구하면 남은 맛이 적고, 정을 직접 이르게 하면 외물을 움직이기 어렵다. 그런 까닭에 의상意象으로 보여 사람들로 하여금 생각하여 되씹게 하고, 느껴서 자신과 합치토록 하여 아득하고 깊게 하면 이것이 시의 대강이라 하겠다. 夫詩貴意象透瑩, 不喜事實粘著, 古謂水中之月, 鏡中之影, 難以實求是也. ……言徵實則寡余味也, 情直致而難動物也, 故示以意象, 使人思而咀之, 感而契之, 邈哉深矣, 此詩之大致也"[11] 이처럼 왕정상은 시가 창작에서 "언사로 실질을 구하거나 言徵實" "사실을 곧이곧대로 갖다붙이는 것 事實粘著" 그리고 "실상 그대로 시적 흥취나 의상을 구하는 것 以實求是"은 불가능하며, 예술정감 또한 '직접 이르게 하여〔直致〕 표현할 수 있는 것이 아니기 때문에, 물에 비친 달이나 거울 속의 형상처럼 언어 밖에서 그 뜻을 드러내야 한다고 주장했다. 이는 일종의 '맛 이외의 맛〔味外之味〕' · '운 이외의 정취〔韻外之致〕'를 추구한 것으로, 바로 시가예술의 의상意象 창조와 유관한 문제라 하겠다.

전칠자는 나중에 당송파(주로 王愼中 · 唐順之 · 茅坤 · 歸有光) 사람들과 이개선李開先에게 비판을 받았다. 그 명목은 전칠자의 문론이나 시론이 복고주의적인 경향이 심하다는 이유 때문이었다. 그러나 전칠자를 비판한 그들 역시 여전히 복고적인 성향을 바꾸지 않았으며, 이로 인해 복고주의 타파를 주장한 일군의 이론가들에 의해 다시 전칠자에 대한 발전적 계승이 이루어지게 되었다. 그들은 특히 왕정상 · 하경명 · 서정경 등의 정감 중심 문학이론을 발전시키고자 하였다. 이것이 바로 후칠자의 탄생이다. 후칠자 중에서 문예심리학과 관련하여 특히 중요한 인물로 사진과 왕세정을 꼽을 수 있는데, 이에 그들에 대해 구체적으로 소개하고자 한다.

사진謝榛(1495-1575)의 자는 무진茂秦이며, 호는 사명산인四溟山人으로 산동 임청臨靑 사람이다. 그는 이반룡李攀龍 · 왕세정王世貞 등과 시사詩社를 조직한 '후칠자' 초기의 주도적 인물로 시론뿐만 아니라 시가창작에도 나름대로의 성과를 얻었다. 그의 주요 저작으로는 《사명시집四溟詩集》 이외에도 일명 《시가직설詩家直說》이라 불리는 시이론서 《사명시화四溟詩話》가 있다.

기존 학자들의 《사명시화》에 대한 평가는 일반적으로 두 방향으로 나뉘어 칭찬과 비판이 공존한다. 물론 그의 논의 자체에 한편으로 기격氣格을 강조하고 복고를 제창하는가 하면, 다른 한편으로 독서를 통해 그 작품의 신기神氣를 빼앗아야 한다는 것을 주장하여 새로운 변화를 제창하는 등 다양한 측면이 보이는 것 또한 사실이다. 그러나 이러한 구분 자체가 결코 타당한 것은 아니며, 그가 기격을 주장했든 아니면 신기를 빼낼 것을 내세웠든간에 그 나름대로 모두 취할 만한 내용이 있다는 점이 중요하다고 할 수 있다.

사진의 예술심리학 사상의 핵심은 심미정감론이라 할 수 있다. 이 이론은 전칠자인 이몽양·왕정상 등과 비교할 때 내용과 체계면에 있어서 새롭게 발전한 것이다. 그는 문학예술은 '진정眞情'의 표현이라고 주장했다. "시에는 문자로 드러나기 이전의 뜻과 문자로 드러난 이후의 뜻이 있다. 당대 시인들은 이를 겸비하여 곡진하면서도 시의 맛이 있었고, 두 가지가 혼연일체가 되어 그 흔적을 찾아볼 수 없었다. 송대 시인들은 반드시 뜻을 먼저 세우고 논리적인 길에 관련을 맺어 색다른 생각의 운취가 없다. 《세설신어》에서 '글은 감정에서 생기고 감정은 글에서 생긴다'라는 글을 읽었으니, 왕무자는 먼저 이를 알고 있었을 것이다. 詩有辭前意, 辭後意. 唐人兼之, 婉而有味, 渾而無迹. 宋人必先命意, 涉於理路, 殊無思致. 及讀《世說》, '文生於情, 情生於文,' 王武子先得之矣"(《四溟詩話》 卷一)

이처럼 그는 "글은 감정에서 생기고 감정은 글에서 생긴다 文生於情, 情生於文"는 말에 긍정하면서, 당시唐詩는 감정이 충만하고 작가의 뜻을 표현함도 능하여 "곡진하면서도 시의 맛이 있었고, 두 가지가 혼연일체되어 그 흔적을 찾아볼 수 없었다 婉而有味, 渾而無迹"고 찬양하였다. 그리고 이에 반해 송시는 시가의 형상사유와 정감 특징에 주의하지 않고, "이론적인 길에 관련을 맺어 색다른 생각의 운취가 없다 涉於理路, 殊無思致"고 비판하였다. 아울러서 그는 "곧이곧대로 성정을 묘사할 것 直寫性情"(《四溟詩話》 卷一)을 강조하여, 옛사람들의 작품을 답습하여 억지로 꿰맞추고 조작한 작품을 강력하게 비판하였다. "오늘날 두보를 배우는 이들은 부유한 집안에 살면서도, 곤궁 속의 우수를 말하고 오랜 태평시절에 있으면서도 전쟁에 대해 말한다. 늙지도 않았는데 늙음을 말하고, 병도 없으면서 병들었다고 말한다. 이는 모방이 지나치게 심한 것이니 이는 성정의 참됨이 결코 아니다. 今之學子美者, 處富而言窮愁, 遇承平而言干戈, 不老曰老, 無病曰病. 此摹似太甚, 殊非性情之眞也"(《四溟詩話》 卷二) 이처럼 그는 모방도 모방 나름이며, 그 정도가 심하면 끝내 진실한 성정을 상실하게 되어 진정한 창작이라 할 수 없다고 단정짓고 있다. 그에게 있어 이는 결코 복고가 아니었던 것이다.

이러한 점을 토대로 하여 사진은 자신의 예술정감심리학 원리에 대해 다방면에 걸쳐 논리를 전개시키고 있다.

첫번째로, '흥興·취趣·의意·이理' 설을 살펴보기로 한다. 여기서 사진은 "시문은 기격이 위주가 되어야 한다 詩文以氣格爲主"(《四溟詩話》 卷一)고 하였다. 위에서 말하는 '격'은 의리의 '격'이 아닌 정감의 '격'이라 할 수 있다.

> 시에는 네 가지 격이 있는데, 그것들을 흥·취·의·이라 일컫는다.
> 詩有四格, 曰興, 曰趣, 曰意, 曰理.[12)]

과거에는 사진의 이러한 '사격'설에 관한 연구가 많지 않았다. 이는 아마도 사진의 논의가 이몽양·하경명 등의 격조설을 계승한 것이라 하여 부정했기 때문인 듯하다. 그러나 사실 사진의 '흥·취·의·이'의 '사격'설은 정감심리학적 내용이 풍부할 뿐더러 기존의 것과 차이가 있다. 그렇다면 이른바 '사격'이란 무엇인가? 이에 대한 사진의 구체적 설명을 들으면 다음과 같다.

무엇을 '흥'이라 하는가? 사진은 이백의 〈증왕윤贈汪倫〉의 절구를 빌려 다음과 같이 해석하고 있다. "'도화담의 물은 깊이가 1천 자나 되지만, 왕륜이 날 보내는 정에는 미치지 못하네.' 이것이 흥이다. '桃花潭水深千尺, 不及汪倫送我情,' 此興也"(《四溟詩話》 卷二) 이처럼 '흥'은 비흥·흥발興發의 뜻으로 '도화담의 물'을 빌려 다른 정감을 일으키는 것을 말한다. 다음 '취'란 무엇인가? 사진은 만당 시인인 육구몽陸龜夢의 〈백련白蓮〉 중에 나오는 시구를 빌려 해석하고 있다. "'무정하고 한스럽나니 누가 이를 알꼬. 새벽 달 맑은 바람에 막 떨어질 때에.' 이것이 취이다. '無情有恨何人覺, 月曉風淸欲墮時,' 此趣也"(《四溟詩話》 卷二) 이렇듯 '취'라는 것은 심미이정의 수법을 통해 물아가 합일되어 일으키는 심미적 정서를 뜻한다. 다음 '의'란 무엇인가? 그는 왕건王建의 〈관사官詞〉를 빌려 이렇게 풀이하였다. "'이는 도화꽃 열매가 탐스럽기 때문인데, 착각하여 사람은 오경의 바람만 한탄하고 있다네.' 이는 의이다. '自是桃花貪結子, 錯敎人恨五更風,' 此意也"(《四溟詩話》 卷二) 이렇듯 '의'라는 것은 시가창작 예술에서 모종의 특정한 것이 깃들어 있는 정감개성(예를 들어 '桃花結子'와 같은 것)을 뜻한다. 마지막으로 '이'에 대해 사진은 중당 시인인 이섭李涉의 〈상어양양上於襄陽〉을 빌려 설명하였다. "'말에서 내려 홀로 와 옛일을 찾으니, 만나는 이는 그저 현산비峴山碑만 말하네.' 이는 이理이다. '下馬獨來尋故事, 逢人惟說峴山碑,' 此理也."[13)] 이는 이섭의 시에서 이치를 말하고 있기는 하지만, 또한 정감이 포함되어 있다는 뜻이다.

이상에서 볼 때 사진의 '사격' 설은 예술정감론에 모두 포괄된다고 할 수 있다. 그렇다면 예술정감이 없으면 '흥·취·의·이' 도 있을 수 없을 것이다. 사진의 '기격' 설에서 추구하는 것은 다른 한편으로 "체재는 올바르고 큰 것을 귀하게 여기고, 뜻은 높고 먼 것을 귀하게 여기며, 기는 웅혼한 것을 귀하게 여기고, 운은 빼어나고 오래 여운이 남는 것을 귀하게 여긴다 體貴正大, 志貴高遠, 氣貴雄渾, 韻貴雋永"(《四溟詩話》 卷一)는 말과 상통하면서, '성당盛唐' 시인들이 "웅대한 심상과 기상 雄深氣象"(《四溟詩話》 卷二)을 추구한 것과 마찬가지라 할 수 있다. 따라서 음조나 격식 등 시가의 형식적인 요소뿐만 아니라, 시인과 시가의 심층에 자리잡고 있는 예술정감의 심리적 요소 역시 내포하고 있다고 할 수 있다. 이렇게 본다면 사진의 '흥·취·의·이' 설은 엄우의 '사·이·의·흥' 설과 서로 비슷하며, 이후 탕현조의 '의·취·신·색'[14]설을 선도하는 역할을 하고 있음을 알 수 있다.

다음 두번째로 '경을 매개체로 보고 정을 배아로 보는〔景媒情胚〕' 설에 대해 살펴보기로 한다. 사진은 시를 논함에 있어 정감의 융합을 중시하였다. 그는 다음과 같이 지적하였다.

시를 짓는 것은 정과 경을 근본으로 하니, 외롭게 한쪽만으로 스스로 이루어지는 것이 아니고 양쪽이 서로 배치되는 것도 아니다. 무릇 높은 곳을 올라 생각을 극진하게 하면 정신으로 고인과 교통하고, 멀고 가까운 곳을 두루 다할 수 있으며, 슬픔과 기쁨에 모두 관계할 수 있다. 이는 서로 우연함에 기인하여 끊어진 흔적에서 형체를 드러내고 소리가 없는 데서 메아리를 떨치는 것이라 하겠다. 무릇 정과 경은 차이가 있고 묘사를 하는 데는 어려움과 쉬움이 구별된다. 시에는 두 가지 요소가 있으니 이보다 절실한 것이 없다. 관찰해 보면 밖에서는 같은데 이를 마음속으로 느껴 보면 내적으로 다르다는 것을 알 수 있으니, 마땅히 스스로 그 힘을 운용하여 안과 밖이 서로 하나처럼 합일되도록 하고 마음에 들고남에 있어서 간격이 없도록 해야 한다. 경은 바로 시의 매개체이고 정은 그 배아이니, 두 가지가 합쳐져야 시가 된다. 몇 마디 말로 1만 가지 형체를 통솔하니, 천지의 기운이 혼연히 이루어져 그것이 끝없이 넘쳐나게 되는 것이다.

作詩本乎情景, 孤不自成, 兩不相背. 凡登高致思, 則神交古人, 窮乎遐邇, 系乎憂樂. 此相因偶然, 著形於絶迹, 振響於無聲也. 夫情景有異同, 模寫有難易, 詩有二要,莫切於斯者. 觀則同於外, 感則異於內, 當自用其力, 使內外如一, 出入此心而無間也. 景乃詩之媒, 情乃詩之胚, 合而爲詩, 以數言而統萬形, 元氣渾成, 其浩無崖矣.[15]

이상과 같은 사진의 견해는 매우 독특하다. 첫째로 그가 제시하고 있는 견해는 정과 경, 즉 정감과 경물이 서로 융합해야 한다는 것이다. 그는 정과 경은 대립적 통일이 중요하다고 하여, "외롭게 한쪽만으로 스스로 이루어지는 것이 아니고 양쪽이 서로 배치되는 것도 아니다"라고 하였다. 그리고 구체적인 시가창작에 들어갔을 때, 정과 경이 융합되는 것은 일종의 우연한 결합〔사실 이것은 곧 영감이 일어남을 뜻하는 말이다. 사진은 이외에도 "시는 천기(천연스러운 기회)가 있으니 四時에 따라 일어나고 사물을 접촉하여 이루어지는 것이다. 그래서 설령 그윽히 살피고 고민하며 찾아도 쉽게 얻을 수 있는 것이 아니다 詩有天機, 待時而發, 觸物而成, 雖幽尋苦索, 不易得也"라고 하여, 이 문제를 구체적으로 언급하고 있다〕에서 기인한다고 주장했다. 그에게 있어서 정과 경의 융합은 심리적인 변화과정, 즉 외부에서 관찰하고 내부에서 느끼는 과정을 거치게 된다. 이때 창작자는 자신의 내심에서 이들 안과 밖이 마치 하나인 양 여기고, 들고나는 것에 간격이 없도록 노력함으로써 객관적 경상景象, 즉 물상과 주관적 심리가 통일·융합되어 마침내 정경이 융합된 좋은 시가를 창작할 수 있게 된다. 다음 두번째로 그는 정과 경이 창작에서 차지하는 위치의 문제에 대해 언급하였다. 그가 "경은 바로 시의 매개체이다"고 말한 것은, 경물이란 작자가 이를 빌려 자신의 정감을 토로하는 물상의 매개체란 뜻이다. 또한 "정은 그 배아이다"라고 한 것은 정감이 시의 배아胚芽이자 영혼이라는 뜻이다. 이처럼 경을 매개체로 보고 정을 배아로 본 것은, 시가창작에 있어서 정감과 경물이 차지하고 있는 위치를 대단히 적절하게 설명한 것일 뿐만 아니라, 성정의 토로나 심정의 도야를 중시하는 자신의 이론적 경향을 그대로 드러낸 것이라 하겠다. 이는 청대초 왕부지와 근대에 와서 왕국유의 시론에 커다란 영향을 끼치게 되었다.

앞서 두번째에서 '경을 매개체로 보고 정을 배아로 보는〔景媒情胚〕' 설에 대해 논의하였는데, 다음 세번째로 '오는 감흥을 막을 수 없어 신화의 경지에 몰입하게 된다〔興而不遏, 入乎神化〕'고 하는 일종의 영감설靈感說에 대해 알아보겠다. 위에서 이미 언급한 바와 같이 사진은 "시는 천기(천연의 기회)가 있으니, 사시四時에 따라 일어나고 사물을 접촉하여 이루어지는 것이다. 그래서 설령 그

욱히 살피고 고민하며 찾아도 쉽게 얻을 수 있는 것이 아니다 詩有天機, 待時而發, 觸物而成, 雖幽尋苦索, 不易得也"라고 하였다. 여기서 말하고 있는 '천기'가 바로 창작에서의 영감현상이다. 사진은 또한 다음과 같이 말하고 있다.

시는 뜻을 세워 구절을 만들지 않고, 흥을 위주로 하여 충만한 가운데 자신도 모르게 작품이 이루어지도록 해야 비로소 교묘한 변화에 들어갈 수 있게 된다. 詩有不立意造句, 以興爲主, 漫然成篇, 此始之入化也.[16]

혹시 시구를 지음에 더 이상 나아가지 못하는 경우에는 정신을 피곤하게 만들지 말고, 잠시 책을 읽으며 마음이 (피곤한 상태에서) 깨어나도록 한다. 그러다가 홀연 깨닫는 바가 있게 되면 생각이 붓을 따라 생겨나고, 오는 감흥을 막을 수 없어 신화神化의 경지에 몰입하게 되니, 이는 생각함으로 미칠 바가 아니다. 때로 한 글자로 인해 한 구句를 얻기도 하는데, 그 구절은 운韻으로 말미암아 이루어진다. 이 또한 천연스러움 속에서 나오니 구절이나 뜻이 모두 훌륭하다. 마치 대나무를 이어 샘물을 끌어당기면 졸졸 흐르는 소리가 귀에 들리게 되고, 높은 성에 올라 바다를 바라보면 끝없이 넓고넓은 경색景色이 눈에 가득 찬 것과 같다. 이것이 바로 밖에서 오는 것의 무궁함이니, 이것이 이른바 문사로 표현된 뒤에 드러나는 뜻이다.
或造句弗就, 勿令疲其神思, 且閱書醒心, 忽然有得意隨筆生, 而興不可遏, 入乎神化, 特非思慮所及. 或因字得句, 句由韻成. 出乎天然, 句意雙美. 若接竹引泉而潺湲之聲在耳, 登城欲海而浩蕩之色盈目, 此乃外來者無窮, 所謂辭後意也.[17]

사진은 먼저 주제를 정한 후에 어휘를 찾는 식의 '문사로 표현되기 전의 뜻〔辭前意〕'에 반대하였다. 그래서 흥을 위주로 삼아 그 뜻이 붓 가는 데에 따라 생겨나도록 해야지, 처음부터 의도적인 작가의 뜻을 세워 시구를 억지로 지어내면 안 된다고 했다. 그리고 이렇게 함으로써 "오는 감흥을 막을 수 없어 신화의 경지에 몰입하게 되니 興不可遏, 入乎神化" 이에 따라 예술 영감이 솟구치면서 "충만하여 자신도 모르는 가운데 작품이 이루어지도록 漫然成篇" 해야 한다고 주장했다. 그가 이처럼 문예창작의 심리법칙을 파악하고 창작 영감의 문제를 추구한 것은 대단히 중요한 성과라 할 수 있다.

네번째는 "마음에 주인되는 바가 있다 心有所主"·"깨달음으로 마음을 본다 悟以見心"는 등의 묘오설이다. 예술창작에 있어서 창작 영감이 떠오르게 하기 위해서는 어떤 수단을 써야만 하는가? 사진은 이 문제에 대해 묘오설을 제시하고 있다. 그는 "인간은 각기 오성을 지니고 있다 人各有悟性"(卷四)고 보았다. 이는 인간 대뇌의 사유구조와 심리구조에 사물을 꿰뚫어 성찰할 수 있는 능력이 있음을 뜻하는 것이다. 따라서 그가 주장하고 있는 것은 성당 시가의 '한 글자의 깨달음〔一字之悟〕'이나 '한 편의 깨달음〔一篇之悟〕'이 아니라, 모든 심미 대상에 대한 인간주체의 심적 '묘오'라 할 수 있다. 그래서 그는 시의 중요 구성요소인 체體·지志·기氣·운韻에 대해 언급하면서, 이 네 가지를 "깨닫지 않으면 시적 묘함에 몰입할 수 없다 非悟無以入其妙"(卷一)고 한 것이다. 이러한 의미에서 본다면, 사진의 '묘오'설은 엄우의 '묘오'설을 더욱 발전시킨 것으로 명말 공안파의 성령설과 청초 왕사정의 신운설의 토대가 되었다고 할 수 있다.

다음으로 왕세정에 대해 살펴보기로 한다.

왕세정(1526-1590)의 자는 원미元美이며 호는 봉주鳳州, 또는 엄주산인弇州山人이라고도 하며 강소성 태창太倉 사람이다. 이반룡李攀龍와 함께 '후칠자'의 지도적 인물로 많은 저서를 가지고 있으며, 문집으로《엄주산인사부고弇州山人四部稿》(부·시·문·설 사부)에 시문에 관한 평전이 들어 있는《예원치언藝苑卮言》8권과 부록 4권이 있다.《예원치언》8권은 시문을 평론한 것으로 사·곡·서·화로 분류된 부록 4권이 있다.

왕세정은 후칠자의 이론을 대표하는 사람으로 전·후칠자의 복고주의 이론을 계통적으로 총결하였는데, 이에 대해서는 간략하게 설명하기로 한다. 심미정감론에 있어서 그는 이몽양·왕정상·사진보다 발전된 이론을 보이고 있다. 왕세정은 복고풍이 범람하던 시절에 자신의 생활경험과 문예평론을 통해, 시문은 반드시 실질과 변화를 정확하게 묘사하는 것을 아름다움으로 삼아야 함을 깨달아, "자연 풍광의 양태나 변화 모습을 궁구하고 광경이 항상 새로워야 한다 窮態極變, 光景常新"는 명제를 내놓았다.

초와 촉 땅에서 중원에 이르기까지 산마다 푸릇푸릇하고 강물은 온통 뿌연데, 양자강 왼쪽으로는 풍광이 우아하고 수려하며 울울창창하다. 이러한 경물을 노래하고 묘사함에 있어서는 각기 그 풍취를 다해야 할 것이다. 내 시편이 이미 많다고 하나 더욱 자연 풍광의 양태나 변화 모습을 궁구하고 광경을 항상 새롭게 하는 것이 필요하다.

自楚, 蜀以至中原, 山川莽蒼渾渾, 江左雅秀鬱鬱, 咏歌描寫須各極其致, 吾輩篇什旣富, 又需窮態極變, 光景常新.[18]

위 인용문에서는 시인은 자연의 품에 몸을 맡기고 자신의 생활심미 체험을 통해, 스스로 경물의 묘사에 임하여 "각기 그 풍취를 다해야 할 것이며 各極其致" 이를 시가창작의 특징으로 인식해야 함을 주장하고 있다. 그리고 이로부터 자신의 창작태도를 반성하면서, 비록 작품이 많다고 하나 "자연풍광의 양태나 변화 모습을 궁구하고 광경이 항상 새로운 窮態極變, 光景常新" 작품은 많지 않음을 한탄하고 있다. 아울러 이를 통해 문예창작은 작가의 진정한 정을 표현하고 유동하고 변화하는 형태와 경물의 항상 새로운 모습을 드러낼 수 있어야 한다고 주장하고 있다.

왕세정은 중국 고전 문예심리학 중에서 특히 "무릇 음이 일어남은 사람의 마음에서 생기는 것이다 凡音之起, 由人心生"라는 견해와, "외물에 느껴 움직이니 소리로 형체지어진다 感於物而動, 故形於聲"는 관점을 계승하여, 시가는 "마음의 정신이 발하여 소리내는 것이다. 그 정신은 협기協氣, 즉 음양의 조화로운 기에서 발하여 천지의 조화에 응하며, 그 정신은 애기噫氣, 즉 내쉬는 숨에서 발하여 천지의 변화를 상세히 안다 心之精神發而聲者也. 其精神發於協氣, 而天地之和應焉, 其精神發於噫氣, 而天地之變悉焉"[19]고 주장하였다. 이는 시가창작과 각기 다른 풍격이나 의경의 형성에 있어서 인간이 지닌 정신적 요소와 심리적 요소를 확인하고 있는 것이다.

이러한 점을 토대로 하여 왕세정과 오국윤은 "성정을 드러내야 한다 發抒性靈"[20]는 예술정감심리학 사상을 내놓았다. 오국윤은 시가는 반드시 "성령을 숨김없이 다 드러내보여야 한다 多輸寫性靈"[21]고 주장하였으며, 왕세정은 "시는 성령을 만들어 묘사하는 것이자 작가의 뜻이나 일을 서술하여 적는 것이다 詩以陶寫性靈, 抒紀志事而已"[22]라고 하였다. 여기서 '성령'이란 창작주체의 정신과 정감심리적인 요소를 가리키는 것이다.

왕세정은 '성령'에 대해 여러 가지 측면에서 해석하고 있다. 그는 성령을 드러내려면 먼저 복고주의적인 격조설의 속박을 벗어나야 한다고 주장하였다. "성령을 발하고 작가의 의지를 열어야 하며, 색칠이나 조탁에 공교로움을 구해서는 안 된다. 發性靈, 開志意, 而不求工於色象雕繪"[23] 그는 또한 '성령'이란 예술사유의 산물로서 "문장을 구상하여 지음에 이르러서는 반드시 장인의 마음으로 엮어 성령을 발해야 한다 至所結撰, 必匠心綈而發性靈"[24]고 하였다. 그는 이렇게 함으로써 성령이 드러남에 더욱 심미적 감흥을 일으킬 수 있다고 믿었다. "살펴보건대 그 요지는 흥에서 발하고 사에서 멈추니, 경물에 접촉하여 정감이 생겨나고 뜻을 다함에 그친다는 것이고, 텅빈 것을 애써 찾지 말고 험난한 것(난이한 시구)을 겨루지 말아야 한다고 하였으니, 다른 이를 이기고자 하면 자신의 성령을 다치게 된다는 것이다. 顧其大要在發乎興, 止乎事, 觸境而生, 意盡而止, 毋鑿空, 毋角險, 以求勝人而劌損吾性靈"[25] 다음으로 그는 성령을 펼침으로써 심미정취가 생겨난다고 주장하였다. "탁주 한 잔에 새로운 시가 솟구치나니 애오라지 성령을 즐겁게 하기 때문일세. 濁醪佐新詩, 聊以娛性靈"[26] "산은 울울창창 높고 깊으며, 물은 마냥 흐르고 흘러 넓고 맑으니, 어찌 내 성령이 즐겁지 아니하겠는가! 山鬱然而高深, 水悠然而廣且淸, 而不悅吾之性靈哉!"[27] 이처럼 왕세정의 '성령'에 관한 논의는 비교적 완전한 체계를 갖추고 있다. 만명晩明 공안파의 '성령'설과 청대 원매의 '성령'설에 앞서 왕세정은 이처럼 나름의 '성령'이론을 제시하여 이후 공안파와 원매에게 커다란 영향을 끼쳤다고 할 수 있다.

명대에는 정감을 중심으로 시를 논하는 경우가 그리 흔치 않았다. 그러나 이에 반해서 왕세정은 정감으로써 시를 논하는 것을 중요하게 생각했다. 그는 "정감을 교묘하게 드러낸 이는 굴원을 들 수 있다 工情者推屈氏(原)"[28]고 하였으며, 서한의 시가는 "화려하면서 정감을 숨김이 없었다 華不掩情"[29]라고 칭송하였으며, 이욱李煜은 '정감어린 언어〔情語〕'[30]를 사용하는 데 뛰어났다고 칭찬하였다. 또한 진관秦觀의 사詞는 "담박한 언어에 정감이 깃들어 있었다 淡語之有情者"[31]고 평하였다. 왕세정은 이처럼 '성령을 펼치는 것〔發抒性靈〕'과 '정감'으로 시를 논하는 것을 중시하는 한편, '성정의 참됨〔性情之眞〕'을 강조하면서 아울러 외물과 정감, 정감과 물경物景, 신神과 경境의 통일을 주장하였다. 이는 곧 작가의 주관적 정감과 객관적 사물의 통일을 강조한 것이다. 이는 그가 창작을 행할 때 "외물과 정감의 밖에서 멀리 벗어나야 한다 遠出於物情之表"·"외물과 정감의 변화에서 정밀함을 구해야 한다 求精於物情之變"[32]고 하여, 외물과 정감이 서로 교융할 수 있어야 한다고 주장한 것과 동일한 맥락이다. 그래서 그는

"(시가는) 그 바탕과 정감이 진실로 합치는 것을 보배로 여긴다 寶其質情, 誠有合者"[33] · "악부에서 귀하게 여기는 것은 사와 정뿐이다 樂府之所貴者, 事與情而已"[34]고 하였던 것이다.

또한 그는 예술적 의경을 창조함에 있어서 "기는 뜻을 좇아 드러나니 정신과 정감을 체득해야 한다 氣從意揚, 領會神情"고 주장하였다. 그리고 이를 통해 '신과 경이 합치됨(神與境合)'으로써 "감흥과 경계가 이르니 정신이 합치되고 기가 완전하게 되며 興與境偕, 神氣合完" "정과 경이 교묘하게 합치되어 풍격이 저절로 오른 情景妙合, 風格自上" 상태를 만들어 정情과 경景, 신神과 경境, 의意와 경境이 통일된 예술적 의경을 이루어야 한다고 강조했다. 왕세정이 '성령'과 '정감'을 중시하고 정情과 경景, 의意와 경境의 통일을 중시한 것은 전·후칠자의 심미정감론을 총결한 것이라 할 수 있다. 그렇기 때문에 예술정감에 관한 심리학 사상은 왕세정에 이르러 절정에 이르렀다고 해도 과언이 아닐 것이다. 왕세정을 비롯한 전·후칠자들의 이러한 문예사상은 이후 명대 말기에서 청대에 이르는 문예이론가들의 중정론重情論에 커다란 영향을 끼쳤으며, 이 이론의 지속적 발전에 든든한 초석이 되었다고 할 수 있다. 이러한 이유로 단지 전·후칠자의 복고주의 주장만을 보고 그들을 무조건 비판하는 것은 타당한 일이라 할 수 없을 것이다.

제2절 이지 '동심童心'설의 문예심리학적 의미

이지李贄(1527-1602)의 원래 이름은 재지載贄이며, 호는 탁오卓吾 또는 굉보宏甫이다. 천주泉州 진강晉江(지금의 建泉州) 사람이다. 천주泉州 태생이기 때문에 온릉溫陵이라고도 하고, 온릉거사라 별칭한다. 주요 저서에는 정正·속續《분서焚書》, 정·속《장서藏書》·《명등도고록明燈道古錄》등이 있다.

이지는 명대의 가장 진보적인 사상가이자 문예평론가·미학자로 명대말 문학해방사상의 주요 이론을 대표하는 자이다. 그의 철학·미학은 정주철학과 유가의 정통미학 이론에 반대하면서 강력한 사상해방과 인문주의적 색채를 띠고 있다. 이지는 또한 저명한 심리학자로 명대심리학을 대표하는 사람이다. 그의 심리학 사상은 주로 《분서》·《이씨문집》·《초담집初潭集》 등의 저서에 잘 나타나 있다. 그는 개성심리, 사회심리, 인간의 심리 발생·발전 등의 명제에 관해 서술하면서, 이를 문예학에 운용하여 그 나름의 독특한 문예이론과 문예심리학 사상을 창출해 냈다.

'동심' 설은 이지가 내놓은 유명한 명제로 학자들이 모두 공인하는 바이다. 그러나 과거에는 철학·문예학 또는 미학적인 각도에서 이지의 '동심' 설을 해석하였을 따름이다. 이제 중국 문화사에서 문예심리학 영역이 개척된 바, 이지의 '동심' 설을 예술심리학의 범주로 파악함이 적당하리라 본다. 또한 이렇게 함으로써 이 범주에 내재된 의미를 더욱 쉽게 펼쳐 보일 수 있으며, 중국 예술사·미학사·문예심리학사에서 그 이론의 역할을 긍정할 수 있으리라 생각한다.

이지는 《동심설》이라는 글에서 다음과 같이 말하고 있다.

> 천하의 지극한 문장으로 동심에서 나오지 않은 것이 아직 없었다.
> 天下之至文, 未有不出於童心焉者也.[35]

'동심' 이란 무엇인가? 그는 다음과 같이 말하였다.

> 무릇 동심이란 참된 마음이다. ……거짓을 끊어 버린 순수하고 참된 것이니 최초로 생각했던 본래의 마음이다.
> 夫童心者, 眞心也, ……絶假純眞, 最初一念之本心也.[36]

이지는 '동심' 이라는 것은 '진심'·'본심' 이라고 생각했다. 그렇다면 무엇이 '진심' 이고 '본심' 인가. 이지는 《덕업유신후전德業儒臣後傳》에서 다음과 같이 말하고 있다.

> 무릇 사사로움은 인간의 마음이다. 사람은 필연적으로 사사로움을 지닌다. 그래야만 이후에 그 마음이 드러나는 것이다. 만약에 사사로움이 없다면 마음이 없는 것이다.
> 夫私者, 人之心也. 人必有私, 而後其心乃現, 若無私, 則無心矣.[37]

이지는 "사람은 필연적으로 사사로움을 지닌다"고 하였는데, '사私'란 인간의 본심으로 모든 것이 개인의 물질적인 이익과 관련이 있는 말이다. 《답등명부答鄧明府》에서 그는 인간으로서 이러한 보편적인 물질에 대한 욕망을 지님에 대해 다음과 같이 설명하고 있다.

재화를 좋아하거나 색을 좋아하는 것, 학문에 열심인 것이나 (명성을) 얻기 위해 나아가는 것, 금은보화를 많이 쌓아두는 것, 밭이나 집을 많이 사두어 자손의 앞날을 위해 도모하는 것, 풍수지리를 두루 구하여 어린 손자의 만복을 위하는 것, 무릇 세간의 모든 삶을 다스리거나 산업에 관한 일들은 모두 보편적으로 좋아하고 보편적으로 익숙한 것들이며, 공히 알고 공히 말하는 것들이니 이것이 진정한 '이음'(일반적인 사람들의 소리)이다.

如好貨, 如好色, 如勤學, 如進取, 如多積金寶, 如多買田宅爲子孫謀, 博求風水爲兒孫福蔭, 凡世間一切治生, 産業等事, 皆其所共好而共習, 共知而共言者, 是眞邇音也.[38]

더욱이 이지는 이러한 인간의 물질적인 이익에 대한 욕망을 인간의 가장 기본적인 자연적 요구와 생리적인 요구로 해석하였다. 그는 《답등석양答鄧石陽》에서 다음과 같이 말하였다.

옷을 입거나 음식을 먹는 것은 바로 인륜이자 물의 이치이다. 옷을 입고 음식을 먹는 것을 뺀다면 물을 논할 수조차 없다. 세간의 여러 가지들은 모두 입는 것과 먹는 것의 부류일 따름이다. 그래서 입는 것과 먹는 것을 들면 세간의 여러 가지가 저절로 그 가운데 있을 것이다. 입는 것과 먹는 것 이외에 또 다른 여러 가지 것들이 있어 백성들이 서로 다르게 됨을 막는 것이 아니다.

穿衣吃飯, 卽是人倫物理. 除却穿衣吃飯, 無論物矣. 世間種種, 皆衣與飯類耳. 故擧衣與飯, 而世間種種自然在其中. 非衣食之外, 更有所謂種種絶於百姓不同者也.[39]

그는 또한 이러한 자연적인 욕망과 생리적인 요구는 모든 인간이 가지고 있는 것으로 '성인' 역시 예외는 아니라고 하였다. "성인 역시 사람일 따름이다. 아무리 높이 올라가고 멀리 난다고 해도 인간 세상을 버릴 수는 없다. 그러니 옷도 마다하고 먹을 것도 마다할 수는 없으며, 낟알을 끊고 옷 대신 풀로 몸을 가린다면 절로 거친 벌판으로 쫓겨날 수밖에 없다. 그런 까닭에 비록 성인일지라도 권세와 이익을 추구하는 마음이 없을 수 없다. 聖人亦人耳, 旣不能高飛遠擧棄人間世, 則自不能不衣不食, 絶粒衣草而自逃荒野也, 故雖聖人不能無勢利之心"[40]

이외에도 이지의 '동심'설에는 '최초 일념'이라는 의미가 내포되어 있다. 그는 인간 '본심'의 본질은 서로 같지만, 일면 "사물은 일정하지 않은 것이 사물의 정이다 物之不齊, 物之情也"라고 하여, 각기 다른 사회환경과 생활교육의 영향으로 말미암아 각기 다른 개성을 지니게 된다고 여겼다. 그래서 이지는 인간들이 지닌 각기 다른 개성을 발전시켜야 한다고 주장하여, "사람들로 하여금 같은 바를 같게 하여 같은 것으로 돌아가게 하거나 齊人之所齊以歸於齊" "억지로 같게 만드는 것 强而齊之"은 불가하다고 말하면서, "사람은 근본적으로 스스로 다스릴 수 있음 人本自治"을 강조하였다. "군자는 사람으로 사람을 다스리며, 감히 자기 마음대로 남을 다스리지 않는 자이니, 사람은 본디 스스로 다스릴 수 있기 때문이다. 사람은 능히 스스로 다스릴 수 있으니 금지시키지 않아도 그치게 된다. 君子以人治人, 更不敢以己治人者, 以人本自治. 人能自治, 不待禁而止之也"[41]

그렇다면 어떻게 해야 동심을 관찰하고, 이를 표현할 수 있는가? 이지는 "통속적이고 알기 쉬운 말을 잘 관찰해야 한다 好察邇言"고 말하면서, "그것이 바로 본심이다 則乃本心"[42]라고 주장했다. 이른바 '이언邇言'이란 일반 백성들이 일상생활에서 흔히 사용하는 언어들로, 이지는 "길가·골목의 이야기나 논의이자 상스럽고 야한 말이며, 지극히 촌스럽고 속되며 극히 천박하고 통속적이어서 윗사람들은 말하지 않고 군자들은 즐겨 듣지 않는 말이다 街談巷議, 俚言野言, 至鄙至俗, 極淺極近, 上人所不道, 君子所不樂聞者"[43]라고 설명하고 있다. 이러한 언어들은 비록 천박하여 군자들은 입에 담기조차 민망하게 생각하지만, 일반 백성들의 세속적인 삶을 그대로 드러내는 말로서 보통 사람들의 생리적·심리적 욕망을 가장 노골적으로 표현하고 있는 언어이기도 하다. 이러한 말은 지극히 개성적일 뿐만 아니라 그 속에 어떤 가식이나 숨김도 있을 수 없다.

이지는 인간의 개성심리에 대해 연구하여 다음과 같이 말하였다. "무릇 천하는 지극히 크고, 만민은 지극히 많다. 사물은 같지 않으니, 이것이 또한 사물의 정이다. 夫天下至大也, 萬民至衆也, 物之不齊, 又物之情也"[44] 그는 인간의 개성품격을 여덟 가지 유형으로 나누어 '여덟 가지 물〔八物〕'이라 칭하였으니, 조수초목鳥獸草木·누대전각樓臺殿閣·지초서란芝草瑞蘭·빈송괄백彬松栝柏·포백숙율布帛菽栗 · 천리팔백千里八百 · 강회하해江淮河海 · 일월성신日月星辰이 그것이다.[45] 후외려候外廬의 해석에 의하면, '조수초목'은 터럭 하나 초목 하나라도 모두 인간 세상의 쓰임이 되는 것과 마찬가지로 인간 세상에 필요한 사람을 비유한 것이며, '누대전각'은 쉽게 동요됨이 없이 귀함을 지니고 있는 사람을 비유한 것이다. 그리고 '지초서란'은 일종의 애완물이니 의식이 풍족하여 더 이상 취할 것이 없는 사람을 비유한 것이다. '빈송팔백'은 온갖 풍상을 다 겪어 가히 동량棟梁이 될 만한 사람을 비유한 것이고, '포백숙율'은 가장 평범하면서도 가장 유용한 사람으로서 남들과 더불어 살아갈 수 있는 사람을 비유한 것이다. '천리팔백'은 하루에 1천8백 리를 갈 수 있는 사람으로 중임을 맡겨 멀리 보낼 수 있는 사람을 비유한 것이며, '강회하해'는 능히 사람을 살릴 수도 있고 죽일 수도 있으며, 남의 재물을 빼앗을 수도 있는 반면에 남을 부자로 만들 수도 있는 사람으로 이롭기도 하고 해롭기도 한 사람을 비유한 것이다. 마지막으로 '일월성신'은 말 그대로 일월성신이 대지를 샅샅이 밝혀 사물마다 삶을 부여하는 것과 같은 자질을 지닌 사람을 비유한 것이다.[46] 이지는 《독율부설讀律膚說》에서도 이와 유사한 언급을 한 바 있다.

> 성격이 맑고 철저한 사람은 음조가 저절로 탁 트였고, 성격이 느긋한 사람은 음조가 자연히 성기고 느리며, 성격이 넓고 활달한 사람은 음조가 저절로 호탕하며, 성격이 웅혼한 사람은 음조가 저절로 장렬하고, 성격이 침울한 사람은 음조가 저절로 비통하고 쓰라리니 옛 성자들은 저절로 기이하고 뛰어났다.
>
> 性格淸徹者音調自然宣暢, 性格舒徐者音調自然疎緩, 曠達者自然浩蕩, 雄邁者自然壯烈, 沉鬱者自然悲酸, 古聖者自然奇絶.[47]

전자의 경우는 비록 사물에 비유를 하고 있지만, 이상 두 가지 예문에서 볼 때 이지가 인간의 서로 다른 개성과 성격에 대해 지극히 세세한 부분까지 관심을 지니고 분석하였음을 쉽게 알 수 있다. 이처럼 인간의 개성과 성격을 그 유형별로 나눈 것은 일종의 성격심리학으로 나름의 의의가 있다. 서구 현대 심리학의 경우에도 이에 대한 논의가 있어 왔다. 예를 들어 융의 인격태도유형론은 그 가운데 비교적 유명한 이론이다. 그러나 이지의 '팔물'성격유형설은 이보다 훨씬 앞서 제기된 것이라는 점에서 특기할 만하다.

이상의 논의를 종합해 볼 때, 이지의 '동심' 설은 표면적으로 외물에 의한 속박과 간섭에 얽매임이 없이 인간 내면에서 저절로 우러나오는 순수하고 진실한 사상·감정의 표현을 강조하고 있다고 볼 수 있다. 그러나 더 깊이 들어가면 그것은 인간의 자연적이고 생리적이며 또한 심리적인 요구와 욕망을 자연 그대로 표현할 것과, 인간들이면 누구나 지니고 있는 본래의 순진한 개성을 표현할 것을 주장한 것이라 할 수 있다. 이렇게 본다면 그의 '동심' 설은 곧 인류학의 본체론에 가깝다고 할 수 있을 것이다. 이지는 '사사로움〔私〕' 이라는 글자를 인간이 지닌 가장 보편적인 가치관으로 간주했다. 이는 특히 계급사회의 경우 타당한 객관성을 지닌다. 엥겔스는 인류사회에 계급이 생긴 이래로 사유재산제 사회에서는 각각의 계급마다 '도덕적 공통 부분'[48]이 존재하고 있다고 하면서, 그 예로 모든 계급 사람들은 각기 사유재산의 관념을 지니고 있음을 들고 있다. 이렇게 본다면 이지가 "사람들은 각기 사사로움을 지닌다 人心有私"고 한 것은 결코 단순한 말이 아니며, 그 자신의 철학·심리학·미학·문예심리학 등이 모두 그 출발점을 인간, 특히 인간의 물질생활로 잡고 있음을 드러내는 것이라 할 수 있다. 또한 이지는 당시 정주이학程朱理學이 "하늘의 도리를 받들고 인간의 욕망을 없앤다 存天理, 滅人欲"고 주장하여 전통적인 유가적 윤리·도덕을 함양시키는 것에 반대하여, 그들의 주장이야말로 인간의 개성과 동심을 말살시키는 허위의 가면에 불과하다고 주장한 것이라 할 수 있다.

이지의 '동심' 설을 예술영역에 운용해 보면 실로 예리하면서도 풍부한 문예미학적 의의가 있음을 확인할 수 있다. 예술이란 결국 인간 자신들의 사회생활이나 의식상태를 확인하는 작업임과 동시에, 자신의 자연적 생명상태와 감성적 경험상태를 확인하는 과정이다. 마르크스가 인간은 "자연력과 생명력을 가지고 있으며…… 이러한 역량은 천부적인 것으로 인간에게 재능이나 욕망으로 존재하게 된다"·"인간은 단지 현실적이며 감성적인 대상을 빌려야만 자신의 생명을 표현할 수 있다"[49]고 말한 적이 있다. 그렇다면 다른 한편으로 예술은 인간의 생존상태나 생명상태를 표현하는 데 가장 적합하다고 할 수 있을 것이다. 이런 면에서 이지는 예술을 인간의 '동심'·'진심'·'본심'을 표현하고, 인간의 '최초의 한 가지 생각〔最初一念〕'을 표현한다고 주장하였으니, 그의 주장은 본체론적 미학과 인본론적 문예심리학의 관점과 일치한다고 할 수 있다.

이지의 '동심' 설은 그 나름의 한계를 지니고 있다. 특히 유심론적 성향이 짙다. 예를 들어 "본성이란 마음에서 생겨나는 것이다 性者, 心所生也"[50]라고 하여 인성을 주관의식의 산물로 단정짓고 있다는 점이나, "실로 동심이 상존하면 도리가 행해지지 않고 듣고 보는 것이 세워지지 않는다 苟童心常存, 則道理不行, 聞見不立"[51]라고 하여 유가의 경전교리로 전수되어 온 봉건적 도덕 기준에 반대하면서, 인간의 모든 '견문'을 반대하는 우를 범한 것 등을 들 수 있다. 그럼에도 불구하고 이러한 것들로 인해 이지의 '동심'설을 중심으로 한 예술심리관을 유심론적 자아표현설로 치부하여 부정하는 것 역시 편파적인 판단이라 하지 않을 수 없다. 실제로 이지의 '동심'설은 결코 사회와의 완전한 절연이나 초탈을 주장하고 있지 않다. 오히려 그는 인간의 심리 발전에 대해 논의하면서 사회적 영향관계를 중시하였다. 그래서 인간의 동심이 잊혀지는 것은, 사람들이 사회생활 속에서 "듣고 본 것들이 귀와 눈을 통해 들어오고 有聞見從耳目而入" "도리가 견문을 통해 들어와 有道理從聞見而入"[52] 주인 노릇을 하기 때문이라고 하였다. 또한 개성심리를 논의하면서도 사회심리가 개성심리에 적지않은 영향을 미치고 있음을 분명히 지적하였다.

그렇다면 동심은 어찌하여 차례로 잃게 되는 것일까? 바야흐로 그 처음은 듣고 본 것들이 귀와 눈을 통해 들어오고, 그것이 사람의 마음속에서 주인 노릇을 하게 되면 동심은 사라지게 된다. 좀더 가면 도리가 견문을 통해 들어와 마음속에서 주인 노릇을 하게 되어 동심을 잃게 된다. 그런 상태가 오래 되면 도리와 견문이 나날이 늘어만 가고, 배우고 느끼는 것이 더욱 많아진다. 이리하여 또한 아름다운 이름〔名聲〕이 가히 좋은 것임을 알게 되고, 애써 자신의 명성이나 견식을 드러내고자 하니 동심은 사라지고 만다. 또한 아름답지 못한 이름은 가히 추한 것임을 알게 되어, 애써 자신의 추문을 감추려 애쓰게 되니 동심은 사라지고 만다.

然童心胡然而遽失也? 蓋方其始也, 有聞見從耳目而入, 而以爲主於其內而童心失. 其長也, 有道理從聞見而入, 而以爲主於其內而童心失. 其久也, 道理聞見日以益多, 則所知所覺日以益廣, 於是焉又知美名之可好也, 而務欲以揚之而童心失, 知不美之名之可丑也, 而務欲以掩之而童心失.[53]

위 인용문에서는 사회심리가 개체심리에 미치는 영향을 다음 몇 가지로 나누어 논의하고 있다. 첫째, 개체의 감지적 측면에 끼치는 영향. 둘째, 개체의 이지적인 측면에 끼치는 영향. 셋째, 개체의 심미적 가치관에 끼치는 영향. 이렇게 본다면 이지의 '동심'설을 단지 유심론적 '자아표현'에 불과하다고 말할 수는 없을 것이다. 게다가 앞에서 언급한 바와 같이 이지는 천진하고 순박한 관념과 가식적이지 않고 진정한 감정을 '동심'이라 칭하였다. 그리고 이를 통해 전통적인 유학의 학맥을 잇고 있는 당시의 정주이학이, 오히려 인간의 개성과 생리감각을 제한하고 속박하는 데 반대의 입장을 분명히 제시하였다. 따라서 그의 이론은 당시 특정한 시대적 상황과 밀접한 연관을 맺고 있는 것으로 사회적 의의가 다분하다고 할 수 있다. 또한 그가 예술은 '동심'을 표현하는 것이라고 주장한 것은 결코 틀린 말이 아니며, 오히려 대담한 견해라 할 수 있다.

이지는 '동심'설을 통해 예술은 개성을 표현하는 것임을 분명히 하였다. 이는 인본주의적 미학과 문예심리학의 관점에 상응하는 것으로 중국 미학사나 문예심리학사에서 처음 제기된 것이다. 또한 이러한 주장은 위진시대에 표방되었던 '인간의 자각' 논의가 지니고 있는 의의를 크게 넘어서는 것이다. 명말에는 자본주의가 서서히 움트면서 시민계층이 흥기하기 시작했다. 이지의 이론은 바로 이러한 사회적 토대하에서 형성된 것이다. 그렇기 때문에 당시 시민계층의 사상계몽과 개성의 해방에 관한 주장을 반영하고 있으며, 예술적 측면에서도 역시 시민계층의 정감과 욕망의 소리침을 그대로 표현한 것이라 할 수 있다.

예술은 '동심'을 표현해야 한다는 전제하에서 이지는 '발분저서發憤著書'를 주장, 예술창작상의 '발분'설을 제기하였다.

> 태사공 사마천은 "'세난'·'고분'은 현인·성인들이 발분하여 지은 것이다"라고 말했다. 이로써 보건대 옛 현인·성인은 발분하지 않으면 창작을 하지 않았다. 울분이 생기지 않음에도 창작을 하는 것은, 마치 춥지도 않은데 덜덜 떨고 병도 없이 신음을 하는 것과 같다. 그러니 비록 창작을 한다 해도 무엇을 볼 것인가? 《수호전》 역시 발분하여 지은 것이다.
>
> 太史公曰, 《說難》·《孤憤》, 賢聖發憤之所作也. 由此觀之, 古之賢聖, 不憤則不作矣. 不憤而作, 譬如不寒而顫, 不病而呻吟也, 雖作何觀乎? 《水滸傳》者, 發憤之所作也.[54]

다음은 더 유명한 말이다.

무릇 세상에서 참으로 문장에 능한 사람은 처음부터 문장을 짓는 데 뜻을 두지 않는다. 자신의 가슴속에 무언가 형용할 수 없는 괴이한 일이 있고, 그 목 안에 토하고 싶어도 감히 토할 수 없는 것이 있으며, 그 입 안에 항시 말하고 싶으나 말할 수 없는 것이 있어, 오랫동안 그것이 쌓이면 그 기세를 막을 수 없게 된다. 어느 날 경치를 보게 되면 정감이 생기고, 눈으로 접하게 되면 감흥이 일어 감탄하게 되어 남의 술잔을 빼앗아 자기 자신의 응어리진 것을 녹여 버리고, 마음속의 불평을 호소하며, 1천 년이란 오랜 세월에 여러 번 기이함을 느낀다. 그러다가 옥과 옥구슬(詩文)을 뱉아내기 시작하면, 그것이 해와 달이 하늘을 환히 비추어 하늘에 무늬를 놓은 듯하다. 그리하여 마침내 스스로 떠맡아 발광하며 크게 소리치고 눈물을 흘리며 통곡하여 스스로 그치질 못한다. 보는 이나 듣는 이로 하여금 이를 갈게 하고, 죽이고 베고 싶도록 만들어 끝내 참지 못하고 깊은 산에 숨거나 물이나 불 속으로 뛰어들게 만들지 않겠는가?

且夫世之眞能文者, 比其初皆非有意於爲文也. 其胸中有如許無狀可怪之事, 其喉間有如許欲吐而不敢吐之物, 其口頭又時時有許多欲語而莫可所以告語之處, 蓄極積久, 勢不能遏. 一旦見景生情, 觸目興嘆, 奪他人之酒杯, 澆自己之壘塊, 訴心中之不平, 感數奇於千載. 旣已噴玉唾珠, 昭回云漢, 爲章於天矣, 遂也自負, 發狂大叫, 流涕慟哭, 不能自止. 寧使見聞者切齒咬牙, 欲殺欲割, 而終不忍藏於名山, 投之水火.[55]

중국 문예심리학사에 있어서 이지李贄 이전이나 이후에 많은 사람들이 예술창작은 정감의 '발설'이라는 설을 내놓았다. 그러나 이지처럼 이 문제를 예리하게 분석하여 논의한 사람은 없었다. 위 인용문에서 볼 때, 이지는 예술창작에서 감정의 발설과 그 전체 심리과정을 상세하게 묘사하고 있다. 그 속에는 감정의 누적("其胸中有如許無狀可怪之事, 其喉間有如許欲吐而不敢吐之物, 其口頭又時時有許多欲語而莫可所以告語之處"), 감정의 폭발("蓄極積久, 勢不能遏"), 감정의 예술화된 표현("一旦見景生情, 觸目興嘆, 奪他人之酒杯, 澆自己之壘塊, 訴心中之不平, 感數奇於千載"), 감정의 노출("旣已噴玉唾珠, 昭回云漢, 爲章於天矣, 遂也自負, 發狂大叫, 流涕慟哭, 不能自止"), 감정의 객관적인 심리 효과("寧使見聞者切齒咬牙, 欲殺欲割, 而終不忍藏於名山, 投之水火") 등을 포괄적으로 내재하고 있다.

이지의 '발설'설은 또한 '동심'설과 연결되어 있다. 그에게 있어 억울함이나 분함이 축적됨으로써 시가 이루어지는 것이 곧 '동심'의 표현이다. 이지는 "그

가슴속에 무언가 형용할 수 없는 괴이한 일이 있고, 그 목 안에 토하고 싶어도 감히 토할 수 없는 것이 있으며, 그 입 안에 항상 말하고 싶으나 말할 수 없는 것이 있어 오랫동안 그것이 쌓이면 그 기세를 막을 수 없게 된다 其胸中有如許無狀可怪之事, 其喉間融如許欲吐而不敢吐之物, 其口頭又時時有許多欲語而莫可所以告語之處"고 하였는데, 이는 단지 개인의 불평이나 불만에 국한되는 것이 아니라 사회적인 내용도 포함되어 있다. 이렇듯 이지의 '발설'설은 그의 예리한 논리적 분석이 돋보이는 것이라 할 수 있다.

이지는 정을 중히 여긴 중정론자重情論者였다. 그래서 '동심'을 표현하든 아니면 "성냄이나 욕질로 시를 쓰든 怒罵成詩"[56]간에 모든 것이 작가 자신의 정감이 저절로 유출됨으로써 이루어진다고 여겼다. 그래서 그는 "대개 성색은 정성에서 발하여 오는 것이니 저절로 그러함에서 말미암는다. 그러니 억지로 합치시키고 속여서 강제한다고 그것이 이르게 할 수 있겠는가? 그런 까닭에 저절로 정성에서 발하여 저절로 예의에서 그치나니, 정성 이외에 또 다른 예의가 있어 가히 그치게 하는 것이 아니다 蓋聲色之來, 發於情性, 由乎自然, 是可以牽合矯强而致乎? 故自然發於情性, 則自然止乎禮義, 非情性之外復有禮義可止也"[57]라고 하였던 것이다. 그는 시문이나 희곡 또는 소설을 평론하면서도 모두 진실한 정감을 표현할 것을 강조하였다. 특히 《비파기》를 평할 때 "사람의 정을 곡진하게 드러내야 한다 曲盡人情"·"참된 정을 곡진하게 드러내야 한다 曲盡眞情"고 주장한 것 역시 이와 일맥상통한다. 이처럼 '정으로써 문을 논하는 것〔以情論文〕'은 명대 중엽 이후 시민계층의 개성해방에 대한 요구나, 시민문학이 시민계층의 정감과 욕망의 반영을 중시하였음을 그대로 반영하는 것으로, 이후 명대 말기와 청대의 중정重情이론의 발전에 큰 영향을 주었다.

제3절 탕현조와 공안 삼원의 '정취' 이론

명대 중엽 이후 인문주의 사조를 대표하고, 문예심리학에 많은 공헌을 한 이로는 이지 이외에도 탕현조와 공안 삼원(袁宗道·袁宏道·袁中道)이 있다.

탕현조湯顯祖(1550-1616)의 자는 의잉義仍이며, 호는 해약海若·약사若士이고 청원도인淸遠道人이라고도 칭한다. 강서江西 임천臨川 사람으로 명대의 유명한 희곡가이자 미학이론가이다. 그의 저서에는 《모란정환혼기牡丹亭還魂記》·《남가기南柯記》·《한단기邯鄲記》 등의 전기傳奇가 있다. 탕현조는 이외에도 많은 저서를 남겼으며, 후대 사람들이 이를 《탕현조희곡집》과 《탕현조시문집》으로 편찬·간행하였다. 그는 미학과 문예심리학의 전문서를 남긴 것은 아니지만, 그의 희곡창작집과 시문집에는 비교적 체계적이고 풍부한 문예심리학 이론이 내재되어 있다.

탕현조 문예심리학 사상의 핵심은 유정唯情이론이다. 그는 문학예술이란 정감에 의해 생겨나는 것이며, 예술이 사람을 감동시키는 까닭은 그것이 정감을 표현하기 때문이라고 말하고 있다.

> 세상은 모두 정으로 이루어져 있으니 정에서 시가가 생겨나 신묘하게 행해진다. 천하의 소리나 음악, 웃음이나 모습, 크고 작음이나 생과 사 등은 이에서 나오지 않는 것이 없다. 이에 따라 사람의 뜻이 움직이고 기뻐 춤을 추며, 비장함과 슬픔이 귀신·비바람·뭇짐승들을 감동시키고 초목을 흔들어 움직이며 금석을 꿰뚫어 갈라 놓는다.
>
> 世總爲情, 情生詩歌, 而行於神. 天下之聲音笑貌大小生死, 不出乎是. 因而憺蕩人意, 歡樂舞蹈, 悲壯哀感鬼神風雨鳥獸, 擺動草木, 洞裂金石.[58]

> 사람은 선천적으로 정감을 지닌다. 사념·기쁨·성냄·원망 등은 그윽하고 미묘한 데서 느낌을 받으니 시가를 읊는 데로 흘러가고, 춤 같은 움직임으로 형태지어진다. 때로 한 번 가면 다하고 말며, 때로는 세월에 따라 누적되어 스스로 멈출 수 없는 경우도 있다.
>
> 人生而有情. 思歡怒怨, 感於幽微, 流乎嘯歌, 形諸動搖. 或一往而盡, 或積日而不能自休.[59]

탕현조가 말하고 있는 '정'에는 특별한 함의가 내재되어 있다.

먼저 그가 말한 정은 '지극한 정〔至情〕'으로 인간의 내심에서 우러나오는 진실된 정감을 뜻한다. 그는 예술작품이란 '진정'을 토로해야 한다고 하여 "뜻에는 동탕거림이 있고, 말에는 붙여 돌아갈 데가 있다 意有所蕩激, 語有所托歸"[60]·

"뜻밖에 고통과 핍박을 받았을 때나 긴급한데 시운과 더불 수 없는 경우에는 반드시 곪게 되어 나오는 바가 있게 되며, 피하여 갈 바가 있게 된다 奇迫怪窘, 不獲急與時會, 則必潰而有所出, 遁而有所之"[61]라고 하였다. 그는 또한 《조상암집서調象菴集序》에서 다음과 같이 말하였다.

항상 마음속에 쌓인 것을 빨리 풀도록 노력해야 한다. 정도가 지나치면 이후에 그치게 되고, 오래 되면 서서히 평담해지니 그 세가 그러한 것이다. 이러한 까닭에 구멍을 뚫고 방죽을 움직이는 매서운 바람이 있고, 좁은 수로를 깨뜨리고 들어와 제방을 짓밟아 버리는 동하(사천성에서 발원하여 남동쪽으로 흐르는 涪江의 지류)가 있으나, 그것이 다하면 소리가 냉랭하고 그 흐름이 꼬불꼬불하게 된다. 기가 움직여 몸을 선회하고 재주가 이르면 평안하니, 이 역시 인정의 대강이라 할 수 있다. 정이 극에 달하면 도를 일삼을 수 있고, 말을 잊을 수 있다. 그러나 끝내 잊을 수 없는 것이 있으니 이를 시가나 서문·기記·사詞·변론문 등에 남겨두게 된다. 그래서 진실로 성현들은 잊혀질 수 없으며, 영웅은 감추어질 수 없는 것이다.

常務以快其蓄結, 過當而後止, 久而徐以平, 其勢然也. 是故沖孔動楗而有厲風, 破隘蹈決而有潼河, 已而其音泠泠, 其流行紆. 氣往而旋, 才距而安, 亦人情之大致也. 情致所極, 可以事道, 可以忘言, 而終有所不可忘者, 存乎詩歌序記詞辯之間. 固聖賢之所不能遺, 而英雄之所不能晦也.

《동해원서상기제사董解元西廂記題辭》에서는 또한 다음과 같이 말하였다.

《서경》에서 말하기를, "시는 뜻을 말하는 것이고, 노래는 말을 길게 읊조리는 것이며, 소리는 읊조림에 적합하도록 조절하는 것이고, 음률은 소리를 조화롭게 하는 것이다"라고 하였는데, 지志가 바로 정이다. 옛사람들이 정감에서 발하여 예의에서 그친다고 한 것이 바로 이것이다. 아하! 만물의 정에는 각기 그 뜻이 있는 것이다. 동해원에는 동해원의 정감이 있어 그것으로 꽃과 달이 배회하는 사이에서 최와 장생張生의 정감을 찾고자 했으며, 나는 나의 정으로 필묵 사이에서 동해원의 정을 찾고자 하는 것이다.

書曰, 詩言志, 歌永言, 聲依永, 律和聲. 志也者, 情也. 先民所謂發乎情, 止乎禮義者是也. 嗟乎. 萬物之情各有其志. 董以董之情而索崔, 張之情於花月徘徊之間, 余以余之情而索董之情於筆墨煙波之際.

앞단락에서는 예술창작이란 작자의 내심에 오랫동안 누적되어 있던 정감이 마치 거센 바람에 구멍이 뚫린 듯, 강둑이 터진 듯이 폭발하는 것을 말하였고, 뒷단락에서는 옛사람들의 정情과 지志의 관계에 관한 논술에서 시작하여 예술창작은 바로 정감의 문제에서 비롯됨을 설명하고 있다. 그는 감정을 표현하는 것이 바로 작자의 뜻 가는 바를 표현하는 것일 뿐만 아니라, 예술작품은 작가가 자신의 정으로 타인의 정을 써내려가는 것이며, 독자는 자신의 정으로 작품을 이해하고 또한 작품의 정을 이해한다는 것을 설명하였다. 예술정감에 대한 이러한 분석은 상당히 세밀한 것이다. 탕현조는 희곡작품이란 "사람의 가장 깊은 마음속에 들어가 마침내 후세에 듣는 이로 하여금 눈물을 흘리게 만들고, 읽는 이로 하여금 격정상태를 유도하여 눈살을 찌푸리게 만들며, 무정한 이도 마음이 움직이고 유정한 이는 가슴이 터지는 듯한 감동을 받도록 해야 한다 入人最深, 遂令後世之聽者泪, 讀者顰, 無情者心動, 有情者腸裂"[62]고 주장하였다. 이 역시 예술작품은 무엇이든지 정감심리의 효용이 있어야 한다는 주장이다.

다음으로 그는 정情과 이理의 모순관계에 대해 언급한 바 있다. 그는《심씨과설서沈氏戈說序》에서 이理・세勢・정情에는 모순이 존재한다고 하였다. "이가 도달하면 세가 어긋나게 되고, 세가 합치되면 정이 뒤집어지며, 정이 있게 되면 이가 없어진다 理至而勢違, 勢合而情反, 情在而理亡"라고 한 것은 이러한 상황에 대해 언급한 것이다.

정감이 있는 작품에는 이치가 반드시 없고, 이치가 담긴 것에는 정감이 분명 존재하지 않는다. 이는 진실로 분명한 말이다. ……근래에도 정감이 있는 일에 탐닉하고 있으니 달관, 그대는 나를 불쌍히 여길 것이다. 그러나 백거이나 소식도 끝내는 정감이 있는 관리가 되었을 따름이다.
情有者, 理必無, 理有者, 情必無, 眞是一刀兩斷語. ……邇來情事, 達觀應憐我. 白太傅, 蘇長公終是爲情吏耳.[63]

아하! 인간 세상의 현실적인 일들은 인간 세상의 것만으로는 가히 다할 수 있는 것이 아니다. 스스로 사물에 통달한 사람이 아니더라도 항상 이치가 서로 통할 따름이다. 그저 이치가 분명히 없다는 것만 말한다면 어찌 정이 반드시 있음을 알 수 있겠는가?

嗟夫! 人世之事, 非人世所可盡. 自非通人, 恒以理相格耳. 第云理之所必無, 安知情之所必有邪?[64]

이상에서 볼 때, 탕현조는 정과 이의 모순관계에 대해 논하면서 특히 유정론唯情論의 입장에 치우쳐 있었음을 알 수 있다. 그래서 그는 "그저 이치가 분명히 없다는 것만 말한다면 어찌 정이 반드시 있음을 알 수 있겠는가? 第云理之所必無, 安知情之所必有邪"라고 말했던 것이다.

다음으로 그는 정情과 법法 역시 상호 모순적이고, 또한 대립적인 것이라고 여기고 있다.

당나라 사람들은 진나라와 수나라의 풍류를 이어받아, 임금이 신하와 더불어 노닐면서 항상 재주나 정감이 뛰어났다. 그래서 함께 화청지에서 목욕을 할 수도 있었고, 계단을 좇아 올라 광한부(달의 궁전)에서 즐겁게 노닐 수도 있었다. 그러나 이백을 지금 세상에 태어나도록 하였다면, 그의 넓고 큰 기세도 영락하고 말아 자그마한 현조차 다스릴 수 없었을 것이다. 그는 진실로 정감이 가득 찬 세상을 만났던 것이다. 그러나 지금의 세상은 대체적으로 재주나 정감은 사멸되고 관리의 법률만이 존중되고 있다.

世有有情之天下, 有有法之天下. 唐人受陳, 隋風流, 君臣游幸, 率以才情自勝, 則可以共浴華淸, 從階升, 娭廣寒. 令白也生今之世, 滔蕩零落, 尙不能得一中縣而治. 彼誠遇有情之天下也. 今天下, 大致滅才情而尊吏法.[65]

그는 이백이 살았던 당대는 '정감이 가득한 천하'여서 그의 '재주와 정감〔才情〕'을 펼칠 수 있었으나, 자신이 살고 있는 명대는 이와 반대로 '법률이 중심이 되는 천하'여서 '재주나 정감은 사멸되고 관리의 법률만을 존중하게 되었다'고 말하고 있다.

그렇다면 탕현조가 제시한 '정'과 '이,' '정'과 '법'의 대립·모순에서, 그가 주장한 '지정至情'은 그 내용과 무관하게 순수하거나 추상적인 감정을 뜻하는 것이 아니라, 역사적인 내용과 밀접하게 연관을 맺어 시대성을 지니고 있음을 알 수 있다. 탕현조가 말한 '이理'는 사실상 송대 명리학의 '이,' 즉 봉건 윤리 규범이며, '법' 역시 명대의 봉건 정법政法제도라 할 수 있다. 따라서 탕현조가 '정'과 '이'·'법'의 모순관계를 논하면서 '정'을 중시하고 '이'와 '법'을 경시한 것은, 그의 유정론이 지닌 특별한 의의를 드러낸 것이라고 할 수 있겠다. 더욱이 그는 자신의 시문과 극작에서 두여랑杜麗娘식의 애정과 굴원의 세상에 대한 격정적인 울분을 찬양하였다. 그리고 또한 "당시대 사물의 정화와 인생의 요체를 펼쳐 늘어 놓고 들추고 캐내어 아울러 취하며, 그 속에서 정감이 이르게 된 바를 한데 모아야 한다 鋪張摘抉時物之精熒, 人生之要妙, 盡取而湊其情之所得至者"[66]고 하였다. 이는 '지정至情'에 세상의 사물과 인생의 요체에 관한 깊은 이해가 함께 들어 있음을 증명하는 것일 뿐만 아니라, '정'과 '이'의 통일을 이루어야만 된다는 뜻이라고 할 수 있다.

이렇게 볼 때, 탕현조의 유정론은 단순히 정감만을 강조한 것이 아니라 상당히 풍부한 의의가 내재되어 있다고 할 수 있다. 바로 이러한 이유에서 그의 논의는 기존의 '언지言志'론과 '연정緣情'론을 더욱 풍부하게 발전시켰을 뿐만 아니라, 정감과 이·법의 대립·모순관계를 제시하여 사람들로 하여금 예술정감과 정치윤리나 이·법의 상호 모순관계를 분명하게 인식하도록 하였으며, 아울러 이를 통해 예술적 정감을 시대적 내용과 사회심리 내용에 연관시켜 그 함의를 더욱 확충시켰음을 확인할 수 있을 것이다. 물론 그의 이러한 유정론은 이지의 '동심'설에 근거하는 것이지만, 분명하게 자신의 특징적인 면을 드러내고 있다는 점에서 주목할 만하다.

탕현조는 이상과 같은 '정'에 대한 논의를 토대로 하여 '취趣'의 문제를 내놓고 있다.

무릇 문장은 의·취·신·색을 위주로 하는데, 이 네 가지가 이르게 되면 간혹 쓸 만한 아름다운 말이나 뛰어난 음이 있게 된다. 이때에 일일이 구궁九宮·사성四聲을 살필 필요가 있겠는가? 만약 글자에 따라 일일이 성률을 따지면 답답하게 막히거나 늘였다 당겼다 하는 고충이 생기게 될 것이니, 아마도 구문을 제대로 이룰 수 없을 것이다.

凡文以意趣神色爲主, 四者到時, 或有麗詞俊音可用, 爾時能一顧九宮四聲否? 如此

按字摸聲, 卽有窒滯進拽之苦恐不能成句矣.[67]

《모란정》은 나의 원본에 의거해야만 하며, 여가呂家가 고친 것은 절대로 따를 수 없다. 비록 한두 글자 증감하여 세속 사람들이 부르기는 편리할지 모르나, 본래의 내 의도와는 크게 다르다.

牡丹亭記要依我原本, 其呂家改的切不可從. 雖是增減一二字以便俗唱, 却與我原做的意趣大不同了.[68]

사진謝榛의 문예심리학에 대해 논하면서 그의 '흥興·취趣·의意·이理' 설이 탕현조의 '의意·취趣·신神·색色' 설의 원조임을 말한 바 있다. 사진의 경우 '취'에는 심미정취적인 측면이 강화되고 있는데, 탕현조의 '취'에도 역시 이러한 의미가 포함되어 있을 뿐만 아니라 특히 운미韻味의 측면이 강조되고 있다. 앞서의 예문에서 희곡의 가사를 짓는데 "글자에 따라 성률을 따지면 답답하고 막히거나 늘였다 당겼다 하는 고충이 생기게 될 것이다"라고 하여 운미의 결핍을 우려했다. 또한 《모란정》에 대해 언급하면서 "비록 한두 글자 증감하여 세속 사람들이 부르기는 편리할지 모르나, 본래의 내 의도와는 크게 다르다"고 하여 여옥승呂玉繩이 고친 것과 자신의 원본은 그 의도가 다르다고 하였는데, 이 역시 운미의 결여를 지적한 것이다. 이는 《답능초성答凌初成》에서 말한 다음과 같은 내용에서도 확인할 수 있다. "저의 《모란정기》는 여옥승이 크게 고쳐 입만 떼면 아예 오나라 지방 노래가 되었습니다. 제가 아연실색하여 이렇게 말했습니다. 옛날에 어떤 사람이 왕유가 그린 겨울날의 파초 그림에 불만을 품고 파초를 칼로 떼어내고 매화를 갖다붙였습니다. 그러자 그 그림의 배경이 겨울은 겨울인데 왕유가 그린 겨울의 정경은 아니었습니다. 그 그림 속의 아득하게 넓고 성대한 기운은 필묵의 밖에서 움직이는 것입니다. 不佞《牡丹亭記》大受呂玉繩改竄, 云便吳歌. 不佞啞然失笑曰, 昔有人嫌摩詰之冬景芭蕉, 割蕉加梅, 冬則冬矣, 然王摩詰冬景也. 其中駘蕩淫夷, 轉在筆墨之外耳" 이처럼 탕현조가 말한 '의취'는 바로 필묵의 밖에서 움직이는 '운미'임을 확인할 수 있다.

그렇다면 어떻게 해야만 예술창작을 통해 "정이 극에 달하고 情致所極" "각기 그 의취를 끝까지 다할 수 있는 各極其趣" 경지에 도달할 수 있는가? 탕현조는 이에 대해 영감과 상상의 작용을 발휘해야만 가능하다고 말하고 있다.

나는 일찍이 문장의 교묘함이란 형사의 사이를 치닫는 것에 있지 않다고 한 적이 있다. 자연스러운 영기는 갑작스럽게 오고 생각하지 않아도 이른다. 기괴하여 말하거나 묘사할 수 없으며, 항상 능히 합치되는 것을 찾을 수 있는 것이 아니다. 소식이 그린 마른 대나무와 돌은 고금의 그림보다 월등히 뛰어나며 더욱 기묘하다. 만약 화격으로 이를 헤아려 본다면 거의 격에 끼지도 못할 것이다. 미가의 산수화나 인물화는 애써 자신의 의도대로 그리고자 했던 것도 아니고, 대략적으로 몇 번 붓질을 한 것인데 그 형상이 완연하다. 자신의 의도를 분명히 하고 그림을 그렸다면 다시는 이처럼 아름답지 못할 것이다. 그런 까닭에 필묵의 기예를 적게 부려야만 입신하여 성인의 규범이 될 수 있는 것이다.

予謂文章之妙, 不在步趨形似之間. 自然靈氣, 恍惚而來, 不思而至, 怪怪奇奇, 莫可名狀, 非物尋常得以合之. 蘇子瞻畵枯株竹石, 絶異古今畵格, 乃愈奇妙. 若以畵格程之, 幾不入格. 米家山水人物, 不多用意, 略施數筆, 形象宛然. 正使有意爲之, 亦復不佳. 故夫筆墨小枝, 可以入神而徵聖.[69]

'자연영기'라는 것은 작가의 마음 깊은 곳에서 얻어진 창작 영감을 가리킨다. 탕현조는 "갑작스럽게 오고 생각하지 않아도 이른다. 기괴하여 말하거나 묘사할 수 없다"라고 하여, 예술적 영감이 생겨나는 기이한 현상에 대해 생생히 묘사하고 있다. 탕현조는 희곡예술을 실제로 실천한 사람으로 예술적 영감에 대해 정확하게 파악하고 있었다. 그는 《소백옥제의제사蕭伯玉制義題詞》에서 영감이 떠올랐을 때 작가가 처한 상태를 일종의 미친〔狂〕 상태, 즉 '전顚'의 상태라고 하면서 다음과 같이 묘사하고 있다. "당나라 사람이 말하기를, 미치지 않으면 그 이름이 드러나지 않는다고 했다. 그래서 세상 사람들이 이 말을 받들어 이를 통해 문사들의 글을 보았다. 진실로 구속에 얽매이지 말고 마음을 종횡으로 놓아 힘써 마음과 일치되는 말을 이루도록 해야 한다. 唐人有言, 不顚不狂, 其名不彰. 世奉其言, 以視士人文字. 苟有委棄繩墨, 縱心, 橫心, 力成一致之言"

탕현조는 《계상낙화시제사溪上落花詩題詞》에서도 우승유虞僧孺를 통해 창작 영감을 얻는 과정을 묘사하고 있다. "오로지 승유만 어리석어 일찍이 책을 읽은 적이 없었으며, 홀연히 미쳐 다니기 시작하였다. 그러다 얼마 후에 흥기하는 바가 있어 그것이 용출하니 마치 물이 솟구쳐 금세 강을 이루는 듯하였으며, 묵을 가니 안개가 낀 듯하였고, 옆으로 누워 붓질을 하니 어려워 지체하는 바가 없었다. 獨僧孺愚, 未嘗讀書, 忽了狂走, 已而若有所會, 落涌成河, 子墨成霧, 橫已橫筆, 無所難留" 이처럼 탕현조는 희곡창작에서 창작 영감을 포착하여 흥에 따라 붓 잡는 것을 중요하게 생각했다. 그래서 사계좌査繼佐는 《죄유록罪惟錄》에서 "서로 곡보를 전할 때 수레에 앉아 손님을 만났다. 그러다 기이한 구절이 생각나면 문득 수레에서 내려와 시장으로 가서 몽당붓을 사다가 종이조각에 적어 수레 꼭대기에 붙여 놓았는데, 대개 얼마 가지 않아 책 한 권의 분량이 되었으니 애써 수고하는 것과 같지 않았다 相傳譜四劇時, 坐輿中謁客. 得一奇句, 輒下輿索市廛禿筆, 書片楮, 粘輿頂, 蓋數步一書, 不自如其勞也"[70]라고 한 것이다.

탕현조는 반복하여 예술창작에는 '정' 이외에 또한 이러한 창작 영감이 필요하다고 말하였다. "세상은 모두 정으로 이루어져 있다. 정감은 시가를 낳으며, 신묘함 속에서 행해진다. 世總爲情, 情生詩歌, 而行於神" "그 시가 전해지는 것은 신과 정이 함께 이르거나 혹은 한 가지만 이른 경우인데, 한 가지도 이른 것이 없으면 반드시 전하고자 해도 역시 세상에서 받아들여지지 않을 것이다. 其詩之傳者, 神情合至, 或一至焉, 一無所至, 而必傳者, 亦世所不許也"[71] "시라는 것은 선가의 말과 그 기미가 통하고, 그 취趣는 유도游道(세상에 노닐거나 벗과 사귀면서 얻은 도. 일상생활에서 축적된 경험을 뜻함)와 합치된다. 선은 육근六根(사람을 미혹시키는 여섯 가지 근원, 眼·耳·鼻·舌·身·意)과 육진六塵(色·聲·香·味·觸·法에서 일어나는 여섯 가지 욕정)의 밖에 있고, 유游는 영각 가운데 있다. 요체는 모두 있는 듯 없는 듯한 것을 아름다움으로 삼는 것이다. 이에 통달하면 풍아의 일, 즉 시가에 대해서 가히 (그 요체를) 얻었다고 할 수 있을 것이다. 詩乎, 機與禪言通, 趣與游道合. 禪在根塵之外, 游在伶覺之中. 要皆以若有若無爲美. 通乎此者, 風雅之事可得而言"[72] 여기에서 말하는 '신神'·'기機'는 모두 영감이나 상상을 뜻하는 말이다. '정'과 '취'는 모두 '신'·'기'와 결합하고, 또한 '신'·'기'를 통해 표현된다는 것이 그의 주장이니 앞서 말한 '의意·취趣·신神·색色'설과 《답왕담생答王澹生》의 '신神·정情·성聲·색色'설에 대한 설명의 연장이라 하겠다.

그렇다면 예술적 영감과 상상력을 풍부하게 지닌 사람은 어떤 사람인가? 이에 대해 탕현조는 '영사靈士'설을 내놓고 있다.

천하의 문장에서 생기가 있는 문장은 오로지 기이한 문사文士가 존재하기 때문에 가능한 것이다. 문인이 기이하니 그 심사가 영험하고, 심사가 영험하니 능히 날아 움직일 수 있으며, 날아 움직일 수 있으니 하늘과 땅을 아래위로 삼고 고금을 오갈 수 있게 된다. 몸을 굽히거나 펴서 장단을 자유롭게 하고, 살고 죽는 것이 뜻대로 된다. 이처럼 자신의 뜻대로 되니 뜻대로 되지 않는 바가 없게 되는 것이다.

天下文章所以有生氣者, 全在奇士. 士奇則心靈, 心靈則能飛動, 能飛動則下上天地, 來去古今, 可以屈伸長短, 生滅如意, 如意則可以無所不如.[73]

천하에는 대략 열 사람 가운데 서너 사람만이 영험한 천성을 지니고 있어 능히 문장을 교묘하게 지을 수 있다. ……누가 문장에 체體가 없다고 했는가? 사물의 움직임을 관망할 수 있는 자는 저절로 가장 신령스러운 용이 되어 지극히 미묘할 수 있으니, 체(용으로서의 체)가 있지 않을 수 없을 것이다. 문장의 대소 역시 이와 같다. 오로지 영험스러운 천성이 있는 자만이 저절로 용이 될 수 있을 따름인 것이다(신령스럽고 훌륭한 문장을 쓸 수 있을 것이다).

天下大致, 十人中三四有靈性, 能爲使巧文章. ……誰謂文章無體耶? 觀物之動者, 自龍至極微, 莫不有體. 文之大小類是. 獨有靈性者自爲龍耳.[74]

탕현조는 이처럼 예술창작에 '기이한 문사(奇士)'가 중요하다고 생각했다. 그는 기이한 문사의 마음만이 영험하여 영감을 지닐 수 있다고 하면서, 이를 통해 예술적 상상력을 발휘할 수 있을 것이라고 주장하고 있다. "하늘과 땅을 아래위로 삼고 고금을 오갈 수 있게 된다. 몸을 굽히거나 펴서 장단을 자유롭게 하고, 살고 죽는 것이 뜻대로 된다"고 한 것은 바로 이를 말하는 것이다. 탕현조는 또한 이러한 예술적인 '영험한 천성(靈性)'을 지닌 사람은 그다지 많지 않다고 하여, "천하에는 대략 열 사람 가운데 서너 사람만이 영험한 천성을 지니고 있다"고 하였으며, 이처럼 '영험한 천성'을 지닌 사람은 보통 사람들과 다른데, 그 이유는 그들의 마음에 영험한 기운, 즉 '영기靈氣'를 지니고 있기 때문이라고 하였다. 이렇듯 탕현조는 예술가는 일반인은 물론이고 자연과학자나 그밖의 사회과학자들과는 달리 독특한 사상구조와 심리구조를 지니고 있음을 간파하고 있었던 것이다.

마음에 영험한 정수를 머금고 있으면서도 화려하여 밖으로 찬란하게 드러나지 않으며, 행함에 법도가 있고 말함에 음조가 있다.

心含靈粹, 而莫華外粲, 行則有度, 言則有音.[75]

그 사람의 심령은 능히 미세한 데서 나오는 까닭에 그 변화와 움직임에 일정한 형상이 생기게 되고, 항시 북을 두드리고 춤을 추어 곡사曲詞를 다할 수 있었던 것이다.

其人心靈, 能出於微眇, 故其變動有象, 常鼓舞而盡其詞.[76]

이러한 견해는 매우 예리하다. 그는 창작의 경우 "마음에 영험한 정수를 머금고" "심령이 능히 미세한 데에서 나온다"고 하였는데, 이는 심미적인 마음과 심미적인 심리구조를 지니고 있어야만 비로소 예술창작을 할 수 있으며, 진정으로 훌륭한 작품을 창조할 수 있다는 뜻이다.

마르크스는 일찍이 음악에 익숙하지 못한 사람의 귀에는 아무리 아름다운 음악일지라도 전혀 색다른 의미가 부여될 수 없다고 한 적이 있다. 다시 말하자면, 음악적인 미를 느낄 수 있는 귀와 형식적인 미를 볼 수 있는 눈이 있어야만 진정한 아름다움을 느낄 수 있다는 뜻이다. 이는 예술감상뿐만 아니라 예술창작의 경우도 마찬가지이다. 심미적인 마음이나 심미심리 구조가 결핍된 창작자의 경우 아무리 아름다운 예술표현 대상도 전혀 의미를 지닐 수 없으며, 아름다운 예술작품의 창작 역시 기대할 수 없다. 선진시대의 문예심리학사를 논하면서 노장老莊에 의해 심미심리 구조의 기본 틀이 마련되었다는 것을 언급한 바 있다. 그러나 그 개념이 모호하고 일정한 틀을 갖춘 것은 아니었다. 이에 대한 이론으로 비교적 구체적이고 정확한 것은 역시 탕현조의 견해라 할 수 있다. 탕현조가 말한 '영수靈粹'·'미묘微眇' 등의 개념은 '영성靈性'·'영기靈氣'·'영기靈機' 등과 마찬가지로 영감과 상상의 뜻이다. 비록 그것이 심미심리 구조에 대한 전반적인 이해에서 출발하는 것이라고 말할 수는 없지만, 그가 심미심리 구조의 요지를 파악하고 있었음은 분명하다. 현대 문예심리학이나 심리학에서 심미심리 구조에 대해 아직까지 정론이 없음을 생각해 볼 때 탕현조의 견해는 결코 낮게 평가할 수 없을 것이다.

'영사'와 '영기'가 있음으로써 창작중에 예술적 상상력을 발휘하여 이상적인 예술형상을 만들어 낼 수 있다. 탕현조는 유명한《모란정제기》에서 "여랑 같은 이는 가히 '지극한 정〔至情〕'이 있는 사람이라 할 수 있다. 정은 일어나는 바를 알 수는 없지만, 일단 생겨나면 깊어지니 산 사람도 죽을 수 있고 죽어도 살아날 수 있다. 산 사람이 죽을 수 없고, 죽은 사람이 다시 살 수 없는 것은 모두 정이 지극하지 않기 때문이다 如麗娘者, 乃可謂之有情人耳. 情不知所起, 一往而深, 生者可以死, 死可以生. 生而不可以死, 死而不可復生者, 皆非情之至也"라고 하였다.《모란정》에서의 두여랑은 탕현조가 창작적 영감이 떠올랐을 때 대담한 예술적 상상력을 발휘하여 이상화시킨 낭만주의적 예술형상이다.

꿈은 현실의 승화이다. 그것은 현실과 관련이 있으며 동시에 현실을 뛰어넘는다. 따라서 현실에 대한 허황된 표현형식이라고 할 수 있을 것이다. 탕현조는 예술창작 특히 희곡창작에서 '꿈〔夢〕'의 역할을 매우 중요하게 생각했다. 그는 "정감으로 말미암아 꿈이 이루어지고, 꿈으로 말미암아 희곡이 생겨난다 因情成夢, 因夢成戲"[77]고 주장했다. 이는 그가 정감과 상상을 중시한 것과 일맥상통하는 것이다. '꿈'은 인간의 감정과 상상을 표현할 수 있는 좋은 형식이다. "인간 세상의 현실적인 일들은 인간 세상의 것들로만 가히 다할 수 있는 것이 아니다. 人世之事, 非人世不可盡"[78] 그렇기 때문에 '꿈'이라는 초현실적인 형식을 통해서 현실을 반영하고, 또한 이상세계를 펼쳐 보이고자 하는 것이다.

탕현조가 만들어 낸 두여랑이라는 형상은 '꿈'의 수법을 통해 창조된 것이다. "천하의 여자들이 정이 있다 하나 어찌 두여랑만 하겠는가? 두여랑은 정인情人을 꿈에 만나 병이 들었고, 병이 들어 오랫동안 낫지 않자 그 모습을 그려 세상에 전한 연후에 죽고 말았다. 죽은 지 3년이 되었는데, 다시 막막한 어둠 속에서 꿈에서 본 이를 만나 살아날 수 있었다. ……꿈속의 지극한 정이 어찌 진실이 아니라 할 수 있겠는가? 天下女子有情寧有如杜麗娘者乎. 夢其人卽病, 病卽彌連, 至乎畵形容傳於世而後死. 死三年矣, 復能溟莫中求得其所夢者而生. ……夢中之情, 何必非眞?"[79] 이처럼 탕현조는 희곡을 창작하면서 특히 괴이하고 허황된 줄거리를 만들었고, 초현실적인 표현형식을 추구하였다. 그리고 이를 통해 명대 봉건전제하의 예법통치에 대한 분노와 증오를 숨기지 않았으며, 인문주의의 이상에 대한 추구를 표현하고자 노력했다. 또한 예술창작의 특수한 법칙에 대한 자신의 독특한 이해를 설명하고자 했다. 물론 그의 '꿈'에 대한 인식은 프로이트 정신분석학의 꿈에 대한 정신심리학적 분석처럼 과학적이고 체계적인 것은 아니다.

그러나 중국미학사나 문예심리학사에 있어서 예술창작에서 꿈의 역할을 강조한 것은 결코 적지않은 공헌이라 할 수 있다. 송대《관윤자》역시 '꿈'에 대해 언급한 적이 있었으나, 그것은 단지 심리학적인 측면에서 이루어진 것이었다. 따라서 '꿈'을 예술창작의 범주에 끌어들여 논한 것은 탕현조가 처음이라고 할 수 있을 것이다.

공안 삼원의 문예심리학 사상은 이지·탕현조의 것과 기본적으로 동일한 체계에 속한다고 할 수 있다.

원종도(1560-1600)의 자는 백수伯修이며, 저서로는《백소재류고伯蘇齋類稿》가 있다. 원굉도(1568-1610)의 자는 중랑中郞이며, 호는 석공石公으로《원중랑집袁中郞集》을 남겼다. 원중도(1575-1630)의 자는 소수小修로 저서에《가설재집珂雪齋集》이 있다. 이들 삼형제는 호북 공안公安 사람들로 일명 공안파라고 칭해진다. 공안파의 발기인은 원종도이지만 공안파를 이끌어 나간 사람은 그의 동생 원굉도이며, 공안 삼원의 미학과 문예심리학 사상 역시 원굉도를 대표로 한다.

공안 삼원의 문예심리학 사상의 핵심은 '성령性靈'설이다. 원굉도는 그의 아우인 원중도의 시집을 위한 서문에서 다음과 같이 밝혔다.

> 동생 소수(원중도)의 시는…… 오로지 성령만을 펼쳐내어 격식에 구애받지 않았으며, 자신의 가슴속에서 우러나오지 않은 것은 감히 붓을 대려 하지 않았다. 때로 정감이 경물과 합치될 때면 순식간에 1천여 마디의 말이 흘러 나오니, 강물이 동쪽 바다로 흘러 들어가는 듯하여 사람의 혼을 빼놓는다.
>
> 弟小修詩, ……大都獨抒性靈, 不拘格套, 非從自己胸臆流出, 不肯下筆. 有時情與境會, 頃刻千言, 如水東注, 令人奪魂.[80]

원중도 역시 그의 형인 원굉도의 뜻을 따라 다음과 같이 말하고 있다.

> 형님 중랑(원굉도)이 그것을 교정시켜 주셨는데, 그 뜻은 성령을 펼쳐내는 것을 위주로 하라는 것이었으니, 이에 비로소 그 뜻에서 말하고자 하는 바를 크게 깨달아, 그 운치가 극에 달하고 그 변화 또한 다하도록 하며, 화려한 것을 멀리하고 빼어난 것을 열도록 하여 눈과 귀를 새롭게 할 수 있었습니다.
>
> 先兄中郞矯之, 其意以發抒性靈爲主, 始大暢其意所言, 極其韻致, 窮其變化, 謝華

啓秀, 耳目爲之一新.[81]

위 인용문에 나오는 '성령'을 어떤 이는 정감적 욕망이라고 해석한 바 있는데 대체적으로 타당하다. 원굉도는 감정의 발설을 매우 중요하게 여겨 "대개 정이 지극한 말은 저절로 사람들을 감동시킬 수 있으니, 그러한 시는 가히 후대에 전할 만하다고 말한다. 그러나 혹자는 지나치게 드러내는 것을 병폐라고 한다. 이는 정감이 경물에 따라 변화하고, 글자는 정감을 좇아 생겨난다는 것을 모르고 하는 소리이다 大概情至之語, 自能感人, 是謂其詩可傳也. 而或者猶以太露病之, 曾不知情隨境變, 字逐情生"[82]라고 하였으며, "한위 시절에는 서시와 추녀의 이야기처럼 애써 찡그린 얼굴을 본뜨는 일은 하지 않았고, 성당 시절에는 연燕나라 사람이 한단邯鄲 사람의 빠른 보행을 배우려다 결국 자신이 지닌 원래 보행법도 잊어버렸다는 이야기처럼, 기존의 것들을 따르지 않고 자신들의 성정을 방임하여 자연스럽게 드러내었음에도 오히려 사람들의 희로애락이나 기호·정욕을 표현하는 데 능통했으니 정말로 즐거운 일이다 不效顰於漢魏, 不學步於盛唐, 任性而發, 尙能通於人之喜怒哀樂嗜好情欲, 是可喜也"[83]라고 말하고 있다. 바로 이러한 관념을 통해서 그는 오로지 성령만을 펼쳐내어 정감이 "자신의 가슴 속에서 우러나오게 하고 從自己胸中流出"[84] 아울러 "성정이 드러나 자신의 정감을 토해 내지 않음이 없도록 했던 것 性情之發, 無所不吐"[85]이다. 이렇게 볼 때, 삼원의 '성령'설에서 정감이 얼마나 중요한 위치를 차지하고 있는지 확인할 수 있을 것이다. 그러나 내가 볼 때, '성령'은 순전히 정감 개념만은 아니라고 생각한다. 오히려 예술인격심리와 유관한 내용이 풍부하기 때문에 예술인격심리학의 범주에 넣는 것이 타당하다고 본다.

'독서성령獨抒性靈'은 정감의 토로를 강조하였을 뿐만 아니라, 특히 '진眞'을 강조하고 있다. 원굉도가 말한 다음과 같은 글에서 이를 확인할 수 있다. "사물은 참되기 때문에 귀한 것이다. 귀한 것인 까닭에 나의 면모와 그대의 면모가 같을 수 없다. 하물며 고인의 면모에 있어서랴. 物眞則貴, 貴則我面不能同君面, 而況古人之面貌乎"[86] 또한 그는 《서증태사집叙曾太史集》에서 증태사에게 다음과 같이 말하고 있다. "같은 것은 참됨뿐이다. 所同者眞而已" "시를 짓는 데 즐겁게 짓거나 힘들게 짓는 차이는 있으되 성정을 묘사하는 데 참되어야 함은 같은 것이며, 문장을 짓는 데 우아하거나 소박함의 차이는 있지만 지나치게 수사에 힘쓰거나 쓸데없는 말을 많이 해서는 안 된다는 점은 일치한다. 其爲詩異甘苦, 其眞寫性情則一, 其爲文異雅朴, 其不爲浮詞濫語則一" 또한 그는 "내가 말하건대 오늘날의 시가는 후대에 전할 만한 것이 없다! 만에 하나 전할 만한 시가 있다면 요즘 민간의 부인들이나 아이들이 즐겨 부르는 〈벽파옥〉이나 〈타초간〉과 같은 것들이다. 이것들은 견문이나 지식과 무관한 참된 사람의 작품이어서 참된 소리가 풍부하다. 吾謂今之詩文不傳矣. 其萬一詩者, 或今閭閻婦人孺子所唱擘破玉, 打草竿之類. 猶是無聞無識眞人所作, 故多眞聲"[87] 이처럼 그는 문학에 있어서 참됨을 중시하였으며, 이를 '진인眞人'·'진정眞情'·'진성眞聲'·'진문眞文' 등의 개념으로 설명하고 있음을 알 수 있다.

다음으로 삼원은 '취'를 강조하였다. 원굉도는 "세상 사람들이 얻기 힘든 것은 오직 취뿐이다. 취란 산 위의 (남기) 빛과 같고 물 속에 있는 맛과 같으며, 꽃 속에 있는 빛이나 여인의 출중한 자태와 같다. 비록 한 마디로 표현하기 어려우나 마음으로 체득한 사람은 알 수 있다 世人所難得者唯趣. 趣如山上之色, 水中之味, 花中之光, 女中之态, 雖善說者不能下一語, 唯會心者知之"[88]고 하여, '취'란 비록 설명하기 어려우나 깨달은 자는 이를 알 수 있다고 하였다. 그리고 계속해서 "조대마다 부침이 있었으니 그 법도는 좇을 수 있는 것이 아니며, 각자가 그 변화의 극에 달하도록 하고 각기 그 취를 궁구해야 할 것이다 代有升降, 而法不可沿, 各極其變, 各窮其趣"[89]라고 주장하였다. 이는 내용적인 면에서 전대를 답습하거나 일정한 격식에 구애받아서는 안 되며, 형식에 있어서도 "각기 나름의 취를 궁구 各窮其趣"하여 각기 나름으로 그 '취'를 구할 수 있도록 노력해야 한다는 뜻이다. 이렇게 볼 때 '취'란 예술작품에서 갖추어야 할 예술창작 규율에 부합하면서, 또한 독특한 성격을 띠고 있는 심미적 취미라고 할 수 있다.

'취'와 관련하여 원굉도는 '운'에 대해서도 말하였다. 그는 〈수존재장공칠십서壽存齋張公七十序〉에서 "산에는 빛깔이 있으니 저녁나절에 멀리 푸르스름하고 흐릿한 남기嵐氣가 그것이고, 물에는 무늬가 있으니 물결이 바로 그것이다. 도에는 극치가 있으니 운이 바로 그것이다. 산에 남기가 없으면 초목이 마르고 물에 무늬가 없으면 썩으며, 도를 배움에 운이 없다면 낡은 학문을 연구하는 것일 따름이다. ……대개 선비에게 운이 있으면 도리가 반드시 미묘한 데로 들어가게 되고, 도리를 따지면 운을 얻을 수 없게 된다. 그렇기 때문에 소리를 지르거나 뛰어다니고 몸을 뒤집고 아무것이나 던지는 것은 어린아이의 운이며, 기뻐서 웃고, 성내며 욕하는 것은 취한 자의 운이다. 취한 이는 무심하며, 어린아이 역시 무심하다. 무심한 까닭에 도리 따위가 들어갈 틈이 없고 자연의 운이 나올 수 있는 것이다. 이로써 보건대 도리란 시비의 소굴이며, 운은 큰 해탈의 장場인 것이다 山有色, 嵐是也. 水有文, 波是也. 學道有致, 韻是也. 山無嵐則枯, 水無波則腐, 學道無韻則老學究而已. ……大都士之有韻者, 理必入微, 而理又不可以得韻. 故叫跳反擲者, 稚子之韻也. 嬉笑怒罵者, 醉人之韻也. 醉者無心, 稚子亦無心. 無心故理無所折, 而自然之韻出也. 由斯以觀, 理者, 是非之窟宅, 而韻者, 大解脫之場也" 라고 말하였다. 여기서는 주로 인간의 '운'에 대해 말하고 있다. 특히 이를 산수와 비교하여 산의 남기나 물결 역시 자연의 '운'이라 하였다. 그에게 있어서 '운'과 '취'는 심미적으로 서로 상통하는 것으로, '운'이 있어야 비로소 '취'가 있게 되며 '취'를 이루어야 '운'이 존재할 수 있는 것이었다. 이렇게 볼 때, 원굉도의 '취'는 심미적인 취미뿐만 아니라 '운미'를 뜻하는 것이라 할 수 있을 것이다.

앞에서 이미 언급했듯이 원굉도는 원중도의 시에 대해 "오로지 성령만을 펼쳐내고 獨抒性靈" "때로 정감이 경물과 합치될 때면 순식간에 1천여 마디의 말이 흘러 나오니, 강물이 동쪽 바다로 흘러 들어가는 듯하여 사람의 혼을 빼놓는다 有時情與境會, 頃刻千言, 如水東注, 令人奪魂"고 말했다. 이는 한편으로 창작에 있어서 영감이 떠올랐을 때의 심리상태를 언급한 예이기도 하다. 그는 다른 문장에서도 이러한 창작 영감에 대해 상세하게 묘술하고 있다.

사물이 전해지는 것은 바탕을 근간으로 한다. 그래서 문장이 후대에 전해지지 않는 까닭은 형식적으로 교묘하지 못했기 때문이라고 말할 수 없으며 바탕, 즉 내용이 모자랐기 때문이다. 나무에 열매가 없는 것은 꽃이나 잎이 없기 때문이 아니고, 사람의 얼굴이 윤택하지 못한 것은 머리카락이나 피부가 없어서가 아니니 문장 역시 마찬가지이다. 세상에 행해지려면 반드시 참되야 하며, 세속에 기쁨을 주려면 반드시 아름다워야 한다. 그러나 참됨은 오래 되면 반드시 드러나고, 아름다움은 오래 되면 반드시 싫증을 일으키는 것이 자연의 이치이다. 그러니 오늘날 사람들이 새기고 쪼개면서 닮음을 구하는 것은 옛날 사람들이 모두 싫어하여 멀리하고 없애 버릴 생각을 했던 것들이다. 옛날에 문장을 짓는 이들은 화려함을 끊고 질박한 것을 구하고자 했으나, (요즘 사람들은) 이러한 정신을 떨쳐 버리고 다른 것을 배우려 하니 참됨을 궁구치 못할까 두렵다. 나는 두루 배우고 상세하게 밝혀냄에 있어 나름으로 축적된 바가 있으나, 아직 마음으로 체득할 수는 없었다. 오랜 시간이 흘러 언 물이 풀리듯 의문이 풀리는 바가 있는 듯했으니, 마치 취해 있다 홀연히 깬 듯하고 가득 찬 물이 갑자기 터진 듯했다. 그렇지만 손으로 쓰고자 하니 저지하는 것이 있는 듯하여 쓸 수가 없었다. 그러다가 한 번 마음을 바꾸니 문사를 버리게 되었고, 두 번 마음을 바꾸니 도리가 제거되었으며, 세 번 마음을 바꾸니 내가 문장을 짓고 있다는 생각조차 홀연히 사라지게 되었다. 그리하여 마치 물이 담박함에서 궁극에 달하고 파초가 허공에서 궁극에 달한 것처럼, 마음속의 실마리가 경물과 우연히 만나 홀연히 문장이 생기게 되었다. (이렇게 문장을 써내려가니 마치) 바람은 높을수록 소리가 나고, 달이 움직이면 그 그림자가 따르는 것과 같이 자연스러웠다. 천하와 조화를 이룬 듯한 상태에서 문장을 지으니, 옛사람들이 그랬던 것처럼 스스로 문장을 짓는다고 생각하지 않았다. 이것을 일러 바탕이 지극하다고 말하는 것이다.

物之傳者必以質. 文之不傳, 非曰不工, 質不至也. 樹之不實, 非無花葉也, 人之不澤, 非無膚髮也, 文章亦爾. 行世者必眞, 悅俗者必媚, 眞久必見, 媚久必厭, 自然之理也. 故今之所刻劃而求肖者, 古人皆厭離而思去之. 古之爲文者, 刊華而求質, 敝精神而學之, 唯恐眞之不極也. 博學而詳說, 吾已大其蓄矣, 然猶未能會諸心也. 久而胸中渙然, 若有所釋焉, 如醉之忽醒, 如漲水之思決也. 雖然, 試諸手猶若掣也, 一變而去辭, 再變而去理, 三變而吾爲文之意忽盡, 如水之極於澹, 而芭蕉之極於空, 機境偶觸, 文忽生焉. 風高響作, 月動影隨. 天下翕然而文之而古之人不自以爲文也, 曰是質之至焉者矣.[90]

위 인용문에서는 창작할 때 예술적 영감이 축적되고, 그것이 불현듯 솟구치는 과정을 세밀하게 묘사하고 있다. 우선 "두루 배우고 상세하게 밝혀냄 博學而詳說"이란, 묘사할 사물에 대한 감지에서 인식의 과정에 상응하는 것으로 창작에 임하기에 앞서 지녀야 할 준비 자세를 포괄하고 있다고 할 수 있다. 그러나 이러한 준비만으로 창작이 이루어지는 것은 아니다. "아직 마음으로 체득할 수는 없었다 然猶能合諸心也"는 것은 바로 이 뜻이다. 다음으로 "오랜 시간이 흘러 언 물이 풀리듯 의문이 풀리는 바가 있는 듯했다 久而胸中渙然, 若有所釋焉"고

한 것은 마음속으로 깨달음을 지니게 되었음을 뜻한다. 그러나 역시 이것만으로 창작이 되는 것은 아니다. 아직 창작 영감이 오지 않았기 때문이다. "그렇지만 손으로 쓰고자 하니 저지하는 것이 있는 듯하여 쓸 수가 없었다 試諸手猶若掣也"는 말은, 마지막으로 마음속의 실마리가 경물과 우연히 만나 마침내 창작 충동이 일게 되는데, 이는 문사나 도리, 그리고 창작을 한다는 생각조차 염두에 두지 않음으로써 가능한 것이다. 이처럼 예술 영감이 야기시킨 창작 충동에 의해서 자신도 모르는 사이에 창작에 응하게 된다는 것이 원굉도의 생각이었다. 그는 또한 예술 영감의 창조가 있어야만 진정한 의미에서 가장 참되고 가장 바탕이 있는 문장이 될 수 있다고 생각했으며, 이를 "문의 참된 성령이다 文之眞性靈也"[91]라고 말하고 있다.

이렇게 본다면 공안 삼원의 '성령'은 '정욕情欲'을 뜻할 뿐만 아니라, 취·운·영감 등을 포괄하고 있는 것이라고 할 수 있을 것이다. 그렇다면 정·취·운·영감 등은 어디에서 오는 것일까? 원중도는 이에 대해 다음과 같이 말하고 있다.

> 무릇 혜(슬기)는 유동하는데, 그것이 극점에 이르면 취가 생겨난다. 천하의 취는 혜에서 생겨나지 않는 것이 없다. 산은 영롱하여 형태가 다양하고 물은 끊임없이 잔물결이 일어 자태가 다채로우며, 꽃은 생동하여 풍취가 풍부하다. 이 모든 것은 천지간에 일종의 혜할의 기운이 만든 것이니, 그래서 더욱더 사람들이 진귀하게 여겨 아끼는 것들이 된 것이다.
>
> 凡慧則流, 流極而趣生焉. 天下之趣, 未有不自慧生也. 山之玲瓏而多態, 水之漣漪而多姿, 花之生動而多致, 此皆天地間一種慧黠之氣所成, 故倍爲人所珍玩.[92]

이는 정·취·운에서 영감에 이르기까지 모든 것은 사람이 고유하게 지니고 있는 '혜할의 기운'이 유동함으로써 비롯되며, 이러한 '혜할지기慧黠之氣'가 없으면 '성령'을 드러낼 수 없다는 말이다. 그렇다면 여기서 말하고 있는 '혜할지기'는 무엇을 뜻하는 것인가? 원중도는 이에 대해 구체적인 설명을 하지 않고 있다. 그러나 그가 말하고 있는 '기'가 일반적으로 사람들이 지니고 있다는 원기 같은 것은 아니며, 예술가나 창작가들이 지닌 고유한 어떤 것임은 분명하다. 원굉도는 이에 대해 다음과 같이 나름으로 해석하고 있다.

무릇 취란 자연에서 얻으면 깊고, 학문에서 얻게 되면 얕다. 어린아이들은 또한 취가 있음을 모르고 있기는 하지만 가는 곳마다 취가 아닌 것이 없다. 생김이 단정치 않고 눈은 이쪽저쪽을 보느라 일정치 않으며, 입으로는 웅얼거리며 말하려 하고 발을 동동 구르며 가만히 있지를 않으니, 인생의 지극한 즐거움이 진정 이때보다 더함이 없다. 맹자가 어린아이의 마음을 잃어서는 안 된다고 말하고, 노자가 능히 어린아이 같아야 한다고 말한 것은 모두 이를 지적한 것이다. 취는 정각・최상승과 똑같은 것이다. 산림에 은거하는 이는 구속되거나 얽매이지 않으며 능히 자유자재로 세월을 보낸다. 그래서 비록 애써 취를 구하지 않더라도 취가 그 가까이 가는 것이다. 어리석은 내가 취에 가까이 가고자 하는 것은 결국 이러한 인품을 지니지 못했기 때문이다. 인품이 낮으니 구하는 것도 점차 낮을 수밖에, 혹 술이나 고기를 먹고 때로는 명성이나 관리직에 연연하기도 하면서 마음에 따라 거리끼는 바가 없으며, 스스로 세상에 희망이 없다고 여겨 온 세상 사람들이 비웃는 것도 못 본 체하니 이 역시 하나의 취라 하겠다. 나이를 점점 더 먹고 관직도 점차 높아지며 인품도 점차 커짐에 이르니, 오히려 몸은 차꼬를 채운 양 구속되어지고 마음은 가시에 찔린 양 고통스러우며, 온몸의 털・구멍・뼈・관절 등이 온통 견문과 지식으로 가득 차 속박당하니, 도리를 찾아 더욱더 깊이 들어가나 취에서는 더욱더 멀어지게 된다. 내 친구 진정보는 취에 심취해 있었다. 그래서 《회심집》에 수록된 몇몇 사람들은 대부분 취를 위주로 실리게 된 것이다. 그렇지 않으면 비록 절개가 백이・숙제와 같고, 엄광처럼 고결하여도 수록되지 않았다. 아! 취는 말하건대, 인품이 그대와 같고 관직과 나이듦이 그대와 같아야 능히 취를 앎이 이와 같다고 할 수 있으리라.

夫趣得之自然者深, 得之學問者淺. 當其爲童子也不知有趣, 然無往而非趣也. 面無端容, 目無定睛, 口喃喃而欲語, 足跳躍而不定, 人生之至樂, 眞無逾於此時者. 孟子所謂不失赤子, 老子所謂能嬰兒, 蓋指此也. 趣之正等正覺最上乘也. 山林之人無拘無縛, 得自在度日, 故雖不求趣而趣近之. 愚不肖之近趣也, 以無品也. 品愈卑故所求愈下, 或爲酒肉, 或爲聲使, 率心而行, 無所忌憚, 自以爲絶望於世, 故擧世非笑之不顧也, 此又一趣也. 迨夫年漸長, 官漸高, 品漸大, 有身如桎, 有心如棘, 毛孔骨節, 俱爲聞見知識所縛, 入理愈深, 然其去趣愈遠矣. 余友陳正甫, 深於趣者也, 故所述《會心集》若干人, 趣居其多, 不然, 雖介若伯夷, 高若嚴光, 不錄也. 噫! 趣謂有品如君, 官如君, 年之壯如君, 而能知趣如此者哉.[93]

위의 인용문에서 볼 때, 삼원이 주장하고 있는 '취'는 '혜할지기'의 표현이자, '적자赤子'의 마음, '어린아이〔嬰兒〕'의 마음을 드러낸 것이라고 할 수 있겠다. 취는 이렇듯 자연에서 얻어지는 것이자 물외에 초연한 것이기 때문에 학문이나 이성과는 관련이 없다. 이는 또한 예술적 '취'의 표현이기도 하다. 삼원은 또한 "성령에서 나와야 진정한 시라 할 수 있다 出自性靈爲眞詩"·"오로지 마음으로 체득한 사람은 그것을 알 수 있다 唯會心者知之"·"천하의 지혜로운 이나 재사만이 비로소 심령이 끝없어 구할수록 더욱더 드러난다는 것을 알아, 서로 더불어 각기 그 기이함을 드러내고 그 변화를 서로 궁구한다 天下之慧人才士, 始知心靈無涯, 搜之愈出, 相與各呈其奇, 而互窮其變"[94]고 하여, 창작의 원천은 심령에 있음을 강조했다.

이상을 종합해 보면, 공안 삼원의 '독서성령獨抒性靈'의 '성령'은 예술정감·욕망의 개념일 뿐만 아니라 일종의 심령학 개념이자 예술인격심리학 개념이라고 할 수 있을 것이다. 그것은 생리적 소질을 바탕으로 사람들이 지니고 있는 독특한 개성을 지적한 것이다. 그 개성 속에는 정욕·의취·신운 등의 내용이 포함되어 있으며, 정욕이나 의취·신운 역시 나름의 사적史的 특징과 인간 개개인의 개성과 인격의 특징을 담보하고 있다. 공안 삼원의 '성령'설은 '정'과 '취'를 핵심으로 하고 있다는 점에서 탕현조의 '정취'설과 근사하다고 볼 수 있다. 그러나 '성령'의 핵심적 내용은 오히려 '동심'설에 더 가깝다. 왜냐하면 그들이 '독서성령獨抒性靈, 불구격투不拘格套'라고 하여 송·명대의 이학과 유가의 교조적 성향의 속박을 독특한 심령과 개성의 표현을 추구한 것과 마찬가지로, 이지 역시 순진한 '동심'의 표현과 개성의 해방에 대한 요구를 결합시킴으로써, 명대 중엽 이후 봉건주의의 몰락과 연이은 자본주의적 인문주의의 흥기라는 시대적 특징을 반영할 수 있었기 때문이다. 물론 이지와 비교할 때 공안 삼원의 문예심리학 사상은 한계가 분명히 드러난다. 그들은 자신들이 처한 봉건사회의 현실에 직면하면서 이지처럼 과감하고 적극적으로 대처할 수 없었다. 다시 말해 그들에게는 보다 진취적인 심리상태가 존재하지 않았던 것이다. 그들은 그저 현실을 떠나 "얽매이거나 속박받지 아니하고 자유자재로 세월을 보내는 無拘無縛, 得自在度日"[95] 세속과 단절된 생활을 추구하였기 때문에, '성령'을 애오라지 펼쳐 나가는〔獨抒〕 삶 속에서 사회적 실천의 토대가 마련될 수 없었으며, 당연히 사회 현실을 반영할 수 없었던 것이다.

제4절 왕부지의 창작심리학과 심미심리학

왕부지王夫之(1619-1692)의 자는 이농而農이며, 호는 강재薑齋로 호남 형양衡陽 사람이다. 말년에 형양의 석선산石船山에 기거하여 선산船山선생이라고도 부른다. 왕부지의 철학·심리학·미학에 관한 저서가 매우 풍부하여 1백여 종에 달하는데, 그 중 70여 종이 《선산유서船山遺書》에 수록되어 있다. 그의 시론에는 《강재시화薑齋詩話》(《詩譯》·《夕堂永日緒論內編》·《南窓漫記》가 포함되어 있다)와 《고시평선古詩評選》·《당시평선唐詩評選》·《명시평선明詩評選》이 있다. 왕부지의 미학과 문예심리학 사상은 이 네 권의 저서에 주로 나타나 있다.

앞에서 이미 말한 바와 같이 명대에서 청대에 이르는 시기는 상품이 늘어나고, 공장수공업이 크게 발전하여 상품경제 역시 매우 발달하였다. 서방 선교사의 중국 선교에 따라 서방의 자연과학적 성과가 전파되어 자연과학 분야에도 상당한 발전을 가져오게 되었다. 이러한 것은 모두 당시 미학과 문예심리학 연구에 물질적인 토대가 되었다. 또 다른 한편으로 청조의 통치자들은 그들의 봉건통치를 유지하기 위해 봉건전제정책을 강화하였다. 이는 일부 진보적인 지식인들의 반성을 불러일으켜 중국의 전통문화 의식을 총결하고, 이로써 시대적 특징을 갖춘 그들만의 독특한 문화체계를 형성하게 하였다.

이와 같이 중국 고전미학과 문예심리학 분야가 총결의 시기로 접어들었다고 할 수 있는 이 시기에 왕부지는 이를 대표하는 뛰어난 학자이다. 왕부지는 그의 철학·심리학·미학·시학 등 각 분야에 대한 탁월한 인식과 넓은 안목으로 중국 철학·심리학을 총결, 그의 견해를 정립하였다. 이상은 철학사와 심리학사에서 이미 상세하게 언급한 바 있다. 그는 또한 문예심리학 분야에서도 그의 철학·심리학적인 사유를 운용하여 중국 고대의 '시언지'의 정교중심론과, '시연정'의 심미중심론을 융합·발전시켜 자신의 정교하고 박학한 문예심리학 체계를 갖추었다. 이러한 체계를 창작심리학과 심미심리학으로 개괄하여 정경합일론·심미감각론·정감형식론·심미감흥론의 네 가지 분야로 나누어 서술하기로 한다.

1. 정경합일론

왕부지는 예술창작은 정경합일을 이루어야 한다고 주장하였다. 정경합일론은 그의 심리학에 가장 밑바탕이 되는 논의라 할 수 있다. 왕부지는 시의 본질은 인간 내심의 형상을 드러낸 것이라고 하여, "그런 까닭에 시는 사람의 마음을 본뜬 것일 따름이다 故詩者, 象其心而已矣"[96]라고 하였다. 그는 또한 "하늘이 온갖 사물에 아름다움을 부여하니 정이 생겨났고, 사람에게 아름다움을 부여한 것은 신이 되었다 天致美於百物而爲精, 致美於人而爲神"·"신은 마음에 깃들고 神以心栖"·"마음은 신을 함유한다 心涵神也"고 하여 신을 중시하는 한편, 인간의 사유기관의 사유기능인 신神 역시 마음(心)이라는 사유기관을 벗어나면 깃들 데가 없어진다고 하여 마음과 신의 상호 연관성을 분명히 하였다. 이외에도 그는 인간의 미적인 내심세계를 표현하는 '신'은 물상을 통해 표현된다고 하여 다음과 같이 말하고 있다. "시는 마음을 본뜨는 것 詩以象心"이니, "치수처럼 보이지 않는 색을 수놓고, 종고처럼 들릴 수 없는 소리를 퍼뜨리며, 찬가처럼 집을 수 없는 형상을 집는 것이다. 績不可見之色如絺綉焉, 播不可聞之聲如鐘鼓焉, 執不可執之象如纘罦焉" 이는 곧 형상이 있는 외물을 통해 형상이 없는 마음을 드러낸다는 뜻이다. 이는 심리학에 있어 사유의 법칙에 해당되며, 문예심리학에 있어서는 창작의 규율에 해당된다고 할 수 있다. 물론 예술창작에서 표현되는 마음과 외물의 관계는 일반적인 이성사유의 법칙과는 다른 특징을 지닌다.

왕부지는 바로 이러한 심心—신神—상象의 상호 관계에 입각한 나름의 심리학을 토대로 하여 자신의 정경합일론을 수립할 수 있었다. 그는 다음과 같이 말하였다.

정을 표현할 때(抒情)는 갔다왔다 움직이고 멈추며 아득하여 있는 듯 없는 듯한 가운데서 신령스러운 누에(묘처)를 붙잡아 이를 형상에 담는 것이고, 경을 취하는 경우(敍景)에는 눈으로 보고 마음을 거쳐 어지럽게 흩어졌다 모이고 하는 사이에 본래의 모습을 묘사하면서 이를 표현함에 속이지 않는 것이다. 그래서 정은 텅빈 정이 아니라 정 속에 모두 경을 포함할 수 있고, 경은 경에만 얽매어 있는 것이 아니어서 경은 언제나 정을 머금고 있는 것이다. 신묘한 이치는 그 두 가지 사이에 흐르고, 천지는 작가의 눈에 모두 갖추어져 있는 것이다. 큰 것은 밖이 없고, 세세한 것은 가장자리가 없다. 붓을 대기 전에 작가의 의도가 시작되기에 앞서 가히 알 수 없는 것이 이미 존재하고 있는 것이다.

言情則於往來動止縹緲有無之中, 得靈蠁而執之有象, 取景則於擊目經心絲分縷合之際, 貌固有而言之不欺. 而且情不虛情, 情皆可景, 景非滯景, 景總含情. 神理流於兩間, 天地供其一目, 大無外而細無垠, 落筆之先, 匠意之始, 有不可知者存焉.[97)]

이는 왕부지의 정경론을 총괄한 것이라고 볼 수 있다. 시가창작은 정을 드러내고 경을 취하는 것이다. 그리고 정과 경이 합일을 이루니 “정 속에 모두 경을 포함할 수 있고” “경은 언제나 정을 머금고 있는 것이다.”

송·원대 이래 정과 경으로 시를 논한 자는 많지만, 그때의 정·경의 개념은 대부분 시구나 외재적인 구조에 관한 것이었다. 혹자는 “시를 쓰는 데는 반드시 한 연은 정감을 드러내고, 또 다른 한 연은 경물을 묘사해야 한다 一聯情, 一聯景”고 주장하였는데, 이는 모두 형식의 통일, 외재적인 통일을 뜻하는 것이다. 그러나 왕부지의 정과 경에는 특별한 의미가 내재되어 있다. 그가 강조하는 것은 정과 경의 통일로 심미주체의 입장에서 본다면 창작심리의 통일이며, 창작주체의 입장에서 본다면 내재하는 것의 유기적 통일을 뜻하는 것이다.

근체시는 두 연 가운데 한 연에서는 정을 표현하고, 다른 한 연에서는 경을 묘사하는 것을 하나의 법으로 삼는다. “구름과 노을이 아침 바다에서 오르고, 매화와 버들은 봄 강물을 건넌다. 깨끗한 기운은 꾀꼬리를 재촉하고, 밝은 햇살은 푸른 풀에 구른다.” “북문에 구름 일더니 어느 새 옅은 먹구름 사라지고, 남산에 비 그치니 푸르름이 더해 가네. 궁궐의 버드나무 매화와 다투어 봄을 알리더니, 숲 속의 꽃들은 새벽 바람 불기도 전에 피었네.” 이는 모두 경을 묘사한 것이니 어찌 정감을 표현한 것이라 하겠는가? 네 구를 전부 정에 대한 표현으로 일관하고, 경이 없는 시는 더욱더 이루 헤아릴 수 없을 정도로 많다. 그러니 이를 법이 아니라고 할 수 있겠는가? 무릇 경은 정에 합치되고 정은 경으로 생겨나니, 애초부터 서로 떨어져 있는 것이 아니어서 오직 뜻이 따를 뿐인 것이다. 이 두 가지를 나누면 정은 흥을 일으킬 수 없고, 경도 참된 경이 될 수 없다.

近體中二聯, 一情一景, 一法也. 雲霞出海曙, 梅柳渡江春. 淑氣催黃鳥, 晴光轉綠苹, 雲飛北闕輕陰散, 雨歇南山積翠來. 御柳已爭梅信發, 林花不待曉風開, 皆景也, 何者爲情? 若四句俱情, 而無景語者, 尤不可勝數. 其得謂之非法乎? 夫景以情合, 情以景生, 初不相離, 唯意所適. 截分兩橛, 則情不足興, 而景非其景.[98]

왕부지는 정경을 두 가지로 나누면 안 된다고 했다. 왕부지는 "정과 경을 나누면 정은 흥을 일으킬 수 없고, 경도 참된 경이 될 수 없다"고 하면서, 경은 정에 합치되고 정은 경으로 생겨나 내적으로 정과 경이 유기적인 통일을 이루어야만 한다고 주장했다. 이렇게 볼 때 그는 정과 경을 두 가지로 나누는 것에 분명하게 반대했음을 알 수 있다.

이처럼 왕부지가 말한 정과 경에는 독특한 함의가 내재되어 있다. 경의 경우, 시가에서 경은 "눈으로 볼 수 있는 외물 目擊其物"의 물이 아니라 "정과 경이 한데 합쳐져 저절로 묘오를 얻은 情景一合, 自得妙悟"[99] 상태의 경으로, 일종의 심미적 표상을 뜻한다. 이러한 경이 일단 마음과 결합하면 정감을 내포하고 있는 예술적인 이미지가 된다. 다음으로 정의 경우도 마찬가지이다. 그가 말하는 정은 심미적인 정감으로, 물질적이고 공리적인 욕망의 감정과 분명하게 구별된다. 그래서 그는 다음과 같이 말한 것이다. "시는 뜻(志)을 말하지 의意를 말하는 것이 아니다. 시는 정을 전달하지 욕망을 전달하지 않는다. 마음이 하고자 하는 바는 지이며, 생각이 얻고자 하는 바는 의이다. 스스로 억제할 수 없는 상황에서 발하는 것이 정이다. 움직여 스스로 기다리지 못하는 것이 욕망이다. 詩言志, 非言意也. 詩達情, 非達欲也. 心之所期爲者志也, 念之所覬得者意也, 發乎其不自已者情也, 動焉而不自待者欲也"[100] 여기서 볼 수 있듯이 왕부지가 말하는 정은 '스스로 억제할 수 없는 상황에서 발하는' 것으로, '움직여 스스로 기다리지 못하는 욕망'과는 달리 물질적이고 공리적인 것을 초월한 어떤 것이라 할 수 있다.

왕부지는 예술창작에서 정과 경, 즉 심미표상과 심미감정의 통일을 이룰 것을 주장하였다. 그러나 그는 이러한 통일이 상호간에 평면적 동일성을 뜻하는 것이 결코 아니며, 서로 구분되고 또한 나름의 순서를 지닌다고 생각했다. "시문에는 모두 주와 빈이 있다. 주가 없는 빈을 오합지졸이라 한다. 속인들이 말하는 비(비유적 표현)를 주로 삼고 부(직설적 표현)를 빈으로 삼으며, 반反을 빈으로 삼고 정正을 주로 삼는 것은 모두 서당 훈장들이 어린아이들에게 속여 가르치는 사법

死法일 따름이다. 하나의 주를 세우고 빈을 기다려야만 빈에 주의 빈이 아닌 것이 없게 되며, 이내 정을 지녀 서로 융합하게 된다. 詩文俱有主賓. 無主之賓, 謂之鳥合. 俗論以比爲賓, 以賦爲主, 以反爲賓, 以正爲主, 皆塾師賺童子死法耳. 立一主以待賓, 賓無非主之賓者, 乃俱有情而相浹洽"[101] 이처럼 왕부지에게 있어서 '정'은 예술창작의 주체이자 '정경합일'의 주체이기도 하다. 그리고 그것은 예술창작(특히 시가)의 본질을 결정하는 것이기도 하다. 그렇기 때문에 왕부지는 《고시평선》에서 다음과 같이 말하였다.

시로 정을 이끄는데, 이끌어 말의 길을 만든다. 정이 이르는 곳이면 시가 이르지 않을 수 없고, 시가 이르는 곳이면 정은 시로써 이르게 된다. (시가 정을 표현하는 방식으로) 하나는 길을 좇아 꼬불꼬불 들어가는 것처럼 간접적으로 표현하는 것이 있고, 또 다른 하나는 나무를 뽑아내어 길을 통하게 하는 것처럼 직접적으로 표현하는 것이 있다. 그래서 월나라에 가는 사람은 월나라에 갈 따름이니, 오늘 월나라에 가서 어제 왔다고 하면 고금이 모두 비웃는다. 동쪽으로는 민 땅으로 나아가고 서쪽으로는 촉 땅을 두루 다녀 월나라의 권속들을 돌보게 하니, 사람들로 하여금 날마다 배나 수레에서 서로 뒤섞이게 하여 그칠 날이 없었다. 이는 다른 것이 아니라 마음속에 정이 부족한 연고이다. 고인은 이에 언뜻 한 번 그것을 찾고자 했으나, 마치 나비가 머물 곳이 정해지지 않아 정처없이 날아다니면서 숱한 가지를 오고 가듯이 언제나 정 때문에 멈추는 것이다.

詩以道情, 道之爲言路也. 情之所至, 詩無不至, 詩之所至, 情以之至, 一遵路委蛇, 一拔木通道也. 然適越者至越爾, 今日適越而昔來, 古今通哂. 東漸閩, 西涉蜀, 以資越之眷屬, 則令人日交錯於舟車而無已時. 無他, 不足於情中故也. 古人於此, 乍一尋之, 如蝶無定宿, 亦無定飛, 乃往復百歧, 總爲情止.[102]

본문에서 말하고자 하는 핵심 내용은 '정'이 바로 시의 본질이며, 정과 경이 결합하는 데 있어서도 정이 주도적인 위치를 점한다는 것이다. 왕부지는 '정'·'경'이 동일하다는 것, 즉 '심'과 '물'이 동일하다는 것을 강조하는 한편 '심'과 '정'이 창작과정에서 주도적인 위치를 차지하고 있다는 점을 더욱 강조하고 있다. 그의 이러한 관점은 다음의 예문에서도 그대로 드러나고 있다. "정과 경은 비록 마음에 있거나 외물에 있다는 구분이 있기는 하지만 경은 정을 낳고

정은 경을 낳으니, 슬픔과 즐거움이 촉발하는 것은 서로 그 속에 내재되어 있는 것이다. 情, 景雖有在物之分, 而景生情, 情生景, 哀樂之觸, 互藏其宅"[103] "여기에 어떤 외물이 있어 내가 그 앞을 지나게 되면 혹 그것이 보이기도 하고 혹은 보이지 않기도 한다. 보이지 않는 것은 그 외물이 나에게로 오지 않아서가 아니고 내가 가지 않았기 때문이다. ……수고롭게 내가 가는 경우도 한 가지가 아닌데, 대부분 마음이 눈보다 앞서 뜻을 두고 그 다음에 눈이 그것에 가게 된다. 그렇지 않으면 비단의 찬란한 색깔이나 서시西施와 모장毛嬙의 아름다움을 보아도 또한 물건은 그저 물건이고 자기는 그저 자기일 따름이니, 나 자신이 살핀 다음에야 어느 결에 내 속으로 들어오지 않을 수 없는 것이다. 有物於此, 過乎吾前, 而或見焉, 或不見焉. 其不見者非物不來也, 己不往也. ……勞吾往者不一, 皆心先注於目, 而後目交於彼. 不然, 則錦綺之炫煌, 施, 嬙之冶麗, 亦物自物而己自己, 未嘗不待吾審而遽入於吾中者也"[104] 이처럼 왕부지는 모든 경이나 외물은 반드시 심미주체의 주관적인 감정을 통해야만 심미 대상이나 창작 대상이 될 수 있다는 점을 분명히 지적하였다.

왕부지는 《강재시화》에서 시가에서 보이는 정경 결합의 구조유형을 다음과 같이 구분하고 있다. "정과 경은 이름은 둘이지만 실제로 떨어질 수 없다. 시에서 신묘한 경지에 든 작품은 이 두 가지가 경계 없이 교묘하게 결합한 것이다. 교묘한 것은 정 속에 경이 있고, 경 속에 정이 있는 것이다. 경 속에 정이 있다는 것을 예로 들자면 '장안의 한 조각달'이 있는데, 그 자체로 외롭게 있어 먼데 사람을 그리워하는 정을 드러내 주고 있다. 또한 "그림자 조용히 뭇관리들 사이에 끼어"라는 시 구절은, 행궁行宮[임금이 행차하여 머무는 곳]에 이름을 즐거워하는 정감을 자연스럽게 드러내고 있다. 정 속에 경이 담기도록 묘사하기는 더욱더 어렵다. 예를 들자면 "시상詩想은 주옥되어 붓끝에서 뿌려지네"라는 시구는 시인이 붓에 먹물을 잔뜩 묻히고는 스스로 마음 흡족하게 여기는 모습을 묘사하고 있다. 무릇 이와 같은 것들은 아는 이는 제대로 보게 될 것이고, 그렇지 않으면 얼렁뚱땅 지나 실없는 말만 하게 될 뿐이다. 情景名爲二, 而實不可離. 神於詩者, 妙合無垠. 巧者則有情中景, 景中情. 景中情者, 如長安一片月, 自然是孤栖憶遠之情, 影靜千官里, 自然是喜達行在之情. 情中景尤難曲寫, 如詩成珠玉在揮毫, 寫出才人翰墨淋漓, 自心欣賞之景. 凡此類, 知者遇之, 非然, 亦鶻突看過, 作等閑語耳"[105] 왕부지는 이외에도 '정이 경을 낳고[情生景]' '경이 정을 낳는다[景

生情)'는 설에 대해서도 언급한 바 있는데, 이는 모두 정경의 융합, 심물의 합일에 대한 두 가지 방식에 대한 설명이라 하겠다. 그것이 어떤 방식이든간에 창작주체의 심리정감이 그 결합점이 된다는 것은 분명한 사실이다.

'정이 경을 낳는다'는 말은, 정으로써 경을 만난다는 뜻으로 "마음에서 깨달아 외물에 미루어 생각한다 識之心而推諸物"는 말과 상통하는데, 창작자는 우선 자신의 감정을 가진 후 시각을 통해 자신의 감정과 상응하는 경물을 파악한다는 뜻으로 해석할 수 있다. 이는 "못가에 봄풀이 파릇파릇 돋아나네 池塘生春草" "나비는 남쪽 정원으로 날아드네 胡蝶飛南園"와 같은 시구처럼, (시인의) "마음과 눈 속에서 서로 융화되어 일단 시어로 드러나니 주옥처럼 원만하고 윤이 날 수 있었던 것이다. 요컨대 각각의 시구는 모두 마음속에 생각하고 있는 것과 경이 서로 어울려 있음을 보여 주고 있다 皆心中, 目中與相融浹, 一出語時, 卽得珠圓玉潤, 要亦各視其所懷來而與景相迎者也"[106]는 말과 상응한다.

'경이 정을 낳는다'는 말은, 경과 만남으로써 정이 생겨난다는 뜻이다. 즉 "전혀 생각지도 않던 외물과 서로 만나 마음속에 정이 생긴다 不謀之物相値而生其心"는 말로, 창작주체가 우연치 않게 경물과 접하는 상황에서 정감이 발생한다는 것을 뜻한다. 이 역시 정과 경이 서로 융합하는 방식의 하나이다. 요컨대 왕부지는 "경물을 그 자리에서 보고 마음으로 체득한다 卽景會心"·"경을 묘사하는 마음의 이치로 정을 말한다 以寫景之心理言情"·"경과 정에 기인하면 저절로 영묘해진다 因景因情, 自然靈妙"고 재차 강조하여, 정이 중심이 되는 정경의 상호 융합과 심물의 교감을 중시하였다고 할 수 있을 것이다.

이처럼 왕부지는 '정'과 '경,' '심'과 '물'의 합일에서부터 경이 심미표상이며 정은 심미감정이라는 것에 이르기까지 정은 시의 본질이며 정과 경의 모순의 주체임을 지적하였으며, 정과 경이 융합하는 방식과 유형별 분석을 통해 정경의 융합이나 심물의 교감에서 정의 역할이 중요하다는 것을 강조하고 있다. 이를 통해 왕부지는 중국 고전예술심리에서 정경론情景論을 완성했다고 할 수 있을 것이다.

2. 심미감각론

예술창작에서 예술의 정과 경이 융합할 수 있는 조건은 무엇이고, 예술사유의 토대와 특징은 무엇인가? 이에 대해 왕부지는 심미감각론을 내세우고 있다. 이는 시각과 지각에 의해 얻어낸 대상에 대한 직감을 예술창작과 예술사유의 선결조건으로 간주하였기 때문이다.

그는 시가의 정경융합의 원인에 대해 다음과 같이 말하고 있다. "말은 정을 다 드러낼 수 없으나 정은 저절로 무한하게 솟아나는데, 이는 마음과 눈으로 법을 삼아 다른 것들을 믿지 않은 때문이다. '하늘가에서 돌아오는 배를 알아보고 구름 사이에서 강가의 나무 보이네'라는 시구는, 보이지 않게 정을 머금고 있어 응시하는 사람이 부르면 나올 듯하니, 이렇게 경치를 묘사하면 살아 있는 물경이 되는 것이다. 그런 까닭에 사람의 마음속에 언덕이나 골짜기(자연물상)가 없고, 눈에 성정이 담기지 않으면 설령 천하의 책을 다 읽는다 해도 한 구절도 제대로 지을 수 없는 것이다. 語有全不及情, 而情自無限者, 心目爲政, 不恃外物故也. 天際識歸舟, 雲間辨江樹, 隱然一含情凝眺之人呼之欲出, 從此寫景, 乃爲活景. 故人胸中無丘壑, 眼底無性情, 雖讀盡天下書, 不能道一句"[107] "유람시를 짓는 데 물론 정이 없을 수도 있다. 속된 이들은 억지로 정감을 집어넣느라 병도 없으면서 신음하는 꼴이 되니, 이렇게 되면 강산의 기세가 꺾일 수밖에 없다. 물경의 지극한 것을 묘사하려면 오로지 마음과 눈이 서로 어긋나지 않아야 하며, 그래야만 끝없는 정이 그곳에서 생겨나게 된다. 游覽詩固有適然未有情者, 俗筆必强以入情, 無病呻吟, 徒令江山短氣. 寫景至處, 但令與心目不相睽離, 則無窮之情, 正從此而生"[108]

이상의 예문은 예술적인 정과 경, 그리고 그것이 창작 속에서 합일되는 것이 모두 직접적인 심미감지에서 생겨난 창작 영감의 전제하에 이루어진다는 것을 설명하고 있다. 그는 "마음속에 자연물상이 존재하지 않고, 눈에 성정이 담기지 않으면 胸中無丘壑, 眼底無性情" "억지로 정감을 집어넣느라 병도 없으면서 신음하는 꼴이 되거나 强以入情, 無病呻吟" 혹은 근본적으로 작품을 써낼 수 없는 상태에 이른다고 말하고 있다. 이러한 연장선상에서 왕부지는 《강재시화》에서 다음과 같이 유명한 논의를 전개하고 있다.

> 몸으로 체험한 것이나 눈으로 본 것은 (시가창작에 있어서) 철칙이다. 즉 큰 경물을 극도로 잘 묘사한 것들, 예를 들어 "흐리고 밝아짐이 뭇 골짜기에 따라 달라지네"·"천지는 밤낮으로 떠 있네"와 같은 시구 역시 이러한 철칙에서 벗어나지

않았다. 여지도輿地圖에 의거하여 "평야가 청주와 서주로 들어갔다"라고 말한 것이 아니라, 누대에 올라가서 본 것일 따름이다. 벽을 사이에 두고 잡극이 상연되면, 그 노래는 들리지만 동작은 볼 수 없다. 더군다나 더욱더 멀리에서 들으면, 단지 북소리만 들릴 뿐이다. 그러니 어느 대목을 상연한다고 할 수 있겠는가? (그럼에도) 전에는 제량 사람들이, 뒤에는 만당 및 송인들이 모두 마음을 속이고 현란하게 기교를 부렸다.

身之所歷, 目之所見, 是鐵門限. 卽極寫大景, 如陰晴衆壑殊, 乾坤日夜浮, 亦必不踰此限. 非按輿地圖便可云平野入青徐也, 抑登樓所得見者耳. 隔垣聽演雜劇, 可聞其歌, 不見其舞, 更遠則但聞鼓聲, 而可云所演何齣乎? 前有齊, 梁, 後有晩唐及宋人, 皆欺心以炫巧.[109]

여기에서는 예술창작이란 가장 먼저 심미적인 감각에 호소해야만 한다는 것을 정확하게 설명하고 있다. 그는 다른 문장에서도 "오로지 마음과 눈이 서로 취한 곳에서만 경을 얻고 시구를 얻을 수 있으니, 이에 조기(아침 기운처럼 생기발랄한 기운이 존재함을 뜻한다)가 되고 신필이 된다 只於心目相取處得景得句, 乃爲朝氣, 乃爲神筆"[110]고 하여 자신의 견해를 부연하고 있다. 왕부지는 '현량現量'이라는 개념을 빌려 이러한 창작에서의 심미 특징과 사유 특징을 설명하고 있다. "'스님이 달빛 아래 문을 두드리네'라는 것은 망상이나 억측일 뿐이어서 다른 사람의 꿈 이야기를 하는 것과 같다 ……만약 경물에 직면하여 마음에 감흥이 있었다면, 퇴推자든 고敲자든 그 중 한 글자에 머물게 되었을 것이다. ……'황하의 지는 해는 둥글다'라는 시구는 처음부터 특정한 정경이 있었던 것이 아니고, '강물을 사이에 두고 나무꾼에게 물어본다'는 시구 역시 처음부터 생각해서 얻은 것이 아니다. 이것이 바로 불가에서 말하는 현량이다 僧敲月下門, 只是妄想揣摩, 如說他人夢, ……若卽景會心, 則或推或敲, 必居其一, ……長河落日圓, 初無定景, 隔水問樵夫, 初非想得, 則禪家所謂現量也"[111]라고 하였다.

'현량'은 원래 인도에서 발생한 추리·논증의 사유규율에 관한 인명학因明學에서 나온 개념이다. 이는 인간의 감각·사유활동 중에서 눈·귀·코·혀 등의 감각기관과, 외계사물이 접촉했을 때 얻을 수 있는 직접적이며 순수한 감각 지식을 가리키는 것으로, 기억·연상·추리 등의 사유활동을 통해 얻어지는 '비량比量'과 달리 개별과 분리되지 않는다. 이로 인해 얻어지는 것은 바로 각기 개별적인 사물의 형태에 관한 감각경험이다. 이러한 경험은 인식론적인 각도에서 볼 때 개별적이고 조잡하여 아직은 '공상共相'의 단계까지 이른 것은 아니다. 그러나 예술창작적인 면에서 볼 때, 또한 그 나름의 미학·문예심리학적인 의의를 가지고 있다. 왕부지는 '현량' 개념을 예술창작의 영역에 끌어들여 이를 자신의 심미감각론의 이론적 토대로 삼고 있는 것이다. 왕부지는 이러한 '현량' 개념을 통한 심미감각론에 대해 다음과 같이 설명하고 있다.

> '현량現量'의 '현'에는 현재의 뜻, 현성現成의 뜻, 진실이 현현顯現한다는 뜻이 담겨 있다. 현재란 과거에 의해 영향을 받는 것이 아니며, 현성은 한순간에 깨달아 사고의 힘을 빌리지 않는다는 것이고, 진실이 현현한다는 것은 저것의 체성이 본래 이것과 같아 분명히 드러나는 것이 의심할 바 없고 허망되지 않다는 것이다. '비량'의 '비'는 여러 가지 사실을 가지고 여러 가지 이치를 헤아림으로써, 서로 비슷한 것을 비교하여 같은 것으로 간주한다는 뜻이다. 예를 들어 소를 토끼와 비교하면 양자가 모두 동물인데, 때로 서로 비슷하지 않은 것으로 그 다름을 비교하여 다르다고 여긴다. 예를 들자면 소에는 뿔이 있는데 토끼는 없다는 식이다. 그리고는 양자가 다르다고 확신하기에 이른다. 이러한 지식은 이치상으로 오류가 있는 것은 아니나, 본래의 실상은 근원적으로 비교할 필요가 없는 것이다. 이는 순수하게 의식상의 분별로 생겨난 것이다. '비량'은 정감은 있으되 이치는 없는 망상인데, 자신이 생각하는 바에 집착하고 스스로 확신을 세워 마침내는 이러한 지식이 마치 가히 믿을 수 있고 증명될 수 있는 것인 양 느끼는 것이다.
>
> 現量, 現者有現在義, 有現成義, 有顯現眞實義. 現在, 不緣過去作影, 現成, 一觸卽覺, 不假思量計較, 顯現眞實, 乃彼之體性本自如此, 顯現無疑, 不參虛妄. 比量, 比者以種種事比度種種理, 以相似比同, 如以牛比兎, 同是獸類, 或以不相似比異, 如以牛有角比兎無角, 遂得确信. 此量於理無謬, 而本等實相原不待比, 此純以意計分別而生. 非量, 情有理無之妄想, 執爲我所, 竪自印持, 遂覺有此一量, 若可憑可證.[112]

왕부지의 견해에 의하면, '현량'이란 세 가지의 뜻이 포함되어 있다. 첫째는 '현재'의 의미로 과거의 사물에 대한 기억에 의존하는 것이 아니라, 오로지 지금 눈앞에 보이는 사물에 대해 느끼는 감각이다. 둘째는 '현성現成'의 뜻으로 이성적인 사고에 의한 것이 아닌 일종의 시각에 의해 얻어지는 직접적인 감각이다. 마지막으로 '현현진실顯現眞實'의 뜻인데, 추상적이거나 허상의 사물이 아닌 구체적이고 실제적인 사물을 드러낸다는 의미이다. 요컨대 '현량'에 의해 감지되는 사물은 '공상共相'이 아닌 '실상'으로 기억이나 대비對比, 또는 생각에 의지하는 것이 아니라고 할 수 있다.

왕부지는 이러한 '현량'설을 시학에 운용하였는데, 이는 예술창작과 예술사유의 심리법칙에 부합된다. 왜냐하면 예술적 인식은 본래 형상적이고 구체적인 것으로 창작이나 예술감상 역시 감각에서 시작되기 때문이다. 현대 심리학에서 감각은 인간의 사유과정의 첫번째 단계이며, 모든 인식은 감각으로부터 시작된다고 간주하고 있다. 사물에 대한 첫번째의 감각은 가장 진실되며, 순수하여 외계 사물의 간섭이나 잡념의 영향을 받지 않는다. 따라서 직각성은 예술창조의 기본 특징이며, 이를 예술지각이라고 말하기도 한다.

이상에서 볼 때, 왕부지는 예술창작에서 사물에 대한 직접적 심미관조나 예술사유의 직각성을 특히 중시했음을 알 수 있다. 그의 견해는 다음의 예문에서도 확인된다. "집이 망천에 있는 이(왕유)의 시 속에는 그림이 있고 그림 속에는 시가 있는데, 양자가 동일한 풍미를 지니고 있다. 그런 까닭에 능히 물과 우유처럼 조화를 이룰 수 있어 창작하여 만들어지기 전이나, 채 변화되기 이전의 상태에서 현량으로 말미암아 그것을 드러낸다. 일단 그 유래를 찾고자 애를 쓴다면, 이미 매가 신라국으로 가버린 것처럼 본래의 느낌을 얻을 수 없는 것이다. 家輞川詩中有畵, 畵中有詩, 此二者同一風味, 故得水乳調和, 俱是造未造, 化未化之前, 因現量而出之. 一覓巴鼻, 鷂子卽過新羅國去矣"[113] 이처럼 왕부지는 예술창작을 할 때 무엇보다도 첫번째 느낀 것이나 인상을 놓치지 말고, "만들어지기 전이나 아직 변화되기 이전의 상태에서 현량으로 말미암아 그것을 드러내어야" 하며, "그 유래를 찾는 覓巴鼻" 등 이리저리 생각하게 되면 결국 애초의 예술적 직감이나 영감도 없어져 버리고 만다고 주장하였다.

물론 모든 감각이 심미적인 감각이 될 수는 없다. 왕부지가 말하고 있는 내용에는 객관적인 사물에 대한 심미주체의 심미적인 선택과, 주관적인 정감·심리가 서로 상응하여 결합하는 등의 여러 가지 요소가 포함되어 있다.

예를 들어 왕부지의 심미적 선택에 대한 견해는 다음과 같다. "'해 떨어지고 구름이 일어나니, 바람 따라 도는 잎새를 바라보네.' 이 역시 진실로 그럴 만한 경물이다. 일찍이 묘사된 적이 없는 것을 말하고 있는데, 이른바 눈앞의 광경이 바로 이것이다. '안'이라고 말한 것은 또한 그것이 눈앞에 보이는 것과 같은가의 여부를 묻는 것이다. 만약 속인의 육안으로 본다면 아무리 크게 보아도 여덟 자나 열 자를 벗어날 수 없다. 이처럼 소마냥 조악하게 바라본다면 그러한 눈으로 취한 경물을 어찌 사람에게 할 수 있겠는가? '日落雲傍開, 風來望葉.' 亦固然之景. 道出得未曾有, 所謂眼前光景者此耳. 所云眼者, 亦問其何如眼. 若俗子肉眼大不出尋丈, 粗欲如牛, 目所取之景亦何堪向人道出?"[114] 여기서 그는 시각과 지각은 반드시 심미적인 시각과 심미적인 지각이어야 하며, 경물 역시 심미적인 대상이어야 한다고 주장하고 있다. 결국 이러한 심미적 직감과 정·경이 융합되어야만 좋은 시를 창작할 수 있다는 말이다. 물론 심미 감지와 심미 대상을 선택하는 데 있어서 중요한 것은 전자이다. 다시 말해 그가 요구하는 눈은 미를 감지할 수 있는 눈으로 속인들의 육안과는 다른 것이다. 그래서 "이처럼 소마냥 조악하게 바라본다면 그러한 눈으로 취한 경물을 어찌 사람에게 할 수 있겠는가?"라고 하였으니, 결국 이렇게 본 것은 심미적 감지가 아니기 때문에 훌륭한 광경을 취할 수도 없고 좋은 시를 쓸 수도 없다는 뜻이다.

물론 심미적인 감지의 직각성·영감·깨달음 등은 예술사유의 기본적인 특징이다. 그러나 또한 왕부지는 이성적인 인식 역시 배척해서는 안 된다고 주장하고 있다. 그는 '현량'에 내포되어 있는 '현현진실'을 해석하면서, 예술작품은 단지 사물의 '물태物態'만을 묘사할 것이 아니라 사물의 물리, 즉 내재된 규율을 제시해야만 한다고 설명한 바 있다. 다만 이러한 '이理'는 이론적·논리적 인식과는 당연히 다른 것이다.

왕부지는 포조의 시에 '등황학기登黃鶴磯'를 예로 들어 이를 설명하고 있다. 우선 그 시를 보자. "나뭇잎 떨어지니 강나루가 추워 오고, 기러기 돌아오니 바람은 가을을 보내누나. 강가에 서서 애달픈 상조의 현을 끊고, 내를 바라보니 뱃사공의 읊조림이 애닯구나. 동쪽 초나라 땅으로 가려 하나 수레 보이지 않고, 서쪽 하나라 땅으로 가는 배 떠나가네. 낭떠러지 속에 붉은 섬돌 숨어 있고, 아홉 갈래 물길 큰 바다로 이끄네. 소상반죽은 순임금과 두 비妃의 애절한 사별을 느끼게 하나니, 옥구슬 만지며 한수가에서 노닐던 때를 생각하네. 어찌 저 약이 사람을 편안케 한다고 하나, 나그네의 우수를 없앨 수 있겠는가. 木落江渡寒, 雁還風送秋. 臨江斷商弦, 瞰川悲棹謳. 適郢無東轅, 還夏有西浮. 三崖隱丹磴, 九派引滄流. 淚竹感湘別, 弄珠懷漢游. 豈伊藥餌泰, 得奪旅人憂" 왕부지는 이에 대해 다음과 같이 평하고 있다. "낙엽이 떨어지면 정말로 강나루의 바람이 차가워진다. 그러나 강나루의 추위가 낙엽이 떨어져서 그런 것은 아니다. 시험삼아 추운 달에 강나루에 서 있어 보면 진실로 그러함을 알 것이다. 따라서 유생이 말하는 이치(理)가 시적 이치(理)와 관계가 없는 것은 도덕적으로 타락한 유랑자의 정감이 시적 정감에 합당하지 않는 것과 같다. 木落固江渡風寒, 江渡之寒乃若不因木葉. 試當寒月臨江渡, 則誠然乃爾! 故經生之理不關詩理, 猶浪子之情無當詩情"[115] 이외에 사마표司馬彪의 〈잡시雜詩〉에 대한 평론에서도 이와 유사한 견해를 살필 수 있다. 우선 사마표의 〈잡시〉를 살펴보면 다음과 같다. "온갖 풀은 절기에 따라 생겨나고, 기를 머금은 대로 크거나 작구나. 가을 바람에 날리는 쑥에게만 어찌 허물이 있겠는가? 바람에 나부껴 돌뿐인걸. 긴 회오리바람 한 번 날아올라 나를 사방 멀리로 불어 보내네. 어지러운 심사에 머리를 긁적거리며 오랜 나무 뿌리를 바라보니 아득하여 돌아갈 데 없구나. 百草應節生, 含氣有深淺. 秋蓬獨何辜, 飄飄隨風轉. 長飇一飛薄, 吹我之四遠. 搔首望故株, 邈然無由返" 왕부지는 이에 대한 평론에서 다음과 같이 말하고 있다. "왕경미는 '시는 묘오가 있으니 이치(理)와는 관련이 없다'고 하였는데, 이는 이치가 없어야 시가 된다는 말이 아니라, 도리를 따지는 말(名言)의 이치로 서로 구할 수 없다는 뜻이다. 또한 날아다니는 쑥풀에 머리가 간지러워 어찌 긁을 수 있겠는가? 그러나 '머리를 긁는다'고 해도 무방하니 이치로 이를 구한다면 어찌 헛발을 디딘 것이 아니겠는가? 王敬美謂'詩有妙悟, 非關理也,' 非謂無理有詩, 正不得以名言之理相求耳. 且如飛蓬何首可騷, 而不妨云'騷首,' 以理求之, 詎不蹭蹬?"[116] 이처럼 왕부지의 견해는 분명하다. 그는 '강나루의 추위'나 '날리는 쑥풀에 대한 느낌'은 결코 '유생이 말하는 이치'나 '도리를 따지는 말의 이치'처럼 이성적이고 논리적인 판단에 의해 얻어지는 것이 아니라, 오히려 감상자가 심미적인 형상에 대해 심미적 느낌을 받아 얻은 것이라고 분명하게 밝히고 있다. 왕부지는 이러한 이치를 '시리詩理'라고 지칭하면서, 그것의 특징에 대해 "유생이 말하는 이치와는 무관한 것이고" "이치가 없어야 시가 된다는 말이 아니라 도리를 따지는 말(名言)의 이치로는 서로 구할 수 없다는 뜻"이라고 부언하고 있다.

왕부지의 심미감각론은 그의 인식심리 사상의 토대가 된다. 그는 유물론적 기일원론을 주장하여, 기가 바로 우주의 본원이기에 기는 제일성第一性이고 이理는 제이성第二性이라고 단언하고 있다. "기가 있기에 비로소 이가 있게 된다.

기는 이가 의지하는 것이다. 有氣才有理, 氣者理之依也"[117] 그렇기 때문에 그는 미란 객관적으로 존재하는 사물 그 자체에 존재한다고 생각했다. "하늘은 아끼지 않아서 바람과 해로 사람을 조화롭게 하고, 사물은 아끼지 않아서 그 정태로써 사람으로 하여금 감상케 한다. ……이로써 즐거움은 그 둘 사이에 존재하는 것이니, 그런 다음에 사람이 가히 취해 얻게 되는 것이다. 天不靳以其風日而爲人和, 物不靳, 以其情態而爲人賞, ……是以樂者, 兩間之固有也, 然後人可取而得也"[118] "하늘과 땅 사이, 새로운 것과 오래 된 것의 흔적, 영화와 쇠락의 현상, 흐름과 멈춤의 기미, 기뻐하거나 싫어하는 모습 등 내 몸 밖에서 형성된 것은 변화이고, 내 몸 안에서 생겨난 것은 마음이다. 天地之際, 新故之迹, 榮落之觀, 流止之幾, 欣厭之色, 形於吾身以外者化也, 生於吾身以內者心也"[119] 이상에서 왕부지는 객관사물 자체에 미가 존재하고 있기 때문에 감상자는 그 속에서 미에 대한 감상조건을 제공받고 있다고 주장하고 있다.

왕부지의 인식심리 사상은 유물론적이다. 그는 '듣고 본 것의 앎〔聞見之知〕'을 전제로 하여 인간의 감각과 지각에 대해 구체적인 분석을 가하고 있다. "안다는 것은 오상의 본성을 부여한 천하와 서로 통하여 사용함을 뜻한다. 그 사물을 알아 그 이름을 알고, 그 이름을 알아 그 뜻을 아니, 사물과 서로 더불어 교접하지 않으면 마음에 이치가 갖추어져도 그 이름을 말할 수 없고 일도 이루어질 수 없다. 識之者, 五常之性所與天下相通而起用者也. 知其物乃知其名, 知其名乃知其義, 不與物交則心具此理而名不能言, 事不能成"[120] 이처럼 그는 인간의 인식은 '외물과의 교접'에서 비롯된다고 주장하는 한편, 인간과 외물이 접할 때에는 반드시 감각기관과 사유기관에 의지해야 한다는 점을 강조하고 있다. "형·신·물 세 가지가 서로 만나 지각이 생겨나는 것이다. 形也, 神也, 物也, 三相遇而知覺乃發"[121] 이는 다시 말해 인간이 지닌 눈·귀·코 등의 감각기관과 신神(마음)이라는 사유기관을 통해야만 인식이 가능하다는 뜻이다.

이외에도 왕부지는 감각이 바로 인식의 토대라고 하여 "보고 들어 익숙하지 않으면 마음속에서 그 형상을 드러낼 수 없다 見聞所不習者, 心不能現其象"[122]고 하였으며, 또한 "견문을 없애고 사사롭게 그 이치를 추측하게 되면 허황되고 억지를 부리게 되며 큰 잘못에 빠지게 된다. 그래서 성인들은 이를 심히 두려워하셨던 것이다 廢聞見而以私意測理, 則爲妄爲鑿, 陷於大惡, 乃聖人之所深懼"[123]라고 말했던 것이다. 이상에서 살펴본 대로 왕부지의 예술심리 사상에 있어서는 마음이 주체이고, 심미심리에서는 정감이 주체이다. 그러나 예술창작이든 예술사유이든간에 사물에 대한 감각이나 지각을 벗어나서는 결코 다른 것을 생각할 수 없다. 그의 말대로 "몸으로 체험한 것이나 눈으로 본 것은 (시가창작에 있어서) 철칙인 것이다. 身之所歷, 目之所見, 是鐵門限"

3. 정감형식론

시가예술에 있어서의 정과 경의 관계에 대한 논술에서, 왕부지는 예술정감이 자연경물에 생기를 불어넣는다는 점을 중시하였다. 그러나 다른 한편 시가예술의 내용과 형식에 있어서는 특히 형식을 중요시하고 있다. 물론 이러한 형식 또한 예술정감으로 충만해 있어야 한다는 것이 그의 생각이었다. 왕부지는 다음과 같이 말하였다.

성인은 안에서 그것을 다스리니 마음이 지향하는 바[志]를 변별하는 데 상세하고, 밖에서 그것을 다스려 음률을 전수하는 데 밝다. 안을 다스리는 것은 혼자 있음을 삼가는 일이자 예禮의 법칙이고, 밖을 다스리는 것은 즐거움을 드러내는 일이자 음악의 쓰임이다. 그래서 음률로 소리를 조절하고 소리로 길게 읊조림을 조화시키며, 길게 읊조림으로 말을 펼쳐 나가며 말로써 뜻을 선양하는 것이다. ……음률로 조절한 연후에 소리가 조화를 얻을 수 있고, 소리가 조화로워야 이후에 길게 읊조림에 적합하도록 조절될 수 있으며, 길게 읊조림에 적합하도록 조절된 이후에야 말을 길게 읊조릴 수 있다. 말을 길게 읊조릴 수 있어야 이후에 말로써 뜻을 분명하게 드러낼 수 있다. 그런 까닭에 "근본을 다하고 변화를 아는 것이 음악의 정이다"라고 말하는 것이다. (시가나 음악이란) 뜻이 가는 것이 아니라 말이 발하는 것이니, 그래야만 음악에 대해 훤히 알고 있다고 할 수 있다.

聖人從內而治之, 則詳於辨志, 從外而治之, 則審於授律. 內治者, 愼獨之事, 禮之則也, 外治者, 樂發之事, 樂之用也. 故律以節聲, 以聲協永, 以永暢言, 以言宣志. ……律調而後聲得所和, 聲和而後永得所依, 永得所依而後言得以永, 言得永而後志著於言. 故曰窮本知變, 樂之情也. 非志之所之, 言之所發, 而卽得謂之樂, 審矣.[124]

그는 《상서尙書》에 나오는 "시란 뜻을 말하는 것이고, 노래는 말을 길게 읊조린 것이며, 소리란 읊조림에 적합하도록 조절하는 것이고, 음률은 소리를 조화롭게 하는 것이다 詩言志, 歌永言, 聲依永, 律和聲"라는 견해를 이해하는 데 두 가지 방식이 있다고 보았다. 그 하나는 내심으로부터 이해하여〔內治〕 "지를 변별하는 데 상세한 것 詳於辨志"이며, 다른 하나는 일종의 외치外治, 즉 형식적인 면에서 파악하여 "음률을 전수하는 데 밝도록 한다"는 것이다. 왕부지는 특히 '외치'를 강조하여 "'근본을 다하고 변화를 아는 것이 음악의 정이다'라고 말하는 것이다. 뜻이 가는 것이 아니라 말이 발하는 것이니, 이래야만 음악에 대해 훤히 알고 있다고 할 수 있다 窮本知變, 樂之情也. 非志之所之, 言之所發, 而卽得謂之樂, 審矣"라고 하였다. 다시 말해 그는 시가나 음악의 뜻을 이해하는 것 역시 예술의 형식적 요인으로부터 시작된다고 생각했던 것이다. 그렇기 때문에 '시언지詩言志·가영언歌永言·성의영聲依永·율화성律和聲'이라 하여, 내용적인 측면을 앞세웠던 기존의 전통적 관념 대신에 "음률로 소리를 조절하고 소리로 길게 읊조림을 조화시키며, 길게 읊조림으로 말을 펼쳐 나가며 말로써 뜻을 선양하는 것이다 以律節聲, 以聲協永, 以永暢言, 以言宣志"라고 하여 '뜻을 드러냄'을 마지막 순서에 두었던 것이다. 이렇게 본다면 왕부지의 견해는 기존의 견해와 커다란 차이가 있다고 할 수 있다.

왕부지의 이러한 관점은 중국 문예심리학사에 있어서 새로운 의의를 부여한 것이다. 다음 인용문에서도 이러한 관점을 재확인할 수 있다.

> 군자는 악을 귀하게 여긴다. 그러나 마음에서 드러나는 것을 귀하게 여기는 것이 아니라, 외적으로 감동되어 마음에서 생겨나는 것을 귀하게 여기는 것이다.
> 君子之貴乎樂也, 非貴其中出也, 貴其外動而生中.[125]

> 풍아의 도는 의상으로 그것을 드러내어, 사람들로 하여금 저절로 감동하여 (흥·관·군·원하도록 만드는 것이니) 곧 감동하지 않을 수 없는 것이다. 자신만을 믿어 자신의 유한한 뜻을 시가에 고집하여 사람을 감동시키고자 한다면 또한 누가 감동될 수 있을 것인가! 태충(마음)은 오로지 전일하니 결구로써 작가의 깊은 정감을 기르는 것이다.
> 風雅之道, 言在而使人自動, 則無不動者. 恃我動人, 亦孰令動之哉! 太沖一往全以結構養其深情.[126]

위 인용문에서는 훌륭한 예술은 단지 정감을 표현한다고 이루어지는 것이 아니라, 보다 좋은 형식을 통해 예술적 정감을 드러냄으로써 비로소 가능하다고 주장하고 있다. 특히 시가예술의 경우에도 단지 작가의 언어 선택이나 드러내고자 하는 뜻으로 감동을 주고자 해서는 안 되며, 항시 아름다운 형식이 어우러져 진정한 아름다움을 줄 수 있어야 한다는 말이기도 하다.

예술은 단지 작가의 의지나 정감만으로 이루어지지 않는다. 반드시 그러한 의지나 정감은 일정한 형식적 아름다움과 상응해야 비로소 예술로서의 진면목을 드러낼 수 있다. 그렇기 때문에 왕부지는 "뜻이 가는 것이 아니라 말이 발하는 것이니, 그래야만 음악에 대해 훤히 알고 있다고 할 수 있다 非志之所之, 言之所發, 而卽得謂之樂, 審矣"고 주장하였던 것이다.

왕부지의 주장은 간단하다. 곧 모든 사상이나 정감, 의지나 욕망은 반드시 예술적 형식을 통해 표현되어야 비로소 예술로서 존재하며, 역으로 예술형식이 없으면 결국 예술 자체도 존재할 수 없다는 말이다. 이러한 견해는 대단히 명쾌하고, 또한 정확한 것이다. 왕부지는 이와 아울러 예술형식 역시 나름의 경계가 있음을 분명히 하였다. 그에게 있어서 형식은 결코 고립된 것이 아니며, '결구로써 작가의 깊은 정감을 기르는 것 以結構養其深情'으로 '마음의 으뜸되는 소리 心之元聲'[127]였다. 그것은 다시 말해 예술형식에 이미 심미정감이 내재된 형식이란 뜻이다. 이는 클리브 벨이 말한 '의미 있는 형식,' 또는 비코츠키(1896-1934)가 말한 '형식의 특수한 정서'와 같은 것이다. '형식의 특수한 정서'는 비코츠키가 자신의 저서 《예술심리학》에서 언급한 것인데, 그는 오프샤니코 쿨리콥스키(1853-1920. 러시아 문예학자)의 예술심리학 관점을 비평하면서 다음과 같이 말하고 있다. "모든 진정한 예술작품에는 그것이 서정적인 것이든 형상작품이든간에 모두 본래의 형식을 가지고 있다. 형식의 특수한 정서는 곧 예술표현의 중요한 조건이 된다."[128] 그는 이어서 "형식정서란 시작과 출발의 요소로서 이 요소가 없으면 예술은 이해될 수 없다"[129] · "예술은 '이러한 사소한 점'에서 시작된다. 이는 다시 말해 예술은 형식이 시작되는 곳에서 시작된다는 뜻이다"[130]라고 말하고 있다.

그렇다면 '형식정서形式情緖'란 무엇인가? 그는 자신의 책에서 더 이상 자세한 설명을 하고 있지 않다. 그러나 필자의 관점에서 볼 때, 그 속에는 대체로 두 가지 의미가 내재되어 있다고 생각할 수 있다. 첫째, "대뇌의 활동에서 볼 때,

정감과 정서는 동일한 물질과정의 심리형식이다."[131] 이를 예술창작의 측면에서 본다면, 서로 다른 형식(서로 다른 예술체제나 예술재료, 매개수단)은 서로 다른 예술정감과 정서적 체험을 발생시킬 수 있다. 따라서 형식은 반드시 정감과 정서가 내재된 형식, 즉 '의미 있는 형식'이어야 한다. 또한 예술형식은 풍부한 정감과 정서가 담겨져 있어 의미 역시 풍부하게 들어 있어야 한다. 이는 구태여 증명할 필요조차 없는 분명한 사실이다. 둘째, 비코츠키는 "예술은 형식이 시작되는 곳에서 시작된다"고 하였다. 이는 창작에 있어서 예술형식이 차지하고 있는 비중이 적지않음을 분명히 인식하고 있어야 한다는 뜻이다.

이로 보건대 왕부지가 말한 "마음의 으뜸이 되는 소리 心之元聲"나 "결구로써 작가의 깊은 정감을 기르는 것 以結構養其深情" 등은 클리브 벨의 '의미 있는 형식'이나 비코츠키의 '형식정서' 개념과 상응되는 개념이라고 할 수 있을 것이다. 랭거 역시 예술은 정감의 부호, 즉 '정감형식'이라고 말한 적이 있었다. 다만 왕부지의 경우 수잔 랭거의 견해와 완전히 일치하는 것은 아니다. 그렇기 때문에 왕부지의 경우는 동일한 '정감형식'론이기는 하지만, 정감을 지닌 형식, 또는 형식으로 정감을 표현하는 '정감형식'론이라고 해야 보다 분명할 것이다. 그것은 동시에 중국 문예심리학의 독특한 특성을 드러내는 것이기도 하다.

왕부지의 문예심리학 이론에는 '정감형식'에 관한 내용이 풍부하게 들어 있다. 그 중심 논제는 어떤 형식이나 풍격을 막론하고 모두 정감을 싣고, 정감을 표현하는 것을 근본으로 삼아야 한다는 것이다.

> 오언절구는 오언고시에서 왔고, 칠언절구는 가행에서 왔다. ……(오언절구는) 오언고시에서 왔기 때문에, 한 가지 뜻 속에서 원만하고 고요한 가운데 시구가 이루어져 문자 밖에 아득한 정신을 함유하게 되니 사람들로 하여금 깊이 생각케 하고, (칠언절구는) 가행에서 왔기에 한 기 속에서 넓고 아득한 가운데 신령이 통하여 시구에 여운이 있게 되어 사람의 정을 느끼게 한다.
>
> 五言絶句自五言古詩來, 七言絶句自歌行來, ……自五言古詩來者, 就一意中圓靜成章, 字外含遠神, 以使人思, 自歌行來者, 就一氣中駘蕩靈通, 句中有餘韻, 以感人情.[132]

왕부지는 이외에도 '법法'과 '세勢'에 대해 많은 언급을 하였다. 이른바 '법法'은 예술창작의 법칙, 즉 형식규율을 뜻한다. "생각이나 정감이 일어나 일에 나아가면 선후의 차례가 있어야 하는 것이 시가의 첫번째 법칙이다. 以當念情起, 卽事先後爲序, 是詩家第一矩矱"[133] 이처럼 왕부지는 정감의 논리에 따라 형식과 법도를 안배해야 한다고 주장하였다. 다음 '세勢'는 예술작품의 동적인 아름다움을 뜻한다. 그 속에는 내용뿐만 아니라 형식에 관한 문제도 포함되어 있다. 특히 예술형식적인 측면에서 '세勢'는 "인정과 사물의 이치의 변화 人情物理之變" 그리고 '뜻 속의 신리(意中之神理也)'로서 성률과 문자, 그리고 내재적 결구를 안배하여 적합한 묘사 대상의 신리神理적 특징의 동태미를 표현하는 것을 뜻한다.

4. 심미감흥론

왕부지의 심미심리학은 총체적으로 볼 때, 결국 심미감흥론으로 귀결된다고 할 수 있다. 이는 왕부지 자신이 감상자가 예술 이미지나 예술적 형식미에 대해 이해하고 감상하는 데 논리적 개념을 통한 이성적 판단으로 하는 것이 아니라, 작품의 예술적 형상을 직접적으로 감지하고 이로부터 주체의 정감에 감응하면서 흥취를 드러내고 나름대로 체득하게 된다고 주장했다는 말이다.

왕부지의 심미감흥론은 예술창작의 본질에 관한 그의 인식을 출발점으로 삼고 있으며, 그의 심미감상심리학은 그의 창작심리학에서 연유하고 있다. 왕부지는 시가 등의 예술형식은 "모두 뜻에 의미가 있는 것이 아니기 俱不在意" 때문에 지志나 의意를 중시하는 '논論'과 다르며, 또한 "그 자리에서 듣고 보아 정이 생기고 그 자리에서 생각난 언어로 묘사하는 것 卽事生情, 卽語繪狀"으로 "사실로부터 저작하는 從實著筆" '역사(史)'와도 다르다고 하였다. 다시 말해 시는 정과 경이 합일되어, 심미적 감지에서 직접적으로 생겨나는 심미형상으로, 이러한 심미형상은 "마음과 눈으로 법을 삼아 다른 것들을 믿지 않는 心目爲政, 不恃外物故"[134] 상황에서 생겨난다.

예술적 형상은 심미직각에 의해 심미감흥이 일어나는 심리상태에서 탄생하는 것이다. 그렇기 때문에 예술감상 역시 우선 예술형상에 대한 시각과 지각에 의한 심미감흥이 일어나야만 가능한 것이다. 그래서 왕부지는 다음과 같이 말하고 있는 것이다.

풍아의 도는 의상으로 그것을 드러내어, 사람들로 하여금 저절로 감동하여 (흥·관·군·원하도록 만드는 것이니) 곧 감동하지 않을 수 없는 것이다. 자신만을 믿어 자신의 유한한 뜻을 시가에 고집하여 사람을 감동시키고자 한다면 또한 누가 감동될 수 있을 것인가!

風雅之道, 言在而使人自動, 則無不動者. 恃我動人, 亦孰令動之哉![135]

마음과 눈은 서로 동떨어져 있어서는 안 된다. 그런즉 끝없는 정은 바로 여기서 생겨나는 것이다.

與心目不相睽離, 則無窮之情, 正從此而生.[136]

이 두 단락은 왕부지의 심미심리학에서 매우 중요한 위치를 차지하고 있다. 첫번째 단락에서는 심미감상에 있어서 감상자는 예술형상을 벗어나 작품을 분석한다는 마음을 자신에게 주입시키는 것이 아니라, 작품의 예술형상을 통해 자신의 내심에서 자연적으로 발흥하는 시가의 이미지를 그대로 체득할 수 있어야 한다는 뜻이다. 두번째 단락은 예술감상은 논리적인 개념에 의한 직접적 추리가 아니라 자신의 '마음과 눈,' 즉 정감심리와 예술감지에 의지하여 작품의 '끝없는 정〔無窮之情〕'을 체득해야 한다는 것을 말하고 있는 것이다.

왕부지는 또한 다음과 같이 말하고 있다.

마음과 눈이 미치는 곳에 문정文情이 이르니, 그 근본적인 영화로움을 묘사함에 마치 눈앞에 존재하는 듯 드러낼 수 있어야 곧 아름다움을 두루 비추어 사람들로 하여금 끝없이 감동하게 만들 수 있는 것이다.

心目之所及, 文情赴之, 貌其本榮, 如所存而顯之, 卽以華奕照耀, 動人無際矣.[137]

위 인용문에서 왕부지는 예술미란 자연미를 진실하게 표현한 것이라고 단정짓고("貌其本榮, 如所存而顯之"), 바로 이러한 이유로 예술감상 역시 우선적으로 예술미가 표현해 내고 있는 자연미에 대해 "마음과 눈으로 미치는 곳에 문정이 이르도록" 해야만 정감이 일어나 "사람들로 하여금 끝없이 감동하게 만들 수 있다"고 주장하고 있다.

다음으로 왕부지는 예술미감이 풍부해야만 심미감상 역시 풍부해진다는 점에 대해 심도 있게 논의하고 있다. 특히 그는 "시는 일정한 뜻을 전달함이 없다 詩無達志"는 명제를 제기하고 있다. "평범하게 써내려가면 온갖 정감과 두루 통하게 된다. 그래서 시는 일정한 뜻을 전달함이 없다고 말하는 것이다. 只平敍去, 可以廣通諸情. 故曰, 詩無達志"[138] "기탁하는 것이 있으면 좋다고 말하나 기탁하는 것이 없는 것이 더욱 좋다. 기탁하는 것이 없으니 사람들로 하여금 기탁하는 것이 있도록 만들 수 있는 것이다. 謂之有托, 謂之無托尤佳. 無托者, 正可令人有托也"[139] "절대로 창작자 자신의 뜻을 관여시키고자 애써서는 안 된다. 예부터 일정한 마음이 존재하는 이의 뜻은 받아들여지지도 않고 감동을 주지도 못했다. 絶不欲闕人意, 而千古有心人意自不容不動"[140] 이상은 모두 시적 함의는 일정한 것이 아니라 다의적인 것이며, 당연히 시적 예술형상에서 표현되는 미감 역시 다양하고 풍부할 수밖에 없다는 뜻이다. 또한 구체적인 예술작품에 있어서, 그 작품의 주제나 미감 등은 실제로 어떤 것을 지적하는 것이 아니라 대단히 다의적인 것으로 보아야 한다는 말이기도 하다.

"시는 감흥을 일으킬 수 있고, 정치와 풍속을 살필 수 있으며, 서로 무리지게 할 수 있고, 윗사람을 원망할 수 있다"는 말은 진정 훌륭한 말이다. 한·위·당·송의 아속과 득실을 이것으로 변별하고, 시 3백 편을 읽어야 하는 것도 이 때문이다. '할 수 있다(可以)'란 말은, 그 사유事由에 따라서 모두 가능하다는 뜻이다. ……작가가 일관된 생각으로 창작을 해도 독자는 각기 나름의 정감으로 스스로 체득하는 것이다. 그래서 '관저'는 '흥'이라 할 수 있다. 강왕이 조정을 편안히 다스린 것은 그것을 귀감으로 삼았기 때문이다. "커다란 계획으로 국운을 안정시키고, 원대한 계획을 때맞추어 내리도다"는 '관'이다. 사안이 그 내용을 감상하여 원대한 심사를 증가시킬 수 있었다. 사람의 정감이 노니는 것은 끝이 없으니 각기 나름의 정감으로 (작품을) 만난다. 그래서 이를 시에서 귀중하게 여기는 것이다.

詩可以興, 可以觀, 可以群, 可以怨. 盡矣. 辨漢魏唐宋之雅俗得失以此, 讀三百篇者必此也. 可以云者, 隨所以而皆可也. ……作者用一致之思, 讀者各以其情而自得. 故關雎, 興也. 康王晏朝, 而卽爲氷鑒. 訏謨定命, 遠猶辰告, 觀也. 謝安欣賞, 而增其遐心. 人情之游也無涯, 而各以其情遇, 斯所貴於有詩.[141]

왕부지는 두보의 시 〈야망野望〉에 대해 평론하면서, "이같은 작품은 그 자체로 들에서 아름다운 경치를 바라보면서 그 경관을 그린 시이다. 단지 현량으로 얻은 분명한 형상을 읊조리기만 하면 그것으로 정신이 즐거워지고, 원대한 이상을 기탁하기에 불가능한 것이 없다. 바야흐로 흥관군원이 한데 어울려 있고, 거듭된 퇴고로 풍아가 더불어 조화를 이루고 있다 如此作自是野望絶佳寫景詩. 只咏得現量分明, 則以之怡神, 以之寄遠, 無所不可, 方是攝興觀群怨於一爐, 錘爲風雅之合調"[142]고 하였다. 이상 두 가지 예문을 종합해서 분석해 보면, 그가 주장한 것이 시적 의상의 다의성으로 인한 심미감흥·심미감상의 풍부성 문제임이 더욱 분명해질 것이다.

그렇다면 예술창작은 왜 온갖 정감과 두루 통하게 되는가? 이는 일면 '현량'적 심미직각으로 예술창작의 내용이 구체적이고 광범위하게 이루어지기 때문이고, 다른 일면 감상자 역시 각기 다른 생활경험과 서로 다른 정감심리를 가지고 구체적인 예술작품을 이해·연상·섭취하기 때문이다. 이는 다시 말해 작품이 지니고 있는 예술형상의 구체성·풍부성·다의성에서 비롯되며, 다른 한편 "사람의 정감이 노니는 것 역시 끝이 없기에 각기 나름의 정감으로 (작품을) 만나는 것 人情之游也無涯, 而各以其情遇"에서 비롯된다. 그래서 "작가가 일관된 생각으로 창작을 해도 독자는 각기 나름의 정감으로 스스로 체득하는 것이다. 作者用一致之思, 讀者各以其情而自得" 이렇듯 동일한 시가詩歌일지라도 "그것으로 정신이 즐거워지고 원대한 이상을 기탁하기에 불가능한 것이 없다. 바야흐로 흥관군원이 한데 어울린" 심미감수를 향유하게 되는 것이다. 이렇게 볼 때, 왕부지는 심미감상심리학의 방면에서 맹자의 '이의역지以意易志' 설을 받아들여, 이를 더욱 구체화시켜 예술적·심미적으로 발전시켰다고 할 수 있을 것이다.

세번째로 왕부지는 "여유롭게 읊조리며 從容涵咏"[143] "시로써 시를 이해하기 以詩解詩"[144]를 주장하고 있다. 그는 예술감상에 대해 "관념적인 생각으로 좋은 것을 구할 수는 없다 直不可以思路求佳"[145]고 하여, "여유롭게 읊조리면 자연스럽게 작품의 기상이 생겨난다 從容涵咏, 自然生其氣象"고 하였다. 이 역시 시가의 정경 교융·시적 직각성·형상성, 그리고 예술적 미감의 풍부성에 의해 결정되는 문제라는 뜻이다. 그래서 왕부지는 '여유롭게 읊조리며' '시로써 시를 해석할 것'을 주장하고, 이성적 논리를 사용해서는 안 된다고 하여 "관념적인 생각으로 좋은 것을 구할 수는 없다"고 하였던 것이다. 그렇다면 예술감상은 구체적으로 어떻게 진행되는가? 왕부지는 "독자는 자신이 느낀 시말始末로써 시말을 삼는다 讀者可以其所感之端委爲端委"라고 하여, 독자 자신이 시인이 창작할 때 처했던 정경 속에 들어가 여유롭게 음미하면 그 진정한 뜻을 체득할 수 있다고 생각했다. 다음의 예문들은 바로 이와 유관한 내용이다.

> 왕유의 시 〈종남산終南山〉에서 "사람 사는 곳에 머무르고자, 물을 사이에 두고 나무꾼에게 묻네"라는 시구를 보면, 산이 빙 둘러싸여 황량하고 아득함을 가히 알 수 있는데, 앞의 여섯 구와 비교해 보면 처음부터 색다른 정취가 있는 것도 아니고, 또한 주빈도 분명하니 처음부터 의식적으로 일정한 형상을 내걸고 묘사한 것이 아니었다. "친지나 친구에게 소식 한 자 없고, 늙고 병든 몸에 외로운 배 하나 남았네"라는 시구는, 두보의 〈등악양루〉라는 시이다. 시험삼아 두보의 처지가 되어 마루에 기대 멀리 바라보니 마음과 눈에 이 시구가 확연히 드러났다. 이 또한 정중경이다.
>
> 欲投人處宿, 隔水問樵夫. 則山之遼廓荒遠可知, 與上六句初無異致, 且得賓主分明, 非獨頭意識懸相描摹也. 親朋無一字, 老病有孤舟. 自然是登岳陽樓詩. 嘗設身作杜陵憑軒遠望觀, 則心目中二語居然出現, 此亦情中景也.[146]

이외에도 그가 포조의 시를 읽고 평한 문장에서도 이를 확인할 수 있다. "포조(명원)의 악부시를 읽으면 색다른 맛을 느낀다. 그러나 성급하게 좋은 곳을 찾고자 하면 어느 새 잃고 만다. 읊조리며 왔다갔다하다 보면 마치 봄안개가 뭉실뭉실 자욱한 것 같고, 가을 장마가 눈과 마음에 가득 찬 듯하여 그 맛을 얻게 된다. 看明遠樂府, 別是一味. 急切覓佳處, 早已失之. 吟咏往來, 覺蓬勃如春烟彌漫, 如秋水溢目盈心, 斯得之矣"[147] 이상과 같이 왕부지는 예술감상 역시 "창작을 행함에 있어서 처음부터 의식적으로 일정한 형상을 내걸고 묘사하면 안 되는 것 獨頭意識懸相描摹"처럼, "성급하게 좋은 곳을 찾고자 하면 急切覓佳處" 결과적으로 그 효과가 바라는 바와 정반대로 나타난다고 보았다. 그리고 감상의 정확한 방법은 시인이 창작할 때의 심경과, 시에서 묘사되고 있는 정경 속에 자신을 몰입시켜 반복하여 읊조리는 것으로 이렇게 해야만 그 예술적 이미지의 진수를 얻을 수 있다고 주장하였다.

앞서 주희의 문예심리학에서 살펴본 대로 주희 역시 예술감상에서 '읊조리는 것〔涵咏〕'을 주장했다. 왕부지의 '함영' 개념은 주희의 그것과 상통한다. 이른바

'함영'은 일종의 심리체험이다. 예술은 내심으로 체험할 수 있을 따름이며, 추상적인 분석은 불가능하다. '함영'은 바로 이러한 뜻으로 사용된 개념이다. 물론 이 말이 심미체험의 토대하에서 논리적으로 개괄하는 것을 배척하는 것은 아니다. 이렇듯 주희와 왕부지의 '함영' 개념은 중국식 심미체험론으로 나름의 특색을 지니고 있다.

이상 세 가지 점 이외에도 왕부지는 심미심리에 있어서 심경心境의 문제에 대해서도 논의한 바 있다.

> "못가에 봄풀이 돋아나네"·"나비는 남쪽 정원에서 나네"·"밝은 달은 쌓인 눈을 비추네" 등은, 모두 마음과 눈에서 서로 융화되어 시어로 표현되었기 때문에 주옥 같은 아름다운 시가가 된 것이다. 요컨대 또한 각기 마음속에 품은 것과 경이 서로 맞이하게 된 것이다. "날이 저물어 하늘에는 구름이 사라지고, 봄바람은 산들거리며 불어오네"라는 시구를 보면 도연명이 당시에 지닌 흉금을 생각해 볼 수 있으니, 어찌 납이나 수은 등으로 연단술을 행하는 사람이 이런 시를 지을 수 있겠는가?
>
> 池塘生春草, 蝴蝶飛南園, 明月照積雪, 皆心中目中與相融浹, 一出語時, 卽得珠圓玉潤, 要亦各視其所懷來而與景相迎者也. 日暮天無雲, 春風散微和, 想見陶令當時胸次, 豈夾鉛汞人能此語.[148]

이는 감상자의 심미심리 심경과 심미 대상이 서로 결합해야만 심미감수가 가능하고, 주체와 객체간의 공명과 합일이 이루어진다는 말이다. 이러한 견해는 이미 심미심리학에서 숱하게 증명된 문제이다.

이상에서 왕부지의 예술심리 가운데 특히 정경합일론·심미감상론·정감형식론·심미감흥론 등을 종합적으로 살펴보았다. 그의 문예심리학은 그 나름의 독특한 체계하에서 풍부한 명제와 정밀한 이론체계를 바탕으로 중국 고전문예심리학을 종합하고 총결하는 단계까지 나아갔다고 할 수 있을 것이다.

제5절 섭섭의 예술사유론과 창작주체론

섭섭葉燮(1627-1703)의 자는 성기星期이며, 호는 이휴已畦로 절강성 가흥嘉興 사람이다. 만년에 강소성 오강吳江현 횡산橫山에서 가르침을 베풀었기 때문에 횡산선생이라고 부르기도 한다. 저작으로는 《이휴집》(문집 10권, 시집 10권, 그 외 1권)과 《왕문적류汪文摘謬》·《이휴쇄어已畦瑣語》·《원시原詩》 내외편이 있다.

섭섭의 미학과 문예심리학 사상은 주로 《원시》에 담겨져 있다. 어떤 이들은 섭섭의 《원시》를 《악기》·《문부》·《문심조룡》, 그리고 사공도의 《시품》과 엄우의 《창랑시화》 등을 계승하여 나름으로 체계화시킨 미학저작으로 간주하고 있으며, 섭섭을 왕부지와 더불어 청대 미학의 쌍두마차라고 칭한 바 있는데 틀린 말은 아니다. 《원시》의 미학이론은 체계적일 뿐만 아니라, 구성이 치밀하여 미학사에서 결코 빼놓을 수 없는 저작이다. 그러나 섭섭은 유물론의 각도에서 중국의 전통적인 유가미학 이론을 귀납하고 총결하였기 때문에 예술창작이나 예술감상의 문제에 치중하였고, 오히려 창작주체나 감상주체의 심리활동이나 법칙 등의 문제에 대해서는 그다지 분석한 바 없다. 그렇기 때문에 왕부지와 비교해 볼 때, 그의 예술심리 이론은 약간 모자란 부분이 있다. 이렇듯 예술학·미학·문예심리학에 관한 연구의 측면에서 볼 때, 설령 같은 이론가라 할지라도 그 수준이나 조예가 항시 일치하는 것은 아니라는 것을 알 수 있다.

섭섭의 문예심리학은 특히 예술사유론과 창작주체론 두 가지를 중점적으로 살펴볼 필요가 있다.

1. 예술사유론

섭섭의 예술론은 유물론적이다. 철학적으로 그는 왕충 이래로 원기자연론의 영향을 받았다. 그래서 예술의 본질 문제에 있어서도 예술은 반드시 "능히 자연스러움을 본받아야 한다 克肖其自然"[149]고 하여, 현실생활을 진실하게 반영해야 한다고 주장했다. 그는 예술에 대해 다음과 같이 정의하였다. "문장은 천지만물의 정황을 표현한 것이다. 文章者, 所以表天地萬物之情狀也"[150] 이처럼 그는 예술이란 현실의 사물을 진실되게 반영해야 한다고 보았다. 그러나 또한 그는 창작자, 즉 '자아'의 정감이나 심리가 창작과정에서 어떠한 작용을 하는가라는 문제를 중시하였다. 그래서 그는 "시란 마음의 소리이다 詩是心聲"[151]·"눈으로 만나 마음에 감동을 주고 손에 전달되어 형상을 이룬다 遇於目, 感於心, 傳之於手而爲象"[152]고 하였던 것이다. 예술은 현실생활에 대한 진실된 반영이다. 그러나 그것은 창작주체의 심령을 통해 반영된 것으로 이른바 형상적 반영이다. 이는 문학이 일반 논리적 문장과 다른 이유이기도 하다. 이러한 관점이 바로 섭섭의 예술사유론의 토대였다.

예술사유론에 관해서 섭섭은 다음과 같은 설명을 한 적이 있다.

> 시의 지극한 점은 그 묘미가 무한히 함축적이고, 시적 구상이 미묘함에 있다. 시는 할 수 있거나 말할 수 없는 사이에 기탁하고, 그 뜻은 이해할 수 있는 것도 있고 이해할 수 없는 것도 있다. 말은 여기에 있는데 뜻은 저기에 있고, 실마리는 다해도 형상을 벗어나며 의론은 끊어져도 사유는 끝이 없어 사람을 막막하고 황홀한 지경으로 끌고 간다. 그래서 지극한 것이다. 만약 모든 것을 이치〔理〕로써 개괄한다면, 이치란 일정한 저울이기 때문에 능히 채울 수 있지만 비울 수는 없으며, 잡을 수는 있으되 변화시킬 수는 없으니 판목처럼 글씨를 새겨 분명하게 하지 않으면 썩어 없어진다. 이는 얼치기 학자가 시에 대해 말하고, 시골 선생이 음률을 읽는 것과 같으며, 또한 선가에서 사구에 나아가고 활구에 나아가지 않는 것과 같은 것이니, 내가 생각하기에 아마도 시인의 뜻에 어긋나는 듯하다. '일〔事〕'에 대해 말하자면, 천하에는 실로 그 '이치〔理〕'가 있지만 '일〔事〕'에 그것이 모두 드러날 수는 없다. 무릇 시는 오히려 '이치'를 잡을 수 없으니, 또한 어찌 능히 하나하나 실제의 일을 증험할 수 있겠는가? 그러나 선생은 결연하게 '이'와 '사' 두 가지를 '정'과 더불어 시에 있어서 동일한 율법으로 삼아 추호도 벗어나지 않도록 하니, 제가 생각건대 미혹스럽습니다.
>
> 詩之至處, 妙在含蓄無垠, 思致微妙, 其寄托在可言不可言之間, 其指歸在可解不可解之會, 言在此而意在彼, 泯端倪而離形象, 絶議論而窮思維, 引人於冥漠恍惚之境, 所以爲至也. 若一切以理槪之, 理者一定之衡, 則能實而不能虛, 爲執而不爲化, 非板則腐, 如學究之說詩, 閭師之讀律, 又如禪家之參死句, 不參活句, 竊恐有乖於風人之旨. 以言乎事, 天下固有有其理而不可見諸事者, 若夫詩, 則理尙不可執, 又焉能一一徵之實

事者乎. 而先生斷斷焉必以理事二者與情同律乎詩, 不使有毫髮之或離, 愚竊惑焉.[153]

요컨대 시를 짓는 이가 이·사·정을 곧이곧대로 쓰거나 말하고 이해한다면, 그것은 단지 속된 유가의 작품이 될 뿐이다. 오로지 이름지어 말할 수 없는 이치나 펼쳐 드러낼 수 없는 일, 쉽게 다다를 수 없는 정감이어야만 그윽하고 아득한 것을 이치로 삼고 상상을 일로 삼으며, 황홀을 정감으로 삼아야 바야흐로 이치가 지극하고 일이 지극하며 정감이 지극한 말이 되는 것이다.

要之, 作詩者實寫理事情, 可以言言, 可以解解, 卽爲俗儒之作. 惟不可名言之理, 不可施見之事, 不可徑達之情, 則幽渺以爲理, 想象以爲事, 惝恍以爲情, 方爲理至, 事至, 情至之語.[154]

본문에서는 우선 예술의 심미 특징, 즉 형상성·함축성·모호성, 그리고 상상과 정감적 특징에 대해 논술한 다음 이理·사事·정情을 표현함에 있어 예술과 논리의 각기 다른 방식에 대해 언급하고 있다. 예술에서 표현되는 '이'는 "이름지어 할 수 있는 이치 名言之理"가 아니다. 그리고 반드시 "그윽하고 아득한 것으로 이를 삼아야 한다. 幽渺以爲理" 이는 다시 말해 심미형상을 통해 표현해야 된다는 뜻이다. '사' 역시 "펼쳐 드러낼 수 있는 일 施見之事"이 아니라 "상상을 사로 삼아야 한다 想象以爲事"는 말에서 알 수 있듯이, 상상을 통해 표현되어 실제 일보다 더욱 생생하고 본질적이어야만 한다는 뜻이다. 정감을 표현함에 있어서도 마찬가지여서 직접적인 방식을 통해 "쉽게 다다를 수 있는 정감 徑達之情"이어서는 안 되며, 심미형상을 통해 간접적으로 표현되어야 한다는 뜻이다. 예술은 논리와 서로 다른 특징을 지닐 뿐만 아니라 표현방식 역시 다르다. 그렇기 때문에 당연히 논리의 이론적인 사유방식과는 다른 사유방식이 필요하다. 그것은 다름아닌 형상사유의 방식이다. 섭섭은 바로 이 점을 설명하고 있는 것이다.

섭섭은 이러한 사유방식에 있어서 특히 영감의 문제를 세밀하게 분석하고 있다.

말로 할 수 있는 이치는 누구나가 그것을 할 수 있나니 어찌 시인만이 그것을 할 수 있겠는가! 증험할 수 있는 일은 사람마다 논술할 수 있으니, 또한 어찌 시인만이 논술할 수 있겠는가! 반드시 말로 할 수 없는 이치, 결코 논술할 수 없는 일이 있어야 묵묵히 의상意象을 체득하는 밖에서 이를 만나게 되고, 그 이치나 일이 전자의 경우보다 훨씬 찬란하지 않을 수 없는 것이다.

可言之理, 人人能言之, 又安在詩人之言之! 可徵之事, 人人能述之, 又安在詩人之述之! 必有不可言之理, 不可述之事, 遇之於默會意象之表, 而理與事無不燦然於前者也.[155]

(내가 말하는 재·담·식·력 네 마디 말로 그것을 채우면) 위로 쳐다보고 아래로 내려 살피며, 사물을 만나거나 풍경을 접할 때 감흥이 불쑥 솟아나 곁으로 드러나고 분출하며, 재기와 심사가 시문 밖으로 넘쳐흐른다.

則其仰視俯察, 遇物觸景之會, 勃然而興, 旁見側出, 才氣心思溢於筆墨之外.[156]

앞서 말한 인용문에서는 예술창작 과정에 있어서 사유의 심리적 특징에 대해 매우 훌륭하게 묘사하고 있다. 예술은 "말로 할 수 없는 이치 不可言之理"나 "결코 논술할 수 없는 일 不可述之事"을 표현하는데, 예술형상은 우선적으로 심미감지〔仰視俯察〕를 통하고, 그 다음 "묵묵히 의상을 체득하는 밖에서 이를 만나며 默會意象之表" "사물을 만나거나 풍경을 접할 때 遇物觸景" 심미감흥과 영감〔勃然而興〕이 생겨나고, 마지막으로 예술적 방식을 통해〔旁見側出〕 예술가의 두뇌 속에 있는 예술의상이 물화하여 만들어지는 것이다. 이러한 과정 역시 예술창작의 형상화 과정이며, 형상사유의 과정이라 할 수 있다.

이 문제를 보다 분명하게 설명하기 위하여, 섭섭은 《원시》 내편에서 두보의 오언시 네 구를 예로 들어 치밀한 분석을 가하고 있다. 첫번째 시구는 〈현원황제묘玄元皇帝廟〉에 나오는 "노자 사당의 푸른 기와는 초겨울의 추위 밖에 있네(초겨울의 추위에도 아랑곳 않네) 碧瓦初寒外"이다. 섭섭은 이 구에 대해 "반드시 이理로써 모든 사事에 맞추어 이해하여도 이해할 수 없는 부분이 적지않다 必以理而實諸事以解之"고 하면서, '초겨울의 한기〔初寒〕'는 안과 밖의 경계가 있을 리 없고 한기 역시 '푸른 기와〔碧瓦〕' 안에만 있을 리 없지만, 이는 예술이기 때문에 또한 가능하다고 주장하고 있다.

몸을 던져 당시의 정황 속에 처하여 그 다섯 자의 정경을 깨닫게 된다면, 황홀함이 마치 천지가 생성할 때처럼 형상으로 펼쳐지고 눈으로 느끼며 마음으로 깨닫게 된다. 마음속에 담긴 말은 입으로 말할 수 없으며, 입으로 할 수 있다 해도 그 뜻을 이해할 수는 없는 것이다. 확연히 깊은 생각과 상상의 밖에서 나에게 보여 주니, 안도 있고 밖도 있고, 한기도 있고 초겨울의 한기도 있는 듯한데, 특히 푸른 기와라는 하나의 실상을 통해 드러내고 있는 것이다. 중간도 있고 가장자리도 있어 허와 실이 서로 이루어지고 유와 무가 서로 세워져, 바로 그 앞에서 스스로 깨달아야 비로소 그 이치〔理〕가 분명해지고 그 일〔事〕이 확연해지는 것이다.

然設身而處當時之境會, 覺此五字之情景, 恍如天造地設, 啓於象, 感於目, 會於心. 意中之言, 而口不能言, 口能言之, 而意又不可解, 劃然示我以默會想像之表, 竟若有內有外, 有寒有初寒, 特借碧瓦一實相發之. 有中間, 有邊際, 虛實相成, 有無互立, 取之當前而自得, 其理昭然, 其事的然也.

두번째 시구는 〈기주우습부득상안작夔州雨濕不得上岸作〉에 나오는 "새벽 종소리 구름 밖에서 젖네 晨鐘雲外濕"이다. 이 구는 언뜻 보아도 이치가 통하지 않는다. "소리는 형체가 없는데 어찌 젖을 수 있겠는가? 종소리는 귀에 들어와 들리게 되니, 들림은 귀에 있는 것이다. 소리를 능히 변별할 수 있음에 그칠 뿐이니, 어찌 능히 그 젖음을 변별할 수 있겠는가? 聲無形, 安能濕? 鐘聲入耳有聞, 聞在耳, 止能辨其聲, 安能辨其濕?" 그러나 섭섭은 계속해서 "이는 구름을 사이에 두고 종을 본 것이니 소리 속에서 그 젖어 있음을 들은 것이다. 오묘한 깨달음은 하늘에서 온 듯하다. 지극한 이치와 실제현상으로부터 깨달으니 이러한 경계를 얻을 수 있었다 於隔雲見鐘, 聲中聞濕, 妙悟天開, 從至理實事中領悟, 乃得此境界也"라고 하였다. 예술창작은 지극한 이치나 실제 일에서 벗어날 수 없다. 그러나 그것은 결코 논리적 사유의 결과이거나 객관적으로 논증되는 것이 아니다. 오히려 그것은 객관적인 "지극한 이치와 실제 일 至理實事"에 대한 오묘하고 상상적인 묘사이며, '묘오' 즉 심미감흥이나 예술적 미감을 통해 그 예술적 함의를 체득하는 것이다. 이것이 바로 예술창작의 형상화라는 특징이자 형상사유의 법칙인 것이다. 이외에 두보의 〈춘숙좌성春宿左省〉에 나오는 "달가에 하늘이 많아라 月傍九霄多"와 〈마가지범주摩訶池泛舟〉에 나오는 "높은 성에 가을이 절로 떨어진다 高城秋自落"는 구절의 분석 역시 이러한 원리에 따른 것들이다.

섭섭의 예술사유론은 중국뿐만 아니라 외국의 문예심리학사에 있어서도 독자적 위치를 차지하고 있다. 중국 고대 문예심리학사에 있어서 섭섭의 이전 예술사유 방식에 대해 전면적으로 논의한 이는 소식과 엄우가 대표적이다.

소식은 '수물부형隨物賦形, 신여물교神與物交' 의 예술관찰론, '흉죽재흉成竹在胸, 신여죽화神與竹化' 의 예술구상론, 그리고 '묘관일상妙觀逸想, 진필직수振筆直遂' 의 예술전달론을 통해 나름대로의 미감심리 생성체계를 확립했다. 이는 또한 예술형상 사유의 구조체계라고 할 수 있다. 이러한 계통 역시 '관물요심觀物要審' → '흉유성죽' → '신여죽화' → '무궁출청신無窮出淸新' 등의 과정을 통해 드러나고 있다. 엄우의 경우에는 '묘오' → '불섭이로不涉理路, 불락언전不落言筌' → '흥취' 라는 과정으로 형상사유의 이론계통이 구성되어 있다. 여기서 '묘오' 는 예술형상 사유의 과정이자 특징이며, '불섭이로, 불락언전' 은 예술형상 사유의 수단이자 표현방식이라 할 수 있다. 그리고 '흥취' 는 예술형상 사유의 구체화이자 그 결과라 할 수 있다. 이렇게 본다면 소식과 엄우의 예술사유 문제에 대한 논의 역시 총체적이고 깊이가 있다고 할 수 있을 것이다. 그러나 만약 섭섭의 예술사유론과 비교한다면, 그들 두 사람의 논의 역시 부족함을 면치 못할 것이다.

먼저 창작중의 형상사유 과정에 대한 논술이 부족하다. 다음으로 내용적인 면에서 소식과 엄우 두 사람이 형상사유론을 귀납·개괄하고자 했던 것은 사실이나, 창작사유의 현상을 일정한 개념 범주로 확정짓지는 못했다. 이에 비해 섭섭은 첫째, 예술형상 사유의 기본적인 특징을 중점적으로 논의하여, '이' · '사' · '정' 을 표현함에 있어서 형상사유는 논리사유와 근본적으로 다른 표현방식을 취한다는 것을 분명히 밝혔다. 다시 말해 형상사유의 과정에 대한 탐구뿐만 아니라, 이론적인 측면에서 형상사유와 논리사유의 구별을 분명히 밝혔다는 것이다. 둘째, 섭섭은 '형상' 과 '사유' 의 개념을 통해 양자를 결합시켜 논의하였다. 이는 중국 미학사나 문예심리학사에 있어서 최초의 논의로 이론적 가치가 풍부하다.

서구의 경우 예술형상 사유에 대한 연구, 특히 형상사유라는 개념을 사용하기 시작한 것은 그다지 오래 전 일이 아니다. 이탈리아 미학자 비코가 《신과학》에서, 그리고 미학의 아버지라고 불리는 바움가르텐이 《미학》에서 미학의 각도에서 예술창작에 있어서 형상사유의 특질에 대해 연구한 바 있다. 그러나 그들은 그때까지 형상사유라는 개념을 확정짓지 않았으며, 그런 개념을 사용하지도 않았다. 형상과 사유 개념을 연계시켜 형상사유라는 통일된 개념을 사용한 첫번째

인물은 바로 헤겔이다. 그는 《미학》에서 "예술미는 감각·감정·지각, 그리고 상상에 호소한다. 그것은 사고의 범주에 속하는 것이 아니기 때문에 예술활동과 예술작품에 대한 이해는 과학적 사고와는 다른 효능을 필요로 한다. 뿐만 아니라 우리들이 예술미 속에서 감상하는 것은 창작과 형상소조의 자유성인 것이다"[157]라고 말한 바 있다. 이후 디드로가 일련의 형상사색에 관한 명제를 제기한 후, 베른스키에 이르러 비로소 형상사유 개념이 처음으로 사용되기 시작했다. "시가는 철학과 마찬가지로 사유이다." "시인은 형상으로 사고한다. 그는 진리를 증명하는 것이 아니라 진리를 현시顯示할 뿐이다." 이렇게 하여 비로소 서구의 형상사유론은 확정되기에 이르렀다. 설령 섭섭의 형상사유론과 서구의 형상사유론을 비교한다 해도 섭섭의 견해는 조금도 손색이 없다. 섭섭은 형상과 사유 두 개념을 연계시켜 예술창작의 사유방식에 관한 문제로 다루었는데, 이는 헤겔보다 한 세기 이른 것이다.

2. 창작주체론

앞서 말한 대로 섭섭이 예술은 자연을 본받아야 하며, '이·사·정'을 반영할 수 있어야 한다고 주장하였다. "비유컨대 나무 한 그루 풀 한 포기가 생겨날 수 있는 것은 이理이고, 이미 생겨난 것은 곧 사事이다. 이미 생겨난 후에 무성하게 자라나 천태만상의 모습을 지니고, 모두 나름의 정취를 지니게 되는 것은 곧 정이다. 一木之草, 其能發生者, 理也. 其旣發生, 則事也. 旣發生之後, 夭矯滋植, 情狀萬千, 咸有自得之趣, 則情也"[158] 이처럼 그는 예술은 객관적인 사물이 변화하는 원리·과정, 그리고 정황을 반영할 수 있어야 한다고 말하고 있다. 예술창작의 측면에서 본다면 '이·사·정'은 창작객체라고 할 수 있는데, 섭섭은 이외에도 창작주체의 측면에서도 나름으로 다음과 같이 요구하고 있다.

이·사·정, 이 세 가지는 만물의 변화하는 양태를 모두 포괄할 수 있기 때문에 모든 형태나 색채, 소리나 모양 등은 모두 여기에서 벗어날 수 없다. 이 세 가지는 사물에 있는 것들을 모두 들어 말한 것으로 한 가지 사물도 여기서 벗어날 수 없다. 재·담·식·역, 이 네 가지는 마음의 신명을 다 궁구할 수 있는 것이다. 어떤 형형색색의 것들이나 소리·모양도 이것들을 통하지 않고는 선명하게 드러날 수 없다. 이는 모두 나(작가)에게 있는 것들을 모두 들어 말한 것으로, 그 어떤 것이라 해도 이 마음에서 나오지 않는 것은 없다. 내게 있는 네 가지로 사물에 있는 세 가지를 헤아려 조화시킴으로써 작가의 문장이 이루어지니, 크게는 천지를 경영하는 글이나 작게는 동물이나 식물에 이르기까지 영탄하고 읊조림에 있어서 모두 이러한 원칙을 벗어나면 말이 될 수 없다.

曰理, 曰事, 曰情, 此三言者是以窮盡萬有之變態, 凡形形色色, 音聲狀貌, 擧不能越乎此. 此擧在物者而爲言, 而無一物之或能去此者也. 曰才, 曰膽, 曰識, 曰力, 此四言者所以窮盡此心之神明, 凡形形色色, 音聲狀貌, 無不待於此而爲之發宣昭著. 此擧在我者而爲言, 而無一不如此心以出之者也. 以在我之四, 衡在物之三, 合而爲作者之文章. 大之經緯天地, 細而一動一植, 咏嘆謳吟, 俱不能離是而爲言者也.

여기서 섭섭은 창작주체에 대해 '재·담·식·력'을 요구하고 있다. 또한 "내게 있어 네 가지로 사물에 있는 세 가지를 헤아려 조화시킴으로써 작가의 문장이 이루어진다"라고 하여 예술은 주관과 객관, 마음과 외물이 통일되어야 한다고 주장하였으며, 마음과 외물이 하나가 되어 예술미를 형성하는 과정 속에서 반드시 창작주체의 마음속 신명을 통하여 선명하게 드러내고 밝혀낼 것을 강조하였다. 이는 곧 주관과 객관, 마음과 외물의 대립·모순 속에서 주관과 마음이 중요하다는 것을 뜻한다.

섭섭의 '나'에게 있는 네 가지로 사물에 있는 세 가지를 헤아려 조화시킨다는 논의는, 창작주체의 심리적 효능성에 대한 그의 올바른 인식에 토대를 둔 것이다. 그는 "만약 시를 고인들이 창작했다면 나 역시 창작할 수 있다. 내 자신이 시를 짓는 것이지, 시에 대해 논술하는 것이 아니다. 그런 까닭에 대개 시를 지으면 그것을 새로운 시라 할 수 있어야만 하는 것이다. ……반드시 전대 사람들이 말하지 않은 것을 말할 것이고, 전대 사람들이 드러내지 못한 것을 드러내야만 그후에 자신의 시라 할 수 있을 것이다 若夫詩, 古人作之, 我亦作之, 自我作詩而非述詩也. 故凡有詩謂之新詩. ……必言前人所未言, 發前人所未發, 而後爲我之詩"[159]라고 하여, '자신의 시를 지을 것'을 강조하여 창작에 있어서 '자아'의 개성과 풍격을 지닐 수 있어야 함을 강조했다. 그래서 그는 주박암朱朴菴의 시를 칭찬하면서 다음과 같이 말한 것이다.

천지는 무심하나 만사·만물에 형상을 부여한다. 그러나 주군(주박암)은 의도적인 마음을 지니고 다가서서 천지 만사·만물의 정감이나 형상이 모두 그의 손에 따라 나옴에 얻지 못한 것이 없었다. 내가 이에 그의 절묘한 예술경지에 깊이 감탄하였는데, 사물의 이치를 자신의 마음속에 환히 비추고 있음을 알았으니 이는 자신의 신명을 운용한 것이었다. 이는 능히 왕유의 그림이라 할 수 있으며, 분명 왕유의 시라 할 수 있을 것이니 그리하여도 전혀 의심치 않을 것이다.

天地無心, 而賦萬事萬物之形, 朱君以有心赴之, 而天地萬事萬物之情狀皆隨其手腕以出, 無有不得者. 余於是深嘆其藝之絶, 知其於事物之理, 洞照於中, 而運以已之神明, 此能爲摩詰之畵, 必能爲摩詰之詩, 無疑也.[160]

그는 또한 "명산은 조물주의 문장이다. 조물주의 문장은 반드시 사람의 손을 빌려야만 진정으로 합치될 수 있다 名山者造物之文章. 造物之文章必籍乎人以爲遇合"[161]라고 말한 바 있다. 이는 천지만물은 무심하고, 창작주체인 '아我'는 유심有心한데, 객관적인 '이·사·정'은 '아'의 '마음속의 신명〔心之神明〕,' 즉 '아'의 심미정감을 통해야만 비로소 "발산되어 분명하게 밝아지며 發宣昭著" 마침내 성공적인 예술작품으로 창작될 수 있다는 뜻이다. 이는 곧 객관적인 자연이 심미적 자연으로 변화하는 것으로 창작주체의 능동성이 체현된 것이라 하겠다.

섭섭은 예술창작의 심미감흥의 특징을 통해 창작주체의 능동성을 발휘하는 것이 대단히 중요하다는 사실을 설명하고 있다. 그는 《원시》 내편에서 다음과 같이 말하고 있다.

본래 시를 짓는 실마리는 여기에 있다. 반드시 먼저 접촉한 바가 있어 자신의 정지情志를 흥기시키고, 그 다음에 그것을 문사로 표현하고 모아서 구절을 만들고 부연하여 문장을 이룬다. 접촉한 바가 있어 흥취를 일으킬 때에는 그 내용이나 문사, 그리고 구절들이 허공을 가르며 일어나니 모두 없는〔無〕 데에서 생겨나는〔有〕 것이고, 존재하는 것을 따라 마음에서 그것을 거두어들이는 것이다. 그래서 그것이 드러나면 작가의 정감을 표현하거나 경물을 표현하며, 또는 인간사를 표현하기도 한다.

原來作詩者之肇端而有事乎此也, 必先有所觸以興起其意, 而後措諸辭, 屬爲句, 敷之而成章. 當其有所觸而興起也, 其意其辭其句, 劈空而起, 皆自無而有, 隨在取之於心, 出而爲情爲景爲事.

원래 창조자인 작가라는 사람은 자신의 흥취가 이르는 곳마다 무의식적으로 그것을 드러내는데, ……정감이 우연히 이르면 느끼게 되고 느낀 바가 있게 되면 감동하여 소리지르게 된다.

原夫創始作者之人, 其興會所至, 每無意而出之, ……情偶至而感, 有所感而鳴.

섭섭은 예술창작에 있어서 이·사·정 등 객관사물이 본원이 되지만, 예술창작의 실마리는 다름아닌 심미감흥이라고 생각하고 있었다. 그래서 창작주체는 "먼저 접촉한 바가 있어 자신의 정지情志를 흥기시킨다 先有所觸以興起其意"라고 하여 외계사물과 접촉하면서 내심에서 감흥이 일어나 창작 욕망이 싹트게 되고, 그 다음에 "정감이 우연히 이르면 느끼게 되고 느낀 바가 있게 되면 감동하여 소리지르게 된다"고 말했던 것이다. 만약 창작주체가 창작 대상에 대한 심미적 감흥이 없다면 근본적으로 예술창작이 진행될 수 없으며, 예술품을 만드는 것도 불가능하다. 그렇기 때문에 섭섭은 예술창작에 있어서 창작주체의 위치가 대단히 중요하다는 것을 새삼 강조했던 것이다.

섭섭은 창작주체의 능동성을 특히 중시했는데, 그 토대하에서 창작주체가 지녀야 할 네 가지 주관적 조건, 즉 '재·담·식·역'에 대해 분석하고 있다. 우선 '재才'는 창작주체의 심미감수 능력이자 심미표현력을 뜻한다. '재'는 심사心思와 변증법적인 관계를 지닌다. 그래서 그는 "재가 없으면 심사가 드러날 수 없으며, 또한 심사가 없으면 재가 드러날 수 없다고 말할 수도 있다 無才則心思不出, 亦可曰, 無心思則才不出"[162]고 한 것이다. 다음은 '담膽'인데 창작주체의 예술창조에 필요한 심리 요소로 일종의 창작 충동을 뜻한다. 이처럼 대담하게 창조하고자 하는 욕구가 있어야만 예술창작의 동력이 생기게 되는 것이다. 그래서 섭섭은 "담이 없으면 필묵이 위축된다 無膽則筆墨畏縮"[163]라고 하였다. 다음 '식識'은 창작주체의 사상이나 예술적 식견을 뜻한다. 이것은 예술가의 주관적 요건 가운데 가장 중요한 것이다. 이러한 식이 없으면 시비를 분간할 수도 없을 뿐 아니라 취사도 분명하게 할 수 없다. 따라서 '재'나 '담'도 있을 수 없다. 마지막으로 '역力'은 창작주체가 지녀야 할 창조적 공력功力을 뜻한다. 섭섭은 "창조적 힘이 없으면 스스로 일가를 이룰 수 없다 無力則不能自成一家"[164]고 하였다.

섭섭은 이처럼 예술가의 '재·담·식·역' 네 가지 요소가 서로 유기적으로 연관되어 상호 보완되면서, 창작과정에 필요한 주관적 요소로 자리잡고 있다고 보았다. 그는 특히 '식'을 중시했다. 섭섭이 제시한 이 네 가지가 예술심리 요소와 완전히 부합하는 것이라고 말할 수는 없다. 그러나 그것이 주관심리 요소와 밀접하게 연관을 맺고 있다는 것은 분명하다. 섭섭은 이상과 같이 창작주체의 주관적 요건과 심리적 요소에 대해 비교적 상세하게 논의하였는데, 이는 중국 미학사나 문예심리학사에서 흔히 볼 수 있는 것은 아니다.

第6절 왕사정의 '신운'설, 원매의 '성령'설과 문예심리학

1. 왕사정의 '신운神韻'설

왕사정王士禎(1634-1711)은 산동 신성新城〔지금의 산동성 桓臺〕 사람으로 자는 이상貽上이며, 호는 완정阮亭이고, 어양산인漁洋山人이란 별호가 있다. 왕사정의 저작은 분량도 많고 내용 또한 다양하다. 특히 시문에 관한 것이 많다. 문文 방면으로는 《대경당집帶經堂集》이 있다. 그의 미학·문예심리학 사상은 주로 시화에서 논의되고 있다. 왕사정의 시화는 주로 시문·시화·필기·시가선본 등으로 이루어져 있는데, 청 건륭乾隆 연간에 장종남張宗柟이 분류하여 편한 《대경당시화帶經堂詩話》 33권에 수록되어 있다.

왕사정의 시가미학과 관련된 저작은 풍부하기는 하지만 관점이 분명치 않아, 후인들이 이를 귀납하여 '신운'설이라 이름지었다. 《사고전서총목》에서는 "사정의 논시는 신운을 주로 하고 있다 士禎論詩, 主於神韻"라고 하였고, 양승무楊繩武의 《왕공신도비명王公神道碑銘》에서는 "대개 지금까지 시를 논한 이들은 혹 풍격을 숭상하거나 재조를 자랑하였으며, 혹자는 시법과 시율을 숭상하였다. 그러나 왕사정만 홀로 신운을 표방하였다 蓋自來論詩者或尙風格, 或矜才調, 或崇法律, 而公則獨標神韻"[165]라고 하였다. 후인들이 왕사정의 시론을 개괄하여 '신운'설이라 한 것은, 대체적으로 그의 시학 면모를 정확하게 드러내고 있다고 보여진다.

왕사정이 주장한 '신운'은 엄우의 '묘오'설과 '흥취'설, 그리고 사공도의 '삼매'설의 영향을 받은 것이다. 물론 왕사정 이전에도 '운'에 대한 심도 있는 논의가 있었다. 예를 들어 사혁의 '기운생동'에 나오는 '운'에도 문예심리학적인 의의가 짙게 배어 있다. 사혁이 고준지顧駿之를 평하면서 "신운과 기력이 전대 현인들에 못 미친다 神韻氣力不逮前賢"[166]고 하였는데, 여기서 말한 '운'은 사람의 풍운風韻이나 심리적 리듬을 뜻한다. 또한 장언원은 "귀신이나 인물을 그리는 데 있어서 생동감을 형용할 수 있는데, 반드시 신운이 있은 연후에야 온전해진다 至於鬼神人物, 有生動之可狀, 須神韻而後全"[167]고 말한 적이 있는데, 여기에서 언급되고 있는 '신운' 역시 회화예술에 나오는 인물형상의 풍운을 뜻하는 것이다. 그러나 왕사정의 '운'은 주로 시평과 유관한 것으로 창작주체의 심리적 리듬에 대한 인식까지는 도달하지 못했다. 그래서 그의 '신운'설은 비록 전인들의 논의를 계승하여 총괄하기는 하였으되, 이를 극복하여 새로운 경지에 이르렀다고 말할 수는 없다.

왕사정의 '신운'설은 대단히 다의적일 뿐만 아니라 그의 시론에서 '신운'이란 말을 직접 사용한 예도 그다지 많지 않다. 다만 '신운'과 근접한 개념을 활용한 경우는 적지않다. 예를 들어 '풍미風味'·'풍치風致'·'풍운風韻'·'정치情致' 등은 모두 '신운'과 유관한 개념들이다. 이제 이러한 제 개념들을 개괄하면서, 왕사정의 '신운'설의 중요 함의와 문예심리학과 관계가 있는 문제를 다음 몇 가지를 통해 살펴보고자 한다.

첫번째로 '신운'설은 "한 글자를 더하지 않고 풍취를 다 얻는다 不著一字, 盡得風流"는 말로 대변할 수 있는데, '맛 외의 맛[味外之味]'이란 의경미意境美를 추구하는 것이라고 할 수 있다. 이는 일종의 예술적 의경을 지닌 심리적 내용미라 할 수 있다. 왕사정은 예술의경을 숭상했고 운미를 추구했다.

> 예로부터 시를 말하는 이들은 웅혼을 숭상하여 풍조風調가 드물었으며, 신운을 제멋대로 운용하여 호방함과 강건함이 결핍되었다. 이러한 두 부류 사람들은 서로 비난하였다.
>
> 自昔稱詩者尙雄渾則鮮風調, 擅神韻則乏豪健, 二者交譏. (《跋陳說岩太宰丁醜詩卷》)

조자고의 〈매화〉시에서 말하기를, "황혼 무렵 몽롱한 달, 맑고 얕은 시냇가 장단교에 걸리고, 홀연 봄기운이 넘쳐남을 느껴 생각 좇아 건나니 비 몰아치네"라고 하였다. 비록 조화롭고 고요한 경지에 미치지는 못하였으나 매화의 신운을 깊이 얻고 있다.

趙子固梅詩云, "黃昏時侯朦朧月, 淸淺溪山長短橋. 忽覺坐來春像像, 因思行過雨瀟瀟." 雖不及和靖, 亦甚得梅花之神韻. (《居易錄》 卷六)

앞에 인용한 문장에서는 웅혼과 호방, 그리고 풍조와 신운이 서로 각기 다른 시적 의경임을 말하고 있으며, 뒤에 인용한 문장에서는 조자고의 〈매화〉시가 매화의 의경과 운미를 충분히 얻고 있음을 말하고 있다. 왕사정은 이러한 의경이나 운미의 표현에 대해 언급하면서, 영물咏物의 경우에는 "달라붙어도 안 되고 완전히 이탈해서도 안 된다 不黏不脫"(〈跋門人黃從生梅花詩〉)고 하였으며, 영사咏事의 경우에는 "판단에 얽매여서는 안 된다 不著判斷"(《漁洋詩話》 卷下)고 하였다. 이는 사공도가 말한 "한 글자도 더하지 않고 풍취를 다 얻는다 不著一字, 盡得風流"는 경지와 상응하는 것이다.

표성(사공도)은 시를 논함에 24가지 품격을 두었는데, 나는 그 중에서 "한 글자도 더하지 않고 풍취를 다 얻는다 不著一字, 盡得風流"라는 여덟 자를 가장 좋아한다. 또한 "흐르는 물에서 (조아기) 따고따니 생기 발랄하게 봄은 멀리도 퍼졌네 採採流水, 蓬蓬遠春"라는 말도 시경詩境을 형용하는 데 또한 절묘하여, 대용주의 시에 "남전산에 햇볕 따사로워, 좋은 옥에 상서러운 기운이 이네 藍田日暖, 良玉生烟"라는 여덟 자와 같은 뜻이다.

表聖論詩有二十四品, 予最喜不著一字, 盡得風流八字. 又云採採流水, 蓬蓬遠春, 二語形容詩境亦絶妙, 正與戴容州, 藍田日暖, 良玉生烟八字同旨. (《居易錄》 卷八)

왕사정은 이백의 〈야박우저회고夜泊牛渚懷古〉와 맹호연의 〈만박심양망향로봉晩泊潯陽望香爐峰〉 두 시를 예로 들면서, 그들 두 사람은 밤 부두에 배를 타고 건너는 정경을 묘사하여 불만족스러운 현실에서 벗어나고자 하는 작가의 정회를 잘 표현했다고 말하고 있다.(《居易錄》 卷四) 또한 《고부어정잡록古夫於亭雜錄》 권2에서는 좌사左思의 "천길 낭떠러지에서 옷을 털고 만리 흐르는 물에 몸을 씻네 振衣千仞岡, 濯足萬里流"와, 혜강嵇康의 "손으로 오현을 뜯으며 눈으로 나는 기러기를 배웅하네 手揮五弦, 目送飛鴻"라는 시구를 서로 비교하면, 이 양자는 모두 세상을 하찮게 보고 세속에 염증을 느끼고 있는 정서를 드러내고 있다. 그러나 역시 혜강의 시가 더욱 함축적이어서 사람들로 하여금 오랜 맛을 느끼게 하니, "그 묘함은 상외에 있는 것이다 妙在象外"라고 하였다. 이로 보건대 '미외지미'를 추구하는 심리의경의 아름다움이 왕사정이 주장하고 있는 '신운'의 근본적인 토대임을 알 수 있다.

이에 대해 오진염吳陳琰은 왕사정의 《잠미속시집蠶尾續詩集》에 서문을 쓰면서, "시고 짠것 밖의 것이란 무엇인가? 맛을 넘어선 맛이다. 맛을 넘어선 맛이란 무엇인가? 신운이다 酸鹹之外者何. 味外味也. 味外味者何, 神韻也"라고 하였다.

두번째로 왕사정은 예술창작 역시 '신운'이 필요하다고 생각했다. 이는 창작 역시 묘오妙悟와 영감의 도움을 받아야 한다는 뜻이다. 그는 엄우의 '묘오'설에 깊은 감명을 받았다. 그래서 그는 "엄우는 선을 빌려 시를 비유했는데 모든 것이 묘오로 귀결된다 ……바꿀 수 없는 논의이다 嚴滄浪借禪喩詩, 歸於妙語, ……乃不易之論"(《池北偶談》), "엄우는 시를 논함에 있어서 특히 '묘오' 두 글자를 꽉 쥐고 있다. 이치의 경로를 밟지 않고 말의 통발에 빠지지 않는다고 한 것이나 거울 속의 모습, 물 속의 달 같아 (말은 다해도 뜻은 끝이 없다고 한 것), 그리고 영양이 잘 때 나무에 뿔을 걸고 자기 때문에 그 자취를 찾을 수 없다는 등의 말은 모두 전대 사람들이 채 깨닫지 못한 비밀이었다 嚴滄浪論詩特拈妙悟二字, 及所云不涉理路, 不落言筌, 又鏡中之象, 水中之月, 羚羊掛角, 無迹可尋云云, 皆發前人未發之秘"(《分甘餘話》 卷二)라고 하여 칭찬을 아끼지 않았던 것이다. 그가 이렇게 칭찬을 아끼지 않은 것은 '신운'의 맛을 넘어선 맛을 표현하기 위해서는 직관이나 논리적 인식방법이나 사유방식을 채택해서는 안 되며, 오히려 '묘오' 즉 이치의 경로를 밟지 않고 말의 통발에 빠지지 않는 형상사유의 직감방식을 운용해야만 한다고 생각했기 때문이었다.

엄우에게 있어서 '묘오'는 곧 영감을 뜻했다. 왕사정 역시 유사한 논술을 한 적이 있다.

> 왕사원이 맹호연의 시에 서를 쓰면서 말하기를, "매번 작품을 쓸 때마다 흥이 나길 기다려 쓰기 시작했다"라고 하였다. 나는 평생 이 말을 잘 지켜 잊지 않고자 했다. 그래서 일찍이 남을 위해 억지로 창작을 한 적이 없으며, 또한 화운시和韻詩를 지은 적도 없었다.

王士源序孟浩然詩云, 每有制作, 佇興而就. 余平生服膺此言, 故未嘗爲人强作, 亦不耐爲合韻詩也. (《漁洋詩話》 卷上)

남성 진백기 윤형은 시를 잘 논했다. 예전에 광릉이 내 시를 평하면서 옛날 사람이 "우연히 쓰고 싶었다"라고 말한 것에 비유하였다. 이 말은 시문의 삼매를 가장 잘 얻은 것이라 하겠다.

南城陳伯璣允衡善論詩, 昔在廣陵評予詩, 譬之昔人云偶然欲書, 此語最得詩文三昧. (《香祖筆記》 卷九)

"흥이 나길 기다려 쓰기 시작했다 佇興而就"라든지 "우연히 쓰고 싶었다 偶然欲書"라고 한 것은, 《향조필기香祖筆記》 권18에서 "대저 고인들의 시화는 단지 감흥이 모이고 정신이 이른 경지를 취한 것일 따름이다 大抵古人詩畵, 只取興會神到"고 말한 것과 더불어 예술적 영감이 떠올랐을 때 일어나는 창작 충동에 대해 언급한 것이자, 이러한 예술적 영감이 떠올라 창작된 작품만이 '신운'을 얻을 수 있다는 말이다. 왕사정은 왕유의 '수많은 골짜기에 나무는 하늘을 찌를 듯하고, 뭇산마다 두견새 소리 울리네. 산중에 밤비 내리니 나뭇가지 끝마다 샘처럼 물방울이 맺히네 萬壑樹參天, 千山響杜鵑. 山中一夜雨, 樹梢百重泉"라는 시가에 대해, "감흥과 정신이 도래하여 천연스럽게 묘함에 들어가니 이는 인위적으로 모을 수 있는 것이 아니다 興來神來, 天然入妙, 不可湊泊"(《古夫於亭雜錄》 卷三)라고 하였다.

그는 또한 자신의 창작경험을 통해 다음과 같이 말하고 있다. "예를 들면 '가랑비가 청산을 지나니 차가운 연기 흩어져 무늬를 놓은 듯하고, 말릉성은 보이지 않아 주저앉아 가을 강의 강빛만 사랑하네' (〈青山〉), '쓸쓸한 저녁 가을비, 아득하게 어두운 강가를 꿈꾸네. 때로 지나는 배, 물안개 자욱하네' (〈江上〉). ……이 모든 것들은 한때 흥이 나길 기다려 지은 것들로, 맛을 넘어선 맛을 아는 이라면 분명 이를 읽고 스스로 느낄 수 있을 것이다. 如微雨過青山, 漠漠寒烟織. 不見秣陵城. 坐愛秋江色, 蕭條秋雨夕, 蒼茫夢江晦, 時見一行舟, 濛濛水雲外……皆一時佇興之言, 知味外味者當自得之"(《香祖筆記》 卷二)

세번째로 왕사정은 '흥상초예興象超詣' · '신운천연神韻天然'을 주장하였다. 그는 "내가 일찍이 당말 오대 시인들의 작품을 읽어본 적이 있는데, 하찮고 음험하고 자잘하여 스스로 떨치려고 하지 않았으나 개원·원화 때 작가들의 호방한 풍격이 없는 것은 아니었다. 신운과 흥상의 묘함이라는 측면에서 진대와 수말의 작품을 보니 대개 백에 하나도 미치지 못했다 予嘗觀唐末五代詩人之作, 卑下嵬瑣, 不復自振, 非惟無開元, 元和作者豪放之格, 至神韻興象之妙以視陳隋之季, 蓋百不及一焉"(〈梅氏詩略序〉)라고 하였다. 여기서 '흥상'이란 흥 속의 상으로 감흥이 일어나 만들어진 예술적 형상을 뜻한다. 왕세정은 백거이의 시구 "물에 잠긴 배 옆으로 온갖 범선 지나고, 병든 나무 앞에 온갖 나무 봄맞이하누나 沉舟側畔千帆過, 病樹前頭萬木春"를 예로 들면서, 그 속에는 "성당시대 여러 시인들의 흥상과 초예의 묘함이 있으나 꿈에서도 그 흔적을 볼 수는 없다 於盛唐諸家興象超詣之妙, 全未夢見"(《池北偶談》 卷十四)고 하였다. 이는 이 시구에서 표현하고 있는 형상 이미지, 즉 창조된 예술적 의경이 개념의 논리적 추리를 통한 것이 아니라, 감흥이 일어나 만든 예술적 형상으로 사람들에게 묘오를 가져다 주었기 때문에 범속을 초탈하여 그 흔적을 찾을 수 없다는 뜻이다. 이러한 견해는 다음의 인용문에서 보다 분명하게 드러난다.

> 칠언율구로 신운이 저절로 이루어진 것은 고인의 작품에서도 쉽게 볼 수 없다. 예를 들어 고적의 시를 보면, "햇살 아래 성곽은 뭇산들로 둘러싸여 있고, 청명한 날에 집을 생각지 않는 객은 없어라" 하였고, 양용수는 "강산은 넓고 아득하여 그리기 어려운데, 구름은 높고 만물이 차가우니 곧 가을이겠네"라고 하였다. ……이 모든 시가는 신묘함이 이르러 이루어진 것이니 인위적으로 모을 수 있는 것이 아니다.
>
> 七言律聯句, 神韻天然, 古人亦不多見. 如高季迪, 白下有山皆繞郭, 淸明無客不思家, 楊用修江山平遠難爲畫, 雲物高寒易得秋, ……皆神到, 不可湊泊. (《卷二》)

여기서도 역시 '신운'의 의미에 대해 언급하고 있는데, 시가예술에 있어 예술적 의경을 창조하기 위해서는 조탁에 애씀으로써 그 흔적을 드러내서는 안 되며, "감흥이 모이고 정신이 이르러 興會神到" 객관적인 물상을 묘사하는 가운데 예술구상이 자연스럽게 유로되어야 한다는 주장이다.

총괄하면 왕사정의 '신운'설은 맛을 넘어선 맛, 즉 '미외지미'와 영감·묘오를 위주로 하고, 흥상興象과 초예超詣를 중시하여 이를 기본적인 내함으로 삼고 있다고 할 수 있겠다. 그의 '신운'설은 사혁의 '기운생동'설이나 엄우의 '묘오'설, 사공도의 '미외지미'설처럼 창작이나 감상주체의 심리 측면에서 논의되고 있는 것은 아니다. 그러나 그의 '신운'설 역시 이러한 함의를 내포하고 있으며, 창작심리·감상심리와 유관하다고 할 수 있다.

2. 원매의 '성령性靈'설

원매袁枚(1716-1797)의 자가 자재子才이며, 호는 간재簡齋로 절강 전당錢塘〔지금의 항주〕 사람이다. 저서로는 《소창산방시문집小倉山房詩文集》·《수원시화隨園詩話》·《자불어子不語》 등이 있다. 그의 미학·문예심리학 사상은 주로 《수원시화》와 《속시품續詩品》에서 살필 수 있다.

문론사나 미학사에서는 원매의 문예사상과 미학사상을 '성령性靈'설로 귀결짓고 있는데, 합리적인 견해이다. 원매는 자신의 《수원시화》에서 이 점에 대해 다음과 같이 명확하게 밝히고 있다.

> 시가 도가 될 수 있는 것은 성령을 표방하고 작가 자신의 회포를 드러내기 때문이다.
> 詩之爲道, 標擧性靈, 發舒懷抱. (《隨園詩話》 卷十二)

> 시 3백 편(《詩經》)에서 오늘에 이르기까지, 무릇 시가 전해진 까닭은 모두 성령 때문이고 문사를 쌓는 것과는 무관하다.
> 自三百篇至今日, 凡詩之傳者, 都是性靈, 不關堆垜. (《隨園詩話》 卷五)

이른바 '성령'이란 원매에게 있어 성정이나 영기靈機를 뜻한다. 그는 "오늘날 사람들은 다른 시인들의 명성을 헛되이 우러러 받들며 억지로 시를 짓고자 한다. 그러나 이는 이미 성정을 벗어난 것이자 또한 영기가 결핍된 것이니, 변방의 오랑캐들이 끌채를 두들기며 절굿공이를 부딪쳐 소리를 내면서 오히려 풍아에 응한다고 생각하는 것만도 못하다 今人浮慕詩名而强爲之, 旣離性情, 又乏靈機, 轉不若野氓之擊轅相杵, 猶應風雅焉"(〈錢璵沙先生詩序〉)라고 하였다. 여기서 '성정'이란 곧 감정을 뜻한다. 그리고 '영기'란 영성靈性·영사靈思·영감을 뜻하는 것이다. 이렇듯 '성령'은 하나의 미학 개념으로서 문예심리학적 내용이 풍부하다.

원매는 예술의 본원은 바로 성정이라고 생각했다. 그래서 "무릇 시란 것은 정성에서 말미암은 것이다. 반드시 이해할 수 없는 정감이 있어야 이후에 틀림없이 썩지 않는 시가 존재할 수 있는 것이다 且夫詩者, 由情生者也. 有必不可解之情, 而後有必不可朽之詩"(〈答蕺園論詩書〉)라고 하였으며, "시라는 것은 사람마다 지닌 성정일 따름이다. ……스스로 얻은 성정이 없으면 시의 본지는 이미 상실된 것이나 다름없다 詩者, 各人之性情耳, ……而無自得之性情, 於詩之本旨已失矣"(〈答施蘭坨論詩書〉)고 하였다. 이렇게 본다면, 그가 예술적 정감의 문제를 대단히 중시했음을 알 수 있을 것이다. 정감이 예술창작의 본원이라는 전제하에서 그는 예술 평가 기준에 대해서도 다음과 같이 언급하고 있다. "시라는 것은 인간의 성정을 드러내는 것이다. 가깝게는 자신의 몸에서 취해도 족하다. 그 말이 마음을 움직이고, 그 색이 사람의 눈에 들며, 그 맛이 입에 맞고, 그 음이 귀를 즐겁게 하면 곧 아름다운 시가이다. 詩者, 人之性情也. 近取諸身而足矣. 其言動心, 其色奪目, 其味適口, 其音悅耳, 便是佳詩"(《隨園詩話》 補遺卷一) 이는 좋은 시의 내용적·형식적 기준에 대해 논한 것이다. 내용적인 면에서 "그 말이 마음을 움직이고 其言動心"라 한 것은, 정감이 충만한 언어를 통해 감상자의 심령을 움직일 수 있어야 한다는 뜻이다. 또 형식적인 면에서는 색채·운미·음률 등이 모두 인간의 생리·심리적 감각에 즐거움을 줄 수 있어야 한다고 주장하고 있다.

원매는 '성령' 가운데 특히 정감에 대해 구체적인 분석을 하고 있다. 그는 정감을 창작주체의 내심세계에서 나오는 것으로 간주하였다. "무릇 시를 짓는 데 경물을 묘사하는 것은 쉽지만 정감을 드러내는 것은 어렵다. 왜 그런 것일까? 경물은 밖에서 오는 것이어서 눈으로 볼 수 있고, 마음에 두기만 하면 얻을 수 있다. 그러나 정감은 마음에서 나오는 것이어서 마음에 향내가 나거나 울분이 깃든 정회가 있지 않으면, 슬픈 느낌이나 아름다운 감상이 생길 수 없는 것이다. 凡作詩, 寫景易, 言情難. 何也. 景從外來, 目之所觸, 留心便得, 情從心出, 非有一種芬芳悱惻之懷, 便不能哀感頑艷"(《隨園詩話》 卷六) 여기서는 정감이란 인간의 내심에서 나오는 것인데, 사람이 외적 사물을 접하게 되면 우선 생리적인 측면에서 반응을 일으키고 이후 심리적으로 표현된다고 말하고 있다. 그는 또한 "시란 사람마다 각기 지니고 있는 성정일 따름이다 詩者, 各人之性情耳"라고 말했는데, 이는 사람마다 외적 사물에 대한 심리적 반응이 각기 다르기 때문에 성정 또한 다르며, 예술작품에서 드러나는 정감 풍격 역시 다를 수밖에 없다는 뜻이다.

원매는 예술작품에서 표현되는 정감 가운데 특히 남녀의 정을 가장 중요하게 여겼다. "시 3백(《詩經》)은 태반이 일하는 이들이나 사념에 잠긴 부녀자들이 자신의 뜻을 좇아 정감을 말하고 있는 일에 관한 것이다. 三百篇半是勞人思婦率意言情之事"(《隨園詩話》 卷一) "송대 〈용당시화〉에서, 백태부(백거이)가 항주에서 쓴 시 중에는 기녀를 생각하는 시가 많고 백성을 생각하는 것은 적다고 비난하였다. 이는 가혹한 논단이며, 또한 쓸모없는 논의이다. 〈관저〉편에 보면 문왕이 잠 못 이루어 몸을 뒤척이는 모양이 묘술되고 있는데, 어찌 아버지를 그리워하지 않고 현숙한 여인을 그리워하고 있는가? 공자가 진과 채나라 사이에서 위기에 처했을 때, 어찌하여 노나라 임금을 생각지 않고 문도들을 생각하였는가? 宋蓉塘詩話譏白太傅在杭州憶妓詩多, 憶民詩少. 此苛論也, 亦腐論也. 關雎一篇, 文王輾轉反側, 何以不憶王季, 大王, 而憶淑女耶. 孔子厄於陳蔡, 何以不思魯君, 而思及門耶?"(《隨園詩話》 卷一) 이처럼 예술창작에 있어서 남녀간의 정감 문제를 긍정적으로 받아들이고 있는 예는 중국 문예사에 있어서 흔치 않다. 인간의 정감구조에 있어 식욕과 성욕은 인간이 지닌 가장 심층적이고 기본적인 욕망이다. 남녀간의 애정은 단지 생리적인 만족뿐만 아니라 생리적인 면에서 심리적인 면으로, 다시 아름다움에 대한 요구와 자아실현에 대한 요구로 확대된다. 물론 원매가 정감의 문제에 있어서 현대 심리학의 관점을 이해하고 있었던 것은 아니다. 그러나 그가 "정감에서 가장 앞서는 것으로 남녀간의 정만한 것이 없다. 옛사람 굴원은 미인을 임금에 비했고, 소식과 이백은 부부를 친구에 비유했으니 유래가 오래 된 것이다 情所最先, 莫如男女. 古之人屈平以美人比君, 蘇李以夫妻喩友, 由來尙矣"(〈答蕺園論詩書〉)라고 한 것을 보면, 분명 남녀간의 정 문제를 인간이 지니고 있는 가장 기본적인 감정으로 간주하고 있었으며, 예술창작에 있어서도 남녀간의 정 문제가 가장 기본적이고 또한 유래도 오래 되었음을 알고 있었다고 할 수 있을 것이다.

원매는 성정을 논하면서 진眞·취趣·운韻을 또한 중시하였다.

곰발바닥, 표범의 태. 이는 음식 가운데 지극히 진귀한 것들이다. 그러나 산 채로 가죽을 벗겨 날것으로 삼킨다면 푸성귀나 죽순만 못할 것이다. 모란이나 작약은 꽃 중에서 지극히 화려한 것이다. 그러나 비단을 잘라 그것을 만든다면 들여 귀나 산해바라기만도 못할 것이다. 맛〔味〕은 신선해야 하고, 정취〔趣〕는 진실되어야 한다. 사람들은 반드시 이와 같이 된 뒤에야 가히 더불어 시를 논할 수 있을 것이다.

熊掌豹胎, 食之至珍貴者也. 生呑活剝, 不如一蔬一笋矣. 牧丹芍藥, 花之至富麗者也. 剪綵爲之, 不如野蓼山葵矣. 味欲其鮮, 趣欲其眞, 人必如此而後可與論詩. (《隨園詩話》 卷一)

나는 항시 시가의 뜻은 갓난아이의 마음을 잃어서는 안 된다고 말했다. 심석전은 〈낙화시〉에서 말하기를, "날씨가 기세 좋게 을러대니 실로 오늘 다 지겠지만, 어리석은 마음에 행여 다른 집에서 필까 의심하네" 하였다. ……근인 진초남은 〈제배면미인도〉에서 말하기를, "미인은 옥난간에 기대어 슬픔에 탄식하는 꽃다운 모습 한 번 보기 어려워라. 몇 번이나 그녀를 불러도 그녀는 돌아서지 않으니 질투심에 미인도를 뒤집어 보려 하네"라고 하였다. 이를 볼 때 묘함은 언제나 아이들의 말(어린아이처럼 진실한 언어)에 있구나.

余常謂詩義者, 不失其赤子之心者也. 沈石田落花詩云, 浩劫信於今日盡, 痴心疑有別家開'. ……近人陳楚南題背面美人圖云, 美人背倚玉欄干, 惆悵花容一見難. 幾度喚她她不轉, 嫉心欲掉畵圖看. 妙在皆孩子語也. (《隨園詩話》 卷三)

앞에 인용한 시는 동식물의 자연미로 시를 짓는 것을 비유한 것이고, 나중에 인용한 시는 어린아이의 마음에서 나오는 진실된 정과 의취를 표현해야만 좋은 시라는 뜻이다. 원매는 이렇게 진실된 정을 중시했을 뿐만 아니라 신운 역시 중시했다. 그래서 "신운은 선천적인 참된 성정이다 神韻是先天眞性情"(《再答李少鶴》)라고 하였고, "역사를 쓰는 데 세 가지 장점, 재주·학문·식견만 있으면 그뿐이다. 시 역시 세 가지를 마땅히 겸하고 있어야 하며, 게다가 정과 운으로 이것들을 이끄는 것이 더욱 귀하니, 이른바 현 밖의 소리나 맛을 넘어선 맛을 내야만 하는 것이다. 정은 깊어야 하고 운은 길어야 한다 作史三長, 才學識而已. 詩則三者宜兼而尤貴以情韻將之, 所謂弦外之音, 味外之味也. 情深而韻長"(〈錢竹初詩序〉) 하였다. 여기서 말하고 있는 '운'은 바로 운미韻味를 뜻하는 것이자 맑고 허허로운 운, 맛을 넘어선 맛〔味外之味〕의 뜻이다. 원매는 신운과 성정을 연계시켜 "정은 깊어야 하고 운은 길어야 한다"고 하였으니, 운미를 심오한 예술적 정감의 표현 문제와 직접적으로 연관시킨 것이라 하겠다.

'영기'에 관해서 원매는 나름으로 독특한 견해를 제시하고 있다. 이른바 '영靈'이란 영감·흥회興會를 뜻하는 것이다.

시를 퇴고推敲하는 것이 시를 짓는 것보다 어렵다. 왜 그런가? 시를 짓고자 할 때는, 감흥이 모여 이르기만 하면 시 한 편이 쉽게 이루어진다. 그러나 시를 퇴고 할 때면 이미 감흥도 사라지고 대세가 이미 정해져 있기에, 한두 글자를 가지고도 마음이 불안하여 온갖 기력을 다 써도 결국 못 얻는 경우가 있으며, 한두 달이 지난 다음에야 마침내 무의식중에 좋은 글자를 얻게 되기도 한다.

改詩難於作詩, 何也 作詩, 興會所至, 容易成篇. 改詩, 則興會已過, 大局已定. 有一二字於心不安, 千力萬氣, 求易不得, 竟有隔一兩月於無意中得之者. (《隨園詩話》 卷二)

이태백은 술잔을 세며 시 1백 편을 지었다고 하며, 소동파는 즐거워 웃거나 성내며 욕하는 것이 모두 문장을 이루었다고 하는데, 일시에 흥이 도래하여 시문을 지었음을 말하는 것이니 문사로 작가의 뜻을 해칠 수는 없는 것이다.

太白計酒詩百篇, 東坡嬉笑怒罵皆文章, 不過一時興到語, 不可以詞害意. (《隨園詩話》 卷七)

이른바 "감흥이 모여 이른다 興會所至"거나 "일시에 흥이 도래한다 一時興到"는 말은, 심미적인 느낌이 든 상태에서 예술적 영감이 심미주체의 내심에서 발흥하여 일시에 창작 충동이 일어난다는 것을 설명하는 말이다. 원매는 영감이 발생하는 상황에 대해 "좋은 곳에 이르러 얻게 되면 저절로 음절이 이루어진다 到恰好處, 自成音節"(《隨園詩話》 卷四), "시는 천공天工, 즉 조화의 묘함과 같으니 그 순간의 경물에서 의취가 생겨나는 것이다 詩如化工, 卽景成趣"(《續詩品·卽景》), "순간적인 정감과 한순간의 경물, 이는 조화의 묘함으로 사물을 본뜨는 것과 같다 卽情卽景, 如化工肖物"((《隨園詩話》 卷一)라고 하였다. 이 말은 예술창작은 추상적인 개념이나 논리적 추리·판단에 의해 이루어지는 것이 아니라, 생동적이고 구체적인 자연의 절주와 정경 속에서 예술의 규율에 부합하는 가장 뛰어난 정경과 상태를 포착하여 한순간에 이루어 내는 것이라는 뜻이다. 이는 다시 말해 감흥이 모인 상태에서 예술적 영감이 일시에 폭발하여, 구체적인 예술 대상 속에서 예술적 의상이 물화하여 예술적 형상으로 변화하는 것이다.
이에 대해 원매는 '오悟'라는 개념을 통해 재차 설명하고 있다. 《속시품》에 나오는 '신오神悟'에서 말하기를, "까마귀가 울고 꽃이 떨어지는 것은 모두 신(영감)과 통하는 것이다. 사람은 이를 깨달을 수 없어 회오리바람에 건네 줄 뿐이다. 오로지 우리 시인들만이 여러 묘함으로 지혜를 돕는다. 오로지 성정을 드러낼 뿐 문자에 얽매여서는 안 된다. 공자께서 우연히 지나는데 어린아이들이 창랑의 노래를 부르고 있었다. 공자가 이를 듣고 기뻐하며 나에게 큰 도를 보여주는구나라고 하셨다. 烏啼花落, 皆與神通. 人不能悟, 付之飄風. 惟我詩人, 衆妙扶智. 但見性情, 不著文字. 宣尼偶過, 童歌滄浪. 聞之欣然, 示我周行" 사실 창작주체의 입장에서 볼 때, "순간적인 정감과 한순간의 경물 卽情卽景"로 감흥이 모여 이른 상태는 대개가 형상에 대한 직관적 깨달음(悟)으로 말미암아 얻게 되는 것이다. 이것이 바로 예술적 영감의 원천인 것이다.

창작주체의 예술적 심미구조의 측면에서 원매는 '천분天分'설을 제기하고 있다. "시는 사람에 의해 이루어지는 것이 아니라 사람이 지니고 있는 천분에 의해 이루어진다. 한 사람의 천분에 시적 재능이 있으면 입을 벗어나 읊조릴 수 있고, 그 사람의 천분에 시적 재능이 없으면 비록 읊조린다 하더라도 읊조리지 않음만 못하다. 詩不成於人, 而成於其人之天. 其人之天有詩, 脫口能吟. 其人之天無詩, 雖吟而不如無吟"(〈何南園詩序〉) 이 말은 사람에게 '천분'이 있으면 능히 시를 읊조릴 수 있고, 만약 그러한 '천분'이 없다면 시인이 될 수 없을 뿐만 아니라 시를 지을 수도 없다는 뜻이다. 그렇다면 '천분'은 무엇을 뜻하는가? 이 점에 대해 원매는 더 이상 구체적인 설명을 한 바 없다. 다만 그가 "천성이 다정하면 시구가 저절로 공교롭게 된다 天性多情句自工"고 한 것이나, "시문의 도는 전적으로 천분과 연관되니, 총명·영특한 사람은 한 번만 가르쳐도 곧 깨닫게 되는 것이다 詩文之道全關天分, 聰穎之人一指便悟"((《隨園詩話》 卷六)라고 한 것을 보면, '천분'이 내심으로 정감과 예지를 지니고 있는 것을 포괄하는 개념임을 추론할 수 있다. 물론 여기서 말하는 정감과 예지는 영감과 묘오의 조건이기도 하다. 다시 정리하면, 그가 말한 '천분'은 시인이 반드시 갖추어야 할 것으로 예술창작에서 영감과 묘오를 만들어 내는 어떤 것을 지칭한다고 할 수 있다.

그러나 실제로 인간에게 인간 본질 자체를 벗어나는 '천분'은 존재할 수 없다. 이른바 '천분' 역시 인간이 지니고 있는 특질 가운데 일부일 뿐이다. 현대

심리학에서는 인간의 대뇌는 각종 사유형태를 구분하여 추상사유를 맡는 부분과 형상사유를 맡는 부분이 나뉘어 있다고 보고 있다. 따라서 한 인간의 대뇌가 가지고 있는 두 가지 사유형태의 효능은 각기 다를 수밖에 없다. 만약 형상사유에 능한 사람의 경우에는 예술창작 능력 역시 강세를 보일 것이고, 그렇지 않은 경우 역시 가능할 것이다. 당연히 어떤 사람이 좋은 작품을 쓸 수 있는가의 여부는 그가 실제 생활에 대한 관찰과 예술적 실천을 어떻게 해왔는가에 달려 있지만, 또한 앞서 말한 예술적 사유의 잠재적 능력 여부 역시 커다란 영향력을 발휘할 것이다. 물론 그 잠재적 능력 역시 그 사람이 지니고 있는 본질적 부분이다. 원매는 이러한 현대 심리학의 과학적 원리를 파악할 수 없었다. 그렇기 때문에 '천분'에 대해 정확한 답변을 할 수 없었던 것이다. 아무튼 시인에게는 시인이 될 수 있는 예술적 천분이 필요하다는 원매의 주장은 흔히 볼 수 없는 귀중한 견해라 하겠다.

원매는 '성령'을 드러내야 할 것을 주장하면서 '저아著我'를 강조하고 있다. 그는 《속시품·저아》 중에서 "고인을 배우지 않으면 시법에 옳은 것이 하나도 없다고 하는데, 오로지 고인만을 베낀다면 어느곳에서 자신을 드러낼 것인가? 글자는 예전부터 있었지만 자신이 말하고자 하는 것은 옛날에 없었으니, 옛것을 토하고 새로운 것을 마시면 거의 (시 안에서 자신을 드러내는 것에) 가깝다고 할 수 있다. 맹자는 공자를 배웠고, 공자는 주공을 배웠지만 세 사람의 문장은 자못 서로 다른 점이 있다 不學古人, 法無一可. 竟似古人, 何處著我. 字字古有, 言言古無. 吐故吸新, 其庶幾乎. 孟學孔子, 孔學周出, 三人文章, 頗不相同"고 하였고, 또 말하기를 "시를 짓는 데 내(작가 자신)가 없을 수 없다. 내가 없으면 표절하거나 부연하는 병폐가 커질 것이다. 그래서 한유는 '고인은 표현에 있어 반드시 자신을 드러내었다'고 한 것이다. 또한 북위 사람 조영 역시 '문장은 마땅히 스스로 기틀을 창출하여 나름의 풍골을 이루어야 하며, 다른 이들의 울타리에 기대면 안 된다'고 말한 것이다 作詩, 不可以無我. 無我, 則剿襲敷衍之弊大, 韓昌黎所以'惟古於詞必己出'也. 北魏祖瑩云, '文章當自出機抒, 成一家風骨, 不可寄人籬下'"(《隨園詩話》 卷七)라고 하였다. 원매가 이처럼 "자신을 드러낼 것 著我"과 "내가 없을 수 없다 不可以無我"고 한 것은, 작가는 반드시 자신의 창작 개성을 지니고 자신이 창작한 작품에서 자신만의 독특한 사상적 풍격과 예술적 풍격을 지녀야 하며, 결코 옛사람을 모방해서는 안 된다는 뜻이다. 이러한 관점은 청대의 복고지향적이고 수구적이었던 문예미학 관점에서 볼 때 대단히 혁신적인 것이 아닐 수 없다. 특히 '자아'를 강조한 것은, 명대의 이지가 주장한 '동심'설이나 공안파 삼원의 '독서성령'설과 일맥상통하는 것이다.

중국 고대문론사나 미학사의 경우, 대부분 원매를 '성령'설의 창시자로 간주하고 있다. 이 문제에 대해서 나는 보다 구체적인 분석이 필요하다고 생각한다. 원매가 중국 고대의 '성령'설을 계승하고 총체적으로 귀납·총결하였다는 점은 분명한 사실이다. 그러나 그가 '성령'설을 최초로 제창했다는 견해는 옳은 것이 아니다. 왜냐하면 명대 후칠자 가운데 왕세정과 오국윤이 이미 '발서성령發抒性靈'을 제시한 바 있고, 그들이 말한 '성령'은 창작주체의 주관적인 정신적 요소와 정감심리적 요소를 지칭하는 것이었기 때문이다. 뿐만 아니라 공안파 삼원 역시 분명히 '독서성령獨抒性靈'을 제창하였는데, 그들이 말한 '성령' 역시 인간의 정감적 욕망의 뜻이었다. 그리고 그들은 '진인眞人·진정眞情·진성眞聲·진문眞文'을 주장하고, '독서성령'에서 취趣·운韻·영감 등은 인간이 지닌 '혜할지기慧黠之氣'라는 심리적 요소에서 내원한다고 간주했다. 이렇듯 공안파 삼원의 '성령'설은 인문주의적 측면에서 개성의 추구를 주장한 것으로, 명대 중엽 이후 상품경제가 발전하면서 인문주의가 흥성하게 된 사회적 심리를 반영하는 것이라 하겠다. 이렇게 본다면 원매의 '성령'설을 창조적인 논의라고 말할 수는 없을 것이다.

따라서 원매의 '성령'설은 기존의 관점대로 원매에 의해 최초로 제창되었다고 보기는 어려우며, 다만 그가 기존의 '성령'이론을 총결했다고 말할 수는 있겠다. 역사적으로 의식형태의 계승관계를 살펴보면 이러한 정황이 존재하고 있음을 알 수 있다. 계승과 총결이 항시 발전을 의미하는 것은 아니며, 때로 퇴보하는 경우도 심심치 않게 있을 수 있다. 그럼에도 불구하고 우리들은 이러한 정황에 주의를 기울이지 않아 이론을 포함한 의식형태의 계승·총결은 항시 발전적인 것이라고 간주해 왔던 것이다. 원매의 '성령'설에 대한 평가 역시 이러한 현상에 따른 것이다.

제7절 석도·정판교의 '회화심리학'

명·청대의 문예심리학에 대해 개괄하면서 이미 언급하였듯이, 이 시대의 서법·회화미학은 모두 현실주의 이론을 강조하고 이를 드러내는 데 중점을 둔 것이 대부분이며, 예술심리적인 각도에서 자신들의 서법이나 회화이론을 논의한 이는 흔치 않았다. 명대의 저명한 회화미학이론가인 왕이王履·축윤명祝允明의 미학적 경향도 역시 마찬가지이다. 이 시기에 그래도 비교적 예술심리적인 각도에 치중하여 연구하고 회화이론을 총결한 이로는 석도와 정판교를 들 수 있으니, 이 두 사람의 회화심리학에 대해 소개하고자 한다.

1. 석도의 회화심리학

석도石濤(약 1612-1718)의 원래 성은 주朱이고, 이름은 약극若極으로 도제道濟 또는 원제元濟라고도 하였다. 자는 석도石濤이며, 호는 고과화상苦瓜和尙·대척자大滌子·둔근鈍根 등이다. 석도는 청대 초기의 유명한 산수화가이자 회화이론가로 양주揚州에 오래 기거하면서 황산黃山·여산廬山 등에 자주 들러 그곳에서 그림을 그렸다고 한다. 저서로는 《화어록畫語錄》(또는 《苦瓜和尙畫語錄》이라고도 한다)과 후대에 와서 편집된 《대척자제화시발大滌子題畫詩跋》 등이 있다.

석도의 화론은 《화어록》에 기록되어 있는 화론에 대한 이해의 글에 잘 표현되어 있는데, 이에 주를 단 사람들과 해석가들 사이에 의견이 엇갈리는 부분이 많다. 《화어록》에서 사용한 용어와 이론의 관점에서 보면, 노자 등의 도가와 불학의 영향을 많이 받은 듯하다. 도가나 불학에서는 모두 정신적인 깨달음이나 신묘한 표현 등을 추구하였는데, 이는 예술심리학과 상통하는 것이기도 하다. 이러한 각도에서 석도의 《화어록》과 제화題畫, 그리고 시발詩跋을 해석해 보면 석도의 회화이론을 분석·총결할 수 있다.

석도의 회화이론은 예술심리학의 각도에서 볼 때 '일획一畫'론이라 할 수 있다. 그는 《화어록》 '일획' 장에서 다음과 같이 말하고 있다.

태고에는 법이 없었으니 태박, 즉 질박함 그 자체로 흩어짐이 없었다. 그 태박이 한 번 흩어지자 법이 서게 되었다. 법은 어디에 세워야 하는가? 일획에서 세워야 한다. 일획이란 모든 존재의 근본이고, 만상의 뿌리이다. 일획이란 것은 그 작용을 신묘함 속에 드러내지만 세속적인 사람들에게는 감춘다. 그래서 세상 사람들은 그것을 알지 못한다. 따라서 일획의 법은 곧 (도의 주체가 되는) 자신으로부터 세우는 것이니, 대개 법이 없는 데서 법이 생겨나고 일단 그 법으로 여러 가지 법을 두루 꿰는 것이다.

太古無法, 太朴不散, 太樸一散, 而法立矣. 法於何立? 立於一畫, 一畫者, 衆有之本, 萬象之根, 見用於神, 藏用於人, 而世人不知所以. 一畫之法, 乃自我立. 立一畫之法者, 蓋以無法生有法, 以有法貫衆法也.

무릇 획이란 마음에서 좇는 것이다. 산이나 내, 사람이나 사물의 수려함과 뒤섞임, 새나 짐승·풀과 나무의 본성과 느낌, 못가의 정자나 누대의 법도 등은 (작가가) 능히 그 이치[理]에 깊이 들어가서 그 모양을 곡진하게 그려내지 않는다면, 끝내 일획의 커다란 법을 얻을 수 없는 것이다.

夫畫者, 從於心者也. 山川人物之秀錯, 鳥獸草木之性情, 池榭樓臺之矩度, 未能深入其理, 曲盡其態, 終未得一畫之洪規也.

대개 태박이 흩어지니 일획의 법이 세워졌다. 일획의 법이 세워지니 만물이 드러나는 것이다. 나는 이런 까닭에 "나의 도는 하나로 관통하고 있다"고 말하는 것이다.

蓋自太朴散, 而一畫之法立矣, 一畫之法立, 而萬物著矣. 我故曰, 吾道一以貫之.

석도가 여기에서 말하고 있는 '일획一畫' 론은 '일획의 법을 세워야 한다' 는 것이니, '일획' 을 회화예술의 기본 법칙으로 간주하고 있음을 알 수 있다. 그렇다면 '일획' 이란 무엇인가? 노자의 우주기원론에서 출발하여 이를 살펴보도록 하자. 노자철학에서 '태박太朴' 이란 '도' 를 말하는 것으로 천지가 나뉘지 않은 혼돈의 상태를 뜻한다. 또한 "통나무처럼 소박한 원형질이 흩어지면 그릇 같은 기가 된다 朴散則爲器"고 한 것은, 이를 통해 만물이 생겨난다는 말이다. 노자는 "도는 하나를 낳고, 하나는 둘을 낳으며, 둘은 셋을 낳고, 셋은 만물을 낳는다 道生一, 一生二, 二生三, 三生萬物"라고 하였는데, 여기서 말하고 있는 '도'는 짝이 없는 것이다. 그래서 왕필은 "하나는 수의 시작이고 사물의 극이다 一, 數之始而物之極也"라고 주석하였다. 결국 도는 하나인 셈이다. 우주만물은 무형에서 유형으로 이루어진 것으로, 그 근본은 '도'이자 '하나'인 것이다. 석도는 이러한 원리를 회화에 응용하여 이른바 '일획一畵'론을 주장하였던 것이다. 이는 회화형상을 창조하기 위해서는 무엇보다 '일획'을 파악해야만 한다는 말이자 그 나름의 가장 기본적인 법칙이라고 할 수 있다.

물론 이상은 아직 예술심리학의 명제가 아닌 철학, 또는 예술철학의 명제일 뿐이다. 그러나 《일획》에서 석도는 "무릇 획이란 마음에서 좇는 것이다 夫畵者, 從於心者也"라고 하였으니, 이 장의 전체 뜻과 연결해 보면 회화란 예술가의 '마음'에 의해 지배되는 것으로 예술가가 '일획'을 기본 법칙으로 파악하여 자신의 '마음'과 '일一,' 즉 '도'와 결합될 수만 있다면 예술가의 주관적인 정신과 예술인식이 우주만물의 객관적 규율과 서로 통일을 이루어, 자신을 심미와 창작의 자유로운 경지에 몰입시킬 수 있다는 말로 해석할 수 있을 것이다. 그리고 이를 통해 "산이나 내, 사람이나 사물의 수려함과 뒤섞임, 새나 짐승·풀과 나무의 본성과 느낌, 못가의 정자나 누대의 법도 山川人物之秀錯, 鳥獸草木之性情, 池榭樓臺之矩度"를 그림에 있어서 "(작가가) 능히 그 이치[理]에 깊이 들어가서 그 모양을 곡진하게 그려내고 深入其理, 曲盡其志" "붓 가는 대로 일필휘지하여 산천·인물·초목·못가의 정자·누대 등의 형체를 취하고 세를 활용하는데, 살아 있는 것을 그릴 때는 그 본질을 헤아리며, 정감을 운용하여 경물을 그릴 때는 드러낼 것은 더욱 드러내고 숨길 것은 머금어 감춘다. 그리하여 사람들은 그 그림이 어떻게 이루어진 것인지 알 수 없으되, 그 그림은 내 마음의 쓰임에서 어긋남이 없을 것이다 信手一揮, 山川, 人物, 鳥獸, 草木, 池榭, 樓臺, 取形用勢, 寫生揣意, 運情摹景, 顯露隱含, 人不見其畵之成, 畵不違其心之用"라는 것이다. 이는 사실상 '마음'과 '도'를 강조하는 동시에 예술표현에서의 '마음'의 중요성을 강조한 것이다. 이는 부재符載가 "사물은 영부, 곧 마음이나 정신에 있는 것이지 눈이나 귀에 있는 것이 아니다 物在靈府, 不在耳目"·"신묘한 기교를 버리고 뜻이 그윽하고 현묘하게 변화하니 遺去機巧, 意冥玄化" "마음속에 얻어 손으로 응하고 독특한 모습과 절묘한 모습이 붓 닿는 데 드러난다 得於心, 應於手, 孤姿絶狀, 觸毫而出"[168]고 말한 것과 일맥상통하는 것이다. 이처럼 석도는 "일획이란 모든 존재의 근본이고 만물의 뿌리이다 一畫者, 衆有之本, 萬物之根"라고 말하고, "이 일획이 밝아지면 눈에 가리우는 것이 없게 되고, 그림이 바로 자신의 마음을 따를 수 있게 된다. 그림이 자신의 마음을 좇게 되면 모든 장애가 나에게서 멀어지게 된다 一畫明, 則障不在目而畫可從心. 畫從心而障自遠矣"(《畫語錄·了法》)라고 말하여 '일획의 법〔一畫之法〕'이 생기고, '도'와 '마음'의 통일을 이룰 수 있다면 '그 이치〔理〕에 깊이 들어가서 그 모양을 곡진하게 그려낸' 회화작품을 완성할 수 있다고 한 것이다.

석도는 예술창작에서 창작주체의 능동적인 역할을 중요하게 생각했다. 그는 "일획이란 것은 그 작용을 신묘함 속에 드러내지만 세속적인 사람들에게는 감춘다. 그래서 세상 사람들은 그것을 알지 못한다. 따라서 일획의 법은 곧 (도의 주체가 되는) 자신으로부터 세우는 것이다 見用於神, 藏用於人, 而世人不知, 所以一畫之法, 乃自我立"(《畫語錄·一劃》)라 하여 은연중에 '일획'의 예술법칙은 그가 발견한 것임을 말하고 있다.

> 나는 내 자신이 되어 스스로 나로 존재한다. 옛사람의 수염과 눈썹은 내 얼굴에 날 수 없으며, 옛사람의 폐부가 어찌 내 뱃속으로 들어올 수 있단 말인가? 나는 내 자신의 폐부로 드러낼 뿐이며, 내 자신의 수염이나 눈썹을 달고 있을 따름이다. 설령 어느 때에 모모 대가와 느낌이 닿아 그림에 드러날지라도, 이는 그 대가가 나에게 온 것이지 내가 그 대가가 되는 것은 아니다.
>
> 我之爲我, 自有我在. 古之鬚眉, 不能生在我之面目, 古之肺腑, 不能安入我之腹腸. 我自發我之肺腑, 揭我之鬚眉. 縱有時觸著某家, 是某家就我也, 非我故爲某家也. (〈變化〉章)

> 붓과 먹의 만남에 묘를 터득하고 하늘과 땅이 엉켜 있는 상태인 인온의 나뉨에 대한 묘를 이해하여, 혼돈을 개벽한 신묘한 손을 창출하고 고금에 그것을 전하여 스스로 독자적인 자신의 세계를 이루니, 이는 모두 화가의 지혜로 얻은 것이다. 조탁에 애써서는 안 되며, 판에 박은 듯 썩은 짓을 해서도 안 되고, 진흙같이 기존의 것에 빠져도 안 되며 예전의 것에 끌려다녀도 안 되고, 본질적인 데에서 벗어나서도 안 되며 이치가 없어서도 안 된다. 먹의 바다 가운데서 정기와 신묘함을 세워 정하고 예리한 붓끝 아래서 결연히 생활의 진면목을 드러내며, 작은

화폭에서 모골을 새롭게 바꾸고 혼돈 속에서 밝은 빛을 방출해야 한다. 설령 그 붓이 남이 생각하는 그 붓이 아니고 먹이 남들이 생각하는 그런 먹이 아니며, 그 그림이 남이 생각하는 그런 그림이 아닐지라도 그 속에는 스스로 내가 존재하는 것이다.

得筆墨之會, 解絪縕之分, 作闢渾沌手, 傳諸古今, 自成一家, 是皆智得之也. 不可雕鑿, 不可板腐, 不可沉泥, 不可牽連, 不可脫節, 不可無理. 在於墨海中立定精神, 筆鋒下決出生活, 尺幅上換去毛骨, 混沌裏放出光明. 縱使筆不筆, 墨不墨, 畫不畫, 自有我在. (〈絪縕〉章)

이러한 글은 모두가 회화창작에서 '자신의 존재〔有我〕'를 강조하고 있음을 보여 주고 있다. 어떤 학자는 석도의 '유아'란 '고古'와 '아我'의 관계로부터 출발한 것이지, '물物'과 '아我'의 관계에서 '자아표현'을 말하고 있는 것이 아니라고 말한 바 있다. 사실 이를 '자아표현'이라고만 말한다면 다소 막연하다. 첫단락에는 물론 '고'와 '아'의 관계에 대한 의미도 들어 있다고 볼 수 있다. 그러나 석도가 여기에서 말하고 있는 것은 회화예술창작이지 철학이나 윤리도덕적인 측면의 것이 아니다. 그가 강조한 것은 '고'와 '아' 속에 '아'가 있어야 한다는 것이지 단순한 관계 설정이 아니다. 또한 '물'과 '아'의 관계 속에도 당연히 '유아有我'의 의미가 들어 있다. 특히 두번째 단락에서 말하고 있는 것은 모두가 예술창작에서의 '유아,' 즉 창작자의 풍격과 개성에 관한 문제이다. 예술창작에 있어서 사람은 창작의 주체이다. 그래서 석도는 "무릇 그림이란 천지만물을 드러내어 형상화하는 것이다. 그러나 붓과 먹이 없다면 무엇으로 형상을 만들 수 있겠는가? 먹은 하늘에서 받은 것으로, 짙고 엷으며 메마르거나 윤기가 있는 나름의 속성에 따른다. 이에 반해 붓은 사람이 조작하는 것으로, 윤곽선으로 분명하게 그리는 구륵준법勾勒皴法이나 마른 붓질로 번짐을 표현하는 홍염의 조작이 따른다 夫畵者, 形天地萬物者也. 舍筆墨其何以形之哉! 墨受於天, 濃淡枯潤隨之, 筆操於人, 勾皴烘染隨之"(〈了法〉章)라고 하여, 물론 붓과 먹이 그림의 필수적인 도구이기는 하지만 그것의 주체, 즉 조작하는 것은 결국 사람이란 점을 단언하고 있다.

이러한 논리를 기초로 하여 석도는 창작주체의 미감심리에 대해 설명하고 있다.

첫째는, '수受'와 '식識'에 대한 것이다. 〈존수尊守〉장에서 그는 "느끼는 것〔受〕과 분별인식의 관계에 있어서 먼저 느낀 다음에 이에 대한 분별인식이 생기게 된다. 분별인식〔識〕이 있은 후에 느낀다면 이는 진정한 느낌이 아니다. 고금에 이르기까지 유명한 인사들은 그 분별인식을 빌려 자신의 느낌을 드러내었으며, 자신이 느낀 것을 알고 그 분별인식을 드러냈다 受與識, 先受而後識也. 識然後受, 非受也. 古今至明之士, 借其識而發其所受, 知其受而發其所識"고 말하고 있다. 여기에서 말하는 '수'와 '식'은 불교에서 차용한 말로 《불학대사전》의 해석에 따르면 '수'는 "접촉한 외적 실경을 마음이 받아들여 생기는 순수한 감각 領納所觸之境之心所法"을 뜻하며, '식'은 '분별의 뜻〔了別之義〕'으로 "마음이 실경에 대해 분별하는 것을 일러 식이라 한다 心對於境而了別, 名爲識"고 하였다.

석도는 이러한 불가의 해석을 좇아 창작주체의 심리구조에 운용하면서, '수'라는 것은 창작주체의 '마음'이 사물에 내재된 심미를 파악하는 것이며, '식'은 창작주체의 마음이 사물의 외형적인 형태의 심미를 파악하는 것이라 하였다. 석도는 '수'와 '식' 가운데 우선되는 것은 '수'로 "느낀 다음에 분별인식이 생긴다 先受而後識也"고 하였다. 그러나 '수'에 있어서도 창작주체의 마음의 지배가 우선한다. 그래서 그는 "획은 먹을 느끼고 받아들이며, 먹은 붓을 느끼며 받아들이고, 붓은 팔을 느끼고 받아들이며, 팔은 마음을 느껴 받아들인다. 이는 하늘이 창조하여 만들어 내면 땅이 창조하여 이루는 것과 같은 것으니, 이것이 바로 느끼는〔受〕 까닭이다 畫受墨, 墨受筆, 筆受腕, 腕受心, 如天之造生, 地之造成. 此其所以受也"라고 하였다. 결국 석도는 창작주체의 주관적인 심리를 통해 예술적 심미를 파악하는 능동적 효용을 중시한 것이라 하겠다. "무릇 느낌이란 것은 화가가 반드시 존중하여 지켜야 할 것이니, 힘써 노력하여 그것을 사용할 수 있어야 한다. 밖으로 끊임없이 외적 사물과 접촉하여 느낌을 쉬지 말아야 할 것이며, 안으로 쉼없이 느낌을 반추해야 할 것이다. 《주역》 건괘의 〈대상전〉에서 말하기를, '하늘의 움직임은 끊임없이 강건하다. 군자는 이를 본받아 스스로 강해지고 쉬지 않는다'라고 하였으니, 이것이야말로 화가가 느낌을 존중해야 하는 까닭인 것이다. 夫受, 畫者必尊而守之, 强而用之, 無間於外, 無息於內. 易曰, 天生健, 君子以自强不息. 此乃所以尊受也"(〈尊守〉章) 여기서도 볼 수 있듯이 '자강自强'과 '존수尊受'는 창작주체로 하여금 끊임없이 예술적 창조력을 발휘하고, 아울러 객관 대상에 대해 끊임없이 심미적 관점에서 바라보고 그 세계를 파악할 수 있도록 노력해야 한다는 것을 강조한 것이라 하겠다.

둘째는, '몽양蒙養'과 '생활'이다. 〈필묵筆墨〉장에서 그는 "먹이 붓을 적시는 데는 영험스러움이 중요하고, 붓이 먹을 움직이는 데는 신묘함이 중요하다. 먹이란 몽매한 어두움 속에서 바른길을 닦지 않으면 영험할 수 없고, 필은 생활의 축적이 없으면 신묘하지 않다. 능히 몽매한 어두움 속에서 바른길을 닦아 영험할 수 있다 하여도 생활의 신묘함을 알지 못하면, 이는 먹은 있지만 붓이 없는 것과 같다. 능히 생활의 신묘함은 받았으되 바른길을 닦아 영험하게 된 것을 자유자재로 변화시킬 수 없으면, 붓은 있지만 먹이 없는 것과 같다 墨之濺筆也以靈, 筆之運墨也以神. 墨非蒙養不靈, 筆非生活不神. 能受蒙養之靈, 不解生活之神, 是有墨無筆也. 能受生活之神而不變蒙養之靈, 是有筆無墨也"라고 하여, '몽양지령蒙養之靈'와 '생활지신生活之神'이란 명제를 내놓았다.

'몽양'이란 말은 《주역》에서 찾아볼 수 있다. 《몽괘단사蒙卦彖辭》에 보면, "몽매함 속에서 올바름을 기르면 성인의 공을 이룰 수 있다 蒙以養正, 聖功也"고 하였다. 공영달은 《정의正義》에서 이를 해석하여 "몽매함 속에서 은연히 스스로 정도를 기르면 지극한 성인의 공적을 이룰 수 있다 能以蒙昧隱然, 自養其道, 乃成至聖之功"고 하였다. 석도는 이처럼 〈필묵〉장에서 '몽양'의 개념을 통해, 이는 예술가가 마땅히 지녀야 할 사상과 예술적 소양이며 그 속에는 '도'에 대한 깨달음, '일획'에 대한 파악, '식識'과 '수受'의 운용 등이 포함된다고 생각했던 것이다.

'생활'이란 말에 대해서 석도는 다음과 같이 명확하게 설명하고 있다. "산천·만물이 지니고 있는 체에는 거꾸로 된 것도 있고 올바른 것도 있으며, 치우친 것도 있고 기운 것도 있으며, 모여 있는 것도 있고 흩어진 것도 있으며, 가까운 것도 있고 먼 것도 있으며, 안에 있는 것도 있고 밖에 있는 것도 있으며, 텅 빈 것도 있고 꽉찬 것도 있으며, 끊어진 것도 있고 이어진 것도 있으며, 층층으로 쌓인 것도 있고 벗겨져 떨어진 것도 있으며, 빼어난 풍치도 있고 아득하게 아물거린 것도 있으니 이 모든 것이 생활의 대체이다. 山川萬物之具體, 有反有正, 有偏有側, 有聚有散, 有近有遠, 有內有外, 有虛有實, 有斷有連, 有層次, 有剝落, 有豊收(致), 有飄緲, 此生活之大端也" 이로 볼 때, 석도는 생활이란 자연만물의 서로 다른 감성의 형태라고 생각했음을 알 수 있다. 석도는 먹〔墨〕이란 주로 사물의 내재적인 영기를 표현하는 것이며, 붓〔筆〕은 사물의 외재적인 정신을 묘사하는 것이라고 생각했다. 그래서 '몽양지령'과 '생활지신'에 대해 언급한 것이다. 예술가에게 있어서 이 둘은 결코 결여되어서는 안 된다. 석도가 "(산천만물이 자신의 영기를 인간에게 드러내는 것은) 이 몽매함 속에서 정도를 기르는 먹의 훈련과, 생활체험 속의 붓의 운용의 권세를 제대로 운용할 수 있기 때문이다 因人操此蒙養生活之權"라고 한 것 역시 이와 유관한 논의이다.

석도는 '몽양지령'과 '생활지신,' 이 두 가지 중에서 특히 '몽양지령'이 우선적이라고 생각하고 있다. 그래서 그는 "그림을 그리는 데 있어서는 무릇 붓을 대기에 앞서 먼저 정신을 모아야 한다. 이윽고 붓을 대기에 이르면 촉박하게 다루어서는 안 되며, 나태하게 이완되어서도 안 되고 갑자기 쇠약해져도 안 되며, 정신을 풀어 놓아도 안 되고 지나치게 느려도 안 된다. 무엇보다 우선적으로 생각을 정밀하게 하고, 천부적인 바른길을 닦음에 애써야 한다. 산천이 놓여진 것이나 나무·숲이 위치한 것은 먼저 나무가 있고 난 후 땅을 고른 것이 아니라, 숲이 있어 그 땅에서 나온 것이다. 이처럼 내 마음속에 머금고 있는 정기나 법도도 산천이나 나무 숲의 안에서 존재하는 것이 아니라, 내 정신이 산천과 나무 숲의 밖에서 몰고 다니는 것이다. 이렇게 하여 붓을 좇아 한 번 칠하고, 뜻을 좇아 한 번 흥금을 발하여도 저절로 천부적으로 바른길을 닦는 것이 가능해지는 것이다 寫畵凡未落筆, 先以神會, 至落筆時, 勿促迫, 勿怠緩, 勿陡削, 勿散神, 勿太舒, 務先精思天蒙, 山川步伍, 林木位置, 不是先生樹, 後布地, 入於林出於地也. 以我襟含氣度, 不在山川林木之內, 其精神駕馭於山川林木之外. 隨筆一落, 隨意一發, 自成天蒙"(〈淸湘大滌子題跋〉)라고 한 것이다. 석도는 이처럼 "산천만물이 자신의 영기를 인간에게 드러냈으니 山川萬物之荐靈於人" 붓 가는 곳마다 "일일이 그 영기를 다할 수 있고, 그 정신이 풍족하게 드러날 수 있다 一一盡其靈而足其神"고 생각했던 것이다.

셋째는, '심담약무心淡若無'와 '신우적화神遇迹化'이다. 석도는 창작주체의 내심의 수양을 매우 중요하게 생각했다. 그가 '일획'론에서 말하고자 하는 것은 '도'와 '마음'이 결합된 '일一'의 경지로, 이는 장자가 말한 '심재心齋'·'좌망坐忘'을 거쳐 도달하게 되는 '허정虛靜'의 단계이기도 하다. 그는 '존수'에 대해 말할 때 "안으로 쉼없이 느낌을 반추해야 할 것 無息於內"을 강조하여, 자신의 '마음'으로 사물의 내재된 이치를 깨달아야 한다고 하였다. 《화어록》의 15장인 〈원진遠塵〉과 16장의 〈탈속脫俗〉에서 말하고 있는 것도 모두 예술가에게 '허정'의 심리상태를 가질 것을 요구한 것이다.

그가 말하는 '원진'은 '물폐物蔽'에 구속됨이 없이 일종의 청정한 창작심경을 지켜 줄 것을 요구하는 것이다. 만약 그렇지 않아 "사람이 물욕에 가리우게 되면 세속의 먼지와 교류하게 된다 人爲物蔽, 則與塵交"고 하여, 결코 좋은 작품을 만들어 낼 수 없다고 주장했다. 그래서 "마음을 수고롭게 하지 말라 心不勞"고 주장하면서, "마음이 수고롭지 않을 때 비로소 그림이 그려진다 心不勞則有畵矣"고 말한 것이다. '탈속' 역시 '원진'과 유사한 뜻으로 세속적인 견해에 구속되지 않고, 자신의 심미관점에 따라 사물을 표현해야 한다는 것이다. "세속적이라고 하는 것은 어리석음에서 기인하는 것이고, 어리석음은 몽매함 때문에 더욱 어두워지는 것이다. 그런 까닭에 지고한 화가는 궁극에 통달하지 않을 수 없고, 밝지 않을래야 않을 수 없다. 궁극에 통달하면 작품의 변화를 추구하게 되고, 밝으면 자신의 변화를 추구하게 된다. 俗因愚受, 愚因蒙昧. 故至人不能不達, 不能不明. 達則變, 明則化" 요컨대 이 말은 "세속의 일에 느낌을 받으면서도 정형의 구속을 받지 않고, 형체를 화면에 다스림에 있어서도 작위의 흔적이 없다. 먹을 움직이는 것이 이미 이루어진 듯하고, 붓을 움직이는 데 인위적인 것이 없는 듯하다. 한 자의 작은 화폭에 천지·산천의 세상만물을 관리하면서도 마음이 담박하여 아무것도 없는 듯하니, 이러한 화가들은 어리석음이 제거되고 지혜가 생겨나며 세속의 때가 없어지고 맑음이 이르게 되는 것이다 受事則無形, 治形則無迹. 運墨如已成, 操筆如無爲. 尺幅管天地山川萬物, 而心淡若無者, 愚去智生, 俗除淸至也"라는 뜻이다. 이렇게 볼 때, 석도의 '심담약무心淡若無'설은 중국 예술심리학사의 '허정虛靜'설을 계승하는 이론임을 알 수 있다.

석도는 창작주체의 내재된 '허정'을 도야할 것을 주장했을 뿐만 아니라 주체와 객체, 즉 마음과 물질의 정감 교환에도 주의를 기울였다.

> 나에게 일획이 있으니, 능히 산천의 형체와 신묘함을 관철하여 그릴 수 있다. 그러나 나는 50년 전에만 해도 산천으로부터 태를 벗지 못했다. 그렇다고 그것이 그 산천에서 정수를 빼내어 찌꺼기를 만들고자 했던 것은 아니었다. 단지 산천으로 하여금 그 스스로 사사로이 살도록 내버려둔 것이었다. 그러나 지금은 산천이 나로 하여금 산천을 대신하여 말하게 하였다. 그래서 산천이 나에게서 태를 벗어 버리고, 나도 산천에서 태를 벗어 버리게 되었다. 이후 기이한 봉우리들을 다 찾

아다니며 밑그림을 그려 놓았다. 마침내 산천과 나의 신묘한 기운이 만나 그 형적이 변화하게 되었으며, 산천은 끝내 대척자, 곧 석도 나 자신에게 돌아오게 되었다.

我有是一畫, 能貫山川之形神. 此予五十年前, 未脫胎於山川也, 亦非糟粕其山川. 而使山川自私也. 山川使予代山川而言, 山川脫胎於予也, 予脫胎於山川也. 搜盡奇峰打草稿也. 山川與予神遇而迹化也, 所以終歸之於大滌也. (〈山川〉章)

"산천이 나에게서 태를 벗어 버리고, 나도 산천에서 태를 벗어 버리게 되었다 山川脫胎於予也, 予脫胎於山川也"라고 한 것이나, "산천과 나의 신묘한 기운이 만나 그 형적이 변화하게 되었다 山川與予神遇而迹化也"라고 한 것은, 모두가 예술창작에서 마음과 물질이 교감하는 이정移情현상을 뜻하는 것이다. 석도는 〈자임資任〉장에서도 "산이 종횡으로 달리는 것은 하늘이 부여한 약동성 때문이고, 산이 잠복한 듯 땅에 엎드려 있는 것은 하늘이 부여한 고요함 때문이며, 산이 두 손을 마주 잡고 절하는 듯 있는 것은 하늘이 부여한 예덕 때문이고, 산이 완만하게 굽이치는 것은 하늘이 부여한 조화로움 때문이며, 산이 에워싸듯 휘감고 있는 것은 하늘이 부여한 근엄함 때문이고, 산이 빈 듯하면서도 영기가 있는 것은 하늘이 지혜를 부여했기 때문이다…… 山之縱橫也以動, 山之潛伏也以靜, 山之拱揖也以禮, 山之紆徐也以和, 山之環聚也以謹, 山之虛靈也以智, ……"라고 하였고, 물의 경우에도 마찬가지로 "물이 넘실대며 넓은 세상을 적시는 것은 하늘이 부여한 덕 때문이고, 물이 자신을 비하하면서 낮은 데로 흐르고 막히면 돌아가는 예를 보이는 것은 하늘이 부여한 의로움 때문이며, 물이 밀물·썰물로 끊임없이 들고나는 것은 하늘이 부여한 도 때문이고, 막힌 데가 터져 흐를 때 격렬하게 내치고 솟구치는 것은 하늘이 부여한 용감함 때문이며, 물이 돌아 흐르면서 평편하게 고요한 것은 하늘이 법도를 부여했기 때문이고, 먼 곳을 다 채우고 모든 것을 다 통하는 것은 하늘이 부여한 관찰력 때문이며, 맑게 배어나고 영롱하게 깊으며 순수한 깨끗함을 유지하는 것은 하늘이 부여한 착함 때문이고, 굽이치면서도 동쪽 바다로 향하는 것은 하늘이 부여한 의지 때문인 것이다 汪洋廣澤也以德, 卑下循禮也以義, 潮汐不息也以道, 決行激躍也以勇, 瀠洄平一也以法, 盈遠通達也以察, 沁泓鮮潔也以善, 折旋朝東也以志"라고 하였다. 이는 "우리 화가들이 화면에서 산수에 임할 때 吾人之任山水" 창작주체의 정감을 객체에 이식하여 객체로 하여금 인간의 감정·성격을 갖게 하는 것이니, 이 역시 창작에 있어서의 이정移情의 역할이며 자연의 인간화라 할 수 있다.

창작주체로서 인간은 생명을 지니고 있다. 그래서 석도는 회화예술을 평가할 때, 회화예술 역시 인간과 같은 생명의 리듬감이 있어야 한다고 주장하고 있다. 그는 "내가 존재하는 것은 스스로 그런 것이다 自有我在"라고 생각했다. 그리고 이런 까닭에 "산에 한 번 그으면 산이 영험해지고, 물에 한 번 그으면 물이 약동하며, 숲에 한 번 그으면 숲이 살아 움직이고, 사람에 한 번 그으면 사람이 안온한 모습을 띤다 畵於山則靈之, 畵於水則動之, 畵於林則生之, 畵於人則逸之"(〈絪縕〉)라고 하여, 그림에 인간의 생명력을 불어넣어야 한다고 주장했던 것이다. 또한 〈해도海濤〉장에서는 "바다는 능히 신령스러움을 드러낼 수 있고, 산은 능히 산맥을 움직일 수 있다 海能薦靈, 山能運脈"고 하였고, 〈산천〉장에서는 "하늘은 저울추와 같은 유동성이 있어 능히 산천의 정령을 변화시킬 수 있고, 땅에는 저울대와 같은 안정성이 있어 능히 산천의 기맥을 운용할 수 있다. 나에게는 이 일획이 있어 능히 산천의 형태와 정신을 관통할 수 있는 것이다 天有是權, 能變山川之精靈, 地有是衡, 能運山川之氣脈, 我有是一畫, 能貫山川之形神"라고 하였는데, 이는 모두 산천을 통해 인간의 정감이 능히 표출될 수 있음을 드러낸 것이다. 석도는 종종 '신神'·'영靈'·'동動'·'생生'·'기맥氣脈' 등 인체생리적 개념이나 심리학의 용어를 통해 예술창작품을 평가하였는데, 이는 그 스스로 산천·경물을 의인화시킴으로써 이를 통해 인간의 사상이나 정감, 그리고 심리를 표현할 수 있다는 것을 주장한 것이라 하겠다. 그리고 또한 "붓과 먹을 빌려 천지만물을 그려내고, 그럼으로써 그 천지만물이 나에게서 도야되고 노닐도록 하는 것이다 借筆墨以寫天地萬物而陶泳乎我"(〈變化〉)라고 하여, 그림을 통해 심리적인 측면이나 정감적인 측면에서 화가 자신에게 커다란 영향을 끼친다는 것을 명시하였다. 이상으로 석도의 회화예술 본질론과 창작론, 그리고 감상론에 대해 알아보았는데, 그의 논의 역시 예술심리학적 의의가 풍부하다는 것을 알 수 있다.

2. 정판교의 회화심리학

정판교鄭板橋(1693-1765)의 이름은 섭燮, 자는 극유克柔이며 강소성 흥화興化 사람이다. 난과 죽을 잘 쳤으며, 서법·시·사에 능해 '양주팔괴揚州八怪'의

하나로 불린다. 저서에는 《정판교집》이 있다.

정판교의 회화심리학 사상에서 가장 유명한 것은 회화창작에 있어서 '눈 속의 대나무(眼中之竹)'·'가슴속의 대나무(胸中之竹)'·'손 안의 대나무(手中之竹)'의 개념을 통해, 창작주체의 미감심리가 생성되는 구조에 대해 논술한 내용이다. 이는 소식의 문예심리학 사상을 소개할 때 이미 설명된 바 있으므로 생략하기로 하고, 그외 다른 부분에 대해 소개하고자 한다.

정판교의 회화심리학의 핵심은 '눈 속의 대나무'·'가슴속의 대나무'·'손 안의 대나무'에 대한 논술인데, 이 명제는 소식의 '성죽재흉成竹在胸'·'신여죽화身與竹化'라는 미감심리계통론과 일맥상통하는 것이다. 정판교는 이러한 명제를 중심으로 여러 가지 중요한 회화심리학 이론을 내놓았다. 이를 개괄하면, 대략 '조물주를 섬겨 법으로 삼는다(師法造化)'·'성정을 펼쳐 묘사한다(抒寫性情)'·'기운을 앞세워야 한다(氣韻在先)' 등으로 나눌 수 있다.

정판교의 철학관과 미학관은 모두 원기론에 바탕을 두고 있다. 그는 "옛적에 그림을 잘 그린 이는 대부분 조물주를 스승으로 삼았다. 하늘이 낳은 것이 곧 내가 그리려는 것이니, 모든 것이 한 덩어리 원기가 뭉쳐 이루어진 것이다 古之善畵者, 大都以造物爲師. 天之所生, 卽吾之所畵, 總需一塊元氣團結而成"(《鄭板橋集·補遺》)라고 하여, 우주만물은 원기가 모여 이루어진 것이며, 형상을 그리는 것 역시 일정한 원기를 모아야 한다고 하였다. 이러한 정판교의 주장은 그의 철학이나 미학의 원기일원론적 입장을 대변하고 있는 것으로 그의 예술심리학 이론의 토대라 할 수 있다. 객관 대상으로서 만물은 원기로 뭉쳐져 이루어졌기 때문에, 예술창작은 우선적으로 객관적 대상에 근원하면서 자연을 법으로 삼아야 한다. 또한 예술창작 역시 원기가 모여 이루어진 것의 표현이기 때문에, 작가는 자신의 양기를 중시하고 작품에 기운을 불어넣을 수 있도록 유의해야만 한다. 이것이 바로 원기일원론으로 대변되는 정판교 예술창작론의 이론적 모태라 하겠다.

정판교의 이러한 관점은 그의 저서 곳곳에서 나타나고 있다. 예를 들어 정판교는 작가의 '양기養氣'설을 중시하여 "독서를 깊이 하고 기를 풍족하게 길러 크고 넓은 지경에 이르러 칼날 위를 노닐어도 여유가 있어야 한다 讀書深, 養氣足, 恢恢游刃有餘地矣"고 하였으며, "마음을 열고 도리를 분명히 밝히고 안으로 기를 기르며 밖으로 성취해야 한다 將以開心明理, 內有養而外有濟也"(《鄭板橋

集·補遺》)고 하였다. 또한 이러한 '기'가 예술창작에 표현된 것이 바로 예술가의 정감·심리, 그리고 개성이라고 간주하여 "시가 이루어지니 나로 하여금 묘사케 만들고 묘사하니 다시 칠하게 된다 詩成令我寫, 寫就復塗抹"·"느리고 빠른 것은 각기 성정에 따른 것이니, 오로지 기를 먼저 빼앗는 것이 남아 있을 뿐이다 遲疾各性情, 維餘氣先奪"(〈山中夜坐再陪起上人作〉)라고 하였다. 따라서 그가 "조비와 조식, 소통과 소역은 모두 공자나 수재의 기를 지니고 있었다 曹之丕植, 蕭之統繹, 皆有公子秀才氣"고 한 것이나, "소연이 하중에서 쓴 수가水歌를 보면 빼어난 기가 왕성하다 蕭衍河中之水歌, 勃勃有英氣"(《鄭板橋集·補遺》)라고 한 것 등은, 모두 이러한 작가들이 작품에 표현해 낸 정감심리와 예술 개성을 말하는 것이다.

정판교는 예술창작이란 자연을 본보기로 삼아야 하며, 성정을 표현해야 한다고 강조했다. 그래서 "천고의 문장은 폐부에 뿌리를 두고 있다 千古文章根肺腑"(《漁家傲·王荊公新居》), "크도다 후생의 시여, 자신의 폐부의 것을 곧이곧대로 전달하였구나 大哉侯生詩, 直達其肺腑"(《贈國子學正侯嘉璠弟》)라고 하여, 예술창작은 "스스로 성정을 그려내며 일정한 격식에 구속되어서는 안 된다 自寫性情, 不拘一格"고 하였던 것이다. 그리고 아울러서 이러한 성정이 또한 진실한 정감으로 일관해야 한다고 주장하여, "붓을 빼어들기에 앞서 성정을 참되게 해야 하니 그림이 이러한 공부에 이르면 저절로 신묘하게 된다 抽毫先得性情眞, 畵到工夫自有神"(《板橋題畵佚稿》)고 하였다.

그의 미학원기론에 따르면, 이러한 정감은 자연에 뿌리를 두어야만 한다. 이에 정판교는 "한간〔당대 화가. 玄宗에 의해 供奉이 되어 많은 御用馬를 그렸다〕이 임금이 타는 말을 그리는데 "천자의 마굿간에 말 10만 두가 있으니 그 모든 말이 나의 스승이로다"라고 말한 적이 있다. 내가 천녕사에 객으로 그 절에 있는 서행원에 머물렀는데, 나 역시 '후원에 대나무가 10만 그루나 있는데 이 모든 대나무가 나의 스승이나니 어찌 또 다른 스승이 있겠는가?'라고 말한 적이 있다 韓幹畵御馬, 云, '天廐中十萬匹, 皆吾師也.' 予客居天寧寺西杏園, 亦曰, '後園竹十萬個, 皆吾師也, 復何師乎'"(《孫大光藏墨迹題跋》)라고 하여, 진실된 성정을 표현함과 동시에 자연을 본보기로 삼아야만 한다고 주장했다. 그는 또한 이렇게 해야만 마음과 외물이 일체를 이루어, 다시 말해 저 속에 내가 있고 내 속에 저가 있는 물아일체의 상태가 되어 창작주체와 창작객체간에 정감이 서로 교융될 수 있다고 하였다. 이는 정판교 스스로 말한 바 "바람과 빗속에는 소리가 있고, 해와 달 속에는 그림자가 있다. 시와 술 속에는 정이 있고, 한가로움과 번민 속에는 짝이 있다. 하여 나만 오로지 대나무며 돌을 사랑하는 것이 아니라 대나무나 돌 역시 나를 사랑하는 것이다 風中雨中有聲, 日中月中有影, 詩中酒中有情, 閑中悶中有伴. 非唯我愛竹石, 卽竹石亦愛我也"(《鄭板橋集·題畵》)와 동일한 뜻이라 하겠다. 이러한 까닭에 그의 대나무·돌 그림은 "정이 있고 맛이 있어 오랜 세월 속에서도 더욱 새롭다 有情有味, 歷久彌新"고 할 수 있는 것이다.

다음으로 정판교는 "뜻을 그려야 한다 寫意"고 강조했다. 이른바 '사의'라는 것은 구체적인 감성형식을 초월하는 주체정신을 뜻한다. 정판교는 다음과 같이 말하였다. "서문장〔徐渭〕 선생이 설죽을 그렸는데, 순전히 수필·파필·조필·탄필로만 그렸고 절대로 대나무를 본뜨지 않았다. 그런 다음에 묽은 먹물로 채색을 엷게 하여 흐리게 하면서 가지 사이나 잎 위로 눈이 쌓이지 않은 곳이 없게 하였으며, 대나무의 전체 모습은 은밀한 가운데 튀어나온 듯하게 그렸다. 徐文長先生畵雪竹, 純以瘦筆破筆燥筆斷筆爲之, 絶不類竹. 然後以淡墨水鉤染而出, 枝間葉上, 罔非雪積, 竹之全體, 在隱躍間矣"(《鄭板橋集·題畵》) 이것이 바로 설죽을 그리면서 더불어 자신의 뜻을 그린 한 예라 하겠다. 정판교는 이처럼 뜻을 그려야 한다고 하면서, 동시에 "뜻이 붓보다 앞서야 한다 意在筆先"고 주장하였다. "뜻이 붓보다 앞서야 한다는 것은 정해진 법칙이고, 정취가 법칙 밖에 있다는 것은 변화의 기틀이다. 意在筆先者, 定則也. 趣在法外者, 化機也"(《鄭板橋集·題畵》) "대나무를 그리는 데는 뜻이 붓보다 앞서야 하며, 먹을 운용함에 있어서는 마른 먹질이나 엷은 먹질을 겸해야만 한다. 지금까지 사람들은 이러한 법을 모르고 있으니 지금도 예전과 마찬가지이다. 畵竹意在筆先, 用墨乾淡幷兼. 從人不得其法, 今年還是去年"(〈常州何乃揚藏墨迹題畵詩〉) 이렇듯 '뜻이 붓보다 앞서야 한다'는 것은, 예술가가 구체적인 예술창작에 돌입하기에 앞서 자신의 머릿속에 표현하고자 하는 예술 대상의 이미지를 지니고 있어야 한다는 말이다.

또한 이렇게 감각이나 지각을 통해 생겨난 뜻이 작품을 통해 드러나야만 진정한 의미의 '취趣'가 있을 수 있다는 것은 당연하다. 그는 대나무 그림에 글을 쓰면서(〈題畵竹〉) "장형이 40세 생일에 즈음하여 나를 찾아 대나무를 그려 축수祝壽해 달라고 하면서, "차라리 어지럽게 그릴지언정 규격에 맞춘 것처럼 정돈된 상태를 그리지는 말아야 한다. 그리하여 마땅히 천연적인 정취가 넘쳐흐르고 안개며 구름이 화폭 가득해야 한다"고 요구하였다. 이것이 바로 진정으로 그림의 뜻을 아는 이의 말이다 翔高老長兄四十初度, 索予寫竹爲壽, 且曰, 寧亂毋整, 當使天趣淋漓, 烟雲滿幅. 此眞知畫意者也"라고 말한 바 있었다. 정판교가 대를 그릴 때 "차라리 어지럽게 그릴지언정 규격에 맞춘 것처럼 정돈된 상태를 그리지는 말아야 한다 寧亂毋整"고 한 것이나, 서문장徐文長이 "절대로 대나무를 본뜨지 않았다 絶不類竹"고 한 것은 모두 화가 자신의 뜻을 그림에 잘 표현하여, 그 그림을 감상하는 이들로 하여금 자신의 심리적 감수성을 통해 상상력을 발휘할 수 있도록 하고, 아울러 이를 통해 흥취를 얻을 수 있도록 해야 한다는 뜻이라 하겠다.

이렇게 "작가 자신의 뜻을 그려야 한다 寫意"고 하였으니, 당연히 '자신의 뜻에 유사하도록〔意似〕' 노력해야만 할 것이고 단순히 '형사形似'에만 치중해서는 안 될 것이다. 정판교에게 있어서 '의사意似'는 곧 '신사神似'를 의미했다. 그는 난초와 대나무 그림에 글을 쓰면서(〈題蘭竹〉) "옛 화가들은 기쁠 때는 난을 그렸고, 성이 났을 때는 대나무를 그렸다. 대개 사물의 지극한 정은 오로지 뜻으로 닮도록 해야만 하니, 형체를 본떠 그 속에서 구할 수 있는 것이 아니다 古人喜氣寫蘭, 怒氣寫竹, 蓋物之至情, 專以意似, 不在形求"(《板橋題畫佚稿》) 하였으니, 그 역시 '신神'의 표현을 중시하였음을 알 수 있다. 그는 "대나무를 그리는 법에서는 진흙(정해진 틀)에 얽매어 판에 박힌 듯한 일정한 구획을 짜는 것을 귀하게 여기지 않으니, 요체는 마음을 모으고 정신 깊숙하게 들어가는 데 있다. ……그래서 내가 대나무를 그림에 있어서는 대나무를 그려 정신을 묘사할 뿐더러, 대나무를 그려 그 생생함을 묘사하는 데 중점을 둔다. 마르고 굳세며 고고한 것은 그 대나무의 신이고, 호탕하면서도 걸출하여 구름을 능가할 만한 것은 그 대나무의 생생함이다. 畫竹之法, 不貴拘泥成局, 要在會心人深神, ……故板橋畫竹, 不特爲竹寫神, 亦爲竹寫生, 瘦勁孤高, 是其神也. 豪邁凌雲, 是(其)生也"(《鄭板橋集 · 補遺》) 이와 같이 의意와 신神, 그리고 생生을 표현하면 반드시 작품의 기운이 생동하게 된다. 그래서 정판교는 대나무 그림에 제하면서(〈題竹〉) "처음에는 여가삼아 대나무를 그렸는데, 감히 복숭아 잎이나 버드나무 잎을 그릴 수 없었다. 대나무를 그리는 이들이 금기하는 것이기 때문이었다. 그러나 최근에는 자못 복숭아 잎이나 버드나무 잎을 그리기도 한다. 그럼에도 불구하고 대나무의 뜻을 잃지는 않는다. 언제나 기운을 앞세우고 필묵을 주로 하기 때문이다 始餘畵竹, 不敢爲桃柳葉, 爲竹家所忌也. 近頗作桃葉柳葉, 而不失爲竹意. 總要以氣韻爲先, 筆墨爲主"(《板橋題畵佚稿》)라고 할 수 있었던 것이다. 이상에서 살펴본 바대로 정판교의 화론은 '눈 속의 대나무'·'가슴속의 대나무'·'손 안의 대나무 등 이외에도 '기氣'·'의意'·'신神'·'운韻' 등의 개념을 통해, 예술심리학의 범주에서 그림과 시를 논함으로써 중국 예술심리학 사상에 또 하나의 고봉을 쌓았다고 할 수 있겠다.

제8절 명·청의 소설심리학

중국 고전소설이란 예술형식은 고대의 신화나 전설, 위진남북조 지괴志怪소설, 당대 전기傳奇, 송·원대 화본話本소설 등의 발전단계를 거쳐 명대에 와서 비로소 전면적인 번영기를 맞이하게 된다. 그러나 소설미학이나 소설심리학의 측면에서 볼 때, 명대 초·중엽에 적지않은 소설관계 논의가 있었던 것은 사실이나, 대부분이 서발序跋이나 필기筆記 위주의 간략한 것들이어서 이렇다 할 체계를 마련할 수 없다. 따라서 소설미학이나 소설심리학 연구의 구체적인 발전과정은 이후 만력萬歷 전후로 소설평점小說評點의 형식이 등장하면서 비로소 가능하게 된다.

명대 중엽에는 이지李贄에 의해 소설 평점이 시도되었고, 그 가운데 그의 미학과 문예심리학 관점이 드러나고 있다. 거기서 보이는 관점은 이지의 시문이론에서 볼 수 있는 미학·문예심리학 관점과 일치한다. 따라서 그의 문예심리학 사상은 이미 앞서 언급한 바 있기 때문에 재론하지 않는다.

명대 소설심리학의 대표적인 인물은 명말의 소설평점가라 할 수 있는 섭주葉晝이다. 청대에 들어서면서 소설 평점형식은 더욱 발전하였다. 당시 대표적인 인물로는 김성탄·모종강·장죽파·지연재 등이 있다. 그들의 소설평점 이외의 저작에서도 적지않은 소설심리학 사상을 엿볼 수 있다. 본문에서는 주로 섭주·김성탄·모종강·장죽파·지연재를 중심으로 그들의 소설심리학 사상을 소개하고, 이를 통해 명·청 소설심리학의 특징을 살펴보고자 한다.

1. 섭주의 소설심리학

섭주葉晝의 생평에 대해서는 그다지 알려진 바가 없다. 기존의 문헌에 따르면 그의 자는 문통文通 또는 양개陽開이며, 강소성 무석無錫 사람이다. 생몰연대는 미상이다. 다만 《서영書影》(청나라 주량공이 찬한 10권의 저작)에 "문통은 갑자·을축 연간에 우리 양주에서 노닐었다 文通甲子乙丑間游吾梁"고 한 것을 보아 천계天啓 연간에 생존해 있었음을 알 수 있을 따름이다.

섭주는 《수호전》·《삼국연의》·《서유기》 등의 소설에 평점을 가했으며, 《수호전》의 평점 가운데 "양산박 108명 호걸의 우열에 대해 梁山泊一百單八人優劣"·"수호전 10회 문자의 우열에 대해 水滸傳一百回文字優劣"·"소호전 문자를 다시 논함 又論水滸傳文字" 등 세 가지 문장을 덧붙였다.

섭주의 소설심리학 이론은 그다지 체계적인 것은 아니다. 다른 소설이론가뿐만 아니라 이지의 동심설에 비해서도 크게 뒤떨어진다. 그럼에도 불구하고 그는 이지와 마찬가지로 소설평점가로서 나름의 지위를 지니고 있으며, 특히 소설심리학의 선도자로서 중시하지 않을 수 없다.

섭주는 《수호전》 제50회 총평에서 다음과 같이 말한 바 있다.

> 한 시골의 학자가 말하기를, "이규는 너무 흉포하니 나진인을 죽여서는 안 되었다. 나진인 역시 불도가 있는 사람이 아니니 이규를 고달프게 해서는 안 되었다"라고 하였다. 이러한 말은 정말 헛소리에 다름아니다. 그는 《수호전》 가운데 이 회回가 가장 으뜸인 것을 모르고 있다. 시험삼아 한 번 보자면 어떤 일이 재미가 없으며, 어떤 말이 재미가 없는가? 천하의 문장은 재미를 제일로 삼는다. 재미가 있으면 됐지, 어찌 실제로 있는 일이나 실제로 존재하는 인물이어야 하겠는가? 만일 하나하나씩 어떠어떠한 것을 규명하고자 한다면 어찌 우스꽝스럽지 않겠는가?
>
> 有一村學究道, 李逵太凶, 不該殺羅眞人, 羅眞人亦無道氣, 不該磨難李逵. 此言眞如放 , 不知《水滸傳》文字當以此回爲第一. 試看種種摩處, 一事不趣? 一言不趣? 天下文章當以趣爲第一. 旣是趣了, 何必實有是事幷實有是人? 若一一推究如何如何, 豈不令人笑殺?

여기서 섭주는 '취趣'를 소설창작을 분석하고 평가하는 하나의 기준으로 삼고 있다. 이른바 '취'란 하나의 미학 범주이자 문예심리학 범주에 속하는 개념이다. 중국의 시가심리학에서는 이미 '취'로 시를 논하는 경우가 적지않았다. 섭주가 '취'로 소설을 논한 것 역시 동일한 범주에 속하는 것으로 소설분석에 이를 응용했다는 점에서 나름대로 가치가 있다.

섭주는 이외에도 소설평점에 있어 '정감情感'을 또 다른 기준으로 제시하였다. 그는 《수호전》 제97회 총평에서 다음과 같이 말하고 있다. "《수호전》 문장 가운데 좋지 않은 곳은 바로 꿈이나 괴이한 일, 또는 포진布陣에 대해 말하고 있는 대목들이다. 그리고 교묘한 점은 모두 인정이나 사물의 이치를 말하는 곳에 있으니 여러분들은 이를 아는지 모르는지? 《水滸傳》文字不好處只在說夢, 說怪, 說陣處, 其妙處都在人情物理上. 人亦知之否?" 또한 그는 제10회 총평에서 다음과 같이 말하고 있다. "《수호전》 문장은 본래 거짓(허구)이나, 그가 진실한 정감이 드러나도록 묘사했기 때문에 영원히 천지와 더불어 함께 할 수 있는 것이다. 이번 회(10회)의 이소이李小二 부부 두 사람의 정사情事는 그림처럼 뚜렷하다. 그러나 뒤에 나오는 혼천진混天陣 대목과 같은 부분은 모두 허황된 것으로서 작가가 고심을 거듭하였을지라도 좋게 볼 수 없다. 《水滸傳》文字原是假的, 只爲他描寫得眞情出, 所以便可與天地相終始. 卽此回李小二夫妻兩人情事, 如畵. 若到後來混天陣處都假了, 費盡苦心亦不好看"

정감으로 시를 논하는 것은 오랜 내력을 지닌 중국 시가미학과 시가심리학의 특징이다. 이는 시가가 성령을 드러내거나 정情과 지志의 표현을 중시하였기 때문이다. 따라서 서정敍情은 시가의 가장 큰 특징으로 간주되었다.

소설예술의 경우에는 그 자체의 생성이 비교적 늦었기 때문에, 섭주 이전에 소설의 본질적 특징이 정감이다라는 등의 언급은 거의 없었다고 해도 과언이 아니다. 그렇기 때문에 섭주에 이르러 소설창작의 본질을 '취趣,' 그리고 '정감'이라고 단언한 것은 선도적 의의가 짙다고 할 수 있다. 소설은 시가와 달리 주로 인물의 형상 묘사를 중시하며, 이를 통해 현실을 반영한다. 이것이 바로 소설예술의 진실성인 바, 섭주는 이를 정확하게 간파하고 있었던 것이다.

인물을 묘사하니 자연스럽게 그 인물의 정감을 표현하지 않을 수 없다. 바로 이러한 이유로 말미암아 섭주는 "《수호전》의 교묘한 점은 모두 인정이나 사물의 이치를 말하는 곳에 있다 其妙處都在人情物理上"·"《수호전》 문장은 본래 거짓(허구)이나 그가 진실한 정감이 드러나도록 묘사했다 《水滸傳》文字原是假的, 只爲他描寫得眞情"고 한 것이다. 이렇듯 섭주는 소설은 반드시 "인정과 사물의 이치 人情物理"를 표현하고 "진실된 정감을 묘사해야 한다 描寫眞情"고 하였으니, 이는 소설예술의 의의를 깊이 깨달은 결과라 하겠다. 섭주는 또한 "관영·차발·동초·설패·부안·육겸 등과 같은 인물 또한 나름의 상황을 핍진하게 묘사하였고, 웃는 소리조차 살아 있는 듯 생동감이 있다 若管營, 若差撥, 若董超, 若薛, 若富安, 若陸謙, 情狀逼眞, 笑語欲活"(〈水滸傳一百回文字優劣〉)고 하였다. 이는 《수호전》에 나오는 인물형상처럼 등장인물의 내면적 정감을 표현하고, 그들의 음성과 용모·우스갯소리를 묘사하여 생생한 예술형상을 드러내야만 비로소 진정으로 훌륭한 소설이라고 할 수 있다는 뜻이다.

이러한 토대하에서 섭주는 소설 등장인물의 행동 묘사뿐만 아니라 심리활동까지 세심하게 표현해야 한다고 주장하고 있다. 그래서 그는 《수호전》 제21회 총평에서 다음과 같이 말하고 있는 것이다. "이 회의 문장은 핍진하니, 조화의 묘를 다하여 사물을 본뜬 듯 묘사하고 있다. 송강과 염파석 및 염파를 묘사하는 대목에서는 눈앞에 보여지는 모습을 그려냈을 뿐만 아니라 그들의 마음까지 그려냈다. 마음을 그려냈을 뿐만 아니라 의도한 것 이외의 것도 그려냈다. 설령 고호두(고개지)나 오도자일지라도 어찌 이러한 지경에 이를 수 있겠는가? 此回文字逼眞, 化工肖物. 摩寫宋江閻婆惜幷閻婆處, 不惟能畵眼前, 且畵心上, 不惟能畵心上, 且幷畵意外. 顧虎頭, 吳道子安得到此?" "눈앞에 보여지는 모습 眼前"이나 "의도한 것 이외의 것 意外" 역시 등장인물의 심리활동과 유관한 것이지만, '마음〔心上〕'이야말로 심리활동의 심층적 내용이라 할 수 있다. 섭주는 이처럼 등장인물의 심리활동을 묘사할 것을 주장하였을 뿐만 아니라, 한 걸음 더 나아가 등장인물의 가장 깊은 심리 속으로 파고 들어가고자 하였다. 이러한 견해는 현대 심리학에 있어서 성격심리학의 관점과 일치하는 것으로, 소설창작에 있어 인물의 심리성격을 세밀하게 묘사해야 함을 강조한 것이다. 이러한 주장은 중국의 소설심리학에서 섭주에 의해 최초로 제기된 것이다.

섭주는 《수호전》 평점을 통해 '취趣'·'정情'·'마음을 그릴 것〔畵心上〕'을 주장하였다. 물론 소설심리학의 입장에서 볼 때 그의 논의가 체계적이고 계통적인 것이라고 할 수는 없다. 그렇지만 그의 견해는 초보적이나마 소설예술의 창작에 있어서 문예심리학적 본질과 인물형상의 심리학적 요구를 일정 정도 반영하고 있다는 점에서, 또한 청대 소설심리학의 선도적 입장에 서 있었다는 점에서 적지않은 의의가 있다고 할 수 있다.

2. 김성탄의 소설심리학

김성탄金聖嘆(1601-1661)의 이름은 채采이고, 자는 약채若采이다. 명이 망하고 청대에 들어서서 이름을 인서人瑞로 개명하고, 자도 성탄聖嘆으로 바꾸었다. 강소 오현吳縣(지금의 강소성 蘇州市) 사람이다. 김성탄은 명청明淸의 저명한 문학비평가이자 소설미학가이며, 소설심리이론가이기도 하다. 그가 평점한 저작은 대단히 많다. 일찍이 《장자》·《이소》·《사기》·《두시》·《수호전》·《서상기》 등에 평점을 하여, 이를 '육재자서六才子書'라 칭했다. 특히 유명한 평점은 《수호전》 평점, 즉 《제오재자서시내암수호전第五才子書施耐庵水滸傳》과 《서상기》 평점, 즉 《제육재자서왕실보서상기第六才子書王實甫西廂記》 등이 있으며, 이외에도 그의 시문을 수집하여 편집한 《창경당재자서회고唱經堂才子書匯稿》가 있다.

김성탄은 특히 소설예술에 대해 심도 있는 연구를 하였다. 그의 소설평점은 미학사상이 풍부하며, 소설에 등장하는 인물의 성격에 대한 연구는 중국 미학연구의 최고 수준에 이르렀다. 또한 그의 소설과 희곡평점은 송·명 이래 소설·희곡평점의 집대성이며, 그로 말미암아 중국의 소설·희곡평점은 가장 완벽한 형식을 갖추게 되었다고 할 수 있다. 이미 앞서 언급한 대로 중국의 소설평점은 송대 유진옹劉辰翁이 《세설신어》를 비평한 것이 처음이고, 장편 백화소설이나 희곡의 평점은 명대 이지·섭주·풍몽룡에 의해 시작되어 일정한 격식을 갖추게 되었는데, 김성탄에 이르러 일가를 이루어 독특한 중국 소설미학 이론으로 확고하게 자리매김하게 된다. 소설심리학 이론의 측면에서 본다면, 김성탄의 견해는 이전의 이지와 섭주의 이론을 바탕으로 하여 그 나름의 독특한 소설예술 법칙에 대한 심도 있는 이론과 소설미학 이론을 확립하여, 일시에 중국 고대 소설심리학 연구를 가장 높은 수준으로 끌어올렸으며, 이로부터 그의 소설심리학 이론은 중국 문예심리학사에 있어서 가장 중요한 위치를 차지하게 되었다.

김성탄의 소설심리학은 첫번째로 소설의 예술 특징에 대한 예술심리적 분석에서 탁월한 가치를 지니고 있다고 할 수 있다. 김성탄은 시詩에 대해 논하면서 다음과 같이 말한 적이 있다. "시란 다른 것이 아닙니다. 다만 사람들의 마음에서 우러나와 혀끝에 이르니, 아무리 해도 막을 수 없어 반드시 말하고자 하는 한 마디 말에 불과할 따름입니다. 詩非異物, 只是人人心頭舌尖所萬不獲已, 必欲說出之一句說話耳"(〈與家伯長文昌〉) "사람에게는 본래 시를 지으려는 마음이 없으며, 시가 사람으로 하여금 짓게 만드는 것일 뿐이다. 人本無心作詩, 詩來逼人作耳"(〈題貫華堂東柱〉) 이상은 시가 감정의 자연스러운 발로임을 뜻하는 것이다.

김성탄은 이러한 관점을 소설예술에서도 그대로 유지하고 있는데, 그것이 바로 '발분지설發憤之說'이다. 그는 《수호전》 제6회에서 임충이 "사내대장부가 부질없이 한 몸에 재주를 지니고도 현명한 군주를 만나지 못하여, 소인배 아래에서 굴복하고 있으니 이러한 더러운 꼴을 보게 되는구나 男子漢空有一身本事, 不遇明主, 屈沉在小人之下, 受這般腌臢的氣"라고 한 말에 대해, "발분하여 시를 지은 까닭에 그 호가 내암인 것이 과연 헛되지 않도다 發憤作詩之故, 其號耐庵不虛也"라 비평하고 있다. 또한 제18회에서는 다음과 같이 말하고 있다. "이 회의 전반부에서는 완씨의 입을 빌려 관리들을 통렬히 매도하고, 후반부에서는 임충의 입을 빌려 수재들을 통렬히 욕하고 있으니, 그 말이 격분되어 우아한 가르침〔儒道〕을 상하게 하고 있다. 그러나 원한과 독을 품고 책을 쓰는 것은 사마천도 면할 수 없었던 것이니 패관〔항간에 떠도는 이야기를 적는 벼슬. 여기서는 소설을 뜻한다〕에 있어서 어찌 책망할 수 있으리오. 此回前半幅借阮氏口痛罵官吏, 後半幅借林沖口痛罵秀才, 其言憤激, 殊傷雅道, 然怨毒着書, 史遷不免, 於稗官又奚責焉" 이상은 모두 소설창작 역시 시가예술과 마찬가지로 모두 정감의 자연스러운 발로임을 말하고 있는 것이다.

물론 소설창작은 소설 나름의 특성을 지니고 있다. 특히 인물형상을 묘사하는 것을 위주로 한다는 점이 가장 큰 특성이라고 할 수 있다. 바로 이러한 이유로 말미암아 소설 역시 정감의 발로를 중시하지 않을 수 없다. 소설에 있어서 정감의 발로는 창작주체의 예술적 정감과 작품에 등장하는 인물의 정감이 상호 어우러져 드러나는 것이다. 창작주체의 입장에서 보면 소설창작은 작가 자신의 정감을 드러내는 것이며, 심미주체의 입장에서 보면 정감의 정화이자 승화이다.

김성탄은 《수호전》에서 묘사한 108인의 인물 가운데 완소칠을 가장 시원시원한 인물로 배치하여, 마음도 호탕하고 입심도 걸걸하여 "사람들이 그를 대하면 악착스러움이 모두 사라진다 使人對之, 齷齪銷盡"(《讀第五才子書法》)고 하였으며, 이규가 초정을 만나는 대목에서는 "사람들이 그것을 읽게 되면 저절로 착한 마음이 일게 되고 겸양하는 마음이 생기게 되며, 사람을 속이지 않는 마음이 생기게 되고 사람을 박대하는 마음이 사라지게 된다 令人讀之, 油油然有好善之心, 有謙抑之心, 有不欺人之心, 有不自薄之心"(제66회 총평)고 하였다. 이는 심미주체가 《수호전》을 심미감상한 후에 얻게 되는 영혼의 정화淨化나 승화, 도덕적 정화나 승화, 즉 정감심리의 정화·승화를 언급한 것이다. 소설창작은 정감의 발로이다. 그렇기 때문에 소설감상 역시 정감의 정화이자 승화이다. 바로 이러한 점에서 창작주체의 주관적 정감심리는 대단히 중요한 것이다.

김성탄은 바로 이러한 점을 간파하고 있었다. 그래서 그는 사마천의 《사기》를 예로 들어 다음과 같이 설명하고 있다. "대개 문인의 일이란 실로 사건을 서술함에 그치는 것이 아니라, 반드시 마음으로 날실을 삼고 손으로 씨실을 삼아 주저하고 변화하면서 힘써 찬술하여 세상이 놀랄 만한 기이한 문장을 만드는 것이다. 若文人之事, 固當不止敍事而已, 必且心以爲經, 手以爲緯, 躊躇變化, 務撰而成絶世奇文焉"(《水滸傳》 제28회 총평) "무릇 책을 읽는 데는 무엇보다 먼저 책을 쓴 사람이 어떤 마음을 지니고 있는가를 이해하여야 한다. 大凡讀書, 先要曉得作書之人是何心胸"(《讀第五才子書法》) 이렇듯 창작이든 감상이든간에 창작자의 주관적 정감(〈心胸〉)의 상태가 가장 중요한 문제이다. 창작의 경우에는 창작자의 주관적 정감이 예술 대상을 인식하고 표현하는 데 주도적인 작용을 하며, 감상의 경우에도 마찬가지로 창작주체가 창작할 때의 마음(주관적 정감)을 이해하는 것이 감상과 작품 평가에 중요한 역할을 하는 것이다.

두번째로 김성탄은 소설창작심리에 대해서도 나름대로 심도 있게 논의하고 있다.

첫째, 그는 '성격'이란 개념을 제기하여 소설의 등장인물 성격에 대해 비교적 상세하게 심리분석을 가하고 있다. 그는 《수호전》은 "108인의 성격을 죄다 묘사해 냈으며 把一百八個人性格, 都寫出來" "108인의 성격을 묘사함에 있어 진정으로 108가지 형상을 그려냈다 寫一百八個人性格, 眞是一百八樣"(《讀第五才子書法》)고 여겼다. 그리고 아울러서 "사람에게는 나름의 성정이 있고 나름의 기질이 있으며, 사람에게는 각자 나름의 형상이 있고 소리가 있다 人有其性情, 人有其氣質, 人有其形狀, 人有其聲口"(《水滸傳》 第三)고 하였다. 그는 이러한 인식하에서 《수호전》에 나오는 등장인물의 성격에 대해 세밀하게 분석하고 있다. 먼저 그는 동일한 등장인물의 성격의 다양성과 복잡성에 대해 논의하고 있다. 예컨대 무송은 "노달의 활달함, 임충의 독함, 양지의 정대함, 시진의 선량함, 완소칠의 재빠름, 이규의 진솔함, 오용의 민첩함, 화영의 고아함, 노준의의 장대함, 석수의 총민함 魯達之闊, 林冲之毒, 楊志之正, 柴進之良, 阮七之快, 李逵之眞, 吳用之捷, 花榮之雅, 盧俊義之大, 石秀之警"(제25회 총평)을 두루 지니고 있는 인물로 묘사되고 있다. 다음 그는 같은 성격이라도 인물에 따라 차별이 있음을 분명하게 인지하고 있었다. 그래서 그는 다음과 같이 말하고 있다. "단지 사람들의 거친 면을 묘사하는 데도 많은 필법이 있다. 예를 들어 노달의 거칢은 성격이 급하기 때문이고, 사진의 거침은 젊은 혈기 때문이다. 이규의 거칢은 야만적 기질 때문이고, 무송의 거침은 호방하여 구속받지 않기 때문이며, 완소칠의 거칢은 비분하여 하소연할 곳이 없기 때문이고, 초정의 거칢은 기질이 좋지 않기 때문이다. 只是寫人粗鹵處, 便有許多寫法. 如魯達粗鹵是性急, 史進粗鹵是少年任氣, 李逵粗鹵是蠻, 武松粗鹵是豪杰不受羈勒, 阮小七粗鹵是悲憤無說處, 焦挺粗鹵是氣質不好"(《讀第五才子書法》)

이외에도 김성탄은 〈제25회 총평〉에서 노달·임충·양지·무송 등 네 인물의 특징적 성격을 분석하고 있다. 그는 이 네 사람 모두 '남아 대장부의 극치〔極丈夫之致〕'를 이루는 인물들이지만, "각기 나름의 흉금을 지니고 있으며, 각기 나름의 심지心地를 지니고 있고, 또한 각기 나름의 형상과 나름의 복장을 가지고 있다 各自有其胸襟, 各自有其心地, 各自有其形狀, 各自有其裝束"(제25회 총평)고 하였다. 이러한 인물성격에 대한 다양한 표현은, 물론 《수호전》이 인물형상을 성공적으로 묘사하였기 때문에 가능한 것이다. 그러나 만약 김성탄이 인물의 성격이나 심리·기질에 대한 인식이 부족하였다면, 《수호전》에 나오는 인물성격에 대한 자세한 분석은 불가능했을 것이다.

둘째, 그는 '충서위문忠恕爲門'과 '인연생법因緣生法'의 인물성격 창조론을 제시하고 있다. 김성탄은 《수호전》이 인물의 형상화에 성공한 것을 통해, 인물의 성격을 제대로 묘사하려면 '10년 동안 사물을 궁구〔十年格物〕'해야 함을 깨달았다. 이른바 '격물'이란 철저하고 세밀하게 객관사물을 관찰해야 함을 뜻하는 것인데, 그렇다면 어떻게 해야 '격물'에 이를 수 있을 것인가?

김성탄은 이에 대해 '충서위문忠恕爲門'과 '인연생법因緣生法'의 방법을 제기하고 있다.

사물을 연구하는 방법〔格物〕은 충서忠恕로써 법문을 삼는다. 무엇을 충이라 하는가? 천하의 모든 것은 인연(일정한 조건)에 의해 생겨난다. 그래서 충의 원리를 배우지 않아도 충에 이르게 되는 것이다. 이에 천하의 모든 것은 저절로 충의 원리를 지니지 않은 것이 없다. ……내가 충하니 다른 사람들도 충하게 되며, 도적 역시 충하고, 개나 쥐 또한 충하게 된다. 도적·개나 쥐 할 것 없이 충하지 않은 것이 없는 것, 이를 일러 '서恕'라 한다.

格物之法, 以忠恕爲門. 何謂忠? 天下因緣生法, 故忠不必學而至於忠, 天下自然無法不忠. ……吾旣忠, 則人亦忠, 盜賊亦忠, 犬鼠亦忠. 盜賊犬鼠無不忠者, 所謂恕也. (《水滸傳序三》)

본래 '충서'는 유가의 용어이고, '인연생법'은 불가에서 빌려 온 것이다. 김성탄 스스로 이 말은 결코 쉬운 개념이 아니라고 말하고 있는데, 그가 이 개념을 소설 예술창작에 차용하고 있는 것은 곧 예술심리학의 범주에서 이를 사용한 것이라 할 수 있다.

우선 '충서'의 개념을 살펴보고자 한다.

'충서'는 《논어·이인里仁》에 나오는 말로 "증자께서 말씀하시길, 무릇 부자의 도는 충서일 따름이다 曾子曰, 夫子之道, 忠恕而已矣"라고 한 데서 인용한 것이다. 이에 대해 주희는 "자기를 다하는 것을 충이라 하고, 자신을 미루어 남을 아는 것을 서라 한다 盡己之謂忠, 推己之謂恕"고 하였다. 또한 "정자는 자기로부터 물에 이르는 것을 인이라 하고, 자기를 미루어 물에 이르는 것을 서라 한다 程子曰, 以己及物, 仁也, 推己及物, 恕也"고 하였다. 김성탄은 이러한 뜻을 부연하여 다음과 같이 말하고 있다.

충이란 중심中心이라고 할 수 있다. 희로애락이 드러나지 않은 것을 중中이라 하고, 드러나되 희로애락이 중절中節에 이른 것을 심心이라 한다. 자신의 희로애락을 이끌어 자연스럽게 마음 가운데 진실되게 두고 이것이 밖으로 드러나는 것을 일러 충이라 하고, 집안이나 국가·천하의 사람들이 자신들의 희로애락을 이끌어 자연스럽게 마음 가운데 진실하게 두고 이것이 밖으로 드러나는 것을 일러 서라 한다.

忠之爲言, 中心之謂也. 喜怒哀樂之未發謂之中, 發而爲喜怒哀樂之中節謂之心, 率

我之喜怒哀樂自然誠於中而形於外謂之忠, 知家國天下之人率其喜怒哀樂無不自然誠於中形於外謂之恕. (제42회 총평)

이처럼 김성탄이 '충서'를 《수호전》의 창작법칙을 분석하는 데 사용하고 있는 것은 예술정감의 심리적 체험의 범주에서 사용한 것이라 할 수 있다. 다시 말해 작가가 자신의 희로애락의 정감체험으로 "자기를 미루어 다른 사물을 안다는 것"은 곧 "마음속에 성실하게 간직했다가 밖으로 드러내는 것"이니, 묘사된 예술 대상(사건이나 사물) 역시 희로애락의 정감을 가지게 된다는 뜻이다. 따라서 '격물'이 '충서로써 법문을 삼는다'고 한 것은, 곧 "자기를 미루어 다른 사물에 이르게 하여" 훌륭하게 예술형상을 창조할 수 있다는 뜻이다. 여기서 가장 중요한 점은 바로 정감심리의 체험으로 이는 곧 예술체험인 것이다.

김성탄은 《수호전》 제22회 평점에서 호랑이를 묘사하는 대목에 대해 언급하면서, 조송설趙松雪의 말 그림과 소동파蘇東坡가 화안시畵雁詩에서 말한 화가의 들기러기 그림(畵家畵野雁), 그리고 시내암의 호랑이가 사람을 잡아먹는 대목 등이 모두 '충서,' 즉 "자신을 미루어 사물에 이르는 推己及物" 예술정감의 심리적 체험방법을 사용하고 있다고 말한 바 있다. 실제로 이 대목의 묘사는 대단히 핍진하고 심리묘사 역시 무궁무진하다.

다음의 '인연생법'에 대해 살펴보고자 한다.

불가에서는 "일체의 모든 법은 인연에서 생겨난다"(《大乘入楞伽經》)고 하였다. 이는 일체의 사물현상이 모두 일정한 조건하에서 생겨난다는 뜻이다. 김성탄은 이를 소설인물 창작에 운용하여 인물형상을 묘사하고자 하였다. 작가는 등장인물마다 각기 다른 인생 역정을 모두 경험할 필요가 없으며, 또한 실제로 가능하지도 않다. 그러나 어떤 인물이나 사물, 그리고 그 나름의 이치나 심리현상의 조건을 이해하고 체험함으로써 그밖의 여러 가지 것들을 창조하는 것은 가능하다. 김성탄은 이처럼 나름의 이해와 체험을 통해 각기 다른 인물을 생동적으로 형상화할 수 있었다. 이에 대해 그는 다음과 같이 말한 바 있다.

시내암이 《수호전》을 지음에 오로지 '인연생법'으로 그 문장의 기치를 삼았으니, 이는 인연에 깊이 통달한 때문이다. 무릇 인연에 깊이 통찰한 사람이니 어찌 음부가 되지 않을 수 있으며, 도둑이 아니 될 수 있겠는가? 또한 간웅이 되지 않을 수 없고, 호걸 역시 아니 될 수 없는 것이다. 호걸이나 간웅을 묘사할 때 문장 또한 인연에 따라 일어나는 것인즉, 이에 시내암이 진실로 더불어 하지 않겠는가?

施耐庵做《水滸》一傳, 直以因緣生法爲其文字總持, 是深達因緣也. 夫深達因緣之人, 則豈惟非淫婦也, 非偸兒也, 亦復非奸雄也, 非豪杰也. 何也? 寫豪杰奸雄之時, 其文字亦隨因緣而起, 則是耐庵固無與也. (제55회 총평)

시내암이 음부(음탕한 여자)를 묘사하거나 도둑을 묘사했다고 하여 그 자신 스스로 그러한 경험이 있었던 것은 아니다. 그러나 그 인물이 음부나 도둑이 된 이유를 정확하게 이해하고, 그것을 마음속으로 깊이 체득함으로써 생생하게 묘사할 수 있었던 것이다.

셋째, '충서위문'과 '인연생법'의 토대하에서 김성탄은 '동심'설을 제기하여 다음과 같이 말하고 있다.

예컨대 시내암이 음부와 도둑이 아닌 것은 분명하다. 그러나 그가 음부를 묘사하면 분명 음부가 되고, 도둑을 묘사하면 틀림없는 도둑이 되는 것을 볼 수 있으니, 도대체 어찌된 것인가? 오호라! 나는 알겠노라! ……시내암은 세 치의 붓과 한 폭의 종이 사이에서 실제로 몸소 마음을 움직여 음란한 부인을 만들어 내고, 몸소 마음을 움직여 도적을 창조한 것이다.

若夫耐庵之非淫婦偸兒, 斷斷然也. 今觀其寫淫婦居然淫婦, 寫偸兒居然偸兒, 則又何也? 噫噫! 吾知之矣. ……耐庵於三寸之筆, 一幅紙之間, 實親動心而爲淫婦, 親動心而爲偸兒. (제55회 총평)

김성탄이 여기서 제기하고 있는 '동심'설은 인물창작 심리학적 의의가 다분한 것이라 할 수 있다. 그는 시내암이 음부도 도둑도 아니면서 오히려 음부나 도둑을 묘사함에 있어 마치 자신이 그러한 것처럼 생생하게 표현하고 있는 것은, 바로 친히 마음을 움직이기 때문에 가능한 것이라고 생각하였다. 이른바 '동심'이란 바로 "묘사된 인물의 사상이나 성격적 특징 및 그것이 생겨난 연유를 자세하게 관찰하고, 그 토대하에서 자신의 생활경험과 체험·상상을 더함으로써 더욱 생생한 인물형상을 창조할 수 있다"는 뜻을 포함하고 있다.

이처럼 관건은 바로 '친동심親動心'이다. 이는 작가가 "자기를 미루어 사물에 이른다 推己及物"는 방식을 통해, 등장인물과 입장을 바꾸어 생각함으로써 묘사하고자 하는 대상과 심정적으로 교감상태에 이르는 것을 뜻한다. 이는 마치 연극배우가 연극에 몰입하여 극중인물과 동일한 지경에 이르게 되는 것과 마찬가지이다. 이렇게 해야만 "음부를 묘사하면 분명 음부가 되고, 도둑을 묘사하면 틀림없는 도둑이 되는 것이다."

'친동심'이란 창작심리 현상은 김성탄뿐만 아니라 다른 작가들 역시 깊이 체험한 바이다. 예를 들어 플로베르의 《보바리 부인》, 노신의 《아큐정전》, 곽말약의 《채문희》 등은 모두 작가 자신의 모습을 그린 것은 아니지만, 그 형상이 마치 작가의 분신인 양 생동감이 있다. 이 역시 작가가 등장인물을 작가 자신이라고 여기고 묘사했기 때문이다. 만약 인물형상을 묘사함에 있어 '동심'이 존재하지 않으면 결코 그 인물을 생동감 있게 묘사할 수 없을 것이다.

넷째, 창작에는 반드시 영감이 필요하다. 특히 시가창작에 영감은 대단히 중요한 역할을 담당하고 있다. 그래서 이미 많은 시인들이나 문학이론가들에 의해 시가창작과 영감의 관계에 대한 논의가 있어 왔다. 그러나 소설이나 희곡의 경우에는 물론 장르 자체가 시가보다 늦기는 하였지만, 소설이나 희곡창작과 영감의 문제를 연계시켜 논의한 예는 거의 없었다. 그러나 김성탄은 영감의 문제를 중시하여 다음과 같이 말하고 있다.

> 문장에서 가장 뛰어난 부분은 어느 한순간 영감이 언뜻 들 때 그 순간을 필력으로 포착해 낸 곳이다. 무릇 조금 전까지도 보이지 않았고 조금 뒤에도 나타나지 않을 것이 어떤 연유인지는 알 수 없으나, 바로 그 순간에 떠오르는 것이다. 그 순간을 포착하지 못하면 다시는 찾을 수 없는 법이다.
>
> 文章最妙是此一刻被靈眼覷見, 便於此一刻放靈手捉住, 蓋於略前一刻不見, 略後一刻便亦不見, 恰恰不知何故却於此一刻忽然覷見, 若不捉住便更尋不出. (《讀第六才子書法》)

이는 그가 《서상기》를 평점하면서 한 말이나 소설창작에서도 적용될 수 있는 말이다. 그의 말은 실제 창작과정에서 중요한 영감의 문제로서 영감은 일종의 예술인식이기 때문에 뛰어난 필력으로 포착하는, 즉 예술적 표현을 잘하는 것 또한 중요하다는 뜻으로 해석할 수 있다.

김성탄은 창작 영감을 얻기 위해서는 반드시 오랫동안의 예술관찰과 예술구상, 그리고 예술사유의 진행과정을 거쳐야만 한다고 하여 단순히 영감이 곧 창작과 직결되는 것이라고 보지는 않았다. 그는 이에 대해 산을 유람하는 예를 들어 다음과 같이 말하고 있다.

> 문장을 짓는 것도 이와 같다. 붓놀림을 멈추고 종이를 말아 걷어 버리며, 먹 가는 일을 멈추지 않고서도 기奇와 변變에 철저하게 이르러 뛰어난 입신의 경지에 도달한 문장을 일찍이 본 적이 없다. 붓을 들고 싶은 마음이 들어도 어쩔 수 없어 던져 버리고, 종이를 펼치고 싶어도 곧 말아 버리며, 먹을 갈고 싶어도 여전히 멈춘 상태에 있을 때, 그리하여 나 자신의 재주는 다하고 내 귀밑머리는 더욱 짧아지고, 내 눈은 빠질 듯하며 배가 아파 어쩔 줄 모를 때, 귀신이 와 돕는 듯 풍운이 홀연 통하여 마침내 기이〔奇〕한 것은 진정으로 기이하게 되고 변화〔變〕는 진정 참된 변화가 되며, 묘〔妙〕한 것은 진정으로 묘하게 되고 생동하는 것〔神〕은 진정 참된 생동감을 지니게 되는 것이다.
>
> 行文亦猶是矣. 不閣筆, 不卷紙, 不停墨, 未見其有窮奇盡變, 出妙入神之文也. 筆欲下而仍閣, 紙欲舒而仍卷, 墨欲磨而仍停, 而吾之才盡, 而吾之髯斷, 而吾之目矐, 而吾之腹痛, 而鬼神來助, 而風雲忽通, 而後奇則眞奇, 變則眞變, 妙則眞妙, 神則眞神也. (《水滸傳》 제41회 총평)

이는 예술적 영감이란 재주가 다하고 귀밑머리가 짧아지며, 눈이 빠질 듯하고 갑자기 복통이 생길 만큼 오랜 생각에 생각을 거듭함으로써 나타나는 것임을 설명하는 문장이다. 이 역시 예술창작의 사유법칙에 부합한다.

세번째로 김성탄은 소설창작의 감상심리학에 대해서도 적지않은 논의를 하고 있다. 그는 비교적 폭넓게 예술감상의 미감심리의 각도에서 소설창작이 독자들에게 주는 정감도야와 미감 효과를 분석하고 있다. 이 역시 문예심리학의 특징이 다분히 내재되어 있다. 김성탄은 소설예술이란 '진정眞情'과 '인정과 사물의 이치〔人情物理〕'를 표현하는 것이라고 여겼다. 그래서 소설예술이 독자에게 주는 첫번째 효능은 무엇보다 강렬한 정감 효과라고 주장하였다. 김성탄은 《수호전》을 평점하였는데, 그 역시 한 명의 독자 입장에서 그 책을 본 것이다. 그래서 그는 때때로 "그 책을 읽으면 사람의 마음이 아프게 되거나 쾌활하게 된다 駭

之令人心痛, 令人快活"·"나로 하여금 공경하게 만들고 나로 하여금 놀라게 하며, 나로 하여금 울게 만들고 나로 하여금 생각하게 만든다 使我敬, 使我駭, 使我哭, 使我思"·"사람을 놀라 죽을 지경으로 만들고 사람을 즐거워 죽을 지경으로 만들며, 사람을 기이하여 죽을 지경으로 만들고, 사람을 죽도록 묘하게 만든다 駭殺人, 樂殺人, 奇殺人, 妙殺人" 등과 같은 비어批語를 남기고 있는 것이다.

소설예술을 더욱 잘 감상하기 위해서는 예술감상 중의 미감활동이나 감상심리의 특징을 충분히 인식하고, 감상자의 심리 효능의 여러 가지 요인들을 충분히 조정할 필요가 있다. 이러한 측면에서 김성탄은 적지않은 견해를 제시하고 있다. 총체적으로 볼 때, 예술창작은 심령의 표현이다. 김성탄은 이 점을 분명하게 인지하고 있었다. 그래서 그는 예술분석은 "그 형적을 대략적으로 드러내고 신리를 펼쳐 略其形迹, 伸其神理" "곧바로 그 문심을 얻어야 한다 直取其文心"고 하여, 작품의 '신리神理'와 '문심文心'을 분석하는 데 중점을 두었다. 김성탄은 예술감상은 일종의 심미 재창조이기 때문에 감상자는 작가의 '초심初心'을 마음으로 체득할 수 있어야 하지만, 다른 한편 작가의 '초심'에 얽매이는 일이 있어서는 안 된다고 생각했다. 이는 합리적인 생각이다. 구체적인 예술감상의 미감심리에서 말하자면, 김성탄의 논의는 다음과 같이 요약할 수 있을 것이다.

첫째, "문세가 기이하고 굴곡이 있으니 일찍이 눈으로 보았던 것이 아니다. 文勢離奇屈曲, 非目之所嘗睹" 김성탄은《수호전》제27회 총평에서 "첫번째 대목을 읽어도 다음 두번째 대목이 또 있음을 말하지 않으며, 두번째 대목을 읽어도 또한 다음 세번째 대목이 있음을 말하지 않는다. 문세가 이렇듯 기이하고 굴곡이 있으니 일찍이 눈으로 보았던 것이 아니다 讀第一段, 幷不謂其又有第二段, 讀第二段, 更不謂其還有第三段, 文勢離奇屈曲, 非目之所嘗睹"라고 하였다. 이는 소설의 줄거리에 우여곡절이 담겨 있어 사람들로 하여금 빨려 들어가게 만듦으로써 정신적 즐거움을 제공할 수 있어야 한다는 뜻이니, 인간의 심미심리 경험에 부합하는 것이다. 사람들은 일반적으로 신기한 것을 추구하는 심리를 지니고 있다. 소설의 줄거리가 복잡·다양하게 얽혀 재미를 주게 되면, 독자 역시 파란과 기복이 거듭되는 심리과정 속에서 심미적 즐거움을 얻게 된다.

둘째, "장차 피避(동일한 소재 사용——중복——을 피함)하고자 한다면, 반드시 먼저 범犯(동일한 소재를 반복해서 사용함)해야 한다. 將欲避之, 必先犯之" 이는 작품을 구성하거나 소재를 선택함에 있어 단순히 중복됨을 기피하는 것이 능사가 아니며, 오히려 사람의 심미심리를 정확하게 이해하고 사용해야 한다는 말이다. 만약 하나의 작품구성이나 사건 등이 다른 작품과 비슷하거나 똑같다면 독자들의 심미취미를 불러일으킬 수 없게 된다. 김성탄은 이렇게 다른 작품에 부화뇌동하여 작품을 구성하는 것을 일러 '범犯'이라고 하였다. 그러나 한편으로 동일한 구성일지라도 묘사가 다른 경우가 있을 수 있다. 이처럼 같은 것(동일한 구성) 속에서 또 다른 것(색다른 묘사)을 맛보게 되면 독자는 오히려 흥미를 느끼게 된다. 김성탄은 《수호전》에도 이처럼 구성은 동일하나 묘사가 다른 대목 역시 뛰어난 묘사로 독자의 흥미를 끄는 것이 있다고 여겼다. 예를 들어 임충이 칼을 사거나 양지가 칼을 파는 대목, 또 무송이 호랑이를 죽이는 것과 이규가 역시 호랑이를 죽이는 대목, 그리고 무송이 형수를 죽이는 것과 석수가 형수를 죽이는 대목 등이 바로 그것인데, 이 대목들은 구성은 같지만 그 묘사하는 방식이나 내용이 달라 오히려 독자들의 흥미를 돋우게 만든다. 김성탄은 제11회 평어에서도 이를 일러 "장차 피避하고자 한다면, 반드시 먼저 범犯해야 한다 將欲避之, 必先犯之"라고 한 바 있다.

셋째, "험난하지 않으면 즐거울 수 없고, 험난함이 극에 달하면 즐거움도 극에 달한다. 不險則不快, 險極則快極" 《수호전》 제36회에는 송강宋江이 심양강에서 위험에 처하는 대목을 묘사하고 있다. 또한 제39회에서도 송강·대종戴宗이 강주에서 사형을 언도받고 죽음을 기다리는 처지를 묘사하고 있다. 그 구성이나 묘사가 대단히 핍진할 뿐더러 참으로 기이하고 어려운 처지를 생생하게 묘사하고 있다. 김성탄은 이에 대해 "험난하지 않으면 즐거울 수 없고, 험난함이 극에 달하면 즐거움도 극에 달한다"·"독자가 말하기를, 그렇지 않다. 나 역시 놀람을 즐거움으로 삼고, 놀랍지 않은 곳에서는 또한 즐겁지 않다 讀者曰, 不然, 我亦以驚嚇爲快活, 不驚嚇處亦便不快活也"라고 말하고 있다. 이는 사람의 미감적 감상심리에 부합하는 것으로, 즐거움이 극에 달하여 끝이 나면 슬픔이 오고, 험난한 역정을 넘은 후에 더욱 커다란 기쁨이 오는 것처럼, 소설의 구성에 있어서도 기구하고 험난한 삶을 묘사하면 할수록 독자들은 오히려 더욱 커다란 묘미를 느낀다는 것을 말하고 있다. 이러한 심리는 인간들의 심리구조에서 흔히 있을 수 있는 일이다. 그래서 예술작품은 구성을 안배함에 있어서 놀랄 만한 일이나 기구한 삶의 모습 등을 삽입하여, 독자들의 심리상태를 긴장케 하거나 이완케 함으로써 심미적 즐거움을 지닐 수 있도록 만드는 것이 뛰어난 방법이라 할 수 있다.

넷째, "힘을 다해 이리저리 움직이면서 독자들로 하여금 마음의 가려움에 긁지도 못하고 안타깝게 만드는 것이다. 極力搖曳, 使讀者心痒無撓處" 김성탄은 《수호전》에서 "지극히 번다하고 지극히 뜨거운 문장은 끊고 이어짐을 교차하면서 써내려갔음 極忙極熱之文, 偏要一斷一續而寫"을 보았다. 그래서 이를 '홀연(독자들의) 눈을 번뜩이게 하는 법〔忽然一閃法〕'이라고 불렀다. 이렇게 마음속에 담아 오랫동안 생각하도록 만들면 독자들의 정감을 불러일으키게 될 뿐만 아니라 심리적으로 조급하게 만들 수도 있다. 예를 들어 제8회에 임충과 홍교두의 봉술겨루기를 묘사하는데, 처음 대목에 홍교두가 봉술을 겨루자고 하나 시대관인柴大官人〔柴進〕은 오히려 술을 마시자고 한다. 그리고 임충은 사오 합을 겨루고 나서 잠시 멈춘 후, 쓰고 있던 칼을 벗고 다시 겨루려고 하자 시진이 다시 멈추게 한다. 이러한 것들은 모두 '홀연 독자들의 눈을 번뜩이게 하는 방법'이다. 김성탄은 이러한 수법을 크게 칭찬하여 "힘을 다해 이리저리 움직이면서 독자들로 하여금 마음의 가려움에 긁지도 못하고 안타깝게 만드는 것이다 極力搖曳, 使讀者心痒無撓處"라고 말하고 있다. 이러한 상태에서 진상이 분명하게 밝혀지게 되면 독자들은 보다 커다란 심리적 즐거움을 느끼게 되니, 이것이 바로 심미를 통한 미감의 획득인 것이다.

이상에서 본 바와 같이 김성탄의 소설심리학은 여러 가지 문제를 총체적으로 다루고 있을 뿐만 아니라 계통적이고 또한 깊이가 있다. 그 속에는 소설예술의 특성에 관한 심리분석과 창작론・감상론 측면의 심리분석이 모두 포함되어 있다. 소설의 창작심리학 측면에서는 주로 창작주체의 창작심리 기능과 인물성격의 심리창조와 분석을 논의하였고, 소설감상심리학 측면에서는 감상자의 감상심리의 특징과 작품의 줄거리나 구성의 안배가 감상심리에 어떠한 영향을 끼치는가 등의 문제를 주로 논의하였다. 김성탄은 이러한 소설심리학 연구를 통해 중국 문예심리학사에 있어서 확고한 자리매김을 할 수 있었을 뿐만 아니라, 세계 문예심리학사에 있어서도 결코 손색이 없는 위치에 오르게 되었다. 서구의 경우 그리스의 아리스토텔레스부터 프랑스의 디드로(1713-1784)에 이르기까지 주로 줄거리 구성만을 중시하였을 뿐 성격의 문제는 소홀히 다루었다. 다만 독일의 헤겔에 이르러서야 비로소 성격 묘사를 예술창작의 중요 문제로 다루기 시작했을 따름이다. 그러나 헤겔이 활동했던 시기는 18세기말 19세기초였다. 김성탄은 그보다 한 세기나 앞서 '성격' 개념을 소설의 중요 문제로 다루었다. 게다가 이미 성격심리학 측면에서도 나름으로 깊이 있는 논의를 한 바 있다.[169] 이렇게 본다면 김성탄의 소설심리학 논의는 대단히 중요한 의의를 지닌 것이라고 할 수 있을 것이다.

3. 모종강·장죽파·지연재의 소설심리학

김성탄 이후로 평점評點이란 미학비평 형식이 크게 발전하여 일군의 저명한 평점가들이 출현하기에 이르렀다. 그들 중에서 대표적인 이들로 모종강·장죽파·지연재 등을 들 수 있다. 그들은 소설을 평점하면서 적지않은 소설미학 사상을 제시한 바 있다. 그들의 미학사상 속에는 당연히 소설심리학 사상도 내재되어 있다. 이에 본절에서는 간단하게 그들의 소설심리학 사상을 소개하고자 한다.

모종강毛宗崗의 자는 서시序始이고 호는 자암子庵이며, 무원茂苑〔長洲 지금의 강소성 蘇州〕 사람이다. 생몰연대는 정확히 알 수 없으며, 그의 생평 역시 분명치 않다. 다만 《성탄척독聖嘆尺牘》에 〈모서시서毛序始書〉가 있어 그와 김성탄이 서로 왕래했음을 알 수 있을 따름이다. 그의 비평저작으로 가장 유명한 것은 《삼국연의》 평점이다. 그는 나관중의 《삼국연의》를 평점하면서 나름으로 수정작업을 병행하였는데, 오늘날 유행되고 있는 120회본 《삼국연의》는 바로 그의 손을 거친 것이다.

《삼국연의》는 역사소설이다. 모종강은 이에 대해 평점하면서 항시 그것이 역사소설의 성격을 지니고 있다는 사실을 잊은 적이 없었다. 그래서 《삼국연의三國演義·서序》에서 《삼국연의》의 뛰어난 점에 대해 다음과 같이 말한 것이다. "실제 사실에 근거하여 조목조목 지적하며 진술한 것이지 마음속으로 생각하여 만든 것이 아니다. 據實指陳, 非屬臆造" 그렇기 때문에 "능히 경전이나 사서와 서로 표리를 이룰 수 있다. 堪與經史相表裏"

그는 〈독삼국지법讀三國志法〉에서도 《삼국연의》와 《서유기》를 비교하면서 "《삼국지》를 읽는 것이 《서유기》를 읽는 것보다 낫다. 《서유기》는 요괴나 마귀의 일을 날조한 것이어서 거짓이 많고 경전에 맞지 않는다. 그래서 《삼국지》가 제왕의 실제 일들을 기록하여 진실된 일을 가히 고찰할 수 있는 것만 못한 것이다 讀三國勝讀西游記. 西游捏造妖魔之事, 誕而不經, 不若三國實敍帝王之實, 眞而可考也"라고 하였다. 《삼국연의》가 "실제 사실에 근거하여 조목조목 지적하며 진술한 것이지 마음속으로 생각하여 만든 것이 아니다"라고 한 것이나, "제왕의 실제 일들을 기록하여 진실된 일을 가히 고찰할 수 있다"고 한 것은 역사소설은 실제 역사 사실을 진실되게 반영해야 한다는 모종강 자신의 견해를 솔직히 드러내고 있는 것이라 할 수 있다. 그러나 실제로 역사소설은 결코 역사 사실과 동일할 수 없다. 결국 그의 견해는 예술적 진실의 문제, 즉 예술은 상상과 허구를 통해 예술적 진실을 드러낸다는 원론적 문제를 무시한 것이라 할 수 있다. 이와 동일선상에서 그가 《서유기》에 대해 "요괴나 마귀의 일을 날조한 것이어서 거짓이 많고 경전에 맞지 않는다"고 한 것 역시 소설예술의 허구나 상상의 특징을 무시한 것으로 결코 올바른 견해라 할 수 없을 것이다.

이렇듯 모종강의 예술창작에 대한 심미능력이나 판단력은 그다지 높지 않다. 또한 소설미학이나 심리학 이론의 측면에서 볼 때에도 그의 이론은 참신하다고 볼 수 없다. 다만 그가 김성탄의 소설이론 가운데 특히 줄거리 안배나 인물창조 방법 등을 계승·발전시키고 있다는 점은 특기할 만하다. 그의 소설심리학 이론 역시 바로 이러한 문제 속에서 돌출되고 있다.

모종강은 〈독삼국지법〉에서 《삼국연의》의 12가지 서사방법에 대해 논의하면서 인물창조 방법에 대해서도 언급한 바 있다. 이 문제는 근본적으로 일종의 창작방법에 속하는 것이다. 모종강은 김성탄의 유관이론을 계승·발전시키면서 자신의 소설창작과 감상심리학과 연관된 견해를 보여 주고 있다.

줄거리 안배와 등장인물의 성격을 창조함에 있어서 모종강은 '범犯'과 '피避'의 문제를 제시하고 있다. 이는 이미 김성탄이 언급한 바 있는데, 그는 "문장을 짓는 이는 피를 잘하는 것을 능사로 삼아야 하고, 범을 잘하는 것을 능사로 삼아야 한다 作文者以善避爲能, 又以善犯爲能" "장차 피避하고자 한다면, 반드시 먼저 범犯해야 한다 將欲避之, 必先犯之"라고 하였다. 이는 같은 것에서 다른 것을 만들고, 다른 것 속에서 같은 것을 만들어 독자들로 하여금 모종의 사물에 대해 끊임없이 비교하도록 만들고, 이를 통해 심미심리의 유쾌한 느낌을 받을 수 있도록 해야 한다는 뜻이다. 이에 대해 김성탄이 비교적 선명하게 묘술한 바 있다. 예를 들어 《삼국연의》에서 조조의 1,2차 수전水戰에 대해 묘사하면서 한 번은 장하漳河를 터뜨려 기주冀州를 물에 잠기게 하고, 두번째에는 사

수泗水를 터뜨려 하비下邳를 물에 잠기게 한 것으로 내용을 엮어갔다. 또한 《삼국연의》에서 거짓으로 항복하는 내용이 두 번 나오는데, 하나는 채화와 채중의 거짓 항복이고, 다른 하나는 황개와 함역의 거짓 항복이다. 이러한 내용이나 그 내용에서 표현되고 있는 사람들의 성격은 같은 점도 있지만 또한 크게 다른 점도 있다. 이러한 것들이 바로 독자들의 심미흥취를 불러일으키는 요소들이다. 이는 모종강이 "극히 서로 비슷한 점에 오히려 서로 크게 다른 점이 존재한다. 만약 특별히 서로 비슷한 것을 사용하면서도 또한 각별하게 그것을 피할 수 있다면 진실로 절묘한 문장이라 할 수 있다 就其極相類處却有極不相類處, 若有特特犯之而又特特避之者, 眞是絶妙文章"(《三國演義》 제32회 총평)라고 한 것과 같은 뜻이다. 인간의 심미심리에는 일종의 경이감이 존재한다. 만약 창작과정에서 구성이나 인물성격을 창조하는 경우 이러한 경이감을 만들어 낼 수 있다면 더욱 커다란 효과를 거둘 수 있을 것이다. 중국의 고전소설은 이야기 전개를 위주로 하고 있다. 그래서 주로 줄거리를 통해 인물을 표현하게 되는데, 바로 이러한 점이 앞서 말한 경이감을 만들기에 안성맞춤이다.

모종강은 《삼국연의》를 평점하면서 바로 이러한 점에 유의했다. 《삼국연의》 제29회에서 모종강은 다음과 같이 말하고 있다.

> 유표로 하여금 손견을 베도록 한 것은 원소이고, 조인으로 하여금 손광과 혼인하게 만든 것은 조조이다. 손책은 원소와 맺어 조조를 물리치려 했지만, 합쳐진 자가 갑자기 떠나고 떠난 자가 갑자기 합쳐졌다. 손권은 또한 원소를 물리치고 조조를 따르고자 했지만, 합친 자가 이미 떠나서 합치는 것은 끝났고, 떠난 자는 이미 합쳐져서 떠날 수 없게 되었다. 사건의 변화가 견줄 수 없을 정도로 환상적이니 어찌 손으로 더듬을 수 있단 말인가!
>
> 寫使劉表截孫堅者, 袁紹也. 使曹仁婚孫匡者, 曹操也. 孫策欲結袁紹以拒曹操, 則合者忽離, 離者忽合, 孫權又却袁紹而順曹操, 則合者旣離而終合, 離者旣合而終離. 事之變幻, 何其不可捉摸乃爾!

이외에도 제42회에서 현덕이 원래 양양에 의탁하고자 하였으나 갑자기 마음을 바꾸어 강릉에 의탁하고, 이미 강릉에 의탁하고자 마음을 정한 상태에서 다시 돌변하여 한진에 의탁하게 된 것과, 유표를 원수로 여기고 있는 손권이 유표가 살아 있을 때에는 어떻게 해서든지 그를 죽이고자 애쓰다가 막상 유표가 죽자 갑자기 마음이 바뀌어 사람을 보내 그를 애도하는 것을 예로 들어, "문장의 절묘함은 알아맞히지 못하는 데 있다 文章之妙, 妙在猜不着"·"만약 전에 나온 일을 보고 그뒤에 나올 일을 안다면 분명 묘한 일이 아니며, 앞의 문장을 보고 그뒤에 나오는 문장을 알게 되면 분명 교묘한 문장이 아니다 若觀前事便知其有後事, 則必非妙事, 觀前文便知其有後文, 則必非妙文"라는 비어批語를 남기고 있다. 여기서 "(문장의 절묘함은) 알아맞히지 못하는 데 있다 妙在猜不着"고 한 것은 소설 줄거리의 전개 상황이 우연성을 지니고 있기 때문이다. 이러한 우연성에 대해 독자는 전혀 예상할 수가 없기 때문에 소설이 전개되는 과정에서 놀라움을 금할 수 없으며, 진상이 밝혀지게 되면 심미적 희열을 느끼게 된다.

이외에도 모종강은 '문세文勢'의 문제를 제기하고 있다.

> 문장에는 이어지는 것이 마땅한 부분이 있고, 끊어짐이 마땅한 부분이 있다. 예를 들어 관우가 장군을 베는 대목, 삼고초려 대목, 공맹의 칠종칠금 대목 등은 문장이 이어짐에 절묘함이 있고, 삼기주유나 육출기산·구벌중원 등은 문장이 끊어짐에 절묘함이 있다. 대개 문장이 끊어지는 이야기는 연이어 서술하지 않아 일관되지 않으며, 문장이 긴 것은 연이어 서술하면서도 번다하게 쌓이는 것이 걱정거리이다. 그런 까닭에 반드시 다른 이야기를 그 사이에 끼워넣어 나중에 나오는 문장의 세가 뒤섞이어 변화무쌍하도록 하는 것이다.
>
> 文有宜於連者, 有宜於斷者, 如五關斬將, 三顧草廬, 七擒孟獲, 此文之妙於連者也, 如三氣周瑜, 六出祁山, 九伐中原, 此文之妙於斷者也. 蓋文之斷者不連敍則不貫串, 文之長者連敍則懼其累墜, 故必敍別事以間之, 而後文勢乃錯綜盡變. (〈讀三國志法〉)

이른바 '문세'란 작품의 기세이니, 이는 형식의 문제일 뿐만 아니라 내용의 문제이기도 하다. 뿐만 아니라 작품의 '문세'가 좋고 나쁨은 때로 감상자의 심미심리 구조와 서로 대응되는 것이다. 사람들의 사물에 대한 심미는 직선적으로 발전하는 경우는 드물며 대개 곡절적으로 변화한다. 바로 이러한 점에서 모종강은 《삼국연의》의 전개는 '이어짐에 절묘함이 있고,' 또한 '끊어짐에 절묘함이 있어' '뒤섞여 변화무쌍하다'고 하면서 이것이야말로 가장 뛰어난 '문세'를 지닌 예가 된다고 말하고 있는 것이다.

이러한 '문세'는 감상자의 심미취미를 불러일으킨다. 모종강 역시 이 점에 대해 깊이 인식하고 있었다. 그래서 소설작품의 '문세'는 내용적인 면에서 응당 차가움과 뜨거움이 서로 교차되며, 우아미와 웅장미가 서로 뒤섞이면서 작품의 이야기 전개 속에 전혀 상반되는 분위기가 연출되고, 이를 통해 감상자의 심미심리의 요구를 충족시켜 줄 수 있다고 보았다. 그저 냉랭한 분위기만을 고집하거나 뜨거운 장면만을 지속적으로 보여 줄 경우에는 쉽게 단조로움을 느끼게 된다. 그러나 상반되는 분위기가 서로 교차될 경우에는 긴장과 이완이 거듭되면서 심리적인 면에서 극도의 즐거움을 맛볼 수 있다. 모종강은 바로 이 점을 잘 알고 있었다.

예를 들어 《삼국연의》에서 관우가 관關을 넘어가 장군을 죽이는 대목은 분위기가 아주 뜨겁다. 그러나 갑자기 진국사 안에서 보정장로普淨長老를 만나는 대목은 분위기가 썰렁하다. 유비가 말을 몰아 단계檀溪를 넘을 때는 분위기가 뜨거우나, 다시 수경장水鏡庄에서 사마司馬 선생을 만나는 대목에 들어오면 분위기가 차가워진다. 모종강은 이러한 묘사를 "차가운 얼음이 더위를 없애고, 시원한 바람이 먼지를 휩쓸어 가는 듯한 오묘함이 있다 有寒氷破熱, 凉風掃塵之妙"고 말하고 있다.

또한 그는 우아미와 웅장미가 서로 교차되는 것은 사람들의 심미심리에 맞춘 것이라고 말하기도 한다. 아름다움, 즉 미美의 형태는 다양하며 사람들의 심미수요 역시 단순하지 않다. 만약 어떤 작품이 단지 한 종류의 미학 풍격만을 드러내고 있다면 사람들은 금세 싫증을 내고 말 것이다. 모종강은 《삼국연의》는 결코 그렇지 않다고 생각했다. 제7회는 원소와 공손찬·손견과 유표의 혼전을 서술하고 있는데, 연이은 제8회에서는 필체가 돌연 바뀌어 초선貂蟬의 이야기가 서술되고 있다. 모종강은 이에 대해 다음과 같은 비어를 가하고 있다. "앞에서는 용과 호랑이가 싸우는 전쟁터를 묘사하고, 여기서는(제8회) 홀연 사랑의 속삭임을 서술하여 부드러움이 가득하다. 진실로 징을 시끄럽게 쳐댄 후에 홀연 옥피리를 듣는 듯하고, 벽력 같은 우레 끝에 갑자기 둥근 달을 바라보는 듯하다. 前卷敍龍爭虎鬪, 此卷忽寫燕語鶯聲, 溫柔旖旎. 眞如鐃吹之後, 忽聽玉簫, 疾雷之餘, 忽觀好月"(제8회 평점) 또한 "생황과 피리 사이로 북소리가 어우러지고, 거문고 타는 소리 사이로 종소리가 울려 퍼지는 오묘함이 있다 有笙簫夾鼓, 琴瑟間鍾之妙"라고 말하기도 했다. 여기서 "용과 호랑이가 싸우는 것 龍爭虎鬪"과

"생황과 피리 사이로 북소리가 어우러지는 것 笙簫夾鼓"은 웅장미에 해당하고, "사랑의 속삭임 燕語鶯聲"과 "거문고 타는 소리 사이로 종소리가 울려 퍼지는 것 琴瑟間鍾"은 우아미에 해당한다. 《삼국연의》의 서술 풍격은 이처럼 우아미와 웅장미가 서로 결합하여 독자들의 심미심리의 수요에 부합되며, 이로부터 더욱 커다란 예술적 효과를 얻게 된다.

《삼국연의》는 전체 줄거리의 전개나 인물의 성격을 묘사하는 과정에서 창작심리와 심미심리의 도착감倒錯感과 균형감을 공히 지니고 있었다. 모종강은 이에 대해 형상적인 언어를 통해 설명하고자 했다. 그의 용어나 중요 개념이 때로 모호한 것 또한 사실이지만, 그가 창작심리나 심미심리에 있어 중요하게 논의되고 있는 상술한 문제들에 대해 깊이 인식하고 있었음은 의심할 여지가 없다. 바로 이러한 점에서 그의 관점과 논의는 현재의 문예심리학 연구에 있어서도 커다란 의의를 지닌다고 할 수 있을 것이다.

장죽파張竹坡(1670-1693)의 이름은 도심道深이고, 자는 자득自得이며, 호는 죽파竹坡이다. 팽성彭城〔지금의 강소성 徐州〕 사람이다. 저서로 시집 《십일초十一草》가 있고, 장조張潮의 잡감록 《유몽영幽夢影》을 평점하였다. 그러나 중국 미학사나 예술사에서 장죽파의 가장 큰 공헌이라고 하다면 역시 《금병매》를 평점하였다는 점이다. 《팽성장죽파비평제일기서금병매彭城張竹坡批評第一奇書金瓶梅》라고 장황하게 제題한 장죽파 평점의 《금병매》에는 사이謝頤의 서序가 있고, 장죽파 자신이 쓴 〈범례凡例〉·〈잡록雜錄〉·〈제일기서금병매취담第一奇書金瓶梅趣談〉·〈죽파한화竹坡閒話〉·〈냉열금침冷熱金針〉·〈금병매우의설金瓶梅寓意說〉·〈고효설苦孝說〉·〈제일기서비음서론第一奇書非淫書論〉·〈비평제일기서금병매독법批評第一奇書金瓶梅讀法〉 등이 들어 있다. 소설 본문에는 매회마다 장죽파의 평점評點과 협비夾批가 적혀 있다. 미학과 문예심리학의 각도에서 볼 때, 특히 가치가 있는 것은 108조의 '독법'과 매회마다 씌어진 평점·협비라 할 수 있을 것이다.

《금병매》의 작자, 그리고 이 책의 전체 경향에 대한 평가는 역대로 대단히 다양하게 이루어졌다. 많은 이들의 기존 평가를 모두 언급할 수는 없고, 본문에서는 노신과 정진탁의 《금병매》 평론에 관해서만 잠깐 언급하고자 한다.

노신은 《중국소설사략》에서 《금병매》를 '인정소설人情小說'의 범주에 포함시켰는데, 그 이유에 대해 "세태를 묘사하여 세태의 염량〔炎涼世態; 권세에 아부하고 실권하면 푸대접하는 세속적 양상을 말한다)을 드러내고 있기 때문이다 描寫世態, 見其炎凉"라고 말한 바 있다. 그래서 다른 말로 '세정소설世情小說' 이라고도 한다. 노신은 계속해서 다음과 같이 말하였다. "작자는 세정에 대해 진실로 지극하게 통찰하고 있다. 무릇 형용하고 있는 것들이 때로 나뭇가지처럼 사방에 걸쳐 있거나 곡절이 극진하고 때로는 남김없이 진상을 다 드러내며, 혹은 아득하게 숨겨 비난을 머금고 있거나 일시에 양면을 다 묘사하여, 그려진 형상에 따라 변화무쌍한 정감이 따라서 분명하게 드러나니, 동시대의 설부(소설) 가운데 이것을 넘어설 것이 없다. 作者之於世情, 蓋誠極洞達, 凡所形容, 或條暢, 或曲折, 或刻露而盡相, 或幽伏而含譏, 或一時幷寫兩面, 使之相形, 變幻之情, 隨在顯見, 同時說部, 無以上之" "문사나 이미지로 《금병매》를 보면, 세정을 묘사한 것 이외에도 세상의 진실과 거짓을 다 드러냈음을 알 수 있다. 또한 쇠미해진 세상을 따라 만사에 판단 기준이 없으니 어찌 가슴 아픈 말을 내뱉으랴! 하여 매번 극히 성급하고 모질다. 그러나 또한 시절이 은밀하여 곡절 있게 묘사하다 보니 외설적인 것이 많아졌다. 후에 외설적인 것 외의 문장은 생략되고, 바로 이러한 점만 부각되어 오명을 부여받게 되고 '음서' 라고 일컬어지게 되었다. 그러나 당시에 이러한 것들은 실제 시대적 분위기였다. 就文辭與意象以觀《金甁梅》則不外描寫世情, 盡其情僞, 又緣衰世, 萬事不綱, 爰發苦言, 每極峻急, 然亦時涉隱曲, 猥黷者多. 後或略其他文, 專注此點, 因予惡謚, 謂之'淫書,' 而在當時, 實亦時尙" 그는 또한 "《금병매》의 작자는 문장에 능하였다. 그래서 비록 사이사이에 외설스러운 문장을 끼워넣기는 하였으되 그밖의 뛰어난 점도 존재한다 金甁梅作者能文, 故雖間雜猥詞, 而其他佳處自在"고 하였다.

그리고 정진탁은 《삽도본중국문학사揷圖本中國文學史》에서 《금병매》는 "중국소설의 발전에 가장 높은 봉우리에 서 있다 中國小說發展的極峰"라고 하였으며, "깜짝 놀랄 만큼 위대한 사실소설이다 是一部可詫異的偉大的寫實小說"라고 하였다. 뿐만 아니라 다음과 같이 다양하게 언급하고 있다. "그 책은 고대 소설, 즉 전기가 아니라 실제로 명실상부한 현대적 의의에 가장 잘 부합되는 소설이라 할 수 있다. 그것은 《서유기》나 《수호전》, 그리고 《봉신연의》처럼 귀신이나 마귀와의 싸움을 그린 것도 아니고 영웅의 험난한 삶을 묘사한 것도 아니다. 그리고 무사의 출세에 대해 묘사한 것도 아니다. 그것은 송·원대 화본 중에서 일찍이 우담화처럼 잠깐 나타났다가 금세 사라져 버리는 진실된 민간사회의 일상적인 이야기를 묘사하고 있다. 她不是一部傳奇, 實是一部名不愧實的最合於現代意義的小說. 她不寫神與魔的爭鬪, 不寫英雄的歷險, 也不寫武士的出身, 像《西游》, 《水滸》, 《封神》諸作. 她寫的乃是在宋元話本裏曾經略略的曇花一現的眞實的民間社會的日常的故事" "이 책은 순수한 사실주의 소설이다. 《홍루몽》에 나오는 무슨 금이네 옥이네 하는 것이나, 화상이나 도사 어쩌구 하는 것을 보면 아직 예전의 상투적인 수법에서 벗어나지 못했음을 알 수 있다. 그러나 오로지 《금병매》만은 적나라하게 절대적으로 일반 사람들의 모습을 묘사하고 있다. 그 묘사는 전혀 과장된 것이 아니며, 또한 지나치게 형용되어 있지도 않다. 她是一部純粹寫實主義的小說. 紅樓夢的什麽金呀, 玉呀, 和尙, 道士呀, 尙未能脫盡一切舊套. 惟金甁梅則是赤裸裸的絶對的人情描寫, 不誇張, 也不過度的形容" "《금병매》의 특징은 시정 사람들의 정감과 일상적인 사람들의 심리를 묘사하면서, 애써 많은 수식을 하지 않으면서도 마치 눈앞에서 보는 것처럼 생생하게 전달하고 있다는 점에 있다. 《金甁梅》的特長, 尤在描寫市井人情及平常人的心理, 費語不多, 而活潑如見" 이외에도 정진탁은 "애석하게도 작가는 당시 시대의 분위기에 어느 정도 얽매어 있어 음란한 사실을 형용하는 데 애를 쓰고, 변태적 심리 묘사를 능사로 삼았다. 그래서 부처 머리에 똥칠을 했다는 느낌을 지니지 않을 수 없게 만든다. 그러나 이러한 성교에 대한 묘사를 제거하면 오히려 좋은 책이라 할 수 있다. 可惜作者也頗囿於時代風氣, 以着力形容淫穢的事實, 變態的心理爲能事, 未免有些佛頭着糞之感. 然卽除淨了那些性交的描寫, 却仍不失爲一部好書"

이상과 같은 노신과 정진탁의 《금병매》에 관한 평가는 대체적으로 옳다. 특히 그들은 《금병매》를 인정소설·세정소설로 단정하고, 시정인의 정감과 일반인들의 심리를 적나라하게 묘사하였다고 말하고 있는데, 이 역시 정확한 평가이다. 바로 이러한 점에서 그들의 논의는 중국 고대소설의 문예심리학을 연구함에 있어 중요한 토대가 되고 있다. 장죽파의 《금병매》 평점은 바로 이러한 점을 중시하고 있다. 그러나 애석하게도 질적·양적인 면에서 충분치 않다.

문예심리학의 각도에서 볼 때, 장죽파의 《금병매》 평점은 다음 몇 가지 측면에서 계발적 의의를 지닌다고 할 수 있다.

우선 장죽파는 김성탄이 《수호전》을 '발분지작發憤之作'으로 간주한 것과 마찬가지로 《금병매》 역시 '설분泄憤'의 작품이라고 주장하였다.

《금병매》, 어찌하여 이러한 책이 존재하게 되었는가? 말하건대 이는 어진 이나 뜻을 지닌 선비, 효자나 의좋은 형제가 때를 얻지 못한데다 위로 하늘에 물을 수도 없고 아래로 사람들에게 고할 수도 없어 비분에 차 흐느껴 울면서 거친 말로 글을 지어 자신들의 울분을 발산한 것이다.

金瓶梅, 何爲而有此書也哉? 曰, 此仁人志士, 孝子悌弟, 不得於時, 上不能問諸天, 下不能告諸人, 悲憤嗚咽, 而作穢言以泄其憤也. (〈竹坡閑話〉)

작가는 불행하여 육신이 험난한 세파를 만나 토하려 해도 토할 수 없고 삼키려 해도 삼킬 수 없으며, 가려운 곳을 긁으려 해도 불가하고, 슬퍼 호곡해도 아무런 소용이 없어 이를 빌려 스스로 발산하고자 했던 것이다.

作者不幸, 身遭其難, 吐之不能, 吞之不可, 搔抓不得, 悲號無益, 借此以自泄. (〈竹坡閑話〉)

무릇 작가는 반드시 세상에서 크게 뜻을 얻지 못하는 일들이 있게 된다. 예를 들어 태사공은 잠실(宮刑을 받았거나 받을 사람을 수용하는 난방된 옥)에 거해야만 했고, 손자는 두 발의 발꿈치를 베는 월형을 받아야만 했다. 이에 그들은 가슴속에 분함과 답답함이 가득 차 그 책을 쓰게 된 것이다

蓋作者必於世亦有大不得意之事, 如史公之下蠶室, 孫子之刖雙足, 乃一腔憤懣而作此書. (《金瓶梅》 제7회 총평)

이상과 같은 논의는 다음과 같이 설명할 수 있을 것이다. 우선 지적할 수 있는 것은 《금병매》는 작가의 불평·불만을 그대로 드러내고 있다고 보았다는 점이다. 이는 소설창작의 정감성과 사회비판성의 특질을 지적한 것이라 할 수 있다. 《금병매》는 사회적 비분을 드러내고 있을 뿐만 아니라, 작가 자신의 개인적 울분을 발설하고 있는 것이기도 하다. 그래서 예술작품에서 표현되고 있는 정감 속에는 객관적 정감과 주관적 정감이 모두 포함되어 있으며, 자연스럽게 이 두 가지 정감은 서로 합치하고 있다. 장죽파는 《금병매》에서 발설하고 있는 사회적 정감 속에는 사회 현실의 어두운 면에 대한 비판과 사회 도덕윤리 관념에 대한 비판이 어우러져 있다고 보았다. 이렇듯 장죽파는 소설예술의 정감적 특질을 긍정하여 이지와 김성탄의 '발설' 설을 계승·발전시키고 있는 것이다.

다음으로 장죽파는 인정과 인성에 대한 연구를 중시하였다. 《금병매》는 인정소설이자 세정소설이다. 이는 《금병매》가 역사소설이나 신마神魔소설과 다르다는 말이기도 하다. 《금병매》는 가정의 일상생활이나 현실 사회의 평범한 사람들의 인정세태를 반영하고 있다. 그래서 이를 통해 인정이나 인성을 연구할 수 있다. 장죽파는 《금병매》에 나오는 많은 인물들의 인정과 인성에 대해 나름으로 고찰하고 있다. 예를 들어 그는 다음과 같이 말하고 있다. "서문경은 염치없는 악인이고, 오월랑은 간사하고 음흉스러운 호인이다. 맹옥루는 교활한 인간이고, 반금련은 인간이 아니다. 이병아는 바보이고, 춘매는 미친 사람이며, 진경제는 부랑아이다. 교아는 멍청한 인간이고, 설아는 우둔한 인간이다. ……만약 왕육아와 임부인 등이 이계저〔娼妓〕 무리와 마찬가지로 차마 사람이라고 말할 수 없다면, 이와 아울러 채태사·채장원·송어사 등 역시 모두 사람이라고 말하기 어렵다. 西門慶是混帳惡人, 吳月娘是奸險好人, 玉樓是乖人, 金蓮不是人, 瓶兒是癡人, 靑梅是狂人, 敬濟是浮浪小人, 嬌兒是死人, 雪娥是蠢人……若王六兒與林太太等, 直與李桂姐輩一流, 總是不得叫做人, 兼之蔡太師, 蔡狀元, 宋御史, 皆是枉爲人也"(〈金瓶梅讀法〉) 이상은 비교적 단순한 해석이라 할 수 있지만, 그 속에는 인성과 인물의 성격에 대한 분류와 분석이 내재되어 있을 뿐만 아니라, 인성의 추함 역시 연구 대상으로 삼고 있다는 점에서 독창적인 의의를 지닌다. 주지하다시피 미와 추는 공히 심미 범주에 속하는 것이다. 특히 그가 추함에 대해 나름의 분석을 가하여, 미와 마찬가지로 추함 역시 정감의 표현임을 은연중에 드러낸 것은 중시할 만하다.

세번째로 장죽파는 인물의 성격 묘사 측면에서 "한 마음으로 통하는 것 一心所通"과 "한 개인의 마음속에서 한 개인의 정리를 이야기함 於一個人心中討出一個人的情理" 등의 관점을 제기하였다. 이는 성격심리학의 범주에 속하는 것이다. 김성탄은 인물성격의 묘사에 있어 '격물'설과 '동심'설을 제기하여, 사물에 대한 진지하고 세밀한 관찰을 중시하였으며, 아울러 창작주체가 등장인물의 입장에 서서 주관적 정감이나 심사로 작품에 나오는 인물의 정감이나 심사를 체험할 수 있어야 한다고 주장했다. 장죽파는 바로 이러한 관점을 수용하여 작가가 작품인물을 보다 잘 묘사하고자 한다면, 세상 깊은 곳에 들어가 생활 속에서 여러 부류의 인물과 그 성격을 이해하고 체험해야만 한다고 주장했다.

《금병매》를 지은 작가는 틀림없이 일찍부터 세상살이의 환난 속에서 고생하고 근심하였으며, 사람들의 정리나 세상의 여러 가지 일들을 일일이 경험하여 세상의 가장 깊은 곳까지 들어가 보았기 때문에 비로소 여러 등장인물들을 생동감 있게 그려낼 수 있었을 것이다.

作金甁梅者, 必曾於患難窮愁, 人情世故, 一一經歷過, 入世最深, 方能爲衆脚色摹神也. (〈金甁梅讀法〉)

그러나 그는 또한 다음과 같은 점을 강조하였다.

만약 다양한 각색마다 그 삶을 두루 편력해야만 비로소 이러한 책이 존재할 수 있다고 한다면, 《금병매》는 분명 지어질 수 없었을 것이다. 왜 그런가? 예를 들어 여러 음부나 도둑 등은 각기 다르다. 따라서 만약에 몸소 그러한 일을 겪거나 행한 후에야 그것을 알게 된다면, 어찌 (작가 혼자서) 각양각색의 등장인물의 삶을 겪을 수가 있겠는가? 이러한 이유로 재자(작가)가 무소불통하다는 것은 오로지 자신의 한 마음에서 이루어지는 것임을 알 수 있는 것이다.

若果必待色色歷遍, 才有此書, 則金甁梅又必做不成也. 何則? 卽如諸淫婦偸漢, 種種不同, 若必待身親歷而後知之, 將何以經歷哉? 故知才子無所不通, 專在一心也. (〈金甁梅讀法〉)

이른바 "세상 깊은 곳에 들어간다 入世深"고 한 것은, 작가가 직접 온갖 삶의 형태를 경험한다는 뜻이 아니라 "자신의 한 마음에서 이루어지는 것"을 뜻하는 것이니, 일종의 심령상의 오묘한 비밀과 관계되는 것이다. 이렇듯 오묘한 비밀은, 곧 '정리情理'로서 등장인물 성격의 내재적 논리라 할 수 있다. 그래서 장죽파는 다음과 같이 말하고 있는 것이다.

한 개인의 마음속에서 한 개인의 정리情理(정감과 사리)를 이야기해 내면, 그것으로 곧 그 개인에 관한 전기를 얻을 수 있게 된다. 설령 앞뒤에 여러 사람들의 이야기가 잡다하게 뒤섞여 들어간다 해도 그 한 사람이 입을 열어 말한 것은 바로 그 사람의 정리인 것이다. 그리고 입을 열자마자 그 사람의 정리를 알게 되는 것은 아닐지니, 충분히 그 사람의 정리를 탐색한 후에야 비로소 입을 열어 말하도록 만들면 되는 것이다.

於一個人心中討出一個人的情理, 則一個人的傳得矣. 雖前後夾雜衆人的話, 而此一人開口, 是此人的情理. 非其開口便得情理, 由於討出這一人的情理, 方開口耳. (〈金瓶梅讀法〉)

이상은 작가의 경우, 등장인물의 내심세계를 통찰하여 인간의 심리세계를 이해함으로써 인물성격의 변화와 발전의 법칙을 탐색해야 함을 말하는 것이다. 여기서 장죽파는 사회환경 등의 요인이 인물성격에 커다란 영향을 끼친다는 것을 분명하게 인식하지 못했다는 한계를 지니고 있기는 하지만, 작가가 창조하고자 하는 등장인물의 내심세계를 이해하고 통찰해야 한다는 점과, 심리변화 속에서 인물성격의 발전을 탐색해야 함을 중시한 것은 대단히 중요한 의의를 지닌 것이라 할 수 있다. 이러한 관점은 김성탄의 '동심'설을 한 단계 발전시킨 것이다. 김성탄의 '동심'설은 특히 자신의 마음으로 남의 마음을 알아야 한다고 하여 등장인물에 대한 작가의 외적 체험을 중시하고 있는 데 반해, 장죽파는 등장인물의 심리세계 내부를 탐색할 것을 강조하고 있다는 점에서 성격심리학 측면이 강화되어 있다고 할 수 있다.

이외에도 장죽파는 인물분석 측면에서 《금병매》의 "범필을 잘 이용하면서도 불범한 善用犯筆而不犯" 수법을 정확하게 설명하고 있다.

《금병매》는 범필犯筆(비슷한 소재로 중복되게 말하는 것)을 잘 이용하면서도 불범不犯(비슷한 소재를 거듭 사용하여 중복되지 않음)하였다. 예를 들어 응백작應伯爵이란 사람에 대해 묘사하고 다시 사희대謝希大란 사람에 대해 묘사하고 있지만, 분명 응백작은 응백작일 뿐이고 사희대는 사희대일 따름으로 각기 인물 나름의 신분과 말투는 일사불란하게 혼동됨이 없다. 또한 반금련을 묘사하고 다시 이병아李瓶兒를 묘사한 것은 '범'한 것이라고 할 수 있지만, 또한 처음부터 끝까지 모이고 흩어지면서 그들의 언어나 거동이 각기 일사불란하여 혼란됨이 없다. ……이러한 것들은 모두 독특한 중복되는 수를 쓰고 있는 것이지만, 오히려 각기 하나의 조항으로 구분되어 결코 서로 같은 것이라 할 수 없다.

金瓶梅善用犯筆而不犯也. 如寫一伯爵, 更寫一希大, 然畢竟伯爵是伯爵, 希大是希大, 各人的身分, 各人的談吐, 一絲不紊. 寫一金蓮, 更寫一瓶兒, 可謂犯矣, 然又始終聚散, 其言語擧動, 又各各不亂一絲. ……諸如此類, 皆妙在特特犯手, 却又各各一款, 絶不相同也. (〈金甁梅讀法〉)

이처럼 동일한 가운데 각기 다른 부분이 존재하도록 인물을 묘사하는 수법은 이미 김성탄이 《수호전》을 평점하면서 지적한 바 있다. 이러한 수법은 심리학의 측면에서 분석해 볼 때, 사람들의 심미심리적 경험과 부합하는 것이다. 이렇게 단순히 부화뇌동하는 것이 아니라, 동일함 속에 부동함이 있어야만 사람들의 심미취미를 이끌어 낼 수 있는 것이다.

지연재脂硯齋의 생몰연대는 분명치 않다. 지연재의 가장 큰 공헌은 《홍루몽》을 평점했다는 점이다. 그가 평점한 《홍루몽》은 《지연재중평석두기脂硯齋重評石頭記》라고 부른다. 그는 김성탄과 장죽파의 유관이론을 계승·발전시켜 나름의 관점을 제시하고 있는데, 그의 이론을 문예심리학의 각도에서 분석해 보면 뛰어난 부분이 적지않다.

지연재는 《홍루몽》을 평점하면서 특히 '정情'을 강조하고 있다. 그는 《홍루몽》 제1회에서 이미 "(《홍루몽》의) 큰 뜻은 정을 이야기하는 것이다 大旨談情"라고 하여 《홍루몽》을 정감을 드러낸 작품이라고 단정짓고 있다. 이외에도 "작가는 천하 사람들과 공동으로 이 '정'자에 눈물을 흘리려 한다 作者是欲天下人共同來哭此情字"(甲戌本 제8회 批語)고 하거나, "일에 따라 정이 생기고, 정에 기인하여 문장이 얻어진다 隨事生情, 因情得文"(甲戌本 제8회 批語)라고 하였는데, 이를 보더라도 그가 정감을 강조했을 뿐만 아니라 《홍루몽》을 포함한 소설예술의 특징을 '정情'으로 간주했음을 확인할 수 있을 것이다. 이러한 토대하에서 지연재는 《홍루몽》에 씌어진 사회생활이나 인물의 활동을 "지극한 정과 지극한 도리 至情至理"라고 지적하고 있다. 《홍루몽》(庚辰本) 제29회에서 지연재는 다음과 같은 비어를 적고 있다. "청허관은 가보옥賈寶玉의 어머니와 봉조〔王熙鳳〕가 본래 매우 좋아하여 즐겁게 놀던 곳인데, 마음에 들지 않는 일도 적지않게 묘사하고 있으니, 이 또한 자연스럽고 지극히 정리에 맞는 일이며 반드시 있어야 할 일이다. 淸虛觀, 賈母·鳳姐本意大適意大快樂, 偏寫出多少不適意的事來, 此亦天然至情至理, 必有之事"

지연재는 《홍루몽》에 나오는 몽경夢境에 대한 묘사 역시 '지극한 정과 지극한 도리'를 담고 있다고 여겼다. 그래서 제56회에서 보옥의 꿈에 대해 묘사하면서 다음과 같이 평하고 있다. "극히 혼미한 꿈속의 정경을 아주 분명하게 서술함으로써 소나 뱀·귀신 등이 붓끝을 어지럽히지 않도록 했고, 전체적으로 지극한 정리情理를 바탕으로 묘사하였으니, 이는 《제해》(제나라의 기이한 이야기를 엮은 책. 《장자》에 보인다)라는 책에서도 기록할 수 없었던 것이다. 敍入夢境極迷離, 却極分明, 牛鬼蛇神不犯筆端, 全從至情至理中寫出, 齊諧莫能載也"(戚序本) 이는 《홍루몽》이 비록 꿈에 대해 쓰고 있기는 하지만 이 역시 인간의 심리활동의 지극한 정과 지극한 도리를 나타내고 있는 것이며, 그렇기 때문에 여전히 진실되고 결코 허황된 것이 아니라는 뜻이다. 지연재는 또한 《홍루몽》의 인물창조 역시 지극한 정과 지극한 도리에 입각한 것이라고 말하고 있다. 《홍루몽》 제1회에서 교행嬌杏의 자태를 묘사함에 있어, "그 모습이 범상치 않고 눈매가 맑고 밝았으니, 비록 대단한 자색이 있는 것은 아니지만 역시 사람을 감동시킬 만한 구석이 존재했다 生得儀容不俗, 眉目淸朗, 雖無十分姿色, 却也有動人之處"라고 하였는데, 지연재는 이에 대해 "더욱 좋은 것은 이 역시 진정으로 정과 도리를 지닌 문장이라는 사실이다. 요즘의 소설은 그저 꽃도 부끄러워하고 달도 숨을 정도로 얼굴만 어여쁜 미인만 등장시켜 종이를 가득 채울 뿐이니 가소로울 지경이다 更好, 這便是眞正情理之文. 可笑近之小說是滿紙羞花閉月等字"(甲戌本眉批; 眉批는 원문의 윗부분에 적어 놓은 비평문을 뜻한다)라고 하였다. 지연재가 여기서 말하고 있는 '지극한 정과 지극한 도리'는 단순히 감정만을 뜻하는 것이 아니라, 객관적 사리事理를 지적하는 것이라고 보는 것이 타당하다. 그러나 인물의 활동이나 성격에 있어서 '지극한 정과 지극한 도리'를 말하는 것은 물론 정감적인 면이나 심리적인 면이 공히 포괄된다고 할 수 있다.

지연재는 《홍루몽》을 평점하면서 소설예술의 특징 가운데 특히 예술상상과 형상사유를 중시하였다. 경진본 제19회에서 지연재는 다음과 같이 평하고 있다.

이 책에서 보옥이 묘사되고 있는데, 그 보옥의 사람됨은 우리들이 책 속에서 보고 그 사람을 알게 된 것이니, 실제로 눈으로 직접 목격한 것은 아니다. 또한 보옥의 말도 적혀 있는데, 매번 사람들로 하여금 이해하지 못하도록 만들고 보옥의 천성도 사사건건 사람들로 하여금 웃도록 만든다. 세상에서 이러한 사람을 직접 보는 것은 있을 수 없을 뿐더러 고금의 온갖 소설·전기에서도 또한 이러한 문장을 본 적이 없다. 한 번 훑어본 곳을 다시 상세하게 보면, 전혀 이해할 수 없는 가운데 실제로 이해할 수 있게 되고, 또한 이해는 하면서도 그 경위를 말로 설명할 수는 없는 경우가 있다. 그리하여 눈을 감고 생각해 보면, 마치 가보옥이란 한 사람의 인물을 실제로 본 듯하고 실제로 그의 말을 들은 듯하면서도, 다른 사람에게 그것을 전한다는 것을 전혀 불가능하며 또한 문장으로 써낼 수도 없다.

按此書中寫一寶玉, 其寶玉之爲人, 是我輩於書中見而知有此人, 實未目曾親睹者. 又寫寶玉之發言, 每每令人不解, 寶玉之生性, 件件令人可笑. 不獨於世上親見這樣的人不曾, 即閱今古所有之小說傳奇中, 亦未見這樣的文字. 於顰兒處更甚. 其囫圇不解之中實可解, 可解之中又說不出理路. 合目思之, 却如眞見一寶玉, 眞聞此言者, 移之第二人萬不可, 亦不成文字矣.

이상과 같은 평어는 그 함의가 대단히 풍부하다. 문예학의 각도에서 볼 때, 이는 가보옥이란 인물형상이 허구임을 지적한 것이자 독창적임을 지적한 것이기도 하다. 또한 문예심리학의 각도에서 본다면, 소설예술의 상상과 형상사유의 특질을 지적한 것이라고 할 수 있다. 가보옥의 예술형상은 '합목사지合目思之,' 즉 예술적 상상을 통해 얻은 것이다. 가보옥 형상의 의의나 전체 《홍루몽》의 예술적 의의는 이성에 호소한다거나 논리적 추리를 통해 얻을 수 있는 것이 결코 아니며, 오히려 형상에 호소하는 것으로 형상적 묘오妙悟를 통해 획득되는 것이다. 지연재의 이와 같은 견해는 지극히 심도 있는 것이라 할 수 있다.

지연재는 예술감상의 문제를 논하면서 특히 감상하는 이의 직접적인 경력과 체험을 중시하였다. "내가 30년 전에 몸소 목도한 사람이 문장에 그 형체를 드러내었다. 《석두기》라는 책을 말하자면 정감이 지극하고, 문사가 지극히 합치된다고 할 수 있다. 그러나 옛것을 음미하여 사건을 만들고 옛것에 빠져 정감이 이루어지면 곧 그 허무맹랑하게 아무런 재미가 없음을 알게 되고, 또한 그 신묘함을 알지 못하겠다. 與余三十年前目睹身親之人, 現形於紙上. 使言《石頭記》之爲書, 情之至極, 言之至恰, 然非領略過乃事, 迷陷過乃情, 即觀此茫然嚼蠟, 亦不知其神妙也"(庚辰本 제17·18회 批語) 이는 이치에 합당한 말이다. 감정적 체험은 바로 사람들이 지닌 사회적 경력이나 생활체험을 반영한 것이다. 따라서 감상하는 이들은 각기 경력이 다를 뿐더러 이에 따라 예술작품에 대한 감상이나 체험 역시 다르다. 만약 감상하는 이가 작품에 나오는 인물과 유사한 경력을 지니고 있다면, 그는 작품의 등장인물과 이심전심으로 통하는 면이 있을 것이다. 그렇게 되면 자연히 체험 역시 더욱 깊어지게 될 것이다. 그러나 사람마다 모든 일들을 한두 번씩 직접 경험할 수는 없는 일이다. 이 점은 이미 김성탄이나 장죽파가 간파하여 언급한 바 있는데, 지연재는 분명하게 언급치 않았다. 김성탄의 경우에는 '동심'을 통해, 그리고 장죽파의 경우에는 "한 개인의 마음속에 있는 것을 말함으로써 그 개인의 정리를 드러낸다 於一個人心中討出一個人的情理"고 한 바 있다. 이러한 것은 모두 외부의 정감체험에 속하는 것들이다.

이상으로 명·청 시기의 소설심리학 사상에 대해 간략하게 살펴보았다. 이외에도 포송령蒲松齡·여집余集·천화장주인天花藏主人의 '발설發泄'설, 그리고 정염주인靜恬主人·수향제주睡鄉制酒·석호조수西湖釣叟 등의 '권징勸懲'설 등이 있으나 본문에서는 더 이상 소개하지 않는다.

제9절 명·청의 희곡심리학

명·청의 희곡이론은 당시 소설이론과 비슷한 발전과정을 거쳤다. 명초에는 이렇다 할 희곡이론이 보이지 않았으며, 명 중엽에 이르러 서서히 일어나기 시작하여 이후 서위徐渭·탕현조湯顯祖와 심경沈璟에 이르러 본격적인 희곡이론이 생겨나기 시작했다. 명말에 이르자 큰 발전을 이루어 왕기덕王驥德·여천성呂天成 및 장무순藏懋循·풍몽룡馮夢龍의 희곡이론이 크게 성행하였다. 청대의 희곡이론은 명대의 희곡이론을 계승하면서 더욱 풍부하고 심도 있게 발전하였다. 청대는 희곡뿐만 아니라 희곡관계 저서가 다양하게 출현하였다. 전문적인 논술이나 저술로는 정요항丁耀亢의 《소대우저사인嘯臺偶著詞引》, 이어李漁의 《한정우기閑情偶記·사곡부詞曲部》(또는 《이립옹곡화李笠翁曲話》) 등이 있고, 평론으로는 김성탄金聖嘆의 《서상기西廂記》 평론, 모성산毛聲山의 《비파기琵琶記》 평론 등이 있다. 그리고 서발序跋로는 홍승洪昇의 《장생전자서長生殿自序·예언例言》, 공상임孔尙任의 《도화선소인桃花扇小引·소식小識·범례凡例》 등이 있고, 수필로는 유정기劉廷璣의 《재원곡지在園曲志》, 초순焦循의 《역여곡록易余曲錄》 등이 있으며, 편집류로는 초순焦循의 《극설劇說》, 양정남梁廷枏의 《등화정곡화藤花亭曲話》 등이 있다.

물론 이외에도 많은 수의 작품이나 희곡 관련 저작이 있다. 명청의 희곡 저술이 이처럼 다양하긴 하지만, 문예심리학의 측면에서 볼 때 소설심리학에 비할 수는 없다. 특히 명대의 희곡심리학 이론은 청대에 비해 체계적이지도 못하고, 다양성 또한 떨어진다. 다만 청대에 이르러 김성탄과 이어에 의해 나름의 희곡심리학이 체계화되면서 본격적인 발전을 이룩하였다고 할 수 있을 것이다. 그들 이외에도 적지않은 희곡가들이 있으니, 이들의 희곡심리학 역시 결코 소홀히 다룰 수 있는 것이 아니다.

1. 김성탄의 희곡심리학

앞서 살핀 바대로 김성탄金聖嘆은《수호전水滸傳》평론에서 풍부한 소설심리학 사상을 보여 주었다. 이외에도《서상기西廂記》평론에서는 다채로운 희곡심리학 사상을 보여 주고 있다. 김성탄은《수호전》평론에서 소설예술의 본질적인 특성을 언급하면서, "발분하여 책을 저술한다 發憤著書"는 뜻의 '발설설發泄說'을 제기하였다. 이러한 관점은《서상기》평론에서도 그대로 이어지고 있다. "이 책에서 만들어 낸 옛사람의 이름이나 모습, 예를 들어 군서君瑞·앵앵鶯鶯·홍랑紅娘·백마白馬 등은 모두 나 한 사람의 마음과 입에서 나온 것이다. 그러나 삼키려 해도 삼킬 수 없었고, 토하려 해도 토할 수 없었으며, 가려운 데를 긁으려 해도 시원치 않았고, 몽롱하게 취하여 샐까 두려워하며 끝내 어찌할 바를 몰랐다. 그러나 홀연 교묘하게 고인의 일을 빌리게 되니, 이로써 저절로 마음속에 전해져 몇 날 며칠이 흐른 뒤에 마침내 굽이굽이 일고여덟 굽이나 되는 곡절함에 이르게 되었던 것이다. 此一書中所結撰的古人名色, 如君瑞鶯鶯紅娘白馬, 皆是我一人心頭口頭, 吞之不能, 吐之不可, 搔爬無極, 醉夢恐漏, 而至是終竟不得已而忽然巧借古之人之事, 以自傳其胸中若干日月以來, 七曲八曲之委折乎" "군서는 다른 사람이 아니라 결국 저자일 뿐이다. 앵앵은 다른 사람이 아니라 결국 저자의 마음속에 그려진 앵앵일 뿐이다. 홍랑·백마 역시 마찬가지로 다른 사람이 아니라 결국은 저자의 힘으로 만들어져 그 안에서 떠도는 사람일 뿐이다. 君瑞非他, 君瑞殆卽著書人焉是也. 鶯鶯非他, 鶯鶯殆卽著書之人之心頭之人焉是也. 紅娘白馬悉復非他, 殆卽爲著書之人力作周施之人焉是也" "이로써 고인이 먹과 붓에 기탁하는 법을 크게 깨달을 수 있었다. 可以大悟古人寄托筆墨之法也矣"(〈驚艶〉 批語)

이상은 희극예술 또한 창작주체의 예술적인 정감의 표현이며, 이러한 정감의 표현은 평담한 상태에서 저절로 흘러 나오는 것이 아니라 창작주체가 인생에 대해 가지고 있는 태도, 창조하고 싶은 인물에 대한 깊은 감정, 심지어 "삼키려 해도 삼킬 수 없고, 토하려 해도 토할 수 없으며, 가려운 데를 긁으려 해도 시원치 않다. 呑之不能, 吐之不可, 搔爬無極" 갑자기 창작 충동이 솟구쳐 붓을 들게 되니, "저절로 마음속에 전해져 몇 날 며칠이 흐른 뒤에 굽이굽이 일고여덟 굽이나 되는 곡절함에 이르게 되었다 以自傳其胸中若干日月以來, 七曲八曲之委折"는 설명이다. 그래서 김성탄은 극중의 인물은 결코 고인古人이 아니라 "책을 짓는 사람의 마음속에 있는 사람 著書之人之心頭之人"이라고 여겼던 것이다. 여기서 논의하고 있는 것은 창작심리 가운데 창작 충동에 관계되는 문제라고 할 수 있다. 창작주체가 객관사물에 대해 어떤 느낌을 받으면 그것을 드러내고자 한다. 그러나 느낀다고 해서 무조건 드러낼 수 있는 것은 아니다. 이를 드러내지 못할 경우에는 마음속으로 답답함을 느낀다. 그러다가 어느 순간 창작 충동이 일어나면 마침내 붓을 들어 글을 쓰게 되니, 여러 가지 객관사물이나 여러 사람들의 입을 빌려 자신의 느낌을 드러내게 되는 것이다. 이처럼 김성탄은 장생張生은 곧 작가 자신이며, 앵앵 역시 작가 자신의 마음속에 존재하는 인물이라고 여겼다. 그래서 그는 작가가 예술형상을 창조하는 과정에 대해 언급하면서, "여전히 손은 교묘한 붓을 쥐고 있으면서 마음속으로는 반드시 묘한 지경을 간직하고, 자신의 몸으로 묘한 사람을 대신하고 있으면 하늘이 묘한 생각을 주게 된다 乃手搦妙筆, 必存妙境, 身代妙人, 天賜妙想"(〈酬韻批語〉), "만약 마음속에 쌍문雙文〔앵앵〕이 없다면, 어찌 붓 아래 《서상기》가 있겠는가? 若使心頭沒有雙文, 爲何筆下却有"(《讀第六才子書法》)라고 하여 나름의 견해를 밝혔던 것이다.

김성탄은 이에서 한 걸음 더 나아가 희극예술은 한편으로 창작주체 한 사람의 정감을 표현하고 느낌을 발산하는 것이지만, 다른 한편으로는 모든 이들이 공감하고 있는 내용을 드러내어 공통된 정감을 표현하는 것이기도 하다고 여겼다. "생각해 보건대 성은 왕王, 이름은 실보實父인 왕실보, 이 한 사람이 어찌 혼자서 《서상기》를 지을 수 있었겠는가? 그 역시 마음을 가라앉히고 기를 모아 천하 사람들의 마음속에 있는 것을 훔쳐낸 것일 따름이다. 想來姓王字實父此一人亦安能造《西廂記》, 他亦只是平心驗氣向天下人心裏偸取出來" "결론적으로 말해, 세간의 묘한 문장이란 원래가 천하의 모든 사람들의 마음속에 모두 공통으로 지니고 있는 보석일 뿐이지, 결코 한 사람이 스스로 문집을 만들어 낸 것은 아니다. 總之, 世間妙文原是天下萬世人人心里公共之寶, 決不是此一人自己文集" (《讀第六才子書法》) 김성탄은 이처럼 《서상기》를 예로 들면서, 그 작품은 왕실보 王實甫가 "천하 사람들의 마음속에 있는 것을 훔쳐낸 것이지 向天下人心里偸取出來" "왕실보 혼자서 문집을 만들어 낸 것 一人自己文集"은 아니라고 못박고 있다. 이는 작품에서 드러내고자 하는 것이 왕실보라는 한 개인의 정감에서 그치는 것이 아니라, '천하의 모든 사람(天下人)'의 정감이 그 속에 내재되고 있음을 설명한 것이다.

김성탄은 바로 이러한 뜻에서 다음과 같이 말하였다.

> 시를 지을 때는 반드시 마음속에 가지고 있는 바의 진실로 그러한 것(誠然)을 말해야 하고, 마음속의 그러하다고 느끼는 것(同然)을 말해야 한다. 마음속의 진실을 말하는 까닭에 능히 붓을 들자 곧 눈물을 흘릴 수 있고, 마음속에 그러하다고 느끼는 것을 말하는 까닭에 능히 내 시를 읽는 사람으로 하여금 낭독하자마자 곧 눈물을 흘리게 할 수 있는 것이다.
>
> 作詩須說其心中之所誠然者, 須說其心中之所同然者. 說心中之所誠然, 故能應筆滴淚. 說心中之所同然, 故能使讀我詩者應聲滴淚也. (〈答沈匡來元鼎〉)

여기서는 '진실로 그러한 것(誠然)'과 '그러하다고 느끼는 것(同然)'의 문제를 말하고 있는데, 문예심리학적인 의의가 매우 깊다. '진실로 그러한 것'이란 작자에 대한 것으로, 능히 작자 자신의 진실된 감정과 인물사건에 대한 절실한 체험을 써낼 수 있으면 붓을 들자마자 감정이 격해짐을 느끼게 된다는 뜻이다. '그러하다고 느끼는 것'이란 독자에 대한 것으로, 사람들의 공통된 정감을 써낼 수 있다면 독자가 낭독할 때 독자 자신의 정감이 불러일으켜짐을 느끼게 된다는 뜻이다. 주체로서 인간은 모두 감정적인 면에서 공통적인 생리적·심리적 토대를 지니고 있다. 그래서 공감할 수 있는 예술작품을 대하게 되면, 독자 자신의 공통된 생리적·심리적 기반하에서 이에 반응하게 되고 마침내 공감대가 형성된다. 이는 현대 정감심리학의 보편적 원리 가운데 하나이다. 심리학적 관점에서 본다면, 김성탄이 작가는 '진실로 그러한 것'과 독자의 '그러하다고 느끼는 것'을 써내어야 한다고 말한 것은 예술상의 공감의 문제라고 할 수 있을 것이다. 원래 앞서 인용한 문장은 시를 쓰거나 시를 감상하는 측면에서 논의된 것이지만, 이 역시 희곡의 창작이나 감상의 원리와도 일맥상통하는 것이다.

김성탄은 또한 이렇게 말한 적이 있다. "설령 내가 제멋대로 말을 만들어 낸다 할지라도, 그 한 자 한 구는 모두 나의 마음속에서 꼭 그렇게 하고 싶은 바를 써낸 것이니, 《서상기》 또한 이와 같이 씌어진 것이다. 便是我適來自造, 親見其一字一句都是我心裏恰正欲如此寫, 《西廂記》便如此與"(《讀第六才子書法》) 결국 이는 작가인 왕실보의 정감과 독자인 김성탄의 정감이 서로 통하고 있음을 언급한 것이라 할 수 있다. 이는 다시 말해 예술작품에서 표현되고 있는 정감은 단지 작가의 주관적 정감만이 아니며, 독자와 인물형상의 객관적인 정감을 포괄하고 있는 것으로 주관적 정감과 객관적 정감의 통일이라는 뜻이다. 그리고 이러한 주·객관의 통일이 이루어져야만 비로소 넋이 빠질 수 있는 정도의 정감적 역량을 갖춘 예술이 탄생될 수 있다는 뜻이기도 하다. 물론 이에 대한 김성탄의 언급이 정감심리학의 원리를 설명하기 위한 것은 아니다. 그러나 그 함의는 동일하다. 그는 이 문제에 대해 나름으로 심도 있는 인식을 하고 있었던 것이다.

김성탄은 소설창작과 마찬가지로 희극창작 역시 영감형상이 존재한다고 인식하였다. 그는 다음과 같이 말한 적이 있다.

> 문장의 가장 미묘한 곳은 잠시 영험한 안목에 의하여 얼핏 볼 수 있을 따름이니, 그 잠깐의 찰나를 영험한 손으로 포착해야만 한다. 잠시 일각 전이라도 그 순간은 볼 수 없고, 잠시 일각 후라도 역시 그 순간은 볼 수 없다. 이렇듯 그 까닭을 알지도 못하면서 어느 순간 홀연히 흘깃 보게 되는 것이다. 그것을 그때에 포착하지 못하면 결코 찾을 수 없을 것이다. 오늘날의 《서상기》에 나오는 몇몇 문장들도 모두 작가 자신이 부지불식간에 자신의 영혼의 눈으로 홀연히 흘깃 보고는, 날쌔게 그것을 포착함으로써 지금까지 전해져 내려올 수 있었던 것이다. 자세히 생각해 보면 오랜 세월 동안 《서상기》에 얼마나 빼어난 문장이 있는가를 알고 있었지만, (만약 창작자가) 이미 흘깃 보여졌음에도 꽉 잡지 못했다면, 결국 진흙탕 속에 빠진 소처럼 한 번 지나가면 영원히 소식조차 알 수 없는 지경에 봉착했을 것이다.
>
> 文章最妙的是此一刻被靈眼覷見, 便于此一刻放靈手捉住. 蓋于略前一刻, 亦不見, 略後一刻, 便亦不見. 恰恰不知何故, 却于此一刻忽然覷見. 若不捉住, 便更尋不出. 今

《西廂記》若干文字, 皆是作者于不知何一刻中靈眼忽然覷見, 便疾捉住, 因而直傳到如今. 細思萬千年以來, 知他有何限妙文, 已被覷見, 却不曾捉得住, 遂總付之泥牛入海, 永無消息. (《讀第六才子書法》)

위 인용문에서는 희곡창작에 있어서 영감의 발생과 그 발현, 그리고 그것이 전달되는 과정을 세밀하게 묘사하고 있다. 여기서 그는 예술 영감은 돌발적으로 홀연히 왔다가 홀연히 가는 것으로서, 창작자가 제때에 그것을 포착하여 즉각 표현해야만 하며, 만약 그렇지 못할 경우에는 진흙 수렁에 빠진 소처럼 한 번 가면 다시는 되돌아올 수 없는 지경에 이르게 된다고 설명하고 있다.

영감이란 예술적 인식과 예술적 표현의 과정이다. "잠시 영험한 안목에 의하여 얼핏 볼 수 있다 一刻被靈眼覷見"고 한 것은 영감의 출현을 묘사한 것으로, 바로 그때에 그것을 알아채고 즉각 글로 옮겨야지, 만약 당시에 제대로 알아채지 못한다면 결국 소멸하고 만다. 그래서 "홀연히 흘깃 보이게 된다 忽然覷見"고 한 것이다. 그러나 이러한 종류의 인식은 단지 생리적 인식이거나 논리적인 인식이 아니다. 그것은 예술적 인식이다. 그래서 그는 '영험한 안식〔靈眼〕' 이라고 한 것이다. 일단 그 순간을 알아채면 그 즉시 그것을 꽉 붙잡아 글로 옮기고 표현할 수 있어야 한다. 이러한 표현 역시 단순히 생리적 또는 논리적 표현과 다르다. 당연히 그것은 예술적 표현이다. 그래서 "그 잠깐의 찰나에 영험한 손으로 포착해야만 한다 一刻放靈手捉住"고 말했던 것이다.

희극심리학에서 김성탄은 특히 감상심리학 분야를 주로 언급하였다. 앞서 말한 바와 같이, 극작가는 희극창작을 할 때 작자의 '진실로 그러한 것' 을 써내야 하고, 아울러 독자의 '그러하다고 느끼는 것' 을 써낼 수 있어야 비로소 독자들의 폭넓은 인기와 사랑을 받을 수 있다. 그러나 다른 한편 김성탄은 심미감상에 대해 언급하면서, 독자와 작가는 서로 이해가 상충하는 경우가 적지않다는 점을 분명히 인식하고 있었다. 그는 《서상기》 평점에서, 《서상기》를 비평할 때 느낀 감정에 대해 다음과 같이 말하고 있다.

내가 오늘날 비평한 《서상기》는, 진실로 후대 사람들이 나를 생각할 때 내가 그들에게 줄 것이 없기 때문에 어쩔 수 없어 여기에 나오게 된 것이다. 나는 진실로 《서상기》를 지은 사람의 처음 마음을 모른다. 과연 이와 같은지 이와 같지 않은지 말이다. 만일 과연 이와 같다면, 오늘 《서상기》를 처음 보았다고 할 수 있다. 만일 이와 같지 않다면, 이전에 《서상기》를 오랫동안 보아 왔는데 오늘 또한 색다른 김성탄의 《서상기》를 본다고 말하면 된다. 요컨대 나는 후인들이 (책을 읽을 때) 주변에 돌면서 덜 망설이기를 바라는 것이니, 내가 어찌 저 옛사람을 위해 힘을 다하는 것이겠는가!

夫我今日所批之《西廂記》, 我則眞爲後人思我而我無以贈之, 故不得已而出于斯也. 我眞不知作《西廂記》者之初心果如是, 其果不知是也. 設其果如是, 謂之今日始見《西廂記》可. 設其果不知是, 謂之前日久見《西廂記》, 今日又別見聖嘆《西廂記》可. 總之, 我自欲與後人少作周旋, 我實何曾爲彼古人致其矻矻之力也哉! (《第六才子書序二》)

여기서 김성탄은 감상심리학의 원칙 가운데 하나를 말하고 있다. 그것은 예술을 감상할 때 감상자는 작자의 '처음의 마음'을 이해하는 것이 중요하기는 하지만, '처음의 마음'에 구속되어서는 안 되며, 실제로 완전하게 '처음의 마음'을 이해한다는 것은 불가능하기 때문에 자신의 생활과 감정적 체험에 근거하여 예술작품을 재평가·재창조해야 한다는 것이다.

소설예술의 감상과 마찬가지로, 김성탄은 희극예술의 줄거리 구성와 인물창조가 심미주체의 미감심리에 어떻게 적용되느냐 하는 것도 매우 중시하였다. "문장의 묘함이란 곡절에 따른 것이다. 진실로 1백 곡 1천 곡 1만 곡, 1백 절 1천 절 1만 절의 문장을 얻어내어, 내 자신의 마음을 좇아 자신이 마음에 따라 스스로 용인한 바를 그 사이에서 찾아내는 것이 진실로 천하의 지극한 즐거움이라 하겠다. 文章之妙, 無過曲折. 誠得百曲千曲萬曲百折千折萬折之文, 我縱心尋其起盡以自容與其間, 斯眞天下之至樂也"(《讀第六才子書法》) 이는 작품의 줄거리는 나름의 곡절이 있어야 한다는 뜻으로, 곡절이 많은 줄거리를 통해 독자는 다양한 심리과정을 경험하게 되고, 아울러 이러한 심리과정 속에서 심미적 쾌감을 지닐 수 있게 된다는 말이다.

이러한 토대하에서 김성탄은 《서상기》의 줄거리 구성이 심미심리에 어떠한 영향을 끼치는가에 관한 문제를 자신의 경험을 통해 분석하고 있다. 심미주의는 심미과정에서 대단히 중요한 심리적 메커니즘이다. 작품의 성공 여부는 그 작품이 독자의 심미적 관심을 유발하는가에 달려 있다. 희곡창작의 경우는 더욱 그러하다. 희곡은 관중의 시각과 청각에 호소하는 예술이다. 따라서 관중의 심미주의를 끌지 못하면 그 작품은 더 이상 상연할 가치가 없는 것이다. 《서상기》에서는 줄거리 구성에 있어서 다양한 예술수단을 이용하여 독자의 심미주의를 끌고자 했다. 줄거리나 인물 정서의 강렬한 대비를 통하여 독자의 심미주의를 끌어내는 것도 그 한 예라 할 수 있다. '뇌혼賴婚' 앞절에 있는 '청연請宴'에서는, 노부인이 장생을 저녁에 초대하여 장생과 앵앵, 그리고 홍랑이 화기애애한 분위식 속에서 곧 결혼을 할 것처럼 씌어져 있다. 그러나 뜻밖에 '뇌혼' 절에서는 노부인이 약혼을 파기하여, 장생과 앵앵은 속수무책으로 속만 끓고 있는 정경이 이어진다. 이는 일종의 줄거리나 정서의 강렬한 대비로서 관중의 호기심을 유발시키고, 그들의 심미주의를 끌어들이고자 하는 것이다. 김성탄은 '청연' 절에 사용된 수법에 대해, 이는 '감염력을 증가시키는 방법〔加倍染法〕'이라고 하면서, "《서상》의 문장에서 대개 하편에 이르러 번필〔직역하면 붓을 뒤집는다는 말인데, 극적 전환을 뜻한다〕을 하게 되는데, 반드시 앞서 충분한 대화를 만들어 일정한 세를 쌓는다 《西廂》文字凡下篇作翻筆, 必先作十二分話, 所以蓄勢也"라고 비주批注하였다. 이는 강렬한 대비수법을 사용하여 관중의 심미주의를 불러일으켰음을 설명한 것이다. 극의 줄거리가 곡절 있게 변화·발전하면 일종의 자극을 불러일으켜 관중의 심미주의를 이끌어 낼 수 있다. 그래서 김성탄은 다음과 같이 말하고 있는 것이다.

> 문장의 묘는 먼저 이 한 곳을 겯눈질하여 정해 놓고, 이 한 곳의 사방에서 붓을 들고 왼쪽으로 돌며 오른쪽으로 옮기고, 오른쪽으로 돌고 왼쪽으로 옮기며, 더 이상 벗어나지 않도록 하면서도 꽉 잡아두지도 않도록 하는 것이니, 분명 사자가 공을 가지고 노는 것과 서로 비슷하다. 근본적으로 공은 단지 공일 뿐이다. 그러나 사자로 하여금 온몸으로 여러 가지 재주를 풀어 나가도록 하면, 일시에 관중석에 있는 많은 이들이 사자를 바라보아 눈이 침침할 지경에 이른다. 그러나 사자는 전혀 아랑곳하지 않는다. 사람들의 눈은 사자를 응시하지만, 사자의 눈은 공을 응시하고 있는 것이다. 무릇 공을 굴리는 것은 사자인데, 사자가 이렇게 굴려 보고 저렇게 굴려 보는 것은 실제로 모두 공 때문이다. 《좌전》이나 《사기》는 순전히 이러한 방법을 사용하였으니 《서상기》 또한 모두 이러한 방법을 쓴 것이다.
>
> 文章之妙, 是先覰定阿堵一處, 已却于阿堵一處之四面, 將筆來左盤右施, 右盤左施, 再不放脫, 却不擒住, 分明與獅子滾球相似. 本只是一個球, 却教獅子放出通身解數,

一時萬棚人看獅子, 眼都看花了, 獅子却是竝沒交涉. 人眼目射獅子, 獅子眼目射球蓋滾者是獅子, 而獅子之所以如此滾, 如彼滾, 實都爲球也.《左傳》,《史記》便純是此一方法,《西廂記》也都是此一方法. (《讀第六才子書法》)

김성탄은 또한 '경염驚艶' 절에서 장생이 앵앵을 처음 본 순간 끝없는 연정에 사로잡히는데, 이에 대해 언급하면서 "대개 그 다음에 이어지는 문장에서 무수하게 상이나 재를 갖다붙이는 것(곁다리로 내용을 붙이는 것)은 모두 이 절이 근간이 되는 것이다 蓋下文無數借廂附齋, 皆以此一節爲根也"라고 하였으며, '요재鬧齋' 에서는 앵앵의 아름다움을 극진히 묘사하고 있는데, "이 절 역시 손비호의 풍문〔손비호가 난을 일으키자 앵앵이 난을 진압하는 이와 결혼하겠다고 말하는 내용이 이어진다. 물론 장생이 이 난을 진압한다〕에 뿌리가 되는 것이다 此節亦旣孫飛虎風聞之根矣!"라고 하였다. 이는 매절마다 줄거리를 새롭게 변화·발전시켜 다양한 복선을 깔고, 이를 통해 관중들이 끊임없이 호기심을 느끼고 나름으로 생각할 수 있도록 해야 한다는 뜻인 바, 그것이 마치 '사자가 공을 굴리는 것〔獅子滾球〕' 처럼 끊임없이 새로운 내용을 반복하면서 사람들로 하여금 지속적으로 새로운 묘미를 맛볼 수 있게 해야 한다는 말에 다름아니다. 이렇게 해야만 관중들의 심미주의가 가능해지고, 아울러 더욱 뛰어난 심미 효과를 얻을 수 있다는 것이 김성탄의 생각이었다. 이외에도 김성탄은 희곡창작에 있어서 줄거리를 전개하면서 정돈이나 단절을 통해 관중의 기대심리를 유발시킬 수 있다고 생각했다. 그래서 그는《서상기》는 줄거리를 이어가는데 '근접〔近〕' 과 '물러남〔縱〕' 을 통해 관중들의 기대심리를 불러일으킬 수 있었다고 여겼다. 그는《서상기》에 '두 가지 근접' 과 '세 가지 물러남' 이 있다고 하면서 다음과 같이 말하고 있다.

'청안' 이 한 가지 근접이고, '전후前候' 역시 하나의 근접이다. 무릇 근접이란 장차 거의 얻게 됨을 말하는 것이다. 장차 거의 얻게 될 것이라고 말하는 것은 끝내 얻지 못한다는 말이다.

請宴一近, 前候一近. 蓋近之爲言, 幾幾乎如將得之也. 幾幾乎如將得之之爲言, 終于不得也.

(세 가지 물러남이란) '뇌혼賴婚'의 물러남과 '뇌간賴簡'의 물러남, 그리고 '고염拷艶'의 물러남을 말한다. ……물러난다는 것은 장차 거의 잃게 된다는 것을 말한다. 장차 거의 잃게 된다는 것은 끝내 잃지 않는다는 말이다.

賴婚一縱, 賴簡一縱, 拷艶一縱. ……縱之爲言, 幾幾乎如將失之也. 幾幾乎如將失之爲言, 終于不失也. (《讀第六才子書法》)

이처럼 한 번은 근접하고 한 번은 물러난다는 것은 한 번은 풀고 다른 한 번은 거두어들인다는 뜻이자, 한 번은 해이한 상태로 놓아두었다가 한 번은 긴장되게 만든다는 뜻이며, 또한 한 번은 순탄하게 나가다가 한 번은 역으로 뒤집는다는 뜻이다. 이렇게 하면 일견 관중들의 기대심리를 만족시키는 듯하다가도 갑자기 '물러나〔縱〕' 애초의 기대가 무너지게 된다. 따라서 관중들은 더욱더 절박한 기대감 속에서 희곡에 매달리게 된다. 이처럼 한 번은 '놓아 주고〔放〕,' 한 번은 '거두어들임〔收〕'으로써 관중들은 예술의 심미적 희열감을 가일층 깊이 느낄 수 있고, 희곡은 더욱 커다란 심미적 효과를 얻을 수 있게 되는 것이다.

2. 이어의 희곡심리학

이어李漁(1611-1680)의 자는 입홍笠鴻 또는 적범謫凡이며, 중년 이후에는 입옹笠翁이라고 불리었다. 별칭하여 입도인笠道人·호상립옹湖上笠翁이라고도 한다. 본적은 절강성浙江省 난계蘭溪이며, 강소성江蘇省 치고雉皐〔지금의 如皐〕에서 태어났다. 그는 청초의 저명한 희극가이자 소설가였으며, 또한 희곡이론가로 적지않은 저술을 남겼다. 극본으로는 《비목어比目魚》·《풍쟁오風箏誤》 등 10가지가 있는데, 이를 모두 포함한 《입옹십종곡笠翁十種曲》이 있고, 단편소설집으로는 《십이루十二樓》와 《무성희無聲戲》, 장편소설로는 《육포전肉蒲田》·《식금회문전識錦回文傳》이 있다. 이외에도 시문을 포함한 잡저雜著로 《일가어一家語》〔문집·시집·여집·사론 및 《閑情偶寄》를 포함한 것〕가 있는데, 그 중에서 가장 중요한 저작이 바로 《한정우기》이다. 이 책은 사곡詞曲·연습演習·성용聲容·거실居室·기완器玩·음찬飮撰·종식種植·이양頤養 등 8부로 나뉘어 있는데, 그 중에서 〈사곡부詞曲部〉와 〈연습부演習部〉가 가장 중요하여, 후대 사람들이 이를 따로 출간하여 《이립옹곡화李笠翁曲話》라고 하였다.

사상적으로 볼 때, 이어는 한량(幫閑)의 품격을 지녔다고 할 수 있다. 그는 연극 극단을 조직하여 관리나 귀족계층들에게 분주하게 돌아다녔다. 그는 희곡이란 "태평스러운 것을 긁어모은 것 點綴太平"(《閑情偶奇 · 凡例》)으로, "풍교에 도움되는 바가 있다 有裨風教"(〈香草亭傳奇序〉)고 여겼다. 이어는 평생 동안 대부분의 시간을 희곡을 편집하거나 연출하고, 또 희곡이론을 연구하는 데 보냈기 때문에 풍부한 실천경험이 있었다. 뿐만 아니라 시기적으로 청초 희곡은 이미 원 잡극과 명 전기라는 희곡 전성기를 거쳤기 때문에, 희곡이론 연구에 있어서 기초적인 연구가 이미 갖추어진 상태였다. 따라서 이어의 희곡연구는 더욱 체계적이고 총체적으로 이루어질 수 있었다.

실제로 그의 《한정우기》는 독특한 특색을 지닌 희곡이론 체계를 갖추고 있다. 이어의 희곡이론, 특히 그의 희곡미학 체계는 중국 희곡사나 중국 미학사에 있어서 반드시 다루고 넘어가야 할 중요한 과제이다. 특히 《한정우기》 속에는 비교적 풍부한 희곡심리학 사상이 내재되어 있다. 이에 이 문제에 대해 간략하게 논의하고자 한다.

첫번째로 이어는 희곡심리학의 각도에서 희곡의 특성에 대해 논술한 바 있는데, 우선 이에 대해 살펴보고자 한다. 그 희곡창작의 관건은 인물창조에 있다고 보고 등장인물을 창조함에 있어서, "한 사람의 말을 대신하여 말하고 싶다면 먼저 그 사람의 마음을 대신해야 한다 欲代此一人立言, 先宜代此一人立心"고 주장하였으며, 아울러 "마음을 은미隱微하고 곡진하게 만들도록 힘써 입에서 나오는 대로 (등장하는 인물대로) 한 사람을 말해서 그 한 사람을 그려낸다 務使心曲隱微, 隨口唾出, 說一人肖一人"(《閑情偶寄》 이하 이 책을 인용할 때는 편명을 쓰지 않는다)고 하였다. 이른바 "사람의 마음을 대신해야 한다"는 것은 등장인물의 감정적 충돌이나 심리양태를 표현하도록 힘써야 한다는 뜻이다. 그래서 이어는 희곡창작은 '인간의 정감(人情)'을 표현해야만 한다고 주장하고 있다.

> 전기에 차갑고 뜨거운 것이 없으면, 단지 인정에 합치되지 못할 것이다. 예를 들어 헤어지고 만나는 것이나, 슬프고 기쁜 것 등은 모두 사람의 정감이 필히 이르도록 하여 사람으로 하여금 울게 만들고 웃도록 하며, 화가 머리끝까지 치솟도록 만들고 혼비백산할 만큼 놀랄 수 있도록 해야만 한다. 그래서 북과 짝짝이도 소리를 죽이고, 무대가 적막한 가운데 관중들의 절규하는 듯한 비명 소리가 천지

를 진동시킬 수 있어야 한다.

傳奇無冷熱, 只怕不合人情. 如其離合悲歡, 皆爲人情所必至, 能使人哭, 能使人笑, 能使人怒發沖冠, 能使人驚魂欲絶, 卽使鼓板不動, 場上寂然, 而觀者叫絶之聲, 反能震動天地. (《閑情偶寄》)

이외에도 그는 "전기의 교묘함은 정감 깊숙이 들어간다는 점에 있다 傳奇妙在入情"라고 하였으며, "세상의 법도는 바뀌고 사람의 마음 역시 예전과 다르다. 그렇기 때문에 그 당시에는 그 당시의 정감과 태도가 있고, 오늘은 오늘의 정감과 태도가 있다 世道遷移, 人心非舊, 當日有當日之情態, 今日有今日之情態"고 하였다. 이는 희곡창작에 있어서 사회 변화에 따라 사람들의 심리 역시 변화된다는 것에 주목해야 한다는 뜻이다. 또한 이어는 희곡은 인간의 정감을 드러낼 수 있어야 지속적으로 다른 이들에게 전해질 수 있다고 여겼다. "무릇 사람의 정감이나 사물의 이치를 말하면 오랜 세월 동안 전해지지만, 황당하고 괴이한 것을 다루게 되면 그 즉시 썩어 문드러진다. 凡說人情物理者, 千古相傳. 凡涉荒唐怪異者, 當日卽朽"

사람의 정감이나 사물의 이치를 표현하는 것은 희곡창작의 특징일 뿐만 아니라 그외 모든 예술양식의 특징이라 할 수 있다. 이어李漁는 희곡이론가이자 실천가였다. 그래서 그는 누구보다 희곡창작의 특수한 규율에 대해 깊이 체득한 바가 있었으며, 특히 희곡창작의 구체적 과정에 대해서도 보다 분명하게 이해하고 있었다. 예를 들어 그는 관중의 시각과 청각에 호소하는 희곡의 특징에 근거하여 심미감지의 각도에서 희곡창작을 연구하였다. 그래서 무대 효과의 극대화를 얻을 수 있는 방법을 고안하였다. "극장에서 구경하는 일은 마땅히 어두컴컴한 상태가 좋고, 밝은 것은 마땅치 않다. 觀場之事, 宜晦不宜明" 이는 희곡은 늦은 저녁에 상연하는 것이 밝은 대낮보다 낫다는 말이다. 왜냐하면 늦은 저녁에는 "배우들의 의관이 본래 실제적인 것이 아니기 때문에, 어두워 분명치 않은 상태에서 빨리 움직여야 교묘하게 보일 수 있다. 만약에 대낮에 상연을 하게 되면 너무나도 분명하게 느낄 수 있어 연기자들이 환상적으로 교묘해지기 어렵다. 충분히 소리나 모습을 듣고 본다고 해도 반 정도 보고 듣는 것에 그칠 뿐이니, 이는 귀와 눈으로 소리가 분산되어 모아지지 않기 때문이다. 優孟衣冠, 原非實事, 妙在隱隱躍躍之間. 若于日間搬弄, 則太覺分明, 演者難施幻巧. 十分音容, 止作

得五分觀聽, 以耳目聲音散而不聚故也" 또한 늦은 저녁에는 "주인이나 객이 모두 마음이 안정되어 일을 그르칠 염려가 없다. 主客心安, 無妨時失事之慮" 그래서 관중들은 쉽게 흥분의 절정에 다다를 수 있게 된다. 물론 이러한 심미감지의 특징은 극장의 효과에 관한 것으로 관중심리학의 범주에 속한다. 그러나 극작가 역시 희곡을 창작함에 있어서 극장예술에 있어 이러한 심미감지 특징을 고려치 않을 수 없는 것이다.

이어는 또한 희곡창작은 기타의 예술양식에 비하여 강한 오락성을 지니고 있다고 생각했다. 그래서 희곡을 논하면서 일면 교화教化를 주장하면서도, 다른 일면 세속적인 정황 묘사를 통해 오락성을 높일 수 있어야 한다고 주장하였다. 그는 〈신앵교愼鶯交〉에서 극중인물 화수華秀의 입을 빌려, 희곡창작은 "또한 지극한 사랑을 풀어내는 것이고 亦解鐘情" "인륜의 명분을 가르치는 명교 속에도 즐거움이 없는 것은 아니며, 한가로운 정담 속에도 천기가 다 있는 것이다 名教之中不無樂也, 閑情之內也盡有天機"라고 하였다. 뿐만 아니라 그는 희곡창작 자체를 통해 커다란 심미적 쾌감을 얻을 수 있다고 여겼다.

문자가 가장 호탕하고, 풍아처럼 가장 교화적이며, 그것을 지으면 사람의 비위脾胃를 건강하게 하는 것으로 가사를 채우는 일만한 것이 없다. 만약에 이러한 것이 없다면 거의 재인을 번민 속에서 죽도록 만들고, 호걸을 곤경에 빠뜨려 죽게 만드는 것과 같다. 나는 일생 동안 우환 속에서 쇠락의 지경에 처했으며, 어린 시절부터 장년이 되고 장년에서 다시 노년에 이르기까지 한번도 눈썹을 펴고 안온하게 지낸 적이 없었다. 그러나 오로지 곡을 만들고 가사를 집어넣는 시간만은 이를 통해 우울함을 털어 없애고 성냄은 이를 통해 풀어낼 수 있었을 뿐만 아니라, 그 두 가지를 행하면서 호사스러움을 맛보고 가장 즐거운 사람이 될 수 있었으며 부귀영화를 느낄 수 있었으니, 그 받아 쓴 것이 이에 불과하다. 물론 진경, 즉 실제로 하고자 했던 것을 한 것은 아니지만 환경, 즉 상상 속에서 종횡으로 가장 으뜸이 되는 것을 능히 드러낼 수 있었다.

文字之最豪宕, 最風雅, 作之最健人脾胃者, 莫過塡詞一種. 若無此種, 幾于悶殺才人, 因死豪杰. 予生憂患之中, 處落魄之境, 自幼至長, 自長至老, 總無一刻舒眉. 惟于制曲塡詞之頃, 非但鬱借以舒, 慍爲之解, 且儻僭作兩間最樂之人, 覺富貴榮華, 其受用不過如此. 未有眞境之爲所欲爲, 能出幻境縱橫之上者. (《閑情偶寄》)

이렇게 희곡창작을 통해 나름의 심미적 쾌감을 얻을 수 있다고 여긴 이어는 관객 역시 희곡을 통해 유쾌한 심정을 지닐 수 있다고 믿었으며, 또한 반드시 그렇게 되어야만 한다고 생각했다. 그는 〈풍쟁오風箏誤〉의 맺음 시〔收場詩〕에서 다음과 같이 읊고 있다. "전기는 원래 우울함을 없애기 위해 만드는 것이니, 우수를 없애기 위해 긴 곡 하나를 다 소비한다. ……오로지 내가 지은 작품은 우울은 팔지 않으니, 한 사람이라도 웃지 않을까 걱정일 따름이네. 傳奇原爲消愁設, 費盡杖頭歌一闋. ……惟我填詞不賣愁, 一夫不笑是吾憂"

두번째로 이어는 중국 희곡예술의 심미 특징 가운데 하나인 심미상상의 문제를 중시하여 나름으로 논의하고 있다. 독일의 희곡미학가인 실러는 "상상이 더욱 생동감 있고 활발할수록 심령의 활동은 더욱 활발해지고, 이에 격동된 감정은 더욱 강렬해진다고 말한 적이 있다. 중국 희곡은 물론 종합예술이다. 그러나 이어가 말한 바와 같이 일종의 표정예술로써 사람의 마음을 대신하는 것이다. 그렇기 때문에 신사神似와 표현을 중시한다. 극작가는 이러한 특징을 살리기 위하여 자신의 상상력을 통해 허구적인 이야기를 만들고, 아울러 관중들로 하여금 보다 자유로운 상상의 나래를 펼쳐, 이미 주어진 줄거리나 예술형상 이외의 것들을 직접 느끼고 생각할 수 있도록 만들어야 한다. 이어는 이 점을 분명하게 인식하고 있었다. 그래서 "대개 접하고 있는 것이 벗어난 것만 못하고 가까운 것이 먼 것만 못하며, 있는 그대로 다 보이는 것은 사람들로 하여금 끝없는 가운데 상상을 행하도록 만드는 것만 못하다 大約卽不如離, 近不如遠, 和盤托出, 不若使人想象于無窮耳"라고 하였던 것이다. 또한 희곡의 긴 줄거리를 풀어 나가는 데 있어서도, 일단 상연된 부분 이외에 남아 있는 부분에도 관중들이 나름으로 상상할 수 있는 여지를 마련해야만 한다는 것이 그의 생각이었다. 예를 들어 당시 희곡은 줄거리가 길어 상반부만 공연하고, 다음에 하반부를 공연하는 예가 많았다. 그럴 경우 작가는 상반부 공연이 끝나는 장면에서 관중들의 호기심을 자극하여 다음 공연을 기다리도록 만드는 연출상의 배려가 있어야만 했다. 이에 대해 이어는 상반부 공연의 끝에서 "마땅히 정오헐후〔歇後語의 뜻이다. 헐후어는 숙어의 일종으로 앞뒤 두 부분으로 나누어져 보통의 경우 앞 부분만 쓴다. 해학적이고 형상적인 어구로 되어 있다. 이를 정오헐후라고 한 까닭은 당대 사람 鄭綮가 시를 짓는 데 해학적인 헐후어를 잘 사용했기 때문이다〕를 지어 사람들로 하여금 자기 나름대로 하반부 공연의 내용을 헤아려 보도록 만들되, 그 일이 어떻게 결론지어질지는 모르도록 해야 한다 宜作鄭五歇後, 令人揣摩下文, 不知此事如何結果"고 말하고, 만약 "(하반부 공연에서) 자신의 추측대로 공연하면 관중은 따분하게 여긴다 猜破而後出之, 則觀者索然"고 하였다. 아울러 배우의 연기 역시 반드시 허구로 사실을 대신하여 관중들이 상상력을 발휘할 수 있도록 해야 한다. "듣는 데에도 소리의 여지를 남기고 보는 데에도 아름다움의 여지를 남기니, 연기하는 곳에는 오히려 완전히 의도적인 것은 없다. 聽有余音, 看有余姸, 演處却全無意"(〈花心動 · 王長安席上觀女樂〉) 이러한 견해는 희곡예술의 심미특징에 부합하는 배우의 연기예술관이라 하겠다. 희곡창작에서 가장 중요한 것은 역시 인물의 형상을 어떻게 창조하는가에 관한 문제이다. 이에 대해 이어는 김성탄이 《수호전》을 비평할 때 제기한 것과 유사한 견해로, 이른바 '친히 마음을 움직일 것〔親動心〕'을 주장하고 있다.

> 말은 마음의 소리이다. 한 사람의 말을 대신하여 말하고 싶다면 먼저 그 사람의 마음을 대신해야 한다. 만약 (희곡이) 꿈속에서 정신이 노니는 것이 아니라면 어찌 배역을 만들고, 그 배역의 처지〔무대 배경〕에 대해 말하겠는가? 당연히 마음이 단정한 배역은 극작가 자신이 그 배역의 인물이 되고, 그 처지에 서서 등장인물 대신에 단정한 생각을 지녀야 한다. 그런즉 마음이 도리에 어긋나 편벽된 배역을 맡게 되면 극작가 자신 또한 마땅히 경전의 도리를 버리고 권세를 좇아 잠시나마 사악한 생각을 지녀야 한다. 마음을 은미하고 곡진하게 만들도록 힘써 입에서 나오는 대로 한 사람을 말해서 그 한 사람을 그려낸다. 그리하여 절대로 부화뇌동하거나 (등장인물의 성격과) 겉돌게 만들어서는 안 된다.
>
> 言者, 心之聲也. 欲代此一人立言, 先宜代此一人立心. 若非夢往神游, 何謂設身處地. 無論立心端正者, 我當設身處地, 代生端正之想. 即遇立心邪辟者, 我亦當舍經從權, 暫爲邪辟之思. 務使心曲隱微, 隨口唾出, 說一人, 肖一人, 勿使雷同, 勿使浮泛. (《閑情偶寄》)

이어는 위 인용문에서 극작가는 희곡의 등장인물에 따라 적절하게 입장을 바꾸어, 그 인물의 사상이나 감정을 직접 느끼고 그 내심세계를 탐색해야 한다고 주장하고 있다. 이는 등장인물이 긍정적 인물이든 아니면 부정적 인물이든간에, 극작가는 그 인물과 '동일'한 상태에 이르러야 제대로 된 작품이 나올 수 있다는 말이다. 이미 김성탄은 소설을 창작함에 있어서 '친히 마음을 움직일 것'을 주장하여, 음부淫婦를 그려내기 위해서는 "스스로 친히 마음을 움직여 음부가 되도록 해야 하고 動心而爲淫婦" 도둑을 그리기 위해서는 역시 "친히 마음을 움직여 도둑이 될 수 있어야 한다 動心而爲偸兒"고 하였다. 이어의 견해 역시 이와 일맥상통한다. 다만 소설은 언어만을 사용하여 인물의 내심세계를 그려내는 데 반해, 희곡은 언어뿐만 아니라 행위나 표정 등이 가미되어야 한다. 그렇기 때문에 소설에 비해 더욱 어렵다고 할 수 있다. 특히 이어는 "만약에 (희곡이) 꿈속에서 정신이 노니는 것이 아니라면, 어찌 배역을 만들고 그 배역의 처지(무대 배경)에 대해 말하겠는가? 若非夢往神游, 何謂設身處地"라고 하여, 극작가가 등장인물의 내심세계를 그려냄에 있어서 "배역이나 그 배역의 처지를 만드는 것 設身處地"에 대해 각별하게 신경을 써야 한다고 주장하였다. 여기서 말하는 "꿈속에서 정신이 노니는 것 夢往神游"이란, 곧 예술적 상상을 뜻하는 것으로 예술창작의 특수한 법칙에 부합하는 것이다. 또한 인물창작에 있어서 심적인 동감同感을 중시한 것 역시 예술심리학적 방법으로서 창작법칙과 일치하는 것이라 하겠다.

세번째로 이어는 배우의 심리와 관중의 심리에 대해서도 분석하고 있다. 희곡창작에 있어서 극본에 나오는 인물의 형상은 배우의 연기에 의해 표현된다. 따라서 배우는 한편으로 배우 자신이자 다른 한편 무대에 등장한 인물의 예술적 형상이기도 하다. 바로 여기서 배우와 등장인물간에 심리적 대응 문제가 발생하게 된다. 이어는 이에 대해 이른바 '일치一致'설을 주장하였다. 그는 배우는 "단지 작가의 구상에 의해 생겨난 것으로 무대 위에서 보여지기 위해 만들어서는 안 된다 只作家內想, 勿作場上觀"라고 하였다. 이는 곧 배우는 연기를 할 때 등장인물의 역할에 충실하여 '자아自我'를 잊어버리고, 자신의 본래 생각이나 감정, 그리고 내적 세계까지 전부 등장인물의 그것이 될 수 있도록 해야 한다는 뜻이다. 이렇게 만드는 것은 물론 '강제적인 것〔勉强〕'이다. 배우는 당연히 그 등장인물 자체는 아니기 때문이다. 그러나 배우는 "자연스럽게 비슷할 수 있도록 類乎自然" 노력해야 하며, 그 연기는 반드시 "정신과 정감을 그대로 본뜰 수 있도록 酷肖神情" 해야만 하고, "스스로를 자랑하여 조작하는 병에서 벗어날 수 있어야 한다. 免于矜持造作之病"

그렇다면 이렇게 하기 위해서는 어떤 과정을 거쳐야 하는가? 우선 앞서 말한 바대로 "꿈속에서 정신이 자유로이 노닐게 하고, 배역과 그 배역의 처지를 만드는 夢往神游, 設身處地" 과정을 거친다. 이는 극작가에 의해 제대로 된 극본이 나와야 배우 역시 제대로 된 연기를 행할 수 있기 때문이다. 다음은 "곡의 뜻을 정확하게 이해하는 것 解明曲意"으로 대본을 잘 연구하여 극중의 인물이 지닌 사상과 정감을 정확하게 파악하는 것을 뜻한다. 이어는 이에 대해 다음과 같이 말한 바 있다. "좋은 노래를 부르고자 하는 이는 반드시 앞서 악사의 가르침과 곡의 뜻을 분명하게 이해하기를 구해야만 한다. ……그 뜻을 얻은 후에 노래를 하는데, 노래를 할 때는 정신이 그 노래 속을 꿰뚫고 애써 비슷하도록 노력해야 한다. 欲唱好曲者, 必先求明師講明曲義. ……得其義而後唱, 唱時以精神貫串其中, 務求酷肖" "노래를 부름에 있어 마땅히 그 곡정이 있어야 한다. 곡정曲情이란 악곡에 있어서 정감의 마디(줄거리)를 뜻한다. 그 정감의 마디를 분명하게 이해하면 그 노래의 뜻이 있는 곳을 알게 되고, 그런 까닭에 노래가 입에서 나오면 그 정신과 감정이 엄숙한 상태에 이르니, 노래하여 물으면 옳게 묻고 답하면 역시 바르게 답하게 되며, 슬픈 노래일 경우에는 조용한 상태에서 혼백이 소멸되어 가면서 다시는 기쁜 빛이 이르지 못하게 되고, 즐거운 노래일 경우에는 기뻐하며 득의만만하여 고달픈 모습이 전혀 보이지 않게 된다. 또한 소리나 음악, 치아나 뺨 사이에서도 여러 가지가 분별되니 이러한 것들을 일러 곡정이라 하는 것이다. 唱曲宜有曲情. 曲情者, 曲中之情節也. 解明情節, 知其意之所在, 則唱出口時, 儼然此種神情, 問者是問, 答者是答, 悲者黯然魂消而不致反有喜色, 歡者怡然自得而不見稍有瘁容, 且聲音齒頰之間, 各種俱有分別, 此所謂曲情是也" 이상은 직접 희곡을 창작하고 연출한 이어의 경험담이라 할 수 있다.

희곡의 대상은 관중이다. 희곡 공연이 좋은 효과를 거두었는가의 여부는 관중의 평가에 달려 있다. 이어는 희곡의 극장 효과에 대해 연구하였으며, 아울러 희곡창작과 연출이 관중의 감상심리와 부합하는가 여부에 세심한 주의를 기울였다. 그래서 그는 극본이 지나치게 장황해서는 안 된다고 하여, "긴 것을 축소시켜 짧게 만들어야 한다 縮長爲短"고 주장했으며, 특히 저녁 공연의 경우에는 반드시 길게 만들어서는 안 된다고 하였다. 그 이유로 그는 때로 어떤 관중의 경우 "다음날 아침에 급한 일이 있을 수 있고 迫於來朝之有事" 또는 "공연을 하는 도중에 졸려 잠을 자고 싶어 限於此際之欲眠" 중도에 퇴장할 수밖에 없을 수도 있기 때문이라고 하였다. 또한 그는 희곡언어의 음악미에 대해서도 주의를 기울였다. “한 구라도 익히 듣지 못한 생소한 말이라면 듣는 이로 하여금 귀에 가시가 박힌 듯 거슬리게 되며, 대여섯 마디 말이라도 맑고 밝으면 관중들로 하여금 권태로운 와중에서도 신명이 나게 만들 수 있다. 一句聱牙, 俾聽者耳中生棘. 數言清亮, 使觀者倦處生神” 이외에도 그는 희곡의 줄거리는 곡절이 있어야 하며, 이를 통해 관중들이 “전혀 생각지도 못하고 추측도 할 수 없도록 想不到, 猜不着” 만들어 관중들의 흥취를 조절해야만 한다고 하였다. 그리고 이를 위해 과원科諢(희곡 중의 익살이나 골계)을 잘 이용하여 관중의 신명을 불러일으키고, “등장인물에 대한 호기심 懸念”을 야기시켜야 한다고 했다. 또한 일반적인 결말 방법인 ‘대단원’식 결말을 피하고 “때로 먼저 깜짝 놀란 후에 기뻐할 수 있도록 하며, 또는 처음에는 의심이 나지만 결국 끝에서는 믿게 만들며, 때로는 기쁨이나 믿음이 극에 달하다가도 마침내는 놀라고 의심하게 만든다. 이리하여 한 절 속에서 인간의 일곱 가지 감정이 모두 갖추어지도록 노력해야 한다 或先驚而後喜, 或始疑而終信, 或喜極信極而反致驚疑, 務使一折之中, 七情俱備”고 주장하였다. 이어는 이런 다양한 방법을 통해야만 비로소 관중들의 마음속에 다양하고 복잡한 정감의 움직임이 가능할 것이며, 이에 따른 심리반응도 다양하게 이루어져 뛰어난 미감 효과를 얻을 수 있을 것이라고 생각했던 것이다.

이상에서 살펴본 대로 이어가 제기하고 있는 극본이나 공연에 대한 문제는 실제로 하나의 극본이 관중의 심미관심을 어떻게 유발시키고, 또한 어떻게 유지시켜야 할 것인가에 관한 것이다. 특히 그는 관중들의 여러 가지 심리활동의 지향성과 집중성에 관심을 치중하고 있다. 어떻게 해야만 관중들의 심미관심을 유발시키고, 또한 지속적으로 유지시킬 수 있을 것인가? 이어는 이 문제에 대해 이론적으로 검토한 바 있다.

첫째, 그는 주의注意와 흥취의 관계를 중시하고 있다. “‘기취機趣’라는 말은 극작가가 결코 소홀히 해서는 안 되는 것이다. ‘기’는 전기의 정신을 뜻하고, ‘취’는 전기의 풍치風致이다. 이 두 가지를 소홀히 하면 진흙으로 빚은 사람이나 흙으로 만든 말처럼 형상은 있으되 생기가 없는 것과 같다. 機趣二字, 塡詞家必不可少. 機者, 傳奇之精神. 趣者, 傳奇之風致. 少此二物, 則如泥人土馬, 有生形而無生氣” ‘기취機趣’가 있으면 관중의 심미주의를 불러일으킬 수 있다는 뜻이다.

둘째, 신기한 느낌이다. 이어는 세상의 만물은 “변하기 때문에 새롭고, 변하지 않으면 부패한다. 변하면 활기가 있고, 변하지 않으면 널조각처럼 판에 박힌 듯하게 된다 變則新, 不變則腐. 變則活, 不變則板"고 하면서, 희곡창작 또한 이와 같아 신기한 것을 추구해야만 한다고 주장하였다. 이는 신기한 느낌을 주어야만 관중들의 흥취를 불러일으키고 심미주의를 집중할 수 있다고 생각했기 때문이다. "정감이 담긴 내용은 기이하지 않으면 전해질 수 없고, 문사는 기발하지 않으면 전해질 수 없다. 情事不奇不傳, 文詞不警拔不傳" 이러한 이유로 이어는 "고금의 대본 중 일찍이 이와 같은 줄거리가 있었던 古今院本中曾有此等情節" 작품을 써서는 안 되며, 구조적인 측면에서도 "전체적으로 기이하고 변화된 모습을 드러내어 사람들로 하여금 헤아릴 수 없도록 해야 한다 全在出奇變相, 令人不能懸擬"고 주장하였다. 또한 희곡의 언어 역시 "첨예하고 새로워 尖新" "일단 무대에서 연주에 맞추어 노래할 때, 듣지 않는다면 모르지만 만약 듣기만 한다면 도저히 그냥 돌아갈 수 없도록 만들어야 한다 奏之場上, 不聽則已, 聽則求歸不得"고 하였으며, 대화도 "금옥金玉의 소리처럼 명쾌하고" "맑고 밝아 淸亮" "관중들로 하여금 권태로운 가운데도 신명이 나게 만들 수 있다 使觀者倦處生神"고 하였다. 이처럼 새롭고 기이하며 자극적인 내용과 형식은 관중의 심미심리에 커다란 영향을 미친다. 그리고 이를 통해 관중들은 자신들의 심미관심을 집중하여 새롭고 기이한 예술심미를 통해 쾌감을 얻게 되는 것이다. 이어는 이처럼 생각하고 있었기 때문에 줄거리가 같다거나 구성이 평이하고, 언어가 판에 박힌 듯 전혀 색다른 맛이 없는 희곡에 대해 강한 어조로 비판을 가하고 있다. "만약 등장인물들이 모두 이와 같고, 나타내고자 하는 일마다 모두 그와 같으면 공연을 하기 전에 자신이 먼저 그것을 알 것이니, 우울한 이는 가히 우울할 만한 것을 느끼지 못하고 고통스러운 이는 가히 고통스러움을 느끼지 못하므로, 사람들로 하여금 비웃게 만들 것이니 이는 그 작품이 다른 희곡을 베끼고 있기 때문이다. 기존의 범위를 벗어나지 못하면 신기함에서 비롯되는 추측을 할 수가 없어 가히 재미있는 희곡이 존재할 수 없는 것이다. 若人人如是, 事事皆然, 則彼未演出而我先知之, 憂者不覺其可憂, 苦者不覺其可苦, 卽能令人發笑, 亦笑其雷同他劇, 不出範圍, 非有新奇莫測之可喜也" 이는 다시 말해 관중들의 심리에 부합하지 못하면 결국 어떤 희곡도 오래 남을 수 없다는 뜻이다. 이어는 이렇듯 어떠한 극본을 쓰고 어떻게 공연해야만 관중들의 심미심리에 부응할 수 있는가를 정확히 알고 있었던 것이다.

3. 기타 희곡이론가들의 희곡심리학

명·청 시기의 희곡심리학은 주로 김성탄과 이어에 의해 체계적으로 정리되었다고 해도 과언이 아니다. 물론 그들 이외에도 몇몇 희곡이론가들이 있으며, 그들 역시 나름대로 희곡심리학과 연관된 논의를 한 바 있다. 그들의 이론은 김성탄이나 이어에 비해 보잘것 없는 것이 사실이다. 그렇지만 그들의 이론 속에도 논의할 만한 것이 있어 간략하게 소개하고자 한다. 김성탄과 이어 이외에 명청의 희곡이론가들 역시 희곡에 있어 정을 중시하는 입장을 고수하고 있다. 그들의 중정설重情說의 핵심은, 희곡창작이란 예술정감의 표현이기 때문에 솔직한 감정을 표현해야 한다는 것이다. 예를 들어 명말 소설이론가이자 희곡이론가였던 풍몽룡馮夢龍은 다음과 같이 희곡창작에 있어서의 정情을 강조하고 있다. "문으로 정을 가장 잘 표현한 것으로 시만한 것이 없다. 3백 편, 즉 시경은 사람으로 하여금 감흥케 할 수 있으니, 마음속에서 정감이 발하는 것은 자연스럽게 저절로 그러한 때문이다. 文之善達情者無如詩. 三百篇之可以興人者, 唯其發于中情, 自然而然故也" 만약 "문사가 천박하고 음조가 어지러우면 사람의 성정을 표현하는 데 부족하게 된다. 詞膚調亂, 而不足以達人之性情"(〈太霞新奏發凡〉) 또한 "옛날에는 세 가지 썩지 않는 것, 즉 삼불후三不朽가 있었다. 지금 보건대 정 또한 그 중 하나라 할 수 있다. 정이 없는 사람보다는 차라리 정이 있는 귀신이 낫겠다. 다만 죽으면 알 수 없을 따름임을 두려워할 뿐이다. 만약 알게 된다 하여도 그것은 살아 있는 사람이 이룰 수 없는 정이고, 귀신만이 이룰 수 있는 것이다. 그래서 나는 오히려 정이 있는 귀신이 정이 없는 사람보다 낫다고 말하고자 한다. 또한 사람이 살아 있으되 정이 죽어 있으면 사람이 아니고, 사람이 죽었으되 정이 살아 있으면 귀신이 아닌 것이다. 古有三不朽, 以今觀之, 情又其一矣. 無情而人, 寧有情而鬼, 但恐死無知耳. 如有知, 而生人所不得遂之情, 遂之於鬼, 吾猶謂情鬼賢於情人也. 且人生而情死, 非人. 人死而情生, 非鬼"(《太霞新奏·情仙曲序》) "지극한 사랑이 이르면 하늘과 땅을 움직일 수 있다. 정기는 사물이 되고 떠도는 혼백은 변화를 이루니 장차 어찌 다다르지 않겠는가? 그런 까닭에 정감을 말하는 것을 중시하면 반드시 죽어도 살게 되는 것이다. 鍾情之至, 可動天地. 精氣爲物, 游魂爲變, 將何所不至哉? 故重言情者, 必及死生"(《墨憨齋定本傳

奇·洒雪堂小引》) 이처럼 생사를 초월할 정도의 지극한 중정설重情說은 후대에 커다란 영향을 끼쳤다. 풍몽룡 이전에 왕세정王世貞은 고칙성高則誠의 《비파기琵琶記》를 평하면서, 희곡은 "몸체에 인정을 붙이고 곡진함을 다해야 한다. 사물의 형태를 묘사함에 있어서 마치 살아 있는 듯해야 한다 體貼人情, 委曲必盡. 描寫物態, 彷佛如生"(〈曲藻〉)고 말한 적이 있다. 또한 탕현조 역시 '정취情趣' 설을 주장하였다. 이들의 영향하에서 풍몽룡은 나름의 중정설을 제기할 수 있었다.

풍몽룡 이후 청대의 희곡은 정감을 중시하는 방향으로 나아갔다. 그 대표적인 언론을 살펴보면 다음과 같다. 우선 서위는 "무릇 곡본은 사람의 마음속에서 느껴 드러낸 것을 취하고, 노래는 노비나 어린아이·부녀자들의 혼매함을 깨우쳐 줄 수 있도록 하여 그것으로 바탕을 얻을 수 있어야 한다 夫曲本取於感發人心, 歌之使奴童婦女昏喩, 乃爲得體"고 하였으며, 맹칭거孟稱擧는 "작가가 자신의 몸을 온갖 사물이 구름처럼 모여드는 곳에 두지 아니하고, 마음이 사람들이 지니고 있는 일곱 가지 감관의 정감이 살아 움직이는 노래와 통하지 않으면 어찌 능히 공교로울 수 있겠는가! 非作者身處于百物雲會之際, 而心通乎七情生動之竅曲, 則惡能工哉!"(〈古今名劇合選序〉)라고 하였다.

모성산毛聲山은 "원나라 사람들의 사곡 가운데 뛰어난 것으로 비록 《서상》과 《비파》 두 가지가 더불어 전해지고 있지만, 《비파》는 《서상》에 비해 두 가지가 뛰어나다. 그 하나는 정이 뛰어난 것이고, 또 다른 하나는 문이 뛰어난 것이다 元人詞曲之佳者, 雖《西廂》與《琵琶》竝傳, 而《琵琶》之勝《西廂》也有二. 一曰情勝, 一曰文勝"라고 하였으며, 유정기劉廷璣는 "《비파》는 언어마다 정이 지극하니, 조각마다 천진스럽다. 또한 곡조는 박자에 맞고 혼합이 지극히 자연스러워 진실로 꿰맨 자국이 없는 하늘의 옷, 즉 천의무봉天衣無縫과 같다고 할 수 있다 《琵琶》語語至情, 天眞一片, 曲調合拍, 昏極自然, 眞是天衣無縫"(《在園雜志》)고 말한 바 있다. 뿐만 아니라 황도필黃圖珌 역시 《비파》와 《서상》을 비교하면서 "정경에 대한 생각이 확실히 미치지 못한다 情景之思猶然不及"(〈看山閣集閑筆〉)라고 하였다. 이처럼 희곡평론에 있어 정감을 중시한 것은 《비파》나 《서상》 이외의 작품에서도 마찬가지이다.

예를 들어 홍승洪昇은 《모란정牧丹亭》에 대해 "가장 요긴한 것이 생사의 사이에 놓여 있다. ……그 속에서 영혼의 실마리를 찾아 들추어 내고, 정감이 많이 모인 곳을 들어내니 능히 혁체〔고대에 글을 쓰는 데 사용했던 소폭의 명주를 뜻한다)를 대괴로 삼고 먹을 조화롭게 하며, 불률(《爾雅·釋器》에 보면 불률은 붓을 말한다고 하였다)을 진재로 삼아 정령과 혼백을 뽑아 그것을 자유롭게 움직일 수 있었던 것이다 肯綮在死生之際. ……其中搜抉靈根, 掀翻情窟, 能使赫蹄爲大塊, 隃麋爲造化, 不律爲眞宰, 撰精魂而通變之"(洪之則 〈吳吳山三婦合評牧丹亭跋〉)고 하였으며, 오의일吳儀一 역시 《모란정》을 평하며 "무릇 공자 같은 성인도 일찍이 호색을 덕에 비교했으며, 시는 성정을 말하고 《시경》의 국풍 역시 호색적인 내용이 적지않다. 그러니 아녀자의 정분에 관한 이야기를 비난할 수 없는 것이다. 만약에 선비가 정을 말한다면 그것은 인륜에서 정이 드러나고 부부의 관계에서 그것이 비롯된다고 보는 것이고, 여랑이 꿈속에서 정감을 느끼는 것은 남편을 잃고 잊지 못하는 것이자 죽어서도 결코 변함이 없음을 드러내는 것이니, 이 역시 정감의 올바름이라 하겠다 夫孔聖嘗以好色比德, 詩道性情, 國風好色, 兒女情長之說, 未可非也. 若士言情, 以爲情見於人倫, 倫始於夫婦. 麗娘一夢所感, 而失以爲夫, 之死靡忒, 則亦情之正也"(《牧丹亭或問十七則》)고 하였다.

또한 이조원李調元은 다음과 같이 말하고 있다. "무릇 곡의 도는 정감에 달하고 예의에서 그치는 것이다. 무릇 사람의 마음이 그릇되는 것은 반드시 무정함에서 연유하나니, 참담하고 각박하며 불충하게 되는 화근으로 말미암아 만들어지는 것이다. 만약 충신이나 효자, 의로운 아비나 정절을 지킨 부인이 외물에 접하여 감흥이 일어 마치 성낸 듯, 사모하는 듯하면 이로써 곡이 생기게 된다. 아득한 곳에서 나와 사람의 폐부에 스며들고 격렬하고 절절한 곳에서 나와 사람으로 하여금 반성케 한다. 그런 까닭에 정감이 길든지 짧든지 곡에 기탁하지 않음이 없는 것이다. 夫曲之爲道也, 達乎情而止乎禮義者也. 凡人心之壞, 必由于無情, 而慘刻不衷之禍, 因之而作. 若夫忠臣孝子義夫節婦, 觸物興懷, 如怨如慕, 而曲生焉. 出於綿渺, 則入人心脾. 出于激切, 則發人猛省. 故情長情短, 莫不於曲寓地"(〈雨林曲話序〉) 이상은 모두 명·청 희곡이론가들의 주정론主情論, 또는 중정론重情論이라 할 수 있다. 그러나 양대의 중정론은 각기 특색을 지니고 있다. 탕현조 등으로 대표되는 명대의 중정론은 분명하게 봉건예교에 대해 반대의 입장을 견지하는 한편 개성의 해방을 적극 주장하고 있다. 이에 반해서 청대의 일부 희곡이론가들은(예를 들면 이조원 같은 사람), 명대와는 달리 '정情'을 봉건윤리의 문제와 연관시켜 단지 희곡을 변화시키는 역량 정도로 간주하고 있을 따름이다. 명·청 희곡이론가들은 앞서 언급한 대로 희곡은 반드시 정감을 표현해야만 한다고 주장하였으며, 정감을 표현하는 것이 극작의 우열을 가리는 하나의 표준이 된다고 여겼다. 그러나 그들이 보다 명확하게 정감표현이 바로 희곡창작의 특성 가운데 하나라고 단정지은 것은 아니다.

명·청 희곡이론가들은 희곡창작에 있어서 예술적 정감이 어떤 영향을 미치는지에 대해 언급하였다. 예를 들어 유정기劉廷璣는 "흥회가 머무르는 바에 기탁하여 작가 자신의 뜻을 드러내나니, 어찌 일정한 틀에 구속될 것인가? 興會所至, 托以見意, 何拘定式?"(《在園雜志》)라고 하였고, 정요항丁耀亢은 "등장하는 배역들로 하여금 연기를 하게 함에 있어 근본적으로 공교로운 문장과 다른 것을 취하게 할 것이 아니니, 반드시 성조를 조화롭게 하고 세속적인 것과 우아한 것이 어울려 감동을 주도록 만들어, 당상에 계신 높은 어른도 그 뜻을 이해하고 당하에 시중드는 어린아이도 손뼉을 칠 수 있도록 만들어야 한다. 그리하여 협객의 연기를 보면 웅대한 마음을 지녀 피가 끓고, 이별의 이야기를 보면 눈물이 마냥 흐르게 되는 것이다. 이것이 바로 희곡을 창작하는 본래의 뜻이다 要使登場扮戲, 原非取異工文, 必令聲調諧和, 俗雅感動, 堂上之高客解頤, 堂下之侍兒鼓掌, 觀俠則雄心血動, 話別則淚眼涕流, 乃制曲之本意也"(〈赤松游題辭〉)라고 하였다.

또한 서대춘徐大椿은 희곡을 창작함에 있어서 "곧은 것, 즉 올바른 것을 취하고 구부러진 것(왜곡된 것)을 취하지 않으며, 세속적인 것을 취하고 문아文雅한 것을 취하지 않고, 드러나 분명하게 알 수 있는 것을 취하고 감추어져 잘 알 수 없는 것을 취하지 않는다 取直而不取曲, 取俚而不取文, 取顯而不取隱"고 하면서, "곧은 것에는 반드시 지극한 맛이 있게 마련이고, 세속적인 것에는 분명 진실된 정감이 깃들어 있게 마련이며 분명하게 드러나는 것에는 깊은 뜻이 담겨 있게 마련이다 直必有至味, 俚必有實情, 顯必有深義"(〈樂府傳聲〉)고 하였다. 팽익彭翊은 희곡의 음률에 대해 언급하면서 "(희곡의 음률은) 신묘하면서도 밝게 드러나야 하며 神而明之" "마음에 와닿은 것이 있어야 하고 有所會心" "자연스러운 리듬에 능하여 마음에 와닿는 것이 있어야 한다 能於自然之節奏有所會心"(〈與友人論曲序〉)고 하였다. 이외에도 양정단梁廷枏은 "정감을 말하고자 하는 작품은 함축적이어서 드러나지 않는 것을 귀하게 여긴다. 뜻은 도달하기만 하면 그뿐이니 입언立言에 있어서는 전아함을 귀하게 여기고, 세속적인 것을 기피하는 것이다 言情之作, 貴在含蓄不露, 意到卽止. 其立言, 尤貴雅而忌俗"(〈曲話〉)고 하였으며, 황주성黃周星은 "희곡을 창작하는 비결은 물론 귀인이나 일반 사람들이

한마당에서 즐긴다는 뜻의 '아속공상雅俗共賞' 네 글자로 축약하여 할 수 있으나, 이를 한 글자로 개괄할 수도 있으니, '취趣'가 바로 그것이다. 옛날에 이르기를 "시에는 별다른 흥취가 있어야 한다 詩有別趣"고 하였는데, 곡曲 역시 시의 한 유파이니 연주되고 노래로 불리워짐에 있어 마땅히 흥취가 뛰어날 수 있도록 애써야 하는 것이다. ……흥취라는 것은 비단 시나 술, 꽃과 달 등을 통해 드러나는 것이 아니다. 무릇 모든 것에 나름의 정이 있으니, 예를 들어 성현이나 호걸 같은 이들도 흥취를 지닌 사람이 아닐 수 없고 충성·효도·염치·정절 등의 일 역시 흥취가 담겨 있지 않을 수 없다. 이를 알면 가히 더불어 곡을 논할 수 있을 것이다 制曲之訣, 雖盡於雅俗共賞四字, 仍可以一字括之, 曰趣. 古云詩有別趣曲爲詩之流派, 且彼弦歌, 自當專以趣勝. ……趣非獨於詩酒花月中見之, 凡屬有情, 如聖賢豪杰之人無非趣人, 忠孝廉節之事無非趣事. 知此者, 可與論曲"(〈制曲枝語〉)라고 하였다. 이상에서 언급한 내용은 모두 중정설重情說의 토대하에서 희곡의 정감이 관중심리에 어떠한 감정적 반응을 불러일으키는가 하는 문제를 다룬 것이자, 곡률의 음조를 창작함에 있어서 어떠한 감정 패턴을 견지해야 하는가의 문제를 다룬 것이라 할 수 있다. 그리고 또한 '정감〔情〕'에서 흘러 나오는 '흥취〔趣〕'를 바탕으로 곡을 창작해야 한다는 일종의 총체적인 미학적 요구라 할 수 있다.

이미 언급한 바대로 명·청 시기에 김성탄과 이어는 극장심리와 관중심리에 대하여 비교적 계통적으로 논의한 바 있다. 그들 이외에도 당시 일부 희곡이론가들 역시 이러한 문제에 대해 뛰어난 견해를 제시하였다. 일찍이 원대에 이미 희곡이론가 호지휼胡祗遹은 배우와 관중심리의 문제에 관심을 지니고, 이에 대해 나름의 견해를 밝힌 바 있다. 그는 〈황씨시권서黃氏詩卷序〉에서 배우들의 자질·행동거지·심사心思·언어·형상·연기 등 아홉 가지 항목에 걸쳐 나름의 견해를 제시하여, 이를 '아홉 가지 아름다움〔九美〕'이라고 불렀다. 또한 〈우령조문익시서優伶趙文益詩序〉에서는 관중의 심리분석을 통해 관중은 배우들이 연기를 할 때, 극의 줄거리나 극중인물의 성격과 부합하기를 기대한다는 이른바 '중절中節'론을 제시하였다. "배우들이 말하는 내용이 줄거리에 적합하지 않으면 어두운 객석에 있는 관중들은 손을 내저으며 그를 비웃을 것이고, 거듭 부합되지 않게 되면 아예 보러 오지도 않을 것이다. 談諧一不中節, 闔座昏爲之撫掌而嗤笑之, 屢不中則不往觀焉" 또한 그는 관중은 극본이나 배우의 연기가 공히 '변신變新' 하는 맛이 있어야 한다고 주장하면서, "졸렬한 작품은 진부한 것을 좇고 낡은 것을 익히는 데 급급하여 변신할 수 없으니, 관중들로 하여금 듣기조차 싫어하고 보는 데 염증을 느끼게 한다 拙者踵陳習舊, 不能變新, 使觀聽者惡聞而厭見"고 하였다.

명대에 들어와 탕현조와 이지는 특히 배우와 관중들의 심리 문제에 주의를 기울였다. 탕현조는 〈의황현희신청원사묘기宜黃縣戲神淸源師廟記〉에서 배우가 갖추고 있어야 할 조건들에 대해 총괄적으로 논의한 바 있다. 여기서 그는 다음과 같이 말하고 있다.

> 그대는 청원조사의 도가 무엇인지 알고 있는가? 그것은 다음과 같은 것이다. 그대의 정신을 전일하게 하고 단정하면서 텅비게 한다. 훌륭한 스승과 교묘한 반려를 택하고, 두루 그들의 문사를 이해하고 그 뜻에 통달해야 한다. 움직이면 천지사방의 사람이나 귀신, 그리고 세상의 모든 사물들의 변화를 살피고, 고요하게 정좌해 있을 때에는 그것들에 대해 깊이 생각해야 한다. 부모나 혈육의 인연을 끊어 버리고 잠자는 것이나 먹는 것조차 잊어야 한다. 어렸을 때는 정기와 혼령을 지켜 육신의 모양을 다듬고, 커서는 먹는 것을 담박하게 하여 소리를 닦아야 한다. 여자 배우가 되기 위해서는 항시 여자가 되는 생각만 일삼고, 남자 배우가 되기 위해서는 항시 그 사람과 같도록 노력해야 한다. 연주를 하게 되면 음악을 맞받는 것이 마치 푸른 구름을 뚫고 들어가는 듯하고, 잠시 멈추는 것이 마치 깽깽이 소리가 끊어지는 듯하며, 원만하고 훌륭한 것이 옥구슬 고리 같고, 마르지 않는 것이 맑은 샘물이 솟구치는 듯해야 한다. 그리하여 미묘함이 극에 달하여 들리기는 하나 소리는 없고 눈만 마주쳐도 말이 전해지는 듯한 경지에 이르게 되는 것이다. 또한 춤을 추는 이는 자신의 감정이 저절로 나오는 까닭을 알지 못하고, 감상하는 이 역시 자신의 정신이 저절로 멈추어지는 것을 알지 못한다. 만약 마술쟁이(극중에 나오는 허구적인 인물)를 보는 사람이 꼭두각시를 조종하는 이(극중에서 배역을 맡은 배우)를 죽이고 싶은 마음이 들어도, 함지를 연주하는 이는 나태함이 없어야 한다. 만약에 이러하다면 가히 청원조사의 제자가 되어 도에 나아갈 수 있다고 할 수 있을 것이다.
>
> 汝知所以淸源祖師之道乎? 一汝神, 端而虛. 擇良師妙侶, 博解其詞, 而通領其意. 動則觀天地人鬼世器之變, 靜則思之. 絶父母骨肉之累, 忘寢與食. 少者守精魂以修容,

長者食恬淡以修聲. 爲旦者常作女想, 爲男者常欲如其人. 其奏之也, 抗之入靑雲, 抑之如絶絲, 圓好如珠環, 不竭如淸泉. 微妙之極, 乃至有聞而無聲, 目擊而道存. 使舞蹈者不知情之所以自來, 賞歎者不知神之所自止. 若觀幻人者之欲殺偃師而奏咸池者之無怠也. 若然者, 乃可爲淸源祖師之弟子, 進于道矣.

이상은 배우의 사상적·예술적 수양 및 연기의 기교 문제를 다양하게 언급한 것으로, 이어의 배우론이 나오기 이전에 비교적 전반적인 측면에서 논의된 배우론이라 할 수 있다. 탕현조는 또한 중국 희곡이 신사神似를 중시하고 표현을 중시한다는 점에 착안하여, "모든 것이 있는 듯 없는 듯한 것을 아름다움으로 여긴다. 이에 통달하면 풍아의 일을 가히 얻었다고 할 수 있다 要皆以若有若無爲美. 通乎此者, 風雅之事可得而言"(《玉茗堂文之四·如蘭一集序》)고 말한 바 있다. 이는 희곡을 편집하고 연기함에 있어서 항시 '있는 듯 없는 듯〔若有若無〕' 하도록 만들어, 관중들로 하여금 자신들의 상상력을 발휘할 수 있도록 여지를 만들어 주어야 한다는 뜻이다. 이는 이어의 견해와 일치한다. 탕현조 이외에도 이지 역시 《비파기》를 평점하면서 관중심리에 대해 언급하고 있다. 그 가운데 특히 중요한 것은 '참됨〔眞〕' 과 '환상〔幻〕' 의 통일을 주장한 것이다. 그는 "희곡은 희학질일 뿐이다. 그러나 반드시 진실해야 한다 戲則戲矣, 倒須似眞"(《李卓吾批評琵琶記》)라고 하여, 오로지 '진실' 만이 관중들로 하여금 실제 상황에 처한 것처럼 느끼도록 하여 진실된 정감을 얻을 수 있게 된다고 주장했다. 그러나 다른 한편 "거짓 같기도 하고 진짜 같기도 하여 사람들로 하여금 정신없이 멍한 상태에 있게 만들어야 한다 似假似眞, 令人惝恍"(《李卓吾批評琵琶記》)고 주장하여, 오로지 "거짓 같기도 하고 진짜 같기도 해야만 似假似眞" 관중들이 상상력을 발휘할 수 있는 여지가 있으며, 이를 통해 예술은 더욱 광활한 시공간을 반영할 수 있을 것이라고 여겼다. 이외에도 여천성呂天成은 《곡품曲品》에서 손광孫鑛이 남극南劇의 '열 가지 요망사항' 을 논한 내용을 인용하였는데, 그 속에는 "작품을 무대에 잘 옮겨야 한다 要搬出來好"·"사람들로 하여금 쉽게 이해할 수 있도록 해야 한다 要使人易曉"·"부연을 잘하여 옅은 곳은 짙게 하고 담담한 곳은 열정적으로 만들어야 한다 要善敷衍, 淡處做得濃, 閑處做得熱"·"등장인물에 따라 균등하고 고르게 연기를 맡겨야 한다 要各角色派得匀妥" 등이 포함되어 있다. 이는 관중심리에 착안하여 희곡의 극본과 배우의 연기 문제를 다룬 것이다. 왕기덕王驥德 역시 《곡률曲律》에서 극본과 연출에 대하여 약간의 문제를 제기한 바 있다. 예를 들어 "등장하기에 편하고 便於登場"·"연기할 수도 있고 전해질 수 있어야 한다. 可演可傳" "사람의 정감이란 항시 일정한 것에 염증을 느끼고 새로운 것을 좋아한다. 人情厭常喜新" 이상은 모두 극본이나 연기에 새로운 요소를 가미하여 관중들의 심미주의를 이끌어 낼 수 있어야 함을 주장한 것으로, 일반적인 희곡창작과 배우의 연기, 그리고 관중들의 미감심리 규율에 부합한다.

제6장
근대의 문예심리학

1840년 아편전쟁부터 1919년 5·4운동까지 근 80년 동안 중국 사회는 초기 자산계급의 민족·민주 혁명단계라는 새로운 역사적 단계에 진입하게 된다. 당시는 이미 봉건사회의 모습이 서서히 사라지면서 자본주의적 요소가 조금씩 나타나던 시기였다. 제국주의 열강이 들어와 중국의 봉건주의와 서로 결합함으로써 중국은 반봉건·반식민지 사회로 탈바꿈하고 있었다. 자본주의 경제의 발전에 따라 자산계급·소자산계급, 그리고 무산계급이 출현하였고, 외국 자본주의의 침투에 따라 서구 자산계급의 사회과학과 자연과학이 수입되었다. 이로 인하여 이 역사단계에서는 중국 사회의 이데올로기적 측면에서 양대 투쟁이 시작되기에 이르렀다.

그 중 하나는 지주계급의 이데올로기로, 급진 계량주의파의 이익을 대표하는 지식인과 봉건수구파를 대표하는 반봉건주의자들간의 투쟁이다. 전자는 사회변혁을 주장하였으며, 후자는 봉건적 도덕 전통을 유지할 것을 극력 주장하면서 사회변혁에 반대하였다. 또 다른 하나는 신흥자산계급 개혁파의 이익을 대표하는 지식인들과, 오로지 옛것만을 고집하면서 개혁과 새로운 것을 무조건 반대하는 일군의 봉건 보수파들간의 투쟁이다. 특히 전자의 지식인들은 서구에서 선진적인 사회과학 사상을 배우고 적극적으로 서구의 철학·사회학·미학·심리학·문예학 등을 도입하여, 이를 중국의 전통적 사회과학과 결합시켜 중국의 전통적인 사회과학관을 변혁시키고자 하였다. 당시는 이데올로기 내부의 투쟁이 첨예하고 복잡하여 유파간의 갈래와 그 모임도 매우 복잡했다. 그러나 그 발전과 투쟁의 주된 모습은 형형색색의 자산계급 사상과 온갖 봉건 정통사상간의 투쟁이었다.

이 역사 시기 미학관념의 투쟁 및 그 발전과 변화 역시 기본적으로 앞에서 말한 이데올로기의 투쟁과 발전·변화의 전체 법칙을 따르고 있다. 이 시기의 미학은 세계화되는 한편, 그 발전과 변화의 폭이 대단히 빠르고 광범위했다. 특히 서구의 미학을 비롯하여 예술학과 문예심리학 등이 수입되면서, 중국의 미학가들은 미학과 예술에 대한 관념·본질·특징·형식 등의 근본 문제에 대해 새로운 사고를 하게 되었으며, 아울러 새로운 체계를 형성하기에 이르렀다.

예를 들어 공자진龔自珍은 근대 문단에서 솔선하여 문학을 무기로 삼고, 극렬하게 청왕조를 비롯한 모든 중국 봉건사회의 부패를 비판하였으며, 아울러 그에 따른 사회개혁을 추진할 것을 요구했다. 이는 유희재劉熙載의 경우도 마찬가지였다. 그의 미학과 문예심리학 사상에 대한 평가가 너무 가지각색이어서 다음에 상세히 살펴보기로 하겠지만, 그가 중국 고전미학을 비판적으로 총결하면서 이후 후대 새로운 미학체계를 개척하는 데 선두적인 역할을 했다는 점은 모든 이들의 공론이라 할 수 있다. 다음 강유위康有爲는 미학가가 아닌 자산계급 유신파의 영수이지만, 그의 미학이론과 문예심리학 이론 역시 비교적 새롭고 또한 풍부하다. 양계초梁啓超는 중국 근대 미학의 대가로 근대 유럽의 미학사조와 방법을 처음으로 중국에 소개한 사람이라고 할 수 있는데, 자신이 습득한 새로운 방법을 통해 자신의 미학과 문예심리학의 체계를 구축하였다고 할 수 있다. 왕국유王國維는 새로운 것을 추구하는 자기 나름의 학술적 사유방식에 따라 적지않은 서구의 철학·미학·문예심리학 사상을 소개하였으며, 이를 바탕으로 중국 고대 예술사상 공전의 순수한 예술철학·문예미학·문예심리학의 체계와 관념을 구축하였다. 채원배蔡元培는 남경임시정부의 교육총장과 북경대학교의 교장을 지내면서 서구의 미학이론을 개조하는 한편, 이를 미술을 중심으로 한 예술교육·윤리교육·사상교육과 결합시켜 예술기능을 탐색하는 데 새로운 길을 개척하고자 하였다. 이제 문예심리학적 각도에서 이 여섯 사람의 문예심리학 이론을 소개하고자 한다.

제1절 공자진의 '동심童心'설과 '유정宥情'설

공자진龔自珍(1792-1841)은 역간易簡·공조鞏祚라고도 하며, 자는 슬인璱人이고, 호는 정암定盦으로 절강 인화仁和(지금의 항주) 사람이다. 저서에 《정암문집定盦文集》이 있다. 후세 사람들이 《공자진전집》을 편집하여 시사詩詞 8백여 수와 산문 3백여 편을 실었다.

공자진은 중국 근대의 걸출한 계몽사상가이자 문학가이다. 그는 비록 전적으로 문학이론만 다룬 저작은 없지만, 문예나 미학에 관련된 적지않은 견해를 밝힌 바 있다. 그의 논의에는 근대의 계몽의식이 짙게 배어 있는데, 이후 자산계급 유신파와 혁명파에 속하는 일련의 작가나 미학이론가들에게 커다란 영향을 끼쳤다.

문예심리학의 각도에서 공자진의 문예미학 사상을 총결해 보면 '동심'설과 '유정설'을 꼽을 수 있다.

명대의 문예심리학을 설명할 때 이미 이지李贄의 '동심'설을 설명하면서, 그의 '동심'설이 사실은 개성심리학과 인격심리학의 관점임을 말한 적이 있다. 공자진의 '동심'설은 이지의 '동심'설을 계승한 것도 적지않지만 분명히 구별된다. 과거 일부 논자들은 공자진의 문학·미학사상을 설명할 때 대부분 '유정'설에만 중점을 두고 이 '동심'설은 소홀히 다루곤 하였는데, 이는 아마도 공자진의 '동심'설이 철학·윤리학의 범주에 속하는 것으로 문학·미학의 범주가 아니라고 생각했기 때문이며, 또한 심리학의 측면에서 동심이라는 범주를 연구할 수 없다고 생각했기 때문이라고 여겨진다. 그러나 공자진의 '동심'은 이지의 그것과 마찬가지로 철학적이며 윤리학적인 것이자, 동시에 문예심리학과 연결되는 것이다.

공자진은 일생 동안 줄곧 '동심'을 추구하였다. 그의 나이 32세에 쓴 시를 보면 이를 확인할 수 있다. "누군가를 그리워하는 것도 선禪의 경지에 든 것도 아닌데, 꿈속을 헤매이니 맑은 눈물만 줄줄 흐르네. 화병에 꽃을 꽂으니 향로에 향내가 머무는데, 동심을 찾아 구한 지 스물여섯 해이네. 不似懷人不似禪, 夢回淸淚一潸然. 甁花貼妥爐香定, 覓找童心卄六年"(〈午夢初覺, 悵然詩成〉) 만년에 들어서도 그는 동심의 추구에 집착했다. "장년이 되어서도 그저 배회하며 어리석기도 하고 때로 영악하기도 한데, 동심이 돌아와 꿈속의 몸을 되찾았네. 旣壯周旋雜痴黠, 童心來復夢中身"(《己亥雜詩》) "예순아홉의 나이에도 동심은 아직 소멸되지 않았다. 六九童心尙未消"(〈夢中四截句〉)

공자진이 주장하는 '동심'은 이지의 것과 상통하는 일면이 있다. 우선 그 역시 '동심'은 진심이며, '사私'는 인간의 본성이라고 말하고 있다. 그는 《논사論私》에서 다음과 같이 말하였다.

짐승들은 서로 어울리면 곧바로 사귀니 어찌 사사롭다 하겠는가? 어느것과 사이가 멀고 가까운지 한 번 보아도 별다른 차이가 없다. 아비와 자식도 모르는데 어찌 친구간이 있겠는가? 그러나 사람일 경우에는 달라서 분명 누구는 (서로의 관계가) 얇고 누구는 두텁고 하는 기질상의 마땅함이 있을 것이다. 그래서 이로 인해 서로 왕래하고 교제하거나 편안히 노닐면서, 서로 돕기도 하고 서로 끌어들여 다정하게 성의를 보이거나 가족끼리 화목하게 지내는 일이 생기게 된 것이다. (이렇게 본다면) 오늘날 '대공무사'라고 하는데, 이는 사람을 두고 한 말인가 아니면 짐승을 두고 한 말인가?

禽之相交, 徑直何私. 孰疏孰親, 一視無差. 尙不知父子, 何有朋友. 若人則必有孰薄孰厚之氣誼, 因有過從宴游, 相援相引, 款曲燕私之事矣. 今日大公無私, 則人耶, 則禽耶?

이처럼 공자진은 봉건 통치계급의 이른바 '만사에 공평무사하다(大公無私)'라는 가면을 벗겨내고, 백성을 약탈·착취하는 그들 본래의 진면목까지 드러내면서 '사私'가 바로 인간의 본성임을 역설하고 있다. 이는 이지의 주장과 일치하는 것이다. 그는 또한 다음과 같이 주장하였다. "내가 말하는 인간의 본성이란 선하지도 악하지도 않다는 말이 종지라 할 수 있으니, 선이나 악은 모두 후일의 원인에서 기인하는 것이다. 龔氏之言性也. 則宗無善無不善而已矣, 善惡皆後起者"(《闡告子》) 이렇듯 공자진은 인간의 이기적인 본성은 선도 아니고 악도 아닌 것으로, 인간의 선악은 다만 객관사물의 작용에 의한 것이라고 여기고 있다. 그의 인간에 대한 본성·본질 연구는 나름으로 깊이가 있음을 알 수 있다. 다음으로 공자진은 '심존心尊' 설을 내놓고 있다.

마음을 존중하면 곧 그 감관을 존중하게 된다. 마음을 존중하면 그 말을 존중하게 된다. 감관을 존중하고 말을 존중하면, 곧 그 인간을 존중하게 된다.

心尊, 則其官尊矣, 心尊, 則其言尊矣, 官尊言尊, 則其人也尊矣. (《尊史》)

소위 '심존心尊'이라는 것은 그 마음을 존중해야 한다는 뜻으로, 자신의 개성을 존중하여 개성이 사회환경에서 조화로운 발전을 해나갈 수 있도록 해야 한다는 것이다. 그는 또한 "마음에 힘이 없는 이를 일러 용렬한 사람이라 한다. 철천지 원수에게 보복하고 심한 병을 치료하며, 커다란 환난을 해결하고 큰일을 도모하며, 큰 도를 배우는 것 등은 모두 마음의 힘으로 하는 것이다 心無力者, 謂之庸人. 報大仇, 醫大病, 解大難, 謀大事, 學大道, 皆以心之力"(《壬癸之際胎觀第四》)라고 하여 인간은 굽힐 줄 모르는 강한 '동심,' 즉 개성으로 마음의 힘(心之力)을 지니고 있어야만 모든 환경에 적응할 수 있을 뿐만 아니라, 이에서 더 나아가 자신의 환경을 개조할 수 있다고 주장했다. 공자진은 인간의 개성을 매우 강조하여 "나는 하늘에 부탁하여 (내가 지닌 것을) 거듭 털어 없애 버렸나니, 한 곳에 얽매임이 없이 그저 조그만 재능을 지닌 사람이 되었다네 我勸天公重抖擻, 不拘一格降人才"(《己亥雜詩》)라고 읊었다. 이는 인간의 개성이나 성격은 결코 천편일률적이어서는 안 되며, '마음을 존중〔心尊〕' 하여 개인의 개성이 충분하고 자유롭게 발전할 수 있어야 한다는 뜻이다. 이 역시 이지의 '동심' 설과 일치하는 것으로 일종의 인격심리학이자 개성심리학이라고 할 수 있다.

이처럼 공자진의 관점은 특히 이지의 '동심' 설과 비슷한 것이 적지않다. 그러나 공자진이 살았던 시기는 이미 근대 사회 초기단계에 진입한 이후였다. 그렇기 때문에 당시 뛰어난 사상가였던 그의 '동심' 설은 이지의 그것과 다른 내용으로 변화·발전할 수밖에 없었다. 그렇다면 당시의 대전환·대변혁의 시대에 처한 인간들은 어떤 '동심' 을 지녀야만 하는가? 공자진은 이에 대해 다음과 같이 말하고 있다.

> 능히 우심·분심·사려심·작위심·염치심을 지녀야 할 것이고, 능히 찌꺼기가 없는 마음을 지녀야 할 것이다.
>
> 能憂心, 能憤心, 能思慮心, 能作爲心, 能有廉恥心, 能無渣滓心. (《乙丙之際著議第九》)

이는 인간의 '동심' 은 우국憂國·우민憂民의 마음으로 세속을 질타하여 사회의 발전에 깊이 사려하고 행동하는 바가 있어야 한다는 뜻이다. 이러한 '동심' 의 의미는 사회공리적인 성질을 지니고 있다. 그래서 비교적 인간주체로서의 '본심' 을 표현하면서, 외부세계의 간섭을 받지 않으려고 하는 진실된 감정을 주장한 이지의 '동심' 설과는 차이가 있다. 공자진의 이러한 '동심' 설은 그의 경세치용經世致用의 미학과 불가분의 관계에 있다. 그는 "예악은 반드시 상응해야 한다 禮樂必相應"고 주장하고, 만약 그렇지 않을 경우에는 "그 본래 직분을 잃게 된다 失其職"(《最綠漢詩三種》)고 하였다. 그리고 "어찌 언사를 진정하는 데 한제(사마천의 사기)에 의존할 것인가? 시가 대사〔좌우에 시종드는 사람, 보좌관〕가 되어 평론을 도울 터인데 安得上言依漢制? 詩成侍史佐評論"(〈夜直〉), "귀인들은 서로 충고하며 애써 서로 보호할 뿐 사람들간에 맑은 의논을 볼 수 있도록 하지 않네 貴人相識勞相護, 莫作人間淸議看"(〈잡시, 기유년 봄에서 여름으로 넘어가면서 경사에서 지어 14수를 얻다 雜詩, 己卯自春徂夏, 在京師作, 得14首〉)라고 하여 한편으로 예술은 '동심'을 표현해야 함을 주장하면서, 다른 한편으로는 인간의 개성과 감성, 그리고 상상력을 발휘하여 시대와 사회에 적용시킬 수 있어야 한다고 주장했다. 그가 시가는 "천하의 아름다움을 받아들이고, 천하의 억눌린 분노를 발설해야 한다 受天下之瑰麗, 而泄天下之拗怒(〈送徐鐵孫序〉)고 한 것 역시 같은 맥락이다. 이상으로 볼 때 공자진의 '동심'설은 이지의 '동심'설에 비해 윤리학과 사회학적 측면이 더욱 강화되었음을 알 수 있다.

'동심'설과 관련하여 공자진은 '유정宥情'설을 내놓았다. 그는 〈유정〉편에서 "정감으로 욕망을 예속시킨다 以情隷欲"는 감정을 부정하는 견해를 비판함으로써 인간의 감정을 존중하는 자신의 관점을 피력하였다.

> 인간의 감정은 외물에 기인한다. 그래서 또한 제거할 뜻이 있게 된다. 그러나 제거가 불가능하니 오히려 그것을 너그럽게 놓아두는 것이 좋고, 너그럽게 놓아두는 데서 그치지 않고 반대로 그것을 존중해야 한다.
>
> 情之爲物也, 亦嘗有意乎鋤之矣, 鋤之不能, 而反宥之, 宥之不已, 而反尊之. (〈長短言自序〉)

'유정'이라는 것은 마음을 너그럽게 하여 감정을 해방시키는 것을 말한다. 그는 자신의 창작경험을 총괄한 다음 인간의 감정이란 억제할 수 없는 것이라고 단정짓고, 오히려 그것을 존중함으로써 자연스럽게 표현할 수 있도록 해야 한다고 설명하고 있다. "문장은 작은 도라서 전달할 수 있으면 가할 것이고, 그 참됨을 세우면 될 뿐이다. 文章雖小道, 達可矣, 立其誠可矣"(《識某大令集尾》) 그러나 "정이 없으면 문사를 능히 다할 수 없다. 無情者不得盡其辭"(〈長短言自序〉)

공자진이 말하고 있는 '너그럽게 해야 할 정〔所宥之情〕'·'존중해야 할 정〔所尊之情〕'은 바로 진실된 감정이다. 그는 문학에서 말하는 '정'은 "사람의 감정에서 어찌할 수 없는 것을 말한다 言人情不得已"고 하여 마음을 사실 그대로 옮겨내는 것이라 하였다. "아주 옛날 사람들은 말이 없거나 억지로 소리를 낼 뿐이었다. 그러다가 시간이 흘러 홀연 절로 말을 하게 되었는데, 때로는 자신들의 정감을 말하고 때로는 어떤 일에 대해 말했다. 그 말의 바탕은 같지 않았지만 모두 말하고자 하는 바를 다하였던 것이다. 古之民莫或强之言也. 忽然而自言, 或言情焉, 或言事焉, 言之質弗同, 旣皆畢所欲言而去矣"(〈績溪胡戶部文集序〉) 그는 이처럼 언어가 생겨난 이유 또한 정감의 발설과 직접적으로 연관된다고 보았으며, 훌륭한 작품 역시 마음을 사실 그대로 표현하여 진실된 정감을 토로해야만 가능하다고 생각했다. 그는 만약 자신의 절절한 정감을 토로하여 시문을 짓는 것이 아닌 경우에는, 호가호위狐假虎威조차 제대로 못하는 참담한 지경에 빠진다고 하여 다음과 같이 비유적으로 설명하고 있다. "만약 마음속에 본래부터 하고 싶은 말도 없고, 재주 또한 칼싸움에나 능해 말을 하는 데 능숙하지 않은데 억지로 말을 시키면, 아득한 것이 장차 어떤 말부터 해야 할지조차 알지 못한다. 부득이 다시 그로 하여금 잠시 타인의 말을 본뜨게 하여, 타인의 여러 가지 말을 본떠 말을 할 수는 있지만 실제는 그 말의 연유를 알 수 없기 때문에 이런 말 저런 말이 탈락되거나 잘못 인용되는 경우가 생기게 되며, 아예 뜻이 전도된 채로 본뜨게 되는 경우도 있게 된다. 그리하여 마치 취한 양 잠꼬대를 하는 양 횡설수설하면서 겨우 말을 끝내나, 자신이 어떤 말을 했는지조차 알지 못한다. 如其胸臆本無所欲言, 其才武又未能達於言, 彊使之言, 茫茫然不知將爲何等言, 不得已, 則又使之姑效他人之言, 效他人之種種言, 實不知其所以言. 於是剽掠脫誤, 摹拟顚倒, 如醉如寐以言言畢矣, 不知我爲何等言"(《述思古子議》) 이렇듯 공자진은 역설적인 예를 들어 말이란 진정으로 마음속에서 흘러 나와 진실한 내용을 지녀야 한다고 주장하고 있는 것이다. 공자진이 말하는 진실된 감정의 토로라는 것은, 단지 사회생활을 통해 개인적으로 느낀 정감만을 지적하고 있는 것이 아니다. 오히려 더욱 광범위하게 사회적 의미를 내포하고 있다.

삼가 다시금 《예기》에서 말한 것을 강구해 보면, "성인은 천하를 일가로 삼을 수 있고, 중국은 한 사람을 위한 것으로…… 반드시 그 정을 알아야 한다." "무엇을 일러 인정이라 하는가? 희·노·애·구·애·오·욕을 이른다." 이렇듯 성인은 사람의 정을 다스림에 반드시 그 정을 본래 상태로 회복시킴으로써 다스렸던 것이다.

謹又求之禮曰, 聖人耐以天下爲一家, 中國爲一人…… 必知其情? 何謂人情, 喜怒哀懼愛惡欲. 聖人治人情, 必反攻其情, 以己治之. (《五經大義始終論》)

여기에서 말하는 정감은 한 개인의 영욕에 관계된 것만이 아니다. 그것은 사회의 흥쇠와 유관한 정이기도 하다. 이렇듯 공자진의 '너그럽게 해야 할 정'은 개인의 주체적 정감이자 욕망이기도 하지만, 그 안에 이미 사회적 의의가 내재되어 있다. 그의 시에 드러나고 있는 정감 역시 대부분의 경우 개인의 보은이나 원망 등 사사로운 것이 아니라, 몰락하는 봉건사회에 대한 비판이자 저항을 드러낸 것들이다.

예를 들어 《계시오장戒詩五章》에서 그는 '시의 빌미'〔詩祟: 시가 내리는 재앙〕로 인해 마음속〔百臟〕에서 쓰라린 눈물〔酸淚〕이 솟구친다고 읊었으며, 〈원통장단언서袁通長短言序〉에서는 원통의 장단언이 뛰어나다는 것은 "음기를 말단으로 삼고 원망을 법도로 삼았으며, 한을 큰 깃발로 삼고 어찌할 수 없음을 돌아갈 터로 삼았기 때문이다 以陰氣爲倪, 以怨爲軌, 以恨爲旆, 以無如何爲歸墟"라고 하였고, 《을병지제저의제구乙丙之際箸議第九》에서는 진정으로 지혜가 있는 이는 "훌륭한 사관의 걱정으로 천하를 걱정해야 한다 以良史之憂憂天下"고 주장하였다. 공자진은 《장자》와 《이소》를 좋아했다. 그래서 "육예에서는 단지 장자와 이소가 이웃하는 것만 허여하고 있다 六禮但許莊騷隣"고 말하였다. 그가 이처럼 《장자》나 《이소》를 좋아한 것은, 그것이 슬픔〔惻悱〕의 감정을 표현하고 있기 때문이었다.(〈辨仙行〉) 또한 〈제홍선실시미題紅禪室詩尾〉에서는 자신의 시는 "비애와 원망으로 써서 읊조리게 된 것이다 將悲怨寫成吟"라고 말한 적도 있었다. 이상에서 볼 때, 그가 말하고 있는 정은 개인적인 정감의 범위를 벗어나, 사회적 의미가 짙게 배어 있음을 확인할 수 있을 것이다.

이외에 공자진은 감정의 생리적 토대에 대해 다음과 같이 말하고 있다. "사람들은 음식을 먹어 감정이 생겨나고, 감정이 있어 문장이 생겨난다. 民飮食, 則生其情矣, 情則生其文矣"(《五經大義終始論》) 이는 다시 말해 감정은 인간의 물질생활로 인해 생겨나고 문학예술은 이 감정으로 말미암아 생겨난다는 뜻인데, 인간의 생리와 정감, 그리고 예술의 필연적 관계를 설명하는 말이라 할 수 있다. 이러한 관점하에서 공자진은 다음과 같이 주장하고 있다. "시와 인간은 일치되어야 하니, 인간을 벗어나면 시가 없고 시를 벗어나면 인간이 없다. 이렇게 되어야만 시의 면모가 참될 수 있게 된다. 詩與人合一, 人外無詩, 詩外無人, 其面目也完"(《書湯海秋詩集後》) 이는 사람에 따라 그 감정이 달라지며, 또한 그 감정에 따라 시를 짓게 된다는 뜻이다. 여기서 '완完'이란 참됨〔眞〕을 뜻한다. 시인인 탕해추는 창작을 할 때 자신의 진정한 정감을 풀어내 훌륭한 시를 지을 수 있었다. 그래서 공자진은 "탕해추의 마음의 궤적은 이에서 다하였고, 말하고자 한 바도 이에 있으며, 차마 말하지 못하다가 마침내 말하지 않을 수 없었던 것도 여기에 있다 海秋心迹盡在是, 所欲言者在是, 所不欲言而卒不能不言在是"라고 찬양하였던 것이다. 이는 문예창작을 감정의 진실된 토로와 시인의 인품으로 서로 연계시킨 것이라 하겠다.

공자진의 '동심'설과 '유정' 또는 '존정尊情'설은 중국 문예심리학사에 있어서 획기적인 새로운 명제는 아니었다. 다만 그의 논의는 이전 사람들이 논술한 것을 토대로 하여, 근대 사회의 시대적 요구와 개인의 예술 실천에 따른 체험을 근거로 함과 동시에, 두 가지 설의 의미를 확충함으로써 사회학과 윤리학적 의미를 좀더 풍부하게 만든 것이라 할 수 있다. 이렇게 함으로써 그의 이론은 중국 근대 문예심리학으로서 나름의 지위를 차지할 수 있었다. 실제로 공자진과 동시대에 살았던 진보적 정치가나 문예이론가들 역시 공자진의 '동심'·'유정'설과 유관한 문제에 대해 나름대로 관심을 표명하고 있었다.

예를 들어 위원魏源은 '복성復性'을 주장하였는데, 이는 현실생활에서 잃어버린 인성을 회복해야 한다는 주장이다. 그가 말하는 '인성'은 하늘을 뿌리로 하고 도에 근원을 두고 있으며, '천도'와 합일되는 것이다. 그래서 그는 "인간의 본성을 회복하지 않으면 정감은 그 근원을 얻을 수 없고, 정감이 그 근원을 얻을 수 없으면 문장이 사물을 채울 수 없으니, 어찌 정사에 성정을 전달할 수 있을 것이며, 성정에 정사를 융합시킬 수 있을 것인가? 不反乎性, 則情不得其源, 情不得其源, 則文不充其物, 何以達性情於政事, 融政事於性情乎?"(〈詩古微序〉)라고 하였으며, 오로지 "본성으로 되돌아가 反乎性" 도에 합치할 수 있어야만 "경술·정사·문장을 하나로 관통시킬 수 있다 貫經術, 政事, 文章於一"고 생각하였던 것이다. 왕도王韜 역시 '술정述情'설을 내놓아 자신의 느낌을 표현해야 한다고 주장하였다. "문장이 귀한 이유는 일을 기록하고 정감을 서술하는 데 있다. 스스로 흉중의 뜻을 펼쳐서 사람들로 하여금 그 표현하려는 뜻이 어디에 있는지를 알게 하여, 그들의 정감을 내 자신이 마음속에 품어 토해 내고자 하는 것과 일치시킬 수 있다면, 그것이 바로 아름다운 문장이다. 文章所貴在乎紀事述情, 自抒胸臆, 俾人人知其命意之所在, 而一如我懷之所欲吐, 斯卽佳文"(〈弢園文錄外編自序〉) 그는 또한 문예창작은 반드시 '자아가 있어야 함〔有我〕'을 강조하였다. "나는 시에 능하지 못하다. 그러나 시 역시 모두 옛것과 합치되게 지을 필요는 없다. 오직 옛사람과 합치되지 않을 때만 나의 성정이 충분히 드러나게 되는 것이다. 余不能詩, 而詩亦不盡與古合, 正惟不與古合, 而我之性情足以自見"(《蘅花館詩錄自序》) 이는 진정한 의미의 '자아가 있어야만' 좋은 작품을 쓸 수 있다는 뜻이다. 물론 위원의 '복생' 이나 왕도의 '술정' 은 모두 개인의 자아표현만을 뜻하는 것이 아니며, 그들이 살고 있던 시대의 가정이나 나라에 대한 슬픔을 포함하여 암울한 현실에 대한 분노의 정을 포괄적으로 담고 있는 것이다. 이는 공자진의 '동심' 설과 '유정' 설의 경우와 일치한다. 중국 근대 초기에는 인간의 본성과 정감, 자아와 사회, 윤리관념이 서로 결합되었으며, 문예학이나 심리학이 사회학이나 윤리학과 서로 결합되었다. 이는 그 시대의 특징이라 할 수 있다. 이 점에 대해서는 보다 신중하고 심도 있는 연구가 있어야 할 것이다.

제2절 유희재《예개》의 문예심리학

유희재劉熙載(1813-1881)의 자는 백간伯簡이고, 호는 융재融齋이며, 강소성 흥화興化 사람이다. 저서로는《고동서옥육종古桐書屋六種》이 있는데,《예개》는 그 중 하나이다. 이외에《고동서옥속각삼종古桐書屋續刻三種》이 있으며, 그 중에 포함되어 있는《유예약언游藝約言》1권은《예개》의 속편이라고 할 수 있다.《예개》는〈문개文概〉·〈시개詩概〉·〈부개賦概〉·〈사곡개詞曲概〉·〈서개書概〉·〈경의개經義概〉등 여섯 부분으로 나누어져 있다.《예개》는 어록의 형식을 본떠 시·문·사·곡 등을 평론하고 있는데, 그 예술적 특징과 창작 원칙에 대한 총괄적 논의에 치중하여 이론성이 강하다. 그렇기 때문에 '개槪' 라고 칭하는 것이다. 또한《예개》는 예술의 본질과 창작 원칙에 대한 탐구에 있어서 대단히 변증법적이다. 유희재의 미학과 문예심리학 사상은 주로《예개》와《유예약언》2권의 책에 집중적으로 드러나고 있다.

유희재의 미학사상의 성질과 역사적 지위에 대한 평가 문제에 있어서는 오늘날 연구자들간에 이견이 엇갈린다. 비교적 많은 연구자들은 유희재의 활동 연대가 비록 1840년 아편전쟁 이후이기는 하지만, 그의 미학사상이 여전히 중국 고전미학의 범주에서 크게 벗어나지 않기 때문에, 유희재는 중국 근대 미학사상가라기보다는 고전미학 사상의 마지막 중요한 인물로 간주하고 있다. 그러나 어떤 역사책에서는 그의 미학사상을 중국 근대에 포함시켜 논의하고 있기도 하다.

이러한 상황에서 나는 후자의 입장을 옹호하는 편이다. 대개 역사 기술에 있어서 일반적인 분기分期 원칙은 한 역사적 인물의 생활이나 활동 연대에 따르는 것이지, 그 인물의 사상적 특질에 따르는 것이 아니다. 이 점은 유희재의 경우도 공히 적용된다. 유희재의 미학사상에 근대적 의식이 없다는 것이 사실일지라도, 그것이 그를 중국의 근대 미학가들의 대열에서 방출하는 근거가 될 수는 없다. 물론 유희재의 미학사상은 공자진·강유위·양계초·왕국유·채원배 등의 미학사상처럼 중국의 근대 정신이 충만하다거나 개혁의식이 강렬한 것은 아니다. 그러나 유희재의 《예개》에는 중국의 고전미학을 총결짓는 나름의 성과가 존재할 뿐만 아니라 대단히 변증법적인 요소가 짙게 깔려 있다. 그의 작업은 중국의 근대 자본계급의 유신파 미학가들에 앞서 중국의 고전미학을 총결짓고, 아울러 중국의 고전미학을 개혁하고 발전시켜 중국 근대 미학의 새로운 체계에 토대를 마련한 것이라고 할 수 있다. 또한 미학 문제에 변증법적인 접근방식을 취함으로써 사유방법의 문제에 있어서 진일보한 발전을 가져왔다고 할 수 있을 것이다.

인류의 사유의 발전 역사를 살펴보면, 인류는 객관사물에 대해 유물론적인 인식보다 유심론적인 인식을 쉽게 접해 왔다. 서구의 고대 그리스시대나 중국의 선진시대에 이미 객관유물론적인 인식론이 존재했던 것은 사실이다. 그러나 인류는 대부분의 경우 미美나 또는 그밖의 사물에 대해 형이상학적인 인식방법을 택했으며, 변증법적으로 인식한 것은 아니었다. 중국 선진시대의 미학사상 역시 약간의 변증법적 요소가 있는 것은 사실이다. 그러나 이러한 요소는 결코 많은 것이 아니었으며, 발전 역시 매우 늦었다. 서구미학의 경우에도 재현을 중시하고 객관적인 것을 중시하였으며, 고대 그리스나 로마의 문학에 이미 미학인식론상의 유물론적 요소가 보이는 것은 사실이다. 그러나 미학변증법은 오히려 발전이 늦었으며, 고대 그리스에서 칸트에 이르기까지 그들의 미학사상에는 형이상학적 폐단이 적지않게 잔류하고 있다. 마침내 헤겔에 이르러서야 비로소 미학변증법이 확립되고 발전되기 시작하여 미학사유 이론에 거대한 공헌을 할 수 있었던 것이다. 이상 몇 가지에 근거하여, 유희재의 미학사상은 총체적으로 중국 근대에 속한다고 생각한다. 따라서 유희재의 미학사상은 중국 근대 미학에 포함시켜 논의하는 것이 합당할 것이다. 그의 문예심리학 이론 역시 이러한 관점하에서 다루고자 한다.

중국 근대에서 유희재의 문예심리학 사상은 비교적 풍부하고 계통적이다. 이제 구체적으로 그 내용을 살펴보고자 한다.

1. '인人'을 중심으로 한 예술본체론

유희재의 철학과 미학사상은 비교적 도학가의 객관적 유심론의 영향을 많이 받았다. 그는 천지만물은 모두 '이理'에서 생겨나는 것이라고 생각했다. 그는 《지지숙언持志塾言》에서 "천지에는 이와 기와 형이 있다 天地有理有氣有形"·"한 가지 일에는 한 가지 이치가 있고, 만물에도 공히 한 가지 이치가 있는 것이다 一事有一理, 萬物共一理"·"이는 하나이지만 나뉘어 각기 다르게 된다 理一分殊"고 하였다. 그리고 그는 천지만물은 모두 그 나름의 '형'·'기'를 지니고 있으며, 이것은 모두 '이理'의 표현이라고 생각하고 있었다. 유희재가 말하는 '이'는 때로는 '천리'나 '도'로 불려지기도 했다. 그는 이러한 철학관을 예술본체론에 차용하여 "예란 도의 형태이다 藝者, 道之形也"(《藝概敍》)라고 하여, 예술은 '천리'(도)의 표현임을 강조했다. 그러나 유희재는 또한 변증법적 사상을 지니고 있어 모든 사물은 모두 '이일분수理一分殊'하나, 오로지 상통하는 것만 숭상하거나 구별되는 것만을 숭상하는 것은 모두 폐단이 있다 專尙通與專尙別者皆敝"라고 하여, 일반으로 개별을 부정하고 개별로 일반을 부정하는 것은 모두 틀린 것이라고 하였다.

그는 '도의 형태[道之形]'가 예술의 일반적 본성이라고 하였는데, 그렇다면 예술의 특수성, 즉 개별적 본성은 무엇인가? 유희재는 이에 대해 "《시위·함신무》에서 말하기를 '시란 천지의 마음이다'라고 하였다. 문중자는 '시란 백성의 성정이다'라고 하였다. 이로 보건대 시는 하늘과 인간이 합쳐진 것이다 詩緯·含神霧曰, 詩者, 天地之心. 文中子曰, 詩者, 民之性情也. 此可見詩爲天人之合"(〈詩概〉)라고 하였다. 이는 다시 말해 예술은 '천리'가 '인간'을 통해 구체화되고 '분수分殊'되어 이루어진 것이란 뜻이다. 이로써 인간은 예술창작의 중심적인 위치를 차지할 수 있게 되는 것이다.

2. '품品'을 중심으로 한 예술주체론

유희재는 '인간'을 예술주체로 삼아 '인간'을 중심으로 하는 예술본체론을 확립하고, 이를 토대로 하여 '문'과 '인간'의 관계에 대해 일련의 논의를 진행하였다.

> 문은 마음의 학문이다. 마음은 마땅히 문에 여지를 지니고 있으나, 문으로 하여금 마음에 여지를 지니게 할 수는 없다.
> 文, 心學也. 心當有餘於文, 不可使文餘於心. (《游藝約言》)

> 양웅은 서를 마음의 그림이라 하였으니, 서라는 것은 마음의 학문이라 할 수 있다.
> 揚子以書爲心畵, 故書也者, 心學也. (〈書概〉)

"문은 마음의 학문이다 文, 心學也"라는 구절은 중국 문예심리학사에 있어서 이미 명언의 자리에 오른 말이다. 한대 미학가 양웅은 "말은 마음의 소리이고, 서는 마음의 그림이다 言, 心聲也. 書, 心畵也"(〈問神〉)라는 명제를 제기한 바 있는데, 예술창조와 '인심人心'의 관계를 연계시켜 문예창작이란 인간의 '마음' 속에 있는 사상과 정감의 표현임을 명확히 드러낸 말이라 할 수 있다. 유희재가 제기한 '문은 마음의 학문이다'라는 말은, 분명 양웅의 '서는 마음의 그림이다'는 말을 계승한 것이다. 그러나 그가 예술이 인간을 표현하기 위해서는 반드시 "심성에 근본을 두어야 한다 本於心性"고 한 것이나, "대개 안에서 나오는 것이니 밖에서 문식을 가해서는 안 된다 蓋自內出, 非由外飾也"고 한 것, 그리고 "문장은 작가 자신의 뜻을 드러내 보이는 것이다 文章取示己志"(《游藝約言》)라는 구절을 보면, 이 문제에 대해 양웅보다 더욱 명료하게 인식하고 있음을 확인할 수 있을 것이다. 이렇듯 유희재는 예술이 표현하고자 하는 바는 인간의 외재적인 모습이 아니라, 인간이 지닌 내심의 세계라는 것을 분명히 말하고 있다.

그렇다면 '심성心性'이란 무엇인가? 유희재는 '인품'과 '기질'의 문제를 제기하고 있다. 그는 인간의 본질은 '습習'이나 '성性'에 의해 이루어진다고 간주하였다. 그에게 있어서 '성'은 '하늘에서 부여받은 것'이고, '습'은 후천적으로 이루어진 것이다. 그는 "습관이 오랫동안 지속되면 곧 기질이 된다 習染之久便成氣質"고 하였는데, 어떤 사람이 좋은 기질을 지니고 있다면 그것이 바로 '인품'이라고 생각했다. 그는 이러한 '기질'이나 '인품'을 대단히 중시하였다.

> 시품은 인품에서 나온다.
> 詩品出於人品. (〈詩概〉)

> 서란 (여러 가지와) 같은 것이니 그 작가의 배움과 같고 그 재주와 같으며, 작가가 지닌 뜻과 같다. 이를 총괄해 말한다면 그것은 그 인간과 같을 따름이다.
> 書, 如也, 如其學, 如其才, 如其志, 總之曰如其人而已. (〈書概〉)

'인품'은 작가의 주관적 수양을 통해 형성되는 기질이나 품격이다. 이는 다시 말해 개인의 창작을 통해 그 사람의 기질과 품격을 살핀다는 뜻이다. 유희재는 "태사공의 〈굴원전찬〉에서 말하기를 '그 뜻이 슬프다'고 하였고, 또 말하기를 '눈물을 흘리고 그 사람됨을 보고자 하지 않은 적이 없었다.' '지'란 '그 사람됨'이니 굴원의 글을 논하는 것은 곧 그 사람의 깊은 속을 보는 것이리라 太史公屈原傳贊曰, 悲其志. 又曰, 未嘗不垂涕想見其爲人. 志也, 爲人也, 論屈子辭者, 其斯爲觀其深哉!"(〈文概〉)고 하였다. 굴원의 인품이 고상하여 사람의 마음에 감동을 주는 《이소》를 지을 수 있었다는 말이다.

그는 "시를 지음에 있어 사람들을 즐겁게 하는 데에만 마음을 쓰고, 다른 이들에게 과시하려는 마음만 지닌다면 품격은 어디서 찾을 수 있겠는가? 그러면서도 품격에 대해 왈가왈부 시끄럽게 떠드는 것은, 사람을 물에 빠뜨려 놓고 웃음거리로 삼는 것과 어찌 다르겠는가? 詩以悅人爲心, 與此誇人爲心, 品格何在. 而猶譊譊於品格, 其何異溺人必笑耶!"(〈詩概〉)라고 하여, 오로지 다른 이들에게 좋은 평을 받기 위해 애쓰는 사람들의 창작태도를 '열인悅人'·'과인誇人'만을 능사로 삼고 정신적 품격이 낮은 이들의 짓거리로 비판하면서, 이렇게 해서는 결코 좋은 작품이 나올 수 없다고 주장했다. 이러한 이유로 유희재는 예술창작 주체의 품격이나 기질을 수양하는 것을 대단히 중시하였으며, "부를 짓는 데 재주를 숭상하는 것은 품격을 숭상하는 것만 못하다. 혹자들은 조탁하여 문식하는

데 온 힘을 기울여 세상에 자신을 과시하고 세속의 흐름을 따라가고자 하는데, 이는 재주가 있음이 아니라 품격이 부족하기 때문이다 賦尙才不如尙品. 或竭盡雕飾以誇世媚俗, 非才有餘, 乃品不足也"(〈書槪〉)라고 주장하였던 것이다.

예술본체와 창작주체의 문제에 있어서 유희재는 '심학'에서 출발하여 '심성'을 논했고, '심성'에서 시작하여 '성·습'을 논하였으며, '성·습'에서 '인품'과 '기질'의 문제로 나아갔다. 그리고 마지막으로 "시품은 인품에서 나온다"·"재주를 숭상하는 것은 품격을 숭상하는 것만 못하다"는 결론으로 귀결하였다. 이러한 '품'을 중심으로 한 예술주체론은 문예심리학의 성격을 다분히 지니고 있으며, 중국 문예심리학사에서 쉽게 볼 수 없었던 내용을 담고 있다. 유희재의 이러한 예술론이나 문예심리학의 세계관 및 철학적 토대는 물론 이지李贄나 공자진龔自珍의 그것과 다르다. 그러나 이상의 논의를 살펴볼 때, 그들의 '동심'설과 일맥상통하는 부분이 존재한다는 것을 부정할 수 없을 것이다.

3. '아我'를 중심으로 한 물아동일론

예술창작에 있어서 물아物我의 관계는 바로 주관과 객관의 관계로주체의 심령세계와 객체의 실재세계의 관계이다. 이러한 문제에 있어 유희재는 '동일'설을 주장하였다.

> 외부에 있는 것은 물색이고 내게 있는 것은 생각이니, 이 두 가지가 서로 비벼지고 동탕거려 부賦가 창작되는 것이다. 만약 자기 혼자만 생각하고 서로 들락거리는 곳이 없다면 물색은 단지 한가한 소재거리에 불과하게 되니, 부를 제대로 짓고자 하는 뜻이 있는 이라면 이를 물을 겨를이 있겠는가?
>
> 在外者物色, 在我者生意, 二者相摩相蕩而賦出焉. 若與自家生意無相入處, 則物色只成閑事, 志士遑問及乎. (〈賦槪〉)

예술창작에 있어서 '외부에 있는 것〔在外者〕'은 곧 사물의 객관이며, '내게 있는 것〔在我者〕'은 작가의 주관이다. 그 양자간의 관계는 대립과 통일의 관계로 '서로 비벼지고 동탕거려' 간격이 없이 융화되어야만 비로소 예술작품이 창작된다는 것이다. 유희재는 《예개》에서 예술창작은 곧 물과 아의 통일, 영물과 영회의 통일임을 수차 지적한 바 있다. 예를 들자면 다음과 같은 것들이다. "옛 사람들은 지난 일이나 외물을 노래함에 있어서 뿐만 아니라, 영회에 있어서도 대부분 그 속에 자아를 담고 있었다. 昔人咏古咏物, 既然只是咏懷, 蓋其中有我在也"(〈詞曲概〉) "도연명의 시에서 말하기를 '나는 또한 내 오막살이를 사랑한다'고 하였는데 여기서 말하고 있는 나 역시 외물의 정을 지니고 있으며, '좋은 모종 역시 새것을 품고 있다'고 한 것은 물 또한 나의 정을 갖추고 있음을 말한 것이다. 〈귀거래사〉에서도 말하기를 '만물은 때를 얻음을 선망하고 내 생애 또한 쉴 때가 되었음에 감개한다'고 하였다. 陶詩吾亦愛吾廬, 我亦具物之情也. 良苗亦懷新, 物亦具我之情也. 歸去來辭亦云, 羨萬物之得時, 感吾生之行休"(〈詩概〉) 이처럼 유희재는 외물 속에 자아가 있고, 자아 속에 외물이 존재하여 진정으로 물아간에 간격이 없이 하나로 융합되어야 한다고 생각했다.

그리고 이러한 토대하에서 그는 예술창작 과정에 있어서 물아동일物我同一의 심리적 메커니즘에 대해 다음과 같이 구체적으로 논술하였던 것이다.

첫째, '흥'과 '상'을 통일시키고, 다시 '흥'의 예술적 묘사를 통해 감흥과 공명·공감을 추구하는 미감의 심리적 효과를 중시하였다. 유희재가 말한 "외부에 있는 것은 물색이고, 내게 있는 것은 뜻을 드러냄이다 在外者物色, 在我者生意"라는 말은, 바로 물[物色]과 아[生意]의 관계를 뜻하는 것이자 '상'과 '흥'의 관계를 뜻하는 것이다. "사는 '흥'에서 깊어지니 말하고 있는 사물은 달라도 그 정감은 같으며, 그 사물이 흔한 것이라도 감춰진 정감은 깊은 것이다. 詞深於興, 則覺事異而情同, 事淺而情深"(〈詞曲概〉) "봄에는 어린 풀과 나무가 자라고, 산에 구름과 노을이 있음은 모두 조화 속에 저절로 그러함이지 애써 색을 칠하여 모방케 한 것이 아니다. 그런 까닭에 부의 도는 상을 중시하고, 또한 마땅히 흥을 중시해야 한다. 흥이 상과 어울리지 않으면 설령 어지럽고 번다하게 수식을 하여도 따분하여 흥이 있을 수 없으니, 아는 이들이 이에 염증을 느끼지 않을 수 있겠는가? 春有草樹, 山有烟霞, 皆是造化自然, 非設色之可擬. 故賦之道, 重象尤宜重興. 興不稱象, 雖紛披繁密而生意索然, 能無爲識者厭乎!"(〈賦概〉) 이렇듯 유희재는 예술창작은 모두 물상과 발흥이 통일된 결과라고 생각하였으며, 또한 이는 창작주체의 사상·감정이 자연과 사회의 물상에 대해 흥을 일으키고 조화를 이루기 때문이라고 하였다. 그렇기 때문에 창작을 하면서 흘러 나오는 창작주체의 정감은 감상자의 정감과 어울려 공명·공감을 이룰 수 있다고 하였다. 유희재가

"이웃 사람의 피리 소리는 옛날을 회고하는 이가 들으면 감동하고, 사곡의 방울 소리는 사랑에 빠진 이가 들으면 비통함을 느낀다. 소동파의 〈수룡음·화장질부 영양화〉에서 말하기를, '자세히 보니 버드나무 꽃이 아니라 점점마다 이별하는 이의 눈물이었다'고 하였는데 역시 같은 뜻이다 隣人之笛, 懷舊者感之. 斜谷之鈴, 溺愛者悲之. 東坡'水龍吟·和章質夫咏楊花'云, 細看來不是楊花, 點點是離人淚, 亦同此意"(〈詞曲概〉)라고 한 것은 바로 이러한 이유 때문이었다. 결국 그는 감상자의 공명·공감 역시 예술작품에서 묘사된 물상에 대한 감상자 자신의 감정과 체험, 그리고 이에 따른 감흥을 통해 생겨나는 것이라고 보았던 것이다.

둘째, 유희재는 '물아동일物我同一' 속에서 특히 정감의 작용을 중시하였다. 정감이란 예술창작에 있어서 '물아동일'·'흥상동일興象同一'을 실현시키는 기점이자 결합점이다. 예술창작은 언제나 정감의 발흥과 이에서 생겨난 창작 욕구로 말미암으며, 또한 정감의 발흥과 이에 따른 물아일체화에 근거하는 것이다. 이에 대해 유희재는 적지않게 논의한 바 있다. "외물을 서술하여 자신의 정감을 말한다 敍物以言情"(〈賦概〉), "사물을 보고 자신의 정에 비긴다 觀物以類情"(〈書概〉), "경물을 빌려 자신의 정감을 말한다 借景言情"(〈詩概〉), "경물에 자신의 정감을 기탁한다 景以寄情"(〈賦概〉) 등은 그 예이다. 이처럼 유희재는 예술창작이란 객관사물이 예술가의 정감에 닿아 이루어지는 것이며, 예술가 또한 이러한 예술적 정감을 외물에 기탁하고 이로부터 강렬한 정감의 체험 및 정감 교류를 하는 가운데 흥과 상이 결합하고, 물아가 일체가 되는 가운데 진정한 창작을 할 수 있다고 생각했다. 이렇게 볼 때 이 문제에 관한 한《예개》에서 보이는 유희재의 이해 정도는 대단히 심오하다고 할 수 있다.

셋째, '물아동일'의 관계 속에서 '아'를 주지主旨로 삼고 '물'을 토대로 삼아야 함을 강조하였다. 유희재는 "뜻으로 말미암으니 시가 이루어진다 因志而有詩"·"시를 씀에 있어 때로 정감에 뜻을 기탁하면 그 뜻이 더욱 그윽해진다 詩或寓義於情而義愈至"(〈詩概〉), "부는 반드시 자신의 아픈 곳이나 가려운 곳과 유관해야만 한다 賦必有關着自已痛痒處"(〈賦概〉)고 생각했다. 이는 일체의 예술은 모두 예술창작 주체의 정지情志를 표현한 것이기 때문에, 예술창작 주체가 없으면 예술이 있을 수 없다는 말이다. 유희재는 동일한 사물일지라도 예술가의 예술인식과 일반인의 감성적 인식·이성적 인식은 서로 같을 수 없다고 생각했다.

그는 다음과 같은 예를 들고 있다. "대개 기아나 추위, 수고하고 피곤함 등의 고통은 일반 사람들은 말해도 잘 알지 못한다. 이를 알려면 반드시 물아간에 간격이 없어야만 한다. 두보·원진·백거이 등은 스스로 일반 백성들이 사는 곳에 들어가 그들의 일을 목격하였을 뿐만 아니라, 자신 스스로 이러한 아픔이나 질병에 걸린 자와 다름이 없었다. 그러니 그 시를 읽어보면 어찌 그 사람을 알지 못할 것인가? 蓋飢寒勞困之苦, 雖告人, 人且不知, 知之必物我無間者也. 杜少陵, 元次山, 白香山不但如身入閭閻, 目擊其事, 直與疾病之在身者無異. 頌其詩, 顧可不知其人乎"(〈詩概〉) 기아나 추위, 수고하고 피곤함 등의 고통은 직접 경험을 하지 않는 이상 일반인들의 경우 일단 일정한 거리가 있기 때문에 아무리 느끼고자 하여도 느낄 수 없으며, 더욱이 이를 통해 창작 충동이 일어나는 경우는 거의 없다. 그러나 두보나 원결·백거이 등과 같은 대시인들은 다르다. 그들은 예술가적 안목을 통해 '필부필부匹夫匹婦' 들의 고통을 감지 또는 체험하고, 아울러 스스로 그들 속으로 들어가 그들과 마음으로 상응할 수 있다. 그래서 시인의 심리세계와 그 속에서 생겨나는 정감상의 공명을 통해 창작 충동을 일으킬 수 있는 것이다. 따라서 이렇게 씌어진 작품은 필연적으로 '물아간에 간격이 없고,' '그 사람을 알 수 있게 된다' 고 할 수 있다.

유희재는 또한 창작과정에서 '아' 를 주체로 삼아야만 비로소 "허구 속에서 상을 구축할 수 있고 憑虛構象" "실제 그대로 상을 본떠야 한다 按實肖象"(〈賦概〉)는 구속에서 벗어날 수 있다고 생각했다. 그는 "부 작가의 마음(시인의 마음)은 작게는 안이 없을 정도로 작고, 크게는 한계가 없을 정도로 크다. 그런 까닭에 능히 작가가 만나는 것에 따라 형상을 서술해 낼 수 있는 것이다. 이는 이른바 '그 사물이 있으니 이로써 그것을 그려낸다' 는 뜻이다 賦家之心, 其小無內, 其大無垠, 故能隨其所値, 賦象班形, 所謂惟其有之, 是以似之也"(〈賦概〉)라고 하여, 예술가는 "작게는 안이 없을 정도로 작고, 크게는 한계가 없을 정도로 큰" 예술적 상상력을 지녀야만 비로소 상상력을 발휘하여 사물의 형상을 표현해 낼 수 있다고 보았다. 또한 유희재는 "작가의 뜻은 사물에 의해 드러난다 志因物見"(〈賦概〉), "경물에 정감을 깃들게 하니 정감이 더욱 깊어진다 寓情於景而情愈深"(〈詩概〉)고 하여, 정과 지는 구체적인 사물이나 경물을 통해야만 표현된다고 보았던 것이다.

4. '기氣'를 중심으로 한 예술풍격론

유희재는 《예개》에서 중국 미학과 문예심리학의 예술 풍격에 관한 전통을 이어받고 있다. 중국 미학이나 문예심리학에서는 일반적으로 예술작품의 풍격을 양강陽剛과 음유陰柔, 즉 웅장미(壯美)와 우아미(優美)로 나누고 있다. 유희재 역시 이와 유사한 논의를 펼치고 있는데, 다만 다른 것은 "능히 부드러우면서도 강해야 한다 能柔能剛"·"부드러움과 강함 한쪽에 치우쳐서는 안 된다 陰陽剛柔不可偏陂"라고 하여, 예술작품은 이러한 두 가지 풍격을 통일시켜야 한다고 주장했다는 데 있다. 또한 더욱 특색 있는 것은, 그가 '기氣'로써 풍격을 논했다는 점이다.

> 서는 음기와 양기 두 가지를 겸비해야만 한다. 무릇 가라앉아 침착하고 수그러져 심오한 것은 음이고, 기발하고 호방한 것은 양이다.
> 書要兼備陰陽二氣. 大凡沈着屈鬱, 陰也. 奇拔豪達, 陽也. (〈書概〉)

그는 또한 "우군서에서 '말하지 않아도 사시의 기운이 두루 갖추어져 있으니'라고 말한 것은 이른바 '중화는 진실로 마루가 될 만하다'는 뜻이다 右軍書不言而四時之氣亦備, 所謂中和誠可經也"라고 하였고, "높은 운치와 깊은 정감, 견실한 소질과 호방한 기질, 이 가운데 하나라도 결핍되면 글을 쓸 수 없다 高韻深情, 堅質浩氣, 缺一不可以爲書"(〈書概〉)라고 하였다. 〈서개〉는 서법을 논한 책이다. 문장이 그 작가의 사람됨을 드러내는 것이라면 글씨 역시 마찬가지이다. 그렇기 때문에 서법의 풍격 역시 음양 이기二氣에 의해 형성된다고 한 것이다. 유희재는 '기'를 통해 작품의 풍격을 논했는데, 여기서 말하는 '기'란 예술가의 정신적 기질을 뜻하는 것으로 보인다.

예를 들어 그가 "태사공 사마천의 글은 정신과 기혈이 갖추어지지 않은 바가 없다 太史公文, 精神血氣, 無所不具"(〈文概〉)고 하여, 사마천의 문장 풍격이 그의 정신과 혈기에 의해 형성된 것이라고 말한 것이나, 두보의 시가에 대해 "특히 성정과 기골이 드러난다 但見性情氣骨也"(〈詩概〉)고 하여, 두보의 시가를 통해 그의 성정이나 기골을 살필 수 있다고 한 것 등은 모두 이를 예증한다. 위 인용문에서 말한 '침착굴울沈着屈鬱'한 음유의 서법 풍격이나 '기발호달奇拔豪達'한 양강의 서법 풍격은 모두 창작주체가 지닌 정신·기질, 즉 창작개성에 의해 결정된다는 것이 유희재의 생각이었다. 물론 중국 고대 문예심리학에서 예술창작과 '원기'의 관계에 대해 주목한 이는 적지않았다. 그러나 유희재처럼 '기'와 예술작품의 풍격 문제를 연관시킨 경우는 거의 보이지 않는다.

5. '미味'를 중심으로 한 예술감상론

예술감상의 문제에 있어서 유희재는 '미味'로 시를 논할 것을 주장하였다. 그는 사공도나 엄우가 주장한 '정경교융情景交融'·'의재언외意在言外,' 그리고 '미외지미味外之味' 등의 예술경계를 추구하였다.

> 사를 지음에 있어서 경이 먼저고 정이 나중이거나, 혹은 정이 먼저이고 경이 나중이거나, 혹은 정과 경이 함께 이르게 되는데, 서로 간격이 있는 듯하면서 또한 서로 융합됨에 각기 그 묘함이 있는 것이다.
> 詞以前景後情, 或前情後景, 或情景齊到, 相間相融, 各有其妙. (〈詞曲概〉)

> 사란 언어가 다했음에도 뜻은 무궁한 것이다.
> 詞也者, 言有盡而意無窮也. (〈詞曲概〉)

> 사공도가 말하기를 "매실은 단지 신맛에 그치고 소금은 짠맛에 그치지만, 음식의 좋은 맛은 시고 짠것의 밖에 있는 것이다"라고 하였고, 엄우는 "묘처, 즉 지극한 경지는 투철, 영롱하여 가히 머무르게 할 수 없다. 그것은 마치 물 속의 달과 같고, 거울 속의 형상 같은 것이다"라고 하였다. 이는 모두 시를 논한 것이나, 사에 있어서도 이러한 경지를 얻으면 가장 뛰어난 것이라 할 수 있다.
> 司空表聖云, 梅止於酸, 鹽止於鹹, 而美在酸鹹之外. 嚴滄浪云, 妙處透徹玲瓏, 不可湊泊. 如水中之月, 鏡中之象 此皆論詩也, 詞以得此境爲超詣. (〈詞曲概〉)

이러한 토대하에서 유희재는 그의 예술적 심미감상론이라 할 수 있는 '미味'론을 전개하고 있다. "사를 사물로 비유한다면, 색·향·맛이 마땅히 갖추어져야 한다. 詞之爲物, 色香味宜無所不具" "사는 옅은 말에 맛이 있어야 한다. 詞, 淡語要有味"(〈詞曲概〉) "시는 능히 쉬운 곳에서 공교로움을 드러낼 수 있어 절실하게 맛을 느낄 수 있어야 한다. 詩能於易處見工, 便覺親切有味" "육유의 시가는 분명한 것이 직접 말하는 듯하지만, 얕음 속에 깊음이 있고 평범한 가운데 기이함이 존재한다. 그런 까닭에 사람들이 음미하기에 족한 것이다. 放翁詩明白如話, 然淺中有深, 平中有奇, 故足以令人咀味"(〈詩概〉) 이상과 같이 '미'를 통해 시를 논한 것은, 중국 고전미학과 문예심리학의 감상론 분야에서 전통적으로 논의된 것을 유희재가 계승·발전시킨 것이라 하겠다. 미味란 본래 생리적 쾌감을 뜻한다. 그러나 그것은 또한 미감美感과 통한다. 예술심리의 각도에서 말한다면, 심리적 미감은 생리적 쾌감을 토대로 삼고 있다. 중국의 예술감상론에서 '미味'로 예술을 품평함은 곧 예술을 음미한다는 뜻이기도 하다. 유희재의 《예개》는 바로 이러한 점을 계승하여 더욱 심도 있게 논의하고 있다.

유희재의 사상 속에는 시대에 뒤떨어진 부분이 존재한다. 그러나 그의 《예개》를 포함한 여러 저작들에서 논의되고 있는 미학과 문예심리학 이론들을 총괄적으로 살펴보면, 여전히 가히 취할 만한 것이 적지않다. 그는 이지나 공자진 등과 같은 진보적인 사상가나 미학가들처럼 시대에 앞장서서 미학이나 예술학을 연구한 것은 아니다. 그러나 그가 논술한 '인간' 중심·'정감' 중심의 예술본체론을 살펴본다면, 그 역시 중국 근대 초기에 계몽과 혁신의 시대정신에 훈도받은 바 크다는 것을 알 수 있다. 뿐만 아니라 그 역시 이지·왕부지·공자진 등의 미학·문예심리학 사상과 어느 정도 일치되는 부분이 적지않음을 알 수 있다. 따라서 그의 미학 논의가 단지 중국 고전미학을 총결했을 뿐 발전시킨 것은 아니라는 논자들의 주장은 철회되어야만 한다. 그의 '자아' 중심의 예술본체론과 주체론, 그리고 풍격론과 감상론은 나름대로 새로운 부분이 존재하며 당연히 심도 있게 연구할 만한 가치가 있다.

제3절 강유위의 문예심미학

강유위康有爲(1858-1927)는 조이祖詒라는 이름으로 불리기도 했다. 자는 광하廣廈이며, 호는 장소長素로 광동 남해현 사람이다. 저작으로는 《남해선생시집

南海先生詩集》·《문집》·《대동서大同書》·《신학위경고新學僞經考》 등이 있다.

강유위는 중국 근대 자산계급 유신파의 주요 인물이자 저명한 개혁가이다. 그는 정치개혁운동을 펼쳤을 뿐만 아니라, 문사文史관계 고서적을 광범위하게 수집하고 세계 각국을 유람하였으며, 정치관계 문론을 쓰기도 했고 서예에 능했으며 시가창작도 하였다. 사람들은 일반적으로 왕국유를 중국 근대 미학의 창시자로 간주하고, 양계초의 미학이론은 왕국유의 미학이론에 커다란 영향을 끼쳤다고 말하고 있으나, 강유위의 미학사상에 대해서는 그다지 관심을 기울이지 않아 이에 대한 연구나 평가가 미비한 실정이다. 그러나 실제로 강유위의 논저를 자세히 읽어보면 그야말로 시가와 서법 방면에 있어서 철저한 예술실천가로 살았고, 그뿐 아니라 그러한 예술적 실천을 통해 자신의 풍부한 미학사상을 펼쳤다는 것을 알 수 있다. 따라서 강유위는 중국 근대 미학연구의 선도자였으며, 그의 미학사상(문예심리학을 포함하여)은 이후 양계초와 왕국유 등의 미학사상 형성에 커다란 영향을 끼쳤기에 당연히 심도 있는 연구를 해야 한다고 할 수 있다.

심리학이 하나의 독립된 학문으로 인정받기 시작한 것은 1879년 독일의 라이프치히에서 분트(1832-1920)가 심리실험실을 세운 이후이다. 강유위는 심리학자 분트와 거의 동시대 사람이었다. 따라서 그는 서구의 문예심리학과 심리미학의 영향을 받은 왕국유나 채원배 · 양계초와는 달리 독자적으로 나름의 연구를 했다고 할 수 있을 것이다. 강유위의 학생이었던 양계초의 문예심리학 이론과 비교해 볼 때, 물론 양계초의 이론이 훨씬 전면적이고 계통적이라는 사실은 숨길 수 없다. 그러나 그것이 강유위의 예술심리 방면의 연구성과를 완전히 무시해도 된다는 것을 뜻하지는 않는다. 따라서 그의 이론을 연구하는 것 역시 가치가 있는 일임에 틀림없다.

심미학 연구에 있어서 강유위는 심미의 사회성과 공리성 원칙을 중시했다. 그는 미적 사물은 무엇보다 일종의 사회적 객관 존재이며, "후인의 뜻을 느낄 수 있고, 후인의 아름다움을 볼 수 있는 可以感起後人之志, 可以觀感後人之美"[1] 효용을 지니고 있다고 했다. 그러나 그 역시 미적 사물에 대한 미감이란 심리적 특징을 간파하고 있었다. 예를 들어 그는 미적 사물의 형상을 직관적으로 감지할 것을 주장하고 있다. "무릇 사람이 어떤 이의 유언을 읊조리는 것은 친히 남긴 물품을 보는 것만 못하고, 10년이란 오랜 세월 동안 외진 마을에서 책을 읽느니, 하루라도 박물관을 살펴보아 느낌이 더욱 깊어지는 것만 못하다. 凡人諷

咏遺言, 不如親睹遺器. 蓋十年窮鄕之讀書, 不及一日之游博物院, 感人尤深也" 하루라도 박물관을 구경하면 느낌이 더욱 깊어진다는 말은 언어라는 매개물을 통하지 않고 아름다운 문물의 형상을 직관함으로써 그 속에 담긴 심미적 이미지를 단시간에 느낄 수 있다는 말이다. 직접 봄〔親睹〕이라는 심리적 체험 속에서 물상의 아름다움을 깨닫는다는 말도 역시 마찬가지이다.

그는 또한 "사람은 본성적으로 느끼지 않으면 발분치 않고, 접촉치 않으면 움직이지 않는다. 그런 까닭에 책을 읽어 얻는 것이 희극 한 편을 보고 느끼는 것만 못하다 人生性不感不發, 不觸不動, 故讀書之所得, 不如對劇之所感"고 생각했다. 이는 사람들의 미적 사물에 대한 감상은 희극을 보는 것과 같아서, 미적 형상을 구체적으로 직관하는 가운데 느낌이 생기고 여기서 심미적 감지가 가능하게 되며, 또한 이를 통해 미적 사물의 함축된 미학적 의의를 체득하게 된다는 것이다. 이는 또한 심미객체와 심미주체간의 관계를 통해, 미적 형상성과 심미주체가 심미적 반응을 일으키는 원인이 어디에 있는가에 관한 문제를 설명하고 있는 것이기도 하다.

이외에도 강유위는 공통미〔共同美〕의 존재에 대해 언급한 바 있다. "인간의 문물이나 의리는 모두 아름다움을 숭상한다. 人之文物義理, 以美爲尙" "문이란 아름다움인데, 무릇 아름다움이란 인간의 정감으로 사랑하는 바이다. 어느 누가 악을 좋아하고 아름다움을 싫어하겠는가. 文者, 美也, 夫美者, 情所愛, 孰有好惡而憎美者" 이는 문을 숭상하고 아름다움을 사랑하는 마음은 인간이면 누구에게나 있다는 뜻이다. 그는 또한 다음과 같이 말하고 있다. "천지가 산수를 만듦에 아름다운 것과 미운 것이 있는데, 사람의 정에도 사랑과 싫어함이 있으니, 아름다움을 사랑하고 미운 것을 싫어하지 않음이 없다. 이와 같은 것이 어찌 하늘의 본성이 아닐 것이며, 또한 인간의 본성이 아니겠는가? 天地造山水, 有美惡存焉, 而人情之愛惡, 則莫不愛美而惡惡, 若是者豈非天之性, 猶人之性哉?" "눈이 있어 색을 변별하고 귀가 있어 소리를 구별하니, 이는 인간이면 누구나가 독특하게 갖추고 있는 본질적인 것이지 외형의 다름과는 상관이 없는 것이다. 有目而辨色, 有耳而辨聲, 此人質所特具而無文野之所同者也"[2] 여기서 강유위는 인간이면 누구나가 아름다움을 사랑하고 미운 것을 싫어하는 공통성을 지니고 있음을 지적하고, 이어서 이러한 미감의 공통성은 인간의 생리적 감각의 공통성을 토대로 하고 있음을 밝혔다. 이러한 미가 지닌 공통성에 대한 입론은, 맹자가 주장한

"사람의 입에 맛이 좋은 것은 사람들마다 같은 기호를 지닌 때문이고, 귀로 좋은 소리를 즐기는 것은 천하 사람들의 귀가 비슷하기 때문이며, 눈으로 좋은 빛깔을 좋아하는 것은 눈에도 똑같이 아름답다고 여기는 바가 있기 때문이다 口之於美也, 有同耆焉, 耳之於聲也, 有同聽焉, 目之於色也, 有同美焉"라고 한 것과 상응하는 것이다.

강유위는 특히 미감이론에 대한 연구에 있어서 문예심리학의 각도에서 출발하여 '심물감응心物感應' 설을 제시하였다. 그는 〈보존중국명적고기설保存中國名迹古器說〉이란 문장에서, 사람들은 문물고적에 대해 "지난 흔적에 대한 앙모의 감정을 지니고 끊임없이 만져 보며, 거마 사이를 배회하고, 시가를 읊어 보아, 그 취미가 더욱 깊어지고 감흥이 더욱 쉽게 일어나는데 感慕往迹, 流連摩挲, 車馬之徘徊, 詩歌之咏歎, 其趣味倍深, 而興起倍易" 그 까닭은 그 대상의 영웅적 기상이 "보는 이의 눈에 현실처럼 느껴지고, 사람의 마음속에서 왔다갔다 하는 感現於人目, 而往來於人心" 결과라고 하였다. 다시 말해 이는 대상에 의해 일으켜지는 심미취미와, 사람을 감동시키는 매력에 의해 생겨나는 심미반응이라는 뜻이다. 이처럼 강유위는 심미주체의 생리적 기능을 통해 심미 대상에 잠재해 있는 미학적 요인이 불러일으켜짐으로써 나타나는 심리적 반응을 '심물감응' 이란 문예심리학 원리로 풀이한 것이다.

강유위는 다른 문장에서 자신의 외국 견문을 통해 이러한 심미활동 중의 '심물감응' 의 심리과정을 다음과 같이 묘술하고 있다. "날이 저물고 해가 가뭇가뭇한데 뭇별들조차 반짝이지 않고, 밤은 아득하니 사람도 처연한 감정이 들 수밖에 없다. 그러나 날씨가 쾌청하여 햇살이 아름답게 비치고, 바람도 온화하고 비가 개어 높은 곳에 올라 사방을 바라보게 되면 사람의 감정이 부드럽고 맑아진다. 드문드문한 민둥산에 흐르는 듯한 모래로 사방은 넓고 끝이 없으며, 초목은 자라지 않고 계곡은 모두 물이 말랐다. 내가 이집트에서 낙타를 타고 사하라 사막을 여행하는데, 볼 수 있는 끝까지 눈에 띄는 것이라곤 아무것도 없어 하루만에 돌아왔다. 스위스 알프스를 여행하면서 겹겹으로 둘러싼 바위산 골짜기에 길게 늘어진 호숫가 제방을 보았는데, 위로는 흰 눈이 쌓이고 가운데에는 온갖 꽃들이 만발하여 그 밑으로 푸른 물결이 넘실대고 있었다. 온통 짙고 푸른빛에 물들어 곳곳마다 기이한 모습을 연출하니, 지나가는 이들마다 좌우로 눈을 돌리고 귀나 눈으로 접하는 것이 다함이 없어 마음으로 감상하는데 다른 여유가 없었다. 天日昏黃, 群星無光, 搏夜渺茫, 則人爲之凄然. 天晴日麗, 風和雨霽, 登高而四睨, 則人情爲之暢然. 斷山童童, 流沙漠漠, 草木不生, 澗谷皆涸. 吾自埃及跨駱駝游薩哈拉大沙漠, 極目無睹, 一日而返. 游於瑞士阿爾卑士, 岩壑萬重, 湖坡千百, 白雪在上, 繁花在中, 綠波在下, 穠華蒼綠, 尺寸異態, 過者左顧右盼, 耳目接之而不盡, 心魂賞而無暇"[3] 이는 미감 반응은 심미적 사물에 의해 야기되며, 미감의 희로애락의 성질 역시 심미사물의 성질에 의해 결정된다는 뜻이다. 다른 한편 '이목耳目'이나 '심혼心魂' 즉 인간의 주체적인 심미감관 역시 중요하다. 왜냐하면 미적 자연경물이 인간의 심미감관에 작용함으로써 비로소 "귀나 눈으로 접하게 되고 耳目接之" "마음으로 이를 감상하게 되며 心魂賞之" 아울러 이를 통해 "처연한 감정을 느끼거나 爲之凄然" "감정이 부드럽고 맑아진다 爲之暢然"고 보았기 때문이다.

강유위는 유해율劉海栗이 미술학교를 창립할 때 서序를 보내면서 그림에 대해 논한 적이 있는데, 여기서도 "사람의 감정은 외물에 느낌을 받으면 움직이게 된다. 아름다운 것은 향내가 짙고 풍성하여 볼수록 느낌이 깊어지고, 아름답지 않은 것은 거칠고 조잡하여 적막하며 그것을 보면 느낌이 옅어진다 人之情, 感物而動. 其美者, 芳樗鬱穆, 則觀感深, 其不美者, 粗疏索莫, 則觀感淺"[4]고 하여 자신의 견해를 밝히고 있다. 아울러 일종의 '좌망관화坐忘觀化'론이라고 할 수 있는 자신의 관점을 제기하고 있다. "아름다움이 지극하면 끝없는 곳으로 흘러 들어가니, 마치 좋은 술에 취한 듯하고 선정禪定에 들어간 듯하여 가히 앉아서 모든 것을 잊고 변화를 살필 수 있다. 其美之至者, 游入無窮, 如酣醉, 如入定, 可以坐忘觀化焉"[5]

중국 문예심리학사에서 '좌망坐忘' 이론을 처음으로 제시한 사람은 노자와 장자이다. 노자는 '척제현감滌除玄鑒' 설을 제기하였는데, 이는 '도'에 대한 관조로 모든 주관적 욕망과 사념을 깨끗이 제거해야만 능히 사물의 본질을 분명하게 인식할 수 있다는 말이다. 장자 역시 노자의 이러한 설을 계승하여 '심재心齋'·'좌망坐忘'의 이론으로 확대·발전시켰다. 이른바 '심재'는 공허한 심경으로 직관함으로써 사물(도)의 가장 높은 본질을 파악하는 한 방법이며, '좌망'의 개념은 '심재' 개념에서 진일보하여 "형체에서 벗어나고 온갖 앎을 제거함 離形去知"으로써 "지극히 아름답고 지극히 즐거운 至美至樂" 무위無爲의 경계에 들어서는 것을 의미한다. 노장의 이러한 이론은 어떤 의미에서 볼 때 일종의 심미감지의 과정, 즉 심미주체가 심미과정 중에서 외물의 간섭을 극력 배제하고 심미적 주의注意를 집중하여, 심미객체의 미학적 내재미를 정확하게 파악함으로써 심미적 즐거움을 얻는 과정을 반영하고 있다고 할 수 있다. 강유위가 의도적으로 노장의 이러한 이론을 계승하고자 했는지는 정확히 알 수 없으나, 그의 이론과 노장의 이론이 서로 상통하고 있다는 사실만은 분명하다. 물론 양자간에는 서로 다른 점이 존재한다. 노장은 주로 심미주체가 심미할 적에 마땅히 지녀야 할 심미주의의 심리적 특징에 대해 말하고 있으나, 강유위의 경우에는 예술(회화)을 감상하는 과정이나, 그 이후의 문제에 치중하여 심미주체가 자신의 심리나 정감 속에서 얻어지는 일종의 실實에서 허虛로 전이되는 과정과, 망아忘我함으로써 초월하는 경계를 다루고 있다고 할 수 있다. 그렇기 때문에 그의 이론이 예술심미의 실천적 의의가 더욱 풍부하다고 할 수 있다.

심미정감은 심미심리에서 중요한 문제 가운데 하나이다. 예술은 정감의 표현이기 때문에 창작을 위해서는 당연히 정감이 있어야 하고, 심미에 있어서도 정감은 필요불가결한 요소가 된다. 강유위는 예술창작과 감상에 있어서 정감의 역할을 대단히 중시했다. 그는 객관적 환경과 사상, 감정의 관계를 집중적으로 논술하여 "슬픔이나 기쁨에 마음이 들떠야 비로소 글을 쓸 수 있다 傷於哀樂遂能文"[6] · "시라는 것은 말에 알맞은 문채가 있는 것이라! 대개 사람의 정지가 마음속에 맺히고 밖으로 어떤 상황이 교차되며, 그러한 상황이 교차되어 작가를 압도함이 기이할 정도가 되면 정지의 축적도 깊고 두터워진다 詩者, 言之有節文者耶! 凡人情志鬱於中, 境遇交於外, 境遇之交壓也瑰異, 則情志之鬱積也深厚"[7]고 말한 바 있다. 또한 그는 시가창작은 "인성을 벗어날 수 없다 不離人性"고 보고, "하늘과 사람의 느낌 天人之感"이 와야 가능하다고 보았다. 그래서 "작가 자신의 신세를 쓰고 마음속의 그윽한 심사를 드러내며, 슬픔이나 기쁨의 끝없는 감정이나 쾌락을 읊조리니 궁핍한 자는 자신의 정감을 드러내고, 수고하는 이는 그 일을 노래 부른다 寫身世, 發幽懷, 哀樂無端, 咏歎淫佚, 窮者達情, 勞者歌事" · "정감이 깊어지면 글이 밝아지며, 기가 성하면 변화가 신묘해진다 情深而文明, 氣盛而化神"[8]고 말한 것이다. 이는 곧 예술창작이란 인간의 사상 · 감정을 표현한 것이며, 이러한 사상 · 감정은 사회환경에서 생겨난다는 것을 말하고 있는 것이다.

예술창작은 여러 가지 일에 기인하여 이루어진다. 현실의 사물이나 체험이 깊을수록 정감은 더욱 깊어지고, 언어표현 역시 자연스럽게 더욱 분명해진다. 아울러 의경 역시 더욱 신기해진다. 강유위는 황준헌과 같은 이들의 시에 대해 높이 평가한 바 있는데, 이는 그들의 시가 시대의 아픔에 동참하고 애국을 노래했으며, 일반 사람들에 대한 관심이 지극하여 이를 절절한 정감으로 표현함으로써 "정감이 깊고 뜻이 심원하여 자연스럽게 감동이 배가되고 화엄이 좇아 드러난 듯했기 때문이다. 情深而意遠, 益動於自然, 而華嚴隨現矣"[9]

1904년과 1905년에 강유위는 이탈리아와 독일을 방문하여 양국의 조각이나 회화예술을 감상하고 심취할 수 있었다. 귀국 후 쓴 《이탈리아 유람기 意大利遊記》에서, 그는 레오나르도 다 빈치의 유화에 대해 "멀리서 생기가 분출하고 신묘함이 진짜인 듯했다 生氣遠出, 神妙迫眞"고 평가하고 있다. 그리고 "다 빈치의 그림은 작가의 뜻이 다분히 담겨 있었으며 拉斐爾畵多在意" "신령스러운 빛이 황홀하여 마음으로 흠뻑 취했다 靈光惝恍醉於心"고 말하고 있다. 이는 다 빈치의 유화에 진지한 정감이 스며들어 있어 사람들의 심령세계에 이르기까지 깊은 감동을 주었다는 뜻이다. 사실 이러한 예술이론은 모두 강유위가 일생 동안 겪어왔던 여러 가지 삶의 형태를 총결짓는 것이자, 그의 시가창작 경험의 결정이라 할 수 있다. 그래서 양계초는 강유위의 시에 대해 "대부분 진정한 성정에서 나온 것이기 때문에 그 시 밖에는 항시 인간이 있었다 蓋發於眞性情, 故詩外常有人也"고 할 수 있었던 것이다.

심미이정審美移情은 문예심리학의 중요한 문제 가운데 하나이다. 서구의 경우 '심미이정' 설을 주장한 대표적인 인물들로는 로베르트 피셔 · 테오도르 립스 · 칼 그로스 · 빅토르 바쉬 · 버논 리 등이 있는데, 이들을 보더라도 이 이론이 문예심리학사에서 대단히 중요한 위치를 차지하고 있음을 알 수 있다. 중국 고전미학에서는 표현을 중시한다는 것이 하나의 특징인데, 그런 가운데 각 조대마다 심미이정에 관한 이론이 적지않게 제시되었다. 예를 들어 장자의 '신여물화身與物化' 설이나 고개지의 '천상묘득遷想妙得' 설, 소식의 '신여죽화身與竹化' 나 '물아구망物我俱忘' 설 등은 모두 이와 관련된 이론들이다. 이른바 '이정移情' 이란 심미주체(사람)가 심미과정을 통해, 자신의 정감을 심미 대상에 옮겨 심미 대상에 정감과 생명을 부여하는 일종의 심리활동을 뜻한다. 그것은 일종의 '감각인상의 중첩' 이며, '정감의 외사外射' 라고 불리기도 한다. 이정이 가능하기 위해서는 심미주체와 객체간에 객관적인 유사성이 현실적인 토대가 되어야 한다. 그래서 립스와 같은 이는 사람들이 '유사한 사물을 동일한 관점에 놓고 이해하는' '자연적 경향'[10]이 생리학적 토대가 되어야 한다고 생각했다.

중국 근대의 경우에는 강유위가 제시한 심미이정설이 이에 관한 가장 탁월한 이론으로 평가받고 있다. 그는 예술창작과 감상중의 이정작용에 대해 주의를 기울였다. 그는 정과 경이 대립하면서 또한 통일되는 과정을 통해 예술창작의 이정 문제에 대해 논술하였다. 예를 들어 그는 "정이란 음이고, 경은 양이다. 정은 그윽하고 어두운 곳에서 서로 이어지고, 경은 아름다워 서로 드러낸다. 음과 양이 더욱 밀접하게 교차하니 더욱더 변화무쌍해지고 뒤섞이며, 또한 예속이나 문물로 그것을 절제하는 까닭에 적극적으로 발하게 된다 情者陰也, 境者陽也, 情幽幽而相襲, 境嫮嫮而相發, 陰陽愈交迫, 則愈變化而旁薄, 又有禮俗文物以節奏之, 故積極而發"고 하였는데, 이는 "경에 따라 정감이 움직이는데, 기쁨이나 즐거움이 다르고 슬픔이나 기쁨이 다를 때 因境而移情, 樂喜不同, 哀樂異時"에도 모두 "자연스럽게 그칠 수 없는 것 皆自然而不可以已者哉"[11]이라고 하였다. 이는 "정은 경에 의해 생겨나고 情因境生" "경은 정에 의해 달라진다 境因情異"는 심미이정의 변증적 관계를 설명하는 것이라 하겠다.

강유위의 서법미학 사상은 그의 미학사상의 중요한 부분을 차지하고 있다. 그는 서법이론뿐만 아니라 서법의 실천에도 나름대로 조예가 있었다. 그의 서법미학은 그의 실천적인 서예활동을 토대로 이루어진 것으로 이후 중국 미학사나 서법사에 커다란 영향을 끼쳤다. 강유위의 서법미학 사상은 그가 1888년과 1889년에 쓴 《광예주쌍즙廣藝舟雙楫》에 집중적으로 서술되어 있다. 《광예주쌍즙》은 5권으로 나누어져 있는데 전부 27장이다. 내용은 주로 서법과 문자에 관한 것과 서법사, 서법의 종류 등을 망라하고 있어 연구 범위가 광범했음을 알 수 있다. 그 책 안에는 서법미학 사상이 풍부하게 들어 있으며, 서법심리학과 유관한 내용도 적지않다.

우선 강유위는 서법예술의 미학적 본질에 대해 논의하면서 그것이 지니고 있는 사회성과 시대성의 특질에 대해 언급하고 있다. 그는 "사람들은 풍기에 제한을 받지 않은 적이 없었다. 제도·문장·학술 등은 모두 때가 있는 법이다 人未有不爲風氣所限制者. 制度文章學術皆有時焉"[12]라고 생각하였는데, 진대 사람들의 서법을 예로 들어 이 문제를 설명했다. "서는 진나라 사람들 것을 가장 으뜸으로 삼는다. 대개 글자의 자태가 뛰어났고 어세語勢가 교묘했으며, 풍류를 서로 부추겨 속티가 났다. 그 시기를 고찰해 보면 한대에서 멀지 않아 채옹〔벼슬이 郎中에 이르렀다〕과 왕도王導〔南齊 王僧虔의 증조부로 초서에 능했다〕의 필적이 많이 전해져 있었다. 《각첩》에 실려 있는 왕희지 · 사안謝安〔자는 安石. 陽夏 사람이다〕 · 환온桓溫〔자는 元子. 常熟 사람이다〕 · 치감郗鑒〔자는 道徽. 晋 高平 사람이다〕 및 여러 제왕들의 글씨는, 비록 위조본이기는 하지만 당시의 문채가 돋보여 진실로 뛰어났다. 예서와 해서가 새롭게 변화하였고, 팔분체와 초서가 최초로 나왔는데 그 시대에 합당하였다. 게다가 청허를 숭상하였으며, 붓과 종이 또한 우아하고 공교로웠다. 그래서 전대에 비할 수 없을 정도로 뛰어나 더불어 맞설 수 없었다. 書以晉人爲最工. 蓋姿制散逸, 談鋒要妙, 風流相扇, 其俗然也. 夷考其時, 去漢不遠. 中郞太傅, 筆迹多傳. 閣帖王謝桓郗及諸帝書, 雖多贋本, 然當時文彩, 固自異人. 蓋隸楷之新變, 分草之初發, 適當其會. 加以崇尙淸虛, 雅工筆札, 故冠絶後古, 無與抗行"[13] 여기서 강유위는 진대에는 "청허淸虛를 숭상하였는데" 당시 서예가들은 "그 시대에 합당하고자 했으며" 그래서 "전대에 비할 수 없을 정도로 대단히 뛰어나 더불어 맞설 수 없을 정도로 훌륭한" 예술 진품을 창조할 수 있었다고 설명하고, 아울러 서법미의 발전이 당시대의 사상 · 정치 · 풍속 · 습관 · 윤리 · 도덕관념 등의 제약을 필연적으로 받을 수밖에 없기 때문에, 당연히 사회성과 시대성을 띠게 된다는 것을 증명하였다.

바로 이러한 특질을 지니고 있기 때문에 강유위는 서법예술을 감상하거나 평가할 때, 반드시 그 시대의 보편성과 특수성을 살필 수 있는, 즉 '심시통변審時通變'의 사상을 지녀야만 한다고 주장했다. 또한 "사람의 마음은 변화로 나아가니 변화가 위주가 된다. 그런즉 변하면 반드시 이길 것이고 변하지 않으면 패하게 될 것이다. 서법 역시 그 일단을 지닌다 人心趨變, 以變爲主. 則變者必勝, 不變者必敗. 而書亦其一端也"[14]고 하였다. 그러나 오히려 '풍상과 서로 다르고,' 또한 '그 시기에 합당하는 것'이 불가능하면 결국 "존중할 것과 비하할 것이 분명치 않게 된다 尊卑迴絶耳"[15]고 하였으며, 아울러 감상자가 만약 시대의 풍상이나 인심의 변화에 근거하여 서법예술을 평가할 수 없다면, 그 심미가치를 드러내는 것이 불가능할 것이라고 주장했다. 이상과 같은 서법예술의 성질과 예술감상에 관한 이론은, 실제로 서법예술의 창작과 감상은, 반드시 사회심리와 인간들의 심미심리의 변화에 적응해야 한다는 심미심리학 사상을 포함하고 있다고 할 수 있겠다.

강유위는 서법의 "좋고 나쁨이나 교묘하고 졸박함은 단지 자체적으로 비교할 수 있을 뿐이다 美惡工拙, 只可於本界較之"[16]라고 하여, 서법미의 평가는 그 내부 특징에서 감별할 수밖에 없다고 생각했다. 이는 서법의 특수한 미학법칙을 중시한 것이다. 그는 중국의 서법문자는 외국문자가 소리 위주의 특질을 지니고 있는 데 반해, 눈으로 보는 데 익숙하여 자연히 글자체를 중시한다고 하면서, 바로 이러한 이유 때문에 극히 운미韻味를 지니고 감상자에게 창조와 상상의 천지天地를 남긴다고 하였다. 그는 중국의 서법은 실용의 가치가 있을 뿐만 아니라 심미가치도 풍부하다고 생각했다. 그는 이를 비유하여 다음과 같이 말한 적이 있다. "옷은 몸을 가리는 것이니 남루한 옷으로도 족하다고 한다면, 구태여 무늬를 넣어 보이게 할 필요가 있겠는가? 먹는 것은 배부르게 하기 위함이니 말린 밥과 명아주 국이라도 실컷 먹으면 된다고 한다면, 어찌 진수성찬의 아름다움을 취할 것인가? 담장은 그저 바람과 비를 가리는 것일 뿐이라고 한다면, 어찌 조각을 하고 칠을 하여 찬란하게 할 것인가? 배나 수레는 산을 넘고 바다를 건너면 될 뿐이라고 한다면, 어찌 몇 번을 엮어 눈부시게 아름답도록 만드는가? 시는 뜻을 말하는 것뿐이라면 어찌 성률을 따지고 조화를 이루고자 하는가? 문심文心은 도를 싣는 데에만 있다면 어찌 수식을 하여 공교롭게 하고자 하는가? 衣以掩體也, 則裋褐足蔽, 何事彩章之觀? 食以果腹也, 則糗藜足飫, 何取珍羞之美? 垣墻以蔽風雨, 何以有雕粉之璀璨? 舟車以越山海, 何以有几組之陸離? 詩以言志, 何事律則欲諧? 文心載道, 胡爲辭則欲巧?"[17]

그는 또한 한나라 비석의 미학적 풍격을 33가지로 나누어 품평하면서 "'삼공산三公山'은 '창고蒼古'하고 비액碑額은 '묘려妙麗'하다. '천발신참天發神讖'은 '기위奇偉'하고, '봉선국산封禪國山'은 '아건雅健'하고, '소보少寶'·'개모開母'는 '무밀혼경茂密渾勁'"[18]이라고 하였다. 여기서 우리는 강유위가 서법미학의 특징을 중시하여 이를 평론하는 데 공력을 기울였음을 알 수 있다.

강유위는 또한 서법의 미학적 풍격연구를 중시하였는데, 특히 그는 일종의 웅장미에 해당하는 풍격을 힘써 추구하였다. 《광예주쌍즙》에서 그는 서법에서 웅장미의 풍격을 지닌 완원阮元과 포세신包世臣을 적극 칭찬하였는데, 그 자신 역시 서첩書帖보다는 비문을 훨씬 중시하여 서법의 숭고미를 추구하였다. 한대 비문의 미학 풍격을 33가지로 나누어 평점을 가한 것 이외에도, 그는 남비南碑와 위비魏碑에서 구성의 엄밀함, 필화의 견고함, 기세의 웅장함 등의 특질에 따라

10가지 아름다움을 추출하였다. "첫째, 기백이 웅장하고 강하다. 둘째, 기상이 웅혼하고 엄숙하다. 셋째, 필법이 약동하고 있다. 넷째, 그림의 윤곽이 가파르면서도 두텁다. 다섯째, 의태가 기이하고 뛰어나다. 여섯째, 정신이 비상하는 듯 움직인다. 일곱째, 흥취가 바야흐로 무르익다. 여덟째, 골법이 명료하다. 아홉째, 구성이 천연적이다. 열째, 피와 살이 풍만하고 아름답다. 一曰魄力雄强, 二曰氣象渾穆, 三曰筆法跳越, 四曰點畫峻厚, 五曰意態奇逸, 六曰精神飛動, 七曰興趣酣足, 八曰骨法洞達, 九曰結構天成, 十曰血肉豊美"[19] 여기에 나오는 '백력'·'기상'·'의태'·'정신'·'골법'·'혈육'·'흥취' 등은 모두 심미심리학의 개념으로 사용되었다고 할 수 있겠다. 강유위는 이렇듯 서법 풍격에서 숭고미와 웅장미를 추구하였다. 이는 물론 그가 서법예술의 사회성을 간파하고, "도광 이후 비학이 중흥하게 된 道光以後, 碑學中興" 예술적 조류의 영향을 받은 것이라고 할 수 있다. 그러나 그 자신 또한 변법유신 정치가로서 추구하고자 했던 예술적 풍격이 바로 이러한 취향을 유도했다고 볼 수도 있다.

그는 비학碑學을 제창하고, 첩학帖學을 반대했다. 또한 웅장하고 강건한 아름다움을 찬양했다. 이는 중국 근대 미학에서 공자진과 위원魏源으로부터 시작하여, 문예창작을 통해 애국과 호방한 정감을 드러내고자 했던 예술정신을 계승하고 발양한 것이자, 중국 근대 자본계층의 개혁가들이 지니고 있던 혁신정신을 투사한 것이라고 할 수 있겠다. 풍격은 곧 그 사람이라고 하였다. 마찬가지로 문장은 곧 그 사람을 드러내며, 서법 역시 마찬가지이다. 강유위가 찬양한 숭고미와 웅장미를 지닌 서법 풍격과, 그 자신의 고아하면서도 굳세고 호방한 서법예술은 곧 그의 인격과 심리세계를 반영하고 있는 것이다.

강유위는 서법미에 대해 논하면서 감상자(심미주체)의 심리적 요구와 정감이입 등 문예심리학 원리에 주의를 기울였다. 그는 서법이 번다한 쪽에서 간결한 쪽으로 변화·발전했다고 생각했다. "사람의 마음이 받아들일 수 없는 데에서 나올 수는 없는 것이니, 이는 인정이란 것이 결국 간단하고 편리한 쪽으로 나아가게 마련이기 때문이다. 번잡한 것은 사람들이 공히 두려워하며, 간이한 것은 사람들이 모두 좋아한다. 두려워하는 것을 제거하고 좋아하는 쪽으로 인도하는 것이 그 마땅함을 장악하는 것이다. 不獨出於人心之不容已也, 亦由人情之竟趨簡易焉. 繁難者人所共畏也, 簡易者人所共喜也. 去其所畏, 導其所喜, 握其權便"[20] 그는 또한 "〈황정경〉을 필사하면 정신이 어렴풋이 아득한 곳에서 노닐고, 〈고서〉를 써보면 정지가 침울하게 되는 것을 느낄 수 있으니 인정이 옮겨질 수 있기 때문이다 寫黃庭則神游縹緲, 書告誓則情志沈鬱, 能移人情"라고 말하고, 이러한 경지를 "서예의 지극함이다 書之至極"[21]라고 하였다.

그는 이러한 토대하에서 서법 및 서법예술의 의경미를 추구했다. 그는 고인들도 '새로운 이치와 각기 다른 형태'를 존중했다고 하면서 "먼저 끊임없이 생각하는 것을 귀하게 여기고, 그러한 생각들을 자유분방하게 함으로써 새로운 것을 만들어 낼 것 先貴存想, 馳思造化"을 요구했으며, 그럼으로써 "새로운 이치와 각기 다른 형태가 자연스럽게 창출될 것 新理異態, 自然佚出"[22]이라고 주장했다. 또한 그는 "만물의 밖에 이르기까지 생각을 치달리게 하고 팔분체로 구성을 하면서 전서나 예서를 아울러 쓰며, 기이한 형태와 변화가 붓의 끝머리를 복잡하게 해야 한다 馳思於萬物之表, 結體於八分之上, 合篆隸陶鑄而爲之. 奇態異變, 雜沓筆端"고 주장하고, 능히 "붓의 조작이 익숙해지면 操之極熟" 비로소 "생생한 면모가 새롭게 열리는 別開生面" 경계를 얻을 수 있을 것이라고 하였다. 이처럼 서법에서도 예술적 경계를 추구함으로써 그의 서법이론은 예술심리의 내포[23]가 더욱 풍부해질 수 있었다.

이외에도 강유위는 문자를 쓰는 것이나 독서를 하는 것이 사람의 시각기관과 어떤 관계를 맺는가에 대해서도 언급한 바 있다. "사람이 원독을 하게 되면 손에 불편하고, 거꾸로 읽게 되면 눈에 불편하다. 그런즉 중행이 마땅하며, 횡행하는 것도 가히 쓸모가 있다. 사람의 두 눈은 본래 횡으로 달려 있기에 옆으로 가면 얻는 것이 많아진다. 눈동자는 둥글기 때문에 중행하여 아래로 곧장 내려가는 것이 순서라 하겠다. 人圓讀不便於手, 倒讀不便於目, 則以中行爲宜, 橫行亦可爲用. 人目本橫, 則橫行收攝爲多. 目睛實圓, 則以中行直下爲順."[24] 이러한 주장은 인간의 감각기관과 심미 특징을 연관시켜 입론한 것으로 나름의 특색을 지니고 있다.

마지막으로 강유위 미학과 문예심리학 이론 가운데 가장 특징적인 것은 문물文物미학 사상이다. 강유위는 거의 16년이란 오랜 세월에 걸쳐 구미 30여 나라를 방문한 적이 있었다. 그는 당시의 여행 소감을 바탕으로 적지않은 산문과 여행기를 썼다. 그 작품들은 대개 세계 각국의 찬란한 명승고적에 대한 진실한 기록이라 할 수 있는데, 그 내용 속에서 그의 문물미학에 대한 견해를 살펴볼 수 있다. 강유위의 문물미학은 문물이 '국민의 마음을 감동시키고,' '심미의 가르침을 분명히 한다'는 데서 출발한다. 그는 그리스나 아테네를 포함한 구미제국은 2천여 년이란 오랜 세월 동안 수 차례의 동란을 겪었음에도 여전히 예전 도시의 여러 가지 형태들, 즉 대리석으로 만든 구조물이나 극장터, 사원과 의회마당 등을 지금까지 그대로 간직하고 있으며, '도시 전체에 석양이 물들 즈음'이면 사람들에게 커다란 미적 향수를 가져다 준다고 말하고, 또한 고대 로마의 경우에도 역시 오랜 세월의 흐름 속에서 숱한 전쟁과 파괴가 있었음에도 불구하고, 아우구스티누스 궁전이나 니로의 고궁, 콘스탄티누스의 유적, 테피다리움 양식뿐만 아니라 허물어진 담장 등과 같은 오랜 유적이 그대로 남아 있어 "그 정묘한 형상·문채와 아름다운 기물들이 아주 오랜 세월 동안 精妙之象, 文美之器, 百千萬億" 우거진 수풀 속에 그대로 잔존하여 보는 이들로 하여금 "끊임없이 어루만지고 머물게 하며 탄복하게 만든다 無不流連撫摩, 徘徊悼嘆"고 말한 바 있다.

그리고 구주歐洲의 영국이나 프랑스·독일·오스트리아 등과 같은 나라들은 도시마다 박물관이 없는 곳이 없고, 그 박물관에는 "그 도시의 오랜 물건이나 옛 현인들의 유물들이 수집되어 있으며 收集其鄕邑之古物, 前賢之遺物," 심지어는 명사나 시인들의 편지나 옷가지 같은 하찮은 물건조차 잘 보존되어 있음을 살피고는, 어찌하여 프랑스 사람들은 바이런이나 루소·와트 같은 이들의 유물을 "진귀한 보물인 양 소중하게 간직하고 있는가? 珍藏極盛?" 이탈리아 사람들은 어찌하여 화가 라파엘로의 무덤을 당시 이탈리아 왕국의 시왕始王인 이마노크의 무덤과 같은 궁에 두었는가라고 반문하고 있다. 또한 그는 멕시코 사람들은 문물고적을 보호하기 위하여 "관서에 옛 물품을 수집하는 일을 전담하는 부서를 설치하여 많은 돈을 들여 골동품을 사들이고 있다 文部猶專設搜輯古物之司, 歲撥百萬巨幣, 爲搜剔古物之用"고 하여, 서구 사람들의 옛 문물에 대한 애호를 대단히 긍정적으로 받아들이고 있다.

강유위는 이런 찬란한 고대 문물을 통해 "이전 사람들의 뜻을 느낄 수 있고, 또한 그들의 아름다움을 보고 감동할 수 있다 可以感起後人之志, 可以觀感後人之美"고 보았으며, 그렇기 때문에 그 속에는 사상을 통한 인식가치가 존재할 뿐더러 예술적 심미가치도 존재하는 것이라고 생각했다. 그는 "무릇 만물의 이치는 다양해서 어떤 것은 유용을 그 쓰임으로 삼고, 또 어떤 것은 무용을 그 쓰임으로 삼는다 物之理多矣, 有以有用爲用, 亦有以無用爲用者"고 말한 적이 있는데,

이는 고대 문물이 보기에는 무용한 것 같지만 사실은 대단히 유용하다는 사실을 지적한 것이다. 분명 그는 고대 문물을 훼손하거나 아예 없애 버리는 일은 결코 옳은 사용이 아니며, 비록 무용한 듯하지만 잘 보존하고 간수하는 것이 바로 무용을 유용으로 만드는 것임을 정확히 지적하고 있는 것이다. 그는 스페인 사람들이 콜럼버스를 기념하고 독일 사람들이 12세기의 벽화를 소장하고 있는 방을 지금까지 잘 보존하고 있으며, 이탈리아 사람들이 라파엘로의 그림을 억만금의 가치가 있다고 자부하고 있는 것, 그리고 그밖에도 인도의 불교사원이나 바라문들의 탑이나 묘당, 몽고의 칭기즈 칸의 왕릉 등이 이미 오랜 세월이 흘렀음에도 불구하고 여전히 훼손되지 않고 잘 보존되어 있는 것을 보고, 이는 각국의 사람들이 고대 문물이 "후세 사람들의 마음을 감동시키고 문화적 아름다움을 증가시키며 지혜를 더욱 깊이 계발할 수 있다 感動興起後人之心, 增加文美, 浚發智巧"는 나름대로의 효용가치를 중시했기 때문이라고 생각하였다. 이는 다시 말해 눈앞의 이익에 연연하여 임의대로 훼손하거나 다른 효용가치를 찾고자 옮기지 않고, "나그네들로 하여금 그 주위를 배회하며 머뭇거리면서 감동을 받고 감흥을 일으킬 수 있도록 한다 令游人徘徊焉, 躑躅焉, 感動焉, 興起焉"는 뜻이니, 나그네나 관람객들의 심미를 촉발시켜 문물고적이 지니고 있는 감동의 효용을 중시한 것이라 하겠다.

강유위는 수천 년의 역사를 자랑하는 중국의 찬란한 문물고적에 대해서도 열정적으로 찬사를 보내고 있다. "중국의 궁전이나 조각된 종루 등은 비록 정밀하지는 않지만 규모면에서 엄청나다고 할 수 있으니, 내가 대지를 두루 다녀 보니 실로 다른 나라에는 없는 것들이었다. 제단이나 종묘 등은 중국에서 수천 년 동안 보존해 온 큰 제전으로 그 동산이나 정원은 그윽하기 이를 데 없어 동아시아의 으뜸이라 할 수 있으며, 또한 중국 대지의 특색이라 할 수 있다. 中國之宮殿雕鏤雖不精, 其廣大宏巨, 以吾遍游大地, 實萬國之所無. 其壇廟, 實爲吾國數千年之大典, 其苑囿窈窕, 亦冠絶東亞, 而爲大地之特色焉" 이러한 견해는 자신의 나라가 지니고 있는 문물에 대한 열정적인 애정을 그대로 드러낸 것이자, 그의 문물의 심미적 특성에 대한 심도 있는 심미심리적 체험과 고도로 축적된 예술적 능력이 응축되어 나타난 것이라고 할 수 있다.

제4절 양계초의 문예심리학

양계초梁啓超(1873-1929)의 자는 탁여卓如이고, 호는 임공任公이다. 음빙실주인飮氷室主人으로 호칭되기도 한다. 광동 신회新會현 사람이다. 그의 방대한 저서 속에는 미학 문제를 다룬 문장이 많이 있는데, 후세 사람들이 편집한 것으로 《음빙실합집飮氷室合集》이 있다.

양계초는 근대 중국의 유명한 개혁가이다. 사람들은 그의 문예와 미학사상에 대해 평론할 때 문예(소설·서법)를 개량주의적 정치 성향에 맞추어 그 사회적 효용면을 강조했을 뿐이라고 말하는 경우가 대부분이다. 그러나 결코 그렇지 않다. 양계초는 예술 문제, 특히 문예심리학의 분야에서 심미심리와 유관한 심미취미·심미정감, 그리고 심미이정 등의 문제에 대해 심도 있는 논의를 하였으며, 나름대로의 견해를 제시한 바 있다. 물론 그는 정치 개량의 문제에 특히 심혈을 기울였다. 그러나 이와 동시에 예술창작과 감상의 특수한 심리법칙에 대해서도 주의를 기울였다. 비록 탁월한 독창성을 발휘한 것은 아니지만, 어느 정도 중국 문예심리학 이론을 더욱 풍부하게 했다는 점에는 이론이 있을 수 없다.

양계초는 인간 생리·심리의 필요에서 출발하여 '미'의 작용을 특히 중시했다. 그는 '미'란 인류생활에서 가장 중요한 요소라고 생각했다. 그래서 "나는 아름다움이 인류생활의 한 요소로, 때로는 여러 가지 요소 가운데 가장 중요한 것이라고 생각한다. 만약 생활의 전체 내용 가운데 미의 성분을 추출해 버린다면, 아마도 생활이 자유스럽지 않고 심지어는 살아 나갈 수 없을지도 모른다 我確信美是人類生活一要素, 或者還是各種要素中之最要者. 倘若在生活全內容中把美的成分抽出, 恐怕便活得不自在, 甚至活不成"[25]고 하였던 것이다. 중국 미학사에서 이러한 견해는 처음 제기된 것으로, 양계초 이전에는 그 어떤 미학자나 문론가들도 '미'가 일상생활에서 점유하고 있는 위치를 이처럼 명확하게 지적한 적은 없었다. 뿐만 아니라 양계초의 이러한 관점은 문예심리학의 각도에서 볼 때, 사람의 생리·심리적 메커니즘과 합치된다. 미국의 인본주의 심리학자인 매슬로는 인간의 욕구를 다섯 가지 기본적인 단계로 구분하였는데, 생존 욕구·안전 욕구·귀속 욕구·존중 욕구·자아실현의 욕구 등이 바로 그것이다. 이는 인간의 심리구조 내의 다섯 가지 단계라 할 수 있는데, 그 가운데 자아실현의 욕구는 인간 자신의 정신세계를 드러내고자 하는 욕구로서 미학이나 예술적 욕구를 포함하는 인간의 심리 욕구라 할 수 있다. 이렇게 본다면, 인간의 '미'에 대한 욕구는 심미 욕구를 토대로 하는 것으로 바로 심미심리라 할 수 있을 것이다. 양계초는 인간의 '미'에 대한 욕구 또한 인간의 생리·심리적인 것이다라는 예술심리학 원리에서 출발하여 심미심리에 대한 논의를 전개시키고 있다.

그렇다면 왜 사람들은 '미'를 필요로 하고, '미'가 사회생활 속에서 점유하고 있는 비중은 왜 이처럼 높은가? 이에 대해 양계초는 '심미취미'설을 제시하고 있다. "심미적 본능은 우리 인간들 모두가 지니고 있는 것이다. 다만 감각기관을 사용치 않거나 또는 사용할 수 없을 경우 그런 상태가 오래 지속되면서, 마침내 그 본능이 마비되고 마는 것이다. 審美本能, 是我們人人都有的. 但感覺器官不常用或不會用, 久而久之麻木了"[26] 그는 사람은 '미'를 통해 심미취미를 지닐 수 있으며, 취미는 '활동의 원천'이자 '생활의 원동력'이라고 생각했다. 그래서 취미가 없다면, "생활은 견디기 힘들며 그런 사람을 억지로 세상 사람들 사이에 살게 하여도, 단지 걸어다니는 시체나 고깃덩어리에 불과할 뿐이다 便生活得不耐煩, 那人雖然勉强留在人間, 也不過是行尸走肉"[27]라고 주장한 것이다. 양계초는 '취미'를 일종의 '심미 본능'으로 간주하고, 사람의 감각기관을 통해 심미 대상에서 영양을 흡수하는 것이 사람의 생리·심리적 기능에서 필수적이라고 생각했다. 또한 심미취미는 일종의 고차원적인 정신적 향수로서 생리적 욕구를 만족시킬 뿐만 아니라, 인간의 정신적 자아실현의 욕구 또한 만족시킬 수 있다고 주장하였다.

양계초는 취미를 고급취미와 저급취미로 구분했으며, 좋고 나쁜 것의 구분도 가능하다고 보았다. 예를 들어 문학작품에서 애정을 표현하는데 "그 본질은 원래 극히 좋은 것일지라도 고상한 지경으로 끌어올리지 않으면 결과적으로 추악한 것으로 흘러갈 수도 있다 本質原來又是極好的, 但若不向高尙處提, 結果可以流於醜穢"(《晩淸兩大家詩鈔題辭》)고 하였다. 양계초는 이른바 고급취미가 바로 심미취미라고 생각했다. 그래서 허위적이고 기만적인 것으로 다른 사람의 고통을 자신의 쾌락으로 삼는 저급한 취미에 대해 반대 의사를 분명히 하고, 고상한 심미기호를 제창했다. 그는 이렇듯 심미취미를 통해 인간의 심미본능을 회복시키고, 인간의 생활 건강을 유지·증강시키고자 하였던 것이다. 여기서 볼 때, 양계초는 이미 미감과 쾌감을 정확하게 구별했음을 알 수 있다. 미감은 사회적·정신적인 것으로 희열성을 지닌다. 그것은 사람에게 쾌감을 줄 수 있다. 그러나 그것은 정신적 도야를 위주로 한다. 이에 반해서 쾌감은 개체적·생리적인 것이다. 또한 쾌감이 있다고 해도 그것이 반드시 미감을 주는 것은 아니다. 그러나 양계초는 생리적인 각도에서 미감은 쾌감을 토대로 삼아야 한다고 주장했다. 그래서 "인생의 고통을 호소하고 인생의 어두운 면을 묘사하여 訴人生苦痛, 寫人生黑暗" 쾌감을 불러일으키고, 또한 아름다움을 지닐 수 있다고 보았던 것이다. 왜냐하면 "고통스러운 자극 역시 쾌감의 일종이기 때문이다. 예를 들어 피부가 가려운 사람은 피가 날 지경에 이르도록 가려운 부분을 긁는데, 긁으면 긁을수록 시원해짐을 느낀다. 痛楚的刺激, 也是快感之一. 例如膚痒的人, 用手抓到出血, 越抓越暢快"[28] 이렇게 볼 때, 양계초의 쾌감과 미감의 관계에 대한 관점은 상당히 변증법적임을 알 수 있다.

양계초는 심미취미를 얻는 세 가지 경로에 대해서도 논의한 바 있다. 첫째는 "실경實境에 대한 감상과 재현이다. 對境之賞會與復現" 둘째는 "마음속의 것을 드러내어 연관을 맺는 것이다 心態之抽出與印契." 셋째는 "다른 세상과 연계하여 (현실생활을) 뛰어 넘어가는 것이다. 他界之冥構與驀進"(《미술과 생활》) 이것 역시 심리적인 측면에서 입론한 것이다.

첫째 경로는 기억과 연상을 뜻한다. 양계초는 인간은 사회에서 반드시 자연의 아름다움과 서로 접촉하게 되고 그 잔상이 뇌리에 잔존하게 되는데, 그것이 바로 기억이며 다시 일시적으로 깨닫게 되거나 재현되는 것이 바로 연상이라고 보았다. 그래서 경에 대한 감상과 재현을 통해 "취미를 얻을 수 있게 된다 得有趣味"고 생각했다.

둘째 경로는 일종의 발설, 즉 '풀이'이다. 양계초는 모든 사람이 각기 쾌락상태에 몰입하거나 자신의 고통을 토로할 때, 또는 다른 사람이 그러한 말을 할 때 항시 유쾌한 느낌을 지니게 된다고 생각했다. 이러한 '풀이'는 기분을 상쾌하게 만든다는 뜻으로 개심開心(기분전환하다는 뜻)이라고 할 수 있는데, '사람들의 마음속에 있는 미묘한 것'이다. 일종의 배설을 통해 취미를 얻을 수 있다고 생각했다.

셋째 경로는 정신적인 초탈이다. 양계초는 현실세계가 자신의 이상과 부합하지 않을 경우 미래에 희망을 걸게 되는데, 이렇게 '이상계로 돌입하는 것〔闖入

理想界)' 역시 심미취미를 획득할 수 있는 방법이라고 생각했다.

이상의 세 가지 경로는 모두 심미취미의 생성이나 예술미의 구성 요소에 대한 심리분석이라 할 수 있다. 이러한 분석은 인류의 생리·심리구조적 효용과 부합되며, 인류의 생활 발전법칙의 객관적 실제와 합치되는 것이기도 하다. 왜냐하면 심미취미가 생겨나는 생리·심리적 요인에 대해 언급하면서, 아울러 그러한 취미가 허공에서 얻어지는 것이 아니라 문예창작을 비롯한 실천적 활동을 통해 얻어지는 것이며, 인간의 생리·심리적 메커니즘의 반응 역시 사회적 실천과 밀접하게 연관된다는 것을 분명히 지적함으로써, 심미취미의 실천성과 사회성의 특징을 언급할 수 있었기 때문이다.

예술은 정감의 표현이다. 창작이나 심미는 모두 정감이 필요하다. 양계초는 심미에 있어서 예술정감의 작용을 특히 중시했다. 그는 심미교육을 취미교육 또는 정감교육이라고 칭했는데, 취미작용을 강조하는 동시에 정감의 작용 역시 강조했기 때문이다. 그는 작가나 작품의 평가를 통해서 정감을 움직이는 힘이 바로 예술창작과 심미활동의 주된 요인이라고 말하기도 했다. "정감이란 것은 일종의 최면술이라고 할 수 있으며, 인류의 모든 행위의 원동력이라고도 할 수 있다. 情感這樣東西, 可以說是一種催眠術, 是人類一切動作的原動力" 이는 사람의 정감을 움직이는 것이 "이해를 통하는 것 用理解來引導人"보다 훨씬 고무적 효과가 크다는 것을 뜻한다.[29] 그는 저명한 작가의 작품을 통해 예술이 인간의 감정을 움직이는 현상에 대해 분석했다. 예를 들어 두보의 시가 사람들에게 강렬한 미감을 부여하는 까닭은, 바로 두보가 "정감을 묘사하는 데 뛰어난 수완을 지니고 있어 寫情的聖手" 열정적인 정감을 통해 인생의 고통을 절절히 묘사하였으며, 이를 통해 사회 상황을 정확하게 그려내고 시대적 심리를 확실히 읊조릴 수 있었으며, 그것이 사람에게 무궁한 비련을 자아냈기 때문이라고 생각했다. 이는 굴원의 경우도 같아서 "굴원은 정감의 화신이었는데 屈原是情感的化身" "뭇사람들의 고통을 보면서 마치 자신이 당하는 것처럼 느꼈다. 看見衆生苦痛, 便和身受一般"[30] 그래서 경물에 자신의 정감을 융해시켜 인생의 원망이나 자신의 고통을 객관적 의경에 집어넣어 작품을 창조해 낼 수 있었던 것이다. 그렇기 때문에 굴원의 작품을 읽어보면, "자연의 아름다움과 우리들의 마음이 서로 융합되는 것 能令自然之美和我們心靈相融逗"을 느낄 수 있다고 했다. 결국 이는 감정을 움직이는 힘(動情力)은 예술작품을 통해 인간이 심미 효과를 얻는 중요한 요인으로, '정감을 통해 사람을 격발시키는 것'이 '이해를 통하는 것'보다 더욱 강렬한 심미 효과를 얻을 수 있다고 본 것이다.

이외에도 양계초는 감정을 움직이는 힘의 심리적 효능에 대해 분석을 가했다. 그는 "사람들은 보편적으로 어떤 다른 문장을 읽는 것보다 소설읽기를 좋아한다. 이는 자연스러운 심리적 작용으로 인위적으로 바꿀 수 있는 것이 아니다 人類之普遍性, 嗜他文終不如其嗜小說, 此殆心理學自然之作用, 非人力之所得而易也"[31]라고 주장했다. 이는 다시 말해 소설은 논리적으로 독자를 교육하는 것이 아니라 심미정감을 통해 독자를 감동시키는 것이기 때문에 더욱 효과적인데, 이는 사람들이 생리적·심리적으로 정감에 의해 쉽게 감동받을 수 있기 때문이라는 뜻이다.

양계초는 이처럼 예술정감을 중시하여 예술정감의 심미심리 특징에 대해 자세하게 분석하고 있다. 우선 직각과 영감의 중요성에 대해 살펴보면 다음과 같다. 양계초는 소식蘇軾의 예를 들어 이 문제를 설명하고 있다. 소식은 다음과 같이 말한 바 있다. "대나무를 그리고자 하는 사람은 먼저 마음속에 대나무의 완전한 형상을 구체화시켜야 하며, 붓을 들고 실물을 응시하여 그리고자 하는 것을 보고서는 급히 손을 놀리며, 붓을 휘둘러 곧장 나아가 자기가 본 바를 좇아 묘사해야 한다. 이는 토끼가 뛰어 달아나고, 매가 쏜살같이 내려와 덮치는 것 같아서 조금이라도 늦추면 사라져 버리기 때문이다. 畵竹必先得成竹於胸中, 執筆熟視, 乃見其所欲畵者, 急起從之, 振筆直遂, 以追其所見, 如兎起鶻落, 少縱則逝矣" 이를 바탕으로 양계초는 예술가가 창작을 행할 때, "언제나 착수하기에 앞서 먼저 그 실재 사물의 전체 모습을 완전히 섭취하고, 그 생명을 꽉 움켜잡아 순식간에 자신의 생명과 합일되도록 해야 한다 總要在未動工以前, 先把那事物的整個實在完全攝取, 一攫攫住他的生命, 霎時間和我的生命幷合爲一"[32]고 주장하였다. 이러한 주장은 예술의 직각과 영감의 문제와 직접적으로 연관되는 것이다.

이른바 직각이란 직접적인 감지를 뜻하고, 영감은 "주제에 완전히 심취하여 아직 완전한 예술형상을 표현하지 않은 상태에서 결코 머무를 수 없는 상황"[33]을 뜻한다. 그렇기 때문에 영감은 활발하게 형상을 구성하고 만들어 내는 상황 그 자체로서 일종의 창작 충동이라 할 수 있다. 소동파는 문동의 대나무 그림에 대해 논하면서 "붓을 들고 실물을 응시하며" "붓을 휘둘러 곧장 나아간다"고 하였는데, 양계초는 실재 모습을 완전히 섭취하고 '물아일체'의 상태에 돌입해야 한다고 주장했다. 이는 모두 창작과 심미에서 볼 수 있는 직각과 영감에 대한 묘사이다. 양계초는 "이러한 경계는 신비성이 다분하여 이성적인 범주 밖에 속하는 것이다. 그러나 예리한 관찰법을 통해 깊은 곳까지 곧장 들어가지 않으면 결코 이러한 경계를 얻을 수 없다 這種境界, 很含有神秘性, 雖然可以說是理性範圍之外, 然而非用銳入的觀察法一直透入深處, 也斷斷不能得這種境界"[34]고 지적하였다. 이를 보건대 그는 직각과 영감의 비이성적인 측면을 간파하였을 뿐만 아니라, 이러한 심리적 기능은 예술가가 일상생활에서 예리하게 사물을 관찰하고, 나름의 생각을 축적함으로써 객관사물에 대한 이성적 인식을 토대로 삼아야만 가능하다는 것을 정확하게 알고 있었음을 확인할 수 있다.

양계초는 창작과 심미정감에 대해 변증법적으로 분석을 가했다. 그는 다 빈치의 모나리자 그림을 예로 들면서, 다 빈치가 모나리자의 미소를 그리는 데 장장 4년의 세월이 걸렸다고 하면서, 다 빈치가 비록 모나리자를 지극히 사랑하는 마음을 지니고 있었지만 시종일관 냉정한 객관적 태도로 그녀의 모습을 그리고자 했다고 말하고 있다. 양계초는 이를 통해 "뜨거운 마음과 차가운 두뇌가 서로 결합하는 것이 가장 뛰어난 예술품을 창조하는 중요한 여건이 된다 熱心和冷腦相結合是創造第一流藝術品的重要條件"[35]고 결론내리고 있다. 이러한 견해는 일종의 예술적 심미심리거리설과 유관하다고 볼 수 있다. 스위스의 심리학자 블로흐(1880-1934)는 '심리거리'설을 제기하면서, 예술창작이나 감상에 있어서 주체와 객체가 일정한 정감심리상의 거리를 유지해야만 비공리적일 수 있고, 또한 이런 상태에 있어야만 더욱 좋은 작품이 나올 수 있고, 예술작품의 매력을 보다 정확하게 느낄 수 있다고 말한 바 있다. 분명 그의 말은 이치에 맞다. 노신 역시 정감이 가장 강렬할 때에는 가능한 한 시를 쓰지 않는 것이 좋다고 말한 적이 있었다. 왜냐하면 정감이 지나치게 가열된 상태에서는 심리적 평형이 깨지기 쉽고, 이성적 통제 역시 불가능하여 객체에 대한 냉정한 분석태도를 견지할 수 없다고 보았기 때문이다. 양계초 역시 이와 동일하게 관찰 대상에 대해 충분한 흥취를 지니고, 또한 순수객관적인 태도를 취해야만 예술창작과 심미정감의 요지에 부합할 수 있다고 말하였다.

심미심리는 심미정감 이외에도 심미태도와 심미인식을 포함한다. 양계초는 〈유심惟心〉이란 논문에서 심미태도와 심미인식의 문제를 다루고 있다. "경이란 마음에서 만드는 것이다. 모든 물경은 전부 환영에 불과하며, 오로지 마음에서 만들어진 경만 진실되다. 境者, 心造也. 一切物境皆虛幻, 惟心所造之境爲眞實"[36] 양계초의 이러한 단언은 옳고 그름이 반반씩이다. 그는 이를 위해 많은 예를 들고 있는데, 똑같은 달이나 비바람·황혼·복숭아꽃일지라도 각기 다른 심미경계가 생기게 된다고 한 것은, 예술창작과 감상의 주체성과 심미의 심리 특징을 말한 것으로 합리적인 예라 할 수 있다. 인간의 심경은 각기 다르며, 심미태도나 심미인식 역시 다르다. 그렇기 때문에 각기 다른 심미취미나 심미경계가 생기는 것이다. 그러나 그는 이러한 마음에서 만들어진 심미경계가 인간의 사회적 지위나 생활경험이 다르기 때문에 각기 다르게 결정된다는 것을 보지 못했다. 그래서 유심론에 빠져들고 말았다. 결국 그의 단언은 정답이자 오답인 것이다.

그러나 그는 다른 문장에서 이러한 입론상의 결함을 보완하고 있다. 예를 들어 지리환경이 인간의 심미심리에 끼치는 영향에 대해 언급하면서, 각기 다른 천연의 힘(天然力)이 인간의 심미심리에 영향을 끼쳐 웅장미와 우아미 등 서로 다른 심리상태가 생겨난다고 말하고 있다. "'장성에서 말을 먹이고 하량에서 손을 끈다' 등은 북방 사람들의 기개를 나타내고, '강남의 넓은 풀밭이나 동정호의 일렁이는 파도' 등은 남방 사람들의 심사를 나타낸다. 長城飮馬, 河梁携手, 北人之氣槪也, 江南草長, 洞庭始波, 南人之情懷也"[37] 또한 그는 인간의 심미심리에 대한 중화미의 영향에 대해 찬양하면서 고대 이집트와 이란 문명이 그리스 문명과 다른 이유에 대해 논의한 적이 있는데, 이 역시 유물론적인 요소가 짙게 배어 있다고 할 수 있다.

심미심리에는 일종의 심미탐구심리가 존재한다. 이러한 심리는 새로운 것을 추구하는 것을 주요 내용으로 삼는다. 심미탐구는 심미주체가 사유과정에서 심미객체에 대해 새로운 것을 탐구함으로써 이에 대해 구체적이고 생동적인 연상과 상상을 행하고, 그럼으로써 놀람이나 희열을 야기시키는 심미감정을 뜻한다. 양계초는 자신의 문예심리학 이론에서 이러한 탐구심리에 대해 적지않게 논의한 바 있다. 예를 들어 그는 '동중관이同中觀異' 설을 제기하여, 진정한 예술작품에서 가장 중요한 것은 사물의 각기 다른 특징을 묘사하는 것이라고 주장한 바 있다. 예를 들어 그리스도의 《최후의 만찬》이란 회화작품에서 그리스도는 정확하게 그리스도의 특징을 드러낼 수 있어야 하고, 베드로는 베드로의 특징을, 그리고 유다는 유다의 특징을 정확하게 드러낼 수 있어야 한다는 것이 그의 논점의 핵심이다. 이는 "전체적으로 똑같은 작품에서 다른 것을 살피는 것으로, 일반적인 사람들이 주의할 수 없는 곳에서 각기 다른 사람들의 정감적 특색을 찾아내는 것이다. 全在同中觀異, 從尋常人不會注意的地方, 找出各人情感的特色"[38] 이러한 창작이론은 인물의 전형을 묘사하고 개성을 묘사해야 한다는 함의 이외에도, 예술창작은 사람이 지니고 있는 탐구심리에 적응해야 한다는 뜻도 포함하고 있다. 왜냐하면 작가가 똑같은 속에서 "다른 것을 묘사해야만 同中寫異" 독자들이 "똑같은 작품에서 다른 것을 볼 수 있으며 同中觀異" 아울러 이처럼 인물형상에서 새로운 것을 창출해 냄으로써 경이와 희열이란 심미정감을 획득할 수 있기 때문이다.

심리탐구를 하는 가운데 양계초는 "다른 경계에서 노닐 수 있도록 인도한다 導游他境"는 관점을 제기한 바 있다. 당시 소설이 크게 번창한 이유에 대해서 어떤 이들은 이해가 쉽고 흥취가 많기 때문이다〔易解多趣〕라는 견해를 제기한 바 있다. 예를 들어 여작蠡勺 거사는 "황당무계한 말을 통해 신기한 내용을 부연해 내고, 얕고 쉽게 접근할 수 있는 말로 인간의 정리를 드러내니, 사람들이 마침내 즐겨 듣게 되어 그것으로 마음이 향하는 것이, 말이 달리는 것처럼 빠르다 無稽之語, 演之以神奇, 淺近之言, 出之以情理, 於之人竟樂聞, 趣之若騖焉"고 하였다. 그러나 양계초는 인정人情의 문제에서 출발하여, 사람들의 감정이 장엄한 것을 싫어하고 익살스러운 것을 좋아하는 데에 착안한 관점을 제시하였다. "일반 사람들의 정은 장엄한 것을 싫어하고 익살을 즐기지 않는 경우가 없다. 그런 까닭에 옛날 음악을 들으면 그저 진절머리를 내고, 정나라나 위나라의 음악을 들으면 느긋하게 즐기며 싫증을 내지 않는다. 이는 실로 살아가는 이들의 대체적인 예라 할 수 있으니, 설령 성인이라 할지라도 어찌할 수 없을 것이다. 凡人之情, 莫不憚壓嚴而喜諧謔, 故聽古樂, 則唯恐怖, 聽鄭衛之音則靡靡而忘倦焉, 此實有生之大例, 雖聖人無可如何者也"(《譯印政治小說序》) 이러한 관점은 다음과 같은 강유위의 견해를 부연·설명한 것이라 할 수 있다. "내가 상해에서 고서점을 돌아다니며 여러 책들 가운데 어느 책이 가장 많이 팔리는가를 살펴보았더니, 경서나 사서는 팔고문만 못하고, 팔고문은 소설보다 못했다. 음란하다는 정나라 음악을 들으면 권태롭지 않은데 아악을 들으면 졸리우니, 사람의 정에 맞는 것은 성스러운 것이 아니다. 我游上海古書肆, 群書何者銷路多? 經史不如八股盛, 八股無如小說何. 鄭聲不倦雅樂睡, 人情所好聖不呵"(《聞園菽居士欲爲政變說部詩以速之》)

이렇게 양계초는 인간의 정감상태를 통해 소설은 재미를 즐기는 문예에 속한다는 것임을 설명하고자 했다. 그러나 익살과 장엄 두 가지만으로 정감을 대별한 강유위의 견해만을 가지고는 인간의 정감이 더욱 풍부하고 다채롭다는 것을 설명할 수 없었다. 그래서 양계초는 사회생활을 이와 연계시켜 앞서 말한 "다른 경계에서 노닐 수 있도록 인도한다 導游他境"는 견해를 제기한 것이다. "일반 사람들의 본성은 항시 현실적인 경계에서 스스로 만족할 수 없다. 그저 몸을 꿈틀대고 있는 상태에서, 접촉하거나 받아들일 수 있는 경계는 협소하고 국한되어 한계에 이를 수밖에 없다. 그래서 항시 직접적으로 접촉하거나 받아들일 수 있는 것 이외에 간접적으로 접촉하고 받아들일 수 있는 것, 즉 몸 밖의 몸, 세계 밖의 세계를 욕구하게 되는 것이다. 凡人之性, 常非能以現境界而自滿足者也. 而此蠢蠢軀殼, 其所能觸能受之境界, 又頑狹短局而至有限也, 故常欲於其直接以觸以受之外, 而間接有所觸有所受, 所謂身外之身, 世界外之世界也"[39] 이외에도 그는 "인간의 일반적인 정감으로는 자신이 마음속에 품고 있는 상상이나 경험한 경계에 대해, 때로 행하면서도 알지 못하고 습관되어 있으면서도 살피지 못하는 경우가 많다. ……그것이 어떻다는 것은 알고 있지만, 그 까닭은 알지 못하고 있다. 그래서 어떤 정황을 그려내고자 하나 마음으로 깨닫지 못하고, 입으로 말할 수 없으며 붓으로 전할 수 없다. 人之恒情, 於其所懷所抱之想象, 所經歷之境界, 往往有行之不知, 習矣不察者, ……常若知其然而不知其所以然. 欲摹寫情狀, 而心不能自喩, 口不能自宣, 筆不能自傳" 이상에서 볼 수 있듯이 양계초가 제기한 "다른 경계에서 노닐 수 있도록 인도한다"는 견해를 비롯한 몇 가지 새로운 견해는 심미탐구 심리 중에서 심리와 정감의 변화상태와 부합된다고 할 수 있다.

양계초의 심미이정설은 중국 문예심리학사에서 일정한 위치를 점하고 있다. 이른바 이정移情이란 심미주체(인간)가 심미과정중에서 자신의 정감을 심미 대상에서 옮겨 심미 대상에 정감과 생명을 부여하는 일종의 심리활동이다. 양계초는 사람이 어떤 일을 우연히 접하게 되었을 때의 심리상태를 언급하면서 다음과 같이 말한 적이 있다. "인류는 심리적으로 즐거운 일을 만나게 되면 자신의 쾌락상태를 한데 몰입시켜 그것만을 생각하도록 만들고, 생각하면 할수록 맛이 우러나게 한다. 때로 자신을 대신하여 다른 이가 그 점을 지적하게 되면 자신의 쾌락 정도는 더욱 증가하게 된다. 人類心理, 凡遇着快樂的事, 把快樂狀態歸攏一想, 越想越有味, 或則替我指點出來, 我的快樂程度也增加"[40] 또한 고통스러운 일을 만나게 될 경우도 역시 마찬가지이다. 만약 사람의 마음상태를 잘 묘사하는 예술가가 있어서 사람들의 희로애락을 사실처럼 교묘하게 그려낼 수 있다면, "부지불식간에 사람들의 심현心絃을 건드려 즐거울 때 보면 더욱 즐겁고 고통스러울 때 보면 더욱 고통스럽게 만들 것이다."[41] 이러한 작가와 독자, 주체와 대상간의 심미연상이나 공감·공명 등의 심리반응은 창작과 예술감상의 심미이정 작용에 따른 것이다.

양계초는 《소설과 군치의 관계를 논함 論小說與群治之關係》이란 글에서, 심미이정의 작용을 '훈熏'·'침浸'·'자刺'·'제提' 등 네 가지 역량으로 나누어 논하고 있다. 이른바 '훈'이란 "뜨거운 연기 속에 집어넣으면 불에 태운 것처럼 서서히 익게 되고, 먹이나 인주에 가까이하면 물들게 되는 것처럼 熏也者, 如入雲烟中而爲其所烘, 如近墨朱處而爲其所染" 소설을 통해 사람들을 변화시키고, 다시 영향받은 사람이 다른 사람에게 영향을 끼치게 되어 은연중에 변화를 유도하는 작용으로 일종의 정감적 훈도를 뜻한다. 이는 소설의 이정작용이 돌발적으로 이루어지는 것이 아니라 점진적임을 설명하는 것이다. 그는 또한 "사람이 소설을 읽으면 자신도 모르는 사이에 식견이 미혹되어 헤매게 되고, 뇌리 속에서 어지럽게 높이 솟구치는 느낌을 받게 되며, 온 신경이 현혹되어 한군데로 모이게 된다 人之讀一小說也, 不知不覺之間, 而眼識爲之迷漾, 而腦筋爲之搖颺, 而神經爲之營注"고 설명하기도 했으며, 오랫동안 소설을 읽게 되면 소설의 '경계'가 독자의 "마음 깊은 곳에 들어가 자리잡게 되며 靈臺而據之" "특별한 원질의 씨앗 特別之原質之種子"으로 변화된다고 말하기도 했다.

다음으로 "'침'이란 일단 들어오게 되면 그것과 더불어 변화하게 되는 것 浸也者, 入而與之俱化者也"으로, 예술적 감화력이 부지불식간에 이름은 물론이거니와 연속적으로 끊임없이 사람에게 변화를 줄 수 있는 힘이 있다는 뜻이다. 그는 예를 들어 《홍루몽》을 읽으면 연민과 슬픈 감정이 오래 지속되고, 《수호전》을 읽으면 시원한 느낌과 분노의 정이 지속적으로 남게 되는데, 이것이 바로 '침'이라는 예술적 감화 역량이라고 설명하고 있다.

세번째는 '자'인데, "'자'라는 것은 자극의 뜻이다. ……'자'의 역량은 느낌을 받는 이로 하여금 갑작스럽게 느끼도록 한다. '자'는 순식간에 들어와 홀연 이상한 느낌을 일으키지만 전혀 자제할 수 없게 만드는 힘을 뜻한다. 刺也者, 刺激之義也 ……刺之力, 在使感受者驟覺. 刺也者, 能入於一剎那傾, 忽起異感而不能

自制者也" 이는 예술작품이 독자에게 돌발적이고 강렬한 예술적 자극을 줄 뿐만 아니라 이정移情을 격발시킨다는 점을 설명한 것이다. 예를 들어 독자가 아무런 자극이 없는 평정한 상태에서 《서상기》를 읽다가, 문득 실보實甫의 〈금심琴心〉이나 〈수간酬簡〉을 읽게 되면 갑자기 정감이 동하게 된다. 또한 "자신의 본래 성품이 온화하여도 我本蘊然和也" "임충이 눈 오는 날 세 번 죽을 목숨이 되는 讀林沖雪天三限" 내용이나 "무송이 비운포에서 재앙을 당하는 武松飛雲浦厄" 내용을 읽게 되면, "홀연 성질이 불끈 일어나게 된다. 忽然發指" 이는 모두 감흥되어 이정작용이 생기는 예를 말한 것이다.

네번째는 '제'인데, "'제'의 힘은 (독자의 마음) 속으로부터 드러나도록 하는 것이다. ……무릇 소설을 읽으면 반드시 스스로 자신이 변화된 것처럼 책에 몰입하여 그 책의 주인공인 양 느끼게 된다. ……무릇 자신을 변화시켜 책 속으로 몰입하게 되면, 그 책을 읽을 때마다 독자는 이미 독자 자신이 아닌 것이 되어 확연히 이세상에서 저세상으로 들어가게 된다. 提之力, 自內而脫之便出, ……凡讀小說者, 必常若自化其身焉, 入於書中, 而爲其書之主人翁. ……夫旣化其身以入書中矣, 則當其讀此書時, 此身已非我者, 截然去此界以入彼界" 이는 다시 말해 만약 독자가 예술적 상상력을 발휘할 수 있다면 소설은 이정移情뿐만 아니라 이입移入 역시 가능하여, 독자와 책 속의 인물이 서로 하나가 되어 망정忘情·망아忘我의 경계에 도달할 수 있게 된다는 뜻이다. 예컨대 《야유폭언野臾曝言》을 읽게 되면 저절로 문소신文素臣을 본뜨게 되고, 《석두기石頭記》를 읽게 되면 저절로 가보옥賈寶玉을 본뜨게 되며, 《화월흔花月痕》을 읽게 되면 한하생韓荷生을 본뜨게 된다. 그래서 양계초는 "문장에 이입되는 것은 이에서 극에 달한다 文字移入, 至此而極"라고 말했던 것이다.

총괄해 볼 때 양계초는 심미주체와 심미객체, 즉 내적 힘〔內力〕과 외적 힘〔外力〕을 통해 심미이정 작용을 분석하고 있음을 알 수 있다. 그는 '훈'·'침'·'자'를 외적 힘에 속하는 것으로 간주하여, "외부에서 유입되어 몰입시키는 것 自外而灌之使入"이라고 하였으며, '제'는 내적 힘으로 "독자의 마음속에서 벗어나와 드러나도록 하는 것 自內而脫之便出"으로 보았다. 이는 다시 말해 심미감상은 내적 힘과 외적 힘이 상호 작용하고 상호 융합된 결과라는 뜻이다. 이처럼 '제'라는 심미객체가 이입되는 '내적 힘'과 심미주체의 '외적 힘'이 있게 되면, "책 속에 몰입 入於書中"하여, "외물과 자아의 관계를 잊게 되고 忘於物我關系"

"확연히 이세상에서 저세상으로 들어가게 되는 것이다. 裁然吉此界以入彼界" 이는 심미감상에 있어서 이정작용의 심리과정을 설명한 것이라 할 수 있다.

양계초의 문예심리학 이론을 종합해 보면, 그의 문예이론이나 미학이론과 마찬가지로 근대 중국의 분위기가 물씬 풍기고 있음을 쉽게 느낄 수 있다. 특히 예술작품이나 이론을 사회생활과 서로 연계시켜 사회적 공리성을 강조하고 있다는 점에서 더욱 그러하다. 예를 들어 양계초는 예술취미와 정감의 사회적 작용을 대단히 강조하여, 그 목적은 고상한 취미를 배양하고 인류사회의 진보를 촉진하기 위함이라고 하였으며, 아울러 예술가의 사회적 책임에 대해서도 분명하게 지적한 바 있다. 양계초는 이러한 토대하에서 심미와 창작심리 등의 문제를 분석했기 때문에, 그의 논의는 진보적인 분위기가 짙게 배어 있는 것이다. 그러나 다른 한편으로 양계초는 자산계급 정치개량주의자이자 미학가 · 문론가였다. 그래서 유심주의적 경향이나 형이상학에 국한되는 측면도 적지않게 있었다. 전체적으로 볼 때 양계초의 심미심리 분석은 여전히 서구 근대 심리학파의 영향권 내에 속해 있었다. 예를 들어 그의 심미이정 이론이나 경계설은 립스의 '관조적 자아' 설과 그로스(1861-1946)의 '내적 모방' 설의 울타리에서 벗어나지 못했다. 이러한 것들은 우리들이 정확하게 변별해야 될 것이다.

과거 양계초의 문예이론이나 미학사상에 대한 연구에는 편파적인 지도 원칙에 따른 두 가지 다른 평가 경향이 존재했다. 그 한 가지는 정치 · 사회적 공리성을 표준으로 하여 양계초가 문예는 정치를 개량하는 데 이바지해야 한다고 주장한 것을 강조함으로써, 그가 주장한 문예 · 미학이론의 사회적 공리성을 긍정한 것이고, 다른 하나는 양계초가 후기에 보수 경향을 짙게 띠면서 문예미학의 사회적 가치를 부정한 것을 강조하여 비판하고 있는 것이다. 이러한 두 가지 평가 경향은 각기 결함을 지니고 있다. 그래서 양계초의 여러 가지 이론의 미학적 의미를 제대로 평가할 수 없었다. 그렇기 때문에 역사적 · 미학적 관점하에서 양계초의 미학 · 예술이론에 대해 전면적이고 심도 있는 고찰을 해야만 그 이론의 정수를 드러낼 수 있을 것이다.

제5절 왕국유의 문예심리학

왕국유王國維(1877-1927)의 자字는 정안靜安 또는 백우伯隅이며, 호는 관당觀堂〔처음에는 호를 禮當으로 했다가 나중에는 관당으로 바꾸었다. 이외에 永觀이란 호도 있다〕으로 절강성 해녕海寧 사람이다. 그는 일찍부터 철학·미학·문학을 연구하였으며, 이후에 중국 희곡사와 사곡연구에 힘을 기울였다. 그는 중국 근대에 옛 문자나 기물, 그리고 고사지학古史地學에 정통했으며, 또한 시인이자 미학가였고 저명한 문예이론가이기도 했다. 그의 저작으로는 《해녕왕정안선생유서海寧王靜安先生遺書》 104권이 있다.

왕국유는 자본가계급의 계몽사상가로서 중국 근대 미학의 토대를 마련한 인물이다. 그는 서양철학과 미학의 영향을 깊이 받았는데, 서양철학에 관한 저작을 번역하여 중국에 소개한 바 있다. 그는 아리스토텔레스로부터 니체의 철학과 미학에 이르기까지 두루 섭렵하였으며, 특히 칸트와 쇼펜하우어에 대해 각별한 관심을 지니고 있었다. 그래서 그의 철학·미학, 그리고 문예이론에는 서구의 정신세계가 적지않게 투영되고 있다. 서구의 철학이나 문학이론을 통해 중국의 철학과 미학의 문제를 연구하였기 때문에, 그의 철학·미학이론은 중국적인 것과 서구적인 것이 조화롭게 결합되어 있다는 점이 특징이다. 이 점에 있어서는 대부분의 학자들이 일치된 견해를 보이고 있다. 그러나 왕국유의 미학·문예이론 가운데, 특히 미의 본질, 예술 본질, 그리고 경계설 등의 평가 문제에 대해서는 의견이 분분하다. 이 점에 대해서는 기존의 미학사나 문론사에서 이미 언급한 바 있기 때문에 더 이상 설명하지 않는다.

문예심리학의 각도에서 본다면, 중국 문예심리학사에서 왕국유는 가장 걸출한 문예심리학자 가운데 한 사람이라고 할 수 있을 것이다. 그는 《정안문집자서靜安文集自序》에서 칸트와 쇼펜하우어를 읽기 전에 이미 하르편의 《사회학》과 기븐의 《논리학》, 그리고 헤프딩(1843-1931)의 《심리학》을 읽은 적이 있었다고 말한 바 있다. 1906년 이전에 왕국유는 심리학 강좌를 맡은 적이 있었고, 1907년에는 덴마크의 철학자 H. 헤프딩의 《심리학대강》이란 책을 번역한 바 있다. 이로 보건대 왕국유는 심리학에 대해 깊은 관심과 아울러 풍부한 학식이 있었음을 알 수 있다. 그는 심리학의 원리를 이용하여 미학과 예술을 연구하였으며, 이를 통해 그 나름의 특색을 지닌 문예심리학 이론을 창출해 낼 수 있었다. 왕국유를 연구하는 이들 가운데 어떤 연구자들은 그의 문예심리학에 대한 연구를 소홀히 하는 경우가 적지않았으며, 또한 어떤 연구자들의 경우에는 1907년 이후의 왕국유는 더 이상 쇼펜하우어의 신도가 아니었기 때문에, 쇼펜하우어 철학 사상의 속박에서 벗어나 문예심리학을 더욱 발전적으로 연구할 수 있었다고 말하기도 한다. 그러나 이러한 견해들은 정확한 것이라고 말할 수 없다. 물론 왕국유가 1906년에 쓴 《문학소언文學小言》과 1907년에 쓴 《인간의 기호에 대한 연구 人間嗜好之硏究》 이후 그의 문예심리학 이론이 전기에 비해 더욱 계통적이고 심도가 있었던 것은 사실이지만, 그렇다고 그 이전에는 문예심리학 사상이 없었다고 말할 수는 없다. 사실 칸트와 쇼펜하우어의 미학 역시 심리학적 미학이다. 왕국유가 번역한 바 있는 《심리학대강》의 저자 H. 헤프딩 역시 칸트와 쇼펜하우어 철학의 영향하에서 의지의 작용을 비롯하여 실증철학과 경험철학, 그리고 심리학 방법 등을 비교적 중시하였다고 할 수 있다. 이러한 것들은 대부분 왕국유의 철학·미학·윤리학, 그리고 문예심리학의 체계와 일치한다. 그렇기 때문에 왕국유의 문예심리학 이론은 그의 전생애에 걸친 학술연구를 통해 일이관지一以貫之하는 것이며, 다만 그 정도나 깊이에 유동이 있을 따름이다. 이러한 인식이 선행하지 않으면 왕국유의 문예심리학 사상을 총체적으로 파악할 수 없을 것이다.

1. '멸욕'과 '해탈'을 주장하는 미학론

왕국유의 미론은 칸트와 쇼펜하우어 미학의 영향을 많이 받았다. 칸트는 "미는 전혀 이해관계가 없는 대상이다"[42]라고 하였고, 쇼펜하우어는 심미방식이란 "순수하고 전혀 의지를 띠지 않은 인식이다"[43]라고 생각하였는데, 이러한 관점은 왕국유 미학과 문예심리학의 출발점이라 할 수 있다.

왕국유의 미론은 문예심리학적 요인이 다분한데, 그 핵심은 미美로써 욕망을 없애고 자아를 해탈시켜 끝내 "가장 순수한 쾌락의 지경에 도달하는 것"[44]이라 할 수 있다. 왕국유는 인간의 본질이나 생활의 본질은 곧 '욕망(欲)'이라고 생각했다. 그는 다음과 같이 말하고 있다.

무릇 사람의 본질은 의지이다. 의지가 의지가 될 수 있는 까닭은 하나의 커다란 특질을 지니고 있기 때문인데, 그것이 바로 생활 속의 욕망이다.
夫吾人之本質, 旣爲意志矣, 而意志之所以爲意志, 有一大特質焉, 曰生活之欲.[45]

생활의 본질은 무엇인가? '욕망'일 따름이다.
生活之本質何? 欲而已矣.[46]

욕망과 생활과 고통, 이 세 가지는 하나일 따름이다.
欲與生活與痛苦, 三者一而已矣.[47]

왕국유가 여기서 말하고 있는 '욕欲'에는 인간의 생존·음식·남녀 등 동물적이고 자연적인 요구가 포함될 뿐만 아니라 덕을 세우고(立德), 공을 세우며(立功), 말을 세우는(立言) 등 정신적이고 사회적인 요구가 포함되어 있다. 여기서 왕국유는 쇼펜하우어의 의지에 관한 개념을 더욱 발전시켜 '욕망'에 대한 요구로 귀결시키고 있는 것이다. 그는 또한 "그런 까닭에 사람이 살아가면서 욕망하는 바는 생활에서 벗어나는 것이 없으며, 생활의 성질은 또한 고통에서 벗어나지 않는다 然則人生之所欲, 旣無以逾於生活, 而生活之性質, 又不外乎苦痛"[48]고 생각하였다. 그래서 이러한 고통에서 벗어나기 위해서는 "우리들로 하여금 이해문제에서 벗어나 초연하면서 외물과 자신의 관계를 잊어야 한다 使吾人超然於利害之外, 而忘物與我的關係"[49]고 주장하였다. 그는 이러한 토대하에서 생활의 욕망이 야기시키는 여러 가지 고통에서 벗어나 이해관계를 털어 버리고, 외물과 자신을 완전히 잊어버리는 일종의 경계에 도달하는 데 가장 좋은 방법은 아름다움과 예술의 도움을 받는 것이라고 하였다.

미술의 임무는 인생의 고통과 그것으로부터의 해탈의 도를 묘사하는 데 있다. 그리고 우리들로 하여금 이러한 질곡의 세상에서 생활상의 욕망의 투쟁에서 벗어나 잠시나마 평화를 얻을 수 있도록 하는 것이야말로 모든 미술의 목적이다.
美術之務, 在描寫人生之苦痛與其解脫之道, 而使吾儕馮生之徒, 於此桎梏之世界中, 離此生活之欲之爭鬪, 而得其暫時之平和, 此一切美術之目的也.[50]

그렇다면 미술(예술)은 어떻게 사람들로 하여금 인생의 고통에서 해탈할 수 있도록 할 수 있는가? 왕국유는 이에 대해 미적 사물의 본질에 의해 결정되는 것이라고 답하고 있다. "애완은 할 수 있으되 이용할 수 없는 것, 이것이 바로 모든 예술의 공통된 특질이다. 可愛玩而不可利用者, 一切美術品之公性也"[51] 왕국유는 미적 사물이 애완은 할 수 있으되, 이용할 수 없다는 점에 대해 구체적인 분석을 하고 있다. 그 첫째 이유는 미, 즉 아름다움은 단지 형식적인 측면만을 다루기 때문이다. 그는 "모든 아름다움은 전부 형식의 아름다움이다 一切之美皆形式之美也"[52] · "미적 대상은 특별한 사물이 아니고, 그 사물의 여러 가지 형식이다 美之對象, 非特別之物, 而此物之種類之形式"[53]라고 하였다. 다음 두번째 이유는 아름다움을 보거나 사물을 관찰하는 자아란 "특별한 자아가 아니라 순수하고 욕심이 없는 자아이기 때문이다. 非特別之我, 而純粹無欲之我也"[54] 이렇듯 미적 사물은 단지 형식과 유관할 뿐, 내용과는 아무런 관련이 없기 때문에 심미대상 역시 이해관계에서 벗어나 있다. 또한 심미주체인 인간 역시 의지나 욕망의 속박에서 벗어날 수 있으며, 생활 속의 욕망이 가져다 주는 고통에서 벗어나 해탈할 수 있는 것이다.

왕국유의 미론은 내용과 무관하며, 사회생활에서 벗어날 것을 주장하고 있다. 이는 일종의 망아忘我를 주장한 것인데 결코 옳은 관점이 아니며 가능한 일도 아니다. 미적 사물은 항시 내용과 형식이 통일된 가운데 존재한다. 형식만을 말한다면 마땅히 벨(1881-1964)이 말한 '의미 있는 형식'이나 랭거가 말한 '정감의 형식'과 같은 것이어야만 한다. 미적 사물을 감상할 때면 항상 심미주체의 정감이나 심미정취가 끼어들게 마련이다. 따라서 철저하게 자신을 잊는다는 것은 있을 수 없는 일이다.

그럼에도 불구하고 왕국유가 상술한 논의는 결코 소홀히 할 수 없는 문예심리학적 의의를 지니고 있다. 우선 그는 심미희열설을 제기했다. 그는 미적 사물이란 '애완할 만한 것'이라고 하였으며, 인간의 심미과정에는 '무한한 쾌락이 수반된다'는 것[55]과 심미과정에서 얻은 쾌락은 '가장 순수한 쾌락'이라고 주장했다. 왕국유는 이러한 쾌락에 대해 다음과 같이 묘사하고 있다. "이때가 되면 우리들의 마음속에는 희망도 공포도 없으니, 더 이상 욕망을 추구하는 자아가 아니며 단지 지혜를 지닌 자아가 될 뿐이다. 이는 마치 며칠 흐린 날이 계속되다가 어느 날 갑자기 해가 솟구쳐 밝게 빛나는 것과 같다. 또한 대해에서 배가 뒤집혀 부침을 계속하는 중에 마침내 고향의 해안가에 표류하게 되는 것과 같으며, 전운戰雲이 짙게 깔려 참담할 적에 날개를 단 천사가 평화의 복음을 가져다 주기 위해 오는 것과 같다. 그리고 물고기가 그물망에서 벗어나거나 새가 조롱에서 밖으로 나와 산림과 강가에서 노닐게 된 것과 같다. 此時也, 吾人之心無希望, 無恐怖, 非復欲之我, 而但知之我也. 此猶積陰彌月, 而旭日杲杲也. 猶覆舟大海之中, 浮沈上下, 而飄著於故鄕之海岸也. 猶陣雲慘淡, 而插翅之天使, 賚平和之福音而來者也. 猶魚之脫於罾網, 鳥之自樊籠出, 而游於山林江海也"[56] 이러한 심미과정에서 오는 희열은 생리적인 쾌감일 뿐만 아니라 심미적인 미감이기도 하다. 이렇게 볼 때, 왕국유는 중국 미학사나 문예심리학사에서 '쾌락'설을 최초로 제시한 인물이라고 할 수 있을 것이다. 그 이전에는 어떤 이도 그처럼 분명하게 미와 심미감의 쾌락에 관해 언급한 적이 없었다.

다음으로 그는 심미활동이 효용성이나 이해와 무관하다는 것을 지적했다. 이는 심미활동이 직접적인 물질이나 정신적 욕망을 목적으로 삼는 것이 아니기 때문에 미적 사물의 멸욕·해탈의 효용 역시 물질적 욕망의 멸욕·해탈은 아니며, 정신적 욕망의 멸욕이자 해탈이라고 하였다. 물론 정신적 욕망의 멸욕이나 해탈을 통해 사람의 몸과 마음이 기쁘게 된다. 이처럼 왕국유는 서구 칸트의 초공리적 미학사상을 운용하여 중국 미학을 분석하였고, 선진 노장이 제기한 '심재'나 '좌망' 등의 심미심리거리설을 총괄지었으며 이를 더욱 이론화·개념화하고자 했다.

멸욕과 해탈의 이론을 바탕으로 왕국유는 일련의 심미 범주에 대해 문예심리학적인 분석을 가했다.

예를 들어 우아미와 웅장미에 대해 다음과 같이 언급한 바 있다. "대상의 형식은 우리들의 이해와 무관하기 때문에 우리들로 하여금 이해에 관한 생각을 잊게 하며, 정신을 전력질주하여 대상의 형식에 몰두하게 만든다. 由對象之形式不關於吾人之利害, 遂使吾人忘利害之念而以精神之全力沈浸於此對象之形式中"[57] 또한 그는 "진실로 한 가지 사물도 우리들과 전혀 이해관계가 없다. 우리들이 그것을 바라보는 것은 그 관계를 보는 것이 아니라 그 사물 자체를 보는 것이다. 때로 우리들의 마음에 추호도 생활의 욕망이 없는 상태에서 그 사물을 보는 경우가 있는데, 이는 나와 관계가 있는 사물을 만들려고 보는 것이 아니라 단지 외물이 됨을 보는 것이다. 그래서 지금 보는 것은 예전에 보는 것이 아니다. 이럴 때 우리들의 마음이 평안한 상태가 되니 이를 일러 우미한 정감이라 하고, 그 사물을 일러 우미하다고 말하는 것이다. 苟一物焉, 與吾人無利害之關係, 而吾人之觀之也, 不觀其關係而但觀其物, 或吾人之心中無絲毫生活之欲存, 而其觀物也, 不視爲與我有關係之物, 而但視爲外物, 則今之所觀者非昔之所觀者也, 此時吾心寧靜之狀態, 名之曰優美之情, 而謂此物曰優美"[58]

장미壯美(숭고미의 뜻)에 대한 왕국유의 해석은 다음과 같다. "하나의 대상이 지니고 있는 형식이 우리들의 지적 능력으로 제어할 수 있는 범위를 초월하거나, 혹은 그 형식이 우리들에게 크게 불리하여 인력으로 대항할 수 없다고 느끼게 되면, 우리들은 자신의 본능을 보존하여 이해의 관념 밖으로 초월하여 그 대상의 형식을 달관한다. 由一對象之形式越乎吾人知力所能馭之範圍, 或其形式大不利於吾人而覺其非人力所能抗, 於是吾人保存自己之本能遂超越乎利害之觀念外, 而達觀其對象之形式"[59] "만약 어떤 사물이 크게 우리들에게 이로움을 주지 못하고, 우리들의 생활의지가 그것으로 말미암아 파열되고 그것으로 의지가 숨어들면, 지력이 자체적으로 독립적인 작용을 하여 그 사물을 깊이 관찰하게 되는데, 우리들은 이러한 사물을 일러 장미(숭고미)라 하고 그 감정을 일러 숭고미의 감정이라고 한다. 若此物大不利於吾人, 而吾人生活之意志爲之破裂, 因之意志遁去, 而知力得爲獨立之作用以深觀其物, 吾人謂此物曰壯美, 而謂其感情曰壯美之情"[60]

이상으로 볼 때 우아미와 숭고미라는 것은 미적인 사물에 대해 인간이 미감을 느낄 때 표현해 내는 감정의 성질임을 알 수 있는데, 왕국유는 이를 '이념〔實念〕'이라고 지칭하였다. 우아미와 숭고미라는 감정심리의 공통성은 미감을 느낄 때 이해관계를 초탈하고, 생활에서의 욕망을 떠남으로써 심미적 쾌감을 얻을 수 있도록 해준다는 데 있다. 반면 이 두 가지 미의 상이점은 심미주체가 미감을 대했을 때 생활에서의 욕망을 떠나 얻게 되는 '해탈'이라는 감정의 심리상태가 서로 다르다는 것이다. 우아미는 심미주체가 "마음이 평안한 상태 吾心寧靜之狀態"에서 욕망의 생각과 의지를 떨쳐 버리고 이로 인하여 심미적인 즐거움을 맛보는 것이며, 숭고미는 심미 대상이 "우리들에게 크게 이로움을 주는 것이 아니기 大不利於吾人" 때문에 심리주체로 하여금 생활에서의 욕망을 떨쳐 버리도록 위협하고, "의지가 그것으로 말미암아 파열되도록 意志爲之破裂" 함으로써 심미적 쾌감을 얻도록 하는 것이다. 이는 우아미가 사람들로 하여금 심미적 심리의 '자유감'을 느끼도록 하는 데 반하여, 숭고미는 심미심리의 '위협감'을 느끼도록 한다는 것이다. 그러나 이 두 가지 심미의 결과는 모두 심미주체로 하여금 이해관계나 생활에서의 욕망으로부터 탈피하여 심미적인 유쾌감을 얻도록 한다는 점에서 일치한다. 우아미와 숭고미라는 두 가지 풍격에 대해 심미심리적인 분석을 가한 것은 중국 문예심리학사상 매우 독특한 것이라고 볼 수 있다.

우아미와 숭고미의 심미적 범주와 관련하여 왕국유는 또 다른 심미범주를 내놓았는데 그것이 바로 '현혹眩惑'이다. '현혹'에 대해 설명하면서 그는 심미범주에 대해서도 상세한 심미적 분석을 가하고 있다. 그는 다음과 같이 말하였다.

> 무릇 우아미와 숭고미는 모두 우리들로 하여금 생활의 욕망에서 벗어나 순수한 지식으로 몰입하게 만든다. 만약 미술에 현혹의 본래 바탕〔原質〕이 있으면, 우리들은 이로 말미암아 순수한 지식에서 벗어나 다시금 생활의 욕망으로 되돌아가게 될 것이다. 예를 들어 유밀과의 일종인 중배끼나 꿀경단 등 〈초혼〉이나 〈칠발〉에서 언급된 것이나, 옥체횡진처럼 주방이나 구영이 묘사한 것, 《서상기》의 〈주간〉이나 《모란정》의 〈경몽〉, 그리고 영원이 비연에게 전한 것이나 양신이 《비신》을 받든 것은 단지 한 가지만을 풍유하고 1백 가지를 권유한 것이니, 끓는 것을 멈추려고 오히려 땔나무를 더욱 집어넣은 꼴이다. 그래서 양웅은 지나치게 화려하다고 꾸짖었고, 법수도 언어가 너무 화려하다고 꾸짖었다. 물론 그것들이 꿈속의 환영이나 물거품, 또는 그림자처럼 덧없는 것이지만 창작되면 이처럼 명백하게 드러나니, 혀를 뽑는 지옥은 오로지 그들을 위해 만들어진 곳일 것이다. 그런 까닭에 현혹은 아름다움에 있어서 마치 단것과 쓴것, 물과 불처럼 서로 병립할 수 없는 것이다.
>
> 夫優美與壯美, 皆使吾人離生活之欲, 而入於純粹知識者. 若美術中而有眩惑之原質乎, 則又使吾人自純粹之知識出, 而復歸於生活之欲. 如柜籹蜜餌, 招魂, 七發之所陳, 玉體橫陳, 周昉仇英之所繪, 《西廂記》之酬柬, 《牧丹亭》之驚夢, 伶元之傳飛燕, 楊愼之贋祕辛, 徒諷一而勸百, 欲止沸而益薪. 所以子云有靡靡之誚, 法秀有綺語之訶. 雖則夢幻泡影, 可作如是觀, 而拔舌地獄, 專爲斯人設者矣. 故眩惑之於美, 如甘之於辛, 火之於水, 不相幷立也.[61]

왕국유는 '현혹'은 아름다움과 다르다고 생각했다. 그것은 현혹을 구성하는 '원질原質'이 미를 구성하는 '원질'과 다르기 때문이다. 미를 구성하는 '원질'

은 우아미·숭고미의 '원질'과 같은 것으로, 인간으로 하여금 이해관계를 초월하고 생활에서의 욕구에서 탈피함으로써 심리적인 평안함과 쾌락의 경지에 도달할 수 있도록 한다. 그런데 '현혹'의 '원질'은 일종의 이해관계로 육감과 정욕, 물질적인 자극을 추구하여 인간으로 하여금 "생활의 욕망으로 되돌아가게 만들며 復歸於生活之欲" 마침내 사람들에게 고통과 불쾌감을 불러일으킨다.

생리·심리적 분석을 해보면 '현혹'은 예술작품에서 육욕의 바람과 물질적인 향락을 표현한 줄거리나 장면을 요구하기 때문에, 필연적으로 인간의 생리 감각기관을 과도하게 자극하여 심리와 정신을 음란케 한다. 그러므로 이러한 문예작품 역시 인간에게 미감을 줄 수 없다. 이상에서 말한 논술 중에서 왕국유는《서상기》·《모란정牧丹亭》등의 애정희곡에서 보이는 반봉건적인 내용과, 심미적인 가치를 제대로 파악하지 못함으로써 자신의 편파적 견해를 그대로 노출시키고 있다. 그러나 '현혹'이라는 미학 개념을 부정한 것은 나름으로 의미가 있는 일이다. 그는 여기에서 하나의 사물, 하나의 문예작품이 미적인 것인가의 여부는 그것이 감상자에서 생리적인 쾌감과 심미적인 정신적 향유를 주는가의 여부를 토대로 하고 있음을 분명히 지적했다. 그리고 작품에 드러나는 육욕과 색정, 공포스러운 장면의 묘사 등은 인간의 생리적인 감각기관을 자극할 뿐 미감과는 거리가 있으며, 결과적으로 사람들에게 정신적 유쾌함을 가져다 줄 수 없다고 생각했다.

그의 이러한 문예심리학적 분석은 결코 부정적인 것만은 아니다. 선진 시기에 이미 이와 유관한 논의가 있었다. 예를 들어 단목공單穆公은 심미에서 '현혹'의 상황에 대해 다음과 같이 언급한 적이 있었다. "무릇 음악은 귀에 들리면 그뿐이고, 아름다운 것은 눈에 보이면 그뿐입니다. 만약 음악을 듣고 떨리거나, 아름다운 것을 보고 어지럽다면 우환이 이보다 더 심한 것이 없을 것입니다. 무릇 귀와 눈은 마음을 짜는 기틀입니다. 그렇기 때문에 반드시 조화로운 음악을 듣고 올바른 것을 보아야 합니다. ……만약 조화롭지 못한 것을 보고 들으면 떨리거나 어지러워지니, 맛있는 것을 먹어도 순수함을 느낄 수 없고 순수하지 않으니 기가 사그라들고, 기가 사그라드니 조화롭지 못합니다. 그래서 인륜에 어긋난 미친 말이 생기고 눈이 현혹되며 이름이 바뀌게 되고, 법도가 지나쳐 악하게 됩니다. 夫樂不過以聽耳, 而美不過以觀目. 若聽樂而震, 觀美而眩, 患莫甚焉. 夫耳目, 心之樞機也, 故必聽和而視正, ……若視聽不和, 而有震眩, 則味入不精, 不精則

氣佚, 氣佚則不和. 於是乎有狂悖之言, 有眩惑之明, 有轉易之名, 有過慝之度"[62] 당시 단목공은 '현혹'을 생리적인 감각기관의 '조화(和)'와 '불화不和'의 측면에서 이해한 것이다. 이에 반해 왕국유는 이해관념의 초월 여부나 물질적 감각기관의 욕망을 초월하는가 여부로부터 이를 이해하였다. 따라서 왕국유의 견해가 더욱 심리분석에 뛰어남과 아울러 훨씬 발전적 양상을 보이고 있음을 알 수 있다.

2. '유희'와 '세력'을 주장하는 예술론

문예의 기원과 문예의 본질적인 문제에 대해 왕국유는 매우 독특한 문예심리학적 분석을 하고 있으니, 그것이 바로 '유희'설과 '세력'설이다. 그는 1906년에 쓴《문학소언文學小言》에서 다음과 같이 말하였다.

> 문학은 노는 일, 즉 유희의 사업이다. 사람들은 생존경쟁을 위해 애쓰고 여력이 남으면 이에 이를 발산하기 위하여 논다. 귀여운 아이는 부모가 먹이고 옷도 입히면서 양육하는데, 이는 생존경쟁에 관한 일이라고 말할 수 없으며, 그것에 힘쓰는 것은 무엇인가를 발산하는 것이 아니라 여러 가지 유희를 하는 것이라 할 수 있다. 생존하기 위해 일에 조급하면 유희의 길은 끊기고 만다. 오로지 정신적인 세력이 홀로 우세하여 살아가는 일에 다급하지 않게 된 연후에야 죽을 때까지 유희의 성질, 즉 놀 수 있는 마음을 지닐 수 있게 된다. 사람은 성인이 된 이후에는 소시적에 놀던 것으로 만족할 수 없게 된다. 그래서 자신의 감정이나 자신이 관찰한 사물에 대해 묘사하거나 감탄하여 자신의 마음속에 축적된 세력을 발산하는 것이다.
>
> 文學者, 游戲的事業也. 人之勢力, 用於生存競爭而有餘, 於是發泄而爲游戲. 婉孌之兒, 有父母以衣食之, 以卵翼之, 無所謂爭存之事也, 其勢力無所發泄, 於是作種種之游戲. 逮生存之事亟而游戲之道息矣. 唯精神上之勢力獨優而又不必以生事爲急者, 然後終身得保其游戲之性質. 而成人以後, 又不能以小兒之游戲之滿足, 於是對其自己之感情及所觀察之事物而摹寫之咏歎之以發泄所儲蓄之勢力.

문예의 기원과 본질의 문제에 대해 왕국유는 두 가지 견해를 제시하였다. 그 하나는 '유희발설游戲發泄'설이다. 문학은 일종의 유희, 즉 노는 것이다. 노는 것은 문학 유희의 성질을 지니고, 아울러 유희수단을 통해 작가 자신의 사상감정을 발산한다. 또 다른 하나는 '잉여세력剩餘勢力' 설인데, 사람은 생존경쟁에서 남은 힘이 축적되면 이를 문학작품 등을 통해 발산한다는 뜻이다.

왕국유가 문예의 기원에 대해 '유희' 설을 주장한 것은, 예술창작에 있어서 창작주체의 심리적인 구조 측면에서 살펴볼 때, 어느 정도 본질에 가깝게 접근하고 있다고 할 수 있다. 인간은 사회생활 속에서 끊임없이 생존경쟁을 벌이고, 아울러 자연과의 투쟁도 지속적으로 이어진다. 이러한 상황하에서 자신의 의지와 정감을 펼쳐 나가거나 감정을 발산함으로써 힘든 노동과정에서의 고단함을 풀고자 한다. 노신은 옛날 사람들이 일을 하면서 불렀던 메김소리〔號子歌〕나 일을 끝낸 후 즐겁게 춤추던 관습에 대해 언급한 적이 있었는데, 이 역시 앞서 말한 것과 일맥상통한 이야기이다.

서구의 문예심리학사에서는 칸트가 처음으로 예술의 기원은 '유희' 라는 설을 제시하였다. 칸트는 예술을 인간이 지닌 여러 가지 감각이 자유롭게 활동하는 것이라고 생각했다. 그렇기 때문에 당연히 예술은 공리적일 수 없다. 왕국유는 칸트의 이러한 관점을 그대로 수용하고 있다. 서구의 예술기원설 가운데 '유희' 설은 이후 실러에 의해 더욱 이론적으로 성숙된다. 실러는 예술이란 "인간의 풍부한 정력과 충만한 생명력"[63]으로 유희적 수단에 의해 발산되는 것이라고 말했다. 그의 견해 역시 왕국유에 의해 그대로 계승되고 있다. 다만 왕국유의 '유희' 설은 실러의 '유희' 개념과 다른 면을 지니고 있다. 실러의 경우, '유희' 를 인간의 물질적 충동과 형식적 충동이라는 두 가지 천성이 서로 조화를 이루면서 나타나는 것으로 간주하여 유희활동을 통해 자유를 얻는다고 말하였다. 이는 기본적으로 철학적 범주에서 언급한 것이라 하겠다. 그러나 왕국유의 경우는 다르다. 그의 '유희' 개념은 단지 인간의 정신과 정감의 표현만을 뜻하는 것이다. 그렇기 때문에 심리학적 의미가 더욱 강하다고 할 수 있다.

왕국유의 문론, 특히 심리학적인 각도에서 여러 문제를 다루고 있는 《문학소언文學小言》·《교육의 종지를 논함 論教育之宗旨》·《교육에 대해 우연히 느낀 네 가지 법칙 教育偶感四則》·《거독편去毒篇》·《인간의 기호에 대한 연구 人間嗜好之硏究》 등을 살펴보면, 왕국유의 유희설에는 문예심리학적 의미가 짙게 배어 있음을 쉽게 느낄 수 있다. 특히 유희설과 깊은 관련을 맺고 있는 것은 '세력' 과 '기호嗜好' 의 개념이라 할 수 있다.

왕국유는 1907년에 쓴《인간의 기호에 대한 연구》에서 다음과 같이 말하였다.

가장 고상한 기호 역시 문학예술처럼 힘의 욕구를 드러내는 것이다. 실러는 아동들의 유희는 남는 힘을 사용하는 데 있다고 말한 바 있다. 문학예술 역시 성인들의 정신적 유희에 불과하기 때문에, 그 연원은 남는 힘에 존재하는 것임은 의심할 바 없다.

若夫最高尙之嗜好, 如文學藝術, 亦不外勢力之欲之發表. 希爾列爾旣謂兒童之游戲, 存用於剩餘之勢力矣, 文學藝術, 亦不過成人之精神的游戲, 故其淵源之存於剩餘之勢力, 無可疑也.

왕국유는 유희설과 아울러 '기호'와 '세력' 개념을 제기하여 이로부터 유희설의 연원을 탐색하고 있다. 인간은 왜 유희라는 형식을 빌려 자신의 감정을 발산하고, 그것에서 문예작품이 만들어지는가? 왕국유는 이에 대해 문예라는 것이 '가장 고상한 기호'이자 '힘의 욕구를 드러내는 것'이기 때문이라고 설명하였다. 그렇다면 또한 '기호'와 '세력'은 어떻게 이와 연관되는가? 그는《인간의 기호에 대한 연구》에서 이 두 개념과의 연관성에 대해 인간의 심리적 유기체의 각도에서 세심한 심리적 분석을 하고 있다.

활동을 할 수 없게 되면, 병이 나는 것이 사람의 마음이다. 무릇 사람의 마음은 활동해야 살아 움직일 수 있다. 마음은 이러한 활동의 여지가 있게 되면 일종의 즐거움을 느끼게 된다. 그러나 그렇지 않을 경우에는 오히려 고통을 느낀다. 이러한 고통은 적극적 고통이 아니라 소극적 고통이다. 다른 말로 바꾸어 말하자면 공허한 고통이다. 공허한 고통은 적극적 고통에 비해 사람을 더욱 참기 힘들게 만든다. 왜 그런가? 적극적 고통은 (사람이 의도적으로 구하는 것이기 때문에) 일종의 마음의 활동으로서 쾌락의 본 바탕[原質]을 지니고 있기 때문이다. 그러나 이에 반해서 공허한 고통은 이러한 본 바탕이 없기 때문이다. 사람은 죽는 것보다 힘들더라도 사는 것이 낫다. 이와 마찬가지로 활동을 안하는 것은 나쁜 활동이라도 하는 것만 못하다. 이는 생리학과 심리학에 있어서 두 가지 큰 원리이다. 이는 속일 수 없는 사실이다. 사람들은 이러한 고통을 치유하기 위하여 여러 가지 방법을 쓴다. 서구에서는 이를 가리켜 '시간을 죽인다'고 말하고, 중국에서는

'여가를 보낸다'고 말한다. 이 용어는 적당하므로 달리 바꿀 필요가 없다. 모든 기호는 바로 여기에서 비롯되는 것이다.

活動之不能以須臾患者, 其唯人心乎. 夫人心本以活動爲生活者也, 心得其活動之地, 則感一種之快樂, 反是則感一種之苦痛, 此種苦痛, 非積極的苦痛, 而消極的苦痛也, 易言以明之, 卽空虛的苦痛也. 空虛的苦痛, 比積極的苦痛, 尤爲人所難堪. 何則? 積極的苦痛, 猶爲心之活動之一種, 故亦含快樂之原質, 而空虛的苦痛, 則幷此原質而無之故也, 人與其無生, 不如惡生, 與其不活動也, 不如惡活動, 此生理學及心理學上之二大原理, 不可誣也. 人欲醫此苦痛, 於是用種種方法, 在西人名之曰, To kill time, 而在我中國則名之曰, 消遣. 此用語之確當, 均無以易. 一切嗜好, 由此起也.

왕국유는 위의 인용문에서 쇼펜하우어의 '생활의 욕망〔生活之欲〕'설과 실러의 '유희'설을 수용하면서, 이를 바탕으로 '과잉정력過剩精力'설과 '쾌락'의 원칙을 찾아냈다. 그리고 이를 통해 인간의 '기호'와 '힘의 욕구를 드러냄〔勢力之欲之發表〕'의 심리적 메커니즘을 분석하고 있다. 그의 논의는 인간의 심리활동은 반드시 일정한 대상이 있어야만 쾌락을 느낄 수 있다는 말로 요약된다. 인간의 심리활동은 본능적인 생활의 욕망에 지배를 받는다. 인간은 생활 속의 욕구를 만족시키기 위해 다른 사람과 경쟁을 벌이며, 여기서 승리를 거두었을 때 비로소 자신의 욕구(생활상의 욕구)를 만족시킬 수 있다. 이때 남은 힘을 발산하려는 욕망이 생기게 되고, 이에 따라서 "생활에 무익한 일이라도 치달아 나아가는 無益於生活之事業亦騖而趨之" '기호'가 생기게 되며, 아울러 오락·유희·심미 등의 충동이 나타나 정신적 해소가 이루어진다. 따라서 '세력'은 인간이 가지고 있는 생존경쟁의 능력이며, '세력의 욕망'은 인간이 생존경쟁을 벌일 때 생겨나는 욕망이자 동기이며 또한 충동인 것이다. 그리고 '기호'는 사람에게 '잉여 세력'이 남아 있어 발산하고자 할 때, 유희나 오락과 같은 심미활동에서 표현되는 습관이나 취미·충동·취향을 뜻한다고 할 수 있을 것이다. 힘〔勢力〕을 드러내고자 함으로써 얻어지는 것은 정신적 해소나 즐거움이다. 그러나 또한 그것은 '생활의 욕망'을 원동력과 근원으로 삼는 것이기도 하다. 왕국유는 이에 대해 정확하게 분석하고 있다.

인류는 생활 속에서 경쟁하고 승리를 쟁취해 왔다. 이는 근본적인 욕망인데 재차 변하여 세력의 욕망이 되었다. 그러한 욕망 속에서 사람들은 물질적인 측면이나 정신적 측면에서 다른 사람들의 생활보다 낫고자 애를 쓴다. 이러한 세력의 욕망은 곧 생활의 욕망의 먼 후예라 할 수 있으니 결코 틀린 말이 아니다. 사람은 한평생 두 가지 욕망으로 말미암아 자신의 지력과 체력을 채찍질하여 그것을 활동케 한다. 그 활동이 직접적으로 생활과 연관된 상태에서 이루어지면 일이라고 말하고, 힘이 남아돌아 오로지 남은 힘만으로 활동할 경우에는 그것을 일러 기호라고 한다. 그렇기 때문에 기호의 물物됨은 비록 직접적인 힘을 드러내는 것은 아니지만, 또한 힘의 물그림자(水影; 먼 데서 보면 보이지만 가까이서 보면 보이지 않는)가 되는 것이다. 그래서 때로는 그 힘의 욕망에 순응하며 처음부터 사람의 마음을 움직이고, 공허한 고통을 치유하기에 족하다. 그렇지 않다면 좋아하는 것을 하고자 하는 것은 어렵다.

人類之於生活, 旣競爭而得勝矣, 於是此根本之欲, 復變而爲勢力之欲, 而務使其物質上精神上之生活, 超於他人之生活之上. 此勢力之欲, 卽謂之生活之欲的苗裔, 無不可也. 人一生唯由二欲, 以策其知力及體力, 而使之活動. 其直接爲生活, 故而活動時謂之曰工作, 或其勢力有餘而唯活動, 故而活動時謂之曰嗜好. 故嗜好之爲物, 雖非表直接之勢力, 亦必爲勢力之水影, 或足以遂其勢力之欲者, 始族以動人心而醫其空虛的苦痛. 不然, 欲其嗜之也, 難矣.

이 또한 유희와 문학예술을 탄생시키는 원인에 관한 논의이다. 왕국유는 '기호'에 대해 논술하면서 '고상한 것과 비열한 것(高尙卑劣)'의 구분이 있다고 하였는데, 문예는 그 가운데 가장 고상한 기호에 속한다고 보았다. 왜냐하면 문예란 이해관계를 초월한 정신적 즐거움이자 순수한 쾌락으로, 흡연이나 도박 등과 같은 기호와는 비교할 수 없는 것이기 때문이다.

왕국유는 이외에도 《인간의 기호에 대한 연구》에서 문예심리학의 각도에서 희극과 비극의 특성을 분석하고 있는데, 그 중에는 희곡창작에 있어서 '힘의 욕구를 드러냄(勢力之欲之發表)'의 심리적 메커니즘은 도대체 무엇인가에 대한 분석도 포함되어 있다. 왕국유는 다음과 같이 말하고 있다.

일반 사람들의 희곡에 대한 기호 역시 힘의 욕구가 분출됨으로 말미암는다. 우선 희극으로 말하자면, 무릇 능히 웃을 수 있는 이는 분명 그 세력이 웃김을 당하는 이보다 강하다. 그렇기 때문에 웃는 이는 실제로 자신이 지니고 있는 일종의 힘을 드러내는 것이라 할 수 있다. 그러나 사람들은 실제 생활 속에서 비록 웃기는 일을 만나게 되어도, 그 사람이 평소에 얕볼 수 있는 사람이거나 그 위치가 우리들보다 훨씬 하층에 속하는 사람이 아닐 경우에는 감히 웃지 못한다. 단지 골계극의 경우에는 그것이 사실이 아니기 때문에 사람들이 능히 웃을 수도 있고, 감히 웃을 수도 있는 것이다. 이는 그 속에 희극의 쾌락이 존재하고 있기 때문이다.

비극의 경우도 마찬가지이다. 호라티우스는 "인생이란 관찰자의 입장에서 보면 희극이지만 느끼는 자의 입장에서 보면 하나의 비극이다"라고 말한 적이 있다. 내가 생각해 보니 인생에 있어서 운명이란 진실로 비극과 다를 바 없다. 그러나 사람이 그 비극을 연기할 때면 고개를 숙이고 침묵할 뿐이며 부끄럽게 지나갈 따름이다. 비극의 주인공처럼 연기와 노래로 자신의 마음속에 담긴 고통을 호소하고 싶기는 하지만 누가 그것을 들어 줄 것이며, 누가 그를 가련하다 여기겠는가? 무릇 비극에 나오는 인물은 힘에 대해서도 가히 말할 것이 없으니 실로 논의할 필요가 없을 것이다. 그러나 그 고통을 울부짖는 이와 그 고통에 대해 감히 울음조차 울 수 없는 이 사이에는, 그 세력의 크고 작음이 반드시 존재한다. 무릇 인생은 참으로 독백할 수 있는 일이 없지만 희곡 중에는 많은 독백이 있기 때문이다. 그렇기 때문에 인생에 있어서는 오랫동안 억압된 힘이 차야만 광주리가 기울어지고 바구니가 엎어지는 것처럼 감정이 솟구치게 되는 것이다. 그래서 비록 미술의 취미를 이해하지 못하는 이도 그 속에서 일종의 세력의 쾌락을 얻을 수 있는 것과 마찬가지로, 일반적인 사람들의 희곡에 대한 기호 역시 이렇게 해석하면 결코 부족하지 않을 것이다.

常人對喜劇之嗜好, 亦由勢力之欲出. 先以喜劇言之. 夫能笑人者, 必其勢力强於被笑者也. 故笑者實吾人一種勢力之發表. 然人於實際之生活中, 雖遇可笑之事, 然非其人爲我素狎者, 或其位置遠在吾人之下者, 則不敢笑. 獨於滑稽劇中, 以其非事實故, 不獨使人能笑, 而且使人敢笑, 此即對之喜劇快樂之所存也. 悲劇若然, 霍雷士曰, 人生者, 自觀之者言之, 則爲一喜劇, 自感之者言之, 則又爲一悲劇也. 自吾人思之, 則人生之運命, 固無異於悲劇, 然人當演此悲劇時, 亦俯首杜口, 或故示整暇, 汶汶而過耳. 欲如悲劇中之主人公, 且演且歌, 以訴其胸中之苦痛者, 又誰聽之, 而誰憐之乎. 夫悲劇中之人物之無勢力之可言, 固不待論, 然敢鳴其苦痛者, 與不敢鳴其苦痛者之間, 其勢力之大小, 必有辨焉. 夫人生中固無獨語之事, 而戲曲中則以許獨語故, 故人生中久壓抑之勢力, 獨於其中筐傾而篋倒之. 故雖不解美術上之趣味者, 亦於此中得一種勢力之快樂. 普通之人對戲曲之嗜好, 亦非此不足以解釋之矣.

여기에서 왕국유는 예술창작이란 '힘의 욕구를 드러냄이다' 라는 자신의 이론을 분명하게 설명하고 있다. 첫번째로 희극에 대해 왕국유는 호라티우스가 말한 희극의 웃음은 우월감에서 나온다는 이론을 받아들여, "능히 웃을 수 있는 이는 분명 그 세력이 웃김을 당하는 이보다 강하다 能笑人者, 必其勢力强於被笑者也" 라고 말하고 있다. 이러한 우월감은 바로 '힘[勢力]' 의 우월로 생존경쟁에서 이긴 사람의 것이다. 그렇기 때문에 희극의 실질은 바로 '힘의 욕구를 드러냄' 이라고 할 수 있다. 두번째, 비극의 경우에도 마찬가지로 동일한 이론으로 설명될 수 있다. 다만 그 과정이 다를 뿐이다. 비극의 경우, 극 중에 나오는 비극적 인물이 "감히 자신의 고통을 울부짖으면 敢鳴其苦痛者" 그 극을 보는 이 역시 비극적 인물의 고통에 동감하게 된다. 왕국유는 바로 이러한 이유로 비극 역시 '힘의 욕구를 드러냄' 과 같은 것이라고 말하고 있다.

세번째로 이러한 '힘의 욕구를 드러내고자 하는 것' 은 이해관계를 초월한다. 현실생활에서 사람들은 정치나 도덕관념, 그리고 공리功利관계로 말미암아 웃고 싶어도 웃지 못하고 고통을 토로하고 싶어도 불가능한 경우가 흔히 있다. 그러나 희곡에서는 일상적인 공리나 이해관계를 초월하고 있기 때문에 웃고 싶을 때 웃을 수 있고, 비극적 상황에 공감을 표시하는 데 아무런 지장이 없다.

마지막 네번째로 왕국유는 희극이나 비극을 창작하거나 감상할 때, 그 심미적 효과는 힘의 욕구를 드러낸 후에 얻어지는 쾌락, 즉 창작 희열이라고 설명하고 있다.

이상의 논의들을 종합하면 다음과 같다. 예술의 기원과 그 본질적 기능이라는 문제에 대해 왕국유는 서구미학의 '유희' 설을 도입하였으며 다른 한편으로 '기호' 설과 '세력' 설을 통해 서구 미학의 '유희' 론을 보충·발전시켰다. 왕국유에게 있어서 문예창작이란 인간의 자아 만족을 위한 심리활동이며, 생존경쟁과 '생활에서의 욕구' 를 초월하는 것을 의미한다. 그렇기 때문에 문예는 초공리적인 성격을 지니게 되며 그 결과 생리적인 쾌감과 정신, 심리적인 즐거움이 얻어질 수 있게 된다. 이러한 예술론은 심리학적 색채가 짙게 배어 있으며, 당연히 비교적 완전한 문예심리학적 의의가 있다. 이렇게 본다면 그의 이론은 비록 서구의 이론에 바탕으로 두었지만, 그 근간이 되는 칸트·실러 등의 '유희'설을 훨씬 넘어섰을 뿐만 아니라, 중국 문예심리학사에 있어서도 기존의 '발설發泄'설을 더욱 발전시켰다고 할 수 있을 것이다.

3. 주체의 능동성을 강조하는 의경론

왕국유의 예술의경론은 그의 《인간사화人間詞話》에 집중적으로 논의되고 있다. 《인간사화》의 첫구절은 "사는 경계를 으뜸으로 삼는다. 경계가 있으면 스스로 높은 격을 이루며, 스스로 명구가 있게 된다 詞以境界爲上. 有境界, 則自成高格, 自有名句"는 말로 시작되는데, 이는 그가 경계·의경의 문제를 중시했음을 단적으로 드러내는 예증이라 하겠다. 그는 초기에는 칸트와 쇼펜하우어의 철학에 대해 연구했으나, 이후 점차 예술·미학·심리학에 대해 집중적으로 연구하였다. 물론 《인간사화》는 그 결과물이다.

왕국유의 의경론에 대해서는 지금까지 연구자도 많았고, 그 성과물도 적지않으나 논쟁 또한 많았다. 본장에서는 그의 의경론에 대한 전반적인 소개보다는, 문예심리학의 각도에서 그의 의경론이 지니고 있는 문예심리학적 의의에 대해 개괄할 뿐이다.

중국 고대 문예심리학사에서 의경론意境論은 오랜 역사를 지니고 있다. 선진시대에 이미 노자·장자·《주역》 등에 그 기미가 보이며, 위진 시기에 논의된 '의상意象'설 역시 한 단서가 된다. 그뿐만 아니라 위진 시기에 나온 고개지顧愷之의 '형신'설, 사혁謝赫의 '기운생동氣韻生動'과 '응물상형應物象形'설, 종영鍾嶸의 "사물에 근거하여 형상을 만들어 내고, 정감을 다하여 외물을 묘사한다 指事造形, 窮情寫物"는 논의와 유협劉勰의 '의상意象'설 등에도 '의경意境'설의 본질적인 요소가 담겨져 있다. 뿐만 아니라 당대 은번殷璠의 '흥상興象'설 및 왕창령王昌齡의 《시격》에서 제기된 '의경意境'의 개념은, 중국 미학의 '의경' 범주의 토대를 닦았다고 할 수 있다. 이후 각각의 조대朝代마다 여러 문학·예술가들이 문예에 있어서 '의경'의 문제에 대해 깊이 있는 논의를 하여, 중국 예술의경론은 장족의 발전을 하게 된 것이다.

그렇다면 의경이란 무엇인가? 의경이란 예술창작에 있어서 정과 경, 심과 물,

주관과 객관의 통일이며, 그 빈틈없는 통일 속에서 유한에서 무한으로, 언어 내적인 것에서 언어 외적인 것으로 창조되어진 새로운 경계라 할 수 있을 것이다. 주광잠은 "시적 경계란 이상적 경계이자 시간과 공간에서 하나의 미세한 점을 잡아 이를 영원화 · 보편화시킨 것이다. 그것은 무수한 심령 속에서 계속해서 거듭 드러나며, 비록 거듭 드러남에도 결코 진부해지지 않는다. 왜냐하면 그것이 모든 감상자마다 시간과 공간적인 특수한 성격과 정취 속에서 새로운 생명을 흡수할 수 있기 때문이다. 시의 경계는 찰나 속에서 억겁을 보며 미세함 속에서 대천을 드러내고, 유한 속에 무한이 깃들어 있는 것이다 詩的境界是理想的境界, 是從時間與空間中執着一微點而加以永恒化與普遍化. 它可以在無數心靈中繼續復現, 雖復現却不落於陳腐, 因爲它能够在每個欣賞者的當時當境的特殊性格與情趣中吸取新鮮生命. 詩的境界在刹那中見終古, 在微尖中顯大千, 在有限中寓無限"[64]라고 말한 적이 있다. 그의 견해는 일종의 정경교융情景交融 · 심물동일心物同一의 예술의경을 창조해야만 비로소 감상자에게 상상의 여지를 펼칠 수 있는 나래를 제공할 수 있으며, 이를 통해 언어 밖에 있는 무한한 예술적 감상이 가능하다는 것이다. 이렇게 볼 때, 그는 예술의경의 진수를 파악하고 있다고 할 수 있다.

왕국유는 중국 고대 미학의 의경론을 집대성한 사람이다. 그는 엄우의 '흥취'설을 존중했고, 왕사정의 '신운'설, 원굉도의 '성령'설에 영향을 받았다. 그리고 방회方回의 "마음이 곧 경이다. 그 경을 다스림에 마음에서 다스리지 않으면 그 흔적이 사람의 경에서 멀어져 마음이 가까워지지 않은 적이 없고, 마음을 다스림에 그 경에서 다스리지 않으면 흔적이 사람의 경에 가까워져 마음이 멀어지지 않은 적이 없다 心則境也, 治其境而不於其心, 則迹與人境遠, 而心未嘗不近, 治其心而不於其境, 則迹與人境近, 而心未嘗不遠"[65]는 견해와, 축윤명祝允明의 "몸과 사물이 접하면 경이 생겨나고, 경과 마음이 접하게 되면 정감이 생겨난다 身與事接而境生, 境與身接而情生"[66]는 견해, 그리고 왕부지의 "정과 경이 하나로 합치되면 자연스럽게 묘오를 얻게 된다 情景一合, 自得妙悟"[67]는 견해에 적지않은 영향을 받았다.

그러나 왕국유의 의경설은 전대 사람들의 견해를 단순히 종합한 것이 아니라 더욱 발전시켰다는 점에서 특히 중요하다. 전대의 견해에 비해 더욱 발전적인 측면은 다음 몇 가지로 나누어 볼 수 있다. 첫째, 그는 '의경'과 '경계'를 기존의 시가詩歌 측면에 국한시키지 않고 예술미의 본질적 특성으로 인식하였다. 둘째, '의경'에 있어서 특히 정과 경, 심과 물, 주관과 객관의 관계를 논의하면서 그는 정감이나 심령, 그리고 주관 등 주로 자아의 능동적인 측면을 강조하였다. 이러한 두 가지 특징으로 말미암아 그의 의경이론은 더욱 광범위한 연구영역을 갖게 되었으며, 문예심리학적 의의도 더욱 풍부하게 되었다.

왕국유의 의경론은 '정'과 '경'에 대한 논술로부터 시작된다.

> 문학에는 두 가지 원질이 있다. 하나는 경이라 하고, 다른 하나는 정이라 한다. 전자는 자연과 인생의 사실을 묘사하는 것을 위주로 하고, 후자는 우리들의 이러한 사실에 대한 정신태도를 뜻한다. 그래서 전자는 객관적이고 후자는 주관적이며, 전자는 지식적이고 후자는 감정적이다.
>
> 文學中有二原質焉. 曰景, 曰情. 前者以描寫自然及人生之事實爲主, 後者則吾人對此種事實之精神的態度也. 故前者客觀的, 後者主觀的也. 前者知識的, 後者感情的也.[68]

왕국유의 문학에는 '경'과 '정'의 두 가지 기본 요소가 존재하는데, 전자는 객관적 · 인식적인 것이며, 후자는 주관적 · 감정적인 것이라고 지적하였다. 이는 문학작품의 구성법칙과 합치되는 것이다. 그는 이에서 한 걸음 더 나아가 후자의 경우는 능동적이고 활발함을 특성으로 삼는다는 것을 분명히 지적하였다.

> 요컨대 시가는 감정의 산물이다. 그 속에 있는 상상의 원질에 진지한 정감이 바탕이 되어야만 비로소 이후에 원질이 드러날 수 있는 것이다.
>
> 要之, 詩歌者感情的産物也, 雖其中之想像的原質亦須有肫摯之感情爲之素也, 而後此原質乃顯.[69]

시가는 감정의 표현이다. 예술적 상상 역시 감정을 기초로 하는 것이기 때문에 감정이 없다면 문학예술은 탄생할 수 없음을 명확하게 설명하고 있다. 왕국유는 "모든 경에 관한 말은 모두 정감이 담긴 말이다. 一切景語皆情語"[70] "자연과 인생의 사실 自然及人生之事實"을 묘사하는 것 역시 감정으로 이루어진다. "요약하면 문학이란 지식과 감정이 서로 교차한 결과에서 벗어나지 않는다. 진실로 예민한 지식과 깊은 정감이 존재하지 않는다면 문학을 하기에 족하지 않다. 이는 천재의 유희이지 다른 이가 권해서 될 일이 아니기 때문이다 要之, 文

學者不外知識與感情交代之結果而已. 苟無敏銳之知識與深邃之感情者, 不足與於文學之事業, 此其所以但爲天才游戲之事業而不能以他道勸也"[71]라고 하였다. 문학예술의 본질에 관한 매우 예리한 인식이라고 볼 수 있다.

'정'·'경'설을 기초로 왕국유는 《인간사화을고서人間詞話乙稿序》에서 의경의 범주에 대해 분명하게 설명하고 있다.

> 문학이란 안으로 자신을 사로잡아 드러낼 수 있어야 하고, 밖으로 다른 이들을 감동시킬 수 있는 것으로 이는 의와 경 두 가지이다. 으뜸은 의와 경이 혼재되어 하나가 된 것이고, 버금가는 것은 혹 경이 우세하거나 의가 뛰어난 것이다. 만약 이들 중 하나라도 결핍되어 있으면 문학이라 말하기에 부족하다. 원래 문학에 의경이 있어야 함은 그것으로 능히 관조할 수 있기 때문이다. 자아를 관조하는 데는 의가 경보다 남음이 있고, 사물을 관조하는 데는 경이 의보다 낫다. 그러나 사물이 아니면 자아를 관조할 수 없으며, 자아를 관조할 경우에도 또한 저절로 자아의 존재가 있게 된다. 그런 까닭에 양자가 항상 서로 섞여 있어 때로 편중되는 경우는 있을 수 있으나, 한쪽이 완전히 없어지는 경우는 있을 수 없다.
>
> 文學之事, 其內足以攄己, 而外足以感人者, 意與境二者而已. 上焉者意與境渾, 其次或以境勝, 或以意勝. 苟缺其一, 不足以言文學. 原夫文學所以有意境者, 以其能觀也. 出於觀我者, 意餘於境. 而出於觀物者, 境多於意. 然非物無以見我, 而觀我之時, 又自有我在. 故二者常互相錯綜, 能有所偏重, 而不能有所偏廢也.

왕국유는 '의경'의 미학적 의미에 대해 전반적으로 분석하고 있다. 그것은 그 자신의 '정경'설에 뿌리를 두고 더욱 발전시킨 것이다. 섭진빈聶振斌은 이 단락에 대해 다음과 같이 설명하고 있다. "정과 경의 근본관계에 대한 그의 분석을 연계시켜 볼 때, 그가 말하고 있는 '의意'는 감정·이해·상상·의지(이상) 등의 여러 가지 주관적인 요소를 포괄하고 있으며, 감정을 '밑바탕'〔素地: 의탁 또는 형식〕으로 하는 종합형태를 취하고 있다. 그리고 '경'은 생명(또는 神), 기세(또는 理)를 지닌 경상景象을 뜻한다. 이 양자는 서로 화해·통일되어 아름다움, 즉 미美를 구성한다."[72] "의경미는 의와 경 두 가지 측면으로 나누어진다. 물론 정과 경의 문제와는 표현방법상 차이가 있으나, 근본적으로 동일한 것으로 모두 창작과 심미에 있어서 주관과 객관간의 근본적인 관계를 반영하고 있다. 다만 다른 것은 의와 경이 정과 경에 비해 더욱 전면적으로 주관심리의 여러 가지 요소들(情·志·관념·상상)과 객관적 존재의 여러 가지 요소들(景象·환경·분위기)을 개괄하고 있다는 점일 것이다."[73] 이러한 해석은 비교적 원만한 설명이라 할 수 있다.

왕국유의 '의意'와 '경境' 두 가지의 근본 관계와 그 양자간의 결합이 각기 다른 상황이 있을 수 있다는 것을 이해한다면, 한 걸음 더 나아가 의경미를 '의와 경이 혼연일체가 된 것〔意與境渾〕'·'경이 우세한 것〔以境勝〕'·'의가 우세한 것〔以意勝〕' 등 세 가지 유형으로 구분하고, 아울러 '의와 경이 혼연일체가 된 것'이 가장 좋은 경우임을 이해할 수 있을 것이다.

왕국유는 기본적으로 의경을 정과 경, 심과 물, 주관과 객관의 통일이라고 보았다. 이는 중국 미학이나 문예심리학의 전통적인 관점과 일치한다. 다만 그는 이러한 양자간의 통일 속에서 특히 '자아〔我〕,' 즉 창작주체나 심미주체의 능동적 작용을 강조하고, 아울러 이러한 전제하에서 자신의 의경론을 확충시켰다는 점에서 특색을 지닌다고 할 수 있다.

왕국유는 "문학에 의상이 있는 까닭은 그것으로 능히 볼 수 있기 때문이다 原夫文學之所以有意象者, 以其能觀也"[74]라고 하였다. 이는 의경이란 사람의 심경이나 시각에 작용한다는 뜻이다. 그래서 그는 "무엇으로 의경이 있다고 말하는가? 말하건대 정감을 묘사함에 다른 사람의 마음에 스며들 수 있고, 경물을 묘사함에 다른 사람의 눈과 귀로 본 것처럼 할 수 있고, 일에 대해 서술함에 입에서 나온 것처럼 할 수 있기 때문이다 何以謂之有意境? 曰, 寫情則沁人心脾, 寫景則在人耳目, 述事則如其口出也"[75]라고 하였던 것이다. 이처럼 왕국유는 의경의 있고 없음이나 깊고 얕음을 구별하고 있는데, 이는 특히 창작주체와 심미주체의 심적 관조나 재현, 그리고 체험 정도에서 각기 달라지는 것이라고 보았기 때문이다. 결국 이러한 '의경' 유형의 구분은 관조觀照의 치중점이 각기 다른 것으로 결정된다고 할 수 있다. 이러한 연유로 왕국유는 "자아를 관조하는 데 뜻이 경보다 남음이 있고, 사물을 관조하는 데 경이 뜻보다 낫다. 그러나 사물이 아니면 자신을 관조할 수 없으며, 자아를 관조할 때 또한 저절로 자신의 존재가 있게 된다 出於觀我者, 意餘於境. 而出於觀物者, 境多於意. 然非物無以見我, 而觀我之時, 又自有我在"[76]고 하였던 것이다.

심미를 통해 능히 (자아나 사물을) 관조할 수 있다는 관점에서 출발하여 왕국유는 의경을 '유아지경有我之境'과 '무아지경無我之景'으로 구분하고 있다. 그는 다음과 같이 말하고 있다. "유아의 경계는 자아의 입장에서 사물을 관조하기에 사물마다 자아의 색채를 띠게 된다. 무아의 경계는 사물의 입장에서 사물을 관조하기에 어느것이 자신이고 어느것이 사물인지 알 수 없게 된다. 有我之境, 以我觀物, 故物皆著我之色彩. 無我之景, 以物觀物, 故不知何者爲我, 何者爲物."[77]

왕국유의 '유아지경'과 '무아지경'에 대해서 이미 많은 이들에 의해 많은 논쟁이 벌어졌다. 여러 사람들이 논의를 하였지만 섭진빈의 견해가 비교적 타당하다고 여겨진다. 그는 '유아지경'과 '무아지경'의 구분은 사실 '유'와 '무'의 구별이 아니라 '현顯'과 '은隱,' 공교로움과 신묘함의 구분이라고 말하고 있다. '유아'와 '무아'는 의경의 범위 내에서 주관과 객관의 통일이자 상호 융합이라는 전제하에서 제시된 개념들이다. 그렇기 때문에 '무아지경'의 자아 색채〔我之色彩〕는 비록 '유아지경'의 그것처럼 명확하게 드러나지는 않지만 존재하고 있음은 분명하다. 따라서 이를 자아가 전혀 없는 것으로 해석하면 오류에 빠지게 된다.[78] 이러한 견해는 주광잠의 경우도 마찬가지이다. "'유아지경'과 '무아지경'으로 말하는 것보다는 '초월지경'과 '동물지경同物之境'으로 말하는 것이 나을 듯하다. 왜냐하면 엄밀하게 말해서 시는 어떠한 경계라 할지라도 반드시 자아가 존재하며, 항상 자아의 성격이나 정취, 그리고 경험의 반추가 필수적이기 때문이다. 與其說 有我之境與無我之景, 似不如說超物之境和同物之境, 因爲嚴格地說, 詩在任何境界中都必須有我, 都必須爲自我性格, 情趣和經驗的返照"[79] 주광잠의 이러한 관점 역시 일리가 있다.

왕국유 역시 '경'은 '자아'의 심경과 감정 색채가 모두 스며들어 있다고 여겼다. "무릇 경계가 내 마음에서 나타나고 외물에서 드러나는 데 이는 모두 잠시잠깐의 사물이다. 오로지 시인만이 이러한 찰나의 사물을 가지고 불후의 문자를 새겨넣어 독자들로 하여금 절로 그것을 얻을 수 있도록 만들 수 있을 따름이다. 마침내 시인의 말을 깨닫고 보면 자구字句마다 자신이 마음속으로 하고 싶었던 말이긴 하나 이 또한 자신이 능히 할 수 있는 것이 아니니, 위대한 시인의 비밀스러운 오묘함이 바로 이것이다. 夫境界之呈於吾心而見於外物者, 皆須臾之物. 惟詩人能以此須臾之物, 鐫諸不朽之文字, 使讀者自得之. 遂覺詩人之言, 字字爲我心中所欲言而又非我之所能言, 此大詩人之秘妙也"[80] 바로 이러한 이유로 '유아지경有我之境'은 "자아의 입장에서 사물을 관조하기에 사물마다 자아의 색채를 띠게 되어 以我觀物, 故物皆著我之色彩" 인공적으로 교묘하게 합치시켜 이정移情작용을 하고, '무아지경無我之景'은 "사물의 입장에서 사물을 관조하기에 어느것이 자신이고 어느것이 사물인지 알 수 없게 되어 以物觀物, 故不知何者爲我, 何者爲物" 외물과 자아간의 관계가 교묘하게 합치되면서 아울러 '자아'의 심경과 정감이 배어나게 되는 것이다.

왕국유는 '유아지경'과 '무아지경'을 구분하였을 뿐만 아니라 이와 관련시켜 우아미와 숭고미로 구분하고 있다.

> 무아의 경계는 사람이 오로지 고요한 경지에 있어야만 얻을 수 있고, 유아의 경계는 동적인 데서 말미암은 것이 고요함에 이를 때 그것을 얻게 된다. 그런 까닭에 하나는 우미하고, 다른 하나는 웅장하다.
>
> 無我之景, 人惟於靜中得之. 有我之境, 於由動之靜時得之, 故一優美, 一宏壯也.[81]

앞서 왕국유가 우아미와 숭고미를 느낄 때의 정감심리에 대해 분석한 것을 살펴보았는데, 이와 연계시켜 보면 그가 여기서 말하고 있는 '유아지경'과 '무아지경' 속에 대단히 풍부한 예술심리적 함의가 내재되어 있음을 알 수 있을 것이다.

왕국유가 '정靜'과 '동지정動之靜,' 즉 '자유감自由感'과 '협박감脅迫感'으로 무아지경과 유아지경을 분석한 것은 일리가 있다. 그러나 '유아'와 '무아'는 양자가 변증법적으로 통일되는 것이다. 따라서 예술의경은 이미 '유아'로서 작가의 심경과 정감이 내재하고 있으며, 또한 '무아'로서 작가의 심경이나 정감은 물경物境과 융합된 상태에서 더 이상 노골적으로 드러나서는 안 된다. 그러나 왕국유는 이 점에 대해 정확한 인식이 없었다. 이는 그의 한계였다. 그럼에도 불구하고 많은 연구자들 역시 이 점을 분명하게 지적하지 않고 있다.

왕국유는 의경을 창조하는 데 특히 '자아'의 역할을 강조했다. 그리고 이러한 전제하에서 색다른 견해를 제기하고 있다.

> 경은 단지 경물만을 말하는 것이 아니다. 희・노・애・락 역시 사람의 마음속에 있는 하나의 경계이다. 그런 까닭에 참된 경물과 참된 감정을 묘사할 수 있어야만 비로소 경계가 존재한다고 할 수 있는 것이다. 그렇지 않다면 경계가 존재

하지 않는 것이다.

境非獨謂景物也. 喜怒哀樂, 亦人心中之一境界. 故能寫眞景物, 眞感情者, 謂之有境界. 否則謂之無境界.

그는 또한《문학소언》에서도 이와 유사한 말을 하고 있다.

격렬한 감정은 또한 직관의 대상이 될 수 있으며, 문학의 재료가 될 수 있다.
激烈之感情, 亦得爲直觀之對象, 文學之材料.

이는 인간이 지니고 있는 희·노·애·락의 감정은 경계의 내함內涵이자 예술가가 관조하고 문학으로 표현되는 대상이라는 뜻이다. 이렇듯 왕국유는 진실한 정감을 묘사하면 역시 그 속에서도 경계가 있을 수 있다고 여겼다. 이렇게 본다면 왕국유가 말한 경계는 전통적인 경계 개념과 다르다고 할 수 있다.

또한 왕국유는 의경의 함의 역시 전체 사회생활의 영역까지 포괄하는 광범위한 것으로 확장시켰다.

경계에는 다음 두 가지가 존재한다. 하나는 시인의 경계이고, 다른 하나는 일반 사람의 경계이다. 시인의 경계는 오로지 시인만이 능히 느끼고 능히 쓸 수 있다. 그런 까닭에 그 시를 읽으면 높이 들어올려지고 멀리 사모하게 되어 세상에 남긴 뜻이 있다. 그러나 또한 그러한 경계를 얻을 수도 있고 얻지 못하는 경우도 있으며, 얻더라도 또한 각기 깊고 얕음의 차이가 있다. 무릇 슬픔이나 기쁨, 헤어짐이나 만남, 객지생활이나 부역의 느낌은 일반 사람도 능히 느낄 수 있지만 오로지 시인만이 이를 쓸 수 있는 것이다. 그런 까닭에 사람들에게 몰입됨이 지극히 깊고 세상에 행해짐이 더욱 광범위한 것이다.

境界有二, 有詩人之境界, 有常人之境界. 詩人之境界, 惟詩人能感之而能寫之, 故讀其詩者, 亦高擧遠慕, 有遺世之意. 而亦有得有不得, 且得之者亦各有深淺焉. 若夫悲歡離合, 羈旅行役之感, 常人皆能感之, 而惟詩人能寫之. 故其入於人者至深, 而行於世者愈廣.[82)]

시인의 경계와 일반 사람의 경계는 서로 다르다. 시인의 경계는 시인이 사회생활 속에서 심미파악을 하고 형상을 창조한 것으로 그 속에는 시인의 정감과 이상, 그리고 체험이 배어 있다. 뿐만 아니라 이러한 체험과 파악이 다르기 때문에 때로 이루어지는 경우도 있고 아닌 경우도 있으며, 그 심도에 있어서 차이가 있을 수 있다. 일반 사람들의 경계는 사회생활미에 대한 인식이다. 그들은 시인처럼 심미나 정감체험이 없기 때문에 슬픔이나 기쁨, 헤어짐이나 만남, 객지생활이나 부역의 느낌 등 사회생활을 예술적 의경미로 변화시킬 수 없다. 이렇게 본다면 창작주체의 정감적 체험과 그것을 어떻게 물화物化시킬 것인가가 관건이라고 할 수 있다.

왕국유는 의경을 창조함에 있어서 '자아(我)'의 능동적 작용을 특히 중시했다. 그래서 '자아'의 인격 수양을 중요하게 여겼다. 그는 《문학소언》에서 '자아'는 반드시 고상한 인격을 지녀야 한다는 점을 지적하여 "고상하고 위대한 인격이 없는데, 고상하고 위대한 문학가는 거의 있을 수 없다"라고 하였다. 또한 《이전화경기二田畵廎記》에서는 다음과 같이 말하고 있다. "무릇 회화가 귀중한 것은 작품에 그려진 사물 때문이 아니라 분명 자아가 있어 사물에 기탁되고 있기 때문이다. 그런 까닭에 그것을 외적으로 살펴보면 산이나 물, 구름이나 나무, 대나무나 돌, 꽃이나 풀 등으로 어떠한 경우에도 사물이 아닌 것이 없다. 그러나 내적으로 살펴보면 자구(黃公望, 1269-1354)·중규(吳鎭, 1280-1354)·원진·숙명(王蒙, 1308-1385. 이상 세 사람과 倪瓚을 더불어 元末 4대가라고 한다)임을 알 수 있는 것이다. 夫繪畵之可貴者, 非以其所繪之物也, 必有我焉以寄於物之其中. 故自其外而觀之, 則山水雲樹竹石花草無往而非物也, 自其內而觀之, 則子久也, 仲圭也, 元鎭也, 叔明也" 이는 회화예술에 있어서 각기 작품마다 풍격이 다른 이유는 그것이 각기 다른 인격의 표현이기 때문이라는 설명이다. "그림의 높고 낮음으로 자신의 높고 낮음을 본다. 한 사람의 그림의 높고 낮음으로 또한 당시 자신의 높고 낮음을 본다. 畵之高下, 視其我之高下, 一人之畵之高下, 又視其一時之我之高下" 이 역시 동일한 설명이다.

그렇다면 어떻게 해야 고상한 인격을 배양할 수 있는가? 왕국유는 이에 대해 다음과 같이 언급하고 있다. "사 작가는 어린아이의 마음을 잃지 않는 자이다. 그래서 깊은 궁안에서 태어나 귀부인의 손에서 길러졌던 이후주李後主(李煜)는 임금이 되기에는 부족한 점이 있지만, 사 작가로는 뛰어나게 된 것이다. 詞人者, 不失赤子之心者也. 故生於深宮之中, 長於婦人之手, 是後主爲人君所短處, 亦卽爲

詞人所長處"[83] "시인은 우주나 인생에 대해 그 안으로 들어가야만 하고, 또한 그 밖으로 나올 수 있어야 한다. 그 안으로 들어감으로써 능히 그것을 묘사할 수 있으며, 밖으로 나올 수 있음으로써 그것을 살필 수 있게 된다. 안으로 들어감으로써 생기가 생기게 되고, 밖으로 나옴으로써 고상한 풍취를 지니게 된다. 詩人對宇宙人生, 須入乎其內, 又須出乎其外. 入乎其內, 方能寫之. 出乎其外, 故能觀之. 入乎其內, 故有生氣. 出乎其外, 故有高致"[84]

이처럼 왕국유는 창작주체는 반드시 순진하고 소박한 본성을 지니고, 세속의 이해관계에 의해 간섭받아서는 안 된다고 생각했다. 또한 우주와 인생의 문제에 있어서도 그 안으로 들어가야만 능히 그것을 절실하게 묘사하여 생기가 있도록 할 수 있고, 밖으로 나올 수 있어야만 세속의 이해관계와 일정한 거리를 유지하면서 고상한 인격과 기질을 표현할 수 있을 것이라고 주장했다. 그러나 예술가가 사회생활을 통해 모든 공리관계에서 벗어나 오로지 자아 수양만을 행할 수는 없다. 이는 불가능한 일일 뿐더러 그렇게 해서도 안 된다. 그럼에도 불구하고 그가 예술가의 인격 수양을 중시하고 문예창작, 특히 예술적 의경을 창조함에 있어서 외부의 간섭을 철저하게 배제하여 예술가 자신의 소박한 동심과 고상한 인격을 표현해야 함을 강조한 것은 나름의 일리가 있다고 할 수 있다. 이렇게 해서 왕국유는 자신의 주체론적 '의경'설을 완성할 수 있었던 것이다.

제6절 채원배의 심리학·미학

채원배蔡元培(1968-1940)의 자는 학경鶴卿이고, 호는 혈민孑民이며, 절강성 소흥紹興 사람이다. 그는 학문적 역량이 뛰어나 철학·윤리학·교육학·심리학·미학 등의 방면에서 다양한 저술을 남겼다. 그의 저작은 중화서국에서 출간한 《채원배선집》과 손상위孫常偉가 편한 대만 상무인서관 간행본 《채원배선생전집》에 수록되어 있다.

채원배는 왕국유와 마찬가지로 중국 근대 미학의 토대를 만든 사람이며, 또한 중국 근대 미육美育의 창시자라고 할 수 있다. 그는 독일의 라이프치히에서 유학하면서 철학가이자 심리학자였던 분트의 철학사와 칸트미학 강의를 들었으며, 분트학파 학자인 모이만의 실험심리학의 미학 관점과 방법에 영향을 받았다. 그는 또한 이러한 방법을 통해 심미심리를 실험해 보기도 했다. 귀국 후 북경대학 교장으로 재임하면서 그는 미학 과목을 강의했으며, 실험심리학[85]·미학의 연구방법을 소개하였다.[86] 이외에도 그는 《미학통론》 등의 저작에 착수했으나 애석하게도 정무에 바빠 '미학의 경향(美學的傾向)'과 '미학의 대상(美學的對象)' 등 두 장만을 쓰고 완성하지 못했다. 그럼에도 불구하고 그는 서구 미학을 적극적으로 소개하고, 중국 미학을 수립하기 위해 혼신의 힘을 쏟은 학가이자 특히 미육美育의 이론과 실천에 이바지한 실천가로서 오랫동안 기억될 것이다.

채원배의 미학사상은 주로 칸트미학의 영향을 받았다. 그는 자신이 유학했던 라이프치히 대학시절을 회고하면서 다음과 같이 말한 바 있다. "강당 안에서는 항상 미학·미술사·문학사 등의 과목을 수강할 수 있었으며, 음악이나 미술에 심취될 수 있는 환경하에서 나도 모르는 사이에 미학에 관해 집중적으로 연구하게 되었다. 더욱이 분트 교수의 철학사 시간에는 칸트의 미학 관점, 특히 미의 초월성과 보편성에 대해 주의를 기울이게 되었다. 또한 칸트의 원서를 꼼꼼이 강독하면서 미학 문제가 중요함을 새삼 깨닫게 되었다."[87] 칸트미학 사상의 영향하에서 그는 심리학적 관점과 방법을 연구하게 되었고, 이로부터 심리학적 미학의 문제에 심취하게 되었다. 이는 채원배의 미학과 문예심리학의 가장 큰 특색이자 장점이라 할 수 있다. 우선 미의 본질 문제에 있어서 채원배는 인간의 심리적 효능 문제에서 출발하여 나름의 분석을 가했다. 그는 다음과 같이 말하였다. "미학관념은 쾌락과 불쾌한 느낌에 그 기본을 두고 있다. 과학이 지식에 속하고 도덕이 의지에서 나오는 것과 서로 대치된다. 과학은 탐구에 근거하기 때문에 논리적 판단을 필요로 하고, 이를 통해 진위를 판단한다. 도덕은 실질적 행동을 중시하기 때문에 윤리적 판단을 필요로 하고, 이를 통해 선악을 판단한다. 미감이란 감상에서 나오는 것이기 때문에 미학적 판단을 통해 미추를 구별한다. 이러한 것들은 우리들의 의식 발전의 여러 가지 측면들이다. 인류가 개화기에 들어서면서 오늘날 미술품으로 간주되는 것들은 무속의 기구였으며, 때로는 격정이나 욕망을 불러일으키는 도구로 사용되었다. 문화가 점차 발전하면서 그 중 전아한 것들을 골라 교육에 이용하였다. 예를 들어 중국 당우唐虞의 전장典章이나 그리스의 미육美育 등이 바로 그것이다. 순수한 미감의 미상美相을 끌어내어 미적 판단의 문제와 연계시키기 시작한 것은 근세 철학가들로서 특히 칸트가 중요한 몫을 차지하였다."[88] 이상의 내용에서 알 수 있듯이, 채원배는 칸트 등의 미학관점에 영향을 받아 근대 심리학의 관점에서 중국 문예심리학사에서 보이는 인간의 심리적 효능의 문제를 연구하였다. 그리고 특히 지식(知見)·의지·감정 세 가지 측면에서 철학·윤리학·미학과의 관계를 논구하였다. 그리하여 '미감은 감상에서 나오고,' '쾌락과 불쾌한 느낌에 그 기본을 두고 있기에' 철학이 논리적 진위 판단에 근거하고, 윤리학이 도덕적 선악의 판단에 근거하는 것과 구별됨을 명확하게 지적할 수 있었다. 이러한 토대 위에서 채원배는 미의 특성과 본질에 대해 논술하였다. 이 문제에 있어서는 이미 앞에서 논술한 바와 같이 '미의 우월성과 보편성'에 관한 칸트의 논점에 의해 영향받은 바 크다. 그는 미에는 보편과 초탈이라는 두 가지 특성이 있다고 생각하였다. 소위 '보편'이라는 것은 사람들이 저마다 공유하고 있는 것으로 모든 이들이 공통으로 감상하여 얻는 것이며, '초탈'이란 실리와 이해관계를 초월하는 것이다.

미의 보편성과 초월성이라는 본질적인 특성에 관해 채원배는 비교적 깊이 있는 심리적 분석을 하고 있다.

> 한 표주박의 물을 한 사람이 마시면 다른 이에게는 남는 것이 없다. 발 디딜 만큼 남은 공간을 한 사람이 차지하고 나면 다른 이는 같이 설 땅이 없다. 이러한 물질적으로 서로를 용납하지 않는 예들은 타인과 나의 구분을 조장하고 개인적인 이익을 따지도록 한다. 그러나 미의 대상을 살펴보면 이와 사뭇 다르다. 미각과 후각·피부감각과 같이 질적인 관계가 포함되어 있는 것은 미로써 논하지 않는다. 미의 파동은 촬영과 음파로 전환되어 시각과 청각으로 전해지는 것으로, 순수하게 천하는 모두 사사로운 것이 아닌 공적인 것을 위한다는 뜻의 '천하위공'의 특징이 있다. 명산대천은 모든 이들이 유람할 수 있으며 석양명월 또한 모든 이들이 함께 감상하고 공원의 조각상, 미술관의 그림 역시 모두가 함께 볼 수 있는 것이다. ……이 모든 것들이 바로 미의 보편성을 증명하는 것이다.
>
> 一瓢之水, 一人飮了, 他人就沒得分潤, 容足之地, 一人占了, 他人就沒得竝立, 這種物質上不相入的成例, 是助長人我的區別, 自私自利的計較的. 轉而觀美的對象, 就大不相同. 凡味覺, 嗅覺, 膚覺之含有質的關係者, 均不以美論, 而美的發動, 及以攝影及音波輾轉傳達之視覺與聽覺爲限, 所以純然有 '天下爲公' 之概. 名川大山, 人人得而游覽, 夕陽明月, 人人得而賞玩, 公園的造象, 美術館的圖畫, 人人得而暢觀. ……這都

是美的普遍性的證明.[89]

여기에서 그는 인간의 오관 감각에 근거하여 미를 분석하고 있다. 그는 미각과 후각·피부감각은 인간의 생리적인 기능에 속하는 것이며, 이러한 것과 객관적인 대상 사이에는 '질적인 관계'가 있다고 보았다. 그리고 이것은 일종의 생리적인 반응으로 타인과 나의 구별이 있기 때문에 보편적이라고 말할 수 없다고 하였다. 그러나 시각과 청각은 인간의 심리적인 기능에 속하는 것으로 객관세계에 관한 사람들의 심리적인 반영이며, 또한 대상을 점유하지 않는 것으로 다만 일종의 정감반응의 형식일 뿐이며 사람들이 널리 보고 널리 들을 수 있다는 점에서 보편성을 띠고 있다고 하였다. 계속해서 그는 미는 주로 시각·청각과 객관세계를 통해 관계가 발생하며, 따라서 미적인 사물은 보편성을 지니고 있다. 즉 사람들마다 이를 감상하고 생리적인 정감반응을 일으킬 수 있는 것이다라고 하였다. 이러한 미의 보편성에 대한 심리분석은 실제에 부합하는 것이다. 물론 서로 다른 민족·사회계층·생활 경력을 가진 이들은 미적 사물에 대해 서로 다른 느낌을 가지고 있다. 그러나 심리적인 정감반응의 측면에서 본다면 또한 공통적인 일면이 있다. 맹자는 공통의 미감에 대해 논술할 때 일찍이 인간의 생리적인 반응의 공통성으로부터 심리반응의 공통성을 말한 바 있다. 그러나 채원배는 여기에서 생리반응과 심리반응을 구분하고 있으니, 맹자의 논점보다 더욱 심리적인 측면이 강하며 더욱 크게 발전된 것이라 하겠다. 채원배는 소위 미의 '초탈'적 특성에 관해 언급하면서, 이는 '실제를 초월하는 것'이며 '이해나 생사'를 벗어나는 것이라 하였다. 미의 초탈성은 미의 보편성과 밀접한 관계가 있다. 그는 다음과 같이 말하였다. "대저 미라는 것은 보편성을 지니고 있어 타인과 나의 차별이 없이 그 가운데 참여한다. 나의 입으로 들어가는 음식은 동시에 타인의 배를 채울 수 없으며, 내 몸에 걸쳐진 의복은 타인에게 따뜻함을 제공할 수 없으므로 이것은 보편적인 것이 아니다. 미는 이와 다르다."[90] 미는 시각 또는 청각을 통하여 일어나는 정감의 판단으로 인간의 물질에 대한 이해득실과는 관계가 없으며, 완전히 감정에 의해 생성되는 것이므로 인간과는 이해관계가 발생하지 않는다. 따라서 물질적 공리성을 초월하는 것이다. 이것 역시 채원배가 미의 특성에 관해 심리기능의 분석을 하면서 얻어낸 결론이다.

다음으로 채원배는 미감과 심미 판단에 대해 심리적인 분석을 하고 있다. 그는 다음과 같이 말하였다. "미감의 진상을 찾아내고 미감판단의 관계를 해명하는 데 있어서 근세 철학자 가운데 칸트가 가장 두드러진다." "칸트는 미감에 대한 정의를 다음과 같이 내리고 있다. 첫째, 초탈이다. 이는 이익과 전혀 관계 없음을 말한다. 둘째, 보편적으로 사람들의 마음이 모두 동일하다는 것이다. 셋째, 규칙이 있다는 것인데, 목적하는 바는 없으나 생행되는 데 있어서 그것의 역할이 있음을 말한다. 넷째, 필연이다. 이것은 인성이 본래 가지고 있는 고유의 것으로 외부의 단련을 필요로 하지 않는다는 것이다."[91]

채원배는 칸트의 심미판단에 관한 다음의 관점을 계승·발전시키고 있다. 첫째, 미감은 보편적인 것이다. 이는 '인류 공성公性'·'인류 심리'가 공통적이기 때문이다. 그는 다음과 같이 말하였다. "주대에 이르러 집집마다 살림이 넉넉하고 사람마다 의식이 풍족하니, 인류의 공성은 육체적인 쾌락으로 스스로 만족할 수 없었다. 그래서 이에 한 걸음 더 나아가 정신적인 행복을 추구하고자 했다."[92] "대개 인류의 심리는 공평함을 편안하게 생각하는데 자신보다 약한 자를 보면, 문득 어쩔 수 없는 천연의 불평(天然之不平)을 느낀다. 그래서 이를 인력으로 공평케 하고자 한다. 남은 것에서 덜어 부족한 것을 보태는 것, 이것이 바로 약자를 사랑하는 원리인 셈이다."[93] "사람이 사람을 대함에 있어서 사랑이 아닌 바가 없다."[94] 이처럼 '인류의 심리'는 공통적인 것이며 사랑·미 역시 공통적인 것이니, 심미 판단 역시 공통성이 있다는 것이다.

둘째, 미감은 정감의 느낌이며 심미적인 판단이다. 정감의 판단에 대해 그는 "과학자는 두문불출하면서 홀로 정진하니 마치 세상일과는 관계가 없는 듯하다. 그러나 일단 발명을 하게 되면, 일상생활에 이용할 수 있는 도(原生之道)로서 그 영향이 막대하다. 고상한 문학과 뛰어난 미술은 처음에는 실리와는 무관한 것 같지만 사람의 정성을 도야하는 힘에 있어서는 그보다 큰 것이 없다"[95]고 하였다. 일체의 미는 "모두 타인과 자신의 견해를 타파할 수 있고, 이해나 득실의 계산을 떠날 수 있다. 그런즉 성령을 도야하는 까닭은 사람들로 하여금 나날이 고상한 것으로 나아가도록 하기 위함이니, 이는 진실로 가능한 일이다"[96]고 하였다.

셋째, 이러한 이유로 심미는 실용과는 다르다. 그것은 인간의 정신적인 수요를 만족시켜 주는 것으로 사람들에게 눈과 마음을 즐겁게 해주는 쾌감을 가져다 준다. 그는 "미의 역할은 이용의 범위를 초월하는 것이다."[97] "사람은 살아감에 있어서 입는 것과 먹을 것, 그리고 거처할 집이 없으면 안 된다. 이 세 가지에는 물론 실용적인 면도 있지만 이외에도 미술의 영역 역시 포괄된다. 예컨대 먹는 것은 본래 먹고 배만 부르면 그만이다. 그러나 그것을 차림에 있어서는 눈에 즐거운 것을 구한다. 의복 역시 본래는 추위나 더위에 맞게 입기만 하면 그뿐이다. 그러나 거기에 아름다운 무늬를 집어넣으면 모양이 한결 새롭게 보인다. 집의 경우도 마찬가지이다. 집은 본래 바람과 비를 막으면 제 몫을 다하는 것이다. 그러나 건축의 기술은 미학적으로 독립적인 가치를 지니고 있을 정도로 중시되고 있다"[98]고 하였다. 이상의 예문들은 인간이 물질적인 것 이외에 정신적인 것을 필요로 하고 있음을 말해 주고 있다. 심미적인 공교로움은 이러한 수요를 만족시켜 주기 위한 것으로 심미 가운데 사람들은 쾌감을 얻는다.

넷째, 이러한 심미적 쾌감은 종종 '감정이입'을 통해 얻어진다. 채원배는 사람들 사이에는 "서로 사랑하고, 서로 돕는 마음 互相愛護, 互相扶助"이 있다고 하면서, 이러한 "모든 것들은 동정同情을 기본으로 하며, 동정의 확대와 지속은 미감에서의 '감정이입'의 작용에 의해 조성되는 것이다. 예를 들어 벽에 산수를 그리면 마치 유람하는 듯 그림을 감상할 수 있고, 비극을 보면 감동하고 자신도 모르는 사이에 눈물을 흘리는데, 이러한 것들은 모두 감정이입의 상태라고 할 수 있다. 유가儒家에는 입장을 바꾸어 생각한다는 서恕("자신이 하고 싶지 않은 것은 남에게 시키지 말라 已所不欲, 勿施於人"(《論語 · 顏淵》)고 하였는데, 이것이 곧 恕이다)의 도가 있으며, 불가에는 현신설법現身說法(부처의 힘으로 여러 모습으로 나타나 각각의 사람들에 설법을 행하는 것을 뜻함)이라는 것이 있는데 이는 모두 동정의 가장 지극한 단계이다. 미술에 있어서도 때로는 감정이입의 단계가 있는데, 특히 윤리적인 면에서 자연스럽게 동정의 능력을 증가시킨다"[99]고 하였다. 그리고 또한 "항성의 세계를 생각하며 그 지질 연대를 생각해 보면, 자신의 미세함을 느끼고는 놀라지 않을 수 없다. 화산의 폭발을 묘사하거나 홍수가 범람하는 것을 기술하더라도 역시 인력의 하찮음에 한탄을 하지 않을 수 없다. 그러나 미감은 부지불식간에 정신으로 하여금 대상 속에서 소요케 하고, 그럼으로써 대상의 위대함이 곧 자신의 위대함으로, 대상의 굳셈이 곧 자신의 굳셈으로 전해지도록 유도한다. 이러한 심경心境에서 단련이 된다면, 기실 세간의 어떠한 권위나 어떠한 협박도 아무런 문제가 되지 않는다"[100]고 하였다. 이것이 바로 심미주체가 심미과정에서 심미객체로의 '감정이입'에 의하여 '물아일체物我一體'

를 이루어 얻어내는 심미적인 느낌이다. 요컨대 채원배는 미감이라는 것은 현상세계와 실체세계를 이어 주는 교량으로서 그것은 다만 현상세계의 대상형식과 관련이 있으며, 대상의 존재와는 무관한 것이라고 생각했다. 그는 이에 대해 다음과 같이 말하고 있다.

현상세계에서 일반적인 사람들은 모두가 사랑·미움·놀라움·두려움, 그리고 희로애락의 감정을 가지고 있다. 그리고 또한 그들은 만남과 헤어짐, 생사화복, 이해관계에 따라 돌고 돌아간다. 미술에 있어서는 이러한 현상들을 재료로 삼지만, 이를 대하는 자들로 하여금 미감 이외에 잡념이 생기지 않도록 한다. 예를 들어 연을 따거나 콩을 삶거나 하는 음식에 관한 일들은, 일단 시가詩歌의 세계로 들어가면 현실과는 다른 흥취를 느끼게 한다. 화산에서 용암이 솟구치거나, 매서운 바람에 부서지는 배 등과 같이 놀랍고 두려운 광경도 그림 속에서는 단지 감상의 대상일 따름이다. 다시 말해 현상세계에 대해서 더 이상의 싫어함도 집착하는 것도 없게 되는 것이다. 사람들이 일단 모든 현상과 상대하는 감정에서 이탈하여 완전히 미감 속에서 혼연일치가 되면, 곧 이른바 조물주와 벗을 하게 되어 모든 실체세계의 관념과 접촉하게 되는 것이다. 그런 까닭에 교육으로 현상세계를 이끌어 실체세계의 관념으로 나아가게 하기 위해서는, 무엇보다 미감을 이용한 교육을 할 수밖에 없는 것이다.

在現象世界, 凡人皆有愛惡驚懼喜怒哀樂之情, 隨離合生死禍福利害而流轉. 至美術, 則卽以此等現象爲資料, 而能使對之者, 自美感以外, 一無雜念. 例如採蓮煮豆, 飮食之事也, 而一入詩歌, 則別感興趣. 火山赤舌, 大風破舟, 可駭可怖之景也, 而一入圖畵, 則轉堪展玩. 是則對於現象世界, 無厭棄而亦無執着者也. 人旣脫離一切現象相對之感情, 而爲渾然之美感, 則卽所謂與造物爲友, 而已接觸於實體世界之觀念矣. 故敎育欲由現象世界而引以到達於實體世界之觀念, 不可不用美感之敎育.[101]

심미가 생리와 윤리를 포함한 모든 이해관계를 초월할 수 있다는 채원배의 주장은 칸트의 미학사상을 계승·발전시킨 것이다.

세번째로, 채원배는 진화론·인류학·심리학 등의 원리를 이용하여 예술을 연구하였으며, 또한 심미의 각도에서 각 예술 장르의 특성에 관해 평론하고 있다. 1920년 그는 《미술의 기원 美術的起原》이라는 글을 발표하였는데, 당시 인류학의 최신 자료를 이용하여 예술의 기원에 관한 문제를 연구한 것이다. 계속해서 그는 1921년 〈미술의 변화 美術的變化〉라는 글에서 예술의 기원과 진화에 관한 자신의 견해를 밝히고 있다. 예술의 기원에 대해 채원배는 '충동沖動' 설을 내놓았다. 그는 다음과 같이 논술하고 있다.

> 무릇 미술의 역할은 최초에는 미술적 충동에 있었다. (이러한 충동은 개별적인 것으로 예를 들어 음악의 충동, 그림의 충동은 종종 서로 상관이 없는 것이 된다. 그러나 글을 씀에 있어서 '미술 충동' 이라고 한 것은 예술 일반을 뜻하는 것이다.) 이러한 충동은 유희 충동을 동반하는 것이기 때문에 어떤 외적인 목적은 존재하지 않는다. 또한 자연을 모방하고 싶은 얼마간의 충동이 있었기 때문에, 미술에는 모방의 감정적 흔적이 적지않게 자리하고 있는 것이다.
>
> 凡美術的作爲, 最初是美術的沖動. 這種沖動與游戲沖動相伴, 因而沒有什麽外加的目的. 又有幾分摹擬自然的沖動, 因而美術都有點摹擬的情迹.[102]

이 글에서 알 수 있듯이 예술 기원에 관한 그의 관점은 실러의 유희설의 영향을 받은 것이다. 그러나 양자간에는 다른 점이 있다. 그는 "동물도 미감을 가지고 있다는 것은 의심의 여지가 없다. 그러나 이러한 동물들에게 과연 미술에 관한 창조적인 역량이 있는가? 어떤 미학자들은 미술적인 충동이 유희의 충동에 기원한다고 한다. 동물에게 유희에 대한 충동이 있다는 것은 공인된 사실이다. 그러나 미술에 관한 충동은 유희와는 다른 것이다."[103] 이 말은 미술에 대한 충동이 유희에 대한 충동과 '서로 동반하는 것〔相伴〕' 이긴 하지만 결코 동등한 것은 아니라는 말이다. 미술에 관한 충동은 인간에게만 있는 것이며 동물에게는 있을 수 없다. 동물에게는 '미술적 창조력' 이 없다. 그렇다면 '미술적 충동' 이란 무엇인가? 이 점에 대해서 채원배는 더 이상 설명하고 있지 않다. 다만 짐작컨대 이는 인간의 정감과 상상으로 격발되는 예술에 대한 창조력을 말하는 것으로 보인다. 왕국유는 예술의 기원에 대해 논술할 때 칸트와 실러의 유희설을 약간 바꾸어 '세력에 대한 욕망의 드러냄〔勢力之欲之發表〕' 이라는 이론을 내놓았다. 채원배의 '충동' 설과 이를 비교해 보면, 예술이 인간의 생리와 심리상의 '여분의 정력〔過剩精力〕' 의 '드러냄〔發表〕' 이자 '충동' 이라고 설명하고 있다는 점에서 서로 같을 뿐만 아니라, 나름대로 계발적인 의의가 있다고 할 수 있다. 또한 예술을 '자연을 모방하고 싶은 충동'이라고 말하고 있는데, 이를 그의 "유희적인 춤은 동물을 모방한 부분이 다분하다"·"또한 인생을 모방한 것도 있는데 애정과 전투가 그 가장 보편적인 것이었다"[104]는 등의 말과 연결해 볼 때, 그가 주장하는 이른바 '미술적 충동'은 현실생활에 대한 모방으로 인해 일어나는 것으로, 순수한 창작주체 내심의 정감의 격발만은 아니라는 것을 알 수 있다. 이러한 '충동'설은 왕국유의 '세력'설과 비교할 때 한 걸음 더 나아간 것이라 하겠다.

'미술 충동'설의 전제 아래에서 채원배는 예술 각 분야의 심미적인 특징에 관해 분석하고 있음을 알 수 있다. 이러한 분석에서 그는 감정이라는 핵심적 부분을 잘 파악하고 있음을 알 수 있다. 그는 다음과 같이 말했다. "감정이 흥분상태에 돌입하면 이성으로 이를 조절할 수 없다. 또한 감정적으로 침체되었을 때에도 이성으로 이를 활기 있게 할 수 없다. 무엇으로 이를 조절할 것인가? 무엇이 이를 활기 있게 할 수 있을 것인가? 그것은 예술이다."[105] 예술이란 감정을 조절하는 수단이며, 감정은 또한 예술을 구성하는 기본적인 요소라는 뜻이다. 그는 "춤의 쾌락은 일종의 운동을 통해서 감정의 가장 지극한 경지를 표출해 내는 것이다. 내부의 솟구침이 지극한데 외부적으로도 구속을 가하면 불쾌함을 느끼게 된다. 그래서 감정에 따라 운동을 하지 않을 수 없다. 그러나 이러한 운동이 과도해지면 쉽게 피로하여 진이 빠지고, 쾌감은 불쾌감으로 변하게 된다. 그러므로 일종의 규칙이 필요하다. 원시시대 사람들의 춤은 그 극렬함이 어느 정도에 달하든지간에 일정한 리듬을 지키고 있었다. 이는 미감의 조건에 부합하는 것에 다름아니다"[106]라고 하였다. 그리고 계속해서 춤을 추는 사람들에게 있어서 그들의 쾌락은 "근육활동으로부터 발생하는 것"이며, "관객들의 쾌락은 감정이입으로부터 발생하는 것"이다. 희극의 효용은 건축·조각·그림의 장점을 모아 "보는 이들로 하여금 마음으로 이를 느낌으로써 자연스럽게 동화하게 하는 것"[107]이라고 하였다. 또한 채원배는 음악은 "감정표현에서 벗어나지 못하는 것"·"인류의 감정을 교통하는 도구"[108]라고 하면서, "그것은 생리적으로는 호흡을 조절하여 원활하게 만들며 혈맥을 동탕케 하는 기능을 가지고 있다"고 하였으며, "심리적으로는 인생의 방식, 사회의 변화, 우주의 위대한 경관 등 모든 것들이 이(음악)를 통해 느껴진다"[109]고 하였다. 시가에 대해서는 "감정으로부터 나와 다시 감정에 영향을 주는 것이다"[110]고 단정지었다. 또한 "색을 칠하지 않은 그림이 사람을 감동시키는 것은 순전히 형식과 붓놀림에 의한 것이며, 색을 칠한 그림이 사람에게 감동을 주는 것은 형식과 붓놀림 이외에 자극이 더해지기 때문이다"[111] 라고 주장하였다. 이로 볼 때 채원배의 예술미에 대한 연구는 창작주체와 감상주체의 생리와 심리에 대한 구체적인 분석으로 일관하고 있음을 알 수 있는데, 이는 중국 문예심리학사상 그리 흔한 것이 아니다.

넷째, 그는 예술교육에 있어서의 '감정도야'의 역할을 중시하고, 아울러 이것에 대해 심리학적인 분석을 하고 있다. 채원배는 일생 동안 미육美育의 문제에 심혈을 기울여 왔다. 그는 1912년 미육 규정을 신식 교육방침 가운데 하나로 삼았고, 1917년에는 "미육을 종교로 삼자 以美育代宗教"는 견해를 피력하였다. 그리고 1919년 5·4운동 이후에는 "문화운동은 미육을 잊어서는 안 된다 文化運動不要忘了美育"고 주장하였다. 그가 이처럼 지속적으로 주장한 미육의 내용 속에는 봉건 전제에 반대하고 종교 미신을 비판하며, 제국주의 침략에 저항한다는 근본 목적이 내재되어 있었다. 그러나 단순히 미학이나 문예심리학의 측면에서 본다면 미육의 중요 내용은 인간의 정감을 도야하고 미육을 실시하며, 미육으로 종교를 대신해야 하는 필요성에 대한 심리학적 분석이 주종을 이룬다고 할 수 있다.

그렇다면 미육이란 무엇인가? 채원배는 "인간은 모두 감정을 지니고 있다. 그러나 모두가 위대하고 고상한 행위를 하는 것은 아니다. 이는 감정의 추동력이 박약하기 때문이다. 이처럼 허약한 추동력을 강력하게 만들기 위해서는 이를 도야하는 길밖에 없다. 도야의 도구는 미적 대상이며, 도야의 작용을 미육이라 부른다"[112]라고 하였다. 그리고 1930년에 그는 《교육대사서教育大辭書》를 편찬하여 미육의 조목을 열거하면서, 정식으로 미육에 대해 정의를 내린 적이 있다. "미육이란 미학의 이론을 교육에 응용한 것으로 감정의 도야를 목적으로 삼는다. ……하고자 하는 행위의 정당성을 고찰하기 위해서는 다음 두 가지 준비가 필요하다. 그 하나는 이해를 비교하고 인과를 고찰하여 냉정한 두뇌로 판정하는 것이다. 무릇 자신의 몸을 보존하고 나라에 도움이 되는 덕德은 모두 이에 속하는 것으로 미육의 도움을 받은 것이다. 그래서 미육은 지육智育과 서로 보탬이 되도록 행하여 덕육의 완성을 도모하는 것이라 할 수 있다." 이상과 같은 채원배의 미육에 대한 정의를 통해서 볼 때, 그가 말하는 미육이란 곧 심미교육이자 미감교육으로 인간의 감정을 도야하는 것을 목적으로 삼고 있다고 할 수 있다. 그것은 덕육처럼 윤리나 설교를 통해 교육의 목적을 달성하는 것이 아니라 감정의 도야를 통해 교육의 목적을 달성하는 것이라 할 수 있다. 채원배는 "문화운동은 미육을 잊어서는 안 된다"는 글을 통해 당시 중국의 저속한 사회심미심리에 대해 심도 있게 분석한 바 있다. 거기서 그는 서화는 고인을 모방하기에 급급하고 극장에서는 비열하기 이를 데 없는 연극을 공연하며, 상점에는 아무 뜻도 없이 춘련春聯이나 붙여 놓고, 노점에서는 저속한 색종이나 팔고 있다고 하면서 "이러한 환경에서 생활하는데 어떻게 활발하고 고상한 감정을 불러일으킬 수 있겠는가? 그렇기 때문에 나는 문화운동을 하고 있는 제군들에게 바라노니, 미육을 잊어서는 안 되는 것이다"라고 주장하였다.

총괄컨대 채원배의 문예심리학, 또는 심리학적 미학이라 칭할 수 있는 그 나름의 독특한 학문세계는 주로 칸트 미학사상의 영향을 받고 있다. 그래서 미의 보편성과 초월성을 주장하였으며, 심미는 이해와 공리를 초월한다고 생각했다. 그러나 중국 근대의 저명한 사상가이자 혁명가이기도 했던 채원배의 미학관이나 문예심리학 사상이 완전히 공리를 초월한 것은 아니었다. 예를 들어 그는 미의 보편성에 대해 언급하면서 "그러나 그 실제를 고찰해 보면, 결코 이와 같은 보편성이 존재할 수는 없다"고 했으며, 심미 역시 "여러 가지 개성이나 환경의 제한을 받는다"[113]는 사실에 유념했다. 그는 또한 미육에 대해 언급하면서도 모든 사람들이 희로애락의 정감을 지니고 있으나, 미감 이외에는 전혀 잡념이 없도록 해야 한다고 주장하였다. 그러나 이 역시 미육을 실시하여 사람의 정감을 도야하며 이로부터 덕육을 가능케 하고, 아울러 저속한 사회심미심리를 변화시켜야만 가능할 것이라고 생각하였다. 채원배의 미학·문예심리학 이론을 전체적으로 조망해 보면, 적지않은 명제들이 서로 모순이 되는 경우가 있음을 알 수 있다. 이는 그뿐만 아니라 근대 중국의 미학가나 문예심리학가들 대부분이 그러하다. 그들은 서구의 근대 미학가들, 특히 칸트·실러·쇼펜하우어 등의 미학이론을 적극적으로 소개하고 수용하였으며, 다른 한편으로 이를 통해 당시 중국의 현실적인 미학 문제를 해결하고 이를 통해 사회현실을 개조하며, 또한 사람들의 삶을 개조하는 하나의 무기로 삼고자 하였다. 그러나 시대와 미학자 개개인의 여러 가지 한계로 말미암아 적지않은 모순이 돌출하게 되었고, 그들은 끝내 이러한 모순을 해결할 수 없었다. 5·4운동 전후로 노신이나 이대교 등의 미학·문예심리학이 나오면서 비로소 새로운 나아갈 길이 제시되었으며, 기존의 여러 가지 모순을 해결할 수 있는 획기적인 방법이 제시되기 시작했다. 이후로 중국의 근대 미학과 문예심리학은 중국 현대미학과 문예심리학으로 이행하는 과도기에 접어들기 시작했던 것이다.

補 論 : 중국 문예심리학의 발전과 그 의미

1. 들어가는 말: 문예심리학이란 무엇인가?

중국의 경우 문예 또는 문예학에 대한 정의는 크게 두 가지로 나뉜다. 그 중 하나는 문예를 문학예술의 줄임말로 사용하면서, 문학·희곡·영화·무용·회화·조각 등 다양한 예술형태의 상호간 연계 및 비교연구를 중시하여, 문예형태학의 일환으로 예술 일반론을 추출하거나 문예의 보편적 원칙이나 본질을 논의하고, 문학이나 회화 등 자계통子系統에 속하는 개별 양태의 문예를 중심으로 그 본질적 특성 및 교류 양태를 연구하는 학문으로 간주하는 것이다.

또 다른 하나는, 문예학을 영어의 '문학적 과학'의 번역어로 보고, 과학적으로 문학을 연구하는 학문으로 간주하는 견해이다. 이러한 견해를 지닌 이들은 '문학'이란 개념이 본래 문학을 연구하는 학문이라는 뜻을 지니고 있기 때문에 '문학학'이라 부르지 않고 '문예학'으로 불러, 문학을 연구하는 학문이란 함의로 사용하고 있다고 말한다. 또한 그들은 문예학에 문예 이론방법·문학사·문학비평이 포함된다고 주장하고 있다. 양자의 견해가 서로 차이가 있는 것은 사실이지만 문예에서 문학이 차지하는 비중이 높다는 사실에는 변함이 없다. 후자는 바로 이러한 사실을 증명하는 주장이라 할 수 있다.

이른바 문예심리학 역시 문학을 포함한 예술의 심리학을 뜻하는 학과로, 작가→작품→감상자라는 예술활동의 과정 및 연결고리를 총체적으로 연구한다는 점에서 다양한 예술양태를 포괄하지만, 그 주된 연구 대상은 역시 문학이다. 주지하다시피 문학은 다른 예술과 마찬가지로 그밖의 다른 일에 비해 특수한 심리구조를 필요로 한다고 여겨져 왔다. 영감·직관·상상력 등 이른바 문학적(또는 예술적) 재능이라 불리는 개념들은 중국의 경우 이미 위진魏晋시대 이전부터 논의된 바 있다. 이는 서구의 경우에서도 마찬가지이다. 그리스의 플라톤이 시인을 추방하게 된 근본 원인 가운데 하나는 바로 그들이 보여 주는 '정신을 잃은,' 즉 이온상태 때문이었다. 그러나 이것이 바로 시인의 창조적 재능을 뜻하는 것임을 상기할 때, 비록 체계적인 것은 아니었으나 이미 당시에 시적 심리에 대한 초보적 인식이 존재했음을 확인할 수 있다. 문학을 포함한 다양한 예술 양태는 나름대로의 존재가치에 대해 끊임없이 고민되어 왔다. 그리고 그것이 이론형태로 남아 있기는 하지만, 그것은 예술 일반론이나 총론이 아닌 각론일 뿐이다. 총론은 오히려 그 실질적 내용의 역사와는 달리 학과의 연령은 그다지 오래 되지 않았으며, 근세기에 들어 철학에서 분파된 미학이 자임하고 나서 보다 구체적인 논의가 이루어지기 시작하였다. 미학은 예술과 미란 무엇인가를 궁구함으로써, 이른바 '예술적'·'문학적'인 것의 내용에 대해 보다 체계적이고 구체적이긴 하나 결국에는 관념적일 수밖에 없는 답을 내밀었다. 그러나 문학을 포함한 예술은 다양한 측면과 복잡한 기능, 그리고 그에 따른 비일상적이거나 때로는 기이하기까지 한 효과를 추구하면서 더욱 심하게 왜곡되는 형태를 즐기게 되었다. 그것은 이미 인간 자신들이 살고 있거나 살아왔던 시·공간과 불가분의 관계를 맺고 있을 뿐만 아니라, 그들 자신의 심리적·생리적 메커니즘과 밀접하게 연관되어 있음을 인식하고, 철학·사학·미학·사회학·심리학·언어학 등 방계 학문과 연관을 맺고자 하였다. 이러한 상태에서 문학이나 미학은 각기 개별적 영역만을 고수하기 어렵게 되었으며, 학문간의 유기적 연관과 상호교통을 정례화하여 마침내 많은 공유 부분을 낳게 되었다. 그것이 때로는 할양이기도 했으며, 영역의 확대이기도 했다. 미학은 주로 할양의 방식을 택하여 문예학·예술학·문예심리학·예술사회학 등 방계 학문의 과목을 만들었고, 문학은 이에 '주의'라는 이름을 내걸고 흡수 통일의 방식을 택했다.

우리가 논의하고자 하는 문예심리학은 바로 이러한 할양과 흡수 통일의 방식에 의해 어쩌면 자연스럽게 탄생한 학과라 할 수 있다. 무엇보다 그것은 심리학과 직접적인 연관을 맺고 있다. 일반적으로 1879년에 분트가 심리학 실험실을 설치한 것을 독립된 심리학의 탄생으로 간주하고 있다. 구조주의심리학의 창시자인 그는 인간의 심리현상을 학문의 대상으로 삼아 심리적인 것과 물리적인 것을 구분하였다는 점에서 특기할 만하다. 그는 심리학의 연구 대상을 인간의 직접적인 경험의식, 즉 경험된 인간의 경험이라고 보았는데, 그에게 있어 심리란 일종의 의식상태를 뜻했다. 그러나 그는 심리현상의 개별적 요인들에 치중함으로써, 심리활동이란 정체성을 지닌 것으로 결코 단순화되거나 개별화되어 연구될 수 없다는 이후의 심리학자들에 의해 비판을 받은 바 있다. 특히 의식류심리학이나 게슈탈트심리학은 이러한 구조주의심리학에 반대하여 심리활동을 일정한 구조를 지닌 완전한 '현상〔場〕'으로 간주하여 연구를 진행하였다. 분트의 구조주의심리학 이후 인본주의심리학·발달심리학·인지심리학 등 다양한 형태의 심리학이 나왔는데, 이는 모두 인간의 다양한 심리 양태를 설명하거나 분석하기 위한 방책이었다. 물론 이러한 것들이 모두 문예심리학과 직접적으로 유효한 관계를 맺고 있는 것은 아니다. 다만 심리학은 인간의 심리 양태를 연구하면서 자연스럽게 예술작품의 창작 및 지각과 같은 특수한 형태의 심리활동을 연구에 포함하게 되었으며, 이를 통해 문예심리학은 심리학의 독자적 연구영역에서 많은 부분을 차용할 수 있었던 것이다. 심리학의 심리과정에 대한 연구는, 문예연구에 있어서 미학이 제대로 응답할 수 없었던 지각·기억·상상·사유·의지·정감 등의 해석과, 보다 분명한 이해의 활로를 제공하였다는 점에서 특히 중요하다. 이렇게 미학이나 문예학이 심리학과 연관을 맺게 되는 것은 바로 심리학이 미학이나 문예학의 접점에서 조우할 수밖에 없는 필연적 상황, 다시 말해 보편적이거나 개별적인 인간심리의 연장선상에서 문학·미학·심리학이 만날 수밖에 없는 상황이 존재했기 때문이다. 그 접점에서 심리미학·실험미학·예술심리학이 나온 것은 어쩌면 당연한 학문적 업무 분담이었다. 그리고 그 예술활동(문학을 포함한)에 대한 연구는 철학적 측면과 심리학적 측면이 서로 경쟁관계에 있는 것이 아니라 오히려 서로 보완한다는 점과, 각기 특수한 접근방법 및 미학과 예술심리학이라는 상이한 두 영역을 포괄하고 포착한다는 점을 증명되고 승인된 사실로 받아들이게 되었다.[1)]

이렇듯 문예심리학은 심리학·문학·미학과 고루 연관을 맺고 있는 셈이며, 심리학의 측면에서는 예술심리학의 한 분파에 속하며, 미학에서는 특히 창작과 감상의 미학적 연구에 대한 방법론적 모색의 한 부분으로 존재한다. 또한 문예학에 있어서는 창작주체와 작품·대상에 대한, 그리고 그 관계에 기초한 심리적 구조를 탐구하는 새로운 방법론으로 존재한다.

현대 심리학과 문학예술의 관계를 언급하면서 가장 먼저 떠올리는 인물은 오스트리아의 정신분석가 프로이트이다. 그는 예술이란 일종의 본능적 충동에 불과하며, 그것이 허용될 수 없는 상태에서 쉽사리 사람들에게 수용되며 사람들에게 유쾌함을 환기시키는 심미객체로 바뀐 것이라고 인식한다. 그는 승화라는 개념을 빌려 예술의 창조과정 속에서 생물학적인 본능적 충동이 원래의 궤도를 벗어나기 시작한다는 사실을 알려 주었지만, 이 전환과정 자체 및 이 전환과정 속에서 결국 무엇이 생겨나는가에 대해서는 거의 아무 말도 하지 않았다. 그의 관점에서 볼 때, 문학예술의 창작은 사회가 수용할 수 있는 문화현상으로 '원욕'(리비도)이 현실 속에서 만족하지 못하는 것을 보상하는 것이자, 상상 속에서 만족을 얻는 것이다. 이렇듯 문예의 발생은 본아本我의 '원욕'으로 돌아가 무의식의 본능으로 귀결된다. 그의 제자이자 또한 상대적 독립을 자칭한 스위스의 분석심리학자 융(1875-1961)은 프로이트의 '원욕'을 좀더 광의로 해석하여, 내재하는 동기가 개인의 전체 생활력을 포함하는 것으로 보았다. 주지하다시피 신화, 혹은 원형비평 연구는 집단무의식으로 문예를 해석함으로써 나온 것이다. 그러나 그들의 논의는 문예심리학보다는 문예의 심리비평과 더욱 밀접한 관계를 맺어왔다.[2]

문예심리학은 기본적으로 작품의 창작과 감상의 심리적 메커니즘이나 심리활동의 규율에 대한 연구를 핵심으로 삼아 이와 관련된 제개념, 즉 심미심리·상상·환상·정서·영감 등의 해석과 그 유기적 관계를 연구하며, 나아가 문예교육의 문제나 창작과 감상을 할 때의 심리상태, 또는 창작주체의 개성 등 다양한 측면을 고찰한다. 물론 심리학은 말할 것도 없고 미학이나 문예학 역시 예술적 심리현상에 대해 연구하고 있기는 하지만 그것이 본질은 아니다. 미학은 주로 심미규율을 연구하는 것을 위주로 하고, 문예학은 문예창작 활동의 산물인 작품에 초점을 맞추어 작품 자체에서 표현된 특질을 연구한다. 그리고 심리학은 일반적으로 인간심리의 전반에 걸쳐 심리 그 자체에 주안점을 두고 있다. 바로 이러한 점에서 문예심리학은 나름의 독특한 영역을 확보하고 있는 셈이다.

문예심리학에 있어서 문학은 주된 연구 대상이다. 문학이 객관적으로 존재하는 자연사물이나 사회생활을 반영하는 것이라면, 그것은 주관적 반영이자 개성화된 반영일 것이다. 그렇기 때문에 문학은 일종의 주관적 심리현상의 기록이자 표현이며, 곧 심리창조이다. 따라서 광의의 심리학이 없다면 사실 문학연구도 불가능할 것이다. 그러나 인간의 심리란 지극히 난해하기 이를 데 없다. 인간의 심리는 주로 뇌에서 작용하는데, 1백40억 개가 넘는 신경세포와 1천억 개가 넘는 세포가 서로 복잡하게 얽혀 있는 두뇌의 작용을 과학적으로 분석하고, 이를 통해 심리 시스템을 이론적으로 체계화시키는 것은 어쩌면 불가능한 일인지도 모른다. 그럼에도 불구하고 심리학은 여전히 자신의 자리를 고수하고 있다. 문예심리학 역시 이러한 심리학 연구의 연장선상에서 문예적 심리를 규명하고자 한다. 그 연구는 심리학이 과학적으로 존재를 증명하기 어려운, 그러나 보편적으로 인식될 수 있는 두뇌의 영역에 대한 연구를 그 근간으로 한다는 점에서 지극히 관념적인 것과 마찬가지로 관념적이다. 그러나 또한 심리학이 그 관념적인 것에 대해 끊임없는 관찰과 측정, 그리고 실험을 통해 그 과정의 실체에 접근해 간다는 점에서 관념을 일탈하고자 한다.

문예심리학의 구체적인 방법론 역시 심리학의 방법론과 유사하다. 심리학 연구는 주로 물리학·화학·수학 등 자연과학의 힘을 빌리는 경우[3]와 철학(미학을 포함한)·사회학·인류학·역사학 등 인문학의 힘을 빌리는 경우로 크게 대별된다. 보다 구체적으로 관찰법·실험법·작품분석법·전기법·측정법 등을 주요 방법으로 활용하고 있는데, 이는 문예심리학의 경우도 마찬가지이다. 그러나 이러한 방법들로 전체를 파악할 수는 없으며, 다만 일부를 해석할 수 있을 따름이다. 따라서 종합적인 원칙을 제시하여 총체적으로 파악할 수 있어야 하는데 바로 이 점이 어렵다. 이는 논자들이 말한 바대로 문예심리학의 연구 대상은 지극히 복잡하고 다양하여, 철학·문예학·미학·역사학·사회학·심리학·공제론(사이버네스틱스) 물리학·수학·컴퓨터공학 등 방계 학문과의 밀접한 연계가 있어야만 가능하다고 보기 때문이다.

그럼에도 불구하고 문예심리학은 일단 창작주체·감상주체·작품이란 세 가지의 큰 범주를 연구 대상으로 정한 상태에서 기존에 이미 마련된 참조계통을 활용하면서 나름의 논의를 진행하고 있다. 이는 "예술작품의 내적 의미 내용과 그 존재의 법칙은 예술작품이 예술창작→예술작품→예술지각이라는 체계 안에서 분석될 때에만 연구될 수 있다. ……그러한 접근을 통해 예술작품의 창작과정과 구조, 그리고 실제적인 영향방식을 규정하는 보편적인 법칙이 밝혀질 수 있다"[4]는 믿음이 문예심리학에도 공히 적용되기 때문일 것이다.

2. 중국 문예심리학 연구의 전개과정

중국의 현대 문학은 1919년 5·4 신문화운동을 전후로 한 일련의 학자 겸 문학가와 사상가들(胡適·陳獨秀·蔡元培·魯迅·郭沫若·周作仁)에 의해 이루어진다. 그러나 그 기반은 이미 무술변법戊戌變法 이후 번역되기 시작한 정치·교육관련 소설이나 사상서들의 출간이었다. 특히 스펜서의 《종의 기원》을 문언체

文言體로 번역한 엄복嚴復이나 임서林紓 등의 작업은 특기할 만하다. 초기의 번역작품 가운데 오히려 소일거리 문학작품이 독자들에 의해 환대받기는 했지만, 주요 사상서나 문학작품은 당시 식자층을 움직여 역사적 동력으로서 작용했다. 특히 진화론의 소개는 괄목할 만한 영향을 미쳤다. 1915년, 아마도 처음으로 중국에 세계문학의 발전과정을 소개한 글이었을 진독수陳獨秀의 〈현대구주문예사담現代歐州文藝史譚〉(《청년잡지》 제1권 제3호) 역시 진화론의 관점에서 고전주의→낭만주의→사실주의(현실주의)→자연주의 등의 사조 변화를 일종의 문학적 진화과정으로 간주하고 있다.[5]

이후 1918년에 《신청년》 제4권 제6호에 호적胡適에 의해 입선 특집(〈易卜生主義〉)으로 사실주의가 소개되고, 다시 같은 해 제5권 제1호에 외국문학사조를 연구해야 한다는 주장이 등장한 이후, 특히 《소설월보小說月報》를 중심으로 서구의 문예비평을 포함한 새로운 사조들이 속속 소개되기에 이른다.[6]

1920년 서구 소설의 신조류가 소개되었으며, 1923년에는 영국 허드슨의 《문학을 연구하는 방법》이, 24년 제15권에는 프랑스 낭만주의 · 사실주의 · 자연주의 유파의 작가 및 작품이 소개되었다. 당시 중국의 사상계에 영향을 미친 서구의 철학사조는 진사화陳思和가 말한 바대로 아리스토텔레스나 플라톤 · 디드로 · 볼테르 · 헤겔 · 포이에르바하 등이 아니라, 니체 · 쇼펜하우어 · 베르그송 · 헨리 제임스 · 듀이 · 오이켄 · 다윈 · 루소 등이었으며, 이러한 철학사조 가운데 많은 학설이 바로 서구의 모더니즘 문학의 철학적 토대를 이루고 있었다. 특히 역사적 문명비평을 통하여 퇴폐한 인간들의 자기 기만을 폭로하고, 그 대안으로 초인의 의지를 상정한 니체의 초인철학이나 프랑스의 한 세대를 풍미한 베르그송의 직관주의 생명철학은 당시 중국의 지식인들에게 커다란 영향을 미쳤다.[7]

당시 서구 사회는 세기 전환기에 직면하여 하우저가 말한 바대로 인간 정신생활의 표면, 즉 인간이 자기 자신의 행동의 동기에 관해 알고 있거나 알고 있다고 말하는 것은, 흔히 그의 감정 및 행위의 진정한 동기를 은폐 내지 왜곡한 것에 지나지 않는다는 인식을 하고 있었는데, 그 대표적인 인물이 바로 니체와 프로이트였다.

특히 프로이트는 니체가 역사적 문명비평에 의지하여 포착한 이 자기 기만의 현상을 개개인의 심리분석을 통해 해명하고자 했으며, 인간의식의 배후에 그 태도나 행동의 진정한 동인으로서 무의식이 존재하고 있고, 일체의 의식적 사고는 무의식의 내용을 이루는 충동들의 투시 가능한 가면일 뿐이라고 단정지었다. 이러한 프로이트의 학설은 1921년 주광잠朱光潛(1897-1986)에 의해 중국에 비교적 완전하게 소개되었다. 그러나 그 역사적 근원과 사회적 분위기는 사뭇 달랐으며, 당연히 그 함축 의미와 영향관계 역시 다를 수밖에 없었다. 주광잠은 이후 1930년 변태와 상태를 구분하고, 주로 잠재의식과 무의식의 작용을 연구한 《변태심리학》과 프랑스 유학시절 박사논문을 번역한 《비극심리학》, 그리고 《문예심리학》 등 미학과 문학·심리학 등을 연계한 일련의 저작을 펴내 중국 문예심리학의 토대를 마련하였다.

한편 당시에는 양계초·왕국유·채원배 등 이른바 중국 근대 미학의 세 대가를 통해 중국의 전통적인 심미의식에서 일탈, 또는 결합하여 서구의 근대 미학을 수용하려는 노력이 이루어졌다. 중국에서 최초로 미학을 독립된 학과로 삼아 그 연구 대상과 범위를 "미의 표준과 문학상의 원리를 정하는 것이다"[8]라고 단정지었던 왕국유는, 칸트·쇼펜하우어·니체 등 독일 미학에 심취되어 그들을 체계적으로 소개하는 한편, 중국의 전통 문화에서도 직접적인 영향을 받았다. 그는 '세계는 곧 자아의 표상'이라는 쇼펜하우어의 견해에 동의하면서 미감의 근원은 선천적인 것이며, 미란 의지의 가장 고급화된 객관화이기에 당연히 주관적 창조물이라고 여겼다. 또한 인간의 심미 판단의 보편성을 찾고자 했던 칸트의 영향하에서 미의 본질은 순수형식이며, 철저하게 미의 사회공리적 목적을 배제해야 한다고 주장하였다. 또한 미의 범주를 미의 제1형식과 제2형식 등으로 나누고, 제1형식에서 우미優美와 장미壯美(칸트식으로 말하자면 숭고미에 해당한다)를, 제2형식에서 고아古雅라는 독특한 형식을 제시하였다.[9]

교육총장과 북경대학교 교장을 역임한 바 있는 채원배는 교육자이자 미학자이다. 그는 독일의 라이프치히대학교에 유학하면서 철학·문학·미학·심리학을 공부하였고, 중국의 미학과 심리학의 발전에 커다란 기여를 하였다. 그는 《미학의 진화》[10]라는 글에서, 1750년 바움가르텐의 《에스테티카》(1750-1758)라는 책부터 시작하여 서구 미학의 유래와 발전에 대해 자세하게 소개하였다. 그는 바움가르텐 이후 하르트만의 《미의 철학》(1887)을 거치면서 칸트·헤겔·쇼펜하우어 등의 미학을 모두 연역법적이며 사변적·추상적 미학으로, 그리고 페이너가 《미학입문》(1876)에서 '위로부터의 미학'과 '아래로부터의 미학'을 구별하면서 후자의 경험적 미학 노선을 주장하여 실험미학의 토대를 만든 것을 귀납법적 방법에 의한 과학적·실증적 방법으로 구분지었다. 그는 후자의 경우 아직 완전하게 성립된 것은 아니지만 미학상 제2의 신기원이 될 것이라고 생각하였다.[11]

그는 이러한 과학적 미학연구의 방법론을 중시하여, 첫째 예술가의 동기적 연구방법, 둘째 감상가의 심리적 연구방법, 셋째 미술적 연구방법, 넷째 미의 문화적 연구방법 등을 제기하였다. 그리고 이를 통해 필요한 자료를 완비하고, 여러 사람들이 종합적으로 연구함으로써 과학적 미학이 건설될 수 있다고 여겼다.

그의 미학연구는 미를 보편적·초탈적인 것으로, 그리고 미감을 실체세계와 현상세계 사이의 교량 역할을 하는 것으로 간주하고 있다는 점에서 칸트적이다. 그의 미감에 대한 논의 역시 마찬가지인데, 미감이 지니는 심리적 의의를 분명히 지적하고 있다는 점에서, 또한 근대 심리학의 영향을 받았음을 그대로 드러내고 있다.[12]

이렇듯 중국 5·4 신문화운동 전후로 서구의 다양한 철학사조와 미학·심리학 등이 대량으로 소개되었다. 이후 중국 현대문학과 미학, 그리고 문예심리학의 형성에 커다란 영향력을 행사하였다. 특히 문예심리학의 경우는 그것이 미학의 한 분파라는 점에서 서구 미학을 소개하고 연구한 선구적 인물들 가운데서도 채원배는 각별한 위치를 차지하고 있다. 그러나 미학과의 연관선상에서 문예심리학을 보다 체계적으로 연구하고자 했던 이로는 주광잠을 꼽는데 이의가 있을 수 없다. 이에 앞서 잠시 언급한 바 있지만, 그의 문예와 심리학에 관한 주저 《문예심리학》에 대해 좀더 논의하고자 한다.

주광잠의 문예심리학 연구는, 자신의 《문예심리학》 제1장에서 말하고 있다시피 심리학의 관점에서 연구한 미학이다. 결국 그 자신의 심리학에 대한 기호가 작용한 것이 사실이지만, 이 역시 근본적으로 미학연구의 일환이라는 뜻이다. 헤겔이 말한 바대로 근대 미학은 칸트로부터 시작된다. 이 말은 이후의 모든 문학이 칸트를 경유하지 않을 수 없음을 뜻한다. 이는 중국의 경우도 마찬가지였다. 주광잠은 칸트미학에 근원을 둔 크로체를 중심으로 서구 미학을 소개하면서, 작가의 미감경험에 대한 일반 이론을 전개하고 있으며, 이에 근거하여 미학의 기타 문제에 대해 체계적으로 분석하고 있다. 그럼에도 불구하고 그가 문예심리학이란 이름을 따온 것은, 특히 문예의 창작심리와 감상심리 등을 집중적으로 논의하고 있다는 점에서 그 분명한 이유를 찾을 수 있을 것이다. 그에 의해 최초로 심리학적 미학연구자들의 심리학적 용어들〔리프스의 移情說(감정이입), 벌로프의 심미거리설(심적 거리설), 그로스의 내모방설 등〕을 통해 미감경험이 생겨나는 심리적 조건과 심리과정, 그리고 생리적 토대 등이 설명되고 있음도 이와 무관하지 않다.[13]

그는 크로체의 이론을 받아들이면서도 그에 대해 깊이 회의하고 있었으며, 기존의 미감경험의 이론이 전인후과前因後果를 소홀히 했던 착오에 대한 교정을 시도했다. 그리고 당시 채의蔡儀를 중심으로 한 일군의 미학자들이 지향하고 있던 기계론적 접근방식을 비판하면서 객체〔物甲〕는 단순히 직접적으로 의식을 결정짓는 것이 아니라, 인식의 대상인 지식형태・심미 대상・예술형상으로서 일종의 표상〔物乙〕을 거쳐 주체에 영향을 미치고 반영되며 미감을 형성하게 된다고 하였다.

이상 간략하게 살펴본 대로 중국의 20세기 초반은 다양한 서구의 신학문이 수입되면서, 특히 철학과 미학 방면에서 획기적인 학문적 전환을 보게 되었다. 문예심리학 역시 처음으로 중국 땅에 수입되어, 그 시작부터 중국 고전문학의 거대한 용광로 속에서 나름의 역할이 기대되는 시점이었다. 그러나 이후 연속되는 내전과 항전, 그리고 그 틈에서 절대적인 세력을 확보하게 된 새로운 사조의 영향하에서 문예심리학은 더 이상 발전할 수 없었다. 그리고 해방 이후로 넘어간다. 중국에서 해방 후 처음 나온 문예심리학 관련 서적은 김개성金開城의《문예심리학논고》이다. 그는 일반 심리학의 관점을 운용하여 문예를 연구하면서 문예창작은 '자각적 표상운동'〔자각적 표상운동이란 理智가 지배하고 조절하는 심리활동을 뜻한다〕이어야 함을 강조하였다. 그러나 그는 작가성과 감정이 이지에 복종해야 함을 강조함으로써 정감성을 홀시했으며, 잠재의식 등에 대해서는 전혀 언급조차 하지 못했다는 비판을 받는다. 그리고 1966년, 중국은 즉시 문화대혁명기로 진입한다. 문화대혁명기에 학문과 예술이, 그리고 무엇보다 생활이 어떤 형태로 조작되고 희생되었는가는 이미 많은 작가들의 글을 통해 밝혀진 바 있다.[14] 그러나 죽음보다 더 지독한 구겨진 삶의 흔적〔傷痕〕은 단순히 글을 통해 치료되거나 보상받을 수 있는 것이 아니다. 다만 회고되고 반성될 뿐이며, 이를 위해 그 흔적에 대한 고발이 선행될 뿐이다. 문화대혁명이 끝난 후, 상흔傷痕문학・반사反思문학・개혁改革문학・심근尋根문학 등 일련의 자각적 문학이 속출한 것은 바로 이러한 과정인 셈이다.[15]

이러한 상흔과 반사의 문학은 문예 자체의 상흔·반사와 자연스럽게 연관되었다. '반사적 문학'에서 '문학적 반사'로의 심화는 문학연구에 있어 '향내전向內轉'과 방법론의 다변화 등으로 표출되면서, 기존의 극좌적 문예이론의 청산, 인도주의 사조의 부흥, 문예의 정치복무론 폐기 등으로 숨가쁘게 나아갔다. 이를 좀더 자세히 살펴보면 다음과 같다.

먼저 문학이 문화대혁명기의 교조적인 문예지침에 의해 창작을 지도받는 데에서 벗어나 일정한 자유 공간을 확보하게 되자, 그 자체적으로 다양성을 하나의 특징으로 삼게 되었다. 문학 자체의 다양성[16]은 곧 해석방법의 다양화를 가능케 하였으며, 이에 따라 다양한 방법론, 특히 서구 문예이론들이 새롭게 소개되었고 기존의 이론에 대한 새로운 비판과 조명이 더불었다. 그것은 하나의 열, 즉 붐이었다. 이른바 미학열·방법열·문화열 등으로 불리는 붐 가운데 특히 7,80년대의 미학열은 상흔문학이 대동한 문예 갱생의 기틀을 이어받으면서 간접적, 혹은 중개의 방식으로 사상을 속박하여 정통적 기치를 고수하는 철학적 체계에 대해 일정한 범위 내에서 새로운 사고를 진행하고자 노력했다. 어쩌면 그것은 정치적 미학연구에서 실제적 인간들의 심미·심태에 대한 연구로의 회귀라고 할 수 있는데, 이에는 당연히 자아반성이 따라야 한다. 그러나 적은 항상 '그때' 있었고, 침묵의 공범자는 존재하지 않는다. 아무튼 미학열은 문학관념에 커다란 영향을 미치는데, 그 변화는 홍콩대학교의 황계지黃繼持가 말한 바대로 다음 세 가지로 요약할 수 있다.

1) 정치적 공구에서 인간의 문학으로: 1979년 제4차 전국문대회에서 '문예위인민복무위사회주의복무文藝爲人民服務爲社會主義服務'의 구호가 '문예위무산계급정치복무文藝爲無産階級政治服務'의 구호를 대치하였다. 이는 공구론에서의 탈출을 의미한다.

2) 문학이 인간의 심리활동의 심층 전개를 향한 발전 추세에 있다: 정형화된 인물의 성격 표현은 지양하고, 인물이 잠재의식의 유동을 드러낸다. 심리학의 문학에 대한 침투는 문학의 향내전에서 중요한 표지이다. 소설에서의 3무, 즉 무스토리·무인물·무주제는 문학의 향내전 경향은 인류 심미의식의 시대적 추세를 드러내고 있는 것이다. 문학의 주체성에 대한 연구, 문학의 심미 특징과 언어형식에 대한 연구가 심화되고 있다.

3) 창작방법 및 예술기교의 다원화, 즉 무엇을 쓸 것인가에서 어떻게 쓸 것인

가로 전환: 변형·허구·상징·암시 등의 수법이 중시되고 있다. 이러한 방법론의 발전은 이른바 신시기 문학이론의 가장 큰 추세인데, 유재복劉再復은 "새로운 방법론의 소개와 운용의 목적은 문학 자체의 다방면의 본질적 특성을 더욱 심층적으로 이해하고, 문학의 역사적 발전과정을 더욱 깊이 있게 밝혀냄으로써 문학창작과 문학연구의 변혁을 촉진하는 데 있다"고 단언한 바 있다. 특히 문학 자체의 다방면에 걸친 본질적 특성에 대한 이해를 중시한 것은 기존 문학의 본질에 관한 일방적·단정적 논의에 대한 전면적 부정임과 동시에 문학의 발전, 즉 문학 자체의 역동적 발전의 필연성을 확보하여 더 이상의 침체를 용납하지 않겠다는 뜻이라 할 수 있다. 이러한 방법론의 다양화는 단순히 새로운 방법의 추구만으로 나아가는 것은 아니며, 기존의 방법에 대한 검토와 시정을 동반한다. 그리고 새로운 방법은 기존의 것들(작품·작가)에 대한 새로운 조명과 비평을 통해 때로 복원시키며, 매장시키기도 한다. 기존의 문예방법론에 의해 자본주의 유심론자로 '찍혔던' 왕국유나 양계초에 대한 재평가는 전자에 해당하고, 문화대혁명 시절이나 그 이전 모택동의 연안 문예강화의 지침에 충실했던 몇몇 작품들이 더 이상의 언급없이 문학사적 사실로만 존재하게 된 것은 후자에 해당된다.

방법론의 다양화와 더불어 문화대혁명 이후 신시기 문학의 특징은 문학 내적 본질에 대한 지향이다. 이른바 '향내전向內轉'이라 불리는 일련의 추세는 사회주의 문예가 지니는 '향외연구向外研究'에 대한 반성으로 나왔다. 이는 물론 일련의 작가와 작품의 경향에 대한 이론적 개괄이기는 하지만, 이론 자체로 의도적 방향을 확고하게 자리매김한 이론적 추향이기도 하다. 기존의 주어진 창작방법에 의해 이끌려 가는 창작행위에 반해서 문학작품을 통해 작가 자신의 의식의 심연을 찾는, 다시 말해 자신을 찾는 방향으로 나아간다는 것이 '향내전'의 문학작품이 보여 주는 가장 큰 특질인데, 노추원魯樞元의 말대로 상흔문학·반사문학·심근문학으로 이어지는 일련의 신시기 문학의 궤도가 바로 '향내전' 문학의 궤를 의미하는 것이다.[17]

유재복劉再復은 1980년대 문학연구 추세의 네 가지 경향에 대해 언급하면서, 첫번째로 '밖에서 안으로'의 경향을 지적하여 "문학의 외부법칙에 대한 중점적 고찰에서 문학의 내재법칙에 대한 심화된 연구로의 전환을 말한다. 과거의 문학연구는 주로 외부법칙, 즉 문학과 경제적 토대 및 상부구조에 속하는 다른 의식

형태 사이의 관계에 치중했다. 예를 들어 문학과 정치의 관계, 문학과 사회생활의 관계, 세계관과 창작방법의 관계 등이 그것이다. 최근 연구의 중심은 이미 내부법칙, 즉 문학 자체의 심미 특징과 문학 내부의 각 요소간 상호 연관되어 문학의 갖가지 갈래 자체의 구조방식 및 운동법칙을 연구하는 쪽으로 변화되었다"[18]고 하였는데, 요컨대 이는 문학 자체로 돌아갔다는 말이다.

대체로 80년대 이후 문학연구 동향의 일단을 정확하게 보여 주고 있다는 점에는 의심할 여지가 없다.

이러한 방법론의 다변화와 향내전의 추세는 앞서 말한 대로 실제 문학창작의 추세와 동행하는 것이기는 하지만, 일면 문학연구의 주체적 변화이기도 하다. 이러한 변화 속에서 신시기 이전의 극좌적 문예이론을 청산하고자 했으며, 이를 통해 이전에는 부정되거나 비판되었던 부분들에 대한 회복을 서두르게 되었다. 그것은 인간 개개인들에 대한 새로운 발견이자 주체의식의 발로라 할 수 있다. 바로 이러한 사회심리 속에서 문예심리학은 다시금 자신의 위치를 재확인하고, 이에 대한 연구를 가일층 강화하기 시작했다. 그리고 그것은 문학의 '향내전'의 으뜸 표지가 되었으며, 유재복이 말한 신시기 문학의 문학연구 방법 가운데 '밖에서 안으로'의 연구 추세에 해당하는 것이자 '하나에서 여럿으로'의 연구 추세를 반영하는 것이기도 하다.

신시기 문학연구에서 문예심리학은 80년대에 들어와 뚜렷하게 각인되기 시작한다. 신시기 문예심리학은 주로 육일범陸一帆과 노추원魯樞元 등 미학과 심리학 연구자들에 의해 활성화되었는데, 현재 문예심리학 총서를 주편하고 있는 육일범의 《문예심리학》과 신시기 심리학 연구의 1세대에 속하는 육일범의 《창작심리학》·《문예심리천석文藝心理闡釋》, 등수요鄧守堯의 《심미심리묘술審美心理描述》, 팽립훈彭立勛의 《미감심리연구美感心理研究》과 문예심리학총서 가운데 한 권인 유위림劉偉林의 《중국문예심리학사》 등이 이미 출간되었다. 문화대혁명 시기에는 심리학 자체가 유심론이라는 비판으로 말미암아 존재할 수 있는 권리조차 박탈당하고 말았다. 물론 문학연구에 있어서도 유심론적 냄새가 나는 문학의 주관적 요인들, 즉 영감이나 감상의 규율과 문학의 심리적 효능 등에 대한 연구 역시 좀처럼 활성화될 수 없었다. 심리학의 입장에서 볼 때 문학예술이란, 곧 창작이라는 객관세계에 대한 단순한 반영이거나 재현의 과정, 또는 이지적 사유의 인지과정이 결코 아니며, 문학가 자신의 주체적인 수요·욕망·지각·

감각·사유·정감·기억·직각·상상 등 심리적 기능이 내재하는 지극히 복잡한 과정으로, 주관이 상실되면 존재조차 할 수 없는 것이었기 때문에 문예심리학은 당연히 주관 유심론의 대표가 될 수밖에 없었다. 이미 1958년에 제시된 "모든 이가 시인이며, 모든 시인이 곽말약이 될 수 있다 人人是詩人, 每一個顯出一個郭沫若"는 구호에서 볼 수 있듯이, 문학의 창작주체성이 완전히 부정되었으며, 이는 문화대혁명기에 극성을 이루었다. 이렇듯 창작주체를 피동적으로 외부 현실을 반영하는 공구로 삼거나, 창작자를 그저 소재를 교묘하게 가공하고나 제작하는 기계와 다름없이 생각하는 분위기 속에서 문예심리학은 더 이상 자리를 얻을 수 없었던 것이다.

이렇게 본다면 문예심리학의 대두는 신시기 문예의 기본적인 관점 가운데 하나인 주체와 자아의식의 확보를 결정적으로 보여 주는 예라 할 수 있다. 과연 중국의 문예심리학이 문학은 곧 인학人學이라는 관념하에서 어떻게 발전해 나갈 수 있을 것인가는 좀더 두고 보아야 할 것이다.

3. 맺음말 : 중국 문예심리학 연구의 특색과 의의

중국을 포함한 동양 제국의 학문이 그렇듯이, 서구의 학문이 물밀듯이 들어와 이른바 '근대화'의 한 표징이 된 지 오래이다. 노신魯迅은 일찍이 '나래주의拿來主義'라는 글에서 "침착하고 용맹하게, 그리고 식별력을 지니고 사리사욕을 버린 상태에서 중국 이외의 곳에서 무엇인가를 '가져와' 자신들의 집을 지어야 한다"고 주장한 바 있다. 물론 '가져온다'는 것이 무조건의 전반적 서구화를 의미하는 것은 아니었다. 그것은 일단 근대화의 과정에서 뒤처져 있다는 인식하에서 외부의 것을 가져와 그것으로 새로운 틀을 만들자는 뜻이었다. 따라서 이는 이미 양무파 등에 의해 주장된 바 있는 '중체서용中體西用'의 비교적 국수주의적인 내용과는 또 다른 주체적 수용의 뜻을 지닌다. 이후 중국 문예의 발전사에서 민족형식의 문제나 중국식 사회주의, 문화혁명 이후의 중국식 시장경제 등 이른바 '중국식'이란 뜻은 곧 주체적 수용을 뜻한다.

분명 문예심리학은 외국에서 수입된 학과이다. 그러나 그 시작부터 단순히 서구의 것을 소개하거나 해설하는 데 그치지 않았다. 예컨대 주광잠은 중국 고전에서 자양분을 섭취하여 중국적 개념으로 문예심리의 문제를 다루고자 하였다.

중국적인 것의 일면인 고전문학과의 접목은 무엇보다 중국적 문예심리학의 특징이라 할 수 있다.

중국에서 고대문학이론학회가 성립된 것은 1979년이다. 곽소우郭紹虞·서중옥徐中玉·왕운희王運熙·모세금牟世金·장문훈張文勛·장소강張少康·왕원화王元化·주진보周振甫 등 당대의 쟁쟁한 이론가들이 총집결한 상기 학회는 上海古籍出版社에서 고대 문학이론 연구 총간이 발간되면서, 고대 문학이론에 대한 연구에 적지않은 연구성과를 내놓은 바 있다. 1980년대말부터 고대 문론연구의 당대성에 눈을 돌리기 시작하여 고대 문론연구에 당대 의식이 결핍되어 있음을 자인하고 이를 극복하기 위한 노력을 경주해 왔다. 또한 중국 고대 문론에서의 세계의 성 문제에 대해서도 관심을 기울여 중서中西 문론의 비교연구에 치중하였으며, 고대 문론연구에 있어서 총체성과 계통성을 중시하여 기존의 한 우물만 파는 방식의 연구에서 탈피하여 미시를 바탕으로 한 거시적 연구와 네트워크식의 계통적·거시적 연구에 치중하고자 노력하고 있다. 이러한 연장선상에서 이미 중국 고전문예(시가·산문·희곡·소설·서화이론 등)를 주내용으로 문예심리학적 고찰을 한 바 있다. 또한《문심조룡》연구에 일가견이 있는 왕원화 역시 노추원의《문예심리천석》의 서문에서, 70년대 후반에 나온 자신의《문심조룡창작론》역시 심미학의 각도에서 창작행위의 자각성과 비자각성을 탐구하고자 했다고 말한 바 있다.

다음 중국의 문예심리학은 사회적 특수성에 의해 고양되고 있다. 기존의 중국 문예에 대한 연구는 많은 부분이 사회학에 영향을 받고 있었다. 사회학 역시 오랜 기간 문예에 가담해 왔고, 여전히 그 가담의 정도가 줄어들지는 않는다. 그러나 사회학은 그 어떤 문예가 일정한 사회조직이나 문화적 배경에서 훌륭하다는 말을 할 수는 있으되, 그 주안점은 문예에 있는 것이 아니라 문예와 사회의 관계에 존재한다. 따라서 그것은 문예만을 단독으로 연구하는 것을 중지한다. 당연히 자신들의 영역이 아니기 때문이다. 이러한 논의가 극성하면 할수록 기실 문예는 그 자체로 존재하는 것이 어렵게 된다. 문예의 개방성과 자유성은 바로 이러한 사회학의 힘에 의해 압살당하기 쉽기 때문이다. 중국 신시기 문학의 한 특징으로 '향내전'이 언급되고 있는 것은, 이러한 사회학의 영향하에서 탈피하여 문학의 자율적 공간을 확보하겠다는 의미로 받아들일 수 있다. 물론 사회학의 영향을 완전히 포기한 것은 아니다. 사회학 역시 앞으로도 지속적으로 문예에 가담할 수 있는 자기 몫을 지니고 있기 때문이다. '향내전'의 경향에서 가장 먼저 논의되야 하는 것은 아무래도 미학이다. 예술 자체의 연구를 그 의미에 대한 비판적 연구의 모토로 한 미학은, 기존 사회학의 영향을 받은 미학적 연구와 구별되어야 할 것이다. 왜냐하면 문예가 그렇듯이 미학에 있어서도 사회학의 영향하에서 벗어날 수는 없었기 때문이다. 기존의 미학이 사회학에 복속되었다면 당연히 미학은 그 복속에서 벗어나는 것을 최우선 과제로 삼을 수밖에 없을 것이고, 이를 위한 방법론을 개척하기 위해 부단히 노력하지 않을 수 없다. 이후의 방법론열은 바로 이를 증거한다. 국내의 경우도 마찬가지이지만 중국의 80년대는 모든 것이 하나의 붐이었다. 방법론열 · 문화열 · 미학열 등 다양한 붐이 조성되어 끊임없는 논쟁과 그에 따른 성과를 만들어 냈다. 이러한 논의의 일단(문학이론)은 여전히 '문학이란 무엇인가?'에 집중되어 있다. 문학이론사에 있어서 거의 끊임없이 지속되어 온 이 질문에 대해 아직도 정확한 답변이 마련된 것은 아니다. 단지 기존의 것과는 다른 '방법론'에 의한 새로운 탐색이 모색되고 있을 뿐, 그리하여 그에 따른 새로운 논리가 진행되고 결론지어질 뿐이다.

마지막으로 중국의 문예심리학은 그 방법론에 있어서 구미의 것은 물론이고, 구소련의 학술적 성과 역시 심도 있게 논의하고 있다. 이는 물론 문예심리학의 체계 확립을 위한 노력일 것이다. 그러나 아직 심리학적이라기보다는 미학적이며, 미학적이라기보다는 문학론적이다. 이는 문예심리학이란 학문의 연령이 그다지 많지 않기 때문인데 그만큼 미개간지를 확보하고 있음을 말하는 것이기도 하다.

이상에서 살펴본 대로 중국의 문예심리학은 그 학과의 연원이 그다지 오래되지 않았음에도 이미 적지않은 결과물을 내놓고 있다. 무엇보다 고전에 대한 새로운 접근이 가능하게 되어 앞으로도 더욱 많은 성과가 있을 것이다. 고적古籍의 수문장 역할을 자임한 그들이 어떠한 성과를 내놓게 될는지 한편 궁금하고, 또 다른 한편으로 우리가 이 또한 타산지석으로 삼을 만하지 않겠는가라고 생각해 본다.

저자 후기

20여 년 전 내가 중산대학교 중문계에 재학하고 있을 때, 陸一帆 선생님이 우리들에게 미학을 가르치시던 일을 기억한다. 그때부터 나는 미학에 흥미를 가지게 되어 영원히 끊을 수 없는 인연을 맺게 되었다. 재학시절 나는 마치 목마른 자가 물을 찾듯 동서고금의 미학관계 서적들을 닥치는 대로 읽었다. 그리고 졸업 후에는 마르크스와 엥겔스의 미학사상을 연구하기 시작했고, 그들의 예술전형론을 연구하여 적지않은 논문을 발표한 바 있다. 이후 나는 헤겔의 미학사상을 집중적으로 연구했으며, 다소나마 내 자신을 위로할 수 있을 정도의 성과를 얻게 되었다. 당시 나는 새로운 양분을 흡수하고 새로운 연구영역을 개척하고자 다시금 陸一帆 선생님의 지도편달하에 《중국문예심리학사》라는 과제를 선택했다. 그 결과가 바로 이 책이다. 이에 나의 스승이신 陸一帆 선생님께 감사드린다.

사실 나는 중국 고전미학과 문예심리학에 끊을 수 없는 인연을 맺고 있다고 생각해 왔다. 내가 처음으로 발표한 논문은 사공도의 시가이론을 평한 것이었다. 이후에도 때때로 중국의 고전미학의 제 문제에 대해 고민을 해왔으며, 헤겔의 미학을 연구하면서도 끊임없이 중국 고전에 실려 있는 미학과 관련된 내용 속에서 자양분을 섭취하고자 했다. 나는 서구 미학을 연구하는 데 중국 미학을 참고해야만 비로소 서구 미학을 내 자신의 것으로 만들 수 있다고 믿으며, 이와 반대로 서구 미학에 대한 이해가 깊을수록 역시 중국 미학에 대한 연구를 촉진시킬 수 있을 뿐만 아니라 더욱 심화시킬 수 있을 것이라고 생각한다.

《중국문예심리학사》라는 제목을 받아들고, 처음에는 과연 중국에 있어서 문예심리학사가 가능할 것인가라는 문제로 마음이 무거웠다. 또한 설령 가능하다고 할지라도 과연 내가 그것을 쓸 수 있을까 하는 문제 역시 의문이었다. 결과적으로 나는 서구 미학, 특히 마르크스·엥겔스의 미학에 도움을 받아 중국의 문예심리학에 관한 제문제를 논의할 수 있었다. 저작과정에서 나는 몇 가지 논문을 준비하여 《미학연구》 등의 간행물에 발표한 적이 있다. 그런데 예상외로

《문적보》나 《중국철학연감》·《철학연구동태》 등에 신속히 게재되어 호평을 받게 되었으며, 아울러 많은 독자들의 뜨거운 격려를 받게 되었다. 사실 중국의 선인들이 쓴 문예심리에 관한 논저는 결코 많다고 할 수 없다. 그러나 일단 그 속에 들어가 보면 이루 헤아릴 수 없는 보물들을 발견할 수 있을 것이라고 생각한다. 중국의 문예심리학이란 보고 속에는 지금도 수많은 보물이 숨겨져 있어 발굴되어 잘 다듬어질 날을 기다리고 있다.

처음에는 중국의 문예심리학에 관련된 엄청난 역사자료와 복잡하기 이를 데 없는 이론적 난제들에 직면하여 어디서부터 착수해야 할지 막막했다. 그래서 나는 변증법적 유물론과 사적 유물론의 바탕하에서 실사구시적으로 학술탐구를 해야만 한다는 확신하에서, 심리학·미학·예술학을 서로 결합시켜 역사자료를 발굴·정리·고증하고, 다시 이를 바탕으로 중국 고대 2천여 년의 대표적인 문론가·미학가·예술가들과 중국의 전통적인 특색을 지닌 작품들·시가·소설·희극·서법·회화 등 다양한 예술형식의 문예심리학 사상과 그 발전과정 등을 총괄적으로 고찰하고자 했다. 아울러 세계문화적 차원에서 이미 공인된 미학체계를 비교·분석하여 그 한계를 정확히 하고, 사적 논의와 결합시켜 논증과 상세한 설명을 덧붙이고자 했다. 지금 이 책 《중국문예심리학사》는 바로 이러한 내 자신의 구상을 구체적으로 드러내고 있는 것이다.

이 책을 저술하는 데 대략 20여 년의 세월이 흘렀다. 그 기간 동안 나는 밤낮없이 정신을 집중하고 온 힘을 기울여 저작에 힘썼다. 그러나 몇천 년의 역사와 기이하기 이를 데 없는 중국 고대의 문예심리 세계에 직면하면서 내가 보냈던 세월은 그저 얼핏 지나치듯 전체를 고찰하는 것만으로도 부족했다. 게다가 과중한 교학·편집·심사, 그리고 당정과 관계된 일들에서 완전히 벗어날 수도 없는 상황이어서 때로 생각의 단초가 끊기는 일도 있었다. 그래서 이 책 역시 때로는 빠뜨린 것도 있을 수 있고 부족한 것 또한 적지않을 것이다.

여러 학자나 독자들이 거리낌 없이 비평하고 가르쳐 주길 바라마지 않는다.

끝으로 이 책을 저술하는 과정에서 여러 동학들과 친구들이 격려해 준 것에 대해 감사의 말을 전하고자 한다. 그들은 나와 함께 고통을 감수하기를 어려워하지 않았다. 나는 그분들을 통해 더욱 힘을 얻을 수 있었다. 이 책은 바로 그러한 여러분들의 격려와 지지 속에서 출판될 수 있었다. 이 점 다시 한 번 감사드린다.

原 注

序

1) 《마르크스・엥겔스 선집》, 제4권, 500-501쪽.

2) 《마르크스・엥겔스 선집》, 제4권, 475쪽.

제1장 선진先秦의 문예심리학

1) 李澤厚, 《美的歷程》, 文物出版社 1981년판, 18쪽.

2) 《플레하노프 哲學著作選讀》, 제5권, 482쪽.

3) 李澤厚, 《美的歷程》, 46쪽.

4) 葉朗, 《中國美學史大綱》, 上海人民出版社 1985년판, 19-26쪽.

5) 葉朗, 《中國美學史大綱》, 19-26쪽.

6) 《胡寄南心理學論文集》, 학림출판사 1985년판, 194쪽.

7) 朱謙子, 《老子校釋》, 제19장.

8) 胡文英, 《莊子獨見・莊子論略》, 三多齊藏版.

9) 郭慶藩, 《莊子集釋・大宗師》, 成玄英의 疎에서 인용.

10) 王先謙, 《莊子集解》, 卷2, 宣穎의 말 인용.

11) 《學術月刊》, 1986년 제5기.

12) 王夫之, 《莊子解》, 권5.

13) 크러치 외, 《心理學綱要》 下, 문화교육출판사, 1981년판, 86-87쪽.

14) 黃海澄, 〈移情新探〉, 《文學評論叢刊》, 제24집, 재인용.

15) 리스트월, 《近代美學史評述》의 관련 문장을 참고.

16) 마르크스의 '人化自然' 설에 대해서는 《1844년 경제학 철학수고》 참고.

17) 헤겔, 《美學》, 제1권, 상무인서관 1979년판, 제39, 326쪽.

18) 헤겔, 《美學》, 제1권, 상무인서관 1979년판, 제39, 326쪽.

19) 이 글은 《영국심리학잡지》에 처음 발표됨. 제5권, 제2기, 1912년판. 중역본은 《美學譯文》, 제2기에 실림.

20) 先秦미학에 관한 사변 특징은 劉偉林, 〈試論先秦美學的邏輯起点〉, 《中國古代文學理論研究》, 제12집 참조.

21) 《論語集注》, 《四書章句集注》, 178쪽 참조.

22) 《詩綱領》, 《朱子全書》, 권35.

23) 劉寶楠, 《論語集解・引》.

24) 劉寶楠,《論語集解·引》.

25)《論語集注》,《四書章句集注》, 178쪽 참조.

26) 劉寶楠,《論語集解·引》.

27)《論語集注》,《四書章句集注》, 178쪽 참조.

28) 劉寶楠,《論語集解·引》.

29) 홀즈만의《중국문학입문》, 영문판 참조.

30) 홀즈만의《중국문학입문》, 영문판 참조.

31) 홀즈만의《중국문학입문》, 영문판 참조.

32) 林同華의《美學漫談》, 175쪽 참조.

33) 今道友信,《東方美學》, 제3장.

34) 葉郎의《中國美學史大綱》, 53쪽 참조.

35) 헤겔의《미학》, 제1권, 70쪽 참조.

36)《생활과 미학》, 10쪽.

37) 朱自清,《詩言志辨》.

38) 李澤厚, 劉綱紀主編,《中國美學史》, 제1권, 中國社會科學出版社 1984년판, 199쪽.

39)《哲學筆記》, 355·356쪽.

40) 보크스루노프스키,《보통심리학》, 194쪽.

41)《1844년 경제학 철학수고》.

42) 엥겔스,《〈반듀링론〉 초고》.

43)《周易正義》.

44)《文則》丙.

45)《西園詩塵》.

46)《文史通義·易教下》.

47)《周易略例·明象》.

48)《文心雕龍·神思》.

49) 洪毅然의《形象과 意象》과《文藝研究》, 1987년 제4기, 참조.

50) 宗白華의《美學散步》참조. 上海人民出版社 1981년판.

51)〈血氣〉, 新版《辭海》에 보면 다음과 같은 예문이 실려 있다.《孟子·公孫丑上》: "則夫子過孟賁遠矣."《朱熹注》: "孟賁勇士, 血氣之勇."《紅樓夢》第36回: "那武將不過仗血氣之勇." 이에 근거한다면 감정적 충동으로 해석할 수 있다.

52) 朱光潛,《文藝心理學》, 開明書店 1945년판, 228쪽.

제2장 양한兩漢의 문예심리학

1) 熊鐵基,《秦漢新道家略論稿》, 1-30쪽 참고, 上海人民出版社 1384년판.

2)《莊子·養生主》.

3)《莊子·達生》.

4) 《莊子・達生》.

5) 《莊子・人間世》.

6) 《尙書・泰誓篇》.

7) 李澤厚, 劉綱綺 主編, 《中國美學史》, 제1권, 537-552쪽.

제3장 위진남북조의 문예심리학

1) 王充, 《論衡・無形篇》.

2) 王充, 《論衡・論死篇》.

3) 錢谷融・魯樞元, 《文學心理學教程》, 華東師範大學出版社, 1987년판, 43-52쪽.

4) 錢谷融・魯樞元, 《文學心理學教程》, 華東師範大學出版社, 1987년판, 62쪽.

5) 《王弼集校釋》 下, 609쪽.

6) 劉邵, 《人物志・九徵》.

7) 《王弼集校釋》 下, 541・77쪽.

8) 《王弼集校釋》 下, 541・77쪽.

9) 《王弼集校釋》 上, 57쪽.

10) 《王弼集校釋》 上, 88・164쪽.

11) 《王弼集校釋》 上, 88・164쪽.

12) 《詩廣傳》, 권3 〈論鼓鍾〉.

13) 《貞觀政要・禮樂》.

14) 〈(絳洞花主) 小引〉, 《魯迅全集》, 제8권, 145쪽.

15) 《管錐篇》, 제3册, 1195쪽.

16) 칸트, 《판단력 비판》, 제49절.

17) 톨스토이, 《문학을 논함》, 인민문학출판사 1980년판, 297쪽.

18) 《文心雕龍》은 제나라 明帝 建武 3,4년(公元 496-497)에 씌어지기 시작하여, 제나라 和帝(서기 501)에 완성되었다고 보는 것이 일반적인 학설이다. 이에 대해서는 范文瀾이 자신의 《文心雕龍・注》〈序志〉注(六)에 상세하게 고증하고 있다.

19) 宗白華, 《美學散步》, 177쪽.

20) 李澤厚, 《美的歷程》, 92쪽.

21) 嵇康, 《釋私論》.

22) 李澤厚・劉綱綺 主編, 《中國美學史》, 제2권(하), 617쪽.

23) 《〈文心雕龍.養氣篇〉 評語》 참조.

24) 《外國理論家作家論形象思維》, 208쪽.

25) 모르간, 《古代社會》 재인용.

26) 아리스토텔레스, 《修辭學》, 《外國理論家作家論形象思維》, 8쪽 참조.

27) 마치니, 《神曲의 辯護》, 상권, 12쪽 참조.

28) 비코, 《新科學》, 상권, 24쪽 참조.

29) 헤겔, 《미학》, 제1권, 357쪽 참조.
30) 헤겔, 《미학》, 제1권, 365쪽 참조.
31) 헤겔, 《미학》, 제1권, 365쪽 참조.
32) 엥겔스, 《현대문학생활》, 《현대의 시가》.
33) 王元化, 《文心雕龍創作論》, 170쪽 참조, 上海古籍出版社, 1979년판.
34) 포쿠스루부스키 외, 《普通心理學》, 170쪽 참조.
35) 톨스토이, 《예술론》, 47쪽.
36) 펄, 《예술》, 4-5쪽.
37) 수잔 랭거, 《예술문제》, 105쪽.
38) 趙壹, 《非草書》, 《全後漢論文》, 권82.
39) 헤겔, 《미학》, 제1권, 362-363쪽.
40) 《魯迅全集》, 제8권, 332쪽.
31) 《毛詩序》.
42) 《詩言志辨》.
43) 《文心雕龍 · 情采》.
44) 劉寶楠, 《論語集解 · 引》.
45) 《管子 · 內業》.
46) 《杜工部集》, 권14, 《至後》.
47) 《杜工部集》, 권12, 《可惜》.
48) 《小倉山房詩集》, 권17, 《改詩》.
49) 《世說新語 · 巧藝》.
50) 《太平御覽》, 권702 · 750, 《俗說》.
51) 《世說新語 · 巧藝》.
52) 《魏晋勝流畫贊》, 《歷代名畫記》, 권5.
53) 헤겔, 《미학》, 제1권, 197-198쪽.
54) 《魯迅全集》, 제4권, 395쪽.
55) 張彥遠, 《歷代名畫記》.
56) 《마르크스 · 엥겔스선집》, 제2권, 104쪽.
57) 《典論 · 論文》.
58) 《文心雕龍 · 序志》.
59) 《詩品》.
60) 《師友傳習錄》.
61) 《昭昧詹言》.
62) 《畫繼》.
63) 《芥舟學畫編》.
64) 《圖畫見聞志》.

65) 郭沫若,《論節奏》,《郭沫若論創作》, 243쪽.

66)《樂府傳聲 · 源流》.

67)《樂府傳聲 · 斷腔》.

68)《與古齋琴譜補義 · 琴曲音曲節奏考》.

69)《法律篇》, 野村良雄의《音樂美學》, 音樂之友社 1971년판, 82쪽에서 재인용.

70)《淮南子 · 原道訓》.

71)《文心雕龍 · 聲律》.

72) 姜永泰의《論藝術節奏》,《미학》, 제7기 참조.

73) 수잔 랭거의《정감과 형식》, 중국 사회과학출판사 1986년판, 420쪽 참조.

제4장 당 · 송의 문예심리학

1) 李澤厚,《美的歷程》, 127쪽.

2) 錢鍾書,《管錐篇》, 제2책, 613쪽.

3) A. 하우얼,《예술사회학》, 중문판, 231쪽.

4) 暢廣元,《詩創作心理學 ── 司空圖〈詩品〉臆解》, 陝西師範大學出版社 1988년판.

5) 許印芳,《二十四詩品跋》.

6) 孫聯奎,《詩品臆說》.

7) 成復旺 · 黃保眞 · 蔡鍾翔,《中國文學理論史》(二), 北京出版社, 258쪽.

8) 蕭子顯,《南齊書 · 文學傳論》.

9) 裴子野,《雕蟲論》.

10)《法書要錄》, 卷四, 〈唐張懷瓘文學論〉.

11)《佩文齋書畵譜》, 卷四, 〈唐張懷瓘玉堂禁經〉.《法書要錄》, 卷四, 〈張懷瓘議書〉.

12)《筆髓論 · 契妙》.

13)《佩文齋書畵譜》, 卷五, 〈唐虞世南筆髓論〉.

14)《歷代名畵記》, 卷二, 〈論畵體工用拓筆〉.

15)《歷代名畵記》, 卷二, 〈論畵體工用拓筆〉.

16)《純集》에는 "頓挫取要"라고 하였는데, 이 역시 통하는 말이다.

17)《唐文粹》, 권97.

18) 姚最,《續畵品》.

19)《白氏長慶集》, 권26 참조.

20)《張載集 · 正蒙 · 動物篇》, 중화서국 1978년판, 19쪽. 이하 동일한 책에서 인용한 경우에는 작품명과 쪽수만 기재함.

21)《四部叢刊》本,《歐陽文忠公文集》, 卷四十二, 〈梅聖兪詩集序〉.

22)《二程集 · 河南程氏遺書》, 중화서국 1981년판, 139쪽. 이하 동일한 책에서 인용한 경우에는 작품명과 쪽수만 기재함.

23)《朱子文集大全類編 · 淸邃閣論詩》, 考亭書院本에 근거함.

24) 《朱文公文集》, 卷八十四, 〈跋韓魏公與歐陽文忠公帖〉.

25) 《朱子語類》, 권14.

26) 蘇軾의 문예심리학 사상에 대해서는 黃鳴奮의 《論蘇軾的文藝心理觀》(海峽文藝出版社, 1987년판)을 참조할 만하다.

27) 《蘇東坡集》, 권33, 〈石鐘山記〉.

28) 《蘇東坡集》, 前集 권23, 〈書李伯時山莊圖後〉.

29) 曹日昌 主編, 《普通心理學》, 상권 94쪽.

30) 《蘇東坡集》, 前集, 권32, 참조.

31) 《蘇東坡集》, 前集, 권32, 참조.

32) 《易傳》, 권4.

33) 《續集》, 권12, 《傳神記》

34) 《蘇東坡集》, 前集 권32.

35) 《마르크스 · 엥겔스전집》, 제23권, 202쪽.

36) 《蘇東坡集》, 前集, 권16.

37) 미감체계의 문제에 대해서는 勞承萬이 자신의 《審美中介論》(상해문예출판사 1986년판)에서 명쾌하게 논의한 바 있다. 본문에서는 그의 논의를 따르고 있다.

38) 《題跋》, 권2.

39) 《竹坡詩話》에 근거하여 실음.

40) 《隨園詩話》, 권1.

41) 《東坡續集》, 권8, 〈江子靜字序〉.

42) 《易傳》, 권8.

43) 《蘇東坡集》, 권32.

44) 《東坡續集》, 권8, 〈江子靜字序〉.

45) 《詩集》, 권6, 〈送張安道赴南都留台〉.

46) 위와 같음, 권4, 〈讀道藏〉.

47) 《詩集》, 권34, 〈十月十四日以病在告獨酌〉.

48) 위와 같음. 권39, 《和陶歸園田居》의 여섯 수의 두번째 시.

49) 《蘇東坡集》, 前集, 권10.

50) 《詩人玉屑》, 권1 참조.

51) 《詩人玉屑》, 권1 참조.

52) 《涅槃無名論第四 · 妙存第七》.

53) 《苕溪漁隱叢話》, 前集 권19, 范溫의 〈詩眼〉 인용.

54) 《마르크스 · 엥겔스선집》, 제2권, 104쪽.

55) 《美的歷程》, 159쪽.

56) 《美的歷程》, 171-172쪽.

57) 《莊子 · 逍遙游》.

58) 〈廢莊論〉, 《晋書》, 七十五, 《王坦之傳》.

59) 杜甫의 〈題王宰畵山水圖歌〉에서는 "尤工遠勢古莫比"라 하였다. 沈括은 《夢溪筆談》, 권17 〈圖畵歌〉에서 "荊浩開道論千里"라 하였으며, 또한 "董元善畵, 尤工秋崗遠景"·"僧巨然, 祖述源法, 幽情遠思, 如睹異景"라고 하였다.

60) 《欒城可集》, 권21.

61) 《欒城可集》, 권21.

62) 《經進東坡文集事略》, 四部叢刊本, 권60.

제5장 명·청의 문예심리학

1) 顧炎武, 《天下郡國利病書》 권32, 《歙縣風土論》에서 인용.

2) 《送薺子華還關中序》.

3) 《愼言》, 序.

4) 《家藏集·近海集序》.

5) 《家藏集·橫渠理氣辯》.

6) 《家藏集·橫渠理氣辯》.

7) 王廷相, 〈寄孟望之〉, 《何氏集》, 권27.

8) 何景明, 《何文肅公文集》, 권9, 〈唐律鮮玉序〉.

9) 徐禎卿, 《談藝錄》.

10) 《愼言·見聞篇》.

11) 王廷相, 《家藏集》, 권28, 〈與鄭價夫學士論詩書〉.

12) 《四溟詩語》, 권2.

13) 謝榛, 〈邯鄲懷古〉, 《四溟山人全集》, 권2.

14) 湯顯祖, 〈答呂姜山〉, 《湯顯祖全集》, 권47.

15) 《四溟詩話》, 권3.

16) 《四溟詩話》, 권1.

17) 《四溟詩話》, 권2.

18) 《與徐子與書》, 《弇州山人四部稿》, 권118.

19) 《金台十八子詩選序》, 《四部稿》, 권56.

20) 吳國倫, 〈胡祭酒集序〉, 《甔甀洞稿》, 권39.

21) 吳國倫, 〈居夷漫草序〉, 《甔甀洞續稿》, 文部, 권9.

22) 王世貞, 〈題劉松年大歷十才子圖〉, 《弇州山人續稿》, 권168.

23) 王世貞, 《鄧太史傳》, 《弇州山人續稿》, 권73.

24) 王世貞, 〈封待御若虛甘先生六十序〉 위와 같음. 권35.

25) 王世貞, 〈湖西草堂詩集序〉, 《弇州山人續稿》, 권46.

26) 王世貞, 〈經彭澤有懷陶公〉, 《弇州山人四部稿》, 권10.

27) 王世貞, 〈古今名畵苑序〉, 《弇州山人四部稿》, 권71.

28) 王世貞, 〈念初生集序〉, 《弇州山人續稿》, 권42.
29) 王世貞, 〈重刻尺牘淸裁小序〉, 《弇州山人四部稿》, 권64.
30) 王世貞, 《藝苑卮言》, 부록1, 《弇州山人四部稿》, 권64.
31) 王世貞, 《藝苑卮言》, 부록1, 《弇州山人四部稿》, 권64.
32) 王世貞, 〈張有甫集序〉, 《弇州山人四部稿》, 권68.
33) 王世貞, 《藝苑卮言》, 《弇州山人四部稿》, 권147.
34) 王世貞, 《藝苑卮言》, 《弇州山人四部稿》, 권147.
35) 《焚書》, 권3.
36) 《焚書》, 권3.
37) 《藏書》, 권24.
38) 《焚書》, 권1.
39) 《焚書》, 권1.
40) 《明燈道古錄》, 권上.
41) 《明燈道古錄》, 권下.
42) 〈答鄧明府〉, 《焚書》, 권1.
43) 《明燈道古錄》.
44) 《明燈道古錄》.
45) 《焚書》, 권4.
46) 候外廬 主編, 《中國思想通史》, 제4권(하) 2072쪽 참고.
47) 〈童心說〉, 《焚書》, 권3.
48) 《반듀링론》, 《마르크스 · 엥겔스선집》, 제1권, 133쪽.
49) 마르크스, 《1844년 경제학 철학수고》
50) 〈論政編〉, 《焚書》, 권3.
51) 〈童心說〉, 《焚書》, 권3.
52) 〈童心說〉, 《焚書》, 권3.
53) 〈童心說〉, 《焚書》, 권3.
54) 〈忠義水滸傳序〉, 《焚書》, 권3.
55) 〈雜說〉, 《焚書》, 권3.
56) 《藏書 · 封使君》.
57) 〈讀律膚說〉.
58) 〈耳伯麻姑游詩序〉.
59) 〈宜黃縣戲神淸源師廟記〉.
60) 〈點校虞初志序〉.
61) 〈調象菴集序〉.
62) 〈焚香記總評〉.
63) 〈寄達觀〉.

64) 〈牡丹亭記題辭〉.
65) 〈青蓮閣記〉.
66) 〈學余園初集序〉.
67) 〈答呂姜山〉.
68) 〈與宜伶羅章二〉.
69) 〈合奇序〉.
70) 《湯顯祖詩文集》(부록). 査繼佐, 《湯顯祖傳》.
71) 〈耳伯麻姑游詩序〉.
72) 〈如蘭一集序〉.
73) 〈序丘毛伯稿〉.
74) 〈張元長噓云軒文集序〉.
75) 〈秀才說〉.
76) 〈序丘毛伯稿〉.
77) 〈復甘義麓〉.
78) 〈牡丹亭記題詞〉.
79) 〈牡丹亭記題辭〉.
80) 《袁中郎全集》, 권3, 〈敍小修詩〉.
81) 《珂雪齋文集》, 권2, 〈阮集之詩序〉.
82) 《袁中郎全集》, 권3, 〈敍小修詩〉.
83) 《袁中郎全集》, 권3, 〈敍小修詩〉.
84) 《袁中郎全集》, 권1, 〈答李元善〉.
85) 《珂雪齋文集》, 권2, 〈花云賦引〉.
86) 《袁中郎全集》, 권1, 〈與丘長儒〉.
87) 《袁中郎全集》, 권1, 〈敍小修詩〉.
88) 《袁中郎全集》, 권3, 〈敍陳正甫會心集〉.
89) 《袁中郎全集》, 권1, 〈敍小修詩〉.
90) 《袁中郎全集》, 권3, 〈行素園存稿引〉.
91) 《袁中郎全集》, 권3, 〈敍渦氏家繩集〉.
92) 《珂雪齋文集》, 권3, 〈劉玄度集句詩序〉.
93) 《袁中郎全集》, 권3, 〈敍陳正甫會心集〉.
94) 《珂雪齋文集》, 권3, 〈中郎先生全集序〉.
95) 《袁中郎全集》, 권3, 〈敍陳正甫會心集〉.
96) 《詩廣傳》, 권5.
97) 《古詩評選》, 권5, 謝靈運, 〈登上戍鼓山詩〉, 評語.
98) 《薑齋詩話》, 권2.
99) 《明詩評選》, 권5, 沈明臣, 〈渡峽江〉, 評.

100) 《詩廣傳》, 권1, 〈論北門〉.
101) 《夕堂永日緖論》, 內編(六).
102) 《古詩評選》, 권4, 李陵, 〈與蘇武詩〉, 評.
103) 《薑齋詩話箋注》, 권1.
104) 《尙書引義 · 大禹謨二》.
105) 《薑齋詩話》, 권2.
106) 《薑齋詩話箋注》, 권2.
107) 《古詩評選》, 권5, 謝眺, 〈之宣城群出新林浦向板橋〉, 評語.
108) 《古詩評選》, 권5, 孝武帝, 〈濟曲阿后湖〉, 評語.
109) 《薑齋詩話》, 권2.
110) 《唐詩評選》, 권3, 張子容, 〈泛永嘉江日暮回舟〉, 評語.
111) 《薑齋詩話》, 권2.
112) 《相宗絡索 · 三量》.
113) 《薑齋詩集》, 《夕堂戲墨》, 권5, 〈題蘆雁絶句序〉.
114) 《古詩評選》, 권6, 陳後主, 〈臨高台〉, 評語.
115) 《古詩評選》, 권5, 鮑照, 〈登黃鶴磯〉, 評語.
116) 《古詩評選》, 권4, 司馬彪, 〈雜詩〉, 評語.
117) 《思問錄 · 內篇》, 21쪽.
118) 《詩廣傳》, 권4, 〈大雅〉, 17.
119) 《詩廣傳》, 권2, 〈豳風〉 3.
120) 《張子正蒙注》, 권1.
121) 《張子正蒙注》, 권1.
122) 《張子正蒙注》, 권2.
123) 《張子正蒙注》, 권3.
124) 《尙書引義 · 舜典三》.
125) 《詩廣傳》, 권3, 〈論鼓鐘〉.
126) 《古詩評選》, 권4, 左思〈咏史〉評語.
127) 《夕堂永日緖論 · 序》.
128) 《藝術心理學》, 上海文藝出版社 1985년판, 33 · 34 · 35쪽.
129) 《藝術心理學》, 上海文藝出版社 1985년판, 33 · 34 · 35쪽.
130) 《藝術心理學》, 上海文藝出版社 1985년판, 33 · 34 · 35쪽.
131) 스토만, 《정서심리학》, 396쪽.
132) 《姜齋詩話箋注》, 권2.
133) 《古詩評選》, 권4.
134) 《古詩評選》, 권5, 謝眺, 〈之宣城群出新林浦向板橋〉, 評語.
135) 《古詩評選》, 권4, 左思, 〈咏史〉, 評語.

136) 《古詩評選》, 권5, 孝武帝, 〈濟曲阿后湖〉, 評語.
137) 《古詩評選》, 권5, 謝庄, 〈北宅秘園〉, 評語
138) 《唐詩評選》, 권4, 楊巨源, 〈長安春游〉, 評語.
139) 《明詩評選》, 권8, 袁宏道, 〈柳枝〉, 評語.
140) 《明詩評選》, 권4, 石寶, 〈秋夜〉, 評語.
141) 《姜齋詩話》, 권1.
142) 《唐詩評選》, 권3, 杜甫, 〈野望〉, 評語.
143) 《姜齋解詩》, 권1.
144) 《姜齋解詩》, 권1.
145) 《古詩評選》, 권3, 王儉, 〈春詩〉, 評語.
146) 《薑齋詩話》, 권2.
147) 《古詩評選》, 권1, 鮑照, 〈擬行路難〉, 評語.
148) 《姜齋詩話》, 권2.
149) 《原詩》, 내편.
150) 《原詩》, 내편.
151) 《原詩》, 외편.
152) 《已畦文集》, 권8, 〈赤霞樓詩集序〉.
153) 《原詩》, 내편.
154) 《原詩》, 내편.
155) 《原詩》, 내편.
156) 《原詩》, 내편.
157) 헤겔, 《미학》, 제1권, 8쪽.
158) 《原詩》, 내편.
159) 《原詩》, 내편.
160) 《已畦文集》, 권8, 〈赤霞樓詩集序〉.
161) 《已畦文集》, 권8, 〈黃山倡和詩序〉.
162) 《原詩》, 내편.
163) 《原詩》, 내편.
164) 《原詩》, 내편.
165) 《淸文錄》, 권55에 실림.
166) 《古畵品錄》.
167) 《歷代名畵・論畵六法》.
168) 符載, 〈觀張員外畵松石序〉.
169) 劉偉林, 〈黑格爾的人物性格論〉, 《華南師範大學學報》, 1985년 제4기.
170) 杜書瀛, 〈論李漁的戲劇美學〉, 中國社會科學出版社, 1982년 참조.

제6장 근대 문예심리학

1) 〈保存中國名迹古器說〉, 《康南海文集》, 권2, 이하 인용문에서 출처를 밝히지 않은 것은 모두 이 책을 참조한 것이다.

2) 《美感》, 《康南海先生未刊遺稿》, 蔣貴麟編, 臺灣 文史哲出版社.

3) 《美感》, 《康南海先生未刊遺稿》, 蔣貴麟編, 臺灣 文史哲出版社.

4) 〈贈劉海粟創辦美術學校序〉, 《康南海先生未刊遺稿》, 蔣貴麟編, 臺灣 文史哲出版社.

5) 〈贈劉海粟創辦美術學校序〉, 《康南海先生未刊遺稿》, 蔣貴麟編, 臺灣 文史哲出版社.

6) 〈澹如樓讀書〉.

7) 〈梁啓超寫南海先生詩集序〉.

8) 〈梁啓超寫南海先生詩集序〉.

9) 〈人境廬詩草序〉.

10) 黃海澄의 〈移情新探〉과 《文學評論叢書》, 제24집에서 재인용.

11) 〈梁啓超寫南海先生詩集序〉.

12) 《廣藝舟雙楫》, 권2.

13) 《廣藝舟雙楫》, 권3.

14) 《廣藝舟雙楫》, 권3.

15) 《廣藝舟雙楫》, 권2.

16) 《廣藝舟雙楫》, 권2.

17) 《廣藝舟雙楫》, 권1.

18) 《廣藝舟雙楫》, 권2.

19) 《廣藝舟雙楫》, 권4.

20) 《廣藝舟雙楫》, 권1.

21) 《廣藝舟雙楫》, 권5.

22) 《廣藝舟雙楫》, 권5.

23) 《廣藝舟雙楫》, 권2.

24) 《廣藝舟雙楫》, 권1.

25) 〈美術與生活〉, 《飮氷室文集》, 권39. 이하는 이 책을 모두 《文集》이라 칭한다.

26) 〈美術與生活〉, 《文集》, 권39.

27) 〈趣味教育與教育趣味〉, 《문집》, 권38.

28) 〈詩聖杜甫〉, 《文集》, 권38.

29) 〈中國韻文裡頭所表現的情感〉, 《文集》, 권37.

30) 〈屈原硏究〉, 《文集》, 권39.

31) 〈論小說與群治之關係〉, 《文集》, 권10.

32) 〈美術與科學〉, 《文集》, 권38.

33) 헤겔, 《미학》, 제1권, 365쪽.

34) 〈美術與科學〉, 《文集》, 권38.

35) 〈美術與科學〉, 《文集》, 권38.
36) 〈自由書・惟心〉, 《飮氷室專集》, 第二册.
37) 〈中國地理大勢論〉, 《문집》, 권10.
38) 〈美術與科學〉, 《문집》, 권39.
39) 〈論小說與群治之關係〉, 《문집》, 권10.
40) 〈美術與生活〉, 《문집》, 권39.
41) 〈美術與生活〉, 《문집》, 권39.
42) 《판단력비판》, 상권, 48쪽.
43) 〈作爲意志和表象的世界〉, 282쪽.
44) 〈論教育之宗旨〉.
45) 〈叔本華之哲學及其教育學說〉.
46) 《紅樓夢評論》.
47) 《紅樓夢評論》.
48) 《紅樓夢評論》.
49) 《紅樓夢評論》.
50) 《紅樓夢評論》.
51) 〈論古雅之在美學上之位置〉.
52) 〈論古雅之在美學上之位置〉.
53) 〈叔本華之哲學及其教育學說〉.
54) 〈叔本華之哲學及其教育學說〉.
55) 〈文學小言〉.
56) 《紅樓夢評論》.
57) 〈論古雅之在美學上之位置〉.
58) 《紅樓夢評論》.
59) 〈論古雅之在美學上之位置〉.
60) 《紅樓夢評論》.
61) 《紅樓夢評論》.
62) 《國語・周語下》.
63) 〈論美書簡〉 27번째 편지.
64) 《詩論》, 《朱光潛美學論文選集》, 186쪽.
65) 方回, 《桐江集》, 권2, 〈心境記〉.
66) 祝允明, 《枝山文集》, 권2, 〈姜公尙自別余樂說〉.
67) 王夫之, 《明詩評選》, 권5, 沈明臣의 〈游峽江〉.
68) 〈文學小言〉.
69) 〈屈子文學精神〉.
70) 《人間詞話》.

71) 〈文學小言〉.
72) 振斌,《王國維美學思想述評》, 遼寧大學出版社 1986년판, 154쪽.
73) 振斌,《王國維美學思想述評》, 遼寧大學出版社 1986년판, 154쪽.
74) 《紅樓夢評論》.
75) 《宋元戲曲考》.
76) 《宋元戲曲考》.
77) 《人間詞話》.
78) 振斌,《王國維美學思想述評》, 156쪽.
79) 《朱光潛美學文集》, 권2, 上海文藝出版社 1982년판, 60쪽.
80) 《人間詞話》, 附錄.
81) 《人間詞話》.
82) 《清眞先生遺事》.
83) 《人間詞話》.
84) 《人間詞話》.
85) 高平叔,《蔡元培年譜》, 참고, 26쪽.
86) 高平叔,《蔡元培年譜》, 참고, 59쪽.
87) 《自寫年譜》, 手稿, 高平叔의 《蔡元培年譜》, 25쪽에서 재인용.
88) 《蔡元培先生全集》, 139쪽.
89) 《蔡元培先生全集》, 640쪽.
90) 《蔡元培先生全集》, 56쪽.
91) 《蔡元培先生全集》, 139쪽.
92) 《中國倫理學史》, 86-87쪽.
93) 《蔡元培先生全集》, 196・206・221쪽.
94) 《蔡元培先生全集》, 196・206・221쪽.
95) 《蔡元培先生全集》, 196・206・221쪽.
96) 《蔡元培選集》, 57쪽.
97) 《蔡元培先生全集》, 640쪽
98) 《蔡元培先生全集》, 248・899쪽.
99) 《蔡元培先生全集》, 248・899쪽.
100) 《蔡元培先生全集》, 899쪽.
101) 《對於教育方針之意見》,《蔡元培選集》.
102) 《蔡元培選集》, 136쪽.
103) 《蔡元培選集》, 116-117쪽.
104) 《蔡元培選集》, 127쪽.
105) 《蔡元培先生全集》, 959・245쪽.
106) 《蔡元培選集》, 128・135쪽.

107) 《蔡元培先生全集》, 959·245쪽.

108) 《蔡元培選集》, 128·135쪽.

109) 《蔡元培先生全集》, 244·243쪽.

111) 《蔡元培先生全集》, 244·243쪽.

110) 《蔡元培選集》, 129쪽.

112) 《蔡元培先生全集》, 640쪽.

113) 《蔡元培先生全集》, 647-648쪽.

補論 중국 문예심리학의 발전과 그 의미

1) M. S. 카간, 진중권 역, 《미학강의 2》 22쪽, 새길.

2) 문예심리학과 심리비평은 다른 개념이다. 심리비평은 작가의 심리와 욕망을 표현하는 문학의 작용에 치중하지만, 문예심리학은 오히려 그러한 심리나 욕망이 형성하는 심리적 비밀을 문제로 삼는다.

3) 심리학은 대부분의 실험심리학자들이 그렇듯 자연은 실험, 또는 일정한 법칙을 통해 분석이 가능하고 또한 이해 가능할 것이라는 믿음이 존재했던 시절이 있었다. 자연과학의 완성도가 자못 높아 그에 대한 신심이 깊어가면서 인간은 능히 신의 영역으로 파고 들어갈 수 있으며, 그 속에서 진리를 파악할 수 있을 것이라는 믿음이 바로 그것이었다. 그러나 파고 들어가면 파고 들어갈수록 당연히 부합되어야 할 수학적 추리와 원칙들이 제대로 적용되지 못하는 상황이 연출되었다. 이른바 퍼지수학(모호수학)이나 불확정성의 원리 등이 나오는 이유는 바로 여기에서 기인한다. 또한 실험심리학에서 실험주체와 대상은 절대적으로 구분된다. 그러나 자연과학의 발전은 그 구분이 결코 절대적일 수 없음을 말해 주고 있다. 예컨대 양자물리학은 연구자와 연구 대상의 관계를 이전처럼 주관과 객관으로 구분짓지 않는다. 닐스 보어가 말한 바대로 연구대상과 연구자는 상호 관계를 유지하고 있다. 연구자가 주관적으로 채택한 연구수단이 객체의 위치나 속도를 변경시킨다는 점에서 착안한 '상호 관계'의 학설은 하이젠베르크에 의해 불확정성의 원리로 설명되기도 했다. 문예심리학에 있어서 이는 대단히 중요한 의미를 지닌다.

4) 카간, 앞의 책, 21쪽.

5) 陳獨秀의 《문학혁명론》 역시 진화론의 관점을 수용하여, 현대 문학의 발전은 반드시 사실주의(서구 리얼리즘은 瞿秋白에 의해 현실주의로 명명되기 이전까지 주로 사실주의로 불렸다)를 거쳐야 한다고 주장했다. 문학의 진화론적 관점은 유재복 등 오늘날의 문학이론가들에게도 여전히 유효하다.

6) 《小說月報》는 周作仁·鄭振鐸·沈雁氷(茅盾) 등의 작가 겸 비평가들이 주도한 文學硏究會의 月報이다. 문학연구회는 중국신문학사에서 최초의 신문학 단체로 1921년 1월에 생겨나 商務印書館을 중심으로 많은 문학작품과 총서를 간행하였다. 그 성격은 沈雁氷이 1935년 《신문학대계 소설 1집》에서 『문학은 사회현상을 반영하고 표현할 뿐만 아니라 인생 일반과 관련 있는 문제들을 토론해야 한다』고 말한 바대로 인생을 위한 문학을 주장하는 데에서 여실히 드러나는데, 이는 당시 '예술을 위한 문학'을 주장한 창조사와 첨예하게 대립하였다.

7) 陳思和, 한국외국어대학교 중국 현대문학연구회 역, 《20세기 중국문학의 이해》, 194쪽, 청년사.

8) 王國維, 《靜安文集續編》, 상무인서관 1940년판, 제15책.

9) 그의 견해는 일면 예술을 위한 예술의 주장과 맞물리면서 이후 중국 문예계에서 철저하게 비판받게 된다. 그리고 문화대혁명이 끝나고 난 후, 이른바 문예의 신시기에 들어서서 재조명된다.

10) 《채원배선집》, 중화서국 1959년판, 167-172쪽.

11) 미학사에서 미학적 문제들을 실험에 맡길 수 있다는 생각은 구스타프 페히너에 의해 출발한다. 비어즐리의 《미학사》에 따르면 이후 심리학적 미학에 대한 체계적인 연구는 리하르트 뮐러-프라이엔펠스의 《예술심리학》, 파울 플라우트의 《예술심리학의 원리와 방법》, 슈테어징어의 《예술심리학 개요》 등 20세기 2-30년대에 이루어진 책들이 두드러진다.

12) 그는 미감의 기본적인 특징은 직관과 이성, 즉 이성적 내용과 감성적 형식의 상호 유기적 통일임을 직시하고 있었으며, 그 구성은 심미객체의 존재와 심미주체의 감상으로 이루어짐을 밝혔다. 그리고 심미주체의 감상은 필연적으로 연상과 환상 등의 심리형식과 연관된다고 하였다.

13) 1920-30년대 여러 심리학적 미학을 연구한 이들에 의해 미학의 표준적인 어휘 중의 일부로 이루어진 세 가지 심리학적 용어가 생겼다. 첫째 로베르트 피셔에 의해 도입되고 테오도르 리프스와 그의 제자 랑펠트와 버넌 리에 의해 유명하게 된 '감정이입,' 둘째 에드워드 벌로프의 논문 〈예술과 미적 원리의 한 요소로서의 심적 거리〉에서 제안한 '심적 거리(심미거리설),' 그리고 오그덴 · 리처즈 · 우드 등의 공저 《미학의 기초》와 리처즈가 쓴 《문학비평의 원리》에서 사용한 '통합감성' 등이다.

14) 이미 우리나라에 번역된 戴厚英의 《인간아! 인간》 등이 傷痕문학 · 反思문학의 대표작이라 할 수 있다.

15) 傷痕문학 ; 문화대혁명에서 드러난 죄악에 대한 폭로와 고발, 그리고 일반 대중들에 대한 동정과 훌륭한 정조에 대한 송가를 포함한 일종의 문학적 상처 아우르기라고 할 수 있다. 사회적 대동란에서 상처받은 마음을 심미의 핵심적 위치에 올려 놓았으며, 중국인들의 심미정감의 예민한 부분을 환기시켜 인간으로의 회귀를 중시하였다.

反思문학 ; 상흔문학의 심화라 할 수 있는 반사문학은 사회적 비극에 대한 반성의 범위를 확대하면서, 기존의 문학창작에 있어 인물표현의 고유한 패턴을 파괴시켰으며, 다양한 인물의 운명과 그 상호 관계를 파헤쳤다.

改革문학 ; 개혁자나 영웅의 형상을 특징으로 하여 사회를 개조하고자 하는 열망을 반영하고 있다. 경제와 정치생활의 개혁과 동시에 출현했으며, 한편으로 '造神문학'으로 회귀할 가능성에 대한 우려를 낳기도 했다.

尋根문학 ; 뿌리를 찾는다는 뜻의 尋根은 곧 중국의 문화성 · 민족성에 대한 반성을 뜻한다. 전통적 본위 문화에 대한 종항적 사고를 핵심으로 하지만 결국은 현실 문제를 해결하기 위한 것이다. 중국인 자체의 민족적 반성이자 집단무의식에 대한 의도적 관찰이기도 하다. 그러나 그것은 전통으로의 회귀가 아닌 반전통의 입장에 서 있으며 20세기 초반의 5·4운동과 일맥상통한다.

16) 중국은 80년대 후반에 들어서 완전히 다원화된 문학단계로 접어든다. 자본주의적 상품경제가 급속도로 발전하면서 문학 역시 더 이상 독자의 문제를 간과할 수 없었으며, 독자에게 반응을 주는 문학창작이 심화되면서 통속작품과 단순한 유희문학이 등장하기에 이른다.

17) 魯樞元은 《文藝心理闡釋》(上海, 문예출판사) 87쪽에서 신시기 문학의 향내전에 고유한 원인이 존재하고 있다고 하면서 다음 네 가지를 들고 있다. 첫째, 10년을 끈 문화대혁명이 끝나고, 이에 대한 반성을 통해 장기간에 걸쳐 억눌려졌던 고통스러운 정서와 체험이 발산되고 승화되어야 할 사회심리가 형성되었다. 그리고 이것이 인간의 심령을 그려야 한다는 광활한 공간을 제시하였다. 둘째, 신중국 성립 이후 중국의 문예는 기계론적 반영론과 저급한 사회학에 의해 억압받았다. 교조적이고 기계적·도식적·구호적인 문학작품의 양산은 바로 이를 증명한다. 이에 대한 역심리로 예술규율의 특수성, 문예가의 주관적 능동성, 감상자의 재창조성 등이 인가를 받게 되었고, 기존의 문학과 사회·문학과 생활만을 강조하는 상황에서 벗어나 작가 자신의 생활에 대한 지각방식·사유방식으로 창작의 자유를 추구하고, 내부세계의 심령상의 오묘함을 투시하여 주관적 기억·상상·환상·정서 등 정신세계에서 노닐게 되었다. 셋째, 중국 고전문학에서 유심주의라는 죄명으로 소홀하게 다루어졌던 전통적 문학이론, 특히 도가 계열의 이론들이 새롭게 조명을 받게 되었다. 넷째, 문화대혁명이 끝난 후 청년들의 주체의식이 각성되면서 시대의 아픔 속에서 오히려 새로운 생명의식, 자신의 존재, 즉 자신의 가치에 대한 인식이 제고되면서 청년들의 주체의식이 각성되었다.

18) 劉再復, 〈문학연구 사유공간의 확장——최근 중국 문학연구의 발전동태〉. 그의 말은 약간의 문제가 있기는 하지만, 그는 문학의 내부법칙과 외부법칙을 구분하고 있다. 그러나 기실 문학에 있어서 외부 규율과 내부 규율이 따로 있는 것은 아니다. 문학에 형식과 내용이 따로 있는 것이 아닌 것과 같다. 문학에 어찌 형식과 내용이 각기 생존할 수 있겠는가? 다만 구별될 뿐, 그것은 동전의 앞뒷면과 같다. 따라서 문학과 정치·경제의 관계, 다시 말해 계급투쟁과의 관계를 일단 문학의 외부 규율로 잡아 놓고 문학 자체의 연구로 들어가겠다는 유재복의 말은 문제의 본질을 흐린 격이 되고 만다. 뿐만 아니라 내부 규율만을 강조하는 것은 외부 규율만을 강조하는 것과 마찬가지로 문학의 본질에서 더욱 멀어질 뿐이다. 그가 굳이 이렇게 구분한 것은 전대에 대한 비판과 반성의 의도에서 비롯된 것이기는 하지만, 그렇다면 설령 중국의 國是와 유관된 사항일지라도 보다 솔직하게 밝힐 필요가 있었을 것이다.

역자 후기

우리에게는 문예심리학이란 말조차 낯설다. 그럼에도 굳이 이 책을 선택하여 번역하고자 했던 것은 단순히 문예심리학을 소개하고자 함이 아니었다. 이 책은 문예심리학이란 타이틀을 가지고 있으되, 다른 한편으로는 중국 문예이론사·문예비평사로서도 한몫을 담당하고 있다. 그런 까닭에 중국 고전문학 이론에 관심이 있는 이들에게 반드시 좋은 안내자의 역할을 할 수 있으리라 여겼기에 번역에 착수하게 되었다.

조금 시간이 걸렸다. 처음 劉偉林 선생께 서신 연락을 한 것이 1992년이니 횟수로 7년이 지난 셈이다. 아무튼 출간하게 되어 기쁘다.

이 책을 통해 初老의 紳士라는 느낌이 들었던 劉偉林 선생을 만나게 된 것은 역자에게 큰 기쁨이었으며, 또한 많은 부분을 새롭게 공부하게 된 점 또한 즐거움이었다. 번역하는 데 많은 분들에게 조언을 받았지만, 특히 명청소설 부분에서 전남대 李騰淵 형과, 蘇軾 부분에서 함께 재직하고 있는 曹圭百 同學, 王夫之 부분에서 동신대 梁忠烈 同學의 도움에 감사드리는 바이다. 그들의 지적과 조언이 많은 도움이 되었다. 가능하다면 더욱 많은 전공자들의 도움을 받고자 했지만 여의치 않았다. 다음의 보다 나은 번역을 위해, 혹 오역이나 틀린 부분이 있다면 연락해 주기 바란다.

번역에 도움을 준 伴侶이자 동료인 劉素英에게 특별히 감사하며, 이 책이 많은 이들에게 도움이 되기를 바란다. 문예심리학에 대한 이해를 돕기 위해 중국문예심리학 연구개황에 대한 補論을 실었다.

1999년 8월 심 규 호

劉偉林(리우웨이린)
1939년 8월생. 중국 광동성 新會縣 사람
1967년 7월 광주 中山대학 중문계 졸업
현재 광주 화남사범대학 중문계 교수
저서: 《中國文藝心理學史》·《美學藝術論》·《文藝心理探勝》(공저)
《중국희극문학사전》(주편)·《康南海詩文選》(공편)
논문: 〈黑格爾的美的本質論〉·〈黑格爾的藝術本質論〉·〈先秦美學的方法論的意義〉
〈先秦藝術心理學探究〉·〈司空圖的鑒賞心理學〉·〈王國維的文藝心理學體系〉
〈喜劇本義敍論〉·〈審美中介學:當代美學硏究的新視向〉 등 다수.

심규호
한국외국어대학교 중국어과, 동대학원 문학박사
제주산업정보대학 관광중국어통역과 교수
저서: 《六朝三家創作論 硏究》
논문: 〈문예미학의 관점에서 본 莊子〉·〈氣와 문학의 관계에 관한 일 고찰〉
〈고대 악론의 사회사적 고찰〉·〈문예심리학의 관점에서 본 發憤著書〉 등.
번역서: 《도교와 중국문화》·《장자와 모더니즘》·《중국경전의 이해》·
《중국의 마르크스주의 문예이론》·《중국문학비평사》(공역) 등.

중국문예심리학사

초판발행 : 1999년 9월 10일

지은이 : 劉偉林
옮긴이 : 沈揆昊
펴낸이 : 辛成大
펴낸곳 : 東文選
제10-64호, 78. 12. 26 등록
서울 종로구 관훈동 74
전화 : 737-2795
팩스 : 723-4518

편집설계: 韓仁淑

ISBN 89-8038-098-4 94800
ISBN 89-8038-000-3 (세트)

儒家는 유구하고 심원한 사회 역사적 기초를 갖고 名家의 學說을 부단히 수용하고 동화시켰기 때문에 華夏文化의 主流基幹을 구성하고 있다. 본서는 儒家思想을 주체로 하여 〈禮樂傳統〉〈孔門仁學〉〈儒道互補〉〈美在深情〉〈形上追求〉〈走向近代〉의 6대 전제로 나누어 깊이있게 中國美學을 다루고 있다.

華夏美學

李澤厚……………著
權 瑚……………譯

문학예술과 철학사상을 심도있게 다룬 중국미학서.

화하미학은 유가사상을 주체로 하는 중국의 전통 미학을 가리킨다. 그 주요 특징은 미美와 진眞의 관계에 있는 것이 아니고, 미美와 선善의 관계에 있다.

작자는 이러한 미학사상에는 유구하고 견실한 역사적 근원이 있으며, 그것은 비주신형非酒神型적 예악禮樂전통을 계승하여 발전시켰다고 생각했다. 2천년대 화하미학 중의 몇가지 기본 관점과 범주, 그것이 해결하고자 하는 문제, 그것이 포함하고 있는 모순과 충돌은, 이미 이 전통 근원 속에 내재되어 있었다.

사회와 자연, 정감과 형식, 예술과 정치, 하늘과 인간 등등의 관계를 어떻게 처리하고, 자연의 인간화를 어떻게 이해할 것인가 하는, 이러한 것들은 일반 미학의 보편적인 문제일 뿐만 아니라, 동시에 또한 화하미학의 중심이 있는 곳이기도 하다.

작자는 고대의 예악, 공맹의 인도人道, 장자의 소요逍遙, 굴원의 심정深情, 선종禪宗의 형상形上추구를 차례로 논술하여, 다음과 같은 결론을 얻었다.

중국의 철학 미학과 문예, 윤리 정치 등등에 이르기까지는 모두 일종의 심리주의에 기초하여 세워졌는데, 이러한 심리주의는 어떤 경험 과학의 대상이 아니고, 정감情感을 본체로 하는 철학 명제였다. 이 본체는 신령도 아니고 하나님도 아니며 법률도 아니고 이지理知도 아닌, 정리情理가 상호 교융하는 인성人性심리이다. 그것은 초월할 뿐만 아니라 내재하기도 하고, 감성적인 것일 뿐만 아니라 초감성적이기도 한, 심미審美적 형상학形上學이다.

詩 論

著── 朱光潛
譯── 鄭相泓
定價 ─ 9,000원

1934년 북경대학에서 강의하면서 詩에 대한 이론을 정립시켜 완성한 책으로 고전시 암송과 인상비평식의 종래의 시론 연구를 탈피하여 서구 시론을 과학적·심리적 해석과 분석적 접근법을 시도하고 있다. 중국 시를 이해하고 접근하는데 가장 적절한 主客觀의 통일 개념을 설정해 놓고 있다.

중국의 詩와 詩論에 관련된 제반분야를 논리적이고 思辯的으로, 종합적이면서 비교적 치밀하게 분석하여 詩의 본질적인 문제, 즉 〈詩의 詩다움〉에 대해 우리로 하여금 開眼케 하고 있다. 이를 위해 저자는 역사학·사회학·민속학·심리학 등의 방계학문을 도입하여 종합·비교하며 폭넓게 인용하고 있다. 단순한 역사적 사실들의 나열이나 이론들의 재정리가 아니라 때로는 비판하고 때로는 절충을 꾀하는 접근방법의 일신을 통하여 중국시에 대한 새로운 인식의 지평을 열고 있다.

◉ 詩의 기원
◉ 詩에서의 해학과 언어
◉ 詩의 경계──정취情趣와 의상意象
◉ 〈표현〉을 논함──정감·사상과 언어문자와의 관계
◉ 詩와 산문
◉ 詩와 음악──리듬(節奏)
◉ 詩와 그림──레싱의 〈시화이질설詩画異質說〉을 평함
◉ 중국시의 리듬과 성운聲韻의 분석(上)──〈성聲〉을 논함
◉ 중국시의 리듬과 성운聲韻의 분석(中)──〈돈頓〉을 논함
◉ 중국시의 리듬과 성운聲韻의 분석(下)──〈운韻〉을 논함
◉ 중국시는 왜 〈율律〉의 길로 가게 되었는가(上)── 詩에 대한 부賦의 영향
◉ 중국시는 왜 〈율律〉의 길로 가게 되었는가(下)── 성률의 연구는 왜 제량시대 이후에 특별히 성행하였나?

◉ 朱光潛簡譜

東文選 文藝新書 14